STEVEN ERIKSON

Das Spiel der Götter 13

*Buch*

Rhulad Sengar, der unsterbliche Herrscher der Tiste Edur, ist am Ziel seiner Wünsche angelangt: Er sitzt auf dem Königsthron von Letheras, herrscht über Tiste Edur und Letherii gleichermaßen. Doch seine durch zahllose Tode und Wiedergeburten erkaufte Unsterblichkeit lässt ihn immer weiter in den Wahnsinn davontreiben, macht ihn blind für das, was um ihn herum geschieht. Und so bekommt er nichts davon mit, dass der korrupte Triban Gnol, der schon dem König der Letherii als Kanzler diente, ein Netz von Intrigen spinnt, genausowenig wie von den Machenschaften und Säuberungen der Geheimpolizei. Und auch der Abtrünnige, jener uralte Gott, der auf seine ureigene Weise jahrhundertelang über Lether gewacht hat, kann plötzlich die Zukunft nicht mehr erkennen. Eine Zukunft, die nicht nur Gutes für Lether, seinen Herrscher und seine Bewohner bereithält, denn an den Grenzen sammeln sich alte und neue Feinde – und an Bord der Schiffe der heimkehrenden letheriischen Flotte befinden sich zwei der gefährlichsten Wesen, die die Welt jemals gesehen hat …

*Autor*

Steven Erikson, in Kanada geboren, lebte viele Jahre in der Nähe von London, ehe er vor einiger Zeit in seine Heimat nach Winnipeg zurückkehrte. Der Anthropologe und Archäologe feierte 1999 mit dem ersten Band seines Zyklus »Das Spiel der Götter« nach einer sechsjährigen akribischen Vorbereitungsphase seinen weltweit beachteten Einstieg in die Liga der großen Fantasy-Autoren.

Als Blanvalet Taschenbuch von Steven Erikson lieferbar:

Das Spiel der Götter: 1. Die Gärten des Mondes. Roman (24932), 2. Das Reich der Sieben Städte. Roman (24941), 3. Im Bann der Wüste. Roman (24940), 4. Die eisige Zeit. Roman (24997), 5. Der Tag des Sehers. Roman (24998), 6. Der Krieg der Schwestern. Roman (24271), 7. Das Haus der Ketten. Roman (24292), 8. Kinder des Schattens. Roman (24298), 9. Gezeiten der Nacht. Roman (24403), 10. Die Feuer der Rebellion (24469), 11. Die Knochenjäger (24499), 12. Der goldene Herrscher (26556), 13. Im Sturm des Verderbens (26557)

Steven Erikson

# Im Sturm des Verderbens

Das Spiel der Götter 13

Roman

Ins Deutsche übertragen
von Tim Straetmann

blanvalet

Die englische Originalausgabe erschien unter dem Titel
»Malazan Vol. 7: Reaper's Gale Part 2« bei Bantam/Transworld

FSC
Mix
Produktgruppe aus vorbildlich
bewirtschafteten Wäldern und
anderen kontrollierten Herkünften

Zert.-Nr. SGS-COC-001940
www.fsc.org


Verlagsgruppe Random House FSC-DEU-0100
Das FSC-zertifizierte Papier *Holmen Book Cream* für dieses Buch
liefert Holmen Paper, Hallstavik, Schweden.

1. Auflage
Deutsche Erstausgabe Juli 2010 bei Blanvalet,
einem Unternehmen der Verlagsgruppe
Random House GmbH, München.

Umschlaggestaltung: HildenDesign München
Umschlagfoto: © Raymond Swanland, Berkeley
Redaktion: Sigrun Zühlke
HK · Herstellung: sam
Satz: omnisatz GmbH, Berlin
Druck und Bindung: GGP Media GmbH, Pößneck
Printed in Germany
ISBN: 978-3-442-26557-2

www.blanvalet.de

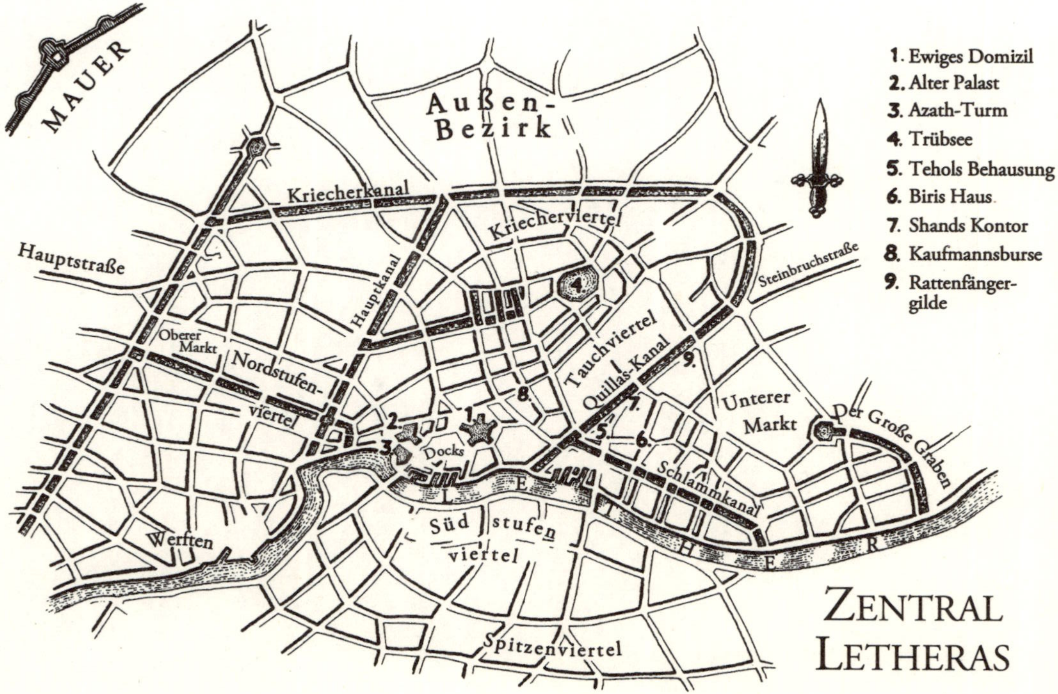

ZENTRAL LETHERAS
1. Ewiges Domizil
2. Alter Palast
3. Azath-Turm
4. Trübsee
5. Tehols Behausung
6. Biris Haus
7. Shands Kontor
8. Kaufmannsburse
9. Rattenfänger-gilde
MAUER
Außen-Bezirk
Kriecherkanal
Kriecherviertel
Hauptstraße
Hauptkanal
Steinbruchstraße
Oberer Markt
Nordstufen-viertel
Tauchviertel
Quillas-Kanal
Unterer Markt
Der Große Graben
Docks
Schlammkanal
Süd stufen viertel
Werften
Spitzenviertel
L E T H E R

Buch eins

# Knöchelchen der Seele

Wir streben danach
Die Bestie anzugreifen
Die in unseren Seelen kauert
Aber diese Kreatur ist rein
Und scheuen Blickes
Und sie beobachtet unsere rasenden Verbrechen
Geduckt aus dem Käfig
Unserer Grausamkeit heraus

Um meinetwillen und
Eures Schicksals willen werde ich
In diesen Händen
Die Gnade des Tieres annehmen und
Zerbrochene Träume bessern –
Freiheit, lange Zeit
Ungefesselt und ungebunden –
Die Bestie wird töten, wenn ich morde

Im Sündenerlass
Bediente sich eine Liste unbemerkter Unterschiede
Dieser Hände
Unentschuldigte Freiheit
Seht, wie sauber
Dieses Blut verglichen mit eurem ist
Das Todesgrinsen
Eures bestialischen Zähnefletschens beeinträchtigt

Die Züge eures Gesichtes
Das ist es, was uns unterscheidet
In unseren Seelen
Meine Bestie und ich, aneinandergekettet

Wie wir es sein müssen,
Wer führt und wer geführt wird,
Diese Frage wird tatsächlich niemals
Den Anmutigen und Unschuldigen gestellt

*Hund in einer Gasse*
*Bekenntnisse*
Tibal Feredict

# Kapitel eins

Ein Kiel und ein halber Rumpf waren noch von dem Wrack übrig, in dem wir Schiffbrüchigen uns versammelten, und der Sturm der vergangenen Nacht hing wie Sprühregen in der Luft, als wir in das Bett aus gebogenen Rippen hinunterkrochen.

Ich hörte viele gemurmelte Gebete, sah Hände hin und her zucken, um dies oder jenes abzuwehren, wie es das Bedürfnis einer jeden Seele ist, deren Unterhaltung mit der Angst bereits in der Kindheit begonnen hat, und hätte ich mich an meine erinnern können, wäre mir wohl auch in den Sinn gekommen, auf diese Weise vor dem Entsetzen zu fliehen.

Unter den gegebenen Umständen konnte ich jedoch nur auf die Krebsschalenernte aus winzigen Skeletten hinunterblicken – auf die geschwänzten Kobolde mit ihren menschenähnlichen Gesichtern, ihren Falkenkrallen und allen Arten von seltsamen Verschönerungen, die den hellen, sonnigen Alptraum bis ins Detail perfekt ausgestalteten.

Es ist kein Wunder, dass ich an jenem Tag dem Meer abgeschworen habe. Der Sturm und das zerbrochene Schiff hatten einen höchst unheiligen Schwarm an die Oberfläche getrieben – und ach, zweifellos gab es noch viel mehr, die diese verdammte Insel umkreisten.

Also war ich es, der schließlich ein überaus unappetitliches Durcheinander von sich gab. »Ich vermute, nicht alle Kobolde können fliegen.«

Trotzdem war das doch wohl kaum ein ausreichender Grund, um mir die Augen auszudrücken, oder?

*Blinder Tobor vom Finger*

»Tja, also das da drüben, meine Freunde, das ist mal eine wirklich schöne Frau.«

»Wenn du sie so magst.«

»Nun, warum sollte ich nicht, du verdammter Grabwühler? Die Sache ist die – und so ist es doch eigentlich immer: Seht euch bloß mal den hoffnungslosen Halsabschneider an, der bei ihr ist. So was kapiere ich nicht. Sie könnte jeden hier drin haben. Sie könnte sogar mich haben. Aber nein, sie hockt da drüben neben diesem hinkenden, einarmigen, einohrigen, einäugigen und nasenlosen Hirtenhund. Ich meine, wenn wir schon über Hässlichkeit reden.«

Der dritte Mann, der bisher noch nichts gesagt hatte, blickte ihn verstohlen von der Seite an, betrachtete die an ein Vogelnest erinnernden Haare, die wie Steuerruder abstehenden Ohren, die vorquellenden Augen sowie die scheckigen Flecken – Narben von Brandwunden – in einem Gesicht, das ihn an einen zerquetschten Kürbis erinnerte; kurz und von der Seite her, dieser Blick – und dann schaute Gurgelschlitzer schnell wieder weg. Schließlich wollte er auf keinen Fall ein weiteres Mal in dieses trällernde, unheimliche Gelächter ausbrechen, bei dem jeder, der sich in Hörweite befand, zu erstarren schien.

*Früher hat sich mein Lachen nie so angehört. Aber jetzt, jetzt jagt das verdammte Geräusch sogar mir selbst Angst ein.* Nun, er hatte ein paar ölige Flammen schlucken müssen, und die hatten schlimme Sachen mit seinem Kehlkopf angestellt. Der Schaden war nur zu hören, wenn er lachte, und wie er sich erinnerte, hatte es in den Monaten, die auf den … *ganzen Kram* gefolgt waren, wenig Grund zur Heiterkeit gegeben.

»Da ist der Inhaber dieser Schenke«, bemerkte Totstink.

Es war leicht, über alles und jeden zu sprechen, da hier niemand außer ihnen Malazanisch verstand.

»Ja, das ist noch einer, der runde Augen kriegt, wenn er sie anschaut«, sagte Sergeant Balsam höhnisch grinsend. »Und mit wem sitzt sie da? Hol mich der Vermummte, aber ich kapier das alles nicht.«

Totstink beugte sich langsam über den Tisch und füllte sorgfältig seinen Krug wieder auf. »Es geht um das Fass, das geliefert werden soll. Brullygs Fass. Sieht ganz so aus, als hätten der Hübsche und das tote Schätzchen da drüben sich freiwillig gemeldet.«

Balsams Glotzaugen traten noch ein bisschen weiter aus ihren Höhlen. »Die ist nicht tot! Aber ich sag dir, was tot ist, Totstink – der in einer Pfütze ersoffene Wurm zwischen deinen Beinen, der ist tot!«

Gurgelschlitzer beäugte den Korporal. »*Wenn du sie so magst*«, hatte Totstink gesagt. Ein halb ersticktes gurgelndes Geräusch entfleuchte ihm, das seine beiden Kameraden zusammenzucken ließ.

»Was gibt es da zu lachen, im Namen des Vermummten?«, wollte Balsam wissen. »Lass es einfach – und das ist ein Befehl.«

Gurgelschlitzer biss sich kräftig auf die Zunge. Tränen verschleierten ihm den Blick, als der Schmerz in seinem Schädel hin und her flitzte wie ein Kieselstein in einem Eimer. Er schüttelte stumm den Kopf. *Lachen? Ich doch nicht.*

Der Sergeant starrte Totstink wieder düster an. »Tot? Für mich sieht sie nicht besonders tot aus.«

»Vertrau mir«, erwiderte der Korporal, nachdem er einen kräftigen Schluck genommen hatte. Er rülpste. »Is' schon klar, sie passt auf, dass es keiner merkt, aber die Frau da drüben ist schon vor einiger Zeit gestorben.«

Balsam saß über den Tisch gebeugt da, kratzte sich den verfilzten Haarschopf. Schuppen rieselten herunter und landeten wie Farbkleckse auf dem dunklen Holz der Tischplatte. »Bei den Göttern hienieden«, flüsterte er. »Vielleicht … vielleicht sollte irgendjemand … ich weiß ja nicht … aber vielleicht … sollte jemand … es ihr mal sagen?«

Totstinks größtenteils haarlose Brauen schoben sich in die Höhe. »Entschuldigt, werte Dame, aber Ihr habt einen Teint, für den man sterben könnte – und ich vermute, genau das habt Ihr bereits getan.«

Ein weiteres Krächzen von Gurgelschlitzer.

»Stimmt es, werte Dame«, fuhr der Korporal fort, »dass eine perfekte Frisur und ein teures Make-up einfach *alles* überdecken können?«

Ein abgewürgtes Quieken von Gurgelschlitzer.

Köpfe drehten sich in ihre Richtung.

Totstink genehmigte sich einen weiteren Schluck. Das Thema begann ihm Spaß zu machen. »Lustig, Ihr seht gar nicht aus, als wärt Ihr tot.«

Das schrille Lachen brach sich explosiv Bahn.

Als es wieder erstarb, herrschte im Schankraum plötzlich Stille, wenn man von dem Geräusch absah, das ein Krug verursachte, der über eine Tischplatte rollte, über die Kante fiel und scheppernd auf den Boden prallte.

Balsam starrte Totstink düster an. »Das warst du. Du machst einfach immer weiter und weiter. Noch ein Wort, Korporal, und du bist gleich toter als sie.«

»Was ist das für ein Geruch?«, fragte Totstink. »Oh, ja, richtig. Die Essenz der Fäulnis.«

Balsams Wangen blähten sich, und sein Gesicht nahm einen merkwürdigen, purpurnen Farbton an. Seine gelblichen Augen sahen aus, als wären sie kurz davor, aus den Höhlen zu springen.

Gurgelschlitzer versuchte, die Augen zuzukneifen, aber das Bild wollte nicht aus seinem Kopf verschwinden. Er kreischte hinter vorgehaltenen Händen. Schaute sich hilflos bettelnd um.

Alle Aufmerksamkeit war nun auf sie gerichtet; niemand sprach mehr. Selbst die schöne Frau, die mit dem verstümmelten Tölpel eingelaufen war, und der Tölpel selbst – dessen eines Auge unter einem strengen Stirnrunzeln hervorblinzelte – hatten aufgehört zu sprechen; sie standen beiderseits des Bierfasses, das der Gastwirt herausgebracht hatte. Und auch der Wirt selbst sagte nichts, sondern starrte Gurgelschlitzer nur mit offenem Mund an.

»Nun«, bemerkte Totstink, »da geht unser Ansehen als böse Jungs dahin. Gurgelchen hier stößt Lockrufe aus – man kann nur hoffen, dass es hier auf der Insel keine Truthähne gibt. Und du Sergeant, siehst aus, als würde dein Kopf gleich wie'n Knaller explodieren.«

»Es war *dein* Fehler, du blöder Kerl!«, zischte Balsam.

»Wohl kaum. Wie du sehen kannst, bin ich ruhig. Wenn auch ein bisschen beschämt über meine Begleitung, leider.«

»Schön, dann schieben wir dich ab. Beim Vermummten, Gilani ist ein verdammt viel hübscherer Anblick als du –«

»Ja, aber die ist zufällig lebendig, Sergeant. Also ganz und gar nicht dein Typ.«

»Ich wusste es nicht!«

»Nun, das ist ein überaus jämmerliches Eingeständnis, findest du nicht auch?«

»Hör auf«, mischte Gurgelschlitzer sich schließlich ein. »Ich hätte es auch nicht sagen können, Totstink.« Er deutete mit einem Finger auf den Korporal. »Noch ein Beweis mehr, dass du ein verdammter Totenbeschwörer bist. Jetzt mach nicht so ein entsetztes Gesicht, das kaufen wir dir nicht mehr ab. Du hast gewusst, dass sie tot ist, weil du sie riechen kannst – du kannst den Gestank der Toten riechen, wie's dein Name schon sagt. Tatsächlich würde ich fast wetten, dass genau das der Grund ist, warum Tapferer Zahn dir diesen Namen gegeben hat – dem entgeht nie was, stimmt's?«

Die Geräuschkulisse um sie herum lebte langsam wieder auf, begleitet von mehr als nur einer Handvoll abwehrenden Gesten und dem mehrstimmigen Scharren von Stühlen, die durch den Dreck zurückgeschoben wurden, als einige Stammgäste sich verstohlen durch die Vordertür verdrückten.

Totstink trank noch mehr Bier. Und sagte nichts mehr.

Die tote Frau und ihr Begleiter gingen nach draußen; Letzterer mühte sich hinkend ab, das Fass auf einer Schulter zu balancieren.

Balsam gab ein undeutliches Geräusch von sich. »Da gehen sie hin. Wieder mal typisch, oder? Ausgerechnet, wenn wir nicht vollzählig sind.«

»Darüber brauchst du dir nun wirklich keine Sorgen zu machen, Sergeant«, sagte Totstink. »Es ist alles unter Kontrolle. Obwohl … wenn der Inhaber auf die Idee kommt, ihnen zu folgen …«

Gurgelschlitzer schnaubte. »Wenn er das tut, wird er es bedauern.« Er stand auf, rückte seinen Regenumhang zurecht. »Ihr habt Glück, ihr beide. Ihr könnt hier sitzen und dafür sorgen, dass eure Ärsche immer fetter werden. Da draußen ist's nämlich verdammt kalt, versteht ihr?«

»Ich mache mir Notizen über diese ganze Aufsässigkeit«, knurrte Balsam. Er tippte sich an die Schläfe. »Hier drin.«

»Nun, das ist mal eine Erleichterung«, sagte Gurgelschlitzer. Dann verließ er die Schenke.

Triller Brullyg, Tyrann des Forts der Zweiten Jungfrau und Möchtegern-König der Insel, lümmelte im hochlehnigen Sessel des ehemaligen Gefängnis-Präfekten herum und starrte unter zwei dichten Brauen hervor düster zu den beiden Fremden am Tisch neben der Tür. Sie spielten mal wieder eines ihrer verdammten Spiele. Mit Fingerknochen, einer länglichen hölzernen Schüssel und gespaltenen Krähenfedern.

»Zwei Hüpfer bringen mir einen Kehrer«, sagte der eine von ihnen, obwohl Brullyg sich dessen nicht ganz sicher war – eine Sprache heimlich zu lernen, war keine leichte Sache, aber er war schon immer gut in Sprachen gewesen. Triller, Letherii, Tiste Edur, Fent, die Handelssprache oder die der Meckros. Und jetzt Spritzer von diesem ... diesem *Malazanisch.*

Die Wahl des richtigen Zeitpunkts. Sie hatten sie ihm genommen, ebenso mühelos, wie sie ihm sein Messer und seine Kriegsaxt genommen hatten. Fremde, die ganz ruhig in den Hafen gesegelt waren – es waren nicht so viele an Bord gewesen, als dass man sich hätte große Sorgen machen müssen. So hatte es zumindest den Anschein gehabt. Außerdem hatte es zum damaligen Zeitpunkt genügend anderen Ärger gegeben, mit dem er sich herumschlagen musste. Ein Meer voller Eisberge, die sich der Insel schnell genähert hatten und viel bedrohlicher als jede Flotte und jede Armee gewesen waren. Sie hatten gesagt, sie könnten sich darum kümmern – und er war ein Ertrinkender gewesen, der zum letzten Mal untergeht.

Der Möchtegern-König der Insel, zermalmt und zerquetscht unter gefühllosem Eis. Dieser Wahrheit ins Auge zu sehen, war in etwa so gewesen, als hätten Drachenklauen sein Segel zerfetzt. Nach allem, was er getan hatte ...

Die Wahl des richtigen Zeitpunkts. Er fragte sich mittlerweile, ob diese Malazaner das Eis mitgebracht hatten. Ob sie es auf der wilden jahreszeitlichen Strömung losgeschickt hatten, so dass sie kurz davor ankommen und ihre Hilfe anbieten konnten, um die Bedrohung abzuwenden. Brullyg erinnerte sich, dass er ihnen nicht einmal geglaubt hatte, aber die Verzweiflung hatte mit ihrer eigenen Stimme gesprochen. *»Macht das, und ihr werdet so lange ihr wollt königliche Gäste sein.«* Bei diesem Angebot hatten sie gelächelt.

*Ich bin ein Idiot. Und schlimmer noch.*

Und jetzt herrschten zwei armselige Trupps über ihn und jeden verdammten Einwohner dieser Insel, und es gab nichts, was er dagegen tun konnte. *Außer dafür zu sorgen, dass niemand die Wahrheit erfährt. Und das wird mit jedem Tag ein bisschen schwieriger.*

»Der Kehrer ist im Trog, nimm dir'n Knöchelchen und das war's dann wohl«, sagte der andere Soldat.

Möglicherweise.

»Er ist weggerutscht, als du geatmet hast – ich hab's gesehen, du bescheißt!«

»Ich hab nicht geatmet.«

»Oh ja, richtig, du bist ja auch ein verdammter Kadaver, beim Vermummten, was?«

»Nein. Ich hab nur nicht geatmet, als du gesagt hast, ich hätte geatmet. Schau, er ist im Trog, oder willst du das etwa abstreiten?«

»Lass mich das mal aus der Nähe anschauen. Ha! Nein, ist er nicht!«

»Du hast gerade geseufzt und ihn bewegt, verdammt!«

»Ich hab nicht geseufzt.«

»Klar, und du bist auch nicht am Verlieren, was?«

»Nur weil ich verliere, heißt das noch lange nicht, dass ich genau da geseufzt hab. Aber schau, er ist nicht im Trog.«

»Warte mal 'nen Moment, während ich atme ...«

»Dann werde ich seufzen!«

»Sieger atmen. Verlierer seufzen. Von daher bin ich der Sieger.«

»Aber sicher, für dich ist bescheißen so natürlich wie atmen, ja?«

Brullyg löste den Blick von den beiden Soldaten neben der Tür und richtete seine Aufmerksamkeit auf den dritten im Zimmer. *Die* dritte. Beim Hexenzirkel, sie war eine Schönheit. Diese dunkle, märchenhafte Haut ... und diese leicht schräg gestellten Augen, die geradezu einladend leuchteten – verdammt sollte er sein, alle Geheimnisse der Welt lagen in diesen Augen. Und dieser Mund! Diese Lippen! Wenn er doch nur die anderen beiden loswerden und ihr vielleicht die beiden gemeinen Messer unauffällig wegnehmen könnte, tja, dann würde er diese Geheimnisse auf genau die Art und Weise entdecken, wie sie es von ihm wollte.

*Ich bin der König der Insel. Schon bald. Noch eine Woche, und wenn bis dahin keine der schlampigen Töchter der toten Königin auftaucht, fällt alles mir zu. König der Insel. Beinahe. Aber ich bin nahe genug dran, um den Titel zu benutzen, klar. Und welche Frau würde das armselige Soldatenleben wohl nicht für das weiche, warme Bett einer königlichen Ersten Konkubine aufgeben? Klar, das ist eine Sitte der Letherii, aber als König kann ich meine eigenen Regeln aufstellen. Und wenn's dem Hexenzirkel nicht gefällt – nun, da sind immer noch die Klippen.*

Einer der beiden Malazaner am Tisch sagte: »Sei vorsichtig, Masan, er macht schon wieder dieses Gesicht.«

Die Frau namens Masan Gilani streckte sich auf ihrem Stuhl wie eine Katze, hob ihre glatten, ganz und gar nicht dürren Arme in einem Bogen, der ihre großen Brüste in runde Bälle verwandelte, über denen sich das abgetragene Gewebe ihres Hemdes spannte. »Solange er mit dem falschen Hirn denkt, Läppchen, ist alles in bester Ordnung.« Dann lehnte sie sich zurück, streckte die vollkommenen Beine aus.

»Wir sollten ihm wieder eine Hure bringen«, sagte der Mann namens Läppchen, während er die Fingerknöchelchen in einem kleinen Ledersäckchen verstaute.

»Nein«, sagte Masan Gilani. »Totstink konnte schon die letzte nur mit Mühe wiederbeleben.«

*Aber das ist nicht der wahre Grund, stimmt's?* Brullyg lächelte. *Nein, du willst mich für dich. Außerdem bin ich normalerweise nicht so. Ich hatte ein paar ... Enttäuschungen zu verarbeiten. Das ist alles.* Sein Lächeln verblasste. *Sie benutzen wirklich andauernd ihre Hände beim Sprechen. Machen alle möglichen Gesten. Merkwürdige Leute, diese Malazaner.* Er räusperte sich und sagte auf Letherii, auf diese langsame Weise, die sie anscheinend brauchten: »Ich würde gerne mal wieder einen Spaziergang machen. Meine Beine brauchen Bewegung.« Eine Geste zu Masan Gilani, die ihm mit einem wissenden Lächeln antwortete, das ihn tief unten entflammte – so sehr, dass er auf seinem Sessel herumrutschte. »Mein Volk muss mich sehen, versteht ihr? Wenn sie erst einmal anfangen, Verdacht zu schöpfen – nun, wenn irgendjemand weiß, wie ein Hausarrest aussieht, dann die Bürger des Forts der Zweiten Jungfrau.«

Läppchen antwortete ihm auf Letherii mit einem schrecklichen Akzent: »Du kriegst dein Bier, wenn heute Nacht kommt, ja? Am besten willst du hier drauf warten. Wir gehen mit dir heute Nacht.«

*Wie's eine Konkubine in irgendeinem Hafen mit ihrem verhätschelten Hündchen machen würde. Ist das nicht toll? Und wenn ich ein Bein hebe und dich anpisse, Läppchen – was dann?*

Diese Soldaten hier flößten ihm keine Angst ein. Das tat der andere

Trupp – derjenige, der immer noch auf der anderen Seite der Insel war. Der mit dem dürren kleinen stummen Mädchen. Sie hatte so eine Art, wie aus dem Nichts aufzutauchen. Aus einem Lichtwirbel – er fragte sich, was wohl die Triller-Hexen von diesem pfiffigen Trick halten würden. Läppchen – oder Masan Gilani oder Galt, es spielte keine Rolle, wer – musste lediglich ihren Namen rufen.

*Sünd.*

Die war wirklich grässlich, und dabei war noch nicht mal eine Kralle zu sehen. Er vermutete, dass er den ganzen Zirkel brauchen würde, um sie loszuwerden. Am liebsten unter großen Verlusten. Schließlich hatte der Hexenzirkel so eine Art, den gewählten Herrschern der Triller auf die Pelle zu rücken. *Und sie sind unterwegs, wie Raben zu einem Kadaver, nichts als Spucke und Gekicher. Natürlich können sie nicht fliegen. Sie können nicht mal schwimmen. Nein, sie brauchen Boote, um die Meerenge zu überqueren – unter der Voraussetzung, dass der Finger jetzt nicht ein einziges Durcheinander aus Eis ist, wonach es von hier aus aussieht.*

Der Soldat namens Galt stand von seinem Stuhl auf, zuckte zusammen, als hätte er dabei einen stechenden Schmerz im Kreuz gespürt, und schlenderte dann gemächlich dorthin, wo der am höchsten geschätzte Besitz des Präfekten an der Wand hing – oder, genauer gesagt, eine ganze Wand einnahm. Vom Alter verblichen – und in der linken unteren Ecke voller Blutflecken, die vom armen Präfekten stammten – zeigte der Wandteppich die Erste Landung der Letherii, auch wenn es in Wirklichkeit nicht die erste Landung der Kolonisten war. Die Flotte war irgendwo gegenüber des Fingers in Sichtweite der Küste gekommen. Einige Fent waren mit ihren Kanus hinausgefahren, um mit den Fremden Kontakt aufzunehmen. Ein Austausch von Geschenken war schiefgegangen, was zu einem Gemetzel an den männlichen Fent und der anschließenden Versklavung der Frauen und Kinder des Dorfes geführt hatte. Drei weitere Siedlungen hatten das gleiche Schicksal erlitten. Die nächsten vier, weiter südlich an der Küste, waren rasch aufgegeben worden.

Die Flotte hatte schließlich die Halbinsel Sadon an der Nordküste der Verdränger-See umrundet und war dann am Lenth-Arm vorbei und in die Bucht von Gedry gesegelt. Die Stadt Gedry war dort gegründet worden, wo die Erste Landung stattgefunden hatte, an der Mündung des Lether. Dieser Wandteppich, der locker tausend Jahre alt war, war Beweis genug. In diesen Tagen herrschte die allgemeine Überzeugung, dass die Landung dort stattgefunden hatte, wo die Hauptstadt selbst lag, ein gutes Stück flussaufwärts. Merkwürdig, wie die Vergangenheit verändert wurde, damit sie zur Gegenwart passte. Eine Erkenntnis, die Brullyg nutzen konnte, wenn er erst einmal König war. Die Triller waren ein gescheitertes Volk, vom Schicksal dazu bestimmt, nichts als Tragödien und mitleiderregende Dinge zu erfahren. Sie waren Wächter des Gestades – aber unfähig, es vor dem Hunger der unermüdlichen See zu schützen. All das musste … geändert werden.

Die Letherii hatten Niederlagen erlitten. Viele. Ihre Geschichte in diesem Land war blutig, und es war eine Geschichte voll Verrat, Lügen und herzloser Grausamkeiten. Die nun alle als glorreich und heldenhaft betrachtet wurden.

*So muss ein Volk sich selbst sehen. So müssen wir Triller uns sehen. Ein blendend helles Leuchtfeuer an diesem dunklen Gestade. Wenn ich erst König bin …*

»Seht euch dieses verdammte Ding mal an«, sagte Galt. »Die Schrift da an den Rändern – das könnte Ehrlii sein.«

»Ist es aber nicht«, murmelte Läppchen. Er hatte einen seiner Dolche auseinandergenommen; auf dem Tisch vor ihm lagen der Knauf, ein paar Nieten und Bolzen, ein hölzerner, lederumwickelter Griff, ein geschlitztes Heft und die Klinge mit dem Erl. Es schien, als wüsste der Soldat nicht so recht, wie er das alles wieder zusammensetzen sollte.

»Ein paar von den Buchstaben …«

»Ehrlii und Letherii stammen von der gleichen Sprache ab«, sagte Läppchen.

Galt sah ihn misstrauisch an. »Woher weißt du das?«

»Ich *weiß* es nicht, du Idiot. Man hat es mir erzählt.«

»Wer?«

»Ich glaube, Ebron. Oder Scherbe. Was spielt das für eine Rolle? Jemand, der solche Dinge weiß, das ist alles. Beim Vermummten, du machst mir Kopfschmerzen. Und schau dir nur den Schlamassel hier an.«

»Ist das mein Messer?«

»Das war es.«

Brullyg sah, wie Läppchen den Kopf ein wenig zur Seite neigte. Dann sagte der Soldat: »Schritte am unteren Ende der Treppe.« Bei diesen Worten begannen seine Hände sich so schnell zu bewegen, dass sie zu verschwimmen schienen, und noch während Galt auf die Tür zuging, drehte Läppchen den Knauf fest und warf das Messer in Richtung seines Kameraden. Der es mit einer Hand auffing, ohne auch nur einen Schritt langsamer zu gehen.

Brullyg lehnte sich in seinem Sessel zurück.

Masan Gilani stand auf und zog die bösartig aussehenden Messer mit den langen Klingen aus den Scheiden an ihren Hüften. »Ich wollte, ich wäre mit meinem eigenen Trupp hier«, sagte sie und machte einen Schritt auf Brullyg zu.

»Rühr dich nicht von der Stelle«, murmelte sie.

Er nickte mit trockenem Mund.

»Wahrscheinlich ist es die Bierlieferung«, sagte Läppchen von der einen Seite der Tür, während Galt sie entriegelte und weit genug aufschob, dass er durch den Spalt spähen konnte.

»Schon klar, aber die Stiefel klingen falsch.«

»Nicht nach dem üblichen sabbernden alten Knacker und seinem Sohn?«

»Ganz und gar nicht.«

»Na schön.« Läppchen griff unter den Tisch und brachte eine Armbrust zum Vorschein. Eine wirklich fremdländische Waffe, ganz aus Stahl – oder zumindest aus etwas, das letheriischem Stahl sehr ähnelte. Die Schnur war so dick wie der Daumen eines Mannes, und der Bolzen, der in der Nut lag, hatte eine x-förmige Spitze, die einen letheriischen Schild durchbohren mochte, als wäre er aus Birkenrinde. Der Soldat spannte die Armbrust, in dem er den Haken zurückkurbelte und irgendwie arretierte. Dann schob er sich an der Wand entlang in die Ecke.

Galt wich zurück, als die Schritte auf der Treppe näher kamen. Er machte ein paar Handbewegungen, die Masan Gilani mit einem undeutlichen Brummen beantwortete, und dann hörte Brullyg, wie hinter ihm Stoff zerriss – einen Augenblick später spürte er die Spitze eines Messers zwischen seinen Schulterblättern. Sie hatte das Messer durch die verdammte Sessellehne gestoßen. Sie beugte sich vor. »Sei nett und dumm, Brullyg. Wir kennen die beiden, und wir können uns vorstellen, weswegen sie hier sind.«

Nachdem Galt einen Blick nach hinten auf Masan Gilani geworfen und einmal genickt hatte, trat er an die Tür und öffnete sie weit. »Oho«, sagte er gedehnt in seinem schrecklichen Letherii, »wenn das nicht dieser Kapitän ist und ihr Erster Maat. Geld ist wohl ausgegangen zu schnell? Wie kommt ihr das Bier bringt?«

Ein heftiges Knurren von draußen. »Was hat er gesagt, Kapitän?«

»Was auch immer, er hat es auf jeden Fall schlecht gesagt.« Eine Frau. Und diese Stimme – Brullyg runzelte die Stirn. Diese Stimme hatte er schon einmal gehört. Die Messerspitze grub sich ein bisschen tiefer in sein Rückgrat.

»Wir bringen Triller Brullyg sein Bier«, fuhr die Frau fort.

»Das ist schön«, sagte Galt. »Wir sehen, dass es zu ihm kommt.«

»Triller Brullyg ist ein alter Freund von mir. Ich will ihn sprechen.«

»Er ist beschäftigt.«

»Womit?«

»Denken.«

»Triller Brullyg? Das bezweifle ich jetzt aber wirklich – und wer bist du überhaupt, im Namen des Abtrünnigen? Du bist kein Letherii, und du und diese Freunde von dir, die in der Schenke rumhängen, nun ja, niemand von euch war als Gefangener hier. Ich habe mich umgehört. Ihr seid von dem merkwürdigen Schiff, das in der Bucht vor Anker liegt.«

»Tja, Kapitän, das ist ganz einfach. Wir sind gekommen für all das Eis geht. Und so Brullyg hier belohnt uns. Wir Gäste. Königliche Gäste. Jetzt leisten wir Gesellschaft. Er lächelt die ganze Zeit nett. Wir auch nett.«

»Nette Idioten, glaube ich«, sagte der Mann draußen grummelnd – vermutlich der Erste Maat des Kapitäns. »Aber allmählich wird mein Arm müde – also geh zur Seite, und lass mich das verdammte Ding reinbringen.«

Galt warf einen Blick über die Schulter nach hinten, auf Masan Gilani, die auf Malazanisch sagte: »Warum schaust du mich an? Ich bin nur hier, um dafür zu sorgen, dass diesem Mann auch weiterhin die Zunge raushängt.«

Brullyg leckte sich Schweißperlen von den Lippen. *Warum klappt es immer noch, obwohl ich es weiß? Bin ich tatsächlich so blöd?* »Lasst sie rein«, sagte er leise. »Dann kann ich sie beruhigen und wieder wegschicken.«

Galt sah erneut Masan Gilani an, und obwohl sie nichts sagte, mussten sie sich doch irgendwie verständigt haben, denn er zuckte plötzlich die Schultern und trat zurück. »Kommt das Bier.«

Brullyg sah zwei Gestalten das Zimmer betreten. Die vordere war Skorgen Kagan, der Hübsche. Was bedeutete ... ja. Der Möchtegern-König lächelte. »Shurq Elalle. Du bist nicht einen Tag älter geworden, seit ich dich das letzte Mal gesehen habe. Und Skorgen – stell das Fass ab, bevor du dir die Schulter ausrenkst und der Liste deiner Gebrechen hinzufügen musst, dass du schief bist. Stich das verdammte Ding an, dann können wir alle was trinken. Oh«, fügte er hinzu, als er sah, dass die beiden Piraten die Soldaten erst jetzt richtig wahrnahmen – wobei Skorgen fast vor Schreck hochgeschnellt wäre, als er Läppchen in der Ecke entdeckte, der die Armbrust nun angelegt hatte –, »das sind ein paar von meinen königlichen Gästen. An der Tür: Galt. In der Ecke: Läppchen. Und dieses Liebchen hier mit einer Hand hinter meiner Sessellehne ist Masan Gilani.«

Shurq Elalle nahm sich einen der Stühle unweit der Tür und zog ihn so weit, dass er Brullyg gegenüberstand. Nachdem sie sich hingesetzt hatte, schlug sie die Beine übereinander und verschränkte die Hände in ihrem Schoß. »Brullyg, du halbverrückter betrügerischer Geizhals von einem Dreckskerl. Wenn du allein wärst, würde ich dir auf der Stelle deinen schwabbeligen Hals zudrücken.«

»Ich kann nicht behaupten, dass deine Feindseligkeit mich erschüttert«, antwortete Brullyg, der die Anwesenheit seiner malazanischen Leibwächter plötzlich als sehr beruhigend empfand. »Aber weißt du, es war nie so schlimm oder hässlich, wie du geglaubt hast. Du hast mir nur nie Gelegenheit gegeben, es zu erklären ...«

Shurqs Lächeln war gleichermaßen schön wie düster. »Ach, Brullyg, du warst doch nie jemand, der irgendwas erklärt hat.«

»Ein Mann verändert sich.«

»Da wärst du der Erste.«

Brullyg widerstand der Versuchung, die Schultern zu zucken, denn das hätte ihm einen ziemlich hässlichen Schnitt auf dem Rücken beschert. Stattdessen hob er in einer entschuldigenden Geste die Arme. »Lass uns das beiseiteschieben. Das ist doch alles Geschichte. Die *Unvergängliche Dankbarkeit* ruht sicher und geborgen in meinem Hafen. Die Fracht ist entladen, und deine Geldbörse prall gefüllt. Ich nehme an, du brennst darauf, unsere gesegnete Insel zu verlassen.«

»So was in der Art«, antwortete sie. »Leider sieht es so aus, als hätten wir Schwierigkeiten, die … äh … Erlaubnis zu bekommen. Momentan blockiert das verdammt nochmal größte Schiff, das ich je gesehen habe, die Hafeneinfahrt, und eine schlanke Kriegsgaleere steuert den Hauptpier an, um dort anzulegen. Weißt du«, fügte sie mit einem weiteren flüchtigen Lächeln hinzu, »es fängt irgendwie an, wie eine … nun ja … *Blockade* auszusehen …«

Die Messerspitze verschwand aus Brullygs Rücken, und Masan Gilani kam um den Stuhl herum, während sie die Waffe wieder in die Scheide schob. Als sie nun sprach, tat sie das in einer Sprache, die Brullyg noch nie zuvor gehört hatte.

Läppchen hob erneut die Armbrust, zielte auf Brullyg und antwortete Masan in der gleichen Sprache.

Skorgen, der neben dem Fass gekniet und mit einem Handballen auf den Zapfhahn eingeschlagen hatte, stand auf. »Im Namen des Abtrünnigen, was geht hier vor, Brullyg?«

Von der Tür her erklang eine Stimme. »Nur dies. Dein Kapitän hat Recht. Unsere Warterei ist zu Ende.«

Der Soldat namens Gurgelschlitzer lehnte mit verschränkten Armen am Türrahmen. Er grinste Masan Gilani an. »Sind das nicht gute Neuigkeiten? Jetzt kannst du deine köstlichen Kurven und all das nehmen und zum Pier runtertänzeln – ich bin mir sicher, Urb und die anderen vermissen sie schon ganz furchtbar.«

Shurq Elalle, die immer noch auf ihrem Stuhl saß, seufzte vernehmlich. »Ich glaube nicht, dass wir diesen Raum so bald wieder verlassen werden, mein Hübscher. Warum holst du uns nicht ein paar Krüge und schenkst uns ein?«

»Sind wir Geiseln?«

»Nein, nein«, antwortete sein Kapitän. »Gäste.«

Mit deutlich stärker schwingenden Hüften als notwendig, schlenderte Masan Gilani aus dem Zimmer. Brullyg stöhnte leise.

»Wie ich vorhin schon gesagt habe«, murmelte Shurq, »Männer ändern sich nicht.« Sie blickte Galt an, der sich den anderen Stuhl herangezogen hatte. »Ich nehme an, ihr werdet nicht zulassen, dass ich diesen ekelhaften Wurm erwürge?«

»Tut mir leid, nein.« Ein flüchtiges Lächeln huschte über sein Gesicht. »Zumindest nicht jetzt gleich.«

»Also, wer sind eure Freunde da unten im Hafen?«

Galt zwinkerte ihr zu. »Wir haben ein bisschen was zu erledigen, Kapitän. Und wir sind zu dem Schluss gekommen, dass diese Insel ein wunderbares Hauptquartier abgibt.«

»Dein Letherii hat sich aber bemerkenswert verbessert.«

»Das muss an der netten Gesellschaft liegen, Kapitän.«

»Gib dir keine Mühe«, sagte Gurgelschlitzer, der immer noch am Türrahmen lehnte. »Totstink sagt, sie steht auf der falschen Seite vom Tor des Vermummten, ganz egal, was du siehst oder zu sehen glaubst.«

Galt erbleichte langsam.

»Ich weiß nicht so recht, was er damit meint«, sagte Shurq Elalle, die glutvollen Augen auf Galt gerichtet, »aber mein Appetit ist lebendig wie eh und je.«

»Das ist … widerlich.«

»Ich nehme an, es erklärt die Schweißperlen auf deiner Stirn.«

Galt wischte sich hastig über die Stirn. »Die ist ja noch schlimmer als Masan Gilani«, beklagte er sich.

Brullyg rutschte nervös auf seinem Stuhl herum. Die Wahl des richtigen Zeitpunkts. Darin waren diese verdammten Malazaner Meister. *Meine Freiheit hätte wirklich ein bisschen länger währen können.* »Beeil dich ein bisschen mit dem Bier, Hübscher.«

Festzustellen, dass man allein dastand – von allem losgelöst –, während eine unglückliche Armee sich unruhig wand, war der schlimmste Alptraum eines Befehlshabers. *Und wenn du sie zu diesem Zeitpunkt auch noch dazu gebracht hast, sich geradewegs in die Wildnis eines Ozeans zu begeben, kann es eigentlich nicht mehr viel schlimmer kommen.*

Die Wut hatte sie vereint. Für eine gewisse Zeit. Bis die Wahrheit einzusickern begann, wie Dasselfliegen-Maden unter die Haut. Ihr Heimatland wollte sie töten. Sie würden ihre Familien nicht wiedersehen – keine Frauen, keine Männer, keine Mütter, keine Väter. Keine Kinder, die man auf den Knien reiten lassen konnte, während man sich so seine Gedanken machte – sich fragte, in die Augen welches Nachbarn man jetzt wohl schaute. Keine Abgründe, die es zu überbrücken galt, keine Verletzungen, die geheilt werden mussten. Alle geliebten Menschen … so gut wie tot.

Armeen werden widerspenstig, wenn so etwas passiert. Es war fast genauso schlimm, wie keine Beute zu machen und keinen Sold zu bekommen.

*Wir waren Soldaten des Imperiums. Unsere Familien waren auf unseren Lohn angewiesen, auf die Steuererleichterungen, die Ablösesummen und Pensionen. Viele von uns waren jung genug, um darüber nachzudenken, ihren Abschied zu nehmen und ein neues Leben anzufangen – ein Leben, bei dem man kein Schwert schwingen und irgendeinem zähnefletschenden Schläger in die Augen sehen musste, der einen in Stücke hauen will. Ein paar von uns waren verdammt müde.*

*Also – was hat uns zusammengehalten?*

*Nun ja, kein Schiff liebt es, allein zu segeln, oder?*

Aber Faust Blistig wusste, dass da noch mehr war. Geronnenes Blut, das alle an Ort und Stelle hielt wie Leim. Das Brandmal des Verrats, der Stachel der Wut. Und eine Anführerin, die ihre eigene Liebe geopfert hatte, damit sie alle überleben konnten.

Er hatte zu viele Tage und Nächte an Bord der *Geiferwolf* verbracht, hatte keine fünf Schritt von der Mandata entfernt gestanden und ihren steifen Rücken gemustert, während sie auf die ruppigen Wogen hinausgestarrt hatte. Eine Frau, die nichts verriet – aber manche Dinge kann ein Sterblicher nicht verbergen, und eines dieser Dinge war Kummer. Er hatte sie gesehen und sich Fragen gestellt. Würde sie das alles überstehen?

Irgendjemand – vielleicht war es Keneb gewesen, der manchmal Tavore besser als alle anderen zu verstehen schien, vielleicht sogar besser als sie sich selbst – hatte dann eine schicksalhafte Entscheidung getroffen. Die Mandata hatte ihre Adjudantin verloren. In Malaz. Ihre Adjudantin – und ihre Geliebte. Nun, was die Geliebte anging, konnte möglicherweise nichts getan werden, aber die Rolle der Adjudantin war eine offizielle Position, und eine, die für jeden Befehlshaber unerlässlich war. In diesem Fall ging es natürlich nicht um einen Mann – es würde mit Sicherheit eine Frau sein müssen.

Blistig erinnerte sich an jene Nacht. Der elfte Glockenschlag war gerade über das Deck gehallt – die zerzauste Flotte, flankiert von den Kriegsthronen der Verender, hatte sich drei Tage östlich von Kartool und am Beginn eines weiten, nordwärts ausschwingenden Bogens befunden, der sie um die stürmischen, tödlichen Meeresstraßen zwischen der Insel Malaz und der Küste von Korel herumführen würde –, und die Mandata hatte allein knapp hinter dem Mast auf dem Vorderdeck gestanden, während der Wind unbeständig an ihrem Regenumhang gezupft hatte, was Blistig unwillkürlich an eine Krähe mit gebrochenen Flügeln hatte denken lassen. Und dann war eine zweite Gestalt aufgetaucht und dicht links neben Tavore stehengeblieben. *Dort, wo T'amber gestanden hätte. Wo jede Adjudantin einer Befehlshaberin gestanden hätte.*

Tavore hatte erstaunt den Kopf gedreht, und dann waren Worte gewechselt worden – zu leise, als dass Blistig etwas hätte verstehen können –, und schließlich hatte der Neuankömmling salutiert.

*Die Mandata ist allein. Genauso wie eine andere Frau, die anscheinend ebenso von kummervollen Gedanken erfüllt ist wie Tavore, aber diese andere besitzt eine Schärfe, einen Zorn, der so hart ist wie Arenstahl. Und sie hat nicht allzu viel Geduld, was möglicherweise genau das ist, was hier gebraucht wird.*

*Warst du das, Keneb?*

Natürlich hatte Lostara Yil, einst Hauptmann bei den Roten Klingen, mittlerweile nur noch eine weitere geächtete Soldatin, keinerlei Neigung gezeigt, eine Frau in ihr Bett zu nehmen. Genauer gesagt hatte sie niemanden in ihr Bett genommen. Dabei war es keine Qual, sie anzusehen, wenn man eine Vorliebe für zerbrochenes Glas hatte, das wieder zusammengeflickt worden war. Und für Tätowierungen wie die Pardu sie trugen. Aber es war genauso wahrscheinlich, dass die Mandata nicht so dachte. Es war zu früh. Und die falsche Frau.

In der ganzen Flotte hatten Offiziere berichtet, dass die Soldaten über

Meuterei tuschelten, ausgenommen – was mehr als merkwürdig war – die Seesoldaten, die niemals über die nächste Mahlzeit oder die nächste Runde Trog hinaus zu denken schienen. Bericht um Bericht, in immer nervöserem Tonfall vorgetragen, und es hatte den Anschein gehabt, als wäre die Mandata nicht willens oder nicht in der Lage, sich auch nur im Entferntesten damit zu beschäftigen.

*Körperliche Wunden lassen sich sehr gut heilen; es sind die anderen, die eine Seele ausbluten lassen können.*

Nach jener Nacht hatte Lostara Yil wie eine verdammte Zecke an einer mürrischen Tavore gehangen. Adjudantin der Befehlshaberin. Sie hatte gewusst, was sie zu tun hatte. Da von ihrer Befehlshaberin ganz offensichtlich keine Anweisungen gekommen waren, hatte Lostara Yil sich der Aufgabe angenommen, beinahe achttausend unglückliche Soldaten zu verwalten. Als Erstes war es nötig gewesen, die Sache mit dem Sold zu regeln. Die Flotte hatte Kurs auf Seft genommen, ein armseliges Königreich, das durch Bürgerkriege und die malazanische Einmischung in Stücke gerissen worden war. Vorräte mussten gekauft werden, aber noch wichtiger war, dass den Soldaten Landgänge erlaubt wurden, und dafür war Geld vonnöten – und das Versprechen, dass es mehr geben würde, wenn die ganze Armee nicht in den Hintergassen des ersten Hafens verschwinden sollte.

Die Truhen der Armee gaben nicht her, was nötig war.

Also machte Lostara Jagd auf Banaschar, den ehemaligen D'rek-Priester. Machte Jagd auf ihn und trieb ihn in die Enge. Und schlagartig waren die Schatztruhen wieder prall gefüllt.

*Aber – warum Banaschar? Woher hat Lostara es gewusst?*

*Von Wühler natürlich. Dem dürren Zwerg, der mit diesen nicht ganz richtigen Bhok'arala in der Takelage rumturnt – ich habe ihn noch kein einziges Mal runterkommen gesehen, ganz egal, wie schlimm das Wetter auch sein mag.* Dennoch hatte Wühler irgendwie über Banaschars verborgenen Geldbeutel Bescheid gewusst, und irgendwie hatte er es Lostara mitgeteilt.

Die Vierzehnte Armee war plötzlich reich gewesen. Natürlich wäre es verhängnisvoll gewesen, wenn man zu viel auf einen Schlag ausbezahlt hätte, aber das wusste Lostara. Es hatte gereicht, dass das Geld gesehen worden war und das Gerücht darüber sich wieselflink auf allen Schiffen der Flotte hatte ausbreiten können.

Da aber die Soldaten waren, was sie nun einmal waren, hatte es nicht lange gedauert, bis sie sich über etwas anderes beklagten, und dieses Mal hatte die Adjudantin der Mandata ihnen keine Antwort geben können.

*Wo gehen wir hin, im Namen des Vermummten?*

*Sind wir immer noch eine Armee – und wenn wir noch eine sind, für wen kämpfen wir dann?* Die Vorstellung, zu Söldnern zu werden, kam nicht sonderlich gut an, wie sich herausstellte.

Es ging das Gerücht, Lostara Yil hätte eines Nachts in der Kabine der Mandata einen Streit mit Tavore gehabt. Eine Nacht voller Schreie, voller Flüche ... und vielleicht auch Tränen. Oder es war sonst etwas passiert. Etwas so Einfaches, wie dass Lostara ihre Befehlshaberin einfach mürbe gemacht hatte, wie D'reks Soldaten – die Würmer –, die an den Knöcheln der Erde nagten, *schnipp-schnapp mittendurch*. Was auch immer genau geschehen war, die Mandata war ... aufgewacht. Die gesamte Vierzehnte war kurz davor gewesen auseinanderzufallen.

Die Fäuste sowie alle Offiziere im Range eines Hauptmanns oder höher waren zu einem Appell an Bord der *Geiferwolf* gerufen worden. Und zum allseitigen Erstaunen war Tavore an Deck gekommen und hatte *eine Rede* gehalten. Sünd und Banaschar waren ebenfalls da gewesen, und mittels Zauberei war dafür gesorgt worden, dass die Worte der Mandata von allen gehört werden konnten, selbst von den Mannschaften hoch oben in der Takelage und in den Krähennestern.

Eine verdammte Rede, beim Vermummten.

Von Tavore. Die die Lippen normalerweise fester zusammengekniffen hatte als eine Katze an Toggs Zitzen – aber damals hatte sie gesprochen. Nicht lang, nicht kompliziert. Und es war keine Großartigkeit oder Genialität zu spüren gewesen. Es war eine offene Rede – alle Worte vom staubigen Boden aufgehoben, auf einem durchgekauten Riemen aufgefädelt, und dann war noch nicht mal draufgespuckt worden, um sie zum Glänzen zu bringen. Es waren auch keine kostbaren Steine darin zu finden gewesen. Keine Perlen, keine Opale, keine Saphire.

*Bestenfalls ungeschliffene Granate.*

*Bestenfalls.*

An Tavores Schwertgürtel hatte ein Fingerknochen gehangen. Vergilbt, an einem Ende verkohlt. Sie hatte einige Zeit stumm dagestanden, ihre reizlosen Gesichtszüge hatten abgespannt gewirkt, gealtert, ihre Augen waren matt wie dreckiger Schiefer gewesen. Und als sie schließlich gesprochen hatte, war ihre Stimme leise, merkwürdig bedächtig, bar aller Gefühle gewesen.

Blistig konnte sich noch immer an jedes einzelne Wort erinnern.

»Es hat Armeen gegeben, befrachtet mit Namen und dem Erbe von Zusammenkünften, von Schlachten, von Verrat. Die Geschichte hinter dem Namen ist die geheime Sprache einer jeden Armee – eine Sprache, die niemand außer ihr verstehen und erst recht nicht sprechen kann. Das Erste Schwert Dassem Ultors – die Ebenen von Unta, die Hügel von Griss, Li Heng, Y'Ghatan. Die Brückenverbrenner – die Raraku, der Schwarzhundsumpf, der Mottwald, Fahl, Schwarz-Korall. Coltaines Siebte – der Gelor-Kamm, der Vathar und der Tag des Reinen Blutes, Sanimon, der Untergang.

Ein paar von euch haben die eine oder andere dieser Sprachen gesprochen – mit Kameraden, die nun gefallen, die nun Staub sind. Für euch sind sie die zersprungenen Behältnisse eures Kummers und eures Stolzes. Und ihr könnt nicht allzu lange auf einer Stelle stehen bleiben, sonst würde der Boden um eure Füße herum sich in bodenlosen Schlamm verwandeln.« Dann hatte sie den Blick gesenkt, einen Herzschlag lang, einen zweiten, ehe sie wieder aufgeblickt und die traurigen Gesichter gemustert hatte, die vor ihr aufgereiht waren.

»Auch wir Knochenjäger haben inzwischen unsere geheime Sprache. Grausam in ihrer Geburt in Aren, heruntergekommen in einem Strom aus altem Blut. Coltaines Blut. Ihr wisst das. Ich brauche euch das nicht zu erzählen. Wir haben unsere eigene Raraku. Wir haben unser eigenes Y'Ghatan. Wir haben Malaz – die Stadt Malaz.

In dem Bürgerkrieg auf Seft hat ein Kriegsherr die Armee eines Rivalen gefangen genommen und sie anschließend vernichtet – und zwar nicht, indem er die Soldaten abschlachten ließ; nein, er hat einfach nur den Befehl gegeben, dass die Waffenhand eines jeden Soldaten den Zeigefinger verlieren sollte. Die verstümmelten Soldaten wurden dann zum Rivalen des Kriegsherrn zurückgeschickt. Zwölftausend nutzlose Männer und Frauen. Die man ernähren musste, die man nach Hause schicken musste, die eine bittere Niederlage schlucken mussten. Vor noch nicht allzu langer Zeit wurde ich … an diese Geschichte erinnert.«

*Ja*, hatte Blistig damals gedacht, *und ich glaube, ich weiß auch, von wem. Bei den Götten, wir wissen es alle.*

»Auch wir sind verstümmelt. In unseren Herzen. Ihr alle wisst das. Und daher tragen wir ein Knochenstück an unserem Gürtel. Das Erbe eines abgetrennten Fingers. Und ja, wir können nicht anders als Bitterkeit zu empfinden.« Sie hatte eine Pause gemacht, mehrere Herzschläge lang geschwiegen, und er hatte das Gefühl gehabt, als hätte die Stille selbst in seinem Schädel geknirscht.

Dann hatte Tavore weitergesprochen. »Die Knochenjäger werden in unserer geheimen Sprache sprechen. Wir segeln, um unserer Bürde einen weiteren Namen hinzuzufügen, und es könnte sein, dass er sich als der letzte Name erweist. Ich glaube das nicht, aber das Gesicht der Zukunft liegt hinter Wolken verborgen – wir können es nicht sehen. Wir können nicht wissen, was geschehen wird.

Die Insel Sepik, ein Protektorat des malazanischen Imperiums, ist nun bar allen menschlichen Lebens. Männer, Frauen und Kinder – alle sinnlos abgeschlachtet. Wir kennen das Gesicht des Schlächters. Wir haben die dunklen Schiffe gesehen. Wir haben gesehen, wie die brutale Magie enthüllt wurde.

Wir sind Malazaner. Und das bleiben wir auch, ganz egal, was die Imperatrix sagt. Reicht das allein nicht schon, um zu reagieren?

Nein, das reicht nicht. Mitleid reicht niemals. Genauso wenig wie der Durst nach Rache. Aber vorerst und für das, was uns erwartet, wird es vielleicht ausreichen. Wir sind die Knochenjäger, und wir segeln einem weiteren Namen entgegen. Über Aren, über die Raraku und über Y'Ghatan hinaus überqueren wir jetzt die Welt, um den ersten Namen zu finden, der wirklich unser eigener ist. Den wir mit niemandem sonst teilen. Wir segeln, weil wir eine Antwort geben wollen.

Und da ist noch mehr. Aber darüber werde ich nichts sagen … nicht mehr, als dies: ›*Was euch in der Abenddämmerung des Vergehens der alten Welt erwartet, wird … ohne Zeugen geschehen.*‹ T'ambers Worte.« Eine weitere schmerzhafte lange Pause.

»Es sind harte Worte, und es könnte gut sein, dass sie Groll nähren, wenn wir so schwach sind, ihn zuzulassen. Aber ich als euer Befehlshaber sage zu diesen Worten dies: *Wir werden unsere eigenen Zeugen sein, und das wird reichen. Es muss reichen. Es muss immer reichen.*«

Selbst jetzt noch, mehr als ein Jahr später, fragte sich Blistig, ob sie gesagt hatte, was notwendig war. Ehrlich gesagt war er sich nicht einmal sicher, was sie tatsächlich gesagt *hatte*. Was es bedeutete. *Mit Zeugen, ohne Zeugen, ist das tatsächlich ein Unterschied?* Aber er kannte die Antwort auf diese Frage, auch wenn er nicht genau sagen konnte, was er da wusste. Etwas rührte sich tief im Abgrund seiner Seele, als wenn seine Gedanken schwarze Wasser wären, die unsichtbare Felsen liebkosten, sich zu Formen krümmten, die nicht einmal Unwissenheit ändern konnte.

*Nun, wie kann irgendwas von alledem einen Sinn ergeben? Ich verfüge nicht über die richtigen Worte.*

*Aber ich will verdammt sein. Sie hatte sie. Damals. Sie hatte sie.*

Ohne Zeugen. In dieser Vorstellung lag etwas Verbrecherisches. Eine tiefe Ungerechtigkeit, über die er schimpfte. *Schweigend. Wie alle anderen Soldaten der Knochenjäger. Vielleicht. Nein, ich täusche mich nicht – ich sehe etwas in ihren Augen. Ich kann es sehen. Wir schimpfen über Ungerechtigkeit, ja. Das, was wir tun, wird von niemandem gesehen werden. Unser Schicksal wird ungemessen bleiben.*

*Tavore, was hast du da aufgeweckt? Und – hol uns der Vermummte – was lässt dich glauben, dass wir irgendetwas von alledem gewachsen sind?*

Es hatte keine Desertionen gegeben. Er verstand es nicht. Er glaubte nicht, dass er es jemals verstehen würde. Was in jener Nacht geschehen war, was bei jener merkwürdigen Rede geschehen war.

*Sie hat uns gesagt, wir würden diejenigen, die wir lieben, niemals wiedersehen. Das hat sie uns gesagt, oder?*

*Womit für uns was geblieben ist?*

*Wir einander, nehme ich an.*

»Wir werden unsere eigenen Zeugen sein.«

Und war das genug?

*Vielleicht. Bis jetzt.*

*Aber jetzt sind wir hier. Wir sind angekommen. Die Flotte … die Flotte brennt – bei den Göttern, dass sie das wirklich tun würde. Es ist kein einziges*

*Transportschiff mehr übrig. Sie sind verbrannt, sind vor dieser verdammten Küste auf den Meeresgrund gesunken. Wir sind … abgeschnitten.*

*Willkommen im Imperium von Lether, Knochenjäger.*

*Leider sind wir nicht gekommen, um zu feiern.*

Das tückische Eis lag jetzt hinter ihnen, die zerbrochenen Berge, die das Meer erfüllt und sich auf den Finger geschoben hatten, um alles zu Staub zu zermalmen. Auf dem abgeschabten Felsen gab es keine Ruinen, über die man sich in ferner Zukunft hätte Gedanken machen können, dort war kein einziges Anzeichen menschlicher Existenz zurückgeblieben. Eis bedeutete die völlige Auslöschung. Es arbeitete nicht wie Sand, es deckte nicht einfach nur sämtliche Spuren zu. Es war genau so, wie die Jaghut es gewollt hatten: eine Negierung, eine Säuberung bis hinunter auf den nackten Fels.

Lostara Yil zog ihren pelzbesetzten Umhang enger um sich, als sie der Mandata zum Voderdeck der *Geiferwolf* folgte. Vor ihnen lag der geschützte Hafen; ein halbes Dutzend Schiffe ankerte in der Bucht, darunter die *Silanda* – deren um den Mast herum aufgehäufte Tiste-Andii-Köpfe unter einer dicken Persenning verborgen waren. Es war nicht leicht gewesen, die Knochenflöte von Gesler zu bekommen, wie sie sich erinnerte; und von den Soldaten der beiden Trupps, die an Bord des verfluchten Schiffs zurückgeblieben waren, war nur einer willens gewesen, sie zu benutzen: dieser Korporal – Totstink. Noch nicht einmal Sünd wollte die Flöte anrühren.

Vor der Teilung der Flotte hatte es ein wildes Hin und Her innerhalb der Trupps und Kompanien gegeben. Die Strategie für diesen Krieg erforderte gewisse Umstellungen, und wie erwartet waren nur die wenigsten von den Veränderungen begeistert. *Soldaten sind so konservative Mistkerle.*

*Aber immerhin haben wir dafür gesorgt, dass Blistig keine echte Befehlsgewalt mehr hat – der ist wirklich schlimmer als ein alter Köter mit Rheuma.*

Lostara, die immer noch darauf wartete, dass ihre Befehlshaberin zu sprechen begann, drehte sich um; sie wollte einen letzten Blick auf den Kriegsthron werfen, der die Hafeneinfahrt blockierte. Zur Zeit war das das einzige Schiff der Verender in diesen Gewässern. Sie hoffte, es würde ausreichen für das, was kommen würde.

»Wo ist der Trupp von Sergeant Strang jetzt?«, fragte die Mandata.

»An der Nordwestspitze der Insel«, antwortete Lostara. »Sünd hält das Eis fern …«

»Wie?«, wollte Tavore wissen, nicht zum ersten Mal.

Und Lostara konnte ihr nur die gleiche Antwort geben, die sie ihr schon unzählige Male zuvor gegeben hatte. »Ich weiß es nicht, Mandata.« Sie zögerte kurz, ehe sie hinzufügte: »Ebron glaubt, dass dieses Eis stirbt. Dass es zu einem Ritual der Jaghut gehört, das nun zerfällt. Er hat bemerkt, dass die Wasserlinien an den Klippen dieser Insel deutlich höher als irgendwelche früheren Hochwasserlinien sind.«

Darauf sagte die Mandata nichts. Der kalte, feuchte Wind schien ihr nichts auszumachen, wenn man davon absah, dass aus ihrem Gesicht jegliche Farbe gewichen war, als hätte sich das Blut aus sämtlichen oberflächlichen Gefäßen zurückgezogen. Ihre Haare waren sehr kurz geschnitten, als wollte sie jeden Hinweis auf ihre Weiblichkeit zunichtemachen.

»Wühler sagt, die Welt ertrinkt«, sagte Lostara.

Tavore wandte sich halb um und blickte zu den dunklen Wolkenschleiern am Himmel hinauf. »Wühler. Noch ein Geheimnis«, sagte sie.

»Er scheint in der Lage zu sein, sich mit den Naechts zu unterhalten, was … nun ja … bemerkenswert ist.«

»Er kann sich mit ihnen unterhalten? Es ist mittlerweile schon schwierig geworden, sie überhaupt auseinanderzuhalten.«

Die *Geiferwolf* schlängelte sich an den vor Anker liegenden Schiffen vorbei und hielt auf den steinernen Pier zu, auf dem zwei Gestalten standen. Vermutlich Sergeant Balsam und Totstink.

»Geht nach unten, Hauptmann, und sagt den anderen Bescheid, dass wir demnächst von Bord gehen«, sagte Tavore.

»In Ordnung, Mandata.«

*Bleib eine Soldatin*, sagte Lostara Yil zu sich, ein Satz, der hundert Mal am Tag flüsternd durch ihren Geist hallte. *Bleib eine Soldatin, und alles andere wird vergehen.*

Während das erste Licht der Morgendämmerung den Himmel im Osten fahl werden ließ, preschte eine Schar berittener Letherii die schmale Küstenstraße entlang, die Berme des hügeligen Ufers zu ihrer Linken, den undurchdringlichen, wild wuchernden Wald zu ihrer Rechten. Der Regen hatte sich in feuchten Nebel verwandelt, der den letzten Zugriff der nächtlichen Dunkelheit verstärkte, und das Hufgetrappel klang merkwürdig gedämpft und verhallte rasch, kaum dass der letzte Reiter außer Sicht war.

Pfützen auf dem Weg beruhigten sich wieder, waren aber noch trüb vom aufgewirbelten Schlamm. Die Nebelschwaden trieben wabernd zwischen die Bäume.

Eine Eule, die hoch oben auf dem Zweig eines toten Baums saß, hatte die Truppe vorbeireiten sehen. Als die Echos verhallten, blieb sie, wo sie war, reglos, die großen, niemals blinzelnden Augen auf ein wirres Durcheinander aus Büschen und Sträuchern zwischen schlanken Pappeln gerichtet. Wo etwas nicht so war, wie es zu sein schien. Und ein Unbehagen heraufbeschwor, das ausreichte, ihren räuberischen Geist zu verwirren.

Das Gestrüpp verschwamm, als würde es sich in einer heftigen Böe auflösen – obwohl kein Wind wehte –, und nachdem es verschwunden war, erhoben sich Gestalten, die aus dem Nichts aufgetaucht zu sein schienen.

Die Eule kam zu dem Schluss, dass sie noch ein bisschen länger warten sollte. Auch wenn sie hungrig war, erfüllte sie nichtsdestotrotz eine seltsame Zufriedenheit, gefolgt von einer Art Zupfen in ihrem Geist, als ob etwas … fortgehen würde.

Buddl rollte sich auf den Rücken. »Mehr als dreißig Reiter«, sagte er. »Lanzenreiter, leicht gerüstet. Mit merkwürdigen Steigbügeln. Beim Vermummten, mir tut der Kopf weh. Ich hasse Mockra …«

»Genug genörgelt«, sagte Fiedler, während er zusah, wie sein Trupp – abgesehen von dem nun still daliegenden Buddl – sich zu regen begann, ebenso wie Geslers Leute wenige Schritte entfernt unter ein paar Bäumen. »Bist du dir sicher, dass sie nichts gerochen haben?«

»Diese vordersten Kundschafter sind fast auf uns draufgetreten«, sagte Buddl. »Da war irgendwas … besonders in einem von ihnen. Als ob er irgendwie … ich weiß nicht … besonders empfindlich gewesen wäre, nehme ich an. Er und diese verdammte hässliche Küste, an die wir nicht gehören …«

»Beantworte einfach nur meine Fragen«, unterbrach Fiedler ihn erneut.

»Wir hätten die Burschen überfallen sollen«, murmelte Koryk, während er die Knoten sämtlicher Fetische überprüfte, die er mit sich herumtrug; dann zog er seinen übergroßen Vorratspack heran, um die Riemen nachzusehen.

Fiedler schüttelte den Kopf. »Kein Kampf solange unsere Füße nicht trocken sind. Ich hasse das.«

»Und warum bist du dann ein verdammter Seesoldat, Sergeant?«

»Zufall. Außerdem waren das da Letherii. Wir sollen zunächst einmal jeden Kontakt mit ihnen vermeiden.«

»Ich habe Hunger«, sagte Buddl. »Obwohl … nein. Das war die Eule, verdammt. Wie auch immer, ihr würdet nicht glauben, wie es ist, nachts mit den Augen einer Eule zu sehen. So hell wie mittags in der Wüste.«

»Die Wüste«, sagte Starr. »Ich vermisse die Wüste.«

»Du würdest sogar 'nen Latrinengraben vermissen, wenn das der letzte Ort wäre, aus dem du rausgekrabbelt bist«, bemerkte Lächeln. »Koryk hatte seine Armbrust auf die Reiter gerichtet, Sergeant.«

»Was bist du – meine kleine Schwester?«, wollte Koryk wissen. Er ahmte Lächelns Stimme nach. »Koryk hat seinen Kindermacher nicht geschüttelt, nachdem er gepinkelt hat, Sergeant! Ich hab's *gesehen*!«

»Gesehen?« Lächeln lachte. »So nah würde ich dir niemals kommen, Halbblut, glaub mir.«

»Sie wird besser«, sagte Krake zu Koryk, dessen einzige Antwort in einem Grummeln bestand.

»Seid still. Alle«, sagte Fiedler. »Wir wissen nicht, wer sonst noch in diesen Wäldern lebt – oder die Straße benutzt.«

»Wir sind allein«, erklärte Buddl, der sich langsam aufsetzte und die Hände seitlich an den Kopf legte. »Vierzehn grummelnde, furzende Soldaten zu verstecken ist nicht leicht. Und wenn wir in dichter bevölkerte Gebiete kommen, wird es noch schlimmer werden.«

»Einen erbärmlichen Magier dazu zu bringen, den Mund zu halten, ist sogar noch schwieriger«, sagte Fiedler. »Überprüft eure Ausrüstung. Alle. Ich will, dass wir noch viel tiefer in diesen Wäldern sind, bevor wir uns für den Tag eingraben.« Während des letzten Monats an Bord der

Schiffe hatten die Knochenjäger ihren Schlafrhythmus geändert. Was eine verdammt harte Angelegenheit war, wie sich herausgestellt hatte. Immerhin war jetzt so ziemlich jeder anders eingestellt. *Und außerdem haben wir unsere Sonnenbräune verloren.* Fiedler begab sich zu Gesler, der ein Stück von ihm weg kauerte.

*Abgesehen von diesem goldhäutigen Dreckskerl und seinem haarigen Korporal.* »Sind deine Leute bereit?«

Gesler nickte. »Die Schweren beklagen sich, ihre Rüstungen würden anfangen zu rosten.«

»Solange sie dafür sorgen, dass sie nicht zu laut quietschen.« Fiedler warf einen Blick auf die ringsum hockenden Soldaten von Geslers Trupp und schaute dann zurück zu seinen eigenen Leuten. »Was für 'ne Armee«, murmelte er in sich hinein.

»Und was für 'ne Invasion, ja«, sagte Gesler zustimmend. »Kennst du irgendjemanden, der das schon mal auf diese Weise gemacht hat?«

Fiedler schüttelte den Kopf. »Aber auf eine bizarre Art ergibt es einen Sinn, oder? Den Berichten zufolge sind die Edur über eine große Fläche verteilt. Und Unterdrückte gibt es unzählige – all diese verdammten Letherii.«

»Die Truppe, die da gerade vorbeigeritten ist, hat auf mich nicht sonderlich unterdrückt gewirkt, Fid.«

»Nun, ich nehme an, wir werden's rausfinden, oder? Und jetzt sollten wir mit dieser Invasion loslegen.«

»Einen Augenblick«, sagte Gesler. Er legte Fiedler eine von Narben übersäte Hand auf die Schulter. »Sie hat die verdammten Transportschiffe verbrannt, Fid.«

Der Sergeant zuckte zusammen.

»Es ist schwer, das falsch zu verstehen, würdest du das nicht auch sagen?«

»Worauf spielst du an, Gesler? Darauf, dass es an dieser Küste Patrouillen geben könnte, die vielleicht die Flammen gesehen haben, oder darauf, dass es für uns keinen Weg zurück mehr gibt?«

»Hol mich der Vermummte, ich kann immer nur einen Fleischbrocken auf einmal kauen, verstehst du? Fangen wir mit dem ersten an. Wenn ich dieses verdammte Imperium wäre, würde ich diese Küste mit

Soldaten überschwemmen – noch bevor heute Abend die Sonne untergeht. Und ganz egal, wie viel Mockra unsere Truppmagier jetzt kennen, werden wir die Sache früher oder später vermasseln, Fid.«

»Bevor oder nachdem wir mit dem Blutvergießen angefangen haben?«

»Ich denke kein bisschen darüber nach, wie's aussehen wird, wenn wir anfangen, Tiste Edur zu töten, beim Vermummten. Ich denke über heute nach.«

»Wenn irgendjemand über uns stolpert, werden wir dreckig und gemein, und dann machen wir uns wie geplant aus dem Staub.«

»Und versuchen, am Leben zu bleiben, na klar. Großartig. Und was ist, wenn diese Letherii nicht freundlich sind?«

»Dann machen wir einfach weiter und stehlen, was wir brauchen.«

»Wir hätten in großer Zahl an Land gehen müssen, nicht nur wir Seesoldaten. Mit ineinander verschränkten Schilden. Um dann zu sehen, was sie uns entgegenwerfen können.«

Fiedler rieb sich den Nacken. Er seufzte. »Du weißt, was sie uns entgegenwerfen können, Gesler. Nur wird beim nächsten Mal kein Schneller Ben in der Luft rumtanzen, der ihnen ebenbürtig ist, ganz egal, welchen Schrecken sie auch aufbieten. Wir haben einen Nachtkrieg vor uns. Hinterhalte. Messer im Dunkel. Zuschlagen und abhauen.«

»Ohne Ausweg.«

»Ja. Und deshalb frage ich mich, ob sie die Transportschiffe verbrannt hat, um *ihnen* zu sagen, dass wir hier sind, oder um *uns* klarzumachen, dass es sinnlos ist, über einen Rückzug nachzudenken. Oder beides.«

Gesler brummte. »›Ohne Zeugen‹ hat sie gesagt. Sind wir da angekommen? Jetzt schon?«

Schulterzuckend stand Fiedler halb auf. »Kann sein, Gesler. Machen wir, dass wir loskommen – die Vögel zwitschern schon beinahe so laut wie wir.«

Aber als sie tiefer in den feuchten, verrottenden Wald stapften, ging Fiedler Geslers letzte Frage nicht aus dem Kopf. *Hat er Recht, Mandata? Sind wir schon da?* Sie marschierten in Einheiten aus zwei Trupps in ein verdammtes Imperium ein. Auf sich allein gestellt und ohne Unterstützung; ob sie lebten oder starben, lastete auf den Schultern eines einzigen Truppmagiers. *Was ist, wenn Buddl beim ersten Scharmützel getötet wird?*

*Dann sind wir erledigt, das ist dann. Am besten, Corabb bleibt schön dicht bei ihm, und dann hoffen wir, dass dem alten Rebellen auch weiterhin das Glück hold ist.*

Immerhin war zumindest das Warten vorbei. Und sie hatten endlich wieder festen Boden unter den Füßen; sie hatten alle wie Betrunkene geschwankt, als sie vom Strand hochgekommen waren, was unter anderen Umständen vielleicht lustig gewesen wäre. *Aber nicht, wenn wir auch glatt mitten in eine Patrouille hätten hineinlaufen können.* Jetzt fühlten sich die Dinge allerdings fest an. Dem Vermummten sei Dank. Nun, so fest, wie ein Boden sein konnte, der aus Moos, überwucherten Löchern und verdrehten Wurzeln bestand. *Fast so schlimm wie im Schwarzhundsumpf. Nein, denk jetzt nicht daran. Schau nach vorn, Fid. Schau einfach nur nach vorn.*

Irgendwo über ihnen war durch ein wirres Durcheinander aus Zweigen zu erkennen, dass der Himmel heller wurde.

»Wenn sich nochmal einer von euch beklagt, schneide ich mir die linke Titte ab.«

Ein Halbkreis aus Gesichtern gaffte sie an. Gut. Es gefiel ihr, wie toll das immer klappte.

»Feine Sache, dass die Schwimmerei dich gelöscht hat«, sagte Pfeifenkopf.

Sergeant Hellian starrte den großen Soldaten stirnrunzelnd an. Gelöscht? »Schwere sind Idioten, wisst ihr das? Eben.« Sie schaute nach unten und versuchte die Rumfässchen zu zählen, die sie aus dem Laderaum gerettet hatte, ehe die Flammen zu heftig geworden waren. Sechs, vielleicht auch zehn. Neun. Sie wedelte mit der Hand in Richtung der verschwommenen Ansammlung. »Jeder schafft Platz in seinem Rucksack. Eins für jeden.«

»Sollten wir nicht eigentlich Urb und seinen Trupp suchen?«, fragte Heikel Atemlos. »Sie müssten ganz in der Nähe sein.« Nach einer kurzen Pause sprach ihr Korporal noch einmal, dieses Mal mit einer anderen Stimme. »Er hat Recht. Pfeifenkopf, wo bist du nochmal hergekommen? Das Ufer rauf oder das Ufer runter?«

»Ich weiß es nicht mehr. Es war dunkel.«

»Wartet mal«, sagte Hellian. Sie machte einen Schritt zur Seite, um auf dem schwankenden Deck nicht das Gleichgewicht zu verlieren. Nein, auf dem schwankenden Boden. »Du bist nicht in meinem Trupp, Pfeifenkopf. Geh weg.«

»Nichts würde ich lieber tun«, antwortete er und schaute mit zusammengekniffenen Augen die Mauer aus Bäumen an, die sie umgab. »Ich werde kein Fass verdammtes Bier tragen. Schau dich an, Sergeant, du bist von Kopf bis Fuß versengt.«

Hellian streckte sich. »Jetzt hör aber auf, wir sprechen hier über unverzichtbare Lebensmittel. Aber ich werde dir sagen, was noch viel schlimmer ist. Ich wette, dass irgendjemand das Feuer gesehen hat – und ich hoffe, der Narr, der es angezündet hat, ist jetzt selbst ein Haufen Asche, ja, das hoffe ich. Irgendjemand hat's gesehen, das ist sicher.«

»Sergeant, sie haben *alle* Transportschiffe in Brand gesteckt«, sagte ein anderer von ihren Soldaten. Bart, breite Brust, stämmig wie ein Baumstamm und vermutlich auch nicht viel schlauer. Wie hieß er nochmal?

»Wer bist du?«

Der Mann rieb sich die Augen. »Balgrid.«

»Richtig, Balgi, und jetzt versuch mir zu erklären, wie irgendein Narr von Schiff zu Schiff geschwommen ist und alle in Brand gesteckt hat. Na? Tja, das habe ich mir gedacht.«

»Es kommt jemand«, zischte der Sappeur des Trupps.

Der mit dem albernen Namen. Einem Namen, den sie sich nie merken konnte. Magsein? Nein. Zuweilen? Unsicher? *Oh, Vielleicht. Unser Sappeur heißt Vielleicht. Und sein Freund da drüben, das ist Lauten. Und das da ist Tavos Pond – der ist zu groß. Große Soldaten kriegen Pfeile in die Stirn. Warum ist er nicht tot?* »Hat irgendjemand 'nen Bogen?«, fragte sie.

Ein Rascheln im Unterholz, dann tauchten zwei Gestalten aus der Düsternis auf.

Hellian starrte die erste an, spürte plötzlich eine unerklärliche Wut. Sie rieb sich nachdenklich das Kinn, versuchte sich an irgendetwas im Zusammenhang mit diesem traurig dreinblickenden Soldaten zu erinnern. Ihre Wut verrauchte wieder, wurde durch aufrichtige Zuneigung ersetzt.

Pfeifenkopf trat an ihr vorbei. »Sergeant Urb, dem Vermummten sei Dank, dass ihr uns gefunden habt.«

»Urb?«, fragte Hellian, während sie torkelnd näher an ihn herantrat und ihm ins runde Gesicht starrte. »Bist du das?«

»Du hast den Rum gefunden, was?«

»Sie vergiftet ihre Leber«, sagte Lauten von irgendwo hinter ihr.

»Meiner Leber geht's gut, Soldat. Die muss nur mal wieder ausgequetscht werden.«

»Ausgequetscht?«

Sie drehte sich um und sah den Heiler des Trupps finster an. »Ich hab' schon so manche Leber gesehen, Feldscher. Große Schwämme voller Blut. Die purzeln raus, wenn du einen aufschneidest.«

»Das klingt eher nach 'ner Lunge, Sergeant. Die Leber ist dieses flache Ding, schmutzig braun oder purpurn …«

»Spielt keine Rolle«, sagte sie und drehte sich wieder um, sah erneut Urb an. »Wenn die erste stirbt, macht die zweite weiter. Mir geht's gut. Nun ja«, fügte sie mit einem lauten Seufzer hinzu, der Urb dazu zu bringen schien, einen Schritt zurückzuweichen, »ich bin in allerbester Stimmung, meine Freunde. In allerbester Stimmung. Und nun, wo wir alle zusammen sind, lasst uns losmarschieren, weil ich mir ziemlich sicher bin, dass wir eigentlich irgendwohin marschieren sollen.« Sie grinste ihren Korporal an. »Was sagst du, Heikel Atemlos?«

»Klingt gut, Sergeant.«

»Ein hervorragender Plan, Sergeant.«

»Warum machst du das immer, Korporal?«

»Was denn?«

»Was denn?«

»Schau, Balgi ist derjenige, der halb taub ist …«

»Ich bin nicht mehr halb taub, Sergeant.«

»Bist du nicht? Aber wer ist dann halb taub?«

»Niemand, Sergeant.«

»Kein Grund zu schreien. Balgi kann dich hören, und wenn er es nicht kann, hätten wir ihn auf dem Boot lassen sollen, zusammen mit dem Großen da mit dem Pfeil im Schädel, weil keiner von den beiden uns von Nutzen ist. Wir suchen nach grauhäutigen Mördern, und die verstecken sich in den Bäumen da. Hinter ihnen meine ich. Wenn sie in ihnen wären, würde es weh tun. Also müssen wir anfangen, hinter all den Bäumen nachzusehen. Aber zuerst nehmen wir uns ein Fässchen, jeder nimmt sich eins, und dann können wir los.

Was glotzt ihr alle so? Ich bin diejenige, die die Befehle gibt, und ich hab mir ein neues Schwert besorgt, das es sehr viel einfacher machen wird, eine von diesen Titten abzuhacken. Bewegt euch, alle Mann, wir haben einen Krieg zu führen. Hinter den Bäumen da.«

Wie er da so vor ihm hockte, sah Möwenfleck so hinterhältig aus wie ein Wiesel in einem Hühnerstall. Er wischte sich mit einem Unterarm die laufende Nase, blinzelte noch einmal und sagte: »Alle Mann da, Faust.«

Faust Keneb nickte. Als er jemanden geräuschvoll den Strandhügel herunterrutschen hörte, drehte er sich um. »Still da drüben. In Ordnung, Möwenfleck, such Hauptmann Sort, und schick sie zu mir.«

»Jawohl, Faust.«

Die Soldaten fühlten sich ungeschützt, was verständlich war. Es war eine Sache, wenn ein oder zwei Trupps vor einer Marschkolonne kundschaften mussten – dann war zumindest ein Rückzug im üblichen Sinne möglich. Sollten sie allerdings hier in Schwierigkeiten geraten, blieb ihnen eigentlich nur die Möglichkeit, sich zu zerstreuen. Als Kommandant eines höchstwahrscheinlich länger andauernden, chaotischen Waffengangs war Keneb besorgt. Seine aus sechs Trupps bestehende Angriffseinheit würde am schwierigsten zu verstecken sein – die Magier, die er bei sich hatte, waren die schwächsten des ganzen Haufens, und das hatte einen einfachen Grund: seine Einheit würde – mit dem vorrangigen Ziel, jeden Feindkontakt zu vermeiden – nur sehr zögerlich ins Landesinnere vorrücken. Was den Rest seiner Legion anging, war die jetzt auf dreißig Längen dieser Küste verstreut, rückte in kleinen Einheiten von jeweils etwa einem Dutzend Soldaten vor und war dabei, einen verdeckten Feldzug zu beginnen, der möglicherweise Monate dauern würde.

Seit sie aus Malaz aufgebrochen waren, war es zu einer Reihe grundlegender Veränderungen in der Vierzehnten Armee gekommen. So war den Dutzenden von Magiern, Schamanen, Geisterbeschwörern und Knochenwerfern in den Legionen – mit der Absicht, Zauberei als wichtigstes Mittel zu nutzen, um Kontakt unter den verstreuten Einheiten zu halten – eine Art Vereinheitlichung auferlegt worden. Und sämtliche

Trupp-Magier der Seesoldaten – einer Streitmacht, in der jetzt ebenso viele Schwere Infanteristen wie Sappeure waren – kannten inzwischen bestimmte Mockra-Rituale. Illusionen, um Täuschung zu bewirken, Geräusche zu verschlucken, Geruchssinne zu verwirren.

Das alles machte für Keneb eine Sache offensichtlich. *Sie hat es gewusst. Von Anfang an. Sie hat gewusst, wo wir hingehen würden, und sie hat entsprechend geplant.* Wieder einmal hatte es keine Besprechungen mit den Offizieren gegeben. Die Mandata hatte sich nur mit dem Schmied aus dem Volk der Meckros und den Tiste Andii von Drift Avalii getroffen. *Was können die ihr schon über dieses Land erzählt haben? Keiner von denen ist von hier.*

Er zog es vor anzunehmen, dass es einfach nur Glück gewesen war, als die Flotte zwei Edur-Schiffe gesichtet hatte, die infolge eines Sturms von den anderen getrennt worden waren. Zu beschädigt, um fliehen zu können, waren sie von den Seesoldaten besetzt worden. Nicht mühelos – diese Edur waren erbitterte Kämpfer, wenn sie in die Enge getrieben wurden, selbst wenn sie halb verhungert und am Verdursten waren. Die Offiziere waren gefangen genommen worden, aber erst nachdem alle anderen verdammten Krieger bis zum letzten Mann niedergemacht worden waren.

Die Befragung der Offiziere war blutig gewesen. Doch trotz aller Informationen, die sie geliefert hatten, waren es letztlich die Logbücher und Seekarten gewesen, die sich für diesen merkwürdigen Feldzug als am nützlichsten erwiesen hatten. *Oh, »merkwürdig« ist ein zu schwaches Wort dafür. Schon klar, die Flotten der Tiste Edur sind mit unserem Imperium zusammengestoßen – oder mit dem, was mal unser Imperium war –, und sie haben unter Völkern, die unter unserem nominellen Schutz standen, schlimme Gemetzel angerichtet. Aber ist all das nicht eigentlich Laseens Problem?*

Die Mandata gab auch ihren Titel nicht auf. Mandata von wem? Der Frau, die alles getan hatte, um zu versuchen, sie umzubringen? Was war in jener Nacht da oben in Mocks Feste überhaupt geschehen? Die einzigen anderen Zeugen außer Tavore und der Imperatrix waren tot. T'amber. Kalam Mekhar – *bei den Göttern, das ist ein Verlust, der uns noch nachgehen wird.* Keneb hatte sich schon damals gefragt – und fragte sich immer noch –, ob das ganze Debakel in Malaz nicht von Laseen und ihrer geschätzten Mandata geplant gewesen war. Jedes Mal, wenn dieser Verdacht in ihm aufstieg, meldeten sich die gleichen Gegenargumente in seinem Geist. *Sie hätte nicht zugestimmt, dass T'amber getötet wird. Und Tavore selbst wäre beinahe im Hafen gestorben – das war schon verdammt knapp. Und was ist mit Kalam?* Außerdem war selbst Tavore Paran nicht kalt genug, der Opferung der Wickaner zuzusehen, nur um eine verdammte Lüge zu stützen. Oder …?

*Aber Laseen hat so etwas schon früher getan. Mit Dujek Einarm und seinem Heerhaufen. Und damals gehörte die Auslöschung der Brückenverbrenner mit zu der Übereinkunft – zumindest sieht es danach aus. Also … warum nicht?*

*Was wäre geschehen, wenn wir einfach in die Stadt marschiert wären? Und jeden verdammten Narren getötet hätten, der uns in die Quere gekommen wäre? Wenn wir als Streitmacht mit Tavore rauf zu Mocks Feste gegangen wären?*

Ein Bürgerkrieg wäre ausgebrochen. Er wusste, dass das die Antwort auf diese Fragen war. Und er konnte auch keinen Ausweg aus dem Dilemma erkennen, selbst nachdem er monatelang immer wieder darüber nachgedacht hatte.

Kein Wunder also, dass das alles tief drinnen an ihm nagte, und Keneb wusste, dass es nicht nur ihm so ging. Blistig glaubte an überhaupt nichts mehr, nicht einmal mehr an sich selbst. In seinen Augen schien sich das Schreckgespenst einer Zukunft zu spiegeln, die nur er sehen konnte. Er lief herum wie ein Mann, der bereits tot war – wie jemand, dessen Körper sich einer Wahrheit verweigerte, von der der Verstand längst wusste, dass sie unwiderruflich war. Und sie hatten Tene Baralta und seine Roten Klingen verloren, obwohl das vielleicht nicht ganz so tragisch war. *Nun, gib's zu, Tavores engster Zirkel ist ziemlich dahin. Ausgehöhlt. Beim Vermummten, ich selbst habe nie dazugehört – und deswegen bin ich hier, in diesem verdammten triefenden Sumpfloch von einem Wald.*

»Wir sind versammelt und warten, Faust.«

Blinzelnd sah Keneb, dass Hauptmann Sort angekommen war. *Sie steht da – wartet – wie lange schon?* Er blickte zum grau werdenden Himmel hoch. *Scheiße.* »Also schön. Wir stoßen ins Landesinnere vor, bis wir ein bisschen trockenen Boden finden.«

»In Ordnung.«

»Oh, Hauptmann – habt Ihr den Magier ausgesucht, den Ihr wollt?«

Faradan Sorts Augen verengten sich kurz, und im farblosen Licht wirkte ihr hartes Gesicht noch kantiger als sonst. Sie seufzte. »Ich glaube ja, Faust. Aus Sergeant Motz' Trupp. Schnabel.«

»Der? Seid Ihr sicher?«

Sie zuckte die Schultern. »Niemand mag ihn, also werdet Ihr den Verlust nicht bereuen.«

Keneb spürte einen Anflug von Verärgerung. »Eure Aufgabe ist nicht als Selbstmordkommando geplant, Hauptmann«, sagte er leise. »Ich bin noch nicht ganz davon überzeugt, dass es tatsächlich klappen wird, mit Hilfe der Magier und ihrer Fähigkeiten untereinander Kontakt zu halten. Und sobald die Trupps ihre Magier verlieren, wird alles auseinanderfallen. Ihr werdet vermutlich die einzige Verbindung zwischen sämtlichen Einheiten werden …«

»Sobald wir ein paar Pferde finden«, unterbrach sie ihn.

»Stimmt.«

Er sah, dass sie ihn mehrere Herzschläge lang musterte, ehe sie sagte: »Schnabel hat Kundschafterfähigkeiten, Faust. In gewisser Hinsicht. Er sagt, er kann Magie riechen, was helfen wird, unsere Soldaten zu finden.«

»Sehr gut. Nun, es ist an der Zeit, ins Landesinnere aufzubrechen.«

»Jawohl, Faust.«

Kurze Zeit später kämpften sich die gut vierzig Soldaten von Kenebs Kommando-Einheit durch einen Sumpf aus stinkendem, schwarzem Wasser, während die Hitze des Tages zunahm. Insekten schwärmten in hungrigen Wolken um sie herum. Es wurde wenig gesprochen.

*Keinem von uns ist bei dieser Sache so richtig wohl. Findet die Tiste Edur – die Unterdrücker dieses Landes – und macht sie nieder. Befreit die Letherii, so dass sie rebellieren. Ja, entfacht einen Bürgerkrieg – genau das, was wir im malazanischen Imperium vermeiden wollten und weswegen wir geflohen sind.*

*Ist es nicht merkwürdig, dass wir jetzt einer anderen Nation das zufügen, was wir uns selbst nicht antun wollten?*

*Das verleiht uns ungefähr so viel moralische Überlegenheit, wie es trockenen Boden in diesem verdammten Sumpf gibt. Nein, Mandata, wir sind nicht glücklich. Wir sind ganz und gar nicht glücklich.*

Schnabel wusste von alledem nicht viel. Tatsächlich wäre er der Erste gewesen, der zugegeben hätte, dass er nicht viel von überhaupt irgendetwas wusste – außer vielleicht, wie man Magie wirkte. Eines wusste er allerdings ganz genau: dass niemand ihn mochte.

An den Gürtel von Hauptmann Sort, dieser furchterregenden Frau, gebunden zu sein, würde sich vermutlich als schlechte Idee erweisen. Sie erinnerte ihn an seine Mutter, vom Aussehen her, was ganz schnell sämtliche lustvollen Gedanken hätte abtöten sollen. Es hätte sie abtöten sollen, aber es hatte sie nicht abgetötet, was er ein bisschen beunruhigend fand, wenn er darüber nachdachte, aber das tat er nicht. Nicht viel. Zumindest war sie in einer Hinsicht ganz anders als seine Mutter, denn sie sah ihn nicht bei jeder Gelegenheit verächtlich an, und das war wohltuend.

»Ich wurde als dummer Sohn sehr reicher, adliger Eltern geboren.« Das waren normalerweise die ersten Worte, die er hervorstieß, wenn er irgendjemandem begegnete. Und die nächsten lauteten: »Deshalb bin ich Soldat geworden, so dass ich mit Meinesgleichen zusammen sein konnte.« Normalerweise erstarben die Gespräche kurz danach, was Schnabel traurig machte.

Er hätte gerne mit den anderen Trupp-Magiern gesprochen, aber selbst ihnen konnte er die tief in seine Knochen eingegrabene Liebe zur Magie anscheinend nicht verständlich machen. »Geheimnis«, pflegte er zu sagen und dabei pausenlos zu nicken, »Geheimnis, stimmt's? Und Poesie. Das ist Zauberei. *Geheimnis und Poesie*, das hat meine Mutter immer zu meinem Bruder gesagt, wenn sie in den Nächten, in denen mein Vater irgendwo anders war, in sein Bett gekrochen ist. ›Wir leben in Geheimnis und Poesie, mein Lieber‹, pflegte sie zu sagen – und ich habe so getan, als würde ich schlafen, denn einmal habe ich mich aufgesetzt, und sie hat mich schlimm verprügelt. Normalerweise hat sie das nie getan, mit ihren Fäusten, meine ich. Die meisten von meinen Hauslehrern haben ihr das abgenommen, deshalb musste sie es nicht tun. Aber ich hatte mich aufgesetzt, und das hat sie verrückt gemacht. Der Hausheiler hat gesagt, ich wäre in jener Nacht beinahe gestorben, und so habe ich von der Poesie erfahren.«

Das Wunder namens Zauberei war seine größte Liebe, vielleicht sogar seine einzige, bis jetzt, obwohl er sich sicher war, dass er eines Tages seiner idealen Gefährtin begegnen würde. Einer hübschen Frau, die genau so dumm war wie er. Die anderen Magier starrten ihn jedenfalls meistens nur an, während er immer weiter vor sich hin brabbelte, was er immer machte, wenn er nervös war. Weiter und immer weiter. Manchmal kam ein Magier einfach zu ihm und umarmte ihn und ging dann weg. Einmal hatte ein Magier, mit dem er gesprochen hatte, angefangen zu weinen. Das hatte Schnabel erschreckt.

Die Befragung der Magier der Einheit durch Hauptmann Sort hatte bei ihm geendet; er war der Zweite in der Reihe gewesen.

»Woher kommst du, Schnabel, dass du so sehr davon überzeugt bist, dumm zu sein?«

Er wusste nicht so recht, was diese Frage genau bedeutete, aber er versuchte sie zu beantworten. »Ich wurde in der großen Stadt Quon geboren – auf Quon Tali im malazanischen Imperium; das ist ein Imperium, das von einer kleinen Imperatrix beherrscht wird und der zivilisierteste Ort auf der Welt. Alle meine Lehrer haben gesagt, dass ich dumm bin, und die sollten es wissen. Außerdem hat es niemanden gegeben, der ihnen nicht zugestimmt hätte.«

»Und wer hat dir die Magie beigebracht?«

»Wir hatten eine Hexe aus dem Volk der Seti, die für die Ställe verantwortlich war. Auf dem Landgut. Sie hat gesagt, dass für mich die Zauberei die einzige Kerze in der Dunkelheit ist. Die einzige Kerze in der Dunkelheit. Sie hat gesagt, mein Hirn hätte alle anderen Kerzen ausgelöscht, so dass diese hier heller und immer heller scheinen konnte. Und deshalb hat sie mir Magie gezeigt, als Erstes die der Seti, die sie am besten gekannt hat. Aber später hat sie immer wieder andere Diener gefunden, andere Leute, die andere Arten gekannt haben. *Gewirre.* So werden sie genannt. Verschieden gefärbte Kerzen für jedes einzelne Gewirr. Grau für Mockra, grün für Ruse, weiß für den Vermummten, gelb für Thyr, blau für …«

»Du weißt, wie man Mockra benutzt?«

»Ja. Wollt Ihr, dass ich es Euch zeige?«

»Jetzt nicht. Du musst mit mir kommen – ich stelle dich von deinem Trupp ab, Schnabel.«

»In Ordnung.«

»Du und ich, wir beide werden zusammen reisen, fernab von allen anderen. Wir werden von einer Einheit zur nächsten reiten, so gut wir können.«

»Reiten? Auf Pferden?«

»Weißt du, wie das geht?«

»Die Pferde aus Quon sind die besten Pferde der Welt. Wir züchten sie. Das war beinahe eine andere Kerze in meinem Kopf. Aber die Hexe hat gesagt, sie wäre anders gewesen, weil ich hineingeboren wurde, und Reiten war in meinen Knochen wie Schreiben in schwarzer Tinte drin ist.«

»Glaubst du, dass du in der Lage sein wirst, die anderen Trupps zu finden, selbst wenn sie Zauberei einsetzen, um sich zu verbergen?«

»Ob ich sie finden kann? Natürlich. Ich rieche Magie. Meine Kerze flackert, und dann neigt sie sich in die Richtung, aus der die Magie kommt, wo immer das auch sein mag.«

»In Ordnung, Schnabel, du bist jetzt Hauptmann Faradan Sort zugeteilt. Ich habe dich aus allen anderen ausgewählt.«

»In Ordnung.«

»Nimm deine Ausrüstung, und folge mir.«

»Wie dicht?«

»Als wenn du an meinen Schwertgürtel gebunden wärst, Schnabel. Ach, ganz nebenbei – wie alt bist du eigentlich?«

»Ich bin beim Zählen durcheinandergekommen. Ich war dreißig, aber das war vor sechs Jahren, und deshalb weiß ich es nicht mehr.«

»Die Gewirre, Schnabel – über wie viele Kerzen weißt du Bescheid?«

»Oh, über viele. Über alle.«

»Über alle.«

»In meinen letzten beiden Jahren hatten wir einen Schmied, ein Fenn-Halbblut, und der hat einmal zu mir gesagt, ich soll sie aufzählen, also habe ich es getan, und dann hat er gesagt, dass das alle waren. Er hat gesagt: ›Das sind alle, Schnabel‹.«

»Was hat er noch gesagt?«

»Nicht viel. Er hat mir nur dieses Messer gemacht.« Schnabel tippte auf die große Waffe an seiner Hüfte. »Und dann hat er zu mir gesagt, ich soll von zu Hause weglaufen. Und in die malazanische Armee eintreten, so dass ich nicht mehr geschlagen werde, weil ich dumm bin. Ich war ein Jahr jünger als dreißig, als ich das getan habe, genau wie er es mir gesagt hat, und seither bin ich nicht mehr geschlagen worden. Niemand mag mich, aber sie tun mir nicht weh. Ich habe nicht gewusst, dass es in der Armee so einsam sein würde.«

Sie betrachtete ihn auf die Weise, in der ihn die meisten Leute betrachteten. »Hast du jemals deine Zauberei benutzt, um dich zu verteidigen oder zurückzuschlagen, Schnabel?«, fragte sie dann.

»Nein.«

»Hast du seither deine Eltern oder deinen Bruder nochmal wiedergesehen?«

»Mein Bruder hat sich umgebracht, und meine Eltern sind tot – sie sind in der Nacht gestorben, in der ich weggegangen bin. Genau wie die Lehrer.«

»Was ist mit ihnen passiert?«

»Ich weiß es nicht genau«, gab Schnabel zu. »Ich weiß nur, dass ich ihnen meine Kerze gezeigt habe.«

»Hast du das seither wieder einmal getan, Schnabel? Deine Kerze gezeigt?«

»Nicht die ganze, nicht das ganze Licht, nein. Der Schmied hat mir gesagt, dass ich das nicht tun soll, außer, ich habe keine andere Möglichkeit.«

»Wie in jener letzten Nacht mit deiner Familie und den Lehrern.«

»Wie in jener Nacht, ja. Sie hatten den Schmied auspeitschen lassen und davongejagt, versteht Ihr? Weil er mir das Messer gegeben hat. Und dann wollten sie es mir wegnehmen. Und auf einmal hatte ich keine andere Möglichkeit mehr.«

Sie hatte also gesagt, dass sie von den anderen weggehen würden, aber hier waren sie, trotteten mit dem Rest voran, und die Insekten stachen ihn immer wieder, vor allem im Genick, und sie verflogen sich in seine Ohren und in seine Nase, und ihm wurde klar, dass er überhaupt nichts verstand.

Aber sie war da, direkt an seiner Seite.

Der Zug erreichte eine Art Insel im Sumpf, von schwarzem Wasser umgeben. Die Insel war rund, und als sie daraufkrabbelten, sah Schnabel moosbewachsenes Geröll.

»Hier war ein Gebäude«, sagte einer der Soldaten.

»Jaghut«, rief Schnabel, plötzlich aufgeregt. »Omtose Phellack. Aber keine Flamme, nur der Geruch von Talg. Die Magie ist völlig dahingeschwunden, und das hat diesen Sumpf geschaffen, aber wir können nicht hierbleiben, denn unter den Felsen liegen zerbrochene Körper, und diese Geister sind hungrig.«

Alle starrten ihn an. Er senkte den Kopf. »Tut mir leid.«

Aber Hauptmann Faradan Sort legte ihm eine Hand auf die Schulter. »Dazu besteht kein Grund, Schnabel. Diese Körper – sind das Jaghut?«

»Nein. Forkrul Assail und Tiste Liosan. Sie haben auf den Ruinen gekämpft. In etwas, das sie die Gerechten Kriege nannten. Das hier war nur ein Scharmützel, aber niemand hat überlebt. Sie haben einander getötet, und die Kriegerin, die am längsten überlebt hat, hatte ein Loch in ihrer Kehle, und da, wo die Faust jetzt steht, ist sie verblutet. Sie war eine Forkrul Assail, und ihr letzter Gedanke war, dass ihr Sieg bewiesen hatte, dass sie Recht hatten und die Feinde im Unrecht waren. Und dann ist sie gestorben.«

»Es ist der einzige Flecken trockenes Land weit und breit«, sagte Faust Keneb. »Kann irgendein Magier die Geister bannen? Nein? Beim Atem des Vermummten. Was können sie uns denn tun, Schnabel?«

»Sie werden sich in unsere Hirne fressen und uns schreckliche Dinge denken lassen, so dass wir uns am Ende alle gegenseitig umbringen. So ist das mit den Gerechten Kriegen – sie enden niemals und werden auch niemals enden, denn Gerechtigkeit ist ein schwacher Gott mit zu vielen Namen – Serkanos bei den Liosan, Rynthan bei den Assail. Wie auch immer, egal, welche Sprache dieser Gott gesprochen hat, seine Anhänger konnten ihn nicht verstehen. Eine rätselhafte Sprache, und aus diesem Grund hat er auch keine Macht, weil alle seine Anhänger die falschen Dinge glauben – Dinge, die sie einfach erfinden und die niemand bestätigen kann, und deshalb hören die Kriege niemals auf.« Schnabel machte eine Pause, blickte die verblüfften Gesichter ringsum an und zuckte die Schultern. »Ich weiß nicht, vielleicht, wenn ich mit ihnen spreche. Wir beschwören einen, und dann können wir mit ihm sprechen.«

»Ich glaube nicht, Schnabel«, sagte die Faust. »Hoch mit euch, Soldaten. Wir marschieren weiter.«

Niemand erhob Einwände.

Faradan Sort zog Schnabel ein Stück zur Seite. »Wir verlassen sie jetzt«, sagte sie. »Was meinst du – in welcher Richtung werden wir am schnellsten aus diesem Sumpf rauskommen?«

Schnabel deutete nach Norden.

»Wie weit?«

»Tausend Schritt. Dort hört das alte Omtose Phellack auf.«

Sie sah zu, wie Keneb und seine Trupps die Insel verließen und sich platschend weiter in Richtung des Landesinnern – gen Westen – bewegten. »Wie lange wird es dauern, bis sie aus diesem Sumpf raus sind, wenn sie nach Westen gehen, meine ich?«

»Vielleicht zwölfhundert Schritt, wenn sie sich aus dem Fluss raushalten.«

Sie brummte vor sich hin. »Zweihundert Schritt zusätzlich werden sie nicht umbringen. In Ordnung, wir gehen nach Norden. Schnabel, du übernimmst die Führung.«

»In Ordnung, Hauptmann. Wir können den alten Gehweg benutzen.«

Sie lachte. Schnabel hatte keine Ahnung, warum.

Im Krieg gab es ein Geräusch, das bei Belagerungen auftrat, wenige Augenblicke, ehe der Sturm auf die Wälle begann. Wenn alle Onager, Ballisten und Katapulte in einer einzigen Salve abgeschossen wurden. Die großen Geschosse, die auf die steinernen Mauern, die Befestigungsanlagen und Gebäude prallten, stimmten einen chaotischen Chor an aus berstenden Steinen und Ziegeln, zerschmetterten Fliesen und einstürzenden Dächern. Die Luft selbst schien zu erschaudern, als schreckte sie vor der Gewalttätigkeit zurück.

Sergeant Strang stand auf der Landspitze, stemmte sich gegen den grimmigen, eisigen Wind, und dachte an dieses Geräusch, während er zu den sich heftig bewegenden Eisbergen hinüberstarrte, die jenseits der Meerenge gegeneinander kämpften. Wie eine in sich zusammenfallende Stadt splitterten gewaltige Bereiche, die dort dräuten, wo Fenthing gewesen war, in vorübergehender Stille ab, bis die Wogen der Erschütterung über die kabbeligen Meereswogen rollten und mit donnerndem Getöse an Land schlugen. Wirbelnde silberne Wolken, schaumiges Wasser …

»Ein Gebirgszug in seinen Todeszuckungen«, murmelte Ebron an seiner Seite.

»Kriegsmaschinen, die auf eine Stadtmauer einschlagen«, konterte Strang.

»Ein gefrorener Sturm«, sagte Humpel hinter ihnen.

»Ihr liegt alle falsch«, warf Krumm zähneklappernd ein. »Es ist wie große Eisstücke … die runterfallen.«

»Das ist … einfach verblüffend, Krumm«, sagte Korporal Scherbe. »Du bist ein verdammter Dichter, beim Vermummten. Ich kann nicht glauben, dass Motts Irreguläre dich haben gehen lassen. Nein, wirklich, Krumm – ich kann's schlicht und einfach nicht glauben.«

»Nun, es ist ja nicht so, dass sie die Wahl gehabt hätten«, sagte der große Sappeur mit den knubbeligen Knien. Er rieb sich heftig mit beiden Händen das Kinn, ehe er hinzufügte: »Ich meine, ich bin weggegangen, als niemand hingeschaut hat. Ich habe eine Fischgräte benutzt, um die Handschellen aufzumachen – man darf einen Hochmarschall nicht so einfach einsperren. Das habe ich ihnen immer wieder gesagt. Man darf es nicht. Es ist nicht erlaubt.«

Strang wandte sich an seinen Korporal. »Hast du dieses Mal mehr Glück gehabt, als du dich mit deiner Schwester unterhalten hast? Macht es sie müde, das ganze Zeug zurückzuhalten? Wir können es nicht sagen. Widersinn weiß noch nicht mal, wie sie es überhaupt macht, von daher ist er also keine Hilfe.«

»Hab keine Antworten für dich, Sergeant. Mit mir spricht sie genauso wenig. Ich weiß es nicht – sie sieht nicht erschöpft aus, aber sie schläft eigentlich kaum noch. Ich kann in diesen Tagen nicht viel Bekanntes in Sünd entdecken. Seit Y'Ghatan nicht mehr.«

Strang dachte über diese Worte einige Zeit lang nach, dann nickte er. »Ich schicke Widersinn zurück. Die Mandata müsste um diese Zeit herum eigentlich im Fort landen.«

»Schon geschehen«, sagte Ebron. Er zog an seiner Nase, als wollte er sich vergewissern, dass sie nicht abgefroren war. Genau wie Widersinn hatte der Truppmagier keine Ahnung, wie Sünd es schaffte, die Eisberge abzuwehren. Ein harter Schlag für sein Selbstbewusstsein, und das war ihm anzumerken. »Der Hafen ist blockiert, der Strolch, der das Sagen hat, ist unter Kontrolle. Alles läuft wie geplant.«

Ein Grunzen von Humpel. »Was bin ich froh, dass du nicht abergläubisch bist, Ebron. Was mich angeht, ich werde zusehen, dass ich von diesem Grat runterkomme, bevor ich ausrutsche und mir das Knie kaputtmache.«

Scherbe lachte. »Eigentlich bist du mal wieder fällig, Humpel.«

»Danke, Korporal. Ich weiß deine Sorge wirklich zu schätzen.«

»Sorge ist richtig. Ich habe fünf Imperials auf dich gesetzt – darauf, dass du deinem Namen alle Ehre machst, ehe dieser Monat vorbei ist.«

»Dreckskerl.«

»Scherbe«, sagte Strang, nachdem sie Humpel mit einer gewissen Erheiterung dabei zugesehen hatten, wie er sich vorsichtig von dem Felsvorsprung zurückzog, »wo ist Sünd jetzt?«

»Im alten Leuchtturm«, antwortete der Korporal.

»In Ordnung. Lasst uns irgendwo hingehen, wo wir ein bisschen geschützter sind – es ist noch mehr gefrierender Regen unterwegs.«

»Genau das ist es ja«, sagte Ebron, plötzlich wütend. »Sie hält das Eis nicht einfach nur zurück, Sergeant. Sie *tötet* es. Und das Wasser steigt und steigt immer schneller.«

»Hab gedacht, das Eis würde so oder so sterben.«

»Das stimmt schon, Sergeant. Aber sie hat die Sache beschleunigt – sie hat Omtose Phellak zerrupft, als wäre es Schilf von einem kaputten Körbchen – aber sie hat es nicht weggeschmissen, sondern sie webt *etwas anderes*.«

Strang starrte seinen Magier an. »Sünd scheint mir nicht die Einzige zu sein, die nicht redet. Was meinst du mit ›etwas anderes‹?«

»Ich weiß es nicht! Bei den Eiern des Vermummten, ich weiß es nicht!«

»Da drüben sind keine Körbchen«, sagte Krumm. »Keine, die ich sehen könnte. Bei allen Marschschweinen, du hast gute Augen, Ebron. Selbst wenn ich die Augen zukneife, kann ich nicht …«

»Das reicht jetzt, Sappeur«, unterbrach ihn Strang. Er musterte Ebron noch zwei, drei Herzschläge lang und wandte sich dann ab. »Kommt. Ich habe inzwischen einen Eisklotz zwischen den Beinen, und das ist noch der wärmste Teil von mir.«

Sie begaben sich den Hang hinunter zu der Fischerhütte, die ihnen als Quartier diente.

»Du solltest ihn loswerden, Sergeant«, sagte Krumm.

»Wen?«

»Den Eisklotz. Oder zumindest deine Hände benutzen.«

»Danke, Krumm, aber ganz so verzweifelt bin ich noch nicht.«

Wenn man alles in Betracht zog, war es eigentlich ein behagliches Leben gewesen. Gewiss, die Stadt Malaz war alles andere als ein Juwel des Imperiums, aber wenigstens war auch nicht sehr wahrscheinlich gewesen, dass sie in einem Sturm auseinanderfiel und unterging. Und er hatte sich auch nicht über seinen Umgang beklagen können. In Schaffs Kneipe hatte es einen ganzen Haufen Narren gegeben – genug, um Withal das Gefühl zu geben, dort hinzugehören.

Tapferer Zahn. Temper. Banaschar. Immerhin war Banaschar hier – das eine vertraute Gesicht außer einem Trio Naechts und natürlich seiner Frau. *Natürlich. Sie.* Und obwohl ein Älterer Gott ihm gesagt hatte, dass er warten sollte, wäre der Schmied aus dem Volk der Meckros damit zufrieden gewesen, wenn dieses Warten ewig gedauert hätte. *Verdammt sollen die Götter sein, so oder so, sie und ihre Angewohnheit, sich dauernd einzumischen. Und die Art, wie sie uns einfach benutzen. Gerade so, wie es ihnen gefällt.*

Selbst nachdem er eine Zeit, die ein Jahr sein musste, auf dem gleichen Schiff wie die Mandata zugebracht hatte, konnte Withal nicht behaupten, er würde sie kennen. Gewiss, es hatte diese ausgedehnte Zeit des Kummers gegeben – Tavores Geliebte war in Malaz getötet worden, wie man ihm erzählt hatte –, und die Mandata hatte einige Zeit mehr tot als lebendig gewirkt.

Wenn sie jetzt wieder sie selbst war, nun, dann war das ja wirklich ein furchtbar beeindruckendes Selbst.

Die Götter kümmerte das nicht. Sie hatten beschlossen, sie zu benutzen, genau wie sie beschlossen hatten, ihn zu benutzen. Er konnte es sehen – jenes freudlose Wissen in ihren unauffälligen Augen. Und wenn sie sich entschlossen hatte, ihnen Widerstand zu leisten, dann war sie dabei auf sich gestellt.

*Ich hätte niemals den Mut dazu. Nicht einmal annähernd. Aber um das zu tun, was sie vorhat, muss sie sich vielleicht zu etwas machen, das weniger als ein Mensch ist. Oder mehr?* Vielleicht musste sie sich entscheiden, weniger zu sein, um mehr zu werden. Für viele hier mochte sie jemand sein, die von Verbündeten umgeben war. Verbündeten wie Withal selbst, Banaschar, Sandalath, Sünd und Keneb. Aber er wusste es besser. *Wir alle beobachten sie. Warten. Und stellen uns Fragen.*

*Unschlüssig.*

*Ist es das, was du gewollt hast, Mael? Mich ihr zu überbringen? Ja, sie war es, auf die ich gewartet habe.*

Eine Tatsache, die ihn unausweichlich zu der verblüffendsten Frage führte: *Aber warum ich?*

Gewiss, er könnte ihr von dem Schwert erzählen. Seinem Schwert. Jenem Werkzeug, das er für den Verkrüppelten Gott ins Leben gehämmert hatte. Aber auf jene Waffe gab es keine Antwort.

Doch die Mandata war unbeirrt. Sie hatte sich einen Krieg ausgesucht, den nicht einmal ihre Soldaten wollten. Mit dem Ziel, ein Imperium zu erledigen. Und den Imperator, der eben jenes Schwert in Händen hielt. Einen Imperator, der von seiner eigenen Macht in den Wahnsinn getrieben worden war. Ein weiteres Werkzeug der Götter.

Es war schwierig, das alles unbesorgt hinzunehmen. Schwierig, irgendeine Art von Vertrauen in die kühne Entscheidung der Mandata zu haben. Die Seesoldaten waren an die letheriische Küste geworfen worden – nicht in einer einzigen Landung in Massen, in voller Stärke, sondern weit verstreut, heimlich, in der Nacht. Und dann waren – vollkommen im Widerspruch zu dieser Strategie – die Transportschiffe in Brand gesteckt worden.

Was selbstverständlich eine Ankündigung gewesen war.

*Wir sind hier. Sucht uns, wenn ihr es wagt. Aber seid versichert, beizeiten werden wir euch finden.*

Während der größte Teil einer anderen Legion an Bord von Schiffen verblieb, die sich weit vor der letheriischen Küste befanden. Und nur die Mandata wusste, wo die Khundryl hin waren. Und der größte Teil der Verender.

»Du grübelst vor dich hin, Mann.«

Withal hob langsam den Kopf und betrachtete die Frau, die ihm in der Kajüte gegenübersaß. Ihre Haut war schwarz wie Onyx. »Ich bin ein Mann, der gerne nachdenkt«, sagte er.

»Du bist eine faule Kröte, die in einer Grube aus Besessenheit von sich selbst gefangen ist.«

»Das auch.«

»Wir werden bald an Land gehen. Nach all deinem Geächze und Gestöhne hatte ich angenommen, du würdest ungeduldig auf dem Schandeck stehen. Bei Mutter Dunkel, mit deinem unerschütterlichen Hass auf das Meer hätte ich dich nie für einen Meckros gehalten.«

»Unerschütterlicher Hass? Nein, es ist eher … Wut und Enttäuschung.« Er hob die großen Hände. »Schiffe zu reparieren, ist ein Spezialgebiet. Aber nicht meines. Ich muss wieder das tun, was ich am besten kann, Frau.«

»Hufeisen schmieden?«

»Genau.«

»Und Schildfassungen? Dolchgriffe? Schwerter?«

»Wenn es sein muss.«

»Armeen haben immer Schmiede dabei.«

»Das ist nicht mein Spezialgebiet.«

»Blödsinn. Du kannst Stahl genauso gut zu einer Klinge falten wie jeder Waffenschmied.«

»Dann hast du wohl viele Waffenschmiede gesehen, was?«

»Wenn ein Leben so lange dauert wie das meinige, hat man zu viel von allem gesehen. Nun, unsere armseligen Schützlinge sind wahrscheinlich wieder unten im Frachtraum. Willst du sie holen, oder soll ich es tun?«

»Ist es tatsächlich an der Zeit aufzubrechen?«

»Ich glaube, die Mandata ist schon weg.«

»Geh du. Ich kriege immer noch eine Gänsehaut.«

Sie stand auf. »Es mangelt dir an Mitgefühl – was charakteristisch ist für jemanden, der von sich selbst besessen ist. Diese Tiste Andii sind jung, Withal. Sie wurden erst von Anomander Rake im Stich gelassen. Dann von Andarist. Ihre Brüder und Schwestern sind in einem sinnlosen Kampf gefallen. Zu viele Verluste – sie sind in der Zerbrechlichkeit der Welt gefangen, in der Verzweiflung, die sie ihren Seelen zufügt.«

»Es ist ein Vorrecht der Jungen, in zynischem Weltschmerz zu schwelgen.«

»Das ist ja auch etwas ganz anderes als deine eigene Tiefsinnigkeit.«

»Etwas vollkommen anderes als meine eigene Tiefsinnigkeit, Sand.«

»Du glaubst, sie haben sich dieses Vorrecht noch nicht verdient?«

Er konnte ihren wachsenden Zorn spüren. Sie war schließlich nicht weniger Tiste Andii als ihre Schützlinge. Manchen Dingen musste man ausweichen. *Vulkaninseln. Treibenden Eisbergen. Flammenmeeren. Und Sandalath Drukorlats Liste von Empfindlichkeiten.* »Ich nehme an, sie haben es«, antwortete er vorsichtig. »Aber seit wann ist Zynismus eine Tugend? Davon mal abgesehen, wird er mit der Zeit verdammt ermüdend.«

»Kein Einwand dagegen«, sagte sie in einem giftigen Tonfall, drehte sich um und verließ die Kajüte.

»Vor sich hin zu brüten ist was anderes«, sagte er leise zu dem leeren Stuhl, der ihm gegenüberstand. »Zum einen kann es da um alles Mögliche gehen. Um etwas, das nicht zynisch ist. Wie die Einmischung der Götter – nein, schon gut, das ist kein gutes Beispiel. Aber das Schmieden, ja. Hufeisen. An Hufeisen ist nichts Zynisches ... glaube ich zumindest nicht. Nein, bestimmt nicht. Hufeisen sorgen dafür, dass es Pferden gut geht. So dass sie in die Schlacht galoppieren und auf schreckliche Weise sterben können.« Er verstummte. Und starrte düster vor sich hin.

Phaeds plattes, herzförmiges Gesicht hatte die Farbe von schmutzigem Schiefer, ein Farbton, der in seiner Leblosigkeit unvorteilhaft wirkte. Ihre Augen waren ausdruckslos, es sei denn, sie waren voller Gehässigkeit. So wie jetzt, als ihr Blick auf dem Rücken von Sandalath Drukorlat ruhten, während die ältere Frau mit den anderen sprach.

Nimander Golit konnte die junge Frau, die er seine Schwester nannte, aus dem Augenwinkel sehen, und er fragte sich einmal mehr, welcher Quelle Phaeds unauslöschliche Bosheit entstammte, die – soweit er sich erinnern konnte – schon von Anfang an dagewesen war. Sie besaß keinerlei Einfühlungsvermögen; stattdessen gedieh in ihr etwas Kaltes, das bei jedem Sieg – ob wirklich oder eingebildet, ob offensichtlich oder unterschwellig – eine Art brutaler Schadenfreude versprach.

In dieser jungen, schönen Frau war nichts Entspanntes. Es fing mit dem ersten Eindruck an, den ein Fremder von ihr hatte, wenn er sie sah und eine Art natürlichen Glanz an ihr wahrnahm, der einem den Atem verschlagen konnte. Die Vollkommenheit von Kunst, die wortlose Sprache des Romantikers.

Dieser anfängliche Augenblick war kurzlebig. Er starb normalerweise nach der ersten höflichen Frage, die Phaed stets mit kaltem Schweigen beantwortete. Ein Schweigen, das jene wortlose Sprache verwandelte, alle romantischen Vorstellungen vertrieb und die gewaltige, ausgedehnte Abwesenheit von Anstand mit nackter Verachtung füllte.

Bosheit behielt sie jenen vor, die sahen, wie sie wirklich war, und bei diesen Gelegenheiten spürte Nimander den Schauder einer Vorahnung, denn er wusste, dass Phaed fähig war, einen Mord zu begehen. Wehe dem scharfen Beobachter, der ihr unerschrocken bis in die Seele blickte – bis zu jenem zitternden Knoten aus Dunkelheit, der von unvorstellbaren Ängsten durchzogen war – und sich dann entschloss, nichts von dieser Erkenntnis zu verbergen.

Nimander hatte seither längst gelernt, eine Art Unschuld zur Schau zu tragen, wenn er mit Phaed zusammen war, und ein rasches, entspanntes Lächeln, das sie zu beruhigen schien. Leider pflegte sie ihm gerade in diesen Augenblicken ihre grausamen Empfindungen mitzuteilen, indem sie von komplizierten Rache-Intrigen gegen die Verursacher ganzer Heerscharen von Kränkungen flüsterte.

Sandalath Drukorlat war absolut scharfsichtig, was nicht sonderlich überraschend war. Sie hatte Jahrhunderte um Jahrhunderte gelebt. Sie hatte alle Arten von Kreaturen gesehen, von den ehrenhaften bis zu den dämonischen. Sie hatte nicht lange gebraucht, um zu entscheiden, an welches Ende des Spektrums Phaed gehörte. Sie hatte auf kalte Blicke mit ebensolchen reagiert; die Verachtung, die ihr entgegengeschleudert wurde, war wie Kieselsteine, die gegen den Schild eines Kriegers prallten, ohne einen Kratzer zu hinterlassen. Und als schneidendste Riposte von allen hatte sie angesichts von Phaeds stummem, theatralischem Getue Erheiterung bis hin zu offenem Spott gezeigt. Folglich waren dies die tiefen Wunden, die in Phaeds Seele schwärten, und sie waren ihr von der Frau zugefügt worden, die Ersatzmutter für sie alle war.

Und jetzt, das wusste Nimander, plante Phaed mit dem herzförmigen Gesicht einen Muttermord.

Er gestand sich seine eigene Niedergeschlagenheit ein – lange Phasen matter Gleichgültigkeit, als ob nichts von alledem es tatsächlich wert wäre, darüber nachzudenken. Schließlich hatte er seinen persönlichen Haufen von Dämonen, von denen keiner Lust zu haben schien, einfach zu verschwinden. Unbeeindruckt von der gelegentlichen Leugnung spielten sie weiter ihre dunklen Spiele, und der bescheidene Reichtum, der Nimanders Leben ausmachte, wurde mehr und wieder weniger, bis die Waagschalen sich pausenlos drehten. Zwietracht und Chaos, die aufeinanderprallten, um die triumphierenden Schreie zu kennzeichnen, die gezischten Flüche, das unachtsame Verstreuen von Münzen. Er fühlte sich oft in jeder Hinsicht betäubt.

Es mochte sein, dass dies die Charakterzüge der Tiste Andii waren. *Introvertierte ohne Innenschau. Dunkelheit im Blut. Schimären, sogar füreinander.* Er hatte gewollt, dass ihm der Thron, den sie verteidigt hatten, etwas bedeutete, der Thron, für den Andarist gestorben war, und er hatte seine ihm Anvertrauten ohne zu zögern in jene wilde Schlacht geführt. Vielleicht sogar mit echter Begeisterung.

*Dem Tod entgegenstürmen. Je länger man lebt, desto weniger wird dieses Leben geschätzt. Warum ist das so?*

Aber das wäre eine Selbstbetrachtung, oder? Und solchen Fragen nachzugehen, war eine zu anstrengende Aufgabe. Da war es leichter, einfach den Befehlen anderer Folge zu leisten. War das ein weiterer Charakterzug seiner Art, diese Behaglichkeit dabei, anderen zu folgen? Aber wer galt bei den Tiste Andii als Symbol für Respekt und Ehrfurcht? Nicht junge Krieger wie Nimander Golit. Nicht die boshafte Phaed und ihre schmutzigen Ziele. *Anomander Rake, der fortgegangen ist. Andarist, der das nicht getan hat. Silchas Ruin – oh, was für eine Familie!* Ganz offensichtlich einzigartig inmitten der Brut ihrer Mutter. Sie hatten aber auch ein größeres Leben geführt, voll gewaltiger Dramatik. Ein gespanntes Leben, surrend wie eine Bogensehne, voll grausamer Wahrheit in jedem Wort und harten, unbarmherzigen Wortwechseln, die sie schließlich auseinandergetrieben hatten – was sonst nichts geschafft hätte. Nicht einmal, dass Mutter Dunkel sich abgewandt hatte. Ihre frühen Leben waren Gedichte von epischer Grandiosität. *Und wir? Wir sind nichts. Verweichlicht, abgestumpft, verwirrt bis zur Unklarheit. Wir haben unsere Einfachheit – ihre Reinheit – verloren. Wir sind die Dunklen ohne Geheimnis.*

Sandalath Drukorlat – die in jenen alten Zeiten gelebt hatte und in ihrem Innern um die tief gesunkenen Tiste Andii trauern musste – drehte sich jetzt um und bedeutete dem zusammengewürfelten Haufen der Überlebenden von Drift Avalii mit einer Geste, ihr zu folgen. An Deck – *»deine Haare haben die Farbe von Sternenlicht, Nimander«* –, um diesen verkommenen Hafen anzusehen, der *für die nächste kleine Ewigkeit* ihre Heimat sein würde, um es mit Phaeds gezischten Worten zu sagen.

*»Diese Insel, die war mal ein Gefängnis. Voller Vergewaltiger und Mörder.«* Ein kurzer Blick in seine Augen, als würde sie nach irgendetwas suchen, dann schenkte sie ihm ein flüchtiges Lächeln, wenig mehr als ein Zähnezeigen, und sagte: *»Das ist ein guter Ort, um jemanden zu töten.«*

Worte, die vor Zehntausenden von Jahren einen Bürgerkrieg hätten auslösen können – oder, schlimmer noch, die Wut von Mutter Dunkel. Worte, die nun kaum imstande waren, die ruhige Gelassenheit von Nimanders Gleichgültigkeit aufzuwühlen.

*»Deine Haare haben die Farbe von …«* Aber die Vergangenheit war tot. *Drift Avalii. Unsere ureigene Gefängnisinsel, wo wir etwas über das Sterben gelernt haben.*

*Und über den schrecklichen Preis des Folgens.*

*Wo wir gelernt haben, dass Liebe nicht in diese Welt gehört.*

# Kapitel zwei

Ich nahm die Steinschale
In beide Hände
Und ließ meine Zeit
Auf den Boden strömen
Ertränkte hilflose Insekten
Nährte das Unkraut
Bis die Sonne von oben
Herunterschaute
Und den Flecken stahl.

Als ich in dem Gefäß
Zahllose Sprünge fand
Blickte ich den Weg zurück
Den ich gekommen war
Und sah eine grüne Spur
Aus verlorenen Erinnerungen.
Wer auch immer diese Schale gemacht hatte
War ein Narr, aber viel mehr noch war es der
Der sie trug.

*Steinschale*
Fisher kel Tath

Die schräge Eisfläche war mehrmals angetaut und wieder gefroren, bis ihre Oberfläche pockennarbig geworden war und nun der farblosen Rinde eines riesigen, umgestürzten Baums ähnelte. Der Wind – mal warm, mal kalt – strich einem Chor verlorener Stimmen gleich über diese stachelige Oberfläche, und Igel schien es, als würde mit jedem knirschenden Schritt, den er machte, ein einsamer Schrei für immer zum Verstummen gebracht. Der Gedanke ließ ihn mürrisch werden, und die kreuz und quer verstreuten Abfälle aller Art, die diese Ebene aus Eis und verharschtem Schnee sprenkelten, machten die Dinge nur noch schlimmer.

Die Überbleibsel von Jaghut-Leben, die langsam wie Steine aus einem Acker aufstiegen. Irdisches, das Zeugnis über ein ganzes Volk ablegte – könnte er nur einen Sinn darin erkennen, könnte er nur all die verschiedenen Stückchen zusammensetzen. Mittlerweile glaubte er, dass Geister in einem ständig verwirrten Zustand existierten, und dass das, was vor ihnen lag, sich endlos in die Länge zog, gesprenkelt mit bedeutungslosem Zeug – die Wahrheiten des Lebens waren Geheimnisse, der körperliche Aspekt von Tatsachen für immer vor ihnen verborgen. Ein Geist konnte die Hand nach etwas ausstrecken, aber er konnte es nicht berühren, er konnte dies und das bewegen, aber konnte niemals von den Dingen bewegt werden. Irgendeine Essenz der Empathie war verschwunden – aber nein, Empathie war nicht das richtige Wort. Schließlich konnte er sehr wohl *fühlen*. Genauso wie früher, als er noch lebendig gewesen war. Gefühle schwammen in flachen Gewässern ebenso wie in tiefen. Vielleicht kam sinnliche Empathie der Bedeutung, nach der er suchte, noch am nächsten. Der Trost, der in beiderseitigem Widerstand lag.

Er hatte sich diese Gestalt, diesen Körper, in dem er nun hauste, selbst geschaffen – diesen Körper, der nun mit schweren Schritten neben dem verwitterten, belebten Kadaver namens Emroth dahinstapfte. Und es schien, als könnte er mit alledem, was ihn umgab – wie der Schnee, der unter seinen Füßen knirschte – eine Art körperlicher Beständigkeit beschwören, aber er fragte sich, ob diese Beständigkeit nicht eine Täuschung war – ob er, wenn er die geschwungene Scherbe irgendeines alten zerbrochenen Topfes aufhob, die da vor ihm auf dem Boden lag, tatsächlich die Scherbe und nicht in Wirklichkeit *ihren* Geist aufhob. Aber für diese Art von Offenbarung waren seine Augen blind, sein Gehör und der Tastsinn waren Täuschungen, und er war so verloren wie ein Echo.

Sie trotteten weiter über das Plateau, durchquerten unter einem dunkelblauen Himmel, an dem direkt über ihnen Sterne glitzerten, eine Welt aus Eis, die kein Ende zu nehmen schien. Die Schutthalde begleitete sie auf allen Seiten. Stofffetzen, die von Tüchern oder Kleidungsstücken oder vielleicht auch Wandbehängen stammten, Tonscherben, Essgeschirr, geheimnisvolle Werkzeuge aus Holz oder geschliffenem Stein, ein Stück von einem Instrument, das über Saiten und erhöhte Fingertrommeln verfügt hatte, das zersplitterte Bein eines hölzernen Stuhls oder Hockers. Keine Waffen, seit Tagen nicht, und die einzige, die sie ganz am Anfang entdeckt hatten – ein Speerschaft – hatte von den Imass gestammt.

Auf diesem Eis waren Jaghut gestorben. Abgeschlachtet. Das hatte Emroth gesagt. Aber es gab keine Leichen, und dazu hatte die T'lan Imass nichts erklärt. Dann waren sie also wohl von einem Überlebenden eingesammelt worden, vermutete Igel. Hatte es bei den Jaghut rituelle Bestattungen gegeben? Er hatte keine Ahnung. Aber er konnte sich nicht erinnern, auf all seinen Reisen jemals etwas von einem Jaghut-Grab oder einer Begräbnisstätte gehört zu haben. Wenn es bei ihnen so etwas gegeben hatte, hatten sie es für sich behalten.

Aber als sie hier gestorben waren, waren sie auf der Flucht gewesen. Manche der herumliegenden Gegenstände stammten von Zelten. Die Jaghut waren nicht von Imass aus Fleisch und Blut verfolgt worden – nicht auf dieser leblosen Eisfläche. Nein, es mussten Imass gewesen sein, die am Ritual teilgenommen hatten. T'lan Imass. *Solche wie Emroth hier.*

»Also«, sagte Igel, und seine Stimme klang in seinen Ohren überraschend laut, »hast du an dieser Jagd teilgenommen, Emroth?«

»Das kann ich nicht genau sagen«, antwortete sie nach einiger Zeit. »Es ist möglich.«

»Die Schauplätze eines Gemetzels ähneln einander ziemlich, stimmt's?«

»Ja, das stimmt.«

Ihre Zustimmung sorgte dafür, dass er sich noch bedrückter fühlte.

»Da vorne ist irgendetwas«, sagte die T'lan Imass. »Ich glaube, wir sind kurz davor, das Geheimnis zu lüften.«

»Was für ein Geheimnis?«

»Warum es hier keine Leichen gibt.«

»Ah, das Geheimnis.«

Hier brach die Nacht schlagartig herein, als ob eine Kerze ausgeblasen würde. Die Sonne, die den ganzen Tag lang nur eine äußerst flache Kreisbahn beschrieb, pflegte plötzlich unter den glänzenden, blutrot gefärbten Horizont zu stürzen, wie ein dahingeworfener Ball. Und dann füllte der schwarze Himmel sich mit Sternen, die erst wieder verblassten, wenn die ersten merkwürdig gefärbten Lichtstrahlen auftauchten, sich über das Himmelsgewölbe erstreckten, das zischte wie zersplitterte Bruchstücke aus feinem Glas.

Igel spürte, dass die Nacht nahe war, als die warmen Böen, die der Wind gelegentlich mitbrachte, immer unregelmäßiger kamen und der bernsteinfarbene Schimmer im Westen – oder zumindest in der Richtung, von der er annahm, dass es Westen war – sich zu einem Farbton verdüsterte, der grässlich und unheilvoll zugleich war.

Er konnte jetzt sehen, was Emroths Aufmerksamkeit auf sich gezogen hatte: Eine Art Höcker, ringsum von dunklen Gegenständen umgeben. Das, was da in der Mitte des kleinen Hügels in die Höhe wuchs, sah anfangs wie ein Eissparren aus, aber als sie näherkamen, sah Igel, dass sein Kern dunkel war – und diese Dunkelheit reichte bis zum Boden hinunter.

Bei den Dingen, die die Erhebung umgaben, handelte es sich um in Tücher gewickelte Leichname, von denen viele mitleiderregend klein waren.

Gerade in dem Augenblick, als das Licht des Tages plötzlich verblasste und die Nacht ihre Ankunft mit einer kalten Böe verkündete, machten Igel und Emroth direkt vor dem Hügel halt.

Die hoch aufragende Säule war in Wirklichkeit ein Thron aus Eis, auf dem der gefrorene Leichnam eines Jaghut saß. Von der Kälte und den austrocknenden Winden mumifiziert, war er eine beeindruckende, wenn auch grässliche Gestalt – eine Gestalt, die von Herrschaft kündete, denn sein Kopf war leicht nach unten geneigt, als würde er auf einen Kreis aus auf dem Rücken liegenden Untertanen blicken.

»Der Tod betrachtet den Tod«, murmelte Igel. »Wie verdammt passend. Er hat die Leichen eingesammelt, und dann hat er sich hingesetzt und ist einfach mit ihnen gestorben. Hat aufgegeben. Kein Gedanke an Rache, keine Träume von Wiederauferstehung. Hier ist dein schrecklicher Feind, Emroth.«

»Mehr als du denkst«, antwortete die T'lan Imass.

Sie ging weiter und umkreiste das künstliche Gebilde; ihre fellumwickelten Füße wirbelten kleine Wolken aus puderigem Schnee auf, wenn sie die Kruste aus sprödem Eis durchbrachen.

Igel starrte zu dem Jaghut auf seinem halb geschmolzenen Thron hinauf. *Ich finde, alle Throne sollten aus Eis bestehen.*

*Sitz auf deinem betäubten Arsch, und sinke weiter und weiter ein, während die Pfütze der Auflösung um dich herum immer größer wird. Sitz, teurer Herrscher, und erzähle mir von deinen großartigen Plänen.*

Natürlich war der Thron nicht das Einzige, was da oben auseinanderfiel. Die grüne, ledrige Haut auf der Stirn des Jaghut hatte sich geschält, gab den Blick auf den blassen Knochen frei, der im düsteren Zwielicht beinahe leuchtete; die Haut an den Schultern war abgescheuert, so dass die polierten Knubbel der Schulterknochen durchschimmerten. Ähnliches galt für die Knöchel beider Hände, die auf den nun geneigten Armlehnen des Sessels ruhten.

Igel richtete den Blick wieder auf das Gesicht. Schwarze, tiefe Höhlen, wo die Augen hätten sein sollen, eine breite, flach geschlagene Nase, schwarzsilberne Hauer. *Ich dachte immer, diese Dinger wären nie so richtig gestorben. Dass man große Felsen auf sie rollen müsste, um sie daran zu hindern, wieder aufzuerstehen. Oder sie in Stücke hauen und jedes Stück einzeln unter einen Felsblock legen.*

*Ich hätte nie gedacht, dass sie überhaupt auf diese Weise sterben könnten.*

Er schüttelte sich und stapfte hinter Emroth her.

Sie würden die ganze Nacht weitermarschieren. Ein Lager aufzuschlagen, etwas zu essen und zu schlafen waren schließlich Dinge, die für Leute galten, die noch atmeten.

»Emroth!«

Es knirschte, als sie den Kopf drehte.

»Das verdammte Ding dahinten ist nicht mehr am Leben, oder?«

»Nein. Der Geist ist fort.«

»Einfach … fort?«

»Ja.«

»Ist das denn nicht … äh … ungewöhnlich?«

»Der Thron des Eises war dabei zu sterben. Er stirbt immer noch. Es hat nichts mehr gegeben – es gibt nichts mehr –, über das man herrschen könnte, Geist. Würdest du wollen, dass er für immer dort sitzt?«

Sie schien keine Antwort auf diese Frage zu erwarten, denn sie fuhr ohne Pause fort: »Ich war noch nie hier, Igel von den Brückenverbrennern. Denn dann hätte ich es gewusst.«

»Was gewusst, Emroth?«

»Ich habe noch nie den wahren Thron des Eises gesehen, im Herzen der Feste. Das echte Herz der Sphäre der Jaghut.«

Igel warf einen Blick zurück. *Den wahren Thron des Eises?* »Wer … wer war er, Emroth?«

Aber sie antwortete nicht.

Ein paar Herzschläge später glaubte er allerdings, dass er es wusste. Dass er es immer gewusst hatte.

Er gab einem zerbrochenen Topf einen Tritt, sah zu, wie er über das Eis schlitterte, weiterrollte und schließlich auskullerte und liegenblieb. *König auf deinem schmelzenden Thron, du hast tief Luft geholt und wieder ausgeatmet. Und dann … nie wieder. So einfach. So leicht. Wenn du der letzte deiner Art bist und jenen letzten Atemzug ausstößt, dann ist das der Atem der Auslöschung.*

*Und er weht im Wind.*

*Jedem Wind.*

»Emroth, in Malaz hat es einen Gelehrten gegeben – einen jämmerlichen alten Dreckskerl namens Obo –, der hat behauptet, er wäre Zeuge vom Tod eines Sterns gewesen. Und als man die Karten wieder mit dem Nachthimmel verglichen hat … tja, da war ein Licht verschwunden.«

»Seit meinem Leben als Sterbliche haben die Sterne sich verändert, Geist.«

»Manche sind ausgegangen?«

»Ja.«

»So wie in … *gestorben?*«

»Die Knochenwerfer konnten sich in dieser Sache nicht einigen«, sagte sie. »Eine andere Beobachtung hat eine weitere Erklärung angeboten. Die Sterne bewegen sich von uns weg, Igel von den Brückenverbrennern. Vielleicht haben sich diejenigen, die wir nicht mehr sehen, für unsere Augen einfach zu weit wegbewegt.«

»Obos Stern war ziemlich hell – wäre er nicht über einen langen Zeitraum immer mehr verblasst, ehe er ausgegangen wäre?«

»Vielleicht treffen beide Antworten zu. Sterne sterben. Sterne bewegen sich weg.«

»Also – ist der Jaghut da hinten gestorben, oder hat er sich wegbewegt?«

»Deine Frage ergibt keinen Sinn.«

*Wirklich nicht?* Igel stieß ein bellendes Lachen aus. »Du bist eine verdammt schlechte Lügnerin, Emroth.«

»Dies ist nun mal keine perfekte Welt«, sagte sie.

Die farbigen Streifen, die über ihnen am Himmel dahinzogen, zischten leise, während um sie herum der Wind an Stofffetzen und Fellbüscheln zupfte und klagend durch winzige Löcher und Höhlen im Eis fuhr; noch näher bei ihnen gab es Geräusche, die dem Geist und der T'lan Imass gemeinsam zu eigen waren – das Knirschen der Zerstörung, die sie mit jedem Schritt auf dem eisigen Plateau anrichteten.

Onrack kniete neben dem Bach, streckte seine Hände ins eisige Wasser und zog sie dann wieder heraus, um die Rinnsale zu betrachten, die an ihnen entlangliefen. Seit seiner Verwandlung, seit er durch ein Wunder das Leben zurückbekommen hatte, war der Ausdruck der Verwunderung nicht mehr aus seinen dunkelbraunen Augen gewichen.

Ein Mann, der Zeuge dieser Wiedergeburt wurde – dieser unschuldigen Freude eines barbarischen Kriegers, der hunderttausend Jahre lang tot gewesen war – und dabei nichts empfand, hatte kein Herz. Onrack hob glattgeschliffene Steine auf, als wären sie Schätze, strich mit stumpfen, schwieligen Fingerspitzen über Flechten und Moose, berührte ein abgeworfenes Geweih mit den vollen Lippen, um mit seiner Zunge zu schmecken und den Geruch von verbranntem Fell einzusaugen. Einmal hatte er überrascht aufgeschrien und war stehen geblieben, als er durch das dornige Gestrüpp einer arktischen Rose gegangen war und plötzlich die roten Kratzer an seinen krummen Schienbeinen gesehen hatte.

Der Imass war, wie Trull Sengar sich noch einmal ins Gedächtnis rief, nicht so – *ganz und gar nicht so* –, wie er ihn sich vorgestellt hatte. Er war praktisch haarlos, abgesehen von der braunen, beinahe schwarzen Mähne, die ihm bis über die breiten Schultern fiel. In den Tagen, seit sie in diese fremdartige Sphäre gekommen waren, hatte ihm am Kinn und über dem Mund ein dünner Bart zu sprießen begonnen, dessen Stoppeln weit verstreut und schwarz wie die eines Ebers waren; aber sie wuchsen weder auf den Wangen noch am Hals. Seine Gesichtszüge waren breit und flächig und wurden von einer Nase mit breiten Flügeln und einer ausgeprägten Brücke dominiert; Letztere wirkte wie ein Fingerknöchel zwischen weit auseinanderstehenden, tief in ihren Höhlen liegenden Augen. Die dünnen Augenbrauen ließen das schwere Jochbein über diesen Augen noch massiver aussehen.

Obwohl Onrack nicht sonderlich groß war, wirkte er riesig. Muskelstränge an schweren Knochen, lange Arme, breite Hände mit stummeligen Fingern. Die Beine waren unverhältnismäßig kurz und krumm, so dass die Knie fast so weit außen waren wie die Hüften. Dennoch bewegte Onrack sich mit geschmeidiger Leichtfüßigkeit, verstohlen wie Beute, während seine Blicke immer wieder in alle Richtungen huschten und er den Kopf neigte und die Nasenflügel blähte, wenn er die Gerüche aufnahm, die der Wind herantrug. Er bewegte sich wie Beute, doch jetzt musste er einen gewaltigen Appetit stillen, und wenn Onrack jagte, dann tat er das so diszipliniert und unbeirrbar, dass es eine wahre Lust war, ihm zuzusehen.

Diese Welt war in jeder Hinsicht *seine* Welt. Im Norden Tundra und im Süden eine Baumgrenze, die sich da und dort bis in den Schatten der riesigen Gletscher zog, die bis in die Täler hinunterreichten. Der Wald war eine wirre Mischung aus Laub- und Nadelbäumen, unterbrochen von Schluchten und umgestürzten Felsbrocken, Quellen mit klarem Wasser und sumpfigen Tümpeln. In den Zweigen schwärmten Vögel, deren unaufhörliches Gezwitscher zeitweise alles andere überdeckte.

Entlang des Waldrands gab es Trampelpfade. Karibus bewegten sich beim Grasen willkürlich zwischen Wald und Tundra. Auf dem höher gelegenen und dem Eis näheren Gelände, wo der nackte Fels sichtbar war, gab es ziegenähnliche Tiere, die auf Felsvorsprünge hüpften und von dort auf die zweibeinigen Fremden herabschauten, die ihren Herrschaftsbereich durchquerten.

In der ersten Woche ihrer Wanderschaft war Onrack ziemlich häufig im Wald verschwunden. Jedes Mal, wenn er wieder zurückgekehrt war, hatte er seine Ausrüstung um irgendwelche Stücke erweitert. Einen hölzernen Stock, dessen Spitze er in ihrem Lagerfeuer härtete; Lianen und Röhricht, aus denen er Schlingen bastelte und Netze, die er dann am anderen Ende seines Speers befestigte, um anschließend auf beeindruckende Weise vorzuführen, wie man Vögel im Flug fing.

Von den kleinen Säugetieren, die sich nachts in seinen Schlingen verfingen, nahm er sich Felle und Darm. Aus den Mägen und Eingeweiden von Hasen machte er Schwimmer für die beschwerten Netze, die er quer über Bäche spannte, und von den Äschen und Stören, die er auf diese Weise fing, sammelte er zahlreiche Gräten, die er dann dazu benutzte, die Felle zusammenzunähen und sich so einen Beutel anzufertigen. Er sammelte Holzkohle und Baumharz, Flechten, Moose, Knollen, Federn und kleine Beutel mit Tierfett, und das alles wanderte in den großen Fellbeutel.

Aber all diese Dinge waren bedeutungslos im Vergleich dazu, wie der Mann selbst aufblühte. Ein Gesicht, das Trull nur als straff gespannte, vertrocknete Haut über zerschmetterten Knochen gekannt hatte, war jetzt belebt und ausdrucksvoll, und es war, als wäre Trull früher seinem Freund gegenüber blind gewesen, als selbst dessen Stimme flach und leblos geklungen hatte.

Onrack *lächelte* jetzt. Ein unerwartetes Aufblitzen unverfälschter Freude, das nicht nur Trull den Atem verschlug – und, wie er zugeben musste, ihm oft die Tränen in die Augen trieb –, sondern auch den Schnellen Ben zum Schweigen bringen konnte, und dann zeigte sich auf dem Gesicht des Magiers plötzlich ein Ausdruck unbeschreiblicher Verwunderung, ein Ausdruck, den ein wohlmeinender Erwachsener haben mochte, wenn er einem Kind beim Spielen zusah.

Alles an diesem Imass lud zur Freundschaft ein, als würde schon allein sein Lächeln einen Zauber wirken, einen Bann der Anmut, auf den die einzig mögliche Antwort uneingeschränkte Loyalität war. Trull Sengar hatte kein Interesse daran, sich diesem Zauber zu widersetzen. *Schließlich ist Onrack der eine Bruder, den ich mir erwählt habe.* Aber der Tiste Edur konnte gelegentlich einen misstrauischen Schimmer in den Augen des malazanischen Magiers aufblitzen sehen, als würde der Schnelle Ben sich selbst am Rand eines inneren Abgrunds ertappen, einer Rutschbahn zu einem Ort, dem Ben von Natur aus nicht vollständig trauen konnte.

Trull machte sich keine Sorgen; er sah, dass Onrack nicht daran interessiert war, seine Gefährten zu beeinflussen. Er besaß einen Geist, der in sich selbst ruhte, einen Geist, der einen verfluchten Ort hinter sich gelassen hatte und nun frei davon war. *Tot in einem dämonischen Alptraum. Wiedergeboren in ein Paradies. Onrack, mein Freund, du bist erlöst, und du weißt es, mit all deinen Sinnen – durch das, was du berührst und was du siehst, durch die Gerüche des Landes und die Lieder der Bäume.*

Am vergangenen Abend war der Imass mit einem Stück Rinde, an der bröckelige ockerfarbene Klumpen hingen, von einem Ausflug in den Wald zurückgekehrt. Später – während der Schnelle Ben das restliche Fleisch von einem kleinen Hirsch briet, den Onrack zwei Tage zuvor erlegt hatte – zerstampfte der Imass die Klumpen zu Pulver, fügte dann Speichel und Fett hinzu und stellte daraus eine gelbe Paste her. Dabei summte er ununterbrochen eine Melodie, eine leiernde, vibrierende Kadenz, die er gleichermaßen durch die Nase wie mit dem Mund erzeugte. Der Tonumfang war genauso unheimlich, wie wenn er sprach. Er schien in der Lage zu sein, gleichzeitig zwei unterschiedliche Töne von sich zu geben, einen hohen und einen tiefen. Das Lied endete, als er die Aufgabe vollendet hatte. Es trat eine lange Pause ein; dann, als Onrack begann, sich die Farbe ins Gesicht, auf den Hals und die Arme zu schmieren, ertönte ein anderes Lied, dieses Mal mit einem Rhythmus, so schnell wie der Herzschlag eines fliehenden Tiers.

Sobald er den letzten Farbklecks in seinem bernsteinfarbenen Gesicht aufgetragen hatte, endete das Lied.

»Bei den Göttern hienieden!«, keuchte der Schnelle Ben, eine Hand auf der Brust. »Mein Herz hämmert, als wollte es mir jeden Moment aus der Brust springen, Onrack!«

Der Imass, der sich wieder in seinen üblichen Schneidersitz sinken ließ, betrachtete den Magier mit ruhigen, dunklen Augen. »Du bist oft verfolgt worden … in deinem Leben.«

Der Schnelle Ben verzog das Gesicht, ehe er nickte. »Fühlt sich an, als wäre es viele Jahre lang so gewesen.«

»Dieses Lied hat zwei Namen. Agkor Raella und Allish Raella. Das Wolfslied und das Karibulied.«

»Oh, dann ist ja zu guter Letzt doch noch rausgekommen, dass ich was vom Wiederkäuer hab.«

Onrack lächelte. »Eines Tages musst du zum Wolf werden.«

»Könnte sein, dass ich es schon bin«, sagte der Schnelle Ben nach einem langen Augenblick. »Ich habe Wölfe gesehen – hier gibt es schließlich jede Menge von ihnen. Diese langbeinigen mit den kleinen Köpfen …«

»Ay.«

»Genau. Und sie sind verdammt scheu. Ich würde wetten, sie töten erst, wenn die Chancen deutlich zu ihren Gunsten stehen. Die schlimmste Art von Spielern, ehrlich gesagt. Aber sehr gut darin zu überleben.«

»Sie sind scheu, ja«, sagte Onrack und nickte, »aber auch neugierig. Das gleiche Rudel folgt uns jetzt schon seit drei Tagen.«

»Es gefällt ihnen, sich an den Überresten deiner Beute gütlich zu tun, während sie dir das ganze Risiko überlassen. Klingt nach einem tollen Handel.«

»Bis jetzt«, sagte Onrack, »gab es noch nicht viele Risiken.«

Der Schnelle Ben warf Trull einen Blick zu, schüttelte dann den Kopf und sagte: »Das Bergschaf, oder wie auch immer du es nennst, hat dich nicht nur angegriffen, sondern durch die Luft geschleudert, Onrack. Wir dachten, es hätte dir sämtliche Knochen im Leib gebrochen, und du hast deinen Körper gerade mal seit zwei Tagen.«

»Je größer die Beute, desto höher der Preis«, sagte Onrack und lächelte erneut. »So ist es doch beim Glückspiel, oder?«

»Allerdings«, sagte der Magier, während er an dem Fleisch auf dem Spieß herumstocherte. »Worauf ich hinauswollte, war, dass der Wolf das Karibu ist, bis es irgendwann unumgänglich wird, sein Verhalten zu ändern. Wenn die Aussichten zu schlecht sind, rennt der Wolf davon. Es ist eine Frage des Zeitpunkts – des richtigen Zeitpunkts, sich umzudrehen und sich zu behaupten. Was die Wölfe angeht, die uns folgen … nun, ich nehme an, dass sie so etwas wie uns noch nie gesehen haben …«

»Nein, Schneller Ben«, sagte Onrack. »Ganz im Gegenteil.«

Trull musterte seinen Freund einen Moment lang, ehe er fragte: »Wir sind also nicht allein hier?«

»Die Ay wussten, wie man uns folgt. Ja, sie sind neugierig, aber sie sind auch schlau, und sie erinnern sich. Sie sind schon früher einmal Imass gefolgt.« Er hob den Kopf und schnüffelte laut. »Sie sind heute

Nacht ganz nah, diese Ay. Angelockt von meinem Lied, das sie schon früher einmal gehört haben. Die Ay wissen, dass ich morgen gefährliche Beute jagen werde. Und wenn der Augenblick kommt, in dem ich die Beute töte … nun, wir werden sehen.«

»Und … wie gefährlich ist diese Beute?«, fragte Trull, der sich plötzlich unbehaglich fühlte.

»Hier gibt es eine Raubkatze, einen Emlava – wir haben heute sein Revier betreten, denn ich habe auf Steinen und Holz die Kratzer gesehen, mit denen er dieses Revier markiert hat. Ein Männchen, dem Geruch seiner Pisse nach. Heute waren die Ay unruhiger als gewöhnlich, denn die Katze wird sie bei jeder sich bietenden Gelegenheit töten, und sie ist geübt darin, im Hinterhalt zu lauern. Aber ich habe sie mit meinem Lied beruhigt. Immerhin habe ich Tog'tol – gelben Ocker – gefunden.«

»Also«, sagte der Schnelle Ben, den Blick auf das tropfende Fleisch über den Flammen gerichtet, »wenn deine Wölfe wissen, dass wir hier sind, was ist dann mit der Katze?«

»Sie weiß es auch.«

»Nun, das ist ja einfach großartig, Onrack. Ich werde also den ganzen Tag ein paar Gewirre griffbereit haben müssen. Und das ist ziemlich anstrengend, verstehst du.«

»Wenn die Sonne am Himmel steht, brauchst du dir keine Sorgen zu machen, Magier«, sagte Onrack. »Diese Katze jagt nachts.«

»Beim Atem des Vermummten! Dann wollen wir mal hoffen, dass diese Wölfe sie riechen, bevor wir es tun!«

»Das werden sie nicht tun«, antwortete der Imass mit aufreizender Ruhe. »Dadurch, dass der Emlava sein Revier markiert, sättigt er die Luft mit seinem Geruch. Sein Körpergeruch ist viel schwächer, so dass das Tier sich in seinem Revier unbemerkt bewegen kann, wie es will.«

»Warum sind blöde Viecher eigentlich so verdammt schlau?«

»Warum sind wir schlauen Leute eigentlich so oft so blödsinnig grausam, Schneller Ben?«, fragte Trull.

»Hör bloß auf damit, mich in meinem Zustand animalischer Furcht noch zusätzlich zu verwirren, Edur.«

Die Nacht verstrich ereignislos, und am folgenden Tag marschierten sie tiefer ins Revier des Emlava. Als sie im Laufe des Vormittags an einem Bach haltmachten, kniete Onrack sich hin und wusch sich rituell die Hände. Zumindest nahm Trull an, dass es ein Ritual war, obwohl es genauso gut auch nur ein weiterer Augenblick atemloser Verwunderung sein konnte, die Onrack gelegentlich zu befallen schienen – und das war keine Überraschung; Trull vermutete, dass er nach einer solchen Wiedergeburt monatelang ziellos durch die Welt getorkelt wäre. *Natürlich denkt er nicht wie wir. Was meine Gedankengänge angeht, bin ich diesem Menschen – dem Schnellen Ben – viel näher als irgendeinem Imass, sei er tot oder lebendig. Wie kann das sein?*

Onrack stand auf und sah sie an. In einer Hand hielt er seinen Speer, in der anderen sein Schwert. »Wir nähern uns dem Bau des Emlava. Obwohl er schläft, spürt er uns. Heute Nacht will er einen von uns töten. Ich werde jetzt seinen Anspruch auf dieses Revier anfechten. Wenn ich versage, kann es gut sein, dass er euch in Ruhe lässt, denn dann wird er mich fressen.«

Aber der Schnelle Ben schüttelte den Kopf. »Du wirst das nicht allein tun, Onrack. Zugegeben, ich bin mir nicht ganz sicher, wie meine Zauberei hier wirken wird, aber verdammt – das ist schließlich nur eine dumme Katze. Ein blendender Lichtblitz, ein lautes Geräusch …«

»Und auch ich werde mich dir anschließen«, sagte Trull Sengar. »Am Anfang werden wir die Speere benutzen, ja? Ich habe schon gegen so manchen Wolf gekämpft. Wenn er uns angreift, werden wir ihn mit den Speeren abwehren. Und dann, wenn er verwundet oder verstümmelt ist, machen wir ihn mit den Schwertern fertig.«

Onrack musterte sie mehrere Herzschläge lang, dann lächelte er. »Ich sehe, dass ich euch nicht davon abbringen kann. Aber was den Kampf an sich angeht, dürft ihr euch nicht einmischen. Ich glaube nicht, dass ich versagen werde, und ihr werdet schon bald sehen, warum nicht.«

Trull und der Magier folgten dem Imass einen Hang hinauf – eine breit aufgefächerte Sanderfläche, die den größten Teil einer Gletscherspalte ausfüllte –, umgeben von mit Flechten bewachsenem, schräg geneigtem und zerklüftetem Grundgestein. Hinter dem schwarzen Felsvorsprung erhob sich eine nackte Mauer aus grauem Schiefer, die von Höhlen durchzogen war – eine Folge der immerfort fließenden Schmelzwasserströme, die die Ablagerungen weggespült hatten. Der Bach, in den

Onrack am Vormittag seine Hände getaucht hatte, entsprang an dieser Klippe; er bildete einen Teich in einer Höhle, der sich ausdehnte und eine ganze Senke füllte, bevor er weiter nach unten strömte. Rechts davon war eine weitere dreieckige Höhle, deren eine Seite von einem Felsrutsch des Schieferdeckgesteins gebildet wurde. Die ebene Fläche davor war mit zersplitterten Knochen übersät.

Als sie um den Teich herumgingen, blieb Onrack auf einmal stehen und hob eine Hand.

Eine wuchtige Gestalt war in der Höhlenmündung erschienen und füllte sie ganz aus.

Drei Herzschläge später kam der Emlava aus der Höhle heraus.

»Beim Atem des Vermummten«, flüsterte der Schnelle Ben.

Trull hatte eine Raubkatze erwartet, die sich nicht sonderlich von einem Berglöwen unterschied – vielleicht eine von den schwarzen, die gerüchteweise tief in den größeren Wäldern seiner Heimat leben sollten. Die Kreatur, die jetzt in sein Blickfeld trottete und sich den Schlaf aus den dunkelgrauen Augen blinzelte, hatte die Größe eines Braunbären der Ebene. Ihre gewaltigen oberen Reißzähne ragten weit über den Unterkiefer hinaus; sie waren so lang wie das Messer eines Jägers und schimmerten bernsteinfarben. Der Kopf war breit und flach, die Ohren klein und weit nach hinten versetzt. Hinter dem kurzen Hals wölbten sich die Schultern des Emlava auf, bildeten eine Art Buckel aus Muskeln. Sein Fell war gestreift, schwarze Streifen auf dunkelgrauem Grund, aber an seiner Kehle blitzte ein weißer Fleck auf.

»So, wie der gebaut ist, sieht er nicht aus, als wäre er besonders schnell, oder?«

Trull blickte zum Schnellen Ben hinüber und sah, dass der Magier einen Dolch in der Hand hielt. »Wir sollten dafür sorgen, dass du einen Speer bekommst«, sagte der Tiste Edur.

»Ich werde einen von deinen nehmen – wenn es dir nichts ausmacht.«

Trull ließ das zusammengeschnürte Bündel von seiner Schulter gleiten. »Such dir einen aus.«

Der Emlava beobachtete sie. Dann gähnte er, und in diesem Augenblick huschte Onrack halb geduckt ein bisschen weiter vor.

Als er das tat, konnte man in der Nähe Kiesel rieseln hören. Trull drehte sich um. »Nun, es sieht so aus, als hätte Onrack hier in der Tat Verbündete.«

Die Wölfe – oder *Ay* in der Sprache der Imass – waren plötzlich da und näherten sich Onracks Position, die Köpfe gesenkt und den Blick unverwandt auf die große Katze gerichtet.

Das unerwartete Auftauchen von sieben Wölfen missfiel dem Emlava offensichtlich, denn er duckte sich so tief, dass seine Brust den Boden berührte, und zog die Beine unter den Körper. Dann öffnete er erneut das Maul, und ein tiefes Fauchen erfüllte die Luft.

»Wir können ihnen genauso gut den Weg freimachen«, sagte der Schnelle Ben und trat, ganz offensichtlich erleichtert, einen Schritt zurück.

»Ich frage mich«, sagte Trull, während er sich das augenblickliche Patt ansah, »ob die Zähmung von Haustieren ursprünglich auf diese Weise begonnen hat. Nicht, indem man sich zusammengetan hat, um zu jagen, sondern um einen rivalisierenden Räuber auszulöschen.«

Onrack hatte seinen Speer bereitgemacht, aber nicht, um sich gegen einen Angriff zu wappnen, sondern um die Waffe mit Hilfe einer Speerschleuder zu werfen, die er aus einem mit Steinen beschwerten Geweih hergestellt hatte. Die Wölfe waren links und rechts von ihm ausgeschwärmt und schoben sich jetzt zähnefletschend vor.

»Und kein einziges Knurren ist zu hören«, sagte der Schnelle Ben. »In gewisser Hinsicht ist das noch viel erschreckender.«

»Knurren ist eine Warnung«, antwortete Trull. »Und in einem Knurren verbirgt sich Furcht, genau wie im Fauchen der Katze.«

Der fauchende Atemzug des Emlava verklang schließlich. Er holte wieder Luft und fauchte erneut.

Onrack stürmte vorwärts, der Speer flog aus seiner Hand.

Der Emlava sprang kreischend zurück, als die Waffe sich knapp neben seinem Hals direkt unter dem Schlüsselbein tief in seine Brust bohrte. In diesem Augenblick griffen die Wölfe an.

Eine tödliche Wunde reichte aber nicht aus, um die Katze langsamer zu machen, die mit zwei rasch aufeinanderfolgenden Hieben ihrer Vorderpfoten nach einem der Wölfe schlug. Die Krallen der ersten Pranke gruben sich tief in die Schulter des Wolfs, zogen das ganze Tier näher heran, in die Reichweite der zweiten Pranke, die den winselnden Wolf noch näher zu sich zog. Dann fuhr der gewaltige Kopf auf den Nacken des Wolfs hinunter, und die Fänge gruben sich in Fleisch und Knochen.

Einen Moment später sackte der Emlava mit seinem ganzen Gewicht taumelnd über dem sterbenden Wolf zusammen und brach ihm dabei vermutlich jeden einzelnen Knochen im Leib.

Als das geschah, stürzten sich vier Wölfe auf ihn – zwei von jeder Seite –, und schlugen ihre Reißzähne tief in den weichen Bauch des Emlava. Sie sprangen zurück, als die Raubkatze mit einem Schrei herumfuhr, um sie abzuwehren.

Und dabei ihren Hals entblößte.

Onracks Schwert zuckte blitzschnell vor und bohrte sich in die Kehle der Katze.

Sie machte einen Satz zurück, so dass ein Wolf halb stolpernd davongeschleudert wurde, und stellte sich auf die Hinterbeine – als wollte sie sich herumdrehen und zurück in ihren Bau flüchten –, doch dann wich alle Kraft aus dem Tier. Es fiel zur Seite, prallte hart auf den Boden und blieb reglos liegen.

Die überlebenden Wölfe – von denen einer hinkte – trotteten davon, sorgsam darauf bedacht, sich von den drei Männern fernzuhalten, und waren kurz darauf verschwunden.

Onrack trat an den Emlava heran und zog seinen verschmierten Speer aus dem Kadaver. Dann kniete er sich neben den Kopf der Katze.

»Bittest du ihn um Vergebung?«, fragte der Schnelle Ben. Sein Tonfall war nur ganz leicht ironisch.

Der Imass blickte zu ihnen herüber. »Nein, das wäre verlogen, Magier.«

»Du hast Recht, das wäre es. Ich bin froh, dass du uns hier nicht mit irgendwelchem Blödsinn – von wegen ›von den Geistern gesegnet‹ oder so was – kommst. Schließlich ist es ja wohl ziemlich offensichtlich, dass es schon *Kriege* gegeben hat, lange bevor es Kriege zwischen Völkern gegeben hat. Ihr musstet euch erst der rivalisierenden Jäger entledigen.«

»Ja, das stimmt. Und wir haben Verbündete gefunden. Wenn du nach so was wie Ironie des Schicksals suchst, Schneller Ben, dann lass dir sagen, dass wir daraufhin so lange gejagt haben, bis die meisten unserer Beutetiere ausgestorben waren. Und unsere Verbündeten sind verhungert – diejenigen, die sich nicht unserer Führung anvertraut haben.«

»Was das angeht, sind die Imass wohl kaum einzigartig«, sagte Trull Sengar.

Der Schnelle Ben schnaubte. »Das ist eine ziemliche Untertreibung, Trull. Und jetzt erzähl uns, warum du neben dem Kadaver kniest, Onrack.«

»Ich habe einen Fehler gemacht«, antwortete der Imass, während er aufstand und in die Höhle des Emlava starrte.

»Für mich hat das Ganze ziemlich fehlerlos ausgesehen.«

»Das Töten, ja, Schneller Ben. Aber dieser Emlava ist ein Weibchen.«

Der Magier gab ein Brummen von sich und schien dann zusammenzuzucken. »Du meinst, das Männchen ist immer noch in der Nähe?«

»Ich weiß es nicht. Manchmal … wandern sie.« Onrack blickte auf den blutigen Speer in seinen Händen hinunter. »Meine Freunde«, sagte er, »ich muss zugeben, dass ich nun … zögere. Vor langer Zeit hätte ich vielleicht nicht lange darüber nachgedacht – wie du gesagt hast, Magier, wir haben Krieg gegen unsere Rivalen geführt. Aber diese Sphäre … sie ist ein Geschenk. Alles, was aufgrund unserer gedankenlosen Taten verloren war, lebt wieder. Hier. Ich frage mich, ob die Dinge hier vielleicht anders sein könnten?«

In der Stille, die auf diese Frage folgte, hörten sie den ersten mitleiderregenden Schrei aus der Höhle.

»Hast du dir jemals gewünscht, in die Felsen einsinken zu können, Udinaas? Ihre gewaltigen Erinnerungen losschütteln zu können …«

Der ehemalige Sklave blickte Verblichener an – der nichts weiter war als ein etwas dunklerer Fleck in der Düsternis – und grinste spöttisch. »Und sehen zu können, was sie gesehen haben? Steine können nicht sehen, du verdammtes Gespenst.«

»Das ist wohl wahr. Sie verschlucken nur Geräusche und halten sie in ihrem Innern gefangen. Sie unterhalten sich mit Hitze und Kälte. Ihre Haut wird von den Worten des Windes und den Zungen des Wassers abgetragen. In ihrem Fleisch leben Dunkelheit und Licht – und in ihrem Innern beherbergen sie die Echos von Verwundungen, von Gebrochenwerden, von grausam Geformtwerden …«

»Oh, das reicht!«, schnappte Udinaas und schob ein Stück Holz weiter ins Feuer. »Na schön, dann schwinde in diesen Ruinen dahin.«

»Du bist der Einzige, der noch wach ist, mein Freund. Und ja, ich *war* in diesen Ruinen.«

»Solche Spiele werden dich irgendwann in den Wahnsinn treiben.«

Eine lange Pause. »Du weißt Dinge, die zu wissen du kein Recht hast.«

»Wie ist es dann hiermit? In den Stein einzusinken ist leicht. Wieder herauszukommen, das ist schwierig. Du kannst dich verirren, bist dann im Labyrinth gefangen. Und von allen Seiten bedrängen dich diese Erinnerungen, bedrücken dich.«

»Es sind deine Träume, stimmt's? In ihnen erfährst du diese Dinge. Wer spricht zu dir? Sag mir den Namen dieses grausamen Mentors!«

Udinaas lachte. »Ach, Verblichener, du Narr. Mein Mentor? Tja, das ist niemand anderes als die *Phantasie*.«

»Ich glaube dir nicht.«

Es schien sinnlos, auf diese Behauptung zu antworten. Udinaas starrte in die Flammen und erlaubte es ihrem flackernden Tanz, ihn einzuschläfern. Er war erschöpft. Er sollte schlafen. Das Fieber war vorbei, die alptraumhaften Halluzinationen, dieser merkwürdige Nektar, der die taumelnden Wahnvorstellungen nährte, war weggesickert, *wie Pisse im Moos. Die Kraft, die ich in jenen anderen Welten gespürt habe, war eine Lüge. Die Klarheit eine Täuschung. Alle mir angebotenen, nach vorn führenden Wege – durch das, was auch immer kommen mag – waren Sackgassen. Ich hätte es besser wissen müssen.*

»Diese Ruinen … sie stammen von den K'Chain Nah'ruk.«

»Bist du immer noch da, Verblichener? Warum?«

»Dies hier war einst ein Plateau, auf dem die Kurzschwänze eine Stadt gebaut hatten. Aber wie du sehen kannst, ist es jetzt zerschmettert. Jetzt gibt es hier nichts mehr als diese grässlichen Steinplatten, alle schief und krumm – doch wir sind abwärtsgegangen, als wir uns durch sie hindurchgekämpft haben. Hast du das gespürt? Wir werden bald das Zentrum, das Herz dieses Kraters erreichen, und dann werden wir sehen, was diesen Ort zerstört hat.«

»Die Ruinen«, sagte Udinaas, »erinnern sich an kühlen Schatten. Dann an eine Erschütterung. Schatten, Verblichener, in einer Flut, die das Ende der Welt verkündet hat. Und die Erschütterung, nun, die gehörte zum Schatten, richtig?«

»Du weißt Dinge …«

»Du verdammter Narr, hör mir zu! Wir sind an den Rand dieses Ortes, dieses Hochplateaus, gekommen und haben gehofft, dass es sich nett und flach vor uns erstrecken würde. Stattdessen sieht es aus wie ein gefrorener Tümpel, auf den jemand einen schweren Felsen geworfen hat. *Platsch.* Alle Seiten nach innen eingestürzt. Ich brauche kein geheimes Wissen, um mir zusammenzureimen, was passiert ist, Gespenst. Etwas Großes ist vom Himmel gefallen – ein Meteorit, eine Himmelsfestung, was auch immer. Wir sind seit Tagen durch seine oder ihre Asche gestapft. Die den uralten Schnee bedeckt. Asche und Staub, die sich wie Säure in den Schnee gefressen haben. Und die Ruinen, sie sind alle umgestürzt, wurden erst nach außen gedrückt und sind dann nach innen gefallen. Zuerst nach außen, dann nach innen. Hochgehoben und zurückgerutscht. Alles, was man tun muss, ist genau *hinzusehen*, Verblichener. *Wirklich genau hinzusehen.* Das ist alles. Also Schluss jetzt mit der ganzen mystischen Seehundscheiße, ja?«

Seine Tirade hatte die anderen geweckt. *Zu dumm. Aber es wird ja sowieso bald dämmern.* Udinaas hörte, wie sie sich bewegten, hörte ein Husten, und dann, wie jemand ausspuckte. *Wer war das? Seren? Kessel?* Der ehemalige Sklave lächelte in sich hinein. »Dein Problem sind deine verdammten Erwartungen, Verblichener. Du hast mich monatelang belästigt, und jetzt verspürst du das dringende Bedürfnis, dir zu beweisen, dass es … dass ich all die Aufmerksamkeit wert war. Und deshalb hockst du da, drängst diesem gebrochenen Sklaven irgendwelches weises Wissen auf, aber ich habe dir schon damals gesagt, was ich dir jetzt wieder sage: Ich bin nichts, niemand. Hast du verstanden? Nur ein Mann mit einem Gehirn, das dann und wann auch mal arbeitet. Ja, ich benutze es, denn ich finde es keineswegs tröstlich, dumm zu sein. Anders als – wie ich glaube – die meisten Menschen. Zumindest anders als wir Letherii. *Dumm und auch noch stolz darauf.* Diese freudige Verkündigung müsste auf dem Imperialen Siegel stehen. Kein Wunder, dass ich so jämmerlich versagt habe.«

Seren Pedac trat in den Feuerschein und kauerte sich hin, um ihre Hände zu wärmen. »Wobei versagt, Udinaas?«

»Wobei schon … in allem, Freisprecherin. Kein Grund, das genauer auszuführen.«

Hinter ihnen erklang Forcht Sengars Stimme. »Ich erinnere mich, dass du gut darin warst, Netze zu flicken.«

Udinaas drehte sich nicht um, aber er lächelte. »Ja, vermutlich habe ich das verdient. Mein wohlmeinender Peiniger spricht. Wohlmeinend? Oh, vielleicht auch nicht. Gleichgültig? Möglicherweise. Bis ich zu guter Letzt irgendetwas falsch gemacht habe. Ein schlecht geflicktes Netz – oohh! Peitscht dem Narren die Haut vom Rücken! Ich weiß, dass es nur zu meinem Besten war – zumindest zum Besten von irgendjemandem.«

»Schon wieder eine schlaflose Nacht, Udinaas?«

Er blickte über das Feuer hinweg Seren an, aber sie konzentrierte sich ausschließlich auf die Flammen, die unter ihren ausgestreckten Händen loderten – ganz so, als wäre ihre Frage einfach nur so dahingesagt gewesen.

»Ich kann meine Knochen sehen«, sagte sie dann.

»Das sind keine richtigen Knochen«, antwortete Kessel, die sich hinsetzte und die Beine anzog. »Sie sehen eher aus wie Zweige.«

»Dankeschön, meine Liebe.«

»Knochen sind hart, wie Fels.« Sie legte die Hände auf die Knie und rieb sie. »Kalter Fels.«

»Udinaas«, sagte Seren, »ich sehe Goldpfützen in der Asche.«

»Ich habe Teile eines Bilderrahmens gefunden.« Er zuckte die Schultern. »Es ist merkwürdig, sich vorzustellen, wie die K'Chain Nah'ruk Bilder aufhängen, oder?«

Seren blickte auf, schaute ihm in die Augen. »K'Chain …«

»Keine Bilder.« Silchas Ruin kam um einen Haufen behauener Steine herum und trat näher ans Feuer. »Der Rahmen wurde benutzt, um Häute darauf zu spannen. K'Chain häuten sich, bis sie erwachsen sind. Die Häute wurden wie Pergament benutzt – zum Schreiben. Die Nah'ruk waren besessen davon, Aufzeichnungen anzufertigen.«

»Ihr wisst eine Menge über Kreaturen, die Ihr beim ersten Anblick getötet habt«, sagte Forcht Sengar.

Von irgendwoher außerhalb des Feuerkreises ertönte Clips leises Lachen, gefolgt vom Klicken der Ringe an einer Kette.

Forcht hob ruckartig den Kopf. »Das erheitert dich, Welpe?«

Die Stimme des Tiste Andii wehte heran; sie wirkte auf unheimliche

Weise körperlos. »Silchas Ruins grässliches Geheimnis. Er hat mit den Nah'ruk verhandelt. Da war dieser Bürgerkrieg, versteht ihr …«

»Es wird bald hell werden«, sagte Silchas und wandte sich ab.

Innerhalb kürzester Zeit hatte sich die Gruppe wieder so aufgeteilt, wie sie es meistens tat. Ein gutes Stück vorneweg marschierten Silchas Ruin und Clip. Die Nächste war Seren Pedac selbst, während zwanzig oder mehr Schritte hinter ihr die Nachzügler Udinaas – der noch immer den Imass-Speer als Gehstock benutzte –, Kessel und Forcht Sengar folgten.

Seren wusste nicht so recht, ob sie die Einsamkeit absichtlich suchte. Wahrscheinlicher übte irgendein Überbleibsel ihres alten Berufs verstimmt Druck auf sie aus, die Führung zu übernehmen – und blendete dabei geflissentlich aus, dass da zwei Tiste-Krieger vor ihr herstapften. *Als würden sie nicht zählen. Als wären sie als Führer eigentlich unzuverlässig … wohin auch immer wir gehen.*

Sie dachte oft an ihre langwierige Flucht aus Letheras zurück – an das schiere Chaos, zu dem der Marsch geworden war, da ihr eigentliches Ziel und die Richtung, in die sie sich tatsächlich bewegt hatten, so häufig unvereinbar gewesen waren; sie dachte an die Zeiten, in denen sie nicht weitergezogen waren – Zeiten, in denen sie zögernd Wurzeln in einem hinterwäldlerischen Weiler oder einem verlassenen Gehöft geschlagen hatten – ohne dass ihre Erschöpfung nachgelassen hätte, denn sie war nicht körperlicher Natur gewesen. Scabandari Blutauges Seele erwartete sie – wie ein auslaugender Schmarotzer – an einem längst vergessenen Ort. Das war das erklärte Ziel ihrer Reise, aber Seren hatte irgendwann angefangen, sich Fragen zu stellen.

Silchas hatte sich nach Kräften bemüht, sie nach Westen zu führen, immer nach Westen, und war jedes Mal wieder abgebogen, als wäre er der Drohung, die von Rhulads und Hannan Mosags Dienern ausging, nicht gewachsen. Und das ergab keinen Sinn. *Der elende Kerl kann sich in einen verdammten Drachen verwandeln. Und ist Silchas in seinem tiefsten Innern ein Pazifist? Wohl kaum. Wenn er jemanden tötet, hat er ungefähr so viele Gewissensbisse wie ein Mann, der ein paar Mücken totschlägt. Hat er uns weggeführt, um uns das Leben zu retten? Auch das ist unwahrscheinlich. Ein Drache lässt schließlich nichts am Leben, oder?*

Sie waren wieder und wieder nach Norden abgedrängt worden, weg von den dichter bevölkerten Gebieten.

Bis an den Rand von Blaurose, einem Gebiet, das einst von Tiste Andii beherrscht worden war – *die sich immer noch direkt vor der Nase von Letherii und Edur verstecken – nein, ich traue alledem nicht. Ich kann es nicht. Silchas Ruin hat seine Artgenossen gespürt. Er muss sie gespürt haben.*

Silchas Ruin der Täuschung zu verdächtigen, war eine Sache, einen solchen Vorwurf auszusprechen, etwas ganz anderes. Dazu hatte sie nicht den Mut. So einfach war das. *Außerdem ist es ja wohl leichter, einfach weiterzugehen und nicht zu gründlich nachzudenken. Gründlich nachgedacht hat Udinaas – und jetzt schau dir an, in welchem Zustand er ist. Doch er schafft es trotzdem, den Mund zu halten. Meistens. Er mag ein ehemaliger Sklave sein, er mag »niemand« sein – aber ein Narr ist er nicht.*

Und so marschierte sie allein dahin. An niemanden durch freundschaftliche Bande gebunden – zumindest an niemanden hier – und nicht gewillt, das zu ändern.

Die Ruinenstadt – kaum mehr als ein Haufen umgestürzter Steine – erstreckte sich in alle Richtungen; der Hang voraus fiel immer steiler ab, und nach einiger Zeit hatte sie das Gefühl, als könnte sie das Flüstern des Sandes, des zerbröckelten Mörtels und des Gerölls hören – ganz so, als würde sich diese Landschaft allein dadurch, dass sie hindurchschritten, noch weiter neigen, und als zögen sie und ihre Begleiter beim Gehen Ströme aus abrutschendem Unrat hinter sich her. *Als ob allein schon unsere Anwesenheit ausreichen würde, das Gleichgewicht zu verändern.*

Das Flüstern hätte auch von Stimmen stammen können, es hätten vom Säuseln des Windes überdeckte Worte sein können, und sie hatte das Gefühl – die plötzliche Erkenntnis trieb ihr Schweißperlen auf die Stirn –, als wäre sie ganz kurz davor, die Worte zu verstehen. *Die Worte der Steine und des zerbröckelten Mörtels. Ich rutsche allmählich tatsächlich in den Wahnsinn …*

*»Wenn der Stein zerbricht, entfliehen alle Schreie. Kannst du mich jetzt hören, Seren Pedac?«*

»Bist du das, Verblichener? Lass mich in Ruhe.«

*»Leben Gewirre? Die meisten würden sagen: Nein. Unmöglich. Sie sind Kräfte. Aspekte. Neigungen, die sich als das Vorhersehbare manifestieren –*

*oh, die Großen Denker, die schon lange zu Staub zerfallen sind, haben sich hierüber in fiebriger Not Sorgen gemacht, wie es sich für die Besessenen geziemt. Aber sie haben nicht verstanden. Ein Gewirr liegt wie ein Netz über allen anderen, und seine Stimme ist der Wille, der notwendig ist, um Magie zu formen. Sie haben es nicht erkannt. Nicht als das, was es war. Sie dachten ... an Chaos, ein Netz, dessen Stränge – alle Stränge – undifferenzierte Energie waren, noch nicht gegliedert, noch nicht durch die Absichten eines Älteren Gottes geformt.«*

Sie hörte zu, bis jetzt immer noch ohne zu begreifen, während ihr Herz wild in ihrer Brust hämmerte und ihre Atemzüge rau und keuchend wurden. Sie wusste, dass dies nicht die Stimme von Verblichener war. Es war auch nicht die Sprache des Gespensts. Oder sein Tonfall.

*»Aber K'rul hat es verstanden. Vergossenes Blut ist verlorenes Blut, ist am Ende machtloses Blut. Es stirbt, wenn es aufgegeben wird. Schau dir gewaltsame Tode an, wenn du einen Beweis willst. Damit die Gewirre gedeihen können, damit sie in ihren festgelegten Flüssen und Strömen dahinströmen, muss es einen lebendigen Körper geben, eine größere Gestalt, die aus sich selbst heraus existiert. Nicht das Chaos. Weder das Dunkel, noch das Licht. Nicht Hitze, nicht Kälte. Sondern eine bewusste Abneigung gegen die Unordnung. Die Negation für alles andere und von allem anderen, wenn alles andere tot ist. Denn das wahre Gesicht des Todes ist die Auflösung, und in der Auflösung liegt Chaos, bis das letzte Stäubchen Energie sein stures Glimmen aufgibt, seine hartnäckige Leugnung. Verstehst du das?«*

»Nein. Wer bist du?«

*»Nun, man kann die Dinge auch noch auf eine andere Weise betrachten. K'rul wurde klar, dass er dies nicht allein tun konnte. Das Opfer, das Öffnen seiner Venen und Arterien wäre bedeutungslos, würde in der Tat misslingen. Ohne lebendiges Fleisch, ohne organisierte Funktionalität.*

*Ach, die Gewirre, Seren Pedac, sie sind ein Zwiegespräch. Erkennst du es jetzt?«*

»Nein!«

Ihr wütender Aufschrei hallte durch die Ruinen. Sie sah, dass Silchas und Clip stehen blieben und sich umdrehten.

Hinter ihr rief Forcht Sengar: »Freisprecherin? Was ist? Was weist Ihr zurück?«

Von Udinaas kam ein wissendes Lachen.

*»Achte jetzt nicht auf die boshafte Meute, auf die Sturzflut von Geräuschen, die die Gewirre bestürmt, die Benutzer, die Wächter, die Schmarotzer und die Jäger, sowie die beteiligten Götter, die älteren wie die jungen. Schließe sie weg, wie Corlo es dich gelehrt hat. Sich an eine Vergewaltigung zu erinnern, bedeutet, Einzelheiten mit Empfindungen zu verknüpfen, und das schreckliche Geschehen jedes Mal erneut zu durchleben. Er hat dir gesagt, dass dies zur Gewohnheit werden würde, zu einer Sucht, bis du sogar den Geschmack der Verzweiflung auf deiner Zunge willkommen heißt. Begreife also – wie nur du es hier kannst –, dass sich das eigene Leben zu nehmen der endgültige Ausdruck der Verzweiflung ist. Du hast es gesehen. Buruk der Bleiche. Du hast es gespürt, am Rande des Meeres. K'rul konnte bei diesem Opfer nicht allein handeln, Seren Pedac, denn dann hätte er alle Gewirre mit Verzweiflung erfüllt.*

*Zwiegespräch. Die Voraussetzung der Mehrzahl, ja. Einer mit einem anderen. Oder mit einer Reihe von anderen, denn dieses Zwiegespräch muss in der Tat ewig währen.*

*Spreche ich vom Herrn der Festen? Vom Herrn der Drachenkarten? Vielleicht – das Gesicht des anderen ist immer abgewandt – das gilt für alle, außer für K'rul selbst. So muss es sein. Das Zwiegespräch ist folglich die Speisung der Macht. Unvorstellbarer Macht, praktisch allgewaltiger Macht, unanfechtbar … solange das Gesicht des anderen … abgewandt bleibt.*

*Von dir. Von mir. Von uns allen.«*

Sie starrte wild um sich, auf diese schiefen Ruinen, diese endlose Schutthalde der Zerstörung.

*»Das Zwiegespräch kann allerdings gespürt, wenn schon nicht gehört werden – das ist seine Macht. Die Konstruktion der Sprache, die prinzipielle Übereinkunft über Bedeutung und Absicht, die Regeln der Grammatik – Seren Pedac, was hast du gedacht, was Mockra ist? Wenn nicht ein Spiel der Grammatik? Ein Verdrehen der Semantik, eine Umkehr der Schlussfolgerungen, eine Herausforderung von Anregungen, die Neuformung der inneren Sprache eines Verstandes, um die eigenen Sinne zu täuschen?*

*Wer ich bin?*

*Nun ja, Seren Pedac – ich bin Mockra.«*

Die anderen standen jetzt um sie herum. Sie stellte fest, dass die Offenbarung sie hatte auf die Knie sinken lassen; sie würde blaue Flecken bekommen, eine beängstigende Weichheit im Gewebe, wo es gegen die harten Pflastersteine gedrückt wurde. Das erkannte sie, während sie zu den anderen aufschaute. Ein vorwurfsvoller Austausch zwischen beschädigtem Fleisch und dem Verstand, zwischen ihren Sinnen und ihrem Gehirn.

Sie schob die Worte beiseite und glitt in eine süße, schmerzlose Ruhe.

So leicht war es.

*»Sei auf der Hut – sich selbst zu täuschen, birgt ein tödliches Risiko. Du kannst dich blind machen, so dass du den Schaden, den du genommen hast, nicht wahrnimmst. In diesem besonderen Spiel kannst du sehr schnell sterben, Seren Pedac. Nein, wenn du … Versuche anstellen musst … nimm etwas anderes.*

*Corlo hätte es dir gezeigt, wenn er mehr Zeit gehabt hätte.«*

»Dann … dann kennt er dich also?«

*»Nicht so gut wie du. Es gibt nur wenige, die so … gesegnet sind.«*

»Aber du bist kein Gott, oder?«

*»Das musst du nicht fragen, Seren Pedac.«*

»Du hast Recht. Aber dennoch, du bist *am Leben.*«

Sie hörte Erheiterung in der Antwort. *»Es sei denn, die Verkündigung meiner eigenen Existenz wäre meine größte Täuschung. Es gibt Regeln in der Sprache, und man braucht die Sprache, um die Regeln festzulegen. Wie K'rul es verstanden hat – das Blut fließt hinaus und kehrt zurück. Schwach, und dann wieder belebt. Ein ewiger Kreislauf. Aber wer – das frage dich – wer ist dann der Feind?«*

»Ich weiß es nicht.«

*»Vielleicht jetzt noch nicht. Aber du wirst es herausfinden müssen, Seren Pedac. Bevor wir fertig sind.«*

Sie lächelte. »Du gibst mir eine Aufgabe?«

*»Das Zwiegespräch darf nicht enden, meine Liebe.«*

»Unser Zwiegespräch? Oder das andere?«

*»Deine Begleiter glauben, dass du jetzt fieberst. Sag mir nun, bevor wir uns trennen, welchen von ihnen du auswählen wirst. Für deine Versuche?«*

Sie starrte blinzelnd zu dem Halbkreis aus Gesichtern hoch. In denen sich Sorge, Spott, Neugier und Gleichgültigkeit spiegelten. »Ich weiß es nicht«, sagte sie. »Es scheint mir … grausam.«

*»Macht ist immer grausam, Seren Pedac.«*

»Dann werde ich mich jetzt nicht entscheiden. Noch nicht.«

*»So sei es.«*

»Seren?«, fragte Kessel. »Was hast du?«

Sie lächelte und stand dann auf. Zu ihrer Überraschung streckte Udinaas einen Arm aus, um ihr zu helfen, das Gleichgewicht zu halten.

Als er sah, dass sie zusammenzuckte, lächelte er schwach. »Ihr seid hart gelandet, Freisprecherin. Könnt Ihr gehen?« Sein Lächeln wurde breiter. »Jetzt vielleicht auch nicht mehr schneller als der Rest von uns Nachzüglern?«

»Schneller als ihr, Udinaas? Nein, ich glaube nicht.«

Er runzelte die Stirn. »Im Augenblick sind es nur wir beide«, sagte er.

Sie sah ihm kurz in die Augen, scheute zurück, wandte den Blick ab – und schaute ihn dann wieder an. Ernst. »Du hast es gehört?«

»Das brauchte ich nicht«, sagte er leise, während er ihr den Gehstock – der eigentlich ein Imass-Speer war – in die Hand drückte. »Verblichener war mir schon auf die Pelle gerückt, bevor ich den Norden verlassen habe.« Er zuckte die Schultern.

Silchas Ruin und Clip waren bereits wieder losgegangen.

Sich auf den Imass-Speer stützend stapfte Seren Pedac neben dem ehemaligen Sklaven dahin, kämpfte mit einer plötzlichen Flut von Gefühlen für diesen gebrochenen Mann. *Vielleicht sind wir doch echte Gefährten. Er und ich.*

»Seren Pedac.«

»Ja?«

»Hört auf, die Schmerzen in Euren Knien in meine zu verlagern, ja?«

*Aufhören – womit? Oh.*

»Entweder das oder Ihr gebt mir den verdammten Stock zurück.«

»Wenn ich sage ›tut mir leid‹, dann … nun …«

»Verratet Ihr es. Nun, sagt es, wenn es Euch ernst damit ist, und wir werden es so oder so dabei belassen.«

»Tut mir leid.«

Sein überraschter Blick erfreute sie.

Der angestiegene Meeresspiegel hatte den Boden unter dem Dorf durchtränkt. Jeder, der noch halbwegs bei Verstand war, hätte sich auf das steinige, baumbestandene, etwas höher gelegene Gelände begeben, das an das Überschwemmungsgebiet grenzte, aber die schäbigen Überreste der Triller, die hier hausten, hatten ihre Häuser einfach auf Stelzen gestellt und die Lattenwege erhöht. Jetzt lebten sie über dem stinkenden, salzigen Sumpf, in dem es von den weißrückigen Krabben wimmelte, die als Helmkrabben bekannt waren.

Yan Tovis, Yedan Derryg und die Schwadron Lanzenreiter zügelten bei Wegesend die Pferde; links von ihnen befanden sich die Anlegestelle der Fähre und die dazugehörigen Gebäude, rechts lag ein Haufen gefällter Bäume, die allmählich auf dem Boden verrotteten. Die Luft war kalt, kälter als sie so spät im Frühling hätte sein sollen, und dichte Schwaden Bodennebel verbargen den größten Teil der Salzmarsch unter den Stelzen und Laufstegen.

Zu den Nebengebäuden der Landestelle – die alle auf höherem Grund lagen – gehörte auch ein Stall mit steinernen Mauern; davor befand sich ein Hof aus gehobelten Holzstämmen, und dahinter, zum Dorf hin gelegen, eine Schenke ohne Namen.

Nachdem Yan Tovis abgesessen war, blieb sie einige Zeit mit geschlossenen Augen neben ihrem Pferd stehen. *Eindringlinge sind gekommen. Ich müsste zu jeder Garnison an dieser Küste reiten – beim Abtrünnigen, sie müssen es inzwischen wissen. Eine Tatsache, die auf die harte Weise bekannt wird. Das Imperium befindet sich im Krieg.*

Aber sie war nun die Königin des Letzten Blutes, die Königin der Triller. Sie öffnete die Augen und ließ den Blick über das heruntergekommene Fischerdorf schweifen. *Mein Volk. Möge der Abtrünnige mir helfen.* Wegzulaufen war damals vernünftig gewesen. Jetzt war es noch viel vernünftiger.

Neben ihr löste Yedan Derryg, ihr Halbbruder, den Riemen seines mit einem Visier versehenen Helms. »Und was jetzt, Zwielicht?«, fragte er dann.

Sie warf ihm einen Blick zu, sah die rhythmischen Bewegungen seiner Kiefermuskeln trotz des Bartes, den er trug. Sie verstand die Frage mit all ihren Verästelungen. *Was jetzt? Erklären die Triller ihre Unabhängigkeit, erheben sie sich begierig im Chaos eines Krieges zwischen Malazanern und Letherii? Versammeln wir unsere Bewaffneten, unsere Jungen, und bezeichnen sie als Soldaten? Die Triller rufen ihre Freiheit aus, und das Geräusch wird von der Brandung am Gestade verschluckt.*

Sie seufzte. »Ich hatte das Kommando auf dem Finger, als die Edur in ihren Schiffen gekommen sind. Wir haben kapituliert. Ich habe kapituliert.«

*Alles andere wäre reinster Selbstmord gewesen.* Yedan hätte diese Worte sagen sollen. Denn er wusste, dass sie wahr waren. Stattdessen schien er wieder ein paar Herzschläge lang zu kauen, ehe er sich umdrehte und blinzelnd die breite, flache Fähre ansah. »Ich glaube, das Ding da ist lange Zeit nicht von seinem Ankerplatz gerutscht. Die Küste nördlich von Ahl muss überflutet sein.«

*Er schenkt mir nichts.* »Wir werden es benutzen, für die ganze Strecke bis zum Fort der Dritten Jungfrau.«

Ein Nicken.

»Vorher müssen wir allerdings die Hexen und Hexer herbeirufen.«

»Du wirst die meisten von ihnen da drüben im Dorf finden, Königin. Schluckse und Quitsch haben deine Rückkehr bestimmt längst verkündet. Ich würde wetten, dass krallenbesetzte Zehen auf die Fußbodendielen tippen.«

»Geh zu ihnen rüber«, befahl sie und blickte zur Schenke. »Begleite sie hierher – ich werde da drin sein.«

»Und wenn die Schenke nicht groß genug ist?«

Ein merkwürdiger Einwand. Sie begann, auf den Eingang zuzugehen. »Dann sollen sie einander auf die Schultern hocken wie die Krähen, die sie sind, Yedan.«

»Zwielicht.«

Sie drehte sich halb um.

Yedan zurrte seinen Helmriemen wieder fest. »Tu es nicht.«

»Was soll ich nicht tun?«

»Schick uns nicht in den Krieg, Schwester.«

Sie musterte ihn.

Aber er sagte nichts mehr, und einen Augenblick später hatte er sich umgedreht und war in Richtung Dorf losmarschiert.

Sie setzte sich wieder in Bewegung, während ihre Soldaten die Pferde zum Stall brachten; die Hufe der Tiere rutschten auf den glatten Holzstämmen des Hofes weg. Sie waren hart geritten, und diese letzten Pferde hatten sie sich in einem praktisch leeren Garnisonsfort etwas nördlich von Tulamesh besorgt – Berichte über Räuber hatten die Trupps ausrücken lassen, und sie waren noch nicht zurückgekehrt. Yan Tovis glaubte, dass sie es auch niemals tun würden.

Am Eingang blieb sie stehen, blickte auf die Steinplatte unter ihren Stiefeln hinunter, in die Triller-Runen eingraviert waren.

*»Dieser Erhöhte Stein ehrt Teyan Atovis, Dageling, der im 113ten Jahr der Insel vom Gestade eingefordert wurde. Von den Letherii getötet für Nicht Überwiesene Schulden.«*

Yan Tovis brummte leise vor sich hin. Das bezog sich tatsächlich auf keinen Geringeren als einen ihrer Verwandten, der inzwischen seit tausend Jahren tot war. »Nun, Teyan«, murmelte sie, »du bist am Suff gestorben, und jetzt überspannt dein Stein die Schwelle einer Schenke.« Gewiss, sein unehrenhafter Sturz in Alkohol und Elend war mittels einer Liste geheimnisvoller, erdrückender Schulden herbeigeführt worden, aber dieses stattliche Gedenken ließ die Hände, die das Schicksal des Mannes gelenkt hatten, in einem doch sehr schiefen Licht erscheinen. Und jetzt … *wird Brullyg Dageling werden. Wirst du die Krone so gut tragen, wie Teyan das getan hat?*

Sie stieß die Tür auf und trat ein.

Der Raum mit der niedrigen Decke war überfüllt, und alle Gesichter wandten sich ihr zu.

Eine vertraute Gestalt schob sich in ihr Blickfeld, das faltenübersäte Gesicht zu einem leichten Lächeln verzogen.

»Schluckse«, sagte Zwielicht und nickte. »Ich habe gerade die Wacht ins Dorf geschickt, um dich zu suchen.«

»Da wird er dann wohl Quitsch und ein paar andere finden. Sie weben wahrscheinlich Spinnweben zu einem Netz, an der nahen See jenseits des Gestades, Königin, und alle Wahrheiten stehen dort geschrieben. Fremde …«

»Ich weiß«, unterbrach Yan Tovis sie, während sie an der alten Hexe vorbeisah und den Blick über die anderen Hexen und Hexer schweifen ließ, die das Schultervolk der Alten Wege bildeten. Ihre Augen glitzerten in dem rauchigen, düsteren Raum, und Zwielicht konnte diese Triller-Ältesten nun riechen – halbentwirrte feuchte Wolle und fleckige Seehundfelle, Fischöl und ranziger Schweiß, Atem, der aus Mündern kam, die dunkel von krankem Zahnfleisch oder faulenden Zähnen waren.

Wenn diese Taverne einen Eigentümer hatte, war er oder sie geflohen. Fässer waren angestochen und Krüge mit kräftigem Bier gefüllt worden. Ein großer Topf mit Fischsuppe dampfte auf dem Herd mitten im Raum, und auf den Tischen standen zahllose Schalen aus Kürbissen. Große Ratten watschelten auf dem dreckigen Fußboden umher.

Viel mehr Hexen als Hexer, bemerkte sie. Diese Entwicklung hatte sich bereits länger unter denjenigen abgezeichnet, die von Dämonen berührt worden waren – es wurden immer weniger Männer mit der gebilligten Anzahl von Eigenschaften geboren; die meisten waren viel zu dämonisch. *Mehr als zweihundert vom Schultervolk. Hier versammelt.*

»Königin«, wagte Schluckse einen Vorstoß und duckte sich dabei, »Spinnweben zum Netz, alle vom Trillerblut wissen, dass du jetzt herrschst. Außer denen, die auf der Insel sind. Die wissen nur, dass deine Mutter tot ist.«

»Also ist Brullyg dort, und er nimmt an …«

»Ja, Zwielicht, er nimmt an, dass er wohl Dageling, König der Triller werden wird.«

*Hol mich der Abtrünnige.* »Wir müssen zur Insel segeln.«

Zustimmendes Gemurmel inmitten des eifrigen Zuspruchs zum Bier.

»Ihr wollt heute Nacht ein Ritual durchführen«, sagte Yan Tovis.

»Wir lockern die Ketten, wie sie sagen, Königin. Es sind Netze über den Pfad der Welt gespannt, um zu sehen, was wir fangen.«

»Nein.«

Schluckses schwarze Augen verengten sich. »Was war das?«

»Nein. Es wird heute Nacht kein Ritual geben. Und auch morgen Nacht nicht, und auch in der folgenden Nacht nicht. Kein Ritual, so lange wir nicht auf der Insel sind – und vielleicht nicht einmal dann.«

In der Taverne war nicht das leiseste Geräusch zu hören.

Schluckse machte den Mund auf, klappte ihn wieder zu und machte ihn erneut auf. »Königin, das Gestade ist voller Stimmen, wie sie sagen, und die Worte sind für uns. Dies – dies sind die Alten Wege, *unsere* Wege …«

»Und meine Mutter hatte die Angewohnheit wegzusehen, ja. Aber ich nicht.« Sie hob den Kopf und ließ den Blick noch einmal über die ihr zugewandten Gesichter schweifen, sah die Betroffenheit, die Entrüstung, den zunehmenden Groll. »Die Alten Wege haben versagt. Damals und jetzt. Eure Wege«, sagte sie zu ihnen mit harter Stimme, »haben uns alle im Stich gelassen. Ich bin die Königin. Zwielicht am Gestade. Die Wacht ist in meiner Herrschaft an meiner Seite. Brullyg will Dageling werden – das wird sich noch erweisen, denn eure Verkündigung ist nicht Grund genug, nicht einmal annähernd. Der Dageling wird von allen Trillern gewählt. *Von allen.*«

*»Störe uns nicht, Königin.«* Schluckses Lächeln war verschwunden. Ihr Gesicht war eine gehässige Maske.

Yan Tovis schnaubte. »Willst du mir einen Fluch schicken, alte Frau? Denke nicht einmal daran. Ich habe vor, dafür zu sorgen, dass mein Volk überlebt – dass es all das, was geschehen wird, überlebt. Von euch allen werde ich Heilung brauchen, werde ich Segen brauchen. Ihr herrscht nicht mehr – nein, erzähle mir nichts über meine Mutter. Ich kenne die Tiefen ihrer Unterwerfung besser als irgendjemand von euch. Ich bin die Königin. Gehorcht mir.«

Sie waren nicht glücklich. Sie waren so lange die wirkliche Macht gewesen – wenn man das armselige Weben von Flüchen in den Schatten denn »Macht« nennen konnte –, und Yan Tovis wusste, dass dieser Kampf gerade erst begonnen hatte, obwohl sie sich scheinbar fügten. *Sie werden anfangen, meinen Sturz zu planen. Davon kann man ausgehen.*

*Yedan Derryg, kümmere dich nicht darum, das Gestade zu bewachen. Jetzt musst du meinen Rücken bewachen.*

Fiedler öffnete die Augen. Die Abenddämmerung brach gerade herein. Ächzend rollte er sich auf den Rücken. Zu viele Jahre, in denen er auf hartem, kaltem Boden geschlafen hatte; zu viele Jahre, in denen ihm nur ein zerfetzter Regenumhang als Matratze gedient hatte und eine einzige raue Wolldecke als Decke. Zumindest schlief er jetzt tagsüber, während die Wärme der Sonne seinen alten Knochen Erleichterung verschaffte.

Er setzte sich auf und blickte sich auf der Lichtung um. Zusammengekauerte Gestalten zu allen Seiten. Ein Stück hinter ihnen saß Koryk, der die letzte Wache hatte, auf einem Baumstumpf. *Ja, klar, Holzfäller in diesem Wald.*

*Nicht, dass wir auch nur einen einzigen gesehen hätten.*

Drei Nächte, seit sie an Land gegangen waren. Und die ganze Zeit waren sie in Richtung Osten marschiert, immer tiefer ins Landesinnere. *Das ist ein irgendwie merkwürdiges Imperium. Straßen und Wege und gelegentlich mal ein Gehöft, kaum eine Handvoll Städte an der Küste, die wir zu Gesicht bekommen haben. Und wo, im Namen des Vermummten, sind diese Tiste Edur?*

Fiedler stand auf, beugte den Rücken, um das Stechen und Ziehen im Kreuz loszuwerden. Er hatte ein Soldat namens Saiten sein wollen, hier bei den Knochenjägern, ein anderer Mann, ein neuer Mann. Aber das hatte nicht so recht hingehauen. Niemand hatte sich täuschen lassen. Und was noch schlimmer war – er hatte es sich nicht einmal selbst einreden können, dass er ganz neu angefangen hatte und man das Erbe vergangener Feldzüge beiseiteschieben konnte. *So läuft es nicht im Leben. Verdammt.* Er trottete zu Koryk hinüber.

Das Seti-Halbblut blickte auf. »Jetzt sind wir aber in 'nen wirklich verdammten Krieg reingeraten, Sergeant. Ich würde mir ja glatt eins von Lächelns Messern ins Bein jagen lassen, nur damit wir mal Blut zu riechen kriegen. Scheiß auf die verdammten Edur – lass uns losziehen und ein paar Letherii umbringen.«

»Bauern und Schweinehirten, Koryk? Wir brauchen sie auf unserer Seite, erinnerst du dich?«

»Bis jetzt haben wir noch nicht mal so viele von ihnen gesehen, dass sie für 'nen verdammten Trupp reichen würden. Zumindest sollten wir uns zeigen …«

»Noch nicht. Außerdem ist es wahrscheinlich nur Pech, dass wir dem Feind bis jetzt noch nicht begegnet sind. Ich würde wetten, dass die anderen Trupps schon ein oder zwei Scharmützel hatten.«

Koryk grunzte. »Glaube ich nicht. Es braucht nur einen einzigen Trupp, der sie so richtig aufscheucht, und diese Wälder würden von ihnen nur so wimmeln. Tun sie aber nicht.«

Darauf wusste Fiedler nichts zu sagen. Er kratzte sich und drehte sich um. »Mach jetzt ein bisschen die Augen zu, Soldat. Wir werden dich wecken, wenn das Frühstück fertig ist.«

*Beklag dich ruhig jetzt, Koryk, denn wenn's erst mal richtig losgeht, werden wir auf Sonnenuntergänge wie diesen zurückschauen, als wäre er die reinste Idylle, ja, das Paradies gewesen.* Trotzdem – wie oft konnte er dieses Versprechen noch machen? Das Vermächtnis der Knochenjäger gab bisher nichts her, worüber man Lieder hätte singen können. Sogar Y'Ghatan war nur Pfusch gewesen, waren sie doch mit einem fröhlichen Lied auf den Lippen schnurstracks in eine Falle marschiert. Die Sache saß ihm immer noch quer. Er hätte den Ärger riechen müssen. Das Gleiche galt für Gesler – *tja, an dem Tag haben wir sie im Stich gelassen. Und wie.*

Malaz war sogar noch schlimmer gewesen. Klar, es waren Waffen in die Hand genommen worden. Ein paar Trupps aus Seesoldaten hatten sogar so was wie einen Schildwall gebildet. *Gegen Malazaner. Einen undisziplinierten Mob aus unseren eigenen Leuten.* Irgendwie und irgendwo musste diese Armee endlich einmal richtig kämpfen.

Die Mandata hatte sie an diese Küste geschmissen wie eine Handvoll Zecken auf einen Hunderücken. Früher oder später würde das Tier anfangen, sich zu kratzen.

Während es um ihn herum immer dunkler wurde und die anderen nach und nach aufwachten, ging Fiedler zurück zu seinem Packsack. Stand da und betrachtete ihn einige Zeit. Da drin waren die Drachenkarten. Sie warteten. Und er war in größter Versuchung. Nur, um einen Vorgeschmack auf das zu bekommen, was geschehen würde. *Sei kein Idiot, Fid. Erinnere dich an Flickenseel. Erinnere dich an all das Gute, das es ihr gebracht hat.*

»Schlechte Idee, Sergeant.«

Fiedler blickte zur Seite und machte ein finsteres Gesicht. »Hör auf, meine Gedanken zu lesen, Buddl. Du bist nicht so gut darin, wie du glaubst.«

»Du bist wie ein Mann, der dem Trinken abgeschworen hat, aber einen Flachmann in seinem Beutel mit sich herumträgt.«

»Das reicht, Soldat.«

Buddl zuckte die Schultern, blickte sich dabei um. »Wo ist Gesler hin?«

»Vermutlich düngt er die Bäume.«

»Vielleicht«, sagte Buddl. Er klang nicht sehr überzeugt. »Es ist nur, dass ich schon früher mal aufgewacht bin, und da habe ich ihn auch nicht gesehen.«

*Bei den Göttern hienieden.* Mit einer Hand wedelnd, um die Mücken zu vertreiben, ging Fiedler zur gegenüberliegenden Seite der Lichtung, wo der andere Trupp lagerte. Er sah Stürmisch, der wie ein schlaftrunkener Bär dastand – seine roten Haare und sein gleichfarbiger Bart waren ein wildes, von Zweigen strotzendes Durcheinander – und immer wieder dem laut schnarchenden Kurznase in die Seite trat.

»Stürmisch«, rief Fiedler leise, »wo ist dein Sergeant hingegangen?«

»Keine Ahnung«, antwortete der riesige Mann. »Er hatte aber die letzte Wache auf dieser Seite. Hey, Fid, sie wird doch wohl nicht die *Silanda* verbrannt haben, oder?«

»Natürlich nicht. Hör zu, wenn Gesler nicht bald zurückkommt, wirst du losgehen und ihn suchen müssen.«

Stürmisch starrte ihn aus seinen kleinen Schweinsäuglein blinzelnd an. »Könnte es sein, dass er sich verirrt hat? Daran habe ich noch gar nicht gedacht.«

»Mach dir nichts draus, Korporal.«

»Klar. Dieser Koryk, den du da hast – ist der gut im Spurensuchen?«

»Nein. Genauer gesagt so gut wie nutzlos, aber sag ihm das nicht ins Gesicht. Buddl …«

»Oh, der. Wenn ich an den nur denke, kriege ich 'ne Gänsehaut, Fid. Der holt sich so oft einen runter, wie ich mir in der Nase bohre. Schon klar, Soldaten machen so was, aber …«

»Er sagt, er ist es nicht.«

»Nun, wenn Lächeln unter der Decke zu ihm rüberfassen will …«

»Lächeln? Was willst du damit sagen, Stürmisch?«

»Ich meine …«

»Hör zu, Buddl wird von irgendeinem verdammten Geist heimgesucht – der Schnelle Ben hat es bestätigt, also hör auf, mich so anzuschauen. Wie auch immer, dieser Geist ist … äh … weiblich, und sie mag ihn gar zu gern …«

»Magier sind krank, Fid.«

»Das ist jetzt nicht wichtig, Stürmisch.«

»Das sagst du«, erwiderte der Korporal; er schüttelte sich und wandte sich ab. *»›Das ist jetzt nicht wichtig‹«*, äffte er Fiedlers Worte leise nach.

»Ich kann dich immer noch hören, Korporal.«

Stürmisch wedelte mit einer breiten, behaarten Hand, drehte sich aber nicht um, sondern stapfte stattdessen auf die Feuerstelle zu. Als er den ersten Schritt machte, zögerte er kurz – um dann auf eine von Kurznases Händen zu treten. Man hörte etwas knacken, und der Schwere Infanterist gab ein leises Geräusch von sich und setzte sich auf. Stürmisch marschierte weiter, während Kurznase auf seine Hand hinunterschaute und stirnrunzelnd den merkwürdig abstehenden dritten Finger betrachtete, den er mit einem Ruck wieder einrenkte, ehe er aufstand und davonging, um eine Stelle zu finden, wo er seine Blase entleeren konnte.

Fiedler kratzte sich den Bart, dann drehte er sich um und ging zurück zu seinem Trupp.

*Oh ja, wir sind schon ein tödlicher Haufen.*

Gesler durchstreifte die merkwürdigen Ruinen. Das Tageslicht verblasste rasch, was den Ort nur um so geisterhafter aussehen ließ. Überall runde Brunnen, mindestens ein Dutzend, die sich zwischen den alten Bäumen verteilten. Die Steine waren hervorragend zugehauen, und sie passten ohne Mörtel perfekt zusammen – wie er entdeckt hatte, nachdem er ein bisschen Moos abgezupft hatte. Er hatte die regelmäßigen Umrisse vom Rand der Lichtung aus entdeckt, hatte sie zuerst für die Podeste eines mit Säulen versehenen Bauwerks gehalten, das schon lange eingestürzt war. Aber die einzigen anderen Steine, die er fand, bildeten ein Pflaster, das sich von Wurzeln bedrängt wölbte und den Boden heimtückisch machte.

Nachdem er sich auf den Rand eines Brunnen gesetzt hatte, starrte er nach unten in die tintige Schwärze; er konnte abgestandenes Wasser riechen. Er fühlte sich auf merkwürdige Weise zufrieden mit sich selbst – damit, dass seine Neugier nicht so durch und durch abgestumpft war, wie er einst geglaubt hatte. Nicht annähernd so schlimm wie bei, sagen wir mal, Krake. Nun, das war vielleicht ein grimmiger Dreckskerl. Trotzdem – Gesler hatte in seinem Leben eine Menge gesehen, und manches davon hatte seine Haut dauerhaft befleckt; von den anderen, weniger offensichtlichen Veränderungen ganz zu schweigen. Aber zumeist machten all die Dinge, die man sah, oder die Taten, die man tat oder nicht tat, nun, das Ganze rieb einen Mann einfach auf.

Er konnte die winzigen Flammen der Feuerstelle des Trupps nicht ansehen, ohne an Wahr erinnert zu werden – und daran, wie furchtlos er in den Palast von Y'Ghatan gestürmt war. Wenn er hingegen auf die Armbrust in seinen Händen hinunterschaute, während sie durch diesen verdammten Wald stolperten, kam ihm unweigerlich Pella in den Sinn, wie er mit einem Armbrustbolzen in der Stirn an der Ecke eines Gebäudes zusammengesackt war, kaum ein paar hundert Schritt innerhalb Y'Ghatans. Bei jedem Krächzen einer Krähe hörte er die Echos der Schreie jener Nacht, in der grässliche Geister das Lager der Hundeschlächter in der Raraku angegriffen hatten. Ein Blick hinunter auf seine bloßen Hände und ihre zerschlagenen Knöchel, und vor seinem inneren Auge entstand das Bild von Coltaine, dem Wickaner, damals, am Ufer des Vathar – *bei den Göttern, diesen Haufen so weit geführt zu haben, mit einer noch größeren Strecke vor sich – nur, um dann auf jenem Hügel namens Untergang so grausam verraten zu werden.*

Das Gemetzel an den Einwohnern von Aren, als die Logros T'lan Imass sich aus dem Straßenstaub erhoben und ihre steinernen Waffen sich hoben und senkten, hoben und senkten. Wenn nicht jenes ehemalige Mitglied der Roten Klingen gewesen wäre, das die Tore geöffnet und so einen Fluchtweg geschaffen hatte, hätte es keinen einzigen Überlebenden gegeben. *Außer uns Malazanern, die nur danebenstehen und dem Blutbad zusehen konnten. Hilflos wie Säuglinge …*

Ein Drache, der durch Feuerwolken flog, ein Schiff, das auf Flammen ritt – und das erste Mal, dass er einen Tiste Edur gesehen hatte: tot, von einem riesigen Speer an seinen Stuhl genagelt. Ruderbänke, auf denen enthauptete Ruderer saßen, deren Hände auf den Riemen ruhten, während ihre abgetrennten Köpfe auf einem Haufen um den Hauptmast herumlagen … Augen, die in der plötzlichen Helligkeit blinzelten, Gesichter, die sich auf beängstigende Weise verzogen …

*Also – wer hat zwölf Brunnen in einem Wald gebaut? Das würde ich gerne wissen.*

*Vielleicht.*

Er erinnerte sich an ein Klopfen an der Tür, und als er sie aufgemacht hatte, hatte er mit absurder Freude einen durchnässten T'lan Imass vor sich stehen sehen, den er erkannte. *Stürmisch, es ist für dich. Und ja, ich träume von Augenblicken wie diesem, du rothaariger Ochse.* Und was sagte das über ihn, Gesler, selbst aus? *Nun mal langsam* – so *neugierig bin ich nun auch wieder nicht.*

»Da bist du ja.«

Gesler schaute auf. »Stürmisch. Ich habe gerade an dich gedacht.«

»Und was hast du gedacht?«

Er deutete auf den schwarzen Brunnenschacht. »Ob du da wohl reinpassen würdest, was sonst. Das Meiste würde wohl gehen, nur dein Kopf leider nicht.«

»Du vergisst immer wieder«, sagte der Korporal, während er nähertrat, »dass ich einer von denen war, die zurückgeschlagen haben, Gesler.«

»Also daran kann ich mich nun überhaupt nicht erinnern.«

»Willst du, dass ich deine Erinnerungen auffrische?«

»Ich will was ganz anderes – nämlich wissen, warum du mich störst?«

»Wir machen uns zum Aufbruch fertig.«

»Stürmisch.«

»Ja?«

»Was denkst du über all das?«

»Irgendjemand hat es Spaß gemacht, Brunnen zu bauen.«

»Nicht über das hier. Ich meine über den Krieg. Diesen Krieg – den, den wir hier jetzt haben.«

»Ich sag dir Bescheid, wenn wir anfangen, Schädel einzuschlagen.«

»Und wenn das nie passiert?«

Stürmisch zuckte die Schultern, strich sich mit dicken Fingern durch den geknoteten Bart. »Dann ist es einfach nur ein weiterer typischer Knochenjäger-Krieg.«

Gesler grunzte. »Na los, geh voraus. Nein, warte. Wie viele Schlachten haben wir geschlagen, du und ich?«

»Du meinst wir beide? Gegeneinander?«

»Nein, du verdammter Idiot. Ich meine gegen andere Leute. Wie viele?«

»Ich bin beim Zählen durcheinandergekommen.«

»Lügner.«

»Na schön. Siebenunddreißig, aber da ist Y'Ghatan nicht mitgezählt, weil ich nicht dabei war. Für dich sind's achtunddreißig, Gesler.«

»Und wie vielen sind wir aus dem Weg gegangen?«

»Hunderten.«

»Dann werden wir vielleicht nur darin besser, alter Freund.«

Der riesige Falari starrte ihn finster an. »Versuchst du, mir den Tag zu verderben, Sergeant?«

Koryk zog die Riemen seines unförmigen Rucksacks stramm. »Ich will einfach nur irgendjemanden umbringen«, knurrte er.

Buddl rieb sich das Gesicht und beäugte dann das Seti-Halbblut. »Da ist natürlich immer noch Lächeln. Oder Starr, wenn du auf ihn losgehst, während er nicht hinschaut.«

»Versuchst du etwa, witzig zu sein?«

»Nein, ich versuche nur, deine Aufmerksamkeit vom schwächsten Mitglied dieses Trupps abzulenken. Namentlich von mir.«

»Du bist ein Magier. Oder so was Ähnliches. Zumindest riechst du wie einer.«

»Was soll das heißen?«

»Wenn ich dich umbringe, wirst du mich mit deinem letzten Atemzug verfluchen, und dann werde ich mich erbärmlich fühlen.«

»Aber was würde sich damit ändern, Koryk?«

»Es ist immer schlimmer, einen Grund dafür zu haben, dass man sich erbärmlich fühlt, als keinen zu haben und sich trotzdem so zu fühlen ... ich meine, wenn's einfach nur eine Art Lebenseinstellung ist.« Er zog plötzlich die neueste Waffe in seinem Arsenal, ein Langmesser. »Siehst du das hier? Genau so eins wie das, das Kalam benutzt hat. Eine verdammt schnelle Waffe, aber ich kann mir nicht vorstellen, dass man mit ihr viel gegen eine Rüstung ausrichten kann.«

»Da, wo Kalam hingestochen hat, war keine Rüstung. Kehle, Achselhöhle, Schritt – du solltest es Lächeln geben.«

»Ich habe es mir extra geschnappt, damit sie es nicht in die Finger kriegt, du Idiot.«

Buddl schaute hinüber zu der Stelle, wo Augenblicke zuvor Lächeln im Wald verschwunden war. Sie kam gerade zurück, und ihr friedfertiger Gesichtsausdruck verbarg zweifellos allerhand üble Gedanken. »Ich hoffe, man erwartet von uns nicht, dass wir uns den Edur auf die Weise entgegenstellen, wie das die Schweren tun«, sagte er zu Koryk, während er weiter Lächeln beobachtete. »Abgesehen von dir und Starr – und vielleicht noch Corabb – sind wir nicht gerade die Art von Trupp, die man als große gepanzerte Faust bezeichnen könnte, oder? Von daher passt diese Art von Krieg in gewisser Weise zu uns – Listen, verdeckte Aktionen und all so was.« Er blickte wieder Koryk an und sah, dass das Halbblut ihn düster anstarrte. Und immer noch das Langmesser in der Hand hielt. »Aber vielleicht sind wir ja tatsächlich um einiges vielseitiger. Wir können halb 'ne gepanzerte Faust und halb ein schwarzer Handschuh sein, stimmt's?«

»Wie auch immer«, sagte Koryk und steckte die Waffe wieder in die Scheide, »als ich gesagt habe, dass ich jemanden umbringen will, habe ich den Feind gemeint.«

»Tiste Edur.«

»Letheriische Banditen würden schon reichen – es muss hier doch irgendwo Banditen geben.«

»Warum?«

»Wie meinst du das, warum? In ländlichen Gebieten gibt es immer Banditen, Buddl. Und ihre Anführer sind schnurrbärtige Schurken mit hochtrabenden Namen. Zoral Kicher oder Tranfunz Tapfer ...«

Ein lautes Schnauben von Lächeln, die gerade bei ihnen ankam. »Ich kann mich an die Geschichten erinnern. Tranfunz Tapfer mit der Feder am Hut, und sein buckliger Kumpan, Fallobst Schäbig, der Hinterhältige. Die Diebe, die den Königlichen Schatz von Li Heng gestohlen haben. Die das *Große Seil* durchtrennt haben, das Drift Avalii an Ort und Stelle gehalten hat. Und Zoral, der als Kind auf den höchsten Baum im Wald geklettert ist und dann festgestellt hat, dass er nicht wusste, wie er wieder runterkommen sollte, so dass er jahrelang auf dem Baum gelebt hat und da aufgewachsen ist. Bis der Waldarbeiter gekommen ist ...«

»Bei den Göttern hienieden«, knurrte Krake, der noch immer unter seinen Decken lag, »könnte vielleicht einer von euch ihr die Kehle durchschneiden? Bitte!«

»Nun«, sagte Lächeln und schürzte die Lippen auf die Weise, der sie ihren Namen verdankte, »immerhin hat diese Nacht für mich mit guter Laune angefangen.«

»Sie meint, sie hatte einen höchst befriedigenden ...«

»Halt die Klappe, Koryk, oder ich schneide dir deine Zöpfe ab, wenn du schläfst – und glaub mir, was ich dann mit ihnen mache, wird dir nicht gefallen. Und was dich angeht, Buddl, komm mir bloß nicht auf dumme Gedanken. Ich habe schon einmal die Schuld für etwas auf mich genommen, was du getan hast, aber das werde ich nie wieder tun.«

»Ich würde Koryk niemals die Zöpfe abschneiden«, sagte Buddl. »Er braucht sie doch, um sich zu schnäuzen.«

»Beweg deinen Arsch, Krake«, sagte Fiedler, während er zwischen sie trat. »Seht euch Corabb an – er ist der Einzige, der tatsächlich fertig ist ...«

»Nein, das bin ich nicht«, antwortete der Krieger aus dem Reich der Sieben Städte. »Ich bin einfach in meiner Rüstung eingeschlafen, Sergeant, und jetzt brauche ich einen Platz zum Pinkeln. Nur ...«

»Mach dir nichts draus«, unterbrach ihn Fiedler. »Wollen doch mal sehen, ob wir heute Nacht nicht über ein paar Edur stolpern können.«

»Wir könnten den Wald in Brand stecken«, sagte Koryk.

»Nur sind wir zufällig mitten drin, in diesem Wald«, gab Starr zu bedenken.

»War ja auch nur so 'ne Idee.«

Corabb Bhilan Thenu'alas musste sich eingestehen, dass diese Malazaner ganz anders waren als die Soldaten der Hundeschlächter oder die Krieger von Leomans Armee. Er war sich nicht einmal sicher, ob sie wirklich Menschen waren. Eher wie ... Tiere. Sich endlos zankende Tiere, was das anging, wie eine Meute hungriger Hunde.

Sie beachteten ihn so gut wie gar nicht, was ihm sehr gefiel. Sogar Buddl, in dessen Nähe Corabb sich auf Anweisung des Sergeanten aufhalten sollte. Den Rücken von jemand anderem zu bewachen, war etwas, womit Corabb vertraut war, von daher hatte er mit diesem Befehl keine Probleme. Und das, obwohl Buddl ein Magier war, und der Wüstenkrieger nicht so recht wusste, was er von ihnen halten sollte. Sie trafen Abmachungen mit Göttern – aber er wusste, dass man dafür kein Magier sein musste. Nein, man konnte auch ein Anführer sein, der größtes Vertrauen genoss, ein Befehlshaber, dem die Krieger in die dunklen Tiefen des Abgrunds selbst folgen würden. Sogar so jemand konnte Abmachungen mit Göttern treffen und auf diese Weise alle seine Gefolgsleute zum Untergang in einem feurigen Inferno verdammen, während eben dieser Jemand davonrannte.

Ja, davonrannte.

Er war froh, dass er über all das hinweg war. Eine alte Geschichte, und alte Geschichten waren alt, also bedeuteten sie nichts mehr, weil … nun, weil sie alt waren. Er hatte jetzt eine neue Geschichte. Die hatte im Schutt unter Y'Ghatan angefangen. Inmitten dieser … Tiere. Andererseits war da auch noch Fiedler, und Corabb wusste, dass er seinem Sergeanten folgen würde, weil der Mann es wert war, dass man ihm folgte. Nicht so wie manche anderen Leute.

Eine Armee aus vierzehn Mann schien ein bisschen klein zu sein, aber sie würde für den Moment reichen müssen. Er hoffte allerdings, dass sie weiter voraus – weiter im Landesinnern – auf eine Wüste stoßen würden. In diesem feuchten, übelriechenden Wald gab es einfach viel zu viele Bäume. Und er würde auch gerne mal wieder auf einem Pferd sitzen. Diese ganze Lauferei war – da war er sich ziemlich sicher – reichlich ungesund.

Als der Trupp die Lichtung verließ und in die tiefere Dunkelheit zwischen den Bäumen glitt, begab er sich an Buddls Seite, der ihm einen Blick zuwarf und das Gesicht verzog. »Bist du hier, um mich vor Fledermäusen zu beschützen, Corabb?«

Der Krieger zuckte die Schultern. »Wenn sie versuchen, dich anzugreifen, werde ich sie töten.«

»Wage es bloß nicht. Zufälligerweise mag ich Fledermäuse. Ich spreche mit ihnen, genauer gesagt.«

»So wie mit der Ratte und ihren Jungen, die du behütet hast, stimmt's?«

»Genau.«

»Ich war überrascht, dass du sie auf dem Transportschiff zurückgelassen hast, Buddl, wo sie mit ihm verbrannt sind.«

»Das hätte ich niemals getan. Ich habe sie an Bord der *Geiferwolf* gebracht. Ist schon ein Weilchen her …«

»Damit du die Mandata ausspionieren konntest, klar.«

»Es war ein Akt der Barmherzigkeit – das einzige Schiff, von dem ich wusste, dass sie dort sicher sein würden, verstehst du?«

»Und damit du spionieren konntest.«

»Na schön, na schön. Damit ich spionieren konnte. Lass uns das Thema wechseln. Hat Leoman dir jemals etwas über seine Abmachung mit der Königin der Träume erzählt?«

Corabb machte ein finsteres Gesicht. »Das Thema mag ich nicht. Es ist eine *alte Geschichte*, was bedeutet, dass niemand mehr darüber spricht.«

»Schön, aber warum bist du nicht mit ihm gegangen? Ich bin mir sicher, dass er es dir angeboten hat.«

»Die nächste Fledermaus, die ich sehe, werde ich umbringen.«

Von weiter vorne zischte irgendjemand: *»Hört mit dem Geplapper auf, ihr Idioten!«*

Corabb wünschte sich, er würde auf einem prächtigen Pferd durch eine sonnenverbrannte Wüste reiten – niemand, der nicht einige Zeit in einer Wüste verbracht hatte, konnte das magische Wunder des Wassers wirklich begreifen. Hier hingegen gab es so viel davon, dass einem Mann die Füße abfaulen konnten, und das war nicht in Ordnung. »Dieses Land ist verrückt«, murmelte er.

Buddl grunzte. »Eher so was wie nicht kaputtzukriegen. Schicht um Schicht sind Geister in jede Wurzel verstrickt, schwärmen ruhelos unter jedem Stein. Eulen können sie sehen, verstehst du. Arme Dinger.«

Noch ein Zischen von irgendwo weiter vorn.

Es fing an zu regnen.

*Sogar der Himmel verachtet das Wasser. Wahnsinn.*

Trantalo Kendar, der jüngste von vier Brüdern aus einem an der Küste ansässigen Clan der Benada, ritt mit überraschender Anmut, etwas, das man von seinen Stammesgefährten leider nicht sagen konnte. Er war der Einzige in seiner Truppe, der Pferde tatsächlich mochte. Trantalo war bei der Eroberung knapp fünfzehn und noch ungeblutet gewesen, und in die Nähe von Kämpfen war er nur als Lehrling einer entfernten Verwandten – einer Tante – gekommen, die als Heilerin in Hannan Mosags Armee gedient hatte.

Unter ihrer verbitterten Führung hatte er den schrecklichen Schaden gesehen, den der Krieg ansonsten gesunden Kriegern zufügte. Grässliche Wunden, eiternde Verbrennungen und durch die Zauberei der Letherii verkümmerte Gliedmaßen. Und als er auf der Suche nach Verwundeten über die Schlachtfelder gelaufen war, hatte er gleichermaßen entsetzlich zugerichtete tote und sterbende letheriische Soldaten gesehen.

Obwohl er noch jung war, hatte ihn damals etwas von seinem Kampfeseifer verlassen – und das hatte ihn von seinen Freunden entfernt. Zu viele hervorquellende Eingeweide, zu viele zerschmetterte Schädel, zu viele verzweifelte Bitten um Hilfe, auf die nur Krähen und Möwen antworteten. Er hatte zahllose Wunden verbunden, hatte in die glasigen Augen von Kriegern gestarrt, die angesichts ihrer eigenen Sterblichkeit erschüttert waren, oder, noch schlimmer, die am Elend verlorener Gliedmaßen, verlorener Augen, einer verlorenen Zukunft verzweifelten.

Er hielt sich nicht für schlau oder auf andere Weise für außergewöhnlich – abgesehen vielleicht von seiner Begabung fürs Reiten –, aber er ritt jetzt mit elf erfahrenen Edur-Kriegern, von denen vier aus dem Stamm der Benada kamen, darunter auch der Kommandant der Schwadron, Estav Kendar, Trantalos ältester Bruder. Und er war stolz darauf, an der Spitze der Kolonne und somit als Erster diese Küstenstraße hinunter nach Fort Boaral zu reiten, wo, soweit er es verstand, irgendeine letheriische Ungehörigkeit die Aufmerksamkeit der Edur erforderte.

So weit südlich von Rennis war er noch nie gewesen, seit er unweit von Ahl den Fängen seiner Tante entflohen war. Trantalo hatte die Mauern von Letheras noch nicht gesehen, ebenso wenig wie die Schlachtfelder, die die Hauptstadt umgaben, und er war froh darüber, denn er hatte gehört, dass die Zauberei in jenen letzten Kämpfen die schrecklichste von allen gewesen sein sollte.

Das Leben in Rennis war mit merkwürdigen Vorrechten verbunden gewesen. Allein schon die Tatsache, dass er ein Tiste Edur war, schien für die unterwürfigen Letherii Grund genug, ihm Furcht und Respekt entgegenzubringen. Den Respekt hatte er sehr genossen. Die Furcht hatte ihn bestürzt, aber er war nicht so naiv, dass er nicht begriffen hätte, dass es ohne diese Furcht nichts von dem Respekt gegeben hätte, der ihm so gefiel. *»Die Drohung, dass wir Vergeltungsmaßnahmen ergreifen könnten«,* hatte Estav ihm in der ersten Woche nach seiner Ankunft erklärt. »*Das ist es, was diese armseligen Kreaturen sich ducken lässt. Und es wird Zeiten geben, kleiner Bruder, in denen wir sie auf blutige Weise an diese Drohung werden erinnern müssen.*«

Was sein Hochgefühl zu trüben drohte, war die Befürchtung, dass diese Reise hinunter zu dieser mitten im Nirgendwo gelegenen Festung genau das war – eine Vergeltungsmaßnahme. Ein blutbespritztes Urteil. Es war kein Wunder, dass die Letherii sich bemühten, die Edur aus solchen Streitigkeiten herauszuhalten. *Wir sind nicht an Feinheiten interessiert. Einzelheiten langweilen uns. Und deshalb werden Schwerter gezogen werden, vermutlich in genau dieser Nacht.*

Estav würde keine speziellen Ansprüche an ihn stellen, das wusste er. Es reichte, dass er unterwegs die Spitze übernahm. Trantalo vermutete, dass er abkommandiert werden würde, um das Tor zu bewachen oder so was, sobald sie beim Fort angekommen waren. Er war damit mehr als zufrieden.

Auf dem schmalen Pfad, der zum Fort führte, verblasste das Sonnenlicht nun rasch. Kurz zuvor hatten sie die Große Küstenstraße verlassen, und hier, auf diesem weniger wichtigen Weg, waren die Böschungen steiler, fast brusthoch, wären sie zu Fuß unterwegs gewesen und nicht geritten, und von herabhängenden Wurzeln gesäumt. Die Bäume rückten auf beiden Seiten so dicht heran, dass ihre Zweige sich über den Köpfen der Reiter beinahe ineinander verschränkten. Um eine Biegung des Pfades herum erhaschte Trantalo einen ersten Blick auf die Palisade, deren grobe Stämme – die noch den größten Teil ihrer Rinde trugen – ungleichmäßig geneigt und eingesunken waren. Ein halbes Dutzend heruntergekommener Außengebäude kauerte sich links an einen Hain aus Erlen und Birken, und ein Wagen mit Ladepritsche und einer gebrochenen Achse stand gleich rechts vom Tor im hohen Gras.

Vor dem Eingang zügelte Trantalo sein Pferd. Das Tor war offen. Die einzige Tür, aus Schösslingen und einem Z-förmigen Rahmen aus Bohlen gezimmert, war weit zu einer Seite geschoben und dort belassen worden; an ihrem unteren Ende hatten sich Grasbüschel verfangen. Der Krieger konnte den dahinterliegenden Innenhof sehen, der merkwürdig unbelebt war. Als er hörte, dass seine Kameraden herangaloppiert kamen, trieb er sein Pferd vorwärts, bis er die rauchfleckige Fassade des eigentlichen Forts ausmachen konnte. Kein Licht. Alle senkrechten, schlitzartigen Fenster waren dunkel. Und die Eingangstür stand sperrangelweit offen.

»Warum zögerst du, Trantalo?«, fragte Estav, als er herangeritten kam.

»Preda«, sagte Trantalo und erfreute sich einmal mehr an diesen neuen letheriischen Titeln, »das Fort sieht verlassen aus. Vielleicht sind wir zum falschen geritten …«

»Das hier ist Fort Boaral«, bestätigte einer der Krieger hinter Estav. »Ich war schon mal hier.«

»Und ist es immer so ruhig?«, fragte Estav und zog eine Braue hoch – auf eine Weise, die Trantalo nur zu gut kannte.

»Beinahe«, sagte der Krieger und stellte sich vorsichtig in den drehbaren letheriischen Steigbügeln auf, um sich umzusehen. »Es sollten mindestens zwei Fackeln brennen, eine auf dem Wagen da vorne, und die andere mitten im Innenhof.«

»Keine Wachen?«

»Zumindest eine sollte da sein – vielleicht ist er gerade auf der Latrine …«

»Nein«, sagte Estav. »Es ist niemand hier.« Er lenkte sein Pferd an dem von Trantalo vorbei und ritt durch das Tor.

Trantalo folgte ihm.

Die beiden Brüder näherten sich den Stufen, die zum Vordereingang der steinernen Festung führten.

»Estav, auf den Stufen ist was Nasses.«

»Stimmt. Du hast ein gutes Auge, Bruder.« Der Krieger vom Stamm der Benada saß mit offensichtlicher Erleichterung ab und reichte die Zügel seines Pferds Trantalo, ehe er auf die Stufen zuschritt. »Blutspuren.«

»Vielleicht eine Meuterei?«

Die übrigen Edur hatten ihre Pferde in der Obhut eines Mannes zurückgelassen und schwärmten nun über den Innenhof aus, um in den Ställen, der Schmiede, dem Kerker und dem Brunnenhaus nachzusehen.

Estav stand am Fuß der Eingangstreppe, den Blick auf den Boden gerichtet. »Jemand ist nach draußen gezogen worden«, sagte er, während er die Blutspuren betrachtete.

Trantalo sah, wie sein Bruder den Kopf hob und zum Stall hinüberblickte. Dann gab er plötzlich ein ersticktes Geräusch von sich und setzte sich schlagartig hin.

»Estav?«

Trantalo blickte über den Innenhof – genau in dem Moment, als vier Krieger zusammenbrachen. Plötzlich ertönten Schreie von den dreien unweit der Ställe, als etwas wie ein Felsen mitten zwischen sie segelte.

Ein heller, feuriger Blitz. Ein derbes *krachendes* Geräusch. Die drei wurden rücklings zu Boden geschleudert. Und während eine kleine Wolke aufstieg, setzten die Schreie ein.

Trantalo zog die Füße aus den Steigbügeln, schwang ein Bein über den Pferderücken, glitt herunter und ließ sich in die Hocke sinken. Sein Mund war zundertrocken. Das Herz hämmerte ihm so laut in der Brust, dass er sich von dem Getrommel halb taub fühlte. Er zog sein Schwert und eilte zu seinem Bruder.

»Estav?«

Sein Bruder saß da, die Beine achtlos wie ein Kind weit von sich gestreckt, während die Hände auf dem schlammigen Boden ruhten. Etwas ragte aus seiner Brust. Eine Art Schaft, so lang wie eine Hand und dicker als ein normaler Pfeil, und mit einer Befiederung aus geschwungenen Lederfinnen. Blut war aus Estavs Mund geströmt, bedeckte sein Kinn und sickerte in die Vorderseite seines Wollumhangs. Seine starrenden Augen blinzelten nicht.

*»Estav?«*

Auf dem Innenhof ertönte das durchdringende Klirren von aufeinanderprallenden Schwertklingen.

Ungläubig riss Trantalo sich vom Anblick seines toten Bruders los. Zwei Edur-Krieger versuchten, sich kämpfend zurückzuziehen, wichen in Richtung der unruhigen Pferde zurück, die immer noch nah beim Tor standen, vielleicht fünf Schritte innerhalb des Hofs. Der Edur, der bei ihnen zurückgelassen worden war, kroch auf Händen und Knien auf den Ausgang zu. Irgendetwas ragte seitlich aus seinem Kopf.

In der Dunkelheit war kaum auszumachen, wer die – insgesamt vier – Angreifer waren, aber sie waren gut bewaffnet und gerüstet und blieben dicht an den letzten beiden Edur dran.

Eine verschwommen wahrnehmbare Bewegung hinter ihnen – Trantalo sprang auf und wollte einen Warnruf ausstoßen, aber plötzlich erfüllte Feuer seine Kehle. Würgend taumelte er zur Seite und spürte, wie etwas Kaltes seitlich aus seinem Hals austrat. Blut spritzte, innerlich und äußerlich. Hustend, ertrinkend, fiel er auf die Knie, fast in Reichweite seines Bruders. Während sein Sehvermögen schwand, warf er sich mit ausgestreckten Armen auf Estav zu.

*Estav?*

Er kam nie an.

Irgendwie schaffte Hellian es, geradeaus zu gehen, als sie aus dem Stall gestapft kam. Sie fröstelte leicht, nun, da die Zeit des ernsthaften Schwitzens vorbei war. Kämpfe ernüchterten sie immer. Sie wusste nicht, wieso, aber so war es, und alles in allem war es vermutlich auch gut so. »Kann mal jemand eine verdammte Laterne anmachen«, knurrte sie. »Du da, Vielleicht – tu den Fetzer weg. Wir haben sie alle erwischt.« Sie stieß einen lauten Seufzer aus. »Die großen bösen Feinde.«

Während sie sich den beiden vor dem Gebäude liegenden Edur näherte, wedelte sie mit ihrem Schwert. »Tavos, schau dir die beiden mal an. Es reicht nicht, ihm ein Ding zu verpassen und dann dazustehen und auf ihn runterzuschauen. Vielleicht ist ja noch ein letzter Funken in ihm, verstehst du.«

»Die sind beide so tot wie mein Sexleben«, sagte Tavos Pond. »Wer hat den Ersten erschossen, Sergeant? Das war ein verdammt guter Schuss.«

»Lauten«, antwortete sie und sah dabei zu, wie Urb mit den anderen einen Rundgang zu den toten Edur auf dem Innenhof machte. »Er hat die Waffe auf meinem Rücken aufgestützt.«

»Auf deinem Rücken?«

»Ich habe gekotzt, falls dich das irgendwas angeht. Und als ich gerade mal nicht gekotzt habe, hat er geschossen. Hat ihn voll erwischt, was?«

»Ja, Sergeant.«

»Und du wolltest den Rum nicht mitnehmen. Nun ja, das ist der Grund, warum ich den Befehl habe und nicht du. Wo ist mein Korporal?«

»Hier.«

»Hier.«

»Hol die Pferde von den Kerlen – ist mir egal, was die Faust befohlen hat, wir werden von jetzt an reiten.«

Bei diesen Worten warf Urb ihr einen Blick zu und kam dann zu ihr. »Hellian …«

»Versuch nicht mal, mich zu bezirzen. Ich kann mich fast an das erinnern, was du getan hast.« Sie zog ihren Flachmann heraus und genehmigte sich einen guten Schluck. »Also sei vorsichtig, Urb. Und jetzt … alle, die Bolzen verschossen haben, suchen sie jetzt wieder – und das bedeutet alle!« Sie sah erneut auf die beiden toten Edur vor dem Eingang hinunter.

»Glaubst du, wir sind die Ersten, die Blut vergießen?«, fragte Tavos Pond. Er hatte sich hingehockt und säuberte seine Klinge am Umhang des älteren Edur.

»'Nen großen, fetten Krieg, Tavos Pond. Das haben wir hier am Hals.«

»Die waren jetzt aber nicht so schwierig, Sergeant.«

»Die haben ja auch so was nicht erwartet, oder? Du glaubst, wir können uns einfach von Hinterhalt zu Hinterhalt bis nach Letheras hangeln? Dann denk lieber nochmal nach.« Sie trank noch ein paar Schlucke, dann seufzte sie und schaute düster zu Urb hinüber. »Wie lange wird es dauern, bis sie es sind, die sich auf die Lauer legen? Deswegen will ich, dass wir reiten – wir müssen versuchen, den schlechten Nachrichten so lange wie möglich vorauszubleiben. Auf diese Weise können wir die schlechten Nachrichten *sein*, stimmt's? Genau so, wie's sein sollte.«

Korporal Reem trat zu Urb. »Sergeant, wir haben zwölf Pferde erbeutet.«

»Dann haben wir eins für jeden«, sagte Hellian. »Perfekt.«

»Nach meiner Rechnung«, sagte Reem mit leicht zusammengekniffenen Augen, »muss jemand zu zweit reiten.«

»Wenn du es sagst. Und jetzt lasst uns diese Leichen wegräumen – haben sie irgendwelche Münzen bei sich? Hat da jemand nachgeschaut?«

»Ein paar«, sagte Vielleicht. »Aber größtenteils nur glattgeschliffene Steine.«

»Glattgeschliffene Steine?«

»Zuerst dachte ich, es sind Schleudersteine, aber keiner von ihnen hat 'ne Schleuder dabei. Also, ja, Sergeant. Glattgeschliffene Steine.«

Hellian drehte sich um, als die Soldaten sich daran machten, die Leichen der Edur wegzuschaffen. Oponns Zug hatte sie diese Festung finden lassen, in der sie – abgesehen von ein paar erst vor kurzem getöteten Letherii im Hausflur – niemanden angetroffen hatten. Der Ort war leergeräumt worden, obwohl es in den Kühlkammern noch ein paar Vorräte gab. Kein Tropfen Wein oder Bier, was – soweit es sie betraf – der letzte Beweis dafür war, dass dieses fremde Imperium nichts taugte und außerdem nutzlos war und durchaus wert, bis auf den allerletzten Ziegelstein zerstört zu werden.

Zu dumm, dass sie dazu keine Gelegenheit bekommen würden.

*Andererseits tut es einem Trupp gut, gelegentlich Befehle falsch zu verstehen. Also, lasst uns Edur-Köpfe jagen gehen.* Hellian blickte noch einmal auf den Innenhof. *Verdammt soll diese Dunkelheit sein. Ist vielleicht schön einfach für die Magier. Und diese Grauhäute.* »Urb«, sagte sie leise.

Argwöhnisch schob er sich ein bisschen näher. »Hellian?«

»Wir müssen unsere Überfälle im Morgengrauen und in der Abenddämmerung machen.«

»Stimmt. Du hast Recht. Weißt du, ich bin froh, dass unsere Trupps zusammengelegt wurden.«

»Natürlich bist du das. Du verstehst mich, Urb. Du bist der Einzige, der das tut, verstehst du.« Sie wischte sich die Nase mit dem Handrücken. »Es ist eine traurige Sache, Urb. Eine traurige Sache.«

»Was? Diese Tiste Edur zu töten?«

Sie sah ihn blinzelnd an. »Nein, du Ochse. Die Tatsache, dass mich außer dir niemand versteht.«

»Ah ja, Hellian. Tragisch.«

»Das hat Banaschar auch immer zu mir gesagt, ganz egal, worüber ich gerade gesprochen habe. Er hat mich einfach nur angeschaut, so wie du gerade, und gesagt: *tragisch*. Also, was soll das alles?« Sie schüttelte den Flachmann – *immer noch halbvoll, aber wenn ich noch 'nen Schluck nehme, heißt das, dass ich sie leermache, so dass ich sie wieder auffüllen muss. Muss wohlüberlegt mit diesen Sachen umgehen, falls was Schreckliches passiert und ich sie nicht so schnell wieder auffüllen kann.* »Komm, es ist Zeit loszureiten.«

»Und wenn wir auf eine letheriische Einheit stoßen?«

Hellian runzelte die Stirn. »Dann tun wir, was Keneb uns gesagt hat. Wir reden mit ihnen.«

»Und wenn ihnen das, was wir sagen, nicht gefällt?«

»Dann töten wir sie natürlich.«

»Und wir reiten nach Letheras?«

Sie lächelte Urb an. Dann tippte sie sich mit einem Finger seitlich an den leicht benommenen Schädel. »Ich hab mir die Karte gemerk – merket, merkt. Da gibt's Städte, Urb. Und je näher wir an Letheras rankommen, desto mehr. Was gibt's in Städten, Urb? Schenken. Kneipen. Also werden wir keine gerade, vor-her-sag-bare Route einschlagen.«

»Wir marschieren von Schenke zu Schenke in Lether ein?«

»Ja.«

»Hellian, ich hasse es, das sagen zu müssen, aber das ist in gewisser Hinsicht schlau.«

»Klar. Und auf diese Weise können wir auch richtig gekochtes und gebratenes Zeugs essen. Es ist die zivilisierte Methode, Krieg zu führen. Hellians Methode.«

Die Leichen gesellten sich zu dem einsamen Letherii in der Latrinengrube. Halb nackt und aller wertvollen Gegenstände beraubt wurden sie in der zähflüssigen, gesättigten Brühe versenkt, die sich als tiefer erwies als erwartet, denn sie verschluckte besagte Leichen, ohne dass die geringste Spur von ihnen zurückblieb.

Die Malazaner warfen die glattgeschliffenen Steine hinterher.

Und ritten davon, die dunkle Straße entlang.

»Das da vorne sieht aus wie eine Haltestelle«, sagte Hauptmann Faradan Sort leise.

Schnabel kniff die Augen zusammen. »Ich rieche Pferde, Hauptmann«, sagte er. »In dem langen Gebäude da drüben.«

»Ja, das sind Ställe«, sagte Faradan Sort nickend. »Sind irgendwelche Tiste Edur hier?«

Schnabel schüttelte den Kopf. »Das tiefste Blau von Rashan – das ist ihre Kerze. Meistens. Nicht so dunkel wie Kurald Galain. Sie nennen sie Kurald Emurlahn, aber diese hier, nun, da ist widerlicher Schaum auf dem Blau, wie der auf den Wellen außerhalb eines Hafens. Das ist chaotische Macht. Kranke Macht. Eine Macht wie Schmerz, wenn Schmerz gut wäre, vielleicht sogar stark. Ich weiß es nicht. Ich mag diese Edur hier nicht.«

»Sie sind hier?«

»Nein. Ich habe auf diesem Kontinent gemeint, Hauptmann. Da drin sind einfach nur Letherii. Vier. In dem kleinen Haus neben der Straße.«

»Keine Magie?«

»Nur ein paar Bannsprüche.«

»Ich will vier Pferde stehlen, Schnabel. Kannst du einen Zauberbann über die Letherii werfen?«

»Die Graue Kerze, ja. Aber wenn wir weg sind, werden sie es merken.«

»Das ist wahr. Irgendwelche Vorschläge?«

Schnabel war glücklich. Er war noch nie so glücklich gewesen. Dieser Hauptmann Sort wollte Dinge von ihm wissen. Wollte Vorschläge hören. Ratschläge. Und das war nicht nur Schau. *Ich habe mich in sie verliebt.* Auf ihre Frage antwortete er mit einem Nicken, schob dann seinen Helm ein Stück zurück, um sich am Kopf zu kratzen, und sagte: »Nicht der übliche Zauber, Hauptmann. Etwas sehr viel Komplizierteres. Ich beende das Ganze mit der Orangefarbenen Kerze ...«

»Welche ist das?«

»Tellann.«

»Wird das irgendwie schmutzig werden?«

»Nicht, wenn wir alle Pferde mitnehmen, Hauptmann.«

Er bemerkte, dass sie ihn musterte, und fragte sich, was sie wohl sah. Auf ihrem harten, aber schönen Gesicht zeichnete sich gewöhnlich kaum etwas ab. Nicht einmal ihre Augen verrieten viel. Er liebte sie, das stimmte, aber er fürchtete sich auch ein bisschen vor Faradan Sort.

»In Ordnung, Schnabel, wo soll ich hin?«

»In die Ställe, und Ihr müsst bereit sein, mit allen Pferden aufzubrechen; zwei davon sollten vielleicht gesattelt sein. Und, oh, und wir brauchen etwas zum Essen für unterwegs.«

»Und das kann ich alles tun, ohne dass es einen Alarm gibt?«

»Sie werden nichts hören, Hauptmann. Ihr könntet sogar jetzt gleich einfach hingehen und an ihre Tür klopfen, und sie würden es nicht hören.«

Sie zögerte immer noch. »Dann kann ich also gleich ganz offen rüber zu den Ställen gehen?«

Schnabel nickte breit lächelnd.

»Bei den Göttern hienieden«, murmelte sie. »Ich weiß nicht, ob ich mich jemals daran gewöhnen werde.«

»Mockra hat ihren Verstand, Hauptmann. Sie haben keine Möglichkeiten, sich zu verteidigen. Ich glaube nicht, dass sie jemals zuvor verzaubert wurden.«

Sie machte sich geduckt auf den Weg, bewegte sich schnell, auch wenn weder das eine noch das andere notwendig gewesen wäre, und war Augenblicke später in den Ställen.

Schnabel wusste, dass sie einige Zeit brauchen würde, um all das zu tun, wozu er sie aufgefordert hatte – *ich habe gerade einem Hauptmann gesagt, was sie tun soll! Und sie tut es! Bedeutet das, dass sie mich auch liebt?* Er schüttelte sich. Es war keine gute Idee, seinen Geist gerade jetzt herumschweifen zu lassen. Er schob sich aus der Deckung der Bäume, die diese Seite der steinigen Straße säumten. Kauerte sich kurz hin, um einen kleinen Felsbrocken aufzuheben, auf den er dann spuckte, ehe er ihn wieder zurücklegte – um das Mockra an der Stelle zu halten –, während er gleichzeitig die Augen schloss und nach der Weißen Kerze suchte.

Der Vermummte. Tod, ein kalter, kalter Ort. Selbst die Luft war tot. In seinem Geist schaute er in jene Sphäre, als würde er durch ein Fenster spähen – mit einer hölzernen Fensterbank voll heruntergelaufenem Kerzenwachs –, während die weiße Kerze selbst an einer Seite flackerte. Dahinter ein Boden aus Aschehaufen, der von Knochen aller Arten übersät war. Er griff hindurch, schloss eine Hand um den Schaft eines schweren Röhrenknochens, und zog sie zurück. Schnabel arbeitete schnell, holte so viele Knochen wie durch das wandernde Fenster hindurchpassten, wobei er immer die großen aussuchte. Er hatte keine Ahnung, zu welchen Tieren diese Knochen einst gehört hatten, aber sie würden ausreichen.

Als er mit dem weißen, staubigen Haufen, den er auf der Straße aufgestapelt hatte, zufrieden war, schloss Schnabel das Fenster und öffnete die Augen. Er blickte sich um und sah Hauptmann Sort bei den Ställen stehen. Sie winkte ihm zu.

Schnabel winkte zurück, dann drehte er sich um und zeigte den Knochen die Purpurne Kerze. Sie erhoben sich von der Straße wie Federn im Aufwind, und als der Magier zu Faradan Sort hinübereilte, folgten ihm die Knochen dichtauf, wobei sie hüfthoch über dem Boden schwebten.

Noch ehe Schnabel bei Hauptmann Sort angekommen war, verschwand sie erneut in den Ställen, kam aber bereits kurz darauf wieder heraus und führte die Pferde am Zügel, gerade als er auf die breiten Türen zutrottete.

Grinsend marschierte Schnabel in die Ställe, und die Knochen folgten ihm. Sobald er drinnen war und den wunderbar muffigen Geruch von Pferden, Leder, Mist und urinfeuchtem Stroh riechen konnte, verteilte er die Knochen – ein paar in jede Box – und blies die Purpurne Kerze aus, als er fertig war. Er ging zu dem Strohhaufen an einem Ende, schloss die Augen, um die Orangefarbene Kerze zu wecken, und spuckte ins Stroh.

Als er sich draußen wieder zu Hauptmann Sort gesellte, sagte er zu ihr: »Wir können jetzt gehen.«

»Das war's?«

»Ja, Hauptmann. Wir werden schon tausend Schritt weit weg sein, wenn Tellann entflammt …«

»Ein Feuer?«

»Ja, Hauptmann. Ein schreckliches Feuer – sie werden nicht nah rangehen können –, und es wird schnell brennen, aber auf nichts sonst übergreifen, und am Morgen wird nichts als Asche übrig sein.«

»Und verkohlte Knochen, die von den Pferden stammen könnten.«

»Ja, Hauptmann.«

»Du hast deine Sache heute Nacht gut gemacht, Schnabel«, sagte Faradan Sort, während sie sich auf eins der gesattelten Pferde schwang.

Schnabel, der sich auf einmal unglaublich leicht fühlte, sprang auf das andere. Dann drehte er sich um und warf voller Stolz einen Blick auf die übrigen sieben Pferde. Ordentliche Tiere, nur schlecht behandelt. Daher war es gut, dass sie sie stahlen. Schließlich kannten die Malazaner sich mit Pferden aus.

Plötzlich runzelte er die Stirn und schaute nach unten auf seine Steigbügel.

Hauptmann Sort tat das Gleiche, wie er einen Moment später sah. »Was ist das denn?«, zischte sie.

»Sind sie gebrochen?«, wunderte sich Schnabel.

»Sieht nicht so aus – und bei deinen ist es genauso. Was für ein Idiot hat die Dinger denn erfunden?«

»Hauptmann«, sagte Schnabel, »ich glaube nicht, dass wir uns über die letheriische Reiterei allzu viele Sorgen machen müssen, oder?«

»Du hast ja so was von Recht, Schnabel. Also gut, lass uns losreiten. Wenn wir Glück haben, werden wir uns nicht gleich auf den nächsten zwanzig Schritt den Hals brechen.«

Der Vater des Mannes namens Gurgelschlitzer pflegte bereits Geschichten von der Eroberung Li Hengs durch den Imperator zu erzählen, als Kellanved noch Imperator von gar nichts war. Schon klar, er hatte Mock auf Malaz verdrängt und sich selbst zum Herrscher der Insel erklärt, aber seit wann war Malaz irgendwas anderes als ein verkommenes Piratennest? Nur die wenigsten auf dem Festland nahmen Notiz von diesen Dingen. Ein neuer verbrecherischer Tyrann anstelle des alten verbrecherischen Tyrannen.

Die Eroberung von Li Heng änderte alles. Es hatte keine Flotte gegeben, die sich in der Mündung des Flusses südlich und östlich der Stadt gedrängt hatte; genau genommen hatte es gar nichts gegeben, was den Angriff angekündigt hatte. Stattdessen hatte an einem schönen Frühlingsmorgen, der sich nicht von zahllosen anderen solcher Morgen unterschied, Gurgelschlitzers Vater genau wie tausende weitere tapfere Bürger bei einem beiläufigen Blick zum Inneren Mittelpunkt, wo der Palast der Beschützerin stand, plötzlich merkwürdige Gestalten auf den Wällen und Befestigungsanlagen bemerkt. Sie waren stämmig, gedrungen, trugen Felle und schwangen missgestaltete Schwerter und Äxte. Und hatten Knochenhelme auf den Köpfen.

Was war mit der gerühmten Garde passiert? Und warum stiegen Rauchfahnen von den Truppenunterkünften im Innenhof und vom Exerzierplatz auf? Und war es – war es wirklich – die Beschützerin selbst gewesen, die dabei gesehen worden war, wie sie vom Hohen Turm neben dem Stadttempel im Herzen des Anziehungspunktes gesprungen war?

Irgendjemand hatte Li Heng im Palast den Kopf abgeschlagen. Untote Krieger standen Wache auf den Mauern und tauchten kurze Zeit später zu Tausenden aus dem Tor zum Inneren Mittelpunkt auf, um die Stadt zu besetzen. Li Hengs stehende Armee kapitulierte – nach einem halben Dutzend selbstmörderischer Geplänkel – noch am gleichen Tag. Kellanved herrschte jetzt über den Stadtstaat, und Offiziere und Adlige des Hofes knieten zum Lehensschwur vor ihm. Vom Nachhall dieser Eroberung klapperten die Fenster sämtlicher Paläste auf dem ganzen Kontinent Quon Tali.

*»Dies, mein Sohn, war die Erweckung der Logros T'lan Imass. Der untoten Armee des Imperators. Ich war da, auf der Straße, und habe die schrecklichen Krieger mit eigenen Augen gesehen – ihre leeren Augenhöhlen, die gespannte, zerfetzte Haut, die Haarsträhnen, aus denen jede Farbe verblichen war. Sie sagen, dass die Logros immer da waren, mein Sohn, unter Reichers Fall. Vielleicht waren sie in der Großen Spalte, vielleicht auch nicht. Vielleicht waren sie auch nur der Staub, der an jedem verdammten Tag und in jeder verdammten Nacht von Westen herübergeblasen wurde – wer kann das schon sagen? Aber er hat sie erweckt, er hat ihnen Befehle erteilt, und ich sage dir, nach diesem Tag haben alle Herrscher in Quon Tali einen Totenschädel in ihren silbernen Spiegeln gesehen, oh ja.*

*Die Flotte ist dann später gekommen, unter dem Befehl von drei Verrückten – Crust, Urko und Nok –, aber die Erste, die das Ufer betreten hat, war keine andere als Hadra, und du weißt, was aus ihr geworden ist, oder?*

Und ob er das wusste. Aber die T'lan Imass zu befehligen, schützte nicht vor dem Messer im Rücken, oder? Diese Kleinigkeit war die entscheidende Offenbarung in Gurgelschlitzers Leben gewesen. Befehlige Tausende, Zehntausende. Befehlige Zauberer und Imperiale Flotten. Halte in deiner Hand das Leben von einer Million Bürger. Nichts von alledem war wahre Macht. Wahre Macht war das Messer in der Hand, der Hand am Rücken eines Narren.

*Der gleichmacherische Sturz. Da ist es, Vater, du alte Krabbe – ein Wort, das du nie gehört hast, das keins von den fünfzig oder so war, die du in deinem langen, sinnlosen Leben gekannt hast. Kochtöpfe zu bemalen, nun, das ist eine nutzlose Begabung, da Töpfe niemals überleben und all die lieblichen Bilder als Bruchstücke enden – an Kieselstränden, in der Schüttung zwischen Mauern, auf den Feldern der Bauern. Und es stimmt doch, oder, Vater, dass »Die Ankunft der Logros«, das du selbst gebrannt hast, sich als so gefragt erwiesen hat wie eine Hurenportion des Gesichtsfressers?* Ältester Sohn oder nicht, Glasuren zu mischen und am Brenntag um einen Brennofen herumzulaufen war nicht die Zukunft, die er sich erträumt hatte. *Aber du kannst mich malen, Vater, und das Bild »Die Ankunft des Attentäters« nennen. Mein Porträt, um damit Totenurnen zu schmücken – von denen natürlich, die dem Messer zum Opfer gefallen sind. Zu dumm, dass du die Welt nie gut genug verstanden hast, um mich zu akzeptieren. Den Beruf, den ich mir ausgesucht habe. Meinen Krieg gegen die Ungerechtigkeit in diesem armseligen, üblen Dasein.*

*Und meinen Namen aus dem Familienstammbaum zu streichen, nun, also wirklich, das war nicht nötig.*

Im Alter von vierzehn Jahren fand Gurgelschlitzer sich in der Gesellschaft geheimnistuerischer alter Männer und alter Frauen wieder. Das Warum und das Wie waren ohne Bedeutung, selbst damals schon. Seine Zukunft war vor ihm abgesteckt, in genau bemessenen Schritten, und nicht einmal die Götter konnten ihn von seinem kalten Pfad abbringen.

Ab und zu dachte er an seine alten Herren. Die inzwischen natürlich alle tot waren. Dafür hatte Hadra gesorgt. Nicht, dass ihr Tod mit Versagen gleichzusetzen war. Schließlich hatten ihre Agenten es nicht geschafft, Gurgelschlitzer aufzuspüren, und er bezweifelte, dass er der Einzige war, der den Klauen entkommen war. Er fragte sich auch, ob er sich tatsächlich noch auf seinem Pfad befand – nun, da er aus dem malazanischen Imperium herausgerissen worden war. Aber er war ein geduldiger Mensch; in seinem Beruf musste man das schließlich sein.

*Trotzdem – die Mandata hat um Loyalität gebeten. Darum, einer unbekannten Sache zu dienen. Es wird keine Zeugen geben, hat sie gesagt. Das passt mir gut. Genau so üben Assassinen ihr Gewerbe aus.* Also würde er mit ihr und dieser von Oponn angestupsten Armee aus armseligen Narren weiterziehen. Zunächst einmal.

Er stand mit verschränkten Armen und leicht gebeugten Schultern an die Mauer gelehnt da und konnte hin und wieder auf seiner Brust die Berührung spüren, leicht wie eine Mäusepfote, während er mit halbherzigem Interesse die Geschehnisse in Brullygs Zimmer beobachtete.

Der arme Triller-Herrscher schwitzte, und egal, wie viel von seinem Lieblingsbier er auch in sich hineinschüttete – er konnte das Zittern seine Hände nicht unterdrücken, wie er da so zusammengekauert auf seinem hochlehnigen Sessel hockte, den Blick mehr auf den Krug in seiner Hand als auf die beiden gerüsteten Frauen vor ihm gerichtet.

Was Lostara Yil betraf, war Gurgelschlitzer der Ansicht, dass sie noch besser aussah als T'amber. Oder zumindest entsprach sie mehr seinem Geschmack. Die Pardu-Tätowierungen waren auf ihre Haut geschriebene Sinnlichkeit, und trotz ihrer wohlgerundeten Figur – die ihre Rüstung erfolglos zu überdecken suchte – bewegte sie sich mit der Anmut einer Tänzerin (sofern sie sich bewegte, was sie jetzt nicht tat; trotzdem war die Verheißung dieser Anmut unmissverständlich). Die Mandata bildete dazu einen trostlosen Gegensatz – die arme Frau. Wie jene, die dazu bestimmt waren, im Schatten ihrer besser aussehenden Freunde zu leben, ertrug sie den Vergleich anscheinend vollkommen gleichgültig, aber Gurgelschlitzer – der sehr gut darin war, unausgesprochene Wahrheiten zu erkennen – konnte den Schmerz erfassen, der von dumpfem Mangel herrührte, und dies war eine allgemein menschliche Wahrheit, nicht schmutziger oder weniger schmutzig als alle anderen allgemein menschlichen Wahrheiten. Diejenigen, die nicht schön waren, glichen das auf andere Weise aus, mittels formeller, aber künstlicher Mittel von Rang und Macht, und das war einfach überall auf der Welt so.

*Und klar – wenn du diese Macht endlich erlangt hast, spielt es keine Rolle mehr, wie hässlich du bist; dann kannst du trotzdem mit den Besten Kinder haben.* Vielleicht erklärte das Lostaras Anwesenheit an Tavores Seite. Aber Gurgelschlitzer glaubte nicht, dass sie ein Liebespaar waren. Er war noch nicht einmal überzeugt, dass sie Freunde waren.

Der Rest des Gefolges der Mandata stand in einer Reihe nahe der Wand rechts neben der Tür. Faust Blistig, auf dessen ungehobeltem breitem Gesicht der Schatten einer Art seelischer Erschöpfung lag. *Es zahlt sich nicht aus, einen solchen Mann in der Nähe zu haben, Mandata – er zehrt Leben, Hoffnung, Glaube auf. Nein, Tavore, du musst ihn loswerden und ein paar neue Fäuste ernennen. Faradan Sort. Madan tul'Rada. Fiedler. Hauptmann Gütig allerdings nicht. Denke nicht einmal daran, Frau. Es sei denn, du willst eine echte Meuterei am Hals haben.*

Meuterei. Nun gut, da, er hatte es ausgesprochen. Hatte es gedacht, genauer gesagt, aber das war schon verdammt dicht dran. Das Wort zu beschwören, hieß die Möglichkeit zu erwecken, als wenn man einen Kratzer machte, um etwas zum Eitern zu bringen. Die Knochenjäger waren jetzt in alle Winde verstreut, und das war verdammt gefährlich. Er vermutete, dass Tavores Soldaten am Ende dieses merkwürdigen Feldzugs in kläglicher Zahl zurücktröpfeln würden – wenn überhaupt.

*Ohne Zeugen. Den meisten Soldaten gefällt diese Vorstellung nicht. Schon klar, es hat sie hart gemacht – als sie es ihnen gesagt hat –, aber diese Wildheit wird nicht andauern. Das Eisen ist zu kalt. Sein Geschmack zu bitter. Bei den Göttern, man muss doch nur Blistig anschauen, um die Wahrheit zu erkennen.*

Neben der Faust stand Withal, der Schmied aus dem Volk der Meckros – *der Mann, den zu holen wir nach Malaz gesegelt sind, und wir wissen immer noch nicht, warum. Oh, in deinem Schatten ist Blut, ja? Malazanisches Blut. Das Blut von T'amber. Von Kalam. Vielleicht auch das vom Schnellen Ben. Bist du es wert?* Gurgelschlitzer hatte Withal noch nicht ein Wort zu einem Soldaten sagen gehört. Nicht ein einziges. Kein Wort des Dankes, kein Wort der Entschuldigung für die Leben, die geopfert worden waren. Er war hier, weil die Mandata ihn brauchte. Wofür? *Ha, es ist ja nicht so, als würde sie viel reden. Nicht unsere verschlossene Tavore Paran.*

Zu Withals Rechten stand Banaschar, ein abgesetzter Hohepriester von D'rek, wenn die Gerüchte stimmten. Noch ein Mitreisender in dieser verdammten Renegaten-Armee. Aber warum Banaschar hier war, wusste Gurgelschlitzer. *Münzen. Tausende, Zehntausende. Er ist unser Zahlmeister, und all das Silber und Gold in unseren Börsen wurde irgendwo gestohlen. Muss gestohlen worden sein. Niemand ist so reich. Die offensichtliche Antwort? Tja, wie wäre es mit den Schatztruhen im Tempel des Wurms des Herbstes?*

*Betet zum Wurm, bezahlt eine Armee aus verdrossenen Unzufriedenen. Ich habe irgendwie das Gefühl, dass das nicht in euren Gebeten vorkam, ihr Gläubigen.*

Der arme Brullyg hatte nur wenig Verbündete in diesem Zimmer. Balsams Quelle der Lust, diese Shurq Elalle, Kapitän des Kaperschiffs *Un-*

*vergängliche Dankbarkeit*, und ihren Ersten Maat Skorgen Kaban, den Hübschen. Keiner von beiden schien wild darauf, sich auf Brullygs Seite der Sandgrube zu gesellen.

Aber diese Shurq, die war verdammt wachsam. Und vermutlich viel gefährlicher als der Usurpator dieser dreckigen Insel.

Die Mandata hatte in der Handelssprache – die sie angemessen beherrschte – die neuen Regeln erklärt, nach denen das Fort der Zweiten Jungfrau von nun an regiert werden würde, und bei jedem Satz war Brullygs Kinn ein bisschen weiter nach unten gesackt.

Unterhaltsam, wenn man eine Ader für sardonischen Humor hatte.

»Schiffe unserer Flotte«, erklärte sie jetzt, »werden in den Hafen einlaufen, um frisch verproviantiert zu werden. Immer eins nach dem anderen, denn es würde nichts bringen, Eure Bürger in Panik zu versetzen ...«

Ein Schnauben von Shurq Elalle, die ihren Stuhl zur Seite gezogen hatte, um freie Sicht auf den Gastgeber und seine Gäste zu haben, und nun fast genau vor der Stelle saß, an der Gurgelschlitzer an der Wand lehnte. Neben ihr füllte Skorgen seinen gewaltigen Bauch mit Brullygs Lieblingsbier, den Krug in einer Hand, während der Finger der anderen Hand die Tiefen eines zerfleischten rosaroten Ohrs erforschte. Der Mann hatte kräftig zu rülpsen begonnen, wobei jeder Rülpser von einem schweren Seufzer begleitet wurde, und das Ganze ging jetzt schon einen halben Glockenschlag so, ohne dass es danach aussah, als würde es jemals aufhören. Der ganze Raum stank nach seinen heftigen Ausdünstungen.

Kapitän Elalles verächtliches Schnauben erregte die Aufmerksamkeit der Mandata. »Ich verstehe Eure Ungeduld«, sagte Tavore kühl, »und Ihr wünscht zweifellos, uns zu verlassen. Unglücklicherweise muss ich mit Euch sprechen und werde das auch in Kürze tun ...«

»Nachdem ihr Brullygs Entmannung ausführlich beschrieben habt, mein Ihr.« Shurq hob eine wohlgeformte Hand und verschränkte sie mit der anderen, legte dann beide Hände in den Schoß und lächelte die Mandata liebenswürdig an.

Tavore betrachtete die Piratin mehrere Herzschläge lang mit ihren farblosen Augen, dann warf sie einen Blick zur Seite, auf ihr Gefolge. »Banaschar.«

»Mandata?«

»Was stimmt nicht mit dieser Frau?«

»Sie ist tot«, erwiderte der ehemalige Priester. »Ein nekromantischer Fluch.«

»Seid Ihr Euch sicher?«

Gurgelschlitzer räusperte sich und sagte: »Mandata, Korporal Totstink hat das Gleiche gesagt, als wir sie unten in der Schenke gesehen haben.«

Brullyg starrte Shurq aus weit aufgerissenen, hervorquellenden Augen an; sein Kinn hing schlaff herab.

Skorgen Kaban, der neben Shurq saß, runzelte plötzlich die Stirn. Seine Blicke huschten hierhin und dahin. Dann zog er den Finger, mit dem er sich im Ohr gebohrt hatte, heraus und starrte das Ohrenschmalz an, das daran hing. Nach einem kurzen Augenblick steckte sich der Hübsche den Finger in den Mund.

»Nun«, sagte Shurq seufzend zu Tavore, »jetzt habt Ihr es geschafft, was? Leider ist die Währung dieses Geheimnisses die niederträchtigste von allen, nämlich *Eitelkeit.* Nun, sollte Euch im Hinblick auf Untote irgendeine unangenehme Engstirnigkeit zu eigen sein, dann muss ich meine bisherige Einschätzung von Euch neu überdenken, Mandata. Und die Eurer zusammengewürfelten Begleiter.«

Zu Gurgelschlitzers Überraschung lächelte Tavore daraufhin. »Kapitän Elalle, das malazanische Imperium ist mit Untoten wohlvertraut, auch wenn Ihr verglichen mit ihnen einen wahren Hort des Liebreizes darstellt.«

*Bei den Göttern hienieden, sie schäkert mit diesem süßlich riechenden Kadaver!*

»Einen Hort, in der Tat«, murmelte Banaschar und war dann so unhöflich, die Sache nicht weiter zu erklären. *Beim Vermummten, dieser verdammte Priester. Der ist nun wirklich zu nichts zu gebrauchen.*

»Jedenfalls«, nahm Tavore das Gespräch wieder auf, »haben wir, was das angeht, keine Vorurteile. Ich entschuldige mich dafür, die Frage gestellt zu haben, die zu dieser Enthüllung geführt hat. Ich war einfach neugierig.«

»Das bin ich auch«, antwortete Shurq. »Euer malazanisches Imperium – habt Ihr einen besonderen Grund für diese Invasion des letheriischen Imperiums?«

»Man hat mir erklärt, diese Insel sei unabhängig …«

»Das ist sie, seit dem Eroberungszug der Edur. Aber das Ziel Eurer Invasion wird wohl kaum eine armselige kleine Insel sein. Nein. Ihr benutzt sie nur, um Euren Angriff auf das Festland vorzubereiten. Also lasst mich die Frage noch einmal stellen: Warum?«

»Unser Feind«, sagte die Mandata, und jede Erheiterung war nun aus ihrer Stimme und ihrem Gesicht verschwunden, »sind die Tiste Edur, Kapitän. Nicht die Letherii. Tatsächlich hoffen wir auf einen allgemeinen Aufstand der Letherii, den wir nach Kräften …«

»Das wird nicht geschehen«, sagte Shurq Elalle.

»Warum nicht?«, fragte Lostara Yil.

»Weil wir die Dinge zufällig so mögen, wie sie sind. Mehr oder weniger.«

Als niemand antwortete, lächelte sie und fuhr fort: »Die Edur mögen durchaus die Herrscher in ihrem absurden, halbfertigen Palast in Letheras verdrängt haben. Und sie mögen auf dem Weg zur Hauptstadt auch durchaus ein paar letheriische Armeen ausgelöscht haben. Aber Ihr werdet keine Banden von hungernden Rebellen in den Wäldern finden, die von der Unabhängigkeit träumen.«

»Warum nicht?«, fragte Lostara noch einmal in genau dem gleichen Tonfall.

»Sie haben uns erobert, aber wir haben gewonnen. Oh, ich wünschte, Tehol Beddict wäre hier, denn er ist viel besser darin, solche Dinge zu erklären, aber lasst es mich versuchen. Ich werde mir vorstellen, Tehol säße hier, um mir zu helfen. Eroberungen. Es gibt verschiedene Arten von Eroberungen. Nun, wir haben die Tiste Edur, die hier und da ein bisschen herumkommandieren, die Elite, deren Wort Gesetz ist und niemals in Frage gestellt wird. Schließlich ist ihre Zauberei grausam, ihr Urteil kalt und schrecklich vereinfachend. Sie stehen tatsächlich über dem Gesetz – was die Letherii darunter verstehen …«

»Und«, setzte Lostara nach, »was verstehen sie darunter?«

»Nun, einen Satz bewusst vage gehaltener Richtlinien, die zu umgehen man einen Anwalt anheuert, wenn die Notwendigkeit besteht.«

»Was wart Ihr, bevor Ihr Piratin geworden seid, Shurq Elalle?«

»Eine Diebin. Ich habe zu meiner Zeit ein paar Anwälte beschäftigt.

Wie auch immer … worauf ich hinauswill, ist Folgendes: Die Edur herrschen, doch aufgrund von Unwissenheit oder Gleichgültigkeit – und machen wir uns nichts vor, ohne Unwissenheit gibt es keine Gleichgültigkeit – und kümmern sich herzlich wenig um die tagtägliche Verwaltung des Imperiums. Also bleibt dieses spezielle Instrumentarium in den Händen der Letherii und ist in diesen Tagen sogar noch weniger geregelt als in der Vergangenheit.« Sie lächelte erneut, wippte dabei mit einem Bein. »Für uns, die wir ziemlich weit unten stehen, hat sich praktisch nichts geändert. Wir bleiben arm. Mit Schulden belastet und bequem armselig und, wie Tehol sagen würde, armselig in unserer Bequemlichkeit.«

»Also würden nicht einmal die adligen Letherii eine Veränderung der gegenwärtigen Ordnung willkommen heißen«, sagte Lostara.

»Die am allerwenigsten.«

»Was ist mit Eurem Imperator?«

»Rhulad? Nach allem, was man hört, ist er wahnsinnig und außerdem praktisch von allem abgeschottet. Das Imperium wird vom Kanzler regiert, und der ist ein Letherii. Er war auch Kanzler in den Tagen von König Diskanar, und er war da, um sicherzustellen, dass der Übergang sanft vonstattenging.«

Blistig gab ein Knurren von sich und wandte sich an Tavore. »Die Seesoldaten, Mandata«, sagte er, und es klang fast wie ein Jammern.

Gurgelschlitzer verstand, und er spürte, wie eine schreckliche Kälte durch ihn hindurchströmte. *Wir haben sie da reingeschickt, in der Hoffnung, dass sie Verbündete finden würden, in der Hoffnung, dass sie das Land in einen kriegslüsternen, fiebrigen Zustand versetzen würden. Aber das werden sie nicht hinbekommen.*

*Das ganze verdammte Imperium wird sich erheben, oh ja. Um ihnen die Kehle rauszureißen.*

*Mandata, du hast es schon wieder getan.*

# Kapitel drei

Krieche hinab, Sonne, dies ist nicht deine Zeit
Schwarze Wogen gleiten unter dem ummantelten Mond
Ans Ufer, ein schweigender Sturm, ein ungezähmter Wille
Erhebt sich aus dem kreischend roten Schaum
Flieht zu euren Bergnestern, ihr eisernen Wolken
Überlasst dem Meer seinen tanzenden Unrat der Sterne
Auf dieser Heerschar salziger mitternächtlicher Fluten
Sammle deinen Sturm, balle ihn zusammen
Erhebe dich wie schuppige Köpfe aus den Tiefen
All deine glänzende Macht in ruhelos blickenden Augen
Weicht zurück in dieser Nacht, ihr stolpernden Wälder
Schwarze Wogen schlagen ans schwarze Gestade
Um euren knochigen Wurzeln das Fleisch zu rauben
Der Tod kommt, Schulter an Schulter in kalter Legion
Ein marschierender Wind – dieses Grauen, dieses Blut
Dieser Sturm des Schnitters

*Der Heraufziehende Sturm*
Reffer

Die Faust krachte auf die Tischplatte. Benutztes Besteck tanzte, Teller hüpften und schlitterten. Der Nachhall – schwer wie Donner – brachte die Gläser zum Klirren und erschütterte alles, was zur überfüllten Welt des Tisches gehörte.

Mit zitternder Faust, in der nun ein stechender Schmerz die kurzfristige Betäubung verdrängte, setzte Tomad Sengar sich langsam wieder hin.

Die Kerzenflammen beruhigten sich, schienen eifrig darauf bedacht, mit ihrer wiedererlangten Ruhe zu gefallen, doch die durchsichtige Wärme ihres gelblichen Lichts war immer noch eine Beleidigung für den bitteren Zorn des Edur.

Ihm gegenüber nahm seine Frau ein Seidentuch, tupfte sich damit einmal die Lippen ab, legte es dann wieder hin und betrachtete ihren Ehemann. »Feigling.«

Tomad zuckte zusammen; er wandte den Blick ab und ließ ihn über die vergipste Wand zu seiner Rechten schweifen. Vorbei an dem zwieträchtigen Gegenstand, der dort hing, zu etwas weniger … Schmerzhaftem. Wie etwa den fleckigen Landkarten, die die Feuchtigkeit knapp unterhalb der Decke auf die Wand gemalt hatte. Untergraben vom unaufhörlich rinnenden Wasser hatte der Gips sich gehoben und vorgewölbt. Risse verliefen im Zickzack nach unten, wie das Nachbild eines Blitzes.

»Du willst ihn nicht sehen«, sagte Uruth.

»Er will mich nicht sehen«, antworte Tomad, aber dies war keine Übereinstimmung. Sondern eine Entgegnung.

»Du bist von einem widerlichen dürren Letherii besiegt worden, der mit kleinen Jungen schläft, Mann. Er stellt sich dir in den Weg, und deine Gedärme werden schwach. Streite es nicht ab – du kannst mir ja nicht einmal in die Augen schauen. Du hast unseren letzten Sohn ausgeliefert.«

Tomads Lippen verzerrten sich zu einem höhnischen Grinsen. »An wen, Uruth? Sag es mir. An Kanzler Triban Gnol, der Kindern weh tut und es Liebe nennt?« Er blickte sie an, wollte sich nicht einmal selbst eingestehen, wie viel Anstrengung ihn diese Geste kostete. »Soll ich ihm für dich das Genick brechen, Weib? Das ist leichter, als einen toten Zweig abzuknicken. Was glaubst du, was seine Leibwächter tun werden? Beiseitetreten?«

»Such dir Verbündete. Unsere Verwandten …«

»Sind Narren. Die Trägheit hat sie weich gemacht, die Ungewissheit blind. Sie sind noch verlorener als Rhulad.«

»Ich hatte heute einen Besucher«, sagte Uruth, während sie ihren Kelch mit Wein aus der Karaffe auffüllte, die bei Tomads unvermitteltem Ausbruch beinahe vom Tisch gefallen wäre.

»Das freut mich für dich.«

»Vielleicht ist das so. Ein K'risnan. Er wollte mir sagen, dass Bruthen Trana verschwunden ist. Er vermutet, dass Karos Invictad – oder der Kanzler – sich gerächt hat. Sie haben Bruthen Trana ermordet. Das Blut eines Tiste Edur klebt an ihren Händen.«

»Kann dein K'risnan das beweisen?«

»Er hat sich auf diesen Pfad begeben, gibt aber zu, dass er nicht sehr zuversichtlich ist. Aber um ehrlich zu sein, das ist nicht das, was ich dir eigentlich erzählen wollte.«

»Ach, dann glaubst du, dass es mir gleichgültig ist, wenn Letherii das Blut von Edur vergießen?«

»Gleichgültig? Nein, das ist es dir nicht, Mann. Aber du fühlst dich hilflos. Hast du vor, mich noch einmal zu unterbrechen?«

Tomad sagte nichts. Aber nicht, weil er ihr zugestimmt hätte, sondern weil er nichts mehr zu sagen hatte. Ihr. Oder sonst irgendjemandem.

»Gut«, sagte sie. »Dann sage ich dir was. Ich glaube, dieser K'risnan hat gelogen.«

»Inwiefern?«

»Ich glaube, dass er weiß, was mit Bruthen Trana geschehen ist, und dass er zu mir gekommen ist, um mit dem Rat der Frauen Kontakt aufzunehmen – und um dich zu erreichen, Mann. Erstens, um meine spontane Reaktion auf die Neuigkeiten abzuschätzen – in dem Moment, als er sie mir mitgeteilt hat –, und darüber hinaus, um unsere bedächtigere Reaktion in den nächsten Tagen abzuschätzen. Zweitens hat er dadurch, dass er seinen Verdacht ausgesprochen hat – so falsch er auch sein mag –, versucht, unseren wachsenden Hass auf die Letherii zu stärken. Und unseren Wunsch nach Rache, so dass diese Fehde hinter Vorhängen weitergeht, die vermutlich Karos und Gnol ablenken werden.«

»Und wenn sie auf diese Weise abgelenkt sind, werden sie vielleicht das Ausmaß einer größeren Bedrohung nicht erkennen – die etwas damit zu tun hat, wo Bruthen Trana hingegangen ist … wo immer das auch sein mag.«

»Sehr gut, Mann. Du magst ein Feigling sein, aber dumm bist du nicht.« Sie machte eine Pause, um einen Schluck zu trinken. »Das ist doch schon mal was.«

»Wie weit willst du mich treiben, Weib?«

»So weit wie nötig.«

»Wir waren nicht hier. Wir sind um die halbe verdammte Welt gesegelt. Wir kommen zurück und stellen fest, dass die Verschwörung triumphiert hat, dass sie herrscht und fest verwurzelt ist. Wir sind zurückgekehrt und mussten feststellen, dass wir unseren letzten Sohn verloren haben.«

»Dann müssen wir ihn zurückgewinnen.«

»Es gibt niemanden mehr, den man zurückgewinnen könnte, Uruth. Rhulad ist wahnsinnig. Nisalls Verrat hat ihn zerbrochen.«

»Es ist besser, dass die Hündin nicht mehr da ist, statt uns im Weg zu sein. Rhulad irrt sich immer wieder. Bei ihr genauso, wie er sich auch schon bei Udinaas, dem Sklaven, geirrt hat. Er hat nichts dazugelernt.«

Tomad gestattete sich ein bitteres Lächeln. »Er hat nichts dazugelernt. So wie wir alle, Uruth. Wir haben das Gift gesehen, das Lether war. Wir haben die Bedrohung sehr wohl wahrgenommen, und deshalb sind wir losmarschiert, um dieses Land zu erobern und dadurch diese Bedrohung für immer auszulöschen. Das dachten wir zumindest.«

»Lether hat uns verschlungen.«

Er blickte erneut nach rechts, zur Wand, wo ein paar Fetische an einem eisernen Haken hingen. Federn, Streifen aus Robbenfell, Halsketten aus aufgereihten Muscheln, Haifischzähne. Die schmuddeligen Überbleibsel dreier Kinder – all das, was geblieben war, um ihre Eltern an sie zu erinnern.

Einige gehörten nicht dorthin, denn der Sohn, der ein paar von diesen Stücken besessen hatte, war verbannt worden; sein Leben war ausgelöscht worden, als hätte es ihn nie gegeben. Wenn Rhulad diese Sachen zu Gesicht bekäme, würden nicht einmal mehr die Blutsbande zwischen Eltern und Kind Tomads und Uruths Leben retten. Trull Sengar – allein schon den Namen auszusprechen, war ein Verbrechen, und wer es dennoch wagte, wurde mit dem Tode bestraft.

Was jedoch weder Tomad noch Uruth kümmerte.

»Ein höchst abgeschmacktes Gift, in der Tat«, fuhr Uruth fort, betrachtete dabei ihren Kelch. »Wir werden fett. Die Krieger betrinken sich und schlafen in den Betten letheriischer Huren. Oder liegen besinnungslos in den Durhang-Höhlen. Andere … verschwinden einfach.«

»Sie kehren nach Hause zurück«, sagte Tomad und unterdrückte den stechenden Schmerz, den er bei diesem Gedanken empfand. Zurück an den Ort, an dem sie gewesen waren, bevor all dies hier angefangen hatte.

»Bist du dir sicher?«

Er blickte ihr in die Augen. »Wie meinst du das?«

»Karos Invictad und seine Patriotisten sind immer wachsam, während sie ihre Willkürherrschaft über das Volk ausüben. Sie führen jeden Tag Verhaftungen durch. Wer kann schon sagen, dass sie keine Edur verhaftet haben?«

»Das könnte er nicht verbergen, Weib.«

»Warum nicht? Nun, da Bruthen Trana fort ist, macht Karos Invictad, was er will. Es schaut ihm niemand mehr über die Schulter.«

»Er hat auch vorher schon gemacht, was er wollte.«

»Das kannst du nicht wissen, Mann. Oder doch? Welche Beschränkungen hat Invictad wahrgenommen – es spielt keine Rolle, ob sie echt waren oder nur eingebildet –, als er gewusst hat, dass Bruthen Trana ihn beobachtet?«

»Ich weiß, worauf du hinauswillst«, knurrte Tomad leise. »Aber wer hat an alledem Schuld?«

»Das spielt jetzt keine Rolle mehr«, antwortete sie und beobachtete ihn aufmerksam. Er fragte sich, wovor sie sich fürchtete? Vor einem weiteren unkontrollierten Wutausbruch? Oder vor der viel schaleren Miene, die seine Verzweiflung offenbaren würde?

»Ich weiß nicht, wie du das sagen kannst«, sagte er. »Er hat unsere Söhne ausgeschickt, um das Schwert zu bergen. Diese Entscheidung hat sie alle zum Untergang verdammt. Uns alle. Und schau, jetzt sitzen wir im Palast des letheriischen Imperiums und verfaulen im Schmutz letheriischer Ausschweifungen. Wir wissen nicht, wie wir uns gegen Trägheit und Gleichgültigkeit, gegen Gier und Dekadenz verteidigen können. Diese Feinde fallen nicht unter einem Schwert, werden nicht von einem erhobenen Schild davongeschleudert.«

»Hannan Mosag ist unsere einzige Hoffnung, Mann. Du musst zu ihm gehen.«

»Um ein Komplott gegen unseren Sohn zu schmieden?«

»Der, wie du selbst gesagt hast, wahnsinnig ist. Blut ist eine Sache«, sagte Uruth, während sie sich langsam vorbeugte, »aber wir reden jetzt über das Überleben der Tiste Edur. Tomad, die Frauen sind bereit – wir sind schon lange bereit.«

Er starrte sie an und fragte sich, wer diese Frau war, diese kalte, ach so kalte Kreatur. Vielleicht war er ja tatsächlich ein Feigling. Als Rhulad Trull fortgeschickt hatte, hatte er nichts gesagt. Uruth allerdings auch nicht. Und was war mit seinem eigenen Komplott? Das er mit Binadas geschmiedet hatte? Finde Trull. Bitte. Finde den Tapfersten von uns. Erinnere dich an das Geschlecht der Sengar, Sohn. An unsere ersten Schritte in diese Welt. Als wir – loyale Offiziere von Scabandari – eine Legion auf den steinigen Boden geführt haben. Wer hat das erste Andii-Blut am Tag des Verrats vergossen? Das ist unser Geschlecht. Das – nicht das hier.

Und so hatte er Binadas weggeschickt. Hatte seinen Sohn in den Tod geschickt. *Weil ich nicht die Willensstärke hatte, es selbst zu tun.*

*Feigling.*

Uruth, die ihn immer noch beobachtete, füllte bedächtig ihren Kelch wieder auf.

*Binadas, mein Sohn, dein Mörder wird schon bald Rhulads Vergnügen dienen. Genügt das?*

Wie jeder alte Narr, der einst mit dem Leben Sterblicher gespielt hatte, wanderte der Abtrünnige durch Korridore belebter Macht, seine Litanei verpasster Gelegenheiten und falscher Entscheidungen vor sich hin murmelnd. Magische Energien, die er verströmte, narrten die Augen derjenigen, an denen er vorbeikam – die Wachen an verschiedenen Durchgängen und Kreuzungen, die hin und her hastenden Bediensteten, die auf verlorenem Posten mit der zusammenbrechenden Residenz kämpften, welche den mittlerweile ironisch verwendeten Namen das Ewige Domizil trug. Sie sahen, ohne zu sehen, und nachdem sie vorbei waren, blieb in ihrem Geist kein Nachbild zurück.

Es war leicht, den Abtrünnigen zu vergessen, viel leichter als bei irgendeinem Geist. Aber dennoch war er nicht ganz so leicht zu vergessen, wie er es gerne gehabt hätte. Er hatte jetzt Anhänger, die ihn und seine Macht gebunden hatten – was ihn ein Auge gekostet hatte –, und sie führten unter dem Deckmantel des Glaubens Krieg gegen seinen Willen. Natürlich wusste jeder Gott von diesem Krieg – diese Art Umsturz schien das erste Ziel eines jeden Priesters zu sein. Die Herabsetzung des Heiligen in die irdische Welt mit all den Rivalitäten der Sterblichen, ihrer Politik und ihren Spielen, in denen es um Macht und die Beeinflussung von so vielen Menschen ging, wie es Anhänger gab. Oh, und auch darum, sich Reichtum in Form von Land oder Münzen anzueignen oder das Schicksal anderer zu bestimmen oder Seelen zu sammeln.

Von solchen Gedanken geplagt, trat der Abtrünnige in den Thronraum, wo er sich lautlos auf eine Seite begab, um seinen üblichen Platz an der Wand zwischen zwei riesigen Wandteppichen einzunehmen, so unbeachtet wie die grandiosen Szenen, die in sie eingewoben waren – Bilder, auf denen im Hintergrund eine Gestalt zu sehen war, die dem Abtrünnigen sehr ähnlich sah.

Triban Gnol, der Kanzler – mit dem der Abtrünnige das Bett geteilt hatte, wenn es ratsam und erforderlich gewesen war – stand vor Rhulad, der sich wie eine übersättigte Missgeburt auf dem Thron fläzte, in seinem Wohlstand und Wahnsinn ergreifend anzusehen. Ein paar Schritte hinter dem Kanzler stand einer seiner Leibwächter, der gelangweilt wirkte, während sein Herr Zahlen aufsagte. Mit denen Gnol wieder einmal den Verfall der Schatzkammer ausführlich beschrieb.

Diese Sitzungen waren absichtlich so gestaltet, dass sie den Imperator zusätzlich erschöpften, wie der Abtrünnige mit einer gewissen Bewunderung begriff. Erträge und Verluste, Ausgaben und der plötzliche Höchststand an notleidenden Schulden, in einem leiernden Tonfall aufeinandergetürmt wie Mächte, die sich sammelten, um sich auf eine Belagerung vorzubereiten. Ein Angriff, gegen den Rhulad sich nicht verteidigen konnte.

Er würde nachgeben, wie er es immer tat. Würde alles dem Kanzler überlassen. Ein Ritual, das zu beobachten so enervierend war, wie ihm zu widerstehen, aber der Abtrünnige empfand kein Mitleid. Die Edur waren Barbaren. Kinder inmitten zivilisierter Vollkommenheit.

*Warum komme ich Tag für Tag hierher? Worauf warte ich? Auf Rhulads endgültigen Zusammenbruch? Wird mir das gefallen? Mich zerstreuen? Ist mein Geschmack schon so heruntergekommen?*

Er musterte den Imperator. Stumpfe Münzen, die auf schreckliche Weise glänzten und sich – schmutzig und spiegelnd zugleich – rhythmisch mit Rhulads Atemzügen hoben und senkten; die schwarze, zuversichtliche Verheißung der langen, geraden Schwertklinge, deren Spitze im Marmorpodest vergraben war, die graue, knochige Hand, die den mit

Metalldraht umwickelten Griff umklammerte. So, wie er da oben auf dem Thron hockte, war Rhulad in der Tat eine Gestalt gewordene Metapher. In einer Rüstung aus Reichtümern und mit einer Waffe, die gleichermaßen Unsterblichkeit wie Vernichtung versprach, war er unempfindlich gegenüber allem, abgesehen von seinem wachsenden Wahnsinn. Der Abtrünnige glaubte, dass Rhulad, wenn er denn zusammenbrach, von innen nach außen zusammenbrechen würde.

Das böse zugerichtete Gesicht offenbarte diese Tatsache in einer Kaskade von Einzelheiten, angefangen bei den Narben vergangener Niederlagen, die ihm aufgrund der Tatsache, dass er sie überlebt hatte, ebenso gleichgültig waren wie die Lektionen, welche sie beinhalten mochten. Vernarbtes Fleisch, das einen längst verlorenen Reichtum verspottete. Eingesunkene Augen, in denen sein Geist in seiner ganzen, verzweifelten Not hauste – ein Geist, der sich dann und wann dicht an diese glitzernden schwarzen Prismen herandrängte und seinen stummen Schrei ausstieß.

Über Rhulads unmenschliche Miene wanderten pausenlos Zuckungen. Zufällige Kräuselungen unter der fleckigen Haut, ein Gesichtsausdruck nach dem anderen als Versuch, der unnahbaren imperialen Maske zu entfliehen.

Wenn man Rhulad auf seinem Thron sah, konnte man die Lüge von der Schlichtheit verstehen, die die Macht dem Betrachter ins Ohr flüsterte. Die verführerische Stimme, die zu vergnüglicher und befriedigender Verringerung drängte, von den Wirren des Lebens zur Klarheit des Todes. Auf diese Weise, murmelte die Macht, werde ich enthüllt. Trete ich nackt durch alle Verkleidungen. Ich bin eine Bedrohung, und wenn die Bedrohung nicht genügt, dann handle ich. Wie die Sense eines Schnitters.

Die Lüge der Schlichtheit. Rhulad glaubte noch immer an sie. In dieser Hinsicht unterschied er sich nicht von allen anderen Herrschern in allen Zeitaltern, an allen Orten, wo Menschen zusammenkamen, um ein Gemeinwesen zu schaffen, das Wohl einer Gemeinschaft, die notwendigerweise organisiert und unterteilt werden musste. Macht ist Gewalt – ihre Verheißung, ihre Umsetzung. Macht kümmert sich nicht um Vernunft, nicht um Gerechtigkeit, nicht um Mitleid. Tatsächlich ist sie die herausragende Verleugnung all dieser Dinge – wenn der Mantel der Täuschungen heruntergerissen wird, wird diese Wahrheit enthüllt.

Und der Abtrünnige war ihrer müde. Und all dessen, was damit zusammenhing.

Mael hatte einst gesagt, es gäbe keine Antwort auf all das. Er hatte gesagt, dass die Dinge nun einmal so liefen, und dass sie immer so laufen würden, und dass die einzige Erlösung darin zu finden war, dass jede Macht – mochte sie auch noch so gewaltig, zentralisiert oder vorherrschend sein – sich am Ende selbst zerstören würde. Und dann sei es höchst unterhaltsam, die überraschten Gesichter derjenigen zu beobachten, die sich ihrer bedient hatten.

Dies erschien dem Abtrünnigen als eine viel zu bittere Belohnung. *Ich verfüge nicht über Maels Fähigkeit, kalt und mit unergründlichem Blick zuzusehen. Und auch nicht über seine legendäre Geduld. Oder, was das angeht, sein Naturell.*

Kein Älterer Gott war blind für die Narreteien derjenigen, die auf den vielen Welten herrschten. Natürlich nur unter der Voraussetzung, dass er überhaupt dazu fähig war zu denken, und bei ein paar von ihnen war das keineswegs eine sichere Sache. Anomander Rake sah das nur zu deutlich, und so hatte er sich von ihrer unermesslichen Weite abgewandt und sich stattdessen entschlossen, sich auf kleinere, besondere Konflikte zu konzentrieren. Und er verleugnete seine Anhänger, ein Verbrechen, das für diese so umfassend war, dass sie es kurzerhand ihrerseits leugneten. Auf der anderen Seite äußerte Osserc seine eigene Ablehnung der hoffnungslosen Wahrheit und versuchte es wieder und wieder und scheiterte doch jedes Mal. Für Osserc wurde schon die Existenz von Anomander Rake an sich zu einer unverschämten Beleidigung.

*Draconus – oh, nun, der war kein Narr. Er wäre seiner Gewaltherrschaft müde geworden, hätte er denn lange genug gelebt. Ich frage mich immer noch, ob er seine Auslöschung in Wirklichkeit nicht willkommen geheißen hat. Durch das Schwert zu sterben, das er eigenhändig geschaffen hatte, und dabei seine am meisten geschätzte Tochter an seiner Seite zu sehen, als Zuschauerin und absichtlich blind für seine Not … Draconus, wie hättest du da nicht an allem, wovon du einst geträumt hattest, verzweifeln sollen?*

*Und dann war da noch Kilmandaros. Nun, ihr hat die Vorstellung von … Schlichtheit gefallen. Die stabile Rechtschaffenheit ihrer Faust war gut genug für sie. Aber dann, sieh nur, wo es sie hingeführt hat!*

*Und was ist mit K'rul? Nun, er war …*

»Halt!«, kreischte Rhulad, sichtlich erschüttert. Er beugte den Oberkörper vor, und der Blick seiner dunklen Augen wirkte plötzlich bedrohlich. »Was hast du da gerade gesagt?«

Der Kanzler runzelte die Stirn, leckte sich dann die welken Lippen. »Imperator, ich habe die Kosten aufgezählt, die bei der Entfernung der Leichen aus den Grabenpferchen …«

»Leichen, ja.« Rhulads Hand, die eine der verzierten Armlehnen des Throns umklammerte, zuckte. Er starrte Triban Gnol unverwandt an und fragte ihn mit einem merkwürdigen Lächeln: »Was für Leichen?«

»Von den Flotten, Majestät. Die Sklaven, die auf der Insel Sepik gerettet wurden, dem nördlichsten Protektorat des malazanischen Imperiums.«

»Sklaven. Gerettet. Sklaven.«

Der Abtrünnige konnte Triban Gnols Verwirrung erkennen, die kurz aufflackerte, bis der Kanzler … verstand.

*Oh, das wollen wir uns mal ansehen!*

»Eure so tief gesunkenen Verwandten, Majestät. Diejenigen vom Blute der Tiste Edur, die unter der Tyrannei der Malazaner gelitten haben.«

»Gerettet.« Rhulad machte eine Pause, als wollte er den Geschmack dieses Wortes kosten. »Blut der Edur.«

»Verdünnt …«

»Blut der Edur!«

»In der Tat, Imperator.«

*»Und warum sind sie dann in den Grabenpferchen?«*

»Man hat sie als gefallen erachtet, Majestät.«

Rhulad wand sich auf seinem Thron, als würde er von innen bedrängt. Sein Kopf zuckte nach hinten. Seine Glieder zitterten. Er sprach wie jemand, der sich verirrt hatte. »Gefallen? Aber sie sind unsere Verwandten. Unsere einzigen Verwandten auf dieser ganzen verdammten Welt!«

»Das stimmt, Imperator. Ich muss zugeben, dass ich etwas bestürzt über die Entscheidung war, sie in diese überaus schrecklichen Zellen zu schaffen …«

»Wessen Entscheidung, Gnol? Antwortet mir!«

Eine Verbeugung, die – wie der Abtrünnige wusste – ein befriedigtes Glitzern in den Augen des Kanzlers verbarg, das rasch versteckt wurde, als er wieder aufblickte. »Die Verwendung der gefallenen Edur von Sepik lag in der Verantwortung von Tomad Sengar, Imperator.«

Rhulad lehnte sich langsam zurück. »Und sie sterben.«

»In Scharen, Majestät. Leider.«

»Wir haben sie gerettet, um sie dann selbst zu quälen. Haben sie gerettet, um sie zu töten.«

»Es ist, wie ich andeuten möchte, ein in gewisser Hinsicht ungerechtes Schicksal …«

»Ungerecht? Du dürre Schlange – warum hast du mir bis jetzt nichts davon gesagt?«

»Ihr habt kein Interesse an den finanziellen Einzelheiten gezeigt, Imperator …«

*Oh, das war ein Fehler, Gnol.*

»Den was?«

Im Nacken des Kanzlers glitzerten plötzlich Schweißperlen. »Den vielfältigen Ausgaben, die mit ihrer Gefangenschaft zu tun haben, Majestät.«

*»Sie sind Tiste Edur!«*

Eine weitere Verbeugung.

Rhulad griff sich plötzlich ins Gesicht und blickte weg. »Blut der Edur«, murmelte er. »Aus der Sklaverei gerettet. Und ihre Belohnung sind die Grabenpferche.«

Triban Gnol räusperte sich. »Viele sind bereits in den Laderäumen der Schiffe gestorben, Majestät. Wie ich es sehe, hat man damit begonnen, sie schlecht zu behandeln, sobald die Flotte Sepik verlassen hatte. Was wollt Ihr, dass ich tue, Imperator?«

*Und so machst du geschickt wieder Boden gut, Triban Gnol.*

»Bring mir Tomad Sengar. Und Uruth. Bring meinen Vater und meine Mutter zu mir.«

»Jetzt gleich?«

Das Schwert kam mit einem Scharren frei, die Spitze hob sich und deutete auf Triban Gnol. »Ja, Kanzler. Jetzt gleich.«

Triban Gnol und sein Leibwächter entfernten sich rasch.

Rhulad war nun allein in seinem Thronraum und hielt das Schwert ins Leere.

»Wie? Wie konnten sie so etwas tun? Diese armen Leute – sie sind von unserem Blut. Ich muss nachdenken.« Der Imperator senkte sein Schwert, rutschte unruhig auf seinem Thron hin und her und zog die münzenbesetzten Beine an. »Wie? Nisall? Erkläre es mir – nein, du kannst es mir nicht erklären, oder? Du bist geflohen. Wo bist du, Nisall? Manche behaupten, du wärest tot. Aber wo ist deine Leiche? Bist du nur ein weiterer aufgeblähter Leichnam im Kanal – einer von denen, die ich vom Turm aus sehen kann – warst du einer von denen, die da vorbeigetrieben sind? Sie sagen, du warst eine Verräterin. Sie sagen, du warst keine Verräterin. Sie lügen mich alle an. Ich weiß es, ich kann es sehen. Kann es hören. Sie lügen mich alle an …« Dann begann er zu schluchzen, legte die freie Hand auf den Mund, während seine Blicke durch den leeren Raum huschten.

Der Abtrünnige sah, wie der Blick über ihn hinwegglitt. Er dachte kurz daran, vorzutreten und die Zauberei, die ihn verbarg, aufzugeben, um zum Imperator zu sagen: *Ja, Majestät. Sie lügen Euch alle an. Aber ich werde Euch nicht anlügen. Wagt Ihr es, die Wahrheit zu hören, Imperator Rhulad? Die ganze Wahrheit?*

»Sklaven. Das – das ist falsch. Tomad – Vater – wie konnte es zu dieser Grausamkeit kommen?«

*Oh, teurer Rhulad …*

»Vater, wir werden miteinander sprechen. Du und ich. Allein. Und Mutter, ja, du wirst auch dabei sein. Wir drei. Es ist so lange her, dass wir das das letzte Mal getan haben. Ja, das werden wir tun. Und ihr dürft … ihr dürft mich nicht anlügen. Nein, das werde ich nicht hinnehmen.«

»Vater, wo ist Nisall?«

»Wo ist Trull?«

Konnte einem Älteren Gott das Herz brechen? Der Abtrünnige wäre fast in sich zusammengesackt, als Rhulads wehleidige Frage einen Augenblick lang im Thronraum nachhallte, ehe das Echo erstarb, so dass nur noch die angestrengten Atemzüge des Imperators zu hören waren.

Dann sprach der Imperator erneut, aber dieses Mal klang seine Stimme härter. »Hannan Mosag, das ist alles dein Fehler. Du hast das alles getan. Hast es uns angetan. Mir. Du hast mich verdreht, hast dafür gesorgt, dass ich sie alle weggeschickt habe. Um Meisterkämpfer zu finden. Aber nein, das war meine Idee, oder? Ich kann – ich kann mich nicht erinnern –, hier sind so viele Lügen, so viele Stimmen, die alle lügen. Nisall, du hast mich verlassen. Udinaas – ich werde euch beide finden. Ich werde sehen, wie euch die Haut vom Körper gepeitscht wird, ich werde euren Schreien lauschen …«

Schritte im Korridor.

Rhulad blickte mit einer schuldbewussten Miene auf und setzte sich auf dem Thron zurecht. Richtete die Waffe. Leckte sich die Lippen. Dann, als die Türen sich quietschend öffneten, saß er mit einem erstarrten Grinsen da, einem Zähnefletschen, um seine Eltern zu begrüßen.

Der Nachtisch wurde auf einer Schwertspitze serviert. Ein volles Dutzend letheriischer Wachen, angeführt von Sirryn Kanar, stürmte in die Privatgemächer von Tomad und Uruth Sengar. Mit gezogenen Waffen betraten sie das Esszimmer, wo sie die beiden Edur an den jeweiligen Enden des langen Tisches vorfanden.

Keiner der beiden hatte sich bewegt. Keiner schien überrascht.

»Auf die Beine«, knurrte Sirryn. Er war nicht imstande, seine Befriedigung – mehr noch, das köstliche Vergnügen, das ihm dieser Augenblick bereitete – zu verbergen. »Der Imperator verlangt nach euch. Sofort.«

Das angespannte Lächeln auf Tomads Gesicht schien einen Augenblick zu flackern, ehe der alte Krieger aufstand.

Uruth, die spöttisch grinste, hatte sich noch nicht gerührt. »Der Imperator will seine Mutter sehen? Also schön, er darf darum bitten.«

Sirryn blickte auf sie hinunter. »Dies ist ein Befehl, Frau.«

»Und ich bin eine Hohepriesterin des Schattens, du armseliger Schläger.«

»Ich bin auf Geheiß des Imperators hier. Du stehst jetzt auf, oder …«

»Oder was? Wirst du es wagen, Hand an mich zu legen, Letherii? Vergiss nicht, wo dein Platz ist.«

Der Letherii streckte den Arm aus.

»Halt!«, rief Tomad. »Es sei denn, du willst, dass dir das Fleisch von den Knochen gefetzt wird, Letherii. Meine Frau hat den Schatten erweckt; sie wird nicht zulassen, dass du sie berührst.«

Sirryn Kanar stellte fest, dass er zitterte. Vor Wut. »Dann weise sie auf die Ungeduld ihres Sohnes hin, Tomad Sengar.«

Uruth trank langsam ihren Weinkelch leer, stellte ihn sorgsam auf den Tisch zurück und stand auf. »Steckt eure Waffen weg, Letherii. Mein Mann und ich können allein oder in eurer Begleitung zum Thronraum gehen. Ich bevorzuge Ersteres, aber ich gewähre euch diese eine Warnung. Steckt eure Schwerter weg, oder ich werde euch alle töten.«

Sirryn gab seinen Soldaten ein Zeichen, und Waffen glitten zurück in ihre Scheiden. Nach einem kurzen Augenblick tat er mit seinem eigenen Schwert das Gleiche. *Das hier wird ein Nachspiel haben, Uruth Sengar. Ich soll mich daran erinnern, wo mein Platz ist? Natürlich, wenn die Lüge dir so recht ist wie mir … im Augenblick.*

»Endlich«, sagte Uruth zu Tomad, »werden wir eine Gelegenheit haben, unserem Sohn all das zu sagen, was gesagt werden muss. Eine Audienz. Was für ein Privileg.«

»Es könnte sein, dass ihr warten müsst.«

»Tatsächlich? Wie lange?«

Der Letherii lächelte sie an. »Es ist nicht an mir, das mitzuteilen.«

»Das ist nicht Rhulads Spiel. Es ist dein Spiel. Deines und das deines Kanzlers.«

»Dieses Mal nicht«, antwortete Sirryn.

»Ich habe schon früher Tiste Edur getötet.«

Samar Dev beobachtete Karsa Orlong dabei, wie er sein mit Muschelschalen besetztes Hemd untersuchte, das er auf seiner Bettstatt ausgebreitet hatte. Die wie Perlmutt schimmernden Schuppen waren angelaufen und angeschlagen, und große Bereiche des Untergewebes aus dicken, durch Rohlederstreifen verbundenen Lederplatten waren zu sehen. Er hatte ein paar hundert Münzen mit einem Loch in der Mitte gesammelt und wollte offensichtlich damit die Rüstung ausbessern.

Sie fragte sich, ob dies eine spöttische Geste war, ein sichtbares, höhnisches Grinsen in Rhulads Gesicht. Barbar oder nicht, sie würde es Karsa Orlong zutrauen.

»Ich habe das Deck von den Narren gesäubert«, fuhr er fort, warf ihr dann einen Blick zu. »Und was ist mit denen im Wald der Anibar? Und was die Letherii angeht, die sind sogar noch erbärmlicher – kannst du sehen, wie sie sich sogar jetzt ducken? Ich werde diese Stadt erkunden, mit dem Schwert auf meinem Rücken, und niemand wird mich aufhalten.«

Sie rieb sich das Gesicht. »Es geht das Gerücht, dass schon bald die ersten Meisterkämpfer benannt werden sollen. Errege den Zorn dieser Leute, und du wirst nicht lange warten müssen, bis du dem Imperator gegenüberstehst, Karsa.«

»Gut«, knurrte er. »Dann werde ich als der neue Imperator durch Letheras spazieren.«

»Hast du das etwa vor?«, fragte sie und blickte ihn aus zusammengekniffenen Augen überrascht an.

»Wenn das nötig ist, damit sie mich in Ruhe lassen.«

Sie schnaubte. »Dann ist Imperator zu sein, das Letzte, was du willst.«

Er richtete sich auf, blickte stirnrunzelnd auf das protzige, aber schmutzige Hemd mit den Muschelschalen hinunter. »Ich bin nicht daran interessiert zu fliehen, Hexe. Sie haben keinen Grund, mir einen Spaziergang zu verwehren.«

»Du kannst dieses Gelände verlassen und hingehen, wohin du willst … du musst nur dein Schwert hierlassen.«

»Das werde ich nicht tun.«

»Dann wirst du hierbleiben müssen und langsam wahnsinnig werden, wie es dem Imperator beliebt.«

»Vielleicht werde ich mir den Weg freikämpfen.«

»Karsa, sie wollen nur nicht, dass du einfache Bürger tötest. Und in Anbetracht der Tatsache, dass du dich so leicht … äh … gekränkt fühlst, ist dieser Wunsch nicht einmal ganz unverständlich.«

»Was mich kränkt, ist ihr Mangel an Vertrauen.«

»Na klar«, schnappte sie, »das du dir ja auch mehr als verdient hast – schließlich hast du bei jeder Gelegenheit Edur und Letherii getötet. Einschließlich eines Preda …«

»Ich wusste nicht, dass er ein Preda war.«

»Hätte das denn etwas geändert? Nein, ich glaube nicht. Was ist damit, dass er ein Bruder des Imperators war?«

»Das habe ich auch nicht gewusst.«

»Und?«

»Und was, Samar Dev?«

»Du hast ihn mit einem Speer getötet, oder?«

»Er hat Magie gegen mich eingesetzt ...«

»Du hast mir die Geschichte erzählt, Karsa Orlong. Du hattest gerade seine Mannschaft abgeschlachtet. Dann die Tür zu seiner Kajüte eingetreten. Dann die Schädel seiner Leibwächter zermalmt. Ich kann dir sagen, an seiner Stelle hätte ich auch auf mein Gewirr zurückgegriffen – gesetzt den Fall, ich hätte eins, was ich nicht habe. Und ich hätte dir alles entgegengeschleudert, was ich gehabt hätte.«

»Diese Unterhaltung ist sinnlos«, knurrte der Toblakai.

»Na schön«, sagte sie und stand von ihrem Stuhl auf. »Ich geh dann mal den Taxilier suchen. Die fixen Ideen, an denen er starrsinnig festhält, machen einen zumindest nicht ganz so wütend.«

»Ist er jetzt dein Liebhaber?«

Sie blieb im Türrahmen stehen. »Und wenn er es wäre?«

»Auch gut«, sagte Karsa und starrte düster auf seine fleckige Rüstung hinunter. »Ich würde dich zerbrechen.«

Hatte sich jetzt auch noch Eifersucht dem Gemenge aus allen Arten von Wahnsinn hinzugesellt? Bei den Göttern hienieden! Sie drehte sich wieder zur Tür um. »Ich würde eigentlich eher zum Rangältesten Beurteiler tendieren. Leider hat er Enthaltsamkeit gelobt.«

»Der kriecherische Mönch ist immer noch hier?«

»Das ist er.«

»Du hast einen schäbigen Geschmack, Hexe.«

»Nun«, sagte sie nach kurzem Zögern, »ich sehe keine Möglichkeit, wie ich auf diesen Kommentar antworten könnte.«

»Natürlich nicht.«

Mit zusammengepressten Lippen verließ Samar Dev das Zimmer.

Karsa Orlong hatte schlechte Laune, aber der Gedanke, dass diese schlechte Laune sich irgendwie auf seine Unterhaltung mit Samar Dev ausgewirkt haben könnte, kam ihm nicht. Sie war eine Frau, und Frauen neigten dazu, jedes Gespräch mit den tödlichen Werkzeugen ihrer

Foltermeister-Mentalität zu befrachten, die jedes für sich allein die Verständnisfähigkeit eines Mannes aufs Äußerste strapazierten. Mit Schwertern war es einfacher. Selbst mit dem Desaster eines umfassenden Krieges war leichter umzugehen als damit, auch nur kurz oder leicht von der Aufmerksamkeit einer Frau berührt zu werden. Was ihn jedoch wütend machte, war die Tatsache, wie sehr er diese Berührung vermisste. Klar, es gab Unmengen von Huren für die Meisterkämpfer, die auf den Imperator warteten. Aber daran war nichts Feinsinniges – nichts Wirkliches.

Es musste einen Mittelweg geben, sagte Karsa sich. Wo der Austausch in all den Funken und Finten jauchzte, die die Dinge interessant machten, ohne dass seine Würde in Gefahr geriet. Doch er war realistisch genug, keine allzu großen Hoffnungen zu hegen, dass er diesen Mittelweg jemals finden würde.

Die Welt war voller Waffen, und zu kämpfen war eine Art zu leben. Vielleicht die einzige Art zu leben. Er hatte aufgrund von Peitschenhieben und Worten geblutet, aufgrund von Schlägen und Blicken. Er war von unsichtbaren Schilden bearbeitet worden, aus heiterem Himmel von unsichtbaren Hämmern getroffen worden, und hatte sich in den Ketten seiner eigenen Schwüre abgemüht. Und wie Samar Dev sagen würde, man überlebte, indem man diesen Angriffen standhielt, dieser Geschichte des Damals und des Jetzt. Zu versagen bedeutete unterzugehen, doch unterzugehen war nicht immer gleichbedeutend mit einem raschen, barmherzigen Tod. Stattdessen konnte man der langsamen Auflösung anheimfallen, durch Verluste, die so hoch aufgeschichtet waren, dass sie einen Sterblichen in die Knie zwangen. Das machte sie zu langsamen Mördern ihrer selbst.

Er konnte seine eigenen Denkfehler mittlerweile verstehen, und in diesem Sinne war er vielleicht einfach noch nicht bereit, die von jemand anderem kennenzulernen, einen falschen Schritt zu machen und den Schock des Schmerzes zu entdecken. Trotzdem … der Hunger hörte nie auf. Und dieser Aufruhr in seiner Seele war ermüdend und daher eine überaus schäbige Einladung zum Missmut.

Der leicht mit ein bisschen Chaos aufgelöst werden konnte.

*Der Krieger, dem es an Liebe fehlt, sucht die Gewalt.*

Karsa Orlong grinste höhnisch, als er sich das Steinschwert über die linke Schulter schwang und hinaus auf den Korridor schritt. »Ich höre dich, Bairoth Gild. Möchtest mein Gewissen sein?« Er stieß ein knurriges Lachen aus. »Du, der du meine Frau gestohlen hast.«

*Vielleicht hast du eine andere gefunden, Karsa Orlong.*

»Ich würde sie zerbrechen.«

*Das hat dich früher auch nicht abgehalten.*

Aber nein, das hier war ein Spiel. Bairoth Gilds Seele war in einem Schwert gebunden. Diese glatten Worte, die Karsas Schädel erfüllten, waren seine eigenen. Da es ihm an der Aufmerksamkeit von jemand anderem mangelte, grub er sich jetzt seine eigenen Fallen. »Ich glaube, ich muss jemanden töten.«

Vom Korridor in einen breiteren Durchgang, dann weiter zu dem von Säulen gesäumten Querschiff, in einen Seitengang und weiter zum nördlichen Hinterausgang der Anlage. Dass er unterwegs niemandem begegnete, verschlimmerte Karsas schlechte Laune nur noch. Links von dem in die Mauer eingelassenen Tor befand sich ein kleines Wachhaus, wo der schwere Auslöser für den Riegel zu finden war.

Der Letherii, der im Wachhaus saß, hatte gerade noch Zeit aufzublicken, ehe die Faust des Toblakai mit Wucht auf sein Gesicht prallte. Blut spritzte aus einer zerschmetterten Nase, und der unglückliche Mann sank auf seinem Stuhl nach hinten und rutschte dann wie ein Sack Zwiebeln auf den Fußboden. Karsa trat über ihn hinweg, hob die Sperre und schob die Bronzestange nach links, bis ihr rechtes Ende das Tor freigab. Die Stange fiel mit einem hellen Klacken in eine bewegliche Aussparung. Karsa trat wieder nach draußen, stieß das Tor auf, duckte sich, um unter dem Torsturz durchzukommen, und trat hinaus auf die dahinterliegende Straße.

Es gab eine Art Blitz, als irgendein Schutzzauber im gleichen Moment aufflammte, in dem er die Schwelle übertrat. Flammen erblühten, vager Schmerz, wie ein Flüstern – und dann schrumpften die Flammen wieder und verschwanden. Karsa schüttelte den Kopf, um den metallischen Nachhall des Zaubers loszuwerden, und ging weiter.

Hier und da waren ein paar Bürger zu sehen; nur einer bemerkte das Auftauchen des Toblakai, und dieser eine – dessen Augen sich weiteten – beschleunigte seinen Schritt, bog wenige Augenblicke später um eine Ecke und war verschwunden.

Karsa holte tief Luft und setzte sich dann in Richtung des Kanals in Bewegung, den er vom Dach der Unterkünfte aus gesehen hatte.

Die gewaltige, schwarzhaarige Frau im malvenfarbigen Seidengewand war so groß wie ein Flussboot, und sie füllte den Eingang zu dem in einem Innenhof gelegenen Speiselokal vollständig aus; sie heftete den Blick auf Tehol Beddict und wogte dann mit der Zielstrebigkeit eines hungrigen Leviathans los.

Bagg, der neben Tehol saß, schien sich auf seinem Stuhl zusammenzukrümmen. »Beim Abgrund, Herr …«

»Nun, nun«, murmelte Tehol, während die Frau näher kam. »Pragmatismus muss nun die wichtigste deiner … äh … Erwägungen sein, teurer Bagg. Such Huldo, und sorge dafür, dass seine Jungs die übergroße Liege hinten in der Küche herschleppen. Schnell jetzt, Bagg!«

Der Abgang des Dieners war untypisch hektisch.

Die Frau – die nun, da alle Gespräche erstarben, plötzlich im Zentrum jeglicher Aufmerksamkeit stand – schien trotz ihres beeindruckenden Körperumfangs zu schweben, als sie sich zwischen den dankenswerterweise weit auseinanderstehenden Tischen hindurchbewegte, und in ihren dunkelvioletten Augen leuchtete eine sinnliche Zuversicht, die so sehr im Widerspruch zu ihren plumpen Proportionen stand, dass Tehol einen beunruhigenden Stich in seiner Leiste verspürte und ihm an genügend männlichen Stellen der Schweiß ausbrach, dass er unruhig auf seinem Stuhl hin und her rutschte; jegliche Gedanken an das Essen auf dem Teller vor ihm waren plötzlich weggerissen wie so viele Kleider.

Er hielt es nicht für möglich, dass Fleisch sich in so viele Richtungen gleichzeitig bewegen konnte, jede Wölbung unter der Seide schien von körperlicher Unabhängigkeit besessen zu sein und rückte dennoch in einem einzigartigen Chor aus unverhohlener Sexualität vor. Als ihr Schatten ihn einhüllte, entschlüpfte Tehol ein leises Wimmern, und er mühte sich, seinen Blick nach oben zu richten, vorbei an den gesammelten Falten ihres Bauchs, vorbei an den unmöglich hohen, schwellenden Brüsten von der Größe von Getreidesäcken – und für einen Augenblick war er in jenem unergründlichen Dekolleté verloren –, dann ließ er ihn mit heldenhafter Willensstärke noch höher zu dem weichen Euter unter ihrem Kinn wandern; immer noch höher, während sein Nacken zu spannen begann, zu dem ach so runden Gesicht mit seinen breiten, bemalten, purpurroten Lippen – höher – *Abtrünniger, hilf* – zu den wundervollen, wissenden Augen.

»Ihr widert mich an, Tehol.«

»Ich – was?«

»Wo ist Bagg mit der verdammten Liege?«

Tehol beugte sich vor, schreckte dann dank seines Selbsterhaltungstriebs wieder zurück. »Rucket? Seid Ihr das?«

»Seid still, Ihr Narr. Habt Ihr auch nur den Hauch einer Ahnung, wie lange wir gebraucht haben, um diese Illusion zu vervollkommnen?«

»A-aber …«

»Irreführung ist die beste Verkleidung.«

»Irreführung? Oh, warum … oh, nun ja, natürlich, wenn Ihr es so sagt. Ich meine, so umfassend. Tut mir leid, ist mir einfach so rausgerutscht. Ist falsch rausgekommen, meine ich …«

»Hört auf, mir auf die Titten zu starren.«

»Dann wäre ich der Einzige hier, der das nicht täte«, erwiderte er, »was doch wohl sehr verdächtig wäre. Außerdem, wer ist auf die Idee mit dieser besonderen … Missachtung der ewigen Anziehungskraft der Erde gekommen? Wahrscheinlich Ormly – seine Schweinsäuglein deuten auf allerlei abartige Phantasien hin.«

Bagg war mittlerweile mit zwei von Huldos Kellnern gekommen, die die Liege heranschleppten. Sie setzten sie ab und zogen sich dann eilig zurück.

Bagg kehrte an seinen Platz zurück. »Rucket«, sagte er leise und schüttelte den Kopf, »könnt Ihr Euch nicht vorstellen, dass eine Frau von Eurer Statur in Letheras bereits berüchtigt wäre?«

»Nicht, wenn ich niemals nach draußen gegangen bin, oder? Wie es sich herausstellt, gibt es in dieser Stadt viele Bürger, die wie Einsiedler leben –«

»Weil die meisten von ihnen Illusionen der Gilde waren – falsche Persönlichkeiten, die Ihr annehmen konntet, wenn es notwendig wurde.«

»Genau«, sagte sie, als wäre die Angelegenheit damit erledigt.

Woraufhin sie mit vollendeter Anmut und flüssigen Bewegungen auf die große Liege niedersank und ihre gewaltigen Alabaster-Arme über die Rückenlehne ausbreitete, was den Effekt hatte, dass ihre Brüste noch höher geschoben wurden und sich wie die Tore der Verdammten auseinanderspreizten.

Tehol warf Bagg einen Blick zu. »Es gibt gewisse Gesetze im Hinblick auf die Eigenschaften körperlicher Wesen, ja? Es muss welche geben. Ich bin mir dessen sicher.«

»Sie ist eine zur Missachtung aller möglichen Dinge neigende Frau, Herr. Und bitte – rückt Eure Decke zurecht. Ja, da unten, unter diesem gesegneten Tisch.«

»Lass das.«

»Zu wem oder was sprecht Ihr?«, fragte Rucket mit einem anzüglichen Grinsen, das breit genug für zwei Frauen war.

»Verdammt sollt Ihr sein, Rucket. Wir haben gerade bestellt. Mit Baggs Geldbeutel oder vielmehr dem seiner Firma. Und jetzt ist mein Appetit … nun … er …«

»Hat er sich verlagert?«, fragte sie. Schmale, perfekt geformte Brauen hoben sich über den wissenden Augen. »Und so wird hier wieder einmal das Problem aller Männer deutlich: ihr seid unfähig, euch gleichzeitig mehr als einem Vergnügen hinzugeben.«

»Was Ihr gegenwärtig mit schrecklicher Perfektion beweist. Also, wie akkurat ist diese Illusion? Ich meine, die Liege hat gequietscht und so.«

»Ihr seid zweifellos höchst versessen darauf, diese gewichtige Frage zu erforschen. Aber zuerst – wo ist Huldo mit meinem Mittagessen?«

»Er hat einen Blick auf Euch geworfen und ist dann losgezogen, um mehr Köche anzuheuern.«

Sie beugte sich vor und zog Tehols Teller zu sich heran. »Das wird erstmal reichen. Vor allem nach Eurem grausigen Versuch, witzig zu sein, Tehol.« Sie begann mit absurder Behutsamkeit zu essen.

»Es gibt keinen richtigen Weg da rein, oder?«

Der Happen blieb auf halbem Weg zu ihrem offenen Mund in der Luft stehen.

Bagg schien an etwas zu würgen.

Tehol wischte sich den Schweiß von der Stirn. »Hol mich der Abtrünnige, ich verliere den Verstand.«

»Ihr zwingt mich dazu, Euch das Gegenteil zu beweisen«, sagte Rucket. Der Leckerbissen verschwand in ihrem Mund.

»Ihr erwartet, dass ich einer Illusion erliege?«

»Warum nicht? Männer tun das jeden Tag tausend Mal.«

»Ohne das würde die Welt knirschend zum Stillstand kommen.«

»Eure vielleicht.«

»Da wir gerade davon reden«, warf Bagg hastig ein, »Eure Gilde wird demnächst bankrott sein, Rucket.«

»Unsinn. Wir haben mehr Reichtümer beiseitegeschafft als das Freiheitskonsortium.«

»Das ist gut, denn die werden demnächst entdecken, dass der größte Teil ihrer nicht öffentlich gemachten Besitztümer so gründlich unterminiert wurde, dass sie nicht nur wertlos, sondern zu verhängnisvollen Verbindlichkeiten geworden sind.«

»Wir haben unsere Reichtümer über die Grenzen des Imperiums geschafft, Bagg. Schon vor Monaten. Sobald wir voll und ganz begriffen haben, was du und Tehol, was ihr beiden vorhabt.«

»Wohin?«, fragte Bagg.

»Sollte ich dir das sagen?«

»Wir haben es nicht darauf abgesehen«, sagte Tehol. »Stimmt's, Bagg?«

»Natürlich nicht. Ich will nur sicher sein, dass es … äh … weit genug weg ist.«

Ruckets Augen verengten sich. »Seid ihr so kurz davor?«

Keiner der beiden Männer antwortete.

Sie schaute einen Augenblick auf den Teller hinunter, lehnte sich dann zurück wie eine menschliche Kanalschleuse; ihr Bauch tauchte in seidenumhüllten Wogen wieder aus dem Schatten auf. »Also gut, meine Herren. Süd-Pilott. Ist das weit genug weg, Bagg?«

»Gerade eben.«

»Diese Antwort macht mich nervös.«

»Ich bin kurz davor, bei allem, was mir gehört, in Zahlungsrückstand zu geraten«, sagte Bagg. »Dies wird eine gewaltige finanzielle Kettenreaktion auslösen, die alle – wirklich alle – Wirtschaftszweige in Mitleidenschaft ziehen wird, und zwar nicht nur hier in Letheras, sondern überall im Imperium und auch jenseits seiner Grenzen. Sobald ich es tue, wird Chaos herrschen. Anarchie. Es könnte sein, dass Menschen sterben.«

»Ist Baggs Baufirma so groß?«

»Ganz und gar nicht. Wenn sie es wäre, wären wir schon längst erwischt worden. Nein, es gibt ungefähr zweitausend anscheinend unabhängige Besitztümer kleiner und mittlerer Größe, jedes davon – genau Tehols bösartigem Plan entsprechend – perfekt positioniert, um sicherzustellen, dass die grässliche Kettenreaktion auch stattfindet. Baggs Baufirma ist nur der erste Grabstein, der umfällt – und der Friedhof ist sehr voll.«

»Deine Analogie macht mich nur noch nervöser.«

»Euer Zauber verblasst ein winziges bisschen, wenn Ihr nervös seid«, bemerkte Tehol. »Bitte, fasst Euch wieder, Rucket.«

»Haltet den Mund, Tehol.«

»Jedenfalls«, nahm Bagg den Faden wieder auf, »dient dieses Treffen dem Zweck, Euch und der Gilde die letzte Warnung vor dem Zusammenbruch zukommen zu lassen. Unnötig zu sagen, dass ich nur schwer ausfindig zu machen sein werde, wenn es losgeht.«

Ihre Augen richteten sich auf Tehol. »Und Ihr, Tehol? Habt Ihr ebenfalls vor, Euch in ein Loch zu verkriechen?«

»Ich dachte, wir würden nicht mehr darüber reden.«

»Beim Abgrund, Herr«, murmelte Bagg.

Tehol schaute blinzelnd erst Bagg, dann Rucket an. »Oh. Tut mir leid«, sagte er dann. »Ihr habt gemeint … äh, ob ich vorhabe, mich zu verstecken, richtig? Nun, ich bin noch unschlüssig. Ein Teil der Befriedigung liegt darin, das Durcheinander zu sehen, versteht Ihr? Denn unabhängig davon, wie wir uns in die Maschinerie von Lethers gewaltigem Handel geschlichen haben, ist die bitterste Wahrheit die, dass die Gründe für dieses bevorstehende Chaos in Wirklichkeit systembedingt sind. Zugegeben, wir beschleunigen die Dinge ein bisschen, aber Verfall – im wahrsten Sinne des Wortes – ist ein fest eingebauter Fehler des Systems selbst. Es mag sich selbst sehr wohl als unvergänglich betrachten, als überaus anpassungsfähig und all so was, aber das alles ist gleichermaßen Trugbild wie Irrglaube. Ressourcen sind niemals unendlich, auch wenn sie so aussehen mögen. Und zu diesen Ressourcen gehört mehr als die unverarbeiteten Produkte von Land und See. Zu ihnen gehört auch Arbeit, und die offenkundige Arroganz eines Geldsystems mit seinen willkürlichen Vorstellungen von Werten – die beiden Kräfte, die wir anvisiert haben, nebenbei bemerkt. Zuerst mussten die niedrigsten Klassen – die Besitzlosen – ausgeschifft werden, um Druck auf die Infrastruktur auszuüben, dann galt es, harte Währung abzuziehen, um eine Rezession aufzuschaukeln –, was starrt Ihr mich so an?«

Rucket lächelte. »Ihr flüchtet in den Trost Eurer gelehrten Analyse, um uns von Euren armseligeren Fixierungen abzulenken. Das ist wohl das Niedrigste, wozu Ihr Euch bisher herabgelassen habt, Tehol Beddict.«

»Aber wir haben gerade erst angefangen.«

»Ihr mögt den Wunsch haben, das zu glauben. Was mich betrifft, so verflüchtigt sich meine eigene Neugier rasch.«

»Aber denkt nur an all die Herausforderungen, die uns bevorstehen, Rucket!«

Sie wogte auf die Beine. »Ich werde den Hinterausgang nehmen.«

»Ihr werdet nicht durchpassen.«

»Leider wird das Gleiche niemals von Euch gesagt werden, Tehol. Einen schönen Tag noch, die Herren.«

»Wartet!«

»Ja, Tehol?«

»Nun, äh … ich hoffe, wir werden dieses Gespräch zu einem späteren Zeitpunkt fortsetzen?«

»Dafür werde ich mich nicht hier herumdrücken«, sagte Bagg und verschränkte seine kräftigen Arme in einer Geste, die … etwas zeigen sollte. Vielleicht Abscheu. Oder, vermutete Tehol nach nochmaligem Nachdenken, viel wahrscheinlicher elenden Neid.

»Nichts ist gewiss«, sagte Rucket zu ihm. »Abgesehen von der Tatsache, dass Männer es gewöhnt sind, sich in ihren Illusionen von Größe zu verlieren.«

»Oh«, murmelte Bagg, »sehr nett, Rucket.«

»Wenn mich das nicht sprachlos gemacht hätte«, sagte Tehol, während sie davonrollte, »hätte ich etwas gesagt.«

»Daran habe ich nicht den geringsten Zweifel, Herr.«

»Dein Vertrauen ist eine Erleichterung, Bagg.«

»Ein vergleichsweise kleiner Trost, würde ich wetten.«

»Vergleichsweise«, stimmte Tehol ihm zu und nickte. »Nun, sollen wir einen Spaziergang machen, alter Freund?«

»Vorausgesetzt, der Stoff, den Ihr um Euch drapiert habt, zeigt keine unansehnlichen Beulen mehr.«

»Gleich.«

»Herr?«

Tehol lächelte, als er Baggs beunruhigten Gesichtsausdruck sah. »Ich habe mir gerade vorgestellt, wie sie da hinten in Huldos Gasse feststeckt. Unfähig, sich umzudrehen. Vollkommen hilflos.«

»Da haben wir es«, sagte Bagg seufzend. »Ihr habt es tatsächlich geschafft, noch tiefer zu sinken.«

Bei den Gral gab es eine alte Legende, die angefangen hatte, Taralack Veed heimzusuchen, auch wenn er ihre Bedeutung in Bezug auf diesen Augenblick nicht so recht erfassen konnte – auf diesen Augenblick, hier, in Letheras, während der Lebensstehler an seiner Seite dahinschritt und sie sich durch die Menge schoben, die sich vor einer Reihe von Marktbuden gegenüber dem Quillas-Kanal dahinwälzte.

Die Gral waren ein altes Volk; ihre Stämme hatten in den wilden Hügeln des Ersten Imperiums gehaust, und es hatte Gral-Kompanien gegeben, die in Dessimbelackis' gerühmten Armeen gedient hatten, als Fährtensucher, als Plänkler und auch als Schnelle Eingreiftruppen, auch wenn diese Art zu kämpfen nicht gut zu ihnen passte. Doch selbst damals hatten die Gral ihre Fehden vorgezogen, das Blutvergießen im Namen persönlicher Ehre. Nach Rache zu streben, war ein würdiger Beweggrund. Fremde abzuschlachten, war sinnlos und befleckte die Seele und machte in der Folge quälende Säuberungsrituale notwendig. Außerdem bot diese Art zu töten keinerlei Befriedigung.

Zwei Monate vor dem Großen Untergang hatte eine Kommandantin namens Vorlock Duven, die die Karasch-Legion tief in die ungezähmte Wildnis des Südwestens geführt hatte, ihre vierundsiebzig Gral-Krieger in die Tass-Hügel geschickt, um einen Unterwerfungsfeldzug gegen den Stamm zu beginnen, von dem man glaubte, dass er über die unfreundliche Bergkette herrschte. Die Gral sollten die Tass zum Kampf aufstacheln und sich dann – mit den Wilden dicht auf ihren Fersen – zu einem Ort am äußersten Rand des Hochlands zurückziehen, wo ein Hinterhalt gelegt war.

Der Anführer der Gral war ein weiser Veteran namens Sidilack vom Bhok'ar-Clan, der von vielen nur Schlangenzunge genannt wurde, nachdem ein Schwertstoß in den Mund ihm die Zunge der Länge nach gespalten hatte. Seine Krieger, die nach einem dreijährigen Eroberungsfeldzug bei den Wüsten- und Steppenvölkern südlich von Ugari alle bereits ausreichend Blut vergossen hatten, hatten Erfahrung darin, die verborgenen Pfade zu finden, die in die rauen Höhen führten, und es dauerte nicht lange, bis sie auf grobe Behausungen und Felsdächer inmitten alter Ruinen stießen, die darauf hindeuteten, dass die Tass schon vor langer Zeit von einem schrecklichen zivilisatorischen Niedergang heimgesucht worden waren.

In der Abenddämmerung des dritten Tages überfielen sieben blau bemalte Wilde die vordersten Kundschafter und töteten einen, ehe sie zurückgeschlagen werden konnten. Von den vier Tass, die bei dem Zusammenstoß gefallen waren, war einer noch nicht ganz tot. Die Sprache, in der er seine schmerzerfüllten Worte hervorstieß, klang wie nichts, was Sidilack und seine Krieger jemals zuvor gehört hatten. Unter der staubigen blauen Farbe waren die Tass körperlich ganz anders als alle anderen in der Umgebung lebenden Stämme. Groß, schlank, mit merkwürdig kleinen Händen und Füßen, aber länglichen Gesichtern, einem fliehenden Kinn und übergroßen Zähnen. Ihre Augen standen dicht beieinander, die Iris war lohfarben wie getrocknetes Gras, und das Weiße von so vielen Blutgefäßen durchzogen, dass es schien, als könnten sie blutrote Tränen weinen.

Alle vier Tass zeigten deutliche Anzeichen von Austrocknung und Unterernährung, und als Kämpfer waren sie mit ihren Speeren mit Steinspitzen und Knüppeln alles andere als wirkungsvoll gewesen.

Der verwundete Wilde starb bald darauf.

Die Gral nahmen ihre Jagd wieder auf und stießen immer tiefer in die Hügel vor, kamen immer höher. Sie fanden alte Terrassen, auf denen einst Ackerbau betrieben worden war, doch jetzt war der Boden leblos, kaum in der Lage, das trockene Wüstengestrüpp zu ernähren. Sie fanden mit Steinen eingefasste Kanäle, in denen Regenwasser gesammelt werden sollte, das nicht mehr kam. Sie fanden steinerne Gräber mit großen Schlusssteinen, die in phallische Form gehauen worden waren. Und auf dem Pfad zerbrachen unter ihren Füßen Tonscherben und weiße, ausgeblichene Knochenstücke.

Am Mittag des vierten Tages stießen die Gral auf die Siedlung der Tass. Zwölf dürftige Hütten, aus denen drei Krieger mit Speeren herausgerannt kamen, die gellende Schreie ausstießen, als sie sich in einer armseligen Verteidigungslinie vor fünf hungernden Frauen und einem einzigen zwei- oder dreijährigen Kind – einem Mädchen – aufbauten.

Sidilack, der weise Veteran, der in zwanzig Schlachten gekämpft hatte, der seine Seele mit dem Tod zahlloser Fremder befleckt hatte, schickte seine Krieger vorwärts. Der Kampf dauerte ein halbes Dutzend Herzschläge. Nachdem die männlichen Tass gefallen waren, griffen die Frauen mit Händen und Zähnen an. Als sie alle tot waren, kauerte sich das Kind hin und fauchte sie an wie eine Katze.

Ein Schwert wurde gehoben, um das Mädchen zu erschlagen.

Doch der Schwertstreich wurde nie zu Ende geführt. Die Lichtung wurde plötzlich von Schatten verschluckt. Sieben schreckliche Hunde erschienen und bauten sich um das Kind herum auf, und dann tauchte ein Mann auf. Seine Schultern waren so breit, dass es aussah, als ginge er gekrümmt, und er trug einen knöchellangen Umhang aus gebläutem Kettengewebe; seine schwarzen Haare fielen ihm lang über die Schultern. Kalte blaue Augen richteten sich auf Sidilack, und dann sprach er in der Sprache des Ersten Imperiums: »Sie waren die Letzten. Ich verdamme euer Gemetzel nicht. Sie haben in Furcht gelebt. Dieses Land – das nicht ihre Heimat war – konnte sie nicht ernähren. Von den Deragoth und ihrer Art im Stich gelassen, haben sie im Lebenskampf versagt.« Er drehte sich um und musterte das Kind. »Aber die hier werde ich mitnehmen.«

Es hieß, dass Sidilack in diesem Augenblick spürte, wie sich der tiefste Makel auf seine Seele herabsenkte. Ein Makel, den kein Reinigungsritual auszulöschen vermochte. Er sah in jenem Augenblick das grimmige Gesicht des Schicksals, einen Abstieg in den Wahnsinn untröstlichen Kummers. Der Gott würde das letzte Kind mitnehmen, aber es war ziemlich sicher das letzte. Das Blut der anderen klebte an Sidilacks Händen, ein Fluch, eine Heimsuchung, von der ihn nur der Tod erlösen konnte.

Doch er war ein Gral. Es war ihm verboten, sich das Leben zu nehmen.

Es gab noch eine weitere Legende, und die erzählte die lange Reise bis zu Schlangenzunges endgültigem Ende, seine Beschäftigung mit Fragen, auf die es keine Antwort gab, der Pathos seines stolpernden Marschs in die Wüste des Toten Mannes – die Sphäre der gefallenen Gral –, wo selbst die edlen Geister ihn abwiesen, seine Seele, die hohle Verteidigung seines Verbrechens.

Taralack Veed wollte nicht an diese Dinge denken. Es waren Echos des Kindes, jener fauchenden, nicht ganz menschlichen Kreatur, die von einem Gott in die Schatten gezogen worden war – und wozu? Ein Geheimnis innerhalb der Legende, das niemals aufgelöst werden würde. Aber er glaubte nicht, dass im Herzen jenes Gottes Erbarmen gewesen war. Er wollte nicht an junge Frauen mit kleinen Händen und Füßen denken, Frauen mit fliehendem Kinn und großen Eckzähnen, mit leuchtenden Augen von der Farbe des Savannengrases.

Er wollte nicht an Sidilack und die endlose Nacht seines Niedergangs denken. An den Krieger, dessen Hände und Seele vom Blut des Gemetzels befleckt waren. Dieser tragische Narr war ganz und gar nicht so wie er, Taralack Veed, das sagte er sich wieder und wieder. Wahrheit verbarg sich schließlich nicht in vagen Ähnlichkeiten, sondern in den speziellen Einzelheiten, und was das anging, hatte er mit der alten Schlangenzunge nichts gemein.

»Du sprichst nicht viel in letzter Zeit, Taralack Veed.«

Der Gral blickte zu Icarium auf. »Ich fürchte um dich«, sagte er.

»Warum?«

»Ich sehe nichts von der Härte in deinen Augen, mein Freund, der Härte, die möglicherweise überhaupt nur ein langjähriger Freund wahrnehmen könnte. Der Härte, die auf deine Wut schließen lässt. Sie scheint zu schlafen, und ich weiß nicht, ob selbst jemand wie Rhulad sie wecken kann. Wenn er es nicht kann, wirst du sterben. Rasch.«

»Wenn alles, was du von mir sagst, wahr ist«, antwortete der Jhag,

»wird mein Tod willkommen geheißen werden. Und in jedem Sinne des Wortes gerechtfertigt sein.«

»Kein anderer kann den Imperator besiegen …«

»Warum bist du dir so sicher, dass ich es kann? Ich schwinge kein magisches Schwert. Ich kehre nicht ins Leben zurück, wenn ich getötet werde. So lauten doch die Gerüchte, die den Tiste Edur namens Rhulad umgeben, oder?«

»Wenn dein Zorn entfesselt wird, kann dich niemand aufhalten, Icarium.«

»Oh, aber es sieht so aus, als könnte es doch jemand.«

Taralack Veeds Augen verengten sich. »Ist dies die Veränderung, die in dir stattgefunden hat, Icarium? Sind deine Erinnerungen zu dir zurückgekehrt?«

»Ich glaube, wenn sie es wären, dann wäre ich jetzt nicht hier«, antwortete der Jhag. Er blieb vor einer Bude stehen, in der mit Schnüren umwickelte Tongefäße angeboten wurden. »Schau dir diese Sachen an, Taralack Veed, und sag mir, was du siehst. Leere Gefäße? Oder unzählige Möglichkeiten?«

»Das sind nichts als Töpfe.«

Icarium lächelte.

Es war, wie der Gral dachte, ein viel zu ungezwungenes Lächeln. »Machst du dich über mich lustig, Icarium?«

»Etwas wartet auf mich. Und damit meine ich nicht diesen wahnsinnigen Imperator. Etwas anderes. Beantworte mir eine Frage: Wie misst man die Zeit?«

»Mit Hilfe des Sonnenstands, der Mondphasen, des Sternenhimmels. Und in Städten wie dieser natürlich durch Glockenschläge, die in bestimmten Abständen erklingen – ein vollkommen absurder Einfall, und tatsächlich einer, der spirituell hinderlich ist.«

»Der Gral spricht.«

»Jetzt machst du dich wirklich über mich lustig. Das passt nicht zu dir, Icarium.«

»Glockenschläge, deren Abstände mittels Sand – oder Wasser – festgelegt werden, der durch ein verengtes Gefäß fließt. Wie du schon sagst, ein seltsamer Einfall. Hier wird willkürlich Gleichförmigkeit behauptet.

Aber können wir tatsächlich davon ausgehen, dass die Zeit gleichförmig verläuft?«

»Was sie nicht tut, wie jeder Gral dir sagen könnte. Es sei denn, unsere Sinne lügen.«

»Vielleicht tun sie das.«

»Dann sind wir verloren.«

»Ich begrüße deine heutige intellektuelle Streitlust, Taralack Veed.«

Sie gingen weiter, schritten langsam am Kanal entlang.

»Ich kann verstehen, warum du so von der Zeit besessen bist«, sagte der Gral. »Du, der du Zeitalter um Zeitalter durchwandert hast – unveränderlich und unwissend.«

»Unwissend, ja. Und genau das ist das Problem, oder?«

»Ich bin anderer Ansicht. Es ist deine Rettung.«

Sie schwiegen ein paar Schritte lang. Viele neugierige – und manchmal auch mitleidige – Blicke fielen in ihre Richtung. Schließlich waren die Meisterkämpfer auch die zum Tode Verurteilten. Aber war da nicht auch Hoffnung, tief in den scheuen Augen verborgen? Es musste so sein. Hoffnung auf ein Ende des Alptraums, den Rhulad Sengar verkörperte, der Edur-Imperator von Lether.

»Wenn man keine Vorstellung von der Zeit besitzt, hat Geschichte keinerlei Bedeutung. Bist du auch dieser Ansicht, Taralack Veed?!«

»Aber du hast keine richtige Vorstellung von der Zeit, oder?«

»Nein, das habe ich tatsächlich nicht. Doch ich glaube, ich habe mich … mit dieser Frage … wieder und wieder … beschäftigt. Zeitalter um Zeitalter. In der Überzeugung, dass meine eigene verborgene Geschichte sich entschlüsseln lassen würde, sollte sich mir die Bedeutung der Zeit enthüllen. Ich könnte das wahre Maß der Zeit finden, Taralack Veed. Und nicht einfach nur ihr Maß, sondern ihre innerste Natur. Schau dir diesen Kanal an, und jene, die mit ihm verbunden sind. Das Wasser wird von der Strömung und der Flut vom Fluss her in ihn hineingedrückt, durchquert dann die Stadt, nur um sich unweit der Stelle, an der es in den Kanal hineingeströmt ist, wieder mit dem Fluss zu vereinen. Wir können versuchen, den Fluss zu verlassen und so unseren eigen Weg suchen, doch ganz egal, wie gerade er uns auch erscheinen mag, werden wir am Ende wieder zum Fluss zurückkehren.«

»Dann ist es also wie mit den Glocken«, sagte der Gral, »Wasser vollzieht das Verstreichen der Zeit nach.«

»Du hast mich falsch verstanden«, antwortete Icarium, führte aber seine Worte nicht weiter aus. Taralack Veed machte ein finsteres Gesicht und blieb stehen, um sich kräftig in die Handflächen zu spucken und sich dann die Haare zurückzustreichen. Irgendwo in der Menge schrie eine Frau auf, aber das Geräusch wiederholte sich nicht. »Die Strömung des Kanals kann die Gesetze, die die Richtung bestimmen, in die sein Wasser fließt, nicht ändern. Der Kanal ist nichts weiter als ein Schlenker.«

»Ja, einer, der das Fließen des Wassers verlangsamt. Und im Gegenzug verändert sich das Wasser, sammelt es die Abfälle der Stadt, die es durchquert, und hat dadurch, wenn es in den Fluss zurückkehrt, eine andere Farbe. Es ist schlammiger, dreckiger.«

»Je langsamer dein Weg, desto schlammiger deine Stiefel?«

»Allerdings«, sagte Icarium und nickte.

»Zeit ist nicht so.«

»Bist du dir so sicher? Wenn wir warten müssen, füllt sich unser Geist mit Matsch, zufälligen Gedanken wie so viel Abfall. Wenn wir zum Handeln getrieben werden, ist unsere Strömung rasch, das Wasser wirkt klar, kalt und schneidend.«

»Mir wäre es lieber, wir würden sehr lange warten, Icarium. Hier, angesichts dessen, was geschehen wird.«

»Der Weg zu Rhulad? Wie du willst. Aber ich sage dir, das ist nicht der Weg, den ich gehe, Taralack Veed.«

Ein weiteres halbes Dutzend Schritte.

»Sie wickeln die Schnüre um die Tontöpfe, um zu verhindern, dass sie zerbrechen, Icarium«, sagte der Gral.

Der Rangälteste Beurteiler stand mit glänzenden Augen inmitten der Menge zwanzig Schritt von Icarium und Taralack Veed entfernt, die vor der Marktbude eines Töpfers haltgemacht hatten. Er hatte die Hände gefaltet, und seine Finger zuckten. Sein Atem ging flach und schnell.

Samar Dev, die neben ihm stand, verdrehte die Augen, entschloss sich dann aber zu fragen: »Wirst du jetzt gleich tot umfallen? Wenn ich gewusst hätte, dass es bei diesem Spaziergang darum gehen würde, im Schatten des Jhag da drüben rumzuschleichen, wäre ich wahrscheinlich lieber in unserem Quartier geblieben.«

»Die Entscheidungen, die du triffst, Samar Dev«, antwortete er, »müssen unbedingt und ausschließlich aus eigenem Antrieb erfolgen. Und sich vernünftigerweise von meinen oder denen anderer Menschen unterscheiden. Es heißt, dass die Geschichte zwischenmenschlicher Konflikte ausschließlich auf dem Aufeinandertreffen unterschiedlicher Erwartungen beruht.«

»Ist das so?«

»Darüber hinaus ...«

»Hör auf mit deinem ›darüber hinaus‹, Rangältester Beurteiler. Kompromisse entstehen dadurch, dass man über Erwartungen verhandelt. Über deine eigenwilligen Ideen verhandeln wir nicht, und deshalb bin ich diejenige, die hier Kompromisse schließt.«

»Ganz nach Belieben.«

Sie dachte kurz daran, ihn zu schlagen, beschloss dann aber, keine Szene zu machen. Was war das bloß mit den Männern und ihren Zwangsvorstellungen? »Er wird aller Wahrscheinlichkeit nach sterben, und zwar schon bald.«

»Das glaube ich nicht. Nein, ich glaube, das wird er ganz bestimmt nicht.«

Icarium und der Gral nahmen ihre mäandernde Wanderung durch die Menge wieder auf, und nach einem kurzen Augenblick folgte ihnen der Rangälteste Beurteiler, wobei er darauf achtete, dass der Abstand gewahrt blieb. Seufzend setzte Samar Dev sich ebenfalls in Bewegung. Sie mochte diesen Mob um sie herum nicht. Er fühlte sich falsch an. Nervös, überdreht. In den Gesichtern war die Anspannung deutlich zu erkennen, und die Rufe der Straßenhändler klangen schrill und beinahe verzweifelt. Nur wenige Passanten kauften etwas, wie sie bemerkte.

»Irgendetwas stimmt hier nicht«, sagte sie.

»Das lässt sich alles mit finanzieller Panik erklären, Samar Dev. Auch wenn du vielleicht glaubst, dass ich nur ihm dort vorn und sonst nichts Beachtung schenke, versichere ich dir, dass ich den Zustand von Letheras – und im weiteren Sinne dieses ganzen Imperiums – beurteilt habe.

Eine Krise zieht herauf. Reichtum ist leider keine unbegrenzte Ware. Systeme wie dieses sind indes davon abhängig, dass man vom Vorhandensein unbegrenzter Ressourcen ausgeht. Diese Ressourcen reichen von billiger Arbeit und ebenso billigen Materialien bis zu einer unersättlichen Nachfrage. Solch eine Nachfrage wiederum hängt von eher noch flüchtigeren Tugenden wie Zuversicht, Willensstärke, vermuteten Bedürfnissen und dem Segen kurzfristigen Denkens ab, die alle für geheimnisvolle und häufig unerklärliche Einflüsse anfällig sind. Wir erleben hier die Auswirkungen einer komplexen geheimen Abstimmung von Faktoren, die dazu dienen, besagte Tugenden zu unterminieren. Darüber hinaus bin ich der Ansicht, dass diese Situation inszeniert wurde.«

Ihre Gedanken hatten während der Tirade des Rangältesten Beurteilers zu wandern begonnen, aber seine letzte Bemerkung ließ sie aufhorchen. »Letheras wird auf wirtschaftlicher Ebene angegriffen?«

»Gut formuliert, Samar Dev. Ja, jemand wirkt auf die Situation ein, um einen kaskadierenden Zusammenbruch herbeizuführen. Das ist meine bescheidene Beurteilung.«

»Bescheiden?«

»Natürlich nicht. Ich betrachte meinen eigenen Scharfsinn mit Ironie.«

»Und was bringt das?«

»Nun ja – es macht mich bescheiden.«

»Werden wir Icarium und seinem Lieblingsgral den ganzen Nachmittag folgen?«

»Samar Dev, ich bin der einzige lebende Einwohner von Cabal, der mit eigenen Augen unseren Gott gesehen hat. Ist es da ein Wunder, dass ich ihm folge?«

*Gott? Er ist kein Gott. Er ist ein verdammter Jhag aus der Odhan westlich des Reichs der Sieben Städte. Der unter einem tragischen Fluch leidet … aber tun sie das nicht alle?* Eine Gestalt, die sich ein gutes Stück vor Icarium und Taralack Veed befand, erregte ihre Aufmerksamkeit. Eine große, ungeschlachte Gestalt mit einem wie in Scherben zersprungenen Gesicht und einem riesigen Steinschwert auf dem Rücken. »Oh, nein«, murmelte sie.

»Was ist?«, fragte der Rangälteste Beurteiler.

»Er hat ihn gesehen.«

»Samar Dev?«

Aber er war jetzt hinter ihr, und sie eilte vorwärts, drängte sich grob durch die Menge. Erwartungen? Ganz bestimmt. Ein Kompromiss? Niemals.

Einer der Wandleuchter hatte ein schadhaftes Ventil und stieß dicke Fahnen aus schwarzem Rauch aus, die sich wie Schlangen in der Luft ringelten, und Uruths Husten hallte wie Gebell durch das Vorzimmer. Sirryn Kanar stand mit verschränkten Armen vor der Tür zum Thronraum und beobachtete die beiden Tiste Edur. Tomad Sengar ging auf und ab, wobei er darauf achtete, den anderen wartenden Wachen nicht zu nahe zu kommen, obwohl er sichtlich versuchte so zu tun, als wären sie gar nicht da. Seine Frau hatte ihr dunkelgraues Gewand eng um sich gezogen – so eng, dass sie Sirryn an einen Geier mit angelegten Flügeln erinnerte. Das Alter hatte ihre Schultern leicht gebeugt, was das Vogelhafte so sehr verstärkte, dass der Anblick den Wächter zu einem dünnen Lächeln veranlasste.

»Zweifellos erheitert dich diese Warterei«, knurrte Tomad.

»Dann hast du mich also doch beobachtet.«

»Ich habe die Tür beobachtet, vor der du zufällig stehst.«

Und zweifellos darüber nachgedacht, sie einzutreten. Sirryns Lächeln wurde breiter. *Leider würdest du da zuerst mich aus dem Weg schaffen müssen, und das wirst du nicht tun, oder?* »Der Imperator ist sehr beschäftigt.«

»Womit?«, wollte Tomad wissen. »Schließlich trifft Triban Gnol alle Entscheidungen. Rhulad sitzt nur mit glasigen Augen da und nickt dann und wann.«

»Du hast keine sehr hohe Meinung von deinem Sohn.«

Mit diesen Worten hatte er einen wunden Punkt berührt, wie ihm klar wurde, denn beide Sengars musterten ihn jetzt mit harten Blicken.

»Von Triban Gnol halten wir noch weniger«, sagte Uruth.

Es bestand keine Notwendigkeit, auf diese Bemerkung einzugehen, denn Sirryn wusste sehr genau, welche Meinung die beiden vom Kanzler hatten; ja, tatsächlich von allen Letherii. Natürlich war das nichts weiter als blinde Engstirnigkeit, die noch dazu schrecklich heuchlerisch war angesichts des Eifers, mit dem die Edur die Lebensweise der Letherii angenommen hatten, während sie gleichzeitig darüber spotteten und ihren Abscheu und ihre Verachtung verkündeten. *Wenn ihr so angewidert seid, Edur, warum nuckelt ihr dann immer noch an der Zitze? Ihr habt eure Chance gehabt, das alles zu vernichten. Uns zu vernichten. Und unsere ganze schreckliche Zivilisation.* Nein, es gab nicht viel, das es wert gewesen wäre, es zu diesen beiden Wilden zu sagen.

Er spürte das Kratzen an der Tür hinter seinem Rücken, mehr als er es hörte, und richtete sich langsam gerade auf. »Der Imperator wird euch jetzt empfangen.«

Tomad wirbelte herum, starrte zur Tür, und Sirryn sah im Gesicht des Dreckskerls plötzlich die Anspannung hinter der hochmütigen Fassade. Uruth schlug ihren Umhang zurück, so dass sie die Arme frei hatte. War das Furcht in ihren Augen? Er sah zu, wie sie vortrat und sich neben ihren Mann stellte, doch es schien, als würde diese Nähe eine zusätzliche Spannung zwischen den beiden erzeugen.

Sirryn trat zur Seite und öffnete die Tür. »Bleibt im gefliesten Kreis stehen«, sagte er. »Wenn ihr über seine Grenzen hinaustretet, werdet ihr von einem Dutzend Pfeilen durchbohrt. Es wird keine Warnung geben. Auf Befehl des Imperators persönlich. Und jetzt, geht weiter. Langsam.«

In diesem Augenblick näherten sich ein Tiste Edur und vier letheriische Soldaten auf schäumenden Pferden dem Westtor der Stadt. Ein Ruf des Edur ließ die Fußgänger auf der Straße zur Seite springen. Die fünf Reiter waren schlammbespritzt, und zwei waren verwundet. Die Schwerter der beiden, deren Schwertscheiden nicht leer waren, waren blutverkrustet. Der Edur war einer von denen, die keine Waffe mehr hatten, und aus seinem Rücken ragte ein Pfeilschaft, dessen eiserne Spitze sich in sein rechtes Schulterblatt gebohrt hatte. Sein Umhang war dort, wo das Geschoss ihn an seinen Rücken geheftet hatte, blutgetränkt. Dieser Krieger war dem Tode nahe. Er war es schon seit vier Tagen.

Ein weiterer heiserer Ruf des Tiste Edur, als er seine mitgenommene Truppe unter dem Torbogen hindurch und hinein in die Stadt Letheras führte.

Der Abtrünnige musterte Rhulad Sengar, der reglos dagesessen hatte, seit der Kanzler zurückgekehrt war und die bevorstehende Ankunft von Tomad und Uruth verkündet hatte. Hatte den Imperator der Mut verlassen? Warum sonst hatte er nicht gefordert, dass sie unverzüglich vor ihn traten? Aber das war unmöglich zu sagen. Selbst die vorsichtigen Fragen des Kanzlers hatten keinerlei Klarheit gebracht.

Laternen brannten weiter. Die traditionellen Fackeln verströmten Rauch, ihr flackerndes Licht leckte über die Wände. Triban Gnol stand mit gefalteten Händen da und wartete.

In Rhulads Kopf tobte ein Kampf. Armeen aus Wille und Wunsch stritten mit den rasenden Kräften von Furcht und Zweifel. Das Schlachtfeld war blutgetränkt und von gefallenen Helden übersät. Oder ein Nebel, der blind machte, war in seinen Kopf eingedrungen, erdrückend wie das Vergessen an sich, und Rhulad wanderte verloren darin umher.

Er saß da, als wäre er aus Stein gehauen, in besudelten Reichtum gehüllt, das Ergebnis der Vision eines wahnsinnigen Künstlers. Lackierte Augen und narbiges Fleisch, ein verzerrter Mund und strähnige, fettige schwarze Haare. Fest mit dem Thron verbunden, um Symbole der Beständigkeit und Gefangenschaft zu beschwatzen, aber dieser Wahnsinn hatte jegliche Raffinesse verloren – der Fluch des Totalitarismus, wie immer, die Tyrannei hämischer Unterwürfigkeit, die keinen Umsturz ertrug.

*Schau ihn an und sieh, was geschieht, wenn die Gerechtigkeit der Rache dient. Wenn jede Herausforderung ein Verbrechen ist. Wenn Skepsis Verrat ist. Appelliere an sie, Imperator! An deinen Vater, deine Mutter. Fordere sie auf, in diesem verdrehten Alptraum von Treue vor dich zu treten, und entfessele deinen Zorn!*

»Jetzt«, sagte Rhulad krächzend.

Der Kanzler gab einer der Wachen nahe der Seitentür ein Zeichen, woraufhin der Mann sich, begleitet vom leisen Rascheln seiner Rüstung, umdrehte und mit einer behandschuhten Hand über die verzierte Türfüllung strich. Einen Augenblick später öffnete sich die Tür.

All dies geschah zur Linken des Abtrünnigen, an der gleichen Wand, an der er lehnte, so dass er nicht sehen konnte, was dahinter geschah, sondern nur ein paar undeutliche Worte hörte. Tomad und Uruth Sengar traten in den Thronraum, blieben im gefliesten Kreis stehen. Dann verbeugten sich beide vor dem Imperator.

Rhulad leckte sich die rissigen Lippen. »Sie sind Verwandte«, sagte er.

Tomad runzelte die Stirn.

»Die von Menschen versklavt wurden. Sie haben es verdient, dass wir sie befreit haben, oder?«

»Die von der Insel Sepik, Imperator?«, fragte Uruth. »Sprecht Ihr von ihnen?«

»Sie wurden tatsächlich befreit«, sagte Tomad und nickte.

Rhulad beugte sich vor. »Versklavte Verwandte. Die befreit wurden. Aber warum verrotten sie jetzt in Ketten, teurer Vater?«

Tomad schien nicht in der Lage zu antworten; auf seinem faltigen Gesicht lag ein verwirrter Ausdruck.

»Sie warten auf Eure Verfügung«, sagte Uruth. »Imperator, wir haben viele Male um Audienz bei Euch nachgesucht, seit wir zurückgekehrt sind. Leider«, sie warf einen Blick auf Triban Gnol, »hat uns der Kanzler weggeschickt. Unerbittlich.«

»Und daher«, sagte Rhulad mit heiserer Stimme, »habt ihr sie zu Gästen des Imperiums erklärt, wie es ihr Recht war, und habt sie dann wo hingebracht? Nun, nicht in eine unserer vielen schönen Residenzen, die den Palast umgeben. Nein. Ihr habt euch für die Gräben entschieden – die Gruben, habt sie zu Schuldnern, Verrätern und Mördern gesteckt. Ist das eure Vorstellung von einem Gastgeschenk? Tomad? Uruth? Merkwürdig, denn ich kann mich nicht erinnern, dass diese Sitte der Edur in meiner Jugend so grundlegend verraten worden wäre. *Nicht im Haus meiner Familie!*«

»Rhulad. Imperator«, sagte Tomad, der angesichts der Wut seines Sohnes beinahe einen Schritt zurückgewichen wäre, »habt Ihr diese Verwandten von uns gesehen? Sie sind … erbärmlich. Man braucht sie nur anzuschauen, und schon fühlt man sich befleckt. Beschmutzt. Ihr Geist ist zermalmt. Sie sind zu etwas gemacht worden, das alles verspottet, für das die Tiste Edur stehen. Dieses Verbrechen haben die Menschen von Sepik an unserem Blut begangen – und darauf haben wir reagiert, Imperator. Diese Insel ist jetzt tot.«

»Verwandte«, flüsterte der Imperator. »Erkläre es mir, Vater, denn ich verstehe es nicht. Du erkennst das Verbrechen und verkündest das Urteil, ja, du verkündest es im Namen des Blutes der Edur. Ganz egal, wie beschmutzt, ganz egal, wie heruntergekommen es auch sein mag. Tatsächlich sind diese Dinge bedeutungslos – sie beeinflussen die Strafe nicht im Geringsten, außer dass sie sie vielleicht noch härter machen. Das alles folgt einem einzigen Gedankengang, der in sich schlüssig ist. Aber da ist noch ein anderer, oder? Ein verdrehtes, verknotetes Ding. Ein Gedankengang, in dem die Opfer jener Menschen unsere Achtung nicht verdienen, in dem sie versteckt werden müssen, sich selbst überlassen bleiben, um wie Schmutz zu verfaulen.

Was hast du dann gerächt?

Wo – oh, wo, Vater – ist das Gastgeschenk? Wo ist die Ehre, die alle Tiste Edur bindet? Wo ist in all dem mein Wille – wo, Tomad Sengar? *Ich bin der Imperator, und das Angesicht des Imperiums ist mein – einzig und allein mein!*«

Während die Echos dieses Ausbruchs durch den Thronraum hallten und nicht verklingen wollten, schienen weder Uruth noch Tomad fähig, irgendetwas zu sagen. Ihre grauen Gesichter waren aschfahl.

Triban Gnol, der ein paar Schritte hinter und ein Stück rechts von den beiden Edur stand, hatte den Blick zum Boden gesenkt. Er sah wie ein bußfertiger Priester aus. Aber der Abtrünnige, dessen Sinne über eine Sensibilität verfügten, die weit über die eines jeden Sterblichen hinausging, konnte das verachtungswürdige Herz des alten Mannes hämmern hören; er konnte sogar beinahe die dunkle Schadenfreude riechen, die sich hinter dem gütigen, auf unbestimmte Weise reumütigen Gesichtsausdruck verbarg.

Uruth schien sich innerlich zu wappnen und richtete sich dann langsam auf. »Imperator«, sagte sie, »wir können Euren Willen nicht kennen, wenn wir daran gehindert werden, Euch zu sehen. Ist es das Vorrecht des Kanzlers, die Eltern des Imperators abzuweisen? Das eigene Fleisch und Blut des Imperators? Und was ist mit all den anderen Tiste Edur? Imperator, um Euch ist eine Mauer errichtet worden. Eine Mauer aus Letherii.«

Der Abtrünnige hörte, wie das Herz des Kanzlers holperte. »Majestät!«, rief Triban Gnol entrüstet. »Eine solche Mauer gibt es nicht! Ihr werdet beschützt, ja. Das ist wahr. Vor allen, die Euch ein Leid zufügen könn…«

»Ihm ein Leid zufügen?«, brüllte Tomad und wirbelte zum Kanzler herum. »Er ist unser Sohn!«

»Ihr würdet das ganz gewiss nicht tun, Tomad Sengar. Und Ihr auch nicht, Uruth. Vielleicht sieht der Schutz, der für einen Herrscher notwendig ist, für Euch wie eine Mauer aus, aber …«

»Wir wollten mit ihm sprechen!«

»Von euch«, sagte Rhulad mit schauderhaft rauer Stimme, »will ich nichts hören. Eure Worte sind nichts als Lügen. Ihr belügt mich, beide, genau wie Hannan Mosag mich belügt, wie alle meine Tiste Edur mich belügen. Glaubt ihr etwa, ich könnte eure Angst nicht riechen? Euren Hass? Nein, ich werde keinem von euch zuhören. Ihr hingegen werdet mir zuhören.«

Der Imperator lehnte sich langsam wieder auf seinem Thron zurück. Sein Blick war hart. »Unsere Verwandten werden freigelassen werden. Das befehle ich. Sie werden freigelassen werden. Was euch angeht, teure Eltern, scheint es mir, als wäre eine Lektion erforderlich. Ihr habt sie liegenlassen, damit sie in der Dunkelheit verfaulen. In den Schiffen. In den Grabenpferchen. Angesichts dieser ungeheuerlichen Taten kann ich nur vermuten, dass ihr euch nicht vorstellen könnt, welches Entsetzen mit solchen Torturen verbunden ist. Daher lautet mein Urteil, dass ihr etwas von dem, was ihr unseren Verwandten zugefügt habt, am eigenen Leib verspüren sollt. Ihr werdet zwei Monate in den unterirdischen Verliesen des Fünften Flügels verbringen. Ihr werdet in Dunkelheit leben, werdet einmal am Tag durch Rutschen an den Decken eurer Zellen etwas zu essen bekommen. Ihr werdet mit niemandem sprechen können außer miteinander. Ihr werdet angekettet werden. In Dunkelheit – verstehst du, Uruth? In wahrer Dunkelheit. Ohne Schatten, die du beeinflussen kannst, ohne Macht, die in dein Ohr flüstert. Ich würde vorschlagen, dass ihr in dieser Zeit gründlich darüber nachdenkt, was das Gastgeschenk für einen Tiste Edur bedeutet, was es bedeutet, unsere Verwandten zu ehren, ganz egal, wie tief sie auch gesunken sein mögen. Was es wirklich bedeutet, jemanden zu befreien.« Rhulad wedelte mit der freien Hand. »Schafft sie weg, Kanzler. Ihr Verrat an unseren Verwandten macht mich krank.«

Der Abtrünnige, fast genauso verblüfft wie Tomad und Uruth, bekam nicht mit, wie Triban Gnol die letheriischen Wachen heranwinkte. Sie tauchten plötzlich auf, wie aus dem Nichts beschworen, und umringten Tomad und Uruth.

Letheriische Hände in Panzerhandschuhen schlossen sich unerbittlich um die Arme der Tiste Edur.

Und der Abtrünnige wusste, dass dies der Anfang vom Ende war.

Samar Devs Hoffnung den Lauf der Dinge beenden zu können, ehe er begonnen hatte, hielt nicht lange an. Sie war immer noch vier Schritte von Karsa Orlong entfernt, als er Icarium und Taralack Veed erreichte. Der Toblakai hatte sich dem Jhag – der sich umgedreht hatte, um gedankenverloren ins trübe Wasser des Kanals zu starren – von der Seite oder fast schon von hinten genähert, und sie sah, wie der riesige Krieger eine Hand ausstreckte, Icarium am Oberarm packte und herumdrehte.

Taralack Veed ging dazwischen, um den Griff zu brechen, und sein Kopf wurde von einem Hieb zurückgeschleudert, der beinahe beiläufig wirkte. Der Gral brach zusammen und rührte sich nicht mehr.

Icarium starrte auf die Hand hinunter, die seinen linken Arm umklammerte; sein Gesichtsausdruck wirkte irgendwie beunruhigt.

»Karsa!«, rief Samar Dev, während Köpfe sich drehten und etliche Bürger – diejenigen, die Taralack Veeds Schicksal beobachtet hatten – machten, dass sie wegkamen. »Wenn du den Gral getötet hast …«

»Er ist nichts«, knurrte Karsa, den Blick starr auf Icarium gerichtet. »Dein letzter Aufpasser war viel beeindruckender, Jhag. Jetzt stehst du hier und hast niemanden mehr, der mich hinterrücks angreifen könnte.«

»Karsa, er ist unbewaffnet.«

»Aber ich nicht.«

Icarium musterte noch immer die zerschlagene Hand, die seinen Arm umklammerte – die roten vernarbten Striemen, die von Handschellen an dem kräftigen Gelenk zurückgelassen worden waren, die Punkte und Striche alter Tätowierungen –, als könnte der Jhag nicht begreifen, was sie da sollte. Dann richtete er den Blick auf Samar Dev, und ein warmes Lächeln erhellte sein Gesicht. »Oh, Hexe. Sowohl der Taxilier als auch Varat Taun haben nur in höchsten Tönen von dir gesprochen. Ich wollte, wir wären uns schon früher begegnet – obwohl ich dich auf der anderen Seite des Hofes habe stehen sehen …«

»Sie ist nicht dein Problem«, sagte Karsa. »Ich bin dein Problem.«

Icarium drehte sich langsam um und blickte dem Toblakai in die Augen. »Du bist Karsa Orlong, der nicht versteht, was Übungskämpfe sind. Wie viele Kameraden hast du verkrüppelt?«

»Sie sind keine Kameraden. Genauso wenig wie du.«

»Und was ist mit mir?«, wollte Samar Dev wissen. »Bin ich auch keine Kameradin von dir, Karsa?«

Er machte ein finsteres Gesicht. »Und was heißt das?«

»Icarium ist unbewaffnet. Wenn du ihn hier tötest, wirst du dem Imperator niemals entgegentreten. Nein, du wirst dich in Ketten wiederfinden. Zumindest so lange, bis dir der Kopf abgeschlagen wird.«

»Ich habe es dir schon früher gesagt, Hexe. Ketten können mich nicht halten.«

»Du willst dem Imperator entgegentreten, oder?«

»Und wenn der hier ihn vor mir tötet?«, wollte Karsa wissen und schüttelte den Arm auf eine Weise, die Icarium eindeutig aufrüttelte.

»Ist das das Problem?«, fragte Samar Dev. *Und verkrüppelst du deswegen die anderen Meisterkämpfer? Nicht, dass noch irgendeiner mit dir spielen wollte, du hirnloser Schläger.*

»Du willst dem Imperator entgegentreten, bevor ich es tue?«, vergewisserte sich Icarium.

»Ich frage dich nicht um Erlaubnis, Jhag.«

»Aber ich gebe sie dir nichtsdestotrotz. Viel Vergnügen mit Rhulad.«

Karsa starrte Icarium düster an, der – obwohl er kleiner war – irgendwie trotzdem in der Lage zu sein schien, dem Toblakai auf Augenhöhe zu begegnen, ohne den Kopf zu heben.

Und dann geschah etwas Merkwürdiges. Samar Dev sah, wie sich Karsas Augen leicht weiteten, als er Icariums Gesicht musterte. »Ja«, sagte er barsch. »Jetzt sehe ich es.«

»Das freut mich«, antwortete Icarium.

»Was siehst du?«, wollte Samar Dev wissen.

Hinter ihr auf dem Boden stöhnte Taralack Veed, dann hustete er, rollte sich auf die Seite und erbrach sich.

Karsa ließ den Arm des Jhag los und trat zurück. »Du stehst zu deinem Wort?«

Icarium verbeugte sich leicht. »Wieso sollte ich nicht?«

»Das stimmt. Icarium, ich bin Zeuge.«

Der Jhag verbeugte sich ein zweites Mal.

»Lass die Hände von deinem Schwert!«

Dieser Ruf ließ sie alle herumwirbeln, und sie sahen ein halbes Dutzend letheriische Wachen, die mit blankgezogenen Waffen näher kamen.

Karsa grinste sie höhnisch an. »Ich kehre ins Lager zurück, Kinder. Geht mir aus dem Weg.«

Sie teilten sich vor ihm wie Schilf vor dem Bug eines Kanus, als der Toblakai losstapfte, und folgten dann in seinem Kielwasser, mussten sich eilen, um mit seinen langen Schritten mitzuhalten.

Samar Dev starrte hinter ihnen her, und dann entschlüpfte ihr ein kleiner Aufschrei, ehe sie die Hände vor den Mund schlagen konnte.

»Dabei erinnerst du mich an den Rangältesten Beurteiler«, bemerkte Icarium mit einem neuerlichen Lächeln. Sein Blick ging an ihr vorbei. »Und ja, da hinten steht er, mein ganz persönlicher Geier. Was glaubst du, Hexe – wird er zu uns kommen, wenn ich ihn herwinke?«

Sie schüttelte den Kopf, kämpfte immer noch mit einem alles überschwemmenden Gefühl der Erleichterung und den Nachwehen des eisigen Entsetzens, das sie eben gepackt hatte und das ihre Hände selbst jetzt noch zittern ließ. »Nein, er zieht es vor, dich aus der Ferne anzubeten.«

»Mich anzubeten? Der Mann ist verblendet. Willst du ihm das mitteilen, Samar Dev?«

»Wie du willst, aber das wird nichts ändern, Icarium. Seine Leute … sie erinnern sich an dich, verstehst du?«

»So, tun sie das?« Icarium blickte den Rangältesten Beurteiler aus leicht zusammengekniffenen Augen an; der Mönch hatte begonnen, sich unter der einzigartigen Aufmerksamkeit seines Gottes zu ducken.

*Bei den Geistern hienieden, warum war ich an dem Mönch eigentlich überhaupt jemals interessiert? Diese Glut fanatischer Anbetung ist kein bisschen verlockend. Da ist nichts außer blasierter Uneinsichtigkeit und den verborgenen Messern scharfen Urteilens.*

»Vielleicht«, sagte Icarium, »muss ich doch mit ihm sprechen.«

»Er wird weglaufen.«

»Nun, dann eben im Lager …«

»Wo du ihn in die Ecke drängen kannst?«

Der Jhag lächelte. »Als Beweis meiner Allmacht.«

Sirryn Kanars Hochgefühl war wie ein kochender Kessel, dessen schwerer Deckel kurz davor war, sich klappernd zu heben, doch auf dem langen Weg in die Grüfte des Fünften Flügels – wo die Luft so feucht war, dass man es schmecken konnte, der Boden unter ihren Stiefelsohlen schimmelig und glitschig war und die feuchte Kälte ihnen bis in die Knochen sickerte – hatte er sich zurückgehalten.

Dies hier würde also in den nächsten beiden Monaten das Heim von Tomad und Uruth Sengar sein, und Sirryn hätte gar nicht zufriedener sein können. Im Licht der Laternen, die die Wachen trugen, sah er mit immenser Befriedigung diesen ganz bestimmten Ausdruck auf den Gesichtern der Edur – den Ausdruck, der sich auf die Gesichter aller Gefangenen legte: eine Mischung aus betäubter Ungläubigkeit, Betroffenheit und Furcht, die immer mal wieder in den Augen aufblitzte, bis sie wieder von der dummen Weigerung, die Realität anzuerkennen, verdrängt wurde.

Er würde sich heute Nacht sexuellen Gelüsten hingeben, das wusste er, als wenn dieser Augenblick jetzt nur die eine Hälfte eines Zwiegesprächs der Begierden wäre. Er würde gesättigt einschlafen, zufrieden mit der Welt. Seiner Welt.

Sie gingen den untersten Korridor entlang, bis sie sein Ende erreichten. Sirryn befahl mit einer Handbewegung, Tomad in die Zelle zur Linken zu schaffen, Uruth in die gegenüberliegende. Er sah zu, wie die Edur sich nach einem letzten Blick auf ihren Mann umdrehte und begleitet von ihren drei letheriischen Wachen in die Zelle trat. Einen Augenblick später folgte Sirryn ihr.

»Ich weiß, dass du die Gefährlichere bist«, sagte er, während eine der Wachen sich hinunterbeugte, um die Fußschelle um Uruths rechten Knöchel zu schließen. »Solange wir hier sind, gibt es hier Schatten.«

»Ich überlasse dein Schicksal anderen«, antwortete sie.

Er musterte sie. »Es wird dich niemand besuchen dürfen.«

»Ja.«

»Die Bestürzung wird vergehen.«

Sie blickte ihn an, und er sah in ihren Augen nackte Verachtung.

»An ihre Stelle«, fuhr er fort, »tritt Verzeiflung.«

»Fort mit dir, du erbärmlicher Mann.«

Sirryn lächelte. »Nehmt ihr den Umhang ab. Warum sollte Tomad der Einzige sein, der unter der Kälte leidet?«

Sie stieß die Hände der Wache weg und öffnete die Schließe selbst.

»Du warst dumm genug, den Edur das Gastgeschenk zu verwehren«, sagte er, »und daher erhältst du nun« – er machte eine Handbewegung, die die winzige Zelle mit ihrer tropfenden Decke und den feuchten Wänden umschloss – »das Gastgeschenk der Letherii. Gewährt mit dem größten Vergnügen.«

Als sie keine Antwort gab, drehte Sirryn sich um. »Kommt«, sagte er zu seinen Wachen, »gehen wir und überlassen sie ihrer Dunkelheit.«

Als ihre Schritte verhallt waren, schob Federhexe sich aus der Zelle, in der sie sich versteckt hatte. Gäste waren in ihre abgeschiedene Welt gekommen. Unwillkommene Gäste. Dies hier waren ihre Korridore. Die unebenen Steine unter ihren Füßen, die glitschigen, schmierigen, kaum eine Armlänge entfernten Wände, die feuchte Luft, der Geruch nach Fäulnis, die Dunkelheit an sich – all das gehörte ihr.

Tomad und Uruth Sengar. Uruth, der Federhexe einst gehört hatte. Nun, darin lag eine gewisse Gerechtigkeit. Schließlich war Federhexe eine Letherii, und wer konnte jetzt noch daran zweifeln, dass die grauen Gezeiten sich geändert hatten?

Sie kroch hinaus in den Korridor. Ihre Mokassins erzeugten keinen Laut auf dem hier und da abgesackten Fußboden – doch dann zögerte sie. Wollte sie sie wirklich sehen? Laut über ihre Notlage spotten? Die Versuchung war groß. Aber nein, es war besser, wenn sie sich nicht sehen ließ, wenn die beiden gar nicht wussten, dass sie hier war.

Und nun sprachen sie miteinander. Sie schob sich noch ein wenig näher, um zu lauschen.

»… nicht lange«, sagte Tomad. »Dies bringt uns mehr als alles andere in Zugzwang, Weib. Hannan Mosag wird Kontakt mit den Frauen aufnehmen, und es wird ein Bündnis geschmiedet werden …«

»Sei dir dessen nicht so sicher«, entgegnete Uruth. »Wir haben den wahren Ehrgeiz des Hexenkönigs noch nicht vergessen. Das ist alles sein Werk …«

»Denke nicht länger darüber nach – wir haben keine andere Wahl.«

»Vielleicht. Aber es werden Zugeständnisse nötig sein, und das wird schwierig werden, denn wir trauen ihm nicht. Oh, er wird uns zweifellos sein Wort geben. Wie du schon gesagt hast – wir haben keine andere Wahl. Aber was ist Hannan Mosags Wort wert? Seine Seele ist vergiftet. Er giert noch immer nach dem Schwert, nach der Macht, die es bedeutet. Aber das werden wir ihm nicht geben. Es wird niemals in seine Reichweite gelangen. Niemals!«

Ketten rasselten, und dann sprach Tomad. »Er hat nicht wie ein Wahnsinniger geklungen, Uruth.«

»Nein«, antwortete sie leise, »das hat er nicht.«

»Er war zurecht empört.«

»Ja.«

»Genau wie wir, auf Sepik, als wir gesehen haben, wie tief unsere Verwandten gesunken waren. Als wir ihr Elend gesehen haben – und dass sie alles aufgegeben hatten: ihren Willen, ihren Stolz, ihre Identität. Sie waren einst Tiste Edur! Wenn wir das von Anfang an gewusst hätten …«

»Hätten wir sie dann in Ruhe gelassen, Mann?«

Schweigen, dann: »Nein. An den Malazanern musste Rache genommen werden. Aber um unserer selbst und nicht um unserer Verwandten willen. Rhulad hat das missverstanden.«

»Das hat er nicht. Tomad, diese Verwandten haben in den Laderäumen der Schiffe gelitten. Sie haben in den Gruben gelitten. Rhulad hat es nicht missverstanden. Wir haben sie für ihr Versagen bestraft. Auch das war Rache. An unserem eigenen Blut.«

»Du hast nichts gesagt, als das Urteil gefällt wurde, Weib.« Bitterkeit schwang jetzt in Tomads Stimme mit. »Erfreue dich an deiner falschen Weisheit, wenn du willst. Wenn es das ist, was ich mir von dir anhören muss, dann wäre mir dein Schweigen lieber.«

»Dann sollst du es haben, Mann.«

Federhexe wich zurück. Ja, Hannan Mosag würde es erfahren. Und was würde er dann tun? Die Frauen der Edur aufsuchen? Sie hoffte nicht.

Wenn Federhexe einen wahren Feind besaß, dann waren sie es. War der Hexenkönig ihnen gewachsen? Was Falschheit anging, höchstwahrscheinlich. Aber was die Macht anging? Jetzt nicht mehr. Es sei denn, er hatte verborgene Verbündete.

Sie musste mit dem Abtrünnigen sprechen. Mit ihrem Gott.

Sie würde ihn zu einigen … Zugeständnissen zwingen müssen.

Lächelnd schlich Federhexe den Korridor entlang.

Ganz kurz dachte sie noch einmal an das Schicksal von Tomad und Uruth Sengar, doch der Gedanke verging, ließ kaum mehr als einen Hauch zurück.

Einer der unterirdischen Tunnel des Alten Palasts erstreckte sich landeinwärts fast bis zu der Stelle, wo der Hauptkanal auf den Kriecherkanal stieß. Dieser Tunnel war an drei verschiedenen Stellen zugemauert worden. Hannan Mosag hatte die Barrieren intakt gelassen und verzerrte stattdessen mit Hilfe von Kurald Emurlahn die Wirklichkeit, wenn er sie durchdringen wollte, und so hatte er es auch dieses Mal – mit Bruthen Trana im Schlepptau – gemacht.

Die Gefolgsleute des Hexenkönigs versteckten den Krieger nun schon seit einiger Zeit, während Hannan Mosag seine Vorbereitungen getroffen hatte, und das war alles andere als leicht gewesen. Es war nicht so, dass es im Palast von Suchtrupps gewimmelt hätte, die für Aufregung sorgten – schließlich herrschte in diesen Tagen allenthalben ein Fieber namens Verwirrung und Furcht. Und andauernd verschwand jemand mit beunruhigender Regelmäßigkeit, vor allem Tiste Edur. Nein, die Schwierigkeiten hatten mit Bruthen Trana selbst zu tun.

*Ein Mann mit einem starken Willen. Aber das wird nur gut für uns sein, vorausgesetzt, ich kann ihm die Tatsache, dass Ungeduld eine Schwäche ist, in den Schädel hämmern.* Ein Krieger musste entschlossen sein, keine Frage, aber für Entschlossenheit gab es einen rechten Zeitpunkt und einen rechten Ort, und beides war noch nicht der Fall.

Hannan Mosag hatte Bruthen Trana in das Zimmer am hintersten Ende des Tunnels geführt, einen achteckigen Raum aus schlecht zusammenpassenden Steinen. Die winklige, gewölbte Decke über ihren Köpfen war mit ehemals hellen, vom Alter aber längst geschwärzten

Kupferplatten beschlagen und so niedrig, dass der Raum eher wie eine Hütte wirkte.

Als der Hexenkönig dieses Zimmer gefunden hatte, hatte es – genau wie die letzten vierzig Schritt des Korridors –, unter Wasser gestanden; genauer gesagt hatte die schwarze, schlammige Brühe aufgrund des abschüssigen Bodens sogar fast bis zur Decke gereicht.

Hannan Mosag hatte das Zimmer durch einen kleinen und unauffälligen Spalt entwässert, der in die Sphäre des Entstehenden geführt hatte und anschließend von ihm wieder verschlossen worden war. Dann war er krabbengleich und doch rasch hin und her gehuscht und hatte sieben Bündel aus armlangen Schwarzholzstöcken den Korridor entlanggezerrt und in das Zimmer gebracht. Natürlich hatte es bereits wieder angefangen, von Neuem vollzulaufen. Der Hexenkönig war mitten ins Zimmer geplantscht, hatte die Verschnürung des Bündels gelöst und sich darangemacht, einen achteckigen Zaun zu bauen; die Stöcke – zwei auf jeder Seite – waren jeweils eine Handbreit von den Wänden entfernt und standen mehr oder weniger aufrecht in der dicken Schlammschicht, die den Boden bedeckte. Nachdem Hannan Mosag mit dem Zaun fertig war, hatte er die ganze Macht Kurald Emurlahns enthüllt, über die er verfügte.

Und einen schrecklichen Preis dafür bezahlt. Er hatte versucht, die Macht von allem Chaos – vom giftigen Atem des Verkrüppelten Gottes – zu reinigen, und hatte sich der Aufgabe als beinahe nicht gewachsen erwiesen. Sein deformiertes Fleisch, seine verdrehten Knochen, das dünne, geschwärzte Blut in seinen Adern und Arterien, dies alles diente nun der bösartigen Welt des Gefallenen Gottes, formte eine Symbiose aus Leben und Macht. Es war so lange her gewesen, dass er zum letzten Mal die Reinheit von Kurald Emurlahn gespürt – wirklich gespürt – hatte, dass er trotz des geschwächten Zustands des in Einzelteile zersplitterten Gewirrs vor der brennenden Berührung beinahe zurückgeschreckt wäre.

Die Luft hatte schon bald nach verbranntem Fleisch und versengten Haaren zu riechen begonnen, als Hannan Mosag versucht hatte, den Raum zu weihen. Die Macht des Schattens hier – in seinem neuen, ganz persönlichen Tempel – einzufangen. Nach den Mühen einer ganzen Nacht, in der das kalte Wasser pausenlos gestiegen war und seine Beine taub geworden waren, hatte er schließlich gemerkt, wie seine Konzentration zerbrach. Als er spürte, dass ihm alles entglitt, hatte er in höchster Not Vater Schatten angerufen.

Scabandari.

Voller Verzeiflung und sich seines eigenen Versagens vollkommen bewusst …

Und plötzlich war reine, entschlossene Macht im Zimmer erblüht. Hatte das Wasser in gewaltigen Wogen verdampfen lassen, bis die steinernen Wände unter ofentrockener Hitze knisterten. Der Schlamm auf dem Fußboden härtete aus, zementierte die Schwarzholzpfosten ein.

Die Hitze war tief in Hannan Mosags Körper gedrungen, bis hinunter auf die Knochen. Er hatte aufgeschrien vor Schmerz, während eine neue Art von Leben sich in ihm geregt hatte.

Die Macht hatte ihn nicht geheilt; sie hatte seine Knochen nicht gerichtet und sein vernarbtes Gewebe nicht geglättet.

Nein, sie war eher ein Versprechen, eine geflüsterte Einladung in eine gesegnete Zukunft. Die nach einem Dutzend Herzschlägen wieder verblasst war – doch die Erinnerung an dieses Versprechen, die war Hannan Mosag geblieben.

Scabandari, Vater Schatten, war noch am Leben. Er war seinem Fleisch und Blut entrissen, das stimmte, aber sein Geist war noch da. Und er hatte auf das verzweifelte Gebet Hannan Mosags geantwortet, hatte diesen Ort gesegnet.

*Ich habe den Pfad gefunden. Ich kann das Ende sehen.*

Jetzt kauerte er auf dem harten, getrockneten Boden, während Bruthen Trana – den die niedrige Decke zwang, den Kopf ein wenig einzuziehen – neben ihm stand. Der Hexenkönig deutete in die Mitte des Raums. »Da, Krieger. Da musst du dich hinlegen. Das Ritual ist vorbereitet, aber ich warne dich, die Reise wird lang und schwierig werden.«

»Ich verstehe das nicht, Hexenkönig. Diesen … diesen Tempel. Er ist wahres Kurald Emurlahn.«

»Ja, Bruthen Trana. Vater Schatten selbst hat ihn mit seiner Macht gesegnet. Krieger, deine eigene Reise ist ebenfalls gesegnet. Sagt dir das nicht, dass wir auf dem richtigen Weg sind?«

Bruthen Trana starrte auf ihn herab, schwieg ein halbes Dutzend

Herzschläge lang. Dann sagte er: »Gerade du … vor allem du hättest abgewiesen werden müssen. Von Vater Schatten. Dein Verrat …«

»Mein Verrat ist nicht von Bedeutung«, schnappte der Hexenkönig. »Krieger, wir sind gesegnet! Dieser Ort ist nicht einfach nur ein Tempel voller Kurald Emurlahn! Es ist Scabandaris Tempel! Der Tempel unseres Gottes! Der erste Tempel dieser Art in dieser Sphäre – verstehst du nicht, was das bedeutet? Er kommt zurück. Zu uns.«

»Dann ist das, was wir vorhaben, vielleicht sinnlos«, antwortete Bruthen.

»Was?«

»Scabandari wird zurückkehren, und er wird sich Rhulad entgegenstellen. Sag mir, wird dein Verkrüppelter Gott diese Auseinandersetzung riskieren?«

»Sei kein Narr, Bruthen Trana. Du stellst die falsche Frage. Wird Scabandari sich auf diese Auseinandersetzung einlassen? Unverzüglich, sobald er wieder zurückkehrt? Wir können nicht wissen, wie groß die Macht von Vater Schatten sein wird, aber ich vermute, dass er schwach und erschöpft sein wird. Nein, Krieger, es ist an uns, ihn zu schützen, wenn er zurückkehrt. Ihn zu schützen und zu nähren.«

»Dann hat Forcht Sengar ihn also gefunden?«

Hannan Mosags dunkle Augen verengten sich. »Was weißt du davon, Bruthen Trana?«

»Nur das, was die meisten Edur wissen. Forcht ist fortgegangen, um Vater Schatten zu suchen. Als Antwort auf seinen Bruder. Als Antwort auf dich, Hexenkönig.«

»Offensichtlich«, sagte Hannan Mosag mit gepresster Stimme, »hat es eine Aussöhnung gegeben.«

»Vielleicht hat es das. Du hast mir meine Frage nicht beantwortet.«

»Ich kann es nicht. Denn ich weiß es nicht.«

»Verbirgst du schon wieder etwas vor mir?«

»Dein Vorwurf ist ungerechtfertigt, Bruthen Trana.«

»Lass uns mit dem Ritual beginnen. Sag mir, werde ich körperlich an mein Ziel reisen?«

»Nein. Du würdest sterben, und zwar auf der Stelle, Krieger. Nein, wir müssen deinen Geist ins Freie zerren.«

Hannan Mosag sah zu, wie Bruthen Trana sich in die Mitte des Zimmers begab. Der Krieger legte sein Schwert und seinen Gürtel ab und legte sich dann auf den Rücken.

»Schließ die Augen«, sagte der Hexenkönig und kroch dicht an ihn heran. »Führe deinen Geist in den Trost des Schattens. Du wirst meine Berührung auf deiner Brust spüren. Kurz danach wird jegliches Gefühl für deinen Körper verschwinden. Öffne dann die Augen, und du wirst dich … anderswo wiederfinden.«

»Wie werde ich wissen, dass ich den Pfad gefunden habe, den ich suche?«

»Kraft deines Suchens wirst du ihn finden, Bruthen Trana. Und jetzt schweige bitte. Ich muss mich konzentrieren.«

Kurze Zeit später legte der Hexenkönig dem Krieger die Hand auf die Brust.

So leicht.

Der Körper, der vor ihm lag, atmete nicht. Wenn er zu lange verlassen wurde, würde er anfangen zu verfaulen. Aber dies hier war geheiligter Boden, von der Macht Kurald Emurlahns beseelt. Es würde keinen Verfall geben. Für den Körper würde überhaupt keine Zeit vergehen.

Hannan Mosag zog sich näher. Er begann, Bruthen Tranas Kleidung zu durchsuchen. Der Krieger hatte etwas vor ihm verborgen – etwas mit einer Aura ungeschliffener Macht, die auf die Sinne des Hexenkönigs wie ein stechender Geruch wirkte. Er arbeitete sich durch die Taschen auf der Innenseite des Lederumhangs, den der Krieger trug, und fand nichts weiter als einen zerfetzten Zettel. Er leerte die Geldbörse, die am Schwertgürtel befestigt war. Ein einzelner glattgeschliffener Stein, schwarz wie Onyx, aber nichts weiter als ein von den Wellen geglättetes Stück Obsidian. Drei Stummel – die Währung der Letherii. Sonst nichts. Zunehmend verärgert begann Hannan Mosag, den Krieger auszuziehen.

Nichts. Und doch konnte er riechen, wie es die Kleidung durchdrang.

Knurrend lehnte Hannan Mosag sich zurück. Seine Hände zuckten.

*Er hat es mitgenommen. Das hätte eigentlich gar nicht möglich sein dürfen. Aber … welche Möglichkeit gibt es sonst noch?*

Sein fiebriger Blick fiel auf den zerknüllten Zettel. Er nahm ihn, strich ihn glatt und las, was da geschrieben stand.

Anfangs konnte er in der Aussage keinen Sinn entdecken – nein, das war keine Aussage, wie ihm klar wurde. Ein Geständnis. Eine Unterschrift, die er noch nie zuvor gesehen hatte, auf typisch letheriische Weise so stilisiert, dass sie praktisch unlesbar war. Augenblicke später, nachdem seine Gedanken wild gerast waren, kam ihm die Erleuchtung.

Er hob den Blick, richtete ihn auf Bruthen Tranas nun nackten Körper. »Welche Täuschung hast du hiermit geplant, Krieger? Vielleicht bist du schlauer, als ich gedacht habe.« Er verstummte und lächelte. »Aber das spielt jetzt keine Rolle.«

Der Hexenkönig zog seinen Dolch. »Ein bisschen Blut, ja, um das geheiligte Leben meines Tempels zu besiegeln. Scabandari, du wirst das verstehen. Ja. Du wirst verstehen, dass es notwendig ist.«

Er kroch wieder dicht an Bruthen Trana heran. »Bring mir denjenigen, den wir suchen, Krieger. Ja. Darüber hinaus bist du für mich leider nicht von Nutzen.« Er hob den Dolch und rammte ihn dem Krieger tief ins Herz.

Als Tehol Beddict Bagg einen Blick zuwarf, sah er, wie sein Diener eine vollständige Umdrehung beendete; Baggs Blick hing an dem riesigen Tarthenal, als wäre er an dem barbarischen Krieger mit seinem absurden Steinschwert festgenagelt. Die Wachen, die einen weiten Kreis um den Riesen bildeten, wirkten angemessen entsetzt. »Nun«, sagte Tehol, »das ist kein Ublala Pung, was?«

Bagg schien ihn nicht einmal zu hören.

»Oh, dann sei es eben so. Ich glaube, ich möchte mit dem anderen sprechen – wie hast du ihn nochmal genannt? Oh, ja, den Jhag. Jede Person, die im Griff dieses Tarthenal nicht zusammenzuckt, ist entweder hirnlos oder – oh, das ist aber kein angenehmer Gedanke – noch erschreckender. Vielleicht wäre es am besten, in diesem Augenblick einfach zu zögern und achtsam wie immer auf den Ratschlag des loyalen Dieners zu hören … nein? Nein heißt es. Also bitte, dann steh halt einfach weiter da rum wie ein Mann, dessen Herz ihm gerade sonstwo hingefallen ist und jetzt unter der Spleber oder sonst irgendeinem Organ rumhängt, von dem ich gar nichts wissen will. Ja, los, mach das.«

Tehol begann, auf den Jhag zuzugehen. Der andere Wilde, der von dem Tarthenal bewusstlos geschlagen worden war – dem gleichen Tarthenal, dessentwegen Ublala Pung ins Lager der Meisterkämpfer eingebrochen war –, setzte sich jetzt auf und schaute sich benommen um. Noch immer strömte Blut aus seiner vollkommen zertrümmerten Nase. Die Frau, die auf eine bestimmte, derbe Weise attraktiv war, wie Tehol wieder bemerkte, sprach mit dem tätowierten Riesen, während ein Dutzend Schritte entfernt ein Fremder stand und entweder die Frau oder den Jhag irgendwie ehrfürchtig anstarrte.

Tehol kam zu dem Schluss, dass das alles in allem ein interessantes Szenario war. Interessant genug, um es auf seine gewohnt charmante Weise zu unterbrechen. Er trat noch ein bisschen näher, breitete die Arme aus und verkündete: »Ich glaube, es ist an der Zeit, Euch in unserer schönen Stadt auf schicklichere Weise willkommen zu heißen!« Und seine Decke rutschte nach unten und legte sich um seine Knöchel.

Bagg verpasste diese köstliche Vorstellung leider, denn ohne seinen Blick von dem Toblakai zu lösen, setzte er sich plötzlich in Bewegung, folgte dem Krieger und seiner Eskorte Schritt um Schritt auf ihrem Weg zurück zum Lager der Meisterkämpfer – oder wie auch immer die arglosen Offiziellen des Palasts den Bereich genannt hatten. Sie hatten sich dem von Mauern umgebenen Quartier bis auf eine Straße genähert, als alle Hoffnungen darauf, einfach weitergehen zu können, zu einem unerwarteten, aber verworrenen Ende kamen. Denn die Straße war plötzlich voller Menschen.

Ausgemergelt, mit Exkrementen verschmiert, fast nur nacktes, von Striemen und Wunden übersätes Fleisch, versperrten sie die Straße wie verlassene Kinder, blinzelten verirrt und verloren in die grelle Nachmittagssonne. Es waren hunderte dieser jämmerlichen Kreaturen.

Die Wachen des Toblakai blieben angesichts der unerwarteten Barriere stehen, und Bagg sah, wie der Vorderste hastig zurückwich, als hätte er einen üblen Gestank in die Nase bekommen, und sich dann umdrehte, um sich mit den anderen zu beraten. Ihr »Gefangener« hingegen bellte den Mob nur an, den Weg freizugeben, und stapfte weiter, drängte sich durch die Menge.

Er war vielleicht zwanzig Schritte weit gegangen, als er ebenfalls stehen blieb. Seine Schultern und sein Kopf ragten weit über die Menge hinaus, und er schaute sich mit finsterem Blick um, ehe er in derbem Malazanisch brüllte: »Ich kenne euch! Ihr wart früher Sklaven auf Sepik! Hört mir zu!«

Gesichter wandten sich ihm zu. Die Menge bewegte sich auf allen Seiten, bildete einen ungleichmäßigen Kreis.

*Sie hören ihm zu. Sie wollen unbedingt jemandem zuhören.*

»Ich, Karsa Orlong, werde eine Antwort geben! Das schwöre ich. Eure Verwandten weisen euch ab. Sie stoßen euch aus. Ob ihr lebt oder sterbt, ist ihnen egal. Wie es allen in diesem vefluchten Land egal ist. Was euer Schicksal angeht, biete ich euch nichts an! Als Rache für das, was euch angetan wurde, biete ich euch alles an. Und jetzt geht eurer Wege – eure Ketten sind fort. Geht, damit diese Ketten nie wieder zu euch zurückkehren!« Nach diesen Worten schob der Toblakai-Krieger sich weiter, auf das Haupttor des Lagers zu.

*Ich glaube, das ist nicht unbedingt das, was sie hören wollten. Zumindest jetzt noch nicht. Ich vermute, in absehbarer Zeit könnte es ihnen sehr wohl wieder in Erinnerung kommen.*

*Nein, das hier … das verlangt hier und jetzt nach einer anderen Art von Führung.*

Die Wachen hatten sich zurückgezogen, suchten nach einem anderen Weg.

Die wenigen Bürger, die sich in Sichtweite befanden, taten das Gleiche. Niemand wollte diese Hinterlassenschaft sehen.

Bagg schob sich voran. Er griff auf seine Macht zurück, spürte, wie sie sich angesichts seines unziemlichen Vorhabens sträubte. *Verdammt sollt ihr sein, meine Gläubigen – wer auch immer, wo auch immer ihr sein mögt. Ich werde mich hier durchsetzen!* Macht, bar jeglichen Mitgefühls, kalt wie die See, dunkel wie ihre Tiefen. *Ich werde mich hier durchsetzen.*

»Schließt eure Augen«, sagte er zu dem Mob. Die Worte waren kaum mehr als ein Flüstern, doch alle hörten sie, deutlich und unleugbar in ihrem Geist. *Schließt eure Augen.*

Sie taten wie geheißen. Kinder, Frauen, Männer. Standen jetzt völlig reglos da. Die Augen fest geschlossen, den Atem in plötzlicher Anspannung, vielleicht sogar Furcht angehalten – aber Bagg vermutete, dass diese Leute über jegliche Furcht hinaus waren. Sie warteten darauf, was als Nächstes kommen würde. Und rührten sich nicht von der Stelle.

*Ich werde mich durchsetzen.* »Hört mir zu. Es gibt einen sicheren Ort. Weit weg von hier. Ich werde euch dorthin schicken. Jetzt gleich. Freunde werden euch finden. Sie werden euch heilen, und ihr werdet etwas zu essen, Kleidung und ein Dach über dem Kopf bekommen. Wenn ihr spürt, wie der Boden sich unter euch bewegt, öffnet die Augen für eure neue Heimat.«

Die See verzieh nicht. Ihre Macht war Hunger und wachsende Wut. Die See führte Krieg mit dem Gestade, ja, selbst mit dem Himmel. Die See weinte um niemanden.

Bagg war das egal.

Wie ein Gezeitentümpel, der still unter der heißen Sonne lag, war sein Blut … erwärmt worden. Und der kleinste Tümpel war mit dem Versprechen eines Ozeans, eines Dutzends von Ozeanen erfüllt – all ihre Macht konnte in einem einzigen Wassertropfen bewahrt werden. Solcherart war Denaeth Rusen, solcherart war Ruse, das Gewirr, in dem das Leben ursprünglich geboren worden war. *Und dort, in jenem Versprechen auf das Leben an sich, werde ich finden, was ich brauche.*

An Einfühlungsvermögen.

An Wärme.

Als die Macht kam, war sie eine echte Strömung. Wütend, ja, aber echt. Wasser kannte das Leben so lange, dass es keine Erinnerung an Reinheit mehr hatte. Die Macht und die Gabe waren eins geworden, und so gab es seinem Gott nach.

Und er schickte sie weg.

Bagg öffnete die Augen und sah vor sich eine leere Straße.

Wieder in seinem Zimmer, nahm Karsa sein Wehrgehänge samt Schwertscheide ab – und dann, als er die Waffe und das Gehänge in den Händen hielt, starrte er auf den langen Tisch hinunter, auf dem eine weit heruntergedrehte Öllaterne stand. Nach einem Augenblick legte er Schwert und Wehrgehänge hin. Und verharrte erneut reglos.

Es galt über viele Dinge nachzudenken, über das Aufwallen von Schaum und Gischt von einer Quelle tief in seinem Innern, die von einem Schlag getroffen worden war. Die Sklaven. Ausgestoßen, weil ihr Leben bedeutungslos war. Sowohl die Edur als auch die Letherii waren herzlos – und gleichzeitig Feiglinge. Darauf erpicht, sich von den Folgen ihrer Gleichgültigkeit abzuwenden. Damit zufrieden, jeden aus der Gemeinschaft auszustoßen, wenn es ihnen passte.

Und doch nannten sie ihn einen Barbaren.

Wenn dem so war, war er zufrieden mit der Auszeichnung.

Und dank seiner einem Wilden eigenen klaren Vision von richtig und falsch würde er sich an diese Szene erinnern – an diese ausgehungerten Gesichter, die feuchten Augen, die so hell zu leuchten schienen, dass er sich von ihren Blicken verbrannt fühlte –, er würde sich an sie erinnern, wenn er Imperator Rhulad entgegentrat. Wenn er dann jedem Letherii und jedem Edur entgegentrat, der sich entschließen sollte, sich ihm in den Weg zu stellen.

Das hatte er geschworen, und das würden alle zu sehen bekommen.

Dieser kalte Gedanke ließ ihn ein weiteres Dutzend Herzschläge lang reglos dastehen, und dann tauchte ein zweites Bild vor seinem inneren Auge auf. Icarium. Derjenige, den sie den Lebensstehler nannten.

Er war kurz davor gewesen, dem Jhag das Genick zu brechen.

Und dann hatte er in dem von aschfarbener Haut bedeckten Gesicht … etwas gesehen. Und etwas erkannt.

Der Jhag würde Karsa den Vortritt lassen. Er hatte sein Wort gegeben, und Karsa wusste jetzt, dass er es nicht brechen würde.

In diesem Icarium war Jhag-Blut, aber davon wusste Karsa nicht viel. Sein Vater oder seine Mutter waren Jaghut gewesen, es spielte kaum eine Rolle, wer von ihnen.

Doch der andere Elternteil. Vater oder Mutter. Nun, er hatte in Icariums Gesicht genug gesehen, um das Blut zu erkennen. Um es wie das Flüstern seines eigenen Blutes zu erkennen.

Toblakai.

In seinem verschwenderisch ausgestatteten Arbeitszimmer setzte Kanzler Triban Gnol sich langsam und ungewöhnlich vorsichtig hin. Vor ihm stand ein staubbedeckter, von Schweiß- und Blutflecken gezeichneter letheriischer Soldat, zu seiner Rechten flankiert von Sirryn Kanar, dessen

Rückkehr aus den Grüften zeitlich mit der Ankunft dieses Boten zusammengefallen war.

Triban Gnol wandte den Blick von dem erschöpften Soldaten ab. Er würde hinterher die Wischsklaven hereinrufen, damit sie dort, wo der Mann jetzt stand, den Fußboden saubermachten und die Luft wieder mit Kiefernöl parfümierten. Den Blick auf eine lackierte Schachtel auf der Tischplatte vor ihm gerichtet, fragte er: »Mit wie vielen bist du gekommen, Korporal?«

»Mit drei anderen. Und einem Edur.«

Triban Gnols Kopf ruckte hoch. »Wo ist er jetzt?«

»Er ist gestorben, kaum dass er drei Schritte in den Haupteingang des Domizils getan hatte, Herr.«

»Tatsächlich? Gestorben?«

»Er war schwer verwundet, Herr. Und ich wusste genug, um zu verhindern, dass ein Heiler ihn rechtzeitig erreichte. Ich bin dicht an ihn herangetreten, um ihm zu helfen, als er gestolpert ist, und habe den Pfeilschaft in seinem Rücken ein paar Mal gedreht, ehe ich ihn tiefer hineingestoßen habe. Der Schmerz hat ihn bewusstlos werden lassen, und als ich ihn aufgefangen und auf den Fußboden gelegt habe, habe ich meinen Daumen auf die große Arterie an seinem Hals gelegt. Ich konnte sie mehr als dreißig Herzschläge lang zudrücken. Das war mehr, als der Edur aushalten konnte.«

»Und du bist nur ein einfacher Korporal in meinem Gefolge? Das glaube ich nicht. Sirryn, wenn wir hier fertig sind, verfasst Ihr eine Beförderung für diesen Mann.«

»Ja, Kanzler.«

»Und da du der höchstrangige überlebende Letherii bist, fällt es dir zu, Bericht zu erstatten«, nahm Triban Gnol den Faden wieder auf.

»Ja, Herr.«

»Ich brauche die Namen der anderen.«

Der Korporal schien zusammenzuzucken. »Herr, ohne meine Soldaten hätte ich es niemals …«

»Ich verstehe deine Loyalität, und ich lobe dich dafür. Doch leider müssen wir diese Situation mit klarem Blick betrachten. Diese Soldaten sind nicht *meine* Leute. Nicht so wie du.«

»Sie sind loyal, Herr …«

»Wem gegenüber? Was gegenüber? Nein, das Risiko ist zu groß. Aber ich werde dir eine Gunst gewähren.« Der Blick des Kanzlers huschte zu Sirryn. »Schnell und schmerzlos. Ohne Befragung.«

Sirryn zog die Brauen hoch. »Ohne Befragung?«

»Ohne Befragung.«

»Wie Ihr befehlt, Herr.«

Der Korporal leckte sich die Lippen, und dann zwang er sich erkennbar, die folgenden Worte hervorzustoßen. »Ich danke Euch, Herr.«

Triban Gnol nickte beiläufig; sein Blick hing wieder an der glänzenden Schachtel aus Schwarzholz auf seinem Tisch. »Ich muss noch einmal fragen«, sagte er, »es hat keinerlei Hinweise darauf gegeben, wer sie waren? Keine formelle Kriegserklärung?«

»Nichts von alledem, Herr«, antwortete der Korporal. »Hunderte von brennenden Schiffen – das war ihre Kriegserklärung. Und selbst dann schienen sie … nur wenige zu sein. Keine Armee – keinerlei Anzeichen einer Landung.«

»Und doch hat eine stattgefunden.«

»Der Abtrünnige helfe mir, ja! Herr, ich bin mit zwanzig Letherii geritten, allesamt Veteranen, und dazu sechs Tiste Edur von den Arapay. Edur-Magie hin oder her, wir sind auf einer Lichtung hinter einem verlassenen Gehöft in einen Hinterhalt geraten. In dem einen Augenblick haben wir noch im hohen Gras unsere Pferde gezügelt – und uns überlegt, hier unser Lager aufzuschlagen –, und im nächsten Augenblick waren da Donner und Feuer, und Körper flogen – ja, sie sind geflogen, Herr – durch die Luft. Oder vielleicht auch nur Gliedmaßen, Körperteile. Und Pfeile zischten durch die Dämmerung.«

»Aber eure Truppe hat sich wieder erholt.«

Der Korporal schüttelte den Kopf. »Der Edur, der uns angeführt hat, wusste, dass die Neuigkeiten, die wir in die Hauptstadt bringen wollten – die von den brennenden Schiffen und den Leichen der Tiste auf den Straßen –, es erforderten, dass wir uns zurückzogen. So viele von uns, wie sich freikämpfen konnten. Mit dem Edur an der Spitze sind wir abgehauen, Herr. Zuerst waren wir zu siebt – die anderen fünf Edur hatten sie beim ersten Angriff getötet –, erst zu siebt, dann zu fünft.«

»Hat dieser Feind euch verfolgt?«, fragte Triban Gnol mit ruhiger, nachdenklicher Stimme.

»Nein, Herr. Sie hatten keine Pferde – jedenfalls haben wir keine gesehen.«

Der Kanzler nickte nur. Und fragte dann: »Waren es Menschen?«

»Ja, Herr. Aber keine Letherii. Und auch keine von den Stämmen, soweit wir es sehen konnten. Herr, sie haben Armbrüste benutzt, aber nicht solche kleinen, schwachen Fischerbögen wie die, die wir beim Karpfenschießen in den Untiefen verwenden. Nein, sie hatten Waffen aus geschwärztem Stahl, mit starken Schnüren und Bolzen, die Rüstungen und Schilde durchschlagen haben. Ich habe gesehen, wie einer meiner Soldaten von so einem Bolzen förmlich umgeworfen wurde – er war auf der Stelle tot. Und …«

Er verstummte, als Triban Gnol einen perfekt manikürten Finger hob.

»Einen Augenblick, Soldat. Einen Augenblick. Du hast da gerade etwas gesagt.« Der Kanzler blickte auf. »Fünf von den sechs Edur wurden gleich zu Beginn des Überfalls getötet. Und auf den Straßen, die von der Küste wegführen, habt ihr die Leichen von Edur entdeckt. Gab es auf diesen Straßen denn keine Letherii-Leichen?«

»Keine, die wir gefunden hätten, Herr, nein.«

»Doch der sechste Edur hat den ersten Angriff auf der Lichtung überlebt – wie?«

»Es muss ausgesehen haben, als hätte er ihn nicht überlebt. Der Bolzen in seinem Rücken, Herr, derjenige, der ihn schließlich getötet hat. Er wurde aus dem Sattel geschleudert. Ich glaube nicht, dass irgendjemand dachte, dass er wieder aufstehen und sein Pferd zurückholen würde …«

»Du hast das alles mit deinen eigenen Augen gesehen?«

»Das habe ich, Herr.«

»Dieser Bolzen – kam der vor oder nach dem Donner und dem Feuer?«

Der Korporal runzelte die Stirn. »Vorher«, sagte er. »Ganz kurz vorher – ich glaube, zwischen den beiden Ereignissen war nicht mal Zeit für ein Blinzeln. Ja, ich bin mir sicher. Er war der Allererste, der getroffen wurde.«

»Weil er ganz offensichtlich der Anführer war?«

»Ich nehme es an, Herr.«

»Dieser Donner und das Feuer – wo hat diese Zauberei zuerst zugeschlagen? Lass mich die Frage selbst beantworten: inmitten der übrigen Edur.«

»Ja, Herr.«

»Du kannst jetzt gehen, Soldat. Sirryn, bleibt noch einen Augenblick hier.«

Sobald die Tür sich geschlossen hatte, sprang Triban Gnol auf. »Abtrünniger, hilf! Eine verdammte Invasion! Ein Angriff auf das letheriische Imperium!«

»Es klingt mehr, als ginge es gegen die Edur«, wagte Sirryn einzuwerfen.

Der Kanzler starrte ihn finster an. »Du verdammter Narr. Das ist nebensächlich – oder allenfalls eine interessante Einzelheit. Ohne echte Bedeutung. Sirryn, die Edur herrschen über uns – vielleicht nur dem Namen nach, ja, aber sie sind unsere Besatzer. Sie leben mitten unter uns. Und können letheriische Streitkräfte kommandieren, ganz wie es ihnen beliebt.«

Er schlug mit der Faust auf den Tisch. Die lackierte Schachtel hüpfte, der Deckel fiel klappernd zur Seite. Triban Gnol starrte auf das, was sich im Innern der Schachtel befand. »Wir befinden uns im Krieg«, sagte er. »Es ist nicht unser Krieg – nicht der Krieg, für den wir Vorbereitungen getroffen haben, nein. Krieg!«

»Wir werden diese Eindringlinge zerschmettern, Herr …«

»Natürlich werden wir das, sobald wir ihrer Zauberei unsere eigene entgegensetzen. Auch das spielt keine Rolle.«

»Ich verstehe nicht ganz, Herr.«

Triban Gnoll starrte den Mann düster an. *Nein, das tust du wirklich nicht. Und das ist der Grund, warum du niemals in eine höhere Position aufsteigen wirst, du armseliger Schläger.* »Wenn du die anderen Soldaten zum Schweigen gebracht hast, Sirryn – ach ja, und die Beförderung für unseren kühnen jungen Korporal aufgesetzt hast –, will ich, dass du Karos Invictad eine Botschaft überbringst – persönlich.«

»Herr?«

»Eine Einladung. Er muss zum Palast kommen.«

»Wann?«

»Sofort.«

Sirryn salutierte. »Ja, Herr.«

»Und jetzt geh.«

Während die Tür sich zum zweiten Mal schloss, starrte Triban Gnol auf seinen Schreibtisch. In die Schachtel, deren Deckel heruntergefallen war, und in der sich eine kleine, bauchige Flasche befand. Sie war noch zu einem Drittel gefüllt.

Ihr Anblick verschaffte Triban Gnol oft Befriedigung, obwohl bereits das bloße Wissen, dass sie da war, ausreichte, auch wenn sie in der Schachtel verborgen war. Er pflegte sich daran zu erinnern, wie er den größten Teil ihres Inhalts in das Gefäß mit dem Wein geschüttet hatte, von dem, wie er gewusst hatte, Ezgara Diskanar trinken würde, damals, an jenem letzten, schrecklichen Tag. Im Thronraum. Ezgara und dieser jämmerliche Erste Eunuch. Nisall hätte die Nächste sein sollen. Nicht Brys. Nein, alle anderen hätten es sein können, nur nicht Brys Beddict.

Höchst bedauerlich, das Ganze.

# Kapitel vier

Jedes Schlachtfeld
Birgt jeden Schrei, der je ausgestoßen wurde
Sich schlängelnd wie Wurzeln
Zwischen Steinen
Und zerbrochenen Rüstungen
Zerschmetterten Waffen, und
Ledernen Schließen, die
Langsam verfaulen.
Für diese Stimmen,
Diese gekränkten Seelen
Sind Jahrhunderte wie nichts.
Sie sterben im Jetzt
Und dieses Jetzt währt ewig.

*Auf den Handelsebenen*
Rael vom Langspiess

Feuer hatte das Gras verbrannt. Wind und Wetter hatten den Mutterboden abgetragen. Der flache Geländestreifen, auf dem die beiden Abflusskanäle austraten, war ein Durcheinander aus Knopfkakteen, faustgroßen Feldsteinen und von der Hitze geborstenem Fels. Der Leichnam des letheriischen Vorreiters war vom Grat heruntergerollt und hatte eine Blutspur auf den Felsen zurückgelassen, die jetzt schwarz wie Tinte war. Kojoten, Wölfe oder vielleicht auch die Hunde der Ahl hatten das weichere Gewebe – das Gesicht und den Bauch, die Hinterbacken und die Innenseite der Oberschenkel – weggefressen und den Rest den Fliegen und ihrer Madenbrut überlassen.

Aufseher Brohl Handar – der wusste, dass er bei Bast Fulmar hätte sterben sollen und in jenem letzten Augenblick auch tatsächlich geglaubt hatte, er täte es – auf absurde Weise durch sein eigenes Schwert – wies zwei seiner Leute mit einer Handbewegung an, auf dem Grat zu bleiben, während er die anderen zur höchsten Kuppe winkte, die etwa dreißig Schritt entfernt auf der anderen Seite von einem der Kanäle war, ehe er sein Pferd hinunter auf die ebene Fläche lenkte. Er wappnete sich gegen den Gestank des toten Soldaten und zwang sein widerspenstiges Pferd näher an ihn heran.

Ihn selbst hatte der K'risnan rechtzeitig erreicht. Mit seiner Macht zu heilen, einer reinen, nicht von Chaos befleckten Macht, die, wie Brohl Handar nun begriff, ein Segen war. Kurald Emurlahn. Wiedergeborene Dunkelheit. Er würde es nicht in Frage stellen, würde es nicht anzweifeln. *Ein Segen.*

Ein abgebrochener Pfeilschaft ragte aus der Kehle des Vorreiters. Seine Waffen waren mitgenommen worden, genau wie das Wams aus leichtem Kettengewebe unter dem hell gegerbten Lederhemd. Das Pferd des Letherii war nirgends zu sehen. Das Summen der Fliegen schien unnatürlich laut.

Brohl Handar zog sein Reittier herum und lenkte es wieder auf den Grat hinauf. Er wandte sich an den Kundschafter vom Stamm der Sollanta. »Gibt es Spuren?«

»Nur von seinem Pferd, Aufseher«, erwiderte der Krieger. »Ich glaube, derjenige, der ihm aufgelauert hat, war zu Fuß.«

Brohl nickte. So war es bisher immer gewesen. Die Ahl sammelten Pferde, Waffen und Rüstungen. Die Atri-Preda hatte inzwischen angeordnet, dass kein Vorreiter mehr allein kundschaften sollte. Rotmaske würde zweifellos mit mehr Leuten im Hinterhalt darauf reagieren.

»Der Ahl ist nach Südosten geritten, Aufseher.«

Leider schon vor Tagen. Es war sinnlos, ihn zu verfolgen.

Mit zum Schutz vor der grellen Sonne zusammengekniffenen Augen betrachtete Brohl Handar das umliegende Gelände. Wie konnte sich ein Krieger in diesem leeren Land verstecken? Es hatte ausgesehen, als wären die Abflussrinnen eine offensichtliche Antwort auf diese Frage, und sobald eine entdeckt wurde, saß eine Truppe ab, rückte zu Fuß vor und stürzte sich hinein, um den Feind aufzustöbern. Doch bis jetzt hatten sie nichts weiter als ruhendes Wild und Kojotenbauten gefunden.

Geländestreifen mit hohem Gras wurden gewissermaßen angegriffen, sowohl beritten wie zu Fuß. Wieder fanden sie nichts, wenn man von den Rehen absah, die gelegentlich fast vor den Füßen eines überraschten, fluchenden Soldaten aufsprangen und davonschossen; oder den Schneehühnern oder Drosseln, die in einem Wirbel aus Federn und peitschenden Flügeln aufflogen.

Die Magier blieben beharrlich bei ihrer Aussage, dass hier keine Zauberei am Werk war; tatsächlich schien ein großer Teil der Ahl'dan all dessen beraubt, was notwendig war, um Magie zu wirken. Das Tal namens Bast Fulmar war keineswegs einzigartig gewesen, das wurde immer deutlicher. Brohl Handar glaubte allmählich, dass diese Ebene eine Art nach Süden verlagerter Tundra war. In mancherlei Hinsicht war das richtig; in anderer war sie völlig anders. Horizonte täuschten, Entfernungen logen. Täler verbargen sich vor suchenden Blicken, bis man in sie hineinstolperte. *Aber dennoch ist diese Ebene genau wie die Tundra ein schrecklicher Ort, um Krieg zu führen.*

Rotmaske und seine Armee waren verschwunden. Oh, es gab jede Menge Spuren; breite Streifen aus festgetrampelter Erde, die sich hierhin und dorthin wanden. Aber manche davon stammten von Bhederin-Herden; andere waren alt, und wieder andere schienen darauf hinzuweisen, dass jemand in die entgegengesetzte Richtung unterwegs war. Und alle überlagerten sich gegenseitig, bis jeglicher Sinn dahin war. Und so brachen die letheriischen Streitkräfte Tag für Tag auf, während ihre Vorräte schwanden und ihre Vorreiter Hinterhalten zum Opfer fielen, und marschierten in diese und in jene Richtung, als wären sie dazu verdammt, einer mythischen Schlacht hinterherzujagen, die niemals stattfinden würde.

Brohl Handar hatte dreißig seiner besten Reiter zusammengezogen, und jeden Tag führte er sie von der Marschsäule weg, begab sich mit ihnen in der Hoffnung, die Ahl zu entdecken, weit – gefährlich weit – auf die Flanken hinaus.

Jetzt sah er den Sollanta-Kundschafter blinzelnd an. »Wo sind sie hin?«

Der Krieger verzog das Gesicht. »Ich habe über diese Frage nachgedacht, Aufseher. Ja, ich habe wahrhaftig die ganze letzte Woche über nichts anderes nachgedacht. Ich glaube, der Feind ist überall um uns herum. Nach Bast Fulmar hat Rotmaske die Stämme aufgeteilt. Jeder Teiltrupp hat ein paar Wagen dabei, so dass sie für uns nicht voneinander zu unterscheiden sind – wie wir anhand der zahllosen Spuren gesehen haben, werden diese Wagen von einer Seite zur anderen und wieder zurück gezogen, acht- bis zehnmal hintereinander, und sie kommen als Letztes und löschen so alle Zeichen derjenigen aus, die vor ihnen sind. Es könnten sich hundert Krieger auf dem Pfad bewegen – oder fünftausend.«

»Wenn dem so wäre«, wandte Brohl ein, »hätten wir zumindest eine dieser Gruppen einholen müssen.«

»Wir bewegen uns nicht schnell genug, Aufseher. Denkt daran, wir haben zwei Tage lang südlich von Bast Fulmar gelagert. Das hat ihnen den ausschlaggebenden Vorsprung gegeben. Ihre Marschkolonnen bewegen sich auch mit den Wagen und allem Drum und Dran schneller als wir. So einfach ist das.«

»Und die Atri-Preda weigert sich, große Spähtrupps auszuschicken«, sagte Brohl und nickte.

»Eine weise Entscheidung«, sagte der Kundschafter.

»Wie das?«

»Rotmaske würde einen solchen Spähtrupp angreifen. Er würde ihn überwältigen und sämtliche Soldaten niedermachen. So oder so, Aufseher – wir spielen dieses Spiel nach seinen Regeln.«

»Das ist … unannehmbar.«

»Ich gehe davon aus, dass die Atri-Preda Eurer Meinung ist, Herr.«

»Was können wir tun?«

Der Krieger zog die Brauen hoch. »Ich befehlige diese Armee nicht, Aufseher.«

*Ich auch nicht.* »Und wenn du es tätest?«

Auf dem Gesicht des Kundschafters zeigte sich plötzlich ein gewisses Unbehagen, und er warf einen Blick auf den anderen Vorreiter, der mit ihnen auf dem Grat war, aber der Mann schien sich auf etwas anderes – weit weg am Horizont – zu konzentrieren, während er kleine Happen von dem dünnen Streifen aus getrocknetem Fleisch in seiner linken Hand abbiss und langsam kaute.

»Schon gut«, sagte Brohl seufzend. »Das war eine unlautere Frage.«

»Ich würde aber trotzdem auf sie antworten, wenn Ihr wollt, Aufseher.«

»Nur zu.«

»Rückzug, Herr. Zurück nach Drene. Ich würde mich wieder daranmachen, Anspruch auf Land zu erheben und es gut zu schützen. Dann wird Rotmaske zu uns kommen müssen, wenn er etwas gegen den Diebstahl von Ahl-Ländereien unternehmen will.«

*Ich bin ganz deiner Meinung. Aber sie wird nichts davon wissen wollen.*
»Gib den anderen ein Zeichen«, sagte er. »Wir kehren zur Hauptstreitmacht zurück.«

Die Sonne hatte bereits ihren Zenit überschritten, als die Tiste Edur die letheriische Marschkolonne sichteten, und es war sofort zu erkennen, dass etwas geschehen war. Die Wagen des Trosses waren in einer Rechteckformation angeordnet, die Ochsen und Maultiere bereits ausgeschirrt und in zwei getrennten Gehegen innerhalb der Wagenburg untergebracht. Sowohl nördlich wie südlich des Rechtecks stellten sich Teile der verschiedenen Brigaden und Regimenter in Formation auf, während berittene Truppen ein gutes Stück nach Osten und Westen vorgeschoben waren.

Brohl Handar ließ seine Schwadron in einen leichten Galopp fallen. Dann wandte er sich an den Anführer seiner Kundschafter: »Begebt euch zu meinen Arapay – ich sehe sie da drüben im Westen.«

»Jawohl, Aufseher.«

Während seine Leute hinter ihm abbogen, trieb der Aufseher sein Pferd an und ritt in schnellerem Tempo auf den kleinen Wald aus Standarten knapp vor der Ostseite der Wagenburg zu, der die Position der Atri-Preda kennzeichnete. Das Land war hier relativ flach. Ein weiterer, leicht abgesetzter Höhenrücken verlief tausend Schritt im Süden grob in Ost-West-Richtung, während das Gelände auf der Nordseite sich mehr oder weniger auf gleicher Höhe mit dem Pfad befand und dicht mit dem hüfthohen Gras mit den silbrigen Blättern bewachsen war, das als Messergras bekannt war – eine direkte Übersetzung der Ahl-Bezeichnung *Masthebe.*

*Rotmaske wäre ein Narr, wenn er sich uns hier stellen würde.*

Als er die Gruppe um Bivatt fast erreicht hatte, ließ er sein Pferd langsamer gehen. Mittlerweile konnte er die Atri-Preda deutlich sehen – und die Aufregung in ihrem Gesicht, die die Anspannung fortgewischt hatte, die sie seit Bast Fulmar jeden Tag scheinbar um ein Jahr hatte altern lassen. Die Offiziere, die sie um sich versammelt gehabt hatte, machten sich jetzt bereits wieder zu ihren Einheiten auf, um ihre Befehle auszuführen. Als der Aufseher bei ihr ankam, waren – abgesehen von Bivatts eigenem Standartenträger – nur noch ein paar Melder übrig.

Er zügelte sein Pferd. »Was ist geschehen?«

»Scheint so, als hätte er keine Lust mehr davonzulaufen«, erwiderte Bivatt mit einem gleichermaßen grimmigen wie zufriedenen Gesichtsausdruck.

»Ihr habt ihn gefunden?«

»Er marschiert in diesem Augenblick auf uns zu, Aufseher.«

»Aber … warum sollte er das tun?«

Ganz kurz huschte ein Ausdruck des Unbehagens über ihr Gesicht, dann sah sie weg, richtete den Blick nach Südosten, wo Brohl nun eine Staubwolke am Horizont erkennen konnte. »Er glaubt, wir sind müde. Erschöpft. Er weiß, dass wir kaum Vorräte und vernünftiges Futter für die Zugtiere haben, und Wagen voller Verwundeter. Er will sich noch einmal auf uns stürzen.«

Eine warme Windböe trocknete den Schweiß auf Brohl Handars Stirn. Dieser Wind – der Atem der Ebene – wehte unablässig von Westen oder Nordwesten her. Er verschlang gierig jeden Tropfen Feuchtigkeit, machte die Haut ledrig und trocken. Der Aufseher leckte sich die spröden Lippen und räusperte sich. »Kann hier Zauberei entfesselt werden, Atri-Preda?«

Ihre Augen blitzten. »Ja. Und mit Zauberei werden wir auch reagieren.«

»Und ihre Schamanen? Was ist mit den Schamanen der Ahl?«

»Die sind nutzlos, Aufseher. Ihre Rituale dauern zu lange für den Kampf. Und sie können auch nicht auf rohe Macht zurückgreifen. Heute werden wir sie kriegen, Brohl Handar.«

»Ihr habt die Tiste Edur wieder als Nachhut aufgestellt. Sollen wir den Dung der Ochsen beschützen, Atri-Preda?«

»Ganz und gar nicht. Ich glaube, Ihr werdet heute genug zum Kämpfen kommen. Sie werden bestimmt zusätzlich von den Flanken her angreifen, um unsere Vorräte zu vernichten, und ich werde Euch und Eure Edur brauchen, um sie zurückzuschlagen. Und erinnert Euch auch an die beiden Dämonen.«

»Die kann man wohl kaum vergessen«, antwortete er. »Also schön, wir werden eine Verteidigungsformation einnehmen.« Er griff nach den Zügeln. »Genießt Eure Schlacht, Atri-Preda.«

Bivatt blickte dem davonreitenden Aufseher nach, leicht verärgert über seine Fragen, seine Zweifel. Rotmaske war genauso sterblich wie jeder andere Mann. Er war keineswegs vor Fehlentscheidungen gefeit, und heute hatte er eine getroffen. Der Verteidiger war immer im Vorteil, und die allgemeine Regel lautete, dass der Angreifer eine deutliche zahlenmäßige Überlegenheit benötigte. Infolge des Debakels von Bast Fulmar hatte Bivatt mehr als achthundert Tote und Verwundete zu beklagen. Trotzdem verfügte Rotmaske nicht über genügend Leute, sollte er tatsächlich vorhaben, nach dem anfänglichen Sichtkontakt weiter vorzurücken.

Am liebsten wäre es ihr gewesen, wenn sie ihre Streitkräfte entlang des flachen Höhenzugs im Süden hätte aufstellen können, aber dafür war nicht genug Zeit gewesen. Und dadurch, dass sie blieb, wo sie war, würde sie die Anhöhe in der bevorstehenden Schlacht nicht berücksichtigen müssen. Es bestand die Möglichkeit, dass Rotmaske einfach nur auf dem Grat Position beziehen und sie dort erwarten würde, aber sie würde ihm nicht wieder in die Hände spielen. Wenn er heute kämpfen wollte, würde er vorrücken müssen. Und zwar rasch. Bivatt würde es nicht hinnehmen, dass er dort oben stand und wartete – nicht, wenn sie ihre Magier hatte. *Stell dich dort auf, wenn du es wagst, Rotmaske – und erlebe, wie eine Woge magischer Energie nach der anderen auf dich zurollt.*

Aber er würde kommen. Bivatt glaubte nicht, dass er sich auf der Anhöhe aufstellen und dann einfach abwarten würde – dass er damit rechnete, dass sie ihre Verteidigungsformation aufgeben würde, um ihm entgegenzumarschieren.

*Nein, er hat die Geduld verloren. Und seine Schwäche offenbart.*

Sie ließ den Blick über ihre mittlerweile formierten Truppen schweifen. Ganz links außen – um dem östlichsten Rand ihrer Schlachtreihe festen Halt zu geben – die Schwere Infanterie der Rotwut-Brigade. Zur äußersten Rechten die Schwere Infanterie des Kaufmanns-Bataillons. Im Zentrum die Schwere Infanterie des Kunsthandwerker-Bataillons. An ihren Flanken, weit ausgestreckt und doppelt so tief gestaffelt wie üblich – in zwanzig statt in zehn Reihen –, befand sich die gemischte Mittelschwere Infanterie ihrer Streitmacht. Etwas näher bei der rechteckigen Wagenburg waren Ersatzeinheiten der ihr verbliebenen Plänkler, der Drene-Garnison und der Mittelschweren Infanterie aufgestellt. Die Reiterei aus Blaurose, aufgeteilt in zwei Schwadronen, hielt sie für den Augenblick zurück, in dem sie schnell reagieren musste – entweder, um einen Gegenangriff zu beginnen oder eine Bresche zu schließen.

Brohl Handars Tiste Edur bewachten den Norden. Sie waren von der Hauptschlacht abgewandt, doch Bivatt war sich sicher, dass sie angegriffen werden würden, dass es einen neuen Angriff auf die Vorräte geben würde. Und sie vermutete, dass er aus dem hohen Gras nördlich der Straße erfolgen würde.

Sie stellte sich in den Steigbügeln auf und musterte die näher kommende Staubwolke. Ihre Kundschafter hatten bestätigt, dass dies tatsächlich Rotmaske war, und dass er – wie es aussah – den größten Teil seiner Krieger mitgebracht hatte. Die Staubfahne schien sich auf den Höhenzug zuzubewegen. Die Atri-Preda schnaubte und winkte dann einen Melder zu sich. »Bring mir meine Magier. Aber schnell.«

Der alte Mann war an diesem Morgen tot in seinem Zelt aufgefunden worden. Gezeichnet von einer fleckigen Karte der Brutalität unter dem aufgedunsenen Gesicht und den hervorquellenden Augen – die Abdrücke der Finger, die ihn erwürgt hatten. Sein Mörder hatte auf ihm gesessen und auf ihn hinuntergestarrt, um zuzusehen, wie der Tod kam. Zum letzten Ältesten der Renfayar, Rotmaskes eigenem Stamm, zum vielleicht ältesten Mann unter den Ahl überhaupt. Solch einen Mann hätte der Blinde Anschleicher, der Tod, auf überaus sanfte Weise berühren sollen.

Angst und Bestürzung wirbelten heulend durch das Lager wie ein gefangener Wind in einer Schlucht, unterbrochen vom schrecklichem Wehgeschrei der alten Weiber und von Rufen, die schlechte Vorzeichen verkündeten. Als der Tote ins Freie getragen worden war, war Rotmaske gekommen und hatte auf ihn hinuntergeblickt; natürlich konnte niemand hinter seine Schuppenmaske schauen, aber er war neben dem Leichnam seines Verwandten, seines Ratgebers nicht auf die Knie gefallen. Er hatte nur reglos dagestanden, die Peitschenschnur der Cadaran überkreuz um den Oberkörper geschlungen, die Rygtha-Axt locker in der linken Hand.

Hunde heulten, aufgeschreckt vom Gejammer der Klageweiber, und an den Flanken der Hänge im Süden gerieten die Rodara-Herden unruhig in Bewegung.

Dann hatte Rotmaske sich abgewandt. Seine Offiziere mit den kupferfarbenen Masken, darunter auch Masarch, folgten ihm dichtauf, und ein paar Schritte dahinter Toc Anaster.

»Wir sind genug geflohen«, sagte Rotmaske. »Heute werden wir noch mehr Letherii-Blut vergießen.«

Das waren die Worte, auf die die Ahl-Krieger gewartet hatten. Ihre Loyalität stand nicht in Frage, nicht nach Bast Fulmar, aber sie waren jung, und sie hatten Blut geleckt. Sie wollten es wieder schmecken. Die komplizierte Hasenjagd, die sie den Letherii geboten hatten, hatte zu lange gedauert. Selbst die klugen Überfälle auf die feindlichen Vorreiter und Kundschafter waren nicht genug gewesen. Der kurvenreiche, chaotische Marsch hatte sich zu sehr nach Flucht angefühlt.

Jetzt waren die Krieger nördlich des Lagers versammelt, während die Kühle der Morgendämmerung noch in der Luft hing; die Hundeführer und ihre Helfer hielten die schnappenden, unruhigen Tiere an der kurzen Leine und positionierten ihre Schützlinge leicht nach Osten versetzt. Pferde stampften auf dem taufeuchten Boden, Clanwimpel wogten wie große Schilfhalme hin und her. Kundschafter und berittene Bogenschützen wurden losgeschickt, um Fühlung mit den letheriischen Vorreitern aufzunehmen und sie zurück in ihr Nest zu treiben. Dies würde dafür sorgen, dass die Letherii so lange wie möglich nicht wissen würden, wie Rotmaske seine Streitmacht einzusetzen gedachte.

Wenige Augenblicke bevor die Armee loszog, kam Schwall an Tocs Seite. Der Krieger machte ein finsteres Gesicht, wie an den meisten Morgenden – und an den Nachmittagen und Abenden –, wenn er vergessen hatte, seine Maske aufzutragen. Er hatte seit einiger Zeit von der Farbe einen fleckigen Ausschlag auf den Wangen, dem Kinn und der Stirn, und seither »vergaß« er sie immer öfter – und Toc begegnete seinem streitlustigen Gesichtsausdruck mit einem heiteren Lächeln.

»Heute werden die Schwerter gezogen, Schwall.«

»Hat Rotmaske dir erlaubt, in die Schlacht zu reiten?«

Toc zuckte die Schultern. »Er hat nichts dazu gesagt, und ich nehme an, das ist Erlaubnis genug.«

»Ist es nicht.« Schwall zog sein Reittier herum, um sich dorthin zu begeben, wo Rotmaske hinter der unordentlichen Linie aufbruchsbereiter Reiter auf seinem letheriischen Pferd saß.

Toc lehnte sich in dem merkwürdig kastenförmigen Ahl-Sattel zurück und untersuchte noch einmal seinen Bogen, dann die Pfeile in dem Köcher, den er sich an den rechten Oberschenkel geschnallt hatte. Er wollte nicht unbedingt kämpfen, aber zumindest würde er bereit sein, sich zu verteidigen, sollte das notwendig werden. *Schlechte Vorzeichen.* Offensichtlich stand Rotmaske solchen Vorstellungen gleichgültig gegenüber. Toc kratzte sich an dem schrecklichen Narbengewebe, das seine leere Augenhöhle umgab. *Ich vermisse das Auge, dieses Geschenk von Hoch Denul in einer Zeit, die nun schon Jahrhunderte zurückzuliegen scheint. Bei den Göttern, es hat mich wieder zu einem richtigen Bogenschützen gemacht – in diesen Tagen bin ich verdammt nahe dran, vollkommen nutzlos zu sein. Schnell und ungenau, das ist Toc der Pechvogel.*

Würde Rotmaske ihm verbieten, an diesem Tag mitzureiten? Toc glaubte es nicht. Er konnte sehen, wie Schwall Worte mit dem Kriegsführer wechselte; das Pferd des unmaskierten Kriegers tänzelte seitwärts und warf den Kopf hoch. *Faszinierend, wie ein Tier sich an seinen Herrn angleicht. Man stelle sich all die einäugigen Hunde vor, die ich hätte haben können.* Nun riss Schwall sein Pferd herum und kam zurück zu Toc galoppiert.

Sein Gesicht war noch finsterer. Toc lächelte erneut. »Heute werden die Schwerter gezogen, Schwall.«

»Das hast du schon einmal gesagt.«

»Ich dachte, wir fangen nochmal von vorne an.«

»Er will nicht, dass du in Gefahr gerätst.«

»Aber ich kann trotzdem mit der Armee reiten.«

»Ich traue dir nicht, also komm nicht auf die Idee, dass du irgendetwas tun könntest, das nicht gesehen wird.«

»Ich glaube, in dem Satz gibt es zu viele ›nicht‹, Schwall. Aber ich habe heute meinen großzügigen Tag, daher werde ich die Zügel nicht verknüpfen.«

»Man darf die Zügel niemals verknoten«, sagte Schwall. »Das weiß jeder Narr.«

»Ganz wie du sagst.«

Die Armee setzte sich in Bewegung. Im Augenblick waren alle beritten – auch die Hundeführer –, aber das würde nicht so bleiben. Genausowenig, wie die Streitmacht beisammenbleiben würde. Zumindest vermutete Toc das. Rotmaske betrachtete eine Schlacht niemals als ein einzelnes Geschehen. Nein, ganz im Gegenteil sah er darin eine Reihe von Zusammenstößen, ein Gefecht der Willenskräfte; wenn ein Vorstoß aufgehalten wurde, lenkte er seine Aufmerksamkeit woanders hin, um den Kampf andernorts wieder aufzunehmen, und von der Inszenierung dieser zahlreichen Zusammenstöße hing es ab, ob eine Schlacht gewonnen oder verloren wurde. Die flankierenden Einheiten würden sich vom Hauptheer abspalten. Es würde mehr als einen Angriff, mehr als ein Ziel geben.

Toc begriff dies nur zu gut. Es war, wie er vermutete, die essentielle Taktik erfolgreicher Anführer überall auf der Welt. Ganz gewiss hatten die Malazaner auf diese Weise gekämpft – und das mit großem Erfolg. Da sie auf Finten verzichteten, war jeder Waffengang wohlüberlegt und hatte wohlüberlegterweise das Ziel, einen Feind in einen wilden, verzweifelten Kampf zu verwickeln.

*»Überlasst die Finten dem Adel«,* hatte Kellanved einst gesagt. *»Und sie können ihre schlaue Eleganz mit ins Grab nehmen.«* Das war gewesen, als er und Dassem Ultor die Ritter von Unta auf dem Schlachtfeld östlich von Jurda beobachtet hatten. Wie sie immer wieder vor und zurück geritten waren, vor und zurück. Und dadurch ihre schwer beladenen Schlachtrosse müde gemacht und in ihren eigenen, von Staubwolken umhüllten Reihen Verwirrung gesät hatten. *So manche Finte sorgt für Blinde.* Dassem hatte die armen reinblütigen Narren nicht weiter beachtet, und noch ehe die Schlacht an diesem Tag vorbei war, hatte er die

gesamte Armee von Unta zerschmettert, einschließlich der viel gepriesenen, einst gefürchteten Ritter.

Die Letherii hatten keine schwere Reiterei. Aber Toc glaubte, dass sie den ganzen Tag lang *So manche Finte sorgt für Blinde* spielen würden, wenn sie welche hätten.

Oder vielleicht auch nicht. Die Zauberei, die sie in der Schlacht einsetzten, war weder feinsinnig noch elegant. Nein, sie war so hässlich wie die Faust eines Fenn, um die Wahrheit zu sagen. Das deutete auf einen gewissen Pragmatismus hin, auf ein Interesse an Wirksamkeit statt an Pomp und auch auf eine gewisse Ungeduld in Bezug auf die Eigenheiten des Kriegführens.

Zauberei. Hatte Rotmaske die letheriischen Magier vergessen?

Die weite, flache Ebene, auf der der Feind wartete – die Ahl nannten sie Pradegar, Altes Salz – war keineswegs magisch tot. Schließlich hatten Rotmaskes Schamanen auf die dort noch vorhandene Magie zurückgegriffen, um die Bewegungen der feindlichen Armee zu verfolgen.

*Rotmaske, hast du den Verstand verloren?*

Die Ahl ritten weiter.

*Ich fürchte, heute werden mehr als nur Schwerter gezogen.* Er kratzte sich erneut an der leeren Augenhöhle und drückte dann seinem Pferd die Fersen in die Flanken, um es in Bewegung zu setzen.

Orbyn Wahrheitsfinder hasste das Gefühl, sich auf nachgiebigem Grund zu befinden. Auf Erde, Lehm, Sand – auf allem, das sich unsicher anfühlte, wenn es sein Gewicht tragen sollte. Die Fahrt in einer Kutsche konnte er ertragen, da ihre Räder fest waren und ihn das Schwanken auf dem felsigen Pfad beruhigte, wann immer er an den unsicheren Grund darunter dachte. Jetzt stand er auf festem Stein, einem Buckel aus zerschrammtem Grundgestein etwas oberhalb des Pfads, der sich durch den Talgrund wand.

Die Luft war von der Sonne erwärmt und roch nach kaltem Wasser und Kiefern. Schwärme von Mücken wanderten an den Rinnsalen aus Schmelzwasser entlang, die den Berghang herabströmten, und wogten jedes Mal hierhin und dorthin, wenn eine Libelle in ihre Mitte schoss. Der Himmel war wolkenlos, sein Blau – verglichen mit der staubigen

Atmosphäre von Drene oder jeder anderen Stadt – so kräftig und klar, dass Orbyn sich wieder und wieder dabei ertappte, wie er nach oben starrte und gegen eine Art Ungläubigkeit ankämpfte.

Wenn er nicht zum Himmel hinaufschaute, hingen die Blicke des Patriotisten an den drei Reitern, die vom vorausliegenden Pass herabkamen. Sie waren seiner Gruppe weit vorausgeeilt, hatten die Höhen erklommen, danach den Gebirgsgrat auf dem Weg zu dem fernen Pass überquert, an dem eine Garnison abgeschlachtet worden war. Und wo – was noch viel bedeutender war – eine gewisse Ladung Waffen nicht angekommen war. Im größeren Plan bedeutete solch ein Verlust wenig, aber Repräsentant Letur Anict war kein Mann großer Pläne. Seine Beweggründe waren fein säuberlich in kleine Einheiten unterteilt und mittels einer präzisen Sprache aufgegliedert, und er war unduldsam gegenüber jeder Abweichung, ja fast schon neurotisch, wenn er sich etwas Dreckigem gegenübersah. Und dies hier war in der Tat dreckig. Kurz gesagt: Trotz all seines Reichtums und seiner Macht war Letur Anict im wahrsten Sinne des Wortes ein Bürokrat.

Die Vorreiter kehrten also endlich zurück, aber Orbyn war darüber nicht sonderlich erfreut. Er wusste, dass sie nichts Gutes zu berichten haben würden. Geschichten über verwesende Leichname, verkohlten Wald, kreischende Raben und Mäuse inmitten schimmelnder Knochen. Immerhin konnte er sich zwingen, wieder in die Kutsche des Repräsentanten zu klettern und sich dem widerwärtigen Zahlenwälzer gegenüberzusetzen und ihm – dieses Mal mit größerer Aufrichtigkeit – zu raten, dass sie die Kolonne kehrtmachen lassen und nach Drene zurückkehren sollten.

Nicht, dass er Erfolg haben würde. Das wusste er. Für Letur Anict war jede Kränkung schlimm, und jeder Fehlschlag war eine Kränkung. Irgendjemand würde bezahlen müssen. Irgendjemand bezahlte immer.

Ein instinktives Gefühl veranlasste Orbyn dazu, einen Blick zurück zum Lager zu werfen, und er sah, dass der Repräsentant aus seiner Kutsche kletterte. Nun, das war eine Erleichterung, da Orbyn dazu neigte, in Leturs beengtem Gefährt heftig zu schwitzen. Er sah zu, wie der abgespannte Mann sich sorgsam auf jeden Schritt bedacht der Stelle näherte, wo Orbyn stand. Letur Anict war für die warme Luft viel zu warm angezogen und trug einen breitkrempigen Hut auf dem Kopf mit den strähnigen, weißen Haaren, der die blasse Haut vor der Sonne schützen sollte. Sein merkwürdig rundes Gesicht war bereits vor Anstrengung gerötet.

»Wahrheitsfinder«, sagte er, sobald er den Buckel aus Grundgestein erreichte, »wir wissen beide, was unsere Kundschafter uns berichten werden.«

»In der Tat, Repräsentant.«

»Also … wo sind sie?«

Orbyns dünne Brauen hoben sich, und er blinzelte, um den Schweiß wegzuzwinkern, der plötzlich in seinen Augen brannte. »Wie Ihr wisst, sind sie niemals tiefer als bis hierher abgestiegen – bis zu der Stelle, an der wir jetzt lagern. Was drei Möglichkeiten offenlässt. Erstens, sie haben kehrtgemacht, sind wieder hoch und zurück durch den Pass …«

»So etwas ist nicht beobachtet worden.«

»Nein. Zweitens, sie haben den Pfad hier verlassen und sich nach Süden begeben, vielleicht um den Perlenpass ins südliche Blaurose zu benutzen.«

»Und sind entlang des Gebirgsgrats gereist? Das klingt unwahrscheinlich, Wahrheitsfinder.«

»Drittens, sie sind von hier aus nach Norden gegangen.«

Der Repräsentant leckte sich die Lippen, als würde er über irgendetwas nachdenken. Mit ausdrucksloser Stimme fragte er: »Warum sollten sie das tun?«

Orbyn zuckte die Schultern. »Man könnte, wenn man es denn wollte, um das Gebirge herumgehen, bis man die Küste erreicht, und sich dann ein Boot beschaffen, das einen buchstäblich zu jedem Küstendorf oder Hafen der Blaurosesee bringen könnte.«

»Das dauert Monate.«

»Daran sind Forcht Sengar und seine Begleiter bestens gewöhnt, Repräsentant. Noch niemals ist eine Gruppe von Flüchtlingen so lange innerhalb der Grenzen des Imperiums unterwegs gewesen wie sie.«

»Aber nicht allein dank ihrer Fähigkeiten, Wahrheitsfinder. Wir wissen beide, dass die Edur sie sich hundert Mal hätten schnappen können, an hundert verschiedenen Orten. Und darüber hinaus wissen wir auch beide, warum sie es nicht getan haben. Die Frage, vor der wir beide – du und ich – uns so lange gedrückt haben, lautet: Was werden wir in Anbetracht all dieser Dinge tun – wenn überhaupt?«

»Diese Frage können leider nur unsere Herren in Letheras angehen«, sagte Orbyn.

»Unsere Herren?« Letur Anict schnaubte. »Die haben andere, drängendere Sorgen. Wir müssen unabhängig und entsprechend der Verantwortlichkeiten handeln, die uns zugedacht worden sind. Genauer gesagt entsprechend den Erwartungen, dass wir diesen Verantwortlichkeiten gerecht werden. Halten wir uns heraus, während Forcht Sengar nach dem Gott der Edur sucht? Halten wir uns heraus, während Hannan Mosag und seine sogenannten Jäger ihre geschickte Unfähigkeit in dieser sogenannten Verfolgung ausleben? Gibt es irgendwo in deinem Innern auch nur den geringsten Zweifel daran, dass Hannan Mosag Verrat begeht, Orbyn Wahrheitsfinder? Verrat am Imperator? Am Imperium?«

»Karos Invictad und – dessen bin ich mir sicher – der Kanzler kümmern sich um den Verrat des Hexenkönigs.«

»Zweifellos. Aber angenommen, Forcht Sengar hat Erfolg – wie könnte sich das auf ihre Pläne auswirken? Was wird mit all unseren Plänen sein, sollte der Gott der Edur – der Gott der Schatten – sich wieder erheben?«

»Das ist höchst unwahrscheinlich, Repräsentant.« *Nein, es ist sogar unmöglich.*

»Ich bin mit Wahrscheinlichkeiten und der Einschätzung von Risiken wohl vertraut, Wahrheitsfinder«, sagte Letur Anict gereizt.

»Was wünscht Ihr?«, fragte Orbyn.

Letur Anict lächelte dünn. Er richtete den Blick nach Norden. »Sie verstecken sich. Und wir wissen beide, wo.«

Orbyn war nicht glücklich. »Das Ausmaß Eures Wissens überrascht mich, Repräsentant.«

»Du hast mich unterschätzt.«

»Es scheint, als hätte ich das.«

»Ich habe zwanzig meiner besten Leute bei mir, Wahrheitsfinder. Du verfügst über vierzig Soldaten und zwei Magier. Wir haben genügend Laternen, um die Dunkelheit zu vertreiben und diesen heruntergekommenen Hexenmeistern so ihre Macht zu rauben. Wie viele gibt es noch in der verborgenen Festung? Wenn wir rasch zuschlagen, können wir uns dieses verdammenswürdigen Kults ein für alle Mal entledigen, und allein das ist die Mühe wert. Bei dieser Gelegenheit auch noch Forcht Sengar einzufangen, würde das Mahl um so mehr versüßen. Stell dir das Entzücken und die Auszeichnungen vor, sollten wir den schrecklichen Verräter Forcht Sengar und diesen Narr namens Udinaas an Karos und den Kanzler übergeben. Und wenn du willst, stell dir auch noch die *Belohnungen* vor.«

Orbyn Wahrheitsfinder seufzte. »Also gut.«

»Dann kennst du also den geheimen Pfad. Das hatte ich vermutet.«

*Und du kennst ihn nicht, und das wusste ich.* Er brachte ein Taschentuch zum Vorschein und wischte sich den Schweiß vom Gesicht und dem schwabbeligen Kinn. »Der Aufstieg ist anstrengend. Wir werden die Kutschen und die Pferde hierlassen müssen.«

»Deine drei Kundschafter können das Lager bewachen. Sie haben sich eine Ruhepause verdient. Wann brechen wir auf, Wahrheitsfinder?«

Orbyn verzog das Gesicht. »Sofort.«

Zwei der drei Kundschafter saßen an einem Feuer, auf dem ein rußfleckiger Topf mit siedendem Tee stand, während der dritte aufstand, ins Hohlkreuz ging, um die Anspannung seines Rückens zu lösen, und dann auf die Gruppe aus Reisenden zuschlenderte, die den größten Teil des Tages damit verbracht hatten, ins Tal abzusteigen.

Die üblichen Grußworte wurden gewechselt, verbunden mit der Einladung, die Nacht in diesem Lager zu verbringen. Der Anführer der Gruppe trat müde näher an den Kundschafter heran.

»Da drüben, auf der Kutsche – ist das nicht das Siegel des Repräsentanten von Drene?«, fragte er.

Der Kundschafter nickte. »Das ist es.« Er ließ den Blick über den nicht sonderlich beeindruckenden Mann schweifen, der da vor ihm stand. »Ihr seid keine Händler, wie ich sehe. Und doch habt Ihr viele Wachen dabei.«

»Eine weise Kapitalanlage, würde ich sagen«, antwortete der Mann mit einem Nicken. »Das Garnisonsfort hat das hinreichend bewiesen. Es liegt immer noch verlassen da, halb niedergebrannt und übersät von den Knochen getöter Soldaten.«

Der Kundschafter zuckte die Schultern. »Die Westseite des Gebirges ist für ihre Banditen berüchtigt. Ich habe gehört, sie wurden verfolgt und zur Strecke gebracht.«

»Ach, tatsächlich?«

»So habe ich es gehört. Außerdem ist eine neue Einheit unterwegs, zu der auch Zimmerleute, Holzfäller und ein Schmied gehören. Das Fort sollte wieder aufgebaut sein, noch ehe der Sommer zu Ende ist.« Er zuckte noch einmal die Schultern. »Das sind nun mal die Risiken des Reisens.«

Venitt Sathad nickte erneut. »Wir haben unterwegs niemanden gesehen. Wird der Repräsentant euch dann also hier treffen?«

»Das wird er.«

»Aber ist diese Reise denn nicht ungewöhnlich? Schließlich liegt Drene auf der anderen Seite des Meeres.«

»Die Angelegenheiten des Repräsentanten gehen nur ihn etwas an«, antwortete der Kundschafter ein bisschen kurz angebunden. »Ihr habt mir noch keine Antwort auf meine Frage gegeben, mein Herr.«

»Habe ich das nicht? Wie war nochmal deine Frage?«

»Ich habe gefragt, was Ihr mit Euch rumschleppt, dass Ihr so wenig Packpferde und so viele Wachen braucht.«

»Leider ist es mir nicht gestattet, dir das zu sagen«, erwiderte Venitt Sathad, während er den Blick gründlicher durch das Lager schweifen ließ. »Vor noch nicht allzu langer Zeit waren hier noch wesentlich mehr Soldaten.«

»Die sind gestern das Tal entlanggezogen.«

»Um den Repräsentanten zu treffen?«

»Einfach nur so. Und mir ist gerade etwas eingefallen – wenn sie heute Nacht wieder auftauchen, wird der Lagerplatz hier nicht mehr ausreichen. Nicht für sie und Eure Gruppe.«

»Ich nehme an, du hast Recht.«

»Vielleicht wäre es dann das Beste, wenn Ihr weiterziehen würdet. Es gibt einen anderen Lagerplatz, zweitausend Schritt weiter das Tal entlang. Ich glaube, dafür sollte es noch hell genug sein.«

Venitt Sathad lächelte. »Dann werden wir tun, worum du uns bittest. Vielleicht treffen wir ja unterwegs deinen Repräsentanten.«

»Vielleicht tut Ihr das, Herr.«

Venitt Sathad konnte an den Augen des Mannes erkennen, dass er log. Immer noch lächelnd ging er zurück zu seinem Pferd. »Sitzt auf«, sagte er zu seinen Wachen. »Wir reiten weiter.«

Ein höchst unangenehmer Befehl, aber Venitt Sathad hatte seine Begleiter mit Bedacht gewählt. Binnen kürzester Zeit war die Gruppe wieder unterwegs.

Er hatte keine Ahnung, warum der Mann, den zu treffen er geschickt worden war, hier auf diesem Pfad war, so weit weg von Drene. Und Venitt wusste auch nicht, wo Anict hingegangen war, denn außer direkt voraus gab es ringsherum nichts als zerklüftete, wilde Berge, in denen kaum etwas anderes lebte als Hornschafe, die auf den Felsen herumkletterten, und Kondore, die auf den Klippen nisteten. Vielleicht würde er es irgendwann herausfinden. Unter den gegebenen Umständen würde Letur Anict früher oder später nach Drene zurückkehren, und er, Venitt Sathad, der Bevollmächtigte Rautos Hivanars und des Freiheitskonsortiums von Letheras, würde dort auf ihn warten.

Mit ein paar Fragen von seinem Herrn.

Und ein paar Antworten.

Irgendwo in einiger Entfernung ertönte ein Schrei, hallte einen Augenblick nach und verklang. In der näheren Umgebung, umgeben vom Licht flackernder Laternen und von wogenden Schatten, waren die letzten Schreie der Getöteten längst verstummt; Orbyns Soldaten gingen zwischen den zahllosen Leichen herum – in diesem Zimmer hauptsächlich Jugendliche, Frauen und Alte – und sorgten dafür, dass wirklich niemand mehr atmete.

Was auch niemand mehr tat. Dafür hatte Orbyn Wahrheitsfinder selbst gesorgt. Auf eine seltsam abwesende Weise, hin- und hergerissen zwischen Widerwillen und der Einsicht in die Notwendigkeit, dass es hier keine Nachlässigkeit geben durfte. Sie waren alles in allem höchstens vier Glockenschläge lang in diesem unterirdischen Labyrinth gewesen – vom ersten Durchbruch durch die Schutzzauber am Eingang in der Schlucht bis zu all dem, was dann gefolgt war: dem sich von Raum zu Raum, Korridor zu Korridor vorwärtsbewegenden Angriff von Licht und strahlender Zauberei.

Ganz egal, welche ausgeklügelte Machtorganisation sich an diese begrabene Domäne geklammert hatte – sie war fast ohne Verluste unter den letheriischen Soldaten ausgelöscht worden, und danach war es nur noch ein schlichtes Abschlachten gewesen. Diejenigen aufzustöbern, die sich versteckten, die in die hintersten Winkel flohen, die kleinsten Kammern, die Kinder, die sich in den Alkoven zusammenkauerten, und einmal sogar in einer halb mit Wein gefüllten Amphore.

Weniger als vier Glockenschläge dann also, um den Kult des Schwarzen Geflügelten Lords auszulöschen. Diese zu einer degenerierten Abart ihres Volkes verkommenen Tiste Edur. Nach Orbyn Wahrheitsfinders Meinung war das Ganze kaum der Mühe wert gewesen. Was einen noch bittereren Geschmack auf der Zunge zurückließ, war die Tatsache, dass sie nicht den kleinsten Hinweis auf Forcht Sengar und seine Begleiter gefunden hatten. Ja, nicht einmal den kleinsten Hinweis darauf, dass sie überhaupt jemals hier gewesen waren.

Sein Blick ruhte auf den aufgeschichteten Leichnamen, und er fühlte sich befleckt. Letur Anict, dessen Welt aus nichts weiter als dem besessenen Streben nach Wirksamkeit und grausamer Vereinfachung bestand, hatte ihn benutzt. Um ein Ärgernis aus der Welt zu schaffen, das an dem Repräsentanten von Drene genagt hatte. Und jetzt würden sie zurückkehren, und Orbyn fragte sich, ob diese Reise, bei der es angeblich darum gegangen war, ein paar Wagenladungen billiger Waffen aufzuspüren, in Wirklichkeit nichts weiter als ein Trick gewesen war. Einen, auf den er so leicht hereingefallen war wie ein leichtgläubiges Kind.

Er zog ein Tuch aus der Tasche, um das Blut von seinem Dolch zu wischen, und schob die Waffe mit der langen, schmalen Klinge dann wieder in die Scheide unter seinem rechten Arm.

Einer seiner Magier näherte sich ihm. »Wahrheitsfinder.«

»Sind wir hier fertig?«

»Ja. Wir haben den Altarraum gefunden. Ein halbes Dutzend tattriger Priester und Priesterinnen, die auf Knien ihren Gott angefleht haben, sie zu retten.« Der Magier machte ein säuerliches Gesicht. »Leider war der Schwarze Geflügelte Lord gerade nicht zu Hause.«

»Was für eine Überraschung.«

»Ja, aber da war sehr wohl eine, Herr. Eine Überraschung, meine ich.«

»Ach ja?«

»Der Altar, Herr – er war tatsächlich geweiht.«

Orbyn starrte den Magier aus leicht zusammengekniffenen Augen an. »Und das bedeutet?«

»Er war von der Dunkelheit berührt, von der Feste selbst.«

»Ich habe noch nicht einmal gewusst, dass so eine Feste überhaupt existiert. Dunkelheit?«

»Die Fliesen besitzen einen Aspekt der Dunkelheit, Herr, obwohl diese Anmerkung nur in den ältesten Texten zu finden ist. Über die Angelpunkte, Herr. Die Weiße Krähe.«

Orbyn hielt plötzlich die Luft an. Er starrte den Magier, der vor ihm stand, durchdringend an, beobachtete die Schatten, die über das faltige Gesicht des Mannes huschten. »Die Weiße Krähe. So wird der seltsame Edur genannt, der Forcht Sengar begleitet.«

»Wenn der Fremde so genannt wird, dann ist er kein Tiste Edur, Herr.«

»Was ist er dann?«

Der Magier deutete auf die Leichen, die ringsum lagen. »Sie nennen sich selbst Tiste Andii. Kinder der Dunkelheit. Herr, ich weiß nur sehr wenig über diese … Weiße Krähe, die mit Forcht Sengar reist. Wenn sie tatsächlich zusammen unterwegs sind, dann hat sich etwas geändert.«

»Was meinst du damit?«

»Die Edur und die Andii waren überaus unerbittliche Feinde, Herr. Wenn das, was wir aus den Legenden der Edur und anderen erfahren haben, auch nur einen Funken Wahrheit enthält, dann haben sie gegeneinander Krieg geführt, und der Krieg hat mit Verrat geendet. Mit dem Tod der Weißen Krähe.« Der Magier schüttelte den Kopf. »Deswegen glaube ich nicht an diese Weiße Krähe, die mit Forcht Sengar unterwegs ist – das ist nichts weiter als ein Name, ein irrtümlich verliehener Name. Oder vielleicht war er auch spöttisch gemeint. Aber wenn ich mich irre, Herr, dann ist eine alte Fehde in einem tiefen Grab begraben worden, und das könnte sich als … Grund zur Sorge erweisen.«

Orbyn wandte den Blick ab. »Wir haben die Letzten von diesen Andii niedergemacht, oder nicht?«

»Hier, ja. Sollten wir darauf vertrauen, dass sie die letzten Andii waren, die noch übrig waren? Selbst in Blaurose? Haben die Edur nicht Verwandte jenseits des Ozeans gefunden? Vielleicht ist es auch noch zu anderen Kontakten gekommen, die unsere Spione in der Flotte nicht bemerkt haben. Das alles hier bereitet mir … Unbehagen, Herr.«

*Da bist du nicht der Einzige, Magier.* »Denk weiter darüber nach«, sagte er.

»Das werde ich.«

Als der Magier sich umdrehte, um zu gehen, streckte Orbyn eine große, plumpe Hand aus und hielt ihn auf. »Hast du mit dem Repräsentanten gesprochen?«

Ein Stirnrunzeln, als würde der Magier die Frage als Beleidigung auffassen. »Natürlich nicht, Herr.«

»Gut. Sag nichts von dem Altar und der Heiligung.« Er dachte einen Augenblick nach und fügte dann hinzu: »Und sag auch nichts von deinen anderen Gedanken.«

»Das hätte ich sowieso nicht getan, Herr.«

»Hervorragend. Und jetzt ruf unsere Soldaten zusammen. Ich will so schnell wie möglich weg von hier.«

»Jawohl, Herr. Mit Vergnügen.«

*Soll Letur Anict sich seine Welt ruhig schlichtreden. Wie er sie gerne haben würde und wie sie ist – das ist nicht dasselbe. Und das, teurer Repräsentant, ist der Weg, der in den Untergang führt. Du wirst ihn ohne mich gehen müssen.*

Clip stand da und blickte nach Süden. Seine rechte Hand war erhoben, die Kette mit ihren Ringen in enge Schleifen gelegt. Er hatte sie seit mehr als zwei Dutzend Herzschlägen nicht mehr wirbeln lassen. Seine langen, offenen Haare bewegten sich im Wind. Ein paar Schritte entfernt saß Silchas Ruin auf einem Felsblock und schärfte die Klinge eines seiner singenden Schwerter mit einem Wetzstein.

Schnee rieselte von einem blassblauen Himmel herab, vielleicht die Hochgebirgsspielart eines Sonnenschauers, oder aber die Winde hatten die Flocken von den jungen Gipfeln heruntergeweht, die ringsum – nur nicht direkt voraus – aufragten. Die Luft war bitterkalt und so trocken, dass Wolle Funken zog und knisterte. Am Vortag hatten sie den letzten

Teil des geborstenen Plateaus überquert und damit die unzähligen zerschmetterten schwarzen Steine hinter sich gelassen, die den Krater in seiner Mitte kennzeichneten. Der Aufstieg an diesem Morgen war tückisch gewesen, da viele Steinplatten unter ihren Füßen von Eis umgeben waren. Als sie im Licht des späten Nachmittags den Rand des Kraters erreichten, blickten sie auf einen ausgedehnten, leicht abfallenden Hang, der sich mehr als eine Meile nach Norden erstreckte und in eine Tundra überging. Der Horizont dahinter war eine flache, dunstige Linie. Eisfelder, hatte Forcht Sengar gesagt, woraufhin Udinaas gelacht hatte.

Seren Pedac schritt unruhig auf dem Grat hin und her. Sie war mit den anderen gegangen, ein gutes Stück hinter Clip und Silchas Ruin. Es war noch hell genug, um weiterzugehen, aber der junge Tiste Andii hatte sich auf dem Grat niedergelassen und starrte seither zurück in die Richtung, aus der sie gekommen waren. Stumm und ausdruckslos.

Sie ging hinüber zu Udinaas, der sich wieder angewöhnt hatte, den Imass-Speer zu tragen, und der jetzt auf einem Felsen saß und mit der Speerspitze im Moos herumstocherte. »Was geschieht hier gerade?«, fragte sie ihn leise. »Weißt du es?«

»Kennt Ihr den Terr, Freisprecherin? Den Vogel mit dem grauen Schopf? Den im Wald lebenden Dieb und Mörder?«

Sie nickte.

»Was passiert, wenn ein Terrweibchen ein Nest findet, in dem sich die Jungen eines anderen Vogels befinden? Ein unbewachtes Nest?«

»Sie tötet und frisst die Jungen.«

Er lächelte. »Das stimmt. Und ist allgemein bekannt. Aber gelegentlich machen Terre ein bisschen früher im Jahr auch etwas anderes. Sie werfen eines der Eier aus dem Nest und legen stattdessen ein eigenes hinein. Die anderen Vögel scheinen den Austausch nicht zu bemerken. Und wenn der Terr schlüpft, tötet und frisst er natürlich seine Rivalen.«

»Und dann ruft er«, sagte sie. »Aber es ist ein Ruf, der sich nicht von dem der Jungen des anderen Vogels zu unterscheiden scheint. Und die Vögel kommen mit den Schnäbeln voller Futter zu ihm.«

»Nur, um von den beiden erwachsenen Terren, die in der Nähe lauern, überfallen und getötet zu werden. Noch eine Mahlzeit für den jungen Terr.«

»Terre sind in jeder Hinsicht sehr unangenehme Vögel. Aber warum sprechen wir über sie, Udinaas?«

»Dafür gibt es keinen Grund. Wirklich nicht. Aber manchmal ist es wichtig, sich daran zu erinnern, dass nicht nur wir Menschen grausam sind.«

»Die Fent glaubten, die Terre wären die Seelen ausgesetzter Kinder, die allein im Wald gestorben sind. Deshalb sehnen sie sich nach einem Heim und einer Familie, doch wenn sie beides finden, werden sie so wütend, dass sie alles zerstören, was sie begehren.«

»Die Fent haben Kinder ausgesetzt?«

Seren Pedac verzog das Gesicht. »Nur in so etwa den letzten hundert Jahren.«

»Hindernisse, die ihren selbstzerstörerischen Gelüsten im Weg waren, würde ich sagen.«

Auf diese Worte entgegnete sie nichts, aber sie sah plötzlich Hull Beddict vor ihrem inneren Auge, wie er sich zu voller Größe aufrichtete, nach unten griff, Udinaas an der Kehle packte und hochzog.

Udinaas machte plötzlich einen Satz nach vorn; er würgte und versuchte, mit einer Hand nach ihr zu greifen.

Seren Pedac machte einen Schritt zurück. *Nein, verdammt!* Sie bemühte sich, die Vision abzuschütteln.

Aber die weigerte sich zu verschwinden.

Mit hervorquellenden Augen und dunkel anlaufendem Gesicht legte Udinaas sich die Hände um den Hals, aber da war nichts, was er hätte wegziehen können …

»Seren!«, schrie Kessel.

*Beim Abtrünnigen! Was, wie … oh, ich bringe ihn um!* Hull Beddict stand da, quetschte das Leben aus Udinaas heraus. Sie wollte nach ihm greifen, seinen Griff lösen, aber sie wusste, sie würde nicht stark genug sein. Nein, ihr wurde klar, dass sie jemand anderen brauchte …

Und sie beschwor mit ihren geistigen Kräften eine andere Gestalt herauf, die herantrat, geschmeidig und nur halb zu sehen. Eine Hand zuckte nach oben, traf Hull Beddict an der Kehle. Der Letherii stolperte rückwärts, fiel auf ein Knie, während er Udinaas losließ. Dann griff Hull nach seinem Schwert.

Ein Speerschaft schoss wie eine Sense heran, traf Hull an der Stirn, so dass sein Kopf nach hinten gerissen wurde. Er brach zusammen.

Der Edur-Krieger stand nun zwischen Hull Beddict und Udinaas, hielt den Speer in einer Verteidigungshaltung.

Als sie ihn sah, als sie sein Gesicht sah, wich Seren taumelnd zurück. *Trull Sengar? Trull ...*

Die Vision verblasste ... und war verschwunden.

Hustend und nach Luft schnappend rollte Udinaas sich auf die Seite.

Kessel eilte herbei und kniete sich neben den ehemaligen Sklaven.

Eine Hand legte sich auf Serens Schulter, zog sie herum. Sie stellte fest, dass sie nach oben in Forcht Sengars Gesicht starrte, und wunderte sich über den merkwürdigen Gesichtsausdruck des Kriegers. *Er – er kann es unmöglich gesehen haben. Das wäre-*

»Geschoren«, flüsterte Forcht. »Und älter. Mit so viel Trauer ...« Er verstummte, unfähig weiterzusprechen, und wandte sich ab.

Sie starrte hinter ihm her. *Mit so viel Trauer in den Augen.*

*So viel Trauer in den Augen.*

»Das sind tödliche Spiele, Freisprecherin.«

Sie zuckte zusammen, blickte sich um und sah, dass Silchas Ruin sie von seinem Felsblock aus musterte. Clip hinter ihm hatte sich nicht gerührt. »Ich habe nichts getan. Ich meine. Ich habe nicht ...«

»Die Phantasie«, krächzte Udinaas, der rechts von ihr immer noch auf dem Boden lag, »ist rasch mit einem Urteil bei der Hand.« Er hustete erneut – und dann drang ein Lachen aus seiner malträtierten Kehle. »Fragt irgendeinen eifersüchtigen Mann. Oder eine Frau. Wenn ich das nächste Mal etwas sage, das Euch verärgert, dann flucht einfach nur über mich, Seren Pedac, ja?«

»Es tut mir leid, Udinaas. Ich dachte nicht ...«

»Ihr habt vollkommen richtig gedacht, Frau.«

*Oh, Udinaas.* »Es tut mir leid«, flüsterte sie.

»Was für eine Zauberei habt Ihr da gefunden?«, wollte Forcht Sengar wissen. Etwas Wildes lag in seinem Blick, als er sie düster ansah. »Was ich gesehen habe ...«

»Was hast du denn gesehen?«, fragte Silchas Ruin leichthin, während er das eine Schwert in die Scheide schob und dann das andere zog.

Forcht sagte nichts, und nach ein, zwei Herzschlägen wandte er den Blick von Seren Pedac ab. »Was tut Clip da?«, fragte er.

»Trauern, nehme ich an.«

Diese Antwort sorgte dafür, dass Udinaas sich in eine sitzende Position aufrichtete. Er warf Seren einen Blick zu, nickte, und seine Lippen formten ein Wort: *Terre.*

»Und was betrauert er?«, fragte Forcht.

»Alle, die in der Andara gelebt haben, sind tot«, sagte Silchas Ruin. »Sie wurden von letheriischen Soldaten und Magiern abgeschlachtet. Clip ist das Todbringende Schwert der Dunkelheit. Wenn er dort gewesen wäre, wären sie jetzt noch am Leben – seine Verwandten. Und die Leichen, die reglos in der Dunkelheit liegen würden, wären die Leichen der Letherii. Er fragt sich, ob er nicht einen schrecklichen Fehler gemacht hat.«

»Das war nur ein flüchtiger Gedanke«, sagte der junge Tiste Andii. »Sie haben nach dir gesucht, Forcht Sengar. Und nach dir, Udinaas.« Er drehte sich um. Sein ruhiger Gesichtsausdruck war beänstigend. Die Ketten wirbelten, klickten in der kalten Luft, und wirbelten dann zurück. »Meine Verwandten haben dafür gesorgt, dass es keine Hinweise darauf gab, dass ihr dagewesen seid. Und die letheriischen Magier waren auch nicht mächtig genug – nicht schlau genug –, um den Altar zu entweihen, auch wenn sie es versucht haben.« Er lächelte. »Sie haben Laternen mitgebracht, versteht ihr.«

»Das Tor war so oder so nicht lange genug dort«, sagte Udinaas. Seine Stimme klang immer noch schlimm.

Clips harter Blick richtete sich auf den ehemaligen Sklaven. »Du weißt überhaupt nichts.«

»Ich weiß, was da um Eure Finger wirbelt, Clip. Schließlich habt Ihr es uns schon einmal gezeigt.«

Silchas Ruin, der jetzt auch mit dem zweiten Schwert fertig war, steckte es wieder ein und stand auf. »Udinaas ist genauso ein Geheimnis wie die Freisprecherin hier«, sagte er zu Clip. »Wissen und Macht, die Hand und der Handschuh. Wir sollten weitermarschieren. Es sei denn« – er zögerte und sah Clip an – »es ist Zeit.«

*Zeit? Zeit wofür?*

»Es ist Zeit«, sagte Udinaas, der den Imass-Speer benutzte, um wieder auf die Beine zu kommen. »Sie haben gewusst, dass sie sterben würden. Sich in jener tiefen Grube zu verstecken, hat ihnen nichts genutzt. Immer weniger Kinder, immer schwächeres Blut. Aber das Blut … nun, wenn man genug davon vergießt …«

Clip machte Anstalten, auf den ehemaligen Sklaven loszugehen.

»Nein«, sagte Silchas Ruin.

Das Todbringende Schwert blieb stehen, schien kurz zu zögern, zuckte dann die Schultern und drehte sich um. Während die Kette um seine Finger wirbelte.

»Mutter Dunkel«, fuhr Udinaas mit einem angespannten Lächeln fort. »Macht Euer verdammtes Tor auf, Clip – es wurde dafür bezahlt.«

Und die wirbelnde Kette straffte sich. Waagrecht. Und an beiden Enden ein Ring – so ausbalanciert, dass es aussah, als würde er hochkant stehen. Im Innern des Rings, der ihnen am nächsten war, herrschte … Dunkelheit.

Seren Pedac sah erstaunt zu, wie der Kreis aus Schwärze zu wachsen und von dem Ring auszuströmen begann.

»Sie hat's irgendwie mit Geburtskanälen«, murmelte Udinaas.

Silchas Ruin trat ins Dunkel und verschwand. Einen Augenblick später war ein geisterhaftes Huschen zu sehen, als Verblichener in das Tor raste. Kessel nahm Udinaas' Hand und führte ihn ins Dunkel.

Seren warf einen Blick auf Forcht. *Wir lassen deine Welt nun hinter uns, Tiste Edur. Und dennoch kann ich in deinen Augen sehen, wie eine erste Erkenntnis aufschimmert. Auf der anderen Seite. Ja, dort drüben, auf der anderen Seite des Tors wartet die Seele von Scabandari, Forcht Sengar.*

Er legte eine Hand auf den Schwertgriff und schritt vorwärts.

Als Seren Pedac ihm folgte, sah sie zu Clip. Ihr Blick kreuzte sich mit seinem. Er stand da und wartete, eine Hand erhoben, während das Tor die Form eines spiralisierenden Tunnels annahm, der vom näheren Ring ausging. Sie vermutete, dass das Tor in einer anderen Welt aus dem anderen Ring austrat. *Er hat es mit sich herumgetragen. Die Tür, die dorthin führt, wo wir hingehen müssen. Die ganze Zeit.*

Clip winkte.

Die Geste ließ die Freisprecherin frösteln. Sie machte einen Schritt nach vorn und tauchte in die Dunkelheit ein.

Die Insel der Dritten Jungfrau war genau hinter ihnen; auf den Wellenkämmen geriet sie in Sicht und verschwand wieder, wenn sie in ein Wellental tauchten. Die Fähre ächzte wie ein haltloses Tier, wand sich unter ihrem Wald aus Masten mit den behelfsmäßigen Segeln, und der größte Teil der Triller kauerte krank und voller Angst an Deck. Hexen und Hexer lagen auf den Knien und jammerten ihre Gebete so laut heraus, dass man sie trotz des wütenden, bösartigen Sturms hören konnte, aber das Gestade war nun weit weg, und sie waren verloren.

Yedan Derryg war von der Gischt durchnässt, die in regelmäßigen Abständen mit so etwas wie dämonischer Schadenfreude über die niedrigen Bordwände spritzte, und bewegte sich nun auf Yan Tovis zu, die sich neben den vier Männern am Steuerruder befand. Sie hielt sich an einem Paar dicker Webeleinen fest und stand breitbeinig da, um das Schwanken aufzufangen. Als sie das Gesicht ihres Halbbruders musterte, während er näherkam, sah sie, was sie bereits wusste.

*Wir werden es nicht schaffen.*

Nachdem sie die Salzmarsch hinter sich gelassen hatten, hatten sie die Leinen losgemacht, und dann war's gen Norden gegangen, um die Halbinsel herum, und weiter, am Nordrand der Riffe entlang, eine Reise von drei Tagen und zwei Nächten, ehe sie in einer der kleinen Buchten auf der Leeseite der Insel der Dritten Jungfrau wieder festmachen konnten. Das Wetter hatte gehalten, und heute Morgen, bei Anbruch der Dämmerung, hatte es auch noch so ausgesehen, als wäre alles möglich.

»Die Nähte, Zwielicht«, sagte Yedan Derryg, als er sie erreichte. »Diese Wellen hämmern sie auseinander. Wir gehen unter …« Er stieß ein wildes, bellendes Gelächter aus. »Bist du jenseits des Gestades, mach's gut, wie sie sagen! Mehr Knochen für die Tiefe!«

Er war blass – genauso blass, wie sie selbst es zweifellos war –, doch in seinen Augen loderte eine dunkle Wut. »Tours Landzunge liegt zwei Strich abseits von unserem Kurs, und es gibt dort Untiefen, aber es ist das einzige trockene Land, das wir vielleicht erreichen können, Schwester.«

»Oh, und wie viele auf dem Deck da vorne können schwimmen? Kann es überhaupt irgendjemand?« Sie schüttelte den Kopf, blinzelte sich salzige Gischt aus den Augen. »Was sollten wir denn deiner Meinung nach tun? Das Ding mit voller Wucht auf den Strand auflaufen lassen? Zum Gestade beten, dass wir ungeschoren durch die Untiefen kommen? Teure Wacht, würdest du dich denn im Schoß der Götter zusammenrollen?«

Das bärtige Kinn ruckte noch ein bisschen weiter vor, die Kiefermuskeln spannten sich so sehr, dass sie darauf wartete, einen Knochen oder Zahn zerbrechen zu hören, und dann wandte er sich ab. »Und was sollen wir deiner Meinung nach tun?«

»Sorg dafür, dass die verdammten Narren anfangen zu schöpfen, Yedan. Wir liegen immer tiefer im Wasser, die nächste Woge wird über uns hinwegrollen.«

Doch sie wusste, dass es bereits zu spät war. Egal, welche großen Pläne für das Überleben ihres Volkes sie tief in ihrem Herzen genährt hatte – sie waren jetzt zu nichts zerstoben. In diesem einen Sturm. Es war Wahnsinn gewesen, diese an der Küste entlangkriechende Fähre vom Gestade hinaus aufs Meer zu werfen, auch wenn es nur eine einzige wirklich gefährliche Stelle gab ... *diese hier, nördlich der Insel der Dritten Jungfrau, auf der Leeseite der Schnüffelinsel. Der einzige Meeresstreifen, der wirklich zum westlichen Ozean hin offen ist.*

Plötzlich war die stürmische Brise wieder da, schlug wie eine Faust gegen die Backbordseite der Fähre. Ein Mast brach, das Segel bauschte sich kugelrund auf, dann rissen die Schote, und wie ein großer Flügel flog das Segel davon und zog den Mast mit sich. Ein paar unglückliche Gestalten an Deck wurden vom Tauwerk mitgeschleift und über Bord geschleudert. Ein zweiter Mast stürzte um. Dieser war schwer genug, um sein Segel mitzunehmen. Weitere schrille Schreie mischten sich in das Geheul des Sturms.

Die Fähre schien nach unten zu sacken, als wäre sie kurz davor, in die Tiefe zu sinken. Yan Tovis merkte plötzlich, dass sie die Leinen so fest gepackt hielt, als könnten die sie losreißen und in den Himmel tragen – als könnten sie sie von all dem hier wegbringen. *Die Königin befiehlt. Ihr Volk stirbt.*

*Zumindest werde ich mich zu meiner ...*

Ein Ruf von Yedan Derryg, der nach vorne, aufs Deck und mitten hinein in das dort herrschende Chaos gegangen war. Ein Ruf, der zu ihr durchdrang.

Und dann sah sie es. Zwei gewaltige Schiffe hatten sich von achtern an sie herangeschoben, auf jeder Seite eins, wogend wie keuchende Ungeheuer auf der Jagd; schon ihre Segel ließen die Fähre, die zwischen ihnen dahinschlingerte, klein aussehen. Das Schiff an Backbord fing die wilden Sturmböen ab, und schlagartig richtete die Fähre sich inmitten des kabbeligen Wassers wieder auf.

Yan Tovis starrte zu dem Schiff hinüber; sie sah Gestalten um die Ballisten herumlaufen, mit denen die Längsseite des Schiffrumpfs bestückt war, sah andere, die große Taurollen zur Reling schleppten.

*Piraten? Jetzt?*

Die Mannschaft des Schiffes an Steuerbord machte mehr oder weniger das Gleiche, wie sie mit zunehmender Sorge beobachtete.

Aber es waren die Schiffe, die ihr am meisten Angst einjagten. Denn sie erkannte sie.

*Schiffe der Verender. Wie haben sie sie genannt? Ach, ja, Kriegsthrone.* Sie erinnerte sich nur zu gut an jene Schlacht – an die peitschende Zauberei, die Wellenberge zerfetzte, an die Detonationen, bei denen Galeeren der Edur direkt vor ihren Augen aufhörten zu existieren. An die Schreie der ertrinkenden Seeleute…

Die Ballisten schickten ihre wuchtigen Bolzen auf die Reise, doch die Geschosse beschrieben einen hohen Bogen, flogen im Abstand von zwei oder drei Mannshöhen quer über das Deck. Und hinter ihnen schlängelten sich Taue her. Die Geschosse waren praktisch gleichzeitig von beiden Schiffen abgeschossen worden. Sie sah, wie die Bolzen die fadenscheinigen Segel zerrissen und durch die Takelage glitten, und dann tauchten die kopflastigen Geschosse ins Meer zwischen den Schiffen.

Sie sah, wie die Taue sich spannten. Sie spürte den knirschenden Biss der Bolzen, als sie wieder aus dem Wasser kamen und ihre Widerhaken sich tief in die Bordwände der Fähre gruben.

Und während der Wind sie alle weitertrieb, rückten die Kriegsthrone näher.

Mächtige Seetangbündel wurden heruntergelassen, um zu verhindern, dass die Schiffsrümpfe gegeneinanderschlugen.

Seeleute von den Schiffen der Verender kletterten nun über die Taue – viele von ihnen aufrecht, hielten trotz des hohen Seegangs auf schier unmögliche Weise das Gleichgewicht – und sprangen mit weiteren Taurollen und Werkzeugen auf das Deck der Fähre.

Die zusätzlichen Taue wurden an Relingsstützen und Verstrebungen befestigt.

Eine gerüstete Verenderin löste sich aus der Menschenmenge auf dem Hauptdeck und kam aufs Achterdeck, wo Yan Tovis stand.

Die Frau benutzte die Handelssprache, als sie sagte: »Euer Schiff sinkt, Kapitän. Wir müssen Eure Passagiere evakuieren.«

Yan Tovis nickte benommen.

»Wir segeln zur Insel der Zweiten Jungfrau«, sagte die Verenderin.

»Dahin wollten wir auch«, antwortete Yan Tovis.

Ein unerwartetes Lächeln, das in Yan Tovis Augen so willkommen war wie die Morgendämmerung nach einer langen Nacht. »Was für ein glücklicher Zufall.«

*Ein glücklicher Zufall, ja. Und eine gute Antwort. Das Fort der Zweiten Jungfrau. Die schweigende Insel ist erobert worden. Dann sind also nicht nur die Malazaner gekommen. Sondern auch die Verender. Oh, seht nur, was wir aufgeweckt haben.*

Er hatte monatelang Zeit gehabt, um über die Dinge nachzudenken, und am Ende überraschte Banaschar, den ehemaligen Halbdrek des Wurms des Herbstes, nur noch sehr wenig von dem, was da hinten im malazanischen Imperium passiert war. Wenn man es nur von außen betrachtet hätte – von irgendeinem Grenzland aus, wo wahre Macht so vergänglich, so flüchtig war wie eine Wolke vor dem Angesicht des Mondes –, wäre man vielleicht überrascht gewesen und hätte sich eines – ja, tatsächlich – eines ungläubigen Gefühls nicht erwehren können. Darüber, dass die sterbliche Frau, die über das mächtigste Imperium der Welt herrschte, sich so … hilflos fühlen konnte. Dass sie so sehr an die ehrgeizigen Ziele und Gelüste der gesichtslosen Spieler hinter den Wandbehängen gebunden war. Das einfache Volk, das sich zum Glück der politischen Machenschaften nicht bewusst war, mochte sehr wohl glauben, dass jemand wie Imperatrix Laseen allmächtig war, dass sie voll und ganz tun konnte, was ihr beliebte. Und dass ein Hohemagier wie Tayschrenn gleichermaßen frei und unabhängig in seinen Bestrebungen war.

Für Menschen mit einer so einfachen Weltsicht waren Katastrophen zusammenhanglose, für sich stehende Dinge, die nichts miteinander zu tun hatten, wie Banaschar sehr wohl wusste. Sie waren nicht empfänglich für alles, was über das Unmittelbare hinausging, es gab kein Verständnis für Ursache und Wirkung, sobald sie jenseits des direkt Beobachtbaren lagen. Eine Klippe stürzt auf ein Dorf, tötet Hunderte von Bewohnern. Die Wirkung: der Tod vieler Menschen. Die Ursache: der Einsturz der Klippe. Wenn man dann allerdings anfing, davon zu sprechen, dass jeder Baum in Sichtweite gefällt worden war, einschließlich derjenigen oberhalb der Klippe, und dass dies die wahre Ursache der Katastrophe gewesen war – eine Ursache, für die die Opfer im Wesentlichen selbst verantwortlich waren –, dann wurde das natürlich heftig abgestritten; oder man erntete nackte Verwirrung – was noch armseliger war. Und wenn man dann auf den wirtschaftlichen Druck zu sprechen kam, der der Grund für so eine räuberische Abholzung war, und der vom Bedarf an Feuerholz bei den Einheimischen und dem Wunsch, Land für Wiesen zu roden, um die Herden zu vergrößern, bis zum Hunger nach Holz reichte, um die Bedürfnisse des Schiffbaus einer viele Meilen entfernten Hafenstadt zu befriedigen – einer Hafenstadt, die diese Schiffe brauchte, um mit einem benachbarten Königreich Krieg um umstrittene Fischfanggründe zu führen, welche wiederum umstritten waren, weil die Schwärme immer kleiner und seltener wurden, was in beiden Königreichen die Gefahr einer Hungersnot heraufbeschwor, die ihrerseits die Herrschaft der regierenden Familien ins Wanken bringen könnte, wodurch das Gespenst eines Bürgerkriegs an die Wand gemalt wurde … nun, wenn man das alles ins Kalkül zog, dann war die ganze Vorstellung von Ursache und Wirkung, deren wahre schlagartig offengelegte Vielschichtigkeit, schlicht überwältigend.

Eine Rebellion im Reich der Sieben Städte, gefolgt von der schrecklichen Pest, und plötzlich sah sich Quon Tali – das Herz des malazanischen Imperiums – mit Getreidemangel konfrontiert. Aber nein. Banaschar wusste, dass man noch weiter zurückgehen konnte. Warum hatte die Rebellion überhaupt stattgefunden? Jetzt mal vollkommen ungeachtet der ach so praktischen Prophezeiungen von der Apokalypse. Die Krise hatte in den Nachwehen von Laseens Staatsstreich begonnen, als buchstäblich alle Kommandanten Kellanveds verschwunden waren – ertrunken, wie der grässliche Witz ging. Sie hatte sich auf den Thron gesetzt und musste dann feststellen, dass ihre fähigsten Gouverneure und militärischen Anführer verschwunden waren. Und auf die nun vakanten Positionen kamen weit weniger fähige und vertrauenswürdige Leute. Eigentlich hätte sie über die Gier und den moralischen Verfall dieser Leute nicht überrascht sein dürfen – schließlich hatte das neue Kapitel, das sie in der Geschichte des Imperiums aufgeschlagen hatte, mit Verrat und Blut begonnen. *Aus bitterer Saat werden bittere Früchte*, wie das Sprichwort sagte.

Moralischer Verfall und Unfähigkeit – das waren die Funken, die die Rebellion entfacht hatten. Funken, die im Imperialen Palast von Unta geboren worden waren, und die nun mit aller Macht dorthin zurückkehrten.

Laseen hatte die Klaue benutzt, um ihren Staatsstreich durchzuführen. In ihrer Arroganz hatte sie sich offensichtlich eingebildet, dass niemand das Gleiche tun könnte – dass niemand ihren tödlichen Kader aus Assassinen unterwandern könnte. Aber genau das war geschehen, wie Banaschar nun vermutete. Und so hatte die mächtigste sterbliche Frau der Welt sich plötzlich entmannt gesehen, im wahrsten Sinne des Wortes gefangen in einem wilden Durcheinander aus Zwangslagen, unerträglichem Druck und unausweichlichen Erfordernissen. Und ihre tödlichste Waffe zur Aufrechterhaltung der Kontrolle im Inneren war unwiderruflich beschädigt.

Es hatte keinen Bürgerkrieg gegeben – dafür hatte die *Mandata* gesorgt – aber die Geschehnisse in Malaz mochten sehr wohl den letzten Nagel in das sich plagende Herz von Laseens Herrschaft getrieben haben. Die Klaue war dezimiert worden, vielleicht so sehr, dass sich auf Jahre hinaus *niemand* ihrer bedienen konnte.

Die Klaue hatte den falschen Leuten den Krieg erklärt. Und so hatte Cotillion – der einst Tänzer gewesen war – sich zu guter Letzt doch noch an der Organisation rächen können, die seine eigene Kralle zerstört und dann Laseen auf den Thron gehoben hatte. Denn in jener Nacht hatte in Malaz ein Schattentanz stattgefunden.

Ursache und Wirkung waren wie die Spinnweben, die sich in Kartool von Turm zu Turm spannten, ein tödliches Netz, ein Strang, der an tausend Stellen festgemacht war. Und sich einzubilden, dass die Dinge einfach wären, bedeutete naiv zu sein. Mit oft tödlichen Folgen.

Ein Verbrechen, dessen er sich selbst schuldig gemacht hatte, wie Banaschar mittlerweile klar war. D'reks Rache an ihren Anhängern war kein von allem anderen losgelöstes, nur ihre Priesterschaft betreffendes Ereignis gewesen. Nein, es war Teil eines gewaltigen Krieges, und in einem Krieg starben Menschen. Vielleicht hatte Tayschrenn sich im Gegensatz zu Banaschar von der Tragödie nicht sonderlich betroffen gefühlt. Vielleicht hatte der Imperiale Hohemagier tatsächlich alles schon längst gewusst.

Solche unangenehmen Gedanken pflegten in seinem Verstand aufzutauchen, wenn die Sonne schon längst vom Himmel geflohen war und er eigentlich hätte schlafen sollen – wenn er tief versunken in der trunkenen Benommenheit des Vergessens hätte dahindämmern sollen, hier, in diesem heruntergekommenen Zimmer gegenüber der Harridict-Taverne, das er sich auf dieser verdammten Insel gemietet hatte. Stattdessen stand er hellwach am Fenster und hörte zu, wie der kalte Wind sich ächzend einen Weg durch die Fensterläden bahnte. Doch selbst wenn es eine warme Nacht gewesen wäre, glaubte er nicht, dass er die Läden aufgemacht hätte. Es war besser, nur diese verwitterten Lamellen zu sehen; besser, daran erinnert zu werden, dass es keinen Ausweg gab.

Der Wurm des Herbstes hatte sich in seinen Eingeweiden gerührt; ein unsterblicher Parasit, dessen sterblicher Wirt er war. Die Göttin war einmal mehr in ihm, nach all diesen Jahren. Aber das war keine Überraschung. *Schließlich bin ich der Einzige, der noch übrig ist.* Doch D'rek war nicht mehr als eine Präsenz, ein schwacher Geschmack auf der Zunge. Es hatte keinen Kampf der Willenskräfte gegeben; aber er wusste, dass der noch kommen würde. Die Göttin brauchte ihn, und früher oder später würde sie zupacken, und eine kalte Faust würde sich um seine Seele schließen.

Dies war nicht die Art und Weise, wie man von seinem Gott gerufen werden sollte.

Er hörte huschende Geräusche hinter seinem Rücken und schloss langsam die Augen.

»Gerüche. Gerüche, Gerüche, Gerüche.«

Die Worte waren ein quengeliges Flüstern in Banaschars Kopf.

»Das ist das Problem, Telorast. Mit dieser Insel. Mit diesem ganzen Kontinent! Oh, warum sind wir nur hierhergekommen? Wir hätten die Körper von zwei Möwen stehlen sollen, und nicht diese verfaulenden Stockdinger mit den leeren Bäuchen, die wir niemals füllen können! Wie viele Ratten haben wir getötet, Telorast? Antworte mir!«

»Aber auch wenn wir sie nicht essen konnten«, murmelte Telorast, »hat es Spaß gemacht, sie zu töten, oder? Die saubersten Schiffe auf der Welt. Und jetzt hör auf, dich zu beklagen, Rinnsel. Kannst du nicht spüren, wie dicht wir dran sind?«

»Sie war hier!« In Rinnsels Stimme schwang jetzt Entsetzen mit. *»Was tun wir an diesem Ort?«*

Banaschar drehte sich um. Die beiden kniehohen Reptilienskelette trippelten auf seinem Lager hin und her, wobei sie ungeschickt über sein unordentliches Bettzeug turnten. »Das ist eine gute Frage«, sagte er. »Was *macht* ihr hier? In meinem Zimmer? Und wer ist ›sie‹?«

Rinnsels Kopf wippte auf und ab. Ihre Kiefer klackten. »Nicht-Nicht-Apsalar hat uns weggejagt. Aber wir müssen es jemandem erzählen!«

»Irgendjemandem!«, wiederholte Telorast. »Notfalls dir.«

»Sie heißt Lostara Yil«, sagte Banaschar. »Nicht Nicht-Nicht-Apsalar – bei den Göttern, habe ich das gerade eben wirklich gesagt?«

»›Sie‹«, sagte Rinnsel, und ihr Schwanz peitschte hin und her, »ist diejenige, die hier gewesen ist. Vor langer Zeit. Vor längerer Zeit als du dir auch nur vorstellen kannst, so lange ist das schon her. Telorast ist verrückt. Sie ist aufgeregt, aber wie kann jemand aufgeregt sein, wenn wir *ihr* so nahe sind? Wahnsinn!«

»Dass sie hier gewesen ist, heißt ja nicht, dass sie sich immer noch hier herumtreibt«, sagte Telorast. »Sie hat lange keine großen Schädel mehr bekommen, die sie einschlagen konnte – sogar sehr, sehr lange, richtig? Und schau uns an, Rinnsel. Wir könnten auf ihrer Handfläche tanzen. Auf der einen oder der anderen. Oder auf beiden – eine für dich, eine für mich – und sie könnte nichts über uns sagen. Nein, könnte sie nicht.« Die Kreatur drehte sich um und blickte wieder Banaschar an. »Es gibt also keinen Grund zur Panik, und das musst du Rinnsel sagen, Wurmfutter. Also, sag es ihr.«

Banaschar blinzelte langsam, ehe er sagte: »Es gibt nichts, worüber du dir Sorgen machen müsstest, Rinnsel. So. Wollt ihr beiden jetzt wohl gehen? Ich muss noch ein bisschen vor mich hin brüten, und die Nacht ist schon halb vorbei.«

Telorasts Kopf mit den rasiermesserscharfen Zahnreihen schwang zu Rinnsel herum. »Siehst du? Alles ist wunderbar. Wir sind dicht dran, weil wir dicht dran sein müssen. Weil Randgänger dort …«

»Still!«, zischte Rinnsel.

Telorast duckte sich. »Oh. Jetzt müssen wir ihn töten, oder?«

»Nein, das würde nur eine Sauerei geben. Wir müssen einfach hoffen, dass ein schrecklicher Unfall passiert. Schnell, Telorast, denk dir einen schrecklichen Unfall aus!«

»Ich habe nie von Randgänger gehört«, sagte Banaschar. »Kriegt euch wieder ein, und verschwindet von hier und hört auf, darüber nachzudenken, mich zu töten. Es sei denn, ihr wollt D'rek aufwecken. Es könnte gut sein, dass die Göttin weiß, wer dieser Randgänger ist, und dass sie daher, etwas über eure ach so schrecklich geheime Mission herausfinden könnte, was wiederum dazu führen könnte, dass sie zu dem Schluss kommt, dass es besser wäre, euch beide zu Staub zu zermalmen.«

Rinnsel hüpfte von der Bettstatt, kroch näher an Banaschar heran und begann dann zu katzbuckeln. »Wir haben mit alledem nichts sagen wollen, überhaupt nichts. Wir wollen nie etwas mit dem sagen, was wir sagen, stimmt's Telorast? Außerdem sind wir höchst nutzlos und klein.«

»Wir können den Wurm riechen, ganz recht«, sagte Telorast und bewegte den Kopf wieder auf und ab. »An dir. In dir. Nur ein weiterer grässlicher Geruch in dieser Gegend. Wir mögen ihn nicht. Komm, wir gehen, Rinnsel. Er ist nicht derjenige, mit dem wir sprechen sollten. Er ist nicht so gefährlich wie Nicht-Apsalar, aber genauso unheimlich. Mach die Fensterläden auf, Wurmfutter; wir werden da rausgehen.«

»Wie praktisch für euch«, murmelte Banaschar. Er drehte sich um und zog die lamellenbesetzten Hindernisse beiseite. Eine Böe fegte ins Zimmer wie der Atem des Vermummten, und der wiedergeborene Priester erschauerte.

Binnen eines Herzschlags hockten die beiden Reptilien auf der Fensterbank.

»Schau nur, Telorast, Taubendreck.«

Dann hüpften die beiden Kreaturen außer Sicht. Einen Augenblick später machte Banaschar die Läden wieder zu. Brachte seine Sicht auf die Welt wieder in Ordnung. Zumindest auf seine Welt.

*»Shillidan mit den dunklen Augen*
*Reckt den Kopf um sich umzuschau'n*
*Hillihan mit den schwarzen Klauen*
*Kam aus dem Brunnen um sich umzuschau'n*

*›Gut und* und*!‹, sagt der Zwölfzehenmann*
*Und rund um den Hügel hüpft er rum*
*Ruh-mich-Hand, der Todeslächelnmann*
*Hüpft hüpfend runter und drumrum*

*Shillidan aus den roten Wassern*
*Beißt ins Gras und küsst die Maid*
*Hillihan mit dem blauen Schwanz –«*

»Um des Vermummten willen, hör endlich mit der verdammten Singerei auf, Krumm!«

Der schlaksige Sappeur richtete sich auf, starrte seinen Korporal mit weit aufgerissenem Mund an, bückte sich dann wieder und fuhr fort, die Grube auszuheben. Er fing an, sein verrücktes, nie endendes Sumpflied leise vor sich hin zu summen.

Korporal Scherbe schaute noch einen Moment lang zu, wie der Dreck aus dem Loch geflogen kam und von den peitschenden Windböen davongewirbelt wurde. Zwanzig Schritt hinter dem tiefen Loch und Krumms aufblitzender Schaufel befand sich die von niedrigen Mauern umgebene Einfriedung, wo der Trupp seine Ausrüstung versteckt hatte und Sergeant Strang, Masan Gilani, Humpel und Ebron jetzt hockten, um ein bisschen Schutz vor dem böigen Wind zu finden. Schon bald würde Strang sie alle hochscheuchen, und die Patrouille an diesem Teil der Küste würde beginnen.

In der Zwischenzeit grub Krumm eine Grube. Eine tiefe Grube, genau wie der Sergeant es befohlen hatte. Genau wie der Sergeant es nun schon seit fast einer Woche jeden Tag befahl.

Scherbe rieb sich das betäubte Gesicht, krank vor Sorge um seine Schwester. Die Sünd, die er gekannt hatte, war fort, und nicht das geringste Anzeichen von ihr war zurückgeblieben. Sie hatte ihre Macht gefunden, die etwas Gieriges, fast schon Entsetzliches in ihren dunklen Augen hatte aufsteigen lassen. Er hatte Angst vor ihr, und er war nicht der Einzige. Humpels schlimme Knie klapperten gegeneinander, wann immer sie ihm zu nahe kam, und Ebron machte hinter ihrem Rücken – unbemerkt und unauffällig, wie er meinte – abwehrende Gesten. Masan Gilani schien von alledem ungerührt – das war immerhin etwas; aber vielleicht war auch das so eine Frauensache, denn Faradan Sort hatte sich ziemlich genauso verhalten.

War es wirklich so einfach? Schrecklich für Männer, aber nicht für Frauen? Aber warum sollte das der Fall sein?

Er hatte keine Antwort auf diese Frage.

Krumms Gesumme wurde lauter, lenkte Scherbes Aufmerksamkeit wieder auf den Sappeur. Es war nun so laut, dass es beinahe das aus der Ferne herandringende Ächzen des sterbenden Eises von der anderen Seite der Meerenge übertönte. Sollte er sich den Idioten deswegen noch einmal vorknöpfen? Vielleicht lieber nicht.

Dreck flog aus dem Loch, wurde hochgewirbelt und vom eiskalten Wind davongetragen.

Ein anderthalb Meilen langer Geländestreifen an der Nordküste dieser Insel war jetzt mit Löchern gesprenkelt. Krumm war stolz auf seine Leistung, und er würde auch weiterhin stolz auf sie sein, vermutlich für immer. Die besten Löcher, die jemals gegraben worden waren. Zehn, fünfzig, hundert – so viele, wie der Sergeant wollte, jawohl.

Scherbe glaubte, dass Strangs inbrünstige Hoffnung, eines dieser Löcher würde einstürzen und den verdammten Idioten ein für alle Mal unter sich begraben, nichts als Wunschdenken war.

*Schließlich gräbt Krumm großartige Löcher.*

Er hörte einen pfeifenden, schrillen Ton, der von irgendwo hinter ihm kam, und drehte sich um. Und da war sie. Sünd, das Mädchen, das er sich einst wie einen Knollensack über die Schulter geworfen hatte –

einen kichernden Sack –, um dann mit ihr von einem Zimmer zum anderen zu rennen, während ihr Gelächter sich in Gekreische verwandelt und sie angefangen hatte, mit den Füßen zu strampeln. Ihre strähnigen schwarzen Haare wehten im Wind, und in den Händen hielt sie eine Knochenflöte, deren Musik wie tiefschwarze Fäden in das bittere Durcheinander hinausgeschleudert wurde, während sie trotz des Wetters herumhüpfte, als wäre sie von einer Spinne gebissen.

Sünd, die Kindhexe. Die nach Blut dürstende Hohemagierin.

Ein Kind der Rebellion. Dem Leben entrissen, das sie hätte führen sollen, durch unsägliche Schrecken zu etwas Neuem gemacht. Kind der Sieben Städte, Kind der Apokalyptischen, oh, ja. Dryjhnas gesegnete Brut.

Er fragte sich, wie viele solcher Kreaturen es da draußen geben mochte, die wie hungrige Hunde durch die Ruinen stolperten. Der gescheiterte Aufstand, und dann die Pest: Wie viele Narben konnte eine junge Seele ertragen? Bevor sie sich so verbog, dass sie zu etwas wurde, das nicht mehr zu erkennen war – zu etwas, das kaum noch menschlich war?

Fand Sünd Erlösung in der Zauberei? Scherbe vertraute nicht darauf, dass so eine Erlösung wirklich gutartig war. Die Zauberei war eine Waffe für ihren Willen – und wie weit konnte eine Sterbliche mit so einer Waffe in den Händen gehen? Wie gewaltig war das Gewicht ihres Willens, ungebunden und entfesselt?

Sie taten recht daran, sie zu fürchten. Sie taten so recht daran.

Ein schroffer Befehl von Sergeant Strang, es war Zeit, mit der Patrouille zu beginnen. Eine Länge verdammter, windzerzauster Küste. Krumm kletterte aus der Grube und klopfte sich die Hände ab; er strahlte übers ganze Gesicht, als er sich seine Arbeit noch einmal anschaute.

»Ist es nicht toll, Korporal? Ein Loch, das ein Hochmarschall vom Mottwald gegraben hat, und wir wissen, wie wir Löcher graben müssen, oh, und wie wir das wissen. Tja, also ich glaube, es könnte das bisher beste sein! Vor allem mit all den Kinderschädeln da unten drin; sie sind wie Pflastersteine, obwohl sie viel zu leicht zerbrechen – ich musste ganz vorsichtig zutreten! Ganz vorsichtig!«

Scherbe, der plötzlich ein Frösteln tief in seinem Innern verspürte – an einem Punkt, den kein Wind jemals erreichen konnte –, trat an den

Rand der Grube und schaute hinein. Wenige Augenblicke später gesellte sich der Rest des Trupps zu ihm.

In der Düsternis, die beinahe eine Mannshöhe unter ihnen lag, schimmerten runde Gegenstände. *Sie sind wie Pflastersteine.*

Und sie *bewegten sich.*

Ebron stieß ein Zischen aus, und dann warf er Sünd, deren Musik und Tanzerei sich zu schrillen, wilden Höhen gesteigert hatte, einen düsteren Blick zu. »Bei den Göttern hienieden! Sergeant –«

»Schnapp dir deine Schaufel«, knurrte Strang Krumm an. »Füll sie wieder auf, du Idiot! Füll sie auf! Füll sie alle auf!«

Krumm blinzelte, dann hob er seine Schaufel auf und machte sich daran, den trockenen Boden wieder in das Loch zu werfen. »Wir sind die besten Löcherauffüller, die man finden kann! Du wirst schon sehen, Sergeant! Tja, du wirst niemals Löcher sehen, die so gut aufgefüllt sind wie die, die von einem Hochmarschall vom Mottwald aufgefüllt wurden!«

»Beeil dich, du verdammter Idiot!«

»Ja, Sergeant, beeilen. Krumm kann sich beeilen!«

Einen Herzschlag später fing der Sappeur wieder an zu singen.

*»Shillidan aus den roten Wassern*
*Beißt ins Gras und küsst die Maid*
*Hillihan mit dem blauen Schwanz*
*Streichelt sie voll Dankbarkeit!«*

Eng in einen schweren Umhang aus dunkelblauer Wolle gewickelt, stand Nimander Grolit am Ende der gewundenen Straße. Baufällige Hafengebäude standen schief oder waren ein Stück abgesackt, bildeten eine Grimasse aus Ziegelsteinen, die sich bis zum Wasser wand, das in hundert Schritt Entfernung glitzerte. Wolkenfetzen jagten an einem von verschwommenen Sternen gesprenkelten Nachthimmel dahin, immer weiter gen Süden wie die Vorboten von Schnee und Eis.

Tiste Andii, Schildwache des Dunkels; es hätte ihm gefallen, wenn er sich ebenso eng in so großartige Begriffe hätte hüllen können wie in seinen Umhang. Eine mythische Einstellung, voller … voller irgendwas. Und das Schwert an seiner Seite, eine Waffe heroischen Willens, die er ziehen könnte, wenn das grässliche Schicksal mit seiner schrillen Wehklage kam, um sie dann mit einer Geschicklichkeit zu führen, die nur erstaunen konnte – so, wie früher die Bedeutenden; ein unübertreffliches Symbol der Macht, das im Namen von Mutter Dunkel enthüllt wurde.

Aber es war alles nur ein Traum. Seine Fähigkeiten im Ungang mit dem Schwert waren allenfalls leidlich ausgeprägt, ein Sinnbild der Mittelmäßigkeit, das so trübe war wie seine eigene Abstammung. Er war kein Soldat der Dunkelheit, sondern nur ein junger Mann, der verloren auf einer seltsamen Straße stand, ein Mann, der nirgendwo hingehen konnte – aber der dazu getrieben wurde, der genau in diesem Moment dazu getrieben wurde ... *irgendwo* hinzugehen.

Nein, noch nicht einmal das war richtig. Er stand hier in der Nacht, weil er fliehen musste. Phaeds Bosheit war tollwütig geworden, und Nimander war derjenige, den sie sich als Vertrauten auserwählt hatte. Würde sie Sandalath Drukorlat hier, in dieser Hafenstadt umbringen, wie sie es geschworen hatte? Wichtiger noch – würde er, Nimander, es zulassen? Hatte er denn überhaupt den Mut, Phaed zu verraten, wo er doch wusste, wie rasch sie sich gegen ihn wenden würde – und wie tödlich ihr Gift war?

*Anomander Rake würde nicht zögern. Nein, er würde die Tür zu Phaeds Zimmer eintreten und den kreischenden kleinen Hermelin am Genick packen und herauszerren. Und dann würde er das Leben aus ihr herausschütteln. Er hätte gar keine andere Wahl, oder? Ein Blick in Phaeds Augen, und das Geheimnis würde offenkundig. Das Geheimnis, dass in ihr nur eine riesige Leere war, dort, wo ihr Gewissen sein sollte. Er würde es deutlich sehen, und dann würde das Entsetzen in ihren Blick kriechen, das Entsetzen darüber, durchschaut worden zu sein* – Augenblicke bevor ihr Genick brach.

Mutter Dunkel würde auf Phaeds Seele warten – sie würde darauf warten, dass diese Seele kreischend ausgeliefert wurde, die unheilvolle Geburt einer gerechten Hinrichtung, von Entscheidungen, die gar keine Entscheidungen waren. Warum? *Weil nichts anderes getan werden kann. Nicht für eine wie sie.*

Und Rake würde das Blut an seinen Händen akzeptieren. Er würde die schreckliche Bürde akzeptieren – nichts weiter als noch eine mehr inmitten von unzähligen anderen, die er seit hunderttausend Jahren mit sich herumtrug. Kindsmörder. Mörder eines Kindes vom eigenen Blut.

Der Mut von jemandem mit Macht. Und das war Nimanders eigene gähnende Leere im Innersten seiner Seele. *Wir mögen seine Kinder sein, seine Enkel, wir mögen von seinem Blut sein, aber wir sind alle unvollständig. Phaed und ihre boshafte moralische Leere. Nenanda und seine blinde Wut. Aranatha mit ihren närrischen Hoffnungen. Kedeviss, die jeden Morgen von ihren eigenen Schreien aufwacht. Skintick, für den das ganze Leben ein Witz ist. Desra, die ihre Beine für jeden Mann breit machen würde, wenn es sie nur eine Sprosse auf der Leiter weiter nach oben brächte, näher zu jenem Ruhm – wie auch immer der aussehen mag –, von dem sie sich einbildet, dass er ihr zustünde. Und Nimander, der sich für das Oberhaupt dieser mörderischen Familie von Möchtegern-Helden hält, der bis zum Ende der Welt gehen wird auf seiner Suche nach … nach Mut, nach Überzeugung, nach einem Grund* irgendetwas *zu tun, zu spüren.*

Oh, dann also für Nimander eine leere Straße mitten in der Nacht. Während die Bürger dieser Stadt in ihrem unruhigen, kläglichen Schlaf verloren sind – als könnte das Vergessen irgendeine Fluchtmöglichkeit, irgendeinen Ausweg bieten. Für Nimander also diese endlosen Augenblicke, in denen er darüber nachdenken konnte, ob er nicht vielleicht tatsächlich eine Entscheidung treffen sollte, ob er nicht vielleicht tatsächlich zwischen eine unschuldige ältere Tiste Andii und seine eigene, mörderische kleine Schwester treten sollte. Um zu sagen: *Nein, Phaed. Du wirst deinen Willen nicht bekommen. Nicht mehr. Du wirst kein Geheimnis mehr sein. Du wirst erkannt werden.*

Wenn er das tun könnte. Wenn er das nur tun könnte.

Er hörte ein Geräusch. Ein Surren, das Flüstern einer dünnen Kette, die durch die Luft wirbelte – nah, so nah, dass Nimander herumfuhr – aber da war niemand. Er war allein. *Ein Surren, ein Wirbeln, ein Zischen* – dann plötzlich ein schnappendes Geräusch, zweimal ein deutlich unterscheidbares leises Klicken, wie von zwei kleinen Gegenständen an den beiden Enden der dünnen Kette – *ja, dieses Geräusch, die Prophezeiung – Mutter hilf, ist dies die Prophezeiung?*

Es war jetzt still, doch die Luft ringsum fühlte sich fiebrig an, und er atmete keuchend. »*Er trägt die Tore, Nimander, so heißt es. Ist dies keine würdige Aufgabe? Für uns? Die Sphären zu durchsuchen, aber nicht, um unseren Erzeuger zu finden, sondern denjenigen, der die Tore trägt?*

*Unseren Weg nach Hause. Zu Mutter Dunkel, in ihre innigste Umarmung – oh, Nimander, mein Lieber, lass uns …«*

»Hör auf damit«, krächzte er. »Bitte, hör auf.«

Sie war tot. Auf der treibenden Insel gestorben. Gefällt von einem Tiste Edur, der sich nichts dabei gedacht hatte. Nichts. Sie war tot.

Aber sie war sein Mut gewesen. Und jetzt war nichts mehr davon übrig.

Die Prophezeiung? Die war nicht für einen wie Nimander gedacht.

*Träume nicht vom Ruhm. Sie ist auch tot.*

*Sie war alles. Und sie ist tot.*

Ein kühler Wind strich seufzend heran und nahm die Spannung mit – eine Spannung, die er sich nur eingebildet hatte, wie er nun wusste. Ein Augenblick der Schwäche. Etwas huschte über ein nahegelegenes Dach.

So etwas kam nicht zu denjenigen, die unvollständig waren. Er hätte es eigentlich wissen müssen.

Drei leise Glockentöne hallten durch die Nacht, kündeten von einem weiteren Wachwechsel vorne bei den Vorposten. Größtenteils schweigend erhoben sich Soldaten, dunkle Umrisse, die ihre Position veränderten und schnell von denjenigen ersetzt wurden, die gekommen waren, um an ihrer Stelle Wache zu halten. Waffen raschelten, Schließen und Schnallen klickten, Lederrüstungen gaben leise tierische Laute von sich. Gestalten bewegten sich auf der Ebene vor und zurück. Irgendwo in der Dunkelheit dahinter, auf der anderen Seite der Anhöhe, draußen, im hohen Grasland und den fernen Trockentälern, versteckte sich der Feind.

Die Soldaten wussten, dass Bivatt geglaubt hatte, die Schlacht würde unmittelbar bevorstehen. Dass Rotmaske und seine Ahl sich rasch nähern würden. Dass am späten Nachmittag des Tages, der nun vorüber war, Blut vergossen werden würde. Oh, wie die letheriischen Soldaten in den Vorposten wohl wussten, waren die Wilden tatsächlich gekommen. Und die Atri-Preda hatte ihre Magier aufmarschieren lassen, um sie zu empfangen. Üble Zaubereien hatten geknistert und gesprotzelt, hatten ganze Streifen Graslandes geschwärzt, bis die Asche schwer in der Luft gehangen hatte.

Doch der Feind griff nicht an, die verdammten Ahl zeigten sich noch nicht einmal. Obwohl sie sich knapp außer Sichtweite aufhielten, um die letheriische Armee zu umzingeln. Dies klang bedrohlicher als es war; keine Formation von Ahl – von Wilden – würde in der Lage sein, einem konzentrierten Ausbruch standzuhalten, und die taktischen Genies der niederen Ränge, die es in allen Armeen zu Hunderten gab, hatten wieder und wieder vorausgesagt, dass Bivatt genau das tun würde: eine Keilformation in die Reihen der Ahl treiben und sie in alle Himmelsrichtungen zerstreuen.

Diese Vorhersagen wurden seltener, als der Nachmittag verstrich, die Abenddämmerung hereinbrach und schließlich die Nacht alles um sie herum in ihren undurchdringlichen Mantel hüllte.

*Na ja*, sagten sie dann, *natürlich hat sie nicht angebissen. Das Ganze ist ja nur eine allzu offensichtliche Falle, noch dazu eine so plumpe, dass man es kaum glauben kann. Rotmaske will, dass wir unsere Position aufgeben, dass wir uns hierhin und dorthin in Bewegung setzen. Er will das Durcheinander, verstehst du? Aber Bivatt ist zu schlau, um darauf einzugehen.*

Und daher hockten sie nun in der Nacht da, müde und nervös, und jedes Geräusch, das sie hörten, klang für sie, als würden sich im Dunkel heimlich Mörder anschleichen. Ja, Freunde, da draußen hat sich was bewegt, daran gibt es keinen Zweifel. Was trieben die elenden Dreckskerle da also?

*Sie warten. Um bei Anbruch der Morgendämmerung die Schwerter zu ziehen, genau so, wie sie es beim letzten Mal getan haben. Wir hocken hier rum, hellwach, für nichts. Und wenn der Morgen kommt, werden unsere Augen brennen, und wir werden so steif wie Tote sein, zumindest bis der Kampf richtig losgeht, denn dann werden wir ihnen die Haut abziehen. Klingen und Magie, Freunde. Um den kommenden Tag zu begrüßen.*

Die Atri-Preda schritt auf und ab. Brohl Handar konnte sie gut sehen, doch auch wenn er sie nicht gesehen hätte, hätte er anhand des Knirschens ihrer Rüstung genau sagen können, wo sie sich aufhielt. Und obwohl der Tiste Edur nicht alles bis in die letzte Einzelheit wahrnehmen konnte, wusste er, dass sie erschöpft war; genauso, wie er wusste, dass sie nicht über die notwendige Gelassenheit verfügte, die von einem Befehlshaber erwartet wurde. Und so kam er zu dem Schluss, dass es gut war, dass sie beide mehr als zwanzig Schritt von den nächsten lagernden Soldaten entfernt waren.

Dadurch allerdings auch mehr als nur ein bisschen gefährdet. Wenn feindliche Krieger zwischen den Vorposten hindurch eingesickert waren, konnte es gut sein, dass sie sich keine zehn Schritt entfernt versteckten und ihre Messer noch einmal fester packten – wenige Augenblicke, bevor sie sich auf Bivatt und ihn stürzen würden. Die beiden Anführer dieser Invasionsarmee niedermachen würden. Natürlich hätten die Wilden die Schutzzauber der Magier überwinden müssen, um das zu schaffen, und das schien unwahrscheinlich. Bivatt war nicht die Einzige, deren Nerven blank lagen; eine Schwachstelle, die er auf keinen Fall vergessen durfte.

Rotmaske übertraf sich immer wieder selbst, wenn es um Überraschungen ging. Das hatte er bereits bewiesen, und es wäre dumm, in dieser Hinsicht jetzt plötzlich eine Veränderung zu erwarten, ein dramatisches Versagen seiner Verschlagenheit. Aber ging es hier wirklich nur um die Tatsache, dass die Schlacht bei Sonnenaufgang beginnen sollte? Das schien zu einfach.

Die Atri-Preda kam zu ihm. »Aufseher«, sagte sie leise, »ich möchte, dass Ihr Eure Edur ausschickt. Ich muss wissen, was er tut.«

Brohl war so überrascht, dass es ihm einen Augenblick lang die Sprache verschlug.

Sie interpretierte sein Schweigen zutreffenderweise als Missbilligung. »Euer Volk ist besser darin, im Dunkeln zu sehen. Stimmt das nicht? Gewiss besser als wir Letherii; aber, was noch wichtiger ist, auch besser als die Ahl.«

»Und ihre Hunde, Atri-Preda? Sie werden uns riechen, werden uns hören – sie werden die Köpfe recken und alles aufwecken. Wie Eure Soldaten«, fuhr er fort, »sind auch meine in Position, starren hinaus ins hohe Gras und erwarten, jeden Moment den Feind zu sehen.«

Sie seufzte. »Ja, natürlich.«

»Er spielt mit uns«, sagte Brohl Handar. »Er will, dass wir uns Gedanken darüber machen, was er vorhaben könnte. Er will, dass wir vom vielen Grübeln vollkommen betäubt und erschöpft sind, wenn die Morgendämmerung anbricht, und dass unsere Reaktionen dadurch verlangsamt sein werden, unsere Fähigkeit, rasch und richtig zu reagieren. Rotmaske will, dass wir durcheinander sind – und er hat Erfolg damit.«

»Glaubt Ihr etwa, ich wüsste das alles nicht?«, zischte sie ihn an.

»Atri-Preda, im Augenblick traut Ihr noch nicht einmal Euren Magiern – den Schutzzaubern, die sie geschaffen haben, um uns heute Nacht zu beschützen. Unsere Soldaten sollten eigentlich schlafen.«

»Wenn ich Anlass habe, nicht allzu viel Vertrauen in meine Magier zu haben«, sagte Bivatt, »dann aus gutem Grund. Und auch Euer K'risnan hat mich bis jetzt noch nicht sonderlich beeindruckt, Aufseher. Obwohl«, fügte sie hinzu, »seine Heilerbegabung sich als mehr als ausreichend erwiesen hat.«

»Ihr klingt beinahe so, als würdet Ihr das bedauern«, sagte Brohl.

Mit einer wedelnden Handbewegung bedeutete sie ihm, dass das Gespräch zu Ende war, und schritt davon. Kurz darauf begann sie wieder, auf und ab zu gehen.

In der Tat eine geplagte Befehlshaberin.

Rotmaske würde begeistert sein.

Toc lehnte sich gegen den Hals des Pferdes. Er ritt ohne Sattel und konnte die Hitze des Tieres spüren, und sein durchdringender, aber angenehmer Geruch erfüllte seine Nase, als er das Tier einen weiteren Schritt vorwärts machen ließ. Vom Pferderücken aus konnte er gerade noch über den Grat zu seiner Linken spähen.

Die bescheidenen und unbedeutenden Verteidigungswälle wirkten auf der ebenen Fläche auf dieser Seite des letheriischen Lagers wie bucklige Gräber. Es hatte einen Wachwechsel gegeben – die Glöckchen waren gut zu hören gewesen –, was bedeutete, dass ein weiterer Zeitpunkt verstrichen war, der sich hervorragend zum Angriff geeignet hätte.

Toc war kein militärisches Genie, aber er glaubte, dass diese Nacht für die Ahl gar nicht besser hätte geeignet sein *können.* Ihr Feind war verwirrt, müde und mit den Nerven am Ende. Doch statt anzugreifen erschöpfte Rotmaske seine eigenen Krieger, indem er sie erst hierhin und dann dahin schickte, anscheinend mit dem einzigen Ziel, Staub aufzuwirbeln, den niemand sehen konnte. Es war kein Befehl erteilt worden, Kampfhandlungen zu beginnen. Es war auch nicht verabredet worden, sich zu sammeln, um einen überraschenden Angriff ins Lager der Letherii vorzutragen. Oder zumindest ein Störfeuer aus Pfeilsalven im Dunkel auf die Feinde herabregnen zu lassen. Er glaubte, den Grund für Rotmaskes Wankelmut zu kennen. Die letheriischen Magier. Seine Kundschafter hatten die unduldsame, tödliche Zauberei beobachtet, die bereitgehalten wurde, um dem Angriff der Ahl zu begegnen. Sie hatten Geschichten von versengtem Land mitgebracht, von Felsen, die in der weißglühenden Hitze geborsten waren, und diese Geschichten hatten sich rasch verbreitet und hatten einen Stachel der Furcht tief ins Fleisch der Armee getrieben. Das Problem war einfach. Hier, an diesem Ort, hatte Rotmaske dieser Magie nichts entgegenzusetzen. Und Toc glaubte jetzt, dass Rotmaske schon bald zum Rückzug blasen würde, ganz egal, wie ärgerlich das war – immerhin würde es kein Blutvergießen geben, und der große Vorteil, weiter vorzurücken und ein gutes Stück aus der Reichweite der Marschsäule der Letherii zu kommen – und dadurch zu vermeiden, entdeckt zu werden – war aufgegeben worden, sinnlos weggeworfen worden. Keine Schlacht, aber nichtsdestotrotz eine Niederlage.

Sein Pferd, das von dem Menschen auf seinem Rücken nicht gelenkt wurde, machte einen weiteren Schritt und senkte den Kopf, so dass es Gras fressen konnte. Zu viel davon, und das Tier würde eine Kolik bekommen.

*Oh, wir führen dich ins Gemetzel, ohne auch nur einen einzigen Gedanken daran zu verschwenden. Und ja, ein paar von euch fangen irgendwann an, daran Spaß zu haben, sich nach dieser Kakophonie zu sehnen, nach der Gewalt, dem Geruch von Blut. Und so teilen wir mit dir, teures Pferd, unseren besonderen Wahnsinn. Aber wer richtet über uns für dieses Verbrechen an dir und deiner Art? Niemand.*

*Es sei denn, ihr Pferde hättet einen Gott.*

Er fragte sich, ob in alledem irgendwo ein Gedicht verborgen war. *Aber Gedichte, die uns an unsere scheußlicheren Charakterzüge erinnern, sind nie besonders beliebt, oder? Am liebsten nur unverblümte Lügen von Helden und großen Taten. Der glatte Trost, den der Mut und die Überzeugung von jemand anderem bieten. So dass wir uns im rechtschaffenen Glanz aalen können und uns so ebenfalls erhoben fühlen.*

*Na gut, ich werde bei den Lügen bleiben. Warum auch nicht? Alle anderen tun es auch.*

*Und denjenigen, die es nicht tun, erzählt man, dass sie zu viel denken. Ha, das ist allerdings auch ein furchtbarer Angriff, der jede kühne Seele verzagen lässt. Seht, wie ich zittere.*

Sein Pferd hörte ein Wiehern, das von irgendwo rechts kam, und was für eine Sprache die Tiere auch immer besitzen mochten, dieses Geräusch war sicherlich ein Ruf, denn es hob den Kopf und ging dann langsam auf die Quelle zu. Toc wartete noch ein paar Augenblicke, und als er zu dem Schluss kam, dass sie nun weit genug von dem Grat hinter ihm weg waren, richtete er sich auf und griff nach den Zügeln.

Und sah vor sich eine geschlossene Reihe berittener Krieger mit erhobenen Lanzen.

Vor der Reihe befand sich der junge Renfayar – Masarch.

Toc lenkte sein Pferd zu ihm.

»Was soll das werden, Masarch? Ein Angriff der Reiterei im Dunkeln?«

Der junge Krieger zuckte die Schultern. »Wir haben uns heute Nacht schon dreimal bereitgemacht, Mezla.«

Toc lächelte in sich hinein. Vor ein paar Tagen hatte er selbst in einem Anfall von Selbstironie diese abschätzige Bezeichnung verwendet, und jetzt war sie zu einem Ehrentitel geworden. Was, wie er zugeben musste, seinem Sinn für Ironie sehr entsprach. Er lenkte sein Pferd noch ein bisschen näher an Masarch heran und fragte leise: »Hast du irgendeine Idee, was Rotmaske eigentlich vorhat, Masarch?«

Ein verschleierter Blick, dann ein weiteres Schulterzucken.

»Also«, ließ Toc nicht locker, »ist dies hier die Hauptstreitmacht? Nein? Und wo ist sie dann?«

»Ich glaube im Nordwesten.«

»Soll euer Angriff ein Scheinangriff sein?«

»Wenn das Horn ertönt, reiten wir, um Blut zu vergießen, Mezla.«

Toc drehte sich auf dem Pferderücken um und blickte zurück zum Grat. Die Letherii würden das Stampfen der Hufe spüren und dann die Umrisse der Ahl sehen, sobald sie über den Grat kamen. Und jene Soldaten hatten Gruben gegraben – er konnte bereits das Krachen von brechenden Knochen und das schrille Gewieher der Pferde hören. »Ihr könnt diese Vorposten nicht angreifen, Masarch«, sagte er.

»Wir können sie gut genug sehen, um einen Bogen um sie zu schlagen …«

»Bis das Pferd neben dir deines rammt.«

Anfangs dachte Toc, er würde Wölfe heulen hören, aber der plötzliche Ruf wurde zu einem gleichmäßigen Ton – Rotmaskes Rodara-Horn.

Masarch hob seine Lanze. »Reitest du mit uns, Mezla?«

*Ohne Sattel?* »Nein.«

»Dann reite aus dem Weg!«

Toc gab seinem Pferd die Fersen, und als er an der Formation entlangritt, sah er, wie die Ahl-Krieger auf ihren nun plötzlich unruhigen Reittieren die Waffen bereitmachten. Atemwolken dampften in der Luft. Von irgendwoher auf der hinteren Seite des letheriischen Lagers hörte man plötzlich Waffengeklirr.

Nach seiner Schätzung führte Masarch sechs- oder siebenhundert berittene Ahl-Krieger an. Um nicht niedergeritten zu werden, als die Reiter vorwärtspreschten, trieb er sein Pferd zum Galopp an. »Das ist Wahnsinn!« Er riss das Tier herum, zog den Bogen von der Schultern, während er sich gleichzeitig die Zügel um das linke Handgelenk schlang. Dann setzte er ein Ende des Bogens auf seinen in einem Mokassin steckenden Fuß – zwischen dem großen Zeh und dem Rest – und stützte sich mit dem ganzen Gewicht darauf, um die Sehne einzuhängen. Nachdem die Waffe bereit war und er sie sicher in der rechten Hand hielt, packte er die Zügel wieder fester und verknotete sie, um zu verhindern, dass sie zu Boden fielen und das Pferd womöglich darüberstolperte. Während das Tier im leichten Galopp durch die Staubwolken preschte, die die angreifende Reiterei der Ahl aufgewirbelt hatte, zog Toc einen Pfeil mit Steinspitze aus dem Köcher an seiner Hüfte. *Was im Namen des Vermummten mache ich hier eigentlich?*

*Mache ich mich bereit, den Rückzug zu decken, von dem ich weiß, dass er stattfinden wird? Ja, klar doch – ich, ein einäugiger Bogenschütze …*

Mit dem Druck seiner Schenkel und einer leichten Gewichtsverlagerung lenkte er sein Pferd in Richtung der Erhebung – auf der die Ahl-Krieger inzwischen als dunkle Masse angekommen waren. Erst jetzt begannen sie, ihre Kriegsschreie auszustoßen. Irgendwo in der Ferne war plötzlich Hundegebell zu hören, das sich zu der immer lauter werdenden Kakophonie aus Schreien und dem Klirren von Stahl auf Stahl hinzugesellte.

Rotmaske hatte endlich zugeschlagen, und jetzt herrschte Chaos in der Nacht.

Die Reiterei, die die Kuppe erreicht hatte, stürmte auf der anderen Seite wieder hinunter und war nur wenige Augenblicke später aus seinem Blickfeld verschwunden.

Toc trieb sein Pferd vorwärts, legte einen Pfeil an die Sehne. Er hatte keine Steigbügel, in die er sich hätte stellen können, wenn er schoss, was die ganze Sache ziemlich lächerlich erscheinen ließ, aber er näherte sich der Kuppe schnell. Wenige Augenblicke, bevor er oben ankam, hörte er ein Stück voraus den Zusammenprall – die Schreie, das schrille Wiehern verletzter Pferde, alles unterlegt vom Trommeln der Hufe.

Obwohl die Dunkelheit und der aufgewirbelte Staub es fast unmöglich machten, irgendetwas zu sehen, konnte Toc erkennen, dass die meisten Lanzenreiter um die Vorposten herumgeritten waren und nun in Richtung des eigentlichen Lagers weiterstürmten. Er sah Soldaten aus den Gräben auftauchen, viele von ihnen verwundet, manche einfach nur benommen. Jüngere Ahl-Krieger ritten zwischen ihnen herum, schlugen mit ihren Krummsäbeln nach unten und richteten ein groteskes Gemetzel an.

Funkelndes Licht erblühte ein Stück weiter zur Rechten – schäumend aufsteigende magische Energien –, und Toc sah, dass die Reiterei der Ahl sich zurückzuziehen begann, wie Reißzähne, die aus Fleisch gezogen wurden.

»Nein!«, brüllte er und ritt im Galopp auf sie zu. »Bleibt nah beim Feind! Bleibt, wo ihr seid! Greift an, ihr verdammten Idioten! Greift an!«

Doch selbst, wenn sie ihn hören konnten – sie hatten die Magie gesehen, den Aufruhr, der sich zu einer Woge aus knisternder Macht aufbaute. Und Furcht ergriff ihre Herzen. Furcht ergriff sie, und dann flohen sie…

Toc ritt immer noch weiter vorwärts. Er war jetzt zwischen den niedrigen Verteidigungswällen. Überall lagen Körper auf dem Boden – Menschen, Pferde, die mit angelegten Ohren und zähnebleckend um sich traten; andere füllten in unruhigen Haufen die Gruben.

Die ersten zurückweichenden Ahl rasten an ihm vorbei, ohne ihn zu sehen; ihre Gesichter waren Masken des Entsetzens.

Eine zweite Woge aus Zauberei hatte sich erhoben, dieses Mal von links, und er sah, wie sie in die ersten Reiterkrieger auf jener Seite hineinrollte. Fleisch platzte auf, Körperflüssigkeiten spritzten durch die Luft. Die Magie stieg in die Höhe, wurde langsamer, als sie mit all dem Fleisch zu kämpfen schien, mit dem sie in Berührung kam. Schreie. Das Geräusch erreichte Toc auf einer eigenen Woge, machte ihn innerlich frösteln. Hunderte starben, ehe die Magie sich verbraucht hatte, und in den Staubschwaden wirbelten nun weiße Ascheflocken – das war alles, was auf der ganzen westlichen Flanke noch von den Menschen und Pferden übrig war.

Reiter schwärmten an Toc vorbei, zusammen mit reiterlosen Pferden, die von Panik erfasst dahinrasten. Staub brannte in seinem einen Auge, Staub schien immmer tiefer in seine Kehle zu kriechen, und überall um ihn herum wanden sich Schatten in ihrem eigenen Krieg aus Licht und Dunkel, als magische Energien sich auftürmten, vorwärtsrollten und schließlich in Ascheschwaden herabsanken.

Und dann war Toc Anaster allein, den Pfeil immer noch an der Sehne, im Ödland gleich hinter den Wällen. Und sah eine weitere Woge aus Zauberei an seiner Position vorbeirauschen, die die fliehenden Ahl verfolgte.

Bevor er auch nur nachdenken konnte, stellte Toc fest, dass er im Galopp voranpreschte, dorthin, wo die schreckliche Woge hergekommen war, hinein in die glühend heiße Luft im Gefolge der magischen Woge – und da vorn, sechzig Schritt entfernt, inmitten einer Masse vorrückender Soldaten, sah er den Magier. Der Mann presste seine Hände zusammen, und Macht wogte von ihm weg, bildete schon die nächste schürfende Woge aus roher, zerstörerischer Kraft, die aufstieg, um sich Tocs Blick darzubieten, und dann auf ihn zuschoss.

Auch wenn er nur ein Auge hatte – den verdammten Magier konnte er sehen.

Ein unmöglicher Schuss, so, wie er auf dem Pferderücken hin und her geschüttelt wurde, während sich das Tier zwischen Gruben und verdächtigen Grasbüscheln seinen Weg suchte – und plötzlich den Kopf hob, als es eine schreckliche Gefahr spürte.

Silbrig geäderte Macht schoss auf Toc zu.

Er galoppierte jetzt, so irr wie jeder andere Narr in dieser Nacht, und sah links von sich einen tiefen, langen Graben – den Entwässerungskanal für die Latrinen des Lagers –, und er drängte sein Pferd auf diesen Graben zu, während die Magie von halb rechts auf ihn zuraste.

Das Pferd sah den Graben, schätzte seine Breite ab und streckte sich kurz, bevor es sich sammelte, um den Satz zu machen.

Er spürte, wie das Tier unter ihm abhob, durch die Luft flog – und in diesem einen Moment wurde alles still, alles sanft, und in diesem einen Moment drehte Toc sich in der Hüfte, die Knie fest gegen die Schultern seines Pferdes gepresst, spannte den Bogen, zielte – verdammt sollte diese flache Welt sein, die alles war, was sein einäugiger Blick ihm noch vermittelte – und ließ dann den Pfeil mit der Steinspitze von der Sehne schnellen.

Das Pferd landete, und Toc wurde gegen seinen Hals geschleudert. Den Bogen in der rechten Hand, die Beine nun entlang des Pferderückens ausgestreckt, den linken Arm verzweifelt fest um den muskulösen Hals des Tieres geschlungen – rechts hinter ihnen die Hitze der magischen Woge, die sich ausbreitete, näher kam, immer näher...

Das Pferd wieherte schrill, wurde noch schneller. Er hielt sich fest.

Und spürte einen kühlen Luftzug hinter sich. Riskierte einen Blick.

Die Magie war erstorben. Hinter ihr, in der vordersten Reihe der vorrückenden – jetzt aber zum Stillstand gekommenen und durcheinander wimmelnden – letheriischen Soldaten sank ein Körper auf die Knie. Ein Körper ohne Kopf; ein Hals, aus dem kein Blut drang, sondern etwas wie Rauch...

Eine Detonation? War da eine Detonation gewesen – ein donnerndes Krachen, das durch die Luft hallte – ja, vielleicht hatte er so etwas gehört –

Er übernahm wieder die Kontrolle über sein Pferd, nahm die zusammengeknoteten Zügel in die linke Hand und lenkte die ängstliche Kreatur herum, zurück zum Höhenzug.

Die Luft stank nach verbranntem Fleisch. Andere Blitze erhellten zuckend die Nacht. Hunde knurrten. Soldaten und Krieger starben. Und von Masarchs Reiterei war die Hälfte nicht mehr da, um die Morgendämmerung zu erleben, wie Toc später erfahren würde.

Am Himmel hoch über ihm hatten die Nacht und die Schar der von alledem ungerührten Sterne genug gesehen, und der Himmel verblasste, als wenn alles Blut aus ihm herausgewaschen worden wäre, als wenn das letzte bisschen Leben ihn verlassen hätte.

Die Sonne, die den morgendlichen Himmel erleuchtete, war unfreundlich, denn sie machte die dicke, beißende Asche verbrannter Menschen, Pferde und Hunde sichtbar. Und sie machte auch die anderen, überall verstreuten Überreste der blutigen Schlacht sichtbar, die gerade geschlagen worden war. Brohl Handar schritt halb betäubt am östlichen Rand des nun jeder Ordnung baren Lagers entlang und näherte sich der Atri-Preda und ihrem Gefolge.

Sie war abgesessen und hockte neben einem Leichnam gleich hinter den Verteidigungswällen – der Stelle, die die selbstmörderischen Ahl sich, wie es schien, für ihren Angriff ausgesucht hatten. Er fragte sich, wie viele hier wohl durch die letheriische Zauberei getötet worden waren. Vermutlich alle, die sich an dem Angriff beteiligt hatten. Gewiss Hunderte, vielleicht Tausende – es gab keine Möglichkeit, das im Nachhinein festzustellen, oder? Eine Handvoll feiner Asche für einen Menschen. Zwei Handvoll für ein Pferd. Eine halbe für einen Hund. Nichts weiter. Der Wind trug alles davon, weniger als das Echo eines Redners, weniger als das aus tiefstem Innern kommende, verzweifelte Stöhnen eines Trauernden.

Er blieb schwankend gegenüber von Bivatt stehen; zwischen ihnen lag der Leichnam, der – wie sich nun herausstellte – kopflos war.

Sie schaute auf, und vielleicht lag es am grellen Sonnenlicht, oder auch an der dünnen Staubschicht auf ihrem Gesicht – aber sie war blasser, als er sie jemals zuvor gesehen hatte.

Brohl musterte den kopflosen Leichnam. Einer der Magier.

»Wisst Ihr, wie das geschehen konnte, Aufseher?«, fragte Bivatt ihn mit rauher Stimme.

Er schüttelte den Kopf. »Vielleicht ist seine Zauberei unkontrolliert zu ihm zurückgekehrt …«

»Nein«, unterbrach sie ihn. »Es war ein Pfeil. Von einem einzelnen Bogenschützen, der den Mut hatte … sich zwischen … ein Bogenschütze, der ohne Sattel geritten ist, der seinen Pfeil abgeschossen hat, während sein Pferd über einen Graben sprang, Aufseher …«

Sie starrte zu ihm hoch, ungläubig, als wollte sie ihn herausfordern, etwas anderes zu tun, als nur den Kopf zu schütteln. Er war zu müde für all das. Er hatte in der letzten Nacht Krieger verloren. Hunde, die aus dem hohen Gras gekommen waren. Hunde … und zwei Kechra – zwei, es waren nur zwei gewesen, oder? Die gleichen beiden, die er schon zuvor gesehen hatte. Nur einer von ihnen hatte Schwerter statt Hände.

Schwerter, die seinen K'risnan in zwei Teile geteilt hatten, das eine war von der einen Seite gekommen, das andere von der anderen Seite. Nicht, dass die Klingen sich tatsächlich begegnet wären. Die linke war höher gewesen, ihr Hieb von der Schulter bis knapp unter den Brustkorb gegangen. Die rechte war zwischen die Rippen gedrungen, dann nach unten quer über den Unterleib, und war unter der Hüfte wieder ausgetreten, wobei sie einen Großteil der Hüfte mitgenommen hatte. Also, um genau zu sein, nicht in zwei Teile. Sondern in drei.

Der andere Kechra hatte nur seine Krallen und sein Gebiss benutzt, doch er hatte sich als ebenso tödlich erwiesen – tatsächlich hielt Brohl diesen sogar für wilder als seinen größeren Gefährten, mit offensichtlich mehr Freude, ein grausames Gemetzel anzurichten. Der andere kämpfte mit nachlässiger Anmut. Der kleinere Kechra, der keine Schwerter hatte, schleuderte Gedärm und Gliedmaßen geradezu wollüstig um sich.

Aber diese Bestien waren nicht unsterblich. Sie konnten bluten. Sie konnten verwundet werden. Und genügend Schwerter und Speere hatten es geschafft, ihre harte Haut zu durchdringen und sie zu vertreiben.

Brohl Handar sah blinzelnd zur Atri-Preda hinunter. »Dann war es ein verdammt guter Schuss.«

Ihr Gesicht verzerrte sich vor Wut. »Er war mit einem anderen von meinen Magiern verbunden; sie hatten ihre Kräfte vereint. Sie waren erschöpft … all die Schutzzauber.« Sie spuckte aus. »Der andere … sein Kopf ist auch geplatzt, Aufseher. Genauso wie bei dem hier. Ich habe zwei Magier verloren. Durch einen einzigen verdammten Pfeil.« Sie stand steifbeinig auf. »Wer war dieser Bogenschütze? *Wer?*«

Brohl sagte nichts.

»Holt Euren K'risnan, damit …«

»Das kann ich nicht. Er ist tot.«

Das ließ sie verstummen. Zumindest einen kurzen Moment lang. »Aufseher, wir haben ihnen Schaden zugefügt. Versteht Ihr? Tausende von ihnen sind gestorben, aber nur ein paar Hundert von unseren Leuten.«

»Ich habe zweiundachtzig Krieger verloren.«

Es befriedigte ihn, dass sie zusammenzuckte, dass ihr harter Blick etwas von seiner Härte verlor. »Ein Pfeil. Ein einzelner Reiter. Kein Ahl – das schwören die Augenzeugen. Ein Mann, der Magier tötet.«

*Der einzige Dorn von diesem wilden Ritt durch die Nacht. Ja, ich verstehe. Aber ich kann dir nicht helfen.* Brohl Handar drehte sich um. Ging zehn, fünfzehn Schritte über aufgesprungenen, knirschenden, aschebedeckten Boden.

Zauberei hatte das Gras verschlungen. Zauberei hatte den Mutterboden und das Leben in ihm verschlungen. Die Sonne, deren Glanz gestohlen worden war, ehe sie an diesem Tag aufgehen konnte, schaute herab. Einäugig. Gekränkt durch diesen Rivalen.

*Ja, gekränkt.*

# Kapitel fünf

Wenn ich mich auf die Suche begebe
Schreit die Welt auf
Und dreht sich weg
Zu gehen heißt anzukommen
Aber die Welt wandelt sich
Zurückgeschreckt in erhabener Abwehr
Zusammenzuckend unter meinem Stich
Einer so unschuldigen Berührung
Das ist es, was es zu suchen gilt
Die Antwort der Welt
Ist eine in die Ecke getriebene Erwiderung
Sie will nicht sehen
Will nicht unter Wissen leiden
Zu wollen heißt zu scheitern
Und stumm zu sterben
Immer einsam sind diese Schritte
Dem sich ergebend was es bedeutet
Allein zu sein
In die Welt hinauszuschreien
Sich wegdrehend
Während sie dich
Auf ihrer Suche findet.

*Suche*
Gaullag vom Frühling

Er mochte zwar von Geheimnissen sprechen und ein gleichermaßen freudiges wie verwundertes Gesicht aufsetzen, aber die Wahrheit war, dass Geheimnisse Schnabel Angst machten. Er konnte Zauberei riechen, ja, und ihre poetische Musik spüren, die so gesittet und gewandt war, aber ihre Hitze konnte so leicht versengen, konnte sich ins Innerste eines Sterblichen brennen. Er hatte es nicht so mit der Tapferkeit; oh, er konnte sie sehr wohl bei anderen Soldaten erkennen – er konnte sie in jeder Bewegung, jeder Faser ihres Wesens bei Hauptmann Faradan Sort erkennen, die nun ihr Pferd an seine Seite lenkte –, aber er wusste, er selbst besaß sie nicht.

Feige und dumm waren zwei Worte, die zueinander passten, glaubte Schnabel, und beide trafen auf ihn zu. Magie zu riechen war eine Möglichkeit gewesen, ihr aus dem Weg zu gehen, vor ihr davonzulaufen, und was all die Kerzen in seinem Innern anging, nun ja, eigentlich war er am glücklichsten, wenn nichts geschah, das ihre Flammen zum Flackern brachte, sie heller werden und schließlich heiß aufflammen ließ. Er vermutete, dass es nur eine weitere dumme Entscheidung gewesen war, dieser Wunsch, ein Soldat zu sein, aber es gab nichts, was er jetzt dagegen tun konnte.

Während sie durch jene Wüste im Reich der Sieben Städte (obwohl er nur zwei Städte gesehen hatte, war er sich sicher, dass es irgendwo noch fünf mehr gab) marschiert waren, hatte Schnabel immer wieder gehört, wie sich all die anderen Soldaten beklagt hatten. Über … nun, über alles. Über das Kämpfen. Das Nicht-Kämpfen. Über die Hitze am Tag und die Kälte in der Nacht, über die verdammten Kojoten, die im Dunkeln gejault hatten – und sie hatten so nahe geklungen, dass man gedacht hatte, sie würden direkt neben einem stehen, mit ihrem Maul an deinem Ohr. Über die beißenden Insekten, die Skorpione und Spinnen und Schlangen, die einen alle töten wollten. Ja, sie hatten viel gefunden, über das sie sich beklagen konnten. Über diese schreckliche Stadt – Y'Ghatan – und über die Göttin, die in jener Nacht ein Auge geöffnet und so den üblen Rebell – diesen Leoman – weggeholt hatte. Und dann, als es so ausgesehen hatte, als wenn alles verloren wäre, hatte dieses Mädchen – Sünd – ihre eigene Kerze gezeigt. Blendend hell, so rein, dass Schnabel sich vor ihr geduckt hatte. Auch über das alles hatten sie sich beklagt. Sünd hätte den Feuersturm ausblasen sollen. Die Mandata hätte noch ein paar Tage länger warten sollen, dann wären die Seesoldaten nicht so schnell gestorben.

Und was war mit Schnabel? Hatte er sie nicht gespürt? Nun ja, vielleicht. Dieser Magier, Buddl, der mit all den Tieren. Vielleicht hatte Schnabel ihn gerochen, hatte gerochen, dass er immer noch am Leben war unter all der Asche. Aber … er war ein Feigling, oder? Hinzugehen … sagen wir, zur Mandata oder zu Hauptmann Gütig, und es ihnen zu sagen – nein, das war zu viel. Gütig war wie sein eigener Vater, der nie zuhören wollte, wenn es um etwas ging, von dem er einfach nichts hören wollte. Und die Mandata … nun ja, sogar ihre eigenen Soldaten waren sich im Hinblick auf sie nicht sicher.

Genau wie alle anderen hatte er ihre Rede angehört, als sie Malaz verlassen hatten (das war wirklich eine schlimme Nacht gewesen, und er war so froh, dass er weit weg von der Stadt gewesen war, draußen, auf einem Transportschiff), und er erinnerte sich daran, wie sie davon gesprochen hatte, dass sie von nun an allein losziehen würden. Und Dinge tun, von denen niemand jemals etwas wissen würde. *Ohne Zeugen* hatte sie gesagt. Als ob das wichtig wäre. Solches Gerede verwirrte Schnabel normalerweise, aber dieses Mal nicht. Denn wie er wusste, war er in seinem ganzen Leben *ohne Zeugen* gewesen. Und so hatte sie alle anderen Soldaten einfach wie ihn gemacht, wie Schnabel, und das war ein unerwartetes Geschenk von dieser kalten, kalten Frau gewesen. Feige oder nicht und dumm wie er war, in jener Nacht hatte sie ihn für sich gewonnen. Etwas, worüber sie sich offensichtlich nicht viele Gedanken machen würde, aber für ihn bedeutete es eine ganze Menge.

Wie auch immer, sein Herzschlag beruhigte sich und ging wieder langsamer, und er hob den Kopf und sah zu Hauptmann Sort. Sie saß im tiefen Schatten auf ihrem Pferd, genauso reglos, wie er es gewesen war, und doch glaubte er einen Augenblick lang, er hätte ein Geräusch von ihr gehört – Wellen, die gegen Felsen hämmerten, Schreie von Soldaten in der Schlacht, Schwerter und Gemetzel, Lanzen wie Eis, die heißes Fleisch durchbohrten, und die Wellen – und dann war alles das wieder weg.

Sie musste seine Aufmerksamkeit gespürt haben, denn sie fragte ihn leise: »Sind sie endgültig vorüber, Schnabel?«

»Ja.«

»Und haben keinen Hauch von uns mitbekommen?«

»Nichts, Hauptmann. Ich habe uns mit Grau und Blau versteckt. Es war leicht. Diese Magierin … sie kniet vor den Festen. Sie weiß nichts vom grauen und vom blauen Gewirr.«

»Die Letherii sollten sich mit uns verbünden«, murmelte Faradan Sort. »Stattdessen stellen wir fest, dass sie Seite an Seite mit den Tiste Edur reiten und die Arbeit für sie erledigen.«

»Alles durcheinander, ja. Vor allem hier.«

»Und das ist das Problem«, antwortete sie, griff nach den Zügeln und lenkte ihr Pferd unter den dichten Zweigen heraus, unter denen sie sich – fünfzehn Schritt von der Straße entfernt – versteckt hatten, während der Kriegstrupp vorbeigeritten war. »Wir sind weit vor den anderen Trupps. Entweder Hellian oder Urb – irgendwer hat den Verstand verloren –, vielleicht auch alle beide.«

Schnabel folgte ihr auf seinem eigenen Pferd, einer sanften rotbraunen Stute, die er Lily genannt hatte. »Das ist wie mit 'nem heißen Schürhaken, Hauptmann, mit dem man bis zum hinteren Ende des Schmiedefeuers stochert. Wenn man das macht, verbrennt man sich die Hand, stimmt's?«

»Die Hand, ja. Keneb. Dich und mich. Alle anderen Trupps.«

»Oh … äh … ich habe Eure Hand gemeint.«

»Ich fange allmählich an, diese Augenblicke erkennen zu können«, sagte sie und beäugte ihn.

»Was für Augenblicke?«, fragte Schnabel.

»Wenn du dir mal wieder eingeredet hast, wie dumm du bist.«

»Oh.« *Diese Augenblicke.* »So loyal bin ich nicht, Hauptmann. Niemals.«

Sie bedachte ihn mit einem merkwürdigen Blick, sagte aber nichts.

Sie ritten bis zur Straße und lenkten ihre Reittiere dann nach Osten. »Sie sind irgendwo da vorne«, sagte Hauptmann Sort. »Und sorgen für jede Menge Ärger.«

Schnabel nickte. Sie verfolgten die beiden Trupps jetzt seit zwei Nächten. Und die Spur bestand wirklich aus Leichen. Hinterhalte, tote Letherii und Tiste Edur, deren Leichen zur Seite geschafft und verborgen worden waren, und ausgezogen – so nackt ausgezogen, dass Schnabel den Blick abwenden musste, wenn sich nicht üble Gedanken in sein Hirn schleichen sollten. All die Stellen, von denen seine Mutter gewollt hatte, dass er sie berührte in jener Nacht – nein, das waren böse Gedanken, böse Erinnerungen, die Art von Übel, die ihn dazu bringen konnte, sich selbst aufzuhängen, wie es sein Bruder getan hatte.

»Wir müssen sie finden, Schnabel.«

Er nickte erneut.

»Wir müssen sie zügeln. Was glaubst du – heute Nacht?«

»Es ist der namens Balgrid, Hauptmann. Und der andere namens Pfeifenkopf – der hat Magie sehr schnell gelernt. Balgrid hat die weiße Kerze, versteht Ihr, und in diesem Land hat es sehr lange keine weiße Kerze mehr gegeben. Und so schleppt er den Geruch von allen Leichen mit, die sie liegenlassen, und das macht die Dinge noch schmutziger – die Ohren, die sie abschneiden, und die Finger und die ganzen Sachen, die sie sich an den Gürtel binden. Und deshalb gehen wir von Hinterhalt zu Hinterhalt, richtig? Statt direkt zu ihnen.«

»Nun«, sagte sie nach einer kurzen Pause und einem weiteren langen, neugierigen Blick, »wir sitzen auf verdammten Pferden, oder?«

»Das tun *sie* jetzt auch, Hauptmann.«

»Bist du dir sicher?«

»Ich glaube schon. Gerade heute Nacht. Es sind die Festen. Es gibt eine für Tiere. Und wenn die Magier der Letherii die Sache herausfinden, könnten sie sich das zunutze machen und sie ziemlich schnell finden.«

»Beim Atem des Vermummten, Schnabel. Und was ist mit uns?«

»Uns auch. Natürlich gibt es hier jede Menge Leute, die auf Pferden reiten, auch wenn sie schlechte Steigbügel haben. Aber wenn sie sehr nahe herankommen, dann reichen vielleicht sogar die grauen und blauen Kerzen nicht mehr.«

»Dann müsstest du wahrscheinlich noch ein paar andere zeigen.«

Oh, diese Vorstellung gefiel ihm ganz und gar nicht. »Ich hoffe, dass ich das nicht muss. Ich hoffe es wirklich.«

»Dann lass uns machen, dass wir loskommen, Schnabel.«

*Verbrennt mich nicht bis in mein Innerstes, Hauptmann. Bitte. Das wird nicht nett, für niemanden. Ich kann immer noch ihre Schreie hören, und es gibt immer Schreie, und ich bin derjenige, der als Erster zu schreien anfängt. Meine eigenen Schreie jagen mir am meisten Angst ein, Hauptmann. Die machen mich dumm vor Angst, oh, ja.*

»Ich wollte, Masan Gilani wäre bei uns«, sagte Knapp, während er ein paar Klumpen Moos losriss, um sich das Blut von den Händen zu wischen.

Hellian starrte den Idioten blinzelnd an. Masan wer?

»Hör zu, Sergeant«, sagte Balgrid noch einmal.

Er sagte das andauernd, und sie hatte längst aufgehört, ihm zuzuhören. Es war, wie ins Feuer zu pissen – auf die Art, wie Männer es konnten und Frauen nicht. Nur ein Zischen in der plötzlichen Dunkelheit, und dann der schreckliche Geruch. *Hör zu, Sergeant*, und *zisch*, hörte sie auf zuzuhören.

»Du musst zuhören«, beharrte Balgrid und streckte eine Hand aus, um sie mit einem Finger anzustupsen. »Sergeant?«

Sie starrte auf den Finger hinunter. »Willst du, dass ich mir die linke Backe abschneide, Soldat? Stups mich nochmal, und es wird dir leidtun, das sage ich dir.«

»Jemand verfolgt uns.«

Sie machte ein finsteres Gesicht. »Seit wann?«

»Seit zwei, vielleicht auch drei Nächten«, antwortete Balgrid.

»Und du kommst *jetzt* auf die Idee, mir das zu sagen? Alle meine Soldat'n sind Idiot'n. Wie könn' sie uns überhaupt verfolgen? Du und Pfeifenkopf, ihr habt gesagt, ihr habt's verwischt, habt irgendwie was verwischt. Was war das nochmal – was habt ihr verwischt? Richtig, ihr habt auf unsere Spuren gepisst oder so was.« Sie starrte ihn düster an. »Zisch.«

»Was? Nein, hör zu, Sergeant …«

Und schon ging es wieder los. Sie stand auf, schwankte auf dem weichen, lehmigen Boden. Auf dem man bei jedem verdammten Schritt hinfallen konnte, wenn man nicht aufpasste. »Jemand – du da, Korporal, schaff die Leichen weg.«

»In Ordnung, Sergeant.«

»Sofort, Sergeant.«

»Und ihr beide. Vielleicht. Lausen …«

»Lauten.«

»Helft dem Korporal. Ihr habt 'ne ganz schöne Sauerei angerichtet, als ihr die hier fertiggemacht habt.« Und das war so was von wahr, oder? Dieses Mal war es eklig gewesen. Sechzehn Letherii und vier Edur. Armbrustbolzen in die Schädel wirkten bei Edur, wie sie es bei normalen Leute taten. Wie Säcke voller Steine waren sie – wupps – von ihren Pferden runtergefallen. Dann zwei Fetzer, der eine direkt vor die Marschkolonne der Letherii, der andere am hinteren Ende. Bumm, bumm, und die Abenddämmerung hatte nur noch aus Schreien und zuckenden Gliedmaßen von Menschen und Pferden bestanden, und niemand konnte sagen, was zu wem gehörte.

Für ihren Geschmack hatten sich die verdammten Letherii ein bisschen zu schnell erholt. Todsicher für Hanno, denn Hanno war zu Boden gegangen, als er nur noch einen halben Schädel gehabt hatte – nach einem der gemeinsten Schwerthiebe, die sie jemals gesehen hatte. Immerhin hatte den letheriischen Soldaten sein eigener Hieb voll aus dem Gleichgewicht gebracht – klar, bei den dummen Steigbügeln –, und so war es für Urb leicht gewesen, den Burschen mit einer seiner riesigen Hände am Gürtel oder sonst wo zu packen und vom Pferd zu zerren. Und dann hatte er den Burschen mit solcher Wucht zu Boden geworfen, dass ihm die Luft aus allen Löchern gepfiffen war. Kurz bevor Urb ihm eine gepanzerte Faust so hart in das Gesicht unter dem Helm geschmettert hatte, dass er sich die Knöchel am hinteren Ende des Schädels des Mannes verletzte – tief unten, knapp über den Wibbeln oder wie die hießen. Und überall waren Zähne und Knochensplitter und Fleischbrocken rumgespritzt.

Das war der erste Verlust der Trupps gewesen, ja. Und alles nur, weil Hanno so nah an die Letherii rangegangen war, weil er geglaubt hatte, sie wären immer noch verwirrt und erledigt. Aber nein, diese Soldaten waren Veteranen gewesen. Sie hatten sich verdammt schnell wieder aufgerappelt.

Salzleck war schwer zerschnippelt worden, allerdings hatte Balgrid sich um ihn gekümmert, und er war jetzt nicht mehr bewusstlos und würde auch nicht mehr verbluten. Und Korporal Reem waren zwei Finger der linken Hand abgetrennt worden – bei einer dummen Abwehrbewegung mit seinem Schild. Dem armen Urb erging es nicht so richtig gut als Sergeant.

Hellian drehte sich vorsichtig um, bis sie in eine andere Richtung sehen konnte – und da saß Urb auf einem halbverrotteten Baumstamm und sah elend aus. Sie trank einen Schluck Rum und schlenderte zu ihm. »Wir sind jetzt beide Sergeanten, stimmt's? Dann lass uns ein paar Büsche suchen, unter die wir kriechen können. Ich bin gerade in der Stimmung für ein bisschen schwitzen und stöhnen mit jemandem, und da wir den gleichen Rang haben und all das, ist's nur naheliegend, und niemand wird sich beschweren können.«

Er schaute blinzelnd zu ihr auf, mit Augen, die so groß waren wie die einer Eule.

»Was hast du für'n Problem, Urb? Ich bin nicht so hässlich wie du, oder?«

»Urb ist nicht hässlich«, sagte Reem und lächelte dabei ungläubig. »Masan konnte nicht mehr klar denken, wenn er um sie herum war! Wahrscheinlich hat sie sich deshalb zu Balsams Trupp versetzen lassen.«

Hellian grunzte. »Sei still, Reem«, sagte sie. »Du bist Korporal. Das hier ist 'ne Sache für Sergeanten.«

»Du willst dich mit Urb auf dem Boden rollen, Sergeant«, sagte Reem. »Das hat nichts damit zu tun, dass ihr beide Sergeanten seid, aber es hat sehr viel damit zu tun, dass Urb wie ein gottverdammter Gott aussieht und du betrunken genug bist, um Lust auf das Geschwitze und Gestöhne zu haben.«

»Es geht dich immer noch nichts an.«

»Mag sein, aber wir werden das Gestöhne hören. Wie Knapp gesagt hat, wenn Masan hier wäre, könnten wir alle hier diese Träume träumen, und vielleicht könnten wir es sogar versuchen, weil wir hoffen, dass sie so enttäuscht ist, dass mit Urb nichts läuft, dass sie vielleicht einen von uns …«

»Seit wann hast du denn dein Plappermaul wiedergefunden, Reem?«, wollte Balgrid wissen. »Du warst irgendwie besser, als du noch schweigsam und geheimnisvoll warst. Kaum verlierst du ein paar Finger, und was passiert?«

»Seid still, alle«, sagte Hellian. »Oder wollt ihr, dass eine andere Patrouille uns aufstöbert und wir diesmal nicht für sie bereit sind? Also ihr anderen – das gilt nicht für Urb hier – überprüft eure Ausrüstung, und sammelt eure Trophäen ein und all so was, und wenn ihr zuhören wollt, dann stöhnt aber nicht so laut rum. Nicht dieses neidische Stöhnen und so was, ja?«

»Wir würden nicht stöhnen, weil wir neidisch sind, Hellian. Eher, weil wir …«

»Schweigsam und geheimnisvoll, verdammt nochmal, Reem!«

»Ich habe das Gefühl, ich muss etwas sagen, und du kannst mich nicht aufhalten, Balgrid …«

»Oh doch, das kann ich, und das wird dir überhaupt nicht gefallen.«

»Du verdammter Totenbeschwörer.«

»Das ist nur die andere Seite von Denul, Reem, wie ich es dir immer wieder sage. Denul gibt, der Vermummte nimmt.«

Hellian trat dicht an Urb heran, der auf einmal ein erschrockenes Gesicht machte. »Entspann dich«, sagte sie. »Ich schneide nichts ab. Zumindest nichts von dir. Aber wenn ich schrecklich eins übergezogen kriege, von wegen Zurückweisung und all so was …«

»Da drüben ist ein schönes Bett aus Moos«, sagte Knapp mit einer Handbewegung, während er aufstand und wegging.

Hellian streckte einen Arm aus und zog Urb auf die Beine.

Plötzlich war Balgrid neben ihm. »Hör zu, Sergeant …«

Sie zerrte Urb an dem Magier vorbei.

»Nein, Sergeant! Diejenigen, die uns verfolgen – ich glaube, sie haben uns gefunden!«

Alle zogen die Waffen und spritzten auseinander, um Verteidigungspositionen einzunehmen – ein grober Kreis aus sich nach außen orientierenden Soldaten mit Urb und Hellian in der Mitte.

»Balgrid«, zischte sie. »Hättest du das nicht …«

Hufgetrappel, das schwere Atmen eines Tiers, und dann hörten sie eine Stimme, die halblaut auf malazanisch sagte: »Hauptmann Faradan Sort und Schnabel. Wir kommen jetzt rein, also legt eure verdammten Fetzer weg.«

»Oh, das ist aber wirklich großartig«, sagte Hellian seufzend. »Bleibt locker, Männer, es ist dieser unheimliche Hauptmann.«

Seesoldaten, na klar. Schnabel gefiel nicht, wie sie aussahen. Gemein, hungrig, mit finsteren Gesichtern, nun, da Hauptmann Sort sie gefunden hatte. Und dann war auch noch einer von ihnen tot.

Faradan Sort lenkte ihr Pferd mitten zwischen sie und saß dann ab.

Schnabel blieb einen Augenblick lang, wo er war, nicht weit weg von der Stelle, an der zwei Soldaten standen, die erst jetzt ihre Schwerter wieder einsteckten. Er konnte den Totenbeschwörer sehen; die Aura des Mannes war weiß und geisterhaft. Der Tod war hier allgegenwärtig, letzte Atemzüge hingen noch immer schwer in der Luft, und er konnte das Gefühl des Verlusts wie eine geballte Faust in seiner Brust spüren.

Wo Leute starben, war es immer so. Er hätte niemals Soldat werden dürfen.

»Hellian, Urb, wir müssen uns unterhalten. Unter vier Augen.« Die Stimme von Hauptmann Sort klang kühl und hart. »Schnabel?«

»Ja, Hauptmann?«

»Komm mit.«

Oh nein. Aber er ritt vor und ließ sich dann aus dem Sattel gleiten. Sofort wandten sich ihm viel zu viele Blicke zu, und er duckte sich, als er an die Seite seines Hauptmanns trat.

Mit Faradan Sort an der Spitze begab sich die Gruppe in den Wald.

»Wir haben nichts Falsches getan«, sagte Hellian, sobald sie etwa zwanzig Schritt von den anderen entfernt stehen blieben. Sie schien leicht vor und zurück zu schwanken, wie eine Flachkopfschlange, die gleich ihr Gift spucken wollte.

»Ihr solltet mit euren Kräften haushalten und den anderen Trupps nicht zu weit vorauseilen. Wir könnten jeden Augenblick in eine Patrouille hineinlaufen, Sergeant – aber das sind dann keine zwanzig Mann mehr, sondern zweihundert. Und dann zweitausend.«

»Das 's' nich' das Probbem«, sagte Hellian – einen solchen Akzent hatte Schnabel noch nie zuvor gehört. »Das Probbem is', dass die Letherii an der Seite von diesen Edur kämpfen, Hauptmann …«

»Habt ihr versucht, Kontakt mit diesen Letherii aufzunehmen?«

»Das haben wir«, sagte Urb. »Ist ziemlich eklig geworden.« Er schüttelte den Kopf. »Es gibt keine Anzeichen dafür, dass diese Leute befreit werden wollen, Hauptmann.«

»Genau wie Urb sagt«, fügte Hellian hinzu. Sie nickte heftig.

Hauptmann Sort blickte weg. »Die anderen Trupps haben so ziemlich das Gleiche gesagt.«

»Vielleicht können wir sie überreden oder so was«, sagte Urb.

Hellian lehnte sich gegen einen Baum. »Sieht aus, Hauptmann, als wenn wir zwei Sachen machen können … nur zwei. Wir können uns zur Küste zurückziehen, zehntausend Flöße bauen und wegpaddeln, so schnell wir können. Oder wir machen weiter. Schnell. Grausam gemein. Und wenn sie wirklich mit zweitausend Mann auf uns losgehen, dann rennen wir und verstecken uns, wie wir's geübt haben. Schnell und grausam gemein, Hauptmann … oder ein langes Gepaddel.«

»Es gibt nur eine Sache, die schlimmer ist, als mit einer Betrunkenen zu diskutieren«, sagte Faradan Sort, »und das ist, mit einer Betrunkenen zu diskutieren, die Recht hat.«

Hellian strahlte übers ganze Gesicht.

Sie war betrunken? Sie war betrunken. Ein betrunkener Sergeant, nur dass sie, wie ihr Hauptmann gerade gesagt hatte, nicht dumm war.

»Habt ihr genug Pferde für eure Trupps?«, fragte Faradan Sort.

»Ja, Hauptmann«, antwortete Urb. »Mehr als genug.«

»Ich will aber immer noch, dass ihr langsamer vorrückt, zumindest ein paar Tage lang. Ich habe vor, mit den anderen Trupps Kontakt aufzunehmen und sie dazu zu bringen, das zu tun, was ihr tut, aber das wird einige Zeit dauern …«

»Hauptmann«, sagte Urb. »Ich habe so das Gefühl, als hätten sie schon gelernt. Es gibt jetzt viel mehr Patrouillen, und sie werden immer größer und viel wachsamer. Wir haben die ganze Zeit damit gerechnet, in einen Hinterhalt zu geraten, und das hat uns schon Sorgen gemacht. Wenn Ihr das nächste Mal losreitet, um uns zu suchen, findet Ihr vielleicht einen Haufen Leichen. Malazanische Leichen. Wir haben nicht genug Moranth-Munition für den ganzen Weg – das hat niemand – also wird es irgendwann noch viel härter werden, Hauptmann.«

»Ich weiß, Sergeant. Beim letzten Kampf habt ihr einen Mann verloren, oder?«

»Hanno.«

»Der is' leichtsinnig geworden«, sagte Hellian.

Urb runzelte die Stirn und nickte dann. »Ja, das stimmt.«

»Dann wollen wir hoffen, dass eine harte Lektion ausreicht«, sagte Hauptmann Sort.

»Geht davon aus, dass sie reicht«, bestätigte Urb.

Faradan Sort blickte Schnabel an. »Erzähl ihnen von den Festen, Schnabel.«

Er zuckte zusammen, seufzte leise und sagte dann: »Die letheriischen Magier – sie finden uns vielleicht durch die Pferde, ich meine, weil sie sie aufspüren können.«

»Balgrid verwischt unsere Spuren«, sagte Urb. »Willst du damit sagen, dass das vielleicht nicht klappt?«

»Könnte sein«, sagte Schnabel. »Totenbeschwörung ist etwas, das sie sich nicht vorstellen können. Die Letherii nicht. Die Tiste Edur auch nicht. Aber es gibt eine Feste der Tiere, verstehst du.«

Hellian zog eine Flasche heraus und trank einen Schluck. »Wir müssen Gewissheit haben«, sagte sie. »Nächstes Mal holen wir uns einen von diesen letheriischen Magiern lebendig. Wir stellen ihm ein paar Fragen, und zwischen seinen Schreien kriegen wir Antworten.«

Schnabel erschauerte. Nicht nur betrunken, sondern auch blutrünstig.

»Seid vorsichtig«, sagte Hauptmann Sort. »Das kann auch leicht ins Auge gehen.«

»Wir wissen alles von wegen vorsichtig und so, Hauptmann«, sagte Hellian mit einem trüben Lächeln.

Faradan Sort musterte sie auf die gleiche Weise, wie sie manchmal auch Schnabel musterte, dann sagte sie: »Das war's. Macht ein bisschen langsamer, und seid vorsichtig bei kleinen Patrouillen – es könnten Köder sein.« Sie zögerte kurz, ehe sie fortfuhr: »Wir stecken jetzt hier voll drin. Habt ihr verstanden?«

»Keine Flöße?«

»Keine Flöße, Hellian.«

»Gut. Ich werde glücklich sterben, wenn ich nie wieder 'n Meer sehen muss.«

Das würde sie auch, wie Schnabel wusste. Glücklich sterben. Sie hatte es drauf.

»Zurück zu euren Trupps«, sagte Hauptmann Sort. »Seht zu, dass eure nervösen Soldaten sich entspannen.«

»Der Geruch ist es nicht«, sagte Schnabel.

Die anderen drehten sich mit fragenden Blicken zu ihm um.

»Ich meine, was sie nervös macht, ist nicht der Geruch«, erklärte

Schnabel. »Der Geruch des Todes – den tragen sie alle mit sich rum, richtig? Also haben sie sich inzwischen an ihn gewöhnt. Sie sind nur nervös, weil sie zu lange rumgesessen haben. An einem Ort. Das ist alles.«

»Dann sollten wir nicht noch mehr Zeit vergeuden«, sagte Faradan Sort.

Gute Idee. Das war natürlich auch der Grund, warum sie Hauptmann war. So schlau, dass ihre Gedankengänge ein Geheimnis für ihn blieben – aber das war ein Geheimnis, mit dem er mehr als glücklich war. Vielleicht das einzige.

Sie warfen sich am Waldrand zu Boden. Am Rand, ja – zu viele verdammte Ränder. Vor ihnen lag ein Flickenteppich aus Ackerland und Hecken. Und es waren zwei kleine Bauernhöfe zu sehen, durch deren winzige, geschlossene Fensterläden weder Laternen- noch Kerzenlicht schimmerte. Während Fiedlers Herz schmerzhaft in seiner Brust pochte, rollte er sich auf die Seite, um nachzusehen, wie viele es geschafft hatten. Ein Chor aus schweren Atemzügen von den im Zwielicht beiderseits des Sergeanten liegenden Gestalten. Alle da. Dank Corabb und dem wahrhaft unglaublichen Glück des Wüstenkriegers.

Der Hinterhalt war sehr klug gelegt gewesen, gestand er sich ein. Eigentlich hätten sie alle dabei draufgehen müssen. Stattdessen lag auf einer kleinen Waldwiese eine halbe Länge hinter ihnen der Kadaver eines Hirschs – eines Hirschs, den Corabb aus Versehen aufgestöbert hatte –, der mit gut und gern zwanzig Pfeilen gespickt war. Schlau geplant, schlecht umgesetzt.

Die Malazaner hatten den Spieß schnell umgedreht. Krachende Fetzer, surrende Armbrüste, durch die Luft fliegende Bolzen, die dann irgendwo eingeschlagen waren. Schmerzensschreie in der Nacht. Ein Ansturm von Geslers Schweren hatte den Hinterhalt auf einer Seite gesprengt …

Und dann war schäumende Zauberei erwacht, etwas Rohes und Schreckliches, hatte Bäume wie Säure verzehrt. Graue Zungen aus chaotischem Feuer, die sich zu einer Art senkrecht stehender Woge aufgerichtet hatten. Die dann vorgeschossen war, Sand umschlossen hatte – seine Schreie waren gnädigerweise rasch verstummt. Fiedler, der keine zehn Schritte von der Stelle entfernt gewesen war, an der Sand verschwunden war, hatte den letheriischen Magier gesehen, der zu schreien schien, als hätte er selbst Schmerzen, während die Woge weiterwaberte. Mit wildem Gebrüll hatte er seine Armbrust herumgerissen und den Rückschlag in den Händen gespürt, als er den schweren Bolzen abschoss.

Der Knaller hatte knapp hinter und über dem Kopf des Magiers einen Stamm getroffen. Die Explosion hatte die umstehenden Bäume gefällt und knapp zwei Dutzend letheriische Soldaten zerfetzt. Und die Zauberei binnen eines Augenblicks ausgeblasen. Als weitere Bäume umgestürzt waren und Äste auf die Malazaner herabprasselten, hatten sie sich rasch zurückgezogen. Und dann waren sie gerannt.

Links von Fiedler war eine Bewegung, und einen Augenblick später schob sich Gesler an seine Seite. »Der Vermummte hat uns alle verdammt, Fid. Hier gibt's keinen Wald mehr – wie geht's Krake?«

»Der Pfeil steckt tief«, antwortete Fiedler, »hat aber keine wichtigen Blutgefäße verletzt. Wenn wir ein bisschen Ruhe haben, können wir ihn rausholen.«

»Glaubst du, sie verfolgen uns?«

Fiedler schüttelte den Kopf. Er hatte keine Ahnung. Wenn noch genug von ihnen übrig waren. Er drehte sich um. »Buddl«, zischte er, »komm her.«

Der junge Magier kam herangekrochen.

»Kannst du spüren, was da hinten los ist?«, fragte Fiedler. »Und rausfinden, ob sie hinter uns her sind?«

»Das hab ich schon getan, Sergeant. Hab jede verdammte Kreatur benutzt, die da irgendwo hinter uns ist.«

»Und?«, fragte Gesler nach.

»Der Knaller hat die meisten von ihnen erledigt, Sergeant. Aber der Lärm hat andere aufmerksam gemacht. Mindestens ein Dutzend Tiste Edur und vielleicht ein paar hundert Letherii. Ob sie uns jetzt verfolgen? Ja, klar, aber sie sind immer noch weit hinter uns. Ich vermute, sie haben gelernt, vorsichtig zu sein.«

»Wir verlieren den Schutz der Dunkelheit«, sagte Gesler. »Wir brauchen einen Ort, an dem wir uns verstecken können, Fid – nur wird das dieses Mal vermutlich nichts werden, was? Sie werden keine Pause machen.«

»Können wir sie loswerden?«, fragte Fiedler den Magier.

»Ich bin ziemlich müde, Sergeant …«

»Schon in Ordnung. Du hast genug getan. Was meinst du, Gesler? Ist's mal wieder an der Zeit für eine etwas größere Sauerei?«

»Und damit eine Gelegenheit, unsere paar Knaller zu verbrauchen?«

»Wenn ich ehrlich bin, sehe ich nicht viele andere Möglichkeiten. Natürlich halte ich immer einen zurück. Das Gleiche gilt für Krake.«

Gesler nickte. »Wir hatten unsere aufgeteilt – war 'ne gute Idee, wenn man bedenkt, wie Sand draufgegangen ist. Andererseits … er hatte Munition an sich, aber die hat nicht gezündet …«

»Oh, aber das hat sie«, sagte Fiedler. »Allerdings nicht in dieser Sphäre. Stimmt's, Buddl? Diese Zauberei, die ist wie ein zerbrochenes Tor … eines von denen, die alles verschlingen, was durch sie hindurchgeht.«

»Bei den Geistern hienieden, Fiedler, da hast du genau den richtigen Riecher gehabt. Diese Magie, sie hat als eine Sache angefangen und wurde dann zu einer anderen – und der Magier hat die Kontrolle verloren, und zwar noch bevor du ihn zu Hackfleisch gemacht hast.«

Fiedler nickte. Er hatte so was gesehen. Oder gedacht, er hätte es gesehen. »Und jetzt sag mir, Buddl – was bedeutet das?«

Der junge Magier schüttelte den Kopf. »Irgendwo … geraten die Dinge außer Kontrolle. Das war anfangs altes Zeug, primitive Magie. Nicht ganz so alt wie die Sache mit den Geistern, aber immer noch primitiv. Und dann hat etwas Chaotisches diese Magie an der Gurgel gepackt …«

Ein kleines Stück entfernt rollte Koryk sich auf den Rücken. Er war hundemüde. Sollten Buddl und die Sergeanten doch reden, so viel sie wollten – er wusste, dass sie alle bis zum Hals in der üblen Scheiße des Vermummten saßen.

»He, Koryk.«

»Was ist, Lächeln?«

»Das war verdammt knapp dahinten – du wärst beinahe durchgedreht, verstehst du?«

»Stimmt … stimmt's?«

»Du hast einen ganz schönen Freudentanz aufgeführt, als die vier alle gleichzeitig auf dich losgegangen sind, Halbblut.« Sie lachte; es war ein leises Lachen, in dem noch etwas anderes mitschwang – etwas, das wie Häme klang. »Und wenn ich nicht vorbeigekommen wäre und dem einen Burschen ein Messer ins Auge gestoßen hätte – demjenigen, der unter deiner Verteidigung durchgeschlüpft und kurz davor war, dir ein breites Grinsen in den Wanst zu schnitzen –, tja, dann würdest du jetzt dahinten liegen und schon ziemlich kalt sein.«

»Und was ist mit den anderen drei?«, fragte Koryk und grinste in die Düsternis. »Ich wette, du wusstest nicht, dass ich so schnell bin, oder?«

»Irgendetwas sagt mir, dass du es auch nicht gewusst hast.«

Er antwortete nicht, denn sie hatte Recht. Er war in so was wie Raserei verfallen, doch sein Auge und seine Hand waren kalt und präzise geblieben. Die ganze Zeit war es gewesen, als hätte er sich einfach nur selbst zugesehen – bei jeder Bewegung, jeder Parade, jeder Veränderung seiner Haltung, jedem Hieb seiner schweren Klinge. Zugesehen, ja, doch er war ziemlich stark in diesen Moment verliebt gewesen, in alle Momente. Etwas in der Art hatte er auch in jener Nacht in Malaz gespürt – im Schildwall auf dem Kai. Aber was als undeutliches Glücksgefühl angefangen hatte, war nun zur reinen Offenbarung geworden. *Es macht mir Spaß zu töten. Bei den Göttern hienieden, es gefällt mir, und je mehr es mir gefällt, desto besser werde ich darin.* Er hatte sich nie zuvor so lebendig gefühlt, so vollkommen *lebendig*.

»Ich kann es kaum erwarten, dich wieder tanzen zu sehen«, murmelte Lächeln.

Koryk starrte blinzelnd ins Zwielicht, dann wandte er den Kopf, um sie anzusehen. War sie erregt? Hatte er sie irgendwie zwischen ihren muskulösen Beinen wachgeküsst? Weil er so gut getötet hatte? *Habe ich* diese *Art von Tanz aufgeführt, Lächeln?* »Je besser ich dich kenne, umso erschreckender wirst du, Frau.«

Sie schnaubte. »Genau, wie es sein sollte, Halbblut.«

Starr, der sich auf Koryks anderer Seite befand, meldete sich zu Wort: »Ich glaube, mir wird gleich schlecht.«

Ein leises Lachen von ein bisschen weiter weg – Krake. »Klar, Starr, das passiert, wenn das ganze Weltbild zusammenbricht. Natürlich«, fügte er hinzu, »wenn du es irgendwie hinkriegen würdest, wie ein Gedicht zu tanzen, während du Leute tötest … wer weiß …«

»Schluss damit. Bitte.«

»Keine Sorge«, machte Krake weiter. »Du bist keiner von denen, die tanzen. Du bist genauso fest verwurzelt wie ein Baum, Starr … und fast genauso langsam.«

»Kann schon sein, dass ich langsam bin, Krake, aber die Narren gehen schließlich zu Boden, stimmt's?«

»Na klar, das tun sie. Und ich will auch gar nichts anderes behaupten. Du bist ein Ein-Mann-Schildwall. Oh ja, das bist du.«

Korporal Stürmisch spuckte Blut. Er hatte einen verdammten Ellbogen auf den Mund bekommen, und jetzt waren zwei Zähne locker. Außerdem hatte er sich auf die Zunge gebissen. Der Ellbogen war möglicherweise sein eigener gewesen – irgendjemand war während des Kampfes heftig mit ihm zusammengestoßen, als er gerade den Waffenarm hochgereckt und das Schwert nach unten gerichtet hatte. Der Zusammenprall hätte ihm beinahe die verdammte Schulter ausgekugelt.

Ein wilder Rückhandschlag mit dem Schwertknauf hatte dem Angreifer die Schläfe zerschmettert, er war rückwärtsgetaumelt, während ihm ein Auge halb aus der Höhle gehangen hatte. Kurznase hatte den Letherii dann niedergehauen.

Das war vielleicht ein Sturmangriff gewesen, er und seine Schweren, Kurznase und das Trio der schrecklichen Damen, die alle einen brünstigen Bhederin-Bullen sowohl niederstarren als auch zu Brei zerschlagen konnten, wenn es denn dazu kommen sollte. Was aus Stürmisch einen sehr glücklichen Sergeanten machte. Das mit Sand war natürlich Pech gewesen. *Aber wir werden keine Verluste mehr haben. Nicht einen einzigen. Ich habe meine Schweren, und wir können alles plattmachen, was sie uns entgegenwerfen.*

*Und es sind ja nicht nur wir. Dieser Starr und dieser Koryk … mit den beiden hat Fid ein ziemlich übles Paar bekommen. Und diese Lächeln, die hat das steinharte, schwarze Herz einer Klaue. Wir haben hier wirklich gute Trupps für das, was wir tun müssen. Und jetzt werden wir gleich kehrtmachen und ihnen mitten ins Maul treten, das kann ich spüren. Fid und Gesler kochen in Kellanveds altem Kessel gerade was aus.*

Er war froh darüber, dass die Mandata sie endlich von der Leine gelassen hatte. Und dann auch noch auf genau diese Weise. Zum Vermummten mit dem verdammten Marschieren in Marschkolonnen. Nein, stoße tief und unbemerkt vor, und mach immer so weiter, oh ja, und sorge dafür, dass sie nicht mehr wissen, wo ihnen der Kopf steht. Diese Narren, die ihnen auf der Spur waren, hatten sich also mit ihnen anlegen wollen, ja? Und warum auch nicht? Schließlich waren sie ja nur zwei kümmerliche Trupps. Und die anderen wahrscheinlich inzwischen Hunderte.

»Kellanveds Fluch«, murmelte er grinsend.

Blitzgescheits rundes Gesicht tauchte in seinem Blickfeld auf. »Hast du was gesagt, Korporal?«

»Malazanische Seesoldaten, meine Liebe, das sind wir.«

»Keine Schweren? Ich dachte …«

»Ihr seid beides, Blitzgescheit. Immer mit der Ruhe. Es ist so, verstehst du: Die malazanischen Seesoldaten haben seit Jahren nicht mehr das getan, wozu sie ausgebildet wurden – schon seit einer Zeit noch vor Kellanveds Tod nicht mehr. Wir wurden ausgebildet, verstehst du. Um genau das zu tun, was wir jetzt gerade tun, Fener sei gepriesen. Bei den Göttern hienieden, diese armen Dreckskerle, Letherii wie Tiste Edur, diese armen ahnungslosen Idioten.«

»Sie waren klug genug, uns in einen Hinterhalt zu locken«, sagte Uru Hela, die hinter Blitzgescheit stand.

»Aber das hat nicht geklappt, oder?«

»Nur, weil …«

»Das reicht, Uru Hela. Ich war derjenige, der hier gesprochen hat. Dein Korporal. Also hör einfach zu.«

»Ich wollte nur fragen …«

»Noch ein Wort, und du kriegst Ärger, Soldat.«

Wenn sie schnaubte, machte sie schnell ein Husten daraus.

*»Seid still dahinten!«* Das war Gesler, der weiter vorne neben Fiedler lag.

Beweis erbracht. Stürmisch nickte.

*Malazanische Seesoldaten. Ha!*

Fiedler deutete mit einem Nicken auf den schmalen, gewundenen Pfad, der sich auf den nächstgelegenen Bauernhof und seine jämmerlichen

Nebengebäude zuschlängelte. »Wir rennen richtig flott da runter und schleppen unsere Verwundeten mit. In den Wagenspuren da drüben, direkt auf das Haus zu.«

»Als wenn wir immer noch entsetzt und in Panik davonlaufen würden«, sagte Gesler. »In Ordnung. Natürlich müssen wir das Bauernhaus freiräumen, was bedeutet, dass wir Zivilisten töten müssen, und ich muss sagen, dass mir das nicht gefällt, Fid.«

»Vielleicht fällt uns was ein, wie wir darum herumkommen«, antwortete Fiedler. »Buddl?«

»Ja, Sergeant. Ich bin müde, aber ich kann sie vermutlich täuschen. Ihnen vielleicht sogar ein paar falsche Ideen eingeben. So in der Art, dass wir nach Norden gegangen wären, wenn wir in Wirklichkeit nach Süden gegangen sind. Irgend so was.«

»Stirb uns bloß nicht mal weg, Buddl«, sagte Gesler. An Fiedler gewandt fügte er hinzu: »Dann werde ich bei meinem Trupp mal ein bisschen Munition einsammeln gehen.«

»Ich und Krake«, sagte Fiedler und nickte erneut.

»Stolperdrähte?«

»Nein, denn bis dahin wird es hellichter Tag sein. Nein, wir werden die Trommel nehmen.«

»Hol mich der Vermummte«, keuchte Gesler. »Bist du dir sicher? Ich meine, ich habe davon gehört ...«

»Du hast davon gehört, weil ich und Igel sie erfunden haben. Und sie mehr oder weniger zur Vollendung gebracht haben.«

»Mehr oder weniger?«

Fiedler zuckte die Schultern. »Entweder es klappt, oder es klappt nicht. Falls es nicht klappen sollte, haben wir immer noch Buddls Täuschungen ...«

»Aber es wird kein Zurück geben, um die Knaller zurückzuholen, oder?«

»Nein. Es sei denn, du willst das strahlende weiße Licht sehen, Gesler.«

»Nun«, sagte der Mann mit der bernsteinfarbenen Haut grinsend, »wenn es hier eine Möglichkeit gibt, die Legende wahr werden zu sehen ... und außerdem noch das Genie dabei ist, das sie erfunden hat ... dann werde ich jetzt nicht versuchen, es dir auszureden, Fid.«

»Die eine Hälfte des Genies, Gesler. Igel war die andere.«

»Du bist nicht ganz überzeugt?«

»Nicht nur nicht ganz, mein Freund. Aber wir werden es so oder so durchziehen. Wenn alle fertig sind, führst du sie da runter – mit Ausnahme von mir und Krake. Zu dem Bauernhaus, dem näheren … ich glaube, das andere ist verlassen. Könnte sein, dass der Besitzer sich einfach ein neues gebaut hat. Die Felder sehen verdammt ordentlich aus, was?«

»Ja. Vor allem, wenn man sich anschaut, wie klein das Gehöft ist.«

»Lass es von Buddl ausschnüffeln, bevor ihr reinstürmt.«

»Klar. Hast du das gehört, Magier?«

»Was? Tut mir leid, ich glaube, ich bin kurz eingenickt.«

Gesler warf Fiedler einen düsteren Blick zu. »Unser Leben liegt in den Händen dieses Mannes? Möge der Vermummte uns helfen …«

Befehle wurden erteilt und entlang der zerlumpten Reihe träger Soldaten weitergegeben. Die Morgendämmerung begann gerade den Himmel zu färben, als Gesler mit Buddl an der Seite und dicht gefolgt von Corabb Bhilan Thenu'alas seinen nun übergroßen Trupp auf den Feldweg führte. Sie schlurften, zogen hier und da Furchen – nicht zu offensichtlich, nur ein bisschen –, während sie sich auf das bescheidene Bauernhaus zubewegten.

Fiedler und Krake schauten ihnen ein Weilchen hinterher, bis sie weit genug von der Stelle entfernt waren, die sie für die Falle am geeignetsten hielten. Unterholz schob sich hier dicht an den Feldweg heran, schränkte das Sichtfeld ein. Hinter dem Gestrüpp waren zwei mittelalte Bäume zur Linken und ein uralter Baum zur Rechten.

Vier Knaller für diese Sache. Zwei nah beieinander, dann noch einer, und dann der letzte.

Krake, dessen Gesicht schweißnass war, weil noch immer eine Pfeilspitze in seiner Schulter steckte, blieb merkwürdig stumm, als Fiedler ihn anwies, den Pfad von dieser Seite der Engstelle aus zwanzig Schritt weit abzuschreiten und Stöcke in den Boden zu stecken, wenn Fiedler es befahl. Nachdem dies erledigt war, war es Krakes Aufgabe, dort, wo die Stöcke gewesen waren, Löcher in den festgetrampelten Boden zu graben. Flache Löcher.

Ein Sappeur, der auf Oponns Zug vertraute, hätte es möglicherweise dabei belassen und dann zu den wankelmütigen Zwillingen gebetet, dass ein Pferdehuf zumindest auf einem der vergrabenen Knaller landen würde. Aber so funktionierte die Trommel nicht. Alles, was benötigt wurde, waren Erschütterungen. Zumindest wenn die Knaller auf der einen Seite so dünn wie nötig gemacht worden waren und der spitze Stein, der gegen die entsprechende Stelle drückte, spitz genug war und sich im richtigen Winkel befand, so dass die Erschütterung seine Spitze in die Tonhülle drücken würde. Wie Fiedler und Igel herausgefunden hatten, bestand die wahre Herausforderung darin, die Hülle des Knallers so weit abzuschaben, bis sie dünn wie eine Eierschale war – aber ohne sie kaputt zu machen und dadurch die Blätter der höchsten Bäume mit dem eigenen Blut und den eigenen Gedärmen zu bemalen.

Sobald Krake das erste Loch gegraben hatte, ging Fiedler zu ihm, einen Knaller in den Händen. Nachdem er ihn vorsichtig auf den Boden gelegt hatte, zog er ein Messer und nahm hier noch ein bisschen Erde in dem Loch weg und schob dort noch ein bisschen hin. Dann richtete er seine Aufmerksamkeit auf den Knaller. Dieser hier, der am weitesten vorne lag, würde als erster hochgehen. Wodurch dann die anderen ausgelöst werden würden, mitten unter der Truppe – und für den Fall, dass die Marschkolonne ungewöhnlich lang war, befanden sich am hinteren Ende noch zwei Knaller.

Er legte den Knaller in das Loch, ließ sich dann auf den Bauch sinken, nahm das Messer und begann, Ton abzukratzen.

Die Sonne war aufgegangen, und obwohl die Luft immer noch kühl war, lief Fiedler der Schweiß übers Gesicht, während er kleine Stückchen von dem feinkörnigen Ton abschälte. Er wünschte sich, die Sonne würde direkt auf den Knaller scheinen – auf die Seite, an der er arbeitete –, denn dann hätte er so lange weitermachen können, bis er gesehen hätte, wie der schwache Schein bis zu dem hellgelben Zündpulver mit seinen Eisenstückchen durchdrang. Aber solches Glück hatte er nicht. Das ganze Wegstück lag im Schatten.

Schließlich schabte er ein letztes Mal über die Hülle und legte dann vorsichtig das Messer beiseite. Er nahm den spitzen Stein und platzierte ihn neben der nun dünnen Hülle. Hielt die Spitze gegen den Ton und drückte ihn mit einer halben Umdrehung ein winziges bisschen hinein – mit angehaltenem Atem und geschlossenen Augen – und zog dann langsam die Hand zurück. Öffnete die Augen. Schaute sich an, was er gemacht hatte.

Ein paar weitere tiefe Atemzüge, damit seine Nerven sich wieder beruhigen konnten, dann machte er sich daran, das Loch vorsichtig aufzufüllen. Verteilte anschließend Laub und Schotter über der Stelle.

Fiedler kroch auf dem Bauch weg, bis er an den Rand des Weges kam, wo er die anderen Knaller zurückgelassen hatte. Er schaute den Pfad entlang und sah Krake wartend am anderen Ende stehen, die Arme um den Oberkörper geschlungen. Es sah aus, als hätte er sich gerade in die Hose gemacht. *Na klar, er weiß, warum wir eine aussterbende Spezies sind.*

Fiedler nahm den zweiten Knaller und begab sich leichten Schrittes zum zweiten Loch. Dieses Mal musste die entscheidende Stelle nicht ganz so dünn werden, aber immer noch dünn. Bei jeder nachfolgenden Mine wurde es ein bisschen einfacher, was die Arbeit zunehmend gefährlicher machte – das Risiko, auf der Woge der Erleichterung zu schwimmen, weil es mit der ersten so gut geklappt hatte, und dann nachlässig, gar sorglos zu werden … nun, er kannte alle Gefahren, die mit diesen Vorbereitungen verbunden waren, oder etwa nicht?

Mit zusammengebissenen Zähnen kam er beim zweiten Loch an und ließ sich langsam auf die Knie sinken. Legte den Knaller hin und griff nach seinem Messer.

Krake war so dicht davor, sich in die Hose zu machen, wie noch nie in seinem Leben. Nicht wegen der Aussicht, womöglich zu sterben – damit kam er problemlos klar, und das war so, seit er sich in der Vierzehnten wiedergefunden hatte –, sondern wegen dem, was er hier zu Gesicht bekam.

Den letzten großen malazanischen Sappeur. Kein anderer konnte ihm das Wasser reichen. Man stelle sich vor, die Hüllen von Knallern abzuschaben. Mit einem Messer. Bis sie nur noch so dünn wie Eierschalen waren. Krake hatte zugesehen – auch wenn er aus der Entfernung nicht viel hatte erkennen können –, wie Fiedler sich am ersten Knaller zu schaffen gemacht hatte, dem tödlichsten von allen. Und er hatte gebetet, zu sämtlichen Göttern, die ihm eingefallen waren, zu Göttern, deren Namen er nicht einmal kannte, zu Geistern und Gespenstern und jedem Sappeur, lebendig oder tot, und jeder Name war eine Segnung der Genialität eines Mannes gewesen. Er hatte gebetet, dass dieser eine Mann, den er wirklich verehrte, nicht … dass er was nicht tun würde?

*Mich im Stich lassen.*

Wie armselig. Er wusste das. Er sagte es sich immer wieder, zwischen den Bitten, die er bei jedem Atemzug ausstieß. Als wenn er Zeit haben würde, sein mangelndes Vertrauens zu bereuen.

Und da war also Fiedler, jetzt deutlich näher beim zweiten Loch und tat es noch einmal. Man stelle sich vor, wie es gewesen sein musste, als Fid und Igel noch zusammen waren. Bei den Göttern, diese Brückenverbrenner mussten heiliges Entsetzen verbreitet haben. Aber jetzt … jetzt war da nur noch Fiedler – und Krake, ein armseliger Schatten des berühmten Igel. Alles kam zu einem Ende. Aber solange Fiedler am Leben blieb, nun, solange – verdammt sollten sie alle sein –, solange lohnte es sich durchzuhalten. Und was diesen Pfeil anging, der da in seiner linken Schulter steckte, ja, schon klar, er hatte ihn kommen sehen, aber er hatte sich eigentlich nicht in seine Flugbahn gelehnt, oder? Möglich, dass es so ausgesehen hatte. Ja, doch, das war möglich. Als wenn er Zeit zum Nachdenken gehabt hätte, bei alledem, was um ihn herum los gewesen war. Schließlich war er kein Übermensch, oder?

Während Fiedler sich von der zweiten gelegten Mine wegschob, schaute er hinüber zu Krake. Dessen Gesicht war weiß wie der Tod. Nun, wenn er es sich genauer überlegte, brauchte er den Sappeur eigentlich auch nicht mehr so nah bei sich, oder?

Er gab Handzeichen. *Hau ab, und geh wieder zu den Trupps.*

Krake schüttelte den Kopf.

Schulterzuckend – dies war nicht der geeignete Zeitpunkt für irgendwelche Diskussionen, und wenn Krake sich nach dem Tod sehnte, war das für Fiedler nichts Neues – stand er auf und holte den dritten Knaller. Selbst fest aufzutreten war jetzt gefährlich, so dass er gezwungen war, langsam am Rand des Pfads entlangzugehen. Was die Frage anging, wo man die Munition lagern sollte, während man mit dieser Art von Vorbereitungen beschäftigt war, gab es jede Menge abergläubischer Überzeugungen. Igel hätte darauf bestanden, dass die Knaller sich immer nur *vor* der Stelle befinden durften, an der man arbeitete, aber Fiedler fühlte sich umso besser, je weniger er mit ihnen rumhantieren musste. Doch ganz egal, wie man es betrachtete, es hieß immer vor und zurück mit den verdammten Dingern, oder?

Er erreichte die Stelle und schaute auf die beiden noch übrigen Knaller hinunter. Noch mehr Aberglaube. Welchen sollte er nehmen? Den auf der Herzseite oder den auf der Kopfseite? Und von welcher Seite aus betrachtet – indem er das Loch anschaute oder mit dem Loch in seinem Rücken, wie es jetzt der Fall war? Beim Atem des Vermummten, Igel turnte wie ein böser Geist in seinem Schädel herum. Schluss mit dem Aberglauben! Fiedler kauerte sich hin und nahm einen Knaller.

Den von der Herzseite.

War eine zufällige Entscheidung tatsächlich je mehr als genau das? Die Moranth waren Fanatiker, wenn es um Präzision ging. Sämtliche Arten von Munition waren auf geradezu unglaubliche Weise perfekt. Nicht die geringste Abweichung. Hätte es Abweichungen gegeben, wäre ein Sappeur nicht mehr als ein Felsbrockenwerfer – mit brisanten Felsbrocken, schon klar, aber trotzdem. Es hätte dann nichts mehr mit echter Begabung zu tun gehabt oder mit hart erarbeiteten Fertigkeiten.

An seine erste Begegnung mit Moranth-Munition konnte Fiedler sich noch so erschreckend klar erinnern, als wäre es eine von den Göttern geschickte Offenbarung. Das war im nördlichen Genabackis gewesen, eine Woche vor dem Marsch auf Mott – die Stadt –, auf den dann die beiden Alpträume namens Mottwald und Schwarzhundsumpf gefolgt waren. Es hatte Gerüchte über den Kontakt zu und ausgedehnte Verhandlungen mit einem seltsamen Volk gegeben, das über ein Gebiet namens Wolkenwald tief im Süden herrschte. Ein abgeschieden lebendes Volk, dessen Äußeres erschreckend und unmenschlich sein sollte, und dessen Krieger auf gewaltigen, gezähmten vierflügeligen Insekten – riesigen Libellen – ritten und aus großer Höhe Tod und Verderben auf ihre Feinde herabregnen lassen konnten.

Auf malazanischer Seite hatten Tayschrenn, irgendein adliger Würdenträger namens Aragan und ein einzelner Imass namens Onos T'oolan an den Verhandlungen teilgenommen. Die Zweite und die Dritte Armee hatten zwei Tagesmärsche von ihrem Landungspunkt südlich von Malyntaeas entfernt auf Ackerland gelagert, das den Nathii gehörte. Eine Kiste war herangeschleppt worden – vorsichtig, von schwitzenden Soldaten aus der Einheit des Quartiermeisters – und zehn Schritt vom Lagerfeuer des Trupps entfernt abgestellt worden. Elster hatte Igel und Fiedler zu sich herangewunken.

»Ihr beide macht die meisten Sappeurs-Arbeiten in diesem armseligen Trupp«, hatte der Sergeant gesagt und dabei ein Gesicht gemacht, als hätte er gerade etwas sehr Unangenehmes geschluckt – was er auch getan hatte, indem er damit Fids und Igels zerstörerische Anarchie sozusagen legitimiert hatte. »In der Kiste da drüben sind Granaten und noch schlimmeres Zeug; die Sachen kommen von den Moranth, nun, da wir mit ihnen verbündet sind. Scheint mir – auf eine verrückte Weise – irgendwie sinnvoll, die Dinger euch beiden zu geben. Ihr werdet ganz sicher erst mal ein bisschen mit dem, was da drin ist, rumprobieren müssen. Sorgt einfach nur dafür, dass ihr es eine halbe Länge oder noch weiter entfernt von diesem Lager macht.« Er hatte gezögert, sich das bärtige Kinn gekratzt und dann hinzugefügt: »Die Großen sind zu groß, um sie weit genug werfen zu können – ich meine, weit genug, um die Explosion zu überleben. Also werdet ihr euch gemeinsam den Kopf zerbrechen müssen, um eine Möglichkeit zu finden, wie man sie ausprobieren kann. Ein letzter Befehl noch, Soldaten: Bringt euch nicht selbst um. Dieser Trupp hat auch so schon keine Sollstärke, und ich müsste dann zwei von den anderen aussuchen, die diese verdammten Dinger durch die Gegend schleppen. Und die beiden einzigen, die ich dann noch nehmen könnte, wären Kalam und Trotter.«

Na klar, Trotter.

Fiedler und Igel hatten den Deckel aufgemacht und dann verwirrt auf die dicht an dicht gepackten Granaten hinuntergestarrt, die in mit Stroh ausgepolsterten Fassungen lagen. Kleine runde, längliche konische, dornenförmige aus hervorragendem Glas – in dem nicht eine einzige Blase zu sehen war – und dann, ganz unten, viel größere … groß genug, um von einem Katapult durch die Gegend geschleudert zu werden, wenn man das vorhatte (und, wie sich herausstellen sollte, selbstmörderisch veranlagt war, denn die Dinger neigten dazu zu explodieren, sobald der Katapultarm gegen den Prallbalken krachte. Was sie allerdings hervorragend geeignet für die Zerstörung von Katapulten und die Auslöschung ihrer unglücklichen Bedienungsmannschaft machte).

Ausprobieren, in der Tat. Igel und Fid hatten sich mit der Kiste zwischen ihnen auf einen langen, erschöpfenden Marsch zu einem abseits gelegenen Ort begeben, wo sie die kleinen Granaten warfen, die sie von da an Fetzer nannten, weil sie – wenn sie zu nah detonierten – die Tendenz hatten, den Werfer mit eisernen Splittern zu pfeffern und seine Ohren zum Bluten zu bringen; wo sie begleitet vom jammernden Protestgeschrei eines Bauern, der Zeuge der feurigen Vernichtung eines Heuwagens wurde, die brandstiftenden Eigenschaften der Brandbomben – oder Brenner – entdeckten (der Bauer jammerte so lange, bis sie ihm vier Imperiale Goldzepter – Kellanveds neu geprägte Währung – in die Hand drückten, was genügend Geld war, um sich ein ganzes neues Gehöft zu kaufen). Kracher, die in längliche, keilförmige Löcher in festgestampfter Erde geschoben wurden, richteten süße Verwüstungen an Fundamenten an – egal, ob die Steine des Fundaments durch Mörtel miteinander verbunden waren oder nicht. Und dann, zu guter Letzt, die Knaller, die hässlichste, schlimmste Munition, die jemals geschaffen worden war. Sie waren dazu gedacht, aus großer Höhe von den Moranth auf ihren Quorls abgeworfen zu werden, und Igel und Fid hatten den größten Teil der ihnen zugewiesenen Vorräte bei Versuchen verbraucht, eine andere praktische, nicht-tödliche Möglichkeit für ihre Anwendung auszuarbeiten. Und hatten am Ende zwanzig mehr gebraucht – den Inhalt von zwei Kisten –, um schließlich zu dem Schluss zu kommen, dass ein Narr von Oponn – von der Lady natürlich – hätte geküsst sein müssen, um die Dinger anders als zweitrangig einzusetzen; sie waren Zugaben zu Krachern und Brennern und, wenn sich die Möglichkeit bot, einem gut geworfenen Fetzer.

Die übergroßen Armbrüste kamen viel später, genau wie solche wahnsinnigen Varianten wie die Trommel und der Schwelbrand. Und die ganze Zeit blieb der Zug der Lady immer die letzte Zuflucht. Wäre Fiedler ein religiöser Mensch gewesen, dann wäre er – wie er nur zu gut wusste – verpflichtet gewesen, jede einzelne Münze, die ihm in die Hände fiel, sei es als Sold, sei es als Beute, in den Tempeln der Lady in ihre Schatzkammern fallen zu lassen. Schließlich hatte er unzählige Male einen Knaller auf Ziele abgeschossen, die so nah waren, dass er selbst oder unzählige Malazaner sich noch innerhalb der Reichweite der Explosion befunden hatten. Igel war sogar noch weniger … zurückhaltend gewesen. Und leider war sein Abgang daher auch auf ganz und gar nicht überraschende Weise erfolgt.

Schwelgerische Erinnerungen hatten eine ganz eigene Art, in den ungünstigsten Momenten aufzutauchen – glänzend und nostalgisch, und zweifellos mit fast unmerklichen, aber verlockenden selbstmörderischen Neigungen getränkt –, und Fiedler war gezwungen, all diese Erinnerungen zur Seite zu schieben, als er sich Krake und dem letzten Loch auf dem Pfad näherte.

»Du hättest hier schon lange abhauen sollen«, sagte Fiedler, während er sich neben der bescheidenen Vertiefung niederließ.

»Vergiss es«, antwortete Krake leise.

»Ganz wie du willst, aber steh dann bloß nicht dumm am Tor des Vermummten rum, wenn ich die hier versaue.«

»Hab's gehört, Fid.«

Und während er versuchte, nicht an Igel zu denken, oder an Elster, Trotter und all die anderen, während er versuchte, nicht an die alten Zeiten zu denken, als die Welt noch so neu und wunderbar ausgesehen hatte, und verrückte Risiken einzugehen, einfach nur Teil des Spiels gewesen war, machte sich Fiedler, der letzte große Saboteur, ans Werk.

Buddl starrte blinzelnd zu dem Bauernhaus. Irgendjemand war da drin, dessen war er sich sicher. Lebende, atmende Wesen, oh ja. Aber … da war etwas, ein schwacher Geruch, schattenhafte Erinnerungen an ein Leichenhaus oder … was auch immer. Er war sich nicht sicher, konnte sich nicht sicher sein, und das sorgte dafür, dass er sich reichlich unbehaglich fühlte.

Gesler war neben ihn gekrochen, hatte geduldig gewartet, wie eine Zecke auf einem Grashalm. Zumindest am Anfang. Aber jetzt, hundert oder mehr Herzschläge später, konnte Buddl die zunehmende Unruhe des Mannes spüren. Schön für ihn, mit seiner goldenen Haut, die damals in Y'Ghatan nicht verbrannt worden war – natürlich hatte das Beispiel von Wahr gezeigt, dass die merkwürdige Haut nicht wirklich undurchdringlich war, vor allem, wenn es um Moranth-Munition ging. Trotzdem. Gesler war ein Mann, der durchs Feuer gegangen war, und zwar in sämtlichen Bedeutungen dieses Satzes, die Buddl sich vorstellen konnte, und daher waren dieses Herumgeschleiche und die Trickserei und die brutalen Gemetzel für ihn vollkommen in Ordnung.

*Aber ich bin derjenige, auf den sie sich alle verlassen, und ich könnte das dumme Schwert an meinem Gürtel nicht benutzen, um mir den Weg aus einer Schar puritanischer Gutmenschen mit ihren deutenden Fingern und scharfen Nägeln und all dem freizuhauen – bei den Göttern hienieden, wo ist denn das Bild jetzt hergekommen? Verdammtes Mockra. Irgendjemand lässt Gedanken durchsickern.* Buddl blickte Gesler an. »Sergeant«, flüsterte er.

»Was ist?«

»Hast du zufällig irgendwelche seltsamen Gedanken im Kopf?«

Ein misstrauischer Blick, dann schüttelte Gesler den Kopf. »Ich habe gerade an einen alten Magier gedacht, den ich mal gekannt habe. Kulp. Nicht, dass du mich irgendwie an ihn erinnern würdest, Buddl. Ich glaube, du bist dem Schnellen Ben viel ähnlicher, als irgendjemandem von uns lieb ist. Aber das Letzte, was ich von Kulp gesehen habe, war, wie der arme Kerl Hals über Kopf über die Heckreling eines Schiffes geflogen ist – mitten in einem Feuersturm. Ich habe mich immer gefragt, was wohl mit ihm passiert ist. Und ich will dann gerne glauben, dass er es geschafft hat, dass er aus diesem Glutofen von einem Gewirr rausgefallen ist und sich hinter dem Haus einer jungen Witwe in einem Garten wiedergefunden hat, bis zu den Hüften im Wasser ihres Springbrunnens stehend. Während sie gerade auf den Knien gelegen und um Erlösung oder so was gebetet hat.« Ganz plötzlich sah er verlegen aus und wandte den Blick ab. »Ja schon klar, ich male das, was sein könnte, in den schönsten Farben aus, weil das, was ist, sich immer als verdammt übel erweist.«

Buddl gab ein leises Brummen von sich und nickte. »Mir gefällt das, Sergeant. Es … erleichtert mich irgendwie.«

»Und was bedeutet das?«

»Nur, dass du gar nicht so weit von uns anderen weg bist, wie es manchmal scheint.«

Gesler verzog das Gesicht. »Dann täuschst du dich, Soldat. Ich bin ein Sergeant, was mich zu jemandem macht, der von dir und diesen anderen Idioten so weit weg ist wie ein Höhlenbär von einem verdammten dreibeinigen Hermelin. Hast du das verstanden?«

»Klar, Sergeant.«

»Und jetzt – warum verstecken wir uns immer noch hier? Aus dem Kamin steigt Rauch auf, das bedeutet, dass jemand in dem Haus da drin ist. Also, sag endlich, dass wir loskönnen, verdammt nochmal, Buddl, dann ist deine Aufgabe für heute erledigt.«

»In Ordnung. Ich glaube, dass die da drin zu zweit sind. Stille, besinnliche Gedanken, bis jetzt kein Gespräch.«

»Besinnlich? So wie eine Kuh denkt, die den Bauch voller Futter hat – und ein Kalb, das hart und nass an ihrer Zitze saugt? Oder so wie eine riesige zweiköpfige Schlange, die gerade durch den Kamin ins Haus gekommen ist und den alten Mann mit den dreckigen Fingernägeln und seine bessere Hälfte verschlungen hat?«

»Irgendwo dazwischen, würde ich sagen.«

Geslers Gesichtsausdruck verfinsterte sich; dann drehte er sich mit einem Schnauben um und winkte. Einen Augenblick später kroch Uru Hela an Corabb Bhilan Thenu'alas vorbei – der sich direkt hinter dem Sergeanten befand – und schob sich an Geslers linke Seite.

»Sergeant?«

»Buddl sagt, da drin sind zwei. Ich will, dass du ganz friedlich da rübergehst und sie rausrufst – du hast Durst und willst fragen, ob du eine oder zwei Schöpfkellen Wasser von dem Brunnen da drüben haben kannst.«

»Ich habe keinen Durst, Sergeant.«

»Dann lüge, Soldat.«

Buddl konnte sehen, dass die Vorstellung sie durcheinanderbrachte. *Oh, ihr Geister, helft zu ertragen, was man herausfindet …*

»Wie wäre es, wenn ich einfach frage, ob ich meinen Wasserschlauch wieder auffüllen kann?«

»Na klar, das geht auch.«

»Natürlich«, sagte sie stirnrunzelnd, »muss ich ihn dann erst ausleeren.«

»Und warum machst du das dann nicht?«

»In Ordnung, Sergeant.«

Gesler drehte sich um und sah wieder zu Buddl; der junge Magier konnte deutlich erkennen, wie der Sergeant mit Pathos und Verzweiflung rang. »Mach dich bereit«, sagte er, »um die da drüben mit einem Zauber oder so was zu blenden, falls alles schiefgehen sollte.«

Buddl nickte. Als er sah, wie Geslers Gesichtsausdruck sich auf merkwürdige Weise veränderte, fragte er: »Stimmt etwas nicht, Sergeant?«

»Nun, entweder mache ich mich gerade nass, oder Uru Hela leert ihren Wasserschlauch aus. In gewisser Hinsicht«, fügte er hinzu, »ist der Unterschied natürlich bedeutungslos.«

*Das war's, Sergeant. Du hast mich gerade für dich gewonnen. Genau hiermit. Du hast mich gewonnen, und daher werde ich dir geben, was ich habe. Ab jetzt.* Doch selbst angesichts dieser ziemlich ernstgemeinten Absicht musste er sich abwenden und fest in den Ärmel seines gegerbten Lederhemds beißen. *Was noch viel besser ist, Sergeant – warte, bis wir alle den netten feuchten Fleck in deinem Schritt sehen. Du wirst es nicht hinkriegen, dass wir das vergessen, nein, Sergeant, das ist völlig unmöglich. Oh, köstliche Erinnerungen!*

Nachdem Uru Hela den nun leeren Wasserschlauch wieder an ihrem Gürtel befestigt hatte, schlängelte sie sich ein bisschen weiter vor und stand dann auf. Sie rückte ihre schwere Rüstung zurecht, zupfte Zweige und Gras aus metallenen Verbindungen und Scharnieren, zurrte den Helmriemen fester und stapfte auf das Bauernhaus zu.

»Oh«, murmelte Buddl.

»Was ist?«, wollte Gesler wissen.

»Sie sind plötzlich hellwach – ich weiß nicht, vielleicht hat einer von ihnen sie durch einen Spalt in den Fensterläden gesehen – nein, das stimmt nicht.«

»*Was?*«

»Sie sprechen immer noch nicht, aber sie bewegen sich jetzt. Ziemlich heftig sogar. Und schnell. Sergeant, ich glaube nicht, dass sie sie gesehen haben. Ich glaube, sie haben sie *gerochen*. Und uns auch.«

»Gerochen? Buddl …«

»Sergeant, ich glaube nicht, dass sie menschlich sind …«

Uru Hela ging gerade am Brunnen vorbei, fünfzehn Schritt von der Tür des Bauernhauses entfernt, als besagte Tür aufgestoßen wurde – so kräftig, dass sie aus ihren ledernen Angeln flog –, und die Kreatur, die plötzlich den Türrahmen ausfüllte, schien zu groß, um überhaupt durch ihn hindurchzupassen. Sie schob sich heraus, als käme sie von Stufen, die unter das Bodenniveau gesunken waren – schob sich weiter heraus und wuchs dabei drohend und wuchtig immer höher, zog eine riesige, zweihändige Holzaxt hervor...

Uru Hela machte halt, blieb stehen, als wäre sie erstarrt.

»Vorwärts!« bellte Gesler und richtete sich auf, schwang seine Armbrust herum ...

Corabb Bhilan Thenu'alas stürmte an dem Sergeanten vorbei, die Klinge blank ...

Buddl stellte fest, dass er die Lippen bewegte, doch es war kein Geräusch zu hören. Er starrte zum Bauernhaus, gab sich alle Mühe zu verstehen, was er sah. Einen Dämon. Einen verdammten Kenryll'ah-Dämon, beim Vermummten!

Der sich endgültig durch den Türrahmen gequetscht hatte und jetzt direkt auf Uru Hela losstürmte.

Sie warf ihm ihren Wasserschlauch entgegen, drehte sich um und wollte weglaufen, während sie gleichzeitig nach ihrem Schwert griff.

Sie war nicht mal annähernd schnell genug, um zu entkommen – die riesige Axt des Dämons schwang in einem gewaltigen, nur als verschwommene Bewegung wahrnehmbaren Bogen herum, traf die Soldatin tief in ihre linke Schulter. Der Arm flog davon. Blut spritzte überall auf ihrem Rücken aus den Verbindungsstücken zwischen den Metallschuppen, als die breite, keilförmige Klinge sich tiefer grub. Tiefer, das Rückgrat durchtrennte, dann noch weiter, wieder freikam, wobei das rechte Schulterblatt – halb zerteilt – an der blutigen Klinge klebte, die Uru Helas Körper jetzt wieder verließ.

Mehr Blut, so viel mehr Blut, doch die plötzlichen, überwältigenden Fontänen aus Rot versiegten rasch – das Herz der Soldatin war bereits stehengeblieben, das Leben, das ihr Geist war, floh bereits dieses an ihrem Körper verübte Gemetzel –, und dann brach sie zusammen, vornüber, das Schwert in ihrer rechten Hand halb gezogen – nie wieder würde es weiter gezogen werden –, der Kopf kippte nach vorn, das Kinn sank auf die Brust, und dann fiel sie mit dem Gesicht voran zu Boden. Ein schweres, dumpfes Geräusch. Ein Bums. Und sie hörte auf, sich zu bewegen.

Geslers Armbrust surrte, schoss einen Bolzen ab, der keine Handbreit an Corabbs rechter Schulter vorbeizischte.

Ein Schmerzensschrei – der Bolzen hatte sich ein gutes Stück über den zwei Herzen des Dämons in seine Brust gebohrt.

Corabb Bhilan Thenu'alas raste auf ihn zu. Er brüllte etwas in der Sprache seines Stammes, etwas wie *»Bei Leomans Eiern!«*

Gesler war auf ein Knie gesunken und lud nach. Stürmisch, Salzleck und Kurznase stürmten an ihm vorbei, gefolgt von Koryk und Starr. Lächeln machte einen großen Bogen; sie hatte eine Armbrust in den Händen – eine von Fids Waffen, die mit einem Fetzer geladen war –, mit der sie dann auf den Eingang des Bauernhauses zielte, in dem ein zweiter Dämon aufgetaucht war. Oh, sie war tatsächlich schnell, der Bolzen flitzte durch die Luft und gab dabei ein merkwürdiges trillerndes Geräusch von sich, und der zweite Dämon, der ihn sah, schaffte es, noch irgendwie seine Waffe – einen Tulwar – in die Flugbahn zu bringen – eine Geste, die nicht sehr von Nutzen war, als der Fetzer explodierte.

Ein weiterer Schmerzensschrei. Der riesige Dämon wurde zurückgeschleudert, von den Füßen gerissen, und er krachte in die Seite des Bauernhauses. Holz, Rasen und Spalten wölbten sich nach innen, und als der Dämon stürzte, brach die ganze Wand auf dieser Seite des Türrahmens mit und über ihm zusammen.

*Und was mache ich? Verdammt nochmal, was mache ich?* Buddl sprang auf, griff verzweifelt nach dem ersten Gewirr, das auf seine Beschwörungen antwortete.

Der Dämon mit der Axt stürzte auf Corabb zu. Die keilförmige Klinge beschrieb erneut einen tödlichen Bogen. Traf in einem schrägen Winkel auf Corabbs Schild, prallte aufwärts ab und hätte Corabb seitlich am Kopf erwischt – wenn der Wüstenkrieger nicht gestolpert wäre, weil sein linkes Knie nachgab, als er aus Versehen in einen Murmeltierbau trat, das Gleichgewicht verlor und zur Seite kippte. Sein eigener Schwerthieb, der von der weiter schwingenden Axt des Dämons hätte beiseitegeschlagen werden sollen, kam dadurch viel tiefer, und die Klinge traf hart auf das rechte Knie des Dämons.

Der laut aufheulte.

Im nächsten Augenblick war Stürmisch da, flankiert von seinen Schweren. Schwerter schlugen zu, Schilde hämmerten auf den verwundeten Kenryll'ah ein. Blut und Fleischfetzen spritzten durch die Luft.

Der Dämon brüllte erneut auf, während er einen Satz nach hinten machte, weg von dem tödlichen Nahkampf, und so Raum gewann, um die Holzaxt erneut in einem waagrechten Hieb zu schwingen, der alle drei Schilde zerknitterte, die gehoben wurden, um ihn aufzuhalten. Metallbänder und Holz barsten und flogen in alle Richtungen davon. Salzleck grunzte – der Aufprall hatte ihm den Arm gebrochen.

»Weg von ihm!«, rief irgendjemand, und Stürmisch und seine Schweren warfen sich nach hinten. Corabb, der immer noch auf dem Boden lag, rollte sich hinter ihnen her.

Der Dämon stand da, kurzfristig verwirrt, und machte seine Axt bereit.

Der Fetzer, den Lächeln warf, traf ihn an der linken Schläfe.

Helles Licht, ein ohrenbetäubendes Krachen, Rauch, und der Dämon taumelte rückwärts. Eine Seite seines tierischen Gesichts war nur noch eine breiige rote Masse.

Doch Buddl spürte, dass die Kreatur bereits wieder zu Sinnen kam.

»Rückzug! Alle Mann, Rückzug!«, brüllte Gesler.

Buddl beschwor alles herauf, was er hatte, und griff das Gehirn des Dämons mit Mockra an. Spürte, wie es halb betäubt zurückschreckte.

Der zweite Kenryll'ah fing an, sich aus den Ruinen des Bauernhauses freizuschaufeln.

Lächeln warf einen weiteren Fetzer in das Durcheinander. Eine zweite laute Explosion, mehr Rauch, und noch mehr Teile des Gebäudes stürzten in sich zusammen.

»Wir ziehen ab!«

Buddl sah, dass Koryk und Starr zögerten; sie schienen entschlossen, auf den betäubten Dämon loszugehen. In diesem Augenblick tauchten Fiedler und Krake auf.

»Bei den Eiern des Vermummten!«, fluchte Fiedler. »Beweg deinen Arsch, Koryk! Starr! Beweg dich!«

Gesler machte eine merkwürdige Handbewegung. »Wir gehen nach Süden! Nach Süden!«

Salzleck und Kurznase drehten sich in diese Richtung, aber Stürmisch zerrte sie herum. »So was nennt man Irreführung, ihr verdammten Idioten!«

Die Trupps formierten sich neu, während sie im Laufschritt davoneilten, nach Osten. Der Schock über Uru Helas Tod und den Kampf, der darauf gefolgt war, hatte sie verstummen lassen; nur keuchende Atemzüge und das Rasseln der Rüstungen, das wie zerbrochenes Geschirr unter ihren Füßen klang, waren zu hören. Hinter ihnen stieg Rauch vom Bauernhaus auf. Ein axtschwingender Dämon, von dessen Schädel das Blut strömte, stolperte betäubt umher.

Der verdammte Fetzer hätte den Schädel aufreißen müssen, wie Buddl nur zu gut wusste. *Ich vermute, er hat dicke Knochen.* Kenryll'ah, na klar, nicht ihre Unterlinge. Nein, Hochgeborene aus Aral Gamelon, dessen war er sich sicher.

»Dämonenbauern, die der Vermummte verdammen soll!«, fuhr Stürmisch auf. »Die haben hier verdammte Dämonenbauern, beim Vermummten! Dämonenbauern, die Saatgut aussäen, an Eutern zerren, Wolle spinnen – und Fremde in Stücke hauen! Gesler, alter Freund, ich hasse diesen Ort, hast du gehört? *Ich hasse ihn!*«

»Sei still!«, knurrte Fiedler. »Wir haben Glück gehabt, dass die ganzen Fetzer uns auf der Straße nicht zu Hackfleisch gemacht haben – und jetzt blökst du hier rum und sagst den Dämonen genau, wo wir hingehen!«

»Ich wollte keinen mehr verlieren«, antwortete Stürmisch verbittert. »Ich hatte es geschworen ...«

»Du hättest es besser wissen müssen«, unterbrach ihn Gesler. »Verdammt, Stürmisch, mach keine Versprechungen, die du nicht halten kannst – wir sind hier in einem Kampf, und es werden Leute sterben. Keine Versprechungen mehr, hast du verstanden?«

Ein unwirsches Nicken war die einzige Antwort.

Sie rannten weiter, das Ende einer langen, langen Nacht kippte allmählich in einen Tag um. Auf die anderen wartete irgendwo voraus eine Ruhepause, wie Buddl wusste. Aber nicht auf ihn. Nein, er würde Illusionen erschaffen müssen, um sie zu verbergen. Er würde im Wald von einer Kreatur zur anderen flitzen müssen, um zu überprüfen, wie es hinter ihnen aussah. Er musste diese Narren am Leben erhalten.

Der Dämonenfürst krabbelte aus den Trümmern des Bauernhauses und spuckte einen Mundvoll Blut aus. Dann hockte er sich hin und blickte sich mit trüben Augen um. Ein kleines Stück weit entfernt stand sein Bruder; dessen ganzer Körper war von Wunden übersät und das halbe Gesicht weggerissen. Nun, es war sowieso nie ein besonders tolles Gesicht gewesen, und das meiste würde nachwachsen. Außer dem Auge, möglicherweise.

Sein Bruder sah ihn und trat schwankend zu ihm. »Ich werde dir nie wieder etwas glauben«, sagte er.

»Was meinst du damit?« Die Worte klangen rau, und es schmerzte, sie zu sprechen. Er hatte bei der zweiten Granate ein paar Flammen eingeatmet.

»Du hast gesagt, das Leben als Bauer ist friedlich. Du hast gesagt, wir könnten uns einfach zur Ruhe setzen.«

»Es war friedlich«, gab er zurück. »Sind etwa nicht alle unsere Nachbarn davongerannt?«

»Die hier nicht.«

»Das waren auch keine Bauern. Ich glaube, das kann ich mit einiger Gewissheit sagen.«

»Mir tut der Kopf weh.«

»Mir auch.«

»Wo sind sie hingerannt?«

»Nicht nach Süden.«

»Sollen wir ihnen hinterher, Bruder? Nach Lage der Dinge muss ich mir erlauben, die Ansicht zu äußern, dass sie in dem kleinen Handgemenge die Oberhand behalten haben, und das missfällt mir.«

»Es ist wert, darüber nachzudenken. Immerhin ist mein Zorn erwacht. Allerdings würde ich vorschlagen, dass du deinen Kriegshammer suchst, statt dieser dummen Holzaxt.«

»Das war das Erste, was ich in die Finger bekommen habe. Und jetzt werde ich in unserer eingestürzten, schwelenden Heimstatt herumgraben müssen – die ganze Graberei, und alles umsonst!«

In diesem Augenblick hörten sie vernehmliches Hufgetrappel. Das sich auf dem Pfad rasch näherte.

»Hör nur, da sind noch mehr von ihnen. Keine Zeit, nach deinem Kriegshammer zu suchen, Bruder. Lass uns aufbrechen und unsere süße Rache beginnen, ja?«

»Das ist tatsächlich eine bessere Idee. Eines meiner Augen tut es noch, und das sollte reichen.«

Die beiden Kenryll'ah-Dämonenfürsten machten sich auf, eilten den Weg mit den Wagenspuren entlang.

Es war wirklich nicht ihr Tag.

Eine Viertellänge vom Bauernhaus entfernt drehte Fiedler sich um und bestätigte damit einmal mehr Buddls Verdacht, dass der alte Sergeant über verborgene Talente verfügte. »Pferde«, sagte er.

Buddl hatte das Gleiche gespürt.

Die Trupps machten halt, im hellen Sonnenlicht, neben einer gepflasterten Straße, die sich in einem ziemlich schlechten Zustand befand. Tausend Schritt im Osten erwartete sie eine Handvoll Bauernhäuser. Aus den Kaminen stieg kein Rauch auf. *Ich vermute, dass das keine Überraschung ist, wenn man Dämonen als Nachbarn hat.*

Die Detonationen waren ein Trommelschlag aus donnernden Erschütterungen, die die Erde unter ihnen zum Beben brachten.

»Vier!«, sagte Fiedler mit einem grausamen Grinsen.

Buddl sah, dass Krake den Sergeanten voll unverhohlener Ehrfurcht und mehr als nur einem bisschen Verehrung anstarrte.

Rauch stieg jetzt in der Ferne auf, ein erdfarbener Fleck, der sich über dem Wald erhob.

»Lasst uns zu dem Gehöft da rübergehen«, sagte Fiedler. »Wir werden dort den Tag über rasten – ich glaube nicht, dass unsere Verfolger in einem Zustand sind, in dem sie viel unternehmen werden.«

»Die Trommel«, flüsterte Krake. »Ich habe sie gesehen. Die Trommel. Jetzt kann ich glücklich sterben.«

Verdammte Sappeure. Buddl schüttelte den Kopf. Da hinten, auf dem geschundenen Streifen des Pfades eine Viertellänge entfernt, gab es jetzt Schmerz. Von Menschen und Tieren und … oh, und *Dämonen. Es wäre besser gewesen, wenn ihr uns verfolgt hättet. Trotzdem … was haben wir da nur für eine Sauerei angerichtet.*

Ja, jede Menge Schmerz, aber noch mehr Tod. Geschmackloser, versiegender Tod, der sich so dunkel ausbreitete wie der Staub in der Luft. Fiedlers Trommel. Eine bessere Art zu verkünden, dass die Malazaner hier waren, war eigentlich nicht vorstellbar.

Thom Tissys Abstieg vom Baum erfolgte ein bisschen laut und ein bisschen schnell. In einem Hagel aus abgebrochenen Ästen, Zweigen, Blättern und einem verlassenen Wespennest landete der Sergeant schwer und hart auf seinem Hinterteil. »Au, bei den Göttern hienieden, bei den Göttern hienieden!«

»An dem Ende gibt's keinen Gott, nur ein Steißbein«, rief ein Soldat von einem der unweit lagernden Trupps herüber.

Keneb wartete ein paar Herzschläge lang, ehe er fragte: »Sergeant, sag mir, was du gesehen hast.«

Thom Tissy stand langsam und vorsichtig auf. Ging dann auf seinen kurzen, krummen Beinen ein bisschen herum, plump wie ein Oger, mit dem dazu passenden pockennarbigen Gesicht und von Warzen übersäten Händen. »Rauch, Faust, und zwar jede Menge. Insgesamt habe ich zehn Rauchwolken gezählt, und eine davon war groß – vermutlich der Donner, den wir vor einiger Zeit gehört haben – das war mehr als ein Knaller, so viel ist sicher. Vielleicht drei, vielleicht auch mehr.«

Was bedeutete, dass da jemand ziemlich in der Klemme saß. Keneb sah weg, ließ den Blick über den bunt gemischten Haufen Soldaten schweifen, die auf der Waldlichtung kauerten. »Zehn?«

»Ja, Faust. Ich vermute, wir haben sie irgendwie aufgeschreckt – genug, dass die Kämpfe härter werden. Wenn der Hauptmann zurückkommt, werden wir ein paar Einzelheiten erfahren, nehme ich an.«

Ja. Faradan Sort. Aber sie und Schnabel waren schon seit Tagen fort, fast schon eine Woche.

»Zehn.«

»Habt Ihr mehr erwartet, Faust?«, fragte Thom Tissy. »Die Sicht war nicht schlecht, aber auch nicht perfekt. Ich habe sechs im Norden gesehen, und vier im Süden, was bedeutet, dass wir uns ziemlich genau in der

Mitte befinden und einen halben Nachtmarsch hinter den Vordersten sind. Wie auch immer, die am weitesten entfernten Rauchwolken waren fast am Horizont, also sind wir immer noch breit aufgefächert, ganz so, wie es sein sollte. Und der Rauch sagt uns nur, wo größere Kämpfe stattgefunden haben, aber nichts von all den anderen kleinen Hinterhalten und solchen Sachen. Stimmt was nicht, Faust?«

»Die Trupps sollen ein Lager aufschlagen«, erwiderte Keneb und drehte sich um. Oh, ja, klar, es fanden Kämpfe statt. Aber keine ausgeglichenen. Seine Seesoldaten waren in der Unterzahl; keine Chance, die Verbündeten zu bekommen, von denen sie geglaubt hatten, dass sie sie kriegen würden. Klar, sie hatten reichlich Moranth-Munition dabei, aber je mehr Magier mit den Truppen der Letherii und der Edur ankamen, desto mehr würde sich das schiere zahlenmäßige Ungleichgewicht auswirken. Seine Trupps konnten keine Verluste verkraften, selbst wenn sie paarweise unterwegs waren. Waren erst vier oder fünf Mann tot, würden sie jede Wirksamkeit verlieren. Dann würden sich die Trupps einander nähern und die Überlebenden sich zusammenschließen müssen – und die sich über etliche Längen erstreckende Linie, auf der sie vorrückten, würde mehr und mehr ausgedünnt werden. Statt an Stärke und Schwung zu gewinnen, je weiter sie vorrückten und dabei der Hauptstadt dieses Imperiums immer näher kamen, würden die malazanischen Seesoldaten schwächer werden.

Natürlich bestand diese Invasion nicht nur aus dem verdeckten Vormarsch von Kenebs Seesoldaten. Es gab andere Truppenteile – die reguläre Infanterie der Mandata und Blistigs, die, wenn die Zeit kam, von dem furchterregenden, aber fähigen Hauptmann Gütig ins Feld geführt werden würde. Es gab die Verbrannten Tränen der Khundryl und die Verender – auch wenn die im Augenblick weit weg waren. Es war wirklich eine komplizierte Invasion.

*Was uns hier angeht … eigentlich sollen wir nichts weiter tun als Verwirrung stiften, die Versorgungslinien in die Hauptstadt unterbrechen, wann immer wir können, und den Feind erschüttern, so dass er im Ungewissen bleibt und reagiert, statt zu agieren. Die tödlichen Schläge werden von woanders kommen, und das muss ich mir immer wieder in Erinnerung rufen. Damit ich nicht versuche, zu viel zu tun. Was zählt, ist dafür zu sorgen, dass so viele meiner Seesoldaten wie möglich am Leben bleiben – nicht, dass unser Platz im taktischen Konzept der Mandata mir dafür gute Aussichten bieten würde. Ich glaube, ich fange allmählich an zu begreifen, wie sich die Brückenverbrenner gefühlt haben, als sie wieder und wieder in alle möglichen Alpträume geworfen wurden.*

*Vor allem am Ende. Fahl, Darujhistan – und dann noch diese Stadt namens Schwarz-Korall.*

*Aber nein, das hier ist anders. Die Mandata will nicht, dass wir ausgelöscht werden. Das wäre Wahnsinn, und sie mag ein verdammt kaltes Biest sein, aber sie ist nicht wahnsinnig. Zumindest nicht so, dass man es erkennen könnte.*

Keneb verfluchte sich. Die Strategie war verwegen gewesen, ja, aber sie gründete auf vernünftigen Prinzipien. Auf traditionellen Prinzipien, genauer gesagt. Auf denen von Kellanved höchstpersönlich, auf der Absicht, die hinter der Erschaffung der Seesoldaten gestanden hatte; auf der Art und Weise, wie Sappeure zu überragender Bedeutung aufgestiegen waren, seit es Moranth-Munition gegeben hatte, die die malazanische Art der Kriegsführung revolutioniert hatte. Dies war tatsächlich die alte, ursprüngliche Art, die Seesoldaten einzusetzen, auch wenn das Nichtvorhandensein von Nachschublinien – egal, wie dürftig und lang sie auch sein mochten – ein Maß an Einsatzbereitschaft erforderte, das keine Abweichung, keine Möglichkeit eines Rückzugs zuließ – *sie hat die Transportschiffe verbrannt, und weit und breit sind keine Quorls in Sicht* – wodurch eine Situation geschaffen worden war, bei der der Imperator sich innerlich gewunden hätte.

Oder auch nicht. Kellanved hatte gewusst, wie wertvoll Wagnisse sein konnten, er hatte gewusst, wie leicht ein ganzer Krieg aufgrund einer einzelnen unerwarteten, ungeheuerlichen Tat kippen und das Kriegsglück sich wenden konnte – durch einen Regelverstoß, der den Feind ins Taumeln brachte und ihn dann schlagartig besiegte.

Solche Taten waren es, die militärische Genies ausmachten. Kellanved, Dassem Ultor, Sher'arah von Korel, Fürst K'azz D'avore von der Karmesingarde. Caladan Bruth. Coltaine. Dujek.

Gehörte auch Mandata Tavore zu dieser illustren Gesellschaft? *Bis jetzt hat sie es noch nicht bewiesen, oder? Bei den Göttern dort droben, Ke-*

*neb, du musst aufhören, so zu denken. Sonst wirst du ein zweiter Blistig – und* ein *Blistig ist schon mehr als genug.*

Er musste sich auf die naheliegenden Dinge konzentrieren. Auf diesen Feldzug, dieses gewagte Unternehmen, das er und die Seesoldaten durchziehen mussten. Die anderen sollten ihren Teil beitragen – und er hatte gefälligst die ganze Zeit daran zu glauben, dass sie Erfolg haben, dass sie auf den ihnen zugewiesenen Positionen auftauchen würden, wenn der Augenblick kam. Sie würden auftauchen, ja, und erwarten, dass er, Keneb, dies auch täte. Mit dem Großteil seiner Seesoldaten.

*Spielfiguren, ja, klar. Überlass die Hand, die die Entscheidungen trifft, jemand anderem. Dem Schicksal, den Göttern, Tavore aus dem Haus Paran, Mandata von Niemandem. Und so führt mich das wieder, verdammt nochmal, zur Frage des Vertrauens. Schon wieder. Vertrauen. Darauf, dass sie nicht wahnsinnig ist. Dass sie ein militärisches Genie ist, das es mit einer Handvoll der besten Befehlshaber in der gesamten Geschichte des malazanischen Imperiums aufnehmen kann.*

Vertrauen. Nicht in einen Gott, nicht in das Schicksal, sondern in einen Mitmenschen. In eine Frau, deren Gesicht er gut kannte, an dessen begrenzten Umfang an Mimik er sich mit grimmiger Klarheit erinnerte – Kummer und Ärger und die wilde Entschlossenheit … etwas zu erreichen … *was auch immer das sein mag. Nun, wenn ich nur wüsste, was es ist.*

Vielleicht behagte diese Art zu kämpfen den Seesoldaten ja tatsächlich. Aber Keneb behagte sie nicht. Weder als Befehlshaber, noch als Faust. Es war schwer, sich nicht hilflos zu fühlen. Er hatte noch nicht einmal Verbindung zu seiner Armee, wenn man vom gelegentlichen Gemurmel seiner Truppmagier absah. *Ich werde mich besser fühlen, wenn Faradan Sort wieder zurückkommt.*

*Falls sie zurückkommt.*

»Faust.«

Keneb drehte sich um. »Läufst du mir hinterher, Sergeant?«

»Nein, Faust«, antwortete Thom Tissy. »Ich habe nur gedacht, bevor ich schlafen gehe, sollte ich Euch vielleicht sagen, dass … nun, dass wir es verstehen.«

»Was verstehen? Und wer ist ›wir‹?«

»Wir alle, Faust. Es ist unmöglich. Ich meine, für Euch ist es unmöglich. Wir wissen das.«

»Ach ja?«

»Ja, klar. Ihr könnt nicht anführen. Ihr müsst Euch an Eure Befehle halten und wisst nicht, was im Namen des Vermummten mit Euren Soldaten geschieht, weil sie überall verstreut sind …«

»Schlaf ein bisschen, Sergeant. Und sag den anderen, dass mir nicht bewusst ist, dass irgendetwas von alledem unmöglich ist. Wir rücken weiter vor, so wird's sein.«

»Nun, äh …«

»Du maßt dir zu viel an, Sergeant. Und jetzt geh wieder zu deinem Trupp und sag deinen Soldaten, sie sollen mit dem Theoretisieren aufhören und zusehen, dass sie ein bisschen Schlaf bekommen.«

»In Ordnung, Faust.«

Keneb schaute dem gedrungenen Mann hinterher, als er davonging. Anständig von ihm, dieser ganze Unsinn. Anständig, aber sinnlos und gefährlich. *Wir sind keine Freunde, Thom Tissy. Das kann sich keiner von uns leisten.*

Einen Augenblick später gestattete er sich ein gequältes Lächeln. Was hatte er sich im Hinblick auf Tavore immer beklagt – und hier war er nun und zog die Sache auf genau die gleiche verdammte Weise durch wie sie. Er stieß sie alle weg.

Weil es notwendig war. Weil er keine andere Wahl hatte.

*Also – wenn sie verrückt ist, dann bin ich's auch.*

*Hol mich der Vermummte – vielleicht sind wir es alle.*

Leicht abfallend erstreckte sich das Eisfeld ein gutes Stück vor ihnen, übersät von Geröll und dem Abfall, der alles war, was vom Zeitalter der Jaghut noch übrig war. Sie standen Seite an Seite, ein Körper ohne Seele, und eine Seele ohne Körper, und Igel wünschte sich, er könnte diese köstliche Ironie mehr würdigen, aber solange er sich nicht entscheiden konnte, wer von ihnen beiden verlorener war, entzog sich ihm das kühle Vergnügen dieser Erkenntnis immer wieder.

Hinter jener Stelle, wo das Eisfeld in vielleicht zweitausend Schritt Entfernung ungleichmäßig auslief, erhoben sich trotzig üppige Wäldchen aus laubabwerfenden Bäumen, hier und da unterbrochen von grünen Lichtungen mit brusthohem grünem Gras. Dieser Flickenteppich von einer Landschaft setzte sich weiter nach hinten fort und überzog auch etliche kleine Hügel, bis diese Hügel höher und steiler wurden und sich in dem dort lückenlosen Dach aus Baumkronen das dunklere Grün von Nadelbäumen zeigte.

»Ich muss zugeben«, sagte Igel, der schließlich das Schweigen brach, »dass ich so was wie das da nicht erwartet habe. Vielleicht eine kaputte Tundra. Kieshaufen und diese staubigen, trockenen Dünen, die von den Winden hin und her geweht werden. Eine größtenteils leblose Landschaft. Am Hungertuch nagend mit anderen Worten.«

»Ja«, sagte Emroth mit ihrer krächzenden Stimme. »Überraschend, so nahe beim Thron des Eises.«

Sie begannen, den Hang hinunterzustapfen.

»Ich glaube«, wagte Igel sich nach einiger Zeit vor, »wir sollten uns vermutlich daran machen, uns über unsere jeweiligen … äh … Reiseziele zu unterhalten.«

Die T'lan Imass betrachtete ihn mit ihren leeren Augenhöhlen. »Wir sind zusammen gereist, Geist. Darüber hinaus gibt es nichts, das dich an mich bindet. Ich bin eine Gebrochene, eine Ungebundene, und ich habe vor einem Gott gekniet. Von daher ist mir mein Pfad vorherbestimmt, und alles, was sich mir entgegenstellen könnte, wird von meiner Hand zerstört werden.«

»Und *wie* hast du vor, mich zu zerstören, Emroth?«, fragte Igel. »Immerhin bin ich ein vom Vermummten verlassener Geist.«

»Meine Unfähigkeit, dieses Dilemma zu lösen, ist der einzige Grund, warum du noch bei mir bist, Geist. Das – und meine Neugier. Ich glaube mittlerweile, dass du vorhast, etwas zu tun, was meinem Herrn schaden wird – vielleicht ist es in der Tat deine Aufgabe, mein Vorhaben zu vereiteln. Doch andererseits kannst du als Geist nichts tun …«

»Bist du dir da so sicher?«

Sie antwortete nicht. Sie waren jetzt noch etwa dreißig Schritt oder so vom Rand des Eisfeldes entfernt und blieben erneut stehen. Die T'lan Imass wandte sich Igel zu und musterte ihn.

»Eine Manifestation des Willens«, sagte Igel und verschränkte die

Arme. Er lächelte. »Hat lange gedauert, bis mir dieser Ausdruck eingefallen ist – und die Idee, die dahintersteht. Ja, stimmt, ich bin ein Geist, aber offensichtlich kein normaler Geist. Ich bestehe fort, und zwar so sehr, dass ich diesen anscheinend festen Körper aus Fleisch und Knochen erschaffen habe – wo kommt eine solche Macht her? Das ist die Frage. Ich habe lange darüber gebrütet. Um ehrlich zu sein, die ganze Zeit seit dem Moment, in dem ich meine nicht-existenten Augen geöffnet habe und mir klar wurde, dass ich nicht mehr in Korall war. Ich war woanders. Und dann, als ich festgestellt habe, dass ich in … äh … vertrauter Gesellschaft war, nun, ab da wurden die Dinge noch geheimnisvoller.« Er machte eine Pause, winkte ihr zu. »Macht es dir jetzt nichts mehr aus, dass ich rede, Emroth?«

»Mach weiter«, sagte sie.

Igels Lächeln wurde breiter. Er nickte. »Die Brückenverbrenner«, fuhr er fort, »so hat man uns genannt, Emroth. Eine Eliteeinheit der malazanischen Armee. Die größtenteils in Korall ausgelöscht wurde – ich nehme an, das war unser letzter offizieller Einsatz. Und damit hätte es dann auch zu Ende sein sollen.

Aber das war es nicht. Nein. Ein Geistergänger der Tanno hat uns ein Lied geschenkt, ein sehr machtvolles Lied. Die Brückenverbrenner, Emroth – das heißt die toten; über die wenigen anderen, die noch am Leben sind, kann ich nichts sagen –, also, wir toten Brückenverbrenner, wir *sind aufgestiegen.*

Eine Manifestation des Willens, T'lan Imass. Ich vermute stark, dass du die Idee begreifst, wahrscheinlich sogar besser als ich. Aber diese Art von Macht war nicht auf euer verfluchtes Ritual beschränkt. Nein, vielleicht habt ihr einfach nur den Präzedenzfall geschaffen.«

»Du bist kein Körper ohne Seele.«

»Nein, ich bin eher so was wie deine Spiegelung. In gewisser Hinsicht *seitenverkehrt*, ja?«

»Ich spüre keine Macht an dir«, sagte Emroth, während sie ihren Kopf einen Fingerbreit zur Seite neigte. »Nichts. Du bist nicht einmal hier.«

Igel lächelte erneut und zog langsam einen Knaller unter seinem Regenumhang hervor. Er hielt ihn in die Höhe. »Ist das denn hier, Emroth?«

»Ich weiß nicht, was das ist.«

»Schon klar, aber ist es überhaupt hier?«

»Nein. Genau wie du ist es eine Illusion.«

»Eine Illusion – oder eine Manifestation des Willens? Meines Willens?«

»Diese Unterscheidung ist wertlos«, behauptete die T'lan Imass.

»Du kannst die Wahrheit in mir nicht sehen, denn das Sehvermögen, das du brauchen würdest, um sie zu sehen, steckt nicht in dir. Ihr habt es weggeworfen, beim Ritual. Ihr habt euch willentlich für die eine Sache blind gemacht, die euch vernichten kann. Die eure Art vielleicht in eben diesem Augenblick vernichtet – es gibt da doch irgendwelchen Ärger in Assail, oder? Ich habe verschwommene Erinnerungen an jemanden, der etwas gehört hatte ... nun ja, mach dir nichts draus. Der Punkt, um den es hier geht, ist folgender, Emroth: Du kannst mich nicht verstehen, weil du mich nicht *sehen* kannst. Das heißt über das hinaus, was ich willentlich zur Existenz gebracht habe – diesen Körper, diesen Knaller, dieses Gesicht ...«

»In dem ich jetzt meine Vernichtung sehe«, sagte Emroth.

»Nicht notwendigerweise. Viel hängt von unserer kleinen Unterhaltung hier ab. Du sagst, du hast vor einem Gott gekniet – nein, ist schon in Ordnung, Emroth, ich habe bereits rausgekriegt, vor welchem. Und du tanzt jetzt nach seiner Pfeife.« Igel beäugte den Knaller in seiner Hand. Er fühlte sich auf die genau richtige Weise schwer an. *Er ist hier, genau wie da hinten, bei den Deragoth-Statuen. Da gibt es überhaupt keinen Unterschied.* »Ich habe einen weiten Weg zurückgelegt«, nahm er den Faden wieder auf, »angefangen in der Unterwelt der Jaghut. Ich kann mich nicht daran erinnern, irgendwelche offensichtlichen Grenzen überschritten zu haben oder durch irgendwelche Tore getreten zu sein. Und die Eisfelder, die wir vom Gefühl her wochenlang überquert haben, nun, auch das hat noch gepasst. Um ehrlich zu sein, bin ich nicht einmal sonderlich überrascht, dass wir den Thron des Eises gefunden haben – wo sonst sollte er denn sein?« Mit der freien Hand deutete er auf die baumbestandene Landschaft vor ihnen. »Aber das hier ...«

»Ja«, sagte die T'lan Imass. »Du hast dich an dem Konzept der Unterscheidung festgehalten, wie es alle von deiner Art tun. Die Gewirre. Als wenn das alles getrennte ...«

»Aber das sind sie«, beharrte Igel. »Ich bin kein Magier, aber ich habe einen gekannt. Einen sehr guten, der auf mehr als nur einige wenige Gewirre zurückgreifen konnte. Jedes Gewirr ist ein Aspekt von Macht. Zwischen ihnen sind Barrieren. Und an ihren Wurzeln herrscht Chaos … und seine Fäden verlaufen auch zwischen ihnen hindurch.«

»Dann sag mir, was siehst du hier, Geist?«

»Ich weiß es nicht, aber es hat nichts mit den Jaghut zu tun. Andererseits glaube ich … nun ja, dass es älter ist, wie die Jaghut. Ein Älteres Gewirr. Was nicht viele Möglichkeiten übrig lässt, stimmt's? Vor allem, da es dein Ziel ist.«

»Was das angeht, irrst du dich«, antwortete Emroth.

»Aber du erkennst diese Umgebung?«

»Natürlich. Das ist Tellann. Mein Zuhause.«

»Und doch ist es hier, gefangen in der Unterwelt der Jaghut, Emroth. Wie kann das sein?«

»Ich weiß es nicht.«

»Wenn das hier nicht dein Ziel ist, dann muss ich, glaube ich, wissen, ob sich dadurch, dass du es gefunden hast, irgendetwas geändert hat. Für dich, meine ich.«

Der Kopf neigte sich noch ein bisschen mehr zur Seite. »Und von meinen Antworten hängt mein Schicksal ab, Geist?«

Igel zuckte die Schultern. Der Knaller war schon zu wirklich: Sein Arm fing an zu schmerzen.

»Ich kann dir keine Antwort geben«, sagte Emroth, und Igel dachte, er hätte so etwas wie Bedauern in der Stimme der Kreatur mitschwingen gehört, obwohl er sich das höchstwahrscheinlich nur eingebildet hatte. »Vielleicht, Geist«, fuhr sie einen Augenblick später fort, »ist das, was wir hier sehen, ein Beispiel für diese *Manifestation des Willens.*«

Die Augen des Sappeurs weiteten sich. »Wessen Willens?«

»In den Jaghut-Kriegen sind viele T'lan Imass gefallen. Diejenigen, die dem, was noch von ihren Körpern übrig war, nicht entfliehen konnten, wurden dort zurückgelassen, wo sie gefallen waren, denn sie hatten versagt. Ganz selten wurde ein Gefallener beschenkt, so dass sein ewiger Blick auf ein Panorama fiel statt auf einen Streifen Boden oder die Dunkelheit der Erde. Von den T'lan Imass, die gründlicher zerstört wurden, glaubte man, dass sie Vergessen gefunden hatten. Wahre Nicht-Existenz, was für uns nach und nach zum größten Geschenk überhaupt wurde.«

Igel blickte weg. Diese verdammten T'lan Imass waren Herzensbrecher, in jedem Sinne des Wortes.

»Vielleicht«, fuhr Emroth fort, »haben einige kein Vergessen gefunden. Sie wurden hinuntergezogen in die Unterwelt der Jaghut, in ihre Sphäre des Todes. Ein Ort, an dem der Krieg nicht existiert, an dem – vielleicht – das Ritual an sich nicht existiert.«

»Ein Ort, an dem der Krieg nicht existiert? Dies ist die Unterwelt der Jaghut – sollte es hier nicht von Jaghut nur so wimmeln? Von ihren Seelen? Ihren Geistern?«

»Die Jaghut glauben nicht an Seelen, Geist.«

Igel starrte sie wie vor den Kopf geschlagen an. »Aber ... das ist lächerlich. Wenn es bei ihnen keine Seelen gibt – wie im Namen des Vermummten bin ich dann hier?«

»Es kommt mir so vor«, sagte Emroth trocken, »als ob die Manifestation des Willens sich in beide Richtungen auswirken kann.«

»Ihr Unglaube hat ihre eigenen Seelen ausgelöscht? *Aber warum haben sie dann eine Unterwelt geschaffen?*«

»Verdith'anath ist eine uralte Schöpfung. Es könnte sein, dass sie den ersten Jaghut-Seelen nicht gefallen hat. Eine Sphäre des Todes zu erschaffen ist schließlich die wahrste Manifestation des Willens. Und trotzdem – nicht immer ist das, was geschaffen wird, einzig und allein das, was gewollt wurde. Jede Sphäre findet ... ständig anwesende Bewohner. Jede Sphäre, die sich erst einmal geformt hat, ist voller Brücken, Tore, Portale. Auch wenn den Jaghut ihre Unterwelt nicht gefallen hat – anderen Wesen hat sie gefallen.«

»Zum Beispiel euch T'lan Imass.«

»In den Eiszeiten, von denen unser Volk heimgesucht wurde«, sagte Emroth, »hat es Inseln aus fruchtbarem Land gegeben, die oft von Eis umgeben waren, aber seiner grimmigen Macht Widerstand geleistet haben. In diesen Inseln haben sich die alten Traditionen der Imass erhalten, Geist. Es waren Orte mit Wäldern, manchmal auch Tundren, und immer mit den Tieren, die wir so gut kannten. Unser Name für solch einen Ort war Farl ved ten ara. Ein Refugium.«

Igel musterte die bewaldeten Hügel. »Da drüben gibt es Imass.«

»Ich glaube, dass dem so ist.«

»Hast du vor, sie ausfindig zu machen, Emroth?«

»Ja. Das muss ich.«

»Und was ist mit deinem neuen Gott?«

»Wenn du mich vernichten willst, dann mach es jetzt, Geist.« Mit diesen Worten drehte sie sich um und begann, auf das Refugium zuzugehen.

Igel stand da, wechselte den Knaller in die rechte Hand und schätzte die Entfernung. *Der Verkrüppelte Gott würde weitere Verbündete gerne willkommen heißen, oh ja, das würde er. Du gehst, um deine zeitlosen Verwandten zu treffen, Emroth. Und du hast dir die entsprechenden Worte zurechtgelegt, um sie zu beeinflussen, um ihnen einen neuen Glauben anzubieten. Deiner Sippe. Es könnten Tausende da drin sein. Zehntausende.*

*Aber du bist nicht ihretwegen hierhergekommen.*

*Genau wie ich, Emroth, steuerst du auf das Tor zu. Starvald Demelain. Wo alles möglich ist.*

*Selbst die Zerstörung der Gewirre.*

*Es ist das Blut, verstehst du. Das Blut der Drachen. Außen und innen. Tot und lebendig. Ja, es ist schon erstaunlich, was man so alles herausbekommt, wenn man erst mal tot ist. Aber nicht tot. Ja, klar, es hat alles was mit dem Willen zu tun.*

Der Knaller kehrte in seine linke Hand zurück.

Der Arm wurde nach hinten gestreckt. Und kam mit Schwung nach vorn. Igel betrachtete die Flugbahn des Knallers einen winzigen Augenblick lang, dann warf er sich – genau, wie die Gewohnheit es verlangte – seitwärts zu Boden …

Der ihm im gleichen Moment entgegenkam. Ein Stein prallte hart gegen sein Kinn. Die Erschütterung hatte ihn natürlich taub gemacht, und er schaute sich um, spuckte Blut aus, das von seiner zerbissenen Zunge stammte. Sein linker Arm war fort, genau wie der größte Teil seiner linken Hüfte und des Oberschenkels. Schnee und Staub rieselten auf ihn herab, blitzten im Sonnenlicht auf. Kiesel und Klumpen aus gefrorener Erde landeten nun überall um ihn herum, hüpften und schlitterten weiter. Die Schneeflocken in der Luft funkelten wie Magie.

Er spuckte noch mehr Blut aus, betastete mit der ihm verbliebenen Hand sein Kinn und fand einen tiefen, klaffenden Schnitt, der mit Steinchen gespickt war. Er machte ein finsteres Gesicht, blendete diese absurden Einzelheiten aus. Kein Blut mehr, eine heile Zunge, die immer wild darauf war, sich zu bewegen. Ein glattes Kinn ohne jeden Schnitt – nun ja, zumindest mehr oder weniger glatt unter all den Stoppeln. Ein neues linkes Bein, eine neue Hüfte, ein neuer Arm. *Oh ja, das ist schon besser.*

Der Sappeur stand auf.

Der Krater war angemessen groß und tief. Tiefer als die Schicht aus Eis und Schnee, denn sein Grund bestand aus Erde, die feucht und glänzend dampfte. Hier und da lagen Stücke von Emroth herum. Nicht viele. Aber so waren Knaller nun einmal.

»Ja, klar doch«, murmelte Igel, »Fid ist der Empfindsame von uns beiden.«

Dreißig, fünfunddreißig Schritte weiter stieß der Sappeur nicht nur auf die ersten aufrührerischen Grasstreifen, sondern auch auf ein weiteres Stück von Emroths Körper. Und er blieb stehen. Starrte einige Zeit nach unten. Drehte sich dann langsam um und musterte den Weg, den er gekommen war, die Grenze zwischen Eis und Erde.

Farl ved ten ara. Wahrhaftig, ein Refugium. »Scheiße«, murmelte er. Und was noch schlimmer war, sie hatte es ihm gesagt. *Ein Ort, an dem das Ritual nicht existiert.*

Nach einem langen Moment wandte sich Igel wieder dem vor ihm liegenden Wald zu. Er trat über das zerfetzte, abgetrennte linke Bein, das blutend im Gras lag. Fleisch und Blut, ja. Das Bein einer Frau. Und verdammt wohlgeformt, was das betraf.

»Scheiße«, sagte er noch einmal und ging rasch weiter. »Fid ist derjenige mit dem weichen Herz, ja, er ist das. Fiedler. Nicht ich. Nicht ich.« Er wischte sich über die Wangen, verfluchte die Geisttränen auf seinem Geistgesicht, und dann stapfte der Brückenverbrenner weiter, wieder einmal allein in dieser faden, wenig reizvollen Sphäre der Toten. Ein paar hunderttausend Jahre lang untot. Eine Gebrochene, eine Gefallene, dann wiederauferstanden, genug, um wieder laufen zu können. Und dann, schließlich, vielleicht dreißig Schritte von der Rückkehr ins Leben entfernt …

Eine grimmige Lektion darüber, was passiert, wenn man sich den falschen Begleiter aussucht.

Er stapfte weiter auf den Wald zu. Unter den starken Ästen endlich das schwere Wogen von schmerzhaft grünem Frühlingslaub. Das Summen und Wirbeln von Insekten, das Zwitschern von Vögeln. In den Wald, ja, damit das abgetrennte Bein, das Grenzland, der dampfende Krater endlich aus seinem Blickfeld verschwanden.

*Scheiße!*

»Verdammt weich von dir, Fid. Aber wir sind im Krieg, wie ich es dir immer wieder sage. Wir sind im Krieg. Und es ist mir egal, ob es eine verdammte Todesbrücke der Jaghut ist, es ist immer noch eine Brücke, und du weißt, was wir mit Brücken machen, oder?«

Ein Refugium.

*Aber keine Zuflucht für mich.*

Die jungen Emlava waren so schwer wie Hirtenhunde, hatten aber kürzere Beine und waren längst nicht so lebhaft. Eigentlich wollten sie nur schlafen. Und fressen. Sie zu tragen bedeutete an den ersten paar Tagen, tödliche Hiebe mit den Krallen und erschreckende Sprünge mit weit aufgerissenem Maul herauszufordern. Ohne sich um die makabre Ironie Gedanken zu machen, benutzte Onrack das Fell, das er ihrer Mutter abgezogen hatte, um daraus einen Sack anzufertigen. Nachdem die Enden an einem gefällten Schössling befestigt worden waren, konnten der Imass und der Schnelle Ben oder Trull die beiden fauchenden, strampelnden Kreaturen in ihrem grässlichen Sack zwischen sich tragen.

Die Ay kamen niemals wieder dicht heran.

Bei den Jungen handelte es sich um ein Männchen und ein Weibchen, deren graues Fell noch keine Streifen aufwies und eher den blassen Farbton von Asche als den dunklen Eisenton ihrer Mutter hatte. In der Höhle war noch ein drittes Junges gewesen, das schon eine Woche oder länger tot gewesen sein musste. Der Zustand des Leichnams deutete darauf hin, dass seine Geschwister beschlossen hatten, es auszulöschen. So erging es den Schwachen in dieser und in allen anderen Welten.

Trulls Gefühl, ein Wunder mitzuerleben, erwachte jedes Mal aufs Neue, wenn er Onrack anblickte. Ein Freund aus Fleisch und Blut war wirklich eine Offenbarung. Er hatte sich schon seit langem für jemanden gehalten, der weit über ein solch tiefes, langanhaltendes Erstaunen hinaus war. An dem Tag, als er von seinem Bruder geschoren worden war, war es ihm vorgekommen, als sei sein Herz gestorben. An Stein gekettet und auf das kalte Wasser und das Verfaulen wartend, das es versprach, schien der Muskel, der die Gezeiten seines Blutes formte, mit zunehmender Trägheit gearbeitet zu haben.

Selbst damals war ihm der vertrocknete Leichnam – Onrack –, der dort hingekommen war, wo er in Fesseln gelegen hatte, wie eine unwahrscheinliche Erlösung vorgekommen.

Trull erinnerte sich daran, dass er mit dem T'lan Imass hatte diskutieren müssen, um befreit zu werden. Der Gedanke erheiterte ihn immer noch. Onrack war ein Etwas aus knarrenden Sehnen, Muskelsträngen und in sich verdrehten Knochen gewesen – und die gestaltgewordene Gleichgültigkeit. So vollkommen achtlos dem Leben gegenüber und dessen Kampf ums Fortbestehen, wie es nur ein lebloses Etwas sein konnte.

Und daher war Trull einfach mitgetrottet, nicht bereit, sich die allmählich aufkeimende Erkenntnis einzugestehen, dass er tatsächlich erlöst worden war – dass er widerwillig ins Leben zurückgekehrt war, und zwar in der Gesellschaft eines untoten Kriegers, der angefangen hatte, sein eigenes Leben zu entdecken und zu Erinnerungen fand, von denen er einst geglaubt hatte, dass er sie abgetreten hatte – an die Zeit und ein grausames Ritual, eine willkürliche, zehntausende von Jahren währende Leugnung.

Was hatte sie aneinander gebunden? Welche schier unmögliche Mischung aus knappen Gesprächen, unerwarteten Gefühlen und miteinander geteilter äußerster Not gemeinsamer Kämpfe hatte sie so gründlich miteinander verflochten, dass sie nun wie Brüder waren – wobei Onrack nun mehr sein Bruder war als einer von denen, mit denen Trull Sengar das Blut teilte? *Wir haben Seite an Seite gestanden, haben gemeinsam der unausweichlichen Niederlage entgegengesehen. Nur um Segen in der ängstlichen Hand einer Kreatur zu finden, die nicht einmal halb menschlich war. Oh, ich kenne sie gut …*

*Aber sie ist ein Geheimnis, von dem ich feststelle, dass ich es nicht mit Onrack teilen kann, meinem Freund. Ach, wenn er doch auch nur so schüch-*

*tern, so zurückhaltend wäre. Wenn da nicht dieser ... dieser offene Blick, dieses Wegwerfen jedes natürlichen, vernünftigen Schutzes wäre. Diese Kindsamkeit – bei den Schwestern, Trull, such dir zumindest ein Wort, das es gibt. Aber er wirkt so jung! Nicht was das Alter, sondern den Charakter angeht. Eine Spezies vollständiger Unschuld – ist so etwas überhaupt möglich?*

Nun, es könnte sein, dass er die Antwort auf diese Frage nur zu bald bekommen würde. Sie hatten Spuren gefunden, während sie durch diese junge Welt gewandert waren. Lagerplätze, von Steinen eingefasste Feuerstellen. Orte, an denen Steinwerkzeuge gemacht worden waren, ein flacher Felsblock, auf dem ein Imass gesessen und kleine Stücke von einem Feuersteinbrocken abgeschlagen und im Halbkreis verstreute Splitter zurückgelassen hatte. Mit Knochen gefüllte Abfallgruben, die Knochen weiß verkohlt oder gekocht, um das Fett von ihnen zu lösen, so dass die Überreste mürbe und leicht wie Bimsstein waren; verbrannte Stücke von den Flaschenkürbissen, die benutzt wurden, um die Knochen in Wasser zu erhitzen; und die zerschmetterten Felsbrocken, die heiß in das Wasser geworfen worden waren, um es zum Kochen zu bringen. Zeichen, dass sie diesen Weg entlanggezogen waren, ein paar davon nach Onracks Einschätzung nur ein paar Wochen alt.

Wussten diese Imass, dass Fremde zu ihnen gekommen waren? Diese Frage konnte nicht einmal Onrack beantworten. Seine Artgenossen waren scheu, erklärte er, und listig. Es war gut möglich, dass sie sie tage- und nächtelang aus Verstecken beobachteten, und nur wenn sie es wollten, würden sie genug von sich offenbaren, um Onracks Sinne zu berühren, seine animalische Wahrnehmung mit ihrem instinktiven Geflüster. *Blicke sind auf uns gerichtet, meine Freunde. Es ist so weit.*

Trull wartete auf diese Worte.

Die Emlavajungen jaulten, verkündeten ihren Hunger.

Trull, der die Spitze übernommen hatte, während Onrack und der Magier den Sack mit den Tieren trugen, blieb stehen und drehte sich um.

Zeit zum Füttern. Sonst würde es keinen Augenblick Frieden mehr geben.

Ächzend setzte der Schnelle Ben sein Ende der Tragestange ab, schaute in Gedanken versunken zu, wie die beiden Jungtiere sich spuckend und strampelnd aus dem Fellsack befreiten und alle außer Onrack anfauchten, der begann, in Blätter eingewickelte Stücke rohes Antilopenfleisch auszupacken. Das Fleisch war verdorben, aber das schreckte die jungen Emlava ganz eindeutig nicht ab, als sie auf ihn zusprangen.

Der Imass warf das Fleisch auf den Boden, um seine eigenen Hände in Sicherheit zu bringen, und trat dann zurück, während sich auf seinem Gesicht ein merkwürdiges Lächeln abzeichnete.

Dieses merkwürdige Lächeln zeigt er in diesen Tagen ein bisschen zu häufig, dachte der Magier. Als würden das alles überdeckende Staunen und die Freude allmählich anfangen zu verblassen – nicht viel, nur ein bisschen, doch der Schnelle Ben glaubte, dass da tatsächlich ein Hauch von Bestürzung war. Es überraschte ihn nicht. Niemand konnte eine derart reine Freude unbegrenzt lange aufrechterhalten. Und so schön dieses Paradies auch sein mochte – ein Paradies zumindest nach den Maßstäben der Imass –, war doch etwas vage Unwirkliches an ihm. Als ob es nichts weiter als eine Illusion wäre, die an den Rändern bereits auszufransen begann.

Dafür gab es allerdings keinen wirklichen Beweis. Der Magier konnte *spüren*, wie gesund dieser Ort war. Er war stark, und – wie er nun vermutete – er wuchs. Während Omtose Phellack ringsum dahinschwand. Das Ende eines Zeitalters also. Eines Zeitalters, das überall sonst schon vor langer, langer Zeit geendet hatte. *Aber ist nicht auch Tellann selbst sonst überall tot? Vielleicht ist es das ja nicht. Vielleicht hat es sich nur verändert, ist es in sich selbst hineingewachsen. Vielleicht ist das, was wir sonst überall sehen – worin wir leben – ein aufgestiegenes Tellann, der Sieger jenes Krieges, der vor Jahrtausenden gefochten wurde, vielleicht herrscht es nun und ist sicher in seiner Gereiftheit. Ist das möglich?*

Aber das passte nicht zu Onrack, dazu, wie er gewesen war und wie er nun war. Es sei denn … *bei den Göttern hienieden, im Gegensatz zu sonst überall ist das hier ein Stück von Tellann, das irgendwie … außerhalb des Rituals liegt. Deshalb ist er hier aus Fleisch und Blut. An diesem Ort hat es kein Tellann-Ritual gegeben, kein Abtrennen von Imass-Seelen. Was darauf hindeutet, dass die Imass, die hier leben, überhaupt nichts von dem Ritual wissen.*

*Also, was würde passieren, wenn Logros seine Abertausend hierherführen würde? Wenn Kron … Aber nein, das würde Silberfuchs nicht zulassen. Sie hat sie für etwas anderes gebraucht. Für einen weiteren Krieg.*

Es wäre nett gewesen zu wissen, in welcher Beziehung dieses Bruchstück hier zu demjenigen stand, das am Ende des Pannionischen Krieges für die Wölfe geschaffen worden war. Soweit der Schnelle Ben es verstanden hatte, war jene Feste der Tiere, oder wie auch immer sie genannt worden war, mit den Seelen von T'lan Imass besät worden. Oder zumindest mit den Erinnerungen jener Seelen – *es könnte sein, dass das alles ist, was eine Seele wirklich ist: die gebundene, verfilzte Masse der Erinnerungen eines Lebens. Oh. Das könnte erklären, warum meine so ein Durcheinander ist. Zu viele Leben, zu viele verschiedene Stränge, die jetzt alle miteinander verwoben sind …*

Trull Sengar war losmarschiert, um nach Wasser zu suchen; hier traten fast überall Quellen sprudelnd aus dem Grundgestein aus, als wäre der Fels an sich mit dem Schmelzwasser der Gletscher gesättigt.

Onrack beäugte die Katzen noch einen Augenblick lang, dann drehte er sich zum Schnellen Ben um. »Hinter diesen Hügeln ist ein Streifen aus Eis«, sagte er. »Ich kann seine Fäulnis riechen – eine alte Straße, auf der einst die Jaghut gereist sind. Auf der Flucht vor einem Gemetzel. Dieses Eindringen beunruhigt mich, Magier.«

»Warum? Die Schlacht hat vermutlich vor Tausenden von Jahren stattgefunden, und die Jaghut sind alle tot.«

»Ja. Trotzdem … diese Straße erinnert mich an … Dinge. Weckt Erinnerungen …«

Der Schnelle Ben nickte langsam. »Wie Schatten, ja.«

»Genau so.«

»Du musst doch gewusst haben, dass es nicht immer so bleiben würde.«

Der Imass runzelte die Stirn, was seine merkwürdig unmenschlichen, ausgeprägten Gesichtszüge noch deutlicher hervortreten ließ. »Ja, vielleicht habe ich es gewusst, ganz tief in meinem Innern. Ich hatte … vergessen …«

»Du bist zu verdammt hart zu dir selbst, Onrack. Du musst nicht die ganze Zeit diesen Ausdruck von Fröhlichkeit vor dir hertragen.«

In Onracks Lächeln mischte sich eine Spur Traurigkeit. »Es ist ein

Geschenk für meinen Freund«, sagte er leise, »für all die Geschenke, die er mir gegeben hat.«

Der Schnelle Ben musterte das Gesicht des Kriegers. »Das Geschenk verliert seinen Wert, wenn es zu lange währt, Onrack. Es fängt an, uns zu erschöpfen. Uns alle.«

»Ja, das erkenne ich jetzt.«

»Außerdem«, fügte der Magier hinzu, während er die beiden Emlava beobachtete, die nun, da ihre Bäuche voll waren, auf dem blutverschmierten Gras Scheinkämpfe miteinander ausfochten, »ist es eine andere Art von Geschenk, deine fehlbare Seite zu zeigen. Die Art von Geschenk, die Mitgefühl hervorruft statt einfach nur Ehrfurcht. Wenn das irgendeinen Sinn ergibt.«

»Das tut es.«

»Du hast viele Bilder gemalt, oder?«

Ein plötzliches Lächeln. »Du bist schlau. Wenn ich eine Steinmauer finde, die spricht … ja, eine andere Art von Geschenk. Meine verbotenen Begabungen.«

»Verboten? Warum?«

»Bei meinem Volk ist es ein Tabu, unser eigenes Abbild wahrheitsgetreu wiederzugeben. Zu viel ist eingefangen, zu viel ist in der Zeit gefangen. Herzen können brechen, und Verrat vermehrt sich wie Ungeziefer.«

Der Schnelle Ben warf Onrack einen Blick zu und sah dann weg. *Herzen können brechen. Oh, ja, die Seele kann einen heimsuchen, oh, und wie sie das kann.*

Trull Sengar kehrte zurück, einen gluckernden Wasserschlauch auf der Schulter. »Bei den Schwestern«, sagte er zu Onrack, »ist das ein Stirnrunzeln, was ich da in deinem Gesicht sehe?«

»Das ist es, mein Freund. Willst du wissen, warum?«

»Ganz und gar nicht. Es ist einfach nur … äh … nun ja, eine verdammte Erleichterung, um ehrlich zu sein.«

Onrack bückte sich und packte eine der jungen Raubkatzen, hob sie am Genick hoch. Das Tier fauchte wütend und strampelte in der Luft. »Trull Sengar, du kannst unserem Freund erklären, warum es uns Imass verboten ist, Bilder von uns selbst zu malen. Du kannst ihm auch meine Geschichte erzählen, damit er versteht und nicht noch einmal fragen muss, warum in mir ein Schmerz neu erwacht ist, nun, da ich mich erinnere, dass sterbliches Fleisch nur dann wirklich ist, wenn es vom Atem der Liebe genährt wird.«

Der Schnelle Ben musterte Onrack aus leicht zusammengekniffenen Augen. *Ich kann mich nicht erinnern, nach etwas in der Art gefragt zu haben. Nun ja, zumindest nicht laut.*

Trull Sengars erleichterter Gesichtsausdruck verschwand, und er seufzte, aber es war ein Seufzen, das vom Lösen einer langen Anspannung kündete. »Das werde ich. Danke, Onrack. Manche Geheimnisse erweisen sich als schwere Bürde. Und wenn ich damit fertig bin, dem Schnellen Ben eine der Einzelheiten deines Lebens zu enthüllen, die dazu gedient hat, unsere Freundschaft zu festigen, dann werde ich euch beiden mein eigenes Geheimnis erzählen. Ich werde euch von der Eres'al erzählen, und was sie mit mir gemacht hat, lange bevor sie uns allen in der Höhle erschienen ist.«

Es folgte ein langer Augenblick der Stille.

Dann schnaubte der Schnelle Ben. »Schön. Und ich werde euch eine Geschichte von zwölf Seelen erzählen. Und von einem Versprechen, das ich einem Mann namens Elster gegeben habe – ein Versprechen, das mich hierhergeführt hat, und das mich noch weiter führen wird. Und ich nehme an, dass wir uns dann alle wirklich kennen werden.«

»Dies«, sagte Onrack und packte die zweite Raubkatze, so dass er die beiden Jungen nebeneinander in die Höhe halten konnte, »ist ein Tag für Geschenke.«

Von jenseits der Hügel ertönte ein Donnern. Das verklang und sich nicht wiederholte.

Die Emlava waren plötzlich ganz still.

»Was war das?«, fragte Trull Sengar.

Der Schnelle Ben konnte spüren, wie ihm das Herz in der Brust hämmerte. »Das, meine Freunde, das war ein Knaller.«

Fiedler ging quer über den dreckigen Boden der Scheune dorthin, wo Buddl schlief. Er starrte auf den jungen Soldaten hinunter, der sich unter einer dunkelgrauen Decke zusammengerollt hatte. *Armer Kerl.* Er stieß ihn mit dem Fuß an, und Buddl stöhnte. »Die Sonne ist untergegangen«, sagte Fiedler.

»Ich weiß, Sergeant. Ich habe zugesehen, wie sie untergegangen ist.«

»Wir haben eine Trage gebastelt. Steh auf und iss was, und dann bekommst du für den Rest der Nacht ein tragbares Bett.«

»Es sei denn, ihr braucht mich.«

»Es sei denn, wir brauchen dich, ja.«

Buddl setzte sich auf, rieb sich das Gesicht. »Danke, Sergeant. Ich brauche nicht die ganze Nacht – die halbe wird reichen.«

»Du nimmst, was ich dir gebe, Soldat. Verkürze es, und es könnte gut sein, dass wir das alle bedauern werden.«

»In Ordnung, schön, dann sorge eben dafür, dass ich mich schuldig fühle. Schau nach, ob es mich kümmert.«

Lächelnd wandte Fiedler sich ab. Der Rest des Trupps machte die Ausrüstung bereit, wechselte gedämpft ein paar Worte. Gesler und seine Leute waren in dem verlassenen Bauernhaus – es hatte keinen Sinn, sich an einem Ort zusammenzudrängen. Ihre Taktik war auch so schon mager.

Sie waren nicht verfolgt worden. Die Trommel hatte ihre Aufgabe erfüllt. Aber das hieß auch, dass sie vier Knaller verloren hatten, zusätzlich zu den anderen, die sie bereits vorher benutzt hatten. Jetzt hatten sie nur noch zwei übrig, und das waren schlechte Nachrichten. Wenn eine andere feindliche Einheit sie aufspürte … *dann sind wir tot oder Schlimmeres.* Nun, Seesoldaten waren nicht dafür da, es leicht zu haben. Es reichte, dass sie noch am Leben waren.

Krake trat zu ihm. »Starr sagt, wir sind bereit, Fid.« Er warf einen Blick auf Buddl. »Ich bin am Anfang am blöden Ende der Trage, Soldat. Ich hoffe, du furzt nicht rum.«

Buddl, der mit vollen Backen auf einer Handvoll Nüsse und Schmalz herumkaute, starrte stumm zu dem Sappeur hoch.

»Bei den Göttern hienieden«, sagte Krake, »du isst einen von diesen Khundryl-Kuchen, was? Nun, Fid, wenn wir eine Fackel brauchen, um uns zu leuchten …«

»Erlaubnis nicht erteilt, Krake.«

»Na klar, ist vermutlich besser so. Die würde den halben Nachthimmel erleuchten. Beim Atem des Vermummten, warum muss ich immer den Kürzeren ziehen?«

»Solange du es bei diesen Dingen mit Corabb zu tun hast«, sagte Fiedler, »ist Kürzer dein zweiter Vorname.«

Krake schob sich ein bisschen näher an Fiedler heran. »Der Große Knall gestern könnte eine verdammte Armee anlocken«, sagte er leise.

»Vorausgesetzt, dass sie eine im Feld haben. Bis jetzt sind wir nur auf Kompanien gestoßen, auf Teile von Bataillonen – als hätte sich eine Armee weit verstreut, was mehr oder weniger das ist, was wir erwartet haben. Es hat keinen Sinn, eine einzelne Streitmacht zu unterhalten, wenn dein Feind über das ganze pickelige Hinterteil des Vermummten verteilt ist. Wenn sie schlau wären, würden sie Ersatztruppen aufstellen und das Gebiet mit Soldaten vollstopfen, so dass uns kein einziger Wildwechsel mehr bleiben würde, auf dem wir entlangschleichen können.«

»Bis jetzt«, sagte Krake, während er blinzelnd durch die Düsternis zum Rest des Trupps hinüberschaute und sich die einigermaßen geheilte Schulter rieb, »waren sie nicht besonders schlau.«

»Moranth-Munition ist neu für sie«, erklärte Fiedler. »Genau wie unsere Art der Magie. Wer auch immer hier den Befehl hat, ist wahrscheinlich immer noch ein bisschen durcheinander und versucht immer noch, unsere Pläne zu erraten.«

»Ich vermute, dass, wer auch immer den Befehl hatte, jetzt in kleinen Stückchen im Geäst der Bäume hängt, Fid.«

Fiedler zuckte die Schultern. Dann schnappte er sich seinen Packen und seine Armbrust.

Korporal Starr überprüfte seine Ausrüstung ein letztes Mal, ehe er sich aufrichtete. Er schob den linken Arm durch die Halteriemen des Schilds, rückte seinen Schwertgürtel zurecht und zurrte den Helmgurt fest.

»Die meisten Leute tragen ihren Schild einfach auf dem Rücken«, sagte Koryk, der im Eingang zur Scheune stand.

»Ich nicht«, antwortete Starr. »Wenn man in einen Hinterhalt gerät, ist keine Zeit mehr, sich bereit zu machen, oder? Also bleibe ich die ganze Zeit bereit.« Dann rollte er die Schultern, um seine Halsberge aus Schuppengeflecht zurechtzurücken, was ein höchst vertrautes, befriedigendes Rasseln und Klirren von Stahl zur Folge hatte. Ohne das massive, verankernde Gewicht fühlte er sich unsicher auf den Beinen. An seinem Packsack mit der restlichen Ausrüstung hatte er Schließen, die sich schnell öffnen ließen, so dass er all das hinter sich fallen lassen konnte, während er gleichzeitig einen Schritt vorwärtsmachte und sein Schwert zog. Zumindest einer in diesem Trupp musste schließlich der Erste an der Front sein, um den anderen Zeit zu geben einzusetzen, was sie hatten, was auch immer das sein mochte.

Das war es, wofür er von Anfang an ausgebildet worden war. Tapferer Zahn hatte es klar und deutlich gesehen, hatte in Starrs sture, unbeugsame Seele hineingesehen, und er hatte es auch gesagt, oder? *»Dein Name ist Starr, Soldat. Du stehst starr und fest auf den Beinen und weichst nicht zurück. Wenn es notwendig ist. Das ist von jetzt an deine Aufgabe. Wenn ihr auf den Feind stoßt, hältst du ihn in jenem allerersten Moment auf und sorgst dafür, dass dein Trupp diesen Augenblick überlebt, klar? Aber du bist noch nicht robust genug. Schnall dir diese Extragewichte um, Soldat, und dann geh üben …«*

Ihm gefiel die Idee, unnachgiebig zu sein. Ihm gefiel auch die Idee, Korporal zu sein, vor allem die Tatsache, dass er kaum jemals etwas sagen musste. Was das anging, hatte er einen guten Trupp. Sie lernten schnell. Sogar Lächeln. Nur bei Corabb, da war er sich nicht so ganz sicher. Ja, klar, dem Mann zwinkerte Oponn zu, das stimmte. Und es fehlte ihm nicht an Mut. Aber es schien, als wollte er immer der Erste sein, noch vor Starr selbst. Natürlich versuchte er etwas zu beweisen. Das war kein Geheimnis. Für die anderen Mitglieder des Trupps war Corabb ein Rekrut. Mehr oder weniger. Nun, vielleicht war er auch schon ein bisschen weiter – schließlich nannte ihn niemand Rekrut, oder? Selbst wenn Starr ihn so sah.

Aber Corabb hatte Fiedler rausgeschleppt. Ganz allein. Er war ein verdammter Gefangener gewesen und hatte dann so etwas getan. Dem Sergeanten das Leben gerettet. Das reichte beinahe als Entschuldigung, dass er an Leomans Seite gewesen und mit ihm zusammen die Knochenjäger in den feurigen Alptraum gelockt hatte, zu dem Y'Ghatan geworden war.

Beinahe.

Ja, Starr war keiner von der verzeihenden Sorte. Und er gehörte auch nicht zu denen, die rasch vergaßen. Und ganz tief in seinem Innern wusste er, dass er für jeden Soldaten in seinem Trupp standhalten würde, standhalten bis er fiel. Außer – vielleicht – für Corabb Bhilan Thenu'alas.

Koryk übernahm die Rolle des Kundschafters, und sie marschierten hinaus in die Nacht.

Am Rand des nächstgelegenen Wäldchens, auf dem Pfad zwischen den Stämmen und der Grenze eines brachliegenden Felds, vereinigten sie sich schweigend mit Gesler und seinem Trupp. Brachen in der Dunkelheit auf, während über ihnen die Sterne herauskamen.

Starr war der Ansicht, dass es gut war, Stürmischs Schwere um sich herum zu haben. Die waren beinahe ebenso hart und dickköpfig wie er. Zu dumm, das mit Uru Hela. Aber sie war leichtsinnig gewesen, oder? Selbst wenn man einen Wasserschlauch trug, war das mindeste, was man bereithaben sollte, ein Schild. Und was noch haarsträubender war, sie hatte sich umgedreht und war weggerannt und hatte so ihren Rücken entblößt.

*Sie hätten mich schicken sollen, um die Sache anzugehen. Dämon oder nicht, ich wäre stehengeblieben, um mich dem Dreckskerl entgegenzustellen. Wäre stehengeblieben und hätte standgehalten.*

*»Vergiss nie deinen Namen, Starr. Und um es dir leichter zu machen, dich zu erinnern, komm her und hör deinem Hauptsergeanten zu, während ich dir eine Geschichte erzähle. Über einen anderen Soldaten, der so starr gestanden hat, als wäre er angewachsen. Sein Name war Temper, und an dem Tag, an dem Dassem Ultor vor Y'Ghatan gefallen ist … nun, hier ist die Geschichte …«*

Starr hatte zugehört, ganz recht. Lange genug, um zu wissen, dass es so einen Mann niemals gegeben hatte, außer im Kopf von Hauptsergeant Tapferer Zahn. Aber es war trotzdem anregend gewesen. Temper. Ein guter Name, ein verdammt guter Name. Fast so gut wie Starr.

Drei Schritte hinter ihrem Korporal musterte Lächeln abwechselnd links und rechts die Umgebung, während sie den Pfad entlanggingen; ihre Blicke waren unstet, denn sie fühlte sich unbehaglich, und all ihre Sinne waren mit solcher Schärfe angespannt, dass ihr Kopf schmerzte. Buddl schlief. Was bedeutete, dass keine winzigen Augen das Gebiet überprüften und auch keine Waldtiere dazu gebracht worden waren, sich Buddls kümmerlichem Willen zu unterwerfen, diesem Einfühlungsvermögen von gleicher Hirngröße und Intelligenz, das ihnen allen bisher so gute Dienste erwiesen hatte.

Und dann ihr verdammter Korporal, nichts als klickende Stahlschuppen und knirschendes Leder, der vermutlich keine fünfzehn Worte auf irgendeine vernünftige, verständliche Weise aneinanderreihen konnte. Gut genug, um eine Bresche zu schließen, gewiss, mit seinem lächerlich übergroßen Schild – dem einzigen, den sie noch hatten, seit der Dämon sich um die Schilde der Schweren gekümmert hatte – und seinem kurzen Schwert mit der breiten Klinge. Die Art von Soldat, die noch standhielt, selbst wenn er schon tot war. Nützlich, na klar, aber als Korporal? Sie kapierte das irgendwie nicht.

Nein, Fid wäre besser mit einem Korporal bedient gewesen, der geistesgegenwärtig, schnell, fies und schwer zu treffen war. Nun, es gab einen Trost, und zwar, dass alle sehen konnten, dass sie als Nächste dran sein würde. Und es war da hinten ziemlich knapp gewesen, oder? Genauso gut hätte auch Starr losgeschickt werden können, um dem Dämon hallo zu sagen, und das wär's dann gewesen. Dann wäre sie jetzt Korporal Lächeln – und euch, ihr verdammten Fisch-Schnüffler, euch würden die Augen aus dem Kopf fallen.

Aber Starr war halb so wild. Es war Koryk, der ihr … äh … nicht aus dem Kopf ging. Ein tödlicher Bursche, oh ja, ein wirklich tödlicher Bursche. Ein bisschen wie sie selbst, aber ohne ihre Raffinesse, und deswegen passten sie beide gut zusammen. Gefährlich, furchterregend, das Herz des übelsten Trupps der Knochenjäger. Oh, Balsams Leute würden das vielleicht bestreiten, vor allem dieser kläffende Gurgelschlitzer, aber die lungerten gerade auf einer verdammten Insel rum, oder? Die waren nicht hier draußen und machten, was Seesoldaten tun sollten – ins Feindesland eindringen und den Edur und Letherii in die weißen, ekligen Eier treten und gelegentlich eine Kompanie in die Luft jagen, um den Vermummten daran zu erinnern, wer ihn ständig mit Frischfleisch versorgte.

Sie mochte dieses Leben, oh ja, das tat sie. Es war viel besser als das armselige Dasein, aus dem sie Zuhause rausgekrochen war. Ein armes Mädchen vom Dorf, das im geisterhaften Schatten ihrer toten Schwester kauerte. Und sich fragte, wann das nächste Ausbleiben der Fischschwärme für ihr feuchtes Hinscheiden sorgen würde. Oh, aber die Jungs hatten sie gewollt, als nur noch sie übrig gewesen war, hatten den Schatten mit ihrem eigenen ausfüllen wollen, als ob das überhaupt möglich gewesen wäre.

Aber Koryk hier, nun, das war was anderes. Zumindest fühlte es sich anders an. Vermutlich, weil sie jetzt älter war. Erfahrener – so viel erfahrener, dass sie jetzt wusste, was ihren kleinen Flattervogel erregte. Koryk dabei zuzusehen, wie er Leute tötete, oh, das war so köstlich gewesen. Glücklicherweise waren alle anderen zu beschäftigt gewesen, um sie stöhnen und beinahe quietschen zu hören und zu erraten, was das bedeutete.

Enthüllungen waren das schärfste Gewürz der Welt, und sie hatte gerade eine Nasevoll davon gehabt. Was die Nacht irgendwie klarer, sauberer machte. Alle Einzelheiten hatten scharfe Umrisse, wollten unbedingt gesehen, von ihren glitzernden Augen bemerkt werden. Sie hörte, wie die kleinen Geschöpfe sich durch die Büsche auf dem brachliegenden Feld bewegten, hörte, wie die Frösche die Stämme der nahe stehenden Bäume hochrasten. Hörte das Summen der Mücken und …

Plötzlich ein blendend heller Blitz im Süden, eine Blüte aus feurigem Licht, die sich über einem fernen Wald himmelwärts schob. Einen Augenblick später hörten sie das Donnergrollen einer zweifachen Explosion. Alle hielten jetzt reglos inne, hatten sich hingekauert. Die kleinen Geschöpfe waren erstarrt, zitterten verängstigt.

»Eine schlechte Zeit für einen Hinterhalt«, murmelte Koryk, der zum Trupp zurückgekommen war, als er an Starr vorbeischlüpfte.

»Also keiner, den malazanische Seesoldaten gelegt haben«, sagte Fiedler und trat zu Koryk und Starr. »Das war eine Länge entfernt, vielleicht auch weniger. Erinnert sich noch jemand daran, welche Trupps in der ersten Nacht rechts von uns waren?«

Stille.

»Sollen wir da rüber, Sergeant?«, fragte Starr. Er hatte sein Kurzschwert gezogen. »Könnte sein, dass sie unsere Hilfe brauchen.«

Gesler kam zu ihnen. »Stürmisch sagt, er hat nach den Knallern Fetzer gehört. Vier oder fünf.«

»Könnte sein, dass der Hinterhalt fehlgeschlagen ist«, sagte Lächeln und bemühte sich, ruhig zu atmen. *Oh, lass uns da rübergehen, du verdammter Sergeant. Lass mich noch einmal sehen, wie Koryk kämpft. Es ist dieses Kribbeln, verstehst du …*

»Unsere Befehle lauten anders«, sagte Fiedler. »Wenn sie schwer was abbekommen haben, werden die Überlebenden sich nach Norden oder Süden wenden und nach Freunden suchen. Wir marschieren weiter.«

»Sie kommen auf uns zu, weil sie uns suchen, und vielleicht kleben ihnen tausend Feinde an den Fersen«, sagte Gesler.

»Diese Möglichkeit besteht immer«, gab Fiedler zu. »In Ordnung. Koryk, übernimm wieder die Spitze. Wir rücken weiter vor, aber noch vorsichtiger als sonst. Wir sind nicht die Einzigen, die das sehen und hören konnten, also könnte es sein, dass wir in eine Truppe hineinlaufen, die unseren Weg kreuzt. Schlag ein vorsichtiges Tempo an, Soldat.«

Nickend setzte Koryk sich in Bewegung.

Lächeln leckte sich die Lippen, sah Starr finster an. »Steck den verdammten Schweinestecher weg, Starr.«

»Für dich heißt das ›Korporal Starr‹, Lächeln.«

Sie verdrehte die Augen. »Beim Atem des Vermummten, jetzt ist es ihm zu Kopf gestiegen.«

»Und das, was du da in den Händen hast, sind das etwa keine Messer?«

Lächeln steckte sie zurück in die Scheiden, sagte jedoch nichts.

»Geht weiter«, befahl Fiedler ihnen. »Koryk wartet.«

Corabb hob sein Ende der Trage wieder an und stapfte hinter den anderen her. Buddl hatte auch während der fernen Explosionen weitergeschlafen. Ein Zeichen dafür, wie erschöpft der arme Kerl war. Trotzdem, es war nervenaufreibend, wenn er nicht wach war und ein Auge auf die Dinge haben konnte, indem er auf seine ganz eigene Weise von Tier zu Tier sprang. Auch zu Vögeln. Und sogar Insekten. Obwohl sich Corabb fragte, wie weit ein Insekt wohl sehen konnte.

Er hob die Hand und zerquetschte eine Stechmücke an einem Augenlid. Die Trage hinter ihm kippte ab, und er hörte Krake leise fluchen. Schnell packte Corabb den Schössling wieder. Verdammte Insekten, er musste aufhören, über sie nachzudenken. Denn wenn er an sie dachte, führte das nur dazu, dass er sie hörte – und spürte, wie sie auf ihm herumkrabbelten und ihn überall stachen, während er keine Hand frei hatte. Das hier war nicht wie die Wüste. Man konnte Sandflöhe mit dem Wind herankommen sehen, konnte eine Blutfliege aus fünf Schritt Entfernung hören, konnte leicht erahnen, dass unter jedem Felsen, jedem Stein ein Skorpion oder eine große haarige Spinne oder eine Schlange hockte, die einen umbringen wollte. Einfach und geradlinig, mit anderen Worten. Ganz anders als dieses hinterhältige Gezischel in der Nacht, dieses helle Summen knapp neben dem Ohr, dieses geflügelte Flitzen ins Nasenloch eines Mannes. Oder diese Unart, einem ins Haar zu krabbeln und kleine Stückchen aus der Kopfhaut zu beißen, so dass ein geschwollenes, nässendes, verdammt juckendes Loch zurückblieb.

Und dann waren da noch diese schlüpfrigen Dinger, die Blut saugten. Versteckten sich unter einem Blatt und warteten, bis ein armer Kerl von Soldat, der keine Hand frei hatte, vorbeiging. Und Zecken. Und Pflanzen, die – wenn man ganz unschuldig an ihnen entlangstrich – einen schrecklich juckenden Hautausschlag verursachten, aus dem dann eine Art Öl nässte; dies war eine wahre Unterwelt, bevölkert von Dämonenbauern, und alle nächtlichen Lebensformen waren rasende, räuberische Verschlinger von wüstengeborenen Männern. Ganz zu schweigen von den Tiste Edur und den rückgratlosen Letherii. Man stelle sich das vor – die kämpften auf Geheiß tyrannischer Herrn. Hatten die denn keinen Stolz? Es wäre vielleicht klug, einen oder zwei Gefangene zu machen, um ein paar Antworten zu bekommen. Einen Letherii. Er könnte die Idee dem Sergeanten gegenüber erwähnen. Fiedler hatte kein Problem damit, wenn man ihm etwas vorschlug. Tatsächlich schien die ganze malazanische Armee mit so was kein Problem zu haben. So eine Art andauernder Kriegerversammlung, bei der jeder das Wort ergreifen, jeder Einwände vorbringen konnte, und so wurden Entscheidungen getroffen. Natürlich hörte bei den Stämmen der Wortwechsel auf, wenn die Versammlung beendet war.

Nein, diese Malazaner machten beinahe alles anders, auf ihre eigene

Weise. Aber das plagte Corabb nicht mehr. Es war vermutlich eine gute Sache, dass er im Hinblick auf sie an so vielen dummen, ungeheuerlichen Überzeugungen festgehalten hatte, damals, als er noch zu den Rebellen gehört hatte. Andernfalls hätte er es womöglich schwierig gefunden, den Feind so zu hassen, wie er ihn eigentlich hassen sollte, wie es eigentlich sein musste.

*Aber jetzt weiß ich, was es bedeutet, ein Seesoldat in der malazanischen Armee zu sein, selbst wenn das Imperium beschlossen hat, dass wir Ausgestoßene oder so was sind. Wir sind immer noch Seesoldaten. Immer noch die Elite, und das ist etwas, wofür es sich zu kämpfen lohnt – für den Soldaten an deiner Seite, den Soldaten auf der Trage oder denjenigen an der Spitze. Bei Lächeln bin ich mir allerdings nicht so sicher. Bei ihr bin ich mir ganz und gar nicht sicher. Sie erinnert mich an Brunspatz, mit diesem wissenden Blick und der Art und Weise, wie sie sich immer dann, wenn jemand vom Töten spricht, die Lippen leckt. Und dann diese Messer – nein, bei ihr bin ich mir ganz und gar nicht sicher.*

Zumindest hatten sie einen guten Korporal. Einen harten Burschen, der kein großes Interesse an Worten hatte. Schild und Schwert übernahmen das Reden bei Starr, und Corabb stellte immer wieder fest, dass er nach vorne eilte, um in jedem Scharmützel an der Seite des Korporals zu stehen. Auf seiner Schwertarm-Seite, aber einen Schritt weiter vorn, denn Starr benutzte ein Schlachtmesser mit kurzer Klinge, so dass seine Paraden dicht vor dem Körper erfolgten, und das barg das Risiko von zu viel Nahkampf-Kram von der schnellen, dreckigen, heimtückischen Sorte ... in dem Stil, den die Wüstenstämme gegen einen Soldaten im Schildwall – wie Starr einer war – benutzen würden ... wenn es keinen Schildwall gab, wenn es nur ein Mann war, dessen Flanken ungedeckt waren und dessen Paraden zu dicht am Körper erfolgten. Schlage und hämmere auf den Schild ein, bis er ein bisschen mehr in die Knie geht und sich hinter und unter den Schild duckt, das linke Bein vorschiebt – dann mach einen schnellen Schritt zur Seite, und schlüpfe um den Schild herum, über das zustoßende Kurzschwert hinweg – oder unter ihm durch –, um dir die Armsehnen oder den ungeschützten Unterarm vorzunehmen.

Corabb wusste, dass er Starr auf dieser Seite schützen musste, selbst wenn das bedeutete, Fiedlers Befehle zu missachten, der ihm aufgetragen hatte, dicht bei Buddl zu bleiben. Solange es aussah, als sei Buddl nicht in Gefahr, schob Corabb sich vor, denn er verstand Starr und dessen Art zu kämpfen. Starr war nicht wie Koryk, der mehr als jeder andere in diesen beiden Trupps einem Wüstenkrieger ähnelte, und was *er* brauchte, um seine Flanken zu schützen, war jemand wie Lächeln mit ihren schnellen Messern, Armbrustbolzen und all so was. Sie musste sich ein bisschen weiter hinten und zur Seite halten – außer Reichweite von Koryks Langschwert und den wilden Hieben, die er damit austeilte – und den Feind erledigen, der sich von den Flanken her an ihn heranmachte. Die beiden waren ein gutes Gespann.

Krake, der trübselige alte Veteran, nun, der hatte seine Knaller, und wenn Buddl in Gefahr geriet, würde der Sappeur sich um die Sache kümmern. Außerdem konnte er verdammt gut – und schnell – mit der Armbrust umgehen, hatte Erfahrung darin, im Laufen zu schießen und nachzuladen.

Es war kein Wunder, dass das Reich der Sieben Städte zum ersten Mal erobert worden war, als malazanische Seesoldaten im Einsatz gewesen waren. Von den T'lan Imass ganz zu schweigen. Die waren schließlich nur beim Aufstand in Aren losgelassen worden. *Und wenn Fiedler die Wahrheit sagt, war das gar nicht der Imperator. Nein, es war Laseen, die den entsprechenden Befehl gegeben hat.*

*Aber Gesler scheint nicht so recht überzeugt, also lautet die Wahrheit, dass niemand die Wahrheit kennt. Über Aren. Genauso, wie – wie ich vermute – schon bald niemand mehr die Wahrheit über Coltaine und die Kette der Hunde wissen wird, oder – bei den Geistern hienieden – über die Mandata und die Knochenjäger in Y'Ghatan und Malaz.*

Er spürte, wie ihn ein Schauer durchlief, als wenn er über etwas Tiefschürfendes gestolpert wäre. Über Geschichte. Darüber, wie man sich an sie erinnerte, wie man sie erzählte und aufs Neue erzählte. Wie Lügen an ihre Stelle traten, wenn die Wahrheit sich als zu unerfreulich erwies. *Etwas, ja ... Etwas ... Verdammt – es ist weg!*

Auf der Trage hinter ihm murmelte Buddl im Schlaf und sagte dann plötzlich klar und deutlich: »Er sieht nie die Eule. Das ist das Problem.«

*Armer Kerl. Brabbelt im Wahn vor sich hin. Er ist erschöpft. Schlaf gut, Soldat, wir brauchen dich.*

*Ich brauche dich. So, wie Leoman mich niemals gebraucht hat, so brauche ich dich. Weil ich jetzt ein Seesoldat bin, nehme ich an.*

»Frag die Mäuse«, sagte Buddl. »Sie werden es dir sagen.« Wieder murmelte er sehr leise etwas vor sich hin, seufzte anschließend und sagte: »Wenn du leben willst, achte auf den Schatten. Den Schatten. Den Schatten der Eule.«

Am anderen Ende der Trage grunzte Krake und schüttelte die Haltestangen, bis Buddl erneut ächzte und sich auf die Seite drehte. Woraufhin der junge Magier nichts mehr sagte.

Sie marschierten weiter durch die Nacht. Einige Zeit später hörten sie in der Ferne erneut Explosionen. Dieses Mal im Norden.

Oh ja, sie hatten sie tatsächlich aufgeweckt.

Shurq Elalles Kräuter wurden allmählich schlecht. Das war draußen auf der *Unvergänglichen Dankbarkeit* in Ordnung gewesen, auf einem windgepeitschten Deck oder in der Abgeschiedenheit ihrer Kajüte. Und in Gesellschaft eines Mannes ohne Nase. Aber jetzt befand sie sich mit einem halben Dutzend Fremder und Triller Brullyg, dem gleichnamigen König dieser erbärmlichen kleinen Insel, in einem beengten Kartenzimmer, und sie konnte sehen, dass vor allem die Frauen die Nase rümpften, wenn sie unangenehme Gerüche in der schwülen, überwarmen Luft auffingen.

Nun gut. Wenn sie mit ihr handeln wollten, würden sie damit leben müssen. Und dankbar sein für den »lebendigen« Teil. Sie beäugte die Mandata, die sich anscheinend nie hinsetzen wollte; und obwohl sie hinter dem Stuhl stand, den sie am einen Ende des langen, zerkratzten Tischs beansprucht hatte, und die Hände auf seine Rückenlehne gelegt hatte, verriet sie nichts von der Ruhelosigkeit, die man von jemandem erwartet hätte, für den zu sitzen wie eine Gefangenschaft in einem Viehpferch auf dem Marktplatz war.

Was das Aussehen anging, hatte diese Tavore Paran nicht viel zu bieten. Gelehrtenhaft triste, geschlechtslose Durchschnittlichkeit, gleichgültig gekleidet. Eine Frau, für die weibliche Anmut weniger Wert hatte als ein Fussel in der Falte einer Geldbörse. Sie hätte sich attraktiver machen können – beinahe weiblich, genauer gesagt –, wenn sie es gewollt hätte. Aber solche Reize zählten in der Vorstellung der Mandata ganz offensichtlich nicht als wertvolle Aktivposten, wenn es um Befehlsgewalt ging. Und das war interessant, auf eine vage, akademische Weise. Ein Anführer, der ohne körperliche Präsenz zu führen versuchte, ohne heldenhafte oder lustvolle oder sonst irgendeine Art von vorstellbarer Größe. Und so jeder Spur von Persönlichkeit beraubt – was blieb Tavore dann eigentlich noch?

Nun, dachte Shurq, da war ihr Verstand. War sie eine Art strategisches Genie? Shurq war sich dessen nicht so sicher. Nach all den Bruchstücken, die sie vom Gemurmel von Balsams Trupp mitbekommen hatte, war Tavore bereits eine große Fehleinschätzung unterlaufen. Es schien, als hätte es eine Art vorgezogener Landung gegeben. Elitetruppen, die mitten in der Nacht ans wilde Ufer mit seinen wirren Sümpfen und Wäldern gekrochen waren. Soldaten, die den Auftrag hatten, Verwirrung zu stiften und die Herrschaft der Edur zu erschüttern, und so die geknechteten Letherii zur Rebellion anzustiften.

Ein taktisches Genie? Das klang eher nach ungenügender Aufklärung. Den Letherii gefiel es, wie es war. Es war gut möglich, dass diese Tavore ein lebenswichtiges Element ihrer Armee zum Untergang verdammt hatte. Sie hatten die Transportschiffe verbrannt – *und was sollte das? Ihren eigenen Soldaten keine andere Wahl zu lassen, als immer weiterzumachen? Das stinkt nach Misstrauen, nach einem Mangel an Vertrauen – ja, das stinkt schlimmer als ich. Es sei denn, ich deute alles falsch. Was durchaus möglich ist. An diesen Malazanern ist nichts Schlichtes.*

Das malazanische Imperium, ja klar. Aber es war so ganz anders als das letheriische Imperium mit seinen belanglosen Spielen, in denen es um Abstammung und rassische Hierarchien ging. Nein, diese Malazaner gab es in der Tat in allen möglichen Ausführungen. Man musste sich nur Tavores Adjudantin ansehen – eine phantastisch tätowierte Barbarin, die mit jeder Bewegung Sinnlichkeit verströmte. Jemand, der so wild und primitiv aussah, würde hier, im letheriischen Imperium, die Ställe ausmisten. Und dann war da Masan Gilani, die ebenfalls alle Männer zum Sabbern brachte – oh, wie sehr Shurq sich wünschte, sie hätte eine so saftige, wie poliert glänzende Haut, und dann die anmutigen, löwenartigen Linien dieser langen Beine und vollen Schenkel, die wogenden, gar nicht schlaffen Brüste mit Nippeln, die sie an überreife Feigen denken ließen – *nicht, dass ich sie hätte heimlich beobachten müssen, sie hat weniger Anstand als ich, und das sagt schon eine ganze Menge, oh ja. Also behält Tavore die Hübschen dicht um sich. Nun, das mag ein aufschlussreicher Hinweis sein.*

»Worauf warten wir eigentlich?«, wollte Triller Brullyg wissen; er war schon beinahe so betrunken, dass er bald anfangen würde, undeutlich zu sprechen. Er lümmelte am anderen Ende des langen Tischs in seinem Sessel, der Mandata genau gegenüber, doch der Blick seiner Augen unter den schweren Lidern war auf Masan Gilani gerichtet. Der Mann glaubte wirklich, dass lüsterne Blicke eine Frau vor Verlangen in Verzückung geraten lassen konnten. Doch Masan Gilani verbarg ihren Abscheu gut und spielte ein bisschen mit, um den armseligen König weiter zappeln zu lassen. Shurq hatte den Verdacht, dass die barbarische Soldatin sehr präzise Befehle befolgte. Um Brullyg davon abzuhalten, streitlustig zu werden. Bis sie ihn nicht mehr brauchten.

Nun, das würde bei ihr nicht klappen, was? Es sei denn, diese Malazaner hatten irgendwo in der Nähe einen Ublala Pung versteckt. Oh, das wäre in der Tat misslich zu sehen, wie sie sich vor aller Augen in ein unersättliches, brünstiges Tier verwandelte. Das war ein Geheimnis, das sie am besten für sich behalten sollte. »Ganz ruhig, Brullyg«, sagte sie. »Das alles hier hat etwas mit den großen Trimaranen zu tun, die letzte Nacht in den Hafen gesegelt sind.« Von den Dingern hätte sie auch gern eins gehabt, obwohl sie dann auch zwei Mannschaften bräuchte, was für alle weniger Münzen bedeuten würde – *verdammte Logistik! Immer kommt sie meinen Träumen in die Quere.*

Die Mandata beäugte sie jetzt; es war einer dieser abschätzenden Blicke, die sie immer dann auf Shurq Elalle richtete, wenn die untote Piratin etwas sagte. Genau genommen war Shurq selbst daran schuld – sie hatte Skorgen zurück auf die *Unvergängliche Dankbarkeit* geschickt. Die unglückselige Mischung der Leiden ihres Ersten Maats hatte sich für alle anderen als viel zu ablenkend erwiesen, bis ihr klar geworden war, dass er zu einer Belastung wurde, die die … Ernsthaftigkeit zu unterminieren begann, mit der sie ihren Beruf ausübte. *Ja, das ist das Wort, nach dem ich gesucht habe. Ich muss hier ernst genommen werden. Ich habe den Verdacht, dass meine Existenz davon abhängt.* Aber nun stellte sie fest, dass sie sein nässendes Loch im Gesicht vermisste, sein zerfleischtes Ohr, sein blindes Auge, seinen Armstummel und sein schlimmes Bein – alles, was Tavores Aufmerksamkeit immer dann ablenken würde, wenn sie wieder einmal so unklug gewesen war, eine Meinung oder Bemerkung von sich zu geben.

Gurgelschlitzer, der Shurq gegenübersaß, räusperte sich jetzt – was eher wie ein eigenartiges Quieken klang – und lächelte sie an.

Sie wandte bewusst und deutlich den Blick ab. Dieser Mann war kein netter Mann. Auf die Art, wie auch Gerun Eberict kein netter Mann gewesen war. Sie vermutete, dass er zu viel Gefallen an seiner Tätigkeit fand. Und selbst für einen Soldaten war das nicht sinnvoll. Solche Leute neigten dazu zu verweilen, wenn Verweilen nicht gut war. Sie neigten dazu, andere Soldaten in Gefahr zu bringen. Neigten dazu, über die Stränge zu schlagen. Nein, sie mochte Gurgelschlitzer nicht.

Doch durch das Wegsehen war ihr Blick unabsichtlich auf Korporal Totstink gefallen. *Oh, was für ein lustiger Name.* In mancherlei Hinsicht war der Mann sogar noch schlimmer. Vor dem hatte sie keine Geheimnisse, vermutete sie, ganz egal, wie schüchtern sie sich auch gab – ja, er konnte sie riechen, sie und nicht die alten Kräuter. Er *hatte* sie gerochen, von Anfang an. *War der Dreckskerl, der den Fluch gewoben hat, unter dem ich jetzt leide, vielleicht so einer wie er?* Nein, das war nicht richtig. Totstink verfügte über Begabungen, die hier in Lether unbekannt waren. Begabungen, die sie an jenen sterbenden Turm in Letheras denken ließen – und an Kessel und die Hügelgräber im Hof.

Zum Glück döste er gerade. Das bärtige Kinn war ihm auf die breite Brust gesunken, und so blieb ihr sein wissender Blick erspart.

*Ach, wenn doch Tehol Beddict hier bei mir wäre – er würde sie alle aus dem Gleichgewicht bringen. Vor Verwirrung oder vor Lachen? Lachen wäre schlecht, ganz schlecht. Für mich. Und für jeden, der zu nah bei mir sitzt. Also schön, vergessen wir Tehol Beddict. Ich scheine allmählich den Verstand zu verlieren.*

Die Mandata richtete jetzt das Wort an sie. »Kapitän, ich habe mich lange mit Triller Brullyg unterhalten, um dieses letheriische Imperium besser verstehen zu können. Doch ich finde seine Antworten zunehmend unbefriedigend …«

»Der arme Brullyg ist bedrückt«, sagte Shurq. »Und liebeskrank. Nun ja, in einem Zustand unerwiderter Begierde beschreibt seine schmutzige, wortkarge seelische Verfassung vielleicht besser.« *Ha! Sie konnte Tehol Beddict doch glatt ausstechen! Und sogar ohne zu riskieren, dabei einen Lachanfall zu kriegen!*

Brullyg sah sie blinzelnd an.

Sergeant Balsam beugte sich zu Gurgelschlitzer. »Was hat sie gerade gesagt?«

»Der Imperator«, sagte Tavore.

Shurq runzelte die Stirn, sagte aber nichts.

»Der Imperator der Tausend Tode.«

»Der Titel ist eine Übertreibung, dessen bin ich mir sicher. Vielleicht ein paar Hundert. Meisterkämpfer. Letzten Endes sterben sie alle.«

»Vermutlich ist er in seinem Palast durch die Edur gut geschützt.«

Shurq Elalle zuckte die Schultern. »Aus dem Ewigen Domizil dringen nicht viele Einzelheiten nach draußen, Mandata. Der Kanzler und sein ganzer Stab – alles Letherii – wurden auch nach der Eroberung behalten. Außerdem gibt es inzwischen noch eine sehr mächtige Geheimpolizei, die ebenfalls aus Letherii besteht. Und was das ganze wirtschaftliche Instrumentarium angeht – nun, auch da ziehen Letherii die Fäden.«

Die tätowierte Frau namens Lostara Yil schnaubte. »Aber was tun dann die Edur, im Namen des Vermummten? Wo passen die denn rein?«

»Sie sind ganz oben«, antwortete Shurq. »Und wackeln.«

Es folgte ein langer Augenblick der Stille.

»Doch dieser Imperator der Edur«, sagte Tavore schließlich, »kann nicht getötet werden.«

»Das stimmt.« Shurq sah zu, wie der Sinn ihrer Worte ins Bewusstsein der Malazaner sickerte – mit der Ausnahme von Totstink natürlich, dessen Schnarchen wie Wellen klang, die in einer kleinen nasskalten Höhle an den Strand rollten.

»Ist das unbedeutend?«, fragte Tavore.

»Manchmal hat es den Anschein«, räumte Shurq ein. Oh, sie wünschte sich, sie könnte Wein trinken, ohne dass er überall aus ihr herauslief. Sie könnte jetzt einen Krug gebrauchen. Oder auch zwei.

»Ein Imperator, dessen Herrschaft eigentlich von einem Schwert diktiert wird«, sagte Tavore. »Was allerdings ungeschliffen bleibt, sind die Notwendigkeiten, ein Imperium zu verwalten.«

»Sehr langweilige Notwendigkeiten, ja«, sagte Shurq lächelnd.

»Die Tiste Edur, die sich ganz an die unsterbliche Stabilität ihres Herrschers anlehnen, leben in dem Wahn, sie würden herrschen«, fuhr Tavore fort. »Aber die Wirklichkeit ist nicht so großzügig.«

Shurq Elalle nickte. »Die Tiste Edur waren Fischer und Robbenjäger«, sagte sie. »Holzbaumeister. Ein halbes Dutzend oder mehr Stämme. Es hat da einen Mann gegeben – Hannan Mosag –, der der Hexenkönig genannt wurde, und der einen Unterwerfungskrieg geführt hat. Warum er am Ende nicht das grässliche Schwert hatte, wissen nur die Edur – und es gehört nicht zu den Dingen, über die sie sprechen.«

»Lebt dieser Hannan Mosag noch?«, fragte Tavore.

»Er ist der neue Ceda des Imperators.«

Totstink hörte auf zu schnarchen. »Der Imperiale Hohemagier«, sagte er. »Ceda ist eine Kurzform von ›Cedarium‹, würde ich wetten. Und ›Cedarium‹ war eine Art Ritual – damals, in den Tagen des Ersten Imperiums.« Er öffnete halb die Augen. »Ebron wird nicht sonderlich überrascht sein. Diese Letherii sind eine verlorene Kolonie des Ersten Imperiums.« Die schweren Lider senkten sich wieder, und einen Augenblick später fing er erneut zu schnarchen an.

Shurq Elalle wollte sich räupern, überlegte es sich dann aber anders. Es war alles auch so schon widerlich genug. »Worauf ich hinauswollte, Mandata, ist, dass die Tiste Edur nicht einmal die Abgabe für einen Anlegeplatz verwalten könnten. Sie sind Krieger und Jäger – das heißt, die Männer sind das. Die Frauen sind – soweit ich das sagen kann – irgendwelche vollkommen nutzlosen Mystikerinnen und seit der Eroberung praktisch verschwunden.«

Draußen auf dem Korridor erklangen Schritte, und einen Augenblick später ging die Tür auf. Begleitet von Galt und dem merkwürdigen kleinen Mann namens Widersinn traten zwei letheriische Soldaten ins Zimmer. Das eine war eine Atri-Preda.

Triller Brullyg zuckte auf seinem Sessel zurück, hätte ihn beinahe umgeworfen. Er verzog das Gesicht und stand auf. »Jede verdammte Hexe soll in die Tiefe verdammt sein!«

»Es wird noch schlimmer«, antwortete die Atri-Preda. Ein angedeutetes Lächeln spielte bei diesen Worten um ihre Lippen. »Ich habe meinen eigenen Dageling erwählt, und du bist es nicht. Yedan, wirf diesen Narren raus – am besten, aus einem der Fenster.«

In Brullygs Augen stand plötzlich ein beunruhigter Ausdruck, als er den Soldaten an der Seite der Atri-Preda anstarrte, der jetzt Anstalten machte, auf ihn zuzugehen.

Galts Schwert kam so schnell aus der Scheide und legte sich flach gegen den Bauch des Soldaten, dass die Bewegung nur verschwommen wahrzunehmen gewesen war. Der Mann blieb reglos stehen. »Vielleicht sollten wir alle mal ein paar Schritte zurücktreten«, sagte Galt gedehnt. »Mandata, erlaubt mir, Euch Atri-Preda Yan Tovis vorzustellen – und Gestade-Wacht Yedan Derryg, eine Art Sergeant, wie ich annehme, der eine Art Küstenwache befehligt. Was bedeutet ›Atri-Preda‹? Hauptmann? Kommandant? Wie auch immer, sie hatte den Befehl über den halb ertrunkenen Haufen, den die Verender aus dem Sturm gepflückt haben.«

Die Mandata blickte Yan Tovis stirnrunzelnd an. »Willkommen, Atri-Preda. Ich bin Mandata Tavore Paran aus dem malazanischen Imperium –«

Yan Tovis warf ihr einen Blick zu. »Ihr befehligt diese Invasion? Wie viele Soldaten habt Ihr an der Küste gelandet, Mandata? Zehntausend? Zwanzigtausend? Ich habe die Schiffe gesehen, die brennenden Schiffe – Ihr seid unseren Flotten die ganze Strecke von Eurem Imperium bis hierher gefolgt? Ein langer Weg, nur um rachsüchtig ein bisschen Blut zu vergießen, oder?«

Shurq träumte davon, noch einen Krug Wein hinunterzustürzen. Zumindest schauten die Malazaner sie nicht mehr andauernd an.

Das Stirnrunzeln der Mandata vertiefte sich, verstärkte ihre triste Unansehnlichkeit. »Wenn Ihr wünscht«, sagte sie kühl, »können wir Euren Status als Kriegsgefangene formalisieren. Doch ich finde es schwierig, Eure sinkende Fähre als den Angriff einer Straf-Expedition zu bezeichnen. Gemäß der Berichte, die ich erhalten habe, ist Euer Status eher mit dem von Flüchtlingen vergleichbar, ja? Eine bescheidene Kompanie Soldaten, die eine ansehnliche Ansammlung alter Männer und Frauen,

Kinder und anderer Nichtkämpfender beaufsichtigt. Seid Ihr hierhergesegelt, weil Ihr geglaubt habt, die Insel sei immer noch unabhängig?« Sie richtete den Blick kurz auf Brullyg, der an der hinteren Wand lehnte. »Dass Ihr und Triller Brullyg euch kennt, deutet darauf hin, dass Ihr hier seid, um eine persönliche Angelegenheit zwischen euch zu klären.«

Yan Tovis' zuckte mit gleichgültigem Blick die Schultern und sagte: »Wohl kaum persönlich. ›Triller‹ ist der Name eines Stammes und könnte, wenn wir das wollten, auch meinem und Yedans Namen vorangestellt werden, und das Gleiche gilt für unsere ›Ansammlung‹ von ›Flüchtlingen‹. Die Triller waren die ursprünglichen Einwohner der mittleren Westküste und einiger vorgelagerter Inseln. Wir wurden vor langer Zeit von den Letherii unterworfen.« Sie zuckte erneut die Schultern. »Mein Streit mit Brullyg dreht sich um eine Erbfolge-Angelegenheit.«

Tavore zog die Brauen hoch. »Erbfolge? Ihr behaltet solche Dinge bei, selbst wenn Ihr unterworfen seid?«

»Mehr oder weniger. Die Geschlechterfolge wird durch die Frauen aufrechterhalten. Die Königin – meine Mutter – ist vor kurzem gestorben. Brullyg hat gehofft, dass ich nicht zurückkomme, um Anspruch auf meinen Titel zu erheben. Brullyg wollte selbst über die Triller herrschen. Und ich vermute, er wollte auch einen kühnen Anspruch auf Unabhängigkeit geltend machen, im Kielwasser Eurer Invasion – vorausgesetzt, sie erweist sich als erfolgreich. Er wollte das Joch der Letherii abschütteln und ein neues Zentrum für unser Volk schaffen – auf dieser Insel, die früher einmal heilig war. Brullyg ist zwar ein Mörder und Verräter, aber auch eine ehrgeizige Kreatur. Doch leider ist seine Herrschaft auf dieser Insel nun zu Ende.«

Gurgelschlitzer lachte zischend. »Hast du das gehört, Masan Gilani? Du kannst jetzt damit aufhören, all das süße Fleisch zur Schau zu stellen.«

»Ich bin mir nicht sicher, Atri-Preda«, sagte die Mandata, »ob diese Entscheidung in Eurer Hand liegt.«

»Diesen Rang gibt es jetzt nicht mehr. Ihr dürft mich als Königin, oder, wenn Ihr wollt, als Zwielicht ansprechen.«

Shurq Elalle sah, wie Totstink die Augen aufriss, sah, wie er hart und ohne zu blinzeln Yan Tovis anstarrte.

Der Mandata entging nichts, denn sie blickte kurz zu Totstink und schaute dann wieder weg.

»Zwielicht, Wacht und Dageling«, murmelte Totstink. »Damit habt Ihr die ganze Nacht abgedeckt, ja? Aber verdammt will ich sein, das Blut ist furchtbar dünn. Eure Haut hat die Farbe von Tonerde – das können am Anfang nicht mehr als eine Handvoll gewesen sein, wahrscheinlich Flüchtlinge, die sich zwischen den einheimischen Wilden versteckt haben. Eine armselige Handvoll, aber die alten Titel sind geblieben. Und Ihr bewacht die Gestade der Nacht.«

Yan Tovis leckte sich die Lippen. »Einfach nur das Gestade«, sagte sie.

Totstink lächelte. »Dann ist der Rest wohl verloren gegangen, was?«

»Korporal«, sagte Tavore.

»Unser Trupp hat einige Zeit auf dem richtigen Schiff verbracht«, erklärte Totstink. »Lange genug, dass ich mich ausgiebig mit unseren schwarzhäutigen Freunden unterhalten konnte. Zwielicht«, sagte er zu Yan Tovis, »Ihr benutzt da ein letheriisches Wort. Wärt Ihr überrascht, wenn ich Euch sagen würde, dass das Wort für ›Zwielicht‹ in Eurer ursprünglichen Sprache ›Yenander‹ war? Und dass ›Antovis‹ ›Nacht‹ oder sogar ›dunkel‹ bedeutet hat? Euer eigener Name ist Euer Titel, und ich kann an Eurem Gesicht sehen, dass Ihr davon nichts gewusst habt. Yedan Derryg? Ich weiß nicht, was ›Derryg‹ heißt – wir werden Sandalath fragen müssen –, aber ›Yedanas‹ bedeutet ›Wacht‹ und meint damit sowohl die Tätigkeit als auch den Titel. Bei den Göttern hienieden, welche Welle war das? Die allererste? Und warum das Gestade? Weil da die neugeborenen K'Chain Che'Malle hergekommen sind, stimmt's? Diejenigen, auf die keine Matrone Anspruch erhoben hatte, heißt das.« Sein harter Blick ruhte noch einen Moment länger auf Yan Tovis, dann lehnte er sich wieder zurück und schloss die Augen.

*Abtrünniger, hilf – will er das den ganzen Abend lang so machen?*

»Ich weiß nicht, wovon dieser Mann gerade gesprochen hat«, sagte Yan Tovis, aber sie war offensichtlich verunsichert. »Ihr seid alles Fremde – was könnt ihr von den Triller wissen? Wir sind es kaum wert, in den Geschichtsbüchern der Letherii erwähnt zu werden.«

»Zwielicht«, sagte Tavore, »Ihr seid hier, um Euren Titel als Königin durchzusetzen. Werdet Ihr dann diese Insel für unabhängig erklären?«

»Ja.«

»Und wollt Ihr in dieser Funktion mit uns verhandeln?«

»Je eher ich mit euch Malazanern darüber verhandeln kann, dass ihr die Insel wieder verlasst, um so glücklicher werde ich sein. Und Ihr auch.«

»Warum?«

»Diese Flüchtlinge, die sie dabeihat, Mandata«, meldete sich der Magier namens Widersinn zu Wort, »das ist ein großer Haufen von Hexen und Hexern. Oh, die meisten haben nur so schnörkeliges Zeug drauf – sie können das Wasser schlecht werden lassen und uns Dünnschiss und Furunkel und so was anhexen. Allerdings könnten sie sich auch zusammenschließen und schlimmere Rituale durchführen …«

Shurq Elalle starrte den merkwürdigen Mann an. *Schnörkelig?*

»Ja«, sagte Yan Tovis. »Sie können ziemlich lästig werden.«

Galt grunzte. »Dann zählt es also nicht, dass wir ihnen allen das Leben gerettet haben?«

»Doch, das tut es natürlich. Doch wie alles auf der Welt schwindet auch Dankbarkeit im Lauf der Zeit dahin, Soldat. Vor allem, wenn die Tat wie ein Henkersbeil über uns hängt.«

Galts finsteres Gesicht wurde noch finsterer. Dann stupste er Yedan Derryg mit seinem Schwert an. »Muss ich das auch weiterhin hier hinhalten?«, fragte er.

Der bärtige, behelmte Soldat schien auf seiner Antwort herumzukauen, ehe er sagte: »Das muss meine Königin entscheiden.«

»Merk dir meinen letzten Befehl«, sagte Yan Tovis. »Wir können uns später um Brullyg kümmern.«

»Wie Dämonenbrut wirst du das!« Brullyg straffte sich. »Mandata Tavore Paran, hiermit ersuche ich um Euren Schutz. Da ich von Anfang an mit Euch zusammengearbeitet habe, ist das mindeste, was Ihr tun könnt, dafür zu sorgen, dass ich am Leben bleibe. Bringt mich zum Festland rüber, wenn das zu Euren Plänen passt. Es ist mir egal, wohin es mich verschlägt – solange ich nicht in den Fängen dieser Frau da ende.«

Shurq Elalle lächelte über den Narren. *Nur verdienst du das alles nicht, Brullyg. Erbarmen? Im Furz des Abtrünnigen, da wirst du das finden.*

Tavores Stimme klang plötzlich kalt. »Triller Brullyg, deine Unterstützung wurde gebührend zur Kenntnis genommen, und wir sind dir dankbar, obwohl mir scheint, als könnte ich mich an etwas erinnern, das irgendwie mit der drohenden Vernichtung dieser Insel unter einer Woge aus Eis zu tun hat – was wir verhindert haben und auch weiterhin verhindern werden. Es mag die Königin erfreuen, dass wir nicht vorhaben, noch lange hierzubleiben.«

Brullyg wurde blass. »Aber was ist mit dem Eis?«, wollte er wissen. »Wenn Ihr geht …«

»Sobald es wieder wärmer wird«, sagte Tavore, »wird die Bedrohung nachlassen. Im wahrsten Sinne des Wortes.«

»Und was hält Euch dann noch hier?«, fragte Yan Tovis.

»Wir suchen einen Lotsen zum Lether. Und nach Letheras.«

Und wieder wurde es still. Shurq Elalle, die vergnügt Brullygs seelischen Verfall beobachtet hatte, runzelte langsam die Stirn. Und sah sich um. Alle Blicke waren auf sie gerichtet. Was hatte die Mandata da gerade gesagt? Oh. Der Lether. Und Letheras.

*Und einen Lotsen, der ihre Invasionsflotte führt.*

»Was ist das für ein Geruch?«, fragte Widersinn plötzlich.

Shurq machte ein finsteres Gesicht. »Ich vermute, das ist der Furz des Abtrünnigen.«

# Kapitel sechs

Die Aussicht, die so gewährt wurde, war ein Ausblick als Reaktion auf meinen letzten Tag in der Welt der Sterblichen. Der Marsch entlang behauener Steine, Menhire und Regolithen zeigte in ihren unverminderten Schatten eine Reihe sturer Gesichter, die Grimassen und das Zischen der Unterwelt, gebleckte Zähne, die drohen sollten, die unendliche Reihe eingewurzelter Götter und Geister, die sich den Hang entlang erstreckte, über Hügel um Hügel, die ganze Strecke, ja, bis zu der Unendlichkeit außerhalb der Sichtweite, außerhalb des Spiegels dieser missgestalteten, blinzelnden Augen. Und in diesen getreuen Kriegsteilnehmern, die alle in den Tagen, da sie die Vorherrschaft hatten, klauenartige, zugreifende Hände ausgestreckt hatten – die karmesinrote Berührung des Glaubens mit all seinen Forderungen an unsere Zeit, unser Leben, unsere Liebe und unsere Ängste –, war jetzt nichts weiter als ein Geheimnis, jede Erkenntnis vergessen, aufgegeben im Vorankriechen unbarmherziger Veränderungen. Sind ihre verlorenen Stimmen in diesem verzweifelten Wind erklungen? Habe ich beim Echo von Blutopfern gezittert, beim Zerreißen von jungfräulichem Fleisch und dem Wunder eines entblößten Herzens, den verwirrten letzten Schlägen beharrlicher Wut? Bin ich vor dieser grässlichen Abfolge heiliger Tyrannei auf die Knie gefallen, wie irgendein Unwissender, der sich im gedrängten Schatten duckt?

Die Armeen der Gläubigen waren fort. Sie sind in aufgewirbelten Staub- und Aschewolken davonmarschiert. Priester und Priesterinnen, die einer Hoffnung erlegen sind, die ihre Überzeugungen mit dem verzweifelten Durst von Dämonen vermittelt haben, die angesichts ihrer persönlichen Einschätzung von Reichtum furchterfüllte Seelen gehortet haben, sie blieben in den Spalten ihrer Götzen hocken, Stückchen von bröckelnden Knochen, in der Schwäche des Steins untergebracht, das und nichts weiter.

Die Aussicht, die also gewährt wird, ist der Fluch des Historikers. Endlose Lektionen über die sinnlosen Spiele von Intellekt, Emotion und Glaube.

Die einzigen interessanten Historiker, finde ich, sind die, die ihr Leben kurz und bündig durch Selbstmord beenden.

*Sechste Notiz, Band II*
*Gesammelte Selbstmord-Notizen*
Historiker Brevos (der Unentschlossene)

Seine Mutter hatte seine Hände geliebt. Die Hände eines Musikers. Die Hände eines Bildhauers. Die Hände eines Künstlers. Leider gehörten sie zu jemand anderem, denn Kanzler Triban Gnol verfügte über keine dieser Begabungen. Doch seine Zuneigung zu seinen Händen – mochte sie auch von dem Spott befleckt sein, der mit einem körperlichen Geschenk einherging, das sich nicht auszudrücken vermochte, – war über die Jahre gewachsen. In gewisser Hinsicht waren sie zu seinen eigenen Kunstwerken geworden. Wenn er in Gedanken war, pflegte er sie anzusehen, ihre anmutigen, geschmeidigen Bewegungen. Kein Künstler konnte die wahre Schönheit dieser nutzlosen Werkzeuge einfangen, und obwohl dies ein düsteres Urteil war, hatte er schon lange seinen Frieden damit geschlossen.

Doch jetzt war die Vollkommenheit dahin. Die Heiler hatten getan, was sie konnten, doch Triban Gnol konnte die missgestalteten, ruinierten, einstmals fehlerlosen Linien deutlich erkennen. Er konnte noch immer das Knacken hören, mit dem seine Fingerknochen gebrochen worden waren, mit dem all das preisgegeben worden war, was seine Mutter geliebt hatte, was sie beide heimlich bewundert hatten.

Sein Vater hätte darüber natürlich gelacht. Auch wenn dieses Lachen einem bitteren Knurren geglichen hätte. Nun, allerdings war er auch nicht sein richtiger Vater gewesen. Sondern einfach nur der Mann, der mit der schmutzigen Grausamkeit eines Dummkopfs über den Haushalt geherrscht hatte. Er hatte gewusst, dass der von seiner Frau geschätzte Sohn nicht von ihm stammte. Seine Hände waren derb und plump – was eine um so grausamere Ironie war, da in ihnen eine künstlerische Begabung gesteckt hatte. Nein, Triban Gnol verdankte seine einst perfekten Hände dem Liebhaber seiner Mutter, dem jungen (damals so jungen) Galan Turudal Brizad, einem Mann, der alles war – nur nicht das, was er zu sein schien. Alles, ja, und doch auch wieder nichts.

Sie hätte es gebilligt, das wusste er, dass ihr Sohn im Galan – seinem Vater – einen perfekten Liebhaber gefunden hatte.

Solcherart waren die verkommenen Launen des Palastlebens in König Ezgara Diskanars hochgeschätztem Königreich, die jetzt alle gealtert schienen, erschöpft und so bitter wie Asche in Triban Gnols Mund. Der Galan war fort – und doch nicht fort. Er hatte sich der Berührung entzogen, dieses Mal vermutlich für immer, ein Galan, dessen Existenz so flüchtig geworden war wie seine zeitlose Schönheit.

Flüchtig, ja. Wie all die Dinge, die diese Hände einst gehalten hatten; wie all die Dinge, die durch diese langen, schlanken Finger geglitten waren. Er wusste, dass er sich selbst bemitleidete. Ein alter Mann, ohne jede Hoffnung, noch jemals auf irgendjemanden attraktiv wirken zu können. Geister bedrängten ihn, die Abfolge jener befleckten Farben, die einst Schicht um Schicht seine geschätzten Kunstwerke gefärbt hatten – oh, sie waren nur ein einziges Mal tatsächlich in Blut getaucht worden, und zwar in jener Nacht, als er seinen Vater getötet hatte. Alle anderen waren gestorben, ohne dass er direkt beteiligt gewesen wäre. Ein Haufen Liebhaber, die ihn auf die eine oder andere Weise betrogen hatten, häufig durch das schlichte, aber schreckliche Verbrechen, ihn nicht genug zu lieben. Und jetzt nahm er Kinder mit ins Bett, wie ein alter krummer Mann; und knebelte sie, um ihre Schreie zu ersticken. Er verbrauchte sie. Sah zu, wie seine Hände ihr Werk taten – der gescheiterte und immer aufs Neue scheiternde Künstler auf der Suche nach einer Art Vollkommenheit, der jedoch alles zerstörte, was er berührte.

Die ihn bedrängenden Geister waren Anklage genug. Sie brauchten nicht auch noch in seinem Schädel zu flüstern.

Triban Gnol betrachtete seine Hände, während er an seinem Schreibtisch saß, betrachtete ihre Jagd nach Schönheit und Vollkommenheit, die jetzt und für immer verloren waren. *Er hat mir die Finger gebrochen. Ich kann immer noch hören, wie …*

»Kanzler?«

Er blickte auf, musterte Sirryn, den Agenten im Palast, den er seit neuestem bevorzugte. Ja, der Mann war ideal. Er war dumm und phantasielos und hatte wahrscheinlich schwächere Kinder außerhalb des Klassenzimmers gequält, als Ausgleich für den Nebel in seinem Kopf, der jeden Versuch, etwas zu lernen, zu Zeitverschwendung werden ließ. Eine Kreatur, die begierig war zu glauben, die an jemandes Titte nuckelte, als wollte sie davon überzeugt werden, dass alles – wirklich alles – wie Nektar schmecken konnte.

»Es geht auf den achten Glockenschlag zu, Herr.«

»Ja.«

»Der Imperator …«

»Erzähl mir nichts vom Imperator, Sirryn. Ich brauche deine Beobachtungen im Hinblick auf den Imperator nicht.«

»Natürlich. Ich bitte um Entschuldigung, Kanzler.«

Er würde diese Hände wieder rot gefärbt sehen, das wusste er jetzt. Auf überaus prosaische Weise. »Habt ihr Bruthen Trana gefunden?«

Sirryns Blick flackerte, ehe er ihn senkte. »Nein. Er ist tatsächlich verschwunden, Herr.«

»Hannan Mosag hat ihn fortgeschickt«, sagte Triban Gnol nachdenklich. »Zurück ins Heimatland der Edur, vermute ich. Um in den Misthaufen zu graben.«

»In den Misthaufen, Herr?«

»Haufen aus Abfall, Sirryn.«

»Aber – warum …«

»Hannan Mosag hat Bruthens überstürzte, dumme Tat nicht gebilligt. Der Narr hätte beinahe ein palastweites Blutbad angezettelt. Aber egal, ob Bruthen Trana jetzt weggeschickt wurde oder nicht, eine Sache ist für alle deutlich geworden: dass ein solches Blutbad bevorsteht.«

»Aber der Imperator kann nicht getötet werden. Es kann kein …«

»Das bedeutet nichts. Hat niemals etwas bedeutet. Ich herrsche über dieses Imperium. Außerdem gibt es da jetzt einen Meisterkämpfer …« Triban Gnol verstummte, schüttelte dann den Kopf und stand langsam auf. »Komm mit, Sirryn, es ist an der Zeit, dem Imperator von dem Krieg zu erzählen, in dem wir uns jetzt befinden.«

Draußen auf dem Korridor warteten sieben letheriische Magier, die von den vier Armeen zusammengerufen worden waren, die sich unweit von Letheras im Westen sammelten. Der Kanzler empfand einen Augenblick des Bedauerns darüber, dass Kuru Qan tot war. Und Enedictal und Nekal Bara, Magier mit beeindruckenden Fähigkeiten. Diese neuen hier waren nicht mehr als blasse Schatten, größtenteils von Hannan Mosags Cedarium aus Tiste Edur verdrängt. Doch sie würden gebraucht werden, denn es gab nicht mehr genug K'risnan. Und bald, vermutete der Kanzler, während er sich auf den Weg zum Thronraum machte und die anderen sich ihm anschlossen, bald würde es noch weniger K'risnan geben.

Der fremde Feind war tödlich. Sie töteten Magier, als wäre es eine Selbstverständlichkeit. Indem sie explosive Geschosse benutzten. Granaten. Irgendwie waren sie dazu in der Lage, sich vor der Zauberei zu verbergen, mit der sie gesucht wurden, und legten tödliche Hinterhalte, bei denen nur selten einer von ihnen tot zurückblieb.

Aber die wichtigste Einzelheit war eine, die Triban Gnol dem Imperator vorenthalten würde. Diese Fremden legten großen Wert darauf, Tiste Edur zu töten. Und obwohl sich letheriische Soldaten sammelten, um gegen die Invasoren zu marschieren, hatte deshalb der Kanzler geheime Anweisungen für die Befehlshaber vorbereitet. Er konnte einen Weg durch all das erkennen. *Für die Letherii, heißt das.*

»Hast du deine Ausrüstung bereitgemacht, Sirryn?«, fragte er, als sie sich den Türen zum Thronraum näherten.

»Ja«, sagte der Soldat verwirrt.

»Ich brauche jemanden bei den Armeen, auf den ich mich verlassen kann, und dieser Mann bist du, Sirryn.«

»Ja, Kanzler!«

*Befolge einfach meine Worte buchstabengetreu, du Idiot.* »Wenn du mich enttäuschst, solltest du es lieber nicht wagen zurückzukommen.«

»Verstanden, Herr.«

»Mach die Tür auf.«

Sirryn eilte voran.

Im Thronraum gab es eine unerwartete und unwillkommene Überraschung. Zusammengekauert in einem unzusammenhängenden Haufen aus verdrehten Knochen und zerschundenem Fleisch hockten Hannan Mosag und vier seiner K'risnan da. Der Anblick war das treffende Sinnbild für die unreine Zauberei, von der sich diese Edur nährten, und bestens geeignet, sich ins Hirn des Kanzlers zu brennen. Seinem Vater hätte die Szene gefallen, ja, der hätte tatsächlich große Marmorblöcke genommen, aus denen er lebensgroße Ebenbilder gehauen hätte – als wenn er dadurch, dass er die Wirklichkeit nachahmte, irgendwie hätte erkennen können, was unter ihr lag: die trägen Strömungen der Seele. Reine Zeitverschwendung, nach Triban Gnols Meinung. Außerdem sollten manche Dinge besser niemals enthüllt werden.

Hannan Mosags verunstaltetes Gesicht schien den Kanzler anzüglich anzugrinsen, als er an ihm und seinen vier Tiste-Edur-Hexern vorbeiging, aber in den Augen des Ceda stand Furcht.

Die Schwertspitze glitt klirrend über die geplatzten, zerschrammten und ausgehöhlten Fliesen, als der Imperator der Tausend Tode unbehaglich auf seinem Thron hin und her rutschte. »Kanzler«, krächzte Rhulad, »wie gut, dass du kommst. Und letheriische Magier, eine überaus beeindruckende, wenn auch nutzlose Versammlung.«

Triban Gnol verbeugte sich. »In Verbindung mit Hannan Mosags respekteinflößendem Cedarium«, sagte er, »sollten unsere zauberischen Fähigkeiten mehr als ausreichen, um uns diese fremden Eindringlinge vom Hals zu schaffen, Majestät.«

Münzen klickten in Rhulads Gesicht, als er eine Grimasse schnitt. »Und die Magier der Borthen-Brigade, haben die ausgereicht? Und was ist mit der Brigade selbst, Kanzler? Sie sind zerfleischt worden! Letheriische Magier, letheriische Soldaten! Tiste Edur! Deine fremden Eindringlinge bahnen sich ihren Weg durch eine verdammte Armee!«

»Es war nicht vorauszusehen«, murmelte Triban Gnol mit gesenktem Blick, »dass die Imperialen Flotten auf ihrer Suche nach Meisterkämpfern ein fernes Imperium so aufbringen würden. Was die Kriegslust dieses Imperiums angeht, nun, die scheint beinahe unvergleichlich; ja, tatsächlich wirkt sie in Anbetracht der Entfernung, die sie für ihre Rache überbrücken mussten, auf geradezu verrückte Weise wahnsinnig. Und es ist auch merkwürdig, dass wir keine offizielle Kriegserklärung erhalten haben – obwohl es natürlich zweifelhaft ist, ob unsere Flotten so gehandelt haben, bevor sie die Bürger jenes Imperiums niedergemacht haben.

Vielleicht«, fügte er hinzu und blickte wieder auf, »sind ja immer noch Verhandlungen möglich. Irgendeine Art von finanzieller Entschädigung, sollten wir in der Lage sein, einen Waffenstillstand auszuhandeln …«

Ein abgehacktes Lachen von Hannan Mosag. »Gnol, du provinzlerischer Narr. Wenn dein Geist nur nicht so kümmerlich, so melodramatisch wäre, wenn du doch nur ein bisschen weiter denken könntest … dann würde Demut vielleicht deine plappernde Zunge zum Schweigen bringen.«

Mit hochgezogenen Brauen drehte der Kanzler sich halb um, damit er den Ceda ansehen konnte. »Was für ein geheimes Wissen über diesen Feind besitzt du denn nun? Und würde es dir etwas ausmachen, mich und deinen Imperator zu erleuchten?«

»Das ist keine Strafaktion«, sagte Hannan Mosag. »Auch wenn es vielleicht so aussieht. Imperien holen sich immer wieder blutige Nasen, und es hat genug Zusammenstöße auf dem Meer gegeben, um die Botschaft zu übermitteln, dass mit diesem malazanischen Imperium nicht zu spaßen ist. Sie haben unsere Flotten aus ihren Gewässern gejagt – Hanradi Khalag war in seiner Einschätzung brutal ehrlich. Malazanische Magier sind uns mehr als ebenbürtig – uns und den Letherii.«

»Wenn es keine Strafaktion ist«, fragte Triban Gnol, »was ist es dann?«

Hannan Mosag blickte den Imperator an. »Majestät, diese Antwort ist besser für Euch allein bestimmt.«

Rhulad bleckte die Zähne. »Mich kannst du mit deinen Spielchen nicht täuschen, Ceda. Sprich.«

»Majestät …«

»Antworte ihm!«

»Das kann ich nicht!«

Es folgte eine Stille, in der Triban Gnol nichts außer seinem Herzen hören konnte, das heftig gegen seine Rippen pochte. Hannan Mosag hatte gerade einen schrecklichen Fehler gemacht, war seiner Aufgeblasenheit zum Opfer gefallen. Er hatte versucht, sein Wissen als ein Mittel zu benutzen, wieder an die Seite des Imperators zurückzukriechen. Aber der Versuch war … *so ungeschickt* gewesen.

»Sag mir, warum das unser Geheimnis bleiben muss.« Rhulads Stimme war jetzt nur noch ein Flüstern.

»Majestät, diese Sache geht nur die Tiste Edur etwas an.«

»Warum?«

*Oh. Weil, teurer Imperator, diese Malazaner deinetwegen kommen.* Triban Gnol räusperte sich und verschränkte die Hände oberhalb des Gürtels seiner Robe. »Das ist nicht nötig«, sagte er so sanft, wie er konnte. »Ich bin nicht so provinzlerisch, wie Hannan Mosag gerne glauben möchte. Imperator, Eure Flotten sind aufgebrochen, um auf der ganzen Welt nach Meisterkämpfern zu suchen, und sie haben auf diese Weise auch tatsächlich die besten, fähigsten Kämpfer aus etlichen Völkern gefunden. Sie konnten allerdings nicht vorhersehen, dass ein ganzes *Imperium* sich zum Meisterkämpfer ausrufen würde. Und sich Euch entgegenstellen würde, Majestät. Unsere Berichte haben eindeutig gezeigt«, fügte er hinzu, »dass der Feind sich an einer Stelle sammeln wird – hier, in Letheras, in dieser Stadt.« Er blickte Hannan Mosag an, während er hinzufügte: »Sie kommen – und ja, Ceda, ich sehe die Wahrheit klar und deutlich in deinem Gesicht – sie haben es auf den Imperator der Tausend Tode abgesehen. Aber, ach, ich erwarte nicht, dass sie ihn mit immer nur einem Soldaten herausfordern werden.«

Rhulad schien auf seinem Thron zusammengeschrumpft zu sein. Seine blutunterlaufenen Augen waren vor Entsetzen weit aufgerissen. »Sie müssen aufgehalten werden«, zischte er. Seine Stimme zitterte. »Ihr müsst sie aufhalten. Du, Hannan Mosag! Und du, Kanzler! Unsere Armeen müssen sie aufhalten!«

»Und das werden wir«, sagte Triban Gnol und verbeugte sich erneut; als er sich wieder aufrichtete, wandte er sich an den Ceda. »Hannan Mosag, trotz all unserer … Streitigkeiten brauchst du nicht einen Augenblick lang zu fürchten, dass wir Letherii unseren Imperator diesen fremden Hunden überlassen werden. Wir müssen uns zusammentun, du und ich, und alles, was wir haben, zusammenbringen und so diese Malazaner auslöschen. Solch eine Dreistigkeit muss bestraft werden. Gründlich. Wirklich vereint können die Tiste Edur und die Letherii nicht besiegt werden.«

»Ja«, sagte Rhulad. »Das stimmt. Stellt die Armeen in einer ununterbrochenen Linie außerhalb der Stadt auf – es ist doch wohl offensichtlich, oder, dass sie nicht zahlreich genug sind, um sich mit so etwas anzulegen.«

»Majestät«, erlaubte sich Triban Gnol einzuwenden, »vielleicht wäre es dennoch am besten, ein kleines Stück vorzurücken. Gen Westen. Auf diese Weise können wir, falls es notwendig werden sollte, unsere Reserven sammeln – nur für den Fall, dass die Malazaner doch an einer Stelle durchbrechen. Zwei Verteidigungslinien, Majestät, um sicherzugehen.«

»Ja«, sagte Rhulad, »diese Strategie ist vernünftig. Wie weit sind diese Malazaner noch weg? Wie viel Zeit haben wir noch?«

»Wochen«, sagte Triban Gnol.

»Gut. Das ist gut. Ja, das müssen wir tun. All das, was du gesagt hast. Ceda! Du wirst dich mit deinen vier K'risnan dem Kanzler unterstellen …«

»Majestät, er ist kein militärischer Befehlshaber …«

»Sei still! Du hast meinen Willen gehört, Hannan Mosag. Widersetze dich mir noch einmal, und ich lasse dich auspeitschen.«

Die Drohung schien Hannan Mosag nicht sonderlich zu beeindrucken. Warum sollte sie es auch, angesichts seines zerstörten Körpers? Ganz offensichtlich hatte der Ceda – der einstige Hexenkönig – Erfahrung mit Schmerz; tatsächlich schien es manchmal so, als würde die tödliche Magie, die durch ihn hindurchfloss, Schmerzen in Ekstase verwandeln und heißes Feuer in Hannan Mosags Augen auflodern lassen.

Triban Gnol wandte sich noch einmal an den Imperator. »Majestät, wir werden Euch beschützen.« Er zögerte, gerade lange genug, und hob dann eine Hand, als wäre ihm plötzlich etwas eingefallen. »Imperator, ich frage mich, ob es nicht am besten wäre, mit den Kämpfen zu beginnen? Und zwar bald. Die bloße Anwesenheit der Meisterkämpfer bedeutet für meine Wachen Ablenkung und Ärgernis. Es hat Gewalttätigkeiten gegeben, und die Ungeduld nimmt von Tag zu Tag zu.« Er machte erneut eine Pause, genau zwei Herzschläge lang, und fügte dann etwas leiser hinzu: »Es gibt Vermutungen, Majestät, Ihr könntet Euch fürchten, ihnen entgegenzutreten …«

Hannan Mosags spöttisches Grinsen endete in einem tierischen Knurren. »Gnol, du armselige Kreatur …«

»Kein Wort mehr, Ceda!«, zischte Rhulad. Zuckungen liefen über das fleckige Gesicht des Imperators. Das Schwert scharrte erneut über den Boden.

*Ja, Rhulad, du verstehst besser als jeder andere von uns, was es bedeu-*

*tet, den Tod zu fürchten. Vielleicht besser als jede sterbliche Kreatur, die diese Welt jemals gesehen hat. Aber du zuckst nicht vor irgendeiner unklaren Vorstellung darüber, wie sich das Vergessen anfühlen könnte, zurück, oder? Nein, für dich, teurer Imperator, ist der Tod etwas anderes. Niemals ein Ende, sondern nur das, was einer weiteren schmerzhaften Wiedergeburt vorausgeht. Selbst im Tod kannst du dich nicht verlieren, kannst du nicht fliehen – versteht außer mir noch sonst irgendjemand hier tatsächlich, wie entsetzlich das sein muss?*

»Die Kämpfe«, sagte der Imperator, »werden in vier Tagen beginnen. Haben deine damit beauftragten Leute sich mittlerweile über eine Reihenfolge geeinigt?«

»Ja, Majestät. Drei von denen mit den geringsten Fähigkeiten am Anfang. Es ist wahrscheinlich, dass Ihr alle drei an einem einzigen Tag töten werdet. Sie werden Euch eine gewisse Anstrengung abverlangen – davon können wir ausgehen – aber nicht über die Maßen. Der zweite Tag ist für einen Meisterkämpfer vorgesehen. Eine maskierte Frau. Sie ist außergewöhnlich schnell, aber es mangelt ihr möglicherweise an Phantasie. Trotzdem wird sie schwierig werden.«

»Gut.«

»Majestät …«

»Ja? Was ist?«

»Es gibt da die beiden, über die wir schon früher gesprochen haben. Der Tarthenal mit dem Feuersteinschwert. Er ist von keinem anderen Meisterkämpfer besiegt worden – genau genommen wagt es niemand mehr, mit ihm Übungskämpfe zu bestreiten. Er hat die Angewohnheit, seinen Gegnern die Knochen zu brechen.«

»Ja, der Arrogante.« Rhulad lächelte. »Aber ich habe schon früher gegen Tarthenal gekämpft.«

»Aber noch nie gegen einen, der über solche Fähigkeiten wie Karsa Orlong verfügt, Majestät.«

»Das macht nichts.«

»Es könnte ihm gelingen, Euch zu töten, Majestät. Vielleicht sogar mehr als einmal. Nicht sieben Mal. Diese Zeiten sind längst vorbei. Aber vielleicht drei oder vier Mal. Wir haben drei Tage vorgesehen.«

»Gleich nach der maskierten Frau?«

»Nein, es gibt noch sechs andere, um zwei Tage zu überbrücken.«

Hannan Mosag starrte den Kanzler an. »Drei Tage für diesen Tarthenal? Bis jetzt sind noch niemals einem Meisterkämpfer *drei Tage* gewährt worden.«

»Mag sein, aber meine Leute waren sich alle einig, Ceda. Dieser Tarthenal ist … einzigartig.«

Rhulad zitterte erneut. Dreimal, viermal von Karsa Orlong getötet zu werden. *Ja, Majestät, das reine Entsetzen, sich so etwas vorzustellen …*

»Dann bleibt noch einer«, sagte der Imperator.

»Ja. Der mit Namen Icarium. Er wird der Letzte sein. Wenn nicht am achten Tag, dann am neunten.«

»Und wie viele Tage werde ich mit ihm kämpfen, Kanzler?«

»Das wissen wir nicht, Majestät. Er bestreitet keine Übungskämpfe.«

»Und woher wissen wir dann, dass er kämpfen kann?«

Triban Gnol verbeugte sich erneut. »Majestät, das haben wir schon früher einmal besprochen. Durch den Bericht von Varat Taun, der von Icariums Begleiter Taralack Veed bestätigt wurde. Und dann habe ich heute noch etwas Neues erfahren. Etwas höchst Außergewöhnliches.«

»Was? Sag es mir!«

»Unter den abgelehnten Meisterkämpfern ist auch ein Mönch von einem fernen Archipel. Es hat den Anschein, Majestät, dass dieser Mönch – oder genau genommen sein ganzes Volk – einen einzigen Gott verehrt. Und dieser Gott ist niemand anders als Icarium.«

Rhulad zuckte zusammen, als wäre er ins Gesicht geschlagen worden. Die Schwertspitze zuckte vom Fußboden hoch und landete dann klirrend wieder. Marmorsplitter hüpften die Stufen vom Podest herunter. »Ich soll die Klinge mit einem *Gott* kreuzen?«

Der Kanzler zuckte die Schultern. »Sind solche Behauptungen wahr, Majestät? Diese Cabalhii sind ein primitives, dummes Volk. Zweifellos sehen sie in einem Dhenrabi die Seele eines Meeressturms, und in Krabbenpanzern die Gesichter von Ertrunkenen. Ich sollte vielleicht noch hinzufügen, Imperator, dass dieser Mönch glaubt, sein Gott sei wahnsinnig – und dass die einzige Antwort auf diesen Wahnsinn eine Gesichtsbemalung ist, die ein Lachen darstellt. Wilde haben manchmal merkwürdige Ideen.«

»Ein Gott ...«

Triban Gnol riskierte einen Seitenblick auf Hannan Mosag. Das Gesicht des Hexenkönigs – der Rhulad beobachtete – war verschlossen. Irgendetwas daran weckte einen Wurm des Unbehagens im Bauch des Kanzlers.

»Ich werde einen Gott töten ...«

»Es gibt keinen Grund, etwas anderes anzunehmen«, sagte Triban Gnol mit ruhiger, zuversichtlicher Stimme. »Es wird zur rechten Zeit dazu dienen, Eure eigene Göttlichkeit zu verkünden.«

Rhulads Augen weiteten sich.

»Ihr seid unsterblich«, murmelte der Kanzler, »das ist unbestritten. Werdet Ihr verehrt? Oh ja, von jedem Bürger dieses Imperiums. Ihr seid zu bescheiden, oh ja, um das zu verkünden, was für uns alle offensichtlich ist. Aber wenn Ihr über Icariums zerstörtem Körper steht, dann wird das Verkündigung genug sein, könnte ich mir vorstellen.«

»Göttlichkeit. Ein Gott.«

»Ja, Majestät. Ganz gewiss. Ich habe der Gilde der Bildhauer Anweisungen erteilt, und ihre besten Künstler haben bereits mit der Arbeit begonnen. Wir werden das Ende der Kämpfe auf überaus angemessene, überaus ruhmreiche Weise verkünden.«

»Ihr seid in der Tat weise«, sagte Rhulad und ließ sich langsam wieder zurücksinken. »Ja, weise.«

Triban Gnol verbeugte sich, ohne dem säuerlichen Knurren Hannan Mosags Beachtung zu schenken. *Oh, Ceda, du gehörst jetzt mir, und ich werde dich benutzen. Dich und deine widerlichen Edur. Oh ja.* Er heftete seinen Blick auf seine Hände, die so gelassen gefaltet auf der Schließe seines Gürtels ruhten. »Majestät, unseren Armeen müssen Befehle erteilt werden. Der Ceda und ich, wir müssen die Einteilung der Magier und K'risnan besprechen.«

»Ja, natürlich. Geht jetzt. Ihr alle. Kümmert euch um eure Aufgaben.«

Hinter seinem Rücken gestikulierend, ging Triban Gnol rückwärts, den Kopf immer noch gesenkt, den Blick auf den Boden mit seinen Marmorsplittern und Staubstreifen gerichtet.

Er konnte hören, wie Hanan Mosag und sein Gefolge aus Monstrositäten sich auf die Türen zuschleppten wie riesige Kröten auf Wanderschaft. Der Vergleich ließ ein schwaches Lächeln auf seinen Lippen erscheinen.

Draußen auf dem Korridor dreht Triban Gnol sich um und musterte Hannan Mosag, während die Türen sich hinter ihnen schlossen. Doch der Ceda watschelte weiter, seine Kröten im Schlepptau.

»Hannan Mosag«, rief der Kanzler. »Du und ich, wir beide haben …«

»Spar dir deinen Scheiß für Rhulad«, schnappte der Ceda.

»Er wird nicht erfreut sein, wenn er von deinem Mangel an Bereitschaft zur Zusammenarbeit hört.«

»Flatter davon mit deiner Zunge, Gnol. Der Verdruss, der noch kommen wird, wird dein erbärmliches Geblöke ersticken, da bin ich mir sicher.«

»Was meinst du damit?«

Aber Hannan Mosag gab keine Antwort.

Triban Gnol schaute zu, wie sie in einen Seitengang abbogen und dadurch aus seinem Blickfeld verschwanden. *Ja, ich werde mich um dich kümmern, Ceda, und zwar mit großer Befriedigung.* »Sirryn, versammle dein Gefolge im Innenhof, und mach dich binnen eines Glockenschlags auf den Weg. Und nimm diese Magier mit.«

»Ja, Herr.«

Der Kanzler blieb, wo er war, bis auch sie verschwunden waren, dann machte er sich höchst zufrieden zu seinem Arbeitszimmer auf. Allerdings wollte der Wurm des Unbehagens nicht aufhören, tief in seinem Innern an ihm zu nagen. Er würde darüber nachdenken müssen – schließlich war es zu gefährlich, solche Instinkte einfach nicht zu beachten. Aber das hatte Zeit. Zunächst einmal war es wichtig, sich unverzüglich zu belohnen, und deshalb ließ er der Woge der Genugtuung freien Lauf. Alles entwickelte sich prächtig – die Tatsache, dass der Imperator selbst das endgültige Ziel der Fremden war, versüßte das Szenario nur noch. Die Tiste Edur würden natürlich standhalten, um ihren Imperator zu verteidigen – *oh, ja, das würden sie gewiss.*

*Doch … Rhulads eigene Brüder, damals, am Tag der Thronbesteigung.* Der Wurm wand sich, und im Gesicht des Kanzlers begann ein Muskel zu zucken. Er beschleunigte seine Schritte, sehnte sich nach der Zuflucht, die sein Arbeitszimmer bot.

Und musste feststellen, dass ihn dort schon jemand erwartete.

Triban Gnol blieb im Türrahmen stehen, überrascht und verwirrt vom Anblick des Mannes, der an einer Seite des großen Schreibtischs stand. Das karmesinrote Seidengewand, die Onyx-Ringe, der verdammte Amtsstab, der rhythmisch gegen eine runde Schulter tippte. »Im Namen des Abtrünnigen, was macht Ihr denn hier, Beaufsichtiger?«

Karos Invictad seufzte. »Ich teile Euren Unmut, Kanzler.«

Triban Gnol trat ins Zimmer, ging um seinen Schreibtisch herum und setzte sich. »Ich gehe davon aus, dass Ihr die Stadt bestens unter Kontrolle …«

»Wo ist Bruthen Trana?«

Der Kanzler schürzte die Lippen. »Ich habe keine Zeit für so etwas. Beruhigt Euch – Bruthen Trana ist nicht mehr in Letheras.«

»Wo ist er hingegangen? Welche Straße hat er genommen? Wie lange ist er schon weg? Wie groß ist seine Eskorte?«

Seufzend lehnte Triban Gnol sich zurück, senkte den Blick auf seine Hände, die mit den Handflächen nach unten auf der Schreibtischplatte ruhten. »Euer Verlangen nach Rache gefährdet Eure Verantwortlichkeiten – nämlich für die Aufrechterhaltung der Ordnung zu sorgen, Beaufsichtiger. Ihr müsst ein wenig Abstand gewinnen, ein paar Mal tief durchatmen …«

Das Zepter landete krachend auf der Schreibtischplatte, genau zwischen den Händen des Kanzlers. Triban Gnol zuckte angstvoll zurück.

Karos Invictad beugte sich nach vorn über den Schreibtisch. Er versuchte, eine beeindruckende, drohende Haltung einzunehmen, doch leider gelang ihm das nicht. Dazu war er einfach zu klein. Schweiß glänzte auf seiner Stirn, einzelne Tropfen glitzerten auf seiner Nase und beiderseits der zu vollen Lippen. »Du gönnerhaftes Stück Scheiße«, flüsterte der Beaufsichtiger. »Ich habe die Erlaubnis bekommen, Tiste Edur zur Strecke zu bringen. Ich habe die Erlaubnis bekommen, Verhaftungen durchzuführen. Ich wollte den K'risnan, der Bruthen Trana begleitet hat, und musste feststellen, dass er sich dank Hannan Mosag und dieser verdammten Invasion aus dem Westen außerhalb meiner Reichweite befindet. Na schön. Er kann warten, bis der Ärger vorbei ist. Aber Bruthen Trana … nein, das werde ich nicht zurückstellen. Ich will ihn haben. *Ich will ihn haben!*«

»Er ist entfernt worden, Beaufsichtiger, und nein, wir haben keine Informationen darüber, wann oder auf welcher Straße oder mit welchem Schiff er aufgebrochen ist. Er ist fort. Wird er zurückkehren? Ich nehme es an, und wenn dieser Zeitpunkt kommt, gehört er natürlich Euch. Aber in der Zwischenzeit, Karos, sehen wir uns weitaus wichtigeren Angelegenheiten gegenüber. Ich habe vier Armeen, die sich westlich der Stadt sammeln, und deren Sold jetzt zwei Wochen überfällig ist. Warum? Weil es der Staatskasse an Münzen mangelt. Und zur gleichen Zeit kleidet Ihr – und Eure bevorzugten Agenten – die Wände Eurer neuen Güter mit Beutegut aus, zur gleichen Zeit übernehmt Ihr die Kontrolle über ein beschlagnahmtes Unternehmen nach dem anderen. Sagt mir, Beaufsichtiger, wie sieht es in der Schatzkammer der Patriotisten in diesen Tagen aus? Abzüglich des Beuteguts?« Der Kanzler stand von seinem Stuhl auf, um den Vorteil auszunutzen, den ihm seine Größe bot, und sah mit grimmiger Befriedigung den kleinen Mann einen Schritt zurücktreten. Jetzt war es Triban Gnol, der sich über den Tisch beugte. »Wir haben eine Krise! Die Drohung des finanziellen Ruins schwebt über uns allen – und Ihr steht hier und ärgert Euch über einen barbarischen Tiste Edur!« Er machte eine Schau daraus, mühsam seine Wut zu unterdrücken, und fügte dann hinzu: »Ich habe zunehmend verzweifeltere Sendschreiben des Freiheitskonsortiums erhalten, von Rautos Hivanar – dem reichsten Mann des Imperiums – persönlich. Sendschreiben, Beaufsichtiger, in denen ich beschworen werde, Euch herbeizuzitieren – so sei es, Ihr seid jetzt hier, und Ihr werdet mir meine Fragen beantworten! Und wenn Eure Antworten mich nicht zufriedenstellen, dann werden sie auch Rautos Hivanar nicht zufriedenstellen, das versichere ich Euch!«

Karos Invictad lachte höhnisch. »Hivanar. Der alte Narr ist senil geworden. Er beschäftigt sich zwanghaft mit einer Handvoll Artefakte, die am Flussufer ausgegraben wurden. Habt Ihr ihn in letzter Zeit gesehen? Er hat so viel Gewicht verloren, dass seine Haut ihm um die Knochen schlottert.«

»Vielleicht seid Ihr der Grund für seine Sorgen, Beaufsichtiger …«

»Wohl kaum.«

»Rautos hat mir zu verstehen gegeben, dass Ihr von seinen Ressourcen … übermäßig Gebrauch gemacht hättet. Er vermutet mittlerweile, dass Ihr sein Geld benutzt, um die gesamte Organisation der Patriotisten zu bezahlen.«

»Das tue ich, und das werde ich auch weiterhin tun. Bei der Verfolgung der Verschwörer.« Karos lächelte. »Kanzler, Eure Meinung, dass Rautos Hinavar der reichste Mann im Imperium ist, ist – leider – falsch. Das war zwar früher der Fall, ist es aber nicht mehr.«

Triban Gnol starrte den Beaufsichtiger an. Musterte sein gerötetes, triumphierendes Gesicht. »Erklärt Euch, Karos Invictad.«

»Bereits am Anfang dieser Untersuchung habe ich die wesentliche Schwäche unserer Position erkannt, Kanzler. Rautos Hivanar persönlich. In seiner Funktion als Vorsitzender des Freiheitskonsortiums. Und infolgedessen war auch das Konsortium selbst – als Organisation – grundsätzlich fehlerhaft. Wir haben gesehen, dass sich ein Zusammenstoß abzeichnet – ein Zusammenstoß, dem gegenüber ich mich nicht blind stellen konnte –, und dementsprechend oblag es mir, die Situation so schnell wie möglich zu berichtigen. Ich hatte die Macht, versteht Ihr, aber der Reichtum lag in den Fängen von Hivanar und seinem Konsortium. Das war untragbar. Wollte ich der Drohung durch die Verschwörer – oder, wie ich es jetzt sehe, durch den Verschwörer – ja, es gibt nur einen –, also, wollte ich dieser Drohung wirklich entgegentreten, musste ich aus einer gefestigten Position heraus angreifen.«

Triban Gnol starrte den Beaufsichtiger ungläubig an, als er zu verstehen begann, in welche Richtung Invictads wichtigtuerischer Monolog ging.

»Die süßeste Ironie dabei ist«, fuhr Karos Invictad fort, während das Zepter wieder einmal im Takt gegen seine Schulter klopfte, »dass dieser einzelne Kriminelle und seine erbärmlich einfachen Versuche einer finanziellen Sabotage meine größte Inspiration waren. Für jemanden mit meiner Intelligenz war es nicht schwierig, die Idee einer scheinbaren Destabilisierung weiterzudenken und in der Tat zu verfeinern. Natürlich waren die einzigen Leute, die destabilisiert wurden, Rautos Hivanar und seine aufgeblasenen blaublütigen Kumpane – aber sollte ich etwa mitfühlend sein? Ich, Karos Invictad, der in eine Familie hineingeboren worden war, die von mörderischen Schulden zermalmt wurde? Ich, der ich gekämpft und dabei jede Begabung, über die ich verfüge, benutzt habe, um mich endlich aus diesem ererbten Elend zu befreien – nein«, er lachte leise, »in meinem Herzen war kein Mitgefühl. Nur strahlende Offenbarung und brillante Eingebung – wisst Ihr, wer mein größtes Idol war, als ich meinen Kampf gegen mein Schuldnerdasein geführt habe? Tehol Beddict. Erinnert Ihr Euch an ihn? Der Mann, der nicht verlieren konnte, dessen Reichtum mit atemberaubender Geschwindigkeit himmelwärts geschossen war und auf diese Weise eine außerordentliche Höhe erreicht hat, bevor er erlosch wie ein verbrauchter Stern am Nachthimmel. Oh, ihm haben seine Spiele Spaß gemacht, oder? Doch in der Sache steckt eine Lektion, und zwar eine, die ich beherzigt habe. Was war er nur für ein Genie, doch er hat zu heiß, zu früh seine Funken versprüht, und am Ende ist nichts als eine leere Hülle geblieben. Und darin, Kanzler, werde ich ihm nicht nacheifern.«

»Ihr seid der wahre Ursprung dieser das ganze Imperium umfassenden Sabotage«, sagte Triban Gnol.

»Wer wäre dazu besser in der Lage? Oh, ich will gern einräumen, dass mein Mitverschwörer in letzter Zeit eine zunehmend beeindruckendere Verschlagenheit gezeigt hat. Und es gibt keinen Zweifel, dass ich ohne ihn oder sie nie dieses Maß an Erfolg hätte erzielen können. Triban Gnol, vor Euch steht in diesem Augenblick der reichste Mann, der jemals in Letheras gelebt hat. Ja, es sind in der Tat beängstigende Münzstapel verschwunden. Ja, die Belastung hat unheilvolle Risse in jedem Handelshaus des Imperiums entstehen lassen. Und ja, viele große Familien stehen kurz vor dem Untergang, und nichts kann sie mehr retten, selbst wenn ich dazu geneigt wäre. Was ich nicht bin. Also.« Das Zepter ruhte nun reglos auf einer Schulter. »Ich verfüge über die Macht und den Reichtum, und ich bin darauf vorbereitet, dieses Imperium vor dem finanziellen Untergang zu retten – sollte ich mich dafür entscheiden.«

Die Hände des Kanzlers auf der Schreibtischplatte waren weiß geworden, die in krankhaften bläulichen und grünlichen Farbtönen schimmernden Adern und Venen deutlich zu sehen. Die Hände – seine Hände – fühlten sich kalt wie der Tod an. »Was wollt Ihr, Karos Invictad?«

»Oh, das Meiste habe ich schon, Kanzler. Und dazu gehört auch, wie ich erfreut sehen kann, dass Ihr die Situation voll und ganz versteht. Wie sie sich momentan darstellt. Und sich auch in Zukunft darstellen wird.«

»Ihr scheint zu vergessen, dass ein Krieg im Gange ist.«

»Es ist immer irgendein Krieg im Gange. Der auch nur weitere Gelegenheiten bietet, noch mehr Geld und Macht zu erringen. Kanzler, in den nächsten ein oder zwei Wochen werde ich berühmter, beliebter, *mächtiger* werden als selbst Ihr Euch das jemals hättet vorstellen können … oder soll ich sagen: hättet *fürchten* können?« Sein Lächeln wurde breiter. »Ich nehme an, die Empfindung, die Euch jetzt beherrscht, ist Furcht, aber ganz ruhig, Kanzler, ich habe Euch nicht als Nächsten auf meiner Liste. Eure Position ist sicher, und wenn diese verdammten Tiste Edur – einschließlich des Imperators – erst einmal erledigt sind, dann werden wir beide, Ihr und ich, dieses Imperium kontrollieren. Nein, Ihr werdet es klar und deutlich erkennen, genau wie alle anderen. Der Saboteur wird verhaftet. Die Münzen werden wiederbeschafft. Die Invasoren bestochen. Das Freiheitskonsortium wird ausgelöscht und die Patriotisten übernehmen die Vorherrschaft. Meine Agenten werden die inneren Angelegenheiten kontrollieren, während Ihr über die Armeen – gut bezahlte Armeen, das versichere ich Euch – und die absolute Herrschaft im Palast verfügt, versteht Ihr?«

»Was denn?«, fragte Triban Gnol trocken. »Ihr wollt den Thron gar nicht selbst?«

Eine wegwerfende Bewegung mit dem Zepter. »Ganz und gar nicht. Setzt einen Geck darauf, wenn Ihr das Verlangen danach verspürt. Oder, was noch besser wäre, bezeugt der Legende Ehre und lasst ihn leer.«

Triban Gnol faltete die Hände. »Ihr seid kurz davor, Euren Verschwörer zu verhaften?«

»Das bin ich.«

»Und was ist mit meinen Armeen?«

»Sie werden bezahlt werden. Unverzüglich.«

Der Kanzler nickte. »Beaufsichtiger«, sagte er dann, während er mit einem leichten Stirnrunzeln seine Hände betrachtete, »mir sind beunruhigende Berichte zu Ohren gekommen …«

»Ach?«

»Ja. Es scheint, als würdet Ihr – auf eine Weise, die peinlich der von Rautos Hivanar ähnelt – ebenfalls einer absonderlichen Besessenheit unterliegen.« Er blickte auf – forschend … und unschuldig. »Es soll irgendetwas mit einem Rätsel zu tun haben.«

»Wer hat Euch das erzählt?«

Der Kanzler zuckte die Schultern.

Von der Röte, die Invictads rundes Gesicht kurzfristig überzog, waren einen Augenblick später nur ein paar Flecken auf den Wangen zurückgeblieben, und er zuckte die Schultern. »Eine müßige Beschäftigung. Amüsant. Eine wunderliche Herausforderung, die ich in ein paar Tagen gelöst haben werde. Im Gegensatz zu Rautos Hivanar habe ich festgestellt, dass dieses Rätsel tatsächlich meinen Geist geschärft hat, versteht Ihr. Ich habe die Welt nie klarer gesehen. Nie zuvor so sauber, so präzise, so vollkommen. Dieses Rätsel ist zu meiner Erleuchtung geworden, Kanzler.«

»Gewiss. Doch es verfolgt Euch – Ihr ruft im Schlaf ...«

»Lügen! Jemand macht sich lustig über Euch, indem er Euch solche Unwahrheiten erzählt, Triban Gnol! Bin ich nicht hierhergekommen, um Euch über den bevorstehenden Erfolg meiner Pläne zu unterrichten? Jede Einzelheit trägt nun Früchte. Was Ihr hier gerade versucht, ist ebenso erbärmlich durchsichtig wie unnötig. Wie ich Euch schon gesagt habe, Ihr seid sicher. Ihr seid – und werdet es auch weiterhin sein – vollkommen unentbehrlich.«

»Ganz wie Ihr sagt, Beaufsichtiger.«

Karos Invictad wandte sich zum Gehen. »Sobald Ihr von Bruthen Tranas Rückkehr erfahrt ...«

»Werdet Ihr unverzüglich unterrichtet werden.«

»Hervorragend. Ich bin erfreut.« An der Tür blieb er noch einmal stehen, drehte sich aber nicht um. »Und was den K'risnan angeht, der den Schutz des Ceda genießt ...«

»Ich bin mir sicher, dass sich da etwas arrangieren lässt.«

»Ich bin doppelt erfreut, Kanzler. Nun, dann lebt wohl.«

Die Tür schloss sich. Die abscheuliche, wahnsinnige Kreatur war fort.

Abscheulich und wahnsinnig, ja, aber ... *jetzt der reichste Mann des Imperiums.* Er würde dies vorsichtig, ja, sehr vorsichtig angehen müssen. *Aber Karos Invictad hat seine eigene Schwäche enthüllt. Er ist viel zu erpicht darauf, sich zu brüsten, und viel zu schnell bereit, diesem Wunsch nachzugeben. Viel zu früh.*

*Der Imperator der Tausend Tode bleibt auf dem Thron.*

*Eine fremde Armee, die an Verhandlungen nicht interessiert ist, rückt näher.*

*Ein Meisterkämpfer, der ein Gott ist, wird bald sein Schwert ziehen.*

*Karos Invictad hat die Hände eines Kindes. Eines grausamen Kindes, das vor sich hin summt, während es zusieht, wie seine Hände die Eingeweide seiner noch lebenden Schoßkatze herauszerren. Oder seines Schoßhundes. Oder eines elenden Gefangenen in einer seiner Zellen. Ein Kind, ja, aber eines, das entfesselt ist, das tun und sein kann, was und wie es ihm gefällt.*

*Beim Abtrünnigen, Kinder sind solche Ungeheuer.*

Dem Kanzler wurde klar, dass er sich heute Nacht ein Kind bringen lassen würde. Zu seinem Vergnügen. Und er würde dieses Kind zerstören, wie es nur ein Erwachsener mit schönen Händen konnte. Es vollkommen zerstören.

Das war das Einzige, was man mit Ungeheuern tun konnte.

Der einäugige Gott, der unsichtbar im Thronraum stand, schäumte vor Wut. Ahnungslosigkeit war ein ewiger Feind, und dem Abtrünnigen war klar, dass er angegriffen wurde. Von Kanzler Triban Gnol. Von Hannan Mosag. Der Zusammenprall dieser beiden Mächte war etwas, das der Imperator auf seinem Thron kaum wahrnahm, dessen war der Abtrünnige sich sicher. Rhulad war in seinem eigenen Käfig aus Gefühlen gefangen, und das Entsetzen schwang all seine Folterwerkzeuge, es stocherte, stieß und bohrte tief. Der Abtrünnige hingegen hatte während der nervenaufreibenden Audienz, die nun vorüber war, mit klaren Augen – *nein, mit einem klaren Auge* – gesehen, wie grausam dieser Kampf jetzt wurde.

*Aber ich kann ihre Geheimnisse nicht ergründen. Weder das von Triban Gnol, noch das von Hannan Mosag. Dies ist meine Sphäre. Meine!*

Er könnte einen alten Pfad erneut beschreiten. Den, der ins Schlafzimmer des Kanzlers führte. Aber selbst damals, als diese Beziehung in voller Blüte gestanden hatte, hatte Triban Gnol seine Geheimnisse für sich behalten. Er war einfach in seine verschiedenen Persönlichkeiten von unschuldigem Opfer und naivem Kind versunken, war zu kaum mehr als einem Einfaltspinsel geworden, wenn er mit dem Abtrünnigen – mit Turudal Brizad, dem Galan der Königin, der niemals alterte –

zusammen gewesen war, und hatte sich nicht aus den Spielen herausholen lassen, die er so sehr brauchte. *Nein, das würde nicht klappen, weil es niemals geklappt hat.*

Gab es irgendeinen anderen Weg zum Kanzler?

Selbst jetzt war Triban Gnol eine gottlose Kreatur. Er war niemand, der vor dem Abtrünnigen das Knie beugte. Also war auch dieser Pfad verschlossen. *Ich könnte ihm einfach folgen. Überall hin. Seinen Plan zusammensetzen, indem ich auf die Befehle lausche, die er erteilt, indem ich die Sendschreiben lese, die er verschickt. Indem ich darauf hoffe, dass er im Schlaf spricht. Beim Abgrund hienieden!*

Er war wütend, oh ja, das war er. Über seine eigene, wachsende Panik, während die Konvergenz immer näher rückte. Was Hannan Mosag anging, wusste er ebenfalls nicht mehr, auch wenn ihm ein paar Einzelheiten nicht verborgen blieben. Die Macht des Verkrüppelten Gottes, beispielsweise. Doch selbst in diesem Fall war der Hexenkönig kein einfacher Diener, kein hirnloser Sklave einer chaotischen Verheißung. Schließlich hatte er das Schwert gewollt, das jetzt in Rhulads Hand war. Aber wie jeder andere Gott hatte auch der Gefallene keine Lieblinge. Wer als Erster beim Altar ankam … Nein, Hannan Mosag würde sich in dieser Hinsicht keinen Täuschungen hingeben.

Der Abtrünnige blickte einmal mehr zu Rhulad, diesem Imperator der Tausend Tode. Trotz seiner Masse saß der Narr nun schmerzhaft bedeutungslos auf seinem Thron – es war so offensichtlich, dass es bereits schmerzte, ihn auch nur anzusehen. So allein in diesem riesigen Raum mit der Kuppeldecke, brachen sich in den glitzernden Augen die Tausend Tode in zehntausend Zuckungen.

Der Kanzler und sein Gefolge waren fort. Genau wie der Ceda mit seiner Handvoll gebrochener K'risnan. Es war keine einzige Wache in Sicht, doch Rhulad blieb. Er saß da, und die polierten Münzen glänzten. In seinem Gesicht war nun all das höchst ausdrucksvoll zu sehen, was vorher verborgen und verschlossen gewesen war. Das ganze Pathos, die elenden Heimsuchungen – der Abtrünnige hatte es immer gesehen, hatte in Gesicht um Gesicht in einer Zeitspanne, die zu lang gewesen war, um die Jahre zu zählen, immer die Teilung der Seele gesehen, den Unterschied zwischen einem Gesicht, das wusste, dass es beobachtet wurde, und einem Gesicht, das glaubte, allein zu sein. Zweiteilung. Und er hatte es gesehen, wenn das Innere nach außen gekrochen war, in eine Welt, die anscheinend nichts bemerkte.

*Die geteilte Seele. Deine Seele, Rhulad, ist zweigeteilt worden. Durch dieses Schwert, durch das Blut, das zwischen dir und jedem deiner Brüder, zwischen dir und deinen Eltern vergossen wurde. Zwischen dir und deinen Leuten. Was würdest du mir geben, Rhulad Sengar, Tiste Edur vom Stamme der Hiroth, um geheilt zu werden?*

*Vorausgesetzt, ich könnte es. Was ich nicht kann.*

Aber dem Abtrünnigen war jetzt klar, dass Rhulad zumindest eine Sache allmählich zu verstehen begann: dass die Konvergenz schnell näher rückte – das grässliche Versammeln und der unausweichliche Zusammenprall der Kräfte. Vielleicht hatte der Verkrüppelte Gott es seinem Schwertträger ins Ohr geflüstert. Oder vielleicht war Rhulad doch nicht ganz der Narr, für den die meisten ihn hielten. *Selbst ich, gelegentlich – und wer bin ich, um voller Verachtung höhnisch zu grinsen? Eine verdammte letheriische Hexe hat eines meiner Augen verschlungen!*

Die wachsende Furcht war unverhüllt im Gesicht des Imperators zu erkennen. Münzen, eingebettet in verbrannte Haut. Fleckige Löcher, wo die Münzen verlorengegangen waren. Unmenschlicher Reichtum und verwundetes Elend, zwei Seiten eines weiteren Fluchs, der diese modernen Zeiten heimsuchte. *Ja, teile die Seele der Menschheit. In die, die haben, und in die, die nicht haben. Rhulad, du bist wahrhaftig ein lebendiges Symbol. Aber das ist eine Last, die niemand sehr lange tragen kann. Du siehst, dass das Ende naht. Oder, genauer, viele Enden, und ja, eines davon ist deines.*

*Wird es diese fremde Armee sein, die sich – um Triban Gnols schlaue Worte zu benutzen – selbst zum Meisterkämpfer ausgerufen hat?*

*Wird es Icarium sein, der Lebensstehler? Der Wanderer durch die Zeit?*

*Oder wird es etwas weitaus Schäbigeres sein – ein perfekter Hinterhalt von Hannan Mosag; oder ein letzter Verrat, um dich vollständig auszulöschen, wie dein Kanzler ihn begehen könnte?*

*Und warum glaube ich, dass die Antwort keine der genannten sein wird? Dass es nicht nur eine sein wird? Nicht eine einzige, so … direkte Sache. So offensichtlich.*

*Und wann wird meine Augenhöhle endlich aufhören zu bluten? Wann wird es ein Ende mit diesen scharlachroten Tränen haben?*

Der Abtrünnige verschmolz mit der Wand hinter ihm. Er hatte genug von Rhulads nichtöffentlichem Gesicht. Vermutlich ähnelte es zu sehr seinem eigenen. *Wenn ich es mir unbeobachtet vorstelle – aber werde ich ebenfalls beobachtet? Wessen kalter Blick ist auf mich gerichtet, berechnet Bedeutungen, schätzt Schwächen ein?*

*Ja, sieh, wo ich weine. Sieh, was ich weine.*

*Und ja, das war die Hand einer Sterblichen.*

Er bewegte sich rasch, ohne Rücksicht auf Barrieren aus Mörtel und Stein, aus Wandteppichen und Schränken, aus Bodenfliesen und Deckenbalken. Durch Dunkelheit und Licht und Schatten in all ihren Schattierungen, hinunter in die versunkenen Tunnel, wo er durch knöcheltiefes Wasser schritt, ohne dessen trübe Oberfläche zu teilen.

In ihren hoch geschätzten Raum.

Sie hatte Steine hergebracht, um Podeste und Stege zu bauen und so eine Reihe von Brücken und Inseln in dem flachen See geschaffen, der nun das Zimmer überflutete. Öllampen malten Kräuselungen, und der Abtrünnige nahm einmal mehr gegenüber dem missgestalteten Altar Gestalt an, den sie erbaut hatte und dessen bizarre Oberseite von Weihegeschenken übersät war, Gegenständen des Bindens und der Amtseinsetzung, Reliquien, die zusammengefügt worden waren, um der Anbetung des Gottes eine neue Form zu geben. *Meiner Anbetung.* Vor langer, langer Zeit hätte der gnostische, unterweltliche Alptraum den Abtrünnigen vielleicht erheitert. Doch jetzt konnte er spüren, wie sein Gesicht verächtlich zuckte.

Ihre Stimme ertönte aus der düsteren Zimmerecke zu seiner Linken. »Alles ist vollkommen, Unsterblicher.«

Einsamkeit und Wahnsinn, zwei höchst natürliche Bettgenossen. »Nichts ist vollkommen, Federhexe. Schau dich doch einmal genau um – ist es nicht offensichtlich? Wir stecken mitten in der Auflösung …«

»Der Fluss führt viel Wasser«, sagte sie wegwerfend. »Ein Drittel der Tunnel, durch die ich sonst immer gegangen bin, steht jetzt unter Wasser. Aber ich habe alle alten Bücher und Schriftrollen und Tafeln gerettet. Ich habe sie alle gerettet.«

Unter Wasser. Irgendetwas daran beunruhigte ihn – nicht das Offensichtliche, die Auflösung, von der er gesprochen hatte, sondern … etwas anderes.

»Die Namen«, sagte sie. »Um sie freizulassen. Um sie zu binden. Oh, wir werden viele Diener haben, Unsterblicher. Viele.«

»Ich habe die Risse im Eis gesehen«, sagte der Gott. »Das Schmelzwasser. Das versagende Gefängnis jenes riesigen Dämons aus dem Meer. Wir können nicht hoffen, eine solche Kreatur zu unterjochen. Wenn er ausbricht, wird es zu Verwüstungen kommen. Es sei denn, natürlich, die Jaghut kehrt zurück – um ihr Ritual zu erneuern. In jedem Fall – und zum Glück für uns alle – glaube ich nicht, dass Mael zulassen wird, dass es so weit kommt – dass der Dämon entkommt.«

»Du musst ihn aufhalten!«, zischte Federhexe.

»Warum?«

»Weil ich diesen Dämon will!«

»Ich habe dir doch gesagt, dass wir nicht hoffen können …«

»*Ich kann es!* Ich kenne die Namen! Alle Namen!«

Er starrte sie an. »Du begehrst ein ganzes Pantheon, Federhexe? Reicht dir ein Gott unter deiner Knute nicht?«

Sie lachte, und er hörte unweit von ihr etwas im Wasser plantschen. »Die See erinnert sich. Jede Welle, jede Strömung. Die See erinnert sich an das Gestade, Unsterblicher.«

»Was – was soll das bedeuten?«

Federhexe lachte erneut. »Alles ist vollkommen. Heute Nacht werde ich Udinaas besuchen. In seinen Träumen. Morgen früh wird er mein sein. Unser.«

»Das Netz, das du auswirfst«, sagte der Abtrünnige, »ist zu dünn, zu schwach. Du hast es überdehnt, und es *wird* reißen, Federhexe.«

»Ich weiß, wie ich deine Macht einsetzen muss«, antwortete sie. »Besser als du. Weil wir Sterbliche manche Dinge viel besser verstehen als du und deinesgleichen.«

»Als da wären?«, fragte der Abtrünnige erheitert.

»Die Tatsache, dass Verehrung eine Waffe ist, beispielsweise.«

Bei diesen trockenen Worten spürte der Gott, wie ein kalter Schauer ihn durchrann.

*Ach, armer Udinaas.*

»Und jetzt geh«, sagte sie. »Du weißt, was getan werden muss.«

Wusste er das tatsächlich? *Nun … ja. Ein Stups. Das, was ich am besten kann.*

Das Zepter krachte hart seitlich gegen Tanal Yathvanars Kopf, ließ Sterne hinter seinen Augen explodieren, er taumelte und sank auf ein Knie, während das Blut zu fließen begann. Über ihm sagte Karos Invictad in beiläufigem Tonfall: »Ich rate dir, erst noch einmal gründlich nachzudenken, wenn du das nächste Mal den Drang verspürst, einem der Agenten des Kanzlers mitzuteilen, was ich so mache. Denn nächstes Mal werde ich dafür sorgen, dass du getötet wirst, Tanal. Und zwar auf höchst unangenehme Weise.«

Tanal sah zu, wie das Blut in länglichen Tropfen auf den staubigen Boden spritzte. Seine Schläfe schmerzte, und seine tastenden Finger fanden einen Hautlappen, der ihm beinahe bis zur Wange herunterhing. Die Sicht aus dem Auge auf dieser Seite verschwamm und wurde im Rhythmus der pochenden Schmerzen wieder scharf. Er fühlte sich ungeschützt, verletzlich. Er fühlte sich wie ein Kind inmitten von Erwachsenen mit kalten Gesichtern. »Beaufsichtiger«, sagte er mit zittriger Stimme, »ich habe niemandem etwas gesagt.«

»Wenn du noch einmal lügst, werde ich kein Erbarmen mehr kennen. Wenn du noch einmal lügst, wird der Atemzug, mit dem du deine Lüge hervorbringst, dein letzter sein.«

Tanal leckte sich die Lippen. Was konnte er tun? »Es tut mir leid, Beaufsichtiger. Nie wieder. Ich schwöre es.«

»Verschwinde – und schick einen Diener hierher, der die Sauerei aufwischen soll, die du in meinem Arbeitszimmer hinterlassen hast.«

In gebückter Haltung eilte Tanal Yathvanar aus dem Zimmer; Übelkeit stieg in ihm auf, und seine Kehle zog sich schmerzhaft zusammen, um den Schwall des Erbrechens zurückzudrängen.

*Ich habe nichts getan. Nichts, um zu verdienen, dass man so mit mir umspringt. Invictads Verfolgungswahn hat ihn in den Abgrund des Wahnsinns getrieben. Und das, obwohl seine Macht wächst. Man stelle sich das vor – er hat gedroht, den Kanzler selbst hinwegzufegen … und das Ganze im*

*Arbeitszimmer von Triban Gnol!* Natürlich war das nur Invictads eigene Version der Ereignisse gewesen. Aber Tanal hatte das Leuchten in den Augen des Beaufsichtigers gesehen, das seit seinem Besuch im Ewigen Domizil nicht mehr aus ihnen gewichen war.

Es war alles zu weit gegangen. Alles.

Mit brummendem Schädel machte Tanal sich auf die Suche nach einem Heiler. Es gab an diesem Tag noch viel zu tun. Eine Verhaftung musste durchgeführt werden, und – aufgeplatzter Schädel hin oder her – Karos Invictads präziser Zeitplan musste eingehalten werden. Dies sollte ein Tag des Triumphs werden. Für die Patriotisten. Für das großartige letheriische Imperium.

Das würde den Druck und die immer größer werdende Not mindern, denen sich die Leute ausgesetzt sahen – nicht nur hier in Letheras, sondern überall im Imperium. Zu viele nervenaufreibende Gerüchte von Schlachten und Niederlagen. Der Mangel an harten Münzen, das merkwürdige Verschwinden ungelernter Arbeitskräfte, die Geschichten über einst sichere Familien, die zu Schuldnern geworden waren. Das Getuschel über große finanzielle Beteiligungen, die wankten wie Bäume mit verfaulten Wurzeln. Heldenhafte Siege waren vonnöten, und dieser Tag würde einen bringen. Karos Invictad hatte den größten aller Verräter gefunden, und er, Tanal Yathvanar, würde die Verhaftung vornehmen. *Und diese Tatsache werden sie erfahren. Mein Name im Zentrum von allem, was an diesem Tag geschehen wird. Dafür werde ich sorgen.*

Karos Invictad war nicht der einzige Mann, der geübt darin war, Ruhm einzuheimsen.

Alte Städte besaßen viele Geheimnisse. Der durchschnittliche Bürger wurde in einer Fuge unermesslicher Unwissenheit geboren, lebte darin und starb in ihr. Der Abtrünnige wusste, dass er seine Verachtung für die Menschheit gut gelernt hatte, für die Schlacke eines Daseins als Sterblicher, das Blindheit Sehvermögen nannte, Unwissenheit Verständnis und Einbildung Glaube. Er hatte oft genug den willentlichen Bruch gesehen, den Menschen herbeiführten, wenn sie die Kindheit (und das Wunder ihrer unendlichen Möglichkeiten) hinter sich ließen, als wäre die Existenz daran gebunden, sowohl die uneingeschränkten Träume als auch den furchtlosen Ehrgeiz zu opfern, den man brauchte, um diese Träume zu verwirklichen. Als wären diese selbst auferlegten Beschränkungen, die dazu verwendet wurden, Fehlschläge zu rechtfertigen, ebenfalls Tugenden, die man den Tugenden der frommen Selbstgerechtigkeit und der Herablassung gegenüber Geißlern hinzufügen müsste.

Oh, aber seht ihn euch an, hier und jetzt, seht euch an, was er zu tun beabsichtigt. Die alten Geheimnisse der Stadt zu Dingen zu machen, die man benutzen konnte – und zwar dazu benutzen, grausame Ziele zu erreichen. Aber war er nicht ein Gott? War dies hier nicht seine Sphäre? Wenn alles, was existierte, nicht dafür offenstand, benutzt und – ja, in der Tat – missbraucht zu werden – welchen Sinn hatte es dann?

Er schritt durch die geisterhaften Wände, die überschwemmten Ebenen, und gestand sich dabei ein, dass er sich vage verborgener, größtenteils nicht zu erkennender Muster und Strukturen bewusst war, der Anordnung von *Dingen*, die Bedeutung besaßen, auch wenn es ihm nicht möglich war, diese Bedeutung zu verstehen – nicht mit einem Geist, wie er ihn besaß, für den all das etwas Fremdes blieb, etwas, das in den toten Zeitaltern der fernen Vergangenheit verloren war.

Es gab allerdings zahllose Manifestationen, von denen nur wenige für die Sterblichen wahrnehmbar waren, zwischen denen er nun wandelte – ungesehen wandelte, weniger als ein kalter Luftzug im Genick –, und der Abtrünnige ging weiter und beobachtete all die Einzelheiten, die seine Aufmerksamkeit erregten.

Als er den Ort fand, den er suchte, machte er halt. Vor ihm erhoben sich die Mauern eines Anwesens. Es war kein anderes als das, welches dem verstorbenen Gerun Eberict gehört hatte. Jetzt war es verlassen, was an dem Knäuel aus gesetzlichen Ansprüchen lag, in dem die Frage, wer sein Eigentümer war, sich dauerhaft verstrickt hatte. Wie es schien, hatte Gerun Eberict all seinen Reichtum mit in den Tod genommen, eine Tatsache, die den Abtrünnigen ungemein erheiterte.

Die Grundfläche des großen Hauptgebäudes überschnitt sich mit den unbemerkten Fundamenten eines älteren Bauwerks, das sich hier einst erhoben hatte, an drei Seiten von offenem Wasser umgeben: zwei abgeschnittenen Kanälen und einem Wasserlauf, die von tiefen artesischen Brunnen mit kaltem, schmutzigem Wasser gespeist wurden, das sich unter einer riesigen Kalksteinschicht befand, die ihrerseits unter einer dicken Schicht aus Schlick, Sandlinsen und Lehmfächern lag. Besagte Kanäle waren wichtig gewesen, genau wie die Tatsache, dass es an der vierten Seite unter etwas, das siebentausend Jahre zuvor eine Straße gewesen war, einen begrabenen Tunnel aus gebrannten Ton gegeben hatte. In diesem Tunnel war – getrennt von allen anderen örtlichen Quellen – Wasser aus den Tiefen des Flusses geflossen. Und so war auf allen vier Seiten das kostbare Lebensblut des Älteren Gottes vorhanden gewesen, der in dem Tempel angebetet worden war, der einst an dieser Stelle gehockt hatte.

Eberict hätte diese Gegebenheiten beachten sollen, an denen ein angeheuerter Seher möglicherweise Geruns späteres Ableben durch die schonungslosen Hände eines riesigen Mischlings hätte erkennen können. Es war schließlich kein Zufall, dass es jene mit Tarthenal-Blut sogar jetzt zu Mael hinzog – ein instinktiv gespürter, kaum hörbarer Nachhall jenes ersten Bündnisses, das auf dem Wasser zwischen den Imass und den Tarthenal – oder Toblakai, um ihren richtigen Namen zu verwenden – geschlossen worden war. Vor der Großen Landung, die die Letzten der Riesen, die beschlossen hatten, reinblütig zu bleiben, an diese und andere Küsten geführt hatte, wo die ersten Gründerväter zu den brutalen, boshaften Göttern der Tarthenal werden sollten.

Aber nicht nur Gerun Eberict und die zahllosen anderen Bürger von Letheras, die hier hausten, waren unachtsam – oder vielleicht auch vergesslich – im Hinblick auf die alte Bedeutung all dessen, was von der Oberfläche dieser Stadt weggespült worden war.

Der Abtrünnige bewegte sich weiter. Durch die äußere Mauer des Anwesens. Dann nach unten, durch die Pflastersteine des Innenhofs, geisterhaft an aufgeschüttetem Geröll und Sand vorbeigleitend, hinunter in die übelriechende reglose Luft des Tunnels mit den Tonwänden. Wo er knietief in zähflüssigem, trübem Wasser stand.

Er betrachtete die gewölbte Tunnelwandung, schätzte ab, wo er sich im Hinblick auf die über ihm gelegenen Überreste des alten Tempels – wie auch immer die aussehen mochten – befand. Und schritt weiter.

Zerschmetterter Stein, zusammengedrängt und dicht gepackt, mit schwarzen Flecken von den dicken, luftlosen Tonerdebrocken übersät, die alle Hohlräume ausfüllten. Hinweise auf Feuer in den aufgeplatzten Rissen von Fundament-Blöcken. Überreste erzbeladener Malereien, die sich immer noch an Gipsstücke klammerten. Allgegenwärtige Tonscherben, formlose Klumpen aus grünem Kupfer, übel zugerichtete schwarze Knöchelchen aus Silber, der trotzige Schimmer von rotstichigem Gold – alles, was zurückgeblieben war von der vergangenen Kompliziertheit menschlichen Lebens, Erinnerungen an Hände, die einst berührt und geformt hatten, die mit den Fingerspitzen gedrückt hatten, um einzubeulen, und mit den Fingernägeln, um einzuritzen, die Glasur und Farbe und Staub von abgeschlagenen Kanten gebürstet hatten; Hände, die nichts zurückgelassen hatten als diese Objekte, die ergreifend von Versagen kündeten.

Abgestoßen und angeekelt schob sich der Gott durch den Abfall, kratzte sich mit bloßen Händen den Weg zu einer kleinen Höhlung mit steilen Wänden frei, die durch die teilweise eingestürzte innere Mauer geschaffen wurde. Hier gab es blaue Mosaiksteine, die ein Bild des offenen Meeres gemalt hatten, aber verschiedene Steinchen waren heruntergefallen und enthüllten grauen Gips, der immer noch das geriffelte Muster trug, das die Unterseiten der sorgfältig geschnittenen Fliesen hinterlassen hatten. Keuchend kauerte sich der Abtrünnige in die beengte Höhlung. Die Zeit erzählte keine fröhlichen Geschichten. Nein, die Zeit überbrachte ihre schweigende Botschaft der Auflösung mit ungelinderter Eintönigkeit.

*Beim Abgrund, was für ein zermalmendes Gewicht!*

Der Abtrünnige nahm einen tiefen Atemzug von der abgestandenen, toten Luft. Dann noch einen.

Und spürte nicht weit weg das schwache Flüstern von Macht. Ein Überrest, so dürftig, dass er bedeutungslos wirkte, doch er ließ das Herz des Gottes heftig in seiner Brust hämmern. Die Heiligung war geblieben. Der Tempel war nicht geschändet worden, was das, was er vorhatte, viel einfacher machte. Erleichtert bei dem Gedanken, dass er an diesem grässlichen Ort schnell fertig sein würde, begab sich der Abtrünnige dorthin, wo die Macht war.

Der Altar lag unter einem Haufen Geröll, die Kalkstein-Trümmer waren dabei so zusammengepresst, dass sie von einer eingestürzten Decke stammen mussten; das gewaltige Gewicht war heftig genug herabgestürzt, um die Steine des Fußbodens unter dem von Rinnen überzogenen Block des heiligen Steins zu zerschmettern. *Noch besser. Und … ja, knochentrocken.* Er konnte tausend Stupser in das umgebende Gestein murmeln. Zehntausend.

Der Abtrünnige schob sich näher heran und legte eine Hand auf den Altar. Er konnte die Rinnen nicht spüren, konnte den vom Wasser ausgewaschenen Basalt nicht spüren, konnte die tief eingeschnittenen Kanäle nicht spüren, die einst lebendiges Blut in die salzigen Ströme in den Rinnen eingelassen hatten. *Oh, damals waren wir durstig, was?*

Er erweckte seine eigene Macht – so viel, wie sie ihm geben würde, und für diese Aufgabe war es mehr als genug.

Der Abtrünnige begann, ein Ritual zu wirken.

Anwalt Sermon war ein großer, dünner Mann. Der größte Teil seiner Stirn wurde von einem Hautausschlag bedeckt, der sich über seine linke Wange bis zum Kieferknochen zog und wie ein Muster aus aufgeplatzten Schuppen wirkte, das an die Bäuche frisch geschlüpfter Alligatoren erinnerte. Es gab Salben, die diesen Ausschlag heilen konnten, aber es war offensichtlich, dass der legendäre Anwalt letheriischen Rechts ganz im Gegenteil diese reptilische Hauterkrankung kultivierte, die zu seinem Ruf ebenso gut passte wie zu seinen kalten, leblosen Augen.

Jetzt stand er in Baggs Arbeitszimmer, mit leicht gekrümmten Schultern, als wollte er sich noch ein bisschen schmaler machen, und der hohe Kragen seines dunkelgrünen Umhangs breitete sich wie die Haube einer Schlange hinter seinem länglichen, haarlosen Kopf mit den kleinen Ohren aus. Der Blick, mit dem er Bagg musterte, war auf die für ihn typische leblose Weise gelangweilt. »Habe ich Euch richtig verstanden?«, fragte der Anwalt mit einer Stimme, bei der er sich die größte Mühe gab, sie zischend klingen zu lassen, die stattdessen jedoch ungelenk und schwankend wirkte. Der Effekt entsprach genau seiner Vorstellung davon, wie eine Schlange klingen würde, wenn Worte aus ihrem lippenlosen Mund kämen, wurde Bagg mit leichtem Erschrecken klar. Obwohl – wie er im Stillen hinzufügte – die betreffende Frage kaum eine war, die man von einer Schlange erwarten würde. *Schlangen bitten nicht um Aufklärung.*

*Oder doch?*

»Ihr macht ein höchst merkwürdiges Gesicht«, sagte Sermon nach einem kurzen Augenblick. »Hat meine Unfähigkeit, Euch zu verstehen, Euch verwirrt, Meister Bagg?«

»Habt Ihr mich wirklich missverstanden?«

»Aus diesem Grund habe ich um eine Wiederholung Eurer Aussage gebeten.«

»Oh. Nun, was glaubt Ihr denn, was Ihr gehört habt?«

Die Augen blinzelten. »Haben wir tatsächlich all diese Worte gesprochen, um zu meiner ursprünglichen Frage zurückzukehren?«

»Ich lade Euch ein, noch ein paar Worte mehr zu verwenden, Sermon.«

»Statt dass Ihr Euch einfach wiederholt.«

»Ich hasse es, mich zu wiederholen.«

Anwalt Sermon verachtete Verworrenheit, wie Bagg wusste, obwohl das aller Wahrscheinlichkeit nach noch nicht einmal ein Wort war.

»Meister Bagg, wie Ihr wisst, verachte ich Verworrenheit.«

»Oh. Tut mir leid, das zu hören.«

»Das sollte es, denn ich berechne nach Worten.«

»Nach denen von uns beiden oder nur nach Euren?«

»Es ist vielleicht ein bisschen spät, das jetzt zu fragen, oder?« Sermons gefaltete Hände vollführten eine geschmeidige und ganz leicht anrüchige Bewegung. »Wenn ich Euch richtig verstanden habe – berichtigt mich, wenn ich mich irre –, habt Ihr mich angewiesen, Euren Geldgeber zu kontaktieren, um ein weiteres Darlehen zu erbitten, mit der erklärten Absicht, es zu benutzen, um einen Teil der Zinsen des vorangegangenen Darlehens zu bezahlen, welches – wenn ich mich recht erinnere, und das tue ich – dafür bestimmt war, teilweise die Zinsen eines weiteren Darlehens zu begleichen. Da ich nicht Euer einziger Anwalt bin, führt mich dies zu der Frage, wie viele Darlehen Ihr ausgehandelt habt, um die Zinsen anderer Darlehen zu bezahlen?«

»Nun, das war eine teure Rede.«

»Wenn ich nervös werde, werde ich geschwätzig, Meister Bagg.«

»Mit Euch zu tun zu haben, wird teurer, wenn Ihr nervös seid? Also das ist wirklich schlau, Sermon.«

»Ja, das bin ich. Werdet Ihr jetzt meine Frage beantworten?«

»Da Ihr darauf besteht. Es gibt etwa vierzig offenstehende Darlehen zur Bezahlung der Zinsen anderer Darlehen.«

Der Anwalt leckte sich angemessen trockene Lippen. »Es waren Gründe der Höflichkeit und des Respekts, Meister Bagg – und, wie ich jetzt sehe, gewisse Fehleinschätzungen, was Eure Bonität angeht –, die mich ermutigt haben, nicht auf Vorauszahlung zu dringen – für meine Dienste, heißt das, die beträchtlich waren. Obwohl nicht so beträchtlich – anteilsmäßig –, wie man mich hat glauben lassen.«

»Ich kann mich nicht erinnern, Euch zu solchen Annahmen verleitet zu haben, Sermon.«

»Natürlich habt Ihr das nicht. Es waren Annahmen.«

»Als Anwalt könnte man von Euch erwarten, dass Ihr sehr wenig Annahmen macht. Über nichts und niemanden.«

»Gestattet mir, ganz offen zu sein, Meister Bagg. Wo in Eurem Finanzplan ist das Geld, das Ihr mir schuldet?«

»Im Moment noch nirgends, Sermon. Vielleicht können wir ein weiteres Darlehen aushandeln.«

»Das ist überaus besorgniserregend.«

»Ich bin mir sicher, dass es das ist – aber was glaubt Ihr, wie es mir geht?«

»Ich widerstehe der Versuchung, mir diese Frage zu stellen, denn ich fürchte, die Antwort wäre so etwas wie: ›Es geht ihm gut.‹ Also, wenn ich mich mit großem Vertrauen an jene spezifischen Annahmen klammern würde, von denen wir vorhin gesprochen haben, dann würde ich jetzt darauf bestehen, dass dieses nächste Darlehen ausschließlich für die Begleichung meiner Honorare verwendet wird. Ganz egal, welche Lügen ich Eurem Geldgeber auftische. Was uns bedauerlicherweise wieder zu meiner ursprünglichen Äußerung zurückbringt, die in einem Tonfall äußerster Ungläubigkeit vorgetragen wurde. Der gegenwärtige panische Zustand Eurer Geldgeber hat mich hierhergeführt, versteht Ihr, denn sie stellen für mich und meine Kanzlei im Hinblick auf Euch, Meister Bagg, einen Grad der Belästigung dar, der mittlerweile absurde Ausmaße angenommen hat. Ich habe tatsächlich schon Leibwächter anheuern müssen – auf Eure Kosten, versteht sich. Darf ich es wagen, Euch zu fragen, wie viel Geld Ihr besitzt?«

»Jetzt, im Augenblick?
»Ja.«

Bagg zog seine zerfledderte lederne Geldbörse heraus, machte sie auf und schaute angestrengt hinein. Dann blickte er auf. »Zwei Stummel.«

»Ich verstehe. Gewiss übertreibt Ihr.«

»Nun, von einem habe ich einen Splitter abgeschlagen, um für einen Haarschnitt zu bezahlen.«

»Ihr habt keine Haare.«

»Deshalb war es ja auch nur ein Splitter. Nasenhaare. Ohrhaare, ein Nachschneiden der Augenbrauen. Es ist wichtig, vorzeigbar zu sein.«

»Bei Eurem Auftritt bei den Tauchtagen?«

Bagg lachte. »Das wäre vielleicht ein Spaß.« Dann wurde er wieder ernst und beugte sich über seinen Schreibtisch. »Ihr glaubt doch bestimmt nicht, dass es dazu kommen wird? Als Euer Klient erwarte ich bei meiner Verhandlung eine höchst sorgfältige Verteidigung.«

»Als Euer Anwalt werde ich der Erste in der Reihe derer sein, die Euer Blut fordern!«

»Oh. Das ist aber nicht besonders loyal von Euch.«

»Ihr habt mich nicht dafür bezahlt, loyal zu sein.«

»Aber Loyalität ist nichts, für das man bezahlt, Anwalt Sermon.«

»Wenn ich geahnt hätte, dass Eure jetzt offensichtliche Unfähigkeit von Wahnvorstellungen begleitet wird, Meister Bagg, hätte ich niemals zugestimmt, Euch in irgendwelchen Angelegenheiten zu vertreten.«

Bagg lehnte sich zurück. »Das ergibt keinen Sinn«, sagte er. »Wie Tehol Beddict bei zahllosen Gelegenheiten bemerkt hat, sind Wahnvorstellungen ein grundsätzlicher Bestandteil unseres wirtschaftlichen Systems. Vertragliche Verpflichtungen als ethische Tugend. Stücke von ansonsten nutzlosem Metall – es sei denn, man verwendete es als Schmuck – als Reichtum. Knechtschaft als Freiheit. Schulden als Eigentum. Und so weiter.«

»Oh, aber die genannten Wahnvorstellungen sind für mein Wohlbefinden unerlässlich, Meister Bagg. Ohne sie würde mein Berufsstand nicht existieren. Die ganze Zivilisation ist – im Kern – eine Sammlung von Verträgen. Aber ja, das eigentliche Wesen unserer Gesellschaft gründet auf einvernehmlich vereinbarten Wertmaßstäben.« Er unterbrach sich und schüttelte langsam den Kopf – eine Bewegung, die etwas beunruhigend Geschmeidiges hatte. »Warum erörtere ich das überhaupt mit Euch? Ihr seid ganz offensichtlich wahnsinnig, und Euer Wahnsinn ist kurz davor, eine Lawine finanzieller Verwüstung auszulösen.«

»Ich sehe nicht, warum dem so sein sollte, Meister Sermon. Es sei denn – natürlich – Euer Glaube an die Idee eines Gesellschaftsvertrags ist nichts weiter als zynische Selbstsucht.«

»Natürlich ist er das, Ihr Narr!«

So viel zu unangenehmem Zischen.

Sermons Finger wanden sich wie gefangene, blinde und tastende Würmer. »Ohne Zynismus«, sagte er mit erstickter Stimme, »wird man zum Opfer des Systems statt zu seinem Herrn und Meister, und ich bin zu schlau, um ein Opfer zu sein!«

»Was Ihr Euch selbst immer wieder aufs Neue beweisen müsst ... durch die Einschätzung Eures Reichtums, die Sorglosigkeit Eures Lebens, die notwendige Unterscheidung von den Opfern – eine Unterscheidung, die Ihr Euch in Gestalt Eurer irdischen Ausschweifungen ständig selbst vor Augen halten müsst.«

»Zu viele Worte, Meister Bagg. Selbstgefällige Prahlerei genügt.«

»Kürze von Euch, Anwalt Sermon?«

»Ihr bekommt, wofür Ihr bezahlt.«

»So gesehen«, bemerkte Bagg, »bin ich überrascht, dass Ihr überhaupt noch etwas sagt.«

»Was folgt, ist mein Geschenk. Ich werde unverzüglich aufbrechen, um Eure Geldgeber darüber zu unterrichten, dass Ihr tatsächlich bankrott seid, und werde im Gegenzug meine Dienste bei der bevorstehenden rauschhaften Verteilung Eurer materiellen Anlagegüter anbieten.«

»Sehr großzügig von Euch.«

Sermons Lippen verschwanden, als er das Gesicht verzog, das nun einer knochigen Grimasse glich. Ein Auge zuckte. Die Würmer an den Enden seiner Hände waren weiß und tödlich geworden. »In der Zwischenzeit werde ich die beiden Stummel nehmen.«

»Es sind nicht mehr ganz zwei.«

»Trotzdem.«

»Ich kann Euch den fehlenden Splitter schulden.«

»Seid gewiss, dass ich ihn am Ende bekommen werde.«

»Na schön.« Bagg griff in seine Geldbörse und fischte die beiden Münzen heraus. »Dies ist ein Darlehen, ja?«

»Gegen mein Honorar?«

»Natürlich.«

»Ich spüre, dass Ihr das Spiel nicht mehr spielt, Meister Bagg.«

»Welches Spiel sollte das sein?«

»Das Spiel, in dem Gewinner gewinnen und Verlierer verlieren.«

»Oh, dieses Spiel. Nein, ich nehme an, das spiele ich nicht mehr. Vorausgesetzt, natürlich, dass ich es jemals gespielt habe.«

»Mir kommt da plötzlich ein Verdacht – dieser sehr wirkliche wahre Kern hinter all den Gerüchten über den bevorstehenden Zusammenbruch des Markts – das ist alles Euer Werk, oder?«

»Wohl kaum. Zahllose Gewinner sind mit eingestiegen, das kann ich Euch versichern. Selbstverständlich haben sie geglaubt, dass sie am Ende gewinnen würden. So läuft das mit diesen Dingen. Bis sie nicht mehr laufen.« Bagg schnippte mit den Fingern. »Puff!«

»Ohne besagte Verträge wird das Chaos ausbrechen, Meister Bagg.«

»Ihr meint, die Gewinner werden in Panik ausbrechen, und die Verlierer werden sich in ihre eigene rauschhafte Verteilung hineinsteigern. Ja. Chaos.«

»Ihr seid wirklich wahnsinnig.«

»Nein, ich bin einfach nur müde. Ich habe zu vielen Verlierern in die Augen gesehen, Sermon. Viel zu vielen.«

»Und Eure Antwort darauf ist, uns alle zu Verlierern zu machen. Um das Spielfeld einzuebnen? Aber das wird nicht funktionieren, wisst Ihr. Ihr müsst es wissen, Bagg. Niemals. Stattdessen werden die Schläger überall obenauf sein, und statt Schulden wird es echte Sklaverei geben; statt Verträgen wird es Tyrannei geben.«

»Und alle Masken werden heruntergerissen, ja.«

»Welcher Vorteil liegt darin?«

Der Ältere Gott zuckte die Schultern. »Die Gefahren uneingeschränkter Ausbreitung offenbaren sich im Staub und in der Asche, die sie zurücklässt, Anwalt Sermon. Nehmt an, dass die Spezies unsterblich ist, da dies dem Spiel nützt. Jedem Spiel. Aber diese Annahme wird Euch am Ende nicht retten. Nein, in Wirklichkeit wird sie Euch wahrscheinlich töten. Diese eine eigennützige, fromme, überhebliche arrogante Annahme.«

»Jetzt spricht der verbitterte alte Mann.«

»Ihr habt ja keine Ahnung.«

»Ich wollte, ich trüge ein Messer bei mir. Denn dann würde ich Euch damit jetzt und hier töten.«

»Ja. An einem Punkt endet das Spiel immer, stimmt's?«

»Und Ihr wagt es, mich als Zyniker zu bezeichnen.«

»Euer Zynismus liegt in dem bereitwilligen Missbrauch anderer, um Eure Überlegenheit über sie zu festigen. Mein Zynismus bezieht sich auf die vorsätzliche Blindheit der Menschheit im Hinblick auf ihre eigene Auslöschung.«

»Ohne diese vorsätzliche Blindheit gibt es nichts als Verzweiflung.«

»Oh, so zynisch bin ich auch wieder nicht. Tatsächlich stimme ich Euch hier ganz und gar nicht zu. Wenn die vorsätzliche Blindheit ihren unausweichlichen Verlauf nimmt, vielleicht entsteht dann vorsätzliche Weisheit, vielleicht kommt es dann zu der Offenbarung, die Dinge so zu sehen, wie sie wirklich sind.«

»Die Dinge? Auf welche Dinge bezieht Ihr Euch, alter Mann?«

»Tja – dass alles, was wirklich wertvoll ist, frei verfügbar ist.«

Sermon steckte die Münzen in seine eigene, prall gefüllte Geldbörse und schritt zur Tür. »Eine sehr wunderliche Vorstellung. Ach, ich werde Euch keinen guten Tag wünschen.«

»Macht Euch nicht die Mühe.«

Sermon drehte sich angesichts des harten Tonfalls von Baggs Stimme noch einmal um. Neugierig zog er die Brauen hoch.

Bagg lächelte. »Das Gefühl wäre jetzt nicht umsonst, oder?«

»Nein, das wäre es nicht.«

Sobald der unglückliche Anwalt gegangen war, stand Bagg auf. *Dann hat es also angefangen. Fast auf den Tag genau zu dem Zeitpunkt, für den Tehol es vorausgesagt hatte. Der Mann ist unheimlich. Und darin liegt vielleicht eine gewisse Hoffnung für die Menschheit. In all den Dingen, die nicht gemessen, die nicht auf irgendeine Weise berechnet werden können.*

*Vielleicht.*

Bagg würde jetzt verschwinden müssen. Wenn er nicht von Anwälten in Stücke gerissen werden wollte. Ganz zu schweigen von den Geldgebern. Und das wäre eine höchst unangenehme Erfahrung. Aber als Erstes musste er Tehol warnen.

Mit so etwas wie liebevollem Bedauern – fast schon Nostalgie – ließ der Ältere Gott den Blick durch sein Arbeitszimmer schweifen. Schließlich hatte es Spaß gemacht, dieses Spiel. Wie die meisten Spiele. Er fragte sich, warum Tehol beim ersten Mal kurz vor Schluss aufgehört hatte. Aber nein, vielleicht war das gar nicht so verwunderlich. Wenn man plötzlich einer brutalen Wahrheit gegenübersteht – irgendeiner brutalen Wahrheit –, ist es verständlich, wenn man zurückweicht.

*Wie Sermon gesagt hat, Verzweiflung ist wertlos.*

*Aber das Wertvolle birgt viel Verzweiflung, wenn die Täuschung aufgedeckt wird. Oh, ich bin in der Tat müde.*

Er verließ sein Arbeitszimmer, in das er niemals wieder zurückkehren würde.

»Wie kann es sein, dass nur noch vier Hennen übrig sind? Ja, Ublala Pung, ich sehe dich an.«

»Um des Abtrünnigen willen«, sagte Janath seufzend, »lass den armen Kerl in Ruhe. Was hast du denn erwartet, Tehol? Es sind Hennen, die keine Eier mehr legen, und das macht sie so dürr und langweilig und nutzlos wie das Geschnatter der matronenhaften Gelehrten an meiner alten Schule. Was Ublala getan hat, war ein Akt größter Tapferkeit.«

»Meine Hennen zu essen? Roh?«

»Zumindest hat er sie gerupft.«

»Waren sie da schon tot?«

»Lass uns jetzt nicht über solche Kleinigkeiten sprechen, Tehol. Jeder darf mal einen Fehler machen.«

»Meine armen Haustiere«, ächzte Tehol, während er Ublala Pungs dick gepolstertes Kopfkissen am einen Ende der Schilfmatte beäugte, die dem Tarthenal-Halbblut als Bett diente.

»Sie waren keine Haustiere.«

Er sah seine ehemalige Lehrerin scharf an. »Ich meine mich erinnern zu können, dass Ihr schier nicht aufhören konntet, von den Schrecknissen des Pragmatismus zu reden, von ihren Auswirkungen im Laufe der gesamten Geschichte. Und was höre ich jetzt von Euch, Janath? ›Sie waren keine Haustiere.‹ Eine deklaratorische Aussage, die in höchst pragmatischem Tonfall vorgetragen wird. Als würden Worte allein ausreichen, um das zu läutern, was ein brutaler Akt des Vogelmordes gewesen sein muss.«

»Ublala Pung hat mehr Mägen als wir beide zusammen, Tehol. Und die müssen gefüllt werden.«

»Ach?« Er stemmte die Hände in die Hüften – genau genommen, um sicherzugehen, dass die Nadel dafür sorgte, dass seine Decke an Ort und Stelle blieb, weil er sich gerade – und es versetzte ihm immer noch einen Stich – an seine höchst öffentliche Vorstellung vor einer Woche erinnerte. »Ach?«, fragte er erneut, und fügte dann hinzu: »Und was genau und pragmatisch war nicht in Ordnung mit meiner hervorragenden Knirschsuppe?«

»Sie hat beim Essen geknirscht.«

»Ein Hinweis auf überaus raffinierte Aromen, die sich nur mittels einer sorgfältigen Sammlung von Dingen entwickeln können, die man vom Boden abkratzt – vor allem einem Boden, auf dem hungrige Hennen herumhüpfen.«

Sie starrte ihn an. »Das meinst du nicht ernst, oder? Das war tatsächlich Dreck vom Fußboden? *Von diesem Fußboden?«*

»Das ist jetzt doch wohl kaum ein Grund, ein derart entsetztes Gesicht zu machen, Janath. Natürlich«, fügte er spontan hinzu, während er langsam zu dem von Blutflecken gesprenkelten Kissen ging, »erfordert die kreative Küche eine gewisse Feinheit des Gaumens, eine Kultur der Würdigung …« Er trat gegen das Kissen, und es krächzte.

Tehol wirbelte herum und starrte Ublala Pung, der mit dem Rücken zur Wand auf dem Boden saß und nun den Kopf hängen ließ, düster an.

»Ich habe mir eine für später aufgehoben«, murmelte der Riese.

»Gerupft oder ungerupft?«

»Nun, sie ist da drin, damit sie warm bleibt.«

Tehol warf Janath einen Blick zu und nickte. »Seht Ihr? Seht Ihr es, Janath? Seht Ihr es endlich?«

»Was?«

»Das tödliche Gefälle des Pragmatismus, Gebieterin. Den endgültigen Beweis für die Argumente, die Ihr vor vielen Jahren vorgebracht habt. Ublala Pungs Geschichte der gefühllosen Unterordnung unter die Vernunft – wenn man irgendwas, was in dem Schädel da vorgeht, ›Vernunft‹ nennen will – hat ihn – und, so wage ich hinzuzufügen, zahllose nichtsahnende Hennen – zu dem unausweichlichen, ungeheuerlichen Extrem von … von kläglicher Nacktheit im Innern eines Kissens geführt.«

Sie zog die Brauen hoch. »Nun, das Geschehnis letzte Woche hat dich anscheinend wirklich ziemlich mitgenommen, was?«

»Seid nicht albern, Janath.«

Ublala Pung hatte die Zunge herausgestreckt – ein großes, grobkörniges Stück Fleisch – und versuchte, sie genau zu betrachten. Was dazu führte, dass er schielte.

»Was machst du denn da?«, wollte Tehol wissen.

Die Zunge verschwand wieder im Mund, und Ublala blinzelte ein paar Mal, um seine Augen wieder in Ordnung zu bringen. »Ich hab mich an einem Schnabel verletzt«, sagte er.

»Du isst ihre Schnäbel mit?«

»Es ist einfacher, wenn man mit dem Kopf anfängt. Sie sind nicht so unruhig, wenn sie keinen Kopf mehr haben.«

»Tatsächlich?«

Ublala Pung nickte.

»Und ich nehme an, dass du das für barmherzig hältst?«

»Was?«

»Natürlich nicht«, schnappte Tehol. »Es ist einfach nur *pragmatisch*. ›Oh, ich werde gegessen. Aber das ist schon in Ordnung. Ich habe ja keinen Kopf mehr!‹«

Ublala schaute ihn stirnrunzelnd an. »Niemand isst Euch, Tehol. Und Euer Kopf ist immer noch da – ich kann ihn sehen.«

»Ich habe für die Hennen gesprochen.«

»Aber die sprechen kein Letherii.«

»Du wirst meine letzten vier Hennen nicht essen.«

»Was ist mit der im Kissen, Tehol? Wollt Ihr sie wiederhaben? Vielleicht wachsen ihre Federn ja nach … aber es könnte sein, dass sie sich erkältet. Ich kann sie Euch zurückgeben, wenn Ihr wollt.«

»Das ist großzügig von dir, Ublala, aber danke, nein. Erlöse sie aus ihrem Elend, aber achte auf den Schnabel. In der Zwischenzeit solltest du allerdings anfangen, planvoll zu handeln, glaube ich – eigentlich hättest du doch schon vor ein paar Tagen wieder gehen sollen, oder?«

»Ich will nicht auf die Inseln gehen«, sagte Ublala, während er mit einem abgebrochenen Fingernagel Linien durch den Dreck auf dem Fußboden zog. »Ich habe Bescheid gesagt. Das reicht doch, oder? Ich habe Bescheid gesagt.«

Tehol zuckte die Schultern. »Wenn es reicht, dann reicht es. Stimmt's, Janath? Bleib ruhig hier bei uns, aber du musst jetzt losgehen und etwas zu essen finden. Für uns alle. Eine Jagdexpedition – und es wird nicht einfach werden, Ublala. Ganz und gar nicht einfach. Es ist schon seit Tagen kein Versorgungsschiff mehr angekommen, und die Leute haben angefangen, alles Mögliche zu horten, als wenn uns ein schreckliches Unglück bevorstünde. Also, wie ich schon gesagt habe, Ublala, es wird nicht einfach werden. Und auch wenn ich es hasse, es zugeben zu müssen ... aber da draußen gibt es Leute, die glauben nicht, dass du es schaffen kannst.«

Ublala Pungs Kopf ruckte hoch. In seinen Augen loderte Feuer. »Wer hat das gesagt? Wer?«

Die vier Hennen hörten mit ihrem Scharren auf und legten gleichzeitig die Köpfe schief.

»Das verrate ich lieber nicht«, sagte Tehol. »Aber egal, wir brauchen etwas zu essen.«

Der Tarthenal war bereits auf den Beinen. Sein Kopf stieß knirschend gegen die Decke, ehe er eine gebückte Haltung einnahm – was er eigentlich immer tat, wenn er hier drin war. Gipsstaub sprenkelte seine Haare, schwebte langsam zu Boden. Die Hennen stürzten sich darauf, drängten sich um seine Füße.

»Wenn du versagst«, sagte Tehol, »werden wir anfangen müssen ... äh ... Gips zu essen.«

»Kalk ist giftig«, sagte Janath.

»Und Hennenscheiße nicht? Habe ich irgendwelche Klagen von Euch gehört, als Ihr meine Suppe geschlürft habt?«

»Du hast dir die Ohren zugehalten, Tehol, und ich habe auch nichts runtergeschlürft, ich habe es wieder ausgespien.«

»Ich kann es«, sagte Ublala und ballte die Hände zu Fäusten. »Ich kann uns was zu essen besorgen. Ich werd's Euch zeigen.« Mit diesen Worten schob er sich durch die Türöffnung hinaus auf die enge Gasse und war fort.

»Wie hast du das gemacht, Tehol?«

»Der Ruhm dafür gebührt nicht mir. So geht Shurq Elalle mit ihm um. Ublala Pung ist nur allzu gern bereit zu beweisen, was er kann.«

»Du meinst, du nutzt sein niedriges Selbstwertgefühl aus.«

»Nun, das von einer Lehrerin ist aber ziemlich heuchlerisch, oder?«

»Oho ... dann brennen all die alten Wunden also immer noch, ja?«

»Alte Wunden tun nichts zur Sache, Janath. Ihr müsst gehen.«

»Was? Gibt es irgendwelche Gerüchte, dass ich zu irgendetwas nicht imstande wäre?«

»Nein, ich meine es ernst. Es kann von nun an jederzeit Ärger geben. Hier.«

»Und wo soll ich hingehen?«

»Ihr müsst Kontakt zu Euren gelehrten Freunden aufnehmen – zu denen, die noch übrig sind. Findet einen, dem Ihr vertrauen könnt ...«

»Tehol Beddict – also wirklich. Ich habe keine Freunde unter meinen Kolleginnen und Kollegen – und es gibt gewiss keinen einzigen, dem ich vertrauen kann. Du weißt ganz offensichtlich nichts über meinen Beruf. Wir zermalmen mit Selbstverständlichkeit Schnäbel zwischen unseren Zähnen. Jedenfalls – was für Ärger meinst du denn? Diese Wirtschaftssabotage, die du begangen hast?«

»Bagg sollte wirklich lernen, den Mund zu halten.«

Sie betrachtete ihn auf eine höchst beunruhigende Weise. »Weißt du, Tehol Beddict, ich habe dich nie für einen Repräsentanten des Bösen gehalten.«

Tehols Brust schwoll, und er strich sich die Haare zurück.

»Wirklich beeindruckend, aber ich bin nicht überzeugt. Warum tust du das alles? Bist du in der Vergangenheit so schlimm verletzt worden, dass dieser Schmerz nun alles andere erdrückt? Ist da irgendein schreckliches Verlangen nach Rache, als Antwort auf ein grässliches Trauma in deiner Jugend? Nein, das interessiert mich wirklich.«

»Das Ganze war natürlich Baggs Idee.«

Sie schüttelte den Kopf. »Versuch's noch einmal.«

»Es gibt alle möglichen Arten von Bösem, Janath.«

»Ja, aber deine Tat wird zur Folge haben, dass Blut vergossen wird. Viel Blut.«

»Gibt es einen Unterschied zwischen Blut, das vergossen wird, und Blut, das langsam und entsetzlich im Laufe eines verkürzten Lebens voller Belastungen, Elend, Kummer und Verzweiflung aus einem herausgepresst wird – und das alles im Namen eines gestaltlosen Gottes, den niemand heilig zu nennen wagt? Noch nicht einmal, wenn sie das Knie beugen und die Litanei der heiligen Pflichten herunterbeten?«

»Gute Güte«, sagte sie. »Nun, das ist eine interessante Frage. Gibt es einen Unterschied? Vielleicht gibt es keinen, vielleicht ist er nur graduell. Aber das macht dich trotzdem wohl kaum moralisch überlegen, oder?«

»Ich habe nie behauptet, dass ich moralisch überlegen wäre«, sagte Tehol. »Was mich an sich schon von meinem Feind unterscheidet.«

»Ja, das verstehe ich. Und natürlich bist du entschlossen, diesen Feind mit seinen eigenen Mitteln zu vernichten, indem du seine eigene heilige Schrift benutzt; um sie kurz gesagt dazu zu verwenden, sich selbst zu töten. Du stehst am wahren Ende des Abhangs, auf dem dein Feind hockt. Oder sollte ich sagen, ›an den er sich klammert‹? Nun, dass du solche Abgründe in dir trägst, überrascht mich jetzt nicht wirklich, Tehol. Diesen Charakterzug habe ich schon vor langer Zeit in dir gesehen. Aber trotzdem – diese Blutrünstigkeit? Ich kann es immer noch nicht verstehen.«

»Das hat wahrscheinlich etwas mit Euren Lektionen über Pragmatismus zu tun.«

»Jetzt aber … wie kannst du es wagen, mit dem Finger auf mich zu zeigen? Wahrer Pragmatismus würde dich in diesem besonderen Fall zu großem Reichtum und der Belohnung in Form von Müßiggang führen, zur äußersten Ausnutzung des Systems. Der perfekte Schmarotzer, und was das ganze mindere Volk angeht, die Armen und die Einfältigen, die fallengelassenen Versager, die in jeder Gasse hocken – die haben eben Pech gehabt. Du verfügst zweifellos über das notwendige Talent und die Genialität, und in der Tat, wenn du jetzt der reichste Bürger dieses Imperiums wärst, der umgeben von einer Armee von Leibwächtern und mit fünfzig Konkubinen im Stall in einem gewaltigen Anwesen lebt, wäre ich nicht im Geringsten überrascht.«

»Nicht überrascht«, sagte Tehol, »aber vielleicht trotzdem ein bisschen enttäuscht?«

Sie schürzte die Lippen und schaute weg. »Nun, das ist etwas anderes, Tehol Beddict. Etwas, über das wir aber jetzt nicht reden.«

»Wenn Ihr es sagt, Janath. Jedenfalls … also, in Wirklichkeit *bin* ich der reichste Mann in diesem Imperium. Dank Bagg natürlich, meinem Strohmann.«

»Aber du lebst in einer Bruchbude.«

»Ihr verunglimpft mein Domizil? Ihr – ein nicht zahlender Gast! Ich bin zutiefst verletzt, Janath.«

»Nein, das bist du nicht.«

»Nun, die Hennen sind es, und da sie kein Letherii sprechen …«

»Reichster Bürger oder nicht, Tehol Beddict, dein Ziel ist weder, diesen Reichtum auffällig zur Schau zu stellen, noch die Macht, die er dir gewährt, bis zum Äußersten auszunutzen. Nein, du hast vor, die grundlegende wirtschaftliche Struktur dieses Imperiums zum Einsturz zu bringen. Und ich kann immer noch nicht begreifen, warum.«

Tehol zuckte die Schultern. »Am Ende zerstört Macht sich immer selbst, Janath. Wollt Ihr diese Aussage bestreiten?«

»Nein. Dann erzählst du mir also, dass all das eine Übung im Umgang mit Macht ist? Eine Übung, die in einer Lektion gipfelt, die jeder als das erkennen muss, was sie ist? Eine Realität gewordene Metapher?«

»Als ich davon gesprochen habe, dass Macht sich selbst zerstört, habe ich das allerdings nicht als Metapher gemeint, Janath. Ich habe es im wörtlichen Sinne gemeint. Also, wie viele Generationen von Schuldnern müssen leiden – während sich gleichzeitig das zivilisierte Drumherum vervielfacht und im Überfluss vorhanden ist, wobei ein immer größer werdender Teil dieser materiellen Verrücktheiten außerhalb ihrer finanziellen Reichweite ist? Wie viele, bis wir alle gemeinsam innehalten und sagen: ›Aaahh! Das reicht. Bitte kein weiteres Leiden mehr! Kein Hunger mehr, kein Krieg, keine Ungleichheit mehr!‹ Nun, soweit ich es überblicken kann, sind es nie genug Generationen. Wir krabbeln einfach weiter und weiter, verschlingen alles innerhalb unserer Reichweite, einschließlich unserer eigenen Art, als wenn das alles nichts weiter wäre als die Umsetzung eines unbestreitbaren Naturgesetzes und sich daher keinem moralischen Zusammenhang, keiner ethischen Beschränkung unterwerfen muss – obwohl diese beiden großartigen Ideen auf allgegenwärtige und hinterhältige, geschwätzige Weise pausenlos beschworen werden.«

»Zu viel Gefühl in deiner Volksrede, Tehol Beddict. Das gibt Punktabzug.«

»Zieht Ihr Euch auf trockenen Humor zurück, Janath?«

»Autsch. Na schön, ich fange an, deine Beweggründe zu verstehen. Du willst Chaos und Tod verbreiten – zum Wohle aller.«

»Wenn ich der zum Selbstmitleid neigende Typ wäre, würde ich jetzt vielleicht jammern, dass mir niemand dafür danken wird.«

»Dann übernimmst du also die Verantwortung für die Folgen.«

»Jemand muss es tun.«

Sie schwieg ein Dutzend Herzschläge lang, und Tehol sah, wie ihre Augen – entzückende Augen, in der Tat – sich langsam weiteten. »*Du* bist die Wirklichkeit gewordene Metapher.«

Tehol lächelte. »Ihr mögt mich nicht? Aber das ergibt keinen Sinn! Wie kann ich nicht liebenswert sein? Sogar bewundernswert? Ich werde der Inbegriff der triumphierenden Gewinnsucht werden, das wahre Symbol dieses großen unbenannten Gottes! Und wenn ich mit all meinem gewaltigen Reichtum nichts tue, warum nicht, ich habe mir das Recht darauf verdient. Im Einklang mit jeder Regel, die in der heiligen Litanei ausgesprochen wird, *habe ich es mir verdient!*«

»Aber wo liegt der Vorteil darin, diesen ganzen Reichtum dann zu vernichten? Das eigentliche System zu vernichten, das du benutzt hast, um diesen Reichtum überhaupt erst zu erschaffen?«

»*Janath – wo liegt der Vorteil in irgendwas von alledem?* Ist Besitz eine Tugend? Ist es eine Tugend, ein Leben lang für irgendeine reiche Kröte zu arbeiten? Ist loyaler Dienst in irgendeinem Handelshaus eine Tugend? Loyal was gegenüber? Wem gegenüber? Oh, haben sie für diese Loyalität hundert Stummel die Woche gezahlt? Wie für jede andere Ware? Aber welche Version ist dann wahrer – die Tugend eigennütziger Gewinnsucht oder die Tugend der Loyalität seinem Dienstherrn gegenüber? Sind die Kaufleute oben auf ihren aufgestapelten Schätzen nicht rücksichtslos und halsabschneiderisch, ganz im Einklang mit den Vorrechten, die sie sich angeblich verdient haben? Und wenn es gut genug für sie ist, warum gilt dann nicht das Gleiche für den niedrigsten Arbeiter in ihrem Haus? Wo liegt die Tugend in zwei Arten von Regeln, die im Widerspruch zueinander stehen, und warum werden diese hochtrabenden Worte wie ›moralisch‹ und ›ethisch‹ als erste von jenen hinausgeplärrt, die bei ihrem Aufstieg nach ganz oben beide aus den Augen verloren haben? Seit wann sind Ethik und Moral Waffen der Unterwerfung geworden?«

Sie starrte ihn mit undurchdringlicher Miene an.

Tehol dachte kurz daran, die Arme in die Luft zu werfen, um seine Tirade zu unterstreichen, zuckte aber dann doch nur die Schultern. »Und doch bricht mir das Herz wegen einer nackten Henne.«

»Ich bin mir sicher, dass es das tut«, flüsterte sie.

»Ihr hättet gehen sollen«, sagte Tehol.

»Was?«

Schritte draußen auf der Gasse, die sich dem Eingang näherten. Die dünne, kaputte Klappe – die Bagg im Namen von Janaths Sittsamkeit kürzlich eingebaut hatte – wurde beiseitegerissen. Gerüstete Gestalten drängten ins Zimmer.

Janath stieß einen leisen Schrei aus.

Tanal starrte ungläubig auf den Anblick, der sich ihm bot. Seine Wachen drängten sich neben ihm herein, bis er gezwungen war, seine Arme zur Seite zu strecken, um zu verhindern, dass noch mehr diesen albernen Raum mit seinen gackernden, ängstlichen Hühnern und den beiden ihn mit großen Augen anstarrenden Bürgern betraten.

Nun, zumindest *sie* hatte die Augen weit aufgerissen. Der Mann, der der anrüchige Tehol Beddict sein musste, schaute ihn einfach nur an – wie lächerlich er in seiner mit einer Nadel zusammengehaltenen Decke doch wirkte –, als Tanal den Blick auf Janath richtete und lächelte. »Das ist ja mal eine Überraschung.«

»Ich – Ich kenne Euch, oder?«

»Kann ich Euch helfen?«, fragte Tehol mit ruhiger Stimme.

Janaths Frage hatte Tanal verwirrt, deshalb dauerte es einen Moment, bis Tehols Worte zu ihm durchdrangen. Dann grinste er ihn höhnisch an. »Ich bin hier, um Euren Diener zu verhaften. Den namens Bagg.«

»Oh. Nun, also wirklich, so schlecht kocht er nun auch wieder nicht.«

»Aber wie es sich herausstellt, bin ich anscheinend noch über ein anderes Verbrechen gestolpert, das hier im Gange ist.«

Tehol seufzte und bückte sich, um ein Kissen aufzuheben. Er griff hinein und zog ein lebendes Huhn heraus. Das größtenteils gerupft war; nur hier und da waren noch ein paar Federbüschel stehengeblieben. Das Tier versuchte, mit den wabbeligen, rosafarbenen Flügeln zu schlagen, und drehte den Kopf auf dem dürren Hals in alle Richtungen. Tehol streckte ihm das Huhn entgegen. »Hier. Wir haben nie wirklich damit gerechnet, das Lösegeld zu bekommen.«

Hinter Tanal ertönte ein rasch ersticktes Lachen von einer der Wachen.

Tanal machte ein finsteres Gesicht und nahm sich fest vor herauszufinden, wer das gewesen war. Ein Bericht und eine Woche disziplinarischer Dienst würde ihm Kenntnis davon geben, dass einen diese Art von Fehlverhalten in Gegenwart von Tanal Yathvanar teuer zu stehen kam. »Ihr seid beide verhaftet. Janath, weil sie aus dem Gewahrsam der Patriotisten geflohen ist. Und Tehol Beddict, weil er die Flüchtige beherbergt hat.«

»Oh. Na gut«, sagte Tehol, »wenn Ihr die Geschäftsbücher der Anwaltschaft des vergangenen Monats überprüfen würdet, werter Herr, würdet Ihr den Vermerk über die offizielle Begnadigung finden, die Janath Anar in Abwesenheit gewährt wurde. Die Art von Begnadigung, die Eure Leute immer veröffentlichen, wenn jemand völlig und – normalerweise – *dauerhaft* verschwunden ist. Also, die Gelehrte hier ist vollkommen begnadigt, was wiederum bedeutet, dass ich keineswegs eine Flüchtige beherberge. Und was Bagg angeht, je nun, wenn Ihr ihn erwischt, sagt ihm, er ist gefeuert. Ich werde keine Kriminellen in meinem Haushalt dulden. Und wo wir gerade davon sprechen, Ihr dürft jetzt wieder gehen, mein Herr.«

*Oh nein, ein zweites Mal wird sie mir nicht entwischen.* »Wenn besagte Begnadigung existiert«, sagte Tanal zu Tehol Beddict, »dann werdet Ihr natürlich beide mit entsprechenden Entschuldigungen freigelassen. Für den Augenblick werdet Ihr jedoch in Gewahrsam genommen.« Er winkte einem seiner Männer. »Leg ihnen Handschellen an.«

»Ja, Herr.«

Bagg bog um die Ecke in die schmale Gasse und musste feststellen, dass sie von einem vor kurzem getöteten Rind blockiert war. Seine Beine waren gespreizt, und eine weiße Zunge hing ihm aus dem Maul, während Ublala Pung – einen Arm um das gebrochene Genick des Tiers gelegt – ächzte und zerrte; sein Gesicht war rot, und seine purpurnen Schläfenadern traten deutlich hervor. Sein merkwürdiger mehrfacher Herzschlag pulsierte sichtbar auf beiden Seiten des dicken Halses des Tarthenal, als er sich nach Kräften mühte, das Rind zu Tehols Tür zu zerren.

Ublalas kleine Augen leuchteten auf, als er Bagg sah. »Oh, gut. Da kommt Hilfe.«

»Wo hast du das denn her? Ach, ist nicht wichtig. Es wird niemals durch die Tür passen, Ublala. Du wirst es hier draußen zerlegen müssen.«

»Oh.« Der Riese wedelte mit einer Hand. »Ich vergesse immer wieder irgendwas.«

»Ublala, ist Tehol zu Hause?«

»Nein. Es ist niemand da.«

»Nicht einmal Janath?«

Der Tarthenal schüttelte den Kopf. Er beäugte das Rind, das nun ganz und gar in der Gasse feststeckte. »Ich werde seine Beine abreißen müssen«, sagte er. »Oh – die Hennen sind zu Hause, Bagg.«

Bagg war mit jedem Schritt, der ihn näher zu ihrem Haus gebracht hatte, nervöser geworden, und jetzt war ihm auch klar, warum. Aber er hätte mehr als nur nervös sein müssen. Er hätte es *wissen* müssen. *Mein Geist – ich war abgelenkt. Ferne Anbeter, und irgendwas, das näher ist …*

Bagg kletterte über den Kadaver, schob sich an Ublala Pung vorbei, was angesichts der Tatsache, dass der große Mann schweißüberströmt war, problemlos ging, und eilte weiter zur Tür.

Die Klappe war kaputt, aus ihren morschen Angeln gerissen. Drinnen marschierten vier Hennen auf dem Fußboden herum, wie Soldaten ohne Ziel. Ublala Pungs Kissen versuchte das Gleiche.

*Scheiße. Sie haben sie erwischt.*

Es würde einen Auftritt im Hauptquartier der Patriotisten geben. Da konnte man leider nichts machen. Umfassende Zerstörung, die entfesselte Wut eines Älteren Gottes – oh, das war zu früh. Zu viele Köpfe würden aufschauen, Augen sich verengen, Hunger würde Wasser in Mündern zusammenlaufen lassen. *Bleib einfach, wo du bist. Bleib, wo du bist, Icarium. Lebensstehler. Greife nicht nach deinem Schwert, runzle nicht die Stirn. Lass keine Falten der Wut auf deinem unmenschlichen Gesicht erscheinen. Bleib, wo du bist, Icarium!*

Er betrat den Raum, fand einen großen Sack.

Ublala Pung füllte den Türrahmen aus. »Was ist los?«

Bagg machte sich daran, ihre wenigen Habseligkeiten in den Sack zu werfen.

»Bagg?«

Er schnappte eine Henne und stopfte sie hinein, dann noch eine.

»Bagg?«

Das bewegliche Kissen kam als Letztes. Bagg band den Sack zu, drehte sich um und gab ihn Ublala. »Such dir einen anderen Ort, um dich zu verstecken«, sagte er. »Hier, es gehört alles dir …«

»Aber was ist mit der Kuh?«

»Es ist ein Ochse.«

»Ich habe es versucht, aber er steckt fest.«

»Ublala – na schön, dann bleib eben hier. Aber du bist jetzt auf dich allein gestellt. Hast du das verstanden?«

»Wo gehst du hin? Wo sind sie alle?«

Wenn Bagg es ihm in diesem Augenblick gesagt hätte, in klaren Worten, die Ublala hätte verstehen können, dann wäre vielleicht alles anders gelaufen. Während der ausgedehnten Zeit der Rückschau, die folgte, würde der Ältere Gott auf diesen einen Moment mehr als auf alle anderen zurückblicken. *Wenn er die Wahrheit gesagt hätte* – »Sie sind einfach nur fort, mein Freund, und niemand von uns wird zurückkommen. Sehr lange nicht. Vielleicht nie. Pass auf dich auf, Ublala Pung, und nimm dich in Acht vor deinem neuen Gott. Er ist viel mehr, als er zu sein scheint.«

Mit diesen Worten verließ Bagg den Raum, kletterte erneut über den Kadaver und ging zur Mündung der Gasse. Wo er stehen blieb.

Sie würden nach ihm suchen. Auf den Straßen. Wollte er ein laufendes Gefecht? Nein, nur einen einzigen Schlag, eine Szene unverhüllter Macht, um die Patriotisten in Stücke zu reißen. Schnell geschehen und dann vorbei. *Bevor ich die ganze verdammte Menagerie aufwecke.*

*Nein, ich muss mich jetzt unbemerkt bewegen.*

*Und schnell.*

Der Ältere Gott erweckte Macht zum Leben, genügend Macht, um an seinem körperlichen Selbst zu zupfen und es auseinanderzunehmen. Nun nicht mehr körperlich, glitt er durch die schmierigen Pflastersteine der Straße, in die Adern aus Sickerwasser, die die ganze Stadt durchzogen.

Ja, hier ging es viel rascher, hier konnte er sich schnell wie ein Gedanke bewegen …

Er löste die Falle aus, ehe ihm überhaupt bewusst wurde, dass er vom Kurs abgebracht worden war, dass er wie Eisenspäne von einem Magnet angezogen wurde. Heftig gezogen, und dann, wie in einem Strudel, hinunter zu einem Steinblock, der in Dunkelheit begraben war. Ein Stein voller Macht – voll von Maels eigener Macht – *ein verdammter Altar!*

Der ihn gierig beanspruchte, ihn an sich kettete, wie alle Altäre es mit ihren erwählten Göttern versuchten. Natürlich nicht aufgrund von Empfindungsvermögen oder Bosheit, sondern aus einer gewissen strukturellen Neigung heraus. Der Geschmack uralten Blutes verschmolz Teilchen für Teilchen mit dem Kristallgitter des Steins.

Mael wehrte sich, stieß ein Gebrüll aus, das die Grundmauern von Letheras erzittern ließ, während er versuchte, seine körperliche Gestalt wieder zu erlangen, seine Stärke zu konzentrieren …

Und so schnappte die Falle zu – indem er versuchte, seinen Körper wiederzugewinnen. Der Altar, unter Geröll begraben; Geröll, das sich knirschend bewegte und verlagerte, tausend winzige Anordnungen, die Mael umfingen – er konnte sich nicht bewegen, konnte nicht einmal mehr schreien.

*Abtrünniger! Du Scheißkerl!*

*Warum?*

*Warum hast du mir das angetan?*

Aber der Abtrünnige hatte noch nie viel Interesse daran gehabt, am

Schauplatz seines Sieges zu verweilen. Er war nirgendwo in der Nähe, und selbst wenn er es gewesen wäre, hätte er nicht geantwortet.

Ein Spieler war aus dem Spiel genommen worden.

Aber das Spiel ging weiter.

Im Thronsaal des Ewigen Domizils saß Rhulad Sengar, der Imperator der Tausend Tode, ganz allein, das Schwert in der Hand. Im flackernden Fackellicht starrte er ins Leere.

In seinem Geist war ein anderer Thronsaal, und an jenem Ort war er nicht allein. Seine Brüder standen vor ihm; und hinter ihnen Tomad, sein Vater, und Uruth, seine Mutter. In den Schatten an den Wänden standen Udinaas, Nisall und die Frau, deren Namen Rhulad nicht nennen würde, und die einst Forcht versprochen gewesen war. Und dicht bei den verschlossenen Türen eine weitere Gestalt, zu verloren im Zwielicht, um sie genau auszumachen. Viel zu verloren.

Binadas neigte den Kopf. »Imperator, ich habe versagt«, sagte er. »Mein Bruder, ich habe versagt.« Er deutete nach unten, und Rhulad sah den Speer, der Binadas' Brust durchbohrte. »Ein Toblakai, ein Geist unserer alten Kriege nach dem Untergang der Kechra. Unserer Kriege auf den Meeren. Er ist zurückgekehrt, um mich zu töten. Es ist Karsa Orlong, ein Teblor, ein Tartheno Toblakai, ein Tarthenal, ein Fenn – oh ja, sie haben jetzt viele Namen. Ich wurde getötet, Bruder, aber ich bin nicht für dich gestorben.« Binadas schaute auf und lächelte das Lächeln eines toten Mannes. »Karsa wartet auf dich. Er wartet.«

Forcht trat einen Schritt vor und verbeugte sich. Als er sich wieder aufrichtete, heftete er seinen bedeutungsvollen Blick auf Rhulad – der zu wimmern anfing und auf seinem Thron nach hinten rutschte. »Imperator. Bruder. Du bist nicht das Kind, das ich gefördert habe. Du bist kein Kind, das ich gefördert habe. Du hast uns bei dem Sparren aus Eis verraten. Du hast mich verraten, als du mir meine Verlobte gestohlen hast, meine große Liebe, als du sie geschwängert hast, als du ihr so viel Verzweiflung aufgebürdet hast, dass sie sich das Leben genommen hat.« Während er sprach, trat seine tote Frau vor, um sich zu ihm zu gesellen. Sie hielten sich an den Händen. »Ich stehe jetzt bei Vater Schatten, Bruder«, sagte Forcht, »und warte auf dich.«

Rhulad schrie auf, ein herzzerreißender Laut, der durch das leere Zimmer hallte.

Trull, mit einem bleichen Schädel dort, wo einst seine Haare gewesen waren, mit Augen, die die Augen der Geschorenen waren – leer, unsichtbar für alle, Augen, in die kein Tiste Edur jemals blicken konnte. Augen des *Alleinseins.* Er hob den Speer in seinen Händen, und Rhulad sah den roten Schimmer auf dem Schaft, auf der breiten stählernen Spitze. »Ich habe in deinem Namen Krieger angeführt, Bruder, und sie sind alle tot. Alle tot.

Ich bin zu dir zurückgekehrt, Bruder, als Forcht und Binadas es nicht konnten. Weil ich um deine Seele bitten wollte, deine Seele von einst, Rhulad, um das Kind, um den Bruder, der du einmal warst.« Er senkte den Speer, stützte sich auf den Schaft. »Du hast mich ertränkt, angekettet an Stein, während der Rhulad, den ich gesucht hatte, sich in der Dunkelheit deines Geistes versteckt hat. Aber er wird sich nicht mehr verstecken.«

Aus dem Halbdunkel bei den Türen bewegte sich die nur vage sichtbare Gestalt vorwärts, und Rhulad auf seinem Thron sah sich selbst. Einen Jugendlichen, waffenlos, ungeblutet, mit einer Haut ohne Münzen, einer glatten, sauberen Haut.

»Wir stehen in dem Fluss aus Sengar-Blut«, sagte Trull, »und wir warten auf dich.«

*»Hört auf!«,* kreischte Rhulad. *»Hört sofort auf!«*

»Die Wahrheit«, sagte Udinaas, der nun näher trat, »ist erbarmungslos, Herr. Freund?« Der Sklave lachte. »Du warst niemals mein Freund, Rhulad. Du hast mein Leben in deiner Hand gehalten – egal, ob in der leeren oder der mit dem Schwert, der Unterschied ist belanglos. Mein Leben hat dir gehört, und du hast geglaubt, ich hätte dir mein Herz geöffnet. Hol mich der Abtrünnige, warum hätte ich das tun sollen? Schau in mein Gesicht, Rhulad. Dies ist das Gesicht eines Sklaven. Nicht einprägsamer als eine Tonmaske. Dieses Fleisch auf meinen Knochen? Es bewegt Gliedmaßen, die nichts weiter als Werkzeuge sind. Ich habe meine Hände ins Meer gehalten, bis jegliches Gefühl aus ihnen verschwunden war, Rhulad. Bis alles Leben fort war. Aus meinem ehemals trotzigen Griff.« Udinaas lächelte. »Und jetzt frage ich dich, Rhulad Sengar, wer ist der Sklave?

Ich stehe am Ende der Ketten. An vorletzter Stelle. Einen Satz Handschellen gibt es noch. Hier, kannst du ihn sehen? Ich stehe hier und warte auf dich.«

Nisall sprach, während sie vorglitt. Sie war nackt, und sie bewegte sich wie eine Schlange im Kerzenlicht. »Ich habe dich ausspioniert, Rhulad. Habe alle deine Geheimnisse herausgefunden, und ich habe sie jetzt bei mir, wie Samen in meinem Schoß, und schon bald wird mein Bauch anschwellen, und die Ungeheuer werden hervorkommen, eines nach dem anderen. Ausgeburten deines Samens, Rhulad Sengar. Abscheulichkeiten, alle miteinander. Und du hast dir eingebildet, das wäre Liebe? Ich war deine Hure. Die Münzen, die du mir in die Hand gedrückt hast, haben meinen Lebensunterhalt gesichert, aber es war nicht genug.

Ich stehe irgendwo, wo du mich niemals finden wirst. Ich, Rhulad – ich warte nicht auf dich.«

Die beiden Letzten blieben stumm. Sein Vater. Seine Mutter.

Er konnte sich daran erinnern, wann er sie zuletzt gesehen hatte, an jenem Tag, da er sie dazu verdammt hatte, angekettet im Bauch dieser Stadt zu hausen. Oh, das war so schlau gewesen, was?

Aber wenige Augenblicke zuvor hatte eine der Wachen des Kanzlers um Audienz gebeten. Es gab ein schreckliches Ereignis zu berichten. Die Stimme des Letherii hatte gezittert wie eine schlecht gestimmte Leier. Eine Tragödie. Ein Irrtum beim Schichtwechsel der Gefängniswärter. Eine Woche war vergangen, ohne dass jemand zu ihren Zellen hinuntergestiegen war. Kein Essen, aber – leider – sehr viel Wasser.

Eine ansteigende Flut, genauer gesagt.

*»Mein Imperator, sie sind ertrunken. Das Wasser steht brusthoch in den Zellen, Majestät. Ihre Ketten … sie waren nicht lang genug. Nicht lang genug. Der Palast weint. Der Palast wehklagt. Das ganze Imperium lässt den Kopf hängen, Majestät.*

*Kanzler Triban Gnol ist geschwächt, Majestät. Er hat sich ins Bett gelegt, ist unfähig, seinen Kummer in Worte zu fassen.«*

Rhulad konnte auf den zitternden Mann hinunterstarren, oh ja, auf ihn hinunterstarren mit dem ausdruckslosen Gesicht eines Mannes, der den Tod wieder und wieder erfahren hatte – bis er weit über jedes Gefühl hinaus war. Er konnte auf den Mann hinunterstarren und auf die leeren Worte lauschen, die auf angemessene Weise Entsetzen und Trauer zum Ausdruck brachten.

Und im Geist des Imperators konnten diese Worte sein: *Ich habe sie da hinuntergeschickt, damit sie ertrinken. Ohne eine einzige Wette abgeschlossen zu haben.*

*Die steigenden Fluten, dieser schmelzende, dieser sinkende Palast. Dieses Ewige Domizil. Ich habe meinen Vater ertränkt. Und meine Mutter.* Er konnte die Zellen sehen, die schwarze Flut, die Rillen an der Wand, an der sie am äußersten Ende ihrer Ketten verzweifelt gekratzt hatten. Er konnte es alles sehen.

Und so standen sie da. Stumm. Die Körper verwest und von Gasen aufgebläht. Um ihre weißen, runzligen Füße bildeten sich Schlammpfützen. Ein Vater, auf dessen Schultern Rhulad geritten war und dabei vor Lachen gequietscht hatte, ein Kind auf seinem Gott, als es mit grenzenloser Macht und Kraft den Strand entlanggerannt war, mit dem Versprechen von Sicherheit in Gestalt eines zarten Kusses auf die Stirn dieses Kindes.

Eine Mutter – nein, das reicht. *Ich sterbe und sterbe. Mehr Tode als irgendjemand sich vorstellen kann, oh ja. Ich sterbe und ich sterbe … und ich sterbe.*

*Aber wo ist mein Frieden?*

*Seht ihr, was mich erwartet? Seht sie euch an!*

Rhulad Sengar, der Imperator der Tausend Tode, saß allein auf seinem Thron und träumte von Frieden. Aber nicht einmal der Tod konnte ihm das bieten.

Im gleichen Augenblick stand sein Bruder Trull Sengar unweit von Onrack, während die jungen Emlava sich hinter ihnen im Dreck wälzten, und schaute voller Verwunderung zu, wie Ben Adaephon Delat, ein Hohemagier des malazanischen Imperiums, durch den flachen Fluss stapfte. Ungeachtet der Tatsache, dass das Wasser so eiskalt war, dass es drohte, sein Fleisch, seine Knochen, die Gefühle seines Geistes zu betäuben – nichts konnte ihn davon abhalten.

Als der Schnelle Ben die einzelne Gestalt gesehen hatte, die aus den Büschen am gegenüberliegenden Ufer aufgetaucht war, war er stehengeblieben. Und nach einem langen Augenblick hatte er gelächelt und etwas vor sich hin gemurmelt, das »Wo sonst, wenn nicht hier? Wer sonst, wenn nicht er?« geheißen haben mochte. Und dann war der Hohemagier mit einem Lachen losmarschiert.

Um einen alten Freund zu treffen, der seinerseits ohne zu zögern in den breiten Fluss stapfte.

Ein anderer Malazaner.

Onrack, der neben Trull stand, legte ihm eine Hand auf die Schulter und sagte: »Du weinst zu leicht, mein Freund.«

»Ich weiß.« Trull seufzte. »Es ist, weil … nun, es ist, weil ich von solchen Sachen träume. Es geht um mich. Um meine Brüder, meine Familie. Das Geschenk des Friedens, Onrack – das ist es, was mich wieder und wieder mürbe macht.«

»Ich glaube, dass du einer tieferen Wahrheit ausweichst«, sagte Onrack.

»Tue ich das?«

»Ja. Es gibt da noch jemanden, oder? Jemanden, der weder dein Bruder noch dein Verwandter noch überhaupt ein Tiste Edur ist. Jemand, der dir eine andere Art von Frieden bietet – eine neue Art. Das ist es, wonach du dich sehnst, und das Echo dieser Sehnsucht siehst du auch in diesem Wiedertreffen zweier Freunde, wie wir hier es gerade miterleben.

Du weinst, wenn ich von meiner alten Liebe erzähle.

Du weinst, weil deine Liebe bisher unbeantwortet geblieben ist, Trull Sengar. Eine größere Qual gibt es nicht.«

»Bitte, mein Freund. Hör auf. Sieh doch nur. Ich frage mich, was sie einander zu erzählen haben.«

»Der rauschende Fluss nimmt ihre Worte mit, wie er es mit allem macht.« Onrack packte Trulls Schulter ein bisschen fester. »Und jetzt erzähle mir von ihr, mein Freund.«

Trull wischte sich die Augen und lächelte schwach. »Oh ja, da war eine überaus schöne Frau …«

Buch zwei

# Im Sturm des Verderbens

Ich ging auf der Suche nach dem Tod
In das hingeschleuderte Wrack
Von jemandes Tempelschiff
Ich ging auf der Suche zwischen Blumen hindurch
Die zu den Worten des Windes nickten
Von beklagenswerten Geschichten vom Krieg
Ich ging durch die Bluttröge
Hinter den Zelten der Frauen
All die Kinder, die niemals waren

Und im Sturm aus Eis und Wogen
Ging ich auf die Suche nach den Ertrunkenen
Zwischen knöchernen Muscheln und plumpen Würmern
Wo die Körner wirbelten
Von denen jedes einzelne
Seinen Namen, sein Leben, seinen Verlust herausschrie
Ich ging auf den gegenwärtigen Straßen
Die mich in nichts Bekanntes führten

Und in den stillen Nebeln auf dem Feld
Wo das Licht selbst unsicher dahinkroch
Ging ich auf die Suche nach weisen Geistern
Die ihre Wahrheiten in dunklem Lehm ächzten
Aber das Moos blieb stumm, zu feucht
Um sich an meine Suche zu erinnern
Ich fand schließlich, wo die Schnitter säten
Und Stängel schnitten, um die Ernte einzubringen
Ich habe auf meiner stolzen Suche versagt

Gegenüber einer sensenden Feuersteinklinge
Lag ich im Gras, an den Sommer verloren

Entblößt, als sein warmer Schild
Jugendlichen Versprechens weggeschickt wurde
In den Reliquienhimmel des Herbstes
Bis die Knochen der Nacht
Nägel waren, die in kaltem Vergessen
Glitzerten, und durch die Dunkelheit
Kam der Tod herunter, mich zu finden

*Vor Q'uson Tapi*
Toc Anaster

# Kapitel sieben

Die große Verschwörung der Königreiche Saphinand, Bolkando, Ak'ryn und D'rhasilhani, die im schrecklichen Ostland-Krieg gipfelte, hatte in mehrfacher Hinsicht etwas zutiefst Ironisches. Zunächst einmal hat es gar keine Verschwörung gegeben. Diese befrachtete politische Drohung war in Wirklichkeit eine Lüge, geschaffen und am Leben erhalten aufgrund mächtiger wirtschaftlicher Interessen in Lether; Interessen, die – das muss man sagen – mehr als nur wirtschaftlicher Natur waren. Die Bedrohung durch einen schrecklichen Feind machte es möglich, der Bevölkerung des Imperiums Einschränkungen aufzuerlegen, die den Maklern innerhalb der Elite gute Dienste leisteten; und die sie zweifellos wirklich reich gemacht hätten, wenn es nicht zufällig im dafür ungeeignetsten aller Momente in der letheriischen Geschichte zum finanziellen Zusammenbruch gekommen wäre. Wie auch immer, die Grenzkönigreiche und die Völker des Ostens konnten gar nicht anders, als die bevorstehende Drohung wahrzunehmen, vor allem angesichts des bereits laufenden Feldzugs gegen die Ahl in der nördlichen Steppe. Und so wurde tatsächlich ein großes Bündnis geschlossen, und mit den vorgenannten fremdländischen Fördergeldern explodierte der Krieg entlang der gesamten Ostgrenze.

Nicht ganz zufällig mit der Strafinvasion verquickt, die an der Nordwestküste begonnen hatte, steht ohne Zweifel fest, dass sich Imperator Rhulad Sengar in der Tat belagert gefühlt hat …

*Die Asche des Aufstiegs*
*Die Geschichte Lethers, Band IV*
Calasp Hivanar

Was ihre kindlich-kindischen Träume von der Liebe anging, hatte sie sich nicht von anderen Kindern unterschieden. Träume von einem großen, stolzen Helden, der in ihr Leben treten, sie in die Arme nehmen und alle Ängste vertreiben würde, wie Schlamm von einem Bach weggeschwemmt wird, um in irgendeinem fernen Ozean zu verschwinden. Der Segen von Klarheit und Einfachheit, gute Güte, ja, das war ein in höchsten Ehren gehaltener Traum gewesen.

Obwohl Seren Pedac sich an dieses Kind erinnern konnte – an die Schmerzen, die in ihrem Bauch rumort hatten, während sie sich nach Erlösung gesehnt hatte, und die doch in all ihren möglichen Auslöschungen höchst köstliche Schmerzen gewesen waren – versank sie keineswegs in nostalgische Gefühle. Ein Kind hatte das Recht auf ein falsches Bild von der Welt – und das war nichts, worüber man sich ärgern musste –, nur war es dieses falsche Bild nicht wert, dass man als Erwachsener irgendeinen sehnsuchtsvollen Gedanken daran verschwendete.

Einige Zeit lang – genau genommen hatte es recht lange gedauert, bis ihr närrischer Traum endgültig verblasst war – hatte die junge Seren Pedac schließlich geglaubt, in Hull Beddict ihren bewunderungswürdigen Helden gefunden zu haben, ihren stattlichen Märchenprinzen, dessen Blicke eine Wohltat für ihr Herz gewesen waren. Und so hatte sie erfahren, dass Reinheit ein Gift war, die Reinheit ihres Glaubens, genauer gesagt, des Glaubens, dass es solche Helden gab. Für sie. Für alle.

Hull Beddict war in Letheras gestorben. Oder vielmehr sein Körper war dort gestorben. Der Rest war schon Jahre zuvor in ihren Armen gestorben. In gewisser Weise hatte sie ihn benutzt, und vielleicht nicht nur benutzt, sondern auch vergewaltigt. Hatte seinen Glauben verschlungen, seine Vision gestohlen – diejenige, die er von sich selbst gehabt hatte, von seinem Platz in der Welt, von der Bedeutung, die er – wie jeder Mann – seinem eigenen Leben verleihen wollte. Sie hatte ihren Helden gefunden und ihn dann auf unterschwellige und grausame Weise durch den Zusammenprall mit der Wirklichkeit zerstört. Der Wirklichkeit, wie sie sie damals gesehen hatte und wie sie sie immer noch sah. Das war das Gift in ihrem Innern gewesen, der Kampf zwischen dem Traum des Kindes und dem verdorbenen Zynismus, der ins Erwachsenendasein gesickert war. Und Hull war gleichermaßen ihre Waffe wie ihr Opfer gewesen.

Sie war ebenfalls vergewaltigt worden. Betrunken in einer Hafenstadt, die sich selbst zerfleischt hatte, als die Armeen der Tiste Edur umgeben von Rauch, Flammen und Asche hereingestürmt waren. Ihr Körper war zu einer Waffe gemacht worden, ihre Seele zu einem Opfer. Und so waren ihre späteren Versuche, sich selbst zu töten, weder überraschend gewesen, noch hätten sie blankes Erstaunen auslösen dürfen. Außer bei denen, die nicht verstehen konnten und niemals verstehen würden.

Seren tötete, was sie liebte. So war es bei Hull gewesen, und falls jemals der Tag kommen sollte, an dem sich jene tödliche Blume in ihrem Herzen erneut öffnete, würde sie wieder töten. Ängste konnte man nicht beiseiteschieben. Ängste kehrten als Fluten zurück, in denen man ertrinken konnte, und zogen einen hinunter in die Dunkelheit. *Ich bin Gift.*

*Haltet euch fern. Haltet euch alle fern von mir.*

Sie saß mit dem Imass-Speer quer über den Knien da, aber es war das Gewicht des Schwertes, das sie an ihrer linken Hüfte gegürtet hatte, das sie nach unten zu ziehen drohte, als bestünde die Klinge nicht aus gehärtetem Stahl, sondern aus den Gliedern einer Kette. *Er hat nichts damit sagen wollen. Du hast nichts damit sagen wollen, Trull. Ich weiß das. Außerdem bist du tot, genau wie Hull. Dir wurde die Gnade gewährt, nicht in meinen Armen zu sterben. Sei dankbar dafür.*

Nostalgische Gefühle oder nicht, das Kind, das noch immer in ihrem Innern war, kroch vorwärts, zaghaft, immer nur ein kleines Stückchen. Es war ungefährlich – das war es doch, oder? –, es war ungefährlich, die kleinen narbenlosen Hände zu einer Schüssel zu formen und im Stillen, im Ach-so-Geheimen den alten Traum neu erstrahlen zu lassen. Es war ungefährlich, weil Trull tot war. Niemand würde Schaden erleiden, niemand.

Löse die Spannung in deinem Bauch – nein, weiter unten. Schließlich war sie mittlerweile eine erwachsene Frau. Löse sie, ja, warum nicht? Für eine, die Gift ist, liegt großes Vergnügen in der Qual. In wilder Sehnsucht. In der bedeutungslosen Erkundung begeisterter Kapitulation, Unterwerfung – nun ja, eine Unterwerfung, die in Wirklichkeit Herrschaft war – *es hat keinen Sinn, ein großes Geheimnis daraus zu machen. Ich kapituliere, um zu fordern. Verzichte, um zu herrschen. Ich fordere die*

*Vergewaltigung heraus, denn der Vergewaltiger bin ich, und dieser Körper hier ist meine Waffe, und du, mein Geliebter, bist mein Opfer.*

*Denn Helden sterben. Wie Udinaas sagt: Es ist ihr Schicksal.*

Die Stimme, die Mockra – das Gewirr des Verstandes – war, hatte seit jenem ersten Mal nicht mehr zu ihr gesprochen, als wenn es nichts mehr zu sagen gegeben hätte. Sie musste disziplinierte Kontrolle erlernen und den Verlockungen der Herrschaft widerstehen. Und sie schaffte beides. Gerade so eben.

Dabei dienten die Echos der Vergangenheit dazu, sie abzulenken, sie in Augenblicke lustvoller Sehnsucht nach einem Mann, der inzwischen tot war – nach einer Liebe, die niemals Wirklichkeit werden konnte –, einzulullen. Was das anging, konnte selbst die Vergangenheit zu einer Waffe werden, die sie schwang, um die Gegenwart und ja, auch die Zukunft abzuwehren. Aber auch hierbei gab es Gefahren. Etwa jenen Augenblick wieder aufzusuchen, in dem Trull Sengar sein Schwert gezogen und es dann in ihre Hände gelegt hatte. *Er wollte, dass ich in Sicherheit bin. Das ist alles. Ist es Anmaßung, darin mehr zu sehen? Auch nur Honig auf Begehren zu träufeln?*

Seren Pedac blickte auf. Die schreckliche Versammlung – ihre Kameraden – war weder versammelt noch kameradschaftlich. Udinaas war unten am Bach, drehte auf der Suche nach Flusskrebsen – nach irgendetwas, das ihre Mahlzeiten abwechslungsreicher gestalten würde – Steine um, und das eisige Wasser hatte seine Hände erst rot und dann blau werden lassen. Aber es schien, als würde ihn das nicht kümmern. Kessel saß unweit eines Felsblocks; sie hatte sich eng zusammengekauert, um dem schneidenden Wind zu entgehen, der das Tal heraufgerast kam. Sie war in den letzten paar Tagen in ein für sie untypisches Schweigen verfallen und schaute niemandem in die Augen. Silchas Ruin stand dreißig Schritte entfernt am Rande eines Überhangs aus geschichtetem Fels und schien den weißen Himmel zu mustern – einen Himmel, der den gleichen Farbton hatte wie seine Haut. *»Die Welt ist sein Spiegel«*, hatte Udinaas kurz zuvor gesagt, und danach hatte er hart aufgelacht und war zum Bach hinuntergegangen. Clip saß auf einem flachen Felsen ungefähr in der Mitte zwischen Silchas Ruin und allen anderen. Er hatte seine Waffen ausgebreitet, um sie einmal mehr gründlich zu überprüfen, als wäre Besessenheit eine Tugend. Seren Pedacs Blick glitt über sie alle hinweg, ehe er schließlich an Forcht Sengar hängenblieb.

Der Bruder des Mannes, den sie liebte. Oh, war das so leicht auszusprechen? Leicht vielleicht in seiner Falschheit. Oder in seiner schlichten Wahrheit. Forcht glaubte, dass Trulls Geschenk mehr war als das, was es schien; er glaubte, dass nicht einmal Trull selbst sich seiner eigenen Beweggründe voll und ganz bewusst gewesen war. Dass der Edur-Krieger mit dem traurigen Gesicht in ihr, Seren Pedac, der Freisprecherin, einer Letherii, etwas gefunden hatte, was er noch in niemandem zuvor gefunden hatte. Nicht in einer einzigen der zahllosen schönen Frauen der Tiste Edur, die er gekannt haben musste. Junge Frauen, deren Gesichter noch nicht von vielen Jahren rauen Wetters und noch raueren Kummers gezeichnet waren. Frauen, die keine Fremden waren. Frauen, deren Visionen von der Liebe immer noch rein waren.

Diese Sphäre, in der sie sich nun befanden – war das wirklich die Sphäre der Dunkelheit? Kurald Galain? Aber warum war der Himmel dann weiß? Warum konnte sie mit beinahe schmerzhafter Klarheit so weit in die Ferne sehen, dass ihr Verstand zu taumeln begann? Das Tor selbst war tintig schwarz, undurchdringlich gewesen – sie war blind dahingestolpert und hatte den unebenen, steinigen Boden unter ihren Füßen verflucht –, zwanzig, dreißig Schritte, und dann war da Licht gewesen. Ein von Felsen übersätes Panorama, und da und dort ein toter Baum, der sich krumm in den perlmuttfarbenen Himmel reckte.

Zu dem Zeitpunkt, der hier als Abenddämmerung galt, nahm dieser Himmel einen merkwürdig grellen rosafarbenen Ton an, ehe er sich allmählich zu Purpur und Blau und schließlich Schwarz verdunkelte. Das war dann also eine normale Abfolge von Tag und Nacht. Was bedeutete, dass es irgendwo hinter diesem Mantel aus Weiß eine Sonne geben musste.

Eine Sonne in der Sphäre des Dunkels? Sie verstand das alles nicht.

Forcht Sengar, der bisher den abseits stehenden Silchas Ruin beobachtet hatte, drehte sich um und näherte sich der Freisprecherin. »Jetzt dauert es nicht mehr lange«, sagte er.

Sie blickte stirnrunzelnd zu ihm auf. »Nicht mehr lange, bis was?«

Er zuckte die Schultern, den Blick auf den Imass-Speer geheftet. »Ich glaube, Trull hätte diese Waffe zu schätzen gewusst. Mehr als Ihr sein Schwert schätzt.«

Wut loderte in ihr auf. »Er hat es mir gesagt, Forcht. Er hat mir sein Schwert gegeben, nicht sein Herz.«

»Er war abgelenkt. Seine Gedanken kreisten darum, dass er bald zu Rhulad zurückkehren würde – zu einer letzten Audienz bei seinem Bruder. Er konnte es sich nicht leisten, an … andere Dinge zu denken. Doch diese anderen Dinge haben sich seiner Hände bemächtigt, und die Geste wurde gemacht. In jenem Ritual hat die Seele meines Bruders gesprochen.«

Sie blickte weg. »Es spielt keine Rolle mehr, Forcht.«

»Für mich schon.« Sein Tonfall war hart und bitter. »Es kümmert mich nicht, wie Ihr die Sache einschätzt, was Ihr Euch selbst jetzt einzureden versucht, um zu verhindern, dass Ihr irgendetwas fühlt. Einst hat einer meiner Brüder die Frau gefordert, die ich geliebt habe. Ich habe mich ihm nicht widersetzt, und jetzt ist sie tot. Überall, wo ich hinschaue, Freisprecherin, sehe ich ihr Blut, ganze Bäche von ihrem Blut. Am Ende werde ich darin ertrinken, aber das spielt keine Rolle. Solange ich lebe, solange ich den Wahnsinn auf Abstand halte, Seren Pedac, werde ich Euch beschützen und verteidigen, weil einer meiner Brüder sein Schwert in Eure Hände gelegt hat.«

Nach diesen Worten schritt er davon, und sie konnte ihn immer noch nicht ansehen. *Forcht Sengar, du Narr. Du bist genau so ein Narr, wie jeder andere Mann. Was habt ihr nur immer mit euren Gesten? Mit eurer Bereitschaft, euch zu opfern? Warum gebt ihr euch uns hin, ihr alle? Wir sind keine reinen Gefäße. Wir sind nicht unschuldig. Wir werden eure Seelen nicht wie ein kostbares, zerbrechliches Juwel behandeln. Nein, du Narr, wir werden sie missbrauchen, als wenn es unsere eigenen wären, oder als wenn sie weniger wert als das wären – falls das überhaupt möglich ist.*

Steine knirschten, und plötzlich hockte Udinaas vor ihr. In seinen zu einer Schale geformten Händen war ein kleiner Fisch. Der gefangen in einer winzigen, immer kleiner werdenden Pfütze zappelte.

»Hast du vor, ihn in sechs Teile zu teilen, Udinaas?«

»Darum geht es nicht, Freisprecherin. Seht ihn Euch an. Seht ihn genau an. Seht Ihr es? Er hat keine Augen. Er ist *blind*.«

»Und ist das wichtig?« Doch das war es, wie ihr klar wurde. Sie schaute ihn stirnrunzelnd an, sah das Glitzern in seinen Augen. »Wir sehen nicht, was hier wirklich ist, stimmt's?«

»Dunkelheit«, sagte er. »Die Höhle. Der Mutterleib.«

»Aber … wie?« Sie schaute sich um. Die Landschaft aus zerbrochenen Felsen, die blassen Flechten und Moose und die sehr toten Bäume. Der Himmel.

»Ein Geschenk – oder ein Fluch«, sagte Udinaas, während er sich aufrichtete. »Sie hat sich einen Ehemann genommen, oder?«

Sie sah ihm hinterher, wie er zum Bach zurückging, sah, wie er den blinden Fisch sanft wieder ins rasch dahinfließende Wasser zurücksetzte. Eine Geste, die Seren nicht von ihm erwartet hätte. *Sie? Wer hat sich einen Ehemann genommen?*

»Ein Geschenk oder ein Fluch«, sagte Udinaas, als er wieder zu ihr trat. »Der Streit tobt immer noch.«

»Mutter Dunkel … und Vater Licht.«

Er grinste sein übliches kaltes Grinsen. »Endlich kriecht Seren Pedac wieder aus ihrer Grube. Ich habe über die drei Brüder nachgedacht.«

Drei Brüder?

Er fuhr fort, als wüsste sie, von wem er sprach. »Die Brut von Mutter Dunkel, ja, klar, aber davon hat es jede Menge gegeben, oder? War da etwas, was diese drei von den anderen unterschieden hat? Andarist, Anomander, Silchas. Was hat Clip uns erzählt? Ach ja, richtig – nichts. Aber wir haben die Wandbehänge gesehen, oder? Andarist – schwarz wie die Mitternacht. Anomander mit gleißend weißen Haaren. Und hier, Silchas, unsere wandelnde blutleere Abscheulichkeit, weißer als jeder Leichnam, aber genauso freundlich. Also was hat das große Zerwürfnis zwischen den Söhnen und ihrer Mutter verursacht? Vielleicht war es nicht die Tatsache, dass sie für *Licht* die Beine breit gemacht hat, wie für einen Stiefvater, den niemand wollte. Vielleicht ist das alles eine Lüge, eine von denen, die so wunderbar praktisch sind. Vielleicht lag es vielmehr daran, dass sie herausgefunden haben, wer ihr Vater war.«

Sie konnte nicht anders, als seinem Blick zu folgen, der auf Silchas Ruin gerichtet war. Doch dann schnaubte sie und wandte sich ab. »Spielt das eine Rolle?«

»Ob es eine Rolle spielt? Jetzt noch nicht«, sagte Udinaas. »Aber es wird eine Rolle spielen.«

»Warum? Jede Familie hat ihre Geheimnisse.«

Er lachte. »Ich habe meine eigene Frage. Wenn Silchas Ruin außen ganz Licht ist, was muss er dann innen sein?«

*»Die Welt ist sein Spiegel.«*

*Aber die Welt, die wir jetzt sehen, ist eine Lüge.*

»Udinaas, ich dachte, die *Tiste Edur* wären die Kinder von Mutter Dunkel und Vater Licht.«

»Nachfolgende Generationen vermutlich. Nicht auf irgendeine offensichtliche Weise mit diesen drei Brüdern verbunden.«

»Scabandari.«

»Ja, ich nehme es an. Vater Schatten, richtig? Oh, was war das für eine Familie! Und vergessen wir die Schwestern nicht! Menandore mit ihrem wütenden Feuer der Morgendämmerung, Sheltatha Lore, die liebende Abenddämmerung, und Sukul Ankhadu, die verräterische Schlampe der Nacht. Hat es noch andere gegeben? Es muss welche gegeben haben, aber sie sind seither auf der Strecke geblieben. Mythen ziehen schließlich Zahlen vor, mit denen man umgehen kann, und drei passt immer am besten. Drei von diesem, drei von jenem.«

»Aber Scabandari wäre der vierte …«

»Andarist ist tot.«

*Oh. »Andarist ist tot.« Und woher weiß er das alles? Wer spricht in deinen nächtlichen Fieberträumen zu dir, Udinaas?*

Sie konnte es herausfinden, begriff sie plötzlich. Sie konnte hineinschlüpfen, wie ein Geist. Sie konnte ihm mit der magischen Kraft Mockras sein Wissen stehlen. *Ich könnte den Verstand von jemandem vergewaltigen, das ist es, was ich eigentlich meine. Ohne, dass er es jemals erfahren würde.*

Es gab Notwendigkeiten, oder? Etwas Schreckliches kam. Udinaas wusste, was es sein würde. Oder zumindest, was es sein konnte. Und Forcht Sengar – der hatte gerade geschworen, sie zu beschützen, als wenn er ebenfalls vermutete, dass eine schreckliche Auseinandersetzung nicht mehr fern war. *Ich bin die Einzige, die nichts weiß.*

Sie konnte das ändern. Sie konnte die Macht nutzen, die sie in ihrem

Innern gefunden hatte. Es war nichts weiter als Selbstverteidigung. Unwissend zu bleiben, bedeutete, verdientermaßen das Schicksal zu erleiden, das auf sie wartete – wie auch immer es aussehen mochte; ja, durch mangelnde Skrupellosigkeit würde sie gewiss verdienen, was auch immer ihr zustoßen würde. Weil sie nicht beachtete, was Mockra ihr anbot, weil sie dieses Geschenk nicht beachtete.

Kein Wunder, dass das Gewirr seit jener ersten Unterhaltung nichts mehr gesagt hatte. Sie war in ihrer Grube gewesen, hatte alten Sand aufgewühlt, um nachzusehen, welcher Samen wohl zum Leben erwachen würde, aber das Licht hatte nicht bis zum Boden der Grube hinuntergereicht, und zwischen den kalten Körnern gab es kein Leben. Ein gutmütiges Spiel und nichts weiter.

*Ich habe ein Recht darauf, mich zu schützen. Mich zu verteidigen.*

Clip und Silchas Ruin kehrten zurück. Udinaas musterte die beiden mit der gleichen Begierde, mit der er auch den blinden Fisch untersucht hatte.

*Ich werde deine Geheimnisse erfahren, Sklave. Ich werde sie erfahren – und vielleicht noch viel, viel mehr.*

Udinaas konnte nicht verhindern, dass er Silchas Ruin jetzt anders sah. *In einem neuen Licht, haha.* Der gekränkte Sohn. Zumindest einer von ihnen. *Gekränkte Söhne, Töchter, Enkel, deren Kinder und so weiter und so weiter bis das Volk des Schattens gegen das der Dunkelheit Krieg führt. Alles aufgrund eines unbedacht dahingesagten Wortes, einer Beleidigung, eines falschen Blicks vor hunderttausend Jahren.*

*Aber wo sind dann die Kinder des Lichts?*

Nun, es war vielleicht eine gute Sache, dass sie nicht hier waren. Schließlich brodelte schon so genug Ärger, angesichts der Tatsache, dass Silchas Ruin und Clip auf der einen Seite standen und Forcht Sengar und – möglicherweise – Scabandari auf der anderen. *Aber natürlich ist Forcht Sengar kein Todbringendes Schwert des Schattens. Auch wenn er das vermutlich sein will, vielleicht sogar glaubt, dass er es ist. Oh, das wird in der Tat schlecht ausgehen, oder?*

Schweigend gingen sie weiter. Durch diese verwüstete, leblose Landschaft. *Aber sie ist nicht ganz leblos! Da sind … kleine Fische.*

Ihre Suche näherte sich dem Ende. Auch gut. Was ihn betraf, gab es nichts Schlimmeres als die alten Legenden, wenn die tapferen, edlen Abenteurer einfach immer nur weiter und weiter gingen, durch eine absurde Episode nach der anderen, von denen jede eine geheimnisvolle Bedeutung für mindestens einen der naiven Narren hatte, wie es sich für das schimmernde, gezackte Rückgrat der Moral geziemte, das die gesamte Geschichte durchzog, vom Kopf bis zur Spitze des langen, sich schlängelnden Schwanzes. *Legenden, die zupacken, die Biss haben. Ja, den haben sie allesamt. Dazu sind sie da.*

*Aber bei dieser hier – bei unserer glorreichen Queste – ist das anders.* Keine donnernde Botschaft, die einem wie ein Blitzschlag zwischen die Augen gehämmert wurde. Keine torkelnde Kaskade aus nervenaufreibenden Szenen, die wie ein paar verdammte Stufen zum magischen Turm hinaufführten, der auf dem Gipfel des Berges hockte, wo alle Wahrheiten zum einfachen Wettstreit zwischen Held und Schurke verfälscht wurden.

*Seht uns an! Was für Helden? Wir sind alles Schurken, und besagter Turm existiert nicht einmal.*

*Noch nicht.*

*Ich sehe Blut zwischen diesen Steinen tropfen. Blut, das im Entstehen begriffen ist. So viel Blut. Du willst diesen Turm, Silchas Ruin? Forcht Sengar? Clip? Ihr wollt ihn so sehr? Ihr werdet ihn erbauen müssen, und das werdet ihr auch tun.*

Jede Nacht Fieber. Was auch immer für eine Krankheit in seinen Adern flüsterte, sie bevorzugte die Dunkelheit des Geistes, die man Schlaf nannte. Offenbarungen kamen in zerfetzten Bruchstücken, in Teilen, die auf eine größere Wahrheit hindeuteten, auf etwas Gewaltiges. Aber er traute nichts von alledem – diese Enthüllungen, das waren alles Lügen. *Jemandes* Lügen. Die des Abtrünnigen? Menandores? Die Finger, die in seinem Gehirn rumstocherten, waren zahlreich. *Zu viele Widersprüche; jede Vision bekriegt sich mit der nächsten.*

*Was wollt ihr alle von mir?*

Was auch immer es sein mochte, er hatte nicht vor, es zu geben. Er war ein Sklave gewesen, aber jetzt war er keiner mehr.

In dieser Sphäre hatte schon eine sehr, sehr lange Zeit niemand mehr gelebt. Zumindest in dieser Gegend hier. Die Bäume waren so lange tot, dass sie sich in bröckeligen Stein verwandelt hatten, bis hinunter zu den dünnsten Zweigen mit ihren ewig erstarrten Knospen, die auf eine Jahreszeit des Lebens warteten, die niemals kam. Und diese Sonne da oben, irgendwo hinter dem weißen Schleier, nun, auch die war eine Lüge. *Schließlich sollte die Dunkelheit doch wohl eigentlich dunkel sein, oder?*

Er hatte geglaubt, dass sie auf Ruinen oder so etwas stoßen würden. Einen Beweis dafür finden würden, dass die Tiste Andii einst hier aufgeblüht waren, aber er hatte noch rein gar nichts gesehen, das von einer Hand geformt worden war, die ein intelligenter, empfindungsfähiger Geist geleitet hatte. Keine Straßen, keine wie auch immer gearteten Pfade.

Als das Licht der verborgenen Sonne zu verblassen begann, ließ Clip haltmachen. Seit sie an diesem Ort angekommen waren, hatte er seine Kette mit den beiden Ringen noch kein einziges Mal herausgezogen, der einzige Segen, den dieser Teil ihrer großen Reise bereithielt. Es gab nichts, mit dem man ein Feuer hätte machen können, deshalb gab es auch keinen Eintopf, in dem die getrockneten Überreste von geräuchertem Wildbret wieder saftig geworden wären und ein bisschen Wärme in ihre planlosen Mahlzeiten hätten bringen können.

Was als Gespräch angesehen werden konnte, war keineswegs besser.

»Warum ist es hier eigentlich hell, Clip?« Die Frage war von Seren Pedac gekommen.

»Wir gehen auf einer Straße«, antwortete der junge Tiste Andii. »Kurald Liosan, das Geschenk, das Vater Licht vor langer, langer Zeit gebracht hat. Wie Ihr sehen könnt, hat sein stolzer Garten nicht lange überdauert.« Er zuckte die Schultern. »Silchas Ruin und ich … nun, wir beide brauchen das natürlich nicht, aber euch alle an die Hand zu nehmen …« Sein Lächeln war kalt.

»Ich dachte, das tätet Ihr sowieso«, sagte Udinaas. Es wurde dunkler, aber er stellte fest, dass das kaum eine Auswirkung auf seine Sehfähigkeit hatte – eine Tatsache, die er für sich behielt.

»Ich war so freundlich, das Offensichtliche nicht auszusprechen, Letherii. Leider mangelt es dir an so viel Taktgefühl.«

»Taktgefühl? Scheiß aufs Taktgefühl, Clip.«

Das Lächeln wurde härter. »Du wirst hier nicht gebraucht, Udinaas. Ich hoffe, du weißt das.«

Seren Pedac zuckte zusammen. Ihr Gesicht war angespannt. »Es hat keinen Sinn, sich …«

»Ist schon in Ordnung, Freisprecherin«, sagte Udinaas. »Ich habe den heuchlerischen Quatsch sowieso allmählich satt. Wo führt diese Straße hin, Clip? Und wenn wir sie verlassen – wo werden wir uns dann wiederfinden?«

»Ich bin überrascht, dass du das noch nicht erraten hast.«

»Nun, ich habe es erraten.«

Seren Pedac blickte Udinaas stirnrunzelnd an. »Wirst du es mir dann also sagen?«, fragte sie.

»Das kann ich nicht. Es ist ein Geheimnis – und ja, ich weiß, was ich über heuchlerisches Getue gesagt habe, aber auf diese Weise werdet Ihr vielleicht am Leben bleiben. Im Augenblick – und angesichts dessen, was geschehen wird – habt Ihr die Chance, einfach fortzugehen, wenn alles gesagt und alles getan sein wird.«

»Wie großzügig von dir«, sagte sie müde und blickte weg.

»Er ist ein Sklave«, sagte Forcht Sengar. »Er weiß nichts, Freisprecherin. Wie könnte er auch? Er hat Netze geflickt. Er hat feuchte Binsen auf dem Fußboden zusammengefegt und dann neue gestreut. Er hat Austern aus der Schale gekratzt.«

»Und eines Nachts«, sagte Udinaas, »habe ich eine weiße Krähe am Ufer gesehen.«

Plötzlich waren alle still.

Schließlich schnaubte Silchas Ruin. »Das bedeutet gar nichts. Außer, dass es vielleicht eine Vorahnung meiner Wiedergeburt war. Deshalb könnte es sein, dass du eine Art Seher bist, Udinaas. Oder ein Lügner.«

»Wahrscheinlicher ist wohl, dass ich beides bin«, sagte Udinaas. »Doch da war eine weiße Krähe. Ist sie durch die Dunkelheit geflogen, oder durch die Abenddämmerung? Ich bin mir nicht sicher, aber ich glaube, der Unterschied ist … nun ja, bedeutsam. Ich meine, es könnte einige Mühe wert sein, sich genau zu erinnern. Aber die Tage, an denen ich hart an irgendetwas gearbeitet habe, sind vorbei.« Er warf einen Blick auf Silchas Ruin. »Wir werden es schon bald herausfinden.«

»Das ist sinnlos«, verkündete Clip, der sich zurücksinken ließ, bis er auf dem harten Boden flach auf dem Rücken lag. Die Hände hinter dem Kopf verschränkt, starrte er zum schwarzen, leeren Himmel hinauf.

»Das hier ist also eine Straße, ja?«, fragte Udinaas – anscheinend niemand Bestimmten. »Ein Geschenk von Vater Licht. Das ist der interessante Teil. Und deshalb ist die Frage, die ich gerne stellen würde, folgende: Sind wir hier die Einzigen?«

Clip setzte sich auf.

Udinaas lächelte ihn an. »Oh, Ihr habt es gespürt, oder? Die flaumigen Haare in Eurem Nacken versuchen sich aufzustellen. Ihr habt es gespürt. Gerochen. Ein Lufthauch, wie von einem hohen Wind. Der Euch auf merkwürdige Weise ein wenig frösteln lässt. All so was.«

Silchas Ruin stand auf. In seinem Gesicht zeichnete sich Groll ab. »Menandore«, sagte er.

»Ich würde sagen, sie hat mehr Anspruch auf diese Straße als wir«, sagte Udinaas. »Aber Clip hat uns hierhergebracht, weil er ein so gütiges Herz hat. Welch edle Absichten.«

»Sie verfolgt uns«, murmelte Silchas Ruin. Er legte die Hände an die Griffe seiner singenden Schwerter. Dann richtete er den Blick finster nach oben. »Vom Himmel aus.«

»Weil Eure elenden Familienfehden das Einzige sind, für das es sich zu leben lohnt, stimmt's?«

Forcht Sengar wirkte beunruhigt. »Ich verstehe nicht. Warum folgt uns Schwester Dämmer? Was kümmert sie die Seele von Scabandari?«

»Der Finnest«, sagte Clip leise. Und dann, lauter: »Blutauges Seele, Edur. Sie will sie für sich selbst beanspruchen. Ihre Macht.«

Udinaas seufzte. »Also, Silchas Ruin, welch schreckliche Tat habt Ihr Eurer sonnenverschlossenen Schwester angetan? Oder Eurer Tochter oder in welchem Verwandschaftsverhältnis auch immer sie zu Euch steht? Warum ist sie hinter Eurem Blut her? Was habt Ihr Euch alle bloß gegenseitig vor vielen Jahrtausenden angetan? Könnt Ihr Euch nicht einfach einen Kuss geben und Euch wieder versöhnen? Nein, ich nehme an, das könnt Ihr nicht.«

»Es hat kein Verbrechen gegeben«, sagte Silchas Ruin. »Wir sind Feinde im Namen unseres Ehrgeizes, auch wenn ich es gern anders hätte.

Aber wenn man so lange lebt wie wir, ist es anscheinend das Einzige, das einen aufrecht hält. Sonst gibt es nichts – nur Wut und Hunger.«

»Ich schlage einen großen gemeinsamen Selbstmord vor«, sagte Udinaas. »Ihr und alle Eure elendigen Verwandten, und Ihr, Clip, Ihr könntet einfach mitmachen, um Euer Ego zu besänftigen oder so was in der Art. Verschwindet aus den Sphären der Sterblichen, Ihr alle, und lasst uns endlich in Ruhe.«

»Udinaas«, sagte Clip erheitert, »das hier ist keine Sphäre der Sterblichen.«

»Unsinn.«

»Zumindest nicht so, wie du dir sie vorstellst. Dies ist ein Ort elementarer Kräfte. Er ist keinerlei Einschränkungen unterworfen – und birgt unter jeder Oberfläche das Potential von Chaos. Dies ist eine Sphäre der Tiste.«

Seren Pedac schien überrascht. »Einfach nur ›Tiste‹? Nicht Andii, Edur …«

»Freisprecherin«, sagte Silchas Ruin, »die Tiste sind die ersten Kinder. Die allerersten. Wir hatten die ersten Städte, wir waren die ersten Zivilisationen. Und wir sind hier entstanden, in Sphären wie dieser. Wie Clip gesagt hat, *elementar*.«

»Und was ist dann mit den Älteren Göttern?«, wollte Seren Pedac wissen.

Weder Clip noch Silchas Ruin antworteten ihr. Das Schweigen dehnte sich aus, bis Udinaas schnaubend lachte. »Unwillkommene Verwandte. Die in kleine Kämmerchen abgeschoben wurden. Verriegelt die Tür, achtet nicht auf das Klopfen, und dann hoffen wir, dass sie weiterziehen. Das ist immer das Problem mit all diesen Schöpfungsgeschichten. ›Wir sind die Ersten, ist das nicht offensichtlich? Die anderen? Achtet nicht auf sie. Blender, Eindringlinge, und Schlimmeres! Schaut doch uns an! Dunkel, Licht, und die Düsternis dazwischen! Könnte irgendjemand reiner, elementarer sein als das?‹ Natürlich lautet die Antwort ›ja‹. Lasst uns ein Beispiel nehmen, sollen wir?«

»Der Dunkelheit ist nichts vorausgegangen«, sagte Clip. Ärger ließ seine Worte scharf klingen.

Udinaas zuckte die Schultern. »Das scheint mir eine hinreichend einleuchtende Aussage zu sein. Aber … ist sie das wirklich? Schließlich ist die Dunkelheit doch nicht einfach nur die Abwesenheit von Licht, oder? Kann man so eine negative Definition haben? Aber vielleicht war Clip noch nicht einmal annähernd so unüberlegt wie er geklungen hat. *›Der Dunkelheit ist nichts vorausgegangen.‹ Nichts* in der Tat. Also die wirkliche Abwesenheit von allem. Auch der Dunkelheit. Aber warte, wie passt das Chaos da rein? War dieses *Nichts* wirklich leer, oder war es von Chaos erfüllt? Wurde die Dunkelheit dem Chaos als Ordnung auferlegt? War sie die *einzige* Ordnung, die dem Chaos auferlegt wurde? Das klingt überheblich. Ich wollte, Federhexe wäre hier – ich habe zu viel von den Fliesen vergessen. All dieser Kram, von wegen Geburt von diesem und Geburt von jenem. Aber Chaos hat auch Feuer hervorgebracht. Es muss Feuer hervorgebracht haben, denn ohne Feuer gibt es kein Licht. Man könnte auch sagen, dass es ohne Licht kein Dunkel gibt, und ohne beides keinen Schatten. Aber Feuer braucht Nahrung, um zu brennen, also würden wir irgendeine Art von Materie brauchen – feste Stoffe – die aus der Erde kommen. Und Feuer braucht Luft, und daher …«

»Ich höre mir diesen ganzen Unsinn nicht länger an«, sagte Silchas Ruin.

Der Tiste Andii schritt in die Nacht davon, die keine Nacht war – zumindest nicht für Udinaas' Augen; er stellte fest, dass er Silchas Ruin beobachten konnte, der vielleicht vierzig Schritte weit wegging und sich dann umdrehte, um zum Lager zurückzublicken. *Oh, Weiße Krähe, du willst weiter zuhören, was? Aber ohne dass jemand dein Gesicht dabei sehen kann, ohne dass jemand dich direkt herausfordern kann.*

*Ich vermute, du bist genauso unwissend wie wir alle, Silchas Ruin, wenn es um die Geburt allen Seins geht. Ich vermute, dass deine Vorstellungen genauso wunderlich sind wie unsere. Und genauso erbärmlich.*

Forcht Sengar meldete sich zu Wort. »Udinaas, die Frauen der Edur behaupten, dass die Kechra alles, was existiert, an die Zeit gebunden haben, um so die Auslöschung von allem sicherzustellen. Das war ihr ungeheures Verbrechen. Aber dieser Tod – ich habe lange über diese Sache nachgedacht –, dieser Tod hat nicht das Gesicht des Chaos. Ganz im Gegenteil.«

»Chaos verfolgt«, murmelte Clip ohne die sonst für ihn typische Arroganz. »Es ist der Verschlinger. Mutter Dunkel hat seine Macht zerstreut, seine Armeen, und es versucht stets, sich wieder zu vereinigen, wieder eins zu werden, denn wenn das geschieht, kann keine andere Macht – noch nicht einmal Mutter Dunkel – es besiegen.«

»Mutter Dunkel muss Verbündete gehabt haben«, sagte Udinaas. »Entweder das, oder sie hat Chaos aus dem Hinterhalt überfallen, ihren Feind überrascht. Wurde alles Sein durch Verrat geboren, Clip? Ist das der Kern Eurer Überzeugung? Kein Wunder, dass Ihr Euch alle gegenseitig an die Kehle geht.« *Hör gut zu, Silchas Ruin; ich bin dir dichter auf den Fersen, als du es dir jemals vorgestellt hast.* Was, wie er dann dachte, vielleicht nicht sonderlich klug war; tatsächlich könnte es sich als tödlich erweisen. »Jedenfalls muss auch Mutter Dunkel selbst aus irgendetwas geboren worden sein. Aus einer Verschwörung innerhalb des Chaos. Irgendein noch nie dagewesenes Bündnis an einem Ort, wo alle Bündnisse verboten waren. Also … noch ein Verrat.«

Forcht Sengar beugte sich leicht nach vorn. »Udinaas, woher wusstest du, dass uns jemand folgt? Dass Menandore uns folgt?«

»Sklaven müssen alle ihre Sinne schärfen, Forcht Sengar. Denn unsere Herren sind wankelmütig. Du wachst vielleicht eines Morgens mit Zahnschmerzen auf, so dass du dich elend fühlst und schlechte Laune hast, und als Folge davon kann es einer ganzen Sklavenfamilie schlecht ergehen, noch ehe es Mittag ist. Ein toter Ehemann oder eine tote Ehefrau. Ein toter Vater oder eine tote Mutter. Oder beides. Geschlagen, lebenslang verstümmelt, geblendet, tot – in unseren Schatten warten alle Möglichkeiten.«

Er glaubte nicht, dass Forcht überzeugt war, und er musste sich eingestehen, dass seine Erklärung schwach war. Schon klar, diese geschärften Sinne mochten ausreichen, dass sich die Nackenhärchen aufstellten, dass man instinktiv spürte, dass etwas einem folgte. Aber das war nicht das Gleiche wie zu wissen, dass es Menandore war. *Ich war unachtsam, denn ich habe verraten, was ich weiß. Ich wollte die Narren aus dem Gleichgewicht bringen, aber das hat sie nur noch gefährlicher gemacht. Für mich.*

*Denn jetzt wissen sie – oder sie werden es nur zu bald wissen –, dass dieser nutzlose Sklave nicht allein wandert.*

Im Augenblick hatte aber anscheinend niemand Lust, ihn herauszufordern.

Sie packten die Decken aus, legten sich hin, um ein bisschen unruhigen Schlaf zu bekommen. Dunkel, das nicht dunkel war. Licht, das kein

Licht war. Sklaven, die möglicherweise Herren waren, und irgendwo vor ihnen, am Himmel über ihren Köpfen, eine ausgefranste Sturmwolke, gefüllt mit Donner, Blitzen und karmesinrotem Regen.

Sie wartete, bis die Atemzüge des Sklaven tiefer und länger wurden und im Schlafrhythmus kamen und gingen. Die Gewissenskriege waren vorbei. Udinaas hatte genügend geheimes Wissen gezeigt, um das, was sie vorhatte, zu rechtfertigen. Er hatte sein Dasein als Sklave niemals hinter sich gelassen, und jetzt war Menandore seine Herrin, eine Kreatur, die nach allem, was man hörte, genauso verräterisch, grausam und kaltblütig war wie alle anderen Mitglieder dieser uralten Familie von Wesen, die vielleicht Götter waren.

Mockra erwachte in ihrem Geist flüsternd zum Leben, so frei wie ein wandernder Gedanke, nicht mehr eingeschränkt von einer Schale aus harten Knochen oder den ausgetretenen Pfaden des Geistes. Ein Fühler, der sich hob, in der Luft über ihr schwebte; sie gab ihm die Form einer Schlange, mit forschendem Kopf, einer züngelnden Zunge, die nach Udinaas' Geruch suchte, nach der Seele des Mannes – da, sie glitt los, um näher heranzukommen, eine Berührung…

*Heiß!*

Seren Pedac spürte, wie die Schlange zurückzuckte, spürte, wie die Kräuselungen in Wogen aus kochender Hitze zu ihr zurückschwappten.

Fieberträume, das Feuer von Udinaas' Seele. Der Mann bewegte sich unruhig unter seiner Decke.

Sie musste geschickter sein, musste die Essenz der Schlange benutzen, die sie ausgewählt hatte. Sie schob sich wieder vorwärts, fand die tobende Esse und grub sich dann darunter, in den heißen Sand. Oh, da war Schmerz, ja, aber es war nicht, wie ihr jetzt klar wurde, ein innerer Ofen in seiner Seele. Es war die Sphäre, in die sein Traum ihn geführt hatte, eine Sphäre aus glühendem Licht …

Ihre Augen öffneten sich, und sie blickte auf eine zerrissene Landschaft. Felsblöcke, die von der Sonne rot und brüchig gebacken waren. Schwere, heiße Luft, der Atem eines Brennofens. Über ihr ein verbrannter weißer Himmel.

Zehn Schritte entfernt stolperte Udinaas vor sich hin.

Sie schickte ihre Schlange sich schlängelnd hinterher.

Ein gewaltiger Schatten glitt über sie hinweg. Udinaas wirbelte herum und verdrehte sich, um nach oben zu blicken, als der Schatten vorbei- und dann weiterstrich – bis der Drache mit den silbernen und goldenen Schuppen schließlich mit ausgebreiteten Schwingen über den Grat direkt vor ihnen schwebte und einen Augenblick später aus ihrem Blickfeld verschwand.

Seren sah, wie Udinaas darauf wartete, dass der Schatten wieder auftauchte. Und dann sah er ihn noch einmal, jetzt als winzig kleinen Fleck, ein Glitzern am Himmel, das rasch schwächer wurde. Der Letherii schrie auf, aber Seren Pedac konnte nicht sagen, ob der Schrei von Wut oder von Verlassenheit kündete.

*Niemand mag es, wenn man ihn nicht beachtet.*

Steine rieselten unweit der Schlange, und in plötzlichem Schrecken wandte sie den Blick, hob den Kopf – und sah eine Frau. Nicht Menandore. Nein, eine Letherii. Klein, schlank, Haar so blond, dass es fast weiß wirkte. Sie näherte sich Udinaas, zitternd, jede Bewegung verriet ihre Anspannung. Sie schien mit den Nerven am Ende zu sein.

Noch ein Eindringling.

Udinaas starrte noch immer zum Himmel hinauf, und Seren sah zu, wie die Letherii immer dichter an ihn herantrat. Dann, als sie noch fünf Schritte von ihm entfernt war, reckte sie sich, strich sich mit den Händen durch die wilden, glänzenden Haare. Und dann sagte sie mit sinnlicher Stimme: »Ich habe nach dir gesucht, Geliebter.«

Er wirbelte nicht herum. Er bewegte sich nicht einmal, aber Seren Pedac sah etwas Neues in der Haltung seines Rückens und seiner Schultern, in der Art, wie er den Kopf hielt. Als er antwortete, schwang in seiner Stimme Erheiterung mit. »›Geliebter‹?« Und dann blickte er sie an, mit verwüsteten Augen, die durchdrungen waren von einer Kälte wie trotziges Eis in dieser Welt aus Feuer. »Nicht mehr der erschreckte Hase, Federhexe – ja, ich sehe, wie aufreizend du mich ansiehst, sehe die eherne Zuversicht, die *Einladung*. Und in alledem schimmert die Wahrheit – deine Verachtung – immer noch durch. Außerdem«, fügte er hinzu, »habe ich gehört, wie du herangekrabbelt bist. Ich konnte sogar deine Angst riechen. Was willst du, Federhexe?«

»Ich habe keine Angst, Udinaas«, antwortete die Frau.

*Dieser Name, ja. Federhexe. Auch eine Sklavin. Die Fliesenwerferin. Oh, diese beiden haben eine gemeinsame Geschichte, die weit über das hinausgeht, was sich irgendjemand von uns vorgestellt hat.*

»Doch, das hast du«, beharrte Udinaas. »Weil du davon ausgegangen bist, dass ich allein sein werde.«

Sie versteifte sich, versuchte dann ein Schulterzucken. »Menandore empfindet nichts für dich, Geliebter. Das musst du dir klarmachen. Du bist nichts weiter als eine Waffe in ihren Händen.«

»Wohl kaum. Dazu bin ich zu stumpf, zu schartig – und viel zu zerbrechlich.«

Federhexes Lachen war hoch und schrill. »Zerbrechlich? Hol mich der Abtrünnige, Udinaas, aber *das* bist du nie gewesen.«

Seren Pedac stimmte mit ihrer Einschätzung vollkommen überein. Welchen Grund hatte diese falsche Bescheidenheit?

»Ich habe dich gefragt, was du willst. Warum bist du hier?«

»Ich habe mich verändert, seit du mich das letzte Mal gesehen hast«, antwortete Federhexe. »Ich bin jetzt Destra Irant des Abtrünnigen, des letzten Älteren Gottes der Letherii. Der hinter dem Leeren Thron steht ...«

»Der Thron ist nicht leer.«

»Er wird es bald sein.«

»Und schon kommt dir dein neugewonnener Glaube wieder in die Quere. All dieses hoffnungsvolle Beharren darauf, dass du einmal mehr im Zentrum der Geschehnisse stehst. Wo versteckt sich dein Körper denn jetzt im Augenblick gerade, Federhexe? Zweifellos in Letheras. In irgendeiner stickigen, stinkenden Bruchbude, die du zum Tempel erklärt hast – ja, das trifft dich, und das sagt mir, dass ich mich nicht irre. Über dich. Du hast dich verändert, Federhexe? Nun, halte dich selbst zum Narren, wenn du willst. Aber glaube nicht, dass ich mich täuschen lasse. Glaube nicht, dass ich jetzt vor Lust und Hingabe stöhnend in deine Arme sinken werde.«

»Du hast mich einst geliebt.«

»Ich habe einst auch rotglühende Münzen in Rhulads tote Augen gedrückt. Leider waren sie nicht tot. Die Vergangenheit ist ein Meer des

Bedauerns, aber ich bin jetzt ein ganzes Stück das Ufer hochgekrochen, Federhexe. Ein ziemlich großes Stück, um ehrlich zu sein.«

»Wir gehören zusammen, Udinaas. Destra Irant und T'orrud Segul – und wir werden ein Todbringendes Schwert zu unserer Verfügung haben. Alles Letherii. Genau, wie es sein sollte, und durch uns erhebt sich der Abtrünnige erneut. Kommt er zu Macht und zu Herrschaft – das ist genau das, was unser Volk braucht, was wir schon lange Zeit gebraucht haben.«

»Die Tiste Edur …«

»Sind dabei zu gehen. Rhulads Graues Imperium … war von Anfang an zum Untergang verurteilt. Sogar du hast das gesehen. Es wackelt, bröckelt, zerfällt. Aber wir Letherii, wir werden überleben. Wir überleben immer, und jetzt, mit der Wiedergeburt des Glaubens an den Abtrünnigen, wird unser Imperium die Welt erzittern lassen. Destra Irant, T'orrud Segul und Todbringendes Schwert – wir werden die drei hinter dem Leeren Thron sein. Reich und frei, können wir tun und lassen, was uns gefällt. Wir werden Edur als Sklaven haben. Gebrochene, armselige Edur. Angekettet und geschlagen. Wir werden sie verbrauchen, wie sie einst uns verbraucht haben. Egal, ob du mich liebst oder nicht, Udinaas. Egal, ob du meinen Kuss schmeckst oder dich abwendest. Du bist der T'orrud Segul. Der Abtrünnige hat dich erwählt …«

»Er hat es versucht, meinst du. Ich habe den Narren weggeschickt.«

Das verschlug ihr ganz offensichtlich die Sprache.

Udinaas drehte sich halb um, winkte dabei wegwerfend mit einer Hand. »Ich habe auch Menandore weggeschickt. Sie haben versucht, mich wie eine Münze zu benutzen, wie etwas, das hin und her wandert. Aber ich weiß alles über Münzen. Ich kenne den verbrannten Geruch, wenn sie Fleisch berühren.« Er blickte sie noch einmal an. »Und wenn ich eine Münze bin, dann gehöre ich niemandem. Ich werde gelegentlich ausgeliehen. Oft verwettet. Aber besessen? Nie für längere Zeit.«

»T'orrud Segul …«

»Such dir jemand anderen.«

»Du bist erwählt worden, du verdammter Narr!« Sie machte plötzlich einen Satz nach vorn und zerrte an ihrer fadenscheinigen Sklaventunika. Stoff riss, flatterte im heißen Wind wie die zerfetzten Reste einer imperialen Flagge. Sie war jetzt nackt, legte Udinaas die Arme um den Hals, wollte ihn herumziehen …

Sein Stoß schleuderte sie rücklings auf den harten, steinigen Boden. »Ich habe genug von Vergewaltigungen«, sagte er mit leiser, krächzender Stimme. »Außerdem habe ich dir gesagt, dass wir Gesellschaft haben. Du hast mich ganz offensichtlich nicht richtig verstanden …« Er ging an ihr vorbei, schritt genau auf die Schlange zu, die Seren Pedac war.

Als sie aufwachte, spürte sie eine schwielige Hand an ihrer Kehle. Starrte hoch in Augen, die in der Düsternis glitzerten.

Sie konnte spüren, wie er auf ihr zitterte, als sein Gewicht sie zu Boden drückte. Er senkte sein Gesicht zu ihrem, sein drahtiger Bart strich über ihre Wange, als er seinen Mund dicht an ihr rechtes Ohr brachte und zu flüstern anfing.

»Ich habe so etwas schon seit einiger Zeit erwartet, Seren Pedac. Und ich habe Euch bewundert … weil Ihr Euch zurückgehalten habt. Zu schade, dass Ihr es nicht durchgehalten habt.«

Sie hatte Schwierigkeiten zu atmen; die Hand, die ihre Kehle umschloss, war wie ein eisernes Band.

»Ich habe das, was ich über Vergewaltigungen gesagt habe, ernst gemeint, Freisprecherin. Wenn Ihr so etwas noch einmal tut, werde ich Euch töten. Habt Ihr mich verstanden?«

Sie schaffte es zu nicken, und sie konnte jetzt in seinem Gesicht das ganze Ausmaß der Enttäuschung erkennen, die er empfand, die entsetzliche *Verletzung*. Dass sie ihn so missbraucht hatte.

»Haltet ruhig nichts von mir«, fuhr Udinaas fort, »wenn das zu dem armseligen kleinen Loch passt, in dem Ihr lebt, Seren Pedac. Es ist schließlich das, was in erster Linie Eure Zurückhaltung ausgelöscht hat. Aber ich wurde von Göttinnen benutzt. Und Götter haben es versucht. Genau wie jetzt eine dürre Hexe, nach der es mich einst gelüstet hat, und die davon träumt, dass ihre Version der Tyrannei allen anderen vorgezogen wird. Ich war ein Sklave – ich bin es gewohnt, benutzt zu werden, erinnert Ihr Euch? Aber – und hört jetzt genau zu, Frau – *ich bin kein Sklave mehr …*«

Von über ihnen ertönte Forcht Sengars Stimme. »Lass ihren Hals los,

Udinaas. Das, was du in deinem Genick spürst, ist die Spitze meines Schwerts – und ja, der Blutstropfen ist deiner. Die Freisprecherin ist die Verlobte von Trull Sengar. Sie steht unter meinem Schutz. Lass sie auf der Stelle los – oder stirb.«

Die Hand, die sie an der Kehle gepackt hatte, lockerte sich, entfernte sich …

Und Forcht Sengar hatte eine Hand in den Haaren des Sklaven, riss ihn weg, warf ihn zu Boden, schwang das Schwert in einer nur verschwommen wahrnehmbaren Bewegung …

»NEIN!«, schrie Seren Pedac und krabbelte vor, um sich über Udinaas zu werfen. »Nein Forcht! Tut ihm nichts!«

»Freisprecherin …«

Auch die anderen waren jetzt wach, standen ringsum auf …

»Tut ihm nichts!« *Ich habe ihm heute Nacht schon genug angetan.* »Forcht Sengar … Udinaas, er hatte das Recht …« *Oh Abtrünniger, rette mich.* »Er hatte das Recht«, wiederholte sie; ihr Hals fühlte sich an, als wäre er von jenem ersten Schrei innerlich zerrissen. »Ich – hört zu, tut es nicht, Forcht, Ihr versteht nicht. Ich … ich habe etwas getan. Etwas Schreckliches. Bitte …«, sie hatte sich jetzt aufgesetzt, sprach zu ihnen allen, »bitte – es war mein Fehler.«

Udinaas schob ihr Gewicht zur Seite, und sie schürfte sich einen Ellbogen auf, als er unter ihr hervorkletterte. »Lasst es wieder Tag werden, Silchas Ruin«, sagte er.

»Die Nacht …«

*»Lasst es wieder Tag werden, verdammt! Wir haben genug geschlafen – lasst uns weiterziehen. Jetzt gleich!«*

Zu Seren Pedacs Erstaunen begann der Himmel wieder heller zu werden. *Was? Wie?*

Udinaas war bei seinen Decken, mühte sich, sie zusammenzurollen und in seinen Rucksack zu stopfen. Auf seinen von Wind und Wetter gezeichneten Wangen sah sie Tränen glitzern.

*Oh, was habe ich getan. Udinaas …*

»Du verstehst zu viel«, sagte Clip in dem für ihn typischen singenden, knappen Tonfall. »Hast du gehört, was ich gesagt habe, Udinaas?«

»Hau ab, und besorg's dir selbst«, murmelte der Sklave.

»Lass ihn in Ruhe, Clip«, sagte Silchas Ruin. »Verglichen mit uns, ist er nichts weiter als ein Kind. Und er wird weiterhin seine kindischen Spiele spielen.«

Während Ascheschwaden herabsanken, um ihre Seele zu begraben, wandte Seren Pedac sich von ihnen allen ab. *Nein, das Kind bin ich. Immer noch. Immer.*

*Udinaas …*

Zwölf Schritt entfernt saß Kessel, die Beine unter den Körper gezogen, und hielt die Hand von Verblichener, dem Gespenst eines Andii, und in diesem Griff war weder Wärme noch Kälte. Sie betrachtete die anderen, während das Licht allmählich noch heller wurde, um einen neuen Tag zu beginnen.

»Was sie einander alles antun«, flüsterte sie.

Verblicheners Hand schloss sich fester um die ihre. »Das ist, was es bedeutet zu leben, Kind.«

Sie dachte darüber nach. Über die Worte des Geists, die Müdigkeit, die in ihnen mitgeschwungen hatte, und nach langer Zeit nickte sie schließlich.

*Ja, das ist, was es bedeutet zu leben.*

Es machte all das, von dem sie wusste, dass es kommen würde, ein bisschen erträglicher.

In den von Abfällen übersäten Straßen von Drene hing der Geruch von altem Rauch bitter in der Luft. Schwarze Flecken zierten die Hausmauern. Überall lagen Stücke von Geschirr herum, das von umgestürzten Karren gefallen war, als ob es in der Nacht zuvor glasierte Scherben geregnet hätte. Blutbefleckter Stoff – die zerfetzten und zerrissenen Überreste von Tuniken und Hemden – wurde von der heißen Sonne geschwärzt. Gleich jenseits des einsamen Tischs, an dem Venitt Sathad saß, war das Chaos ringsum nicht zu übersehen, das der Aufruhr zurückgelassen hatte, der sich in der Abenddämmerung des vorangegangenen Tages entzündet hatte.

Der Besitzer der Schankbude kam aus dem im Schatten liegenden Alkoven herausgehinkt, der als Küche und Lagerraum diente. Er trug ein zersplittertes Tablett mit einer weiteren staubigen Flasche Wein aus Blaurose. Der fassungslose Ausdruck war noch nicht aus den Augen des alten Mannes gewichen, was seinen Bewegungen etwas merkwürdig Ungelenkes verlieh, als er die Flasche vor Venitt Sathad auf den Tisch stellte, sich verbeugte und dann wieder zurückzog.

Die wenigen Passanten, die an diesem Morgen auf dem Platz vorbeigekommen waren, hatten alle ihre merkwürdig verstohlenen Schritte kurz verlangsamt, um zu Venitt herüberzustarren – nicht weil er, wie er wusste, eine auf irgendeine Weise denkwürdige oder beeindruckende Erscheinung gewesen wäre, sondern weil die Tatsache, dass er, der Diener Rautos Hivanars, hier saß, ein leichtes Frühstück zu sich nahm und nun teuren Wein trank, einen Anblick bürgerlicher Ruhe bot. Solch ein Anblick erschütterte und traf jetzt diejenigen, die das Chaos der vergangenen Nacht überstanden hatten, als würde die Szene von ihrem ganz eigenen Wahnsinn beleuchtet.

Der Beginn des Aufruhrs verschwand in einer Wolke aus hundert Gerüchten. Die Verhaftung eines Geldverleihers. Ein überteuertes Essen und ein Streit, der außer Kontrolle geraten war. Ein plötzlicher Mangel an diesem oder jenem. Zwei Spione der Patriotisten, die irgendjemanden verprügelt hatten, und auf die dann zwanzig Umstehende losgegangen waren. Vielleicht war nichts von all diesen Dingen geschehen; vielleicht waren sie alle geschehen.

Der Aufruhr hatte den halben Markt auf dieser Seite der Stadt zerstört. Er hatte dann auf die Elendsviertel nordwestlich der Docks übergegriffen, wo er – wenn man nach den Rauchsäulen ging – noch immer ungehindert tobte.

Die Garnison war auf die Straße gestürmt und hatte eine brutale Befriedungskampagne begonnen, die anfangs unterschiedslos gewesen war, aber schließlich ihre Hauptzielrichrung in einem wilden Angriff auf die Ärmsten von Drene fand. In der Vergangenheit hatten sich die Armen – die nun mal richtige Opfer waren – leicht von ein paar eingeschlagenen Schädeln einschüchtern lassen. Aber dieses Mal nicht. Sie hatten genug gehabt – und sie hatten sich gewehrt.

In der Luft dieses Morgens konnte Venitt Sathad immer noch den Schock riechen – deutlich beißender als der Rauch, kälter als irgendein Kleiderbündel, in dem immer noch ein paar Stücke eines Menschen stecken mochten –, den Schock der Wachen, die schrien, weil sie tödliche

Wunden erlitten hatten, der gerüsteten Schläger, die in die Enge getrieben und dann von einem rasenden Mob in Stücke gerissen worden waren. Und schließlich den Schock des unehrenhaften Rückzugs der Stadtwachen zu ihren Unterkünften.

Sie hatten natürlich nicht ihre Sollstärke gehabt. Zu viele waren mit Bivatt unterwegs, auf dem Feldzug gegen die Ahl. Und sie waren arrogant gewesen, ermutigt durch die Art, wie solche Dinge jahrhundertelang abgelaufen waren. Diese Arroganz hatte sie blind für das gemacht, was da draußen vorgegangen war – und was gerade geschah.

Die eine Einzelheit, die bei Venitt Sathad hängen blieb, die wie ein Holzsplitter in entzündetem Fleisch steckte, den auch noch so viel Wein nicht wegspülen konnte, war, was den Tiste Edur geschehen war.

*Nichts.*

Der Mob hatte sie in Ruhe gelassen. Das war außergewöhnlich. Unerklärlich. *Beängstigend.*

Nein, stattdessen hatte ein halbes Tausend gröhlender, tobender Bürger Letur Anicts Anwesen gestürmt. Natürlich waren die persönlichen Wachen des Repräsentanten allesamt Elitesoldaten – rekrutiert aus jeder letheriischen Kompanie, die jemals in Drene stationiert gewesen war –, und der Mob war zurückgeschlagen worden. Es hieß, es lägen haufenweise Leichen vor den Mauern des Anwesens.

Letur Anict war zwei Tage zuvor nach Drene zurückgekehrt, und Venitt Sathad vermutete, dass der Repräsentant auf das, was sich da auf so unerwartete Weise Bahn gebrochen hatte, genausowenig vorbereitet gewesen war wie die Garnison. In Abwesenheit von Aufseher Brohl Handar verwaltete Letur die Stadt und die umliegende Region. Was für Berichte seine Agenten ihm bei seiner Rückkehr auch immer geliefert haben mochten, sie waren wahrscheinlich voller Befürchtungen gewesen, aber dürftig, was genaue Angaben anging – genau die Art von Informationen, die Letur Anict hasste und die er samt und sonders nicht ernst nehmen würde. Außerdem sollten sich die Patriotisten im Rahmen ihrer ständigen, Entsetzen verbreitenden Aktionen um solche Dinge kümmern. Ein paar Verhaftungen mehr, ein paar Leute, deren Verschwinden auffiel, die Beschlagnahmung von Besitz.

Rautos Hivanar, sein Herr, hatte die Vorzeichen des heraufziehenden

Chaos' natürlich bemerkt. Tyrannische Kontrolle war abhängig von einer Vielzahl häufig ungleichartiger Kräfte, die das gesamte Spektrum von Wahrnehmung bis zu offener Bösartigkeit umfassten. Das Gefühl der Macht musste überall vorhanden sein, um die Illusion von Allwissenheit zu erzeugen und zu bewahren. So viel verstand Beaufsichtiger Karos Invictad immerhin, aber der Schläger in seinen roten Seidengewändern war nicht in der Lage zu verstehen, dass es Schwellen gab, und dass diese Schwellen zu überschreiten – mit immer brutaleren Aktionen, mit Paranoia und Angst, die sich wie ein steigendes Fieber ausbreiteten – bedeutete mitzuerleben, wie die Illusion zerbarst.

Ganz egal, wie unterdrückerisch ein Regime auch sein mag, an irgendeinem Punkt wird die Bürgerschaft die gewaltige Macht in ihren Händen erkennen. Die Mittellosen, die Schuldner, die bedrängte Mittelschicht – oder kurz gesagt: die unzähligen Opfer. Kontrolle war ein Taschenspielertrick, und gegen hunderttausend ungehorsame Bürger hatte sie keine echte Chance. Dann war das Spiel mit einem Schlag aus.

Dieses Mal war die Schwelle genau da gewesen, wo Rautos Hivanar sie befürchtet hatte. Der Druck der bröckelnden, überlasteten Wirtschaft. Der Mangel an Münzen, die zermalmende Last gewaltiger und immer weiter anwachsender Schulden, die plötzliche Unfähigkeit, für irgendetwas bezahlen zu können. Die Patriotisten konnten Messer und Schwerter ziehen, konnten ihre Knotenstöcke schwingen, aber gegen verzweifelten Hunger und das Gefühl einer drohenden Katastrophe hätten sie genausogut mit Schilfhalmen im Wind wedeln können.

Angesichts all dieser Dinge waren die Tiste Edur hilflos. Verwirrt, verständnislos, und vollkommen unvorbereitet. *Es sei denn, ihre Antwort wird sein, mit dem Töten anzufangen. Alle zu töten.*

Ein weiterer von Karos Invictads blinden Flecken. Die Verachtung des Beaufsichtigers für die Tiste Edur konnte sich sehr wohl als selbstmörderisch erweisen. Ihr Imperator konnte nicht getötet werden. Ihre K'risnan konnten Zauberei entfesseln, die jeden Letherii im Imperium verschlingen konnte. Und der Narr hatte vor, sie zum Ziel einer Verhaftungswelle zu machen?

Nein, die Patriotisten waren nützlich gewesen; für eine gewisse Zeit tatsächlich sogar ziemlich notwendig. Aber …

»Willkommen in Drene, Venitt Sathad.«

Ohne aufzublicken winkte Venitt mit einer Hand, während er mit der anderen nach der Weinflasche griff. »Nehmt Euch einen Stuhl, Orbyn Wahrheitsfinder.« Ein kurzer Blick. »Ich habe gerade an Euch gedacht.«

Der große hässliche Mann lächelte. »Ich fühle mich geehrt. Das heißt, wenn Eure Gedanken ausdrücklich mir gegolten haben. Wenn sie sich allerdings um die Patriotisten gedreht haben, nun, dann vermute ich, dass ›Ehre‹ wohl das falsche Wort wäre.«

Der Eigentümer mühte sich, einen weiteren Stuhl heranzuschleppen, aber es war offensichtlich, dass das, was ihn hinken ließ, überaus schmerzhaft war. Venitt Sathad stellte die Flasche ab, stand auf und ging zu ihm, um ihm zu helfen.

»Meine demütigste Entschuldigung, freundlicher Herr«, keuchte der alte Mann. Sein Gesicht war blass, und auf seiner Oberlippe standen Schweißtropfen. »Ich bin gestern Abend gestürzt, Herr ...«

»Das muss ein schwerer Sturz gewesen sein. Überlass den Stuhl mir, und bring uns noch eine verkorkte Flasche Wein – wenn du kannst.«

»Ich bin Euch zu höchstem Dank verpflichtet, Herr ...«

Venitt Sathad fragte sich, wo der alte Mann diesen massiven Esszimmerstuhl aus Eichenholz – der tatsächlich groß genug für Orbyns massige Gestalt war – gefunden haben mochte, während er ihn über die Pflastersteine zog und gegenüber seinem eigenen Stuhl abstellte, so dass sich der Tisch zwischen ihnen befand. Dann setzte er sich wieder hin.

»Wenn es nicht Ehre ist«, sagte er, während er erneut nach der Flasche griff und den einzelnen Tonbecher füllte, »welches Wort kommt Euch denn dann in den Sinn, Orbyn?«

Wahrheitsfinder ließ sich mit einem lauten, schnaufenden Seufzer auf den Stuhl sinken. »Darauf können wir gleich zurückkommen. Ich habe Eure Ankunft bereits seit einiger Zeit erwartet.«

»Und doch habe ich bei meiner lang erwarteten Ankunft hier in der Stadt weder Euch noch den Repräsentanten angetroffen, Orbyn.«

Eine wegwerfende Geste, während der Eigentümer mit einem Becher und einer zweiten Flasche Wein aus Blaurose angehumpelt kam und sich dann mit gesenktem Kopf wieder zurückzog. »Der Repräsentant hat darauf bestanden, dass ich ihn bei einem Unternehmen jenseits des Meeres begleite. Er hat sich in letzter Zeit angewöhnt, meine Zeit zu vergeuden. Ich versichere Euch, Venitt, dass solch ein Luxus jetzt der Vergangenheit angehört. Für Letur Anict.«

»Ich gehe davon aus, dass er sich augenblicklich in einem höchst verwirrten Zustand befindet.«

»Er ist völlig durcheinander.«

»Er vertraut nicht darauf, dass er die Ordnung wieder herstellen kann?«

»Mangel an Vertrauen zählte noch nie zu den Schwächen von Letur Anict. Es mit der Wirklichkeit in Einklang zu bringen hingegen schon. Leider.«

»Es ist bedauerlich, dass der Aufseher sich entschlossen hat, an Atri-Preda Bivatts Feldzug in den Osten teilzunehmen.«

»Und möglicherweise verheerend, ja.«

Venitt Sathad zog die Brauen hoch. »Nehmt Euch einen Becher Wein, Orbyn. Und führt doch bitte Eure Bemerkung etwas genauer aus.«

»In der Kompanie sind Assassinen«, antwortete Wahrheitsfinder stirnrunzelnd, um seinen Abscheu anzuzeigen. »Nicht meine, das versichere ich Euch. Letur spielt sein eigenes Spiel mit dem Aufseher. Ein politisches Spiel. Um die Wahrheit zu sagen, erwarte ich nicht, dass Brohl Handar nach Drene zurückkehrt – es sei denn als eingewickelter, gepökelter Leichnam.«

»Ich verstehe. Natürlich hat dieses Spielchen Letur Anict jetzt in eine überaus unvorteilhafte Situation gebracht.«

Orbyn nickte, während er sich seinen Becher vollschenkte. »Ja. Da Brohl nirgends zu sehen ist, wird der Aufruhr der letzten Nacht ausschließlich dem Repräsentanten zur Last gelegt werden. Das Ganze wird doch bestimmt Folgen haben?«

»Dieser Aufruhr ist noch nicht vorbei, Wahrheitsfinder. Er wird auch heute Nacht weitergehen, und dann wird er von den Elendsvierteln mit noch größerer Wut und Wildheit auf andere Stadtviertel übergreifen. Es wird noch mehr Angriffe auf Leturs Anwesen geben, und in Bälde auch auf all seine anderen Liegenschaften und Besitztümer überall in Drene, und die wird er nicht alle schützen können. Die Soldatenunterkünfte werden belagert werden. Es wird zu Plünderungen kommen. Es wird Blutvergießen geben.«

Orbyn beugte sich vor, rieb sich dabei die fettige Stirn. »Dann stimmt es also. Finanzieller Zusammenbruch.«

»Das Imperium taumelt. Das Freiheitskonsortium ist tödlich getroffen. Wenn die Menschen erfahren, dass es noch mehr Aufstände gegeben hat, in vielen Städten ...«

»Die Tiste Edur werden aufgerüttelt werden.«

»Ja.«

Orbyn sah Venitt Sathad scharf an. »Es gibt Gerüchte über einen Krieg im Westen.«

»Im Westen? Was meint Ihr?«

»Eine Invasion vom Meer her, die speziell auf die Tiste Edur abzuzielen scheint. Eine Strafaktion im Kielwasser der Flotten. Ein fernes Imperium, das den Mord an seinen Bürgern nicht sonderlich gut aufgenommen hat. Und jetzt gibt es auch noch Berichte über Bolkando und seine Verbündeten, die sich entlang der Grenze sammeln sollen.«

Ein angespanntes Lächeln huschte über Venitt Sathads Gesicht. »Das Bündnis, das wir erfunden haben.«

»In der Tat. Noch einer von Letur Anicts brillanten Plänen, der schiefgegangen ist.«

»Das war wohl kaum ausschließlich sein Plan, Orbyn. An dieser Meinungsmache waren Eure Patriotisten maßgeblich beteiligt.«

»Ich wünschte, ich könnte das abstreiten. Und daher kommen wir jetzt zu besagtem Wort – zu dem Wort, um das meine Gedanken anstelle von ›Ehre‹ gekreist sind. Ich finde Euch hier, in Drene. Versteht mich, Venitt Sathad. Ich weiß, was Ihr für Euren Herrn tut, und ich weiß auch, wie gut Ihr es tut. Ich weiß, was noch nicht einmal Karos Invictad weiß – und ich habe nicht das geringste Interesse daran, ihn zu erleuchten. Was Euch angeht, mein Herr.«

»Ihr wollt jetzt für Euch selbst sprechen? Nicht für die Patriotisten?«

»Um am Leben zu bleiben – ja.«

»Dann ist das Wort in der Tat nicht Ehre.«

Orbyn Wahrheitsfinder, der gefürchtetste Mann Drenes, trank seinen Becher aus. Er lehnte sich zurück. »Ihr sitzt hier, inmitten eines Gemetzels. Leute eilen vorbei, und sie sehen Euch, und auch wenn Ihr, was Eure Gesichtszüge oder Eure Statur angeht, kaum beachtenswert seid, so bemerken sie Euch doch. Und sie spüren eine kalte Hand, die nach ihrem Herzen greift, und sie wissen nicht, warum. Aber ich weiß es.«

»Dann versteht Ihr auch, dass ich Letur Anict einen Besuch abstatten muss.«

»Ja, und ich wünsche Euch dabei alles Gute.«

»Unglücklicherweise befinden wir uns in einem sehr kritischen Augenblick, Orbyn. In Abwesenheit von Aufseher Brohl Handar fällt es Letur Anict zu, die Ordnung wiederherzustellen. Ja, es kann gut sein, dass er versagt, aber er muss die Gelegenheit bekommen, vielleicht Erfolg zu haben. Zum Wohle des Imperiums erwarte ich von Euch und Euren Agenten, Orbyn, dass Ihr den Repräsentanten auf jede mögliche Weise unterstützt.«

»Natürlich. Aber ich habe seit gestern einunddreißig Agenten verloren. Und die von ihnen, die Familie hatten … nun, es wurde niemand verschont.«

»Es ist eine traurige Tatsache, Orbyn, dass alle diejenigen, die durch die Tyrannei belohnt wurden, eines Tages das gleiche Schicksal erleiden.«

»Ihr klingt beinahe zufrieden, Venitt.«

Der Schuldner und Diener von Rautos Hivanar griff nach seinem Weinbecher und gestattete dabei einem schwachen Lächeln, kurz um seine Lippen zu spielen.

Orbyns Gesicht wurde ausdruckslos. »Ihr glaubt doch bestimmt nicht, dass ein Mob in der Lage ist, Gerechtigkeit zu üben.«

»Bis jetzt haben sie sich noch ziemlich zurückgehalten.«

»Das kann nicht Euer Ernst sein.«

»Orbyn, es ist kein einziger Tiste Edur angerührt worden.«

»Weil die Aufrührer keine Narren sind. Wer wagt es, sich der Zauberei der Edur entgegenzustellen? Es war gerade die Untätigkeit der hiesigen Edur, die den Mob zu immer brutaleren Taten aufgestachelt hat – und ich versichere Euch, dass Letur Anict diese Tatsache sehr wohl bewusst ist.«

»Ach, dann wird er also die Tiste Edur als die Schuldigen an dieser Sauerei hinstellen. Wie praktisch.«

»Ich bin nicht hier, um den Repräsentanten zu verteidigen, Venitt Sathad.«

»Nein, Ihr seid hier, weil Ihr um Euer Leben feilschen wollt.«

»Ich werde Letur Anict natürlich dabei unterstützen, die Ordnung wiederherzustellen. Aber ich bin nicht davon überzeugt, dass er Erfolg haben wird, und ich werde meine Leute nicht wegwerfen.«

»Genau genommen werdet Ihr genau das tun.«

Orbyns Augen weiteten sich. Schweißtropfen rannen ihm jetzt übers Gesicht. Seine Kleider klebten stellenweise an den Fettwülsten darunter.

»Wahrheitsfinder«, fuhr Venitt Sathad fort, »die Patriotisten haben ihre Nützlichkeit überlebt, abgesehen von einem letzten, überaus edlen Opfer. Als Ziel für den Volkszorn. Ich weiß, dass es hier in Drene eine Sitte gibt, etwas, das mit der Zeit der Stürme zu tun hat, und der Herstellung von Fischersleuten aus Seetang – lebensgroße Puppen mit Muscheln als Augen, denen alte Kleider angezogen werden und so was. Ich glaube, sie werden in kleinen Booten hinausgeschickt, um den Beginn der neuen Jahreszeit zu kennzeichnen. Eine Opfergabe an die Meeresherren früherer Tage – etwas, das die Stürme ertränken können. Bizarr und, wie nicht anders zu erwarten, blutrünstig, wie die meisten alten Sitten es sind. Die Patriotisten müssen zu Drenes Seetang-Fischersleuten werden, Orbyn. Wir befinden uns in einer Zeit der Stürme, und da sind Opfer notwendig.«

Wahrheitsfinder leckte sich die Lippen. »Und was ist mit mir?«, fragte er im Flüsterton.

»Oh, dieser besondere Handel ist noch nicht vollständig abgeschlossen.«

»Ich verstehe.«

»Das hoffe ich.«

»Venitt Sathad, meine Agenten – es gibt Ehefrauen, Ehemänner, Kinder …«

»Ja, ich bin davon überzeugt, dass es sie gibt. Genauso, wie es Ehefrauen, Ehemänner und Kinder von all denen gegeben hat, die ihr alle so fröhlich verhaftet, gefoltert und getötet habt – alles im Namen persönlichen finanziellen Gewinns. Das Volk versteht sich darauf, ein Ungleichgewicht zu beseitigen, Orbyn.«

»Das ist das, was Rautos Hivanar fordert …«

»Mein Herr überlässt die Einzelheiten mir. Er respektiert meinen

Ruf … besonders tüchtig zu sein. Zweifellos fördert die Autorität, die er verkörpert, ein mir gegenüber wohlwollendes Verhalten, doch ich mache nur selten von ihr Gebrauch. Damit meine ich, dass ich es nur selten für nötig halte. Ihr habt gesagt, Ihr wisst, wer ich bin, Wahrheitsfinder, oder?«

»Ich weiß, dass Ihr der Mann seid, Venitt Sathad, der Gerun Ebericts Mörder ausfindig gemacht und das Halbblut mit einer Kiste voller Münzen weggeschickt hat. Ich weiß, dass Ihr der Mörder von hundert Männern und Frauen aus buchstäblich jeder Gesellschaftsschicht seid, und ganz egal, wie gut sie auch beschützt werden, sie sterben, und Ihr kommt unbeschadet davon, Eure Identität bleibt unbekannt …«

»Außer, wie es scheint, für Euch.«

»Ich bin vor vielen Jahren über Euer geheimes Leben gestolpert, Venitt Sathad. Und ich habe Eure Karriere verfolgt, nicht nur innerhalb des Imperiums, sondern in vielen Konsulaten und Botschaftsgebäuden, wo Eure … Fähigkeiten … benötigt wurden. Um die letheriischen Interessen voranzubringen. Ich bin ein großer Bewunderer von Euch, Venitt Sathad.«

»Doch nun versucht Ihr, Euer Wissen als die Münze einzusetzen, mit der Ihr Euch das Leben erkauft. Ist Euch das Risiko nicht bewusst?«

»Welche Wahl habe ich denn? Indem ich Euch alles sage, was ich weiß, sage ich Euch auch, dass ich mir keinerlei falsche Vorstellungen mache – ich weiß, warum Ihr hier seid, und was Ihr tun müsst; tatsächlich bin ich allenfalls überrascht, dass Rautos Hivanar so lange gebraucht hat, bis er Euch schließlich hierhergeschickt hat. Um die Wahrheit zu sagen, es könnte sein, dass Ihr zu spät gekommen seid, Venitt Sathad.«

Auf diese Worte hin nickte Venitt langsam. Orbyn Wahrheitsfinder war ein gefährlicher Mann. Aber im Augenblick immer noch nützlich. Genau wie – leider – auch Letur Anict. Doch diese Dinge wurden jeden Tag aufs Neue bemessen, manchmal auch von einem Augenblick auf den anderen. *Zu spät. Orbyn, du Narr, selbst du hast keine wirkliche Vorstellung davon, wie wahr diese Aussage ist – zu spät.*

*Tehol Beddict hat einst ein kleines Spiel gespielt, um zu sehen, wie es aufgehen würde. Aber dieses Mal hat er – zusammen mit seinem verdammten Diener – ein Spiel in einem Maßstab gespielt, der eigentlich vollkommen unbegreiflich ist.*

*Und ich bin Venitt Sathad. Ein Schuldner, Sohn von Schuldnern, der geschickteste Sklave und Meuchelmörder von Rautos Hivanar, und du, Tehol Beddict – und auch du, Bagg –, ihr braucht mich nicht zu fürchten.*

*Bringt die Scheißkerle zur Strecke. Jeden einzelnen von ihnen, verdammt. Bringt sie alle zur Strecke.*

Es schien, als hätte Orbyn Wahrheitsfinder in diesem Augenblick etwas in seinen Zügen gesehen, das alle Farbe aus dem runden, schweißüberströmten Gesicht des Patriotisten weichen ließ.

Venitt Sathad war erheitert. *Orbyn – hast du etwa eine Wahrheit gefunden?*

Zu beiden Seiten der dunklen Sturmfront verstreut, glitten graue Wolken über den Himmel, zogen schräg herabfallenden Regen hinter sich her. An den Hügelflanken und in den Talmulden wurde die Ebene grün, zeigte einen gesprenkelten Fleckenteppich aus Flechten, Moosen und verfilzten Gräsern. Auf der Kuppe eines nahegelegenen Hügels lag der Kadaver eines wilden Bhederin, der hastig geschlachtet worden war, nachdem er von einem Blitz getötet worden war. Die Beine des Tiers ragten gen Himmel, und auf einem Huf hockte eine sturmzerzauste Krähe. Ausgenommene Eingeweide zogen sich über den Hang, an dem Brohl Handar und seine Schar vorbeiritten.

Die Ahl waren auf der Flucht. Krieger, die an ihren Verletzungen gestorben waren, wurden unter Steinhaufen zurückgelassen, die wie Wegmarkierungen für den fliehenden Stamm waren, obwohl sie in Wirklichkeit unnötig waren, da der Pfad sich durch den Regen in einen breiten Streifen aufgewühlter Erde verwandelt hatte. Diese untypische Sorglosigkeit bereitete dem Aufseher in vielerlei Hinsicht Sorgen, aber vielleicht war es tatsächlich so, wie Bivatt gesagt hatte: die unzeitgemäße Sturmfront, die in den vergangen drei Tagen über die Ebene gezogen war, hatte Rotmaske unvorbereitet getroffen – es gab keine Möglichkeit mehr, die Spuren von Tausenden von Kriegern, ihren Familien und den Herden, die mit ihnen zogen, zu verbergen. Das und die blutige, verheerende Schlacht am Praedegar hatten gezeigt, dass Rotmaske nicht unfehlbar war; in der Tat war es durchaus möglich, dass der maskierte Kriegsführer nun mit aufkommender Meuterei bei seinem Volk zu kämpfen hatte.

Sie mussten diese Sache zu Ende bringen, und zwar bald. Der Versorgungstross aus Drene war überfällig, die Ursache kannten sie nicht. Bivatt hatte heute hundert Lanzenreiter aus Blaurose zurück in die Richtung geschickt, aus der sie gekommen waren; sie sollten die schwer beladenen Wagen und deren Eskorte ausfindig machen. Die Nahrungsmittel-Vorräte gingen bedrohlich zur Neige, und keine Armee, mochte sie auch noch so loyal und gut ausgebildet sein, würde mit leerem Magen kämpfen. Natürlich warteten mehr als genug Festmahle nur ein kleines Stück voraus – die Rodara- und Myrid-Herden. Es musste eine Schlacht geschlagen werden. Rotmaske und seine Ahl mussten vernichtet werden.

Eine Wolke kreuzte ihren Pfad; sie brachte Graupel mit. Es war für diese Zeit überraschend kalt. Brohl Handar und seine Tiste Edur ritten schweigend weiter – dies war nicht der Regen ihrer Heimat, nicht sanft, gemächlich und von Nebelschwaden begleitet. Hier prasselte das Wasser hart herunter, so dass man binnen zwei Dutzend Herzschlägen vollkommen durchnässt war. *Wir sind hier wirklich Fremde.*

*Aber was das angeht, sind wir nicht die Einzigen.*

Sie fanden merkwürdige Steinhaufen, die mit grässlichen Gesichtern in weißer Farbe bemalt waren, und in den Ritzen und Spalten dieser Hügelgräber befanden sich merkwürdige Opfergaben – Büschel aus Wolfsfell, Zähne, die Hauer eines unbekannten Tiers und Geweihe, die Reihen von Wölbungen und Rillen aufwiesen. Nichts von alledem entstammte der Kultur der Ahl – selbst die Ahl-Kundschafter in Bivatts Armee hatten so etwas noch nie zuvor gesehen.

Vielleicht ein Nomadenvolk aus dem Ödland im Osten, aber als Brohl mit dieser Idee gekommen war, hatte die Atri-Preda nur den Kopf geschüttelt. *Sie weiß etwas. Noch so ein verdammtes Geheimnis.*

Sie ritten aus dem Regen heraus, in dampfend heißes Sonnenlicht getränkt vom schweren Geruch nach nassen Flechten und Moos.

Der breite Streifen aufgewühlter Erde befand sich zu ihrer Rechten. Noch näher heranzugehen bedeutete, den Gestank von Dung und menschlichen Fäkalien abzubekommen, einen Geruch, den er inzwischen mit Verzweiflung in Verbindung brachte. *Wir kämpfen unsere Kriege und lassen hinter uns den Gestank von Leid und Elend zurück. Diese Ebenen sind riesig, oder? Welchen schrecklichen Preis würden wir zahlen müssen, wenn wir einander einfach in Ruhe lassen würden? Ein Ende für dieses Gezänk um Land – Vater Schatten weiß, dass es eigentlich niemandem wirklich gehört. Das Spiel namens Besitz ist eines, das uns zu eigen ist, nicht den Felsen und der Erde, den Gräsern und den Kreaturen, die in ihrem nervenaufreibenden Kampf ums Überleben auf der Oberfläche wandeln.*

*Ein Blitz zuckt herab. Ein wilder Bhederin wird getroffen und explodiert beinahe, als wenn das Leben selbst zu viel wäre, um es zu ertragen.*

*Die Welt ist hart genug. Sie braucht unsere vorsätzlichen Grausamkeiten nicht. Unsere Zelebrierung der Bösartigkeit.*

Sein Kundschafter kehrte im Galopp zurück. Brohl Handar hob eine Hand, um seine Schwadron zum Haltmachen aufzufordern.

Der junge Krieger zügelte mit beeindruckender Anmut sein Pferd. »Aufseher, sie sind auf dem Q'uson Tapi. Sie sind nicht drumherum gegangen, Herr – wir haben sie!«

Q'uson Tapi, ein Name, der nur auf den ältesten Karten der Letherii zu finden war; die Worte selbst waren so alt, dass sogar ihre Bedeutung unbekannt war. Das Bett eines toten Binnenmeeres oder eines riesigen Salzsees. Flach, meilenweit nicht die geringste Erhebung oder sonstige Geländeformation – zumindest war es auf den Karten so angegeben. »Wie weit vor uns ist dieses Q'uson Tapi?«

Der Kundschafter blickte zum Himmel und kniff die Augen zusammen, als er nach Westen, in Richtung der Sonne schaute. »Wir können es vor Anbruch der Abenddämmerung erreichen«, sagte er.

»Und die Ahl?«

»Sie waren keine drei Meilen mehr von der alten Küstenlinie entfernt, Aufseher. Wo sie hingehen, gibt es kein Viehfutter – die Herden sind dem Untergang geweiht, genau wie die Ahl selbst.«

»Hat der Regen Q'uson Tapi schon erreicht?«

»Bis jetzt noch nicht, aber das wird bald geschehen – und dann wird der Lehm sich in Schlamm verwandeln. Die großen Wagen werden gegen uns nutzlos sein.«

*Genau wie die Reiterei auf beiden Seiten, würde ich wetten.*

»Reite zurück zur Marschkolonne«, wies Brohl Handar den Kundschafter an, »und berichte der Atri-Preda. Wir werden an der ehemaligen Küstenlinie auf sie warten.«

Ein Gruß im Stil der Letherii – ja, die jüngeren Edur hatten sich solche Sachen schnell angeeignet –, und dann trieb der Kundschafter sein Pferd an.

*Rotmaske, was hast du jetzt getan?*

Den größten Teil des Tages hatte Atri-Preda Bivatt versucht, sich einzureden, dass das, was sie gesehen hatte, von einem erschöpften, überreizten Geist heraufbeschworen worden war, von der Vorliebe des Auges, Umrisse in nichts zu entdecken, alles im hämischen Dienst einer zitternden Vorstellungskraft. Als das Grau der Morgendämmerung kaum zu erahnen gewesen war, war sie losgewandert, allein, um vor einem Steinhaufen stehenzubleiben – diese merkwürdigen Gebilde, an denen sie nun vorbeikamen, während sie immer weiter nach Osten vordrangen. Dämonische Gesichter in weiß auf den flacheren Seiten der großen Felsblöcke. Weihegaben in Nischen und zwischen den grob aufeinandergestapelten Steinen.

Zwei Tage zuvor hatten sie einen solchen Steinhaufen auseinandergenommen und hatten in seinem Innern … sehr wenig gefunden. Einen einzelnen flachen Stein, auf dem ein zersplittertes Stück verwittertes Holz ruhte – scheinbar zufällig, aber Bivatt wusste es besser. Sie konnte sich an einen lange zurückliegenden Tag an der Nordküste erinnern, einen Tag, an dem das Meer wild gegen die Küste geschlagen hatte, an eine Reihe von Kriegskanus, bei denen jeweils der Bug abgenommen worden war – und das Holz, das Holz war das gleiche wie das hier inmitten des Steinhaufens in der Ahl'dan.

Und während sie so vor dem neuen Steinhaufen gestanden hatte und das Morgengrauen langsam himmelwärts gekrochen war und graue Regenschwaden herabgeprasselt waren, hatte sie zufällig aufgeblickt. Und sah – einen dunkelgrauen Umriss, menschenähnlich, aber sehr groß, zwanzig, dreißig Schritt entfernt. Allein, reglos, sie beobachtend. Das Blut in ihren Adern verlor jegliche Wärme, und schlagartig war der Regen so kalt wie die donnernden Wogen an der Nordküste vor vielen Jahren.

Eine Windböe, die die Wasserwand einen Augenblick lang undurchsichtig machte, und als sie vorbei war, war die Gestalt verschwunden.

Die Kälte wollte sie hingegen leider nicht verlassen, das Gefühl, einem abschätzenden, beinahe unmenschlichen Blick ausgesetzt zu sein.

Ein Geist. Eine Gestalt, die ihr Verstand heraufbeschworen hatte, ein Streich, den Regen und Wind und das fahle Grau des frühen Morgens ihr gemeinsam gespielt hatten. *Aber nein, er war da. Und hat mich beobachtet. Derjenige, der diese Steinhaufen gemacht hat.*

*Rotmaske. Ich selbst. Die Ahl und die Letherii und die Tiste Edur, wir duellieren uns hier auf dieser Ebene. Und nehmen an, wir seien allein in diesem tödlichen Spiel. Von niemandem beobachtet außer von aasfressenden Vögeln, Kojoten und den Antilopen, die in den Tälern grasen und uns Tag für Tag vorbeiziehen sehen.*

*Aber wir sind nicht allein.*

Der Gedanke machte ihr Angst, auf eine tiefe, kindliche Weise – die Furcht, die in einem Verstand geboren wurde, der zu jung war, um sich von irgendetwas befreien zu müssen, seien es Träume, Alpträume, Ängste oder der Abscheu vor allem, das niemals auszumachen war. Jetzt fühlte sie sich nicht anders.

*Da waren Tausende. Es müssen Tausende gewesen sein. Aber wie konnten sie sich verstecken? Wie konnten sie sich so lange verstecken, die ganze Zeit, ohne dass wir sie entdeckt haben? Ohne, dass die Ahl sie entdeckt haben?*

*Es sei denn, Rotmaske weiß Bescheid. Und jetzt arbeitet er mit den Fremden vom Meer zusammen und bereitet einen Hinterhalt für uns vor. Unsere Vernichtung.*

Sie hatte Recht, sich zu fürchten.

Es würde eine weitere Schlacht geben. Keine der beiden Seiten hatte noch Kraft für mehr. Und falls der Magiermörder nicht ein zweites Mal seine beängstigenden Fähigkeiten zeigte, würde die Zauberei der Letherii den Sieg erringen. Brohl Handars Kundschafter war mit der überraschenden Neuigkeit zurückgekommen, dass Rotmaske sein Volk auf Q'uson Tapi hinausgeführt hatte, und auf dem flachen Boden des ausgetrockneten Meeres würde es keine Leugnung der Magie geben. *Rotmaske will die Entscheidung erzwingen. Wenn wir auf Q'uson Tapi aufeinanderstoßen, wird unser aller Schicksal entschieden werden. Keine Flucht mehr, keine Hinterhalte mehr – selbst die Kechra werden sich nirgends verstecken können.*

*Abtrünniger, beherzige bitte, was ich jetzt denke: Wenn du tatsächlich der Gott der Letherii bist, dann bereite uns an besagtem Tag keine Überraschungen. Bitte. Schenke uns den Sieg.*

Das Heer marschierte weiter, auf das ehemalige Ufer eines ausgetrockneten Meeres zu. Wolken sammelten sich weit vor ihnen am Horizont. Regen prasselte auf die salzverkrustete Fläche aus Lehm und Schlamm. Sie würden auf einem Morastboden kämpfen, wo Reiterei nutzlos war, wo kein Pferd schnell genug war, um vor einer Woge aus tödlicher Magie davonzulaufen. Wo Krieger und Soldaten die Klingen kreuzen und dort sterben würden, wo sie standen, bis nur noch eine Seite stehen würde. Triumphierend.

Schon bald würden sie es hinter sich haben. Würden sie alles hinter sich haben.

Seit der Mittagszeit hatte Rotmaske seine Leute unnachgiebig angetrieben, hinaus auf den Meeresgrund, immer knapp vor den Regenwolken. Drei Meilen, dann sechs unter der sengenden Sonne und in einer Luft, die vom herannahenden Sturm fiebrig wurde. Dann hatte er alle haltmachen lassen, aber die Emsigkeit hatte nicht aufgehört, und Toc Anaster hatte zugesehen – anfangs verwirrt, doch dann mit wachsendem Erstaunen und schließlich voller Bewunderung –, wie die Ahl-Krieger die Waffen ablegten, sich ihrer Rüstungen entledigten und sich dann genau wie die Alten und alle anderen Nichtkämpfer daran machten, die Zelte und jeden Streifen Fell, den sie finden konnten, von den Wagen zu zerren.

Die Wagen selbst wurden auseinandergenommen, immer weiter, bis praktisch nichts mehr übrig blieb als die großen Räder und ihre Achsen, die dann dazu benutzt wurden, die Holzplanken zu transportieren. Felle und Zeltstoff wurden ausgebreitet, mit Holzpflöcken am Boden befestigt, wobei die Pflöcke so tief eingeschlagen wurden, bis sie bündig mit dem Boden abschlossen. Hölzerne Gehwege wurden gebaut, von denen jeder zurück zu einem einzelnen, zentral positionierten Wagenbett führte, das heil gelassen worden war und sich auf Beinen aus Bündeln von Speerschäften erhob, so dass es eine Plattform bildete.

Die Zeltstoffe und Felle erstreckten sich in Reihen, mit Gevierten hinter jeder Reihe, die durch flachgedrückte Weidenwände miteinander verbunden waren, die zuvor die Gerüste der Hütten gebildet hatten. Aber heute Nacht würde niemand unter einem Dach schlafen. Nein, all das, was hier Gestalt annahm, diente nur einem einzigen Ziel. *Der letzten Schlacht.*

Rotmaske hatte eine Verteidigung vor. Er forderte Bivatt und ihre Armee zum Nahkampf heraus, und um das zu tun, würden die Letherii und die Tiste Edur über offenes Gelände marschieren müssen – Toc saß auf seinem Pferd, beobachtete die fieberhaften Vorbereitungen und blickte gelegentlich nach Nordwesten, zu den immer näher rückenden Sturmwolken –, offenes Gelände, das sich bis dahin in ein Meer aus Schlamm verwandelt haben würde.

Möglicherweise würde sie sich entschließen zu warten. *Das würde ich tun, wenn ich sie wäre.* Warten, bis der Regen vorbeigezogen war und der Boden wieder fest wurde. Aber Toc vermutete, dass sie sich keiner derartigen Zurückhaltung befleißigen würde. Rotmaske saß in der Falle, das stimmte, aber die Ahl hatten immer noch ihre Herden – Tausende von Tieren, von denen die meisten jetzt geschlachtet wurden –, von daher konnte Rotmaske warten, und seine Krieger wurden gut ernährt, während Bivatt und ihre Armee sich der echten Gefahr, zu verhungern, ausgesetzt sahen. Sie würde all das Fleisch brauchen, aber um es zu bekommen, würde sie durch die Ahl ziehen müssen; sie würde ihren verhassten Feind vernichten müssen.

*Im Übrigen könnte sie weniger bestürzt sein als Rotmaske vielleicht annimmt, wenn der Tag der Schlacht kommt. Immerhin hat sie ihre Magier.* Nicht mehr so viele wie zuvor, klar, aber immer noch genug, um eine beträchtliche Gefahr darzustellen – tatsächlich sogar ausreichend, um den Sieg herbeizuführen.

Rotmaske würde seine Krieger auf den Inseln aus trockenem Boden postieren. Aber solche Positionen – mit den Ersatztruppen in den Gevierten hinter ihnen – boten keine Rückzugsmöglichkeiten. Dann also eine allerletzte Schlacht, in der sich ihr aller Schicksal auf die eine oder andere Weise entscheiden würde. Hatte Rotmaske das tatsächlich geplant? *Wohl kaum. Praedegar war eine Katastrophe.*

Schwall kam zu ihm geritten. Er trug wieder keine Maske; roter Ausschlag bedeckte seine Stirn. »Das Meer wird wieder leben«, sagte er.

»Wohl kaum«, erwiderte Toc.

»Die Letherii werden trotzdem ertrinken.«

»Diese Planen da werden nicht lange trocken bleiben, Schwall. Und dann gibt es immer noch die Magier.«

»Für diese Feiglinge hat Rotmaske seine Leibwächter.«

»Feiglinge?«, fragte Toc belustigt. »Weil sie sich der Zauberei bedienen, statt Schwerter zu schwingen?«

»Und sich hinter Reihen von Soldaten verstecken, ja. Sie machen sich nichts aus Ruhm. Oder aus Ehre.«

»Das stimmt; das Einzige, woraus sie sich etwas machen, ist zu gewinnen. Was ihnen die Möglichkeit gibt, hinterher über Ehre und Ruhm zu sprechen. Dieses Privileg ist der größte Vorteil der Sieger.«

»Du sprichst wie einer von ihnen, Mezla. Deswegen traue ich dir nicht. Und deswegen werde ich während der Schlacht an deiner Seite bleiben.«

»Es tut mir so leid für dich – aber ich habe die Aufgabe, auf die Kinder aufzupassen. Wir werden nicht in der Nähe der Kämpfe sein.« *Bis die Kämpfe zu uns kommen, was geschehen wird.*

»Ich werde meinen Ruhm darin finden, dir in dem Moment, in dem du dich umdrehst und wegrennen willst, die elende Kehle durchzuschneiden, Mezla. Ich sehe die Schwäche in deiner Seele; ich habe sie schon die ganze Zeit gesehen. Du bist ein gebrochener Mann. Du hättest mit deinen Soldaten sterben sollen.«

»Wahrscheinlich. Zumindest würden mir dann die Urteile eines Mannes erspart bleiben, der kaum ein Barthaar am pickeligen Kinn hat. Hast du jemals bei einer Frau gelegen, Schwall?«

Der junge Krieger starrte ihn einen Moment lang düster an, nickte dann langsam. »Es heißt, du bist schnell mit deinen mit Widerhaken versehenen Pfeilen, Mezla.«

»Eine Metapher, Schwall? Diese Wendung zur Poesie überrascht mich jetzt aber.«

»Du hast unseren Liedern nicht gelauscht, oder? Du hast dich taub für die Schönheit der Ahl gemacht, und in deiner Taubheit hast du das eine Auge geblendet, das dir geblieben ist. Wir sind ein altes Volk, Mezla.«

»Taub, blind – zu dumm, dass ich noch nicht stumm bin.«

»Du wirst es sein, wenn ich dir die Kehle durchschneide.«

Nun, musste Toc sich eingestehen, da hatte der Ahl-Krieger nicht ganz Unrecht.

Rotmaske hatte lange auf diesen Augenblick gewartet. Und es würde kein alter Mann von den Renfayar mit seinen verdammten Geheimnissen bereitstehen, um alles zunichtezumachen. Nein, dafür hatte Rotmaske eigenhändig gesorgt. Vor seinem inneren Auge konnte er noch immer das Gesicht des Alten sehen – die hervorquellenden Augen, die platzenden Äderchen, die heraushängende Zunge, als das faltige Gesicht allmählich blau anlief, und dann hatte es oberhalb seiner würgenden Hände einen tödlichen, gräulichen Farbton angenommen. Dieser Hals war wie nichts gewesen, dünn wie Schilf, und die Knorpel hatte er mit festem Griff wie eine Papyrusrolle zerdrückt. Und er hatte einfach nicht loslassen können, nicht einmal, als der Narr schon lange tot gewesen war.

Zu viele Erinnerungen an seine Kindheit waren in seine Hände geschlüpft, hatten seine Finger in sich windende Schlangen verwandelt, die nicht mit dem leblosen Fleisch in seinem Griff zufrieden schienen, sondern das Gefühl der Kälte suchten, das sich, erst lange nachdem die Seele geflohen war, einstellte. Natürlich war das noch nicht alles gewesen. Der Alte hatte sich für Rotmaskes Herrn gehalten, für seinen Aufseher, um das Wort der Letherii zu gebrauchen, der an der Schulter des Kriegsführers stand, immer bereit, Luft zu holen und Worte zu sprechen, in denen schreckliche Wahrheiten lagen – Wahrheiten, die Rotmaske vernichten würden, die jede Chance, die er hatte, die Ahl zum Sieg zu führen, vernichten würden.

Doch jetzt rückte der Zeitpunkt näher. Er würde Bivatts Kopf auf seinem Speer sehen. Er würde Schlamm sehen und die Leichen von abertausend Letherii und Tiste Edur. Krähen, die am Himmel kreisten und begeisterte Schreie ausstießen. Und er würde auf der hölzernen Plattform stehen und sich all das ansehen. Auch seine schuppigen Leibwächter, die ihn gefunden hatten, die ihn erwählt hatten, und die nun Magier in Stücke rissen, durch die Reihen der Feinde preschten …

Und erneut stieg das Gesicht des Alten in seinem Geist auf. Anfangs hatte er in dieser Vision geschwelgt, doch nun begann sie, ihn zu verfolgen. Ein Gesicht, das seine Träume begrüßte; ein Gesicht, das sich in jeder schmutzigen Sturmwolke andeutete, blutunterlaufenes Grau und ein blauer Farbton, kalt wie Eisen, der den Himmel erfüllte. Er hatte gedacht, er wäre den alten Narren los, ihn und seine grausamen Geheimnisse, die in dem abwägenden Blick lagen – wie der Blick eines Vaters auf einen ungeratenen Sohn, als könnte nichts, was das Kind tat, gut genug sein, den Traditionen der *Ahl* entsprechen, diesen Traditionen, wie sie immer gewesen waren und immer sein würden.

Während die Arbeiten ringsum weitergingen, kletterte Rotmaske auf die Plattform. Die Cadaranpeitsche hing an seinem Gürtel, die Rygtha-Axt baumelte an ihren Lederriemen. *Die Waffen, für die wir einst, vor langer Zeit, geboren wurden. Ist das nicht Ahl genug? Bin ich nicht mehr Ahl als alle anderen Renfayar? Als alle Krieger, die hier versammelt sind? Sieh mich nicht so an, alter Mann. Du hast kein Recht dazu. Du warst nie der Mann, zu dem ich geworden bin – sieh dir meine Leibwächter an!*

*Soll ich dir die Geschichte erzählen, Vater?*

*Aber nein. Du bist tot. Und ich spüre immer noch deinen schwächlichen Hals in meinen Händen – oh, ein Irrtum. Diese Einzelheit gehört zu dem alten Mann. Der auf geheimnisvolle Weise in seinem Zelt gestorben ist. Der letzte der Alten der Renfayar, der meinen Vater gekannt hat, ja, der meinen Vater und alle seine Verwandten gut gekannt hat. Und die Kinder, die sie ihr Eigen nannten.*

*Du Narr, warum hast du nicht zugelassen, dass die Jahre deine Erinnerungen verschwimmen ließen? Warum bist du nicht wie alle anderen tattrigen, hoffnungslosen Alten geworden? Was hat dafür gesorgt, dass deine Augen so scharf geblieben sind? Aber nun nicht mehr, ach ja. Jetzt starrst du Steine und die Dunkelheit an. Jetzt verfault der scharfe Verstand in seinem Schädel, und das war's dann.*

*Lass mich in Ruhe.*

Die ersten Regentropfen trafen ihn, und er schaute zum Himmel auf. Harte Tropfen, die gegen seine Maske prasselten, diese schuppige Rüstung, die eine grässliche Wahrheit verbarg. *Ich bin gefeit. Ich bin unberührbar. Morgen werden wir den Feind vernichten.*

*Die Leibwächter werden dafür sorgen. Schließlich haben sie mich er-*

*wählt, oder? Sie überbringen das Geschenk des Ruhms, und niemand außer mir hat es verdient.*

*Bei den Echsenaugen der K'Chain Che'Malle, ich werde meinen Sieg bekommen.*

Der taube Trommler begann seinen unrhythmischen Donner tief in den Sturmwolken, und die Geister der Ahl, die zornig zur Erde herunterschauten, zogen ihre schartigen Schwerter.

# Kapitel acht

Wir leben in der Erwartung
Dieser höchst kostbaren Sache:
Unser Gott mit klaren Augen
Der in die Ödnis
Unseres Lebens dahinschreitet
Mit dem zusammengebundenen Stroh
Eines Besens
Und mit einem strahlenden Lächeln
Fegt der Gott
Die Sauerei unserer Verbrechen in eine Ecke
Die dilettantischen Vorhaltungen
Die wir jeden Morgen
Bei jedem Sonnenaufgang ausspucken

Wir leben in der Erwartung, ja
In kostbarer Unentschiedenheit
Kaltäugig unsere Tugenden
Die den Samen der Verschwendung säen
In die heiße Erde des Lebens
Den eisig kalten Stahl von Waffen
Zur Hand
Und mit strahlender Vergeltung
Tränken wir diesen Boden
Unter dem klaren Himmel
Mit dem Blut unseres Gottes
Ausgespuckt und gehoben
In starrer Abscheu

*Unser Wartender Gott*
CORMOR FURAL

Türme und Brücken, dünn wie Skelette, und nirgends ein Hinweis auf lenkende Hände, Intelligenz oder einen absichtsvollen Willen. Diese Gebilde mit groben Linien und rau in ihrer knochigen Eleganz, die hoch aufragten, sich der ach so schwachen Blüte des Lichts entgegenreckten, waren vollkommen natürlich. An ihren spindeldürren Füßen entlangzuwandern, bedeutete jedes Gefühl für Proportionen zu verlieren, jedes Gefühl dafür, wie die Welt eigentlich aussehen sollte. Es gab keine Luft, nur Wasser. Kein Licht, nur den Schimmer eines unnatürlichen Geschenks spirituellen Sehvermögens, das diese Türme und sich wölbenden Brücken enthüllte – so groß, so dünn, dass sie aussahen, als könnten sie jeden Moment in die wilden, wirbelnden Strömungen stürzen.

Bruthen Trana, losgerissen von dem Fleisch und den Knochen, die sein ganzes Dasein lang sein Zuhause gewesen waren, wanderte verloren über den Grund eines Ozeans. Das hatte er nicht erwartet. Sämtliche Visionen und Prophezeiungen hatten sie im Stich gelassen; hatten vor allem Hannan Mosag im Stich gelassen. Bruthen hatte erwartet, dass seine Reise ihn an einen fremdartigen, unerwarteten Ort führen würde, vielleicht in eine Sphäre der Mythen. Eine Sphäre, die von Göttern und Dämonen bevölkert war, von Wächtern, die mit unvergänglicher Sturheit lange erloschene Domänen verteidigten.

*»Dort, wo das Licht der Sonne nicht hinkommt.«* Vielleicht war seine Erinnerung nicht vollkommen, aber das war der Kern der grausamen Prophezeiung gewesen. Und er war nichts weiter als ein Krieger aus dem Volk der Tiste Edur – ein seines Körpers beraubter Krieger, wenn man von dem absah, worauf sein Geist – so hartnäckig wie nur irgendein Wächter sein konnte – mutwillig und dickköpfig beharrte.

Und daher schritt er nun dahin und konnte nach unten, auf seine Beine und seinen Körper blicken; er konnte nach oben greifen und sein Gesicht berühren, seine Haare spüren, die jetzt ungebunden waren und wie Seetang in der Strömung wogten. Er konnte die Kälte des Wassers spüren, konnte sogar den enormen Druck spüren, der ihn in dieser dunklen Welt bestürmte. Aber es gab hier keine Wege, keine Straße, keinen offensichtlichen Pfad, der sich um diese steinernen Bauwerke wand.

Verfaulte Schiffsplanken zerbröselten unter seinen Füßen, wurden zu

Wolken aus winzigen Splittern. Nieten, die sich zu Klumpen zusammengeballt hatten, rutschten unter seinen Füßen weg. Irgendwelche kleinen Teile, die Knochen sein mochten, jagten und tanzten auf dem schlammigen Meeresgrund dahin, wurden von den Strömungen kreuz und quer getragen. Auflösung schien der Fluch der Welt zu sein, der Fluch aller Welten. Alles, was kaputtging, alles, was versagte, wanderte nach unten zu einem letzten Ruheplatz, an die Dunkelheit verloren, und das betraf nicht nur die Schiffe auf dem Meer und die Lebewesen an Bord dieser Schiffe. Es galt auch für Wale, Dhenrabi und die winzigsten Schalentiere. Pläne, Vorhaben und großartige Visionen. Liebe, Treue und Ehre. Ehrgeiz, Begierde und Arglist. Er konnte nach unten greifen und alles mit seinen Händen schöpfen, konnte zusehen, wie das Wasser es fortriss, es auf einen wirbelnden kurzlebigen Pfad glitzernden Ruhms schleuderte – und dann war es wieder fort.

Vielleicht war dies die Wahrheit, die er hatte sehen sollen – natürlich nur, wenn man voraussetzte, dass er ausreichend würdig war … eine Einstellung, die aufrechtzuerhalten sich tatsächlich als mühsam erwies. Stattdessen schwappten Wogen der Verzweiflung über ihn hinweg und durch ihn hindurch, die ihren Ursprung in seiner eigenen Seele hatten.

Er war verloren.

*Nach was suche ich? Nach wem suche ich? Ich habe es vergessen. Ist das ein Fluch? Bin ich tot und wandere jetzt verloren herum? Werden diese Türme einstürzen und mich zermalmen, mich zu einem weiteren zerbrochenen, verformten Ding im Dreck und Schlamm machen?*

*Ich bin ein Tiste Edur. So viel weiß ich. Mein echter Körper ist fort, vielleicht für immer.*

Und irgendetwas, irgendeine instinktive Kraft, trieb ihn weiter, Schritt um Schritt. Es gab ein Ziel, etwas, das errungen werden musste. Er würde es finden. Er musste es finden. Es hatte etwas mit Hannan Mosag zu tun, der ihn hierhergeschickt hatte – daran erinnerte er sich, wie an die schwachen Echos der Prophezeiungen.

Doch er fühlte sich wie ein Kind, gefangen in einem Traum, der eine einzige, nie endende Suche nach einem vertrauten Gesicht war, nach seiner Mutter, die irgendwo da draußen war, von seiner Not nichts wusste und ihr gegenüber – wenn sie denn von ihr gewusst hätte – wahrscheinlich gleichgültig gewesen wäre. Denn das war der Kern solcher angstvollen Träume – die Offenbarung, dass die Liebe gestorben war, dass sie eine Lüge war, der größte vorstellbare Verrat überhaupt. Bruthen Trana verstand diese Ängste als das, was sie waren, als die Schwäche, die sie offenbarten, auch wenn er sich ihnen gegenüber hilflos fühlte.

Er wanderte weiter, ließ zu guter Letzt die furchtbaren Monumente hinter sich. Möglicherweise hatte er einige Zeit geweint, obwohl er seine Tränen natürlich nicht spüren konnte – sie waren eins mit dem Meer um ihn herum –, aber er stieß gedämpfte Schreie aus, die seine Kehle rau werden ließen. Dann und wann stolperte er, stürzte, und seine Hände gruben sich tief in den Schlamm. Von den Strömungen hin und her geschleudert, hatte er dann Mühe, wieder auf die Beine zu kommen.

All dies schien eine lange Zeit immer so weiterzugehen.

Bis sich etwas vor ihm in der Dunkelheit abzeichnete. Klobig, auf einer Seite anscheinend mit Abfall aufgeschüttet – Wrackteile, Äste und Zweige und dergleichen. Bruthen Trana stolperte näher, versuchte zu begreifen, was er da sah.

Ein Haus. Umgeben von einer niedrigen Mauer aus dem gleichen schwarzen Stein. Im Hof tote Bäume mit dicken, gedrungenen Stämmen, die jeweils auf einem Hügel standen, der von ihren Wurzeln emporgehoben wurde. Ein gewundener Pfad führte zu drei abgesackten, ausgetretenen Stufen und einer zurückgesetzten, schmalen Tür. Auf jeder Seite dieses Eingangs befanden sich quadratische Fenster, die mit Läden aus Schieferplatten verschlossen waren. Zur Rechten – eine abgerundete Ecke bildend – erhob sich ein gedrungener Turm mit flachem Dach. Aus einem kleinen, mit einer Randleiste versehenen Fenster im oberen Stockwerk schimmerte matter gelber Lichtschein, der unbeständig flackerte.

*Ein Haus. Auf dem Grund des Ozeans.*

*Und es ist jemand zu Hause.*

Bruthen Trana stellte fest, dass er vor dem Tor stand; sein Blick hing an dem sich windenden gepflasterten Weg, der zu den Stufen führte. Er konnte Blüten aus Sand von den Hügeln auf beiden Seiten aufsteigen sehen, als wimmelte es im Schlamm von Würmern. Da er nun näher beim Haus war, bemerkte er den dicken grünen Schleim, der die Wände überzog, und die Strömung – die all den Abfall auf der einen Seite herangeschwemmt hatte – hatte auch auf dem Boden ganze Arbeit geleistet; sie hatte einen der toten Bäume entwurzelt und so lange an dem Hügel gezerrt, bis er nur noch ein Haufen aus mit Entenmuscheln besetzten Felsen war. Mit unnachgiebigen Ästen, von denen Algen hingen, die im Kielwasser der Strömung wirbelten, lehnte der Baum sich gegen das Haus.

*Das ist nicht das, was ich suche.* So viel zumindest wusste er mit plötzlicher Gewissheit. Aber dennoch … er blickte einmal mehr zu dem Turm hinauf, gerade rechtzeitig, um das Licht schwächer werden, als würde es sich entfernen, und dann verschwinden zu sehen.

Bruthen Trana betrat den gepflasterten Weg.

Die Strömung schien hier stärker zu sein, als wäre sie darauf erpicht, ihn von dem Weg abzubringen, und ein Instinkt sagte dem Tiste Edur, dass es nicht gut wäre, in diesem Hof fehlzutreten. Leicht vorgebeugt schob er sich weiter.

Als Bruthen Trana die Stufen erreichte, wurde er von einem plötzlichen Aufruhr in der Strömung beinahe umgestoßen, und als er aufblickte, sah er, dass die Tür sich geöffnet hatte. Im Türrahmen stand eine überaus ungewöhnliche Gestalt. So groß wie der Tiste Edur, aber so dünn, dass sie ausgemergelt wirkte. Knochenweiße Haut, dünn und locker, ein langes, schmales Gesicht, von unzähligen Falten gesäumt. Die Augen waren von einem blassen Grau, das senkrechte Pupillen umgab.

Der Mann trug ein verrottetes, farbloses Seidengewand, das weder die zusätzlichen Gelenke an Armen und Beinen, noch das Brustbein verhüllte, das in der Mitte ein waagrechtes Scharnier zu haben schien. Oder die überzähligen Rippen und den zweiten Satz Schlüsselbeine, die knapp unter den normalen lagen. Seine Haare – kaum mehr als ein paar Strähnen auf einem fleckigen Schädel – wehten wie Spinnweben. In der einen Hand hielt der Mann eine Laterne, in der sich ein Stein befand, der mit einem goldenen Feuer brannte.

Die Stimme, die in Bruthen Tranas Geist sprach, war merkwürdig kindlich. »Ist dies die Nacht der Geister?«

»Ist es denn Nacht?«, fragte Bruthen Trana.

»Ist es denn keine?«

»Ich weiß es nicht.«

»Nun«, antwortete die Gestalt lächelnd, »ich weiß es auch nicht. Willst du zu uns hereinkommen? Das Haus hat schon sehr lange keinen Gast mehr gehabt.«

»Ich gehöre nicht an diesen Ort«, sagte Bruthen Trana unsicher. »Ich glaube ...«

»Du hast Recht, aber es ist gerade Mahlzeit. Außerdem muss dich irgendeine Strömung hierhergebracht haben. Es ist ja nicht so, dass jeder alte Geist das Haus einfach so finden könnte. Du bist hierhergeführt worden, mein Freund.«

»Warum? Von wem?«

»Vom Haus natürlich. Was das ›Warum‹ angeht«, der Mann zuckte die Schultern, trat dann einen Schritt zurück und winkte. »Tritt ein, bitte. Es gibt Wein, angemessenen ... trockenen Wein.«

Bruthen Trana stieg die Stufen hinauf und trat über die Schwelle.

Die Tür schloss sich hinter ihm wie aus eigener Kraft. Sie befanden sich in einem schmalen Korridor; gleich voraus war eine T-förmige Gabelung.

»Ich bin Bruthen Trana, ein Tiste Edur aus ...«

»Ja, ja, gewiss. Das Imperium des Verkrüppelten Gottes. Nun, zumindest eins davon. Ein Imperator in Ketten, ein Volk in Leibeigenschaft« – der Mann warf Bruthen einen raschen Blick über die Schulter zu, während er ihn in den nach rechts abzweigenden Korridor führte – »ihr seid das, Edur, nicht die Letherii; die sind Leibeigene eines viel grausameren Herrn.«

»Münzen.«

»Richtig. Ja.«

Sie blieben vor einer Tür stehen, die sich in einer gerundeten Wand befand.

»Die führt in den Turm«, sagte Bruthen Trana. »Wo ich als Erstes dein Licht gesehen habe.«

»In der Tat. Es ist leider der einzige Raum, der groß genug ist, um meinen Gast zu beherbergen. Ach«, er trat etwas näher, »bevor wir hineingehen, muss ich dich noch vor einigen Dingen warnen. Mein Gast hat eine Schwäche – aber haben wir das andererseits nicht alle? Wie auch immer, es ist mir zugefallen, diese Schwäche zu ... zelebrieren – nun, ja, es wird bald zu Ende gehen, wie es mit allen Dingen ist –, aber jetzt noch nicht. Also – du darfst meinen teuren Gast nicht von der Ablenkung ablenken, für die ich bereits sorge. Hast du mich verstanden?«

»Vielleicht sollte ich dann besser gar nicht erst da reingehen.«

»Unsinn. Es geht um Folgendes, Bruthen Trana: Du darfst nicht über *Drachen* sprechen. Keine Drachen, hast du verstanden?«

Der Tiste Edur zuckte die Schultern. »Dieses Thema hätte sich mir ganz gewiss nicht aufgedrängt –«

»Oh, aber in gewisser Weise hat es das, und das ist auch weiterhin der Fall. Der Geist von Emurlahnis. Scabandari. Vater Schatten. Er verfolgt dich, wie alle Tiste Edur. Die Sache ist heikel, verstehst du? Sehr heikel, sowohl für dich wie für meinen Gast. Ich muss mich auf deine Zurückhaltung verlassen können, oder es wird Ärger geben. Eine Katastrophe, genauer gesagt.«

»Ich werde mein Bestes tun, mein Herr. Einen Augenblick – wie heißt du?«

Der Mann griff nach dem Riegel. »Mein Name geht niemanden etwas an, Bruthen Trana. Am besten, du verwendest einen von meinen vielen Titeln. Der, den mir die Letherii gegeben haben, genügt. Du kannst mich Knöchelchen nennen.«

Er hob den Riegel und stieß die Tür auf.

Dahinter war ein riesiges, kreisförmiges Zimmer – viel zu groß für die Mauern des bescheidenen Turms, den Bruthen Trana von draußen gesehen hatte. Wenn es eine Decke gab, so war sie im düsteren Licht nicht zu sehen. Der von Steinfliesen bedeckte Fußboden hatte fünfzig Schritt Durchmesser – oder mehr. Als Knöchelchen ins Zimmer trat, begann seine Laterne heller zu leuchten und trieb die Schatten zurück. Auf der ihnen gegenüberliegenden Seite grenzte ein erhöhtes Podest an die geschwungene Mauer, auf dem haufenweise Seidendecken, Kissen und Felle verstreut lagen; und am Rande des Podest saß leicht vornübergebeugt ein Riese, dessen Unterarme auf seinen Schenkeln ruhten. Ein Oger oder irgend so ein Dämon, der die gleiche Hautfarbe wie Knöchelchen hatte – doch spannte sich diese Haut über mächtigen Muskeln und einem kräftigen, gedrungenen Körper. Die Hände, die vor den Knien herunterbaumelten, waren selbst für den gewaltigen Körper unverhältnismäßig groß. Lange, struppige Haare umgaben ein grobes Gesicht mit tief in den Höhlen liegenden Augen – so tief, dass selbst das Laternenlicht kaum mehr als einen schwachen Schimmer in den von Graten geschützten Abgründen hervorrufen konnte.

»Mein Gast«, murmelte Knöchelchen. »Kilmandaros. Sie ist überaus freundlich, das versichere ich dir, Bruthen Trana. Wenn sie … abgelenkt ist. Komm, sie ist schon ganz wild darauf, dich zu begrüßen.«

Sie traten näher. Ihre Schritte hallten durch das wasserlose Zimmer. Knöchelchen änderte ein wenig die Richtung und steuerte einen Marmortisch an, auf dem eine staubige Weinflasche stand. »Liebste«, rief er Kilmandaros zu, »sieh nur, wen das Haus zu uns gebracht hat.«

»Stopf es mit Essen und Trinken voll, und schick es wieder weg«, knurrte die riesige Frau. »Ich bin einer Lösung auf der Spur, du dürrer Welpe.«

Bruthen Trana konnte jetzt sehen, dass auf den Fliesen vor Kilmandaros unzählige kleine Knochen verstreut waren – und in sämtliche sichtbaren Oberflächen dieser Knochen waren Muster eingeritzt. Sie schienen nicht geordnet, wirkten eher wie Abfall, der aus einer Tasche ausgeschüttet worden war, doch Kilmandaros starrte stirnrunzelnd mit wilder Konzentration auf sie hinunter.

»Die Lösung«, wiederholte sie.

»Wie aufregend«, sagte Knöchelchen, der von irgendwoher einen dritten Kelch zum Vorschein brachte, in den er bernsteinfarbenen Wein goss. »Dann also doppelt oder nichts?«

»Oh ja, warum nicht? Aber du schuldest mir schon die Schatzkammern von hunderttausend Imperien, lieber Sech …«

»Knöchelchen, meine Liebe.«

»Lieber Knöchelchen.«

»Ich bin mir sicher, dass du mir etwas schuldest, Mutter.«

»Nur noch einen kleinen Augenblick«, antwortete sie und rieb sich die riesigen Hände. »Ich bin so dicht davor. Du warst ein Narr, mir doppelt oder nichts anzubieten.«

»Ach, meine große Schwäche«, sagte Knöchelchen seufzend, während er mit dem Kelch zu Bruthen Trana ging. Als er den Blick des Tiste Edur auffing, zwinkerte er ihm zu. »Die Körner rinnen mit dem Fluss, Mutter«, sagte er. »Du solltest dich mit deiner Lösung beeilen.«

Eine Faust krachte auf das Podest. »Mach mich nicht nervös!«

Es dauerte lange, bis die Echos des donnernden Aufpralls verhallt waren.

Kilmandaros beugte sich noch weiter vor, starrte düster auf die Anordnung der Knochen. »Das Muster«, flüsterte sie, »ja, es ist fast da. Fast ...«

»Ich bin in großzügiger Stimmung«, sagte Knöchelchen, »und biete dir an, die Körner anzuhalten ... für einige Zeit. So dass wir uns unserem neuen Gast gegenüber wie wahre Gastgeber verhalten können.«

Die riesige Frau blickte auf, und ihr Gesicht hatte plötzlich etwas Verschlagenes. »Eine hervorragende Idee, Knöchelchen. Tu das!«

Eine Geste, und das flackernde Licht der Laterne hörte auf zu flackern. Alles wurde auf eine Weise still, die Bruthen Trana nicht genau beschreiben konnte – schließlich hatte sich eigentlich nichts geändert. Und dennoch wusste seine Seele irgendwie, dass die Körner, von denen Knöchelchen gesprochen hatte, die *Zeit* waren, ihr Verstreichen, ihr nie endendes Dahinströmen. Er hatte gerade, mit einer einzigen Geste einer Hand, die Zeit angehalten.

Zumindest in diesem Zimmer. Gewiss nicht überall sonst. Und doch ...

Kilmandaros lehnte sich mit einem zufriedenen Grinsen zurück und richtete die kleinen Augen auf Bruthen Trana. »Ich verstehe«, sagte sie. »Das Haus sieht voraus.«

»Für den Azath sind wir wie dahinflitzende Träume«, sagte Knöchelchen, »doch auch wenn wir nichts weiter als flüchtige Einbildungen sind – wie man unser klägliches Dasein sehr wohl bezeichnen könnte –, so haben wir doch unseren Nutzen.«

»Ein paar von uns«, sagte Kilmandaros plötzlich abweisend, »haben sich als nützlicher erwiesen als andere. Dieser Tiste Edur« – eine Geste mit einer großen, narbigen Hand – »ist nach jedem Maßstab von bescheidenem Wert.«

»Der Azath sieht, was wir nicht sehen – in jedem von uns. Vielleicht in uns *allen*, Mutter.«

Ein bitteres Knurren. »Du glaubst, dieses Haus lässt mich aus seinem eigenen Willen gehen – ein Beweis deiner Leichtgläubigkeit, Knöchelchen. Nicht einmal der Azath könnte mich für immer festhalten.«

»Seltsam«, sagte Knöchelchen, »dass er dich überhaupt festhalten konnte.«

Dieser Wortwechsel war alt, wie Bruthen Trana plötzlich klar wurde, und folgte ausgetretenen Pfaden.

»Das wäre niemals passiert«, sagte Kilmandaros leise, »wenn er mich nicht verraten hätte …«

»Ach, Mutter. Ich hege keine sonderliche Zuneigung für Anomander Purake, aber lass uns gerecht sein. Er hat dich nicht verraten. In Wirklichkeit warst *du* es, die sich von hinten auf *ihn* …«

»Weil ich seinen Verrat vorausgesehen habe!«

»Anomander bricht sein Wort nicht, Mutter. Er hat es noch nie gebrochen und wird es niemals brechen.«

»Erzähl das mal Osserc …«

»Der auch die Angewohnheit hatte, Anomanders Verrat ›vorauszusehen‹.«

»Und was ist mit Draconus?«

»Was ist mit ihm, Mutter?«

Kilmandaros knurrte leise etwas vor sich hin.

»Unser Gast aus dem Volk der Tiste Edur sucht den Ort der Namen«, sagte Knöchelchen.

Bruthen Trana zuckte zusammen. *Ja!* Es stimmte – eine Tatsache, von der er vor diesem Augenblick, vor Knöchelchens leisen Worten, nicht einmal gewusst hatte. *Der Ort der Namen. Der Namen der Götter.*

»Dann wird es Ärger geben«, sagte Kilmandaros und rutschte unruhig hin und her. Ihr Blick wurde wieder und wieder von den verstreuten Knochen angezogen. »Er muss sich also an dieses Haus erinnern. Muss sich an den Pfad – an jeden Schritt – erinnern, oder er wird für alle Zeiten verloren umherirren. Und mit ihm die Namen aller vergessenen Götter, ebenso verloren, wie sie es immer waren.«

»Sein Geist ist stark«, sagte Knöchelchen. Er richtete den Blick auf Bruthen Trana und lächelte. »Dein Geist ist stark. Vergib mir – oft vergessen wir die Welt da draußen vollständig, selbst wenn zu so seltenen Gelegenheiten wie dieser hier die Welt bei uns *hereinplatzt.«*

Der Tiste Edur zuckte die Schultern. Ihm war schwindlig. *Der Ort der Namen.* »Was werde ich dort finden?«, fragte er.

»Er fängt schon an zu vergessen«, murmelte Kilmandaros.

»Den Pfad«, antwortete Knöchelchen. »Mehr als das, genau genommen. Aber wenn alles getan ist – wenn du an jenem Ort alles erledigt hast –, dann musst du dich an den Pfad erinnern, Bruthen Trana, und du musst ihn ohne den Hauch eines Zweifels beschreiten.«

»Aber Knöchelchen, in meinem ganzen Leben habe ich noch niemals einen Pfad ohne den Hauch eines Zweifels eingeschlagen – mehr als einen Hauch, genauer gesagt …«

»Wie überraschend«, unterbrach ihn Kilmandaros, »für eines von Scabandaris Kindern …«

»Ich muss die Körner wieder rinnen lassen«, verkündete Knöchelchen plötzlich. »In den Fluss – das Muster, Mutter, es verlangt einmal mehr nach deiner Aufmerksamkeit.«

Sie fluchte in einer unbekannten Sprache, beugte sich dann wieder vor, um finster auf die Knochen hinunterzublicken. »Ich war da«, murmelte sie. »Fast da – so nah, so …«

Ein schwaches Läuten hallte durch das Zimmer.

Ihre Faust krachte wieder wie ein Donnerschlag auf das Podest, und dieses Mal schienen die Echos kein Ende zu nehmen.

Auf ein unauffälliges Zeichen von Knöchelchen hin trank Bruthen Trana den guten Wein aus und stellte den Kelch wieder auf die Marmortischplatte.

Es war Zeit zu gehen.

Knöchelchen führte Bruthen Trana hinaus auf den Korridor. Als der Tiste Edur einen letzten Blick zurück in das luftige Zimmer warf, sah er, dass Kilmandaros – die Hände auf die Knie gestützt – ihn direkt anstarrte. Ihre matt glänzenden Augen wirkten wie zwei einsame, sterbende Sterne am Firmament. Bruthen Trana erschauerte bis ins Mark. Er zwang sich, den Blick abzuwenden, und folgte Kilmandaros' Sohn zur Vordertür.

Auf der Schwelle blieb er einen Augenblick stehen, sah Knöchelchen forschend an. »Dieses Spiel, das du mit ihr spielst – sag mir, gibt es das Muster überhaupt?«

Brauen wölbten sich. »Beim Werfen der Knochen? Ich will verdammt sein, wenn ich das wüsste.« Ein unerwartetes Lächeln. »Unsere Art, ach – wir *lieben* Muster so sehr.«

»Sogar wenn sie nicht existieren?«

»Tun sie das denn nicht?« Das Lächeln wurde schelmisch. »Geh, Bruthen Trana, und achte auf den Pfad. Achte immer auf den Pfad.«

Der Tiste Edur trat hinaus auf die Pflastersteine. »Das würde ich ja«, murmelte er, »wenn ich ihn denn finden könnte.«

Als er vierzig Schritt vom Haus entfernt war, drehte er sich um, um zurückzuschauen – und sah nichts als Strudel, die Schlammtrichter aufwirbelten.

*Weg. Als wenn ich mir das alles nur eingebildet hätte.*

*Aber ich wurde gewarnt, oder? Irgendetwas über einen Pfad.*

*»Erinnere …«*

Entschwunden. Wieder. Erinnerungen, die von den wilden Wasserwinden weggerissen wurden.

Er drehte sich um und ging weiter, bewegte sich stolpernd, Schritt für Schritt, auf etwas zu, das er aus seinem Geist nicht ans Licht holen konnte, sich nicht einmal vorstellen konnte. Endete hier das Leben? Auf einer hoffnungslosen Queste, einer ewigen Suche nach einem verlorenen Traum?

*Erinnere dich an den Pfad. Oh, Vater Schatten, erinnere dich … an etwas. An irgendetwas.*

Wo die großen Eisbrocken gewesen waren, standen jetzt kleine Baumgruppen. Erlen, Espen und Hartriegel bildeten einen wirren Saum, der die tote Stadt der Meckros umgab. Jenseits der Bäume wuchsen die Steppengräser, unter ihnen langwurzeliges Bartgras und rotlippige Mohnblumen, die die Grabhügel bedeckten, in denen die Knochen von Abertausend Menschen ruhten.

Hier und da standen immer noch Reste von Gebäuden auf massiven Holzpfosten, während andere sich geneigt hatten, dann umgefallen waren und ihren Inhalt auf abgesackte Straßen ergossen hatten. Üppig wucherndes Unkraut und Gestrüpp sprenkelten die gewaltige ausgedehnte Ruinenlandschaft, und zwischen den zerbrochenen Häusergerippen erstreckte sich ein Blumenteppich, der Farben im Überfluss nach allen Seiten verströmte.

Er stand auf einer umgestürzten Säule aus staubigem Marmor balancierend, die ihm einen Blick auf das Panorama gestattete – von der Stadt, die sich zu seiner Linken erstreckte, bis zu dem zerklüfteten Grat, den grün belaubten Bäumen und den Erdhügeln dahinter zu seiner Rechten. Seine Augen – feurige Bernsteinaugen – waren auf etwas am fernen Horizont direkt vorausgerichtet. Die Winkel seines breiten Mundes waren aus Gewohnheit leicht herabgezogen, ein Ausdruck, der stets im Kampf mit der lodernden Freude in seinen Augen zu liegen schien. *Die Augen seiner Mutter*, wie es hieß. Aber irgendwie weniger wild, und das lag vielleicht an dem beunruhigenden Geschenk seines Vaters – einem Mund, der nicht erwartete, jemals zu lächeln.

Sein zweiter Vater, sein wirklicher Vater. Mit dem er über Blutsbande verbunden war. Derjenige, der in der siebten Woche seines Lebens zu Besuch hier gewesen war. Ja, während ihn ein Mann namens Araq Elalle aufgezogen hatte, während er in der Stadt der Meckros gelebt hatte, war es ein anderer gewesen – der Fremde in Gesellschaft einer blonden Knochenwerferin –, der Menandore – Rud Elalles Mutter – seinen Samen gegeben hatte. Seine Betreuer vom Volk der Imass waren solchen Wahrheiten gegenüber nicht blind gewesen, und oh, wie hatte Menandore hinterher über sie gewettert.

*»Ich habe mir von Udinaas alles genommen, was ich brauchte! Und was ich übriggelassen habe, ist nichts weiter als eine Hülle. Er kann niemals mehr ein anderes Kind zeugen – er ist nur noch eine Hülle! Ein nutzloser Sterblicher – vergiss ihn, mein Sohn. Er ist nichts.«* Und ihr Sohn war vor dem schrecklichen Begehren in ihren flammenden Augen zurückgeschreckt.

Rud Elalle war jetzt groß, sogar eine halbe Handbreit größer als seine Mutter. Seine Haare, die er lang und wild im Stil der Imass-Krieger vom Stamm der Bentract herabhängen ließ, waren sonnengebleicht braun. Er trug einen Umhang aus Ranag-Fell, tiefbraun, mit bernsteinfarbenen Flecken, und darunter ein weiches Hirschlederhemd. Seine Beinlinge waren aus dickerem, widerstandsfähigerem Allishleder. An den Füßen trug er Mokassins aus Ranagleder, die bis fast unter seine Knie reichten.

Eine Narbe zog sich rechts an seinem Hals hinunter, das Geschenk eines Ebers im Todeskampf. Vor Jahren hatte er sich das linke Handgelenk gebrochen, und es war schief zusammengewachsen, die Stellen, an denen die Brüche gewesen waren, traten – von kräftigen Sehnen umgeben – knotig hervor, doch der Arm war dadurch nicht schwächer geworden; ganz im Gegenteil, er war jetzt stärker als der andere. Menandores Geschenk, diese merkwürdige Antwort auf jegliche Verletzung, als versuchte sein Körper, sich auf jede erdenkliche Weise dagegen zu wappnen, dass er noch einmal dieselbe Verletzung erlitt. Es hatte noch andere Brüche, andere Wunden gegeben; das Leben bei den Imass war hart, und er wollte sich nicht von ihnen vor dieser Härte beschützen lassen. Er lebte bei den Bentract, er war ein Bentract. Hier, bei diesem wunderbaren Volk, hatte er Liebe und Kameradschaft gefunden. Solange er konnte, würde er so leben wie sie.

Doch leider spürte er jetzt … dass diese Zeit sich dem Ende zuneigte. Sein Blick blieb auf den fernen Horizont gerichtet, selbst als er ihre Ankunft an seiner Seite spürte. »Mutter«, sagte er.

»Imass«, sagte sie. »Sprich unsere Sprache, mein Sohn. Sprich die Sprache der Drachen.«

Ein leichtes Missfallen ließ Rud Elalle missmutig werden. »Wir sind keine Eleint, Mutter. Jenes Blut ist gestohlen. Unrein …«

»Trotzdem sind wir Kinder von Starvald Demelain. Ich weiß nicht, wer deinem Geist diese Zweifel eingeflößt hat. Aber sie sind eine Schwäche, und dafür ist jetzt nicht die richtige Zeit.«

»Nicht die richtige Zeit«, wiederholte er.

Sie schnaubte. »Meine Schwestern.«

»Ja.«

»Sie wollen mich. Sie wollen ihn. Doch sie rechnen nicht damit, dass du ihre Pläne bedrohen könntest, mein Sohn. Oh, sie wissen, dass du mittlerweile erwachsen bist. Sie wissen um die Macht in dir. Aber sie wissen nichts von deiner Willensstärke.«

»Genauso wenig wie du, Mutter.«

Er hörte, wie sie Luft holte. Das plötzliche bedeutungsschwangere Schweigen, das folgte, erheiterte ihn. Er nickte in Richtung des fernen Horizonts. »Kannst du sie sehen, Mutter?«

»Sie sind unwichtig. Vielleicht überleben sie, aber ich würde nicht darauf wetten. Du musst begreifen, Rud, bei dem, was geschehen wird, ist niemand von uns sicher. Niemand. Du nicht, ich nicht, deine geschätzten Bentract …«

Bei diesen Worten drehte er sich um, und seine Augen waren schlagartig ein Spiegel ihrer Augen – leuchtend vor Wut und Drohung.

Sie wäre beinahe zurückgeschreckt, und er sah es und war erfreut. »Ich werde nicht zulassen, dass irgendein Leid über sie kommt, Mutter. Du willst meinen Willen verstehen. Jetzt kennst du ihn.«

»Das ist närrisch. Nein, Wahnsinn. Sie sind nicht einmal lebendig …«

»In ihren Gedanken sind sie es. In meinen Gedanken sind sie es auch, Mutter.«

Sie lachte höhnisch. »Halten sich auch die Neuen unter den Bentract an diesen edlen Glauben, Rud? Hast du ihre Geringschätzung nicht gesehen? Ihre Verachtung für ihre eigenen verblendeten Verwandten? Es ist nur eine Frage der Zeit, bis einer von ihnen die Wahrheit ausspricht – und die Illusion für alle Zeit zerstört …«

»Das werden sie nicht«, sagte Rud, während er einmal mehr die ferne Gruppe von Wanderern beobachtete, die sich der Ruinenstadt näherte. »Du kommst nicht oft genug hierher«, sagte er. »Geringschätzung und Verachtung, ja, aber jetzt wirst du auch Furcht sehen.«

»Vor dir? Oh, mein Sohn, du Narr! Und wissen deine adoptierten Verwandten, dass sie deinen Rücken vor ihnen schützen sollen? Natürlich nicht, denn das würde zu viel offenbaren, würde unangehme Fragen aufwerfen – und die Imass sind keine Leute, die sich leicht beiseiteschieben lassen, wenn sie die Wahrheit suchen.«

»Mein Rücken wird bewacht werden«, sagte Rud.

»Von wem?«

»Nicht von dir, Mutter?«

Sie zischte auf eine höchst reptilische Weise. »Wann? Während meine Schwestern eifrig bestrebt sind, mich zu töten? Wenn er den Finnest in Händen hat und uns alle ansieht?«

»Wenn nicht du«, sagte er leichthin, »dann eben jemand anderes.«

»Es wäre klüger, die Neuankömmlinge jetzt zu töten, Rud.«

»Und dann hätten meine Verwandten keine Fragen mehr?«

»Es wäre außer dir niemand mehr am Leben, um diese Fragen zu beantworten, und du kannst ihnen natürlich erzählen, was du willst. Töte diese neuen Imass, diese Fremden mit dem verschlagenen Blick, und mach es schnell.«

»Ich glaube nicht.«

»Töte sie, oder ich werde es tun.«

»Nein, Mutter. Die Imass gehören zu mir. Wenn du das Blut meines Volkes vergießt – das Blut irgendeines Mitglieds meines Volkes –, wirst du an dem Tag, an dem Sukul und Sheltatha kommen, alleine dastehen – an dem Tag, an dem Silchas Ruin kommt, um Anspruch auf den Finnest zu erheben.« Er warf ihr einen Blick zu. Konnte weiße Haut noch blasser werden? »Ja, sie kommen alle an einem einzigen Tag. Ich war bei den Zwölf Toren – ich habe gewacht, wie du es mir aufgetragen hast.«

»Und?« Die Frage kam beinahe atemlos.

»Kurald Galain ist zutiefst beunruhigt.«

»Sie kommen näher?«

»Das weißt du genauso gut wie ich – schließlich ist mein Vater bei ihnen, oder? Du stiehlst seine Augen, wann immer es dir passt …«

»Nicht so einfach wie du glaubst.« Die Bitterkeit in ihrer Stimme war echt. »Er … macht mich ratlos.«

*Du meinst, er macht dir Angst.* »Silchas Ruin wird den Finnest fordern.«

»Ja, das wird er! Und wir wissen beide, was er mit ihm tun will – *und das dürfen wir nicht zulassen!*«

*Bist du dir dessen so sicher, Mutter? Denn ich bin es nicht, verstehst du? Nicht mehr.* »Es kann gut sein, dass Silchas Ruin eine Forderung ausspricht. Es kann gut sein, dass er grässliche Drohungen ausstößt, Mutter. Das hast du oft genug gesagt.«

»Und wenn wir Seite an Seite stehen, mein Sohn, kann er nicht hoffen, an uns vorbeizukommen.«

»Ja.«

*»Aber wer wird deinen Rücken decken?«*

»Das reicht, Mutter. Ich habe sie ermahnt zu schweigen, und ich glaube nicht, dass sie irgendetwas versuchen werden. Nenne es Vertrauen – nicht in das Ausmaß ihrer Furcht. Nein, mein Vertrauen gründet sich auf das Ausmaß … des Wunders.«

Sie starrte ihn an, offensichtlich verwirrt.

Er verspürte nicht den Drang, seine Worte weiter zu erläutern. Sie würde es rechtzeitig erkennen. »Ich werde jetzt gehen und diese Neuankömmlinge willkommen heißen«, sagte er, während er den Blick wieder auf die näher kommenden Fremden richtete. »Wirst du mich begleiten, Menandore?«

»Du musst verrückt sein.« Worte, in denen Zuneigung mitschwang. Ja, sie konnte ihm nie lange böse sein. Vielleicht, weil er etwas von der flüchtigen Leichtigkeit seines Vaters besaß – einer Leichtigkeit, an die sich sogar Rud selbst von jenem einen kurzen Besuch erinnern konnte. Eine Leichtigkeit, die sich über die gleichmäßigen, wenig beeindruckenden Gesichtszüge des Letherii legte, wann immer die Woge aus Schmerz, Bestürzung – oder in der Tat jedes schroffe Gefühl – vorüber und verschwunden war, ohne die geringste Kräuselung zurückzulassen.

Diese Leichtigkeit, das verstand Rud nun, war Udinaas' wahres Gesicht. Das Gesicht seiner Seele.

*Vater, ich freue mich darauf, dich wiederzusehen.*

Seine Mutter war fort – zumindest war sie nicht mehr an seiner Seite. Als Rud eine plötzliche Windböe spürte, blickte er auf und sah ihren gewaltigen, weißen und goldenen Drachenkörper, der sich mit jedem Schlag seiner mächtigen Schwingen höher in den Himmel schwang.

Die Fremden waren stehengeblieben – sie waren immer noch dreihundert Schritt entfernt – und starrten nach oben, während Menandore noch höher stieg, einen Augenblick zwischen den Luftströmungen dahinglitt – und dann zu einem Sturzflug auf die kleine Gruppe ansetzte. Oh, wie sie es liebte, geringere Lebewesen einzuschüchtern.

Was dann geschah, überraschste Menandore zweifellos mehr als selbst Rud, der unwillkürlich einen überraschten Schrei ausstieß, als zwei katzenartige Gestalten, groß wie Hunde, mit ausgestreckten Vorderläufen aus der Mitte der Gruppe in die Luft sprangen, als Ruds Mutter über sie hinwegsegelte; instinktiv zog sie die Hinterbeine an den Bauch und brachte sich gleichzeitig mit donnernden Flügelschlägen aus der Gefahrenzone. Als Rud sah, wie sie den Kopf wandte, wie ihre Augen voller unverhohlener Wut loderten – sie war tatsächlich aufgebracht –, lachte er und war höchst zufrieden, als er bemerkte, dass das Geräusch bis zu seiner Mutter drang, so dass sie nun ihn zornig anschaute, bis ihr Schwung sie ein gutes Stück über die Fremden und ihre provozierenden

Schoßtiere hinweg getragen hatte und der Moment vorbei war, in dem sie vielleicht eine enge Kurve fliegen und das Maul hätte aufreißen können, um tödliche Magie auf die aufmüpfigen Emlava und ihre Herren loszulassen.

Die Waagschalen neigten sich in die andere Richtung – was Rud mit seinem bellenden Lachen bezweckt hatte –, und sie flog weiter, blendete alles aus, was hinter ihr zurückblieb, einschließlich ihres Sohnes.

Wenn es in seiner Natur gelegen hätte, hätte er jetzt gelächelt. Denn er wusste, dass seine Mutter jetzt lächelte. Erfreut darüber, dass sie ihren einzigen Sohn so erheitert hatte, ihr Kind, das sich sein Lachen wie jeder Imass für die Wunden aufsparte, die er in jenem wilden Spiel namens Leben erlitt. Und selbst ihre Zweifel, die sie in dem Gespräch gerade eben noch so ätzend vorgetragen hatte, würden für eine gewisse Zeit besänftigt sein.

Eine kurze Zeit. Rud wusste, dass diese Zweifel wie Feuer brennen würden, wenn sie zurückkehrten. Aber dann würde es zu spät sein. *Mehr oder weniger.*

Er kletterte von der umgestürzten Säule. Es war an der Zeit, den Fremden entgegenzugehen.

»Das da«, verkündete Igel, »ist kein Imass. Es sei denn, die züchten sie hier groß und rund.«

»Das ist kein Blutsverwandter«, bemerkte Onrack, der die Augen zusammengekniffen hatte.

Igels geisterhaftes Herz hämmerte immer noch wild in seiner geisterhaften Brust – die Nachwehen des verdammten Drachen. Wenn die jungen Emlava und ihr hirnloser Mangel an Angst nicht gewesen wären, hätten sich die Dinge durchaus auch unerfreulich entwickeln können. Ein Knaller in Igels linker Hand. Der Schnelle Ben mit einem Dutzend verwirrender Gewirre, die er möglicherweise alle auf einmal entfesselt hätte. Trull Sengar und seine verdammten Speere – *ja, klar, Drachenschnitzel, die vom Himmel regnen.*

*Es sei denn, sie hätte uns zuerst erwischt.*

Egal wie, der Augenblick war vorüber, und dafür war er dankbar. »Mag sein, dass er kein Verwandter ist, Onrack, aber er ist wie ein Imass gekleidet, und am scharfen Ende der Knochenkeule, die er da trägt, sind eindeutig Steinsplitter.« Igel warf dem Schnellen Ben einen raschen Seitenblick zu – und verspürte einmal mehr ein freudiges Gefühl angesichts des vertrauten Gesichts, des Gesichts eines Freundes – und sagte: »Ich wollte, Fid wäre hier, denn, wenn ich den Mann da nur ansehe, stellen sich mir sämtliche Härchen im Nacken auf.«

»Wenn du bei der Sache sowieso schon ein schlechtes Gefühl hast«, antwortete der Magier, »warum brauchst du dann noch Fid?«

»Weil ich gerne 'ne Bestätigung hätte – deswegen. Der Kerl da vorne hat mit einer Frau gesprochen, die sich dann in einen Drachen verwandelt und versucht hat, uns einen Schreck einzujagen. Jeder, der schuppige Gesellschaft schätzt, macht mich nervös.«

»Onrack«, sagte Trull Sengar, während der Mann vollkommen ungezwungen mit leichten Schritten auf sie zukam, »ich glaube, wir nähern uns dem Ort, an dem Cotillion uns haben wollte.«

Bei diesen Worten machte Igel ein finsteres Gesicht. »Wo wir gerade von schuppig reden – mit Schattenthrons Lakai zu tun zu haben, macht diesen ganzen üblen Kram noch schlimmer …«

»Und du sparst dir wieder einmal die Erklärung, was du hier eigentlich tust, Igel«, antwortete der Tiste Edur und lächelte den Sappeur an – mit jenem leichten verdammten Lächeln, das so verflucht entwaffnend war, dass Igel beinahe jedes Geheimnis in seinem Kopf ausgespuckt hätte, nur um zu sehen, wie dieses Lächeln noch ein bisschen einladender wurde. Trull Sengar war so. Er lud zu Freundschaft und Kameradschaft ein wie der süße Duft einer Blume – möglicherweise einer giftigen – *aber das bin vielleicht nur ich. Mein üblicher Verfolgungswahn. Den ich mir allerdings wohlverdient habe, das sollte ich nicht vergessen. Trotzdem – an Trull Sengar scheint nichts Giftiges zu sein.*

*Es ist nur einfach so, dass ich netten Leuten nicht traue. Da, ich hab's gesagt – zumindest hier in meinem Kopf. Und nein, ich brauche keinen verdammten Grund dafür, beim Vermummten.* Er kam einem der jungen Emlava zu nahe und musste wieder wegtänzeln, um den Krallen zu entgehen. Düster starrte er die fauchende Kreatur an. »Dein Fell gehört mir, Kätzchen, weißt du das? Mir. Pass in der Zwischenzeit gut darauf auf.«

Brennende Augen schauten zu ihm auf, und das Emlava-Junge riss das Maul weit auf und fauchte noch einmal.

*Verdammt, die Fänge werden immer länger.*

Onrack war ein Stück vorausgegangen und blieb jetzt stehen. Augenblicke später hatten sie alle aufgeschlossen, so dass sie nur noch ein paar Schritte hinter ihm standen.

Der große Krieger mit den wirren Haaren kam näher. Fünf Schritte vor Onrack blieb er stehen, lächelte und sagte etwas in einer kehligen Sprache.

Onrack legte den Kopf schief. »Er spricht Imass.«

»Nicht Malazanisch?«, fragte Igel mit gespielter Ungläubigkeit. »Was stimmt nicht mit dem verdammten Narr?«

Das Lächeln des Mannes wurde breiter; er richtete die bernsteinfarbenen Augen auf Igel und sagte auf Malazanisch: »Für diesen verdammten Narren klingen alle Abkömmlinge der Imass-Sprache wie Poesie. Genau wie die Sprachen der Tiste«, fügte er hinzu, während er den Blick Trull Sengar zuwandte. Dann streckte er die Arme zur Seite aus, zeigte die leeren Handflächen. »Ich bin Rud Elalle, von den Bentract Imass wie ein eigenes Kind aufgezogen.«

»Sie müssen sich noch zeigen, Rud Elalle«, sagte Onrack. »Dies ist nicht die Art von Willkommen, die ich von Verwandten erwarte.«

»Ihr seid einige Zeit lang beobachtet worden, ja. Von vielen Clans. Ulshun Pral hat die Botschaft ausgeschickt, dass niemand euren Weg behindern sollte.« Rud Elalle schaute auf die beiden jungen Emlava hinunter, die links und rechts von Trull Sengar angebunden waren. »Die Ay fliehen vor eurem Geruch, und jetzt sehe ich auch, warum.« Dann senkte er die Hände und trat ein paar Schritte zurück. »Ich habe euch meinen Namen genannt.«

»Ich bin Onrack, von den Logros T'lan Imass. Derjenige, der die Emlava bändigt, ist Trull Sengar, ein Tiste Edur vom Stamm der Hiroth. Der dunkelhäutige Mann ist Ben Adaephon Delat, geboren im Reich der Sieben Städte; und sein Kamerad ist Igel, einst ein Soldat des malazanischen Imperiums.«

Ruds Blick richtete sich erneut auf Igel. »Sag mir Soldat, blutest du?«

»Was?«

»Du warst tot, oder? Ein Geist, der sich mit Willensstärke den Körper verschafft hat, den er einst besessen hat. Aber jetzt bist du hier. Blutest du?«

Igel sah verwirrt zum Schnellen Ben. »Was meint er? Bluten, wie eine Frau blutet? Ich bin zu hässlich, um eine Frau zu sein, Ben.«

»Vergib mir«, sagte Rud Elalle. »Onrack erklärt sich als T'lan Imass – aber hier steht er, in Fleisch gekleidet und mit den Wunden eurer Reise in diese Sphäre. Es sind schon andere solche Gäste gekommen. T'lan Imass – einsame Wanderer, die diesen Ort gefunden haben – und auch sie sind in Fleisch gekleidet.«

»Andere Gäste?«, fragte Igel. »Von denen hättet ihr beinahe noch eine mehr bekommen, und sie wäre eine Schlange in eurer Mitte gewesen, Rud Elalle. Wenn du mich fragst – ich an deiner Stelle würde diesen anderen T'lan Imass nicht trauen.«

»Ulshun Pral ist ein weiser Anführer«, antwortete Rud und lächelte erneut.

»Ich bin immer noch ein Geist«, sagte Igel.

»Bist du das tatsächlich?«

Der Sappeur runzelte die Stirn. »Nun, ich werde mich jetzt nicht schneiden, um es herauszufinden.«

»Weil du vorhast, diesen Ort eines Tages wieder zu verlassen. Natürlich, ich verstehe.«

»Klingt ganz so, als ob du das tust«, fuhr Igel ihn an. »Na schön, mag ja sein, dass du mit diesen Bentract Imass lebst, Rud Elalle, aber das ist dann auch schon alles, was diese Verwandtschaftsgeschichte angeht. Also – wer bist du?«

»Ein Freund«, sagte der Mann, und wieder lag ein Lächeln auf seinem Gesicht.

*Ja, klar – wenn du wüsstest, was ich freundlichen Leuten gegenüber empfunden habe.*

»Ihr habt mir eure Namen genannt, und daher heiße ich euch jetzt bei den Bentract Imass willkommen. Kommt, Ulshun Pral ist gespannt darauf, euch kennenzulernen.«

Er setzte sich in Bewegung.

Sie folgten ihm. Mit einem Handzeichen brachte Igel den Schnellen

Ben dazu, an seiner Seite zu gehen, und sie ließen sich ein Stück hinter die anderen zurückfallen. Der Sappeur sprach sehr leise. »Dieser pelzige baumlange Kerl steht auf den Ruinen einer toten Stadt, als wenn er ihr verdammter Fürst wäre, beim Vermummten.«

»Eine Stadt der Meckros«, murmelte der Magier.

»Ja, klar, darauf bin ich auch schon gekommen. Aber wo ist der Ozean? Was bin ich froh, dass ich die Welle nicht mit ansehen musste, die sie hierhergetragen hat.«

Der Schnelle Ben schnaubte. »Götter und Ältere Götter, Igel. Die waren hier und haben alles Mögliche durch die Gegend getreten, da würde ich wetten. Und vielleicht – nur vielleicht – auch noch ein Jaghut. Oder zwei. Hier herrscht ein wildes Durcheinander – es wimmelt nur so von den Überresten von Magie – und nicht nur Magie der Imass. Sogar mehr Jaghut als Imass, genauer gesagt. Und … anderes Zeug.«

»Der Schnelle Ben Delat, klar wie eine Pissgrube.«

»Willst du wirklich wissen, warum Cotillion uns hierhergeschickt hat?«

»Nein. Es auch nur zu wissen, verstrickt mich in sein Netz, und ich werde nicht für irgendeinen Gott tanzen.«

»Und ich tue es dann also, Igel?«

Der Sappeur grinste. »Ja, klar, aber du tanzt – und dann tanzt *du.*«

»Rud hat nicht ganz Unrecht, nebenbei bemerkt.«

»Ja, klar – Leute, die 'nen Knüppel in der Hand haben, haben immer Recht.«

»Was die Sache mit dem Bluten angeht.«

»Beim Vermummten droben, Ben …«

»Oh, jetzt hast du dich aber verraten, Igel. Was macht der Vermummte ›droben‹? Wie tief war eigentlich das Loch, aus dem du gekrabbelt bist? Und – was noch wichtiger ist – warum?«

»Oh, macht es schon keinen Spaß mehr, mich dabeizuhaben? Ich habe dich immer am wenigsten von allen gemocht, verstehst du? Sogar Trotter war mir …«

»Und wer tanzt jetzt?«

»Es ist besser, wenn wir nichts darüber wissen, warum wir hier sind, das versuche ich dir gerade zu sagen.«

»Ganz ruhig. Ich habe schon eine Erklärung, was dich betrifft, Igel, und jetzt kommt was, das dich vielleicht überraschen wird. Nicht nur ich habe kein Problem damit, dass du hier bist – auch Cotillion hat keins.«

»Dreckskerl! Was denn – schickt ihr euch gegenseitig Brieftauben, du und Cotillion?«

»Ich sage nicht, dass Cotillion von dir weiß, Igel. Ich sage nur, dass es ihm nichts ausmachen würde, wenn er es wüsste. Genauso ist es mit Schattenthron ...«

»Bei den Göttern hienieden!«

»Nur die Ruhe!«

»In deiner Nähe ist das unmöglich, Ben. Das war schon immer so und wird immer so bleiben! Beim Vermummten, ich bin ein Geist – und ich bin *immer noch* nervös!«

»Du warst nie gut darin, Ruhe zu bewahren, oder? Man sollte doch annehmen, dass das Sterben dich verändert hätte – zumindest ein bisschen –, aber ich glaube, das ist nicht der Fall.«

»Sehr lustig. Haha.«

Sie gingen jetzt an der Ruinenstadt entlang und kamen in Sichtweite der Grabhügel. Der Schnelle Ben brummte: »Sieht aus, als hätten die Meckros den Tritt nicht überlebt, den man ihnen verpasst hat.«

»Tot oder nicht«, sagte Igel, »du wärest auch nervös, wenn du einen Sack voller Knaller auf dem Rücken mit dir rumtragen würdest.«

»Verdammt, Igel – du hattest da hinten einen Knaller in der Hand! Wenn der Drache –«

»Stimmt, Ben, also sorge dafür, dass die Kätzchen mir vom Hals bleiben; nicht, dass ich einen Satz nach hinten mache und mit dem Knöchel umknicke oder so was. Und hör auf, über Schattenthron und Cotillion zu reden.«

»Ein Sack voller Knaller. Jetzt bin *ich* nervös – du magst ja tot sein, aber ich bin es nicht!«

»Genau.«

»Jetzt wünsche ich mir auch, Fiedler wäre hier – und nicht du.«

»Das war jetzt aber nicht nett! Du verletzt meine Gefühle. Wie auch immer. Was ich dir erzählen wollte, hat etwas mit der T'lan Imass zu tun, mit der ich einige Zeit lang zusammen gereist bin.«

»Was ist mit ihr passiert? Lass mich raten – du hast ihr einen Knaller zugeworfen.«

»Verdammt Recht hast du, Ben – ja, das habe ich getan. Sie hat Ketten hinter sich hergeschleppt. Große Ketten.«

»Der Verkrüppelte Gott?«

»Ja. Alle wollen in diesem Spiel mitspielen.«

»Das könnte sich als Fehler erweisen«, sagte der Magier, während sie durch eine Reihe von Felszungen gingen, hinter denen dünne Rauchsäulen von Kochfeuern aufstiegen. »Der Verkrüppelte Gott würde feststellen, dass er ernsthaft in die Tasche gesteckt wird.«

»Du hast immer noch eine ziemlich hohe Meinung von dir, was? Manche Dinge ändern sich nie.«

»Nicht von mir, du Idiot. Ich habe den Drachen gemeint. Menandore. Rud Elalles Mutter.«

Igel nahm seine Lederkappe ab und zerrte an den wenigen Haaren, die ihm noch geblieben waren. »Das ist genau das, was mich immer wahnsinnig macht! Du! Sachen wie das, einfach mal so rausgelassen wie ein großer, stinkender Haufen – au!« Er ließ seine Haare los. »He, das hat tatsächlich weh getan!«

»Hast du kräftig genug gezogen, dass es blutet, Igel?«

Igel starrte den Magier düster an, der ihn jetzt süffisant anlächelte. »Schau, Ben, das wäre alles gut und schön, wenn ich vorhätte, mir hier eine Hütte zu bauen, ein paar Knollen zu pflanzen und Emlava großzuziehen, weil sie so ein kuscheliges Fell haben oder so. Aber verdammt, ich bin hier nur auf der Durchreise, richtig? Und wenn ich auf der anderen Seite wieder rauskomme, nun, dann werde ich wieder ein Geist sein, und das ist was, woran ich mich gewöhnen muss – und woran ich *gewöhnt bleiben* sollte.«

Der Schnelle Ben zuckte die Schultern. »Dann hör auf, dich an den Haaren zu ziehen, und alles wird in bester Ordnung sein.«

Die Emlava-Jungen waren gewachsen und jetzt kräftig genug, um Trull Sengar aus dem Gleichgewicht zu bringen, wenn sie an ihren ledernen Leinen zerrten; ihre Aufmerksamkeit war wieder auf den malazanischen Soldaten namens Igel gerichtet, den sie blindwütig hassten. Trull stemmte sich vor, um die Tiere mitzuziehen – es war deutlich besser, wenn der Sappeur vorausging, statt hinterherzutrödeln, wie er es gerade tat.

Onrack, der Trulls Mühen bemerkte, drehte sich um und versetzte den beiden Jungtieren einen raschen Klaps auf die flache Stirn. Angemessen eingeschüchtert hörten die Emlava auf, in die falsche Richtung zu zerren, und trotteten mit gesenkten Köpfen weiter.

»Ihre Mutter würde das Gleiche tun«, sagte Onrack.

»Die Pranke der Disziplin«, sagte Trull lächelnd. »Ich frage mich, ob wir das Gleiche auch bei unserem Führer da vorn voraussetzen können.«

Rud Elalle war zehn Schritt vor ihnen – vielleicht konnte er Trulls Worte hören, vielleicht auch nicht.

»Ja, sie teilen das gleiche Blut«, sagte Onrack nickend. »So viel war klar, als sie Seite an Seite gestanden haben. Und wenn die Mutter Eleint-Blut hat, dann auch der Sohn.«

»Ein Wechselgänger?«

»Ja.«

»Ich frage mich, ob er diese Erschwernis vorausgeahnt hat?« Trull meinte Cotillion.

»Ich weiß es nicht«, antwortete Onrack, der nur zu gut verstand. »Die Aufgabe, die uns erwartet, wird immer ungewisser. Freund Trull, ich habe Angst um diese Imass. Um diese ganze Sphäre.«

»Dann überlasse es dem Magier und seinem Sappeur, den Anforderungen unseres Wohltäters zu entsprechen, und wir werden uns darum kümmern, diesen Ort zu schützen – und deine Verwandten, die ihn ihr Zuhause nennen.«

Der Imass warf ihm aus leicht zusammengekniffenen Augen einen Blick zu. »Das sagst du so einfach, mit einer solchen Leichtigkeit?«

»Der Magier ist derjenige, der hier sein muss, Onrack. Seine Macht – er wird die Hand unseres Wohltäters in dem sein, was kommen wird. Du und ich, wir waren nur seine Eskorte, seine Leibwächter, wenn du so willst.«

»Du hast mich falsch verstanden, Trull Sengar. Meine Verwunderung gilt der Bereitwilligkeit, mit der du erneut dein Leben aufs Spiel setzen willst. Dieses Mal für ein Volk, das dir nichts bedeutet. Für eine Sphäre, die nicht die deine ist.«

»Sie sind deine Verwandten, Onrack.«

»Entfernte Verwandte. Es sind Bentract.«

»Wenn es … sagen wir der Stamm der Den-Ratha gewesen wäre, der die Oberherrschaft über alle Stämme der Edur errungen hätte, und nicht mein eigener Stamm, die Hiroth – würde ich dann nicht mein Leben geben, um sie zu verteidigen, Onrack? Sie sind immer noch mein Volk. Für dich ist es das Gleiche, oder? Logros, Bentract – einfach nur Stämme – aber das gleiche Volk.«

»In dir steckt zu viel, Trull Sengar. Du beschämst mich.«

»Vielleicht liegt darin dein eigenes Missverständnis, mein Freund. Vielleicht ist alles, was du hier siehst, meine Suche nach einer Aufgabe, nach etwas, wofür ich kämpfen kann. Etwas, wofür ich sterben kann.«

»Du wirst hier nicht sterben.«

»Ach, Onrack …«

»Es kann gut sein, dass ich kämpfe, um die Bentract und diese Sphäre zu schützen, aber sie sind nicht der Grund, warum ich hier bin. Du bist es.«

Trull konnte seinem Freund nicht in die Augen sehen, und in seinem Herzen war Schmerz. Tiefer, alter, neu erwachter Schmerz.

»Der Sohn«, sagte Onrack ein paar Herzschläge später, »er scheint … sehr jung.«

»Nun, das bin ich auch.«

»Nicht, wenn ich dir in die Augen schaue. Bei diesem Wechselgänger ist es anders«, fuhr er fort, scheinbar ohne auf die Wunde zu achten, die er gerade geschlagen hatte. »Nein, diese gelben Augen sind *jung.*«

»Unschuldig?«

Ein Nicken. »Arglos. Wie die eines Kindes.«

»Dann hatte er also eine einfühlsame Mutter.«

»Sie hat ihn nicht großgezogen«, sagte Onrack.

*Oh, dann waren es also die Imass. Und jetzt fange ich an zu erkennen, zu verstehen.* »Wir werden wachsam sein, Onrack.«

»Ja.«

Rud Elalle führte sie in einen Spalt zwischen zwei Erhebungen aus geschichtetem Fels, auf einen Pfad, der sich um riesige Felsbrocken wand, bevor er sich zum Dorf der Imass öffnete.

Felsenschutzhütten entlang einer Klippe. Von Stoßzähnen eingerahmte Hütten, die dürren Rahmen von Trockengestellen, auf die Häute gespannt waren. Kinder rannten wie gedrungene Kobolde inmitten einer Gruppe von vielleicht dreißig Imass herum. Männer, Frauen, Alte. Ein Krieger stand vor allen anderen, während ein Stück abseits drei weitere Imass standen; ihre Kleidung war zerschlissen und unterschied sich im Schnitt und im Stil etwas von der der Bentract. Die Fremden, wurde Trull klar – Gäste, die dennoch abseits blieben.

Als Onrack sie erblickte, wurde sein freundlicher Gesichtsausdruck hart. »Mein Freund«, sagte er leise zu Trull, »pass auf die drei da drüben auf.«

»Zu diesem Schluss bin ich auch schon gekommen«, gab Trull ebenso leise zurück.

Rud Elalle ging weiter und stellte sich an die Seite des Anführers der Bentract. »Dies ist Ulshun Pral«, sagte er und legte dem Mann eine Hand auf die massige Schulter – eine Geste offener Zuneigung, anscheinend in seliger Unkenntnis der wachsenden Spannung am Rande dieses Dorfs.

Onrack trat ein paar Schritte vor. »Ich bin Onrack der Zerbrochene, einst von den Logros T'lan Imass, ein Kind des Rituals. Ich bitte darum, dass wir als Gäste von deinem Stamm aufgenommen werden, Ulshun Pral.«

Der Krieger mit der honigfarbenen Haut sah stirnrunzelnd Rud Elalle an und sagte dann etwas in seiner eigenen Sprache.

Rud nickte und wandte sich dann wieder an Onrack. »Ulshun Pral bittet dich, in der Ersten Sprache zu sprechen.«

»Er hat gefragt, warum ich mich entschlossen habe, es nicht zu tun«, sagte Onrack.

»Ja.«

»Meine Freunde kennen die Erste Sprache nicht. Ich kann nicht in ihrem Namen darum bitten, als Gäste aufgenommen zu werden, ohne dass sie es verstehen können, denn ein Gast zu sein, bedeutet, an die Regeln des Stammes gebunden zu sein, und das müssen sie wissen, ehe ich es mir erlaube, in ihrem Namen das Versprechen abzugeben, dass sie Frieden bewahren.«

»Kannst du denn nicht einfach übersetzen?«, fragte Rud Elalle.

»Natürlich, aber das wollte ich dir überlassen, Rud Elalle, denn dich kennt Ulshun Pral – und er traut dir –, während er mich nicht kennt.«

»Also gut, dann werde ich übersetzen.«

»Schluss damit«, rief Igel und stellte vorsichtig seinen Packen ab. »Wir werden allesamt nette Jungs sein, solange niemand versucht, uns umzubringen oder – noch schlimmer – uns womöglich dazu zu bringen, irgendein schreckliches Gemüse zu essen, das in jeder anderen Sphäre dieses Universums zu Recht ausgestorben ist.«

Rud Elalle zeigte beeindruckende Fähigkeiten, denn er übersetzte Igels Worte fast so schnell, wie der Sappeur sie sprach.

Ulshun Pral zog – anscheinend erstaunt – die Brauen hoch, dann drehte er sich um und rief begleitet von einer wilden Geste ein paar älteren Frauen auf der einen Seite der Menge etwas zu.

Igel starrte Onrack finster an. »Was habe ich denn jetzt gesagt?«, wollte er wissen.

Aber Trull sah, dass sein Freund lächelte. »Ulshun Pral hat gerade den Köchinnen Anweisung gegeben, dass sie den Baektar aus dem Eintopf fischen sollen, den sie für uns vorbereitet haben.«

»Den Baek-was?«

»Ein Gemüse, Igel, das nirgends mehr zu finden ist – nur noch hier.«

Schlagartig war die Anspannung verflogen. Es wurde gelächelt, Rufe, die nach Willkommen klangen, ertönten von anderen Imass, und viele kamen zu ihnen, zuerst zu Onrack, und dann, während sich auf ihren Gesichtern Freude und Erstaunen abzeichneten, traten sie zu Trull Sengar – nein, wurde ihm rasch klar, nicht zu ihm – *zu den Emlava-Jungen.* Die tief in der Kehle zu schnurren begannen, als breite, kurzfingrige Hände sich ausstreckten, um sie zu streicheln und hinter den kleinen Pinselohren zu kraulen.

»Jetzt schau dir das an, Ben!« Igel starrte ungläubig auf die Szene. »Ist das etwa gerecht?«

Der Magier gab dem Sappeur einen Klaps auf den Rücken. »Es stimmt schon, Igel – die Toten stinken.«

»Du verletzt schon wieder meine Gefühle!«

Seufzend ließ Trull die ledernen Leinen los und trat zurück. Er lächelte Igel zu. »Ich rieche nichts Ungehöriges«, sagte er.

Doch der Gesichtsausdruck des Soldaten wurde noch finsterer. »Möglicherweise mag ich dich jetzt, Trull Sengar, aber wenn du weiterhin so nett bleibst, dann wird sich das ändern, das schwöre ich.«

»Habe ich dich beleidigt …«

»Achte nicht auf Igel«, mischte der Schnelle Ben sich ein, »zumindest nicht, wenn er redet. Glaub mir, es war die einzige Möglichkeit für uns Übrige im Trupp, nicht verückt zu werden. Achte nicht auf ihn … solange er nicht in den verdammten Sack greift, den er da mit sich rumschleppt.«

»Und was dann?«, fragte Trull vollkommen verwirrt.

»Dann renn weg, als ob dir der Vermummte höchstpersönlich auf den Fersen wäre.«

Onrack hatte sich von denjenigen, die ihn willkommen geheißen hatten, wieder gelöst und ging jetzt auf die Fremden zu.

»Ja«, sagte der Schnelle Ben leise. »Die bedeuten in der Tat Ärger.«

»Weil sie wie Onrack waren? T'lan Imass?«

»Kinder des Rituals, ja. Die Frage ist: Warum sind sie hier?«

»Ich könnte mir vorstellen, dass unabhängig davon, welche Mission sie an diesen Ort geführt hat, die Verwandlung, die sie erfahren haben, sie erschüttert hat, Schneller Ben – vielleicht sind wie bei Onrack auch bei ihnen die Lebensgeister neu erwacht.«

»Nun, sie sehen aus, als wären sie ziemlich aus dem Gleichgewicht.«

Das Gespräch zwischen den Fremden und Onrack war kurz, und Trull sah zu, wie sein alter Freund zu ihnen trat.

»Und?«, fragte der Magier.

Onrack runzelte die Stirn. »Sie sind Bentract, immerhin. Aber sie gehören zu denen, die am Ritual teilgenommen haben. Ulshun Prals Clan war einer von den wenigen, die nicht am Ritual teilgenommen haben, sondern von den Argumenten umgestimmt wurden, die Kilava Onass vorgebracht hat – deshalb haben sie auch die Emlava begrüßt, als wären es Kilvas Kinder«, fuhr Onrack fort. »Es gibt also alte Wunden zwischen den beiden Gruppen. Damals war Ulshun Pral kein Clanführer – um genau zu sein, die T'lan Bentract kennen ihn noch nicht einmal.«

»Und das ist ein Problem?«

»Es ist eines, weil einer der Fremden ein gewählter Anführer ist – von den Bentract selbst gewählt. Hostille Rator.«

»Und was ist mit den anderen beiden?«, fragte der Schnelle Ben.

»Ja, bei denen ist die Sache noch schwieriger. Ulshun Prals Knochenwerfer ist fort. Til'Aras Benok und Gr'Istanas Ish'Ilm, die links und rechts von Hostille Rator stehen, sind Knochenwerfer.«

Trull Sengar holte tief Luft. »Dann denken sie also daran, die Macht zu übernehmen.«

Onrack der Zerbrochene nickte.

»Und was hat sie dann bisher davon abgehalten?«, fragte der Schnelle Ben.

»Rud Elalle, Magier. Menandores Sohn jagt ihnen Angst ein.«

Der Regen prasselte, jeden Augenblick donnerten aufs Neue hunderttausend Lanzen mit eisernen Spitzen aus dem Dunkel auf die Schieferdächer und explodierten auf den gepflasterten Straßen, in denen jetzt Bäche dem Hafen entgegenströmten.

Das Eis nördlich der Insel war nicht still und leise gestorben. Von der Magie eines eigensinnigen Kindes zerschmettert, hatten die weißblauen Berge sich in Dampfsäulen himmelwärts gehoben, die sich dann zu gewaltigen brodelnden Sturmwolken zusammengeballt hatten und – frei von allen ihnen bislang auferlegten Beschränkungen – gen Süden gezogen waren. Und jetzt regneten diese Wolken voller Wut und Rachsucht über der heimgesuchten Stadt ab. Der späte Nachmittag war zur Mitternacht geworden, und nun, da die halb von den Wassermassen gedämpften Klänge der Mitternachtsglocke ertönten, schien es, als würde diese Nacht niemals enden.

Am Morgen – so er denn jemals kommen sollte – würde die Mandata mit ihrer zusammengewürfelten Flotte Segel setzen. Kriegsthrone, knapp zwei Dutzend gut bewaffneter, schneller Geleitschiffe, die letzten Transportschiffe, in denen sich der Rest der Vierzehnten Armee befand, und eine schlanke Dromone, vorangetrieben von unermüdlichen Rudern, an denen kopflose Tiste Andii saßen. Oh, und natürlich würde vorneweg ein einheimisches Piratenschiff segeln, unter dem Kommando einer toten Frau – aber sie spielte keine Rolle. Kehre stattdessen zurück, oh ja, zu jenem Alptraum mit dem schwarzen Rumpf.

Ihre Gastgeber hatten sich alle Mühe gegeben, Nimander Golit und seinen Verwandten die grässliche Wahrheit über die Dromone aus Quon zu verheimlichen. Die abgetrennten Köpfe, die um den Hauptmast herum aufgeschichtet waren, nun ja, sie hatten sie zugedeckt gelassen. Es war schließlich nicht besonders sinnvoll, bei ihren lebendigen Gästen aus dem Volk der Tiste Andii hysterische Anfälle zu provozieren – was durchaus geschehen könnte, sollten sie die Gesichter ihrer Verwandten sehen, ihrer wahren Verwandten, denn stammten sie nicht auch von Drift Avalii? Oh ja, das war tatsächlich der Fall. Onkel, Väter, Mütter, oh, ein Wortspiel würde der ganzen Sache nun mehr Anschaulichkeit verleihen – sie waren, ja, Häupter von Familien, abgeschlagen vor ihrer Zeit, bevor ihre Kinder alt genug, weise genug, hart genug geworden waren, um in dieser Welt zu überleben. Abgeschlagen, ha ha. Nun, der Tod wäre eine Sache gewesen. Zu sterben war eine Sache. Nur eine, aber es gab noch andere Sachen – da waren immer andere Sachen, und man brauchte kein besonderes Wissen, um das zu begreifen. Aber jene Köpfe waren nicht gestorben, waren nicht erst starr geworden und dann langsam wieder weich, während sie verfaulten. Die Gesichter waren nicht weggefault, so dass nur noch Knochen zurückgeblieben waren, nur das Wiedererkennen, das kam, wenn man das, was war, mit dem, was ist und was sein würde, verband. Nein, die Augen starrten immer noch, die Augen blinzelten, weil eine alte Erinnerung ihnen sagte, dass es notwendig war zu blinzeln. Die Lippen bewegten sich, nahmen den Faden unterbrochener Gespräche wieder auf, erzählten Witze, tratschten über Eltern, doch kein einziges Wort konnte sich bilden.

Aber Hysterie war ein verworrener Ort, an dem ein junger Geist sich wiederfinden mochte. Er konnte betäubend laut sein, voller Geschrei und Gekreische und Ausbrüchen von Entsetzen wieder und wieder – eine endlose Woge. Oder aber er konnte still sein – still auf die entsetzliche Weise mancher Arten von Stille – wie die weit offenstehenden Münder, die verzweifelt nach Luft rangen und es doch nicht schafften, sie einzuatmen, während die Augen über diesen Mündern hervorquollen und die Adern deutlich hervortraten; aber es würde kein Atemzug kommen, nichts, was Leben in die Lunge tragen würde. Dies war die Hysterie des Ertrinkens. Des Ertrinkens in sich selbst, im inneren Entsetzen. Die Hysterie eines Kindes mit leeren Augen und einem sabberverschmierten Kinn.

Manche Geheimnisse ließen sich unmöglich bewahren. Die Wahrheit über das schwarze Schiff, beispielsweise. Die Linienführung der *Silanda* war bekannt, zutiefst vertraut. Das Schiff, das ihre Eltern auf eine bedauernswerte Reise mitgenommen hatte, auf die Suche nach dem Einen, den alle Tiste Andii auf Drift Avalii Vater nannten. Anomander Rake. Anomander mit den silbernen Haaren und den Drachenaugen. Sie hatten ihn nicht gefunden, leider. Hatten nie die Möglichkeit bekommen, ihn um Hilfe zu bitten, ihm all jene Fragen zu stellen, die gestellt werden mussten, oder anklagend, verurteilend, verdammend mit dem Finger auf ihn zu deuten. Alles das, ja, ja.

Legt euch in die Riemen, tapfere Eltern, es gilt noch mehr Meer zu durchqueren. Könnt ihr das Ufer sehen? Natürlich nicht. Ihr seht das Sonnenlicht, wenn das Sonnenlicht durch das Segeltuchgewebe scheint, und in euren Köpfen spürt ihr, wie eure Körper schmerzen, wie eure Schultern beansprucht werden, wenn ihr bei jedem Durchziehen der Riemen die Muskeln anspannt und loslasst, anspannt und loslasst. Ihr spürt das Blut aufwallen und sich im Hals ansammeln, als wäre er ein güldner Becher – nur, um dann wieder nach unten zu sacken. *Rudert, verdammt! Rudert zur Küste!*

Ja, zur Küste. Zur anderen Seite dieses Ozeans, und dieser Ozean ist endlos, teure Eltern.

*Deshalb – rudert! Rudert!*

Er hätte beinahe gekichert, aber es wäre gefährlich gewesen, die Stille dieser Hysterie zu brechen, an der er so lange festgehalten hatte, dass sie sich mittlerweile warm wie eine mütterliche Umarmung anfühlte.

Am besten, er machte einfach weiter, arbeitete daran, alle Gedanken an die *Silanda* wegzuschieben, wegzuschließen. An Land – in dieser Schenke, in diesem Raum – war das leichter.

Aber morgen würden sie segeln. Wieder. Hinauf auf die Schiffe, oh, wie die Gischt und der Wind belebten!

Und das war der Grund, warum Nimander in dieser scheußlichen Nacht voller rachsüchtigem Regen wach lag. Denn er kannte Phaed. Und er wusste auch, wie Phaeds persönliche Hysterie aussah – und wozu sie sie verleiten mochte. Heute Nacht, in der durchnässten Asche zur Zeit der Mitternachtsglocke.

Sie konnte sehr leise gehen, als sie aus dem Bett kroch und barfuß zur Tür tappte. *Gesegnete Schwester, gesegnete Tochter, gesegnete Mutter, gesegnete Tante, Nichte, Großmutter – gesegnete Verwandte, Blut von meinem Blut, Spucke von meiner Spucke, Galle von meiner Galle. Ich höre dich.*

*Denn ich kenne deinen Geist, Phaed. Die immer wieder aufwogenden Ausbrüche in deiner Seele – ja, ich sehe deine gefletschten Zähne, dein schmieriges, gespanntes Grinsen. Du hältst dich für unbeobachtet, ungesehen, und daher enthüllst du dein ungeschminktes Selbst. Genau da, in dem gesegneten grauweißen Schlitz, dem das Schimmern des Messers in deiner Hand ein so poetisches Echo gewährt.*

Zur Tür, Phaed, mein Liebling. Heb den Riegel, und raus geht's, den Korridor entlang – immer schön weiterschleichen –, während der Regen auf das Dach peitscht und Wasser in dreckigen Tränen an den Wänden herabrinnt. Es ist so kalt, dass du deinen Atem sehen kannst, Phaed, was dich nicht einfach nur daran erinnert, dass du lebendig, sondern auch daran, dass du sexuell erwacht bist; dass diese Reise der süßeste Genuss verdeckter Geheimnisse ist, die Finger immer spielerisch am Messer, und auf dem schwankenden Schiff im Hafen starren Augen unter durchnässtem grobem Segeltuch in die Schwärze, während das Wasser nach unten rinnt …

Sie macht sich Gedanken, oh ja, sie macht sich Gedanken um Withal. Der aufwachen könnte. Vorher oder hinterher. Der das Blut riechen könnte, den stechenden, an Eisen erinnernden Geruch wahrnehmen könnte – den Tod, der auf Sandalath Drukorlats letztem Atemzug schwebt. Withal, der vielleicht zusehen könnte, wo doch all das, was Phaed war – was sie wirklich war –, nicht gesehen werden durfte … denn so etwas war nicht erlaubt, war niemals erlaubt, und daher würde sie ihn vielleicht ebenfalls töten müssen.

Schlangen stoßen mehr als einmal zu.

Jetzt die Tür, das letzte Hindernis – *rudert, ihr Narren – das Ufer ist ganz nah!* – und natürlich ist keine Sperre da, die sie daran hindert, den Riegel zu bewegen. Es gibt keinen Grund dafür. Außer einem mörderischen Kind – das Kind einer Mutter, deren Kopf auf einem stampfenden Deck einen Segeltuchüberwurf anstarrt. Jenem einen Kind, das hingegangen ist und es sich selbst ansehen wollte. Und wir werden zu einer

Pilgerfahrt verlockt. Denn zu leben bedeutet, Echos nachzujagen. Echos wovon? Das weiß niemand. Aber die Pilgerfahrt wird unternommen, ja, wird immer unternommen, und gelegentlich werden besagte Echos eingefangen – nur ein Flüstern – knarrende Riemen, die Wellen, die wie Fäuste klatschend und pochend gegen den Rumpf schlagen und zeternd verlangen, dass sie hereingelassen werden wollen, und das plätschernde Blut, der spuckende Schleim, wenn es wieder nach unten sinkt. Und in diesen Echos hören wir die Stimme eines Maats: *Rudert! Rudert zum Ufer! Rudert um euer Leben!*

Er erinnerte sich an eine Geschichte – die Geschichte, an die er sich immer erinnerte, immer erinnern würde. Ein alter Mann allein in einem kleinen Fischerboot. Der einem Eisberg entgegenruderte. Oh, er liebte diese Geschichte. Der sinnlose Ruhm, der in ihr mitschwang, die unbekümmerte Magie – er fröstelte bei dem Gedanken jedes Mal aufs Neue, fröstelte angesichts der Vision, die er von dieser wundersamen, tiefgründigen und zutiefst nutzlosen Szene heraufbeschwor. *Was glaubst du eigentlich, was du da tust, alter Mann? Alter Mann – das Eis!*

Drinnen im Zimmer, ein Schatten umringt von Schatten, Düsternis in der Düsternis, die Zähne nun verborgen, doch das Messer schimmert entsetzlich, und in ihm spiegelt sich der Regen, der gegen das verkratzte Regenbogenglas des Fensters trommelt. Und dann erfasst sie ein Schaudern, zwingt sie in die Hocke, als Gefühle durch ihren Bauch nach oben steigen, sich lanzengleich in ihr Hirn bohren, und sie hält den Atem an – oh, Phaed, schrei jetzt nicht. Stöhne nicht einmal.

Sie haben ihre Betten zusammengeschoben – in dieser Nacht haben dann also der Mann und die Hündin die Spucke ihrer Lenden geteilt, ist das nicht süß. Sie schiebt sich näher heran, schaut forschend. Und stellte fest, dass Sandalath zur Linken liegt, ihr am nächsten. Wie passend.

Phaed hebt das Messer.

In ihrem Geist blitzen all die Szenen fortwährender Beleidigungen auf, die diese alte Frau von sich gegeben hat – die ganze, schmutzige Litanei – und die allesamt Phaed herabgesetzt haben, die allesamt all denen, die in der Nähe waren, zu viele von Phaeds geheimen Ängsten offenbart haben –, niemand hat das Recht dazu, niemand hat das Recht, dann auch noch darüber zu lachen – nicht einmal nur mit den Augen.

All diese Kränkungen – nun gut, die Zeit ist gekommen, sie zurückzuzahlen. Hier und jetzt, mit einem festen Stoß des Messers.

Sie hebt das Messer noch höher, holt tief Luft und hält den Atem an.

Und sticht zu.

Nimanders Hand zuckt vor, erwischt ihr Handgelenk, packt sie fest, noch fester, als sie herumwirbelt, die Lippen zurückgezogen, die Augen funkelnd vor Wut und Angst. Ihr Handgelenk ist dünn, wie eine knochige Schlange, ist gefangen, und hektisch versucht sie das Messer zu drehen, Nimanders Hand mit der Schneide zu verletzen. Er dreht erneut, und Knochen brechen. Es ist ein schreckliches, knirschenden Geräusch.

Das Messer poltert auf den Holzfußboden.

Nimander stürzt sich auf sie, drückt Phaed mit seinem Gewicht neben dem Bett auf den Boden. Sie versucht, ihm die Augen auszukratzen, und er lässt das gebrochene Handgelenk los, um das andere zu packen. Und bricht auch dieses.

Sie hat nicht geschrien. Was erstaunlich ist. Kein Laut ist zu hören, außer ihren keuchenden Atemzügen.

Nimander packt sie am Hals. Er beginnt, zuzudrücken.

*Genug, Phaed. Ich tue jetzt, was Anomander Rake tun würde. Was Silchas Ruin tun würde. Was Sandalath selbst tun würde, wenn sie wach wäre. Ich tue es, weil ich dich kenne – ja, selbst jetzt kann ich in deinen hervorquellenden Augen, in denen all dein Gewahrsein wie eine Flut aufwallt, deine Wahrheit erkennen.*

*Die Leere in deinem Innern.*

*Deine Mutter starrt dich voller Entsetzen an. Starrt an, was sie hervorgebracht hat. Sie starrt, ungläubig, klammert sich verzweifelt an die Möglichkeit, dass sie etwas missverstanden hat, dass wir alle etwas missverstanden haben und du nicht so bist, wie du bist. Aber das ist keine Hilfe. Für sie nicht. Und für dich nicht.*

*Ja, schau mir in die Augen, Phaed, und wisse, dass ich dich sehe.*

*Ich sehe dich …*

Er wurde weggezogen. Runter von Phaed. Seine Hände wurden losgemacht, schmerzhaft verdreht, um seinen Griff zu brechen – und er fällt zurück, muskulöse Arme sind jetzt um ihn geschlungen, und er wird von Phaed heruntergezogen, von ihrem aufgedunsenen Gesicht und ihren schrecklichen, keuchenden Atemzügen – der armen Phaed tut die Kehle weh, sie ist vielleicht sogar zerfetzt. Zu atmen bedeutet, Schmerz zu erfahren.

Aber sie lebt. Er hat die Gelegenheit verpasst, und jetzt werden sie ihn töten.

Sandalath schreit ihn an – sie hat ihn schon einige Zeit lang angeschrien, wie ihm nun klar wird. Sie hat das erste Mal geschrien, als er Phaed das zweite Handgelenk gebrochen hat – sie war von Phaeds Schreien aufgewacht – oh, natürlich war sie nicht still geblieben. Brechende Knochen würden das niemals erlauben, nicht einmal bei einer seelenlosen Kreatur, wie Phaed eine war. Sie hatte geschrien, und er hatte nichts gehört, nicht einmal den Nachhall – *Hände ans Ruder und fest zupacken!*

Was würde jetzt geschehen? Was würden sie jetzt tun?

*»Nimander!«*

Er zuckte zusammen, starrte Sandalath an, musterte ihr Gesicht wie das einer Fremden.

Withal hielt ihn fest, presste ihm die Arme an die Seite, aber Nimander hatte kein Interesse daran zu kämpfen. Dafür war es zu spät.

Phaed hatte sich übergeben, und der Gestank nach Erbrochenem hing schwer in der Luft.

Jemand pochte an die Tür – die Nimander, schlau, wie er war, hinter sich verriegelt hatte, nachdem er Phaed in den Raum gefolgt war.

Sandalath rief, dass alles in Ordnung sei, dass alles bestens sei – es habe einen Unfall gegeben, aber jetzt sei alles wieder in Ordnung.

Doch die Handgelenke der armen Phaed sind gebrochen. Jemand muss sich darum kümmern.

Jetzt nicht, Withal.

Er ist ganz schlaff in meinen Armen, Weib. Kann ich ihn jetzt loslassen?

Ja, aber sei auf der Hut …

Das werde ich sein, keine Frage.

Und jetzt stellte Sandalath sich zwischen Nimander und die immer noch hustende, würgende Phaed, nahm Nimanders Gesicht in ihre Hände und beugte sich näher, um ihm in die Augen zu blicken.

Was siehst du, Sandalath Drukorlat? Edelsteine, in denen Wahrheiten und Wunder leuchten? Abgründe, die dir zuflüstern, dass niemals ein Boden zu finden sein wird, dass der Sturz in eine Seele niemals endet? *Rudert, ihr Narren! Wir sinken!* Oh, kichere nicht, Nimander, tu das nicht. Bleib wie du bist, äußerlich gefühllos. Leer. Was siehst du? Nun – natürlich nichts.

»Nimander.«

»Schon gut«, sagte er. »Du kannst mich jetzt töten.«

Ein merkwürdiger Ausdruck in ihrem Gesicht. So etwas wie Entsetzen. »Nein, Nimander. Hör mir zu. Ich muss es wissen. Was ist hier geschehen? Warum wart ihr in unserem Zimmer?«

»Phaed.«

»Warum wart ihr beide in unserem Zimmer, Nimander?«

*Nun ja, ich bin ihr gefolgt. Ich bin wach geblieben – das habe ich schon oft gemacht. Ich habe sie Tag um Tag und Nacht um Nacht beobachtet. Ich habe beobachtet, wie sie geschlafen hat, habe darauf gewartet, dass sie aufwacht, ihr Messer zieht und das Dunkel mit einem Lächeln begrüßt. Das Dunkel, das unser Erbe ist, das Dunkel des Verrats.*

*Ich kann mich nicht erinnern, wann ich zuletzt geschlafen habe, Sandalath Drukorlat. Ich musste wach bleiben, musste immer wach bleiben. Wegen Phaed.*

Gab er ihr also Antwort? Sprach er sie laut aus, all die dahinpurzelnden Aussagen, die vernünftigen Erklärungen? Er war sich nicht sicher. »Töte mich jetzt, damit ich schlafen kann. Ich will so gerne schlafen.«

»Niemand will dich töten«, sagte Sandalath. Ihre Hände, mit denen sie seinen Kopf umschloss, waren nass und glitschig vor Schweiß. Oder vielleicht auch vom Regen. Nicht von Tränen – *überlasst die Tränen dem Himmel, der Nacht.*

»Es tut mir leid«, sagte Nimander.

»Ich glaube, diese Entschuldigung solltest du dir für Phaed aufsparen, meinst du nicht auch?«

»Es tut mir leid«, wiederholte er und blickte sie bei diesen und den folgenden Worten fest an, »dass sie nicht tot ist.«

Sie zog ihre Hände weg, so dass sich seine Wangen plötzlich kalt anfühlten.

»Warte einen Moment«, sagte Withal. Er trat ans Fußende des Betts und bückte sich, um etwas aufzuheben. Etwas Glänzendes, Geschliffenes. Ihr Messer. »Nun«, murmelte er, »ich frage mich, wem von euch beiden dieses Spielzeug gehört?«

»Nimander trägt seins noch am Gürtel«, sagte Sandalath. Dann drehte sie sich um und starrte auf Phaed hinunter.

Einen Augenblick später meldete Withal sich grummelnd wieder zu Wort. »Sie ist schon immer eine hasserfüllte kleine Schlange gewesen, wenn du in der Nähe warst, Sand. Aber so was?« Er sah Nimander an. »Hast du gerade meiner Frau das Leben gerettet? Ich glaube, das hast du getan.« Und dann kam er näher, aber in seinem Gesicht spiegelte sich nichts von dem Entsetzen, das Sandalath gezeigt hatte. Nein, sein Gesichtsausdruck war hart … und wurde dann langsam weicher. »Bei den Göttern hienieden, Nimander, du hast gewusst, dass das passieren würde, stimmt's? Wie lange schon? Wann hast du das letzte Mal geschlafen?« Er starrte ihn einen Augenblick länger an, drehte sich dann um. »Mach Platz, Sand. Ich glaube, ich muss das zu Ende bringen, was Nimander angefangen hat …«

»Nein!«, fauchte seine Frau.

»Sie wird es wieder versuchen.«

»Das ist mir klar, du dummer Ochse! Glaubst du etwa, ich hätte den mit Reißzähnen bestückten Rachen nicht gesehen, der Phaeds Seele ist? Hör zu, es gibt eine Lösung …«

»Ja, ihr den dürren Hals umzudrehen …«

»Wir lassen sie beide hier. Auf dieser Insel. Wir segeln morgen ohne sie fort. Withal – Mann …«

»Und wenn sie sich erholt – Kreaturen wie die da erholen sich immer –, wird sie das verdammte Messer nehmen und mit Nimander tun, was sie mit dir machen wollte. Er hat dir das Leben gerettet, und ich werde ihn nicht im Stich lassen …«

»Sie wird ihn nicht töten«, sagte Sandalath. »Du verstehst das nicht. Sie kann es nicht. Ohne ihn wäre sie wahrhaft allein, und das kann sie nicht ertragen – es würde sie wahnsinnig machen …«

»Wahnsinnig, ja, so wahnsinnig, dass sie mit dem Messer auf Nimander losgehen würde – auf denjenigen, der sie verraten hat.«

»Nein.«

»Bist du dir so sicher, Weib? Vertraust du so sehr darauf, den Geist einer Wahnsinnigen zu verstehen, dass du Nimander und sie hier zurücklassen würdest?«

»Ihre Arme sind gebrochen, Mann.«

»Gebrochene Knochen kann man heilen. Ein Messer im Auge nicht.«

»Sie wird ihn nicht anrühren.«

»Sand …«

Nimander mischte sich ein. »Sie wird mich nicht anrühren.«

Withal sah ihm in die Augen. »Fängst du jetzt auch noch damit an?«

»Ihr müsst uns hierlassen«, sagte Nimander – und zuckte beim Klang seiner eigenen Stimme zusammen. So schwach, so nutzlos. Er war kein Anomander Rake. Kein Silchas Ruin. Andarist hatte einen Fehler gemacht, als er ihm vertraut und ihn ausgewählt hatte, die anderen anzuführen. »Wir können nicht mit euch kommen. Auf der *Silanda*. Wir ertragen es nicht, das Schiff noch länger zu sehen. Schafft es weg, bitte, schafft *sie* weg!«

Oh, zu viele Schreie in dieser Nacht, in diesem Zimmer. Mehr Fragen von draußen, die zunehmend beunruhigt klangen.

Sandalath drehte sich um, zog sich ein Gewand über – sie war, wie Nimander plötzlich klar wurde, die ganze Zeit nackt gewesen – *eine Frau mit matronenhaften Gaben, dem Körper einer Frau, die Kinder geboren hat, einem Körper, von dem junge Männer träumen. Und gibt es vielleicht Frauen, die vielleicht Mütter sind, die vielleicht Geliebte sind … für einen wie mich? Halt, sie ist tot* – nachdem sie ihr Gewand angezogen hatte, ging Sandalath zur Tür, entriegelte sie rasch und schlüpfte nach draußen, zog die Tür hinter sich zu. Mehr Stimmen im Korridor.

Withal starrte auf Phaed hinunter, die aufgehört hatte zu husten, vor Schmerzen zu wimmern, stoßweise zu weinen. »Dies ist nicht dein Verbrechen, Nimander.«

Was?

Withal bückte sich und packte Phaed an den Oberarmen. Sie schrie auf.

»Tu es nicht«, sagte Nimander.

»Nicht dein Verbrechen.«

»Sie wird dich verlassen, Withal. Wenn du das tust, wird sie dich verlassen.«

Er starrte Nimander an, stieß Phaed dann zurück auf den Fußboden. »Du kennst mich nicht, Nimander. Vielleicht kennt sie mich auch nicht – nicht, wenn es um das geht, was ich um ihretwillen tun werde – und«, fügte er mit einem Zähnefletschen hinzu, »wie ich vermute, um deinetwillen.«

Nimander hatte gedacht, seine Worte würden Withal zurückhalten, ihn von dem abbringen, was er vorhatte, und daher war er in keiner Weise vorbereitet und stand nur da und sah zu, wie Withal Phaed hochriss, durch das Zimmer stürmte – und sie dabei trug, als wäre sie nichts weiter als ein Sack Knollen – und durch das Fenster schleuderte.

Das dicke, von Blasen durchzogene Glas barst beim Aufprall, und einen Augenblick später waren Phaeds Rumpf, ihre wedelnden Arme und nackten Unterschenkel – mit den zarten Füßen – verschwunden, war alles draußen in der Nacht und dem heulenden Wind verschwunden, der eisigen Sprühregen ins Zimmer schleuderte.

Withal stolperte rückwärts, als der Wind hereinfuhr, dann drehte er sich um und sah Nimander an. »Ich werde lügen«, sagte er knurrend. »Die wahnsinnige Kreatur ist losgerannt und hat sich selbst aus dem Fenster gestürzt – hast du gehört?«

Die Tür ging auf, und Sandalath stürmte herein, dicht gefolgt von Lostara Yil, der Adjudantin der Mandata, und Banaschar, dem Priester – und hinter ihnen drängten sich die anderen Tiste Andii – die Augen weit aufgerissen, furchtsam, verwirrt –, und Nimander taumelte auf sie zu, machte einen Schritt, dann noch einen …

Und wurde herumgezogen, so dass er Sandalath anblicken musste.

Withal sprach. Eine Stimme, die ungläubig klang. Vorhaltungen.

Aber sie starrte ihm in die Augen. »Hat sie es getan, Nimander? *Ist sie …?*«

*Ist sie was? Oh ja, sie ist durchs Fenster.*

Schreie von unten, von der Straße, gedämpft durch den heulenden Wind und den prasselnden Regen. Lostara Yil trat ans Fenster, beugte sich hinaus. Einen Augenblick später trat sie wieder zurück und drehte sich um. Ihr Gesicht war ernst. »Ein gebrochenes Genick. Es tut mir leid, Sandalath. Aber ich habe ein paar Fragen …«

Die Mutter, Frau, Withals Geliebte, starrte Nimander immer noch in die Augen – mit einem Blick, der davon kündete, dass sich in den dunklen, verängstigten Orten ihres Geistes Verlust aufrichtete, um die Liebe zu verschlingen, die sie ihrem Mann entgegenbrachte –, dem Mann mit dem unschuldigen Gesicht; was ihm verriet, dass die Antwort, die er ihr auf ihre Frage vielleicht geben würde, zwei weitere Leben zerstören könnte. *Ist sie …? Durch das Fenster? Ist sie gestorben?*

Nimander nickte. »Ja«, sagte er.

Eine andere Frau schrie in seinem Schädel, und er wäre beinahe getaumelt. Tote Augen, die alle Liebe verzehrten. *»Du hast gelogen, Nimander!«*

*Ja. Um Withal zu retten. Um Sandalath Drukorlat zu retten …*

*»Um dich selbst zu retten!«*

*Ja.*

*»Mein Geliebter, was ist mit dir geschehen?«*

*Ich habe ein wirbelndes Geräusch gehört. Ein geflüstertes Versprechen – wir müssen hierbleiben, verstehst du. Wir müssen. Andarist hat mich ausgewählt. Er hat gewusst, dass er sterben würde. Er hat gewusst, dass es keinen Anomander Rake geben würde, keinen Silchas Ruin, keine großartigen Verwandten aus unserem ruhmreichen Zeitalter – dass niemand kommen würde, um uns zu retten, sich um uns zu kümmern. Da war nur ich.*

*Anzuführen bedeutet, eine Bürde zu tragen, mein Geliebter. Wie es früher die Helden getan haben, mit klaren Augen.*

*Dann schau mir in die Augen, meine Geliebte. Siehst du meine Bürde? Genauso wie früher die Helden …*

Sandalath hob erneut die beiden langfingrigen Hände. Nicht, um sein Gesicht wieder zu umfassen, sondern um den Regen wegzuwischen, der seine Wangen hinunterrann.

*Meine klaren Augen.*

*Wir werden hierbleiben, auf dieser Insel – wir werden uns um die Triller kümmern und in ihnen die schwachen Fäden von Tiste-Andii-Blut erkennen, und wir werden sie von der Barbarei abbringen, die sie ergriffen und die ihre Erinnerungen so verdreht hat.*

*Wir werden ihnen das Gestade zeigen. Das echte Gestade.*

*Bürden, meine Geliebte. Das bedeutet es zu leben, während jene, die man liebt, sterben.*

Sandalath, die Lostara Yils Fragen nicht beachtete, machte einen Schritt zurück, drehte sich um und ließ sich in die Arme ihres Mannes sinken.

Und Withal sah quer durch das Zimmer Nimander an.

Draußen heulte der Wind noch stärker.

*Ja, meine Geliebte, ich sehe es in seinen Augen. Sieh nur, was ich Withal angetan habe. Und alles nur, weil ich versagt habe.*

Der Sturm der vergangenen Nacht hatte den ganzen Dreck aus der Stadt gespült, so dass sie jetzt irgendwie gesäubert und beinahe angenehm wirkte. Yan Tovis – Zwielicht – stand auf dem Pier und sah zu, wie die fremden Schiffe aus dem Hafen ruderten. An ihrer Seite stand ihr Halbbruder Yedan Derryg, die Wacht.

»Ich bin froh, dass sie verschwinden«, sagte er.

»Da bist du nicht der Einzige«, antwortete sie.

»Brullyg schläft immer noch tief und fest – aber war das eine Feier oder Selbstmitleid?«

Yan Tovis zuckte die Schultern.

»In der Morgendämmerung«, sagte Yedan Derryg nach einem langen Augenblick, in dem sie beide geschwiegen hatten, »haben sich unsere schwarzhäutigen Verwandten darangemacht, das Grabmal zu bauen.« Die Muskeln unter seinem Bart arbeiteten, Backenzähne knirschten, und dann sagte er: »Ich bin dem Mädchen nur einmal begegnet. Sie machte ein griesgrämiges Gesicht und hatte scheue Augen.«

»Die gebrochenen Arme sind nicht von dem Sturz gekommen«, sagte Yan Tovis. »Zu viele Blutergüsse – die Spuren von Fingern. Außerdem ist sie auf dem Kopf aufgekommen. Hat sich die Zunge so glatt durchgebissen, als wäre sie mit einem Messer durchtrennt worden.«

»Irgendetwas ist in dem Zimmer passiert. Irgendetwas Schäbiges.«

»Ich bin froh, dass wir diese Charakterzüge nicht geerbt haben.«

Er brummte, sagte aber nichts.

Yan Tovis seufzte. »Schluckse und Quitsch sind anscheinend zu dem Schluss gekommen, dass ihr einziger Daseinszweck in diesen Tagen darin besteht, mich bei jeder Gelegenheit zu belästigen.«

»Die anderen Hexen haben sie zu ihren Repräsentantinnen gewählt.

Du beginnst deine Herrschaft als Königin in einem Sturm schlimmer Gefühle.«

»Schlimmer als das«, sagte sie. »In dieser Stadt wimmelt es von ehemaligen Gefangenen. Flüchtigen Schuldnern und Mördern. Brullyg hat es geschafft, sie zu kontrollieren, weil er glaubhaft machen konnte, die schlimmste Viper in der Grube zu sein. Wenn sie mich ansehen, sehen sie eine Atri-Preda der Imperialen Armee – einfach nur eine weitere Wächterin –, und du, Derryg, nun, du bist mein Finadd, mein starker Arm. Sie scheren sich kein bisschen um die Triller und ihre verdammte Königin.«

»Und genau aus diesem Grund brauchst du die Hexen, Zwielicht.«

»Ich weiß. Und als wäre das nicht schon schlimm genug – *sie* wissen es auch.«

»Du brauchst ein bisschen mehr Schlagkraft«, sagte er.

»Schlauer Bursche.«

»Schon als Kind hast du zum Sarkasmus geneigt.«

»Tut mir leid.«

»Ich glaube, die Antwort wird bei diesen Tiste Andii gefunden werden.«

Sie sah ihn an. »Wie meinst du das?«

»Wer weiß mehr über unsere Vergangenheit als selbst die Hexen? Wer sieht sie klar und deutlich? Als etwas, das nicht über Generationen hinweg durch Verfälschungen, halbe Erinnerungen und praktische Lügen verzerrt wurde?«

»Deine Zunge geht mit dir durch, Yedan.«

»Noch mehr Sarkasmus.«

»Nein, ich stelle fest, dass ich einigermaßen beeindruckt bin.«

Seine Kiefermuskeln mahlten, als er sie musterte.

Sie lachte. Sie konnte nicht anders. »Ach, Bruder, komm – die Fremden sind weg und werden wahrscheinlich … niemals zurückkommen.«

»Du meinst, sie segeln ihrer Vernichtung entgegen?«

»Was denkst du?«

»Ich weiß nicht so recht, Zwielicht. Diese Kindmagierin, diese Sünd …«

»Da könntest du Recht haben. Als sie hörten, dass ihre Abreise bevorsteht, haben Schluckse und Quitsch wahre Freudentänze aufgeführt.«

»Sie hat einen massiven Wall aus Eis vernichtet, der halb so lang war wie Fenthing. Ich würde diese Malazaner nicht unterschätzen.«

»Die Mandata hat mich nicht sonderlich beeindruckt«, sagte Yan Tovis.

»Vielleicht, weil sie es nicht nötig hatte.«

Zwielicht dachte über seine Worte nach – und dann dachte sie noch ein bisschen länger darüber nach.

Keiner von ihnen sagte ein Wort, als sie sich von der glitzernden Bucht und den jetzt bereits weit entfernten fremden Schiffen abwanden.

Die Morgensonne begann sich tatsächlich warm anzufühlen – der letzte, ergreifendste Beweis dafür, dass das Eis tot und die Bedrohung vorbei war. Die Insel würde weiterleben.

Ein Stück vor ihnen landete der erste Eimer mit Fäkalien auf den sauberen Pflastersteinen der Straße. Er war aus einem Fenster im zweiten Stock gekommen und zwang die Passanten auszuweichen.

»Das Volk grüßt dich, Königin.«

»Oh, sei still, Yedan.«

Hauptmann Gütig stand an der Heckreling und starrte über die kabbeligen Wellen zur *Silanda* hinüber. Soldaten der beiden Trupps, die sich auf dem heimgesuchten Schiff befanden, waren an Deck zu sehen. Eine Handvoll hatte sich um ein Knochenspiel oder irgendeinen anderen schändlichen Zeitvertreib versammelt, während die Ruder das Wasser in gleichmäßigem Rhythmus aufwühlten. Masan Gilani stand unweit des Steuerruders und leistete Sergeant Strang Gesellschaft.

*Dieser Strang ist doch wirklich ein glücklicher Dreckskerl.* Leutnant Poren, der sich rechts neben Gütig mit den Unterarmen auf die Reling stützte, ließ Masan Gilani nicht aus den Augen – was aller Wahrscheinlichkeit nach für die meisten Seeleute auf diesem Geleitschiff galt, jedenfalls für diejenigen, die nicht eifrig damit beschäftigt waren, die Segel bereit zu machen.

»Leutnant.«

»Hauptmann?«

»Was glaubt Ihr, was Ihr da gerade macht?«

»Oh … äh … nichts, Hauptmann.«

»Ihr lehnt an der Reling. Ganz ungezwungen. Habe ich irgendwann ›Rührt euch‹ gesagt, Leutnant?«

Poren stellte sich gerade hin. »Tut mir leid, Hauptmann.«

»Über diese Frau da drüben sollte Meldung gemacht werden.«

»Stimmt. Die hat nicht gerade viel an, was?«

»Sie trägt keine Uniform.«

»Und das ist verdammt ablenkend, was, Hauptmann?«

»Ihr meint gewiss enttäuschend, Leutnant.«

»Oh ja, das ist genau das Wort, nach dem ich gesucht habe, stimmt. Ich danke Euch, Hauptmann.«

»Die Triller machen die außergewöhnlichsten Kämme«, sagte Gütig. »Aus Schildpatt.«

»Beeindruckend, Hauptmann.«

»Teure Anschaffungen, aber sie sind es sehr wohl wert, denke ich.«

»Ja, Hauptmann. Habt Ihr sie schon ausprobiert?«

»Findet ihr das witzig, Leutnant?«

»Hauptmann? Nein, natürlich nicht!«

»Immerhin hat, wie schnell offensichtlich wird, Euer kommandierender Offizier nicht mehr viele Haare, Leutnant.«

»Wenn Ihr damit die auf dem Kopf meint, Hauptmann, dann muss ich sagen: Ja, das ist in der Tat offensichtlich.«

»Habe ich dann also Läuse, dass ich einen Kamm an einer anderen Stelle meines Körpers gebrauchen könnte, Leutnant?«

»Keine Ahnung, Hauptmann. Ich meine, natürlich habt Ihr keine Läuse.«

»Ich will, dass Ihr in meine Kabine geht und den disziplinarischen Bericht über die Soldatin da drüben vorbereitet, Leutnant.«

»Aber … sie ist eine Seesoldatin, Hauptmann.«

»Besagter Bericht wird an Faust Keneb weitergereicht werden, sobald ein derartiger Austausch machbar ist. Nun, was steht Ihr immer noch hier herum? Geht mir aus den Augen – und lasst bloß das Hinken!«

»Das Hinken ist schon lange weg, Hauptmann!«

Poren salutierte und machte, dass er fortkam, wobei er versuchte, nicht zu hinken. Das Problem war, dass es beinahe so etwas wie eine Angewohnheit geworden war, sobald er in Hauptmann Gütigs Nähe kam. Zugegeben, es war ein ziemlich armseliger Versuch, ein bisschen Mitgefühl zu erwecken. Gütig besaß kein Mitgefühl. Er hatte auch keine Freunde. Und Gefühle nur für seine Kämme. »Und die haben nur Zähne, aber keinen Biss«, murmelte er, als er zu Gütigs Kajüte hinunterstieg. »Schildpatt, ooh!«

Hinter ihm ertönte Gütigs Stimme. »Ich habe beschlossen, Euch zu begleiten, Leutnant. Um Eure Schreibkünste zu beaufsichtigen.«

Poren zuckte zusammen, begann kurz zu hinken und rieb sich die Hüfte, ehe er die Kajütentür öffnete. »Ja, Hauptmann«, sagte er matt.

»Und wenn Ihr fertig seid, Leutnant, müssen meine neuen Schildpatt-Kämme gründlich gesäubert werden. Die Triller gehören nicht gerade zu den penibelsten aller Völker.«

»Genauso wenig wie die Schildkröten.«

»Wie bitte?«

»Ich werde überaus gewissenhaft sein, Hauptmann.«

»Und vorsichtig.«

»Unbedingt, Hauptmann.«

»Genau genommen sollte ich diese Tätigkeit vielleicht auch beaufsichtigen.«

»Ja, Hauptmann.«

»Ich habe Euch da nicht gerade hinken gesehen, oder?«

»Nein, Hauptmann, es geht mir mittlerweile viel besser.«

»Andernfalls müssten wir einen guten Grund dafür finden, dass Ihr hinkt, Leutnant. Beispielsweise könnte ich einen Knüppel gefunden und Euch das Bein zerschmettert haben. Was glaubt Ihr, würde das ausreichen? Nein, ihr müsst nicht antworten. Und jetzt seht zu, dass Ihr die Schreibutensilien herbeischafft, ja?«

»Ich sag dir, das da drüben, das war Gütig höchstpersönlich, Masan. Und er hat gesabbert. Deinetwegen.«

»Du verdammter Idiot«, sagte sie – und fügte dann hinzu: »Sergeant.«

Strang grinste nur. »Sogar auf diese Entfernung sind deine Reize … äh … unverwechselbar.«

»Gütig hat wahrscheinlich seit der Nacht seiner Mündigkeit nicht mehr bei einer Frau gelegen, Sergeant – und damals war es vermutlich eine Hure, die sein Vater oder sein Onkel ihm für diese Gelegenheit gekauft haben. Frauen können so was erkennen. Der Mann ist verklemmt, auf übelste Weise.«

»Oh, und was sind die weniger üblen Weisen, verklemmt zu sein?«

»Für einen Mann? Nun, Anstand zum Beispiel – dass man keinen Vorteil aus seinem Rang zieht. Und jetzt hör gut zu, wenn du dich traust. Alle wirklich ritterlichen Taten sind Formen verklemmten Verhaltens.«

»Wo hast du das denn her, im Namen des Vermummten? Wohl kaum aus den Savannen von Dal Hon!«

»Du wärst überrascht, wenn du wüsstest, worüber die Frauen in den Hütten reden, Sergeant.«

»Nun, Soldat, zufälligerweise steuere ich dieses verdammte Schiff, und das heißt, du warst diejenige, die hier raufgekommen ist und sich zu mir gestellt hat, und nicht umgekehrt!«

»Ich wollte nur einfach weg von Balsams Trupp – ganz zu schweigen von deinem Sappeur, diesem Krumm, der beschlossen hat, dass ich verehrungswürdig bin. Er sagt, ich hätte den Schwanz von irgendeinem Salamandergott bekommen.«

»Du hast was?«

»Ja. Und wenn er ihn erwischt, läuft dieser Gott Gefahr zu kommen. Ich glaube, er meint, dass ich zu vollkommen für einen wie ihn bin. Was eine gewisse Erleichterung darstellt. Aber das hält ihn nicht davon ab, mich anzuglotzen.«

»Du wirst angeglotzt, weil du angeglotzt werden willst, Masan Gilani. Behalte deine Rüstung an, und wir alle werden dich ganz schnell wieder vergessen.«

»Rüstung auf einem Schiff? Nein, danke. Das ist die Gewähr für einen schnellen Sturz runter zum schlammigen Grund, Sergeant.«

»Wir werden keine Schlacht auf den Wellen erleben«, erklärte Strang.

»Warum nicht? Die Letherii haben auch eine Flotte oder drei, stimmt's?«

»Aber die ist schon jahrelang unterwegs und ziemlich mitgenommen, Masan Gilani. Außerdem sind sie nicht sonderlich gut in Schiff-zu-Schiff-Gefechten – ohne ihre Magie, heißt das.«

»Nun, ohne unsere Seesoldaten sind wir das auch nicht.«

»Aber das wissen sie nicht, oder?«

»Und der Schnelle Ben ist auch nicht mehr bei uns.«

Strang lehnte sich auf das Steuerruder und schaute sie an. »Du hast die meiste Zeit in der Stadt verbracht, oder? Bist nur ein paar Mal kurz rauf zu uns zur Nordküste der Insel gekommen. Masan Gilani, der Schnelle Ben hatte das ganze äußerliche Gehabe, ja klar, und er hatte sogar den Blick eines Imperialen Hohemagiers. Verschlagen, geheimnisvoll und furchterregend wie die Arschspalte des Vermummten. Aber ich sag dir was: Sünd, nun, die hat es echt drauf.«

»Wenn du es sagst.« Alles, was Masan Gilani in den Sinn kam, wenn es um Sünd ging, war das stumme kleine Mädchen, das sich in die Arme einer jeden Frau in Sichtweite geschmiegt und wie ein Neugeborenes an deren Titten gesaugt hatte. Natürlich war das außerhalb von Y'Ghatan gewesen. Und jetzt schon lange her.

»Ja, ich sage es«, beharrte Strang. »Also, wenn du nicht daran interessiert bist, mit diesem Sergeanten hier inoffiziell zu werden, dann solltest du deine schwingenden Hüften am besten woanders hintragen.«

»Ihr Männer seid wirklich alle gleich.«

»Genau wie ihr Frauen. Vielleicht interessiert es dich ja«, fügte er hinzu, als sie sich umdrehte, um zu gehen, »dass Krumm keine bärtige Spitzmaus in seiner Hose versteckt.«

»Das ist widerlich.« Aber sie blieb an der Treppe stehen, die hinunter aufs Hauptdeck führte, und blickte noch einmal zu dem Sergeanten zurück. »Wirklich?«

»Glaubst du, ich würde lügen, wenn's um so was geht?«

Er schaute Masan Gilani nach, wie sie auf dem Hauptdeck dorthin stolzierte, wo Balsam und der Rest spielten. Krumm hatte bis jetzt immer gewonnen. Natürlich würden sie ihn später noch drankriegen. Andererseits hatten Dummköpfe manchmal verdammt viel Glück.

Jedenfalls war der Gedanke, dass Masan Gilani ausgerechnet bei Krumm hängen bleiben könnte, einfach zu saukomisch, um locker darüber hinwegzugehen. Wenn sie nicht an anständigen Männern wie Sergeant Strang interessiert war, nun, dann sollte sie ruhig den Sappeur nehmen – und dann würde sie auch alles verdienen, was noch daranhing. *Ja, klar, er wird dich anbeten, stimmt. Sogar das, was du jeden Morgen aus-*

*hustet, und die allerliebste Weise, wie du deine Nase saubermachst, bevor du in die Schlacht ziehst. Oh, warte nur, bis ich Scherbe davon erzähle. Und Ebron. Und Humpel. Wir werden Wetten abschließen, ja klar. Wie lange es dauert, bis sie schreiend davonrennt. Und Krumm dann verzweifelt hinter ihr her galoppiert, die Knie an den Ohren.*

Ebron kam aufs Achterdeck geklettert. »Was ist passiert, dass du so fröhlich aussiehst, Sergeant?«

»Das erzähl ich dir später. Bist du aus dem Spiel ausgestiegen?«

»Krumm gewinnt immer noch.«

»Dann hat sich das noch nicht geändert?«

»Wir haben es vor einem halben Glockenschlag versucht, Sergeant. Aber das Glück dieses verdammten Idioten ist fast schon unheimlich.«

»Tatsächlich? Aber er ist kein Magier oder so was?«

»Bei den Göttern, nein, ganz im Gegenteil. Alle meine Magie läuft verquer – die, die ich bei ihm eingesetzt habe genauso wie die mit den Knochen und dem Schädel. Diese Motts Irregulären, das waren Magierjäger, weißt du. Hochmarschall So und Hochmarschall Anders – wenn Krumm wirklich einer vom Stamm ist, von den Brüdern, dann … nun ja, sie waren legendär.«

»Willst du damit etwa sagen, dass wir den blöden Kerl unterschätzen, Ebron?«

Der Truppmagier blickte mürrisch drein. »Um ungefähr dreihundert Imperiale Jakatas und mehr, Sergeant.«

*Bei den Eiern des Vermummten, vielleicht wird es Masan Gilani ja gefallen, Königin des Universums zu sein.*

»Was wolltest du mir eigentlich erzählen, Sergeant?«

»Ist nicht so wichtig.«

Shurq Elalle stand auf dem Vorderdeck der *Geiferwolf*, den prüfenden Blick unentwegt auf die vorneweg segelnde *Unvergängliche Dankbarkeit* gerichtet. Sie hatte alle Segel gesetzt und machte gute Fahrt. Skorgen Kaban spielte momentan Kapitän auf ihrem Schiff, und das würde er auch weiterhin tun, bis sie die Mündung des Lether erreichten. Bis jetzt hatte er sich noch nicht lächerlich gemacht – oder, was viel wichtiger war, sie blamiert.

Sie war nicht sehr glücklich über die ganze Sache, aber diese Malazaner bezahlten sie in der Tat sehr gut. Mit gutem Gold, und eine Kiste davon würde ihr in den kommenden Tagen, Monaten und vermutlich Jahren sehr gelegen kommen.

Das letheriische Imperium erlebte schon wieder eine Invasion, und auf ihre Weise war die hier möglicherweise genauso schlimm wie die letzte. Waren dies womöglich Vorzeichen des Niedergangs einer einst großartigen Zivilisation? Zuerst von den barbarischen Tiste Edur erobert, und jetzt mitten in einem langwierigen Krieg, der sie sehr wohl ausbluten konnte, bis sie nur noch ein lebloser Kadaver war.

Es sei denn, natürlich, diese unglückseligen, auf sich gestellten Seesoldaten – was auch immer ›Seesoldaten‹ sein mochten, auf alle Fälle irgendwelche Soldaten – waren bereits Brei und verschwanden im Humus. Eine sehr wahrscheinliche Möglichkeit, und da Shurq nicht in irgendwelche Einzelheiten des Unternehmens eingeweiht war, hatte sie keine Ahnung, was Sache war.

Also, hier war sie nun und kehrte schließlich wieder nach Letheras zurück … vielleicht gerade rechtzeitig, um noch zuzusehen, wie die Stadt erobert wurde. *Zusehen – nein, also wirklich, Shurq, mein Liebling, du hast eine größerer Rolle als einfach nur zuzusehen. Etwa, den verdammten Feind direkt zu den Docks zu führen. Wie berühmt wird dich das wohl machen? Wie viele Flüche mehr wird es geben, wenn dein Name genannt wird?*

»Es gibt da ein Ritual«, sagte eine Stimme hinter ihr.

Sie drehte sich um. Der merkwürdige Mann, der Mann in den schäbigen Gewändern, dessen Gesicht man so leicht wieder vergaß. Der Priester. »Banaschar – so heißt Ihr doch, oder?«

Er nickte. »Darf ich mich zu Euch gesellen, Kapitän?«

»Ganz wie Ihr wollt, aber momentan bin ich kein Kapitän. Ich bin ein Passagier, ein Gast.«

»Genau wie ich«, erwiderte er. »Wie ich gerade sagte, gibt es ein Ritual.«

»Und was bedeutet das?«

»Ein Ritual, mit dem sich Eure Seele finden und wieder an Euren Körper binden lässt – ein Ritual, mit dem man den Fluch, der Euch auferlegt wurde, von Euch nehmen und Euch wieder lebendig machen kann.«

»Selbst wenn ich mir so etwas wünschen würde, Banaschar, wäre es dafür schon ein bisschen spät.«

Er zog die Brauen hoch. »Ihr träumt nicht davon, wieder lebendig zu sein?«

»Sollte ich das?«

»Ich bin wahrscheinlich der letzte lebende Hohepriester von D'rek, dem Wurm des Herbstes. Das Gesicht der Gealterten, der Sterbenden und der Kranken. Und das der alles verschlingenden Erde, die Fleisch und Knochen nimmt, und der Feuer, die alles in Asche verwandeln …«

»Ja, sehr schön, ich habe die Anspielungen verstanden.«

»Ich verstehe vielleicht mehr als die meisten anderen Menschen von der Spannung zwischen Lebenden und Toten, der Bitterkeit des Alterns, das uns alle ohne Ausnahme findet …«

»Redet Ihr immer so?«

Er blickte weg. »Nein. Ich versuche gerade, meinen Glauben wieder aufleben zu lassen …«

»Bei den Fliesen, bringt mich nicht zum Lachen, Banaschar. Bitte.«

»Lachen? Oh ja … Spiele mit Worten. Unbeabsichtigte …«

»Unsinn.«

Das entlockte ihm ein spöttisches Lächeln – was besser war als der düstere Kummer, der sein Gesicht überschattet hatte. »Also schön, Shurq Elalle, warum wünscht Ihr Euch nicht, wieder zu leben?«

»Ich werde nicht älter, oder? Ich bleibe, wie ich bin, angemessen anziehend …«

»Äußerlich, ja.«

»Habt Ihr Euch denn die Zeit genommen, mal *nach innen* zu sehen, Banaschar?«

»So etwas würde ich ohne Eure Erlaubnis niemals tun.«

»Die gebe ich Euch. Forscht tief, Hohepriester.«

Sein Blick war fest auf sie gerichtet, doch allmählich änderte sich der Fokus. Ein Moment verging, dann wurde er plötzlich blass, blinzelte und trat einen Schritt zurück. »Bei den Göttern hienieden, was ist *das denn?*«

»Ich weiß nicht, was Ihr meint, werter Herr.«

»Da sind … Wurzeln … die Euren ganzen Körper durchziehen. Jede Ader und jede Arterie, auch die kleinsten Blutgefäße … lebendig …«

»Meine Uhtuhluh – sie haben gesagt, dass sie eines Tages Besitz von mir ergreifen würde. Ihr Appetit« – sie lächelte – »ist grenzenlos. Aber ich habe gelernt, ihn zu beherrschen … mehr oder weniger. Sie besitzt eine ganz eigene Festigkeit, nicht wahr?«

»Ihr seid tot und doch nicht tot, nicht mehr – aber das, was in Euch lebt, was Euren ganzen Körper eingefordert hat, das … ist *fremd*, Shurq Elalle. Ein Schmarotzer!«

»Besser als Flöhe.«

Er starrte sie mit offenem Mund an.

Seine wachsende Besorgnis machte sie ungeduldig. »Der Abtrünnige soll Eure Rituale holen. Ich bin zufrieden mit dem, wie ich bin, oder ich werde es sein, wenn ich erstmal wieder durchgespült worden bin und ein paar neue Kräuter reingestopft …«

»Hört auf, bitte.«

»Wie Ihr wollt. Gibt es sonst noch irgendetwas, über das Ihr Euch mit mir unterhalten wollt? Um die Wahrheit zu sagen, habe ich für Hohepriester nicht viel übrig. Als hätte Frömmigkeit etwas mit protzigen Gewändern und selbstgerechter Arroganz zu tun. Zeigt mir einen Priester, der weiß, wie man tanzt, und dann werde ich mich vielleicht in seinem Rhythmus aalen. Eine Zeit lang. Ansonsten …«

Er verbeugte sich. »Dann vergebt mir bitte.«

»Vergesst den Versuch, Euren Glauben wiederzubeleben, Banaschar, und versucht für Euch selbst ein würdigeres Lebensritual zu finden.«

Er ging rückwärts weg und wäre beinahe mit der Mandata und Tavores allgegenwärtiger Leibwächterin Lostara Yil zusammengestoßen. Eine weitere hastige Verbeugung, dann floh er die Stufen hinunter.

Die Mandata sah Shurq Elalle stirnrunzelnd an. »Es scheint, als brächtet Ihr meine Passagiere durcheinander, Kapitän.«

»Nicht mein Problem, Mandata. Ich würde Euch mehr nützen, wenn ich auf meinem eigenen Schiff wäre.«

»Euch mangelt es an Vertrauen in Euren Ersten Maat?«

»Mein unvollständiges Anschauungsexemplar eines Menschen? Warum solltet Ihr das annehmen?«

Lostara Yil prustete los, und tat dann so, als hätte sie den raschen, warnenden Blick der Mandata nicht bemerkt.

»Ich werde Euch noch viele Fragen stellen müssen, Kapitän«, sagte Tavore. »Zumal wir Letheras immer näher kommen. Und ich werde den Wert Eurer Antworten abwägen.«

»Ihr seid zu wagemutig«, sagte Shurq Elalle, »wenn Ihr direkt auf die Hauptstadt losgeht.«

»Antworten, keine Ratschläge.«

Shurq Elalle zuckte die Schultern. »Ich hatte einen Onkel, der eines Tages beschloss, Letheras zu verlassen und bei den Meckros zu leben. Der war auch keiner, der auf Ratschläge gehört hat. Also ist er weggegangen, und dann, vor nicht allzu langer Zeit, ist ein Schiff gekommen, ein Schiff der Meckros aus einer ihrer schwimmenden Städte südlich von Pilott – und die haben Geschichten von einer Schwesterstadt erzählt, die vom Eis zerstört wurde und dann verschwunden ist – es sind praktisch keine Wrackteile übrig geblieben – und keine Überlebenden. Vermutlich ist sie schnell und gründlich abgesoffen. Und diese unglückselige Stadt war diejenige, in der mein Onkel gelebt hat.«

»Dann solltet Ihr eine überaus weise Lektion gelernt haben«, sagte Lostara Yil in einem trockenen Tonfall, der auf Selbstironie hindeutete.

»Ach ja?«

»Ja. Leute, die sich einmal zu etwas entschlossen haben, hören nie auf Ratschläge – vor allem dann nicht, wenn diese Ratschläge das Gegenteil ihrer Pläne beinhalten.«

»Gut gesagt.« Shurq Elalle lächelte die tätowierte Frau an. »Ziemlich entmutigend, was?«

»Wenn Ihr beide mit Euren nicht sonderlich feinsinnigen Klagen fertig seid«, sagte die Mandata, »würde ich Kapitän Elalle gerne ein paar Fragen über die letheriische Geheimpolizei – die Patriotisten – stellen.«

»Ach«, sagte Shurq Elalle, »nun, das ist kein lustiges Thema. Nein, das ist ganz und gar nicht lustig.«

»Ich interessiere mich nicht für lustige Dinge«, sagte Tavore.

Und ein Blick in ihr Gesicht genügte, um zu erkennen, dass sie es ernst meinte.

Mit zwölf seiner loyalsten Wachen aus dem Ewigen Domizil marschierte Sirryn Kanar den Kravoshügel hinauf; zweitausend Schritt hinter ihm befand sich die Westmauer von Letheras. Inmitten von Hilfskompanien und unbedeutenderen Brigaden bestimmten die Zelte der Imperialen Brigade das Bild, obwohl das Lager der Tiste Edur, das etwas abseits vom Rest der Truppen ein Stück weiter im Norden lag, auch ziemlich beachtlich aussah – es waren mindestens zwei- oder dreitausend von den verdammten Wilden, schätzte Sirryn.

Auf der Kuppe des Hügels standen ein halbes Dutzend letheriische Offiziere und eine Abordnung von Tiste Edur, unter ihnen auch Hanradi Khalag. Sirryn zog eine Schriftrolle hervor und sagte zu dem ehemaligen König: »Ich bin hier, um die Befehle des Kanzlers zu überbringen.«

Mit ausdruckslosem Gesicht griff Hanradi nach der Rolle und gab sie, ohne einen Blick darauf zu werfen, an einen seiner Adjudanten weiter.

Sirryn sah ihn finster an. »Diese Befehle …«

»Ich kann kein Letherii lesen«, sagte Hanradi.

»Wenn Ihr wollt, kann ich übersetzen …«

»Dafür habe ich meine eigenen Leute, Finadd.« Hanradi Khalag sah die Offiziere der Imperialen Brigade an. »In Zukunft«, sagte er, »werden wir Edur selbst an den Grenzen unseres Lagers patrouillieren. Mit den herumstolzierenden letheriischen Huren und der Zuhälterei einiger eurer Soldaten ist jetzt Schluss – sie werden sich etwas anderes suchen müssen, wenn sie sich ein paar Münzen dazuverdienen wollen.«

Begleitet von seinen Männern verließ der Befehlshaber der Edur die Hügelkuppe. Sirryn blickte ihnen mehrere Herzschläge lang nach – so lange, bis er sich sicher war, dass sie nicht wieder zurückkommen würden. Dann zog er eine zweite Schriftrolle heraus und trat zum Preda der Imperialen Brigade. »Auch dies hier«, sagte er, »sind Befehle des Kanzlers.«

Der Preda war ein Veteran, dessen Erfahrungen sich nicht nur auf Schlachten beschränkten, sondern der auch über die Gepflogenheiten im Palast Bescheid wusste. Er nickte nur, als er die Rolle entgegennahm. »Finadd«, fragte er, »wird der Kanzler uns persönlich anführen, wenn es so weit ist?«

»Das kann ich mir nicht vorstellen, Preda.«

»Das könnte die Dinge erschweren.«

»In einigen Angelegenheiten werde ich für ihn sprechen, Preda. Was den Rest angeht, werdet Ihr feststellen – sobald Ihr Euch die Schriftrolle angesehen habt –, dass Ihr im Hinblick auf die eigentliche Schlacht erhebliche Freiheiten habt.«

»Und wenn ich mir mit Hanradi nicht einig bin?«

»Ich bezweifle, dass das ein Problem sein wird«, sagte Sirryn.

Er beobachtete den Preda, während der sich diese Worte durch den Kopf gehen ließ, und ihm war, als habe er gesehen, wie sich die Augen des Mannes leicht weiteten.

»Finadd«, sagte der Preda.

»Ja, Preda?«

»Wie geht es dem Kanzler im Moment?«

»Durchaus gut, Preda.«

»Und … in Zukunft?«

»Er ist überaus optimistisch, Preda.«

»Sehr gut. Ich danke Euch, Finadd.«

Sirryn salutierte. »Bitte um Erlaubnis, wegtreten zu dürfen, Preda. Ich würde gerne die Errichtung meines Lagers beaufsichtigen.«

»Schlagt es dicht bei diesem Hügel auf, Finadd. Von hier aus werden wir die Schlacht befehligen – und ich werde Euch in meiner Nähe haben wollen.«

»Hier ist aber nicht mehr viel Platz, Preda …«

»Dann bekommt Ihr hiermit meine Erlaubnis, Einheiten nach Eurem Gutdünken umzugruppieren, Finadd.«

»Ich danke Euch, Preda.«

Oh, das würde ihm gefallen. Schmuddelige Soldaten mit staubigen Stiefeln bildeten sich immer ein, sie wären ihren Gegenstücken im Palast überlegen. Nun, ein paar eingeschlagene Schädel würden das ziemlich schnell ändern. *Mit Erlaubnis ihres eigenen Preda.* Er salutierte noch einmal und führte seine Soldaten dann wieder den Hügel hinunter.

Der Mann wirkte vertraut. War er einer ihrer Studenten gewesen? Oder der Sohn eines Nachbarn, der Sohn eines anderen Gelehrten? Diese Fragen beschäftigten Janath wieder und wieder, als die Soldaten sie aus Tehols Heim wegschleppten. An den Weg zum Gefängnis der Patriotisten konnte sie sich kaum noch erinnern. Aber dieser Mann mit dem vertrauten Gesicht – ein Gesicht, das sonderbarerweise sehr persönliche Gefühle in ihr aufwallen ließ – ging ihr nicht aus dem Sinn.

Angekettet in ihrer Zelle, angekettet in der Dunkelheit, die von Ungeziefer wimmelte, war sie nun schon einige Zeit allein gelassen worden. Tage, vielleicht schon eine ganze Woche. Ein einziger Teller mit wässrigem Eintopf wurde in – wie es ihr schien – unregelmäßigen Abständen durch die Klappe am unteren Ende der Tür in ihre Zelle geschoben – vorausgesetzt, sie hatte den leeren Teller der letzten Mahlzeit so hingestellt, dass er für die Wachen leicht erreichbar war. Der Vorgang war ihr nicht erklärt worden, doch sie bewunderte mittlerweile seine Präzision, seine Aussagekraft. Ungehorsam bedeutete zu hungern; oder, genauer, zu verhungern – denn Hunger hatte sie immer, etwas, das sie im Haushalt von Bagg und Tehol nicht erlebt hatte. Es hatte damals eine Zeit gegeben, in der sie allmählich den Geschmack von Huhn nicht mehr hatte ausstehen können. Und jetzt träumte sie von den verdammten Hennen.

Der Mann namens Tanal Yathvanar hatte sie nur einmal besucht, anscheinend, um sich an ihrem Anblick zu weiden. Sie hatte keine Ahnung gehabt, dass sie wegen Aufwiegelung gesucht worden war, aber wenn sie ehrlich war, überraschte es sie nicht allzu sehr. Wenn Schläger an der Macht waren, dann waren gebildete Menschen die Ersten, die ihre Fäuste zu spüren bekamen. Es war wirklich furchtbar armselig, dass so viel Gewalt von jemandem ausging, der sich *klein* fühlte. Klein im Geiste, und es spielte keine Rolle, wie groß das Schwert in der Hand war, diese grundlegende *Kleinheit* blieb, und sie nagte mit sehr scharfen Zähnen an denen, die unter ihr litten.

Sowohl Bagg wie auch Tehol hatten gelegentlich angedeutet, dass es nicht gut laufen würde, sollten die Patriotisten sie finden. Nun, *sie alle*, wie es sich herausgestellt hatte. Tehol Beddict, der ihr als Schüler am meisten Ärger und Enttäuschungen bereitet hatte und ihre Vorlesungen nur aus jugendlicher Lüsternheit besucht hatte, war jetzt als größter Verräter des Imperiums entlarvt worden – das hatte Tanal Yathvanar zu ihr gesagt, und die Schadenfreude in seiner Stimme hatte zu den schrecklichen Spiegelungen in seinen Augen gepasst, als er vor ihr gestanden hatte, mit der Laterne in der einen Hand, während er mit der anderen immer dann, wenn er geglaubt hatte, sie würde nicht hinsehen, seine Genitalien berührt hatte. Sie hatte mit dem Rücken an die steinerne Wand gelehnt, mit gesenktem Kopf dagesessen, das Kinn auf der Brust, und ihre verfilzten Haare hatten ihr wirr ins Gesicht gehangen.

Tehol Beddict, der das Imperium in den wirtschaftlichen Ruin trieb – nun, das war immer noch schwer zu glauben. Oh, er hatte das entsprechende Talent dazu, ja. Und vielleicht sogar die Neigung dazu. Aber um einen so allumfassenden Zusammenbruch herbeizuführen, wie er sich gerade ereignete, brauchte man unzählige Mitverschwörer. Größtenteils unwissentliche, natürlich, die das nagende Gefühl in ihrem Bauch verdrängten, dass das, was sie taten, letztendlich über alle Maßen zerstörerisch war. Letztlich setzte sich ohnehin die Gier durch, wie sie sich immer durchsetzte. Und daher hatte Tehol Beddict die Straße gepflastert, aber Hunderte – Tausende? – hatten sich aus freien Stücken entschlossen, sie zu beschreiten. Und jetzt schrien sie aufgebracht und entsetzt auf und hasteten gleichzeitig in Deckung, weil sie fürchteten, in der roten Pfütze der Schuldzuweisung zu enden.

Wie die Dinge im Moment standen, wurde das Verbrechen nun samt und sonders Tehol angehängt – und Bagg, dem immer noch nicht zu fassenden Diener.

*»Aber wir werden ihn finden, Janath«,* hatte Tanal Yathvanar gesagt. *»Am Ende finden wir jeden.«*

*Alle außer euch selbst,* hatte sie eigentlich antworten wollen, *denn diese Suche führt euch auf einen viel zu furchterregenden Pfad.* Stattdessen hatte sie nichts gesagt. Und hatte nur zugesehen, wie das Schwert in seiner Hand immer kleiner geworden war – *ja*, das *Schwert auch.*

*»Genauso, wie wir Euch gefunden haben. Genauso, wie ich Euch gefunden habe. Oh, es ist mittlerweile wohlbekannt. Ich war derjenige, der Tehol Beddict und die Gelehrte Janath verhaftet hat. Ich. Nicht Karos Invictad, der Tag und Nacht sabbernd vor der Schachtel mit dem gesegneten zweiköpfigen Insekt sitzt. Es hat ihn in den Wahnsinn getrieben, versteht Ihr? Er tut nichts anderes mehr.«* Dann hatte er gelacht. *»Wusstet Ihr, dass er jetzt der reichste Mann des Imperiums ist? Zumindest glaubt er das. Aber ich habe für ihn die Arbeit gemacht. Ich habe die Abschlüsse getätigt. Ich habe Durchschriften von allem. Und die wahre Herrlichkeit ist dies – ich bin sein Begünstigter, und er weiß es nicht einmal!«*

Ja, das zweiköpfige Insekt. Der eine Kopf sabbernd – der andere quasselnd.

Tanal Yathvanar. Sie kannte ihn – dessen war sie sich sicher. Sie kannte ihn, denn er hatte ihr all dies schon früher einmal angetan. Er hatte nicht gelogen, als er davon gesprochen hatte – die Tatsache, dass er sie schon einmal in seiner Gewalt gehabt hatte, war schließlich der Ursprung seiner hämischen Freude, also konnte es keine Lüge sein.

Und jetzt, ganz allmählich, kehrten ihre Erinnerungen zurück – an die Zeit zwischen dem Semesterende an der Akademie und ihrem Aufwachen in der Obhut von Tehol und Bagg –, Erinnerungen, die so bruchstückhaft gewesen waren, Bilder, die so verschwommen gewesen waren, dass man sie nicht mehr verstehen konnte; jetzt fingen sie an, sich zusammenzufügen, fingen sie an, scharf zu werden.

Sie wurde gesucht, weil sie entkommen war. Was bedeutete, dass sie zuvor verhaftet worden war – ihre erste Gefangenschaft – und dass ihr Peiniger kein anderer als Tanal Yathvanar gewesen war.

Logisch. Plausible Erkenntnisse, hergeleitet aus den vorliegenden Tatsachen und ihren Beobachtungen. Und auch wenn das nun schon einige Zeit her war, hatte das zwingende Argument direkt vor ihr gestanden – in Gestalt des Mannes, der den schmerzlichsten Beweis dafür geliefert hatte, als er – von ihrer Schweigsamkeit dazu verleitet – einfach weitergebrabbelt hatte. *»Teure Janath, wir müssen da weitermachen, wo wir aufgehört haben. Ich weiß nicht, wie Ihr entkommen seid. Ich weiß nicht einmal, wie Ihr letztlich bei Tehol Beddict gelandet seid. Aber einmal mehr seid Ihr mein, kann ich mit Euch tun und lassen, was mir gefällt. Und was ich mit Euch tun werde, wird Euch – leider – nicht gefallen, aber Euer Vergnügen interessiert mich nicht. Dieses Mal werdet Ihr mich anbetteln, werdet Ihr mir alles versprechen, werdet Ihr anfangen, mich anzubeten. Und mit diesen Worten werde ich Euch heute verlassen. Damit Ihr etwas habt, worüber Ihr nachdenken könnt, bis ich zurückkehre.«*

Ihr Schweigen hatte sich – das war ihr inzwischen klar geworden – als schwache Verteidigung erwiesen.

Sie fing an, sich zu erinnern – über jene angeordneten Einzelheiten hinaus, die mit kaltem Abstand arrangiert worden waren –, und bei diesen Erinnerungen war … Schmerz.

Schmerz, der über jegliches Vorstellungsvermögen hinausging.

*Ich wurde in den Wahnsinn getrieben. Deswegen konnte ich mich an nichts mehr erinnern. Vollkommen wahnsinnig – ich weiß nicht, wie Bagg und Tehol mich geheilt haben, aber sie müssen es getan haben. Und Tehols Rücksichtnahme, seine sehr untypische Freundlichkeit mir gegenüber – kein einziges Mal hat er versucht, die Situation auszunutzen, obwohl er gewusst haben muss, dass er es hätte tun können, dass ich es sogar begrüßt hätte. Das hätte mein Misstrauen wecken müssen – ja, das hätte es, aber ich war zu glücklich, zu merkwürdig zufrieden, selbst als ich darauf gewartet und gewartet habe, dass Tehol sich endlich in meinen Armen wiederfindet.*

*Oh, nun, ist das nicht eine merkwürdige Weise, das alles darzustellen?*

Sie fragte sich, wo er wohl sein mochte. In einer anderen Zelle? Sie hatte viele Nachbarn in angrenzenden Zellen, die stöhnten und schrien; mit den meisten von ihnen war keine Unterhaltung mehr möglich. War einer von ihnen Tehol Beddict? Zerbrochen, zu einem blutenden, vor sich hin plappernden Idioten gemacht?

Sie glaubte es nicht. Wollte es nicht glauben. Nein, für den Großen Verräter des Imperiums würde es ein Spektakel geben müssen. Tauchtage, die so aufwendig waren, dass sie sich wie ein Brandzeichen in die gemeinsame Erinnerung des letheriischen Volkes brennen würden. Er würde öffentlich gebrochen werden müssen. Zum Brennpunkt dieser überwältigenden Flut aus Angst und Wut gemacht werden müssen. Karos Invictads entscheidende Tat, um die Kontrolle zurückzuerlangen, Anarchie und Panik zu unterdrücken und die Ordnung wiederherzustellen.

Was für eine Ironie. Zum gleichen Zeitpunkt, da Imperator Rhulad sich darauf vorbereitete, Meisterkämpfer zu töten – unter ihnen einige, von denen es hieß, sie seien die gefährlichsten, denen er jemals entgegengetreten sei –, war es für Karos Invictad ein Leichtes, sich der Aufmerksamkeit aller zu bemächtigen – nun, aller Letherii hieß das –, und das allein mit dieser einen Verhaftung, diesem einen Prozess, diesem einen Akt des Blutvergießens.

*Sieht er es denn nicht? Dass er Tehol Beddict zum Märtyrer machen wird, wenn er ihn auf diese Weise tötet? Und zwar zu einem, wie es ihn noch nie zuvor gegeben hat? Tehol Beddict hat versucht, das letheriische System der Verschuldung zu zerstören. Hat versucht, die unheilige Allianz aus Geld und*

*Macht zu zerstören. Er wird der neue Abtrünnige sein – aber ein Abtrünniger, der anders ist. Ein Abtrünniger, der der Gerechtigkeit, der Freiheit, der Gleichberechtigung der Menschen verpflichtet ist. Unabhängig davon, ob er Recht hatte, sogar unabhängig davon, ob es tatsächlich seine Ziele gewesen waren – das alles wird keine Rolle spielen. Über ihn wird in tausend Darstellungen geschrieben werden, und mit der Zeit wird nur eine Handvoll überleben, wird zusammengeballt das Herz eines neuen Kults formen.*

*Und du, Karos Invictad, oh, wie wird dein Name zum Fluch werden, für immer.*

*Mache jemanden zum Märtyrer – und du gibst jegliche Kontrolle darüber auf, was dieser Jemand im Leben war, was dieser Jemand im Tode werden wird. Wenn du das machst, Karos Invictad, wirst du verloren haben – und zwar im gleichen Augenblick, da du das Blut dieses Mannes von deinen Händen leckst.*

Aber vielleicht begriff der Beaufsichtiger das alles. Vielleicht begriff er es so gut, dass er Tehol Beddict bereits ermordet hatte, ihn ermordet und seine Leiche mit Steinen beschwert in den Fluss geworfen hatte. Unangekündigt, in der Dunkelheit der Nacht.

Aber nein – das Volk wollte, brauchte, forderte die öffentliche, rituelle Hinrichtung von Tehol Beddict.

Und so drehte sie sich im Kreis, während ihr Verstand wirbelte und allmählich versiegte, und der bodenlose Brunnen, der der Zusammenbruch der Verteidigung ihres Geistes war, zog sie nach unten, immer weiter nach unten.

Weg von den Erinnerungen.

Weg von Tanal Yathvanar.

Weg von dem, was er ihr früher angetan hatte.

Und von dem, was er ihr jetzt antun würde.

Der stolze, lärmende Krieger, der Gadalanak gewesen war, war kaum noch als Mensch zu erkennen, als er ins Quartier der Meisterkämpfer zurückkehrte. Er war die Art von Versager gewesen, wie Samar Dev irgendwann begriff, die diesen schrecklichen, furchterregenden Imperator wütend machte. Dementsprechend war Gadalanak in Stücke gehauen worden. Noch lange, nachdem er tot war, hatte Rhulad mit seinem grässlichen Schwert wieder und wieder auf ihn eingeschlagen und zugestoßen. Der größte Teil von Gadalanaks Blut war wahrscheinlich im Sand der Arena versickert, denn der Leichnam hatte nicht einmal mehr getropft, als der aus Schuldnern bestehende Begräbnistrupp ihn weggeschafft hatte.

Glibber und andere Krieger, die noch darauf warteten, dass sie an die Reihe kamen – darunter auch die maskierte Frau –, standen ganz in der Nähe und beobachteten, wie die Träger mit ihrer Schilfbahre und dem darauf liegenden grausigen Haufen aus zerhacktem Fleisch und herausragenden Knochen den Innenhof überquerten und sich zu dem Ort aufmachten, der als Urnenraum bekannt war und in dem Gadalanaks Überreste begraben werden würden. Ein weiterer Schuldner trottete hinter den Trägern her; er schleppte die Waffe und den Schild des Kriegers, die beide keinerlei Blutspuren aufwiesen. Mittlerweile machten auch bereits die Einzelheiten des Kampfes die Runde. Der Imperator hatte Gadalanak mit dem ersten Hieb den Waffenarm abgetrennt, in der Mitte zwischen Hand und Ellenbogen, so dass die Waffe zur Seite davongeflogen war. Der Schildarm – an der Schulter abgetrennt – folgte. Es hieß, die zusehenden Tiste Edur – und die wenigen letheriischen Würdenträger, deren Lust auf ein blutiges Spektakel größer war als ihre Panik angesichts plötzlicher finanzieller Engpässe – hätten in diesem Moment begeistert aufgeschrien und gejubelt, als hätten sie Gadalanaks Schreien antworten wollen.

Stumm, mit ernsten Gesichtern und blass wie ausgeblichener Sand beobachteten Glibber und die anderen – darunter auch Samar Dev – die grausige Prozession. Dann wandte sie sich ab. Betrat den Seitengang und folgte ihm in staubiger Düsternis bis zum Ende.

Karsa Orlong lag auf der übergroßen Bettstatt, die für einen früheren Meisterkämpfer gebaut worden war – einen reinblütigen Tarthenal, der allerdings doch nicht so groß gewesen war wie der Teblor, der jetzt ausgestreckt dalag; seine bloßen Füße ragten über das Fußende hinaus, und er drückte die Zehen gegen die Wand – eine Wand, die bereits fleckig von dem Dreck an jenen Zehen und Füßen war, da Karsa Orlong kaum etwas anderes getan hatte, seit der Beginn der Kämpfe verkündet worden war.

»Er ist tot«, sagte sie.

»Wer?«

»Gadalanak. Binnen zwei oder drei Herzschlägen – ich glaube, es war ein Fehler, dass ihr euch alle entschlossen habt, nicht zu dem Kampf zu gehen – ihr müsst denjenigen sehen, gegen den ihr kämpfen werdet. Ihr müsst wissen, in welchem Stil er kämpft. Er könnte Schwächen haben …«

Karsa schnaubte. »Die binnen zwei Herzschlägen deutlich werden?«

»Ich vermute, dass die anderen jetzt ihre Einstellung ändern werden. Sie werden hingehen und selbst zusehen …«

»Narren.«

»Weil sie sich, was das angeht, nicht weiter an dein Beispiel halten wollen?«

»Ich wusste nicht mal, dass sie das getan haben, Hexe. Was willst du? Kannst du nicht sehen, dass ich beschäftigt bin?«

Sie trat ins Zimmer. »Und womit?«

»Du schleppst deine Geister mit dir herum.«

»Es ist eher so, dass sie mir schnatternd an den Fersen kleben – in dir baut sich etwas auf, Karsa Orlong …«

»Kletter auf mich, dann können wir das mildern, Samar Dev.«

»Erstaunlich«, seufzte sie fassungslos.

»Ja.«

»Nein, du Idiot. Ich habe nur eine Bemerkung darüber gemacht, wie du es gelegentlich immer noch schaffst, mich zu erschrecken.«

»Du tust nur so unschuldig, Frau. Zieh dich aus.«

»Wenn ich es täte, dann nur, weil du mich totgeredet hast. Aber ich werde es nicht tun, denn ich bin härter als du glaubst. Ein Blick auf die widerlichen Flecken, die deine Füße auf der Wand da hinterlassen haben, reicht aus, um jede Leidenschaft zum Erlöschen zu bringen, die ich – in einem plötzlichen Anfall von Wahnsinn – vielleicht empfinden würde.«

»Ich habe nicht gesagt, dass du meine Füße lieben sollst.«

»Solltest du nicht üben – nein, nicht das. Ich meine, irgendetwas tun, um locker zu bleiben, Dehnübungen und so was.«

»Was willst du?«

»Eine Rückversicherung, glaube ich.«

Er drehte den Kopf, um sie anzusehen, und setzte sich dann langsam auf. Die Bettstatt ächzte unter seinem Gewicht. »Samar Dev, was fürchtest du am meisten?«

»Nun, ich glaube, dass du stirbst. Auch wenn du einen ständig wütend machen kannst, bist du doch ein Freund. Zumindest für mich. Das, und die Tatsache, dass sie … äh … nach dir … Icarium aufrufen werden. Wie du sehen kannst, liegen die beiden Ängste ganz dicht beisammen.«

»Ist das auch das, was die Geister fürchten, die um dich herumschwirren?«

»Eine interessante Frage. Ich bin mir nicht sicher, Karsa.« Einen Augenblick später fügte sie hinzu: »Ja, ich verstehe jetzt, wieso das wichtig werden könnte – warum man es wissen sollte, meine ich.«

»Ich habe meine eigenen Geister«, sagte er.

»Ich weiß. Und was spüren sie? Kannst du mir das sagen?«

»Sie sind begierig.«

Sie runzelte die Stirn. »Wirklich, Karsa Orlong? *Wirklich?«*

Er lachte. »Nicht so, wie du glaubst. Nein, sie freuen sich auf das Ende, das ihnen naht, und auf das Opfer, das sie bringen werden.«

»Was für ein Opfer?«

»Wenn die Zeit kommt, musst du dein eisernes Messer ziehen, Hexe. Ihm dein Blut geben. Und die Geister befreien, die du gebunden hast.«

»Wenn welche Zeit gekommen ist, verdammt?«

»Du wirst es wissen. Und jetzt zieh dich aus. Ich will dich nackt sehen.«

»Nein. Gadalanak ist tot. Wir werden nie mehr sein Lachen hören …«

»Ja, und darum ist es jetzt an uns zu lachen, Samar Dev. Wir müssen uns daran erinnern, was es bedeutet zu leben. Für ihn. Für Gadalanak.«

Sie starrte ihn an und fauchte dann wütend. »Fast hättest du mich gehabt, Karsa Orlong. Wenn du zu überzeugend wirst, bist du am gefährlichsten, weißt du.«

»Vielleicht wäre es dir dann lieber, ich würde dich einfach nehmen. Würde dir eigenhändig die Kleider vom Leib reißen. Dich aufs Bett werfen.«

»Ich gehe jetzt.«

Einst hatte Taralack Veed von der Zeit geträumt, die nun unmittelbar bevorstand, wenn Icarium Lebensstehler den Sand der Arena betreten würde, umgeben vom gierigen Gebrüll unwissender Zuschauer – und jene höhnischen Schreie würden sich sehr rasch verwandeln, oh ja. In erstaunte Schreie … und dann in blankes Entsetzen. Wenn die Wut geweckt, entfesselt wurde.

Wenn die Welt sich zu ihrem blutigen Ende aufmachte. Ein Imperator, ein Palast, eine Stadt, das Herz eines Imperiums.

Aber dieser Rhulad würde nicht sterben. Nicht endgültig. Nein, er würde sich jedes Mal aufs Neue erheben, und zwei Mächte würden sich in einem Kampf ineinander verbeißen, der vielleicht niemals enden würde. Es sei denn … konnte Icarium getötet werden? Konnte er sterben? Er war schließlich nicht unsterblich – obwohl man natürlich einwenden konnte, dass seine Wut es war, die Wut der Opfer, Generation um Generation, eine Wut auf Ungerechtigkeit und Ungleichheit, und für so etwas gab es kein Ende.

Nein, wenn Taralack Veed seine Gedanken lange genug weiterspann, kam er immer wieder zum gleichen Ergebnis. Rhulad würde Icarium töten. Hundert Kämpfe, tausend Kämpfe – irgendwann würde das aufblühende Chaos auf einem Kontinent aus Asche ins Herz von Icariums Wut treffen. Und der Lebensstehler würde fallen.

Das war ziemlich logisch. Das Opfer mochte erwachen, in Raserei verfallen – dennoch war es dazu verdammt, genau das zu sein: ein Opfer. Dies war der wahre Kreislauf, der Kreislauf, den jede Kultur, jede Zivilisation beobachten konnte, Jahrhundert für Jahrhundert. *Der Kern des Daseinskampfes ist eine natürliche Kraft – ist das Verlangen, nicht nur zu überleben, sondern aufzublühen. Und aufzublühen bedeutet, sich von Opfern zu ernähren, von immer mehr Opfern.*

»Es ist die Sprache an sich«, sagte der Rangälteste Beurteiler, der über einer Schüssel mit unbewegtem Wasser kniete, um sein Spiegelbild zu betrachten, während er grelle Farben auftrug. »Das Leben drängt vorwärts, wenn es Erfolg hat. Das Leben verharrt oder bleibt auf der Strecke, wenn es keinen Erfolg hat. Entwicklung bedarf einer Reise, Taralack Veed, aber die Dauer dieser Reise ist nicht notwendigerweise festgelegt. Wie etwa das Wachstum und das Altern einer einzelnen Person, obwohl auch das schnell in den Stoff eingewoben wird. Nein, die wahre Reise ist eine andere – es ist die der Fortpflanzung, wenn der eigene Samen sich Generation um Generation von Wirt zu Wirt bewegt, wobei jede dieser Generationen in einem gewissen Maß erfolgreich sein muss, wenn der Samen nicht … erstarren, auf der Strecke bleiben soll. Natürlich liegt es nicht im Verstand eines einzelnen Mannes, in Begriffen von Generationen zu denken, obwohl das Verlangen, seinen Samen zu säen, immer an erster Stelle steht. Andere Belange, die alle das unterstützen, was an erster Stelle steht, beschäftigen normalerweise den Verstand auf einer Basis von Augenblick zu Augenblick. Das Beschaffen von Nahrung, die Sicherheit der eigenen Unterkunft, die Unterstützung der eigenen Familie, der Verwandten und Verbündeten, das Streben, eine berechenbare Welt zu schaffen, bevölkert mit berechenbaren Menschen – man könnte es auch die Suche nach Geborgenheit nennen.«

Taralack wandte den Blick ab, schaute wieder zum Fenster hin, wo Finadd Varat Taun stand und etwas unten im Innenhof betrachtete. »Mönch«, sagte Taralack knurrend, »in meinem Stamm waren all diese Dinge, die du beschreibst, nichts anderes als Bestandteile eines Krieges, einer Fehde, die niemals enden konnte. Alle waren verzweifelt und grausam. Man konnte sich auf nichts voll und ganz verlassen – auf keine Liebe, auf keine Loyalität, weil der Boden unter unseren Füßen immer in Bewegung war. Nichts ist gewiss. Gar nichts.«

»Eine Sache ist es doch«, sagte Varat Taun und drehte sich zu ihnen um. »Der Krieger namens Gadalanak ist tot. Und jetzt ist es auch der namens Glibber, der mit dem lockeren Mundwerk, der so gern angegeben hat.«

Taralack Veed nickte. »Fängst du jetzt auch an, das zu glauben, was ich glaube, Finadd. Ja, du und ich, wir beide, wir haben Icarium in seinem Zorn gesehen. Aber dieser Imperator, dieser Rhulad …«

Der Mönch gab ein merkwürdiges, ächzendes Geräusch von sich, drehte sich dann auf seinem Hocker – weg von ihnen beiden – und schlang die Arme um seinen Oberkörper.

Varat Taun runzelte die Stirn und trat einen Schritt näher. »Rangältester Beurteiler? Priester? Stimmt etwas nicht?«

Ein wildes Kopfschütteln, dann: »Nein, bitte. Lasst uns das Thema wechseln. Gesegneter Gott, ich hätte beinahe versagt – die Heiterkeit, versteht ihr, sie bricht schier aus mir heraus. Oh, es ist alles, was ich tun kann, um mich zu bändigen.«

»Dein Glaube an deinen Gott ist unerschütterlich.«

»Ja, Taralack Veed. Oh ja. Heißt es nicht, dass Rhulad verrückt ist? Dass zahllose Tode und Wiedergeburten ihn in den Wahnsinn getrieben haben? Nun, meine Freunde, ich sage euch, Lebensstehler, mein heißgeliebter Gott – der einzige Gott –, nun, der ist auch verrückt. Und erinnert euch bitte daran, dass Icarium derjenige ist, der hierhergekommen ist. Nicht Rhulad – mein Gott hat die Reise unternommen. Um sich an seinem eigenen Wahnsinn zu erfreuen.«

»Rhulad ist …«

»Nein, Varat Taun, das ist Rhulad *nicht*. Ein Gott. Nicht *der* Gott. Er ist eine verfluchte Kreatur, so sterblich wie du oder ich. Die Macht liegt in dem Schwert, das er schwingt. Dieser Unterschied ist essentiell, meine Freunde. Aber genug jetzt, damit mein Eid nicht zerreißt. Ihr seid beide zu düster, zu sehr von Furcht und Entsetzen vergiftet. Mein Herz steht kurz davor zu platzen.«

Taralack Veed starrte auf den Rücken des Mönchs, sah das Zittern, das nicht aufhören wollte. *Nein, Rangältester Beurteiler – du bist derjenige, der wahnsinnig ist. Icarium anbeten? Betet ein Gral die Schlange an? Den Skorpion?*

*Geister der Felsen und des Sandes, ich kann nicht mehr viel länger warten. Lasst uns zum Ende kommen.*

»Das Ende«, sagte der Rangälteste Beurteiler, »ist niemals so, wie man es sich vorstellt. Findet darin Trost, meine Freunde.«

»Wann hast du vor, dir den ersten Kampf anzusehen?«, fragte Varat Taun den Mönch.

»Wenn überhaupt einen – und ich habe das noch nicht entschieden –, wenn überhaupt einen, dann natürlich den gegen den Toblakai«, murmelte der Rangälteste Beurteiler, der endlich seine Erheiterung wieder unter Kontrolle hatte – so sehr, dass er sich umdrehte und mit ruhigen, wissenden Augen zum Finadd aufblickte. »Den gegen den Toblakai.«

Rhulad Sengar, der Imperator der Tausend Tode, stand über dem Leichnam seines dritten Opfers. Bespritzt mit Blut, das nicht von ihm stammte, mit dem zitternden Schwert in der Hand, starrte er auf das unbewegte Gesicht mit den leblosen Augen hinunter, während die Menge pflichtschuldig ihre Begeisterung herausbrüllte, seinem bitteren Triumph eine Stimme verlieh.

Die heranbrausende Mauer aus Lärm teilte sich vor ihm, erreichte ihn nicht. Sie war, wie ihm sehr wohl bewusst war, eine Lüge. Alles war eine Lüge. Die Herausforderung, die sich als alles andere als eine solche erwiesen hatte. Der Triumph, der in Wirklichkeit ein Versagen war. Die Worte, die sein Kanzler von sich gab, genau wie die seines gebeugten und verdrehten Ceda – und jedes Gesicht, das sich ihm zuwandte, war wie das da unter ihm. Eine Maske, ein Ding des Todes, ein Ausdruck verborgenen Lachens, verborgenen Spotts. Denn wenn es nicht der Tod war, der ihn verspottete, was dann?

Wann hatte er zum letzten Mal etwas Aufrichtiges, Wahres im Gesicht eines Untertanen gesehen? *Als du von ihnen nicht als Untertanen gedacht hast. Als sie es nicht waren. Als sie Freunde, Brüder, Väter und Mütter waren. Ich habe meinen Thron, ich habe mein Schwert, ich habe ein Imperium. Aber ich habe … niemanden.*

Er wollte so gerne sterben. Wirklich sterben. Er wollte fallen und dann nicht feststellen müssen, dass sein geistiger Körper wieder an den Strand der Insel jenes grässlichen Gottes geworfen worden war.

*Aber dieses Mal wird es anders sein. Ich kann es spüren. Etwas … wird anders sein.*

Ohne auf die Menge und ihr Geschrei zu achten, das sich allmählich zur Hysterie steigerte, verließ Rhulad die Arena, durch die flirrenden Hitzeschwaden, die vom sonnengebackenen Sand aufstiegen. Sein eigener Schweiß hatte das Blut verdünnt, das auf ihn gespritzt war, Schweiß, der an den Stellen zwischen den trüben Münzen austrat und auf den Wülsten kreisförmiger Narben glänzte. Schweiß und Blut vermischten sich zu diesen Strömen eines sauren Siegs, die nur zeitweilig die Oberfläche der Münzen beflecken konnten.

Kanzler Triban Gnol konnte es nicht verstehen, das wusste Rhulad. Wie Gold und Silber die Einbildungen Sterblicher überleben konnten. Und auch Beaufsichtiger Karos Invictad verstand es nicht.

Rhulad stellte fest, dass er diesen Tehol Beddict – den Großen Verräter – in vielerlei Hinsicht bewunderte. *Ein Beddict, ja, der Bruder des einen ehrenhaften letheriischen Kriegers, den kennenzulernen ich die Ehre hatte. Einen, nur einen. Brys Beddict, der mich wahrhaft besiegt hat – und auch was das angeht, kommt ihm niemand gleich.* Karos Invictad hatte Tehol Beddict hier heraus in die Arena schleifen wollen, wo er vor dem Imperator hatte stehen sollen, um beschämt zu werden und den rasenden Hunger der Menge zu hören. Karos Invictad hatte geglaubt, dass so etwas Tehol Beddict demütigen würde. *Aber wenn Tehol wie Brys ist, würde er einfach nur dastehen, einfach nur lächeln, und dieses Lächeln wäre seine Herausforderung. An mich. Seine Einladung, ihn hinzurichten, ihn niederzuhauen, wie ich es mit Brys nie getan habe. Und ja, ich würde dieses Wissen in seinen Augen sehen können.* Rhulad hatte es verboten. Tehol sollte den Tauchtagen vorbehalten bleiben. Jenem Zirkus der Grausamkeit, der in ein Wettspiel verwandelt worden war.

In der Zwischenzeit wankten die Fundamente des Imperiums, spuckten Staub in knirschendem Protest; die einst unerschütterlichen Eckpfeiler zitterten, als würde sich herausstellen, dass sie nichts als immer noch vom Fluss feuchter Lehm waren. Männer, die reich gewesen waren, hatten sich das Leben genommen. Lagerhäuser waren von einem immer größer werdenden Mob belagert worden – diesem tausendköpfigen Tier der Not, das sich in jeder Stadt, jedem Städtchen des Imperiums erhob. Blut war wegen einer Handvoll Stummel vergossen worden, wegen einer Kruste trockenen Brots, und in den ärmsten Elendsvierteln erstickten Mütter ihre Säuglinge lieber, als dass sie zusahen, wie der Hunger sie erst aufblähte und dann dahinwelken ließ.

Rhulad verließ das grelle Sonnenlicht und stand im Tunneleingang, verschluckt von Schatten.

*Mein prächtiges Imperium.*

Der Kanzler stand jeden Tag vor ihm – und log. Alles war gut, alles würde gut sein, wenn Tehol Beddict erst mal hingerichtet war. Die Minen machten Überstunden, gossen mehr Münzen, doch dies bedurfte sorgfältiger Kontrolle, weil Karos Invictad glaubte, dass alles, was Tehol gestohlen hatte, zurückgeholt werden würde. Doch selbst wenn dem so wäre – lieber eine Zeit der Inflation als das Chaos, unter dem Lether momentan litt.

Aber Hannan Mosag hatte ihm etwas anderes erzählt, hatte tatsächlich Rituale vollzogen, damit Rhulad es selbst sehen konnte – die Aufstände, den Wahnsinn; die Szenen waren verschwommen und manchmal aufreizend blass, aber sie stanken dennoch nach der Wahrheit. Bei was der Ceda log, betraf die Dinge, die er nicht enthüllen wollte.

*»Was ist mit der Invasion, Ceda? Zeig mir die Malazaner.«*

*»Das kann ich leider nicht, Imperator. Sie schützen sich mit fremdartiger Magie. Seht doch, das Wasser in der Schüssel wird trüb, wenn ich mich in ihre Richtung wende. Als wenn sie ein paar Handvoll Mehl hineinwerfen könnten. Und so alles verbergen, was das Wasser enthüllen könnte.«*

Lügen. Triban Gnols Einschätzung war schonungsloser gewesen; er war auf eine Weise direkt gewesen, die seine wachsende Besorgnis – oder vielleicht schon Furcht – offenbart hatte. Die Malazaner, die an der Westküste gelandet waren und ihren Marsch ins Landesinnere begonnen hatten – auf Letheras zu –, erwiesen sich als gleichermaßen durchtrieben wie tödlich. Mit ihnen zusammenzustoßen bedeutete, blutend und zerschlagen zurückzuweichen, und der Rückzug war mit toten Soldaten und toten Tiste Edur gepflastert. Ja, sie kamen, um sich Rhulad zu holen. Konnte der Kanzler sie aufhalten?

*»Ja, Imperator, das können wir. Das werden wir. Hanradi hat seine Edur-Truppen aufgeteilt. Eine wartet mit unserer Hauptarmee gleich westlich der Stadt. Die andere ist schnell und mit leichtem Gepäck nach Norden gezogen und wendet sich genau in diesem Moment westwärts, wie ein schwingender Arm, um hinter diesen Malazanern aufzutauchen – aber nicht so, wie es bisher versucht wurde. Nein, Eure Edur reiten dieses Mal nicht in Marschkolonnen und benutzen nicht die Straßen. Sie kämpfen so, wie sie es früher getan haben, während der Einigungskriege. Gruppen von Kriegern, die sich schweigend in den Schatten bewegen; sie gleichen sich den Malazanern an, und wenn es darum geht, sich zu verbergen, setzen sie vielleicht sogar noch eins drauf …«*

*»Ja! Wir passen uns an, aber nicht an etwas Neues, sondern an etwas Altes – der wahre Kern unserer Fähigkeiten. Wessen Idee war das? Sag es mir!«*

Eine Verbeugung von Triban Gnol. »Majestät, habt Ihr nicht mir die Verantwortung für unsere Verteidigung anvertraut?«

»Dann wart Ihr es.«

Eine weitere Verbeugung. »Wie ich schon gesagt habe, Imperator, die leitende Hand war die Eure.«

So salbungsvoll zu sein, bedeutete Verachtung zu offenbaren. So viel begriff Rhulad. Der Antwort des Ceda fehlten diese zivilisierten Feinheiten. *»Die Idee stammt von mir und Hanradi, Imperator. Immerhin war ich der Hexenkönig und er mein gefährlichster Rivale. Dies kann zu einem Krieg umgewandelt werden, den wir Edur verstehen und gut kennen. Es ist überdeutlich, dass der Versuch, diese Malazaner in der Art der Letherii zu bekämpfen, fehlgeschlagen ist …«*

*»Aber es wird einen Zusammenstoß, eine große Schlacht geben.«*

*»Es scheint so.«*

*»Gut.«*

*»Vielleicht auch nicht. Hanradi glaubt …«*

Und dann hatten die Täuschungen angefangen, die Halbwahrheiten, die kaum verhüllten Attacken auf den Kanzler und seine neue Rolle als militärischer Oberbefehlshaber.

Wissen herzustellen, das der Wirklichkeit gleichkam, war schwierig; Rhulad war erschöpft davon, die Lügen durchzusieben, die Wahrheiten herauszuschütteln – aber was konnte er sonst tun? Er war doch noch dabei zu lernen, verdammt sollten sie alle sein. Er war noch dabei zu lernen.

»Erzähle mir etwas über die Bolkando-Invasion, Ceda.«

»Unsere Grenzfestungen sind überrannt worden. Es haben zwei Schlachten stattgefunden, und in beiden waren die letheriischen Divisionen gezwungen, sich schwer angeschlagen zurückzuziehen. Das Bündnis der östlichen Königreiche ist jetzt Wirklichkeit, und es scheint so, als hätten sie Söldner-Armeen angeheuert …«

*»Die Bolkando-Verschwörung … ist jetzt Wirklichkeit. Was bedeutet, dass sie als Lüge begonnen hat.* Er erinnerte sich an Triban Gnols erschrecktes Gesicht, als er Hannan Mosags Worte wiederholt hatte – als wenn sie seine eigenen gewesen wären. *»Das Bündnis der östlichen Königreiche ist jetzt Wirklichkeit, Kanzler …«*

In jenem Augenblick hatte Triban Gnols Maske Risse bekommen – da war keine Illusion mehr, kein Spiel, das auf eine noch tiefere Ebene gebracht wurde. Der Mann hatte … *schuldig* ausgesehen.

*Wir müssen diese Kriege gewinnen. Den im Westen und den im Osten. Wir müssen außerdem dieses Imperium umgestalten. Die Zeiten der Schuldner werden vorüber sein. Die Zeiten, in denen die Münzen diese Gesellschaft beherrscht haben, sind vorbei. Ich, Rhulad, der Imperator, werde meine Hände an diesen Ton legen und aus ihm etwas Neues machen.*

*Deshalb … soll die Seuche der Selbstmorde unter den ehemals Reichen ruhig weitergehen. Sollen die großen Handelshäuser in den Ruin stürzen. Die Armen die Adligen in Stücke reißen. Die herrschaftlichen Anwesen brennen. Wenn die Asche sich gesetzt hat, wenn sie abgekühlt ist, wird Rhulad fruchtbaren Boden für sein neues Imperium finden.*

*Ja, das ist es, was dieses Mal anders ist. Ich spüre eine Wiedergeburt. Sie ist nah. Steht kurz bevor. Ich spüre sie, und vielleicht wird sie ausreichen, vielleicht wird sie mir wieder einen Grund geben, dieses Leben wertzuschätzen. Mein Leben.*

*Oh, Vater Schatten, führe mich jetzt.*

Mael war unvorsichtig gewesen. Und auf diese Unvorsichtigkeit hatte der Abtrünnige vertraut. Der Ältere Gott war so darauf fixiert gewesen, seinen närrischen sterblichen Freund zu retten, dass er einen großen Fehler gemacht und in eine so schlichte Falle getappt war. Es war eine Erleichterung, den aufdringlichen Dreckskerl aus dem Weg zu haben, und sie diente als eine Art Ausgleich zu der schrecklichen Habgier von Federhexe, deren widerwärtige Gesellschaft er gerade verlassen hatte.

Und jetzt stand er im dunklen Korridor. Allein.

*»Wir werden unser Todbringendes Schwert haben«*, hatte sie von ihrem Hochsitz auf dem Altar verkündet, der wie eine Insel inmitten schwarzen Flutwassers kauerte. *»Der Idiot bleibt blind und dumm.«*

*Welcher Idiot soll das sein, Federhexe? Unser kommendes Todbringendes Schwert?*

*»Ich verstehe deinen Sarkasmus nicht, Abtrünniger. Nichts ist verloren. Unser Kult wächst von Tag zu Tag, anfangs bei den letheriischen Sklaven, und jetzt bei den Schuldnern –«*

*Den Unzufriedenen, meinst du. Und was versprichst du ihnen, Federhexe? In meinem Namen?*

*»Das goldene Zeitalter der Vergangenheit. Als du als Aufgestiegener neben*

*all den anderen Göttern gestanden hast. Als dich alle Lehterii verehrt haben. Unsere Herrlichkeit ist längst vorbei, und zu ihr müssen wir zurückkehren.«*

*Es hat niemals ein goldenes Zeitalter gegeben. Ich bin niemals als Einziger – unter Ausschluss aller anderen – von den Letherii angebetet worden. Die Zeit, von der du sprichst, war ein Zeitalter der Meinungsvielfalt, der Toleranz, eine blühende Kultur …*

*»Was spielt die Wahrheit schon für eine Rolle? Die Vergangenheit war so, wie ich es sage. Das ist die Freiheit, die man hat, wenn man die Unwissenden lehrt.«*

Daraufhin hatte er gelacht. *Die Hohepriesterin stolpert über eine große Weisheit. Ja, dann sammle also deine unzufriedenen, unwissenden Narren. Fülle ihre Köpfe mit dem erhabenen Glanz einer nicht-existenten Vergangenheit, und schick sie aus, während ihre Augen in dummem, aber tröstlichem Eifer leuchten. Das wird dann der Anfang unseres neuen goldenen Zeitalters sein, ein Hochgefühl in den Freuden der Unterdrückung und tyrannischen Kontrolle über das Leben von jedermann. Heil dem mächtigen Abtrünnigen, dem Gott, der keinen Widerspruch duldet.*

*»Was du mit deiner Macht tust, ist deine Sache. Ich weiß, was ich mit meiner vorhabe.«*

*Udinaas hat dich abgewiesen, Federhexe. Du hast denjenigen verloren, den du mehr wolltest als alles andere.*

Sie hatte gelächelt. *»Er wird seine Meinung ändern. Du wirst es sehen. Zusammen werden wir eine Dynastie erschaffen. Er war ein Schuldner. Ich muss nur die Gier in ihm wecken.«*

*Federhexe, höre deinem Gott jetzt gut zu. Lausche diesem bescheidenen Scheibchen Weisheit. Es ist nicht an dir, die Leben anderer zu benutzen. Biete ihnen Glückseligkeit, ja, aber sei nicht enttäuscht, wenn sie sich für das Elend entscheiden – denn das Elend gehört ihnen, und wenn sie sich zwischen ihrem eigenen Weg und dem eines anderen entscheiden müssen, werden sie sich für ihren eigenen entscheiden. Die Triller haben ein Sprichwort: »Reiche ihnen die Hand zum Gestade, und sieh zu, wie sie in die See schreiten.«*

*»Kein Wunder, dass sie ausgelöscht wurden.«*

*Federhexe …*

*»Höre jetzt auf meine Weisheit, Abtrünniger. Eine Weisheit, die die Tril-*

*ler hätten beherzigen sollen. Wenn es darum geht, das Leben anderer zu benutzen, dann ist das Erste, was man ihnen nehmen muss, die Möglichkeit, sich noch entscheiden zu können. Hast du das erst einmal getan, ist der Rest einfach.«*

Er hatte seine Hohepriesterin gefunden. In der Tat. *Mögen wir alle gesegnet sein.*

# Kapitel neun

Reiche ihnen die Hand zum Gestade, und sieh zu, wie sie in die
See schreiten.
Drücke ihnen alles auf, was sie brauchen, und sieh zu, wie sie sich
nach allem sehnen, was sie wollen.
Schenke ihnen den ruhigen Teich der Worte, und sieh zu, wie sie
das Schwert ziehen.
Beglücke sie mit der Sattheit des Friedens, und sieh zu, wie sie
nach dem Krieg hungern.
Gewähre ihnen Dunkelheit, und sie werden nach Licht gieren.
Gib ihnen den Tod, und höre sie um das Leben betteln.
Erzeuge Leben, und sie werden deine Sippe morden.
Sei wie sie sind, und sie sehen dich als anders.
Zeige Weisheit, und du bist ein Narr.
Das Gestade weicht der See.
Und die See, meine Freunde,
träumt nicht von euch.

*Gebet der Triller*

Schon wieder ein vom Vermummten verdammtes Dorf, von denen wimmelte es hier förmlich, schlimmer als Pilze nach dem Regen. Ein Beweis dafür, wenn sie denn noch einen gebraucht hätten – was nicht der Fall war –, dass sie sich der Hauptstadt näherten. Weiler, Dörfer, Städte, Verkehr auf den Straßen und Karrenpfaden, Pferde, die donnernd vorbeipreschten, Hörner, die in der Ferne ertönten wie das Geheul von Wölfen, die zum Töten herankamen.

»Das beste Leben, das es gibt«, murmelte Fiedler.

»Sergeant?«

Er rollte sich auf den Rücken und musterte seine erschöpften, niedergeschlagenen, blutbespritzten Soldaten, diese traurigen Gestalten. Was waren sie jetzt? Und was sahen sie, die ihrerseits ihn anstarrten? *Ihre letzte Hoffnung, und wenn das keine schlechten Neuigkeiten sind …*

Er fragte sich, ob Gesler und sein Trupp wohl noch am Leben waren. Vergangene Nacht waren sie fein säuberlich voneinander getrennt worden, als eine ziemlich große Gruppe Edur – vor Waffen starrend und herumschnüffelnd wie die Hunde, die sie geworden waren – einen klugen Vorstoß gewagt hatte. Edur, die ihnen auf der Spur waren, beständig Druck ausübten und sie vor sich her trieben – auf etwas zu, von dem Fiedler verdammt genau wusste, dass es eine Mauer aus Soldaten irgendwo vor ihnen war. Es würde keine Möglichkeit geben, an ihnen vorbeizuschlüpfen, wenn es so weit war. Und auch keine Möglichkeit, sich nach Norden oder Süden zu verdrücken. Im Norden wimmelte es von größeren oder kleineren Kriegstrupps – man könnte auch sagen, in jedem Gehölz hockten ein Dutzend Edur –, und nicht allzu weit südlich von ihnen befand sich der breite Lether und grinste, als wäre er das ureigene Lächeln der Sonne. Letztendlich, na klar, war jemand auf der anderen Seite schlau geworden und hatte die notwendigen Änderungen vorgenommen, hatte diese ganze Invasion in einen riesigen Trichter verwandelt, der kurz davor war, die Malazaner in einen Fleischwolf zu treiben.

Nun ja, kein Spaß dauert ewig. Nachdem Gesler und sein Fünfter abgedrängt worden waren, hatte es irgendwo in der entsprechenden Richtung Kampfgeräusche gegeben. Und Fiedler hatte sich vor die schwierige Entscheidung gestellt gesehen, ob er seine Handvoll Soldaten in einen Angriff von der Flanke her führen sollte, um durchzubrechen und die armen Kerle zu entsetzen, oder ob sie sich still verhalten und weiterhasten sollten, ostwärts und dabei ein bisschen nach Süden abdriftend, genau in den wartenden Rachen hinein.

Die unverkennbaren Geräusche von explodierenden Fetzern hatten ihm die Entscheidung abgenommen – es wäre Selbstmord gewesen, da reinzurennen, da besagte Fetzer die Neigung hatten, in alle Richtungen zu fliegen, und sie bedeuteten, dass Gesler und sein Trupp auf der Flucht waren, sich einen Weg durch den Feind schlugen, und dass Fiedler und sein Trupp am Ende womöglich nur in das Durcheinander gestolpert wären, das ihre Kameraden hinterlassen hatten, um sich plötzlich von Dutzenden wütender Edur umringt zu sehen.

*Also habe ich sie sich selbst überlassen. Und die Explosionen haben irgendwann aufgehört, aber die Schreie nicht, hol mich der Vermummte.*

Und da lag er nun, sein Trupp, ausgestreckt im hohen Gras direkt am Waldrand. Sie stanken. Die Pracht der Knochenjäger, in der grässlichsten Bedeutung des Namens. *Koryks Fluch, na klar. Wer sonst?* Abgetrennte Finger und Ohren, durchstochen und von Gürteln, Schließen, Schnüren hängend. Seine Soldaten: allesamt verkommen zu grausigen, blutleckenden, kaum noch menschlichen Wilden. Nicht, dass es eine Überraschung gewesen wäre. Es war eine Sache, verdeckt vorzustoßen – das war immerhin genau das, wozu sie als Seesoldaten ausgebildet worden waren. Aber es war zu lange weitergegangen, ohne Entlastung, und das einzige Ende, das in Sicht war, war das Tor des Vermummten. Finger und Ohren, oh ja, und dann war da noch Lächeln, die der Mischung etwas hinzugefügt hatte, was nur Männer liefern konnten. *»Meine Bleckerwürmer«*, hatte sie gesagt und dabei auf einen an der kanesischen Küste vorkommenden, im Schlamm lebenden Wurm angespielt. *»Und genau wie die Würmer sind sie am Anfang purpurn und blau, und nach einem oder zwei Tagen in der Sonne werden sie grau. Bleckers, Sergeant.«*

Sie brauchten nicht vom Weg abzukommen, um den Verstand zu verlieren, so viel war offensichtlich. *Bei den Göttern hienieden, schau dir diese Idioten an – wie im Namen des Vermummten haben wir so lange durchgehalten?*

Sie hatten Hauptmann Sort und ihren kümmerlichen Magier nun schon einige Zeit nicht mehr gesehen, was nichts Gutes verhieß. Doch immer noch trieben am Morgen hier und da Fäden aus verräterischem braunem Rauch in der Luft, und nachts konnte man schwach die Explosionen von Moranth-Munition hören. Also waren zumindest ein paar von ihnen noch am Leben. Doch selbst diese Hinweise wurden spärlicher, wo sie doch – wenn überhaupt – hätten zunehmen sollen, je schlimmer die Dinge sich entwickelten.

*Wir sind erledigt. Wir sind aufgebraucht. Pah, hört mich doch mal an! Ich fange schon an, wie Krake da drüben zu klingen. »Ich bin jetzt bereit zu sterben, Fid. Und froh drum, ja. Jetzt, wo ich gesehen habe …«*

»Das reicht«, knurrte er.

»Sergeant?«

»Hör auf, mich irgendwas zu fragen, Buddl. Und hör auf, mich anzusehen, als wäre ich verrückt geworden oder so was.«

»Das solltest du lieber nicht, Sergeant. Verrückt werden, meine ich. Du bist der einzige Normale, der noch übrig ist.«

»Schließt diese Beurteilung auch dich selbst ein?«

Buddl verzog das Gesicht und spuckte dann einen Batzen von dem Gras aus, das zu kauen er sich angewöhnt hatte. Griff nach einer frischen Handvoll.

*Ja, klar, das ist Antwort genug.*

»Fast dunkel«, sagte Fiedler, während er wieder einmal das malerische Dorf vor ihnen beäugte. Eine Straßenkreuzung, eine Schenke und ein Stall, ein Stück die Hauptstraße hinunter eine Schmiede vor einer großen Halde Abfallerz, und dann etwas, das nach zu vielen Wohnhäusern aussah – Reihen von durch schmale Gassen getrennten, ehemaligen Stallungen –, wobei jedes Domizil kaum groß genug für eine kleine Familie zu sein schien. Möglicherweise gab es auf der anderen Seite des Dorfs irgendein anderes Gewerbe, einen Steinbruch oder eine Tonwarenmanufaktur – er glaubte, eine Schotterstraße ausmachen zu können, die sich hinter dem östlichen Rand des Dorfes den Hügel hinaufwand.

Alles war merkwürdig still für die Abenddämmerung. *Arbeiter, die immer noch an ihre Werkbänke gekettet sind? Vielleicht. Aber trotzdem – da ist nicht mal ein verdammter Hund auf der Straße.* »Es gefällt mir nicht, wie das da aussieht«, sagte er. »Bist du dir sicher, dass du nichts Schräges riechst, Buddl?«

»Nichts Magisches. Was bedeutet, dass da natürlich trotzdem hundert Edur in den Häusern hocken können, die nur auf uns warten.«

»Dann schick ein Eichhörnchen oder so was rein, verdammt.«

»Ich schaue mich gerade um, Sergeant, aber wenn du mich weiterhin dauernd unterbrichst …«

»Oh, Lord Vermummter, bitte nähe sämtlichen Magiern den Mund zu, ich flehe dich an.«

»Sergeant, ich bitte dich. Nicht mal eine Länge hinter uns befinden sich sechs Trupps der Edur, und ich bin verdammt müde davon, andauernd Wurfspießen auszuweichen. Also lass mich in Ruhe, damit ich mich konzentrieren kann.«

*Klar, konzentrier dich auf diese Faust, die ich dir gleich in den Hals rammen werde, du verdammter Rattenküsser. Oh je, ich bin viel zu müde, viel zu alt. Wenn wir das hier überstehen – ha! –, schleiche ich mich vielleicht einfach davon, verschwinde in den Straßen von diesem Letheras. Setze mich zur Ruhe. Fange an zu angeln. Oder vielleicht auch zu stricken. Begräbnisschals. Das wird bestimmt ein Weilchen ein blühendes Unternehmen, da würde ich wetten. Sobald die Mandata mit dem Rest von uns murrenden Verlierern ankommt und uns tote Seesoldaten auf höchst wohltuende Weise rächt. Nein, hör auf, so was zu denken. Wir sind immer noch am Leben.*

»Hab 'ne Katze gefunden, Sergeant. Sie schläft in der Küche von der Schenke da vorne. Und hat böse Träume.«

»Dann sorg dafür, dass du ein noch schlimmerer Alptraum für sie wirst, Buddl, und zwar schnell.«

In den Bäumen hinter ihnen zwitscherten Vögel, und im Gras um sie herum waren Insekten eifrig damit beschäftigt, zu leben und zu sterben. Das war es jetzt, woraus seine Welt bestand – eine ermüdende Plackerei, durchbrochen von Momenten tiefgreifenden Entsetzens. Er war so dreckig, dass es ihn überall juckte, und er konnte den schalen Gestank alter Angst riechen wie duftende Flecken auf der Haut.

*Wer im Namen des Vermummten sind denn diese verdammten Letherii überhaupt? Dieses verdammte Imperium mit seinen Oberherren aus dem Volk der Edur ist also mit dem malazanischen Imperium aneinandergeraten. Laseens Problem, nicht unseres. Verdammt sollst du sein, Tavore, wir sind bis hierhin gekommen, und Rache ist nicht genug …*

»Hab sie«, sagte Buddl. »Sie ist wach … streckt sich – ja, sie muss sich strecken, Sergeant, frag mich nicht, warum. Also schön, drei Leute in der Küche, sie schwitzen alle drei, verdrehen die Augen – sie sehen entsetzt aus, haben sich hingekauert. Ich höre Geräusche in der Schenke. Jemand singt …«

Fiedler wartete auf mehr.

Und wartete.

»Buddl …«

»Sie schlüpft in die Schenke – oh, eine Küchenschabe! Warte, nein, hör auf, mit ihr zu spielen – friss das verdammte Ding einfach!«

»Sei leise, Buddl!«

»Erledigt. Puh, ganz schön voll hier drin. Dieses Lied … rauf aufs Geländer, und da …« Buddl verstummte abrupt – und dann richtete er sich leise vor sich hin fluchend auf. Stand einen Augenblick einfach nur da, ehe er schnaubte und sagte: »Komm, Sergeant. Wir können einfach mitten ins Dorf reinmarschieren.«

»Das Dorf wird von Seesoldaten gehalten? Spießt den Vermummten auf einen Pflock, ja!«

Die anderen hörten das und waren wie ein Mann auf den Beinen, versammelten sich erleichtert um sie herum.

Fiedler starrte in all die grinsenden Gesichter und wurde schlagartig wieder ernst. »Schaut euch mal an! Ihr seid eine verdammte Peinlichkeit!«

»Sergeant.« Buddl zupfte ihn am Arm. »Fid, vertrau mir – aber in der Hinsicht brauchst du dir wirklich keine Sorgen zu machen.«

Hellian hatte vergessen, welches Lied sie sang. Was auch immer es sein mochte, es war nicht das Lied, das alle anderen sangen. Nicht, dass die anderen noch sonderlich viel von sich gaben. Obwohl ihr Korporal irgendwie einen Doppeltäller hinbekam, indem er irgendein bizarres altcaenisches Wort dehnte – Fremde sollten nicht singen, denn wie sollten die Leute sie verstehen, und daher konnte es ein gemeines Lied sein, ein fieses, beleidigendes Lied über Sergeanten, was bedeutete, dass ihr Korporal die Kopfnuss verdient hatte, und zumindest brach das Trällern halb ab.

Einen Augenblick später bemerkte sie, dass auch die andere Hälfte abgeebbt war. Und dass sie die Einzige war, die immer noch sang, obwohl es selbst in ihren Ohren klang, als würde eine fremde Sprache von ihren betäubten Lippen blubbern – irgendwas über Sergeanten, möglicherweise –, nun, sie könnte einfach das Messer ziehen und …

Plötzlich waren noch mehr Soldaten da, wurde die Schenke sogar noch voller. Unvertraute Gesichter, die vertraut aussahen, und wie konnte das sein, nun ja, es war so, es war einfach so. Verdammt, ein anderer Sergeant – mit wie vielen Sergeanten musste sie sich hier in dieser Schenke eigentlich noch rumschlagen? Zuerst war Urb dagewesen, der ihr mittlerweile seit Wochen zu folgen schien, und dann Gesler, der um die Mittagszeit hier reingestolpert war, mit mehr Verwundeten als welchen, die noch laufen konnten. Und jetzt war da noch einer, mit einem rötlichen Bart und einer zerschlagenen Fiedel auf dem Rücken, und jetzt stand er da drüben und lachte und umarmte Gesler, als wären sie längst verloren geglaubte Brüder oder Liebhaber oder sonst was – die waren alle zu verdammt glücklich, wenn es nach ihr ging. Glücklicher als sie, was natürlich das Gleiche war.

Am Morgen waren die Dinge besser gewesen. War das heute Morgen gewesen? Oder gestern? Egal. Sie hatten mit Magie dafür gesorgt, dass sie schwer zu finden waren – hatte Balgrid das getan? Oder Tavos Pond? Und daher waren die drei Trupps der Edur mehr oder weniger über sie hinwegmarschiert. Was es leichter gemacht hatte, sie zu töten. Dieses wundervolle Geräusch, wenn Armbrustbolzen abgeschossen wurden. *Swock! Swock! Swockswockswock!* Und dann waren die Schwerter an der Reihe gewesen, für den Nahkampf – stechen und hauen und hacken und weiter stochern und stupsen, aber nein, niemand bewegte sich mehr, und das war ‘ne Erleichterung, und erleichtert zu sein war das Gefühl, das von allen am glücklichsten machte.

Bis man davon schwermütig wurde. Das passierte manchmal, wenn man einfach so rumstand und lauter Tote um einen rumlagen. Das Blut an dem Schwert in deiner Hand. Das von Grunzen und Ächzen begleitete Drehen und Zerren, wenn man die Bolzen aus störrischen Muskeln, Knochen und Organen rauszog. All die Fliegen, die auftauchten, als hätten sie zu Tausenden auf einem nahegelegenen Ast gehockt und nur darauf gewartet. Und der Gestank von all dem Zeugs, das aus Leichen rausfloss.

Das stank beinahe so schlimm wie das, was all diese Seesoldaten mit sich rumtrugen. Wer hatte damit angefangen? Mit den Fingern und Schwänzen und Ohren und dem ganzen Zeug?

Eine Woge von Schuldgefühl wallte plötzlich in Hellian auf. *Das war ich!* Sie stand auf, schwankte, und blickte dann hinüber zu dem langen Tisch, der für große Gruppen von Reisenden gedacht war, dem Tisch, der gegenüber der Theke an einer Seitenwand stand. Umgeben von unzähligen, summenden und krabbelnden Fliegen und Maden waren dort Edur-Köpfe hoch aufgestapelt. *Zu schwer am Gürtel – haben Vielleicht die Hosen runtergezogen, ha! Nein, Moment mal, ich sollte mich eigentlich schlecht fühlen. Es wird Ärger geben, denn das passiert, wenn du mit den Leichnamen deiner Feinde hässliche Dinge machst. Es … wie ist das Wort noch mal?* »Weitet sich aus!«

Gesichter wandten sich ihr zu, Soldaten starrten sie an. Fiedler und Gesler, die sich gegenseitig die Schultern geklopft hatten, ließen voneinander ab und kamen zu ihr.

»Beim Pimmel des Vermummten, Hellian«, sagte Fiedler leise, »was ist mit den ganzen Dorfbewohnern passiert? Als wenn ich's mir nicht denken könnte«, fügte er hinzu und warf einen Blick auf die aufgestapelten Schädel. »Sie sind alle weggelaufen.«

Urb war inzwischen zu ihnen getreten, und er sagte: »Sie waren alle diese Schuldner, von denen wir gehört haben. In der fünften, sechsten Generation. Sie haben an Rohlingen gearbeitet.«

»Rohlingen?«, fragte Gesler.

»Für Waffen«, erklärte Fiedler. »Dann waren sie also Sklaven, Urb?«

»In jeder Hinsicht – bis auf den Namen«, antwortete der große Mann und kratzte sich den Bart, von dem ein abgetrennter, grau und schwarz verfärbter Finger baumelte. »Unter den Köpfen all dieser Edur ist der Kopf des hiesigen Repräsentanten, irgendein reicher Dreckskerl in Seidengewändern. Wir haben ihn vor den Augen der Schuldner getötet und dabei ihre Jubelschreie gehört. Und dann haben sie dem armen Narren den Kopf abgeschlagen – als Geschenk, weil wir doch die ganzen Edur-Köpfe mitgebracht haben. Und dann haben sie alles mitgenommen, was nicht niet- und nagelfest war, und haben sich davongemacht.«

Bei diesen Worten waren Geslers Brauen langsam in die Höhe gewandert. »Dann habt ihr das geschafft, was der Rest von uns nicht geschafft hat – ihr seid als verdammte Befreier in dieses Dorf gekommen.«

Hellian schnaubte. »Wir haben das schon vor Wochen ausgetüffelt. Die Ledderii-Soldat'n sin unwichtig, weil das alles richtige Soldat'n sin, die's toll finden, wenn's gut läuft, und deshalb macht's kein' Unnerschied, ob man sie oder die Edur umbringt. Nein, man geht in die Weiler und Dörfer und tötet alle 'Fissiellen …«

»Die was?«, fragte Gesler.

»Die Offiziellen«, sagte Urb. »Wir töten die Offiziellen, Gesler. Und alle Leute, die Geld haben. Und die Anwälte.«

»Die was?«

»Rechtsleute. Oh, und die Geldverleiher und Schuldscheinbesitzer, und die Registratoren und Abgaben-Schätzer. Wir töten sie alle …«

»Zusammen mit den Soldat'n«, fügte Hellian nickend hinzu – und dann nickte sie weiter, weil sie aus irgendwelchen Gründen nicht damit aufhören konnte. Sie nickte immer noch, als sie sagte: »Und was dann passiert, is' einfach. Plünderungen, jede Menge Sex, und dann trollen sich alle, und wir schlafen in weichen Betten und trinken und essen in der Schenke, und wenn die Wirtsleute noch da sind, zahlen wir nett und ehrlich für alles …«

»Wirtsleute wie die, die sich da in der Küche verstecken?«

Hellian blinzelte. »Verstecken? Oh, vielleicht sind wir ein bisschen wild gewesen …«

»Es sind die Köpfe«, sagte Urb, zuckte dabei verlegen die Schultern. »Ich glaube, wir geraten außer Kontrolle, Gesler. Leben im Wald wie die Tiere und all so was …«

»Wie die Tiere«, stimmte Hellian zu. Sie nickte immer noch. »In weichen Betten und mit jeder Menge zu essen und zu trinken, und es is' ja nich' so, dass wir diese Köpfe an unseren Gürteln tragen oder so was. Wir lassen sie nur in den Schenken. In jedem Dorf, stimmt's? Nur, damit sie wissen, dass wir da waren.« Hellian, die sich plötzlich unerklärlich schwindlig fühlte, setzte sich wieder hin, griff dann nach dem Bierkrug auf dem Tisch – sie musste Balgrids Finger vom Henkel lösen und mit ihm ringen, als wäre es sein Krug oder so, der Idiot. Sie trank einen Schluck und lehnte sich zurück – nur saß sie auf einem Hocker, so dass es keine Lehne gab, und jetzt starrte sie zur Decke hoch und das, was auch immer durch ihr zerfetztes Hemd sickerte, machte in ihrem Rücken alles matschig, und Gesichter starrten auf sie herunter. Sie starrte düster den Krug an, den sie immer noch in der Hand hielt. »Hab ich was verschüttet? Hab ich? Hab ich was verschüttet, verdammt?«

»Nicht einen Tropfen«, sagte Fiedler und schüttelte erstaunt den Kopf. Diese verdammte Sergeant Hellian, die Urbs Bericht zufolge den halben Kontinent in einem Nebel der Trunkenheit von der Küste bis hierher durchquert hatte – diese Frau mit den sanften Gesichtszügen, sanft an der Grenze zur Zügellosigkeit, mit den leuchtenden, immer feuchten Lippen –, diese Hellian hatte Erfolg gehabt, wo jeder andere Trupp – so weit Fiedler es wusste – elendig gescheitert war. Und da Urb eisern darauf beharrte, wer wen angeführt hatte, war es wohl *tatsächlich* sie gewesen. Diese betrunkene, wilde Seesoldatin.

*Sie haben in jeder Schenke abgeschlagene Köpfe zurückgelassen, um des Vermummten willen!*

Aber sie hatte die einfachen Leute befreit, all die Leibeigenen und Sklaven und Schuldner, und hatte zugesehen, wie sie freudig und frei davongetanzt waren. *Unsere betrunkene Befreierin, unsere blutdürstige Göttin – was im Namen des Vermummten denken all die Leute eigentlich, wenn sie sie zum ersten Mal sehen? Endlose Gerüchte über eine schreckliche, fremde Armee. Soldaten und Edur sterben in Hinterhalten, und auf den Straßen und Pfaden herrscht Chaos. Und dann taucht sie auf, schleppt Säcke mit Köpfen hinter sich her, und ihre Seesoldaten treten jede Tür in der Stadt ein und zerren alle diejenigen ins Freie, die zu mögen niemand anders einen Grund hat. Und dann? Nun ja, dann folgt das nicht ganz so feinsinnige Wegschneiden aller Bürden für all diese armen Leute. »Überlasst uns für ein paar Nächte eure Kneipe, und dann machen wir uns wieder auf den Weg.*

*Ach ja – wenn ihr über irgendwelche Edur in den Wäldern stolpert, schickt jemanden zurück, um uns zu warnen, ja?«*

War es ein Wunder, dass Hellian und Urb und ihre Trupps so weit vor den anderen wegmarschiert waren – zumindest hatte Hauptmann Sort sich dahingehend beklagt – und praktisch keine Verluste erlitten hatten? Die betrunkene Frau mit den leuchtenden Augen und all den rundlichen Ausschweifungen einer wohlgenährten, niemals nüchternen, aber immer noch jungen Hure hatte es irgendwie geschafft, all die Hilfe der Einheimischen zu vereinnahmen, die sie gebraucht hatten, um am Leben zu bleiben.

Erfüllt von einer merkwürdigen, von allem losgelösten Verwunderung, einer Beinahe-Euphorie aus Erleichterung, Erschöpfung und jeder Menge Bewunderung, die gewiss nicht frei von einem plötzlichen sexuellen Bedürfnis war – *das sich auf eine verdammte Betrunkene richtete* – fand Fiedler einen Tisch, an dem sich wenige Augenblicke später Gesler und Stürmisch zu ihm gesellten. Letzterer brachte einen Laib

Roggenbrot, ein angestochenes Fässchen Bier und drei verbeulte, mit Inschriften versehene Zinnkrüge mit.

»Ich kann das fast lesen«, sagte er und starrte mit zusammengekniffenen Augen auf die Seite seines Bechers. »Wie Alt-Ehrlii.«

»Der Stempel des Mannes, der ihn gemacht hat?«, fragte Gesler, während er sich ein Stück Brot abbrach.

»Nein. Vielleicht so was wie ›Anwalt des Jahres‹. Und dann ein Name. Könnte Rizzin Purbel heißen. Oder Wurbel. Oder Fizzin.«

»Könnte sein, dass das der Name von diesem Dorf ist«, schlug Gesler vor. »Fizzin Wurbel.«

Stürmisch grunzte und stupste dann Fiedler an. »Hör auf, von ihr zu träumen, Fid. Sie bringt nur Ärger und ist sowieso ein hoffnungsloser Fall. Außerdem träumt Urb schon die ganze Zeit von ihr, und er sieht zu gefährlich aus, um sich mit ihm anzulegen.«

Fiedler seufzte. »Ja, klar, du hast mit allem Recht. Es ist einfach schon verdammt lange her, das ist alles.«

»Wir werden unsere Belohnung noch früh genug bekommen.«

Er beäugte Stürmisch einen Moment lang und sah dann Gesler an.

Der seinem Korporal einen finsteren Blick zuwarf. »Hast du den Verstand verloren, Stürmisch? Die einzige Belohnung, die wir kriegen werden, sind die Krähenfedern, die der Vermummte verteilt, wenn wir durch sein Tor marschieren. Schon klar, wir stellen uns hier auf, und nehmen an Stärke zu, während wir das tun, aber diese Edur auf unserer Fährte werden das Gleiche tun. Und wenn wir in offenes Gelände kommen, sind sie uns dann fünf zu eins, zehn zu eins überlegen.«

Stürmisch wedelte wegwerfend mit der Hand. »Hast du schon mal gezählt, Gesler? Schau dir Urbs Trupp an. Und Hellians. Schau dir den von Fiedler und unseren an. In Anbetracht dessen, was wir durchgemacht haben, sind wir alle fast ungerupft davongekommen, verdammt. In jedem Trupp hier gibt es mehr Lebende als Tote. Also – wer kann sagen, dass die anderen Trupps nicht auch in diesem Zustand sind? Wir sind verdammt nah an unserer Sollstärke, und das kann man von den Letherii und den Edur nicht behaupten, oder?«

»Es gibt jede Menge mehr von denen als von uns«, betonte Gesler, während er das Fässchen nahm und die Zinnkrüge auffüllte.

»Das hat bis jetzt noch nichts zu bedeuten gehabt. Wir haben uns einen Weg durch den letzten Hinterhalt gebahnt …«

»Und den Ort des Geschehens so zerfetzt und blutend verlassen, dass eine Wühlmaus uns hätte folgen können …«

»Fetzersplitter, das ist alles …«

»Maiflieges Rücken war eine einzige zerschnitzelte Sauerei …«

»Ihre Rüstung hat das meiste abgefangen …«

»Eine Rüstung, die sie jetzt nicht mehr hat …«

»Ihr beide seid schlimmer als ein altes Ehepaar«, sagte Fiedler und griff nach seinem Bierkrug.

»Na schön«, erklärte Koryk, »da kann man gar nicht anderer Meinung sein. Deine Bleckers riechen am schlimmsten von dem ganzen Zeugs, Lächeln. Schlimmer als Finger, schlimmer als Ohren, sogar schlimmer als Zungen. Wir haben abgestimmt. Alle hier im Trupp. Du musst die Dinger loswerden.«

Lächeln grinste höhnisch. »Glaubst du etwa, ich wüsste nicht, warum du willst, dass ich sie wegwerfe? Es ist nicht der Geruch, oh nein. Es ist ihr Anblick – und die Tatsache, dass er dich dazu bringt, dich innerlich zu winden, und dafür sorgt, dass deine Eier sich verkriechen. Darum geht es hier. Schon bald wird sowieso keiner von uns mehr was riechen können – alles trocknet aus, wird runzlig …«

»Das reicht«, stöhnte Starr.

Koryk warf einen Blick auf Buddl. Der Idiot sah aus, als würde er schlafen, sein Gesicht war ganz schlaff. Na ja, das war verständlich. Ohne Buddl wären sie niemals so weit gekommen. Nahezu unversehrt, was das anging. Er tippte gegen den Fingerknochen, der an seinem Hals hing – den Knochen, der aus der Grube außerhalb der Ruinen stammte, die von Y'Ghatan übrig geblieben waren. Bei solchen Gedanken schadete es nicht, ihn ein-, zweimal zu berühren.

Und er wusste, dass ihnen Ärger bevorstand. Sie alle wussten es, und deswegen sprachen sie über alles andere, nur nicht über die riesige, grässliche Bestie, die ganz vorne in ihren Gedanken hockte. Die Bestie mit den tropfenden Fängen und den gezackten Krallen und dem schmierigen wissenden Grinsen. Ja, genau. Er berührte den Knochen erneut.

»Wir sind gar nicht so schlecht durchgekommen«, sagte Krake und beäugte die anderen Seesoldaten im überfüllten Hauptraum der Schenke. »Hat eigentlich schon mal irgendwer von euch darüber nachgedacht, wie wir eine Stadt von der Größe von Unta belagern wollen? Wir haben so gut wie keine Moranth-Munition mehr – Fid hat noch ‘nen Knaller, und vielleicht habe ich auch noch einen, aber das war's dann. Und wir können auch wohl kaum eine verdeckte Aktion versuchen, denn sie wissen ja, dass wir kommen …«

»Mit Magie, natürlich«, sagte Lächeln. »Wir werden einfach reingehen.«

Koryk zuckte zusammen, als das Gespräch diese Wendung nahm. Letheras belagern? Und niemand stand mehrere Reihen tief gestaffelt in ihrem Weg? Ziemlich unwahrscheinlich. Außerdem setzten die Edur ihnen die ganze Zeit zu, und die Seesoldaten würden wohl kaum am Ende im Freudenhaus herauskommen, oder? Hatte Krake den Verstand verloren? Oder war das nur seine Art, mit dem Tod umzugehen, der in ihrer aller Gedanken herumspukte.

Wahrscheinlich. Der Sappeur hatte wenig oder sogar überhaupt kein Vorstellungsvermögen, und da machte er eben den größten Sprung, den er sich vorstellen konnte – zu einer Belagerung, die niemals stattfinden und abgesehen davon sowieso nicht klappen würde, selbst wenn sie es täte, was nicht geschehen würde. Aber jetzt hatte Krake etwas, worüber er nachdenken konnte.

»Der Sergeant wird sich irgendwas ausdenken«, schloss Krake plötzlich mit einem lauten Seufzer, während er sich wieder auf den Stuhl zurücksinken ließ.

*Ha, ja, Fiedler, der Herr der Sappeure. Eilt euch und sinkt auf die Knie!*

Buddl saß da und blickte durch die stets scharfen Augen einer Katze. Sie hockte auf dem Dachfirst der Schenke und starrte den Vögeln hinterher, sobald die Konzentration des Magiers einen Augenblick nachließ – was zu oft der Fall war, aber das hatte mit seiner Erschöpfung zu tun, oder?

Aber jetzt war da eine Bewegung zu sehen, am Rand des Waldes da drüben – dort, wo ihr Trupp sich noch vor gar nicht langer Zeit versteckt hatte. Und noch mehr, nördlich davon. Und da drüben, ein Kundschafter der Edur, der sich am südlichen Ende der Straße auf der gegenüberliegenden Seite vorwärtsschob. Er sog schnüffelnd die Luft ein, wie es die Edur immer zu tun pflegten – was keine Überraschung war, da die Malazaner in diesen Tagen wo auch immer sie hinkamen einen Aasgestank mit sich herumschleppten.

Oh, sie waren vorsichtig, und wie, was? *Sie wollen keinen richtigen Kampf. Sie wollen einfach nur, dass wir davonlaufen. Dass wir wieder davonlaufen. Wenn sie noch mehr werden, werden sie sich offener zeigen. Werden sie zeigen, wie viele sie sind, die Lanzen bereit.*

Dann war also noch ein bisschen Zeit. Für die anderen Seesoldaten, um sich zu entspannen. Aber nicht zu sehr, denn sonst würden sie sich alle so sehr betrinken, dass sie nicht einmal mehr stehen, geschweige denn kämpfen konnten. Obwohl, wie es aussah, diese Hellian anscheinend sehr wohl kämpfen konnte, ganz egal, wie alkoholdurchtränkt sie auch war – einer ihrer Korporale hatte davon erzählt, wie sie nüchtern und eiskalt wurde, sobald der Kampf begann. Wann immer es darum ging, Befehle auszuführen. Das war in der Tat ein einzigartiges Talent. Ihre Soldaten verehrten sie. Genauso wie Urb und sein Trupp. Eine Verehrung, die auch etwas mit Entsetzen und vermutlich mehr als einem bisschen Lüsternheit zu tun hatte, also eine Art gemischter Verehrung, was sie vermutlich so dick wie eine Rüstung machte – und das war der Grund, warum so viele von ihnen noch immer am Leben waren.

*Hellian, so was wie eine etwas bescheidenere Ausgabe von … sagen wir mal Coltaine. Oder sogar Dujek während der Feldzüge in Genabackis. Graumähne in Korel. Das, was Fürst K'azz für die Karmesingarde ist – nach allem, was ich gehört habe.*

*Aber leider nicht die Mandata. Und das ist wirklich zu schade. Das ist schlimmer als zu schade …*

Mittlerweile waren zwanzig Tiste Edur zu sehen, die alle das Dorf beobachteten – oh, schau dir nur diesen Vogel an! Nein, das waren nicht die Edur, das war die verdammte Katze. Er musste sich konzentrieren.

Noch mehr barbarische Krieger erschienen. Nochmals zwanzig. Und da drüben eine weitere Gruppe, so groß, wie die ersten beiden zusammen.

Eine dritte, die von Norden – und vielleicht sogar leicht östlich versetzt – herunterkam …

Buddl schüttelte sich, setzte sich auf und sah seine Kameraden blinzelnd an. »Sie kommen«, sagte er. »Wir müssen abhauen.«

»Wie viele?«, wollte Koryk wissen.

*Dreihundert … und es werden immer mehr.* »Zu viele …«

»Buddl!«

»Hunderte, verdammt!«

In der plötzlichen Stille, die seinem Aufschrei folgte, schaute er sich düster in dem Raum um. *Tja, das hat sie ernüchtert …*

Schnabels Augen fühlten sich an, als wären sie voller Sand. Seine Zunge lag schwer in seinem Mund, und ihm war ein bisschen übel. Er war es nicht gewohnt, eine Kerze so lange am Brennen zu halten, aber er hatte eigentlich keine andere Wahl gehabt. Die Tiste Edur waren jetzt überall. Er hatte das Hufgetrappel ihrer Pferde gedämpft, hatte alles verwaschen gemacht, wenn sie vorbeigezogen waren, so dass sie kaum mehr als tiefere Schatten im Tüpfellicht unter den Zweigen waren. Und er hatte ausgegriffen, hatte alle seine Sinne zu geradezu schmerzhafter Präzision geschärft, um die verstohlen dahinschleichenden Jäger zu finden, die auf ihrer Spur immer näher kamen. Auf der Spur von ihnen allen. Und um die Sache noch schlimmer zu machen, kämpften sie genauso wie die Malazaner – schnelle, brutale Zusammenstöße, bei denen es ihnen nicht einmal in erster Linie darum ging, ihre Gegner zu töten, denn verwunden war besser. Verwundete Seesoldaten wurden langsamer. Und sie hinterließen Blutspuren. Die Edur schlugen zu und zogen sich wieder zurück. Später taten sie es immer wieder. Nachts und mittlerweile auch tagsüber, so dass keine Zeit zum Ausruhen war. Nur Zeit, zum … Wegrennen.

Und jetzt saßen er und Hauptmann Sort am hellichten Tag auf ihren Pferden und versuchten, irgendwie zu Faust Keneb und all den Trupps zurückzukehren, die sich seiner Kompanie angeschlossen hatten. Vierhundert Seesoldaten waren es vor zwei Tagen gewesen. Schnabel und Faradan Sort waren nach Osten vorgestoßen, um zu versuchen, Kontakt mit den Trupps aufzunehmen, die schneller und weiter vorgedrungen waren als alle anderen, aber sie waren zurückgetrieben worden – zwischen ihnen und ihrem Ziel hatten sich zu viele Gruppen von Tiste

Edur herumgetrieben. Er wusste jetzt, dass Faradan Sort befürchtete, dass diese Trupps verloren waren – dass sie entweder tot oder so gut wie tot waren.

Er war sich auch ziemlich sicher, dass diese Invasion nicht so lief wie geplant. Irgendetwas in Hauptmann Sorts dunklen Augen sagte ihm, dass nicht nur sie beide es waren, die ständig Ärger hatten. Schließlich hatten sie drei Trupps gefunden, die abgeschlachtet worden waren – oh, die Angreifer hatten einen hohen Preis für dieses Privileg bezahlt, hatte Faradan Sort gesagt, nachdem sie über die Lichtung mit ihren Leichenhaufen gewandert war und die Blutspuren gemustert hatte, die in die Wälder geführt hatten. Schnabel konnte es allein schon anhand des stummen Todesgeheuls sagen, das die Luft getrübt hatte – jenes kalte Feuer, das der Atem eines jeden Schlachtfelds war. Ein Geheul, das wie ein Schock in die Bäume eingefroren war – in ihre Stämme, ihre Zweige und ihr Laub. Und in den Boden unter ihren Füßen, wo es wie Saft herausquoll, und Lily, seine süße rotbraune Stute, hatte keinen Schritt auf die Lichtung machen wollen, und Schnabel wusste, warum.

Ein hoher Preis, ja, genau wie sie gesagt hatte, auch wenn er natürlich nicht mit echten Münzen bezahlt worden war. Nur mit Leben.

Sie lenkten ihre müden Reittiere eine mit Büschen bewachsene Böschung hinauf, und Schnabel musste sich noch mehr konzentrieren, um die Geräusche scharrender Hufe und brechender Zweige zu dämpfen, und plötzlich flammte die Kerze in seinen Händen hell auf, und beinahe wäre er aus dem Sattel gefallen.

Die Hand von Hauptmann Sort packte zu und stützte ihn. »Schnabel?«

»Es ist heiß«, murmelte er. Und jetzt konnte er auf einmal sehen, wo das alles hinführte und was er tun musste.

Hauptmann Sort musste ihn wieder loslassen, als die Pferde sich weiter das letzte Stücke den Hang hinaufmühten.

»Halt«, murmelte Faradan Sort.

*Ja.* Schnabel seufzte. »Genau voraus, Hauptmann. Wir haben sie gefunden.«

Direkt vor ihnen waren knapp zwei Dutzend Bäume gefällt und einfach liegengelassen worden, damit sie verfaulen konnten, und auf dieser Seite des Hindernisses war ein von Schaum bedeckter Teich, über dem glitzernde Insekten tanzten. Am diesseitigen Ufer standen jetzt zwei schlammverschmierte Seesoldaten auf, die Armbrüste bereit.

Hauptmann Sort hob die rechte Hand und gab ein paar Zeichen, die Armbrüste schwangen zur Seite, und sie wurden vorwärtsgewunken.

In einer Höhlung unter einem der gefällten Bäume hockte eine Magierin und nickte Schnabel zu. Sie schien ein bisschen nervös zu sein. Er winkte zurück, als sie zehn Schritt vom Teich entfernt die Pferde zügelten.

Die Magierin blieb in ihrer Deckung, doch sie rief: »Ich habe euch beide erwartet. Schnabel, du leuchtest so verdammt hell, dass es einen schier blind macht.« Dann lachte sie. »Mach dir keine Sorgen, diesen Schein können die Edur nicht sehen, nicht einmal ihre Hexer. Aber ich würde ihn ein bisschen dämpfen, Schnabel, sonst brennst du noch aus.«

Hauptmann Sort drehte sich zu ihm um und nickte. »Ruh dich jetzt aus, Schnabel.«

*Ausruhen? Nein, Ruhe würde es keine mehr geben. Nie mehr.* »Hauptmann, es kommen Hunderte von Edur. Aus Nordwesten …«

»Das wissen wir«, sagte die andere Magierin und kletterte wie eine Kröte in der Abenddämmerung aus ihrer Höhle. »Wir machen uns gerade bereit, unsere Reisetruhen zu packen, und die Uniformen werden gebügelt und die Standarten mit neuen Goldborten versehen.«

»Tatsächlich?«

Sie wurde ernst, und plötzlich bedachte sie ihn mit einem sanften Blick, der ihn an den der Amme erinnerte, die seine Mutter angeheuert hatte – derjenigen, die dann von seinem Vater vergewaltigt worden war und gehen musste. »Nein, Schnabel, ich habe nur Spaß gemacht.«

Zu schade, dachte er. Er hätte gerne den Goldfaden gesehen.

Sie saßen ab und führten ihre Pferde auf der einen Seite um die gefällten Bäume herum, und dann lag das Lager der Faust vor ihnen. »Bei der Gnade des Vermummten«, sagte Faradan Sort, »es sind noch mehr.«

»Sechshunderteinundsiebzig, Hauptmann«, sagte Schnabel. Und wie die Magierin gesagt hatte, machten sie sich zum Aufbruch bereit, schwärmten umher wie Ameisen über einen aufgescheuchtes Nest. Sie hatten Verwundete gehabt – viele Verwundete –, aber die Heiler hatten ihre Arbeit getan, das ganze Blut roch alt, und der Geruch des Todes blieb dort, wo er hingehörte, dicht bei dem Dutzend Gräbern auf der anderen Seite der Lichtung.

»Komm mit«, sagte Hauptmann Sort, als zwei Soldaten kamen und ihnen die Pferde abnahmen, und Schnabel folgte ihr, als sie dort hinging, wo Faust Keneb und Sergeant Thom Tissy standen.

Das Gehen fühlte sich merkwürdig an, nachdem er so lange in einem von diesen seltsamen letheriischen Sätteln gesessen hatte, als ob der Boden unter den Füßen zerbröselte, und alles sah auf merkwürdige Weise zerbrechlich aus. *Ja. Meine Freunde. Alle.*

»Wie schlimm ist es?«, fragte Keneb Faradan Sort.

»Wir sind nicht zu ihnen durchgekommen«, antwortete sie, »aber es gibt immer noch Hoffnung. Schnabel sagt, wir müssen uns beeilen, Faust.«

Faust Keneb warf Schnabel einen Blick zu, und der junge Magier wäre beinahe in sich zusammengeschrumpft. Das passierte immer, wenn er die Aufmerksamkeit wichtiger Leute auf sich zog.

Keneb nickte. Dann seufzte er. »Ich würde gern noch ein bisschen warten, für den Fall, dass …« Er schüttelte den Kopf. »Na gut. Es ist an der Zeit, die Taktik zu ändern.«

»Ja, Faust«, sagte Hauptmann Sort.

»Wir stoßen rasch vor. Auf die Hauptstadt zu, und wenn wir in irgendwas reinrennen, mit dem wir nicht fertigwerden können … werden wir mit ihm fertigwerden.«

»Ja, Faust.«

»Sucht Euch zehn Trupps, bei denen die Schweren vollzählig sind, Hauptmann. Und dann übernehmt die Nachhut.«

»Ja, Faust.« Sie drehte sich um und packte Schnabel am Arm. »Ich möchte, dass du dich auf eine Trage legst und schläfst, Schnabel«, sagte sie, während sie ihn wegführte.

»Das kann ich nicht, Hauptmann …«

»Doch, das kannst du.«

»Nein, das kann ich wirklich nicht. Die Kerzen, sie werden nicht ausgehen. Nie mehr. Sie werden nicht ausgehen.« *Nie mehr, Hauptmann, und es ist nicht so, dass ich dich nicht lieben würde, denn das tue ich, und ich würde alles tun, worum du mich bittest. Aber ich kann einfach nicht schlafen, und ich kann es nicht einmal erklären. Nur, dass es zu spät ist.*

Er war sich nicht sicher, was sie in seinen Augen sah, war sich nicht sicher, wie viel von dem, was er nicht gesagt hatte, sie doch gehört hatte, aber der Griff ihrer Hand an seinem Arm lockerte sich, wurde fast zärtlich, und dann nickte sie und wandte den Kopf ab. »In Ordnung, Schnabel. Dann hilf uns, Kenebs Rücken zu bewachen.«

»Ja, das werde ich tun, Hauptmann. Ihr müsst nur zusehen, wie ich es tun werde.« Er wartete ein paar Herzschläge lang, während sie Seite an Seite durch das Lager gingen, ehe er schließlich fragte: »Hauptmann, wenn es etwas gibt, mit dem wir nicht fertigwerden können – wie werden wir denn dann damit fertig?«

Sie grunzte oder lachte vielleicht auch, was schwer zu sagen war, weil es aus der gleichen Stelle kam wie sonst das Grunzen. »Keile in Sägezahnformation und immer weitermarschieren, Schnabel. Alles zurückwerfen, was auch immer auf uns geworfen wird. Immer weitermarschieren, bis …«

»Bis was?«

»Es ist in Ordnung, an der Seite der Kameraden zu sterben, Schnabel. Es ist in Ordnung. Verstehst du mich?«

»Ja, Hauptmann, das tue ich. Es ist in Ordnung, weil sie meine Freunde sind.«

»Das stimmt, Schnabel.«

*Und deshalb braucht sich auch niemand Sorgen zu machen, Hauptmann.*

Keneb schaute zu, wie seine Seesoldaten sich formierten. Ein Eilmarsch war jetzt angesagt, als ob diese armen Seelen nicht schon erschöpft genug wären. Aber sie konnten schon längst nicht mehr zuschlagen und sich anschließend wieder verstecken. Der Feind hatte das Spiel gedreht, und er war zahlenmäßig überlegen, und vielleicht waren sie letzten Endes genauso wild wie seine Malazaner.

Es war unausweichlich gewesen. Kein Imperium rollt sich einfach nur herum und spreizt die Beine. Wenn es genügend gestupst und gestoßen wird, dreht es sich um und faucht, und dann klappen die Fänge zu. Und jetzt waren es seine Seesoldaten, die bluteten. *Aber nicht annähernd so schlimm, wie ich befürchtet hatte. Schau sie dir an, Keneb. Die sehen gemeiner aus als je zuvor.*

»Faust«, sagte Thom Tissy neben ihm, »sie sind für Euch bereit.«

»Das sehe ich, Sergeant.«

»Nein, Faust. Ich habe gemeint, *sie sind bereit.*«

Keneb blickte dem Mann in die dunklen Knopfaugen, und er war sich nicht sicher, was er in ihnen sah. Was auch immer es war, es leuchtete hell.

»Faust«, sagte Thom Tissy, »es ist das, wofür wir da sind. All das hier.« Er wedelte mit einer schmutzigen Hand. »Wir sind dazu ausgebildet, mehr als ein Spiel zu spielen, richtig? Wir haben ihnen genügend Stiche versetzt, um sie zu ärgern, und darum sind sie nun alle hier, die verdammten Edur, werden von uns angezogen wie von einem Magnet. Und wir sind kurz davor, sie wieder einmal aus dem Gleichgewicht zu bringen, und – hol mich der Vermummte – die Vorstellung bringt mein Blut in Wallung! Das gilt für uns alle! Also, bitte, Faust – gebt uns den Befehl zum Aufbruch.«

Keneb starrte den Sergeanten noch einen Augenblick lang an, dann nickte er.

Begleitet von Gelächter raste Koryk in drei Edur-Krieger hinein, hämmerte mit seinem schweren Langschwert zwei der vorgestreckten Speere beiseite, die auf seinen Bauch zielten. Mit seiner linken Hand packte er den Schaft des dritten Speers und zog sich daran vorwärts. Die Schneide seiner Klinge fuhr über das Gesicht des Kriegers zu seiner Rechten – nicht tief genug, um ernsthaft Schaden anzurichten, aber ausreichend, dass Blut spritzte und den Krieger blind machte. Dem in der Mitte rammte er die Schulter gegen die Brust – so heftig, dass der Edur umgerissen wurde und rücklings auf dem Boden landete. Koryk, der immer noch den dritten Speer festhielt, riss den Krieger herum und stieß ihm die Schwertspitze in die Kehle.

Er drehte sich um, wollte auf den ersten Krieger einschlagen – und sah ihn zurücktaumeln; ein Wurfmesser ragte aus einer Augenhöhle. Daher warf er sich auf den mittleren Edur, schlug wie rasend auf ihn ein, bis dessen zerschlagene Arme – die er hochgerissen hatte, um den Angriff abzuwehren – nachgaben und dem Seti-Halbblut die Möglichkeit gaben, einen Schlag zu landen, der seinem Gegner den Schädel zerschmetterte.

Dann fuhr er herum. *»Wirst du wohl mit dem verdammten Gelächter aufhören, im Namen des Vermummten!«*

Aber Lächeln war auf ein Knie gesunken und wurde von einem Heiterkeitsausbruch geschüttelt, während sie sich ihr Wurfmesser zurückholte. »Bei den Göttern! Ich kriege keine Luft! Warte – warte einfach …«

Knurrend drehte Koryk sich wieder zu dem gedeckten Gang um – diese Stallungen mit ihren engen Gassen bildeten perfekte Sackgassen: Locke sie rennend hinein, weiche zu den Flanken hin aus, dann dreh dich um, und hau die Dreckskerle nieder. Allerdings hatte niemand geplant, in diesem hässlichen Dorf zum letzten Gefecht anzutreten. Außer vielleicht die Edur, die es mittlerweile vollständig umzingelt hatten und sich nun hineinkämpften, Haus um Haus, Gasse um Gasse.

Doch es fühlte sich gut an, ihnen auch mal wieder einen kräftigen Tritt zu verpassen, und zwar immer dann, wenn sie sich in ihrer Gier, malazanisches Blut zu vergießen, zu weit voneinander getrennt hatten.

»Die sind ziemlich mies darin, in Gruppen zu kämpfen«, sagte Lächeln, während sie an ihn herantrat. Sie blickte ihm ins Gesicht – und brach erneut in Gelächter aus.

»Was ist so lustig?«

»Du! Sie! Dein Blick – ich meine, die Überraschung, oh, bei den Göttern der Tiefe! Ich kann nicht aufhören!«

»Das solltest du aber«, warnte Koryk sie und schüttelte das Blut von seinem Schwert. »Ich höre etwas – aus der Mündung von dem Gässchen da drüben – komm mit, los.«

Drei Armbrustbolzen zischten davon, zwei von ihnen fällten heranstürmende Edur. Zur Vergeltung kamen in hohem Bogen zwei Lanzen geflogen, beide direkt auf Fiedler zu. Und dann bewegte sich Starrs großer Schild in ihre Flugbahn, und der Sergeant wurde hart zur Seite gestoßen – während der Korporal ächzend knurrte, als beide Lanzen wuchtig gegen die mit Bronzeschuppen besetzte Oberfläche prallten, eine von ihnen den Schild durchbohrte, eine Fingerlänge auf der anderen Seite herausragte und Starr am Oberarm verletzte. Der Korporal fluchte.

Fiedler duckte sich hinter das Fass, in dem der Schmied früher glühendes Eisen abgeschreckt hatte, als eine dritte Lanze sich knirschend hineinbohrte. Wasser schwappte auf den Boden.

Das Kreuzfeuer, das in diesem Augenblick einsetzte, überraschte das halbe Dutzend angreifender Edur – Bolzen schossen von beiden Seiten aus den Mündungen der schmalen Gassen heran. Augenblicke später lagen sie alle am Boden, waren entweder tot oder kurz davor.

»Rückzug!«, rief Fiedler, während er sich umdrehte und seine ungeladene Armbrust gegen eine geladene austauschte, die Buddl ihm in die Hand drückte.

Starr deckte sie alle drei, während sie sich durch die Schmiede zurückzogen, über den staubigen Innenhof mit seinen Abfallerz- und Schlackehaufen, durch den niedergetrampelten Zaun und weiter zurück zur Schenke.

Wo, den Geräuschen nach zu urteilen, Stürmisch und seine Schweren in einen Kampf verwickelt waren.

Bewegung an ihrer Flanke – die restlichen Soldaten, die den Hinterhalt gelegt hatten, strömten zusammen. Krake, Corabb, Vielleicht, Gesler, Balgrid und Atemlos. Sie luden nach, während sie rannten.

»Gesler! Stürmisch ist …«

»Ich kann's hören, Fid! Corabb, gib Atemlos die verdammte Armbrust – du kannst nicht damit umgehen. Geh zu Starr da vorn, und dann geht ihr beide zuerst rein!«

»Ich habe getroffen!«, protestierte Corabb, während er einem von Hellians Korporalen die schwere Waffe reichte.

»Nachdem dein Bolzen von den Pflastersteinen abgeprallt ist – und jetzt erzähl mir nicht, dass das so geplant war!«

Corabb machte bereits den Edur-Speer bereit, den er aufgehoben hatte.

Fiedler winkte Starr vorwärts, sobald Corabb bei ihm war. »Los, ihr beiden! Schnell rein und hart zuschlagen!«

Nur, indem er in die Luft sprang und sein ganzes Gewicht auf den Speerschaft legte, schaffte es der Edur, den Speer ganz durch Stürmischs linke

Schulter zu treiben. Ein Akt außergewöhnlichen Mutes, der mit einem Daumen in seinem linken Auge belohnt wurde – einem Daumen, der sich immer tiefer grub … und dann noch tiefer. Schreiend versuchte der Krieger, den Kopf wegzubewegen, aber der riesige rotbärtige Korporal packte jetzt eine Handvoll Haare und hielt ihn fest.

Mit einem noch lauteren Schrei und sogar noch größerem Mut warf der Edur den Kopf nach hinten, ließ Stürmisch mit einem Fetzen Kopfhaut und einem nicht nur blutverschmierten Daumen zurück.

»Nicht so hastig«, sagte der Korporal in einem merkwürdig sachlichen Tonfall, während er einen Satz nach vorn machte, um den Edur zu packen. Beide landeten auf den schmierigen Bodenbrettern der Schenke – und der Speer in Stürmischs Schulter wurde von dem Aufprall beinahe ganz durchgeschoben. Der Korporal zog sein Ausweidemesser und rammte dem Krieger die Klinge seitlich in den Oberkörper, knapp unter den Rippen, unter dem Herz, und bewegte sie dann nach außen.

Blut floss in Strömen.

Stolpernd und wegrutschend schaffte Stürmisch es, wieder auf die Beine zu kommen – der Speer fiel hinter ihm zu Boden –, und er taumelte vorwärts, bis er gegen den Tisch mit seinem Haufen abgeschlagener Edur-Köpfe stieß. Er packte einen und warf ihn quer durch den Raum, in die Menge der Edur, die sich durch die Türöffnung hereindrängten, wo Blitzgescheit und Pfeifenkopf die Stellung gehalten hatten, bis Pfeifenkopfs Hals von einem Speer durchbohrt worden war und irgendjemand Blitzgescheit den Helm vom Kopf geschlagen hatte. Sie lag barhäuptig auf dem Rücken und rührte sich nicht, als die Edur bei ihrem Vorstoß ins Innere der Schenke mit ihren Mokassins über sie hinwegtrampelten.

Der Kopf traf den vordersten Krieger im Gesicht. Er heulte voller Schmerzen und Entsetzen auf, taumelte zur Seite.

Maifliege kam angestolpert, um neben Stürmisch Position zu beziehen. Sie war bereits viermal niedergestochen worden, und so war es ein Wunder, dass die Schwere immer noch stand.

»Stirb bloß nicht, Frau«, grollte Stürmisch.

Sie gab ihm sein Schwert. »Hab das hier gefunden, Sergeant, und hab gedacht, du willst es vielleicht haben.«

Es war keine Zeit für eine Antwort, denn die ersten drei Edur waren jetzt direkt vor ihnen.

Corabb, der aus dem Eingang zur Küche kam – einer Küche, in der sich jetzt weder Koch noch Schankmädchen befanden –, sah den Angriff und sprang vor, um die Angreifer von der Flanke anzugehen.

Doch er stolperte und flog mit dem Kopf voran über den Edur, den Stürmisch gerade getötet hatte. Corabbs Hände – die noch immer den Speer hielten – zuckten nach vorn. Die Speerspitze grub sich in den rechten Oberschenkel des nächsten Kriegers, verfehlte den Knochen, trat auf der anderen Seite wieder aus, bohrte sich ins linke Knie des nächsten Edur, wobei die dreieckige Spitze unter die Kniescheibe glitt und fein säuberlich das Gelenk durchtrennte. Da der Stoß nach schräg unten gerichtet gewesen war, bohrte sich die Spitze schließlich in die Fuge zwischen zwei Bodenbrettern, wo sie steckenblieb – bis das hintere Brett genau rechtzeitig nach oben schnellte, um den dritten Edur ins Stolpern zu bringen, der sich einfach nur in Stürmischs ausgestrecktes Schwert zu werfen schien.

Während Corabb inmitten der gefallenen Feinde landete, kam Starr heran; sein Kurzschwert hackte hier und da nach unten, während er sich vorarbeitete, um sich dem Rest der angreifenden Edur in den Weg zu stellen.

In deren Mitte sich jetzt Blitzgescheit erhob, ein Kethramesser in jeder Hand.

Fiedler führte den Angriff durch die Küchentür an, die Armbrust bereit, und sah als Erstes Starr, der die letzten noch stehenden Edur niedermachte. Der Raum war voller Körper, von denen sich nur noch ein paar bewegten; Corabb Bhilan Thenu'alas kam unter zwei Edur herausgekrochen, er hustete und war blutüberströmt.

Atemlos trat ans Fenster. »Sergeant! Da kommt noch 'n Rudel!«

»Armbrüste nach vorne!«, bellte Fiedler.

Hellian schaute blinzelnd zu dem schicken Haus auf der anderen Straßenseite hinüber. Das Haus des Repräsentanten, wie sie sich erinnerte.

Sah auch so aus. Teuer und geschmacklos. Sie deutete mit einem tropfenden Schwert. »Da drüben rein, da werden wir Stellung beziehen.«

Urb grunzte und spuckte rot aus – vielleicht hatte er sich angewöhnt, Betelnüsse zu kauen. Was so manche Leute ihrem Körper antaten, war wirklich vollkommen unglaublich. Sie trank noch einen Schluck von dem hiesigen Wasauchimmer, das schmeckte wie Bambussprossen, auf die ein Hund gepisst hatte – aber das Zeug hatte es in sich, und wie! Dann gab sie ihm das Zeichen zum Vorrücken.

Und danach den anderen, außer Lauten und Tavos Pond, die beide bei dem Versuch, an der Einmündung der Gasse da hinten die Flanke zu halten, in Stücke gehauen worden waren. »Ich übernehme die Nachhut«, sagte sie zur Erklärung, als die sechs verbliebenen Seesoldaten an ihr vorbeistolperten. »Und jetzt alle hübsch in einer Reihe!«

Noch ein Schluck. Dieses Zeug wurde immer schlimmer. Wer dachte sich bloß so ein Getränk aus?

Sie setzte sich in Bewegung. War auf halbem Wege oder vielleicht auch erst halbwegs losgegangen, als schätzungsweise hundert Edur ungefähr dreißig Schritt entfernt auf der Hauptstraße auftauchten. Sie warf also ihre Tonflasche weg und stellte sich fest auf den Boden, um den Ansturm aufzuhalten. Das war schließlich das, was eine Nachhut machte, richtig? Sie aufhalten.

Die vielleicht zehn Mann, die die erste Reihe bildeten, blieben stehen und hoben ihre Lanzen.

»Das gilt nicht!«, rief Hellian, während sie ihren Schild hob und sich anschickte, sich dahinter zu ducken – oh, aber das war ja gar kein Schild. Es war der Deckel eines Bierfässchens, die Art, die einen Griff hatte. Sie starrte ihn an. »He – mit dem Ding bin ich nicht ausgerüstet worden.«

Drei volle Tage und Nächte auf der Flucht, seit sie das Flussufer hinter sich gelassen hatten, und jetzt Kampfgeräusche von irgendwo weiter vorn. Zwei Nächte zuvor hatte er seinen Korporal verloren; der Narr war in einen verlassenen Brunnen gefallen – in dem einen Augenblick noch neben ihm, im nächsten schon weg. War zumindest den größten Teil des Weges durch ein Wurzelgeflecht geflutscht, bis er sich den Kopf eingeklemmt hatte, und mit einem Ploppen war sein Genick gebrochen – und war das nicht seltsam, wie der Vermummte nie etwas vergaß, denn für den Korporal hatte es geheißen: Schließ dich den Seesoldaten an, oder tanz am Galgen, und jetzt hatte der Narr beides getan. Da Badan Gruk seinen Korporal verloren hatte, schleppte er jetzt Zausel mit sich rum – das war keine Beförderung im eigentlichen Sinne, denn Zausel war nicht der Typ, den man beförderte, aber sie hatte einen kühlen Blick drauf, wenn sie nicht damit beschäftigt war, alles aufzuessen, das in Sicht kam.

Und jetzt ließ Zausel sich schnaufend neben Badan Gruk, dem Sergeanten des Fünften Trupps der Dritten Kompanie der Achten Legion, zu Boden sinken und hob ihm ihr blasses, rundliches Gesicht entgegen – ein Gesicht mit einem kalten grauen Blick. »Wir sind ziemlich müde, Sergeant.«

Badan Gruk war ein Dal Honese, aber keiner von den Stämmen der nördlichen Savanne. Er war im Süden geboren worden, im Dschungel, einen halben Tagesmarsch von der Küste entfernt. Seine Haut war so schwarz wie die eines Tiste Andii, und er hatte so ausgeprägte Schlitzaugen, dass kaum mehr als schmale, weiße Streifen zu sehen waren. Außerdem war er kein Mann, der oft lächelte. Am wohlsten fühlte er sich in mondlosen Nächten, obwohl Ditsch sich immer darüber beklagte, wie ihr Sergeant verdammt nochmal einfach verschwand – und zwar meistens dann, wenn er am dringendsten gebraucht wurde.

Aber jetzt waren sie hier, am helllichten Tag, und ach, wie sehr sehnte sich Badan Gruk nach dem Zwielicht des tropischen Regenwalds seiner Heimat. »Bleib hier, Zausel«, sagte er, drehte sich um und krabbelte dorthin zurück, wo Sergeant Zimperlich mit dem Rest der Seesoldaten hockte. Zimperlichs Trupp, dem Zehnten, fehlte auch nur ein einziger Mann, während der Vierte zwei Verluste zu beklagen hatte, darunter auch Sergeant Sinter, und das versetzte Badan Gruk einen weiteren Stich. Schließlich hatte sie zu seinem eigenen Stamm gehört. Verdammt, sie war der Grund gewesen, warum er ursprünglich überhaupt zum Militär gegangen war. Sinter hinterherzulaufen war immer viel zu leicht gewesen.

Badan Gruk schob sich näher heran und winkte dann Zimperlich zu sich; Hatz, der Korporal des Adligen aus Quon, kam ebenfalls mit. Die drei setzten sich ein kleines Stück entfernt von den anderen hin. »Also«, flüsterte Badan, »umgehen wir das da vorne?«

Auf Zimperlichs länglichem, asketischem Gesicht erschien ein säuerlicher Ausdruck; das war immer so, wenn jemand mit ihm sprach. Badan wusste nicht viel über die Vergangenheit des Mannes – das hieß, über das Offensichtliche hinaus, nämlich, dass Zimperlich früher mal irgendwas Schlimmes angestellt hatte – schlimm genug, um verstoßen zu werden und sich jetzt vielleicht sogar auf der Flucht zu befinden. Zumindest hatte er das Gehabe der Hochgeborenen abgelegt. Auf Badans geflüsterte Frage antwortete Korporal Hatz mit einem Schnauben, der dann rasch wieder wegsah.

»Du bist hier«, sagte Badan zu dem Kartoolii, »also sprich.«

Hatz zuckte die Schultern. »Seit wir den Fluss hinter uns gelassen haben, sind wir auf der Flucht, Sergeant. Ducken und verstecken uns, bis unsere drei Magier verbraucht und schlechter beieinander als wandelnde Tote sind.« Er nickte in Richtung Norden. »Das da vorne sind Seesoldaten, und die stecken in einem Kampf. Wir haben bis jetzt nur einen Schweren und einen Sappeur verloren …«

»Und einen Sergeanten und einen Korporal«, fügte Badan hinzu.

»Wir sind siebzehn, Sergeant. Nun, ich habe gesehen, was deine Schweren ausrichten können, und ich und Sergeant Zimperlich, wir können dir beide sagen, dass Umblick, Ziehtzuerst und Seicht genauso gut sind wie Reliko und Voll Leer. Und Herzchen hat immer noch drei Knaller und anderthalb mal so viel Fetzer wie vorher, weil Kusswo ihre dagelassen hat, als sie und Sinter losgegangen sind …«

»Schon gut«, unterbrach ihn Badan, der nicht schon wieder hören wollte, was mit Sinter und Kusswo passiert war, denn Kusswo war der Grund gewesen, weshalb Sinter in die Armee eingetreten war. Es kam nichts Gutes dabei raus, wenn man einer Frau hinterherlief, die mit verklärtem Blick einer anderen Frau hinterherlief – auch, wenn's eine Schwester war –, aber so war das eben gewesen, und jetzt waren sie beide dahin, oder etwa nicht? »Zimperlich?«

Der Quon rieb sich das, was er als Bart im Gesicht trug – bei den Göttern, das verriet nur, wie jung der arme Kerl war –, und ließ den Blick suchend über die wartenden Soldaten schweifen. Dann lächelte er plötzlich. »Schau dir Schädeltod an, Badan. Da haben wir einen Soldaten, dem der alte Zahni gleich am ersten Tag in Malaz einen Namen verpasst hat, und ich weiß immer noch nicht, ob das ein Witz war. Schädeltod muss immer noch den ersten Tropfen Blut vergießen – wenn man mal von den Mücken absieht, und *das* Blut war sein eigenes. Außerdem hast du hier etwas, das wie ein dal-honesischer Großer Rat aussieht, Badan Gruk, und ihr mondlosen Nachtschatten scheint den Edur heiliges Entsetzen einzujagen, als wärt ihr Geister oder so was, und manchmal wundere ich mich sogar selbst darüber, wie ihr alle es schafft, im Dunkel zu verschwinden. Wie auch immer, da bist du, dann Nep Nut, Reliko und Neller und Streifen Mull und überdies ist auch Mulvan Grauler halbwegs dabei, und … nun ja, wir sind zum Kämpfen hergekommen, oder? Also – lasst uns kämpfen.«

*Mag ja sein, dass du gekommen bist, um zu kämpfen, Zimperlich. Ich versuche einfach nur am Leben zu bleiben.* Badan Gruk musterte die beiden Männer neben ihm noch ein paar Herzschläge lang, dann richtete er sich zu seiner vollen Größe auf, was bedeutete, dass er Zimperlich bis fast an die Schulter ging, und zog das zweihändige Sichelschwert aus dem Hirschlederharnisch auf seinem breiten Rücken. Während er seinen Griff so lange korrigierte, bis das Elfenbeinheft richtig in der Hand lag, beäugte er die beiden dünnen Otataral-Klingen, die zu beiden Seiten des gekrümmten und geschnitzten Stoßzahns eingelassen waren. *Vethbela* wurde die Waffe in seiner eigenen Sprache genannt, *Knochenküsser*; die beiden Klingen gingen nicht tief genug, um mehr zu tun als die Beinknochen eines normalen Kriegers zu berühren, da die Oberschenkelknochen geschätzte Trophäen waren, die poliert wurden, und in die dann Bilder vom glorreichen Tod ihres vormaligen Besitzers eingraviert wurden, und jeder Krieger, der das Herz einer Frau gewinnen wollte, musste – als Beweis seines Könnens und seines Mutes – mehr als ein paar davon auf die Schwelle zur Hütte ihrer Familie legen.

*Ich habe es nie geschafft, dieses Ding vernünftig zu benutzen, oder? Hatte keinen einzigen Oberschenkelknochen, den ich Sinter hätte zeigen können.* Er nickte. »Dann ist es also an der Zeit, ein paar Trophäen zu sammeln.«

Fünfzehn Schritt entfernt stupste Herzchen Ditsch an. »He, Geliebte, sieht so aus, als würden wir heute ein paar Fetzer werfen können.«

»Hör auf, mich so zu nennen«, antwortete die Angesprochene in gelangweiltem Tonfall, aber sie schaute zu, wie Badan Gruk sich wieder zu Zausels Versteck begab, und dann beobachtete sie, wie Korporal Hatz ein Stück zurückging, um Pravalak Rim, den Korporal des Vierten Trupps abzuholen, der zusammen mit Seicht und Ziehtzuerst ihre Ärsche beschützt hatte. Und schon bald darauf tanzte etwas weniger als Gemunkel durch jeden Soldaten, und sie sah, dass Waffen gezogen wurden, Riemen festgezurrt und Helme zurechtgerückt wurden, und schließlich sagte sie: »Na schön, Herzchen – hol mich der Vermummte, wie ich es hasse, das zu sagen –, scheint so, als hättest du den richtigen Riecher gehabt …«

»Lass es mich einfach beweisen …«

»Du kriegst meine Beine nie auseinander, Herzchen. Warum kapierst du das eigentlich nicht?«

»Was für eine jämmerliche Haltung«, beklagte sich der Sappeur der Zehnten, während er seine Armbrust lud. »Tja, Kusswo, die hatte …«

»Die Schnauze so voll von deinen Annäherungsversuchen, Herzchen, dass sie hingegangen ist und sich selbst in die Luft gejagt hat – und dabei noch ihre Schwester mitgenommen hat. Und jetzt hocke ich hier und wollte, ich hätte mit ihnen in dem Boot gesessen.« Mit diesen Worten stand sie auf und begab sich zu Nep Nut hinüber.

Der alte dal-honesische Magier richtete ein gelbes Auge auf sie und sah sie blinzelnd an – und riss beide Augen weit auf, als er die Fetzer entdeckte, die sie in den Händen hatte. »Wech damit, Tittenfrau!«

»Entspann dich«, sagte sie, »wir ziehen in den Kampf. Hast du noch irgendwas in deinem Schilfkörbchen?«

»Was meinste?«

»Majisches Zeugs, Nep, majisches Zeugs – kommt von den Bleckers in Männern. Jede Frau weiß das.« Sie winkte.

»Du frosselnde Tittenfrau, du! Tu's wech von mir!«

»Ich tu hier gar nichts weg, Nep, bis du mir nicht diese beiden Fetzer gesegnet hast.«

»Die Tonkugeln segnen? Bisse verrückt, Tittenfrau? Lesses Mal, als ich das gemacht hab …«

»Sind sie hochgegangen, ja, schon klar. Sinter und Kusswo. Es hat sie in Stücke gerissen, aber sauber und schnell, richtig? Hör zu, es ist meine einzige Möglichkeit, Herzchens Annäherungsversuchen zu entgehen.

Nein, ernsthaft, ich möchte 'nen gesegneten Fluch oder 'nen verfluchten Segen. Bitte, Nep …«

»Tu's wech von mir!«

Reliko, der sogar noch eine halbe Handbreit kleiner als sein Sergeant war – und laut Zahnis Einschätzung damit der kleinste Schwere Infanterist in der Geschichte des malazanischen Imperiums –, richtete sich grummelnd auf und zog sein Kurzschwert, während er seinen Schild herumschwang und in Position brachte. Er warf einen Blick auf Voll Leer. »Ist mal wieder so weit.«

Der übergroße Seti-Krieger, der immer noch auf einem Kissen aus feuchtem Moos saß, schaute auf. »Häh?«

»Ein neuer Kampf.«

»Wo?«

»Wir, Voll. Erinnerst du dich an Y'Ghatan?«

»Nein.«

»Nun, es wird nicht so sein wie in Y'Ghatan. Eher so wie gestern, nur schlimmer. Erinnerst du dich an gestern?«

Voll Leer starrte ihn noch einen Moment länger an, dann lachte er sein langsames *ha, ha, ha* und sagte: »Gestern! Ich erinnere mich an gestern!«

»Dann heb dein Schwert auf, und wisch den Schlamm ab, Voll. Und nimm deinen Schild – nein, nicht meinen, deinen, den auf deinem Rücken. Ja, hol ihn vor. So ist's recht – nein, das Schwert in die andere Hand. So, perfekt. Bist du fertig?«

»Wen soll ich töten?«

»Das werde ich dir gleich zeigen.«

»Gut.«

»Ich glaube, Seti sollten sich niemals mit Bhederin paaren.«

»Was?«

»Das war ein Witz, Voll.«

»Oh. Ha ha ha! Ha.«

»Komm, wir gehen zu Umblick – er wird an der Spitze sein.«

»Umblick ist an der Spitze?«

»Bei diesen Sachen ist er immer an der Spitze, Voll.«

»Oh. Gut.«

»Ziehtzuerst und Seicht sind in unserem Rücken, richtig? Genau wie gestern.«

»Richtig. Reliko, was war gestern?«

Streifen Mull trat dicht zu Neller, und beide betrachteten ihren Korporal Pravalak Rim, der gerade Ziehtzuerst und Seicht zu den anderen Schweren schickte.

Die beiden Soldaten unterhielten sich auf Dal-Honesisch, ihrer Muttersprache. »Gebrochenes Herz«, sagte Streifen.

»Gebrochener als nur gebrochen«, stimmte Neller ihm zu.

»Kusswo war so reizend.«

»Reizender als reizend.«

»Wie Badan sagt, genau.«

»Wie er sagt, ja.«

»Und das ist eben so, das sagt er.«

»Das weiß ich, Striff, das brauchst du mir nicht zu erzählen. Du glaubst, Letheras wird wie Y'Ghatan sein? In Y'Ghatan haben wir überhaupt nichts getan. Und«, fügte Neller plötzlich hinzu, als wäre ihr gerade etwas eingefallen, »hier haben wir auch noch nichts getan, oder? Bis jetzt noch nicht, zumindest. Wenn es allerdings so wird, wie in Y'Ghatan …«

»Wir sind noch nicht mal da«, sagte Streifen Mull. »Welches Schwert wirst du nehmen?«

»Das hier.«

»Das mit dem kaputten Griff?«

Neller schaute nach unten, runzelte die Stirn, warf die Waffe dann in die Büsche und zog eine andere. »Dieses hier. Es ist eins von den Letherii, hat an der Wand von der Hütte gehangen …«

»Ich weiß. Ich hab's dir gegeben.«

»Du hast es mir gegeben, weil es immer dann, wenn ich etwas mit ihm treffe, heult wie eine junge Frau.«

»Das stimmt, Neller, und deswegen habe ich dich auch gefragt, welches Schwert du nehmen wirst.«

»Jetzt weißt du's.«

»Jetzt weiß ich's, und deshalb stopfe ich mir jetzt Moos in die Ohren.«

»Hab gedacht, das hättest du längst gemacht.«

»Ich stopfe noch mehr rein. Siehst du?«

Korporal Pravalak Rim war ein geplagter Mann. Als Kind armer Bauern in einer der nördlichen Provinzen von Gris geboren, hatte er den größten Teil seines Lebens nichts von der Welt gesehen – bis zu dem Tag, da ein Rekrutierungsoffizier der Seesoldaten durch das nahegelegene Dorf gekommen war. Zufällig war Pravalak an eben jenem Tag dort gewesen, zusammen mit seinen älteren Brüdern, die auf dem Weg zur Schenke alle höhnisch über den Offizier gelacht hatten. Aber Pravalak selbst, nun, der hatte nur ungläubig gestarrt. Es war das erste Mal gewesen, dass er jemanden aus Dal Hon zu Gesicht bekommen hatte. Sie war groß und rund gewesen, und obwohl sie Jahrzehnte älter war als er und ihr Haar grau geworden war, konnte er sehen, wie schön sie einst gewesen war; und in seinen Augen war sie es tatsächlich noch immer.

Was für eine dunkle Haut. Was für dunkle Augen, und oh, sie bemerkte ihn und schenkte ihm ein strahlendes Lächeln, ehe sie ihn an der Hand nahm und in ein Hinterzimmer des örtlichen Gefängnisses führte und dann ihr Rekrutierungsgespäch führte, während sie auf ihm saß und voller überschwänglicher Freude hin und her schaukelte, bis er ins malazanische Militär hineinexplodierte.

Seine Brüder hatten es anfangs gar nicht glauben wollen und waren vollkommen kopflos, weil sie nicht wussten, wie sie ihrer Mutter und ihrem Vater die Tatsache erklären sollten, dass ihr jüngster Sohn hingegangen war und sich beim Militär eingeschrieben hatte und dabei auch noch seine Jungfräulichkeit an eine fünfzigjährige Dämonin verloren hatte – und dass er tatsächlich nicht mehr nach Hause kommen würde. Aber das war ihr Problem, und Pravalak war im Rekrutierungswagen davongerollt, eine Hand fest zwischen ihre üppigen Beine geschmiegt, ohne einen einzigen Blick zurückzuwerfen.

Seine erste große Liebe hatte genauso lange gedauert wie die Fahrt zur nächsten Stadt, wo er einem Zug aus etwa fünfzig anderen grisianischen Bauernjungen und -mädchen zugeteilt wurde und wenig später auf einer Imperialen Straße nach Unta marschierte, von wo aus es nach Malaz weiterging, zur Ausbildung als Seesoldat. Aber sein Herz war nicht so sehr gebrochen, wie er sich das vorgestellt hatte, denn in den malazanischen Truppen gab es einige Zeit lang unzählige dal-honesische Rekruten – irgendeine geheimnisvolle Bevölkerungsexplosion oder politische Umwälzung hatte einen Exodus aus den Savannen und Dschungeln von Dal Hon in Gang gesetzt. Und ihm war schon bald klar geworden, dass seine Begeisterung für mitternachtsdunkle Haut und mitternachtsdunkle Augen ihn keineswegs zu jämmerlicher Sehnsucht und ewiger Einsamkeit verdammte.

Bis er zum ersten Mal Kusswo begegnet war, die für seine Bemühungen nur ein Lachen übrig gehabt hatte – und das, obwohl sie bereits damals überaus geschliffen und glatt gewesen waren. Diese Zurückweisung war es, die ihm für alle Zeit das Herz stahl.

Doch was ihn jetzt plagte, war – vielleicht überraschenderweise – nicht all diese unerwiderte Bewunderung. Es war das, was er gesehen hatte – oder sich vielleicht auch nur eingebildet hatte, in jener dunklen Nacht auf dem Fluss, nach dem grellen Blitz der Explosion und dem Getöse, das das Wasser aufgewühlt hatte ... dass sich eine schwarzhäutige Hand aus den kabbeligen Wellen gestreckt hatte, dass die dahinwirbelnde Strömung, die nach dem Tumult zurückgekehrt war, sich um das elegante Handgelenk herum geteilt hatte – und dann war die Hand fortgeglitten, oder er hatte sie in der körnigen Dunkelheit trotz all seiner Anstrengungen, seiner verzweifelten, beklommenen Suche einfach nur aus den Augen verloren – die Hand, die Haut, die dunkle, dunkle Haut, die ihn in jener Nacht so besiegt hatte ...

Oh, er wollte sterben, seither. Um sein Elend zu beenden. Sie war fort. Und auch ihre Schwester war fort – eine Schwester, die ihn erst zwei Nächte zuvor zur Seite gezogen und ihm ins Ohr geflüstert hatte: *»Gib sie nicht auf, Prav. Ich kenne meine Schwester, verstehst du, ich weiß, dass da ein Ausdruck in ihren Augen ist, immer dann, wenn sie in deine Richtung schaut ... also, gib nicht auf ...«*

Beide fort, und das – wie Badan immer und immer wieder vor sich hinmurmelte, wenn er glaubte, dass niemand nahe genug bei ihm war, um ihn zu verstehen – *ist eben so. Und das ist eben so.*

Sergeant Zimperlich kam zu Pravalak und versetzte ihm einen kräftigen Klaps auf die Schulter. »Fertig, Korporal? Gut. Führe deinen Trupp, genau wie Sinter es getan hätte. Führe sie, Prav – und auf geht's, ein paar Edur ausweiden.«

Schädeltod, dessen Name einst Tribole Futan gewesen war und der der letzte noch lebende männliche Futani der königlichen Linie des Stammes der Gilani aus dem Südosten des Reichs der Sieben Städte war, sah den Schweren dabei zu, wie sie sich den Hang hinaufschoben, den Kampfgeräuschen entgegen, und richtete sich langsam auf.

Er machte seine beiden Gilani-Tulwars bereit, die einst dem Meisterkämpfer eines Falah'dan gehört hatten – seinem Großonkel –, der drei Jahre vor der malazanischen Invasion dem Gift eines Attentäters zum Opfer gefallen war. Damals war Tribole noch ein Kind gewesen, das noch nicht auf den Sand der Sterblichen geworfen worden war. Waffen, die er als Letzter des Geschlechts in einer Familie geerbt hatte, die durch eine jener Fehden zerschmettert worden war, die vor der Eroberung überall im Reich der Sieben Städte üblich gewesen waren. Die Tulwars wirkten groß in seinen Händen, fast zu groß für seine Handgelenke – aber er war ein Gilani, und es war für die Angehörigen seines Stammes charakteristisch, dass sie buchstäblich kein Gramm Fett am Leib hatten. Stattdessen hatten sie Muskeln wie Taue, die lang und grazil waren – und viel stärker als sie aussahen.

Der sanfte Blick seiner weiblichen Augen veränderte sich nicht, als er die Tulwars musterte und sich an die Zeit erinnerte, da er ein kleines Kind gewesen war. Damals hatte er diese Waffen – wenn sie auf ihren geschwungenen Spitzen balancierten – dazu bringen können zu stehen, wenn er sich die silbernen Knäufe in die Achselhöhlen schob, und wenn er dann den Griff knapp über der Parierstange packte, konnte er um das Lager hüpfen wie ein Kobold mit nur einem Bein. Nicht lange danach hatte er beschwerte Stöcke benutzt, die so geschnitzt waren, dass sie diesen Tulwars seines Großonkels ähnelten. Und er hatte die Bewegungsabläufe im Gilani-Stil geübt, sowohl zu Fuß wie auch auf dem Rücken eines Wüstenpferdes, und so gelernt, auf den Fußballen zu kauern und den Lishgar Efhanah zu praktizieren, den Angriffssprung, das Scharfe Netz. Es hatte damals viele Nächte mit blauen Flecken an den Schultern gegeben, bis er gelernt hatte, sich nach dem Angriff in der Luft sauber abzurollen, wenn die drei mit Gras ausgestopften Puppen in Stücke gehauen waren und der Wind an den goldenen Gräsern zupfte, die in der staubigen Luft dahintrieben. Und sich sofort herumzurollen und wieder aufzurichten, die Waffen bereit.

Er war nicht groß. Er war nicht forsch, und sein Lächeln – so selten es war – war so scheu wie das eines jungen Mädchens. Männer wollten ihn in ihren Betten. Und auch Frauen. Aber er entstammte dem königlichen Geschlecht, und sein Samen war der letzte Samen, und eines Tages würde er ihn einer Königin schenken, vielleicht sogar einer Imperatrix, wie es sich für seinen wahren Rang geziemte. In der Zwischenzeit ließ er zu, dass Männer ihn benutzten, wie sie wollten, und fand sogar Gefallen daran, harmlos, wie es war. Aber er weigerte sich, seinen Samen zu vergießen.

Er stand jetzt, und als das Signal ertönte, setzte er sich leichtfüßig in Bewegung.

Schädeltod war dreiundzwanzig Jahre alt. Und er war so diszipliniert, dass er noch kein einziges Mal seinen Samen vergossen hatte, nicht einmal im Schlaf.

Wie Truppmagier Mulvan Grauler später sagen würde, war Schädeltod wirklich ein Mann, der kurz davor stand zu bersten.

Und ein gewisser Hauptsergeant auf der Insel Malaz hatte es richtig erkannt. Wieder einmal.

Urb rannte vom Haus des Repräsentanten weg, so schnell er konnte, und hielt dabei seinen Schild schützend vor die rechte Schulter. Diese verdammte Frau! Stand da mit einem verdammten Fassdeckel herum, während ein ganzer Schwarm Lanzen auf sie zuzufliegen drohte. Oh, ihre Soldaten verehrten sie, schon klar, und sie verehrten sie so blind, dass keiner von ihnen sehen konnte, was Urb alles tat, um die närrische Frau am Leben zu erhalten. Er war ohnehin erschöpft und das reinste Nervenbündel, und jetzt – dieses Mal – sah es aus, als würde er zu spät kommen.

Als er noch fünf Schritte von Hellian entfernt war, kamen ein halbes Dutzend Lanzen durch die Luft geflogen; zwei davon hatten ihn zum Ziel. Er wirbelte hinter seinem Schild herum, rutschte dabei aus und verlor Hellian aus den Augen. Eine Lanze schoss eine Handbreit an seinem Gesicht vorbei. Die andere traf seinen Schild, die eiserne Spitze ging durch, weiter durch seinen Oberarm und heftete ihn an seine Seite. Die Wucht des Aufpralls riss Urb herum, und er geriet ins Stolpern, da die Lanze an ihm zerrte, und ächzend sank er auf die Knie. Die harten Pflastersteine jagten den Schmerz in Wellen durch seine Beine. Er versuchte sich mit der Schwerthand – in der er immer noch seine Waffe hielt – auf dem Boden abzustützen, um zu verhindern, dass er vornüberkippte, und hörte einen Knöchel brechen, als sie viel zu hart auf den Steinen aufkam.

In diesem Augenblick explodierte die Welt grellweiß.

Vier Lanzen, die auf Hellian zugesaust kamen, hätten es fast geschafft, sie zu ernüchtern. Sie kauerte sich hin, hob ihren dünnen, viel zu kleinen Schild – der ihr unverzüglich und halb zersplittert aus der Hand geschlagen und davongeschleudert wurde, zusammen mit den abgebrochenen Schäften zweier Lanzen, die sich tief in das vollgesogene, schwere, wundervoll duftende Holz gegraben hatten. Dann wurde ihr mit einem ohrenbetäubenden Geräusch der Helm vom Kopf gerissen, während gleichzeitig etwas ihre rechte Schulter streifte und die Lederschindeln ihrer Rüstung abtrennte. Dieser Aufprall drehte sie nach rechts herum, so dass sie nun die Straße entlangblickte – und als sie die Tonflasche sah, die sie wenige Augenblicke zuvor weggeworfen hatte, machte sie einen Hechtsprung darauf zu.

Es war besser, mit einem letzten Schluck zu sterben …

Während sie sprang, pfiff etwas über ihr durch die Luft, und sie sah so ungefähr ein Dutzend Lanzen über ihren Kopf hinwegflitzen.

Sie landete mit dem Oberkörper voran auf den staubigen Pflastersteinen – der Aufprall trieb ihr die Luft aus der Lunge – und sah mit großen Augen zu, wie die Flasche aus eigenem Antrieb in die Höhe sprang. Dann wurde sie von den Füßen her hochgehoben, überschlug sich und landete hart auf dem Rücken; der blaue Himmel über ihr war plötzlich grau von Staub und Kies, Steinsplittern, roten Fetzen – und all das kam herabgeregnet.

Sie konnte nichts hören, und mit dem ersten verzweifelten Atemzug sog sie so viel Staub ein, dass sie sich hustend zusammenkrümmte. Als sie sich auf die Seite drehte, sah sie Urb, vielleicht sechs Schritt entfernt. Der Idiot hatte sich aufspießen lassen und sah noch verdutzter aus als sonst. Sein Gesicht war weiß vom Staub, abgesehen von dem Blut auf seinen Lippen, auf die er sich gebissen hatte, und er starrte stumm die Straße entlang, dorthin, wo all die Edur waren – möglicherweise griffen sie jetzt an, dann war es besser, wenn sie ihr Schwert suchte …

Sie hatte sich gerade hingesetzt, als eine Hand ihr auf die Schulter klopfte, und sie starrte düster in ein fremdes Gesicht – eine kanesische Frau, die sie stirnrunzelnd aufmerksam anschaute. Mit einer Stimme, die von weit her zu kommen schien, sagte sie: »Immer noch unter uns, Sergeant? Du solltest einem Knaller niemals so nahe kommen, weißt du.«

Und dann war sie fort.

Hellian blinzelte. Sie schaute die Straße entlang und sah dort, wo die Edur gewesen waren, einen gewaltigen Krater. Und Körperteile. Und Staub- und Rauchwolken.

Und vier Seesoldaten, zwei von ihnen Dal Honesen, die Armbrustbolzen in eine Seitenstraße schossen und dann auseinanderspritzten, als einer von ihnen einen Fetzer in die gleiche Richtung warf.

Hellian krabbelte zu Urb hinüber.

Er hatte es geschafft, sich die Lanze aus dem Arm zu ziehen, was wahrscheinlich weh getan hatte, und da war jetzt jede Menge Blut, das unter ihm eine Pfütze bildete. Seine Augen blickten wie die einer geschlachteten Kuh, auch wenn er vielleicht noch nicht ganz so tot war, allerdings auf dem besten Weg dahin.

Ein weiterer Seesoldat tauchte auf, wieder ein Fremder. Schwarze Haare, blasse Haut. Er kniete sich neben Urb.

»Du da«, sagte Hellian.

Der Mann blickte zu ihr herüber. »Keine deiner Wunden sieht aus, als ob sie dich umbringen würde, Sergeant. Aber dein Freund hier, der macht's nicht mehr lange, also lass mich meine Arbeit tun.«

»Von welchem Trupp kommst du, verdammt?«

»Vom Zehnten. Dritte Kompanie.«

Ein Heiler. Nun gut. Sollte er Urb ruhig wieder zusammenflicken, damit sie ihn umbringen konnte. »Du bist ein Nathii, stimmt's?«

»Kluge Frau«, murmelte er, während er begann, Magie über das große Loch in Urbs Oberarm zu weben. »Und wahrscheinlich sogar noch schlauer, wenn du nüchtern bist.«

»Darauf würd ich mich nicht verlassen, Feldscher.«

»Ich bin eigentlich kein Feldscher, Sergeant. Ich bin ein Kampfmagier, aber wir können, was das angeht, nicht mehr besonders wählerisch sein, stimmt's? Ich bin Mulvan Grauler.«

»Hellian. Achter Trupp, von der Vierten.«

Er warf ihr einen raschen Blick zu. »Tatsächlich. Du bist eine von denen, die unter Y'Ghatan rausgekrochen sind?«

»Ja. Wird Urb es überleben?«

Der Nathii nickte. »Er wird sich allerdings ein Weilchen auf eine Trage legen müssen. Hat zu viel Blut verloren.« Er stand auf und blickte sich um. »Wo sind deine übrigen Soldaten?«

Hellian schaute zum Haus des Repräsentanten hinüber. Die Explosion schien es dem Erdboden gleichgemacht zu haben. Sie grunzte. »Verdammt will ich sein, wenn ich das wüsste, Mulvan. Du hast nicht zufällig eine Flasche mit was dabei, oder?«

Aber der Magier starrte stirnrunzelnd das eingestürzte Haus an. »Ich höre Hilferufe«, sagte er.

Hellian seufzte. »Ich vermute, du hast sie schließlich gefunden, Mulvan Grauler. Was bedeutet, dass wir sie ausgraben müssen.« Dann strahlte sie plötzlich. »Aber davon werden wir bestimmt mächtig Durst bekommen, was?«

Das mehrfache *Krack* von Fetzern draußen, vor der Schenke, und das scharfe Klatschen, mit dem die Schrapnells auf das Gebäude prallten, ließ die Malazaner im Innern zurückweichen. Schreie stiegen in die stauberfüllte Luft. Fiedler sah, wie Gesler Stürmisch packte, um ihn davon abzuhalten, nach draußen zu stürmen – der riesige Falari stand taumelnd auf seinen Beinen –, und drehte sich zu Maifliege, Corabb und Starr um. »Dann wollen wir mal rausgehen und uns mit unseren Verbündeten zusammentun, aber bleibt wachsam. Ihr anderen bleibt hier und verbindet eure Wunden – Buddl, wo sind Koryk und Lächeln?«

Aber der Magier schüttelte den Kopf. »Sie sind zur Ostseite des Dorfs gegangen, Sergeant.«

»In Ordnung, ihr drei kommt mit mir. Buddl – kannst du irgendwas für Stürmisch tun?«

»Klar.«

Fiedler machte seine Armbrust schussfertig und ging voraus zum Eingang der Schenke. Auf der Schwelle kauerte er nieder und spähte durch die Staubschleier.

Verbündete, tatsächlich. Gesegnete Seesoldaten, ein halbes Dutzend, die zwischen den herumliegenden Edur hin und her gingen und die Schreienden mit schnellen Schwerthieben zum Verstummen brachten. Fiedler sah einen Sergeanten, einen Dal Honesen aus dem Süden, klein und breit und schwarz wie Onyx. Die Frau an seiner Seite war einen halben Kopf größer, mit blasser Haut und grauen Augen, und beinahe rund, aber in einer Weise, die noch zu sacken hatte. Hinter den beiden stand ein weiterer Dal Honese, der ziemlich zerknittert aussah und überall Schmuck trug – an den Ohren, der Nase, der Kehle, den Wangen –, wobei die goldenen Schmuckstücke einen erstaunlichen Kontrast zu seinem dunklen, missmutigen Gesicht bildeten. *Ein verdammter Schamane.*

Fiedler stapfte auf sie zu, den Blick auf den Sergeanten gerichtet. Es wurde immer noch gekämpft, aber nicht in der Nähe. »Wie viele seid ihr?«

»Siebzehn, als das hier angefangen hat«, antwortete der Mann. Er machte eine Pause, um auf das barbarische Stoßzahnschwert in seinen Händen hinunterzublicken. »Hab gerade einem Edur mit dem Ding den Kopf abgeschlagen«, sagte er und schaute wieder auf. »Mein erster Toter.«

Fielder glotzte ihn an. »Wie, im Namen des Vermummten, habt ihr es dann von der verdammten Küste bis hierher geschafft? Was seid ihr alle – Wechselgänger-Fledermäuse?«

Der Dal Honese verzog das Gesicht. »Wir haben ein Fischerboot gestohlen und sind flussaufwärts gesegelt.«

Die Frau an seiner Seite meldete sich zu Wort. »Wir waren die südlichsten Trupps, und wir sind nach Osten vorgedrungen, bis wir auf den Fluss gestoßen sind, und ab da hatten wir die Wahl, entweder durch hüfttiefen Schlamm zu waten oder uns für das Wasser zu entscheiden. Hat auch wunderbar geklappt, bis vor ein paar Nächten, als wir einer letheriischen Galeone über den Weg gelaufen sind. In der Nacht haben wir ein paar Kameraden verloren«, fügte sie hinzu.

Fiedler starrte sie noch einen Augenblick lang an. Sie wirkte so sanft und rund, abgesehen von den Augen. *Hol mich der Vermummte, die da könnte einem Mann mit einer Hand die Haut streifenweise abziehen, während sie es sich mit der anderen selbst besorgt.* Er wandte den Blick ab, schaute wieder den Sergeanten an. »Welche Kompanie?«

»Die Dritte. Ich bin Badan Gruk, und du bist Fiedler, stimmt's?«

»Iggetan«, murmelte der Schamane und machte eine abwehrende Bewegung.

Badan Gruk wandte sich an die blasse Frau: »Zausel, nimm Voll Leer und Reliko mit, und geht nach Westen, bis ihr auf Zimperlich stoßt. Und dann kommt ihr wieder hierher zurück.« Er sah Fiedler erneut an. »Ich glaube, wir haben sie ziemlich gut erwischt.«

»Hab gedacht, ich hätte vor einiger Zeit mal einen Knaller gehört.«

Ein Nicken. »Zimperlich hatte die Sappeure. Wie auch immer, die Edur haben sich zurückgezogen, von daher nehme ich an, dass wir ihnen einen ordentlichen Schreck eingejagt haben.«

»Moranth-Munition macht so was.«

Badan Gruk sah wieder weg. Er wirkte merkwürdig sprunghaft. »Wir haben nicht damit gerechnet, so weit im Osten noch auf irgendwelche Trupps zu stoßen«, sagte er. »Es sei denn, sie hätten ebenfalls den Wasserweg genommen, wie wir.« Er sah Fiedler in die Augen. »Ihr seid kaum noch einen Tagesmarsch von Letheras entfernt, wisst ihr.«

Sieben Edur hatten den Spieß umgedreht und Koryk und Lächeln in eine alles andere als vielversprechende Gasse zwischen heruntergekommen, schiefen Mietskasernen gedrängt, die dann zu einem höchst pittoresken Todesstreifen führte, der auf allen Seiten – außer derjenigen, auf der die Gasse mündete – von Stapeln aus Holzstämmen begrenzt wurde.

Koryk schob Lächeln hinter sich, während er rückwärtsgehend vor den Edur zurückwich – die sich in der Gasse drängten und langsam vorwärtsschoben –, und machte sein Schwert bereit. Nun, da er seinen Schild verloren hatte, würde es zum Nahkampf kommen. Wenn die Dreckskerle Lanzen warfen, würde er in Schwierigkeiten stecken.

Der Gedanke ließ ihn schnauben. Er gegen sieben Tiste Edur, und alles, was er hinter sich hatte, war eine junge Frau, die alle ihre Wurfmesser verbraucht und nur noch über ein kopflastiges Ausweidemesser verfügte, das eigentlich in die Hände eines Metzgers gehört. Schwierigkeiten? Nur, wenn sie Lanzen warfen.

Aber diese Edur waren nicht daran interessiert, sie aus der Distanz aufzuspießen. Sie wollten in den Nahkampf gehen, und Koryk überraschte das nicht. *Die sind wie Seti, diese grauen, hageren Burschen. Auge in Auge, ja, klar. Nur darin kann man echten Ruhm finden.* Als sie die Mündung der Gasse erreichten, hob Koryk sein Schwert und winkte sie heran.

»Bleib ein Stück zurück«, sagte er zu Lächeln, die hinter ihm kauerte. »Lass mir möglichst viel Platz …«

»Um was zu tun, du Ochse? Stilvoll zu sterben? Hau einfach ein paar nieder, und ich schleich mich ran und mach sie fertig.«

»Damit dir dann einer mit 'nem Schwertknauf den Schädel einschlägt, ja? Nein, bleib zurück.«

»Ich werde nicht zurückbleiben, um dann anschließend von all denen vergewaltigt zu werden, die du nicht umbringen konntest, weil du zu blöd dazu warst, bevor du selbst draufgegangen bist, Koryk.«

»Schön. Dann werde *ich* dir deinen dicken Schädel mit dem Schwertknauf einschlagen!«

»Das wird das einzige Mal sein, dass du irgendwie in mich reinkommst, also leg los, und genieße es.«

»Oh, glaube mir, ich werde …«

Sie hätten wahrscheinlich noch ewig so weitermachen können, aber die Edur hatten sich aufgefächert, vier in der ersten Reihe, und drei dahinter, und jetzt stürmten sie los.

Koryk und Lächeln stritten später oft darüber, ob ihr Retter auf Flügeln herabgeschwebt war oder einfach nur die Begabung hatte, gewaltige Sprünge zu machen, denn er tauchte in einer verschwommenen Bewegung auf, segelte quer zu der Richtung dahin, in der die ersten vier Tiste Edur sich bewegten, und während er flog, schien er sich inmitten von schweren stählernen Klingen zu winden. Ein Wirbel von eigentümlichen, ratschenden Geräuschen, und dann war der Mann vorbei – und hätte eigentlich mit voller Wucht gegen einen Holzstapel knallen sollen.

Stattdessen senkte sich einer der Tulwars mit der Spitze auf einen Baumstamm, und diesen Halt nutzte der Mann als Angelpunkt, um herumzuschwenken und katzengleich auf der Seite des Stapels zu landen – in einem eigentlich unmöglichen Winkel, aber das spielte keine Rolle, weil er bereits den Weg zurücksprang, den er gekommen war, wobei er dieses Mal über vier zusammenbrechende, blutüberströmte Tiste Edur segelte. *Ratsch, ratsch, ratsch, ratsch* – und die hinteren drei Edur brachen zusammen.

Er landete erneut, dieses Mal knapp vor dem Holzwall auf der gegenüberliegenden Seite, mit eingezogenem Kopf, und seine Schulter schien kaum den Boden zu berühren, ehe er sich überschlug, mit einem Fuß kurz einen waagrechten Stamm berührte und ihn benutzte, um sich umzudrehen, ehe er ausbalanciert auf dem anderen Bein landete, das jetzt angezogen unter ihm war. Er schaute in Richtung der sieben Edur, die er gerade gefällt hatte.

Und in Richtung der beiden malazanischen Seesoldaten, die dieses eine und einzige Mal wirklich nichts zu sagen wussten.

Die Seesoldaten der Dritten und Vierten Kompanie hatten sich vor der Schenke versammelt; sie standen oder saßen auf den blutbefleckten Pflastersteinen der Hauptstraße. Hier und da wurden Verletzungen behandelt, während andere ihre Rüstungen reparierten oder die Scharten aus den Klingen feilten.

Fiedler saß auf dem Rand eines Wassertrogs in der Nähe des Pferdeanbinders neben dem Eingang zur Schenke. Auf dem Weg von der Küste hierher hatten die anderen Trupps der Vierten Kompanie Verluste erlitten. Aus Geslers Trupp hatte es Sand und Uru Hela erwischt. Aus Hellians Lauten und Tavos Pond, die beide in diesem verfluchten Dorf getötet worden waren, während aus Urbs Trupp Hanno und Pfeifenkopf tot waren, und Salzleck hatte die linke Hand verloren. Fiedlers eigener Trupp war bis jetzt ungerupft davongekommen, und das sorgte dafür, dass er sich schuldig fühlte. *Wie einer der Speichellecker des Vermummten, einer aus der Reihe gleich auf der anderen Seite des Tors. Mit Krähenfedern in der Hand oder welken Rosen oder Kuchen oder irgendeinem von den zahllosen anderen Geschenken, die die Toten ihren neu angekommenen*

*Verwandten unbedingt überreichen wollen – bei den Göttern hienieden, Lächeln verwandelt mich noch in einen weiteren Kanesen mit all diesen verrückten Gedanken. Auf der anderen Seite vom Tor des Vermummten wird niemand warten, es sei denn, um mich zu verspotten.*

Die beiden Sergeanten von der Dritten kamen zu ihm. Badan Gruk, den Fiedler vorhin bereits getroffen hatte, und Zimperlich, der Quon. Sie gaben ein merkwürdiges Paar ab, aber das war eigentlich immer so, oder etwa nicht?

Zimperlich nickte Fiedler auf merkwürdig ehrerbietige Weise zu. »Wir haben kein Problem damit«, sagte er.

»Womit?«

»Damit, dass du den Vorrang hast, Fiedler. Also, was machen wir jetzt?«

Fiedler verzog das Gesicht und sah weg. »Irgendwelche Verluste?«

»Bei diesem Scharmützel? Nein. Diese Edur abgehauen wie Hasen aus einem Hundezwinger. Die sind viel wackliger, als wir gedacht haben.«

»Sie mögen diese Art zu kämpfen – Schild gegen Schild – nicht«, sagte Fiedler und kratzte sich den verfilzten Bart. »Sie machen es, schon klar, vor allem, wenn sie auch noch letheriische Truppen bei sich haben. Aber in letzter Zeit haben sie auf diese Kampfesweise verzichtet, denn mit unserer Munition haben wir einen hohen Blutzoll von ihnen gefordert. Nein, sie haben uns gejagt, uns aus dem Hinterhalt überfallen, uns immer weiter getrieben. Ich vermute, das ist ihre traditionelle Art zu kämpfen.«

Zimperlich grunzte. »Du sagst, sie haben euch immer weitergetrieben. Dann wartet wahrscheinlich auf dieser Seite von Letheras eine verdammte Armee auf uns. Der Amboss.«

»Ja. Deswegen glaube ich ja auch, dass wir hier ein bisschen warten sollten. Es ist riskant, das weiß ich, denn die Edur könnten zurückkommen, und nächstes Mal könnten es tausend sein.«

Badan Gruks schmale Augen wurden noch ein bisschen schmaler. »Ich hoffe, deine Faust schließt mit einer Menge zusätzlicher Seesoldaten zu uns auf.«

»Er ist jetzt auch deine Faust, Badan Gruk.«

Ein scharfes Nicken, dann ein finsterer Blick. »Wir sind nur aufgrund der Verluste der Vierten in Y'Ghatan hierzu eingeteilt worden.«

»Die Mandata ändert viele Dinge«, sagte Zimperlich. »Eigentlich haben wir keine Fäuste, die den Befehl über nichts als Seesoldaten haben – nicht seit den Tagen von Crust …«

»Nun ja, jetzt haben wir sie aber. Wir sind nicht mehr in der malazanischen Armee, Zimperlich.«

»Ja, Fiedler, das ist mir bewusst.«

»Also, das ist mein Vorschlag«, wiederholte Fiedler. »Wir warten hier ein Weilchen. Dann können sich unsere Magier ein bisschen ausruhen. Und wir hoffen, dass Keneb auftaucht, und dass er mehr als ein paar Dutzend Seesoldaten mitbringt. Ach ja, ich bin nicht der Typ für diese Vorrang-Sache. Mir wäre es lieber, wir Sergeanten einigen uns über die Dinge, deshalb werde ich euch nicht auf irgendwas festlegen.«

»Gesler ist mit dir einer Meinung, Fiedler?«

»Ja.«

»Und was ist mit Hellian und Urb?«

Fiedler lachte. »Noch gibt's in der Schenke was zu trinken, Zimperlich.«

Die Sonne war untergegangen, aber niemand schien große Lust zu haben, irgendwohin zu gehen. Und in die Schenke ging nur jemand, wenn ein neues Fass herausgebracht werden musste. Der Hauptraum war ein Schlachthaus, in dem niemand gerne lange bleiben wollte.

Lächeln kam dorthin, wo Koryk saß. »Sein Name ist Schädeltod, wenn man es glauben kann.«

»Von wem sprichst du?«

»Netter Versuch. Du weißt, wen ich meine. Den, der dich mit seinem großen Zeh töten könnte.«

»Ich habe über diesen Angriff nachgedacht«, sagte Koryk. »Das klappt nur, wenn sie nicht damit rechnen.«

Lächeln schnaubte.

»Nein, wirklich. Wenn ich jemanden auf mich zufliegen sehe, dann haue ich ihn in Stücke. Es ist ja nicht so, dass er zurückweichen oder es sich anders überlegen könnte, oder?«

»Du bist ein Idiot«, sagte sie, und stupste ihn dann an. »He, ich hab deinen Zwillingsbruder getroffen. Er heißt Voll Leer, und ich würde sagen, er hat das ganze Gehirn abbekommen.«

Koryk sah sie finster an. »Was willst du von mir, Lächeln?«

Sie zuckte die Schultern. »Schädeltod. Der ist es.«

»Der ist es?«

»Ja. Hast du gewusst, dass er sich für eine Frau von königlichem Blut aufspart?«

»Das ist nicht das, was die Männer sagen, die diese Neigung haben.«

»Wo hast du denn das her?«

»Außerdem hast du wohl kaum königliches Blut, Lächeln. Königin der Muschelpuler wird nicht ausreichen.«

»Deshalb musst du für mich lügen. Ich war eine kanesische Prinzessin – und wurde in die malazanische Armee geschickt, damit die Klauen mich nicht finden ...«

»Oh, um des Vermummten willen!«

»Pscht! Hör zu, die anderen im Trupp sagen, sie würden gerne für mich lügen. Was stimmt mit dir nicht?«

»Gerne ... ha, das ist gut. Sehr gut.« Er drehte sich um und sah sie prüfend an. »Du willst gerne, dass Schädeltod nach einem von seinen fliegenden Sprüngen direkt zwischen deinen Beinen landet? Du willst von einem Prinzen aus irgendeinem Stamm fliegender Eichhörnchen aus dem Reich der Sieben Städte geschwängert werden?«

»Geschwängert? Klar, wenn Delphine laufen und Fische auf Bäumen nisten. Ich werde nicht schwanger werden«, verkündete sie. »Buddl wird mir ein paar Kräuter geben, die das verhindern. Mein geliebter Schädeltod kann bis in alle Ewigkeit ganze Galeonen von seinem verdammten Samen in mich entleeren, beim Vermummten, und es werden hier trotzdem keine kleinen Hasen rumhüpfen.«

»Er hat das Gesicht eines Mädchens«, sagte Koryk. »Und die Männer sagen, er küsst auch so.«

»Wer erzählt dir denn so was?«

»Seinen Samen aufsparen, das ist ein Witz.«

»Hör zu, diese Männer, sie bedeuten nichts. Also – bin ich jetzt eine kanesische Prinzessin oder nicht?«

»Oh ja, klar. Eine Konkurrentin um den Thron des Imperiums, genauer gesagt. Sei der fliegende Fisch für das fliegende Eichhörnchen, und baut euch euer Nest auf einem Baum, Lächeln. Wenn alles erledigt ist, was erledigt werden muss.«

Sie überraschte ihn mit einem strahlenden Lächeln. »Danke, Koryk. Du bist ein echter Freund.«

Sie eilte davon, und er starrte ihr nach. Armes Ding. *Das Eichhörnchen spart sich seinen Samen auf, weil er nicht weiß, was er damit tun soll – das vermute ich.*

Eine Gestalt ging im düsteren Licht vorbei, und Koryk sah sie blinzelnd an, bis er den Mann an seinem Gang erkannte. »He, Buddl.«

Der junge Magier blieb stehen, schaute sich um und trat dann schlurfend näher.

»Du solltest eigentlich schlafen«, sagte Koryk.

»Danke.«

»Dann hast du also Lächeln besondere Kräuter gegeben, ja?«

»Ich habe was?«

»Ihr Kräuter gegeben. Damit sie nicht schwanger wird.«

»Hör zu, wenn sie nicht schwanger werden will, sollte sie einfach damit aufhören, sich breitbeinig auf jeden ...«

»Einen Moment, Buddl. Warte mal. Ich dachte, sie hätte mit dir gesprochen. Über Kräuter, die du ihr versprochen hast ...«

»Oh, die Kräuter. Nein, das hast du alles ganz falsch verstanden, Koryk. Das sind keine Kräuter, die verhindern, dass sie schwanger wird. Tatsächlich ist es etwas, das meine Großmutter ausgeheckt hat, und ich habe keine Ahnung, ob es überhaupt klappt, aber wie auch immer, es hat jedenfalls nichts damit zu tun, dass man nicht schwanger wird. Klar, wenn sie mich nach irgendwas in der Art gefragt hätte, da gibt's natürlich schon ein paar verlässliche ...«

»Halt! Was – was macht dieses Zeug, das du ihr gegeben hast, denn dann?«

»Sie sollte es lieber nicht nehmen. Es ist für einen Mann ...«

»Für Schädeltod?«

»Schädeltod? Was ...« Buddl starrte mehrere Herzschläge lang auf ihn herunter. »Weißt du, was Schädeltod ist, Koryk? Es ist eine Pflanze, die auf Malaz wächst, und vielleicht auch auf Geni. Normalerweise gibt es männliche und weibliche Pflanzen, verstehst du, und so bekommt man dann Früchte und so was, richtig? Nun ja, mit dem süßen, kleinen Schädeltod ist es nicht so. Es gibt nur männliche Pflanzen, keine weiblichen. Schädeltod verliert seinen – nun ja, sie ergießen ihn in die Luft, und irgendwie gerät er in den Samen anderer Pflanzen und wird mitgenommen, versteckt sich, bis dieser Samen keimt, dann übernimmt der Schädeltod-Samen, und plötzlich gibt es eine weitere niedliche Schädeltod-Pflanze mit der grauen Blüte, die eigentlich überhaupt keine Blüte sondern ein dünner Sack voller …«

»Also, dieses Gebräu, um das Lächeln dich gebeten hat – was genau macht es?«

»Es soll einen Mann, der andere Männer vorzieht, so verändern, dass er Frauen vorzieht. Ob das klappt? Ich habe keine Ahnung.«

»Schädeltod mag eine Pflanze sein«, sagte Koryk, »aber so heißt auch ein Soldat in Zimperlichs Trupp. Ein hübscher Soldat.«

»Oh … und der Name …«

»Passt offensichtlich ganz genau, Buddl.«

»Oh. Arme Lächeln.«

Das Haus des Repräsentanten mochte früher einmal nett ausgesehen haben, aber in Anbetracht der Art und Weise, wie es in sich zusammengefallen war, hätte es genauso gut aus Stroh erbaut sein können. Erstaunlich, dass niemand in den Trümmern getötet worden war. Zumindest Urb war darüber gewiss erleichtert, auch wenn seine Stimmung etwas getrübt war, nachdem Hellian damit fertig war, ihn anzuschreien.

Jedenfalls war Hellian danach zufrieden und fühlte sich angenehm … angenehm; daher war sie alles andere als begeistert, als Balgrids schrecklich unansehnliches Gesicht direkt vor ihr auftauchte. Sie sah ihn blinzelnd an. »Du bist kleiner als ich gedacht hatte.«

»Ich knie, Sergeant. Was machst du da unter der Theke?«

»Ich bin nicht diejenige, die dafür sorgt, dass sie sich bewegt, Balgi.«

»Die anderen Sergeanten haben sich darauf geeinigt, dass wir ein Weilchen hierbleiben. Stimmst du ihnen zu, Sergeant?«

»Warum nicht?«

»Gut. Oh, weißt du übrigens schon – in den neuen Trupps, da ist noch einer aus Kartool.«

»Wahrscheinlich ein Spion. Die sind immer noch hinter mir her, verstehst du.«

»Warum sollten sie hinter dir her sein?«

»Weil ich was getan habe, darum. Kann mich nicht mehr genau erinnern, was es war, aber es war schlimm genug, dass ich hierhergeschickt wurde, oder? Ein verdammter Spion!«

»Ich glaube nicht, dass er …«

»Ach ja? Schön. Dann sorg dafür, dass er hierherkommt und mir die Füße küsst! Sag ihm, ich bin die Königin von Kartool. Und ich will, dass man mir die Küsse fußt. Ich meine die Füsse kußt. Nun mach schon, verdammt!«

Weniger als sechs Schritt entfernt, am anderen Ende unter der Theke versteckt, hockte Schädeltod. Versteckte sich vor der hübschen, aber viel zu lüsternen Frau in Fiedlers Trupp. Bei Hellians Worten flog sein Kopf herum, und seine dunklen, mandelförmigen Augen, die bereits so viele Herzen gebrochen hatten, weiteten sich langsam, als er die zerzauste Sergeant Hellian ansah, die in einer Pfütze aus verschüttetem Wein hockte.

Königin von Kartool.

Solche kleinen Dinge änderten den Lauf der Welt.

Die Frauen sangen ein altes Lied in einer Sprache, die nicht die der Imass war. Und dieses Lied, in dem immer wieder Schnalz- und schwerfällige Knacklaute vorkamen, das von rhythmischen Handbewegungen begleitet und außergewöhnlichen Doppelstimmen vorgetragen wurde, die aus jeder Kehle kamen, sorgte dafür, dass sich Igels Nackenhaare aufstellten. *»Eres'al«,* hatte der Schnelle Ben geflüstert und war dabei ein bisschen blass um die Nase geworden. *»Die Erste Sprache.«*

Kein Wunder, dass man eine Gänsehaut bekam und schwache Erinnerungen im Hinterkopf zum Leben erwachten – als wäre das leise Gemurmel seiner Mutter zum Leben erwacht, während er sich ein paar Tage nach seiner Geburt an ihrer Titte festgesaugt und dümmlich in ihr verschwommenes Gesicht hinaufgeschaut hatte. Ein Lied, das dafür sorgen konnte, dass ein erwachsener Mann sich schrecklich verletzlich fühlte, das ihm die Knie weich werden ließ und eine Sehnsucht nach Trost in ihm weckte.

Igel murmelte lautlos etwas vor sich hin und zupfte den Schnellen Ben am Ärmel.

Der Magier verstand ihn nur zu gut, und sie standen auf und zogen sich vom Herdfeuer und den versammelten Imass zurück. Hinaus in die Dunkelheit unter einem Sprühnebel glitzernder Sterne, hinauf in das Durcheinander aus umgestürzten Felsblöcken, weg von den schützenden Felsen der Klippe.

Igel fand einen flachen Stein, der die Größe eines Ruderboots hatte und sich am Fuß einer Geröllhalde befand. Er setzte sich darauf. Der Schnelle Ben stand ein paar Schritte entfernt, bückte sich, um eine Handvoll Kieselsteine aufzuheben, und begann dann auf und ab zu schreiten, während er seine Sammlung untersuchte – mehr nach Gefühl als nach Augenschein –, und die, die er nicht brauchen konnte, wegwarf. Sie ditschten und klickerten durch die Düsternis. »Also, Igel.«

»Was?«

»Wie geht's Fiedler zur Zeit?«

»Es ist nicht so, als würde ich ihm auf der Schulter hocken oder so was.«

»Igel.«

»Ja, ja, schon gut, ich schnappe gelegentlich was auf. Einen Hauch, ein Echo. Er ist immer noch am Leben, das zumindest kann ich sagen.«

Der Schnelle Ben blieb stehen. »Hast du irgendeine Ahnung, was die Mandata vorhat?«

»Wer? Nein, warum sollte ich – ich bin ihr nie begegnet. Du bist derjenige, der Vermutungen anstellen sollte, Magier. Immerhin hat sie dir Fesseln angelegt und dich zum Hohemagier gemacht. Ich, ich bin nur eine Ewigkeit – zumindest ist es mir so vorgekommen – in nichts als der Asche der Toten rumgewandert. Zumindest bis wir diesen Ort hier gefunden haben, und er ist nicht mal annähernd so weit von der Unterwelt entfernt, wie du vielleicht glaubst.«

»Sag mir nicht, was ich glaube, Sappeur. Ich weiß, was ich glaube, und es ist nicht das, was du glaubst.«

»Nun ja, jetzt klingst du aber wieder mal ziemlich nervös, Ben. Rast das kleine Herz jetzt so richtig?«

»Sie hat sie nach Lether geführt – ins Imperium der Tiste Edur –, nachdem sie es geschafft hat, sie aus dem Hafen von Malaz rauszuziehen. Nun, Cotillion sagt, sie hätte es geschafft, obwohl ich im schlimmsten aller möglichen Momente verschwunden bin. Klar, es hat ein paar üble Verluste gegeben. Wie Kalam. Und T'amber. Mich. Also … Lether. Wo sie ihre mickrige Armee einem Imperium entgegenwirft, das einen halben Kontinent – oder zumindest nicht viel weniger – umfasst. Und warum? Nun, vielleicht, weil sie im Namen des malazanischen Imperiums und jedes anderen Königreichs oder Volkes, das von den umherstreifenden Flotten zerhackt worden ist, Rache nehmen will. Aber vielleicht ist das überhaupt nicht der Grund, denn – machen wir uns nichts vor – als Beweggrund klingt es … nun ja, wahnsinnig. Und ich glaube nicht, dass die Mandata wahnsinnig ist. Also – was bleibt übrig?«

»Tut mir leid, aber war das tatsächlich eine Frage? An mich?«

»Natürlich nicht, Igel. Es war rhetorisch gemeint.«

»Das ist eine Erleichterung. Dann mach mal weiter.«

»Es scheint mir wahrscheinlicher, dass sie sich dem Verkrüppelten Gott entgegenstellen will.«

»Oh, tatsächlich? Was hat dieses letheriische Imperium mit dem Verkrüppelten Gott zu tun?«

»Eine ganze Menge.«

»Was bedeutet, dass Fiedler und ich wieder dabei sind, den gleichen verdammten Krieg zu kämpfen.«

»Als wenn du das nicht schon längst gewusst hättest, Igel – und nein, schau nicht so unschuldig drein. Es ist nicht dunkel genug, und das weißt du, und deshalb ist dieser Blick für mich gedacht, und er ist eine verdammte Lüge, also lass es bleiben.«

»Autsch, die Nerven des Magiers melden sich wieder!«

»Deshalb habe ich dich immer am allerwenigsten leiden können, Igel.«

»Ich kann mich erinnern, dass du dich mal über eine Rekrutin namens Leida zu Tode erschreckt hast, weil sie von einem Gott besessen war. Und jetzt bist du hier und arbeitest für diesen Gott. Schon erstaunlich, wie sich die Dinge auf eine Weise ändern können, die man niemals erwartet oder gar vorhergesagt hätte.«

Der Magier starrte den Sappeur lange und eindringlich an. Dann sagte er: »Jetzt aber mal langsam, Igel.«

»Du glaubst wirklich, Leida war da, um an die Imperatrix ranzukommen, Ben? Irgendein schmutziger Plan, um sich an Laseen zu rächen? Nun ja, das wäre … wahnsinnig.«

»Worauf willst du hinaus?«

»Ich frage mich einfach nur, ob du dir, was die angeht, für die du arbeitest, wirklich so sicher sein kannst, wie du es zu sein scheinst. Weil, nun ja – es kommt mir halt so vor –, all die Verwirrung, die du im Hinblick auf die Mandata empfindest, könnte vielleicht einfach auf ein paar falschen Annahmen fußenden Missverständnissen über die beiden Götter beruhen, die in deinem Schatten kauern.«

»Ist das wieder mal eins von deinen Gefühlen?«

»Ich bin nicht Fiedler.«

»Nein, aber du hast ihm so nahe gestanden – warst in seinem verdammten Schatten –, dass du all seine unheimlichen leisen Ahnungen aufgeschnappt hast – und nein, Igel, versuche gar nicht erst, es zu leugnen. Also, deshalb will ich es lieber direkt von dir hören. Du und ich – kämpfen wir auf der gleichen Seite oder nicht?«

Igel grinste ihn an. »Vielleicht nicht. Aber – vielleicht auch wieder mehr als du ahnst, Magier.«

Der Schnelle Ben hatte ein halbes Dutzend vom Wasser abgeschliffene Kieselsteine ausgesucht. Den Rest warf er jetzt weg. »Sollte diese Antwort bewirken, dass ich mich besser fühle?«

»Was glaubst du denn, wie ich mich fühle?«, wollte Igel wissen. »Seit der Raraku bin ich verdammt nochmal an deiner Seite gewesen, Ben. Und ich weiß immer noch nicht, wer – oder sogar *was* – du bist!«

»Worauf willst du eigentlich hinaus?«

»Auf Folgendes: Ich habe allmählich den Verdacht, dass noch nicht einmal Cotillion – und Schattenthron – also, dass die beiden dich nicht mal halb so gut kennen, wie sie glauben. Und aus diesem Grund behalten sie dich in ihrer Nähe. Und aus diesem Grund haben sie vielleicht auch dafür gesorgt, dass es dich letztendlich hierherverschlagen hat, ohne dass Kalam da ist und dir den Rücken deckt.«

»Wenn du Recht hast – mit Kalam – wird das Ärger geben.«

Igel zuckte die Schultern. »Alles was ich sage, ist, dass der Plan vielleicht der war, dass Leida genau dort sein sollte, genau jetzt, neben Fiedler.«

»Damals hatte die Mandata noch nicht mal eine Armee, Igel. Was du da andeutest, ist unmöglich.«

»Hängt davon ab, wie viel Kellanved und Tanzer gesehen – und verstanden – haben, als sie ihr Imperium verlassen und nach einer Möglichkeit gesucht haben aufzusteigen.« Der Sappeur machte eine Pause, ehe er fortfuhr: »Sie haben den Pfad der Azath-Häuser beschritten, oder?«

»Das weiß so gut wie niemand, Igel. Du hast es ganz bestimmt nicht gewusst … bevor du gestorben bist. Was uns zu dem Pfad bringt, den du beschritten hast, nachdem du hingegangen bist und dich in Schwarz-Korall selbst in die Luft gejagt hast.«

»Du meinst, nachdem ich selbst aufgestiegen bin?«

»Ja.«

»Das meiste habe ich dir schon erzählt. Die Brückenverbrenner sind aufgestiegen. Gib die Schuld einem ganz bestimmten Geistergänger.«

»Und jetzt wandern noch mehr von euch verdammten Idioten in der Gegend rum. Der Vermummte soll euch alle holen, Igel – es hat ein paar ziemlich üble Gestalten bei den Brückenverbrennern gegeben. Brutal und grausam und durch und durch böse …«

»Blödsinn. Ich verrate dir mal ein Geheimnis, eines Tages wird es dir vielleicht helfen. Sterben macht demütig.«

»Ich muss nicht demütig werden, Igel, was gut ist, da ich nicht vorhabe, in absehbarer Zeit zu sterben.«

»Dann solltest du stets auf alles vorbereitet sein.«

»Deckst du mir den Rücken, Igel?«

»Ich bin nicht Kalam, aber ja, ich werde es tun.«

»Einstweilen.«

»Einstweilen.«

»Ich nehme an, das wird reichen müssen …«

»Wohlgemerkt – nur wenn du meinen deckst, Ben.«

»Natürlich. Loyalität zum alten Trupp und all so was.«

»Und wofür sind die verdammten Kieselsteine? Als ob ich es mir nicht denken könnte.«

»Wir steuern auf ein hässliches Scharmützel zu, Igel.« Er ging auf den Sappeur zu. »Und, hör zu, wegen dieser verdammten Knaller – wenn du mich in kleine Stückchen zerfetzt, dann *werde* ich zurückkommen und mich um dich kümmern, Igel. Das ist ein Schwur, von jeder einzelnen verdammten Seele in mir.«

»Nun, das wirft eine Frage auf, oder? Diese Seelen, was haben die vor – wie lange wollen sie sich da drin verstecken, Ben Adaephon Delat?«

Der Magier beäugte ihn und sagte nichts. Was vorherzusehen gewesen war.

Trull Sengar stand am äußersten Rand des Lichtscheins, jenseits der versammelten Imass. Das Lied der Frauen war zu einer Abfolge von Geräuschen geworden, mit der eine Mutter ihren Säugling beruhigen würde, sanfte, tröstende Geräusche, und Onrack hatte erklärt, dass dieses Lied der Eres'al in der Tat eine Art Brückenschlag war, zurück zu den Wurzeln der Sprache, angefangen mit der bizarren, aber eindeutig komplexen reifen Sprache der Eres mit ihren merkwürdigen Schnalz- und Knacklauten und all den Gesten, die für die Zeichensetzung sorgten, und sich dann weiter zurückarbeitete und immer einfacher wurde, während sie gleichzeitig immer melodischer wurde. Der Effekt war unheimlich und wirkte merkwürdig verstörend auf ihn.

Bei seinem Volk waren Musik und Lieder feststehende Dinge, fixiert innerhalb eines Rituals. Wenn die alten Geschichten wahr waren, dann hatten die Tiste Edur einst eine Fülle von Instrumenten benutzt, von denen die meisten jetzt – abgesehen von den Namen, die man ihnen verliehen hatte – nicht mehr bekannt waren. An ihrer Stelle stand nun die Stimme, und Trull bekam allmählich das Gefühl, dass da vielleicht etwas verloren gegangen war.

Die Gesten der Frauen hatten sich in einen Tanz verwandelt, geschmeidig und sich wiegend und jetzt, plötzlich, sexuell.

Eine leise Stimme sagte: »Dem Kind geht die Leidenschaft voraus.«

Trull blickte zur Seite und war überrascht, einen der T'lan zu sehen – Hostille Rator, den Clanführer.

Mehrere verkalkte Knochen waren in die zotteligen langen Haare gebunden, die vom fleckigen, vernarbten Schädel des Kriegers hingen. Sein Brauenwulst dominierte das ganze Gesicht, begrub seine Augen in Dunkelheit. Selbst ins Fleisch des Lebens gekleidet, wirkte Hostille Rator tödlich.

»Und Leidenschaft bringt das Kind hervor, Tiste Edur. Verstehst du?«

Trull nickte. »Ja. Ich glaube schon.«

»Und so war es, vor langer Zeit, beim Ritual.«

*Oh.*

»Aber leider«, fuhr der Clanführer fort, »wächst das Kind heran. Und was einst Leidenschaft war, ist jetzt …«

*Nichts mehr.*

Hostille Rator nahm den Faden wieder auf. »Es war eine Knochenwerferin hier, bei diesen Clans. Sie hat deutlich gesehen, dass diese Sphäre eine Illusion ist. Und sie hat auch gesehen, dass sie im Sterben begriffen ist. Sie hat versucht, das Ausbluten aufzuhalten, indem sie sich geopfert hat. Aber sie versagt – ihr Geist und ihr Wille, sie versagen.«

Trull sah Hostille Rator stirnrunzelnd an. »Wie habt ihr von diesem Ort erfahren?«

»Sie hat ihrem Schmerz, ihrer Wut Ausdruck verliehen.« Der T'lan schwieg einen Moment, dann fügte er hinzu: »Wir hatten die Absicht, dem Ruf zur Zusammenkunft zu folgen – aber die Not in ihrer Stimme war nicht zu leugnen. Wir konnten uns nicht abwenden, auch wenn wir damit möglicherweise unsere letzte Ruhe aufgegeben haben.«

»Und jetzt seid ihr hier, Hostille Rator. Onrack glaubt, dass ihr Ulshun Pral stürzen würdet, wenn da nicht Rud Elalle wäre – die Bedrohung, die er für euch darstellt.«

Ein Glitzern in der Dunkelheit unter den Brauenwülsten. »Diese Dinge solltest du nicht einmal flüstern, Edur. Möchtest du, dass heute Nacht Waffen gezogen werden – nach dem Geschenk des Ersten Liedes?«

»Nein. Andererseits – vielleicht lieber jetzt als später.«

Trull sah, dass sich die beiden Knochenwerfer hinter Hostille Rator aufgebaut hatten. Der Gesang der Frauen hatte aufgehört – war es ein abruptes Ende gewesen? Trull konnte sich nicht erinnern. Jedenfalls war es klar, dass alle Anwesenden nun diesem Gespräch lauschten. Er sah Onrack aus der Menge hervortreten, sah, dass sein Freund das Steinschwert mit beiden Händen gepackt hatte.

Trull wandte sich erneut an Hostille Rator, sein Tonfall war gleichmütig und ruhig. »Ihr drei habt all das miterlebt, was ihr einst wart …«

»Es wird nicht überleben«, unterbrach ihn der Clanführer. »Wie können wir uns auf diese Illusion einlassen, wenn wir wieder das werden müssen, was wir wirklich sind, sobald wir sie verlassen?«

Rud Elalle, der in der Menge stand, meldete sich zu Wort. »Meinem Volk wird kein Leid geschehen – weder durch deine Hand, Hostille Rator, noch durch die deiner Knochenwerfer. Und auch nicht«, fügte er hinzu, »durch die Hand derjenigen, die hierherkommen. Ich habe vor, die Clans wegzuführen – in Sicherheit.«

»Es gibt keine Sicherheit«, sagte Hostille Rator. »Diese Sphäre stirbt, und so wird auch alles sterben, was sich in ihr befindet. Es kann keine Flucht geben. Rud Elalle, außerhalb dieser Sphäre existieren deine Clans nicht einmal.«

»Ich bin ein T'lan, genau wie du«, sagte Onrack. »Spüre das Fleisch, das dich jetzt bekleidet. Die Muskeln, die Hitze des Blutes. Spüre die Luft in deiner Lunge, Hostille Rator. Ich habe dir in die Augen gesehen – ich habe euch allen drei in die Augen gesehen –, und ich sehe, was zweifellos auch in meinen Augen weilt. Das Wunder. Die *Erinnerung*.«

»Wir dürfen es nicht zulassen«, sagte der Knochenwerfer namens Til'Aras Benok. »Denn wenn wir diesen Ort verlassen …«

»Ja«, flüsterte Trulls Freund. »Es wird … zu viel sein. Zu viel, um es ertragen zu können.«

»Einst hat es Leidenschaft gegeben«, sagte Hostille Rator. »Für uns. Sie kann niemals zurückkehren. Wir sind keine Kinder mehr.«

»Ihr versteht es alle nicht!«

Rud Elalles unerwarteter Aufschrei ließ alle zusammenzucken, und Trull sah, dass Ulshun Pral mit verzweifeltem Gesicht eine Hand nach seinem Adoptivsohn ausstreckte, die Rud wütend wegwischte, als er vortrat. Das Feuer in seinen Augen brannte so heiß wie das Herdfeuer hinter ihm. »Steine, Erde, Bäume und Gräser. Tiere. Der Himmel und die Sterne! Nichts von alledem ist eine Illusion!«

»Eine gefangene Erinnerung …«

»Nein, Knochenwerfer, du täuschst dich.« Er bemühte sich, seine Wut zu beherrschen, und drehte sich um, so dass er Onrack ansehen konnte. »Ich sehe dein Herz, Onrack der Zerbrochene. Ich weiß, dass du an meiner Seite stehen wirst – in der Zeit, die kommt. Ja, das wirst du!«

»Ja, Rud Elalle.«

»Dann glaubst du also!«

Onrack schwieg.

Hostille Rators Lachen war sanft, krächzend – und bitter. »Es ist so, Rud Elalle. Onrack von den Logros T'lan Imass hat sich entschlossen, an deiner Seite zu kämpfen, hat sich entschlossen, für diese Bentract zu kämpfen, weil er den Gedanken nicht ertragen kann, wieder zu dem zu werden, was er einst war, und deshalb will er lieber hier sterben. Denn das, was Onrack den Zerbrochenen erwartet, ist der Tod – ja, in der Tat, es ist das, wonach er sich jetzt sehnt.«

Trull musterte seinen Freund, und sah in Onracks vom Feuer beleuchteten Gesicht die Wahrheit in Hostille Rators Worten.

Der Tiste Edur zögerte nicht. »Onrack wird nicht allein stehen«, sagte er.

Til'Aras Benok wandte sich Trull zu. »Du gibst dein Leben auf, Edur, um eine Illusion zu verteidigen?«

»Das, Knochenwerfer, ist es, woran wir Sterblichen Vergnügen finden. Man bindet sich an einen Clan, an einen Stamm, an eine Nation oder ein Imperium, aber um der Illusion eines gemeinsamen Bandes Kraft zu verleihen, muss man ihr Gegenteil nähren – dass alle diejenigen, die nicht zum eigenen Clan oder Stamm oder Imperium gehören, dieses Band nicht teilen. Ich habe Onrack den Zerbrochenen, einen T'lan Imass gesehen. Und jetzt habe ich ihn als Sterblichen gesehen. Für die Freude und das Leben in den Augen meines Freundes werde ich gegen all jene kämpfen, die ihn für ihren Feind halten. Denn das Band zwischen uns ist ein Band der Freundschaft, und das, Til'Aras Benok, ist *keine* Illusion.«

Hostille Rator wandte sich an Onrack. »In deiner Barmherzigkeit, die du nun von neuem lebendig in deiner Seele gefunden hast – wirst du nun Trull Sengar von den Edur zurückweisen?«

Und der Krieger senkte den Kopf und sagte. »Das kann ich nicht.«

»Dann wird deine Seele niemals Frieden finden, Onrack der Zerbrochene.«

»Ich weiß.«

Trull hatte das Gefühl, als hätte er einen Hieb gegen die Brust erhalten. Es war ja schön und gut, kühne Behauptungen zu machen, in grimmiger Ernsthaftigkeit, die nur wahrer Freundschaft entstammen konnten. Aber es war etwas ganz anderes zu entdecken, welchen Preis es der Seele desjenigen abverlangte, den er Freund nannte. »Onrack«, flüsterte er in plötzlichem Kummer.

Aber dieser Augenblick würde nicht auf all das warten, das vielleicht hätte gesagt werden können, auf all das, was gesagt werden musste, denn Hostille Rator hatte sich umgedreht, um seine Knochenwerfer anzublicken, und welcher Art auch immer der stumme Austausch war, der zwischen den dreien stattfand – er war schnell und eindeutig, denn der Clanführer drehte sich um und schritt auf Ulshun Pral zu. Vor dem er dann auf ein Knie sank und den Kopf beugte. »Wir sind voller Demut, Ulshun Pral. Wir sind von diesen beiden Fremden beschämt worden. Ihr seid die Bentract. Wie wir es waren, einst, vor langer Zeit. Wir haben beschlossen, uns zu erinnern. Wir haben uns jetzt entschlossen, in deinem Namen zu kämpfen. In unserem Tod wird nichts als Ehre sein, das schwören wir.« Er stand dann auf und blickte Rud Elalle an. »Wechselgänger, wirst du uns als deine Soldaten annehmen?«

»Als Soldaten? Nein. Als Freunde, als Bentract, ja.«

Die drei T'lan verbeugten sich vor ihm.

All dies zog als undeutliches Geschehen vor Trulls Auge vorüber. Seit dem Eingeständnis von Onrack dem Zerbrochenen, schien es, als hätte sich Trulls ganze Welt mit knirschender, Steine zermalmender Unwiderstehlichkeit auf einer riesigen, unvorstellbaren Achse gedreht – doch dann wurde er von einer Hand auf seiner Schulter herumgezogen, und Onrack stand vor ihm.

»Es gibt keinen Grund«, sagte der Imass-Krieger. »Ich weiß etwas, das nicht einmal Rud Elalle weiß, und ich sage dir, Trull Sengar, es gibt keinen Grund. Keinen Grund für Kummer. Keinen Grund, etwas zu bedauern. Mein Freund, hör mir zu. *Diese Welt wird nicht sterben.*«

Und Trull fand in seinem Innern nicht den Willen, diese Behauptung in Frage zu stellen, den ernsten Blick des Freundes mit Zweifel zu belasten. Daher seufzte er kurz darauf einfach nur und nickte. »So sei es, Onrack.«

»Und wenn wir aufpassen«, fuhr Onrack fort, »werden auch wir nicht sterben.«

»Ganz wie du sagst, mein Freund.«

Dreißig Schritt entfernt in der Dunkelheit drehte Igel sich zum Schnellen Ben um und zischte: »Was hältst du von alledem, Magier?«

Der Schnelle Ben zuckte die Schultern. »Es scheint, als wäre die Auseinandersetzung abgewendet worden – es sei denn, Hostille Rator hätte einen heruntergefallenen Fangzahn aufgehoben, als er vor Ulshun Pral gekniet hat.«

»Einen heruntergefallenen – was?«

»Ist nicht wichtig. Außerdem geht es überhaupt nicht darum. Aber ich weiß jetzt, dass ich in einer Sache Recht habe, und frag mich nicht, woher ich es weiß. Ich weiß es einfach. Mein Verdacht ist jetzt Gewissheit.«

»Nun ja ... mach weiter, verdammt.«

»Nur so viel, Igel: Der Finnest. Von Scabandari Blutauge. Er ist hier.«

»Hier? Wie meinst du das – hier?«

»*Hier*, Sappeur. *Genau hier.*«

Auf der einen Seite war das Tor ein einziges, zerschmettertes Durcheinander. Die gewaltigen, zyklopischen Steine, die einst einen riesigen, fünf Stockwerke hohen Torbogen gebildet hatten, sahen aus, als wären sie von unzähligen Einschlägen zerfetzt worden, die ein paar der geformten Blöcke hundert Schritt oder mehr vom Eingang weggeschleudert hatten. Die Plattform, die der Bogen einst überspannt hatte, hatte sich aufgewölbt und verschoben, als hätte ein Erdbeben das feste Grundgestein unter dem Pflaster zerrissen. Die andere Seite wurde von einem Turm beherrscht, der aus immer noch stehenden Felsblöcken bestand, sich aber verdreht wie ein Korkenzieher in einem nur unsicheren Gleichgewicht zu befinden schien.

Die Illusion von hellem Tageslicht hatte während des letzten Teils ihrer Reise fortbestanden, was einerseits gewiss damit zu tun hatte, dass Undinaas so streitlustig darauf bestanden hatte, andererseits natürlich auch damit, dass Clip darüber erheitert nachgegeben hatte. Oder vielleicht auch damit, dass Silchas Ruins schlicht und einfach ungeduldig war. Und zur Folge hatte das Ganze in erster Linie, dass Seren Pedac erschöpft war – und Udinaas sah auch nicht besser aus. Kessel hingegen schien genau wie die beiden Tiste Andii in dieser Hinsicht unempfindlich – Seren vermutete, sie bediente sich der grenzenlosen Energie eines

Kindes, was es durchaus möglich erscheinen ließ, dass sie zu einem nicht allzu fernen Zeitpunkt einfach zusammenbrechen würde.

Seren konnte sehen, dass auch Forcht Sengar müde war, aber das hatte vermutlich mehr mit der unangenehmen Bürde zu tun, die sich immer schwerer auf seine Schultern legte. Dadurch, dass sie dem Tiste Edur von dem schrecklichen Verbrechen erzählt hatte, das sie an Udinaas begangen hatte, war sie hart und unnachsichtig mit sich selbst gewesen; sie hatte es in der Hoffnung getan, dass Forcht Sengar sich – mit einem Ausdruck aufrichtigen und berechtigten Abscheus in den Augen – entscheiden würde, sie zurückzuweisen – und damit auch seinen Schwur auflösen würde, sie zu beschützen.

Doch der Narr hatte stattdessen an dem Schwur festgehalten, obwohl sie sehen konnte, dass er ihn mehr und mehr zu bedauern begann. Er wollte – konnte – sein Wort nicht brechen.

Es wurde allmählich leichter, diese kühnen Gesten zu verschmähen, die Strenge, die von den männlichen Wesen einer jeden Spezies so bereitwillig angenommen wurde. Das Ganze musste irgendein primitives Überbleibsel aus einer Zeit sein, überlegte sie, in der das Überleben damit verbunden gewesen war, eine Frau zu besitzen; wobei überleben nicht auf etwas so Prosaisches wie die eigene Blutlinie bezogen war, sondern den *Besitz* in Form von Eigentum, und Überleben im Sinne von Macht beinhaltete. In den Randgebieten des letheriischen Königreichs hatte es überall unterentwickelte Stämme gegeben, bei denen solche archaischen Vorstellungen noch gelebt wurden, und nicht immer waren Männer die Eigentümer und diejenigen, die die Macht hatten – denn manchmal waren es auch die Frauen. In beiden Fällen hatte die Geschichte gezeigt, dass ein solches System nur in der Abgeschiedenheit überleben konnte, und nur bei Völkern, bei denen Magie in ein chaotisches Netz aus Verboten, Tabus und den Kunstgriffen sinnloser Regeln eingebettet worden war – wo die Macht, die die Zauberei bot, von weltlichen Bestrebungen und den Normen gesellschaftlicher Kontrolle usurpiert worden war.

Im Gegensatz zu Hull Beddicts romantischen Vorstellungen von solchen Völkern, empfand Seren Pedac mittlerweile nur noch wenig Reue, wenn sie an deren unausweichliche und oft blutige Auslöschung dachte.

Die Kontrolle zu besitzen war immer eine Illusion, und sie konnte nur in der Abgeschiedenheit aufrechterhalten werden. Das sollte natürlich nicht heißen, dass das letheriische System uneingeschränktes Freiseins und die Freiheit des persönlichen Willens geboten hätte. Wohl kaum. Eine Täuschung war durch eine andere ersetzt worden. *Aber zumindest ist das System nicht nach Geschlechterrollen geteilt.*

Die Tiste Edur waren anders. Ihre Vorstellungen … waren primitiv. Biete ein Schwert an, vergrabe es an der Schwelle zu jemandes Heim, der symbolische Austausch von Schwüren, so archaisch, dass keine Worte notwendig waren. In solch einem Ritual war es nicht möglich, etwas auszuhandeln, und wenn eine Ehe keine Verhandlungen einbezog, dann war es keine Ehe. *Nein, sondern nur wechselseitiges Eigentumsrecht. Oder auch nicht ganz so wechselseitig.* So etwas verdiente wenig Respekt.

Und nun, hier, war es nicht einmal ein künftiger Ehemann, der Anspruch auf ihr Leben erhob, sondern der verdammte Bruder des künftigen Ehemannes. Und außerdem war – um die ganze Situation noch absurder zu machen – der zukünftige Ehemann tot. *Forcht wird mein Recht, einen Kadaver zu heiraten, bis zum Tod verteidigen. Oder genauer, das Recht des Kadavers, auf mich Anspruch zu erheben. Nun, das ist Wahnsinn, und ich akzeptiere es nicht – nicht jetzt, und auch nicht in Zukunft. Nicht einmal für einen Augenblick.*

*Ja, ich habe das Selbstmitleid hinter mir gelassen. Jetzt bin ich einfach nur noch wütend.*

*Denn er hat sich geweigert, sich durch seinen Abscheu von seinem Vorhaben abbringen zu lassen.*

Trotz all ihrer Neigung zum Trotz, schmerzte sie der letzte Gedanke.

Udinaas war an ihr vorbeigegangen, um das in Trümmern liegende Tor anzusehen, und wandte sich jetzt an Clip. »Und – lebt es noch?«

Die Kette mit den Ringen wirbelte wieder um einen Finger des Tiste Andii, und er schenkte dem letheriischen Sklaven ein kühles Lächeln. »Die letzte Straße, die man gehen muss«, sagte er, »liegt auf der anderen Seite des Tores.«

»Also – wer ist dann verrückt geworden und hat es in Stücke getreten?«

»Das ist jetzt nicht mehr von Bedeutung«, erwiderte Clip. Sein Lächeln wurde breiter.

»Soll heißen, Ihr habt keine Ahnung«, sagte Udinaas. »Nun, wenn wir da durchgehen müssen, sollten wir aufhören, Zeit zu vergeuden. Ich habe schon fast die Hoffnung aufgegeben, dass Ihr Euch am Ende mit der Kette da noch selbst garottiert. Fast.«

Sein letzter Kommentar schien Clip aus irgendeinem Grund aufzurütteln.

Und schlagartig sah Seren Pedac die Kette mit ihren Ringen mit anderen Augen. *Beim Abtrünnigen! Warum habe ich das nicht schon früher gesehen? Es ist eine Garotte. Clip ist ein verdammter Assassine!* Sie schnaubte. »Und Ihr behauptet, ein Todbringendes Schwert zu sein! Ihr seid nichts weiter als ein Mörder, Clip. Ja, Udinaas hat das schon vor langer Zeit erkannt – und deswegen hasst Ihr ihn so. Er hat sich niemals von all den Waffen zum Narren halten lassen, die Ihr mit Euch herumtragt. Und jetzt klappt das bei mir auch nicht mehr.«

»Wir vergeuden in der Tat Zeit«, sagte Clip, der einmal mehr unbeeindruckt wirkte; er drehte sich um und ging auf das riesige Tor zu. Silchas Ruin folgte ihm, und Seren sah, dass die Weiße Krähe die Hände auf die Griffe seiner Schwerter gelegt hatte.

»Gefahr voraus«, verkündete Forcht, und ja, verdammt sollte er sein, er begab sich dann von seiner Position direkt rechts hinter Seren an eine Stelle direkt vor ihr. Und zog sein Schwert.

Udinaas beobachtete das alles und grunzte wegwerfend; dann drehte er sich halb um und sagte: »Silchas Ruin hat sich seinen Verfolgungswahn verdient, Forcht. Aber selbst das bedeutet nicht, dass wir kurz davor sind, in eine Drachengrube zu springen.« Er lächelte freudlos. »Nicht, dass Drachen in Gruben leben würden.«

Als er den beiden Tiste Andii folgte, rannte Kessel zu ihm, um seine Hand zu nehmen. Anfangs reagierte Udinaas, als hätte er sich an ihrer Berührung verbrannt, aber dann schwand sein Widerwille.

Clip erreichte die Schwelle, machte einen Schritt nach vorn und verschwand. Einen Augenblick später tat Silchas Ruin es ihm nach.

Weder Udinaas noch Kessel zögerten.

Als Forcht Sengar die gleiche Stelle erreichte, blieb er stehen und sah sie an. »Woran denkt Ihr, Freisprecherin?«, fragte er.

»Glaubt Ihr, ich würde Euch einfach alle im Stich lassen, Forcht? Würde zusehen, wie Ihr hindurchtretet, und mich unter der Annahme, ihr könntet nicht zurück, einfach umdrehen und diese sinnlose Straße zurückgehen – eine Straße, die ich wahrscheinlich niemals mehr verlassen würde? Habe ich diese Wahl denn überhaupt noch?«

»Ihr habt in allem die Wahl, Freisprecherin.«

»Ihr auch, würde ich sagen. Außer natürlich dort, wo Ihr willentlich auf sie verzichtet habt.«

»Ja.«

»Ihr gebt das so leichthin zu.«

»Vielleicht sieht es nur so aus?«

»Forcht, wenn irgendjemand hier und jetzt umkehren sollte, dann seid Ihr das.«

»Wir sind nah dran, Freisprecherin. Wir sind vielleicht nur ein paar Schritte von Scabandaris Finnest entfernt. Wie könnt Ihr da annehmen, dass ich an so etwas auch nur denken würde?«

»Vielleicht irgendein dickköpfiger Faden des Selbsterhaltungstriebs in Euch. Bei mir irgendein letzter Rest des Glaubens daran, dass Ihr tatsächlich ein Gehirn besitzt – eines, das vernünftig denken kann, heißt das. Forcht Sengar, Ihr werdet wahrscheinlich sterben … wenn Ihr durch dieses Tor schreitet.«

Er zuckte die Schultern. »Vielleicht werde ich das, und sei es nur, um Udinaas' Erwartungen zu bestätigen.«

»Udinaas'?«

Ein schwaches Lächeln. »Der Held versagt bei der Suche.«

»Oh. Und das würde sich als ausreichend befriedigend erweisen?«

»Ich vermute, das bleibt abzuwarten. Und jetzt – wollt Ihr mir folgen?«

»Natürlich.«

»Dann gebt Ihr also freiwillig diese Entscheidungsfreiheit auf?«

Als Antwort legte sie ihm eine Hand auf die Brust und stieß ihn Schritt um Schritt in das Tor. Jeglicher Widerstand verschwand, als er hindurchging, und Seren stolperte vorwärts, nur um gegen die breite, muskulöse Brust des Edur zu prallen.

Er hielt sie fest, ehe sie fallen konnte.

Und sie erblickte die höchst unerwartete Aussicht, die sich ihnen allen bot. Schwarze vulkanische Asche unter einem gewaltigen Himmel, der beinahe genauso schwarz war – und das trotz der mindestens drei Sonnen, die an ihm glühten. Und auf dieser rauen Ebene, die sich nach allen Seiten in entsetzlicher Weite erstreckte, gab es Drachen.

Hingekauert und reglos. Dutzende. Hunderte.

Sie hörte Kessels wütendes Flüstern: »*Udinaas! Sie sind alle tot!*«

Clip, der zwanzig Schritt vor ihnen stand, drehte sich nun zu ihnen um. Die Kette spannte sich, und er verbeugte sich. »Willkommen, meine teuren Gefährten, in Starvald Demelain.«

# Kapitel zehn

Die Schatten liegen auf dem Feld wie die Toten
Der nächtlichen Schlacht, während die Sonne ihr Banner
In die taufeuchte Luft reckt

Die Kinder erheben sich wie Blumen auf Stängeln
Um Lieder ohne Worte zu singen, die wir vor langer Zeit
Aufgegeben haben
Und die Bienen tanzen mit großer Sorgfalt

Du könntest diese Szene mit einem Segen berühren
Während du das Gewicht der Waffe in deiner Hand spürst
Und über das schaust, was vor dir liegt

Und unter der Sonne einen weiteren Tag voller Blut versprichst

*Ohne Titel*
Toc Anaster

Gaskaral Traum war der erste Soldat in Atri-Preda Bivatts Armee, der an diesem Morgen ein Leben nahm. Er war ein großer Mann mit ein paar Tropfen Tarthenal-Blut in den Adern, und er hatte in der Nacht zuvor sein Zelt vierzig Schritt vom Lager der Tiste Edur entfernt aufgeschlagen. Drinnen hatte er eine kleine Öllampe angezündet und seine Schlafdecke über Kleiderbündel, seine Ersatz-Stiefel und seinen Ersatz-Helm gebreitet. Anschließend hatte er sich daneben gelegt – auf der Seite, die den Zelten der Edur am nächsten war – und hatte die Lampe die letzten Tröpfchen Öl verbrauchen lassen, bis die Dunkelheit im Innern des Zelts derjenigen entsprach, die draußen herrschte.

Als das Zwielicht der Morgendämmerung schwächer wurde, zog Gaskaral Traum ein Messer und schlitzte auf der Seite, wo er lag, die Zeltplane auf, schob sich dann leise hinaus aufs nasse Gras, wo er einige Zeit lang reglos liegen blieb.

Als er schließlich sah, worauf er gewartet hatte, erhob er sich und schlich geduckt über den durchtränkten Boden. Noch immer prasselte der Regen auf den alten Meeresgrund von Q'uson Tapi herab – wo die verhassten Ahl warteten –, und die Luft roch nach säuerlichem Schlamm. Obwohl Gaskaral ein großer Mann war, konnte er sich wie ein Geist bewegen. Er erreichte die erste Reihe der Edur-Zelte, verharrte hier einen Augenblick lang mit angehaltenem Atem und schob sich dann weiter ins Lager.

Das Zelt von Aufseher Brohl Handar befand sich in der Mitte, war aber unbewacht. Als Gaskaral näher herankam, sah er, dass die Zeltklappe nicht festgebunden war, sondern locker herabhing. Ein paar Wassertropfen – die Überreste des Regenschauers, der gerade erst vorübergezogen war – rannen wie Tränen an der eingeölten Zeltbahn hinunter, sammelten sich in Pfützen um die vordere Stange und in den tiefen Fußabdrücken vor dem Eingang.

Gaskaral schob das Messer unter sein Oberhemd und benutzte sein schmutziges Unterzeug, um das Heft und seine linke Hand – Handfläche und Finger – abzutrocknen, ehe er die Waffe wieder hervorzog. Dann kroch er auf den Zelteingang zu.

Drinnen herrschte körnige Dunkelheit. Atemgeräusche waren zu hören. Und da, am hinteren Ende, die Bettstatt des Aufsehers. Brohl Handar schlief auf dem Rücken. Die Felle, mit denen er sich zugedeckt hatte, waren auf den Boden gerutscht. Sein Gesicht und seine Brust lagen in tiefem Schatten.

Geschwärzter Stahl blitzte auf, verraten von der geschärften Schneide.

Gaskaral Traum machte noch einen Schritt – und dann stürzte er los.

Die Gestalt, die drohend über Brohl Handar stand, wirbelte herum, aber es war zu spät, denn Gaskarals Messer bohrte sich bereits tief in sie hinein, glitt zwischen Rippen hindurch und durchbohrte das Herz des Meuchelmörders.

Der schwarze Dolch fiel zu Boden, grub sich mit der Spitze in die Erde. Gaskaral fing den Körper auf, als der Mörder mit einem schwachen Seufzer in sich zusammensackte.

Atri-Preda Bivatts bevorzugter Leibwächter – den sie vor den Toren von Drene damit beauftragt hatte, den Aufseher vor genau so einem Attentat zu schützen – verharrte einen Augenblick lang vollkommen reglos, den Blick auf Brohl Handars Gesicht gerichtet und lauschte dessen Atemzügen. Nichts deutete darauf hin, dass der Aufseher aufwachen würde. Und das war gut so. Sehr gut.

Sich unter dem Gewicht des toten Assassinen zurechtrückend schob Gaskaral langsam sein Messer wieder in die Scheide, bückte sich anschließend und hob den schwarzen Dolch auf. Dies war der Letzte von den Dreckskerlen, dessen war er sich sicher. Insgesamt waren es sieben gewesen, obwohl vor dem hier nur zwei nah genug an Brohl Handar herangekommen waren, dass sie tatsächlich hatten versuchen können, ihn zu töten – und das war beide Male während eines Kampfes gewesen. Letur Anict war in jeder Hinsicht ein gründlicher Mann, jemand, der zu überflüssigem Aufwand neigte, um ganz sicher zu gehen, dass seinen Wünschen entsprochen wurde. Doch dieses Mal war das leider nicht der Fall.

Gaskaral ging noch ein bisschen tiefer in die Knie, bis er sich den Leichnam über eine Schulter legen konnte, und machte sich danach leicht gebückt mit leisen Schritten zur Zeltklappe auf. Er achtete sorgsam darauf, weder in die Pfütze zu treten noch gegen die Zeltstange zu stoßen, als er seine Last vorsichtig durch die Öffnung schob.

Unter einem wolkenverhangenen Himmel, aus dem schon wieder die ersten Regentropfen fielen, kehrte Gaskaral Traum rasch in den letheriischen Teil des Lagers zurück. Den Leichnam konnte er in seinem Zelt lassen; der Tag, der jetzt heraufzog, war ein Tag der Schlacht, was jede Menge Chaos bedeutete – und damit viele Gelegenheiten, sich des Kadavers zu entledigen.

Allerdings war er ein bisschen besorgt. Es war nie gut, in der Nacht vor einer Schlacht nicht zu schlafen. Aber seine Instinkte waren immer wach, als könnte er das Heranschleichen eines Meuchelmörders riechen, als könnte er in ihre Gedanken schlüpfen. Gewiss war sein unheimliches Gefühl für den richtigen Zeitpunkt ein Beweis für seine Begabung – ein paar Herzschläge später, und er wäre zu spät gekommen …

Gelegentlich allerdings versagten Instinkte auch mal.

Die beiden Gestalten, die plötzlich aus der Dunkelheit auf ihn zugestürmt kamen, erwischten Gaskaral Traum vollkommen überraschend. Ein Schreck, der gesegneterweise nur sehr kurzlebig war, wie sich herausstellte. Dem Assassinen zu seiner Rechten warf Gaskaral den Leichnam entgegen. Und da er keine Zeit hatte, sein Messer zu ziehen, rempelte er den anderen Meuchelmörder einfach an. Schlug den Dolch beiseite, der auf seine Kehle zielte, packte den Kopf des Mannes mit beiden Händen und ruckte einmal kräftig.

So kräftig, dass die Beine des Assassinen herumschlenkerten, als sein Genick brach.

Der andere Mörder war von dem Leichnam zu Boden geworfen worden und rollte sich gerade herum, ging in die Hocke und blickte auf – als er Bekanntschaft mit Gaskarals Stiefel machte. Der ihn hart unter dem Kinn traf. Die Wucht des Tritts riss den Mann hoch, schleuderte ihn durch die Luft, mit ausgebreiteten Armen und einem Kopf, der nicht mehr mit dem Rückgrat verbunden war. Der Assassine war tot, bevor er wieder auf dem Boden aufkam.

Gaskaral Traum blickte sich um. Niemand war zu sehen. Er gestattete sich einen Augenblick, sich über sich selbst zu ärgern. Natürlich hatten sie bemerkt, dass jemand ihnen ins Handwerk pfuschte. Also war einer reingegangen, während die anderen beiden als Rückendeckung im Hintergrund blieben, um zu sehen, wer ihr unbekannter Jäger war. Und dann würden sie sich auf die übliche Weise um besagten Jäger kümmern.

»Ach, tatsächlich? Einen Scheiß haben sie.«

Er musterte die drei Leichen noch einmal. Verdammt, es würde ganz schön voll im Zelt werden.

Die Sonne wollte sich durch nichts daran hindern lassen, ihren einzigartigen Blick auf die Schlacht von Q'uson Tapi werfen zu können, und so brannte sie, schon kurz nachdem sie aufgegangen war, die Wolken weg und trieb Hitzespeere in den Boden, bis die Luft dampfte. Brohl Handar, der überraschend erfrischt aufgewacht war, stand vor seinem Zelt und beobachtete seine Arapay, die ihre Rüstungen und Waffen bereit machten. Die plötzliche, ungelinderte Feuchtigkeit machte Eisen glitschig und Speerschäfte ölig, und schon jetzt war der Boden trügerisch – er fürchtete, dass der Meeresgrund ein einziger Alptraum werden würde.

Am Abend zuvor hatten er und seine Truppe die Vorbereitungen der Ahl beobachtet, und Brohl Handar verstand nur zu gut, welchen Vorteil Rotmaske seinen Kriegern durch einen festen Stand zu verschaffen versuchte, aber der Aufseher vermutete, dass diese Bemühungen letzten Endes fruchtlos sein würden. Es würde nicht lange dauern, und Zeltstoffe und Fellplanen würden genauso schlammig und schlüpfrig werden wie der Boden darunter. Beim ersten Ansturm würde es allerdings wahrscheinlich einen spürbaren Unterschied bedeuten … aber der würde nicht ausreichen.

*Hoffe ich.*

Ein letheriischer Soldat kam auf ihn zu – ein ungewöhnlich großer Mann, den er schon früher gesehen hatte –, mit einem freundlichen Lächeln auf dem harmlosen, merkwürdig sanften Gesicht. »Die Sonne ist überaus willkommen, Aufseher, nicht wahr? Ich überbringe die Einladung der Atri-Preda, Euch zu ihr zu begeben – seid versichert, dass Ihr genügend Zeit haben werdet, um zu Euren Soldaten zurückzukehren und sie in die Schlacht zu führen.«

»Na schön. Dann lass uns gehen.«

Die verschiedenen Kompanien nahmen am Rande des Meeresgrunds gegenüber den Ahl ihre Positionen ein. Brohl sah, dass die Lanzenreiter aus Blaurose abgesessen waren; sie wirkten ein bisschen verloren mit den Schilden und Speeren, die ganz frisch an sie ausgegeben worden waren. Es waren nicht einmal mehr tausend Mann übrig, und der Aufseher sah, dass sie als Hilfstruppen eingesetzt und nur dann in den Kampf geschickt werden würden, wenn die Dinge schlecht liefen. »Nun, das ist jetzt aber ein armseliger Haufen«, sagte er zu seinem Begleiter und nickte in Richtung des Blaurose-Bataillons.

»Das sind sie, Aufseher. Aber seht, ihre Pferde sind gesattelt und nicht weit weg. Und zwar deswegen, weil unsere Kundschafter die Kechra nicht im Lager der Ahl ausmachen können. Die Atri-Preda vermutet, dass die beiden Kreaturen uns erneut von der Flanke her angreifen werden, und dieses Mal wird sie ihnen Lanzenreiter entgegenschicken. Die sie dann verfolgen werden.«

»Ich wünsche ihnen viel Glück – diese Kechra sind und bleiben die größte Bedrohung, und je eher sie tot sind, desto besser.«

Atri-Preda Bivatt stand an einer Stelle am Rand der alten Küstenlinie, die ihr einen Blick auf die Fläche erlaubte, die das Schlachtfeld sein würde. Wie es ihre Gewohnheit war, hatte sie alle ihre Melder und Adjudanten fortgeschickt – sie drückten sich wachsam vierzig Schritt hinter ihr herum – und war mit ihren Gedanken, ihren Beobachtungen allein, und das würde – von Brohls Besuch einmal abgesehen – bis kurz vor Beginn der Kämpfe auch so bleiben.

Sein Begleiter blieb ein paar Schritte von der Atri-Preda entfernt stehen und bedeutete ihm mit einem lässigen Lächeln vorzutreten.

*Wie kann er nur so ruhig sein? Es sei denn, er ist einer von denen, die die Pferde bewachen werden. So groß er auch ist, er sieht nicht aus wie ein Soldat – nun ja, wir brauchen schließlich auch Pferdeknechte.*

»Aufseher, Ihr seht … ausgeruht aus.«

»So fühle ich mich auch, Atri-Preda. Als hätten die Geister meiner Vorfahren letzte Nacht sorgsam über mich gewacht.«

»In der Tat. Sind Eure Arapay bereit?«

»Das sind sie. Werdet Ihr diese Schlacht mit Euren Magiern beginnen?«

»Was das angeht, muss ich offen sein. Ich kann mich nicht darauf verlassen, dass sie während der Kämpfe am Leben bleiben werden. Von daher – ja, ich werde sie gleich zu Anfang einsetzen. Wenn ich sie dann später auch noch zur Verfügung habe, um so besser.«

»Dann gibt es also kein Anzeichen von den Kechra.«

»Nein. Seht, der Feind stellt sich auf.«

»Auf trockenem Boden …«

»Am Anfang, ja, aber wir werden diesen Boden erobern, Aufseher. Und das ist die Schwachstelle in Rotmaskes Taktik. Wir werden so hart zuschlagen, dass wir sie zurücktreiben – und dann werden es die Ahl sein, die feststellen, dass sie im Schlamm hocken.«

Brohl Handar drehte sich um und musterte die letheriischen Streitkräfte. Aus den verschiedenen Brigaden, Kompanien und Teilen der Bataillone waren auf sinnvolle Weise neue Einheiten zusammengestellt worden. An der Front, den Ahl gegenüber, drei Keile aus Schwerer Infanterie. An den Flanken Plänkler, vermischt mit Mittelschwerer Infanterie und Bogenschützen. Blöcke aus Bogenschützen zwischen den Keilen; sie würden, selbst wenn sie sich hinunter auf den Meeresgrund begaben, nicht allzu weit vorrücken. Ihre Pfeilsalven waren dazu gedacht, die vorderste Reihe der Ahl zu durchlöchern, worauf die Schweren, wenn sie zum direkten Angriff übergingen, den Feind erst einen, dann zwei, dann fünf und dann zehn Schritte und schließlich in den Schlamm zurückdrängen würden.

»Ich verstehe diese Rotmaske nicht«, sagte Brohl, während er weiter stirnrunzelnd die Reihen der Ahl musterte.

»Er hatte keine andere Wahl«, antwortete Bivatt. »Nicht nach Praedegar. Und das war ein Fehler von ihm, der mit mangelnder Geduld zu tun hat. Vielleicht ist es hier genauso, aber wie ich schon gesagt habe: Er hat keine andere Wahl mehr. Wir haben ihn, Aufseher. Aber wenn er kann, wird er dafür sorgen, dass wir unseren Sieg schmerzhaft erringen müssen.«

»Es ist gut möglich, dass Eure Magier diese Schlacht beenden, noch ehe sie begonnen hat, Atri-Preda.«

»Wir werden sehen.«

Über ihnen setzte die Sonne ihren unaufhaltsamen Aufstieg fort, ließ den Tag in unheilvoller Absicht heißer und heißer werden. Auf dem Meeresgrund zeigten sich hellere Flecken, wo die oberste Bodenschicht trocken wurde. Aber natürlich würde direkt darunter der Schlamm weich und tief genug bleiben, um für Ärger zu sorgen.

Bivatt hatte noch zwei Magier, der dritte war vor zwei Tagen gestorben, nachdem er beim Desaster bei Praedegar tödlich geschwächt worden war; ein einziger berittener Bogenschütze hatte es geschafft, drei Magier mit einem einzigen verdammten Pfeil zu töten. Brohl sah die beiden jetzt wie alte Männer zum Rand der ehemaligen Küstenlinie humpeln. Jeweils einer am äußersten Ende des äußeren Keils aus Schwerer Infanterie. Sie würden ihre Magie so wirken, dass sich die beiden schrecklichen magischen Wogen in einem bestimmten Winkel aufeinander zubewegten und etwa ein Dutzend Reihen tief im Zentrum der Ahl-Formation vereinigten – um so die Schneise der Vernichtung zu verbreitern.

Offenbar hatte die Atri-Preda ein Zeichen gegeben, das Brohl nicht gesehen hatte, denn plötzlich waren ihre Melder bei ihr. Sie wandte sich wieder an ihn. »Es ist so weit. Am besten, Ihr kehrt nun zu Euren Kriegern zurück, Aufseher.«

Brohl Handar verzog das Gesicht. »Und wieder sind wir die Nachhut.«

»Ihr werdet heute einen Kampf erleben, Aufseher. Dessen bin ich mir sicher.«

Er war nicht überzeugt, aber er drehte sich um. Nachdem er zwei Schritte gemacht hatte, blieb er stehen und sagte: »Möge dieser Tag das Ende des Krieges verkünden.«

Die Atri-Preda antwortete nicht. Er war sich nicht einmal sicher, ob sie ihn überhaupt gehört hatte, da sie gerade leise mit dem Soldaten sprach, der ihn hierherbegleitet hatte. Er sah, dass ein überraschter Ausdruck über ihr Gesicht huschte, und dann nickte sie.

Brohl Handar starrte zur Sonne hinauf und sehnte sich nach den schattigen Wäldern seiner Heimat. Dann machte er sich auf den Weg zu seinen Arapay.

Toc Anaster, der auf einem Felsblock saß, sah den Kindern noch ein paar Augenblicke länger beim Spielen zu und rollte dann das abgeschabte Stück Tierhaut zusammen und schob es in seinen Ranzen, gefolgt von dem Pinsel aus weichem Holz und der nun wieder verschlossenen Schüssel mit der Tinte aus Holzkohle, Mark und Gaenthbeeren. Er stand auf, schaute kurz blinzelnd in den Himmel, und ging dann hinüber zu seinem Pferd. Sieben Schritte, und als er bei dem Tier ankam, waren seine Mokassins übergroße Schlammklumpen. Er befestigte den Ranzen am Sattel, zog ein Messer und bückte sich, um so viel von dem Schlamm wie möglich von seinem Schuhwerk zu kratzen.

Links von ihm hatten sich die Reihen der Ahl aufgestellt; sie standen da und warteten, während die letheriischen Streitkräfte fünfhundert Schritt entfernt unter Gedrängel und Geschubse die Formation einnahmen, die sie beim Vorrücken einzuhalten gedachten. Rotmaskes Krieger wirkten merkwürdig still – natürlich, dies war nicht ihre Art von Schlacht. »Nein«, murmelte Toc. »Das ist die Art der Letherii.« Er schaute wieder zum Feind hinüber.

Klassische Keile in Sägezahnformation, bemerkte Toc. Drei Speerspitzen aus Schwerer Infanterie. Die Keile würden zu dem Zeitpunkt, da sie die Ahl erreichten, ziemlich durcheinander sein. Sie würden sich langsam fortbewegen, und Soldaten würden fallen und bei jedem Schritt, den sie machten, wegrutschen und stolpern. Alles zum Nutzen. Im Augenblick des Zusammenpralls würde es kein wuchtiges Vorstoßen geben – nicht, ohne dass ganze Frontreihen schwer gerüsteter Soldaten auf die Nase fielen.

»Du wirst fortreiten«, sagte Schwall hinter ihm. »Zumindest glaubst du das. Aber ich werde dich beobachten, Mezla ...«

»Ach, hör endlich auf damit«, sagte Toc. »Es ist wohl kaum mein Fehler, dass Rotmaske glaubt, dass du nicht viel taugst, Schwall. Außerdem«, fügte er hinzu, »ist es nicht so, dass ein Pferd hier viel mehr könnte, als im Schritt zu gehen. Und zu guter Letzt hat Rotmaske gesagt, es könnte gut sein, dass er mich in der Nähe haben will – mitsamt meinen Pfeilen –, für den Fall, dass die K'Chain Che'Malle versagen.«

»Sie werden nicht versagen.«

»Ach. Und was weißt du über die K'Chain Che'Malle, Schwall?«

»Ich weiß das, was Rotmaske uns erzählt.«

»Und was weiß er? Oder, noch wichtiger, *woher* weiß er es? Hast du dich das noch nie gefragt? Noch kein einziges Mal? Die K'Chain Che'Malle sind die Dämonen dieser Welt. Kreaturen aus der fernen Vergangenheit. Praktisch überall sonst sind sie ausgestorben. Also – was tun sie hier, im Namen des Vermummten? Und warum sind sie an Rotmaskes Seite, anscheinend erpicht darauf zu tun, was er befiehlt?«

»Weil er Rotmaske ist, Mezla. Er ist nicht so wie wir, und ja, ich sehe Missgunst in deinem Auge lodern. Du wirst immer diejenigen hassen, die besser sind als du.«

Toc legte seine Unterarme auf den Rücken seines Pferdes. »Komm ein bisschen näher, Schwall. Schau in die Augen dieser Stute. Sag mir, siehst du da Missgunst?«

»Das ist ein Tier ohne Verstand.«

»Das wahrscheinlich heute sterben wird.«

»Ich verstehe dich nicht, Mezla.«

»Ich weiß. Wie auch immer, ich sehe den gleichen Ausdruck in deinen

Augen, Schwall. Die gleiche blinde Bereitschaft, all das zu glauben, was du glauben *musst.* Rotmaske ist für dich das Gleiche, was ich für dieses arme Pferd bin.«

»Ich werde dir nicht mehr länger zuhören.«

Der junge Krieger ging davon, sein steifer Gang wurde durch die Schlammkruste an seinen Füßen rasch noch unbeholfener.

Ganz in der Nähe bewarfen sich die Kinder mit Dreckklumpen und lachten. *Die Jüngeren, heißt das.* Die, die ein paar Jahre älter waren, schwiegen und starrten zu den feindlichen Streitkräften hinüber, wo mittlerweile Hörnerschall zu hören war, und jetzt begaben sich zwei gut bewachte Gruppen zum äußersten Rand des alten Ufers. Die Magier.

*Dann geht es also los.*

Weit im Westen musste die Sonne erst noch aufgehen. In einem unscheinbaren Dorf, das einen schnellen Tagesmarsch von Letheras entfernt war und in dem in den letzten beiden Tagen zu viele gestorben waren, saßen drei Falari – Schwere Infanteristen der Dritten Kompanie – auf dem Rand eines Pferdetrogs vor der einzigen Schenke des Ortes. Umblick, Ziehtzuerst und Seicht waren Verwandte; zumindest dachten das die anderen von ihnen. Der Gedanke schien angesichts ihrer für Falari typischen roten Haare und blauen Augen, sowie der olivfarbenen Haut des eingeborenen Volks der Hauptinsel, das sich selbst die Marsch nannte, auch mehr als naheliegend. Allerdings hatten sie sich noch nie gesehen, bevor sie sich bei der malazanischen Armee eingeschrieben hatten. Die Blütezeit der Marsch war schon vor langer Zeit gewesen, vor dem Eisenzeitalter, genauer gesagt, und als ein Volk, das Zinn, Kupfer und Blei abbaute, hatte es einst durch seinen Handel mit Bronzewaffen und Schmuckstücken alle Inseln des Archipels beherrscht. Wäre reines Marschblut in ihren Adern geflossen, wären die Soldaten gedrungener gewesen, schwarzhaarig und angeblich wortkarg bis an die Grenze zum Einschläfernden; doch sie hatten alle drei das schwierigere, wildere Blut der falarischen Invasoren, die vor Generationen die meisten Inseln erobert hatten. Die Verbindung brachte – so merkwürdig das auch scheinen mochte – hervorragende Seesoldaten hervor.

Im Augenblick – umgeben von Dunkelheit und einer angenehm kühlen Brise vom Fluss im Süden – unterhielten sich die drei, und zwar über das Thema Sergeant Gesler und Korporal Stürmisch. Diese beiden Namen – und erst recht ihre armseligen Ränge – waren allen eingeborenen Falari wohlbekannt.

»Aber sie haben sich verändert«, sagte Umblick. »Diese goldene Haut, die ist nicht natürlich. Ich denke, wir sollten sie töten.«

Ziehtzuerst, die mit der unglücklichen Kombination aus großen Brüsten und dem Hang zum starken Schwitzen geschlagen war, hatte die Dunkelheit genutzt, um das Oberteil ihrer Rüstung abzulegen, und wischte sich jetzt mit einem Tuch den Schweiß unter ihren Brüsten ab. »Aber was bringt das, Blick? Der Kult ist tot. Er ist schon seit Jahren tot.«

»Für uns ist er aber nicht tot, oder?«

»Größtenteils«, erwiderte Seicht.

»Das bist mal wieder du, Seicht«, sagte Umblick. »Du siehst immer die sterbende und tote Seite der Dinge.«

»Dann geh hin, und frag sie, Blick. Sie werden dir das Gleiche sagen. Feners Kult ist erledigt.«

»Deswegen glaube ich, dass wir sie töten sollten. Weil sie den Kult verraten haben. Weil sie uns verraten haben. Und was ist mit der goldenen Haut? Sie ist unheimlich.«

»Hör zu«, sagte Seicht, »wir haben uns gerade mit diesen Trupps zusammengeschlossen. Nur, falls du es vergessen hast, Umblick, das ist die Kompanie, die von unter Y'Ghatan rausgekrabbelt ist. Und dann ist da Fiedler. Ein verdammter Brückenverbrenner, beim Vermummten, und vielleicht der Einzige, der noch übrig ist. Gesler hat einst einen hohen Rang gehabt, und Stürmisch auch, aber genau wie Elster sind sie degradiert und degradiert worden, und dann nochmal degradiert, und jetzt kommst du an und willst sie abstechen. Der Kult wurde verboten, und dass Fener jetzt nirgendwo mehr für einen Gott gehalten wird, ist nicht Geslers Schuld. Oder die von Stürmisch.«

»Und was willst du damit sagen?«, erwiderte Umblick. »Dass wir sie einfach in Ruhe lassen sollen, und das war's?«

»Sie in Ruhe lassen? Ziehtzuerst, erklär es diesem Idioten.«

Sie hatte ihre Brüste wieder in ihren Harnisch geschoben und rückte ihn noch hier und da ein bisschen zurecht. »Es ist ganz einfach, Blick.

Wir stecken hier nicht nur einfach mit Fid und dem Rest fest. Wir werden auch alle mit ihnen sterben. Nun, was mich angeht – und wahrscheinlich auch Seicht hier –, so werden wir dastehen und kämpfen, direkt an ihrer Seite. Neben Gesler, Stürmisch und den putzigen Schweren, die sie haben. Und wenn wir schließlich fallen, wird niemand sagen können, dass wir's nicht wert gewesen waren, da neben ihnen zu stehen. Nun, vielleicht liegt's auch daran, dass du der letzte Schwere in Zimperlichs Trupp bist. Vielleicht würdest du nicht so reden, wie du redest, wenn Masker noch da wäre. Aber jetzt musst du dich entscheiden, Umblick. Kämpfe mit uns, kämpfe mit Reliko und Voll Leer in Badan Gruks Trupp, oder kämpfe auf dich allein gestellt als die einzige eiserne Faust in Zimperlichs Trupp. Aber egal, wie du dich entscheidest, kämpfen wirst du auf jeden Fall. Schleich dich hinterrücks an Ges oder Stürmisch ran, und ich werde dir höchstpersönlich den Kopf abreißen.«

»Schon gut, schon gut, ich wollte mich nur ein bisschen unterhalten ...«

Geräusche zu ihrer Linken sorgten dafür, dass die Schweren sich aufrichteten und nach ihren Waffen griffen. Drei Gestalten kamen auf der Hauptstraße auf sie zugestapft. Streifen Mull, Ditsch und Neller.

Ditsch rief sie leise an. »Soldaten auf dem Weg hierher. Passt gut auf.«

»Letherii?«, fragte Seicht.

»Nein«, antwortete sie und blieb bei ihnen stehen, während die anderen beiden Seesoldaten weiter in die Schenke gingen. »Stellt euch die hässlichsten Gesichter vor, die ihr je gesehen habt, und dann, wie ihr denen große, feuchte Küsse verpasst.«

»Endlich«, seufzte Ziehtzuerst. »Das sind zur Abwechslung mal ein paar gute Nachrichten.«

Schnabel und der Hauptmann kehrten wieder dorthin zurück, wo Faust Keneb an der Spitze der Marschkolonne wartete. Vor ihnen waren einige Zeit lang Tiste Edur gewesen, die sich nicht auf Kämpfe hatten einlassen wollen, aber jetzt waren sie fort, zumindest befanden sie sich nicht mehr zwischen hier und dem Dorf.

Hauptmann Sort trat dicht an Faust Keneb heran. »Schnabel sagt, es sind Seesoldaten, Faust. Sieht ganz so aus, als hätten wir ein paar von ihnen gefunden.«

»Alle«, sagte Schnabel. »Diejenigen, die weit vor den anderen waren. Sie sind in dem Dorf, und sie haben Tiste Edur getötet, viele Tiste Edur.«

»Die Munition, die wir gestern gehört haben.«

»Genau, Faust«, sagte Schnabel nickend.

»Na schön, endlich einmal gute Nachrichten. Wie viele sind es?«

»Sieben, acht Trupps«, antwortete Schnabel. Es machte ihm Spaß, einmal direkt mit einer echten Faust sprechen zu können. Oh, er hatte sich natürlich Szenen wie diese vorgestellt, in denen Schnabel dann alle möglichen Informationen übermittelt hatte, damit die Faust all die heldenhaften Dinge tun konnte, und dann würde endlich Schnabel der größte aller Helden sein. Er war sich sicher, dass alle Menschen solche Träume hatten, über die plötzliche Offenbarung einer verborgenen, scheuen Seite, von der sonst niemand etwas wusste oder auch nur geahnt hatte, dass sie da war. Scheu, bis sie gebraucht wurde, und dann kam sie heraus und versetzte alle Leute in Erstaunen!

»Schnabel?«

»Faust?«

»Ich habe gefragt, ob sie wissen, dass wir hier sind?«

»Ja, Faust, ich glaube schon. Sie haben da ein paar interessante Magier, und dazu gehört auch ein Hexenmeister vom alten Schlag; er stammt aus dem Volk der Jakata, die die ersten Menschen waren, die auf Malaz lebten, nachdem die Sturmreiter sich zurückgezogen hatten. Er kann durch die Augen aller möglichen Arten von Kreaturen sehen, und das muss ihnen seit der Küste ziemlich viel geholfen haben. Außerdem gibt es noch einen dal-honesischen Buschschamanen und einen dal-honesischen Grastänzer. Und einen Sumpftotenbeschwörer aus dem Volk der Nathii.«

»Schnabel«, sagte Keneb, »ist Fiedler auch bei diesen Trupps? Und was ist mit Gesler und Stürmisch?«

»Fiedler ist derjenige mit der Fiedel, der in Malaz so was Trauriges gespielt hat? Derjenige mit einem Satz Drachenkarten im Kopf. Ja, Faust, der ist da drüben. Gesler und Stürmisch, das sind die Falari, aber die haben goldene Haut und Muskeln und all so was, sie sind diejenigen, die im Feuer von Tellann neu geschmiedet wurden. Telas, Kurald Liosan, die Feuer – diejenigen, durch die die Drachen fliegen, um gegen Magie und Schlimmeres gefeit zu sein und andere Arten von Schutz zu erwerben. Ja, die sind auch da.«

Sieh nur, wie sie ihn alle verwundert anstarrten! Ach, genau wie in dem Traum!

Er wusste nur zu gut, wo das alles letztlich hinführen würde, aber selbst das konnte ihm das Gefühl von Stolz nicht nehmen. Er blinzelte nach oben, in die Dunkelheit. »In einem Glockenschlag oder so wird es hell werden.«

Keneb wandte sich an Faradan Sort. »Hauptmann, nehmt Schnabel mit, und begebt Euch ins Dorf. Ich möchte diese Trupps gerne angetreten sehen – außer den Vorposten, wenn sie denn welche aufgestellt haben.«

»Ja, Faust. Habt Ihr vor, ihnen eins auf den Deckel zu geben?«

Keneb zog die Brauen hoch. »Ganz und gar nicht, Faradan. Nein. Ganz im Gegenteil, es könnte sein, dass ich sie am Ende noch alle küsse.«

Und so stapfte Schnabel einmal mehr neben Hauptmann Faradan Sort dahin, und das fühlte sich jetzt gut und richtig an, als wenn er immer zu ihr gehört hätte und immer nützlich gewesen wäre, wenn es für sie wichtig gewesen war. Die Zeit des Zwielichts brach gerade an, und die Luft roch wunderbar frisch – zumindest, bis sie zu den Gruben kamen, in die man die Leichen der Edur geworfen hatte. Das roch nun ganz und gar nicht gut.

»Bei den Göttern hienieden«, murmelte Hauptmann Sort, als sie dicht an einer der flachen Gruben entlanggingen.

Schnabel nickte. »Moranth-Munition macht so was. Da bleiben nur noch … Teile von den Leuten übrig, und alles ist zerfetzt.«

»In dieser Grube nicht«, sagte sie und deutete auf das nächste Massengrab, an dem sie vorbeikamen. »Die hier sind niedergehauen worden. Mit Schwertern, Armbrustbolzen …«

»Ja, stimmt, Hauptmann, auch da drin sind wir ziemlich gut, oder? Aber deswegen sind die Edur nicht abgezogen – hier waren beinahe tausend von ihnen versammelt, und sie haben noch einen weiteren Vorstoß geplant. Aber dann haben sie den Befehl bekommen, sich zurückzuziehen, und genau das haben sie getan. Sie sind jetzt eine Länge hinter uns, vereinigen sich dort mit noch mehr Edur.«

»Der Hammer«, sagte Faradan Sort, »und irgendwo vor uns wartet der Amboss.«

Er nickte erneut.

Sie blieb stehen und versuchte, in der Düsternis sein Gesicht zu erkennen. »Und was ist mit der Mandata und der Flotte, Schnabel?«

»Das weiß ich nicht, Hauptmann. Wenn Ihr Euch fragt, ob sie vielleicht rechtzeitig hier ankommen, um uns zu unterstützen, dann heißt die Antwort nein, keine Chance. Wir werden durchhalten müssen, Hauptmann, und zwar so lange, dass es unmöglich ist.«

Sie starrte ihn finster an. »Und wenn wir einfach hier hocken bleiben? Hier, genau in diesem Dorf?«

»Dann werden sie anfangen, uns zu bedrängen. Bis dahin werden es vier- oder füntausend Edur sein. So viele können uns vor sich hertreiben, Hauptmann, ob wir wollen oder nicht. Außerdem – hat Faust Keneb nicht gesagt, dass er einen Kampf haben und so viele Feinde wie möglich binden will? Damit sie nirgendwo sonst hingehen können – etwa zurück hinter die Stadtmauern, was bedeuten würde, dass die Mandata sich schon wieder mit einer Belagerung rumschlagen müsste, und das will niemand.«

Sie starrte ihn noch einen Moment länger an und setzte sich dann wieder in Bewegung. Schnabel hielt mit ihr Schritt.

Von hinter einem schwarzen Haufen aus Abfallerz am Rande des Dorfes ertönte eine Stimme: »Schön, Euch wiederzusehen, Hauptmann.«

Faradan Sort ging weiter.

Schnabel sah, dass Korporal Starr sich hinter dem Abfallerz erhob; er hängte sich die Armbrust wieder über die Schulter und klopfte sich den Staub ab, bevor er auf sie zuging.

»Die Faust möchte nicht so einfach reinkommen, ohne anzuklopfen, was?«

Hauptmann Sort blieb vor dem schwerfälligen Korporal stehen. »Wir sind jetzt einige Zeit in Eilmärschen unterwegs gewesen«, sagte sie. »Wir sind verdammt müde, aber wenn wir in dieses Dorf marschieren werden, werden wir das nicht schlurfend tun. Deshalb hat die Faust eine kurze Pause angeordnet. Das ist alles.«

Starr kratzte sich den Bart, was die verschiedenen Knochen und was sonst noch daran hing, zum Klappern und Rascheln brachte. »Verständlich«, sagte er.

»Da bin ich aber erleichtert, dass du die Idee für gut befindest, Korporal. Nun, die Faust möchte, dass die Trupps hier alle in der Hauptstraße antreten.«

»Das können wir machen«, antwortete Starr grinsend. »Wir haben jetzt 'n ganzes Weilchen gekämpft, und wir sind verdammt müde, Hauptmann. Deshalb haben die Sergeanten dafür gesorgt, dass die meisten von uns sich in der … äh … Schenke ausruhen konnten. Aber wenn Faust Keneb uns sieht, nun, dann werden wir so adrett wie möglich aussehen, da bin ich mir sicher.«

»Beweg deinen Arsch in die Schenke, Korporal, und weck die elenden Kerle auf. Wir werden hier warten – aber nicht besonders lange, hast du verstanden?«

Ein schneller, zurückhaltender Gruß, und Starr eilte davon.

»Siehst du, was passiert, wenn nicht oft genug ein Offizier da ist? Sie werden verdammt aufgeblasen, das passiert.«

»Ja, Hauptmann.«

»Nun, wenn sie erstmal die ganzen schlechten Neuigkeiten gehört haben, werden sie nicht einmal mehr halb so arrogant sein.«

»Oh, sie kennen sie, Hauptmann. Besser als wir.« *Aber das ist nicht die ganze Wahrheit. Sie wissen nicht, was ich weiß – und du, Hauptmann, meine Liebe, du weißt es auch nicht.*

Sie drehten sich beide um, als sie die schnell herannahende Marschkolonne hörten. Schneller als sie es hätte tun sollen, genauer gesagt.

Der Kommentar von Hauptmann Sort war kurz und bündig. »Scheiße.« Dann fügte sie hinzu: »Geh schon mal weiter, Schnabel – sorge dafür, dass sie bereit zum Aufbruch sind!«

»Ja, Hauptmann.«

Das Problem mit Eulen war, dass sie selbst für Vögel ungemein dumm waren. Sie auch nur dazu zu bringen, ihren verdammten Kopf zu drehen, war schon ein Kampf, und das vollkommen unabhängig davon, wie fest Buddl ihre winzigen, sich windenden Seelen packte.

Er steckte momentan mitten in so einem Kampf, und allein der Gedanke an Schlaf war so weit weg, dass es schien, als gehörte er ausschließlich zu anderen Leuten und würde für immer unerreichbar bleiben.

Aber mit einem Schlag spielte es keine Rolle mehr, wo die Eule hinschaute oder wo sie hinschauen *wollte*. Denn jetzt bewegten sich Gestalten über das Land, durch die Gehölze, über die Ackerflächen; sie schwärmten über die Hänge der alten Steinbrüche und über die Straße aus. Es waren Hunderte, Tausende. Die sich lautlos bewegten, mit gezückten Waffen. Und weniger als eine halbe Länge hinter Kenebs Marschkolonne waren.

Buddl schüttelte sich, blinzelte ein paar Mal, als er seine Augen neu anpasste – die narbige Wand der Schenke, von der der Gips abgeplatzt war, wo Messer gegen sie geworfen worden waren, die gelben Rinnsale vom reetgedeckten Dach über dem Hauptraum. Überall um ihn herum Seesoldaten, die ihre Ausrüstung anlegten. Irgendjemand – vermutlich Hellian – spuckte und würgte irgendwo hinter der Theke.

Einer der vor kurzem eingetroffenen Seesoldaten tauchte vor ihm auf, zog sich einen Stuhl heran und setzte sich. Der dal-honesische Magier – derjenige, in dessen Blick der Dschungel noch immer zu sehen war.

»Nep Nut«, knurrte er. »Innerst dich?«

»Inner was?«

»An mich!«

»Ja. Nep Nut. Genau wie du gerade gesagt hast. Hör zu, ich habe jetzt keine Zeit zum Quatschen …«

Ein flatterhaftes Wedeln mit einer knorrigen Hand. »Wir'n wissen! Hast die Edur gebissen! Wir'n wissen, alles.« Ein gekrümmter Finger stupste Buddl an. »Hörssu. Du. Verbraucht. Un' das's schle-echt. Schle-echt. Wir sterben alle. Deinswegen!«

»Oh, danke dafür, du durchgekaute Wurzel! Wir haben nicht die malerische Strecke genommen wie ihr Dreckskerle, verstehst du. Genau genommen sind wir nur meinetwegen so weit gekommen!«

»Plaah! Fiedel isses. Die Fiedel von euerm Sergeant! Hörssu das Lied, verstehs – es iss noch nich' fertig-fertig. Iss noch nich' fertig-fertig! Hah!«

Buddl starrte den Magier an. »Das ist also das, was passiert, wenn man in der Nase bohrt, aber nie wieder was reinstopft, ja?«

»Reinstopf'n! Hihi! Wennschon, Bubbl, du bis' der Grund, dass wir alle sterben, so weissich weiß.«

»Und was ist mit diesem Lied, das noch nicht fertig ist?«

Ein kunstvolles Schulterzucken. »Werweiß schon, wann, hm? Werweiß?«

Und dann stand plötzlich Fiedler am Tisch. »Buddl, jetzt ist nicht der geeignete Augenblick für eine verdammte Unterhaltung, beim Vermummten. Raus auf die Straße mit dir, und tu so, als ob du wach wärst, verdammt – wir werden demnächst aus diesem Dorf rausstürmen wie eine Bhederin-Herde.«

*Ja, klar, und dann hüpfen wir fröhlich von der Klippe.* »Ich habe diese Unterhaltung nicht angefangen, Sergeant.«

»Schnapp dir deine Ausrüstung, Soldat.«

Koryk stand bei den anderen von seinem Trupp – mit Ausnahme von Buddl, der sich ganz offensichtlich für was Besonderes hielt oder so – und sah die vorderen Einheiten der Marschkolonne am Ende der Hauptstraße auftauchen, eine dunklere Masse mitten im letzten, hartnäckigen Griff der Nacht. Niemand saß auf einem Pferd, wie er sah, was nicht sonderlich überraschend war. Für Keneb und seine sich am hinteren Ende der Invasionsarmee befindende Kompanie musste es schwer gewesen sein, Nahrung aufzutreiben, und so waren die Pferde eben in den Kochtopf gewandert – da hinten waren noch ein paar übrig, aber mit Ausrüstung beladen. Schon bald würde zähes, mageres Fleisch dem einheimischen Korn, das so schmeckte, wie Ziegenscheiße roch, einen anderen Geschmack hinzufügen.

Er konnte sein Herz spüren, wie es kräftig in seiner Brust hämmerte. Oh, es würde heute noch einen Kampf geben. Die Edur im Westen waren schon dabei, sie aufzurollen. Und voraus, auf dieser Seite der großen Hauptstadt, stand bestimmt eine Armee oder auch zwei. *Die nur auf uns warten – ist das nicht nett von ihnen?*

Fiedler tauchte drohend direkt vor Koryk auf und gab dem Halbblut einen Klaps seitlich auf den Helm. »Wach auf, verdammt!«

»Ich *war* wach, Sergeant!«

Aber das war schon in Ordnung. Sogar verständlich, dass Fiedler weiter die Reihe entlangging und jeden anfauchte. Schon klar, sie hatten in diesem Dorf viel zu viel getrunken, und kaum jemand hatte seine Gedanken so recht beisammen. Koryk selbst fühlte sich natürlich gut. Er hatte die meiste Zeit geschlafen, während die anderen die letzten Bierfässchen geleert hatten. Er hatte geschlafen, oh ja, denn er wusste, was kommen würde.

Die Seesoldaten von der Dritten Kompanie hatten anfangs den Reiz des Neuen gehabt, aber nicht lange. Sie hatten den leichten Weg genommen, und das wussten sie, und jetzt wussten es auch alle anderen, und es verlieh ihnen allen einen Blick, der besagte, dass sie immer noch was zu beweisen hatten, und dass diese kleine Hilfsaktion hier im Dorf nicht mal annähernd genug gewesen war. *Da müsst ihr euch erstmal zwischen ein paar hundert Edur mehr werfen, meine Süßen, bevor irgendjemand von uns außer Lächeln euch freundlich zunickt.*

An der Spitze der Marschkolonne, die nun angekommen war, befanden sich Faust Keneb und Sergeant Thom Tissy, zusammen mit Hauptmann Sort und Schnabel, ihrem hirnlosen Magier.

Keneb musterte die Trupps. »Die Sergeanten bitte zu mir«, sagte er dann.

Koryk sah Fiedler, Hellian, Gesler, Badan Gruk und Zimperlich zu ihm rübergehen und sich in einem Halbkreis vor der Faust aufstellen.

»Typisch«, murmelte Lächeln neben ihm. »Jetzt gibt's über uns alle 'nen Bericht. Vor allem über dich, Koryk. Oder glaubst du, irgendjemand hätte vergessen, dass du diesen Offiziellen in Malaz ermordet hast – weshalb sie auch alle wissen, dass du derjenige bist, auf den sie aufpassen müssen.«

»Ach, sei doch still«, murmelte Koryk. »Sie entscheiden einfach nur, welcher Trupp als erster draufgeht.«

Das reichte, um ihr erstmal die Sprache zu verschlagen.

»Ihr habt euch alle verdammt gut gehalten«, sagte Keneb leise, »aber jetzt wird die Sache ernst.«

Gesler schnaubte. »Habt Ihr etwa gedacht, das wüssten wir nicht, Faust?«

»Du hast immer noch die Angewohnheit, deine Vorgesetzten zu verärgern, wie ich sehe.«

Gesler grinste sein typisches Grinsen. »Wie viele Leute bringt Ihr mit,

Faust, wenn ich fragen darf? Es ist nämlich so, versteht Ihr, dass ich anfange, was zu riechen, und das, was ich da rieche, stinkt gewaltig. Wir kommen damit klar, wenn wir zwei zu eins in der Unterzahl sind. Sogar drei zu eins. Aber ich habe das Gefühl, dass wir so ungefähr ... wie stark unterlegen sein werden? Zehn zu eins? Zwanzig? Nun, vielleicht habt Ihr uns ja ein bisschen neue Moranth-Munition mitgebracht, aber wenn Ihr nicht vier oder fünf Wagen voll am Ende der Marschkolonne versteckt habt, dann wird es nicht reichen ...«

»Das ist nicht unser Problem«, sagte Fiedler, während er sich eine Nisse aus dem Bart klaubte und zwischen seinen Zähnen zerknackte. »Es werden Magier da sein, und ich weiß genau, dass unsere ziemlich verbraucht sind, Faust. Sogar Buddl, und das sagt schon viel.« Er starrte Schnabel düster an. »Worüber lachst du eigentlich, im Namen des Vermummten?«

Schnabel sackte in sich zusammen, versuchte, sich hinter Faradan Sort zu verstecken.

Hauptmann Sort schien sich mühsam zu beherrschen. »Hör zu, Fiedler, vielleicht weißt du nichts über diesen Magier hier, aber ich kann dir versichern, dass er Kampfmagie beherrscht. Schnabel, kannst du dich in dem, was kommen wird, behaupten?«

Die Antwort war ein leises Gemurmel. »Ja, Hauptmann. Ihr werdet sehen. Alle werden es sehen, denn ihr seid alle meine Freunde, und Freunde sind wichtig. Sie sind das Wichtigste auf der Welt. Und ich werde es euch zeigen.«

Fiedler zuckte zusammen und sah weg, blinzelte dann. »Scheiße, es wird allmählich hell.«

»Marschformation«, befahl Keneb, und wie Fiedler bemerkte, sah die Faust jetzt schon alt aus, verdammt. »Wir werden alle hundert Schritt in den Laufschritt wechseln – nach allem, was ich weiß, werden wir nicht allzu weit gehen müssen.«

»Nur so weit, bis es auf dem Weg vor uns von Feinden wimmelt«, sagte Gesler. »Hoffentlich wird das dann zumindest in Sichtweite von Letheras sein. Ich würde gerne die verdammten Mauern sehen, bevor ich ins Gras beiße.«

»Das reicht, Sergeant. Wegtreten.«

Fiedler reagierte nicht auf Geslers Grinsen, als sie wieder zu ihren Trupps unterwegs waren.

»Na, komm schon, Fid. All deine Fähigkeiten müssten doch im Moment das Gleiche rufen.«

»Ja, klar, sie schreien dich alle an, dass du dein verdammtes Maul halten sollst, Ges.«

Corabb Bhilan Thenu'alas hatte beinahe mehr Waffen zusammengesucht, als er tragen konnte. Vier der besseren Speere, zwei Wurfspieße. Ein einschneidiges Schwert, das ein bisschen wie ein Krummsäbel aussah; ein feines, gerades letheriisches Langschwert mit einer sich scharf verjüngenden Spitze, die vormals stumpf und entsprechend abgefeilt worden war; zwei dolchähnliche Messer und einen Gurt mit Ausweidemessern. Auf den Rücken hatte er sich einen letheriischen Schild aus Holz, Leder und Bronze geschlungen. Außerdem trug er noch eine Armbrust und siebenundzwanzig Bolzen. Und einen Fetzer.

Sie waren unterwegs zu ihrem letzten Gefecht, wie er sehr wohl wusste, und das würde heldenhaft werden. Es würde so sein, wie es mit Leoman von den Dreschflegeln hätte sein sollen. Sie würden Seite an Seite stehen, Schulter an Schulter, bis niemand mehr am Leben war. Und noch in vielen Jahren würden Lieder von diesem heraufdämmernden Tag gesungen werden. Und neben vielen anderen Geschichten würde es auch die Geschichte eines Soldaten geben, der Speere und Wurfspieße und Schwerter und Messer schwang, und zu dessen Füßen sich die Leichen türmten. Ein Krieger, der aus dem Reich der Sieben Städte gekommen war, ja, der von abertausend Meilen entfernt hierhergekommen war, um dem Großen Aufstand in seinem Heimatland zum angemessenen Ende zu verhelfen. Wieder war er ein Rebell, in der für vogelfrei erklärten Vierzehnten Armee, deren Soldaten jetzt die Knochenjäger genannt wurden, und deren Knochen begehrt sein würden, oh ja, wegen ihrer magischen Fähigkeiten, weshalb sie auch auf den Märkten für goldene Münzstapel verkauft werden würden. Vor allem Corabbs eigener Schädel, der größer war als alle anderen, und der einst einen gewaltigen Verstand beherbergt hatte, einen Verstand voller Genialität und anderer großartiger Gedanken. Ein Schädel, den sich nicht einmal ein König leisten konnte, oh ja, vor allem mit der Schwertklinge oder der Speerspitze, die durch ihn hindurchging – ein dauerhaftes Andenken an Corabbs spektakulären Tod, den Tod des letzten Seesoldaten …

»Um des Vermummten willen, Corabb«, bellte Krake hinter ihm, »ich muss jetzt mehr Speerspitzen ausweichen als in einem Glockenschlag! Trenn dich von ein paar von den Dingern, ja?«

»Das kann ich nicht«, antwortete Corabb. »Ich werde sie alle brauchen.«

»Nun, das überrascht mich nicht, wenn ich daran denke, wie du mit deinen Waffen umgehst.«

»Es wird jede Menge Feinde geben, die getötet werden müssen, ja.«

»Dieser letheriische Schild ist so gut wie nutzlos«, sagte Krake. »Das solltest du doch mittlerweile wissen, Corabb.«

»Wenn er zerbricht, werde ich einen anderen finden.«

Er freute sich so sehr auf die bevorstehende Schlacht. Das Geschrei, das Kreischen der Sterbenden, das Entsetzen der Feinde, wenn sie zurücktaumelten, wieder und wieder zurückgeschlagen wurden. Die Seesoldaten hatten ihn sich verdient, oh ja. Den Kampf, auf den sie alle gewartet hatten, direkt vor den Mauern von Letheras – und die Bürger würden auf diesen Mauern stehen, um voller Verwunderung, voller Erstaunen, voller Ehrfurcht zuzusehen, wie Corabb Bhilan Thenu'alas eine Wildheit entfesselte, als wollte er die Seele eines jeden Zuschauers versengen …

Also *das* Zeug würde Hellian nie wieder trinken. Es war, als wäre man gleichzeitig krank, immer noch betrunken und durstig und würde dabei auch noch halluzinieren. Fast so schlimm wie in jener Nacht auf dem Paralt-Festival in Kartool, wo alle diese Leute riesige Spinnenkostüme getragen hatten und Hellian in kreischender Raserei versucht hatte, sie alle niederzustampfen.

Jetzt schleppte sie sich im körnigen Halbdunkel der Morgendämmerung an der Spitze ihres erbärmlichen Trupps dahin, und aus den Gesprächsfetzen, die trotz ihres gegenwärtigen, kaputten Zustands zu ihr durchdrangen, reimte sie sich zusammen, dass die Edur direkt hinter ihnen waren, wie zehntausend riesige Spinnen, mit Fängen, die vorschnellen und unschuldige Möwen und entsetzte Frauen packen konnten. Und was noch schlimmer war, diese verdammte Marschkolonne marschierte direkt auf ein riesiges Spinnennetz zu, das darauf erpicht war, sie alle einzufangen.

In der Zwischenzeit waren da die Halluzinationen. Ihr Korporal, der sich zweiteilte, beispielsweise. Der eine hier, der andere da, und beide sprachen zur gleichen Zeit, aber sie sagten nicht dasselbe und sprachen nicht mal mit der gleichen Stimme. Und was war mit diesem rehäugigen Idioten mit dem dummen Namen, der jetzt immer dicht um sie herumlungerte? Scheiteltorf? Schädeldocht? Wie auch immer, sie war locker zehn Jahre älter als er, vielleicht sogar mehr, zumindest sah es so aus, weil er so eine glatte Haut und ein Kindergesicht hatte, das ihn wie – bei den Göttern – vierzehn oder so aussehen ließ. Vollkommen atemlos, mit irgendeiner bizarren Geschichte, von wegen, dass er ein Prinz wäre und der Letzte der königlichen Linie, und dass er seinen Samen aufsparen würde, um ihn in vollkommenen Boden zu pflanzen, wo keine Kakteen wüchsen, und jetzt wollte er … wollte er was? Sie war sich nicht ganz sicher, aber er setzte alle möglichen ekligen Gedanken in ihrem Kopf in Gang, vor allem den überwältigenden Wunsch, den Jungen so übel zu verderben, dass er nie wieder würde geradeaus schauen können, nur um zu beweisen, dass sie keine war, der jemand blöd kommen konnte, ohne hinterher selbst völlig verkorkst zu sein. Dann lief es vielleicht alles auf Macht hinaus. Die Macht, Unschuld zu zermalmen, und das war doch etwas, das sogar eine entsetzte Frau tun konnte, oder?

Sie kamen durch ein weiteres Dorf, und oh – das war kein gutes Zeichen. Es war systematisch dem Erdboden gleichgemacht worden. Alle Gebäude waren nur noch Geröll. Armeen taten so was, um Deckungsmöglichkeiten zu entfernen, um dem Gegner die Chance zu nehmen, Schanzen zu errichten und all diese Dinge. Hinter dem Dorf gab es auch keine Bäume, nur einen ebenen Landstrich aus gepflügten Feldern, und die Hecken, die diese Felder normalerweise voneinander trennten, waren bis auf ein paar Strünke zurückgeschnitten worden, das Korn zu schwarzen Stoppeln verbrannt, und schon jetzt schoss die Morgensonne ihr tödliche Pfeile in den Schädel und zwang sie dazu, einen Schluck von ihren versiegenden Vorräten an Falari-Rum von den Transportschiffen zu nehmen.

Der sie einigermaßen zur Ruhe brachte, dem Vermummten sei Dank.

Ihre Korporale verschmolzen wieder zu einem, was ein gutes Zeichen war, und er deutete nach vorn und sagte etwas …

»Was? Warte mal, Heikel Atemlos, was sagst du da?«

»Der gegenüberliegende Hang, Sergeant! Siehst du die Armee, die da auf uns wartet? Siehst du sie? Bei den Göttern dort droben, wir sind erledigt! Tausende! Nein, schlimmer als Tausende …«

»Sei still! Ich kann sie ziemlich gut sehen …«

»Aber du schaust in die falsche Richtung!«

»Es spielt keine Rolle, ob in die eine oder die andere Richtung. Ich sehe sie immer noch, stimmt's? Und jetzt hör auf, mir auf die Pelle zu rücken und such Urb – ich muss ihn in der Nähe haben, damit ich dafür sorgen kann, dass er am Leben bleibt, der tollpatschige Trottel.«

»Er wird nicht kommen, Sergeant.«

»Worüber sprichst du gerade?«

»Es ist wegen Schädeltod, verstehst du? Er hat verkündet, dass er dir sein Herz geschenkt hat …«

»Sein was? Hör zu, du gehst jetzt hin und sagst dem Herzigen Tod, dass er seinen Schädel zurückhaben kann, weil ich ihn nicht will, aber ich werde seinen Schwanz nehmen, wenn wir damit fertig sind, all diese Dreckskerle zu töten, oder vielleicht auch schon vorher, wenn sich eine Gelegenheit bietet, aber in der Zwischenzeit schlepp mir Urb her, denn ich bin für ihn verantwortlich, verstehst du, weil ich ihn die Tempeltür hab eintreten lassen.«

»Sergeant, er wird nicht …«

»Wie kommt's, dass deine Stimme sich dauernd anders anhört?«

»Also«, sagte der Befehlshaber der letheriischen Streitkräfte, die auf der Hügelkette Position bezogen hatten, »da sind sie. Was schätzt Ihr, Sirryn Kanar? Unter tausend Mann? Ich nehme es an. Und dann den ganzen Weg von der Küste bis hierher. Außerordentlich.«

»Sie haben so lange überlebt«, sagte Sirryn und machte ein finsteres Gesicht, »weil sie nicht bereit sind, sich dem Kampf zu stellen.«

»Blödsinn«, erwiderte der Offizier, ein Veteran. »Sie haben auf die Weise gekämpft, in der sie kämpfen mussten, und das haben sie außergewöhnlich gut getan, wie Hanradi und seine Edur bestätigen würden. Weniger als tausend Mann, beim Abtrünnigen. Was könnte ich mit zehntausend von diesen Soldaten alles erreichen, Finadd. Pilott, Korshenn, T'roos, der Isthmus – wir würden alles erobern. Zwei Jahre, mehr wären nicht nötig.«

»Sei es, wie es sein mag«, sagte Sirryn, »wir sind kurz davor, sie alle zu töten, Preda.«

»Ja, Finadd«, sagte der Befehlshaber seufzend, »das sind wir …« Er zögerte und warf Sirryn dann einen merkwürdig hinterhältigen Blick zu. »Ich bezweifle, dass es viele Gelegenheiten geben wird, die Tiste Edur ausgiebig bluten zu lassen. Sie haben schließlich ihre Aufgabe erfüllt und müssen sich jetzt nur hinter diesen Malazanern eingraben – und wenn die armen Narren sich irgendwann absetzen, was sie tun werden, werden sie genau auf die Speere der Edur unter Hanradi zusteuern, und das wird dann das Ende sein.«

Sirryn Kanar zuckte die Schultern. »Ich verstehe immer noch nicht, wie diese Malazaner glauben konnten, tausend von ihren Soldaten würden ausreichen, unser Imperium zu erobern. Selbst mit ihren Sprengstoffen und so.«

»Ihr vergesst ihre beeindruckende Zauberei, Finadd.«

»Beeindruckend, wenn es darum geht, sie zu verbergen, sie vor unseren Streitkräften zu verstecken. Sonst nichts. Und jetzt haben solche Begabungen überhaupt keinen Nutzen mehr. Wir sehen unsere Feinde, Preda, und sie sind ungeschützt, und daher werden sie sterben.«

»Dann sollten wir am besten anfangen«, sagte der Befehlshaber ein bisschen schroff, während er sich umdrehte, um seine Magier nach vorne zu winken.

Unter ihnen, auf der ausgedehnten Ebene, die zum Todesstreifen für diese angreifende Armee – wenn man sie denn überhaupt so bezeichnen konnte – werden würde, begann die malazanische Marschkolonne sich eifrig neu zu gruppieren und eine kreisförmige Verteidigungsformation zu bilden. Der Befehlshaber gab einen undeutlichen Laut von sich. »Sie geben sich keinen Illusionen hin, Finadd, was? Sie sind erledigt, und sie wissen es. Und daher wird es keine Flucht, keinen wie auch immer gearteten Rückzug geben. Seht sie Euch an! Dort werden sie stehen, bis keiner mehr steht.«

Jetzt – in ihrer kreisförmigen Verteidigungsformation, fast genau im Zentrum des Todesstreifens – wirkte die gegnerische Streitmacht plötzlich erbärmlich klein. Der Befehlshaber warf einen Blick auf seine sieben Magier, die ganz oben, auf dem Kamm des Hügelzugs standen und mit dem Ende ihres Rituals begannen – an dem sie schon eine Woche arbeiteten. Dann sah er wieder zu dem fernen Häufchen Malazaner hinüber. »Der Abtrünnige möge ihren Seelen Frieden schenken«, flüsterte er.

Es war offensichtlich, dass Atri-Preda Bivatt – so ungeduldig sie zweifellos auch sein mochte – im letzten Moment beschlossen hatte, den Beginn der Schlacht hinauszuzögern und die Sonne ihren Angriff auf den Schlamm des Meeresgrunds fortsetzen zu lassen. Doch eine solche Verzögerung war leider nicht in Rotmaskes Sinn, und daher handelte er als Erster.

Die letheriischen Magier standen jeweils in einem sie schützenden Ring aus Soldaten, die übergroße Schilde trugen. Sie waren außer Bogenschussweite positioniert, aber Bivatt wusste dennoch um ihre Verwundbarkeit, vor allem, wenn sie mit ihrem Ritual zur Beschwörung von Macht beginnen würden.

Toc Anaster, der auf auf seinem Pferd saß, weil ihm das einen besseren Überblick gewährte, verspürte plötzlich einen heftigen, stechenden Schmerz im Narbengewebe seines fehlenden Auges, während sich gleichzeitig die Luft merkwürdig aufgeladen und fiebrig anfühlte, als die beiden Magier ihren Willen miteinander verbanden. Er vermutete, dass sie die Kontrolle nicht sehr lange aufrechterhalten konnten. Die Zauberei würde ausbrechen, würde freigelassen werden wollen. Um in schäumenden Wogen hinunter auf den Meeresgrund zu rollen und schließlich – eine blasenwerfende Spur zurücklassend – in die Reihen der Ahl zu krachen. Wo Krieger zu Hunderten, vielleicht zu Tausenden sterben würden.

Gegen so etwas konnten die wenigen Schamanen, über die Rotmaske verfügte, nichts ausrichten. Alles, was dem Stamm aus der großen Ebene einst Macht verliehen hatte, war zerrissen, durch die Vertreibung aus den angestammten Gebieten, die Schändung des heiligen Bodens und den Tod zahlloser Krieger, Alter und Kinder förmlich zerfetzt worden.

Die Kultur der Ahl war im Begriff, sich aufzulösen, wie Toc nun begriff, und wenn Rotmaske sie retten, wenn er sein Volk wieder aufleben lassen wollte, brauchte er heute einen Sieg – und daher würde er alles tun, um diesen Sieg zu erringen.

Und dazu gehörte auch die Opferung seiner K'Chain Che'Malle, sollte das notwendig werden.

Ungeachtet ihrer fremdartigen Rüstung, ungeachtet der angeschmolzenen Schwerter am Ende der Arme der K'ell-Jäger, ungeachtet ihrer stummen Sprache und ihres unerklärlichen Bündnisses mit Rotmaske von den Ahl waren die K'Chain Che'Malle Reptilien. Ihr Blut war kalt, und tief in ihren Hirnen ließen sich vielleicht uralte Erinnerungen finden, undeutliche Bilder eines vor-zivilisierten Daseins, einer Wildheit, eingewoben in einen Strang von Instinkten, und daher kreiste in dem kalten Blut die Geduld eines überlegenen Raubtiers.

Reptilien. *Verdammte Echsen.*

Etwa dreißig Schritt von der Stelle entfernt, wo die Magier und die sie beschützenden Soldaten standen, traf der Abhang auf das Ufer des alten Meeres; hier erstreckte sich der Schlamm zwischen Büscheln aus verschmiertem, flachgedrücktem Gras, und Regenwasser hatte Pfützen gebildet, ehe es langsam in den Schlammschichten versickert war.

Die K'Chain Che'Malle hatten sich in diesem Schlamm gesuhlt, wahrscheinlich bereits zu einem Zeitpunkt, als noch der Regen in der Dunkelheit herabgeprasselt war. So groß sie auch waren, hatten sie sich im Schlamm eingegraben, und zwar so geschickt, dass nichts auf ihre Anwesenheit hindeutete – zumindest nichts, was ein unbedachter Beobachter hätte entdecken können. Außerdem – wer hätte sich vorstellen können, dass so gewaltige Kreaturen sich einfach so unsichtbar machen konnten?

Rotmaske hatte die Stelle, wo die Magier sich positionieren würden, mehr oder weniger richtig erraten; tatsächlich hatte er Bivatt zu dieser Positionierung verleitet, von der aus die Wogen aus Magie mit dem größtem Effekt über seinen wartenden Krieger zusammenschlagen würden. Und so kam es, dass Sag'Churok und Gunth Mach, als sie sich aus dem Schlamm erhoben, ihre Opfer nicht allzu weit entfernt für den plötzlichen, vernichtenden Sturm hangauf fanden.

Entsetzensschreie, als die ebene Lehmschicht an der alten Küstenlinie zu explodieren schien – und dann rasten die dämonischen Kreaturen bereits den Hang hinauf, während der Schlamm noch von ihrem Rücken troff, und jede ging auf einen der Magier los.

Panikerfüllter Rückzug – die Wachen flohen, warfen Schilde und Schwerter weg und ließen die unglücklichen Magier ungeschützt zurück, die beide versuchten, ihre Zauberei zu entfesseln …

… nicht genügend Zeit, weil Sag'Churoks Klingen zuschlugen und der erste Magier in einer Explosion aus Blut und Fleisch zu verschwinden schien …

… nicht genügend Zeit, weil Gunth Mach hoch in die Luft sprang und mit gespreizten Krallen auf dem zweiten, sich duckenden Magier landete, ihn unter sich zermahlte …

Und dann wirbelten die Bestien herum, rasten auf einem Zickzackkurs zurück, während Pfeilsalven auf sie herabregneten. Die, die trafen, prallten ab, oder drangen – selten – durch die dicke, schuppige Haut, wo sie stecken blieben, bis sie sich durch die Bewegungen der Kreatur wieder lösten.

Nur wenige Augenblicke nach diesem unerwarteten, entsetzlichen Geschehen ertönten die Hörner der Letherii; es hörte sich an wie Wutschreie, und auf einmal begannen die Keile, sich den Hang hinunterzubewegen, und ein Schlachtlied stieg zum Himmel hinauf, um einen Marschrhythmus vorzugeben – aber die Töne, die aus den Kehlen erschütterter Soldaten drangen, klangen schrill …

*Und so einfach*, dachte Toc Anaster, *beginnt diese Schlacht.*

Hinter ihm tanzte Schwall in hämischer Raserei.

Und rief: *»Rotmaske! Rotmaske! Rotmaske!«*

Die Keile schoben sich auf den Meeresgrund hinaus und sackten sichtlich weg, als ihr Schwung nachließ. Zwischen ihnen bewegten sich die Bogenschützen, Plänkler und ein paar Einheiten Mittelschwerer Infanterie, und Toc sah Soldaten ausrutschen und fallen, sah sie keinen Halt finden, als sie ihn suchten, um Bogensehnen zu spannen – *Chaos.* Die Schwere Infanterie ganz vorne sank nun bis zu den Knien ein, und als der Rhythmus erst ungleichmäßig wurde und dann ganz zusammenbrach, stolperten die hinteren Reihen gegen die vor ihnen.

Eine zweite Reihe Hörner ertönte, sobald alle Keile ganz auf dem Meeresgrund waren, und jegliche Vorwärtsbewegung hörte auf. Es gab einen Augenblick relativer Stille, als die Keile sich neu formierten, und dann drang ein neues Lied aus den Kehlen der Soldaten, und dieses Mal klang das Lied nicht so schrill, sondern tiefer, sicherer, und es hatte einen langsameren Rhythmus, einen langgezogenen Takt, der perfekt zu einem Vorrücken passte, das Schritt um Schritt – mit jeweils einer Pause dazwischen erfolgte.

Toc gab ein bewunderndes Knurren von sich. Dies war tatsächlich beeindruckende Kontrolle, und es sah aus, als funktionierte es.

*Sie werden die Reihen der Ahl in Formation erreichen. Trotzdem haben sie immer noch keinen festen Boden unter den Füßen, um die Schilde abzustützen oder die Waffen mit voller Kraft zu schwingen. Bei den Göttern, das hier wird blutig werden.*

Trotz all seines Einfallsreichtums war Rotmaske nach Tocs Einschätzung kein taktisches Genie. Hier hatte er alles getan, was er tun konnte, um den Ahl einen Vorteil zu verschaffen, und dabei die nötige Tüchtigkeit gezeigt. Ohne die K'Chain Che'Malle wäre diese Schlacht vielleicht schon vorüber gewesen. Jedenfalls konnte Rotmaskes zweite Überraschung niemanden mehr besonders überraschen.

Natarkas, dessen Gesicht unter seiner roten Maske schweißnass war, ließ sein Pferd in einen leichten Galopp fallen. Eine Woge aus Donner begleitete ihn – zweitausend ausgesuchte Krieger, die mit ihm über die Ebene ritten. Als der leichte Galopp zum vollen wurde, wurden Lanzen angelegt und Schilde gehoben, um Lenden, Hüften und Brust zu schützen.

Natarkas hatte seine Reiterei in der Nacht durch den Regen geführt, zuerst nach Osten, weg vom Meeresgrund, dann nach Norden, und schließlich – als das erste Schimmern des Zwielichts an der Dunkelheit leckte – nach Westen.

Bei Tagesanbruch hatten sie sich eine Meile hinter den letheriischen Streitkräften aufgestellt. In einer Keilformation, mit Natarkas selbst im Zentrum der sechsten Reihe. Und so warteten sie auf die ersten Kampfgeräusche.

Rotmaskes Anweisungen waren klipp und klar gewesen. Wenn die Kundschafter des Feindes sie entdeckten, sollten sie warten, und sogar noch länger warten, sollten mindestens zwei Umdrehungen des Rades lang auf die Kampfgeräusche lauschen. Wenn sie glaubten, dass sie noch nicht entdeckt waren – wenn immer noch die Möglichkeit bestand, den Feind überraschen zu können –, sollte Natarkas mit seiner Reiterei unverzüglich – sobald die Kampfgeräusche begannen – die rückwärtigen Einheiten der feindlichen Streitkräfte angreifen – bei denen es sich zweifelsohne um die Tiste Edur handeln würde. Von diesen Anweisungen durfte er auf gar keinen Fall abweichen.

Bei Tagesanbruch waren seine eigenen Kundschafter zu Natarkas gekommen und hatten ihm berichtet, dass sie von einer berittenen Truppe Edur entdeckt worden waren. Und er dachte an das, was Rotmaske in der Nacht zuvor zu ihm gesagt hatte. *»Natarkas, verstehst du, warum ich will, dass ihr abwartet, wenn ihr entdeckt werdet? Warum ihr nicht sofort angreifen sollt? Nein? Dann werde ich es dir erklären. Wenn ihr entdeckt werdet, muss ich in der Lage sein, das in der Schlacht auf dem Meeresgrund für mich nutzbar zu machen. Ihr müsst zumindest zwei Umdrehungen des Rades abwarten, dürft nichts tun. Dies wird dafür sorgen, dass die Tiste Edur ihre Position nicht verlassen können. Vielleicht wird es sogar dazu kommen, dass die Reiterei aus Blaurose aus der Schlacht abgezogen wird – und sollten sie sich euch nähern, dann verleite sie dazu, euch zu verfolgen – locke sie weg, ja, locke sie immer weiter weg. Kämpft nicht gegen sie, Natarkas! Ihr würdet zerfetzt werden! Sorge dafür, dass ihre Pferde vollkommen erschöpft sind – sie werden dann keine Rolle mehr spielen, verstehst du, und Bivatt wird sie nicht einsetzen können. Das ist wichtig! Hast du meine Befehle verstanden?«*

Ja, er hatte sie verstanden. Wenn ihr Angriff nicht überraschend erfolgen konnte, sollte er seine Ahl … wegführen. Wie Feiglinge. Aber sie hatten schon früher die Rolle von Feiglingen übernommen, und dieses Wissen brannte schmerzhaft in seinem Herzen. Und loderte jedes Mal zu heller Agonie auf, wenn er den Mezla sah – Toc Anaster, ja, den einäugigen Fremden, den lebenden Beweis für eine Zeit, in der eine solche Dunkelheit über die Ahl gekommen war, dass Natarkas kaum Luft bekam, wenn er nur daran dachte.

Und er wusste, dass die Krieger an seiner Seite das Gleiche empfanden. Diese innere Leere, dieses schreckliche Verlangen, etwas zu tun, die Vergangenheit auf die einzige Weise, die ihnen jetzt noch geblieben war, zurückzuweisen.

Ja, sie waren gesehen worden.

Aber sie würden nicht weglaufen. Und sie würden auch nicht warten. Sie würden auf die Kampfgeräusche zureiten. Sie würden den verhassten Feind sichten, und sie würden angreifen.

*Erlösung. Kennst du dieses Wort, Rotmaske? Nein? Nun, dann werden wir dir zeigen, was es bedeutet.*

»Schwester Schatten, sie kommen.« Brohl Handar zurrte seinen Helmriemen fest. »Macht eure Speere bereit!«, rief er seinen Kriegern zu, und entlang der Frontlinie senkten sich zwei Reihen tief die Spitzen der Speere. Die vorderste Reihe kniete, ihre Speerspitzen zielten in Brusthöhe der sich nähernden Pferde, während die Reihe dahinter stehen blieb, zum Zustoßen bereit. »Schilde vor!« Die dritte Reihe schob sich einen halben Schritt vorwärts, um ihre Schilde zwischen den Waffenarmen der Krieger in der zweiten Reihe in Position zu bringen.

Brohl wandte sich an einen seiner Melder. »Teile der Atri-Preda mit, dass wir uns hier einem Kavallerie-Angriff gegenübersehen und dass ich ihr den ausdrücklichen Rat gebe, die Blaurose-Einheiten aufsitzen und zu einer Attacke von der Flanke her ausrücken zu lassen – je eher wir mit der Geschichte hier fertig sind, desto eher können wir uns in die Schlacht auf dem Meeresgrund stürzen.«

Er schaute dem Jungen hinterher, als der losrannte.

Ihm war klar, dass die Keile inzwischen unten auf dem Meeresgrund waren und langsam – Schritt um verzögerten Schritt – vorrückten, wie Bivatt es sich in Anbetracht des schlammigen Untergrunds ausgedacht hatte. Vermutlich näherten sie sich bereits den Reihen der Ahl, auch wenn der Zusammenstoß noch nicht erfolgt war. Für jenen Augenblick hatte die Atri-Preda eine andere Taktik, und Brohl Handar wünschte ihr Glück dabei.

Mit dem Tod der Magier hatte die heutige Schlacht grimmig begonnen, aber wenn überhaupt, war die Zuversicht des Aufsehers seither eher gestiegen.

*Die Narren greifen uns an! Sie greifen einen Wald aus Speeren an! Das ist Selbstmord!*

Und ihm wurde klar, dass sie die Sache endlich, endlich zu Ende bringen konnten. Dass dieser absurde Krieg tatsächlich endlich ein Ende finden konnte. Wenn dieser Tag vorüber war, würde kein Ahl mehr am Leben sein. Kein einziger.

Donnernde Hufschläge. Mit gesenkten Lanzen rückten sie näher, die Pferde mit ausgestreckten Hälsen, die Krieger flach auf sie geduckt – näher, näher … und dann plötzlich … *Chaos.*

Kein Pferd konnte dazu gebracht werden, in einen Wald aus Speeren zu stürmen. Inmitten der Lanzenreiter der Ahl waren berittene Bogenschützen, und als die Reiter sich den Edur bis auf hundert Schritt genähert hatten, stellten diese Bogenschützen sich in ihren Steigbügeln auf und schossen eine Salve aus Pfeilen ab.

Die Edur in der ersten Reihe, die knieten und die Enden der Speerschäfte auf dem Boden abstützten, hatten sich ihre rechteckigen letheriischen Schilde gegen die Schulter gelehnt – viel mehr konnten sie mit beiden Händen am Speerschaft nicht tun. Die direkt hinter ihnen waren besser geschützt, aber die Speerhecke, wie die Letherii sie nannten, war verwundbar.

Krieger schrien auf, wurden von Pfeilen getroffen herumgerissen. Unruhe durchlief die Reihe, die plötzlich waberte und wankte und ausfranste.

Man konnte Pferde nicht dazu bringen, in einen Wald aus Speeren zu stürmen. Aber wenn sie entsprechend ausgebildet waren, konnte man sie dazu bringen, in eine Menschenmenge zu stürmen. Und über diejenigen, die immer noch Speere hielten, die auf ihre Brust zielten, hinwegzuspringen.

Eine zweite Pfeilsalve folgte bei etwa vierzig Schritt. Eine dritte bei zehn Schritt. Als der eigentliche Ansturm erfolgte, war die den Ahl zugewandte Seite des Edur-Karrees nur noch ein zerfetztes Durcheinander. Tiere sprangen in die Luft, versuchten, den ersten Speeren zu entgehen, nur, um mit anderen eisernen Speerspitzen Bekanntschaft zu machen – aber diese waren nicht auf dem Boden abgestützt, und während manch gezackte Schneide Lederplatten und das Fleisch darunter zerfetzte, wurden viele zur Seite abgelenkt oder weggestoßen. Durch die Lücken in der Frontlinie stürmten die Pferde in die Reihen der Edur, schleuderten Krieger beiseite und zertrampelten andere. Lanzen stießen in zurückweichende Körper, prallten von verzweifelt hochgerissenen Schilden ab, zerfetzten Gesichter und Kehlen in einem Blutschwall.

Brohl Handar, der sich hinter dem Edur-Karree befand, starrte voller Entsetzen auf das Geschehen, als der ganze Block aus Arapay-Kriegern erst zurückzuzucken, dann zurückzuweichen und sich schließlich unaufhaltsam von der den Ahl zugewandten Seite her nach innen zu falten schien.

Der Keil aus berittenen Ahl war tief vorgestoßen und barst nun förmlich inmitten des in Unordnung geratenen Karrees. Der Aufprall hatte Krieger zurückgedrängt, so dass sie auf diejenigen hinter ihnen geschoben worden waren – ein Effekt, der als wellenförmige Bewegung die ganze Formation durchlief.

Die Ahl, die sich inmitten der dicht gedrängten, stolpernden Edur befanden, schwangen mittlerweile Schwerter, da ihre Lanzen zerbrochen, zersplittert oder in Leichen stecken geblieben waren. Vor Raserei kreischend hackten die Wilden nach allen Seiten.

Pferde stürzten, traten im Todeskampf wild um sich. Speere stießen aufwärts, um Ahl-Krieger aus dem Sattel zu heben.

Das Karree war ein Ort brodelnden Wahnsinns.

Noch mehr Pferde stürzten, während andere trotz der lauten Befehle ihrer Reiter zurückwichen. Immer mehr Speere stocherten Reiter aus dem Sattel, Gruppen von Kriegern umringten einzelne Angreifer.

Plötzlich versuchten die Ahl sich zurückzuziehen, und nun drängten die Edur-Krieger ihrerseits nach; die Flanken des Karrees rückten vor, um die Angreifer zu umzingeln.

Irgendjemand rief Brohl Handar etwas zu. Irgendjemand an seiner Seite, und als er sich umdrehte, erkannte er einen seiner Melder.

Der wild gestikulierend nach Westen deutete.

Wo sich die Reiterei aus Blaurose formierte.

Brohl Handar starrte auf die fernen Reihen, die in der Sonne glitzernden, hoch erhobenen Lanzenspitzen, die Pferde, die die Köpfe hoben und zurückwarfen, und dann riss er sich zusammen. »Gib das Signal, die Reihen zu schließen! Das Karrree folgt den Ahl nicht! Schließt die Reihen und lasst den Feind sich zurückziehen.«

Augenblicke später ertönten die Hörner.

Die Ahl begriffen es nicht. Sie waren bereits kopflos vor Angst, und das plötzliche Zögern der jetzt vorrückenden Edur kam ihnen wie eine günstige Gelegenheit vor. Einzig und allein darauf bedacht, sich aus dem Gefecht zu lösen, wichen die Reiterkrieger zurück – zwanzig Schritt –, Bogenschützen drehten sich im Sattel, um Pfeile abzuschießen – vierzig, fünfzig Schritt, und ein kupfergesichtiger Offizier brüllte seine Truppen an, sich neu zu formieren, um einen weiteren Angriff durchführen zu können – und dann war da plötzlich ein Donnern im Westen, und der maskierte Krieger drehte sich im Sattel um und sah den eigenen Tod auf seine ungeordneten Krieger herabkommen.

Seinen Tod, und den seiner Krieger.

Brohl Handar beobachtete, wie der Anführer verzweifelt versuchte, seine Truppen herumschwenken zu lassen, sie neu auszurichten, die müden, blutigen Tiere und ihre ebenso müden Reiter ihrerseits zum Angriff zu treiben – doch es war zu spät. Angsterfüllte Schreie ertönten, als immer mehr Krieger erblickten, was auf sie zukam. Das Durcheinander wurde noch größer, und dann lösten sich Reiter aus dem Pulk und flohen …

Zugleich rasten die Lanzenreiter aus Blaurose in sie hinein.

Brohl Handar blickte auf seine Arapay hinunter – *Schwester Schatten, wir sind ganz schön verwundet worden.* »Gib das Signal zum langsamen Vorrücken!«, befahl er, machte einen Schritt nach vorn und zog sein Schwert. »Wir werden zu Ende bringen, was die Blaurosen angefangen haben.« *Ich will diese elenden Dreckskerle. Will sie alle bis zum letzten verdammten Mann. Will sie schreien hören, während sie durch unsere Klingen sterben!*

Tief in seinem Innern erwachte etwas Dunkles, Wildes zum Leben. Oh, das Töten würde eine Freude sein. Hier. Jetzt. *Was für eine Freude.*

Als der Angriff der Lanzenreiter aus Blaurose über die Reiterei der Ahl hinwegrollte, wurde Natarkas – der immer noch seine Befehle brüllte herumzuschwenken – von einer Lanze mit breitem Stichblatt seitlich am Kopf getroffen. Die Spitze bohrte sich knapp unter seiner linken Schläfe, unterhalb des mit Bronzestreifen gebänderten Helms, in seinen Schädel. Sie zerschmetterte den Knochen, ebenso wie das Jochbein und die Augenhöhle. Grub sich noch tiefer, durch Hirnmasse und Nasenhöhle.

Schwärze wogte in seinem Geist auf.

Während er zur Seite kippte – herumgerissen, als die Lanze wieder aus seinem Schädel austrat –, geriet das Pferd unter ihm angesichts der Wucht, mit der das Reittier des Angreifers gegen es prallte, ins Stolpern; als das Gewicht von Natarkas' Körper von seinem Rücken rollte, schoss es davon, auf der Suche nach einem Ort, der weit weg war von diesem Gemetzel, diesem Entsetzen.

Auf einmal lag die Ebene offen vor ihm, zwei andere reiterlose Pferde rasten vor ihm dahin, die Köpfe im Gefühl plötzlicher Freiheit hoch erhoben.

Natarkas' Pferd rannte hinter ihnen her.

Das Chaos in seinem Herzen legte sich, verblasste und schwand mit jedem jubilierenden Atemzug, den das Tier in die schmerzende Lunge sog.

*Frei!*

*Nie wieder! Frei!*

*Nie wieder!*

Auf dem Meeresgrund rückten die Keile aus Schwerer Infanterie immer weiter vor, während nun pausenlos Pfeilsalven auf sie niederhagelten. Die Pfeile prallten auf erhobene Schilde, glitten von Helmen und Visieren ab, bohrten sich in Lücken in Rüstungen – und gelegentlich trafen auch welche, die woanders abgeprallt waren. Soldaten schrien auf, stolperten, gewannen das Gleichgewicht zurück oder wollten stürzen – doch Letztere wurden plötzlich auf beiden Seiten von Händen gepackt, und Körper drängten sich heran, hielten sie aufrecht, während ihre Füße nachschleiften, während das Leben dem aufgewühlten Matsch unter ihnen sein blutrotes Geschenk darbrachte. Diese Hände begannen dann, die Toten und die Sterbenden vorwärtszuschieben, durch die Reihen. Hände, die nach hinten griffen, zupackten, zogen und zerrten, und dann weiterschoben in noch mehr wartende Hände.

Und die ganze Zeit ging der Gesang weiter, markierte der verzögerte Takt jeden Schritt.

Zwölf Schritte waren sie noch von den Ahl auf ihren Inseln aus trockenem Untergrund entfernt, konnten jetzt schon in Gesichter schauen, die brennenden Augen sehen, in denen Furcht oder Wut loderten.

Das langsame Vorrücken musste die wartenden Ahl einfach verunsichern. Menschliche Speerspitzen, die sich immer näher heranschoben. Gewaltige stählerne Fänge, die unerbittlich näher rückten – Schritt, Pause, Schritt, Pause, Schritt.

Und jetzt, noch acht Schritte entfernt, wurden mit Pfeilen gespickte Leichname von den vordersten Reihen nach vorne geworfen; die Leichen fielen der Länge nach in den Schlamm. Da und dort folgten Schilde. Stiefel senkten sich auf diese Dinge, drückten sie in den Schlamm.

Leichen und Schilde, die in einem anscheinend nie endenden Strom erschienen.

Und auf den letzten sechs Schritten einen festen Untergrund aus Fleisch, Leder, Holz und Rüstungen erschufen.

Wurfspieße flogen in die Keile, trieben Soldaten zurück und ließen sie zu Boden gehen – und dann wurden ihre Leichen mit abschreckender Gleichgültigkeit nach vorne geworfen. Die Verwundeten verbluteten. Die Verwundeten ertranken schreiend im Schlamm. Und jeder Keil schien sich selbst aus dem Schlamm in die Höhe zu heben, ohne dass der Gleichschritt sich änderte.

Vier Schritte. Drei.

Und dann stürmten die Spitzen der gewaltigen Keile plötzlich laut brüllend vorwärts.

Hinein in eine Masse aus menschlichen Körpern, aufgestellten Schilden, Speeren. In die Ahl.

Jeder Einzelne träumte vom Sieg. Von Unsterblichkeit. Und kein Einziger von ihnen würde nachgeben.

Glühend vor gieriger Hitze starrte die Sonne vom Himmel auf Q'uson Tapi herab, wo sich zwei Zivilisationen an die Kehle gingen und ineinander verbissen.

Ein letztes Mal.

Eine schicksalhafte Entscheidung vielleicht, aber jetzt hatte er sie nun einmal getroffen. Fiedler hatte alle Trupps um sich geschart, die im Dorf gewesen waren, und dann von einigen der etwas zerschundeneren Einheiten Kenebs die westliche Flanke ihrer an einen Schildkrötenpanzer erinnernden Verteidigungsformation übernommen. Daher standen sie jetzt nicht mehr Auge in Auge mit der letheriischen Armee und ihren Zauberern, die der Vermummte verfluchen sollte. Nein, jetzt warteten sie hier, und ihnen gegenüber sammelten sich die Tiste Edur.

War es Feigheit? Er war sich nicht sicher, und wenn er nach dem Ausdruck in den Augen der anderen Sergeanten ging – mal abgesehen von Hellian, die gerade mit vorläufig wenig Erfolg Schädeltod angegrabscht oder genauer gesagt, ihm in den Schritt gefasst hatte, ehe Zimperlich dazwischengegangen war –, waren die sich auch nicht sicher.

*Na schön, dann will ich also einfach nicht sehen, wie mein Tod auf mich heruntergerollt kommt. Ist das feige? Ja, klar, ganz egal, wie man es auch betrachtet, kann es eigentlich nichts anderes sein. Trotzdem – da ist immer noch dies: Ich habe keine Angst.*

Nein, alles, was er jetzt wollte – über das hinaus, was Hellian so offensichtlich wollte, natürlich –, also alles, was er wollte, war, kämpfend zu sterben. Das Gesicht des Dreckskerls zu sehen, der ihn umbrachte, um dann, wenn ihre Blicke sich ein letztes Mal kreuzten, all das weiterzugeben, was es bedeutete zu sterben – was es immer bedeutet haben musste und immer bedeuten würde … *was auch immer es sein mag, und dann wollen wir hoffen, dass ich es besser mache, wenn ich es den, der mich tötet, wissen lasse, was auch immer es sein mag – das heißt besser als diejenigen, in deren Augen ich geschaut habe, als sie durch meine Hand gestorben sind. Ja, doch, das scheint mir ein ausreichend würdiges Gebet zu sein.*

*Aber ich bete nicht zu dir, Vermummter.*

*Tatsächlich will ich verdammt sein, wenn ich weiß, zu wem ich bete – aber nicht einmal das spielt eine Rolle.*

Seine Soldaten gruben Löcher, sprachen aber nicht viel. Sie hatten einen Ranzen voller Moranth-Munition bekommen – darunter zwei zusätzliche Knaller –, und auch wenn das nicht annähernd genug war, ließ es doch ratsam erscheinen, Löcher zu graben, in denen sie kauern konnten, wenn die Fetzer, Knaller und der ganze Rest hochgingen.

Das alles, verdammt, unter der Annahme, dass es einen Kampf geben würde.

Viel wahrscheinlicher war allerdings, dass Magie über die Malazaner – über sie alle – hinwegschwappen und sie an der Kehle packen würde, während sie ihnen gleichzeitig ihre Haut, ihre Muskeln und ihre Organe wegbrannte, ja sogar die letzten verzweifelten, wütenden Schreie.

Fiedler schwor sich, dass sein letzter Schrei ein Fluch sein würde. Und noch dazu ein guter.

Er starrte zu den Reihen der Tiste Edur hinüber.

»Denen gefällt das alles auch nicht, weißt du«, sagte Krake, der neben ihm war.

Fiedler antwortete mit einem wortlosen Grunzen.

»Das da ist ihr Anführer, der Alte mit den gebeugten Schultern. Um den sind viel zu viele drumrum, die ihm viel zu viel Beachtung schenken. Ich habe vor, ihn zu erledigen, Fid – mit 'nem Knaller. Hör zu – hörst du überhaupt zu? Sobald diese Woge aus Magie sich in Bewegung setzt, sollten wir verdammt nochmal aufspringen und die Scheißkerle angreifen.«

Keine schlechte Idee, um ehrlich zu sein. Fiedler sah den Sappeur blinzelnd an und nickte. »Dann sag's weiter.«

In diesem Augenblick kam einer von Thom Tissys Soldaten zu ihnen getrabt. »Befehle von Faust Keneb«, sagte er und sah sich um. »Wo ist euer Hauptmann?«

»Sitzt sonstwo und hält Schnabels Hand«, antwortete Fiedler. »Du kannst deine Befehle mir mitteilen, Soldat.«

»In Ordnung. Haltet die Schildkrötenformation – rückt nicht gegen den Feind vor …«

»Das ist verdammt …«

»Das reicht, Krake!«, bellte Fiedler. Er nickte dem Melder zu und fragte: »Wie lange?«

Ein leerer Gesichtsausdruck war die Antwort auf diese Frage.

Fiedler winkte den Idioten weiter, drehte sich um und starrte wieder zu den Tiste Edur hinüber.

»Verdammt soll er sein, Fid!«

»Nur die Ruhe, Krake. Wir ziehen los, wenn wir müssen, alles klar?«

»Sergeant?« Buddl kam plötzlich aus dem Loch geklettert, das er gegraben hatte. Sein Gesicht wirkte angespannt. »Da … da geht etwas vor …«

In diesem Augenblick ertönte von dem Hügelgrat im Osten ein Laut, der einem das Blut erstarren lassen konnte – wie zehntausend Ankerketten, die vom Boden losgerissen wurden –, und eine Mauer aus bösartiger Magie erhob sich. Ganz dunkles Purpur mit karmesinroten Adern, und schwarze Zacken schossen wie Blitze um ihren Kamm, als sie höher und noch höher stieg …

»Bei den Eiern des Vermummten«, keuchte Krake mit weit aufgerissenen Augen.

Fiedler stand einfach nur da und glotzte. Dies war die Zauberei, die sie vor der Nordküste des Reichs der Sieben Städte gesehen hatten. Nur hatten sie damals den Schnellen Ben bei sich gehabt. Und Buddl hatte seine – er streckte einen Arm aus und zog den Magier zu sich heran. »Hör zu! Ist sie …«

»Nein, Fid! Nirgendwo! Seit wir gelandet sind, ist sie nicht mehr bei mir gewesen. Es tut mir leid …«

Fiedler stieß den Mann wieder zurück.

Die Mauer stieg immer noch höher.

Die Tiste Edur am westlichen Rand des Todesstreifens wichen plötzlich zurück.

*»Wir müssen jetzt gehen! Fiedler! Jetzt!«,* schrie Krake.

Aber er konnte sich nicht bewegen. Konnte nicht antworten, ganz egal, wie sehr der Sappeur ihn auch beschimpfte. Er konnte nur dieses Ding anstarren, indem er den Hals reckte, immer höher. Zu viel Magie. »Bei den Göttern dort droben«, murmelte er, *»das nenn ich mal Übermaß.«*

Vor dem da weglaufen? Keine Chance.

Krake zog ihn herum.

Fiedler sah ihn finster an und stieß ihn weg – so kräftig, dass der Sappeur ins Stolpern geriet. »Scheiß aufs Wegrennen, Krake! Glaubst du tatsächlich, wir könnten *davor* weglaufen?«

»Aber die Edur …«

»Es wird sie auch erledigen – kannst du das nicht erkennen?« *Es muss es einfach – niemand kann so was kontrollieren, wenn's erst mal entfesselt ist – niemand.* »Diese vom Vermummten verdammten Edur sind reingelegt worden, Krake!« *Oh ja, die Letherii wollten ihre Herren durchaus loswerden – sie wollten es nur nicht mit uns als ihren Verbündeten. Nein, sie werden es auf ihre Weise tun und beide Feinde zur gleichen Zeit erledigen …*

Dreihundert Schritt weiter westlich starrte Hanradi die Wand aus letheriischer Magie an. Und schlagartig begriff er. Er *begriff.*

»Wir sind verraten worden«, sagte er, ebenso zu sich selbst wie zu den Kriegern, die dicht bei ihm standen. »Dieses Ritual – daran ist seit Tagen gearbeitet worden. Vielleicht sogar seit Wochen. Sobald die Woge entfesselt wird …« *Die Vernichtung wird sich viele Meilen nach Westen erstrecken.*

*Was sollen wir tun?*

*Vater Schatten, was sollen wir tun?* »Wo sind meine K'risnan?«, wandte er sich plötzlich an seine Adjudanten.

Zwei Edur humpelten nach vorn. Ihre Gesichter waren aschfahl.

»Könnt ihr uns schützen?«

Keiner der beiden antwortete, und keiner der beiden wollte Hanradi in die Augen sehen.

»Könnt ihr nicht Hannan Mosag anrufen? Setzt euch mit dem Ceda in Verbindung, verdammt!«

»Du verstehst nicht!«, rief einer der einst so jungen K'risnan. »Wir – wir alle – sind aufgegeben worden!«

»Aber Kurald Emurlahn …«

»Ja! Es ist von neuem erwacht! Aber wir können es nicht erreichen! Und auch der Ceda kann es nicht!«

»Und was ist mit der *anderen* Macht? Mit dem Chaos?«

»Es ist fort! Geflohen!«

Hanradi starrte die beiden Hexer an. Er griff nach seinem Schwert und zog demjenigen, der ihm am nächsten war, die Klinge übers Gesicht; die Schneide grub sich in das Nasenbein und spaltete beide Augäpfel. Schreiend taumelte der Hexer rückwärts, die Hände vors Gesicht geschlagen. Hanradi trat einen Schritt vor und rammte der Kreatur sein Schwert in die verbogene, verwachsene Brust; das Blut, das aus der Wunde spritzte, war beinahe schwarz.

Hanradi zog die Waffe heraus und drehte sich zu dem zweiten Hexer um, der geduckt zurückwich. »Ihr Hexer«, sagte der einstige König mit knirschender Stimme, »seid der Grund für all das. Für all das.« Er trat einen Schritt näher. »Ich wollte, du wärst Hannan Mosag, und der würde jetzt so vor mir hocken …«

»Warte!«, schrie der K'risnan und deutete plötzlich nach Osten. »Warte! Einer tut was. Einer tut was!«

Hanradi drehte sich um, konzentrierte den Blick mit einiger Anstrengung auf die Malazaner – die Woge letheriischer Magie war so überwältigend, dass sich ein Schatten auf den gesamte Todesstreifen gesenkt hatte.

Von der eng zusammengedrängten Masse von Soldaten stieg ein schwach leuchtendes Glimmen auf. Silbrig und leicht pulsierend.

Hanradi lachte rau auf. »Das armselige Ding soll eine Antwort sein?« Er hob erneut sein Schwert.

»Nein!«, schrie der K'risnan. »Warte! Sieh doch, du dummer Narr! *Sieh doch!*«

Und so tat er es noch einmal.

Und sah, dass die Kuppel aus silbernem Licht sich entfaltete, sich ausbreitete, um die ganze Streitmacht zu umhüllen – und sie wurde dicker, wurde undurchsichtig …

Der letzte K'risnan packte Hanradi am Arm. »Hör mir zu! Es ist Macht – Vater Schatten! *Es ist Macht!*«

»Kann es standhalten?«, wollte Hanradi wissen. *»Kann es gegen die Letherii standhalten?«*

Er sah keine Antwort in den rot umrandeten Augen des K'risnan.

*Das kann es nicht – sieh doch, es ist immer noch winzig – im Vergleich zu der immer noch anschwellenden Woge …*

*Aber … es muss gar nicht größer sein, oder? Es umschließt sie alle.*

»Gebt das Signal zum Vorrücken!«, rief er. »Im Laufschritt!«

Weit aufgerissene Augen richteten sich auf Hanradi, der auf die funkelnde Kuppel aus ätherischer Macht deutete. »Zumindest können wir uns in ihren Schatten ducken! Und jetzt bewegt euch! Alle!«

Schnabel, der einst einen anderen Namen hatte – einen langweiligeren Namen –, hatte an jenem Nachmittag im Dreck gespielt, auf dem Fußboden der alten Scheune, zu der niemand mehr hinging, und die von den anderen Gebäuden des Anwesens weit entfernt war, so weit weg, dass er sich tatsächlich vorstellen konnte, er wäre allein in einer verlassenen Welt. Einer Welt ohne Probleme.

Er spielte mit den weggeworfenen Wachsklumpen, die er von dem Abfallhaufen am Fuß der rückwärtigen Mauer des Haupthauses gesammelt hatte. Die Wärme seiner Hände konnte ihre Gestalt verändern, es war wie Magie. Er konnte Gesichter aus den Klumpen formen und ganze Familien bauen, wie die Familien unten im Dorf, wo Jungen und Mädchen in seinem Alter an der Seite ihrer Eltern arbeiteten, und wenn sie nicht arbeiteten, spielten sie in den Wäldern und lachten immerfort.

So fand ihn sein Bruder. Sein Bruder mit dem traurigen Gesicht, das so ganz anders war als die Wachsgesichter, die er gerne machte. Er kam und trug eine Seilrolle, und stand einen Schritt hinter dem offenen Eingang, dessen weit aufgerissene Türen längst überwuchert waren.

Schnabel, der damals einen langweiligeren Namen gehabt hatte, sah, wie sich das Gesicht seines Bruders plötzlich verzog, als wäre er bestürzt oder hätte Schmerzen. Doch dann verschwand der Ausdruck wieder, und an seine Stelle trat ein schwaches Lächeln, was eine Erleichterung war, denn Schnabel hasste es immer, wenn sein Bruder wegging, um irgendwo zu weinen. Ältere Brüder sollten so etwas niemals tun, und wenn er älter wäre, nun, dann würde er so etwas niemals tun.

Sein Bruder kam zu ihm und sagte immer noch mit diesem leichten Lächeln auf den Lippen: »Du musst gehen, mein Kleiner. Nimm deine Spielsachen und geh nach draußen.«

Schnabel starrte ihn mit großen Augen an. So was hatte sein Bruder noch nie von ihm gewollt. Sein Bruder hatte sich diese Scheune immer mit ihm geteilt. »Willst du nicht mit mir spielen?«

»Jetzt nicht«, antwortete sein Bruder, und Schnabel sah, dass seine Hände zitterten, was bedeutete, dass es drüben, im Haupthaus, Ärger gegeben hatte. Ärger mit Mutter.

»Wenn du mit mir spielst, wird es dir besser gehen«, sagte Schnabel.

»Ich weiß. Aber jetzt nicht.«

»Später?« Schnabel fing an, seine wächsernen Dorfbewohner einzusammeln.

»Mal sehen.«

Es gab Entschlüsse, die sahen gar nicht aus wie Entschlüsse. Und Entscheidungen konnten sich einfach so ergeben, wenn niemand wirklich hinschaute, und so war es in der Kindheit, genauso wie es bei den Erwachsenen war. Die wächsernen Dorfbewohner im Arm stand Schnabel auf und ging nach draußen, hinaus ins Sonnenlicht. Sommertage waren immer wunderbar – die Sonne war so heiß, dass die Dorfbewohner vor Freude weinten, nachdem er sie auf dem alten Grenzstein aufgestellt hatte, der keinerlei Bedeutung mehr besaß.

Der Stein war ungefähr achtzehn von Schnabels kleinen Schritten entfernt, und er war an einer Ecke des Weges umgefallen, bevor der eine Kurve machte und sich zur Brücke und zum Bach hinuntersenkte, in dem kleine Fische lebten, bis er austrocknete, und dann starben sie, weil kleine Fische nur im Wasser atmen konnten. Schnabel hatte seine Spielzeuge gerade in einer Reihe aufgestellt, als er beschloss, seinen Bruder etwas zu fragen.

Sich ergebende Entschlüsse und Entscheidungen.

Was hatte er ihn fragen wollen? Er konnte sich nicht mehr daran erinnern. Die Erinnerung daran war verschwunden, zu nichts zerflossen. Es war ein sehr heißer Tag gewesen.

Als er den Eingang erreichte, sah er seinen Bruder – der am Rand des Dachbodens gesessen und die Beine hatte baumeln lassen – über die Kante gleiten, um auf den Boden zu fallen. Aber er fiel nicht bis ganz unten. Stattdessen hielt ihn das Seil um seinen Hals auf.

Und dann – während sein Gesicht dunkel anlief, seine Augen herausquollen und seine Zunge aus dem Mund drang – tanzte sein Bruder in der Luft, trat gegen die Speere aus hellem Sonnenlicht.

Schnabel rannte zu ihm hin – das Spiel, das sein Bruder mit dem Seil gespielt hatte, war schiefgegangen, und jetzt erstickte sein Bruder. Er schlang die Arme um die um sich tretenden Beine seines Bruders und versuchte mit all seiner Kraft, ihn hochzuhalten.

Und da stand er, und vielleicht schrie er, vielleicht aber auch nicht, denn dies war ein verlassener Ort, zu weit weg von irgendjemandem, der hätte helfen können.

Sein Bruder versuchte, ihn zu treten, damit er wegging. Die Fäuste seines Bruders schlugen auf Schnabels Schädeldecke ein, fest genug, dass es weh tat, aber nicht allzu sehr, denn die Hände konnten ihn kaum erreichen, klein wie er war, weil er ja immer noch jünger als sein Bruder war. Und so hielt er ihn einfach weiter fest.

Feuer erwachte in den Muskeln seiner Arme. In seinen Schultern. Seinem Nacken. Seine Beine zitterten, denn er musste auf den Zehenspitzen stehen – wenn er versuchte, seine Arme weiter unten, unterhalb der Knie seines Bruders, um dessen Beine zu schlingen, dann beugte sein Bruder einfach die Knie und fing wieder an zu ersticken.

Überall Feuer, überall in Schnabels Körper Feuer.

Seine Beine versagten. Seine Arme versagten. Und als sie es taten, erstickte sein Bruder. Pippi lief herunter, brannte an Schnabels Handgelenken und in seinem Gesicht. Die Luft war plötzlich voller übler Gerüche, und sein Bruder machte nie solche Sachen – so was wie diesen ganzen Schlamassel, diesen schrecklichen Fehler mit dem Seil.

Schnabel konnte ihn nicht mehr festhalten, und das war das Problem, wenn man ein jüngerer Bruder war, wenn man war, wie er. Und das Umsichtreten hörte schließlich auf, die Muskeln in den Beinen seines Bruders wurden weich, locker. Zwei Fingerspitzen einer Hand seines Bruders strichen leicht durch Schnabels Haare, aber sie bewegten sich nur, wenn Schnabel sich bewegte, also waren die Finger so reglos wie die Beine.

Es war gut, dass sein Bruder aufgehört hatte zu kämpfen. Er musste das Seil um seinen Hals gelöst haben und ruhte sich jetzt aus. Und das war gut, denn Schnabel war jetzt auf den Knien, die Arme eng um die Füße seines Bruders geschlungen.

Und dort blieb er.

Bis drei Glockenschläge nach der Abenddämmerung einer der Stallknechte des Suchtrupps mit einer Laterne in die Scheune kam.

Zu diesem Zeitpunkt hatte die Hitze der Sonne, die den ganzen Nachmittag geschienen hatte, alle seine Dorfbewohner verunstaltet, hatte ihre Gesichter zu Trauermienen verzogen, und Schnabel kehrte nicht zurück, um sie einzusammeln, formte sie nicht neu, mit netteren Gesichtern. Die Klumpen blieben auf dem Grenzstein liegen, der keinerlei Bedeutung mehr hatte, sanken in der Tag um Tag scheinenden Sonne in sich zusammen.

Nach jenem letzten Tag mit seinem Bruder gab es jede Menge Ärger im Haushalt. Aber das dauerte nicht lange, überhaupt nicht lange.

Er wusste nicht, warum er jetzt an seinen Bruder denken musste, als er jede Kerze in seinem Innern in Brand setzte, um die Welt hell zu machen und all seine Freunde zu retten. Und binnen kurzer Zeit konnte er niemanden mehr wahrnehmen, abgesehen von den schwachen Flecken, die sie geworden waren. Der Hauptmann, die Faust, all die Soldaten, die seine Freunde waren, er ließ sein Licht sich entfalten, um sie alle zu umschließen, um sie vor der furchterregenden dunklen Magie zu bewahren, die so begierig darauf war, sich auf sie zu stürzen.

Sie war zu mächtig für die sieben Magier geworden, um ihr standzuhalten. Sie hatten etwas erschaffen, das sie nun vernichten würde, aber Schnabel würde nicht zulassen, dass es seine Freunde verletzte. Und so machte er, dass sein Licht noch heller brannte. Machte ein festes Ding daraus. Würde es reichen? Er wusste es nicht, aber es musste, denn ohne Freunde war da nichts, war da niemand.

Heller, heißer, so heiß, dass das Wachs der Kerzen in Wolken aus Tröpfchen zerbarst, die eines nach dem anderen hell wie die Sonne aufleuchteten. Und wenn alle farbigen Kerzen entzündet waren, nun ja, da war immer noch die weiße.

Und noch mehr, denn als sich jede dem Sturzbach zugesellte, der von ihm ausströmte, spürte er in seinem Innern eine Reinigung, ein Abscheuern – das, was Priester *Läuterung* nannten, nur wussten sie wirklich nichts von Läuterung, denn es hatte nichts damit zu tun, Blut oder Münzen zu opfern, und nichts damit, freiwillig zu hungern oder den eigenen Rücken zu geißeln oder endlose Gesänge zu singen bis das Hirn ganz betäubt war. Es hatte nichts mit alledem zu tun. Läuterung war, wie Schnabel nun verstand, endgültig.

Alles glühte, als würde es von inneren Feuern erleuchtet. Die einst schwarzen Stoppeln der Getreidehalme erblühten zu glühendem Leben. Steine schimmerten wie kostbare Edelsteine. Weiße Glut tobte auf allen Seiten. Fiedler sah seine Soldaten, und er konnte in sie hineinsehen, in pulsierenden Blitzen, bis auf die Knochen, die Organe, die in ihren Käfigen kauerten. Er sah auf der ganzen einen Körperseite von Koryk alte Brüche an den Rippen, am linken Arm, am Schulterblatt, der Hüfte. Er sah drei knöchelgroße Dellen in Krakes Schädel unter dem jetzt durchscheinenden Helm – ein Klaps, den er bekommen hatte, als er noch ein Säugling gewesen war, mit weichen Knochen und verletzlich. Er sah den Schaden zwischen Lächelns Beinen von all den Malen, wo sie gegen sich selbst gewütet hatte. Er sah das Blut, das durch Corabb Bhilan Thenu'alas' Adern kreiste, und das die Macht besaß, jeden Krebs zu vernichten, der ihn befiel, und er war ein Mann, der von dieser Krankheit förmlich belagert wurde, aber sie würde ihn niemals töten. Würde ihn nicht einmal krank machen.

Er sah in Buddl funkelnde Wogen roher Macht, ein Strahlen bar jeglicher Kontrolle – aber sie würde kommen. *Sie wird kommen.*

Korporal Starr kauerte in dem Loch, das er gegraben hatte, und das Licht, das er verströmte, sah so fest wie Eisen aus.

Bei den anderen sah er mehr als irgendein Sterblicher würde sehen wollen, doch er konnte seine Augen nicht schließen, konnte nicht wegsehen.

Gesler und Stürmisch leuchteten in goldenem Feuer. Sogar Stürmischs Bart und seine Haare waren gesponnenes Gold – grausame Schönheit, die um sein Gesicht waberte, und der verdammte Idiot lachte.

Die Welt jenseits von ihnen war hinter einer undurchsichtigen, geschwungenen Mauer aus silbrigem Feuer verschwunden. Verschwommene Umrisse auf der anderen Seite – ja, er hatte die Tiste Edur gesehen, die auf der Suche nach irgendeiner Art von Schutz näher gekommen waren.

Fiedler stellte fest, dass er stand, dass er die Mauer ansah, und jetzt schritt er vorwärts. *Weil manche Dinge wichtiger sind als andere.* Er trat in das silbrige Feuer, spürte, wie es seinen ganzen Körper durchbohrte, weder heiß noch kalt, weder schmerzhaft noch freudig.

Er stolperte plötzlich, blinzelte – und keine fünfzehn Schritt von ihm entfernt kauerten Hunderte von Edur. Die darauf warteten zu sterben.

Hanradi kniete auf dem Boden, den Blick auf den Himmel gerichtet, der zur Hälfte hinter einer geschwärzten Wand aus wogendem Wahnsinn verschwunden war. Der Kamm der Woge war nach vorne gekippt und kam nun immer näher.

Eine plötzliche Bewegung lenkte seinen Blick nach unten.

Und er sah einen Malazaner – jetzt verwandelt in eine Erscheinung aus Weiß –, sein Bart, seine Haare … die baumelnden Fingerknochen waren nun poliert, leuchteten wie seine Rüstung, seine Waffen. Abgescheuert, poliert, selbst das Leder seines Harnischs sah neu und geschmeidig aus.

Der Malazaner begegnete seinem Blick mit silbrigen Augen, hob dann eine vollkommene Hand und winkte sie alle vorwärts.

Hanradi stand auf, warf sein Schwert weg.

Seine Krieger sahen es. Seine Krieger taten es ihm nach, und als sie sich alle vorwärtsbewegten, raste die Kuppel aus silbrigem Feuer ihnen auf einmal entgegen.

Ein durchdringender Schrei. Hanradi drehte sich um und sah seinen letzten K'risnan in Flammen aufgehen – einen kurzen, blendenden Augenblick lang, und dann war der unglückselige Hexer nur mehr Asche, die zu Boden sank …

Schnabel war glücklich darüber, dass er sie retten würde. Er hatte den alten Sergeanten verstanden. Der verdrehte Magier konnte eine solche Läuterung leider nicht annehmen. Zu viel von seiner Seele war aufgegeben worden. Die anderen – oh, sie waren verwundet, voller Bitterkeit, die er wegwischen musste, und das tat er.

Nichts war mehr schwierig. Nichts …

In diesem Augenblick stürzte die Woge letheriischer Magie herab.

Der letheriische Befehlshaber konnte den Todesstreifen nicht sehen, konnte tatsächlich nichts anderes als die wabernde, wachsende Mauer aus gieriger Zauberei sehen. Ihr grausamer Hunger strömte in zischenden Wolken an ihr herab.

Als sie vorwärtswogte, verschwand jegliche Illusion von Kontrolle.

Der Befehlshaber, neben dem Sirryn Kanar kauerte, sah, wie alle seine sieben Magier vom Boden gepflückt und in die Luft gerissen wurden, ins Kielwasser der angreifenden Mauer. Sie schrien und zappelten, und dann waren da auf einmal nur noch peitschende Blutströme, als sie wenige Augenblicke, bevor sie in dem dunklen Sturm verschwanden, in Stücke gerissen wurden.

Die Zauberei schlingerte – und stürzte sich dann auf den Todesstreifen hinunter.

*Detonation.*

Soldaten wurden von den Beinen gerissen. Pferde wurden auf die Seite geschleudert, ihre Reiter fielen herunter oder wurden eingeklemmt, als die entsetzten Tiere sich auf den Rücken rollten. Der gesamte Hügelzug schien von Wellen durchlaufen zu werden, dann zu bocken, und ein plötzlicher Erdrutsch riss Soldaten mit, die am Rand gestanden hatten, begrub sie unter Lawinen, die dem Schlachtfeld dort unten entgegenrasten. Münder waren aufgerissen, Schreie in anscheinender Stille ausgestoßen, das Entsetzen in so vielen Augen ...

Die in sich zusammenbrechende Woge zerbarst ...

Schnabel wurde von dem enormen Gewicht niedergedrückt, von dem entsetzlichen Hunger. Doch er würde nicht nachgeben. Stattdessen ließ er das Feuer in seinem Innern um sich schlagen, jede Kerze verschlingen, *alles* anzünden.

Seine Freunde, ja, die einzigen, die er jemals gehabt hatte.

Reinheit war die einzige Möglichkeit, hier zu überleben, das begriff er nun. Die Reinheit seiner Liebe für sie alle – ach, wie viele ihn angelächelt hatten, mit ihm gelacht hatten. Wie sie ihm auf die Schulter geklopft hatten und manchmal – dann und wann – ihm sogar durch die Haare gestrichen hatten.

Er hätte Hauptmann Sort gerne noch ein letztes Mal gesehen, hätte sie vielleicht sogar geküsst. Auf die Wange, obwohl er natürlich eigentlich lieber etwas viel ... Mutigeres gemacht hätte. Aber er war immer noch Schnabel, und er konnte sich immer nur einer Sache widmen.

Er hatte die Arme eng um sich geschlungen, selbst als das Feuer begann, die Muskeln seiner Arme zu verbrennen. Und die seiner Schultern und seines Nackens. Seiner Beine.

Er konnte jetzt durchhalten, bis sie ihn finden würden.

Diese Feuer waren so heiß, so brennend – aber da war kein Schmerz. Der Schmerz war abgescheuert worden, war weggewaschen worden. Oh, das Gewicht war gewaltig, und es wurde immer noch schwerer, aber er würde sie nicht loslassen. Seine Brüder und seine Schwestern, diejenigen, die er so sehr liebte.

*Meine Freunde.*

Die letheriische Zauberei brach sich, zerbarst in Wolken aus weißem Feuer, die sich himmelwärts schraubten, ehe sie verschwanden. Bruchstücke von ihr krachten beiderseits der weißglühenden Kuppel auf den Boden, gruben sich in schwarzen, spuckenden Wogen tief in die Erde. Und überall starb sie.

Der Befehlshaber mühte sich wieder auf die Beine, starrte verständnislos auf die Szene auf dem Todesstreifen.

Links und rechts von ihm richteten sich seine Soldaten taumelnd auf. Melder erschienen, einer von ihnen wäre beinahe mit ihm zusammengestoßen, als er über den immer noch knieenden Sirryn Kanar stolperte. Die Frau versuchte ihm etwas zu sagen, deutete dabei nach Süden.

»... sie landen. Noch eine malazanische Armee, Preda! Tausende von Soldaten! Vom Fluss her!«

Der altgediente Befehlshaber sah die Frau stirnrunzelnd an. Ihr Gesicht war dreckverschmiert, und in ihren Augen stand blanke Panik.

Er schaute noch einmal auf den Todesstreifen. Die Kuppel flackerte, erstarb allmählich. Aber sie hatte gehalten. Sie hatte lange genug gehalten. »Gib meinen Offizieren Bescheid«, sagte er zu dem Melder. »Sie sollen sich bereitmachen, herumzuschwenken und rasch zum Fluss hinunterzumarschieren – wie weit sind sie? Haben sie es schon zu einem Brückenkopf gebracht?«

»Wenn wir direkt zum Fluss marschieren, Preda, werden wir auf sie stoßen. Und ja, wie ich schon gesagt habe, sie sind gelandet. Auf dem Fluss sind große Kriegsschiffe – Dutzende! Und ...«

»Lauf, verdammt! Zu meinen Offizieren!«

Sirryn war jetzt wieder auf den Beinen. Er ging auf den Befehlshaber los. »Aber Preda – was ist mit denen da unten?«

»Sollen sich doch die verdammten Edur um sie kümmern, Sirryn! Ihr wolltet, dass sie Verluste erleiden – nun, dann sollt Ihr Euren Willen auch haben! Wir müssen uns der größeren Streitmacht entgegenstellen, und wir müssen es unverzüglich tun!«

Mit Schwert und Schild. Zu guter Letzt doch noch eine Schlacht, in der ein Soldat ehrenvoll sterben konnte.

Genau wie viele andere Soldaten, die relativ nah an der Stelle gewesen waren, wo Schnabel gesessen hatte, war Hauptmann Faradan Sort von der Wildheit seiner Magie zu Boden gedrückt worden. Sie erholte sich nur langsam, und selbst, als der silbrige Schimmer allmählich pulsierend erstarb, sah sie … *weiß*.

Gleißende Rüstungen und Waffen. Haare weiß wie Schnee, Gesichter bar aller Narben. Gestalten, die sich halb betäubt erhoben, die sich wie perfekte Beschwörungen von den leuchtend grünen Sprossen irgendeiner Art von Gras erhoben, das nun alles überwucherte und vor ihren Augen zu wachsen schien.

Sie drehte sich um – und sah Schnabel.

Um zu brennen, brauchte Feuer Nahrung.

Um sie alle zu retten, hatte Schnabel alles an Nahrung gegeben, was in ihm gewesen war.

Voller Entsetzen starrte Faradan Sort auf einen in sich zusammengefallenen Haufen aus Asche und verbrannten Knochen. Aber nein, da war ein Muster, eine Anordnung, wenn sie doch nur durch ihre Tränen genauer sehen könnte. *Oh.* Die Knochen der Arme schienen die Knie zu umfassen, und der verschrumpelte Schädel ruhte auf ihnen.

Wie ein Kind, das sich in einem Schrank versteckte, ein Kind, das versuchte, sich klein zu machen, so klein …

*Schnabel. Bei den Göttern hienieden … Schnabel.*

»Habt ihr vor, euch eure Waffen zurückzuholen?«, fragte Fiedler den Kriegsführer der Edur. »Das heißt, wenn ihr von vorne anfangen wollt, wir sind dabei.«

Aber der bejahrte Krieger schüttelte den Kopf. »Wir sind fertig mit dem Imperium. Wenn ihr uns gestatten würdet abzuziehen.«

»Mir fallen auf Anhieb etliche von unseren Leuten ein, die gewillt wären, euch alle auf der Stelle zu töten.«

Ein Nicken.

»Aber«, sagte Fiedler dann, während seine Soldaten sich hinter ihm versammelten und alle die Tiste Edur anstarrten – die ihrerseits zurückstarrten –, »wir sind nicht hier, um Völkermord zu verüben. Ihr würdet euren Imperator schutzlos zurücklassen?«

Der Kriegsführer deutete nach Norden. »Unsere Dörfer liegen weit weg von hier. Nur wenige sind noch dort, und sie leiden, weil wir nicht da sind. Ich werde meine Krieger nach Hause führen, Malazaner. Um alles wieder neu aufzubauen. Um auf die Rückkehr unserer Familien zu warten.«

»Dann geht.«

Der ältere Tiste Edur verbeugte sich. »Ich wollte, wir könnten … all das … ungeschehen machen, was wir getan haben.«

»Sag mir eins. Euer Imperator – kann er getötet werden?«

»Nein.«

Weiter wurde nichts gesagt. Fiedler blickte den Edur nach, als sie davongingen.

Hinter ihm stand Koryk, der nun ein Grunzen von sich gab. »Ich war mir verdammt sicher, dass wir heute einen Kampf bekommen würden.«

»Fiedler. Die letheriische Armee ist abgezogen«, sagte Gesler.

»Die Mandata«, antwortete Fiedler nickend. »Sie wird sie in Grund und Boden stampfen.«

»Worauf ich eigentlich hinauswollte«, sagte Gesler, »ist die Tatsache, dass der Weg nach Letheras für uns jetzt frei ist. Wollen wir etwa zulassen, dass die Mandata und alle ihre salzigen Soldaten vor uns dort ankommen?«

»Gute Frage«, sagte Fiedler, der sich jetzt endlich umdrehte. »Dann wollen wir mal hingehen und die Faust fragen, ja?«

»Ja. Und vielleicht finden wir dabei auch heraus, warum wir überhaupt noch am Leben sind.«

»Und noch dazu weiß.«

Gesler nahm seinen Helm ab und grinste Fiedler an. »Sprich für dich, Fid.«

Haare wie gesponnenes Gold. »Hol mich der Vermummte«, murmelte Fiedler, »das ist so ziemlich das Widerwärtigste, was ich jemals gesehen habe.«

Eine hilfreiche Hand half Schnabel auf die Beine. Er schaute sich um. Viel war nicht zu sehen. Weißer Sand, und voraus ein Torbogen aus weißem Marmor, in dem silbriges Licht wogte.

Die Hand, die seinen Arm umfasste, war skelettartig dünn, die Haut merkwürdig grün. Die Gestalt, zu der die Hand gehörte, war sehr groß und trug einen schwarzen, zerlumpten Umhang mit Kapuze. Sie schien das Tor zu mustern.

»Soll ich da jetzt hingehen?«, fragte Schnabel.

»Ja.«

»In Ordnung. Kommst du mit mir mit?«

»Nein.«

»In Ordnung. Nur ... würdest du dann vielleicht meinen Arm loslassen?«

Die Hand löste sich. »Es ist nicht üblich«, sagte die Gestalt.

»Was?«

»Dass ich mich um ... Neuankömmlinge kümmere. Persönlich.«

»Ich heiße Schnabel.«

»Ja.«

»Was ist hinter dem da?«

»Dein Bruder wartet auf dich, Schnabel. Er wartet schon sehr lange.«

Schnabel lächelte und schritt vorwärts. Plötzlich hatte er es sehr eilig. Das silbrige Licht im Innern des Tores war wunderschön – und es erinnerte ihn an irgendetwas.

»Schnabel.« Die Stimme des Fremden ließ ihn innehalten und sich noch einmal umdrehen. »Ja?«

»Dein Bruder. Er wird dich nicht erkennen. Nicht gleich. Verstehst du?«

Schnabel nickte. »Warum kommst du nicht mit mir mit?«

»Ich habe beschlossen zu warten ... auf jemand anderen.«

»Mein Bruder«, sagte Schnabel, und sein Lächeln wurde breiter. »Ich bin jetzt größer. Und stärker. Ich kann ihn retten, oder?«

Es entstand eine lange Pause, dann sagte die Gestalt: »Ja, Schnabel, du kannst ihn retten.«

Ja, das ergab einen Sinn. Er setzte sich wieder in Bewegung. Mit festen Schritten. Zum Tor, hinein in das silbrige Glühen – um auf der anderen Seite auf einer Lichtung neben einem dahinplätschernden Bach herauszukommen. Und nahe am Ufer kniete sein Bruder. Genauso, wie er sich an ihn erinnerte. Überall auf dem Boden standen Hunderte von

Wachsfiguren. Lächelnde Gesichter, ein ganzes Dorf, vielleicht sogar eine ganze Stadt.

Schnabel ging zu seinem Bruder.

Der zu scheu war, um aufzublicken, als er sagte: »Die habe ich alle für ihn gemacht.«

»Sie sind wunderschön«, sagte Schnabel, und er stellte fest, dass ihm Tränen über die Wangen liefen, was ihn verlegen machte, und daher wischte er sie weg. Und fragte: »Darf ich mit dir spielen?«

Sein Bruder zögerte, ließ den Blick über all die Wachsfiguren schweifen, und nickte dann. »Na gut.«

Und daher kniete sich Schnabel neben seinen Bruder.

Während auf der anderen Seite des Tores der Vermummte, der Gott des Todes, stand. Reglos.

Und wartete.

Eine dritte Armee erhob sich vom Meeresgrund, um die anderen zu besiegen. Eine Armee aus Schlamm, gegen die man sich nicht mit einem Schild verteidigen konnte, die man nicht mit einem Schwert in Stücke hauen konnte. Die kostbaren Inseln aus Zeltplanen waren inzwischen ein wirres Durcheinander, auf dem man leicht ins Stolpern geraten konnte, da der Stoff sich eng um die Beine wickelte oder gänzlich unter einer dicken Schlammschicht verschwunden war. Und voller Verzweiflung, Wut und Entsetzen ineinander verbissen kämpften mit grauem Schlamm verschmierte Soldaten gegen mit grauem Schlamm verschmierte Krieger.

Die brodelnde Menge war zu einem einzigen Wesen geworden, einem chaotischen Tier, das sich im Schlamm wand und strauchelte, und ein betäubendes Getöse stieg von ihm auf – Metall, das auf Metall prallte, und Stimmen, die schmerzerfüllt aufschrien und erstarben.

Soldaten und Krieger fielen, wurden nach unten gedrückt, in eine graue und rote Masse, mit der sie sich schon bald vermischten. Schildwälle konnten nicht gehalten werden, Fortschritte wurden zunichtegemacht; die Schlacht war zu einem Kampf von Einzelnen geworden, die auf die Knie gesunken waren und im Gewühl aufeinander eindroschen.

Das Tier wogte vor und zurück, verzehrte sich dabei selbst in seinem

Wahnsinn, und auf beiden Seiten schickten diejenigen, die den Befehl hatten, noch mehr Kämpfer in den Mahlstrom.

Der Keil aus letheriischer Schwerer Infanterie hätte die Ahl beiseitefegen müssen, aber das Gewicht ihrer Rüstungen wurde den Soldaten zum Fluch – sie konnten sich nicht schnell genug bewegen, um Breschen in den Reihen des Feindes auszunutzen, und waren schwerfällig, wenn es darum ging, sie in den eigenen Reihen zu schließen. Kämpfer blieben im Schlamm stecken, merkten plötzlich, dass sie von ihren Kameraden getrennt waren, und dann pflegten die Ahl vorzurücken und den Soldaten zu umzingeln, auf ihn einzuschlagen und einzustoßen, bis der Letherii fiel. Wo die Letherii sich in größerer Zahl – von drei bis dreißig Mann – sammeln konnten, wüteten sie blutig und töteten ihre weniger disziplinierten Feinde zu Dutzenden. Aber es dauerte nie lange, bis der Schlamm zuschlug und die Einheiten auseinanderriss.

Am westlichen Rand des Schlachtfelds tauchten eine Zeit lang die K'Chain Che'Malle auf, rasten an der Flanke der Letherii entlang und richteten entsetzliches Gemetzel an.

Bivatt schickte Bogenschützen und mit Speeren bewaffnete Plänkler dorthin, und unter schweren Verlusten wurden die beiden Dämonen vertrieben – mit Pfeilen gespickt, und das Weibchen hinkte, weil sich ein Speer tief in ihren linken Oberschenkel gegraben hatte. Anschließend hätte die Atri-Preda am liebsten ihre Reiterei aus Blaurose losgeschickt, um die Kreaturen zu verfolgen, aber die war irgendwo im Nordosten – wo sie immer noch hinter den wenigen überlebenden berittenen Ahl herjagte –, und außerdem blieben die Kechra sowieso auf dem Meeresgrund, ließen mit jedem ihrer überlangen Schritte Schlamm aufspritzen, bewegten sich in einem großen Bogen auf die östliche Flanke der beiden ineinander verbissenen Armeen zu.

Sollten sie dort angreifen, hatte die Atri-Preda nur wenige Soldaten, mit denen sie hätte reagieren können: nur zweihundert Plänkler, die ohne den Schutz von Bogenschützen wenig mehr tun konnten, als einen bescheidenen Wall aus Speeren errichten, der nicht einmal ein Viertel der letheriischen Flanke abdecken würde.

Bivatt, die auf dem Hang oberhalb der alten Küstenlinie auf ihrem unruhigen Pferd saß, verfluchte die verdammten Kechra im Namen eines jeden Gottes, der ihr einfiel. Konnte man diese Kreaturen wirklich nicht töten? *Nein, eine ist doch verwundet! Schwere Speere können sie verletzen – hol mich der Abtrünnige, habe ich eine Wahl?*

Sie winkte einen der wenigen Melder zu sich, die ihr noch verblieben waren. »Finadd Treval soll seine Plänkler zur östlichen Flanke führen«, sagte sie. »Und eine Verteidigungsformation bilden, für den Fall, dass die Dämonen zurückkehren.«

Der Melder rannte los.

Bivatt richtete den Blick wieder auf die Schlacht vor ihr. *Zumindest gibt es keinen Staub, der einem die Sicht nimmt.* Und die Hinweise waren klar und deutlich zu sehen. Die Letherii trieben die Ahl zurück; die Einheiten an den Flanken rückten weiter vor, bildeten Flügel aus, die den Feind umfassen sollten. Die Kämpfe hatten keineswegs an Wildheit verloren – nein, ganz im Gegenteil: Die Ahl an den äußeren Rändern schienen ihre verzweifelten Anstrengungen zu verdoppeln, als sie erkannten, was geschah. Als sie erkannten, dass dies … *der Anfang vom Ende* war. Sie konnte Rotmaske nicht sehen. Er und seine Leibwächter hatten die zentrale Plattform vor einem halben Glockenschlag verlassen, waren in den Kampf geeilt, um eine Bresche zu schließen.

Der Narr hatte seinen Überblick aufgegeben, hatte die Möglichkeit aufgegeben, Befehle zu erteilen. Seine Adjudanten trugen keine Standarten, um die seine Krieger sich hätten sammeln können. Wenn Rotmaske nicht schon tot war, würde er jetzt genauso mit Schlamm beschmiert sein wie alle anderen – und damit nicht mehr zu erkennen und nutzlos.

Sie hätte so gerne gejubelt, hätte so gerne ein triumphierendes Gefühl empfunden. Aber sie konnte sehen, dass sie ein Drittel – vielleicht auch mehr – ihrer gesamten Armee verloren hatte.

Weil die Ahl die Wahrheit nicht anerkennen wollten. Natürlich konnten sie nicht einfach kapitulieren – es ging um ihre Auslöschung –, aber die Narren flohen nicht einmal, obwohl sie es gekonnt hätten; und wenn sie dabei auf dem Meeresgrund geblieben wären, hätte das eine Verfolgung durch Reiterei unmöglich gemacht, und vor ihren schwereren Feinden zu Fuß hätten sie locker weglaufen können. Verdammt sollten sie sein – sie hätten fliehen und auf einen Kampf an einem anderen Tag hoffen können.

Stattdessen standen die Dreckskerle da, kämpften, töteten und starben schließlich.

Sogar die Frauen und die Alten beteiligten sich am Kampf, fügten dem aufgewühlten Morast ihre zerschlagenen Körper und ihr Blut hinzu.

Bei den Göttern, wie sie sie hasste!

Brohl Handar, der Aufseher der Provinz Drene, schmeckte das Blut der Frau auf seiner Zunge und schluckte es voll aufwallender Freude hinunter. Das Blut hatte sich über ihn ergossen, als er sich vorgebeugt und ihr sein Schwert in den Bauch gerammt hatte. In sein Gesicht, in einem heißen, zähflüssigen Schwall. Er zog seine Waffe frei, während sie wieder auf den Boden fiel, wirbelte herum und suchte ein neues Opfer.

Seine Krieger standen zu allen Seiten um ihn herum, und nur wenige bewegten sich. Sie waren damit beschäftigt, wieder zu Atem zu kommen. Das Abschlachten der von ihren Pferden Gestürzten und Verwundeten hatte etwas Fiebriges gehabt, als wären alle Tiste Edur vom Stamm der Arapay in den gleichen Alptraum gestürmt, und doch war das Töten dieser Ahl so rauschhaft gewesen, dass das plötzliche Verschwinden dieses Gefühls die Luft merkwürdig schwer und überladen zu machen schien.

Dies war etwas ganz anderes, als an der Küste seines Heimatlands Robben zu töten, wie Brohl Handar nun begriff. Notwendigkeiten konnten alle Arten von Geschmacksrichtungen hervorbringen, manche bitter, andere unerträglich süß. Er hatte den Geschmack des Bluts noch immer auf der Zunge, wie Honig, der seine Kehle auskleidete.

*Vater Schatten, bin ich verrückt geworden?*

Er schaute sich um. Tote Ahl, tote Pferde. Edur-Krieger mit blutverschmierten, triefenden Waffen. Und schon ließen sich Krähen nieder, um Mahlzeit zu halten.

»Seid Ihr verletzt, Aufseher?«

Brohl wischte sich das Blut vom Gesicht und schüttelte den Kopf. »Formiert euch. Wir marschieren jetzt in die Schlacht, um noch ein paar Feinde mehr zu töten. Um sie alle zu töten.«

»Ja, Aufseher!«

Masarch stolperte aus dem Gewühl, der Schlamm machte ihn halb blind. Wo war Rotmaske? War er gefallen? Das ließ sich unmöglich sagen. Eine Hand gegen seine Seite gepresst, wo eine Schwertspitze durch seine Lederrüstung gedrungen war und heißes Blut zwischen seinen Fingern hervorquoll, kämpfte sich der junge Renfayar-Krieger durch den Schlamm auf die Plattform zu – aber der Feind hatte sie von der östlichen Flanke her fast erreicht, und oben auf besagter Plattform war niemand mehr.

Es spielte keine Rolle.

Alles, was er im Augenblick wollte, war, aus diesem Schlamm herauszukommen und auf die hölzernen Bretter zu klettern. Zu viele seiner Kameraden waren in den klebrigen, nassen Schlammschichten verschwunden, und ihr Tod hatte in seinem Geist entsetzliche Bilder vom lebendig Begrabenwerden heraufbeschworen – wie in seiner Todesnacht, als der Wahnsinn über ihn gekommen war. Nein, er würde nicht fallen, würde nicht versinken, würde nicht ertrinken, während Schwärze seinen Mund und seine Augen füllte.

Ungläubige Wut tobte in ihm. Rotmaske, ihr großer Anführer, der zurückgekehrt war und ihnen einen großen Sieg versprochen hatte – das Ende der letheriischen Eindringlinge – hatte die Ahl im Stich gelassen. *Und jetzt sterben wir. Unser Volk. Und diese Ebene, dieses Land, wird selbst die Echos unseres Lebens preisgeben. Fort, für immer.*

Er konnte das nicht hinnehmen.

*Doch es ist die Wahrheit.*

*Rotmaske, du hast uns getötet.*

Er erreichte den Rand der Plattform, streckte seine freie Hand aus – die Hand, in der er eigentlich eine Waffe hätte halten müssen – wo war sie hin?

Hinter ihm ertönte ein tierischer Schrei, und Masarch drehte sich halb um. Gerade rechtzeitig, um das verzerrte, graue, rissige Gesicht unter dem Helm zu sehen, das Weiße der Augen, die zwischen dicken Schlammschichten hervorspähten.

Feuriger Schmerz explodierte in Masarchs Brust, und er fühlte sich hochgehoben, auf einem Schwertgriff und seinem gleitenden Strom aus geschmolzenem Eisen balanciert, und auf den Rücken geworfen – auf die Bretter der Plattform –, und der Lehterii zog sich hinter ihm herauf, trat

Schlamm von seinen Stiefeln, und drückte immer noch mit seinem Kurzschwert – obwohl das nicht weiter eindrang, nicht tiefer kam, denn die Waffe steckte fest, nachdem sie an Masarchs Rücken wieder ausgetreten war und sich ins Holz gebohrt hatte. Auf den Knien rücklings über dem Renfayar hockend starrte der Lehterii mit dreckverschmierten, gebleckten Zähnen in Masarchs Augen, und fing an, an seinem Schwert zu zerren.

Er sagte etwas, wurde dem Ahl klar, wiederholte wieder und wieder die gleichen Worte in der üblen letheriischen Sprache. Masarch runzelte die Stirn – er musste verstehen, was der Mann sagte, während er von ihm getötet wurde.

Aber die Welt verblasste so rasch …

*Nein, ich höre dich, Soldat, ja. Ich höre dich, und ja, ich weiß …*

Der Letherii sah zu, wie das Leben aus den jungen Augen des dreckigen Ahl wich. Und auch wenn er die Zähne wie zu einem Lächeln bleckte, und auch wenn seine Augen groß und klar waren, wiederholte er die immergleiche, nie endende Litanei: »Erhalte mich am Leben, bitte, erhalte mich am Leben, bitte, *erhalte mich am Leben …*«

Siebzig Schritt entfernt zog Rotmaske sich auf den Rücken seines Pferdes – eines der wenigen, die noch da waren – und zerrte an den Zügeln, um das Tier herumzulenken. Seine Peitsche hatte er verloren, aber die Sichelaxt war in seinen Händen geblieben, von Blut und Schleim verschmiert, die Schneiden der Klingen schartig und voller Kerben.

Bei den Göttern, er hatte so viele getötet, so viele, und es würden noch mehr werden. Er wusste es, spürte es, hungerte danach. Er hämmerte dem Pferd die Fersen in die Flanken, und es stürmte vorwärts, wirbelte mit seinen Hufen den Schlamm auf. Es war Wahnsinn, auf diesem Untergrund zu reiten, aber er hatte keine andere Wahl, überhaupt keine andere Wahl.

Tausende von Letherii waren tot, doch es mussten noch mehr abgeschlachtet werden. Bivatt vor allem, ja – er ritt auf die östliche Flanke der brodelnden Masse zu, wich in großem Bogen dem Flügel aus, der die Ahl zu umschließen drohte – oh, das würde nicht so bleiben, seine Krieger würden durchbrechen. Sie würden die Dreckskerle und ihre schwachen Reihen zerschmettern.

Rotmaske würde – wenn er erst einmal mit Bivatt fertig war – in jenes Gemetzel zurückkehren – und ja, hier kamen seine K'Chain Che'Malle herangedonnert, um sich zu ihm zu gesellen. Zu dritt würden sie wie ein gewaltiges Schwert in die Reihen der Letherii vorstoßen. Wieder und wieder, und sie würden jeden in ihrer Reichweite töten.

Sag'Churok näherte sich ihm zur Rechten – sieh nur, wie die großen Armschwerter sich heben, sich bereit machen. Und Gunth Mach, die an seiner inneren Flanke herumschwang, sich zwischen Rotmaske und die drängelnde Reihe der Plänkler mit ihren armseligen Speeren schob – Gunth Mach hinkte, aber der Speer war aus der Wunde gefallen – oder sie hatte ihn herausgezogen. Diese Tiere fühlten keinen Schmerz.

Und sie waren jetzt beinahe bei ihm, hier, wieder einmal, denn sie hatten ihn erwählt.

*Sieg! An diesem Tag! Sieg!*

Sag'Churok kam noch näher, passte sein Tempo dem von Rotmaskes Pferd an, und Rotmaske sah, wie der Kopf des K'ell-Jägers herumschwang, wie er ihn betrachtete. Diese Augen, so kalt, so entsetzlich leer.

Der Schwerthieb war nur als verschwommene Bewegung auszumachen, erwischte das Pferd von vorne am Hals, direkt über den Schlüsselbeinen. Der Hieb war so wild und kräftig, dass er ganz durchging, die Klinge hart gegen den hölzernen Rand des hohen Sattels prallte. Und Rotmaske nach hinten warf, über den Rumpf des Tiers, während das kopflose Pferd noch ein halbes Dutzend Schritte weiterrannte, bevor es zur Seite taumelte und zusammenbrach.

Er kam mit einer Schulter auf dem schlammigen Boden auf, schlitterte ein Stück, rollte weiter, bis er zum Halt kam – und aufsprang, sich aufrichtete – im gleichen Augenblick, da Sag'Churok mit seiner zweiten Klinge zuschlug, ihn knapp oberhalb der Knie traf. Blut spritzte, als er auf den Rücken fiel und auf seine abgetrennten Beine starrte, die noch immer aufrecht im Schlamm standen.

Gunth Mach ragte über ihm auf, und die Krallen eines Hinterbeins senkten sich herab, schlossen sich um seine Brust. Die Krallen drangen tief ein und packten fest zu; Rippen brachen, und Rotmaske wurde hochgehoben und dann durch die Luft geschleudert – wo er die Bahn von einem von Sag'Churoks Schwertern kreuzte. Die Klinge glitt durch seine rechte Schulter, und der Arm, dessen Hand noch immer die Sichelaxt umklammerte, flog davon.

Rotmaske war schon tot, als er erneut auf der Erde aufschlug.

Dreihundert Schritt weiter östlich stellte Toc Anaster sich in den Steigbügeln auf, ohne auf Schwalls entsetztes Geschrei zu achten, und sah zu, wie die beiden K'Chain Che'Malle erneut auf das zutrotteten, was noch von Rotmaske übrig war. Das Weibchen trat gegen den Körper, stupste ihn leicht an, und machte dann wieder einen Schritt zurück.

Einen Augenblick später stampften die beiden Kreaturen davon, in Richtung Nordosten, die Köpfe vorgereckt, die Schwänze waagrecht ausgestreckt und steif wie Speere hinter ihnen.

»Er hat versagt«, flüsterte Toc. Welchen anderen Grund konnte es für das geben, was er gerade gesehen hatte? Nun, vielleicht auch viele Gründe. Nur Rotmaske hätte all die Geheimnisse aufdecken können, die die K'Chain Che'Malle umgaben. Warum sie hier waren, warum es dieses Bündnis gab – ein Bündnis, das nun beendet war. *Weil er versagt hat.*

Die Plötzlichkeit der Hinrichtung hallte in ihm nach, war ein heftiger Schlag.

Hinter ihm wurden die letzten Ahl – nunmehr kaum noch ein paar hundert – eingekesselt und starben auf ihrem Totenacker aus Schlamm.

Knapp zwei Dutzend Plänkler hatten sich von der Hauptstreitmacht gelöst und kamen näher – sie hatten diese letzten Überbleibsel gesehen. Toc Anaster auf seinem Pferd. Schwall. Etwas mehr als zwanzig Kinder, die man für zu jung gehalten hatte, um mit einer Waffe in der Hand zu sterben – auch wenn sie jetzt ebenfalls sterben würden.

Toc drehte sich im Sattel – immer noch, ohne sich um Schwalls leidvolle Schreie zu kümmern –, und der Gedanke, diese Kinder eigenhändig zu töten, stieg in ihm auf – schnelle Stöße, während er ihnen mit der anderen Hand die Augen zuhielt –, doch stattdessen sah er im Südosten eine merkwürdige, wallende Linie – Bhederin?

*Nein. Das ist eine Armee.*

Er kniff sein eines Auge zusammen, beobachtete, wie die Linie näher rückte – ja, sie kamen hierher. *Das sind keine Letherii – ich sehe keine Standarten, überhaupt keine Standarten. Nein, das sind keine Letherii.*

Toc richtete den Blick wieder auf die Plänkler, die jetzt auf sie zugetrottet kamen. Sie waren immer noch hundert Schritt entfernt.

Ein letzter Blick auf die eng aneinandergeschmiegten, weinenden oder stummen Kinder, und dann löste er den Lederranzen, in dem sich seine Gedichte befanden, von seinem Sattel. »Schwall«, bellte er und warf dem Krieger die Tasche zu – der sie auffing und Toc verständnislos mit großen Augen aus seinem von Ausschlag gezeichneten, fleckigen, schlamm- und tränenverschmierten Gesicht anstarrte.

Toc deutete auf die ferne Linie. »Siehst du das? Eine Armee – keine Letherii. War da nicht irgendwas von den Bolkando und ihren Verbündeten? Schwall, hör mir zu, verdammt! Ihr seid die Letzten – du und diese Kinder. Nimm sie mit, Schwall – nimm sie mit, und wenn dein Volk noch über einen einzigen Wächtergeist verfügt, dann muss dies nicht der letzte Tag der Ahl sein. Hast du verstanden?«

»Aber …«

»Geh einfach, Schwall! Verdammt, geh!« Toc Anaster, der letzte Überlebende der Grauen Schwerter von Elingarth, ein Mezla, zog seinen Bogen hervor und legte den ersten Pfeil mit Steinspitze an die Darmsehne. »Ich kann euch ein bisschen Zeit verschaffen – aber ihr müsst *jetzt sofort* losgehen!«

Er schlang die Zügel um das Sattelhorn, beugte sich nach vorn, drückte dem Pferd die Knie in die Flanken und ritt los – den letheriischen Plänklern entgegen.

Schlammklumpen flogen durch die Luft, als das Pferd in Galopp fiel. *Beim Atem des Vermummten, das wird nicht leicht werden.*

Als er noch fünfzig Schritt von den Soldaten entfernt war, stellte er sich in die Steigbügel und begann, seine Pfeile abzuschießen.

Der Meeresgrund, an dem Schwall die Kinder entlangführte, war ein sanfter, lang gezogener Hang, der in die Richtung hin anstieg, wo jene neue Armee war. Die Menge aus dunklen Gestalten kam immer näher. Keine Standarten, nichts, was darauf hindeutete, wer sie waren, aber er sah, dass sie nicht in geordneten Reihen marschierten. Sondern einfach als unordentlicher Haufen, wie die Ahl marschiert wären, oder die Stämme der Ak'ryn oder D'rhasilhani von den Ebenen im Süden.

Wenn diese Armee zu einem der beiden rivalisierenden Stämme gehörte, dann führte Schwall diese Kinder vermutlich in den Tod. *So sei es denn, wir sind so oder so tot.*

Weitere zehn mühsame Schritte, dann wurde er langsamer. Die Kinder drängten sich um ihn. Schwall legte einem von ihnen eine Hand auf den Kopf, blieb stehen und drehte sich um.

Das zumindest verdiente Toc Anaster. Einen Zeugen. Jemanden, der zusah. Schwall hatte nicht geglaubt, dass der merkwürdige Mann noch über Mut verfügte. Er hatte sich getäuscht.

Das Pferd war unglücklich. Toc war unglücklich. Früher war er Soldat gewesen, aber jetzt war er keiner mehr. Er war jung gewesen – hatte sich jung gefühlt –, und das hatte das Feuer in seiner Seele genährt. Selbst der brennende Steinsplitter, der ihm sein ansehnliches Gesicht geraubt hatte – von dem Auge ganz zu schweigen –, hatte nicht ausgereicht, ihm das Gefühl der Unverwundbarkeit zu entreißen.

Gefangener der Domäne gewesen zu sein, hatte all das geändert. Der Schaden, der seinen Knochen und seinem Fleisch wieder und wieder zugefügt worden war, die verzerrte Heilung, die anschließend jedes Mal erfolgt war, die Tatsache, dass seine Seele so lange eingesperrt worden war, bis seine eigenen Schreie in seinen Ohren wie Musik geklungen hatten – das alles hatte ihm seine jugendlichen Überzeugungen genommen, sie so weit entfernt, dass selbst nostalgische Gefühle nur Erinnerungen an nichts anderes als entsetzlichen Schmerz hervorbrachten.

Sich im Körper eines anderen Mannes zu erheben, hätte ihm all das, was ein neues Leben versprach, auch geben sollen. Aber im Inneren war er Toc der Jüngere geblieben. Der früher einmal Soldat gewesen war, es jetzt aber nicht mehr war.

Das Leben bei den Grauen Schwertern hatte das nicht geändert. Sie waren in dieses Land gereist, angelockt von den Wölfen, die ihnen undeutliche Visionen und undurchsichtige Prophezeiungen geschenkt hatten, die in verwirrten Träumen geboren worden waren; Andeutungen über irgendeinen gewaltigen Feuersturm, der sie erwartete – eine Schlacht, bei der sie gebraucht werden würden, verzweifelt gebraucht werden würden.

Aber nicht, wie sich herausgestellt hatte, an der Seite der Ahl.

Ein höchst fatales Fehlurteil. Die falschen Verbündeten. Der falsche Krieg.

Toc hatte den Göttern sowieso nie getraut. Keinem einzigen Gott. Um ehrlich zu sein, war die Liste derjenigen, denen er vertraute – nach alldem, was er durchgemacht hatte –, erbärmlich kurz.

*Flickenseel. Ganoes Paran. Grantl.*

*Tool.*

Eine Zauberin, ein unbedeutender Hauptmann, ein Karawanenwächter und ein verdammter T'lan Imass.

Er wünschte sich, sie wären jetzt bei ihm, ritten an seiner Seite.

Der Angriff seines Pferdes war langsam, schwülstig, spritzend. Vorgebeugt, die Knie an den Rumpf seines Pferdes gepresst, schickte Toc den Plänklern Pfeil um Pfeil entgegen – obwohl er wusste, dass es hoffnungslos war. Er konnte kaum etwas sehen, so sehr wurde er hin und her gestoßen; Schlammklumpen spritzten in alle Richtungen davon, während das Pferd wild darum kämpfte, nicht hinzustürzen und weiterzugaloppieren. Als er näherkam, hörte er Schreie. Er hatte nur noch zwei Pfeile übrig und stellte sich noch höher in den Steigbügeln auf, zog an der Bogensehne …

Seine Pfeile waren nicht danebengegangen, wie er voller Erstaunen sah. Kein einziger. Acht Plänkler waren erledigt.

Er schoss den nächsten ab, der zischend durch die Luft flog, einen Mann in die Stirn traf; die Steinspitze durchbohrte Bronze und dann Knochen.

*Der letzte Pfeil.*

*Bei den Göttern …*

Plötzlich war er mitten zwischen den Letherii. Jagte seinen letzten Pfeil aus kürzester Entfernung einer Frau in die Brust.

Ein Speer grub sich in sein linkes Bein, glitt weiter, zog eine blutige Furche in die Flanke seines Pferds. Das Tier wieherte schrill und machte einen Satz nach vorn …

Toc warf den Bogen weg und zog seinen Krummsäbel – *verdammt, ich hätte einen Schild mitnehmen sollen* – und hackte nach links und nach rechts, schlug die zustoßenden Speere beiseite.

Sein Pferd ließ die Plänkler hinter sich. Und wäre weitergerannt, direkt in die Reihen der Letherii zweihundert Schritt voraus, aber Toc griff nach den Zügeln und zog das Tier herum.

Nur um festzustellen, dass sich etwa ein Dutzend Plänkler direkt hinter ihm befanden – sie verfolgten ihn zu Fuß.

Zwei Speere bohrten sich in sein Reittier, der eine glitt von einem Schulterblatt ab, der andere grub sich tief in den Bauch des Tiers.

Mit einem schrillen, mitleiderregenden Wiehern strauchelte das Pferd und fiel dann auf eine Seite, die Hinterbeine bereits in heraushängenden Eingeweiden verfangen, und jeder verzweifelte Tritt ließ mehr von ihnen aus der Bauchhöhle quellen. Toc, der die Beine bis zum Schluss hoch angezogen hatte, konnte sich mit einem Satz vom Rücken des Tiers retten.

Er rutschte im Schlamm weg, versuchte wieder aufzustehen.

Ein Speer traf ihn an der rechten Hüfte, hob ihn aus dem Dreck, bevor er ihn auf den Rücken schleuderte.

Er hackte auf den Schaft ein. Das Holz zersplitterte, und der Druck, der ihn auf den Boden nagelte, ließ nach.

Blindlings um sich schlagend, kämpfte sich Toc wieder auf die Füße. Blut strömte an seinen Beinen herunter.

Ein weiterer stürmischer Angriff. Er parierte den Speerstoß, sprang auf den Soldaten zu und schlug ihm den Krummsäbel seitlich gegen den Hals.

Eine Speerspitze krachte in seinen Rücken, stieß ihn vorwärts.

Genau auf ein Kurzschwert zu, das unter seinen Rippen hindurchglitt und sein Herz zerteilte.

Toc Anaster sank auf die Knie, und er wäre vornüber in den Schlamm gefallen, während er seinen letzten Atemzug ausstieß, wenn ihn nicht eine Hand gepackt und zurückgerissen hätte. Vor seinem Auge blitzte ein Messer auf. Plötzlich wurde es heiß am Kinn …

Schwall schaute zu, wie der letheriische Plänkler Toc Anaster das Gesicht wegschnitt. Eine Trophäe mehr. Der Soldat arbeitete schnell, mit einer Geschicklichkeit, die auf häufige Übung schließen ließ, und stieß dann sein Opfer weg; die rote Wunde, die einst Tocs Gesicht gewesen war, fiel in den Schlamm.

Die Kinder weinten, und ja, ihm wurde klar … dadurch, dass er zugesehen hatte, dass er gewartet hatte, hatte er sie vielleicht alle dazu verdammt, durch die Messer der Letherii zu sterben. Doch sie konnten immer noch …

Schwall drehte sich um …

Und sah sich Fremden gegenüber.

Keine Ak'rynnai.

Keine D'rhasilhanii.

Nein, solche Leute hatte er noch nie zuvor gesehen.

Die Clans der Weißgesicht-Barghast näherten sich dem Schlachtfeld – auf dem die Schlacht sich ihrem grässlichen Ende zuneigte. Wer siegte, wer verlor, war für sie bedeutungslos. Sie hatten ohnehin vor, alle zu töten.

Zweihundert Schritt vor den unordentlichen Reihen war ihre Vorhut. Sie schritt in einer Strömung des Tellann-Gewirrs dahin, das an diesem Ort – wo man unter den Schlammschichten der alten Küstenlinie Steinwerkzeuge, aus Geweihen, Knochen und Elfenbein hergestellte Harpunen und die Rümpfe von Einbäumen finden konnte – stark war. Und hier draußen, auf dem alten Meeresgrund, befanden sich tief im Schlamm vergrabene Opfergaben. Geschliffene Steine, Paare von ineinander verschränkten Geweihen, mit rotem Ocker beschmierte Tierschädel – zahllose Geschenke an ein versiegendes Meer.

Es gab noch andere Gründe für eine so starke Emanation von Tellann, aber diese Gründe kannte nur eine von den dreien in der Vorhut, und sie hatte ihre Geheimnisse nie geteilt.

Die drei waren unweit des Ahl-Kriegers und der Ahl-Kinder aus dem Gewirr aufgetaucht und hatten schweigend die außerordentliche Tapferkeit des einzelnen Reiters und seines Pferdes beobachtet. Knapp zwei Dutzend Plänkler anzugreifen – die Fähigkeit des Pferdes, auf den Beinen zu bleiben, war bemerkenswert gewesen. Die Fähigkeit des Kriegers, das Tier mit nichts als seinen Beinen zu lenken, während er Pfeil um Pfeil abschoss – die alle ihr Ziel fanden –, war schlicht atemberaubend gewesen.

Jener Krieger – und sein Pferd – hatten ihr Leben geopfert, um diese letzten Ahl zu retten, und einzig und allein diese Tatsache sorgte – zumindest für den Augenblick – dafür, dass Tool die Hand nicht gegen sie erhob. Tool, der nach Taur Humbralls tragischem Tod bei der Landung zum Kriegsführer aller Weißgesicht-Barghast gewählt worden war – und das, obwohl er selbst gar kein Barghast war. Er war ein Imass. Es hatte ihm zweifellos den Aufstieg zur Macht erleichtert, dass er Taurs Tochter Hetan zur Gefährtin genommen hatte; aber viel mehr hatte es mit dem zu tun, was Tool ausmachte.

Seine Weisheit. Sein Wille.

Die Lebensfreude, die in seinen Augen leuchten konnte. Das Feuer der Rache, das stattdessen dort lodern konnte – das auch jetzt darin loderte, da er zu guter Letzt zu dem Schluss gekommen war, dass jetzt die Zeit reif war – um auf all das zu antworten, was geschehen war.

Was mit den Grauen Schwertern geschehen war. Was man ihnen angetan hatte.

Eine Antwort, die den Verrätern überbracht werden würde.

Eine Antwort, die den Schlächtern überbracht werden würde.

Wenn also der tapfere Krieger und sein tapferes Pferd nicht gewesen wären, hätte Tool diese Ahl unverzüglich getötet. Den Jugendlichen mit dem fleckigen Gesicht. Die schlammverschmierten Kinder, die um ihn herum kauerten. Vermutlich hatte er es immer noch vor.

Hetan wusste das alles, tief in ihrem Innern; sie kannte ihren Mann. Und wenn er sein Feuersteinschwert gezogen hätte, hätte sie nicht versucht, ihn aufzuhalten.

Die Weißgesichter hatten sich zu lange versteckt. Die Kundschafter, die sie in den Osten geschickt hatten, hatten ihnen schon längst alles erzählt, was sie von dem Pfad wissen mussten, der auf sie wartete – von der Reise, die sie schon bald würden unternehmen müssen. Das Verlangen nach Rache hatte sie an Ort und Stelle gehalten. Das und Tools unermessliche, unheimliche Geduld.

Von den Tellann-Gewirren aus hatten die Barghast diesen letzten Krieg beobachtet, diesen in die Länge gezogenen Waffengang, der begonnen hatte, als weit im Westen die beiden Armeen zusammengezogen worden waren.

Sie waren nicht rechtzeitig genug gekommen, um die Grauen Schwerter zu retten, aber Hetan erinnerte sich noch allzu gut daran, wie sie und ihr Mann auf das Schlachtfeld gestoßen waren, auf dem die Söldner-Kompanie gefallen war. Tatsächlich hatten sie dabei zugesehen, wie die Wölfe der Ebene sich die Herzen der Leichen geholt hatten – war es ein Akt der Ehrerbietung gewesen? Es gab keine Möglichkeit, das zu erfahren – jedes einzelne Tier war so schnell wie möglich mit seinem Preis geflohen. Das Gemetzel an den verratenen Soldaten war besonders grausam gewesen – Gesichter waren weggeschnitten worden. Sie hatten keine Möglichkeit gehabt herauszufinden, wer die einzelnen Gefallenen waren – und das hatte Tool die schmerzlichste aller Wunden beigebracht. Er hatte dort einen Freund verloren.

Der Verrat.

Das Gemetzel.

In Tool würde es keinen Platz für Barmherzigkeit geben. Nicht für die Ahl. Nicht für die letheriische Armee, die so weit von zu Hause weg war.

Und jetzt standen sie da, konnten den letzten Ahl-Krieger fallen sehen, konnten die Kriegshunde im Schlamm sterben sehen, konnten das triumphierende Gebrüll der Letherii hören, auch wenn die ihnen deutlich näheren Plänkler – die die Streitmacht der Barghast gesehen hatten – sich hastig zu ihren Reihen zurückzogen.

Hetan musterte das gewaltige, aufgewühlte Schlachtfeld, auf dem so viele gestorben waren. Dann sagte sie: »Ich kann sie nicht auseinanderhalten.«

Schwall glotzte mit weit aufgerissenen Augen; er wusste nicht, was er denken sollte. Beide Frauen, die den einzelnen Mann flankierten, sahen in seinen Augen furchterregend aus. Die eine, die gerade gesprochen hatte – in einer schrecklichen fremden Sprache – war wie eine Erscheinung aus dem Alptraum eines Halbwüchsigen. Gefahr und Sinnlichkeit, eine Blutrünstigkeit, die Schwall schlicht den Atem raubte – und mit dem Atem schwand ihm auch der Mut. Und seine Männlichkeit.

Die andere Frau war dunkel, klein, aber geschmeidig, und in ein Pantherfell gehüllt. Der blauschwarze Schimmer des Fells schien sich im Zentrum ihrer Augen unter dem kräftigen Brauenwulst zu spiegeln. Eine Schamanin, eine Hexe, oh ja. Eine überaus schreckliche Hexe.

Der Mann war mit ihr verwandt – die Ähnlichkeiten in ihren Gesichtszügen waren unverkennbar, genauso wie ihre eher bescheidene Größe und die krummen Beine. Und so sehr auch die Frauen Schwall zu erschrecken vermochten, die Sturheit, die sich im Gesichtsausdruck des Kriegers zeigte, ließ dem Ahl die Seele gefrieren.

Die größere Frau, deren Gesicht mit weißen Streifen bemalt war, richtete den Blick jetzt auf Schwall und sagte stockend in der Handelssprache: »Du lebst noch. Weil der Krieger auf dem Pferd sich geopfert hat. Aber«, sie deutete mit einem Nicken auf den Wilden mit dem Feuersteinschwert, »er ist noch unentschlossen. Verstehst du?«

Schwall nickte.

Der Mann sagte nichts, und die Frau mit dem weißen Gesicht sah weg, kniff die Augen zusammen. Dann fiel ihr Blick auf den Ranzen, der an einem Lederriemen immer noch von Schwalls Hand baumelte. Sie deutete darauf. »Was trägst du da?«

Der Ahl blinzelte, schaute dann auf die Ledertasche hinunter. Schulterzuckend warf er sie beiseite. »Geschreibsel«, sagte er. »Er hat viele Worte gemalt, wie eine Frau. Aber er war nicht der Feigling, für den ich ihn gehalten hatte. Nein, das war er nicht.«

»Geschreibsel?«

Schwall stellte fest, dass plötzlich Tränen auf seinen Wangen waren. »Der Krieger auf dem Pferd«, sagte er. »Der Mezla.«

Hetan sah, wie ihr Mann bei diesem Wort langsam den Kopf wandte, wie er den Blick auf den Ahl-Krieger richtete, und beobachtete dann, wie sich in Tools Gesicht eine wahre Sturzflut von Erkenntnissen abzeichnete – und alles mit einem schrecklichen Schrei endete, als er sich die Hände vors Gesicht schlug und auf die Knie fiel.

Und sie war plötzlich an seiner Seite, drückte seinen Kopf an ihren Bauch und wiegte ihn, während er einen zweiten durchdringenden Schrei ausstieß und sich ins Gesicht griff.

Der Ahl starrte ihn vollkommen fassungslos an.

Barghast-Krieger kamen aus den Reihen hinter ihnen angerannt – die Jugendlichen, von Tool heiß geliebt, die er als seine eigenen Kinder betrachtete, schwangen ihre Schwerter mit den einschneidigen Hakenklingen. Auf ihren Gesichtern spiegelten sich Betroffenheit und Furcht, als sie nun auf Tool zuströmten.

Hetan hob eine Hand, hieß sie alle stehenbleiben.

Neben ihnen beiden befand sich jetzt Kilava Onass, die sich ihr Pantherfell eng um die Schultern zog. Die Schwester ihres Mannes, deren Herz mehr Leid und Verlust beherbergte, als Hetan begreifen konnte, die jede Nacht weinte, als würde das ein Ritual zu Sonnenuntergang von ihr verlangen. Die das Lager verließ und wortlose Lieder zum Nachthimmel sang – Lieder, die die Ay heulend davonrennen ließen, ein Geheul, das von Trauer und Kummer kündete.

Sie stand jetzt zur Rechten ihres Bruders. Aber sie streckte keine Hand nach unten, schenkte Tool nicht einmal einen mitfühlenden Blick. Stattdessen musterte sie mit ihren dunklen Augen die letheriische Armee. »Sie machen sich für uns bereit«, sagte sie. »Die Tiste Edur schließen sich den letheriischen Soldaten an. Die Reiterei wartet an der alten Küstenlinie. Onos Toolan, wir verlieren Zeit. Du weißt, dass ich bald fortmuss. Sehr bald.«

Tool befreite sich aus Hetans Umarmung. Er sagte nichts, stand einfach nur auf und schritt davon.

Dorthin, wo sein Freund gefallen war.

Der Ahl-Krieger machte einen halben Schritt auf ihn zu. »Nein!«, rief er, sah Hetan flehend an. »Das darf er nicht! Der Mezla – er war ein Freund, ja? Bitte, er darf da nicht hingehen!«

Tool ging weiter.

*»Bitte! Sie haben ihm das Gesicht weggeschnitten!«*

Hetan zuckte zusammen. »Das weiß er«, sagte sie.

Und dann blieb Tool stehen, drehte sich um, sah Hetan in die Augen. »Meine Liebe«, sagte er mit rauer Stimme. »Ich verstehe es nicht.«

Sie konnte nur den Kopf schütteln.

»Sie haben ihn verraten«, fuhr Tool fort. »Doch sieh nur. An diesem Tag. Er ist dem Feind entgegengeritten.«

»Ja«, sagte Hetan. »Um das Leben dieser Kinder zu retten.«

»Ich verstehe es nicht.«

»Du hast mir viele Geschichten von deinem Freund erzählt, Mann. Von Toc dem Jüngeren. Von der Ehre, die er besessen hat. Und so frage ich dich: Wie hätte er es nicht tun können?«

Ihr Herz war kurz davor zu bersten, als sie ihren Geliebten ansah. Diese Imass – sie waren unfähig, irgendetwas von dem zu verbergen, was sie empfanden. Sie besaßen keine der Masken, der Verkleidungen, die die bitteren Geschenke der anderen waren, einschließlich ihrer eigenen Barghast. Und sie kannten keine Kontrolle, keine Beherrschung, was zu einer Trauer führte, die die Seele tiefer verwundete als alles, was Hetan sich vorstellen konnte. *Und wie mit der Trauer, so ist es mit der Liebe. Und mit der Freundschaft. Und so ist es leider auch mit der Loyalität.*

»Sie leben«, sagte Tool dann.

Sie nickte.

Ihr Mann drehte sich um und nahm seine grässliche Reise wieder auf.

Ein ungeduldiges Schnauben von Kilava.

Hetan ging zu dem ledernen Ranzen, den der Ahl-Krieger weggeworfen hatte. Hob ihn auf und hängte ihn sich über die Schulter. »Kilava«, sagte sie. »Knochenwerferin. Führe unsere Barghast in diese Schlacht. Ich gehe zu meinem Mann.«

»Sie werden mir nicht …«

»Mach dich nicht lächerlich. Allein schon ihr Entsetzen wird dafür sorgen, dass sie gehorchen. Außerdem – je eher sie mit dem Gemetzel fertig sind, desto eher wirst du uns verlassen können.«

Kilavas plötzliches Lächeln enthüllte die Eckzähne eines Panthers.

Was Hetan frösteln ließ. *Den Geistern sei Dank, dass du so selten lächelst, Kilava.*

Atri-Preda Bivatt hatte ihren Streitkräften befohlen, sich vom Meeresgrund zurückzuziehen. Zurück auf festeren Boden. Ihr Triumph an diesem Tag war durch den Geschmack der Furcht sauer geworden. Noch eine verdammte Armee, und es war offensichtlich, dass die Neuankömmlinge vorhatten, gegen ihre erschöpften, zerschlagenen und mitgenommenen Streitkräfte in die Schlacht zu ziehen. Angesichts dieser Ungerechtigkeit hatte sie sich nur ein paar Augenblicke stummer Wut gestattet, ehe sie sich wieder dazu gezwungen hatte, ihrer Verantwortung als Befehlshaberin gerecht zu werden.

Sie würden mutig und ehrenvoll kämpfen, obwohl sie sehen konnte, dass es hoffnungslos war, da die barbarische Armee immer noch größer wurde. Siebzigtausend, vielleicht mehr. Diejenigen, die an der Nordküste gelandet waren, aber vielleicht auch die Verbündeten, die die Bolkando gerüchteweise gefunden haben sollten. Sie waren hierher, in den Norden zurückgekehrt – aber warum? Um sich mit den Ahl zu verbünden? Aber dafür war ihre Hauptstreitmacht zu spät gekommen. Bivatt hatte getan, was sie sich vorgenommen hatte, als sie aufgebrochen war; sie hatte getan, was man ihr befohlen hatte. Sie hatte die Ahl ausgerottet.

Siebzigtausend oder zweihunderttausend. Die Vernichtung von Bivatt und ihrer Armee. Das alles spielte in den größeren Zusammenhängen keine Rolle. Das letheriische Imperium würde diese neuen Invasoren zurückdrängen. Und falls das nicht klappen sollte, würden sie sie durch Bestechung von den Bolkando lösen; ja, man würde sie letztlich umdrehen, um ein Bündnis zu schmieden, das in Wogen aus grausamem Gemetzel in die Grenzkönigreiche strömen würde.

Und dann wurde ihr plötzlich klar, dass es vielleicht doch noch eine Möglichkeit gab, aus der Sache rauszukommen. Sie sah sich um, bis sie einen ihrer Finadds entdeckte. »Bereitet eine Delegation vor, Finadd. Wir werden versuchen, mit diesem neuen Feind zu verhandeln.«

»Ja, Atri-Preda.« Der Mann eilte davon.

»Atri-Preda!«

Bivatt drehte sich um und sah, dass Brohl Handar auf sie zukam. Der Aufseher sah in diesem Moment ganz und gar nicht wie ein Imperialer Gouverneur aus. Er war blutverschmiert, und er hielt sein Schwert in einer Hand, an dem dick geronnenes Blut klebte.

»Es scheint, wir kommen am Ende doch nicht zu spät«, sagte er.

»Das sind keine Ahl, Aufseher.«

»Das kann ich deutlich sehen. Und ich kann auch sehen, dass wir beide – Ihr, Atri-Preda und ich – hier heute sterben werden.« Er machte eine Pause, stieß dann ein knurrendes Lachen aus. »Erinnert Ihr Euch noch daran, Atri-Preda, wie Ihr mich davor gewarnt habt, dass Letur Anict versuchen würde, mich zu töten? Und doch bin ich mit Euch und Eurer Armee den ganzen Weg bis hierher marschiert –«

»Aufseher«, unterbrach sie ihn. »Der Repräsentant hat meine Streitmacht mit zehn Assassinen unterwandert. Sie sind alle tot.«

Seine Augen weiteten sich langsam.

»Habt Ihr den großen Soldaten gesehen, der sich so oft in Eurer Nähe aufgehalten hat?«, fuhr Bivatt fort. »Ich habe ihm aufgetragen, Euch am Leben zu halten, und er hat getan, was ich ihm befohlen habe. Unglücklicherweise glaube ich, dass er nun bald an seiner Aufgabe scheitern wird, Aufseher.« *Es sei denn, ich kann mit den Neuankömmlingen verhandeln, so dass wir doch noch irgendwie hier rauskommen.*

Sie musterte die näher kommenden Feinde erneut. Sie reckten jetzt Standarten in die Luft. Nur ein paar, und alle sahen vollkommen gleich aus. Bivatt blinzelte im Licht des Nachmittags.

Und erkannte die Standarten.

Ihr wurde innerlich kalt. »Zu dumm«, sagte sie.

»Atri-Preda?«

»Ich erkenne die Standarten da drüben, Aufseher. Sie werden nicht verhandeln. Und es wird auch nichts nützen, wenn wir uns ergeben.«

»Diese Krieger«, sagte Brohl Handar nach einem Moment, »sind diejenigen, die die Steinhügel errichtet haben.«

»Ja.«

»Dann sind sie also schon lange in unserer Nähe.«

»Zumindest ihre Kundschafter, Aufseher. Und länger als Ihr glaubt.«

»Atri-Preda.«

Sie sah ihn an, musterte sein ernstes Gesicht. »Aufseher?«

»Sterbt wohl, Bivatt.«

»Das habe ich vor. Und Ihr – sterbt wohl, Brohl Handar.«

Brohl Handar verließ die Atri-Preda, schob sich durch eine Reihe von Soldaten. Ließ dabei einen von ihnen – einen ganz besonderen – nicht aus den Augen. Groß, mit einem freundlichen Gesicht, das jetzt schlammverschmiert war.

Der Tiste Edur fing den Blick des Mannes auf und antwortete dem freundlichen Lächeln auf die gleiche Weise.

»Ich sehe, Ihr hattet einen ereignisreichen Tag, Aufseher.«

»Das sehe ich dir auch an«, antwortete Brohl, »und es scheint, als würde noch mehr kommen.«

»Ja. Aber ich sage Euch, ich bin zufrieden. Dieses Mal habe ich zumindest festen Boden unter den Füßen.«

Der Aufseher dachte kurz daran, dem Soldaten einfach zu danken. Dafür, dass er ihn so lange am Leben erhalten hatte. Stattdessen sagte er mehrere Herzschläge lang nichts.

Der Soldat rieb sich das Gesicht. »Zweifellos warten Eure Arapay schon auf Euch, Aufseher«, sagte er. »Seht, der Feind macht sich bereit.«

Und ja, plötzlich wusste Brohl Handar, was er wollte. »Meine Arapay werden auch ohne mich sehr gut kämpfen, Letherii. Ich möchte dich um einen letzten Gefallen bitten.«

»Dann fragt, Aufseher.«

»Ich bitte dich um die besondere Ehre, an deiner Seite zu kämpfen. Bis wir fallen.«

Die sanften Augen des Mannes weiteten sich ein wenig, und dann kehrte das Lächeln schlagartig zurück. »Dann wählt, Aufseher. Zu meiner Rechten oder zu meiner Linken.«

Brohl Handar wählte die linke Seite des Mannes. Was den Schutz seiner eigenen, ungeschützten Flanke betraf, so war ihm der gleichgültig.

Irgendwie erfreute ihn die Wahrheit, die darin lag.

In Drene tobten zu diesem Zeitpunkt Aufstände durch die ganze Nordhälfte der Stadt, und mit der kommenden Nacht würde das Chaos auf die reicheren südlichen Viertel übergreifen.

Venitt Sathad wurde unverzüglich eine Audienz bei Repräsentant Letur Anict gewährt, der ihn vor seinem Schreibtisch stehend erwartete; Anicts blasses, rundes Gesicht glänzte vor Schweiß, und in den Augen des Repräsentanten sah der Verwalter, als er auf ihn zuschritt, eine Art geistiger Abwesenheit, die mit tieferen Belastungen rang. All das sah Venitt, als er weder hastig noch stolzierend auf den Mann zuschritt. Seine Schritte dienten nur einem einzigen Zweck.

Venitt sah, dass Letur Anict plötzlich blinzelte, die Situation blitzschnell neu einschätzte, während er ganz dicht an ihn herantrat.

Und dem Repräsentanten ein Messer ins linke Auge stieß, bis tief ins Gehirn.

Letur Anict brach zusammen, die Waffe kam frei.

Venitt Sathad beugte sich vor und wischte die Klinge am seidenen

Gewand des Repräsentanten sauber; dann richtete er sich wieder auf, drehte sich zur Tür um und verließ den Raum.

Letur Anict hatte eine Frau. Er hatte Kinder. Er hatte auch Wachen gehabt, aber um die hatte Orbyn Wahrheitsfinder sich bereits gekümmert.

Venitt Sathad machte sich daran, alle Erben auszulöschen.

Er handelte jetzt nicht mehr als Agent des Freiheitskonsortiums. Nein, in diesem Augenblick war er nur ein Schuldner.

Dem es gereicht hatte.

Hetan verließ ihren Mann, der noch immer neben dem Leichnam von Toc dem Jüngeren kniete. Sie konnte nicht mehr für ihn tun, und das war kein Versagen. Die raue Trauer eines Imass war wie ein bodenloser Brunnen, einer, der die Ahnungslosen schnappen und sie in nie endende Dunkelheit stürzen lassen konnte.

Einst, vor mittlerweile langer Zeit, hatte Tool vor seinem Freund gestanden, und sein Freund hatte ihn nicht erkannt, und für den Imass – der nun wieder sterblich war, nach abertausenden von Jahren – war dies die Quelle ironischer Heiterkeit gewesen, in der Art eines Schelmenstreichs, bei dem das endgültige Vergnügen darin lag, am Ende die Wahrheit zu enthüllen.

Tool in seiner unmenschlichen Geduld hatte sehr lange mit dieser Enthüllung gewartet. Zu lange, wie sich nun herausstellte. Sein Freund war gestorben, ohne es zu erfahren. Der Schelmenstreich hatte eine Wunde geschlagen, von der ihr Mann sich vermutlich nie wieder erholen würde.

Und daher, das wusste sie tief in ihrem Herzen, war es sehr gut möglich, dass dieser tragische Tag andere Verluste nach sich ziehen könnte. Eine Frau, die ihren Mann verlor. Zwei Töchter, die ihren Adoptiv-Vater verloren, und ein Sohn, der seinen richtigen Vater verlor.

Sie ging dorthin, wo Kilava Onass sich hingestellt hatte, um die Schlacht zu beobachten; es war mehr als eine kleine Barmherzigkeit, dass die Knochenwerferin beschlossen hatte, sich nicht in ihre Wechselgänger-Gestalt zu verwandeln, dass sie tatsächlich den Clans der Weißgesicht-Barghast das überlassen hatte, was sie am besten konnten: in wilder, rasender Wut zu töten.

Hetan sah, dass Kilava unweit einer Stelle stand, an der ein einzelner Reiter gefallen war – getötet von den Waffen der K'Chain Che'Malle, wie sie bemerkte. Auf die typische, bösartige Weise, was in ihr Erinnerungen an die Zeit erwachen ließ, als sie selbst vor solchen schrecklichen Kreaturen gestanden hatte, Erinnerungen, die von einem schmerzhaften Stich begleitet wurden – von der Trauer um ihren Bruder, der an jenem Tag gefallen war.

Kilava beachtete den beinlosen, einarmigen Leichnam nicht, der zehn Schritte zu ihrer Linken lag. Hetan, die plötzlich neugierig war, schaute ihn sich hingegen genauer an.

»Schwester«, sagte sie zu Kilava – und benutzte absichtlich die Bezeichnung, die Kilava am wenigsten mochte –, »sieh doch, der hier trägt eine Maske. War nicht der Kriegsführer der Ahl so maskiert?«

»Ich nehme es an«, sagte Kilava. »Immerhin hat er Rotmaske geheißen.«

»Nun«, sagte Hetan, während sie an den Leichnam herantrat, »der hier trägt die Kleider eines Ahl.«

»Aber er wurde von den K'Chain Che'Malle getötet.«

»Ja, das sehe ich. Trotzdem ...« sie hockte sich hin, musterte die seltsame Maske, die fremdartigen, winzigen Schuppen unter den Schlammspritzern. »Diese Maske ist aus der Haut eines K'Chain, Kilava, das könnte ich schwören, auch wenn die Schuppen ziemlich winzig sind ...«

»Die Kehlhaut einer Matrone«, antwortete Kilava.

Hetan warf ihr einen Blick zu. »Wirklich?« Dann griff sie nach unten und zog dem Mann die Maske vom Gesicht. Betrachtete lange die blassen Gesichtszüge.

Schließlich richtete sie sich wieder auf, warf die Maske weg. »Du hast Recht, das ist nicht Rotmaske.«

»Woher weißt du das?«, fragte Kilava.

»Nun, Ahl-Gewand oder nicht, dieser Mann war ein Letherii.«

Der Vermummte, Hochkönig des Todes, Sammler der Gefallenen, der anspruchslose Herr über mehr Seelen als er zählen konnte – selbst wenn er den Wunsch dazu verspürt hätte, was nicht der Fall war –, stand wartend über einem Leichnam.

Dankenswerterweise war es nur höchst selten der Fall, dass einem Neuankömmling diese spezielle Aufmerksamkeit gewährt wurde. Aber manchmal, dann und wann, kamen Tote an, die gewisse … Überspanntheiten mitbrachten. Und bei demjenigen, der da vor ihm lag, war genau das der Fall.

Nicht zuletzt, weil die Wölfe seine Seele wollten – sie aber nicht bekommen würden –, aber natürlich auch deswegen, weil dieser Sterbliche sich dem Griff des Vermummten wieder und wieder entzogen hatte, und das, obwohl ein jeder sehr gut das süße Geschenk sehen und verstehen würde, das der Lord des Todes geboten hatte.

Außergewöhnliche Leben konnten höchst … außergewöhnlich sein, oh ja.

Man brauchte sich nur das desjenigen anzusehen, der kurze Zeit früher angekommen war. Einen schlichten Geist zu besitzen, war kein Geschenk. Es gab keinen Schleier aus beruhigendem Nichtbegreifen, um die schrecklichen Wunden eines Lebens zu lindern, das dazu ausersehen gewesen war, bis zum Ende durch und durch unschuldig zu bleiben.

Der Vermummte hatte Schnabel das Blut an seinen Händen nicht übelgenommen. Allerdings hatte er Schnabels Mutter und Vater ihre herzlosen Taten sehr übelgenommen.

Nur wenige Priester der Sterblichen verstanden die Notwendigkeit der Wiedergutmachung, obwohl sie in ihren Predigten über die Schuld sehr oft von der Idee als solcher faselten – natürlich immer mit den darin eingewobenen Erpressungen, die letztlich nur die Schatztruhen der Tempel schwellen ließen.

Wiedergutmachung war folglich eine Forderung, die nicht einmal ein Gott ablehnen konnte. Und so war es mit dem Mann namens Schnabel gewesen.

Und so war es jetzt mit demjenigen namens Toc der Jüngere.

»Wach auf«, sagte der Vermummte. »Steh auf.«

Und mit einem langen Seufzer tat Toc der Jüngere, was der Vermummte ihm befahl.

Er stand, taumelte, blinzelte zu dem Tor hinüber, das auf sie beide wartete. »Verdammt«, murmelte Toc, »aber das ist ja mal ein wirklich schlechter Witz von einem Tor.«

»Die Toten sehen, wie sie sehen, Toc der Jüngere. Vor nicht allzu langer Zeit hat es vor Reinheit noch weiß geschimmert.«

»Also *die* arme, irregeleitete Seele tut mir wirklich leid.«

»Natürlich tut sie das. Komm. Geh mit mir.«

Sie setzten sich auf das Tor zu in Bewegung.

»Machst du das für jede Seele?«

»Nein.«

»Oh.« Und dann blieb Toc stehen – oder versuchte zumindest stehenzubleiben, denn seine Beine stapften weiter –, »Warte mal einen Moment, meine Seele wurde den Wölfen versprochen …«

»Zu spät. Deine Seele wurde mir versprochen, Toc der Jüngere. Vor langer Zeit.«

»Tatsächlich? Welcher Idiot war das denn?«

»Dein Vater«, antwortete der Vermummte. »Der im Gegensatz zu Dassem Ultor loyal geblieben ist.«

»Und belohnt hast du ihn damit, dass du ihn getötet hast? Du Dreckstück aus Schweinesch…«

»Du wirst auf ihn warten, Toc der Jüngere.«

»Er lebt noch?«

»Der Tod lügt nie.«

Toc der Jüngere versuchte noch einmal stehenzubleiben. »Vermummter – bitte, ich habe eine Frage.«

Der Gott blieb stehen, sah auf den Sterblichen hinunter.

»Vermummter, warum habe ich immer noch nur ein Auge?«

Der Gott des Todes, der Schnitter der Seelen, antwortete nicht. Er hatte sich das auch schon gefragt.

*Verdammte Wölfe.*

# Kapitel elf

Ich habe das Gesicht der Trauer gesehen
Sie wendet den Blick ab und sieht in die Ferne
Über all diese Brücken
Über die ich gekommen bin
Und jene Bogen, gebunden und geschwungen
Halten unsere Leben, wenn wir wieder zurückgehen
Wie wir damals dachten
Wie wir dachten, dass wir damals gedacht haben
Ich habe des Gesicht der Trauer gesehen
Aber es ist stets abgewandt
Und ihre Worte lassen mich blind zurück
Ihre Augen machen mich stumm
Ich verstehe nicht, was sie zu mir sagt
Ich weiß nicht, ob ich gehorchen soll
Oder in Tränen ausbrechen
Ich habe ihr Gesicht gesehen
Sie spricht nicht
Sie weint nicht
Sie kennt mich nicht
Denn ich bin ein Stein an seinem Platz
Auf der Brücke, über die sie geht

*Ballade der Brückenverbrenner*
Toc der Jüngere

Einst, vor langer Zeit, hatte Onrack der Zerbrochene ein Verbrechen begangen. Er hatte das Ebenbild einer Frau auf die Wand einer Höhle gemalt und so seine Liebe zu ihr bekundet. Seine Hände, seine Augen hatten über eine so große Begabung verfügt, dass er zwei Seelen in jenen Stein gebunden hatte. Seine eigene … das war sein Recht, seine

Entscheidung. Aber die andere Seele, oh, was für eine selbstsüchtige Tat, was für ein grausamer Diebstahl …

Und jetzt stand er vor einer anderen Felswand, in einer anderen Höhle, und betrachtete die Malereien von Tieren, deren wirklichkeitsgetreue Darstellung bis hin zu den Muskelsträngen, den angedeuteten Bewegungen von der Exaktheit eines Genies kündete. Und inmitten der großartigen Kreaturen der Welt da draußen fanden sich unbeholfene Strichzeichnungen der Imass, die in der schlechten Nachahmung eines Tanzes umherhüpften. Leblos, wie es das Gesetz verlangte. Er stand da, immer noch der Zerbrochene, immer noch derjenige, der einer Frau das Leben gestohlen hatte.

Vor langer Zeit, in seiner Gefangenschaft, war jemand in der Dunkelheit zu ihm gekommen, mit sanften Händen und nachgiebigem Fleisch. Er hatte so sehr glauben wollen, dass sie es gewesen war, diejenige, deren Seele er gestohlen hatte. Aber über dieses Wissen verfügte er jetzt nicht mehr; so sehr hatte sich die Erinnerung verwirrt, so sehr hatte all das, was sein Herz glauben wollte, sie durchdrungen.

Und selbst wenn es tatsächlich sie gewesen war – nun, vielleicht hatte sie keine andere Wahl gehabt. Gefangen durch seine Untat, hilflos, seinem Begehren ausgeliefert. Indem er sich selbst zerbrochen hatte, hatte er sie ebenfalls zerstört.

Er streckte eine Hand aus, berührte mit den Fingerspitzen sanft eine der Zeichnungen. Ein Ranag, verfolgt von einem Ay. Im wabernden Licht der Fackel schienen sich beide Tiere zu bewegen, ihre Muskeln zu wogen. Um die Welt zu feiern, in der es keine Reue gab, würden sich die Imass in dieser Höhle Schulter an Schulter versammeln und mit ihren Stimmen den Rhythmus von Atemzügen heraushämmern, das *Schnauben* der Tiere; während andere, die sich in ausgewählten Höhlungen befanden, mit ihren Händen auf Trommeln aus ausgehöhltem Holz und Haut schlugen, bis von allen Seiten das Echo von Hufgetrappel herandonnerte.

*Wir sind die Zeugen. Wir sind die Augen, die für immer draußen gefangen sind. Wir sind von der Welt getrennt worden. Dies ist das Wesen des Gesetzes, des Verbots. Wir erschaffen uns selbst als leblos, schwerfällig, abseits. Einst waren wir wie die Tiere, und es gab kein Innen und kein Außen. Da war nur das Eine, die eine Welt, deren Fleisch und deren Knochen wir waren; Fleisch, das sich nur wenig von Gräsern, Flechten und Bäumen unterschieden hat. Knochen, die sich nur wenig von Holz und Stein unterschieden haben. Wir waren ihr Blut, in dem Flüsse zu den Seen und Meeren strömten.*

*Wir verleihen unserem Kummer, unserem Verlust eine Stimme.*

*Dadurch, dass wir entdeckt haben, was es bedeutet zu sterben, sind wir von der Welt ausgestoßen worden.*

*Dadurch, dass wir Schönheit entdeckt haben, sind wir hässlich gemacht geworden.*

*Wir leiden nicht, wie die Tiere leiden – denn das tun sie gewiss. Wir leiden an der Erinnerung daran, wie es war, bevor das Leiden gekommen ist, und das macht die Wunde noch tiefer, wühlt den Schmerz auf. Es gibt kein Tier, dessen Qual der unseren gleichkommt.*

*Also singt, Brüder. Singt, Schwestern. Und seht im Licht der Fackeln all die Gesichter des Kummers frei aus den Mauern unseres Geistes – aus den Höhlen in unserem Innern – strömen. Seht jene, die gestorben sind und uns verlassen haben. Und singt von eurer Trauer, bis selbst die Tiere das Weite suchen.*

Onrack der Zerbrochene spürte Tränen auf seinen Wangen, und verfluchte sich selbst dafür, ein gefühlvoller Narr zu sein.

Hinter ihm stand schweigend Trull Sengar. Wenn es darum ging, dem närrischen Treiben eines Imass zuzusehen, kannte er keine Ungeduld. Onrack wusste, dass er einfach nur warten würde. Und warten. Bis Onrack seine grimmigen Erinnerungen abschütteln und sich einmal mehr an die Geschenke der Gegenwart erinnern würde. Er würde …

»Die Malereien dieser Tiere künden von einer großen Begabung.«

Der Imass, der immer noch die Felswand anstarrte und immer noch mit dem Rücken zu dem Tiste Edur stand, lächelte in sich hinein. *Also schwelge ich selbst hier und jetzt in verrückten Phantasien, die zwar tröstlich sein mögen, aber keinerlei Bedeutung haben.* »Ja, Trull Sengar. Wahre Begabung. Fähigkeiten wie diese werden durch das Blut weitergegeben, und in jeder Generation ist es möglich, dass sie … aufblühen. Dass sie zu so etwas werden wie dem, was wir hier sehen.«

»Stammt der Maler aus einem der Clans hier? Oder wurden die Bilder vor langer Zeit von jemand anderem gemalt?«

»Der Maler«, sagte Onrack, »ist Ulshun Pral.«

»Und hat er sich mit dieser Begabung das Recht zu herrschen verdient?«

*Nein. Niemals.* »Diese Begabung«, erwiderte Onrack, »ist seine Schwäche.«

»Ist er besser als du, Onrack?«

Er drehte sich um, sein Lächeln war jetzt gequält. »Ich sehe ein paar Schwächen. Ich sehe Hinweise auf Ungeduld. Auf Gefühle, die so frei und wild sind wie die Tiere, die er malt. Und vielleicht sehe ich auch Anzeichen einer Begabung, die er verloren und noch nicht wiederentdeckt hat.«

»Wie verliert man so eine Begabung?«

»Indem man stirbt – und dann wieder zurückkehrt.«

»Onrack«, sagte Trull, und jetzt war ein neuer Ton in seiner Stimme, ein Ernst, der Onrack verunsicherte, »ich habe mit den Imass hier gesprochen. Mit vielen von ihnen. Auch mit Ulshun. Und ich glaube nicht, dass sie jemals gestorben sind. Ich glaube nicht, dass sie jemals T'lan waren und es nur in den zahllosen Generationen vergessen haben, die sie hier gelebt haben.«

»Ja, sie sagen, dass sie zu denen gehört haben, die nicht am Ritual teilgenommen haben. Aber das kann nicht sein, Trull Sengar. Sie müssen Geister sein, die nur durch Willenskraft ihren Körper besitzen und hier in der Zeitlosigkeit des Tores am Ende dieser Höhle festgehalten werden. Mein Freund, sie kennen sich selbst nicht.« Und dann verstummte er. *Ist das möglich?*

»Ulshun Pral sagt, dass er sich an seine Mutter erinnert. Er sagt, sie wäre immer noch am Leben. Auch wenn sie jetzt nicht hier ist.«

»Ulshun Pral ist hunderttausend Jahre alt, Trull Sengar. Oder mehr. Woran er sich erinnert, ist falsch, eine Einbildung.«

»Ich glaube das nicht, nicht mehr. Ich glaube, dass das Geheimnis hier tiefer reicht, als irgendeiner von uns begreift.«

»Lass uns gehen«, sagte Onrack. »Ich möchte dieses Tor sehen.«

Sie verließen die Kammer der Tiere.

Trull war unruhig. Die Malereien hatten irgendetwas in seinem Freund erweckt – und das, was sie erweckt hatten, schmeckte bitter. Er hatte in Onracks Haltung – an seinem Rücken, seinen Schultern – eine Art langsamen Zusammenbruch abgelesen. Die Rückkehr einer alten Last. Und als er das gesehen hatte, hatte er sich gezwungen, etwas zu sagen, das Schweigen zu brechen, bevor Onrack sich selbst zerstören konnte.

*Ja. Die Malereien. Das Verbrechen. Wirst du jemals wieder lächeln, Onrack? Nicht das Lächeln, das du mir gerade gezeigt hast, als du dich zu mir umgedreht hast – das war zu gebrochen, zu bekümmert –, sondern das Lächeln, das ich zu schätzen gelernt habe, seit wir in diese Sphäre gekommen sind.*

»Onrack.«

»Ja?«

»Wissen wir immer noch, worauf wir warten? Ja, Bedrohungen nähern sich. Werden sie durch das Tor kommen? Oder werden sie über die Hügel jenseits des Lagers kommen? Wissen wir wirklich, ob diese Imass tatsächlich bedroht sind?«

»Bereite dich vor, Trull Sengar. Gefahr rückt heran … von allen Seiten.«

»Dann sollten wir vielleicht zu Ulshun Pral zurückkehren.«

»Rud Elalle ist bei ihnen. Es ist noch Zeit genug … sich das Tor anzusehen.«

Wenig später kamen sie an den Rand der riesigen, anscheinend grenzenlosen Höhle, und blieben beide stehen.

Nicht nur ein Tor. *Viele Tore.*

Und in allen brodelte ein stummes, wildes Feuer.

»Onrack«, sagte Trull, während er seinen Speer abnahm, »am besten, du gehst zurück zu Rud Elalle und erzählst ihm davon – dies hier ist nicht das, was er beschrieben hat.«

Onrack deutete auf einen in der Mitte gelegenen Steinhaufen. »Sie hat versagt. Diese Sphäre stirbt, Trull Sengar. Und wenn sie stirbt …«

Ein, zwei Herzschläge lang verstummten sie beide.

»Ich werde rasch zurückkehren, mein Freund«, sagte Onrack schließlich, »so dass du nicht allein stehst – gegen das, was auch immer da durchkommen wird.«

»Ich freue mich darauf, wenn du wieder hier bist«, antwortete Trull. »Also … beeil dich.«

Gut vierzig Schritt vom Lager entfernt erhob sich ein kleiner Hügel, der sich über ein beträchtliches Gebiet erstreckte, gerade so, als wäre er einst ein Atoll gewesen – sofern man annahm, dass diese Ebene einst unter Wasser gestanden hatte, was, wie Igel bei sich dachte, während er über einen von zerbrochenen Muschelschalen übersäten Sandstreifen stapfte, eine ziemlich angemessene Vermutung war. Als er die langgezogene Hügelkuppe erreichte, legte er seine übergroße Armbrust neben einem zutage tretenden sonnengebleichten Kalksteinfelsen ab und ging zum Schnellen Ben hinüber, der im Schneidersitz dasaß und den Blick auf die Hügel gerichtet hatte, die sich zweitausend Schritt im Süden befanden.

»Du bist aber nicht gerade am Meditieren oder so was, oder?«

»Wenn dem so wäre«, fauchte der Magier, »hättest du es jetzt sowieso zerstört und uns möglicherweise alle getötet.«

»Es ist dieses ganze Getue, Ben«, sagte Igel und ließ sich neben dem Magier auf den Kies plumpsen. »Du machst ein verdammtes Ritual daraus, wenn du in der Nase popelst, beim Vermummten, und so kommt's, dass ich einfach keine Ahnung mehr habe, wann ich mit dir sprechen darf und wann nicht.«

»Wenn das so ist, dann sprich doch einfach nie mit mir, und schon sind wir beide glücklich und zufrieden.«

»Elende Schlange.«

»Haarloser Nager.«

In kameradschaftlichem Schweigen saßen die beiden eine Weile nebeneinander, dann streckte Igel einen Arm aus und hob einen dunkelbraunen Feuersteinsplitter auf. Prüfend betrachtete er die geriffelte Schneide.

»Was machst du da?«, wollte der Schnelle Ben wissen.

»Ich denke nach.«

»Ich denke nach«, äffte der Schnelle Ben ihn nach und wiegte bei jeder Silbe den Kopf.

»Ich könnte dir mit dem Ding hier die Kehle durchschneiden. Einfach nur mal kurz drüberziehen.«

»Wir sind nie gut miteinander ausgekommen, stimmt's? Bei den Göttern, ich kann es kaum glauben, wie wir uns da hinten am Fluss umarmt und uns gegenseitig auf den Rücken geklopft haben …«

»Bei dem Bach.«

»Der Wasserstelle.«

»Der Quelle.«

»Würdest du mir jetzt bitte die Kehle durchschneiden, Igel?«

Der Sappeur warf den Splitter weg und klatschte ein paar Mal kräftig in die Hände, um den Staub abzuklopfen. »Weshalb bist du dir so sicher, dass die bösen Buben aus dem Süden kommen?«

»Wer sagt, dass ich mir irgendeiner Sache sicher bin?«

»Also könnte es sein, dass wir an der falschen Stelle sitzen. In die falsche Richtung sehen. Vielleicht werden die anderen in eben diesem Augenblick, wo ich hier mit dir spreche, schon alle abgeschlachtet.«

»Nun, Igel, wenn du meine Meditation nicht unterbrochen hättest, hätte ich vielleicht schon rausbekommen, wo wir im Augenblick sein sollten.«

»Oh, der war gut, Magier.«

»Sie kommen von Süden, weil das die beste Möglichkeit ist, sich zu nähern.«

»Als was – als Karnickel?«

»Nein, als Drachen, Igel.«

Der Sappeur warf dem Magier einen scheelen Blick zu. »Du hast immer irgendwie nach Wechselgänger gerochen, Ben. Kriegen wir jetzt endlich zu sehen, was für ein dürres Biest du in deinem Inneren versteckst?«

»Das ist eine ziemlich beängstigende Art, es auszudrücken, Igel. Und die Antwort lautet: nein.«

»Fühlst du dich noch immer wacklig?«

Der Magier sah ihn an; seine Augen leuchteten und sein Blick war halb wahnsinnig – mit anderen Worten: er wirkte vollkommen normal. »Nein. Ganz im Gegenteil, um die Wahrheit zu sagen.«

»Wie kommt's?«

»Ich habe mich gestreckt, mehr, als ich es jemals zuvor getan habe. Es hat mich … gemeiner gemacht.«

»Tatsächlich.«

»Kling doch nicht so schrecklich beeindruckt, Igel.«

»Alles, was ich weiß, ist Folgendes«, sagte der Sappeur und stand ächzend auf, »wenn sie über dich hinwegrollen, gibt's nur noch mich und einen unerschöpflichen Vorrat an Knallern. Und das passt mir hervorragend.«

»Zerfetz mir bloß nicht meinen Körper, Igel.«

»Auch nicht, wenn du schon tot bist?«

»Vor allem dann nicht, denn ich werde nicht tot sein, ja? Du wirst es nur glauben, weil es so verdammt bequem ist, es zu glauben, denn dann kannst du mit deinen verdammten Knallern ausflippen, bis du in einem vom Vermummten verdammten Krater stehst, der *einen Durchmesser von einer verdammten Länge hat, beim Vermummten*!«

Die letzten Worte hatte er mehr oder weniger herausgeschrien.

Igel sah ihn immer noch schief an. »Kein Grund, so gereizt zu sein«, sagte er in verletztem Tonfall, drehte sich um und ging zu seiner Armbrust zurück, seinem geliebten Werfer. Und murmelte dabei vor sich hin: »Oh, das wird so viel Spaß machen, ich kann's kaum erwarten!«

»Igel!«

»Was?«

»Es kommt jemand.«

»Von wo?«, wollte der Sappeur wissen und lud die Armbrust mit einem Knaller.

»Ha, ha, aus dem Süden, du aufgeblasene Pissblase.«

»Ich hab's gewusst«, sagte Igel und trat an die Seite des Magiers.

Sie hatte beschlossen, so zu bleiben, wie sie war, statt in ihre Wechselgänger-Gestalt zu wechseln. Das würde später kommen. Und daher schritt sie über die Ebene, durch das hohe Gras der Senke. Auf einem Hügelzug direkt voraus standen zwei Gestalten. Das eine war ein Geist, aber vielleicht auch ein bisschen mehr als einfach nur ein Geist. Das andere war ein Magier, und der war ohne Frage mehr als einfach nur ein Magier.

Ein Splitter aus Unbehagen rührte sich in Menandores Gedanken. Der rasch beiseitegefegt wurde. Wenn Rud Elalle diese beiden als Verbündete ausgewählt hatte, würde sie das akzeptieren. Genauso wie die Tatsache, dass er den Tiste Edur und denjenigen rekrutiert hatte, der als Onrack der Zerbrochene bekannt war. Alles … Erschwernisse, aber sie würde nicht die Einzige sein, die sich damit würde herumschlagen müssen, oder?

Die beiden Männer beobachteten sie, als sie den sanften Hang hinaufging. Der eine hielt eine bizarre Armbrust in den Armen. Der andere spielte mit einer Handvoll kleiner, glatt geschliffener Steine, als versuchte er, einen davon zu seinem Lieblingsstein zu machen.

*Das sind Narren. Idioten.*

*Und schon bald werden sie beide Staub sein.*

Sie starrte sie mit ihrem härtesten Blick an, als sie den Rand der Hügelkuppe erreichte. »Ihr beide seid erbärmlich. Warum steht ihr hier – wisst ihr, wer sich nähert? Wisst ihr, dass sie aus dem Süden kommen? Was bedeutet, dass ihr beiden die Ersten sein werdet, die sie sehen. Und daher auch die Ersten, die sie töten werden.«

Der Größere mit der dunkleren Haut drehte sich ein bisschen zur Seite und sagte dann: »Hier kommt dein Sohn, Menandore. Mit Ulshun Pral.« Er runzelte die Stirn. »Der Gang ist mir vertraut … Ich frage mich, warum mir das nicht schon früher aufgefallen ist?«

*Gang? Vertrauter Gang? Er ist tatsächlich verrückt.*

»Ich habe sie herbeigerufen«, sagte sie und verschränkte die Arme. »Wir müssen uns auf die Schlacht vorbereiten.«

Der Kleinere grunzte. »Wir wollen keine Gesellschaft«, sagte er. »Also geh irgendwo anders hin, wenn du kämpfen willst.«

»Ich bin versucht, deinen Schädel zwischen meinen Händen zu zermalmen«, sagte Menandore.

»Das klappt nicht«, murmelte der Magier. »Das beult sich alles immer wieder aus.«

Der mit der Armbrust grinste sie breit an.

»Ich versichere euch, dass ich nicht die Absicht habe, auch nur annähernd in eurer Nähe zu sein«, sagte Menandore, »obwohl ich hoffe, dass ich nahe genug sein werde, um euren grässlichen Tod mit anzusehen.«

»Warum bist du dir so sicher, dass er grässlich sein wird?«, fragte der Magier, der jetzt einen Kieselstein besonders ausgiebig betrachtete und ihn ins Licht hielt, als wäre es irgendein Edelstein, aber Menandore konnte sehen, dass es keiner war. Sondern einfach nur ein Stein, und noch dazu ein undurchsichtiger.

»Was tust du da?«, wollte sie wissen.

Er schaute sie an, schloss die Hand um den Stein und schob sie hinter seinen Rücken. »Nichts. Warum? Wie auch immer, ich hatte dir eine Frage gestellt.«

»Und – bin ich verpflichtet, sie zu beantworten?« Sie schnaubte.

Rud Elalle und Ulshun Pral erreichten die Hügelkuppe und blieben ein paar Schritte hinter dem Magier und seinem Kameraden stehen.

Menandore sah den harten Ausdruck im Gesicht ihres Sohnes. *Hätte ich erwarten können, irgendetwas anderes zu sehen? Nein. Nicht in dieser Sache.* »Geliebter Sohn ...«

»Der Finnest ist mir egal«, sagte Rud Elalle. »Ich werde mich dir in deinem Kampf nicht anschließen, Mutter.«

Sie starrte ihn an, und ihre Augen weiteten sich, während sie gleichzeitig wütend zu lodern begannen. »Das musst du aber! Ich kann nicht gegen beide kämpfen!«

»Du hast neue Verbündete«, sagte Rud Elalle. »Diese beiden Männer hier, die in eben diesem Augenblick den Weg bewachen ...«

»Diese hirnlosen Tölpel? Mein Sohn, du schickst mich in den Tod!«

Rud Elalle straffte sich. »Ich bringe meine Imass von hier fort, Mutter. Sie sind das Einzige, was mir etwas bedeutet ...«

»Mehr als das Leben deiner Mutter?«

»Mehr als der Kampf, den sie unbedingt ausfechten will!«, bellte er sie an. »Dieser Kampf – diese Fehde – das ist nicht meine Sache. Sondern deine. Es war *immer* deine Sache! Ich will nichts damit zu tun haben!«

Menandore schrak vor der Wut ihres Sohnes zurück. Versuchte, ihm in die Augen zu blicken, doch sie schaffte es nicht und wandte den Blick ab. »So sei es«, flüsterte sie. »Dann geh, mein Sohn, und nimm deine erwählte Sippe mit. Geh!«

Aber als Rud Elalle nickte und sich umdrehte, sprach sie noch einmal, und dieses Mal war ihr Tonfall härter als je zuvor. *»Aber ohne ihn.«*

Ihr Sohn drehte sich um, sah, dass sie auf den Imass an seiner Seite deutete.

Ulshun Pral.

Rud Elalle runzelte die Stirn. »Was? Ich verstehe nicht ...«

»Nein, mein Sohn, *das tust du tatsächlich nicht.* Ulshun Pral muss hierbleiben.«

»Ich werde nicht zulassen ...«

Und dann legte der Anführer der Bentract Rud Elalle eine Hand auf den Arm, um ihn zu beruhigen – weil der kurz davor war, sich in seine Drachengestalt zu verwandeln, um sich in den Kampf gegen seine eigene Mutter zu stürzen.

Menandore wartete, äußerlich ruhig, gelassen, obwohl ihr Herz wild in ihrer Brust hämmerte.

»Sie spricht die Wahrheit«, sagte Ulshun Pral. »Ich muss bleiben.«

»Aber warum?«

»Weil ich ein Geheimnis hüte, Rud Elalle. Das Geheimnis, nach dem sie alle streben. Wenn ich mit dir gehe, werden alle uns verfolgen. Verstehst du? Also, ich bitte dich, führe mein Volk weg von hier, an einen sicheren Ort. Führe sie fort, Rud Elalle, und zwar rasch!«

»Wirst du jetzt an meiner Seite kämpfen, mein Sohn?«, wollte Menandore wissen. »Um dafür zu sorgen, dass Ulshun Pral überlebt?«

Aber Ulshun Pral schob Rud Elalle bereits weg. »Tu, worum ich dich gebeten habe«, sagte er zu Menandores Sohn. »Ich kann nicht sterben, während ich um mein Volk fürchte – bitte, *führe sie weg.*«

Jetzt meldete sich der Magier zu Wort. »Wir werden unser Bestes tun, um ihn zu schützen, Rud Elalle.«

Menandore schnaubte verächtlich. »Du riskierst so etwas?«, fragte sie ihren Sohn.

Rud Elalle starrte den Magier an, dann den lächelnden Mann mit der Armbrust, und sie sah, wie eine merkwürdige Ruhe sich auf den Gesichtszügen ihres Sohnes abzeichnete – und der Splitter der Unruhe kehrte stechend zu ihr zurück.

»Das werde ich«, sagte Rud Elalle und streckte die Hand nach Ulshun Pral aus. Eine sanfte Geste, eine Hand, welche die Wange des Imass leicht berührte. Dann trat Rud Elalle zurück, drehte sich um und machte sich auf den Weg zurück ins Lager.

Menandore wirbelte zu den beiden Männern herum. »Ihr verdammten Narren!«

»Schon allein deswegen«, sagte der Magier, »werde ich dir meinen Lieblingsstein nicht geben.«

Igel und der Schnelle Ben blickten ihr nach, wie sie den Hang hinunterging.

»Das war merkwürdig«, murmelte der Sappeur.

»Und wie.«

Sie schwiegen die nächsten hundert Herzschläge, dann drehte Igel sich zum Schnellen Ben um. »Also – was denkst du?«

»Du weißt genau, was ich denke, Igel.«

»Dann also das Gleiche wie ich.«

»Das Gleiche.«

»Sag mir was, Ben.«

»Was?«

»War das wirklich dein Lieblingsstein?«

»Welchen meinst du – den, den ich in der Hand hatte? Oder den, den ich ihr in ihren schicken Umhang geschnippt habe?«

Sheltatha Lores Haut war von den Jahrtausenden, die sie im Torf begraben gewesen war, runzlig und fleckig geworden, so dass ihr Anblick tatsächlich mehr als alles andere dem einer Ikone der Abenddämmerung glich. Passend zu ihren rötlichen Haaren und dem unergründlichen Farbton ihrer Augen trug sie einen Umhang aus dunklem Burgunderrot, schwarze Lederbeinlinge und ebensolche Stiefel. Ein bronzebesetztes Wams schmiegte sich eng an ihre Brust.

An ihrer Seite – und ebenso wie Sheltatha den Hügeln zugewandt – stand Sukul Ankhadu, Dippel, an deren Händen und bloßen Unterarmen die fleckige Haut zu sehen war, der sie ihren Namen verdankte. Um ihre schlanken Schultern trug sie einen letheriischen Nachtumhang, wie er jetzt im Imperium von den Adligen und den Frauen der Tiste Edur getragen wurde, obwohl dieser hier etwas schlechter zu tragen war.

»Diese Sphäre wird schon bald nichts als Staub sein«, sagte Sheltatha Lore.

»Das erfreut dich, Schwester?«

»Vielleicht nicht so sehr, wie es dich erfreut, Sukul. Warum ist dieser Ort in deinen Augen eine Abscheulichkeit?«

»Ich mag die Imass nicht. Stell dir vor, ein Volk, das hunderttausende von Jahren im Dreck von Höhlen rumwühlt. Nichts baut. Ihr ganzer

Werdegang existiert als Erinnerung, ist gefangen – und so verdreht wie in Verse gequetschte Geschichten, die jede Nacht gesungen werden. Sie sind fehlerhaft. In ihren Seelen muss es einen Fehler geben, eine Schwäche. Und die hier, die haben sich selbst betrogen, so dass sie glauben, sie würden tatsächlich existieren.«

»Nicht alle von ihnen, Sukul.«

Dippel wedelte wegwerfend mit einer Hand. »Wer hier am meisten versagt hat, Sheltatha, ist der Lord des Todes. Wenn der Vermummte nicht so gleichgültig wäre, hätte diese Sphäre niemals so lange überdauern können, wie sie es getan hat. So eine Achtlosigkeit erzürnt mich.«

»Und daher«, sagte Sheltatha Lore mit einem Lächeln, »wirst du das Ableben dieser Imass beschleunigen, obwohl sie – da die Sphäre auf alle Fälle sterben wird – sowieso dem Untergang geweiht sind.«

»Du verstehst es nicht. Die Situation hat sich … verändert.«

»Wie meinst du das?«

»Ihre Einbildung«, sagte Sukul, »hat sie wirklich werden lassen. Sie sind jetzt sterblich. Blut, Fleisch und Knochen. Sie können bluten, können sterben. Doch sie wissen nichts über die bevorstehende Auslöschung ihrer Welt. Sie zu töten, wird ein Akt der Gnade sein, Schwester.«

Sheltatha Lore gab ein undeutliches Geräusch von sich. »Ich kann es kaum erwarten zu hören, wie sie dir danken.«

In diesem Augenblick tauchte ein golden-weißer Drache in ihrem Blickfeld auf, segelte flach über den Hügelkuppen heran.

Sukul Ankhadu seufzte. »Es geht los.«

Der Wechselgänger kam den Hang herunter und glitt genau auf sie zu. Sich aufrichtend, aber noch immer gut fünfzig Schritt entfernt, legte der Drache seine Flügel an und faltete sie zusammen, während seine Hinterbeine sich nach unten auf den Boden senkten.

Ein verwaschener Wirbel hüllte das Tier ein, und einen Augenblick später kam Menandore aus dem würzig riechenden Tumult geschritten.

Sheltatha Lore und Sukul Ankhadu warteten schweigend, und ihre Gesichter waren ausdruckslos, während Menandore näher kam und schließlich fünf Schritt von ihnen entfernt stehen blieb. Der Blick ihrer lodernden Augen wanderte von einer Schwester zur anderen und wieder zurück. »Sind wir uns also immer noch einig?«, fragte sie.

»Welch glorreicher Augenblick«, bemerkte Sheltatha Lore.

Menandore runzelte die Stirn. »Es muss sein. Zumindest sollten wir in dieser Angelegenheit einvernehmlich sein. Ich kann nicht allein stehen, kann die Seele von Scabandari nicht bewachen. Der Finnest darf nicht in seine Hände fallen.«

Ein kurzes Luftholen von Sukul. »Dann ist er also in der Nähe?«

»Oh ja. Ich habe die Augen von einem gestohlen, der mit ihm reist. Wieder und wieder. In eben diesem Augenblick nähern sie sich dem letzten Tor, schauen auf seine Wunde und stehen vor dem zerrissenen Kadaver dieser närrischen Imass, dieser Knochenwerferin, die dachte, sie könnte es mit ihrer eigenen Seele versiegeln.« Menandore grinste höhnisch. »Stellt euch nur vor, welche Unverfrorenheit darin liegt. Starvald Demelain. Die eigentlichen Kammern von K'ruls Herz! Wusste sie denn nicht, wie ihn das geschwächt hat? Wie es *alles* geschwächt hat?«

»Also töten wir drei Silchas Ruin«, sagte Sheltatha Lore. »Und dann die Imass.«

»Mein Sohn hat sich entschlossen, sich in dieser letzten Sache gegen uns zu wenden«, sagte Menandore. »Aber die Imass haben ihre Nützlichkeit überlebt. Wir werden Rud verwunden, wenn wir müssen, aber wir werden ihn nicht töten. Einverstanden? Ich will euer Wort, was das angeht. Erneut. Hier und jetzt, Schwestern.«

»Einverstanden«, sagte Sheltatha Lore.

»Ja«, sagte Sukul Ankhadu, »obwohl es die Dinge wahrscheinlich etwas erschweren wird.«

»Damit müssen wir leben«, sagte Menandore und drehte sich um. »Es ist so weit.«

»Schon?«

»Ein paar armselige Sterbliche wollen sich uns in den Weg stellen – die müssen wir zuerst zerschmettern. Und Silchas Ruin hat Verbündete. Unser Tagewerk beginnt jetzt, Schwestern.«

Mit diesen Worten begann sie auf die Hügel zuzuschreiten und verwandelte sich in ihre Drachengestalt.

Hinter ihr wechselten Sheltatha Lore und Sukul Ankhadu einen Blick und entfernten sich dann ein paar Schritte voneinander, um sich den Platz zu geben, den sie brauchten.

Um sich in Drachen zu verwandeln.

Dämmer, Duster und diejenige, die als Dippel bekannt war. Ein Drache in Gold und Weiß. Einer fleckig braun und halb verwest. Der letzte getüpfelt, weder Licht noch Dunkel, sondern das unbehagliche Wechselspiel zwischen beiden. Wechselgänger mit dem Blut Tiams, der Mutter. Mit gewaltigen Schwingen und Schlangenhälsen, mit Krallen und Schuppen, das Blut von *Eleint*.

Sie erhoben sich auf Böen aus reiner Zauberei in die Luft. Menandore führte die Keilformation an. Zu ihrer Linken Sheltatha Lore. Zu ihrer Rechten Sukul Ankhadu.

Die Hügel vor ihnen sanken nach unten, als sie ihre gewaltigen Körper immer höher schwangen.

Sie ließen den Bergrücken hinter sich, den alten Rand einer alten Küste, und die Sonne fing sich in glänzenden Schuppen, erblühte durch die Haut von Schwingen, während unter ihnen drei Schatten über Gräser und Felsen rasten – Schatten, die kleine Säugetiere in Deckung hasten, die Vögel kreischend auffliegen und die Hasen erstarren ließen.

Bestien jagten am Himmel, und nichts auf dem Boden war vor ihnen sicher.

Eine flache Landschaft, von buckligen Erhebungen übersät – tote Drachen, so grässlich wie aufgebrochene Hügelgräber, aus denen Knochen ragten, umgeben von Gespinsten aus vertrockneter Haut und Sehnen. Die Flügel gebrochen wie die Wrackteile gestrandeter Schiffe. Hälse, die verdreht am Boden lagen, Köpfe, deren Haut geschrumpft, zurückgewichen war und so leere Augenhöhlen und Höhlungen unter den Backenknochen den Blicken preisgab. Mit grauem Staub überzogene Fänge, gebleckt wie in ewigem Trotz.

Seren Pedac hatte nicht geglaubt, dass es einst so viele Drachen gegeben hatte. Um die Wahrheit zu sagen, hatte sie noch nicht einmal geglaubt, dass diese Kreaturen überhaupt existiert hatten, abgesehen von denen, die ihren eigenen Körper in eine solche Gestalt verwandeln konnten, wie Silchas Ruin. Waren das hier, hatte sie sich anfangs gefragt, alles Wechselgänger? Aus irgendeinem Grund wusste sie, dass die Antwort *nein* lautete.

Dies hier waren echte Drachen, und Silchas Ruins grässliche geflügelte Gestalt war nichts weiter als ihre Nachäffung. Der es an Majestät fehlte. An Reinheit.

Die Knochen und Flügel waren nicht durch Gewalt, sondern vom Alter zerschmettert worden. Keines dieser Wesen lag im Tode lang ausgestreckt da. Keines wies klaffende Wunden auf. Sie alle hatten ihre letzte Haltung selbst angenommen.

*»Wie Schmeißfliegen auf einem Fenstersims«,* hatte Udinaas gesagt. *»Die auf der falschen Seite waren und versucht haben rauszukommen. Aber das Fenster ist zugeblieben. Für sie, vielleicht für alle und* alles. *Oder … vielleicht eben doch nicht für alles.«* Und dann hatte er gelächelt, als ob der Anblick ihn erheitert hätte.

Sie hatten das Tor, das offensichtlich ihr Ziel war, schon aus großer Entfernung gesehen, und es hatte tatsächlich den Anschein, als würden die toten Drachen ringsum immer zahlreicher werden, je näher sie ihm kamen. Die Flanken des Torbogens waren hoch wie Türme, und so dünn, dass sie skelettartig wirkten, während der Bogen selbst in sich verdreht schien, wie ein riesiges Spinnennetz, das um einen toten Zweig gewickelt war. Dieser Rahmen umschloss eine graue, glatte Mauer, die einen schwachen Wirbel zu bilden schien – der Weg in eine andere Welt. Wo, wie ihnen mittlerweile allen klar war, die Überreste von Scabandaris Seele zu finden waren – von Vater Schatten, dem Verräter. *Blutauge.*

Seren Pedac hatte den Eindruck, dass die leblose Luft faulig wirkte, als würde unermessliche Trauer jeden Atemzug in dieser Sphäre beflecken, ein trostloser Duft, der auch nach zahllosen Jahrtausenden nicht verblassen wollte. Es machte sie krank, saugte ihr die Kraft aus den Gliedern, aus ihrem Verstand. So beängstigend das Portal da vor ihr auch war, sie sehnte sich danach, sich durch die graue, formlose Barriere zu kämpfen. Sehnte sich nach einem Ende von dem hier. Von allem.

Es gab einen Weg, davon war sie überzeugt – es *musste* einfach einen Weg geben –, durch Verhandlungen die rasch näherrückende Auseinandersetzung zu überstehen. War dies nicht ihre einzige Begabung, die einzige Fähigkeit, die sie sich zugestand?

Drei Schritte vor ihr gingen Udinaas und Kessel; die kleine Hand des

Mädchens ruhte in seiner viel größeren, viel zerschlageneren. Dieser Anblick – den sie im wahrsten Sinne des Wortes die ganze Zeit, seit sie an diesem grimmigen Ort angekommen waren, vor Augen gehabt hatte – war noch eine weitere Quelle von Kummer und Unbehagen. War nur er in der Lage, alle seine Alpträume beiseitezuschieben, um dieses einsame, verlorene Kind zu trösten?

Vor langer Zeit, ganz am Anfang dieser Reise, hatte Kessel sich dicht an Silchas Ruin gehalten. Denn er war derjenige gewesen, der durch den sterbenden Azath zu ihr gesprochen hatte. Außerdem hatte er Eide geschworen, sie und das aufkeimende Leben, das zu ihr zurückgekehrt war, zu beschützen. Und daher hatte sie ihren Wohltäter genau so bewundernd angesehen, wie man das unter diesen Umständen von einem Findelkind erwarten konnte.

Aber jetzt war es nicht mehr so. Oh, Seren Pedac sah genug kleine Gesten, die die alte Loyalität unterstrichen, die Fäden, die diese beiden so unterschiedlichen Lebewesen miteinander verbanden – der gemeinsame Geburtsort so wie die kostbare Erkenntnis, was Einsamkeit bedeutete, die Entfremdung von allen anderen. Aber Silchas Ruin hatte … mehr von sich gezeigt. Hatte auf seine kalte, gleichgültige Weise eine atemberaubende Brutalität zu erkennen gegeben. *Oh, und wie sehr unterscheidet sich das von Kessels Geschichten darüber, wie sie in Letheras Leute umgebracht hat? Wie sie ihr Blut getrunken und ihre Körper an den hungrigen, bedürftigen Boden des Azath verfüttert hat?*

Dennoch, Kessel zeigte keines dieser Bedürfnisse mehr. Dadurch, dass sie ins Leben zurückgekehrt war, hatte sie ihre alte Lebensweise aufgegeben, war mit jedem Tag, der vergangen war, mehr und mehr einfach ein junges Mädchen geworden. Ein Waisenkind.

Die wieder und wieder die endlosen Streitereien und das Gezänk ihrer Adoptivfamilie miterlebt hatte. All die unbestrittenen Drohungen, einschließlich des Todes. *Ja, das ist es, was wir ihr gewährt haben.*

*Und Silchas Ruin steht wohl kaum über all diesen Dingen, oder?*

Aber was war mit Udinaas? Er hatte keine große Begabung gezeigt, keine große Macht. Um die Wahrheit zu sagen, hatte er nichts als eine tiefe Verletzlichkeit offenbart.

*Oh, das ist es, was sie zu ihm hinzieht. Was er ihr zurückgibt, wenn sie sich an den Händen halten, mit dem sanften Lächeln, das sogar seine traurigen Augen erreicht.*

Udinaas, das wurde Seren Pedac plötzlich klar – und es erschreckte sie –, war das einzige wirklich liebenswerte Mitglied ihrer Gruppe.

Sich selbst konnte sie auf gar keinen Fall zu denjenigen hinzuzählen, denen irgendjemand von den anderen zumindest möglicherweise ein aufrichtiges Gefühl der Wärme entgegenbrachte – nicht, seit sie Udinaas' Geist vergewaltigt hatte. Aber selbst davor hatte sie gezeigt, dass es mit ihren Fähigkeiten auf dem Gebiet der Kameradschaft nicht sonderlich weit her war. Dazu war sie zu grüblerisch und viel zu oft mutlos – das Erbe all dessen, was sie in ihrem Leben getan – und nicht getan – hatte.

Durch den Staub stapfend, mit Clip und Silchas Ruin deutlich vor den anderen und auf allen Seiten von immer mehr Drachenkadavern umgeben, kamen sie dem hoch aufragenden Tor immer näher. Forcht Sengar, der zwei Schritt hinter ihr zu ihrer Linken gegangen war, kam jetzt an ihre Seite. Seine Hand lag auf dem Schwertgriff.

»Seid kein Narr«, zischte sie ihm zu.

Seine Gesichtszüge waren ernst, die Lippen zusammengepresst.

Vorne erreichten Clip und Silchas das Tor und blieben stehen. Beide schienen nach unten zu schauen, auf eine nur undeutlich erkennbare, ziemlich kleine Gestalt auf dem Boden.

Udinaas wurde langsamer, als das Kind, dessen Hand er hielt, anfing, ihn zurückzuziehen. Seren Pedac sah, wie er nach unten blickte und sehr leise etwas sagte.

Falls Kessel antwortete, waren ihre Worte nur ein Flüstern.

Der ehemalige Sklave nickte, und einen Augenblick später gingen sie weiter; Kessel hielt nun mit ihm Schritt, und sie schien auch nicht mehr widerwillig zu sein.

Warum hatte sie sich davonmachen wollen?

Und was hatte er gesagt, dass sie so schnell wieder bereit war weiterzugehen?

Sie kamen näher, und Seren Pedac hörte Forcht Sengar leise seufzen. »Sie sehen sich einen Leichnam an«, sagte er.

*Oh, Abtrünniger, beschütze uns!*

»Freisprecherin«, murmelte der Tiste Edur, so leise, dass nur sie es hören konnte.

»Ja?«

»Ich muss wissen ... wie Ihr Euch entscheiden werdet.«

»Ich habe nicht vor, mich zu entscheiden«, bellte sie ihn plötzlich verärgert an. »Sind wir denn diesen ganzen Weg zusammen gegangen und bis hierher gekommen, nur um uns jetzt gegenseitig zu töten?«

Er gab ein Brummen von sich, und seine Erheiterung hatte etwas Gequältes. »Sind wir denn so gleichwertig?«

»Aber wenn es wirklich so hoffnungslos ist, warum dann überhaupt etwas versuchen?«

»Bin ich dann also so weit gekommen, nur um jetzt beiseitezutreten? Ich muss tun, was ich tun muss, Freisprecherin. Werdet Ihr an meiner Seite stehen?«

Sie hatten haltgemacht, noch ein gutes Stück von den anderen entfernt, die sich jetzt alle um den Leichnam versammelt hatten. Seren Pedac nahm ihren Helm ab und fuhr sich durch die verschwitzen Haare.

»Freisprecherin«, hakte Forcht nach, »Ihr habt gezeigt, dass Ihr über Macht verfügt – Ihr seid nicht mehr die Schwächste von uns. Wie Ihr Euch entscheidet, könnte sehr wohl darüber entscheiden, ob wir leben oder ob wir sterben.«

»Forcht, was wollt Ihr ... was habt Ihr mit Scabandaris Seele vor?«

»Erlösung«, antwortete er unverzüglich. »Für die Tiste Edur.«

»Wie stellt Ihr Euch das vor – wie soll Scabandaris gebrochene, zerfetzte Seele eine solche Erlösung gewähren?«

»Ich werde sie erwecken, Freisprecherin – und gemeinsam werden wir Kurald Emurlahn säubern. Wir werden das Gift, das uns heimsucht, vertreiben. Und vielleicht werden wir das verfluchte Schwert meines Bruders zerschmettern.«

*Das ist zu unklar, du verdammter Narr. Selbst wenn du Scabandari aufweckst – könnte er nicht seinerseits von dem Gift und der Macht, die es verspricht, versklavt werden? Und was ist mit seinen eigenen Wünschen und Begierden – was ist mit der Rache, die er selbst nehmen wollen wird?* »Forcht«, sagte sie, und fühlte sich plötzlich so müde, dass es sie beinahe lähmte, »Euer Traum ist hoffnungslos.«

Und sah ihn zurückzucken, sah den schrecklichen Rückzug in seinen Augen.

Sie schenkte ihm ein schwaches Lächeln. »Ja, lasst dies den Grund sein, Euren Eid zu brechen, Forcht Sengar. Ich bin es nicht wert, beschützt zu werden, schon gar nicht im Namen eines toten Bruders. Ich hoffe, dass Ihr das jetzt erkennt.«

»*Ja*«, flüsterte er.

Und in diesem Wort schwang so viel Kummer, dass Seren Pedac beinahe aufgeschrien hätte. Und dann mit sich selbst haderte. *Es ist das, was ich gewollt habe! Verdammt! Was ich gewollt habe. Gebraucht habe. Es ist das, was sein muss!*

*Oh, gesegneter Abtrünniger, wie du ihn verletzt hast, Seren Pedac. Sogar den hier. Genau wie all die anderen.*

Und sie wusste in diesem Augenblick, dass es keine Verhandlungen geben würde. Keinen Weg durch das, was kommen würde.

*So sei es. Zähle nicht auf mich, Forcht Sengar. Ich kenne meine Macht nicht einmal, weiß nicht, wie ich sie richtig kontrollieren soll. Also, zähle nicht auf mich.*

*Aber ich werde für dich tun, was ich kann.*

Ein Versprechen, aber eines, das sie nicht laut aussprechen würde, denn dafür war es nun zu spät. Das konnte sie in seinen jetzt kalten Augen, in seinen jetzt verhärteten Gesichtszügen erkennen.

*Es ist besser, dass er nichts erwartet, oh ja. So dass er, wenn ich versagen sollte …* Aber sie konnte diesen Gedanken nicht beenden, nicht mit all den Worten, die folgen sollten, und die so hell in ihrem Geist loderten – *wenn ich aus Feigheit versagen sollte …*

Forcht Sengar setzte sich wieder in Bewegung, ließ sie zurück. Als sie ihm folgte, sah sie, dass er den Griff seines Schwertes nicht mehr umklammerte. Tatsächlich schien er plötzlich lockerer, entspannter zu sein als sie ihn je zuvor gesehen hatte.

In jenem Moment verstand sie die Bedeutung einer solchen Verwandlung nicht. In einem Krieger. In einem Krieger, der wusste, wie man tötet.

Vielleicht hatte er schon immer gewusst, wo diese Reise enden würde. Vielleicht war jener anscheinend zufällige erste Besuch alles andere als das gewesen, und Udinaas war gezeigt worden, wo jede einzelne von den Entscheidungen, die er in der Zwischenzeit getroffen hatte, ihn hinführen würde, so unausweichlich wie die Gezeiten. Und jetzt war er schließlich hier angespült worden, als Geröll im schlammigen Wasser.

*Werde ich bald ein Ranag-Kalb essen? Ich glaube nicht.*

Der Leichnam der Imass war ein mitleiderregendes Ding. Vertrocknet, die Gliedmaßen angezogen, als die Sehnen sich zusammengezogen hatten. Die wilde Masse ihrer Haare war gewachsen wie die Wurzeln eines toten Baumes, die Nägel ihrer plumpen Finger sahen aus wie abgeflachte Krallen in der Farbe eines Schildkrötenpanzers. Die beschmutzten Granate, die ihre Augen waren, waren tief in die Höhlen eingesunken, doch sie schienen noch immer unheilvoll in den Himmel hinaufzustarren.

*Ja, die Knochenwerferin. Die Hexe, die ihre Seele geopfert hat, um die Wunde zu stillen. Wie edel war doch dieses gescheiterte, nutzlose Opfer. Nein, Frau, um dich werde ich nicht weinen. Du hättest einen anderen Weg finden müssen. Du hättest am Leben bleiben müssen, hättest bei deinem Stamm bleiben und sie aus ihrer dunklen Höhle gesegneter Unwissenheit herausführen müssen.*

»Die Welt auf der anderen Seite stirbt«, sagte Clip, und es klang beinahe erfreut. Ringe sangen an den Enden der Kette. Der eine silbern, der andere golden, und beide drehten sich so schnell, dass sie nur verschwommen zu erkennen waren.

Silchas Ruin beäugte den jungen Tiste Andii. »Clip, du bist immer noch blind gegenüber der … Notwendigkeit.«

Ein schwaches, spöttisches Lächeln. »Wohl kaum, Weiße Krähe, wohl kaum.«

Der Albino-Krieger drehte sich um, richtete seine unheimlichen, geröteten Augen auf Udinaas. »Ist sie immer noch bei uns?«

Kessels Hand spannte sich in der des ehemaligen Sklaven an, und alles, was er tun konnte, war, beruhigend zurückzudrücken. »Sie hat vor wenigen Augenblicken abgeschätzt, wo wir uns befinden«, antwortete Udinaas, was ihm ein Zischen von Clip einbrachte. »Aber jetzt, nein.«

Silchas Ruin richtete den Blick auf das Tor. »Dann bereitet sie sich also auf uns vor. Auf der anderen Seite.«

Udinaas zuckte die Schultern. »Ich nehme es an.«

Seren Pedac regte sich und fragte: »Bedeutet das, dass sie den Finnest besitzt? Silchas? Udinaas?«

Aber Silchas Ruin schüttelte den Kopf. »Nein. Das hätten sie nicht geduldet. Weder ihre Schwestern, noch die mächtigen Aufgestiegenen, die ihn einst geschaffen haben …«

»Und warum sind sie dann nicht hier?«, wollte Seren wissen. »Was bringt Euch auf den Gedanken, dass sie es dulden werden, dass Ihr ihn besitzt, Silchas Ruin, wenn sie es sich nicht bieten lassen, dass Menandore ihn besitzt – denn wir sprechen doch über Menandore, oder?«

Udinaas schnaubte. »Es gibt wirklich keinen Stein in meinem Kopf, den Ihr nicht umgedreht habt, was, Freisprecherin?«

Silchas antwortete nicht auf ihre Frage.

Der ehemalige Sklave warf einen Blick auf Forcht Sengar und sah einen Krieger, der bereit war, in die Schlacht zu ziehen. *Ja, wir sind so kurz davor, was? Oh, Forcht Sengar, ich hasse dich nicht. Tatsächlich mag ich dich wahrscheinlich sogar. Mag sein, dass ich mich über die Ehre lustig mache, die du besitzt. Mag sein, dass ich den Pfad verachte, den du erwählt hast.*

*Genauso, wie ich diese Knochenwerferin verachtet habe, und ja, Edur, aus genau den gleichen Gründen.*

*Weil ich nicht folgen kann.*

Udinaas löste sanft seine Hand von Kessels Hand und nahm dann den Imass-Speer ab, den er sich auf den Rücken gebunden hatte. Er ging zu Seren Pedac. Legte ihr die Waffe in die Hände, achtete nicht auf ihre hochgezogenen Brauen, die Verwirrung, die sich in ihren Blick stahl.

*Ja, Freisprecherin. Wenn du versuchen wirst, Forcht Sengar zu helfen – und ich glaube, dass du das tun wirst –, dann brauchst du diese Waffe dringender als ich.*

*Denn ich habe schließlich vor wegzulaufen.*

Silchas Ruin zog seine beiden Schwerter, stieß sie beide mit der Spitze in den Boden. Und begann dann, die Schließen und Schnallen seiner Rüstung festzuziehen.

*Ja, es hat keinen Sinn, da unvorbereitet reinzurennen, oder? Du wirst dich rasch bewegen müssen, Silchas Ruin, stimmt's? In der Tat, sehr rasch.*

Er stellte fest, dass sein Mund trocken war.

So trocken wie der armselige Kadaver zu seinen Füßen.

Seren Pedac packte ihn am Arm. »Udinaas«, flüsterte sie.

Er schüttelte ihre Hand ab. »Tut, was Ihr tun müsst, Freisprecherin.«

*Unsere große Queste, all die Jahre, in denen wir einen Fuß vor den anderen gesetzt haben, das alles neigt sich nun dem Ende zu.*

*Also begrüßt das Blut. Bezeigt dem Unausweichlichen die Ehre.*

*Und wer wird am Ende, wenn alles geschehen ist, aus der roten Flut waten?*

*Rud Elalle, mein Sohn, wie sehr ich um dich fürchte.*

Drei Flecken am Himmel über den Hügeln im Süden. Der Mann namens Igel drehte sich halb um, schaute Ulshun Pral mit zugekniffenen Augen an und sagte: »Am besten, du ziehst dich in die Höhle zurück. Bleib dicht bei Onrack dem Zerbrochenen. Und bei Trull Sengar.«

Ulshun Pral lächelte.

Der Mann machte ein finsteres Gesicht. »Ben, dieser Ochse hier versteht kein Malazanisch.« Er deutete in Richtung der Felsen. »Geh dahin! Onrack und Trull. Geh!«

Der größere Mann schnaubte. »Das reicht, Igel. Dieser Ochse versteht dich sehr gut.«

»Oh, und warum hört er dann nicht auf mich?«

»Woher soll ich das wissen?«

Ulshun wartete noch ein, zwei Herzschläge länger, prägte sich die Gesichter der beiden Männer tief ein, so dass der Tod nicht alles von ihnen mitnehmen würde. Er hoffte, dass sie das Gleiche mit ihm machten, obwohl es natürlich gut möglich war, dass sie dieses Geschenk nicht verstanden, ja, nicht einmal wussten, dass sie es gegeben hatten.

Die Imass kannten viele Wahrheiten, die für diejenigen, die in jeder Hinsicht ihre Kinder waren, verloren waren. Doch dies machte die Imass leider nicht überlegen, denn die meisten dieser Wahrheiten waren unangenehm, und diese Kinder konnten sich nicht gegen sie zur Wehr setzen und würden daher verhängnisvoll geschwächt werden, wenn sie sie erfuhren.

Zum Beispiel hatte Ulshun Pral, wie er sich selbst in Erinnerung rief, auf diesen Zeitpunkt gewartet, weil er alles, was auf diesen Moment hinauslaufen würde, verstanden hatte – alle Wahrheiten, die in das eingebunden waren, was geschehen würde. Im Gegensatz zu seinem Volk war er nicht der Geist einer Erinnerung gewesen. Er hatte nicht zahllose Jahrtausende in einem Nebel aus Selbsttäuschung gelebt. Oh, sein Leben hatte diese Zeitspanne gedauert, aber es war genau das gewesen: ein Leben. In die Länge gezogen bis beinahe hin zur Unsterblichkeit – aber nicht durch irgendein seelenzerstörendes Ritual, sondern aufgrund dieser Sphäre. Dieser Sphäre, in der es keinen Tod gegeben hatte.

Was nun aber nicht mehr der Fall war.

Schließlich setzte er sich in Bewegung, verließ die beiden tapferen Kinder, und machte sich zur Höhle auf.

Es mochte hier, unter dem leeren Himmel beginnen. Aber Ulshun Pral wusste, dass es vor den Toren von Starvald Demelain enden würde.

Wo eine Knochenwerferin aus dem Volk der Bentract versagt hatte. Nicht, weil die Wunde sich als zu bösartig oder zu riesig erwiesen hatte. Sondern vor allem, weil die Knochenwerferin nichts weiter als ein Geist gewesen war. Eine verblasste, fahle Seele, ein Ding mit kaum genug Macht, um sich an sich selbst zu klammern.

Ulshun Pral war noch zwanzig Schritte vom Eingang zur Höhle entfernt, als Onrack der Zerbrochene heraustrat, und Ulshuns Herz wurde weit, schwoll so sehr an vor Stolz, dass seine Augen sich mit Tränen füllten.

»Ich nehme also an«, sagte Igel und arretierte den Fuß seiner Armbrust, »dass das, was wir beide dachten, bedeutet, dass keiner von uns sonderlich überrascht ist.«

»Sie hat zu leicht nachgegeben.«

Igel nickte. »Das hat sie. Aber ich frage mich immer noch eins, Ben: Warum hat sie sich den verdammten Finnest nicht schon längst geholt? Und ihn an irgendeinem Ort vergraben, wo Silchas Ruin ihn niemals finden würde? Gib mir darauf mal 'ne Antwort!«

Der Magier grummelte, während er sich zum höchsten Punkt des Hangs begab. »Vermutlich war sie der Meinung, sie hätte genau das getan, was du gerade gesagt hast, Igel.«

Igel blinzelte und runzelte dann die Stirn. »Oho … Daran habe ich noch überhaupt nicht gedacht.«

»Das liegt daran, dass du strohdumm bist, Sappeur. Nun, wenn das hier alles so läuft, wie ich es mir vorstelle, wirst du überhaupt nicht gebraucht. Merk dir das, Igel. Ich bitte dich darum.«

»Oh, mach nur so weiter.«

»Sehr schön. Das tue ich.«

Und Ben Adaephon Delat richtete sich auf und hob langsam die Arme.

*Seine dürren Arme.* Igel lachte.

Der Magier warf ihm über die Schulter einen düsteren Blick zu. *»Wirst du wohl damit aufhören?«*

»Tut mir leid! Ich hatte ja keine Ahnung, dass du so empfindlich bist.«

Der Schnelle Ben fluchte, dann drehte er sich um und ging zurück zu Igel.

Und versetzte ihm einen Hieb auf die Nase.

Fassungslos stolperte der Sappeur rückwärts, während seine Augen sich mit Tränen füllten. Hob eine Hand vors Gesicht, um das Blut aufzuhalten, das ihm aus der Nase strömte. »Du hast mir die verdammte Nase gebrochen!«

»Tatsächlich«, antwortete der Magier und schüttelte eine Hand. »Und sieh nur, Igel – du blutest.«

»Ist das etwa ein Wunder? Au …«

»Igel, du *blutest.*«

*Ich – oh, bei den Göttern.*

»Hast du es jetzt kapiert?«

Ben drehte sich um und ging zurück, begab sich auf der Kuppe wieder in Position.

Igel starrte auf seine blutige Hand hinunter. »Scheiße!«

Und dann hörten sie auf, sich zu unterhalten.

Weil die drei Drachen inzwischen keine winzigen Flecken mehr waren.

Menandores Hass auf ihre Schwestern bedeutete keineswegs, dass sie deren Macht geringschätzte – und gegen Silchas Ruin würde diese Macht gebraucht werden. Sie wusste, dass sie drei gemeinsam den elenden Bastard vernichten konnten. Vollständig. Schon klar, eine oder zwei von ihnen mochten dabei umkommen. Aber nicht Menandore. Sie hatte Pläne gemacht, die dafür sorgen würden, dass sie überlebte.

Vor sich sah sie jetzt einen einzelnen Sterblichen, der winzig klein wirkte, wie er da am Rand des Hangs stand – der andere hockte geduckt und wahrscheinlich voller Angst ein gutes Stück hinter seinem tapfereren, aber ebenso dummen Kameraden – einem einzelnen Sterblichen, der die Arme hob. *Oh, Magier, glaubst du wirklich, dass das ausreichen wird?*

*Gegen uns!*

Macht entfaltete sich in ihrem Innern, und links und rechts hinter ihr spürte sie das Gleiche – ein plötzlicher Druck, ein plötzliches Versprechen.

Sie ließen sich tiefer sinken, waren nun drei Mannshöhen über dem braunen Gras des Beckens – gewaltige Schatten, die näher kamen, immer näher. Auf diesen Hang zurauschten wie ein Graupelschauer.

Sie öffnete den Rachen.

Igel wischte sich das Blut aus dem Gesicht, blinzelte, um den Blick freizubekommen, während er über seinen pochenden Schädel fluchte, und hob dann die Armbrust. Nur für den Fall. Ein Zuckerstückchen für den mittleren Drachen, oh ja.

Mit weit ausgebreiteten Schwingen glitten die drei Drachen flach über dem Boden dahin, in etwa auf gleicher Höhe mit der Kuppe dieses alten Atolls. Sie waren, wie Igel erkannte, schrecklich groß.

In vollkommenem Gleichklang rissen alle drei Drachen das Maul auf.

Und der Schnelle Ben, der dastand wie eine zerbrechliche Weide vor einem Tsunami, entfesselte seine Magie.

Die Erde des Hangs hob sich, *warf* sich in die Höhe den Drachen entgegen und hämmerte wie eine riesige Faust auf ihre Brust ein. Hälse peitschten. Köpfe wurden zurückgerissen. Zauberei barst aus den weit aufgerissenen Rachen, fetzte in Wogen himmelwärts – wurde nutzlos in die Luft geschleudert, wo die drei Wolken aus magischer Energie zusammenstießen und sich in wahnsinniger Raserei gegenseitig vernichteten.

Wo der Hang sich befunden hatte, waren jetzt Wolken aus dunkler, staubiger Erde, gespickt mit Grasnarben, die noch immer himmelwärts wirbelten und dabei lange Wurzeln wie Haare hinter sich herzogen; der

Hügel erbebte, als die drei Drachen, von Tonnen von Erdreich umhüllt, vierzig Schritt von der Stelle entfernt, an der der Schnelle Ben stand, zu Boden krachten.

Und der Magier marschierte den Hang hinunter, mitten hinein in den chaotischen Sturm aus Erde und Drachen.

Wogen magischer Energie brachen aus ihm hervor, rollten von Blitzen umknistert in immer neuen, anbrandenden Wellen nach unten. Schlugen ohne Unterlass mit einer Wucht, die den ganzen Hügel erschütterte, auf die haltlosen Bestien ein. Schwarzes Feuer loderte. Felsen zischten, als sie in die Luft geschleudert wurden, wo sie einfach zu Staub zerbarsten.

Woge um Woge ging von den Händen des Magiers aus.

Igel, der wie betrunken an den Rand der Hügelkuppe stolperte, sah, wie ein Drache, auf den die magischen Energien einhämmerten, von ihnen auf den Rücken geschleudert und vorwärtsgestoßen wurde, bis er um sich tretend wie eine Lawine aus Fleisch und Blut hinunter in die Senke rutschte und tiefe Furchen ins flache Gelände zog, als er weiter und weiter zurückgetrieben wurde.

Ein anderer Drache, dessen Haut zu brennen schien, versuchte sich in die Luft zu erheben.

Eine weitere Woge erhob sich über ihm, schlug das Biest mit einem knochenzerschmetternden Knirschen nach unten.

Die dritte Kreatur, die halb unter dampfendem Erdreich begraben war, drehte sich plötzlich zur Seite und warf sich auf den Drachen neben ihr. Öffnete das Maul und spie Magie aus, die sich Speerspitzen gleich in die Seite ihres ehemaligen Verbündeten bohrte. Fleisch explodierte, Blut spritzte wie eine schwarze Wolke.

Ein ohrenbetäubender Schrei, der Kopf des angegriffenen Drachen peitschte herum – im gleichen Augenblick, da sich gewaltige Kiefer um seine Kehle schlossen.

Igel sah das Genick in einem Blutschwall brechen.

Mehr Blut strömte aus dem klaffenden Maul des angeschlagenen Drachen, eine wahre Fontäne von dem Zeug …

Der Schnelle Ben kehrte zurück, kam den Hang herauf, ohne sich weiter um das Blutbad hinter ihm zu kümmern.

Der dritte Drache – derjenige, der weit in die Senke hinausgetrieben worden war und sich am Ende eines aufgerissenen Streifens befand, der sich wie eine Wunde durch das Grasland zog – erhob sich jetzt in die Luft. Blutend und immer höher steigend, drehte er erst nach Süden ab und flog dann gen Osten.

Die kämpfenden Drachen am Fuß des Hangs rissen sich gegenseitig mit ihren Klauen tiefe Wunden, doch der Angreifer lockerte den tödlichen Griff um den Hals des anderen nicht, und die gewaltigen Fänge sägten immer weiter. Und dann knirschte auf einmal das Rückgrat, brach, und plötzlich fiel der abgetrennte Kopf mitsamt einem armlangen Stück Hals schwer und dröhnend auf den aufgerissenen Boden. Der Körper trat um sich, Krallen gruben sich noch einen Augenblick länger in den Unterbauch seines Mörders – und dann sackte er in sich zusammen, während irgendeine Ausdünstung aus dem abgetrennten Hals spritzte.

Der Schnelle Ben kam auf die Hügelkuppe gestolpert.

Igel riss den Blick von der Szene dort unten los und starrte den Magier an. »Du siehst aus wie das Tuch, mit dem der Vermummte sich den Arsch wischt, Ben.«

»So fühle ich mich auch, Igel.« Er drehte sich um, die Bewegung war die eines alten Mannes. »Sheltatha – was für eine gemeine Kreatur – ist einfach mir nichts, dir nichts auf Menandore losgegangen!«

»Als ihr klar geworden ist, dass sie nicht an dir vorbeikommen, ja«, sagte Igel. »Die andere hat es auf die Imass abgesehen, da würde ich wetten.«

»Sie wird nicht an Rud Elalle vorbeikommen.«

»Das überrascht mich nicht, immerhin hast du sie in einen einzigen riesigen Bluterguss verwandelt.«

Unter ihnen schleppte Sheltatha Lore sich mit aufgerissenem Bauch weg.

Igel beäugte das verräterische Biest.

»Ja, Sappeur«, sagte der Schnelle Ben mit hohl klingender Stimme, »jetzt darfst du spielen.«

Igel brummte vor sich hin. »Das ist aber nur 'ne verdammt kurze Spielzeit, Ben.«

»Und dann machst du ein Nickerchen.«

»Lustig.«

Igel hob die Armbrust, verharrte kurz, um den Winkel abzuschätzen. Dann legte er den rechten Zeigefinger an den Abzug. Und grinste. »Hier, lutsch dran, du fette, geflügelte Kuh.«

Ein sattes *Tschunk*, als der Knaller in einem flachen Bogen davonflog.

Und genau im klaffenden Bauch von Sheltatha Lores landete.

Die Explosion schickte Drachenfleischfetzen in alle Richtungen. Der dichte, rote, widerliche Regen prasselte auf Igel und den Schnellen Ben herab. Und etwas, das einmal ein Rückenwirbel gewesen sein mochte, knallte Igel genau zwischen die Augen und schlug ihn bewusstlos.

Von der Erschütterung auf Hände und Knie gezwungen, starrte der Schnelle Ben zu seinem bewusstlosen Freund hinüber und fing an zu lachen. Ein bisschen schriller als gewöhnlich.

Als sie in die Höhle mit den Bildern schritten, streckte Onrack eine Hand aus, um Ulshun Pral aufzuhalten. »Bleib hier«, sagte er.

»Das ist nie leicht«, antwortete Ulshun Pral, aber er blieb stehen.

Nickend betrachtete Onrack die Malereien an den Wänden. »Man sieht wieder und wieder die Schwächen.«

»Das Versagen meiner Hand, ja. Die Sprache der Augen ist immer vollkommen. Die Schwäche zeigt sich, wenn es darum geht, sie auf dem Stein wiederzugeben.«

»Diese Bilder zeigen wenig Schwächen, Ulshun Pral.«

»Trotzdem …«

»Bitte, bleib hier«, sagte Onrack und zog langsam sein Schwert. »Das Tor … es werden Eindringlinge kommen.«

»Ja.«

»Bist du es, den sie suchen?«

»Ja, Onrack der Zerbrochene, der bin ich.«

»Warum?«

»Weil ein Jaghut mir etwas gegeben hat, vor langer, langer Zeit.«

Ulshun Pral lächelte, als er Onracks erstauntes Gesicht sah. »Hier, in dieser Welt«, sagte er, »haben wir unseren Krieg schon lange beendet. Hier haben wir uns für den Frieden entschieden.«

»Aber jetzt bringt dich das, was der Jaghut dir gegeben hat, in Gefahr, Ulshun Pral. Dich und deine Clans.«

Tiefe, grollende Erschütterungen ließen plötzlich die Wände um sie herum erzittern.

Onrack bleckte die Zähne. »Ich muss gehen.«

Einen Augenblick später war Ulshun Pral allein in der Höhle mit all den Malereien, die er geschaffen hatte, und es gab kein Licht mehr, nun, da Onrack und die Fackel, die er getragen hatte, fort waren. Während die Trommeln grimmiger Magie in dem Fels um ihn herum widerhallten, blieb er, wo er war, verharrte reglos, ein Dutzend Herzschläge lang. Dann ging er hinter Onrack her. Auf den Weg zum Tor.

Er hatte tatsächlich gar keine andere Wahl.

Rud Elalle hatte die Imass tiefer in die zerklüfteten Hügel geführt, dann einen schmalen, krummen Hohlweg entlang, der dadurch entstanden war, dass irgendwann in der Vergangenheit ein Erdbeben einen gewaltigen Kalksteinfelsen in zwei Teile zerbrochen hatte, so dass nun ein Spalt mitten durch ihn hindurch verlief, der von hohen, schrägen Mauern eingefasst wurde. Rud Elalle drängte die letzten paar Imass in den schmalen Durchgang und bemerkte, dass Hostille Rator, Til'Aras Benok und Gr'istanas Ish'ilm an der Mündung des Spalts stehenblieben.

»Schnell!«, rief Rud Elalle.

Aber der Clanführer zog sein Obsidian-Schwert – das so lang wie ein gerader, kurzer Säbel war – mit der rechten Hand und nahm einen Granithammer mit Knochengriff in die linke. »Ein Feind nähert sich«, sagte Hostille Rator. »Geh weiter, Rud Elalle. Wir drei werden die Mündung dieses Durchgangs bewachen.«

Von etwas südlich des alten Lagers konnten sie ein schreckliches Donnergrollen hören.

Rud Elalle schien ratlos zu sein.

»Als wir in diese Sphäre gekommen sind«, sagte Hostille Rator, »haben wir etwas vorgefunden, das wir so nicht erwartet hatten. Wir sind jetzt Fleisch, genau wie die Imass, die du die deinen nennst. Der Tod ist angekommen, Rud Elalle.« Er deutete mit seinem Schwert nach Süden. »Ein einzelner Drache ist dem Hohemagier entkommen. Der dich und die Bentract zur Strecke bringen will. Doch auch als Drache muss sie hier landen, Rud Elalle. Und dann muss sie ihre andere Gestalt annehmen. Damit sie durch diesen Durchgang schreiten kann. Wir werden sie hier aufhalten, wir drei … Fremde.«

»Ich kann …«

»Nein, Rud Elalle. Dieser Drache ist vielleicht nicht die einzige Gefahr für dich und die Clans. Du musst gehen, du musst dich darauf vorbereiten, als ihr letzter Beschützer anzutreten.«

»Warum – warum tut ihr das?«

»Weil wir uns daran erfreuen.« *Weil wir uns an dir erfreuen, Rud Elalle. Und auch an Ulshun Pral. Und an den Imass …*

*Und wir sind mit Chaos in unseren Herzen hierhergekommen.*

»Geh jetzt, Rud Elalle.«

Sukul Ankhadu wusste, dass ihre Schwestern tot waren, und obwohl diese Erkenntnis sie erschütterte – immerhin war ihr gemeinsam ausgeheckter Plan, Silchas Ruin zu vernichten, Scabandaris Finnest zu versklaven und seine zerrissene, verletzliche Seele endlosen Grausamkeiten zu unterwerfen, vollkommen zerschlagen worden –, frohlockte ein Teil von ihr voller Schadenfreude. Nie wieder würde Menandore – die sie und Sheltatha Lore ohnehin auf die eine oder andere Weise hatten verraten wollen – Sukuls Wünsche und Bestrebungen besudeln. Was hingegen Sheltatha betraf – nun, sie hatte getan, was notwendig war, als sie Menandores größte Schwäche ausgenutzt hatte und im entscheidenden Augenblick auf ihre Schwester losgegangen war. Und wenn sie überlebt hätte, hätte Sukul die Hündin selbst töten müssen.

Es war außergewöhnlich, dass ein einzelner sterblicher Mensch solch eine bösartige Macht entfesseln konnte. Nein, das war nicht bloß ein sterblicher Mensch. In dem dürren Körper verbargen sich noch andere Dinge, dessen war sie sich sicher. Sofern sie ihm niemals wieder begegnen würde, würde sie ein Leben des Friedens kennenlernen, ein Leben ohne Furcht.

Wenn man das alles in Betracht zog, waren ihre Wunden eigentlich ziemlich unbedeutend. Ein Flügel war zerschmettert, was sie dazu zwang, fast ausschließlich auf Zauberei zurückzugreifen, um sich in der

Luft zu halten. Außerdem hatte sie etliche Schrammen und Risse, aber die Wunden hatten längst aufgehört zu bluten und schlossen sich bereits wieder.

Sie konnte den Gestank der Imass riechen, konnte ihrer Spur mit Leichtigkeit folgen, die sich durch die zerstörten Hügel unter ihr wand.

Rud Elalle war ein wahres Kind von Menandore. Ein Wechselgänger. Aber so jung, so naiv. Wenn sie ihn nicht mit brutaler Kraft besiegen konnte, würde Verrat es tun. Ihr letzter Akt der Rache – und des Verrats – an Menandore.

Die Spur führte in einen schmalen Durchgang mit hohen Wänden, der nach unten zu führen schien, vielleicht zu Höhlen. Vor seiner Mündung war eine kleine, ebene Lichtung, die auf beiden Seiten von Felsbrocken begrenzt wurde.

Sie ließ sich sinken und verlangsamte ihren Flug.

Und sah einen Imass-Krieger vor der Mündung des Hohlwegs stehen.

*Gut. Ich kann töten. Ich kann fressen.*

Sie ließ sich ganz hinunter auf die Lichtung sinken – eine knappe Angelegenheit, da sie ihren einen, noch heilen Flügel eng anlegen musste – und verwandelte sich, zog ihre Macht nach innen. Bis sie schließlich keine zwanzig Schritt von dem Imass entfernt stand.

Ein Sterblicher. Der nicht mehr war als das, wonach er aussah.

Sukul Ankhadu lachte. Sie würde einfach zu ihm hingehen, ihm seine Steinwaffen entwinden, und ihm dann die Zähne in die Kehle schlagen.

Immer noch lachend ging sie auf ihn zu.

Er machte sich bereit, kauerte sich zusammen.

Als sie noch zehn Schritte von ihm entfernt war, überraschte er sie. Denn urplötzlich flog ihr der Hammer – von unten im Bogen geschwungen – entgegen.

Sukul warf sich zur Seite – wenn die Waffe getroffen hätte, hätte sie ihr den Schädel zerschmettert –, und als der Imass mit seinem Schwert vorwärtssprang, bekam sie sein Handgelenk zu fassen. Verdrehte es, bis die Knochen brachen. Mit der anderen Hand packte sie ihn am Hals und hob ihn hoch.

Und sah in seinem Gesicht ein Lächeln – selbst dann noch, als sie ihm die Kehle zermalmte.

Hinter ihr verwandelten sich zwei Knochenwerfer in vollkommen gleich aussehende Tiere – langbeinige Bären mit verkümmerten Schwänzen, einem dichten, braunschwarzen Pelz, abgeflachten Schnauzen und einer Schulterhöhe, die der Größe eines Tiste entsprach. Sie tauchten aus dem Schutz der Felsblöcke auf, und als Hostille Rator starb, stürmten die Wechselgänger heran.

Rasten in Sukul Ankhadu hinein, der eine von links, der andere von rechts. Gewaltige Krallen schlugen zu, kräftige Unterarme schlossen sich um sie, während weit aufgerissene Kiefer zubissen.

Untere Eckzähne gruben sich in ihre linke, untere Kieferpartie, während die oberen Eckzähne durch Fleisch und Knochen herabstießen, und als der Bär seinen Kopf zur Seite riss, nahm er Sukuls Unterkiefer, den linken Wangenknochen und das Schläfenbein mit.

Der zweite Bär biss ihren rechten Oberarm durch und grub dann seine Kiefer in ihren Brustkorb, klemmte einen Mundvoll gebrochene Rippen und die zermalmte Lunge ein.

Als der Druck an ihrem Kopf plötzlich aufhörte und nur einen schrecklichen Schmerz zurückließ, fuhr Sukul herum. Ihr linker Arm – der Arm, der noch mit ihrem Körper verbunden war – hatte den Krieger hochgehalten, und jetzt ließ sie den sterbenden Imass los und versetzte dem riesigen Bären einen Rückhandschlag seitlich gegen den Kopf. Und mit dem Schlag entließ sie eine Woge der Macht.

Der Kopf des Bären explodierte in einer Wolke aus Knochensplittern, Hirn und Zähnen.

Als er umfiel, versuchte Sukul sich weiter zu drehen und die Schnauze des zweiten Angreifers zu erreichen.

Der sprang zurück und riss Rippen und Lungenfetzen mit.

Sie wirbelte herum, trieb ihre Hand zwischen die Schlüsselbeine der Kreatur. Durch dicke Haut, in ein Durcheinander aus spritzendem Blut und weichem Fleisch, schloss die Finger um die geriefte Luftröhre …

Eine mit Krallen besetzte Pranke traf sie seitlich am Kopf – auf der gleichen Seite, die vom ersten Bären übel zugerichtet worden war – und dort, wo das Schläfenbein gewesen war, spritzte jetzt unter der Wucht des Hiebes Hirnmasse heraus. Die Klauen erwischten mehr Knochen und harte Knorpel, stocherten auf ihrem Weg nach draußen durch das Vorderhirn.

Das obere Vorderteil von Sukuls Kopf und der Rest ihres Gesichts wurden weggerissen, und Hirnmasse quoll aus der klaffenden Öffnung.

In diesem Moment hämmerte die andere Pranke von der anderen Seite gegen das, was noch da war. Als der Schlag vollendet war, war alles, was noch übrig war, ein Teil des Hinterhauptbeins, das an einem Fetzen Kopfhaut von ihrem Genick baumelte.

Sukul Ankhadus Knie gaben nach. Ihre linke Hand glitt mit einem schluchzenden Geräusch aus der Wunde in der Kehle des zweiten Bären.

Sie wäre vielleicht auf den Knien geblieben, im Gleichgewicht gehalten von der plötzlichen Abwesenheit irgendeines Gewichts oberhalb ihrer Schultern, aber dann warf sich die Kreatur, die sie letztendlich getötet hatte, nach vorn – und ein gewaltiges Gewicht drückte sie zu Boden, als der Wechselgänger, der einst Til'Aras Benok gewesen war, über ihr zusammenbrach, während er langsam an einer zerquetschten Luftröhre erstickte.

Augenblicke später war das einzige Geräusch, das noch auf der bescheidenen Lichtung zu hören war, das Tropfen von Blut.

Trull Sengar konnte die schwachen Echos von Zauberei hören, und er fürchtete um seine Freunde. Irgendetwas versuchte, diesen Ort zu erreichen, und wenn das, was es war, an Igel und dem Schnellen Ben vorbeikam, würde er sich wieder einmal einem Gegner gegenübersehen, gegen den er kaum eine Chance hatte. Selbst mit Onrack an seiner Seite …

Doch er ließ den Blick nicht von den Toren. Die stummen Flammen in den Portalen schlugen höher und ebbten wieder ab, jede in ihrem eigenen Rhythmus, jede in einem anderen Farbton. Die Luft fühlte sich aufgeladen an. Funken knisterten im Staub, der inzwischen wirbelnd vom steinernen Fußboden aufstieg.

Er hörte hinter sich ein Geräusch und drehte sich um. Erleichterung durchflutete ihn. »Onrack …«

»Sie suchen Ulshun Pral«, antwortete sein Freund, der aus der Tunnelmündung kam, zwei, drei Schritte machte und dann stehen blieb. »Du bist zu dicht bei den Toren, mein Freund. Komm …«

Er kam nicht weiter.

In einem der Tore erloschen die Flammen, und aus dem schlagartig dunklen Portal tauchten Gestalten auf.

Zwei Schritte hinter Silchas Ruin war Seren Pedac die nächste in ihrer Gruppe, die die Schwelle überschreiten würde. Sie wusste nicht, was sie dazu veranlasste, sich an Forcht Sengar vorbeizuschieben – und maß Clips Zögern keine besondere Bedeutung bei. Ein merkwürdiges Ziehen bemächtigte sich ihrer Seele, eine plötzliche, unerträgliche Sehnsucht, die ihr wachsendes Entsetzen überwand. Mit einem Mal fühlte sich der Steinspeer, den sie in den Händen hielt, leicht wie ein Schilfrohr an.

Dunkelheit, ein kurzes Flackern, wie von einem fernen Licht, und dann trat sie auf grobkörnigen Stein.

Eine Höhle. Links und rechts von ihr die wütenden Rachen von noch mehr Toren, alle lichtdurchflutet.

Ein paar Schritte voraus blieb Silchas Ruin stehen, und seine Schwerter zischten aus ihren Scheiden. Jemand stand vor ihm, aber die Weiße Krähe versperrte in diesem Moment Seren Pedacs Blickfeld.

Ein Stück weiter hinten sah sie einen barbarischen Krieger stehen, und hinter ihm eine einzelne Silhouette in einer Tunnelmündung.

Zu ihrer Linken tauchte Forcht Sengar auf.

Sie machte einen weiteren Schritt, der sie um Silchas Ruin herumführen sollte, so dass sie denjenigen sehen können würde, der den Albino aus dem Volk der Tiste Andii dazu veranlasst hatte stehenzubleiben.

Und plötzlich begann das Grauen.

Auf Forcht Sengars Gesicht erschien ein Ausdruck tiefen Entsetzens – im gleichen Moment, da er an Seren Pedac vorbeistürmte, ein Messer in der erhobenen Hand. Die Klinge zuckte auf Silchas Ruins Rücken zu.

Und dann kam jeglicher Vorwärtsdrang Forchts zum Erliegen. Der ausgestreckte Arm mit dem Messer schlug wild um sich, die Klinge zerteilte die Luft, während Silchas Ruin – der von dem Angriff anscheinend nichts mitbekommen hatte – einen einzigen Schritt nach vorn machte.

Forcht Sengar gab ein schreckliches, gurgelndes Geräusch von sich.

Seren Pedac wirbelte herum und sah Clip direkt hinter Forcht stehen. Sah die Kette in Clips Händen beinahe mühelos durch Forcht Sengars Kehle gleiten. Blut spritzte.

Hinter Clip versuchte Udinaas, der Kessel jetzt in den Armen hielt, wegzuspringen, doch im gleichen Moment tauchte unter ihm ein Schatten auf, wand sich um seine Beine und zog den Letherii hinunter auf den steinernen Fußboden, wo Verblichener dann über ihn hinwegschwärmte.

Clip ließ ein Ende seiner Kette los und löste sie mit einer schwungvollen Bewegung von Forcht Sengars Hals. Mit starrenden Augen und einem Ausdruck wilder Entschlossenheit im Gesicht – der nun für immer dort festgefroren war – sank der Kopf des Tiste Edur zurück, ließ einen Schnitt sichtbar werden, der bis ganz zur Wirbelsäule durchging. Als Forcht Sengar fiel, glitt Clip in einer blitzschnellen, verschwommenen Bewegung auf Udinaas zu.

Vor Entsetzen erstarrt, stand Seren Pedac wie angewurzelt da. Ungläubig. Ein Schrei löste sich aus ihrer Kehle – eine Leugnung all dessen, was sie sah.

Silchas Ruins Schwerter sangen, als er einen tödlichen Nahkampf mit demjenigen begann, der vor ihm stand. Blitzartig aufeinanderfolgendes Klirren, als besagte Klingen mit unglaublicher Schnelligkeit pariert wurden.

Verblichener hatte Schattenhände um Udinaas Hals gelegt. War dabei, den ehemaligen Sklaven zu erdrosseln.

Kessel befreite sich aus Udinaas' Armen und wirbelte herum, schlug mit winzigen Fäusten auf das Gespenst ein.

Schlagartig erwachte ein grausamer Wille in Seren Pedac. *Der Wille zu töten.* Sie schleuderte ihn wie Wurfspieße auf Verblichener.

Das Gespenst wurde zerfetzt …

… als Clip ankam, sich über Udinaas stellte und mit einer Hand Kessel zwischen den Schulterblättern an ihrer Tunika packte.

Er warf das Kind zur Seite. Kessel prallte auf den Fußboden, schlitterte ein Stück und rollte dann weiter, als wäre sie ein Lumpenbündel.

Mit konzentrierten Schlägen aus Mockra hämmerte Seren Pedac auf Clip ein. Er taumelte. Aus seiner Nase, dem Mund und den Ohren spritzte Blut. Dann wirbelte er herum, ein Arm wischte durch die Luft.

Etwas traf Seren Pedac hoch oben in die linke Schulter. Ein plötzlicher, entsetzlicher Schmerz verbreitete sich vom Punkt des Aufpralls aus, und all ihre Konzentration schwand unter den überwältigenden Wogen. Sie blickte nach unten und sah einen Dolch, der bis zum Heft in ihrer Schulter steckte – und starrte ihn ungläubig an.

Es war keine Zeit zum Nachdenken gewesen. Trull Sengar blieb nur die Erkenntnis, sonst nichts. Erst kam einer an, dann ein anderer – und ihr Auftauchen erschütterte ihn so sehr, dass er förmlich erstarrte.

Der Erscheinung, die als Erstes aus dem Tor auftauchte, hatte Trull Sengar schon einmal gegenübergestanden, vor langer Zeit, während er am Totenlager eines gefallenen Verwandten die Nachtwache gehalten hatte. Ein Geist der Dunkelheit. Der Verräter. Er war nicht mehr waffenlos, wie er es beim ersten Mal gewesen war. Er war nicht mehr halb verwest, doch die entsetzlichen, an glühende Kohlen erinnernden Augen waren geblieben, und sie richteten sich nun leuchtend und vertraut auf ihn.

So leise, dass es kaum mehr als ein Flüstern war, sagte der Verräter: »Natürlich … wer sonst, wenn nicht du. Aber dieser Kampf, er ist nicht …«

In diesem Augenblick sah Trull seinen Bruder. Forcht, den Gott seiner Kindheit, den Fremden seiner letzten Tage unter den Tiste Edur. Forcht, dessen Blick sich mit dem aus Trulls weit aufgerissenen Augen traf. Der den Kampf sah, der gleich beginnen würde. Und der verstand. Plötzlich hatte er ein Messer in der Hand, und als er vorwärtsstürmte, um es dem Verräter in den Rücken zu stoßen, sah Trull im Gesicht seines Bruders – einen Augenblick lang – das ganze Ausmaß von Forchts plötzlicher Selbsterkenntnis, die bittere Ironie, die Generationen alte Wahrheit, die wieder einmal zurückgekehrt war, ein allerletztes Mal. *Silchas Ruin, auf dessen Rücken ein Edur-Messer gerichtet ist.*

Und dann wurde Forcht nach hinten gerissen, und seine Kehle war plötzlich eine klaffende Wunde. Trull Sengar hatte das Gefühl, sein Geist, seine Seele würde ausgelöscht, würde von weißglühender Wut überschwemmt, und er sprang nach vorn, suchte mit der Speerspitze den Mörder seines Bruders …

Doch der Verräter stand ihm im Weg.

Ein Speerstoß ritzte die Haut des Verräters knapp unterhalb seiner Kehle, die Spitze glitt weiter, über das Schlüsselbein, dann ein Stoß, der sich in den linken Schultermuskel der Erscheinung bohrte.

Schlagartig woben die Schwerter des Verräters ein Netz aus singendem Stahl, parierten jeden blitzschnellen Speerstoß. Und plötzlich geriet Trull Sengars Vorstoß ins Stocken – und dann wurde er zurückgetrieben, als die Schwerter auf den Schaft seines Speers einhämmerten, die Bronzebeschichtung wegrissen, so dass das Holz zu splittern begann.

Und Trull sah vor sich seinen eigenen Tod.

Onrack der Zerbrochene sah den Angriff seines Freundes misslingen, sah den Kampf eine Wende nehmen, und sah auch, dass Trull Sengar dazu verdammt war zu fallen.

Doch er bewegte sich nicht. Konnte es nicht.

Er spürte, wie sein Herz sich selbst zerriss, denn der Mann hinter ihm – Ulshun Pral, der Imass – war, wie Onrack schlagartig begriff, von seinem eigenen Blut. Eine Erkenntnis, die Gesamtheit von abertausend geheimnisvollen Gefühlen, Instinkten, der Widerhall von Gesten – die Art, wie Ulshun Pral stand, wie er ging, die Begabung seiner Augen und seiner Hände – er war, oh, er war …

Trull Sengars Speer zerbarst ihm in den Händen. Ein Schwert schlug zu …

Der Treffer in ihrer Schulter hatte Seren Pedac in die Knie gezwungen, sie dann zur Seite fallen lassen – und sie sah, da vor Silchas Ruin, Trull Sengar.

Clip, von dessen Gesicht das Blut strömte, hatte sich umgedreht, um Udinaas zu verfolgen, der auf Kessel zukroch.

Und sie wusste, dass sie eine Entscheidung treffen musste.

*Trull.*

*Oder Udinaas.*

Aber ach, Seren Pedac war noch nie gut darin gewesen, Entscheidungen zu treffen.

Sie schubste die Waffe in Richtung Trull Sengar, und der Steinspeer schlitterte auf ihn zu – im gleichen Moment, da seine eigene Waffe in tausend Splitter zerbarst. Und während sie sich den Dolch aus der Schulter zog, griff sie Clip erneut mit Mockra an – und brachte den Dreckskerl ein zweites Mal ins Stolpern.

Als das Schwert herumschwang – der Hieb war seitlich gegen seinen Kopf gerichtet –, ließ Trull sich fallen und rollte sich zur Seite, um dem zweiten, nach unten hackenden Schwert zu entgehen. Er war nicht schnell genug. Die Schneide grub sich tief in seine linke Hüfte, bis in den Knochen – und blieb stecken.

Trull hielt den Unterarm des Verräters fest und zog, während er sich wegdrehte – der Schmerz machte ihn für einen Moment beinahe blind, als er versuchte, das feststeckende Schwert festzuklemmen, und füllte seinen Schädel mit weißem Feuer – und gegen das andere Schwert konnte er nichts tun …

Doch der Verräter, der durch Trulls Gezerre leicht aus dem Gleichgewicht gebracht worden war, machte einen Schritt zur Seite, um sich wieder zu fangen – und trat genau auf den Schaft des Steinspeers, der prompt unter seinem Fuß wegrollte.

Und ging zu Boden.

Trull sah den Speer, streckte die Arme nach ihm aus. Er schloss beide Hände um den Schaft und stieß – immer noch auf der Seite liegend, eines der singenden Schwerter unter sich festgeklemmt – als der Verräter den Arm so lang wie möglich machte, weil er sein Schwert nicht loslassen wollte – seinem Gegner das stumpfe Ende des Speerschafts in den Bauch.

Trieb ihm die Luft aus der Lunge.

Trull warf sich nach hinten, rollte herum, und das Schwert unter ihm knallte auf den Boden, als der Verräter es unfreiwillig losließ. Trull schlug mit einer Hand auf die Waffe, löste sie aus seinem Hüftknochen.

Das weiße Feuer blieb in seinem Geist, selbst als er sich zwang, sich auf die Knie aufzurichten, und dann aufstand. Das Bein unter der Wunde weigerte sich, ihm zu gehorchen, und er fletschte wütend die Zähne, richtete sich mit reiner Willenskraft auf – und bewegte sich, ein Bein nachziehend, auf den Verräter zu …

Seren Pedac – deren Bemühungen, Clips Hirn in Brand zu setzen, letztlich erfolglos blieben – wich zurück, als der jetzt grinsende Tiste Andii seine Jagd auf Udinaas aufgab, sich umdrehte und auf sie zukam, während er sein Rapier und ein Messer zog. Seine Zähne waren blutrot, und aus seinen Augen strömten rote Tränen …

In diesem Augenblick verletzte Trull Sengar – auch wenn das unmöglich schien – Silchas Ruin, traf die Weiße Krähe so, dass der Tiste Andii auf den Rücken fiel; sein Kopf knallte auf den Boden, was ihm die Sinne raubte.

Clip drehte sich um, sah, was geschehen war, und raste geduckt auf Trull zu.

Und wurde von einem Speer aufgehalten, der zu ihm herumfuhr. Clip parierte den Stoß im letzten Moment. Er machte ein höchst überraschtes Gesicht, kam schlitternd zum Halt – und kämpfte plötzlich um sein Leben.

Gegen einen verkrüppelten Tiste Edur.

Der ihn einen Schritt zurücktrieb.

Und noch einen.

Wunden öffneten sich auf Clips Körper. Am linken Arm. Auf der rechten Seite seines Brustkorbs. Auf seiner rechten Wange.

Während eines unerwarteten, schrecklich schnell die Richtung ändernden Angriffs, drehte Trull Sengar den Speer um, und der steinerne Schaft krachte hart auf Clips rechten Unterarm, brach ihn. Ein weiteres Krachen, mit dem ihm das rechte Schultergelenk ausgekugelt wurde – und das Messer flog davon. Der dritte Hieb erwischte ihn am linken Oberschenkel – so hart, dass der Oberschenkelknochen zersplitterte. Ein letzter Schlag gegen Clips linke Schläfe – Blut spritzte, der Kopf wurde zur Seite gerissen, Clip brach zusammen. Das Rapier fiel aus einer Hand, die nichts mehr spürte.

Trull wirbelte herum, wollte sich erneut Silchas Ruin zuwenden …

Aber sein verwundetes Bein ließ ihn im Stich, und er stürzte zu Boden – Seren hörte seinen Fluch wie eine schroffe Erwiderung …

Der weißhäutige Tiste Andii bewegte sich auf Onrack zu. Das einzelne Schwert in seiner rechten Hand heulte auf, als er es bereitmachte.

»Tritt beiseite, Imass«, sagte er. »Der da hinter dir gehört mir.«

Onrack schüttelte den Kop. *Er gehört mir. Mir!*

Es war offensichtlich, dass der Tiste Andii in Onracks Gesicht erkennen konnte, dass der Imass-Krieger sich weigern würde, denn er knurrte plötzlich wütend – ein Geräusch, das nackte Ungeduld verriet – und schlug mit der linken Hand zu.

Eine magische Woge traf Onrack wie ein Hammerschlag. Riss ihn von den Beinen hoch in die Luft und schleuderte ihn dann hart gegen eine Felswand.

Als er schwer auf dem Boden aufkam, trieb kurz ein einzelner Gedanke durch seinen Geist, ehe die Bewusstlosigkeit sich seiner bemächtigte: *Nicht schon wieder.*

Trull Sengar, der hilflos auf dem Boden lag, schrie auf, als er sah, wie Onrack von Magie umhüllt gegen die Wand geschleudert wurde. Er versuchte, wieder aufzustehen, aber das Bein war jetzt nur noch ein lebloses Anhängsel, und er ließ eine breite Blutspur zurück, als er sich auf Silchas Ruin zuzog.

Plötzlich kniete jemand an seiner Seite. Hände legten sich sanft auf eine Schulter …

»Halt ein«, murmelte die Stimme einer Frau. »Halt, Trull Sengar. Es ist zu spät.«

Udinaas versuchte verzweifelt Luft zu holen. Verblicheners Schattenhände hatten etwas in seiner Kehle kaputt gemacht. Er spürte, wie er schwächer wurde; von allen Seiten rückte Dunkelheit an ihn heran.

Er hatte versagt.

Obwohl er es gewusst hatte, hatte er versagt.

*Das ist die Wahrheit über ehemalige Sklaven, weil sogar diese Bezeichnung eine Lüge ist. Sklaverei senkt sich in die Seele. Mein Herr ist nun niemand anders als das Versagen an sich.*

Er zwang sich dazu, bei Bewusstsein zu bleiben, und hob den Kopf. *Hol Luft, verdammt. Heb den Kopf – versage, wenn es denn sein muss, aber stirb nicht. Noch nicht. Heb den Kopf!*

*Und sieh zu.*

Silchas Ruin schob das ihm noch verbliebene Schwert in die Scheide und trat dicht an Ulshun Pral heran. Packte ihn an der Kehle.

Zu seiner Linken ertönte eine leise Frauenstimme. »Wenn du meinem Sohn ein Leid zufügst, wirst du diesen Ort nicht mehr verlassen, Tiste Andii.«

Er drehte sich um und sah eine Frau, eine Imass, die in ein Pantherfell gekleidet war. Sie stand über der reglos hingestreckten Gestalt des Kriegers, den er gerade beiseitegeschleudert hatte.

»Dass der hier noch am Leben ist«, sagte sie mit einer Handbewegung auf den Imass hinunter, der zu ihren bloßen Füßen lag, »ist der einzige Grund, warum ich dich noch nicht in Stücke gerissen habe.«

Eine Knochenwerferin, und der Ausdruck in ihren Katzenaugen war ein dunkles Versprechen.

Silchas Ruin ließ den Imass los, der vor ihm stand, griff nach unten und zog ihm geschickt einen Feuersteindolch aus dem Gürtel. »Das hier«, sagte er, »ist alles, was ich brauche.« Und als er die primitive Waffe in der Hand hielt, wusste er, dass stimmte, was er gesagt hatte.

Er machte einen Schritt zurück, ohne den Blick von der Frau zu nehmen.

Sie rührte sich nicht.

Zufrieden drehte Silchas Ruin sich um.

Seren, die neben Trull Sengar kniete, sah, wie die Weiße Krähe dorthin ging, wo Kessel auf dem steinernen Fußboden saß. Der weißhäutige Tiste Andii streckte seine freie Hand nach dem Mädchen aus.

Packte sie an der Tunika, riss sie hoch – und schlug sie dann wieder rücklings auf den Boden. Ihr Kopf krachte hart auf den steinernen Untergrund, während er ihr gleichzeitig das Feuersteinmesser in die Brust trieb.

Ihre kleinen Beine traten noch einmal um sich und wurden dann reglos.

Silchas Ruin richtete sich langsam auf. Machte einen Schritt zurück.

Udinaas wandte den Kopf ab, Tränen traten ihm in die Augen. Natürlich hatte das Kind es gewusst, genauso, wie er es gewusst hatte. Kessel war schließlich die letzte verzweifelte Schöpfung des Azath.

Und hier, an diesem grausamen Ort, war sie mit einem Finnest zusammengebracht worden.

Er hörte Seren Pedac aufschreien. Schaute noch einmal hin. Blinzelte, um die Tränen zu vertreiben.

Silchas Ruin hatte sich zurückgezogen, auf eines der Tore zu.

Dort, wo Kessel lag – aus deren Brust immer noch der lederumwickelte Griff des Feuersteinmessers ragte –, hatte die Luft begonnen zu wirbeln, und eine dunkle Wolke bildete sich, verdichtete sich. Der kleine Körper verfiel in ruckartige Zuckungen, und dann zitterten die Glieder, als Wurzeln aus ihnen hervorschlängelten, sich dünne Fasern in jeden Stein senkten. Felsgestein zischte und dampfte.

Silchas Ruin betrachtete das alles noch ein, zwei Herzschläge länger, dann drehte er sich um, hob sein zweites Schwert auf, schob es in die Scheide und schritt in ein Tor, verschwand aus Udinaas' Blickfeld.

Der Sklave, dessen Atem nun weniger schwer ging, drehte sich um, schaute nach Clips Körper – aber der Scheißkerl war fort. Eine Blutspur führte zu einem der Tore. *Wie passend. Aber ich habe Trull Sengar gesehen – ich habe gesehen, wie er es mit dir aufgenommen hat, Clip. Mit dir, Clip, wo du dich doch so höhnisch über die erbärmliche Waffe ausgelassen hast, den schlichten Speer. Ich habe dich gesehen, Clip.*

Die dunkle Wolke, die Kessels Körper umgab, hatte sich entfaltet, war gewachsen. Steinerne Fundamente, schwarze Wurzeln, das Tröpfeln von Wasser, das sich zu einem Fleck ausbreitete.

*Ein Azath, der für immer Scabandaris Seele festhalten wird. Und somit hast du deine Rache, Silchas Ruin, den vollkommenen Austausch.*

Und weil er nicht anders konnte, senkte Udinaas den Kopf und begann zu weinen.

Irgendwie schaffte Trull Sengar es, wieder auf die Beine zu kommen. Auch wenn Seren Pedac wusste, dass das kaum gegangen wäre, wenn sie nicht an seiner Seite gewesen wäre und sein Gewicht zum größten Teil aufgenommen hätte, und wenn er nicht den Speer gehabt hätte, auf den er sich stützen konnte. »Bitte«, sagte er zu ihr, »mein Bruder.«

Sie nickte, zuckte zusammen, als frisches Blut aus der Wunde in ihrer Schulter strömte, und half ihm, dorthin zu humpeln, wo Forcht Sengars Leichnam ausgestreckt auf dem Boden lag, fast am Fuß des jetzt dunklen Tors.

»Was soll ich tun?«, fragte Trull, der plötzlich zögerte und dorthin schaute, wo die gedrungene Frau stand, die ein Pantherfell trug. Sie und der Imass, der den Finnest getragen hatte, kauerten nun beide neben einem dritten Imass, einem Krieger. Die Frau wiegte den Kopf des toten oder bewusstlosen Kriegers. »Onrack … mein Freund …«

»Zuerst die Verwandten«, sagte Seren Pedac. Dann hob sie ihre Stimme und rief der Imass zu: »Der Gestürzte – lebt er?«

»Ja«, antwortete der Imass, »mein Vater lebt.«

Ein Schluchzen entschlüpfte Trull Sengar, und er sackte gegen sie. Seren geriet unter seinem Gewicht einen Moment lang ins Taumeln, dann richtete sie sich wieder auf. »Komm, mein Herz.«

Diese Worte erregten Trulls Aufmerksamkeit, wie es kaum etwas anderes vermocht hätte. Suchend sah er sie an, ihr Gesicht, ihre Augen.

»Wir müssen zu meinem Haus zurückkehren«, sagte sie, während sich eine große Klammer aus Angst um ihr Herz legte – *noch einer, nach all dem, was ich denen angetan habe, die vor ihm gekommen sind. Abtrünniger, vergib mir. Noch einer.* »Ich trage ein Schwert«, fügte sie hinzu. »Und ich werde es vor meiner Schwelle vergraben.« *Und werde ich dann dort knien, mit schmutzigen Händen, und meine Augen bedecken? Werde ich voller Trauer über das weinen, was geschehen wird? Über all das, was ich dir bescheren werde, Trull Sengar? Meine Bürden …*

»Ich habe davon geträumt, dass du das sagen würdest, Seren Pedac.«

Sie schloss mehrere Herzschläge lang die Augen und nickte dann.

Sie setzten sich wieder in Bewegung, und als sie Forcht Sengar erreichten, half sie Trull, sich auf den Boden niederzulassen, und er legte den Speer hin und berührte mit einer Hand das leblose, aschfahle Gesicht seines Bruders.

Unweit von ihnen kauerte Udinaas mit tränenverschmiertem Gesicht und sagte mit rauer, krächzender Stimme: »Ich grüße Euch, Trull Sengar. Und ich muss Euch sagen … Euer Bruder, Forcht … er ist gestorben wie ein Held.«

Trull hob den Kopf, starrte den Letherii an. »Udinaas. Du hast Unrecht. Mein Bruder wollte … Verrat begehen.«

»Nein. Er hat Euch gesehen, Trull Sengar, und er kannte den Geist von Silchas Ruin. Er wusste, dass Ihr der Weißen Krähe niemals würdet standhalten können. Versteht Ihr mich? Er hat Euch gesehen.«

»Ist das jetzt irgendwie förderlich?«, fauchte Seren Pedac.

Udinaas bleckte blutverschmierte Zähne. »Wenn die einzige andere Möglichkeit *Verrat* heißt, Freisprecherin, dann ja. Trull, es … tut mir leid. Und doch … Forcht – ich bin stolz auf ihn. Stolz darauf, ihn gekannt zu haben.«

Sie sah ihren Geliebten nicken, und dann schaffte er es, dem ehemaligen Sklaven ein trauriges Lächeln zu schenken. »Ich danke dir, Udinaas. Eure Reise – die von euch allen – muss lang gewesen sein. Schwierig.« Er blickte sie an, dann wieder Udinaas. »Ich danke euch beiden – dafür, dass ihr an der Seite meines Bruders geblieben seid.«

*Oh, Trull, mögest du niemals die Wahrheit erfahren.*

Als Onrack der Zerbrochene die Augen aufschlug, sah er einen uralten Traum vor sich, und der Zauber, den dieser Traum heraufbeschwor, bohrte sich wie ein Messer in seine Seele. *Dann also kein Vergessen. Dieser Friede ist mir verwehrt. Stattdessen kehren meine Verbrechen zu mir zurück. Um mich heimzusuchen.*

*Und doch … Ulshun Pral …*

Ein uralter Traum, ja, und direkt dahinter schwebte ein viel neuerer Traum – einer, von dem er nicht einmal gewusst hatte, dass es ihn gab. Das Ritual von Tellann hatte so vielen Männern der Imass die Möglichkeit geraubt, sich auf diese Weise in die Zukunft zu erstrecken, Söhne und Töchter zu erzeugen, die Wurzeln des Lebens in einer Erde zu versenken, die überdauerte.

Ja, das war in der Tat ein Traum gewesen …

Kilava Onass runzelte plötzlich die Stirn. »Du siehst so intelligent aus wie ein Bhederin, Onrack. Hast du den Verstand verloren?«

Träume schimpften nicht mit einem, oder?

»Ah«, sagte sie nickend, »jetzt sehe ich wieder den Onrack von früher vor mir – ich sehe die Panik, die immer im Blick eines Mannes steht, wenn das, wonach er sich gesehnt hat, plötzlich in greifbarer Nähe ist. Aber du solltest eines wissen: auch ich habe mich gesehnt, und auch ich empfinde jetzt … Panik. In Abwesenheit zu lieben, bedeutet in immer ruhigen Gewässern dahinzutreiben. Keine unerwarteten Strömungen. Keine heimtückischen Gezeiten. Keine Möglichkeit zu ertrinken. Du und ich, Onrack, wir sind beide lange Zeit so dahingetrieben.«

Er starrte zu ihr hoch – ja, er lag auf hartem Stein. In der Höhle mit den Toren.

Dann lächelte Kilava, enthüllte die tödlichen Eckzähne. »Aber ich glaube, mir ist es besser ergangen. Denn du hast mir in jener Nacht ein Geschenk gemacht. Du hast mir Ulshun Pral gegeben. Und als ich diese … diese Täuschung gefunden habe, habe ich für unseren Sohn ein Heim gefunden, einen Zufluchtsort.«

»Diese Sphäre … stirbt«, sagte Onrack. »Sind wir jetzt alle Trugbilder?«

Kilava schüttelte den Kopf. Ihre prächtigen schwarzen Haare schimmerten. »Gothos hat unserem Sohn den Finnest gegeben. Was den Rest angeht, nun, dein Sohn hat es mir erklärt. Der weißhäutige Tiste Andii, Silchas Ruin, hat den Samen eines Azath hierhergebracht, einen Samen in Gestalt eines Kindes. Der den Finnest annehmen, seine Macht dazu benutzen sollte zu wachsen. Onrack, diese Tore werden schon bald versiegelt sein, werden alle ins Haus gezogen werden, in einen gedrungenen, klobigen Turm. Und diese Sphäre – wenn sich ein Azath-Haus hier befindet, wandert diese Sphäre nicht mehr, verblasst auch nicht mehr. Sie ist verwurzelt, und daher wird sie bestehen bleiben.«

Hinter ihr sagte Ulshun Pral: »Gothos hat gesagt, eines Tages würde Silchas Ruin kommen, um den Finnest zu fordern. Gothos fand das … lustig. Jaghuts«, fuhr er nach einer kurzen Pause fort, »sind merkwürdig.«

»Um seine Freiheit zu gewinnen«, fügte Kilava Onass hinzu, »hat Silchas Ruin mit einem Azath einen Handel abgeschlossen – mit einem Azath, der im Sterben lag. Und jetzt hat er getan, was von ihm verlangt worden war. Und der Azath ist wiedergeboren.«

»Dann … hätten wir gar nicht kämpfen müssen.«

Kilava machte ein finsteres Gesicht. »Traue niemals einem Tiste Andii.« Ihre leuchtenden Augen wandten sich kurz von ihm ab. »Anscheinend hat es da noch andere … Streitpunkte gegeben.«

Aber Onrack war noch nicht bereit, darüber nachzudenken. Er starrte weiterhin zu Kilava hoch. »Dann warst du das also, in jener Nacht, in der Dunkelheit.«

Ihr Gesichtsausdruck wurde noch finsterer. »Warst du immer so dumm? Ich kann mich nicht erinnern – bei den Geistern, meine Panik wächst. Natürlich war ich das. Du hast mich an den Stein gebunden, mit deinen Augen und deinen Händen. Mit deiner Liebe, Onrack. Dein Begehren war verboten, und es hat so viele verwundet. Aber mich nicht. Ich wusste nur, dass ich antworten musste. Ich musste mein Herz sprechen lassen.« Sie legte ihm eine Hand auf die Brust. »So wie deines jetzt spricht. Du bist Fleisch und Blut, Onrack. Das Ritual hat auf deine Seele verzichtet. Sag mir, was suchst du?«

Er blickte ihr in die Augen. »Ich habe es gefunden«, sagte er.

Jeder Knochen in seinem Körper schmerzte, als er sich zwang aufzustehen. Sogleich wurde sein Blick dorthin gezogen, wo er Trull Sengar zuletzt gesehen hatte; und eine wachsende Angst wurde beiseitegewischt, als er seinen Freund erblickte.

*Trull Sengar, du bist genauso schwer zu töten wie ich.*

Einen Augenblick später sah er die Tränen im Gesicht seines Freundes, und es schien, als würde es an diesem Tag schließlich doch noch Kummer geben.

An der Mündung eines Felsspalts nicht sehr weit entfernt, auf einer kleinen Lichtung, stand Rud Elalle inmitten eines Blutbads. Wo eine der Schwestern seiner Mutter gestorben war. Wo drei Imass gestorben waren.

Und irgendwo weiter draußen, das wusste er tief in seinem Innern, würde er den Leichnam seiner Mutter finden.

Er stand auf blutgetränkter Erde und fragte sich, was in seiner eigenen Seele gestorben war.

Einige Zeit später, viel später, würde er das Wort finden, das es beschrieb.

Unschuld.

Der Schnelle Ben humpelte immer noch wie ein alter Mann, was Igel grenzenlos erheiterte. »Da hast du's«, sagte er, als sie unterwegs zu der Höhle und dem Tunnel waren, die zu den Toren von Starvald Demelain führten, »genauso wirst du in zwanzig Jahren aussehen. Abstoßend und lahm. Puhlst mit einer purpurnen Zunge an wackligen Zähnen rum und murmelst irgendwelche Verse vor dich hin …«

»Sprich ruhig weiter, Sappeur, und du wirst bald alles über wackelige Zähne erfahren. Ehrlich gesagt bin ich ein bisschen überrascht, dass es dir nicht ein paar ausgeschlagen hat, als der Knochen dich getroffen hat. Bei den Göttern hienieden, das war wahrscheinlich das Lustigste, was ich je gesehen habe.«

Igel hob eine Hand und betastete behutsam die große Beule auf seiner Stirn. »Also, wir haben heute unsere Aufgabe erledigt. Was glaubst du, wie es den anderen ergangen ist?«

»Das werden wir schon bald herausfinden«, antwortete der Magier. »Eines ist da allerdings noch.«

»Was?«

»In dieser verdammten Sphäre wächst jetzt ein Azath-Haus.«

»Und was bedeutet das?«

»Oh, eine ganze Menge. Als Erstes ist dieser Ort jetzt wirklich. Und er wird fortbestehen. Die Imass werden weiterleben.«

Igel grunzte. »Rud Elalle wird erfreut sein. Und Onrack auch, nehme ich an.«

»Ja. Und hier ist noch etwas, das aber, wie ich glaube, nicht allen gefallen wird. In dem Azath-Haus wird es einen Turm geben, und in dem Turm sind alle Tore.«

»Also?«

Der Schnelle Ben seufzte. »Du verdammter Idiot. Die Tore von Starvald Demelain.«

»Und?«

»Nur dies. Schattenthron und Cotillion. Denen es gefällt, die Azath zu benutzen, wann immer es ihnen passt. Jetzt haben sie einen Weg hinein gefunden. Nicht nur in diese Sphäre.«

»Nach Starvald Demelain? Bei den Göttern hienieden, Ben! *Haben wir deswegen das alles gerade getan? Hat das dich hierhergeführt?«*

»Kein Grund herumzuschreien, Sappeur. Als das Haus gepflanzt wurde, waren wir nicht einmal dabei. Oder? Aber weißt du, richtig Sorgen macht mir die Frage, was die beiden hinterhältigen Bastarde wissen oder zu wissen scheinen. Verstehst du, was ich meine?«

»Oh, möge der Vermummte dir in die Stiefel pissen, Ben Adaephon Delat.«

»Hast du deine ganze Ausrüstung bei dir, Igel? Gut. Denn wenn wir zu den Toren kommen, werden wir durch eines davon hindurchgehen.«

»Tatsächlich?«

»Tatsächlich.« Der Magier grinste den Sappeur an. »Fid ist einfach nicht mehr der Alte, seit du nicht mehr da bist.«

Silchas Ruin stand inmitten einiger uralter Fundamente – irgendein Überbleibsel der Forkrul Assail, das auf seinem langen Weg die Bergflanke hinunter war – und hob den Blick zum blauen Himmel jenseits der hoch aufragenden Bäume.

Er hatte den Schwur erfüllt, den er dem Azath geleistet hatte.

Und Scabandaris Seele eine Gnadenfrist gewährt, die Blutauge nicht verdiente.

Rache war, wie er sehr genau wusste, ein vergifteter Triumph.

Eine Aufgabe blieb noch. Eine kleine, die nichts weiter als seiner Neigung dienen sollte, ein unerhörtes Ungleichgewicht zu beseitigen. Er wusste nicht viel über den Verkrüppelten Gott. Aber das bisschen, das er wusste, gefiel Silchas Ruin nicht.

Dementsprechend breitete er nun die Arme aus. Und nahm seine Drachengestalt an.

Er schoss himmelwärts, und die Zweige, die er mit den Schultern beiseitestieß, wurden von den Bäumen weggerissen. In der klaren Bergluft drehte ein Paar Kondore weit im Westen in plötzlichem Entsetzen ab. Aber die Richtung, für die Silchas Ruin sich entschied, war nicht Westen.

Sondern Süden.

Zu einer Stadt namens Letheras.

Und dieses Mal wollte er wirklich Blut vergießen.

# Kapitel zwölf

Wenn dies unsere letzten Tage wären
Wenn alle, deren Augen nach innen blicken können
Aus unserem Gesichtskreis verschwunden wären
Wer würde dann noch bleiben, um zu trauern?

Während wir unsere Köpfe hängen lassen
Heimgesucht vom Fehlschlag unseres Ehrgeizes
Augen sehen und sind gleichgültig
Augen sehen, und sie sind gefühllos

Der steinerne Blick der Statuen
Die den vollendeten Platz bewachen
Ist als warm gehauen
Eine Geschichte sanfter Unterwerfung

Und allein die Kreaturen, die in unsere Münder
Hinein- und wieder heraustanzen
Hören den Wind heulen
Mit seiner hohlen, geheiligten Stimme

So in diesen, unseren letzten Tagen
Ist das Ende von dem, was wir sehen innen
Wo alles begann und nie wieder beginnt
Einen Augenblick Aufschub, dann kommt die Dunkelheit

*Der Tanz ohne Zeugen*
FISHER KEL TATH

Schnabels Grabhügel nahm seinen Anfang mit ein paar Knochen, die in die Asche und zu dem verkohlten, zersplitterten Skelett geworfen wurden, die alles waren, was von dem jungen Magier übrig geblieben war. Binnen kurzem gesellten sich andere Gegenstände dazu. Schnallen, Schließen, Fetische, Münzen, zerbrochene Waffen. Zu dem Zeitpunkt, als Faust Keneb bereit war, den Befehl zum Aufbruch zu geben, war der Hügel beinahe mannshoch. Hauptmann Faradan Sort hatte Buddl um einen Segen gebeten, doch der Magier hatte den Kopf geschüttelt und erklärt, dass der ganze Todesstreifen, der von Schnabels Zauberei umschlossen worden war, magisch tot war. Wahrscheinlich für immer. Daraufhin hatte Hauptmann Sort sich abgewandt, aber Keneb war, als hätte er gehört, wie sie etwas gesagt hatte: *»Dann ist also keine Kerze mehr übrig geblieben.«*

Als die Seesoldaten sich in Richtung Letheras in Bewegung setzten, konnten sie das Donnern von Explosionen aus dem Süden hören, wo die Mandata mit dem Rest der Knochenjäger gelandet war und jetzt die letheriischen Armeen angriff. Dieser Donner, das wusste Keneb, hatte nichts mit Zauberei zu tun.

Er hätte seine Truppen in jene Schlacht führen sollen, um die letheriische Nachhut zu zerschlagen und sich dann Tavore und der Hauptstreitmacht anzuschließen. Aber Keneb war sich mit Hauptmann Sort und Fiedler und Gesler einig. Er und seine verdammten Seesoldaten hatten sich dies verdient – hatten sich das Recht verdient, die Ersten zu sein, die die Hauptstadt dieses Imperiums angriffen.

»Könnte sein, dass da noch eine Armee auf den Wällen wartet«, hatte Sergeant Thom Tissy gesagt und das für ihn typische missbilligende Gesicht gemacht – was ihn aussehen ließ, als hätte er gerade einen Haufen Naechtscheiße verschluckt.

»Stimmt, das könnte sein«, hatte die Faust eingeräumt. Und weiter war die Unterhaltung nicht gegangen.

Also rauf auf die gut gepflasterte Imperiale Straße, die so breit war, dass zehn Soldaten nebeneinander marschieren konnten. Und das taten sie auch, während der Tag sich seinem Ende zuneigte und die Schatten länger wurden, marschierten sie über weggeworfene Ausrüstungsgegenstände und den Abfall hinweg, den die letheriischen Legionen zurückgelassen hatten.

Die Abenddämmerung war nicht mehr fern, und es war einige Zeit her, seit sie das letzte Mal geschlafen hatten, doch wie Keneb sah, hielten sich seine Soldaten – mitsamt Ausrüstung –, als hätten sie sich eine Woche lang ausgeruht und wären vollkommen erfrischt.

Ein paar hundert Schritte weiter begegnete die Marschkolonne den ersten Flüchtlingen.

Schmuddelige, ängstliche Gesichter. Säcke und Körbe mit dürftigen Vorräten, Kleinkinder, die mit großen Augen aus Bündeln starrten. Bepackte Maultiere und zweirädrige Karren, die unter den Besitztümern quietschten und ächzten. Ohne dass ein Befehl erteilt wurde, schlurften die Letherii an den Straßenrand, schleppten mit, was auch immer sie bei sich hatten, während die Kolonne weitermarschierte. Hielten den Blick gesenkt, ihre Kinder fest umklammert. Ohne ein Wort zu sagen.

Faradan Sort begab sich an Kenebs Seite. »Das ist eigenartig«, sagte sie.

Die Faust nickte. »Sie sehen aus wie Menschen, die vor etwas fliehen, das bereits passiert ist. Schnappt Euch einen von ihnen, Hauptmann, und verschafft uns ein paar Antworten.«

»In Ordnung, Faust.«

Während Keneb die Flüchtlinge musterte, an denen er vorbeikam, fragte er sich, was wohl hinter den verstohlenen Blicken stecken mochte, die einige von ihnen den marschierenden Soldaten zuwarfen, diesen weißhaarigen Fremden in ihren schimmernden Rüstungen. *Sehen sie in uns ihre Retter? Unmöglich. Und dennoch – wo ist die Feindseligkeit? Sie haben mehr Angst vor dem, was sie gerade in Letheras hinter sich gelassen haben, als vor uns. Was geschieht da, im Namen des Vermummten?*

*Und wo sind die Tiste Edur?*

Die Menge wurde dichter, wich zögernder zur Seite. Fiedler rückte den Packen auf seiner Schulter zurecht und legte eine Hand an den Griff seines Kurzschwerts. Das Tempo der Marschkolonne hatte sich verlangsamt, und der Sergeant konnte die zunehmende Ungeduld in seinen Soldaten spüren.

Sie konnten das Ende sehen, beim Atem des Vermummten – es lag hinter jener weißen Mauer im Nordosten, jetzt nur noch eine Länge oder weniger entfernt. Die Imperiale Straße, die sich von einem Haupttor aus zu ihnen erstreckte, wirkte im roten Schimmer des Sonnenuntergangs wie eine brodelnde Schlange. *Sie strömen zu Tausenden aus der Stadt.*

*Aber warum?*

Unruhen, allem Anschein nach. Eine zerrüttete Wirtschaft, Menschen, die vom Hungertod bedroht waren.

»Wir wussten gar nicht, dass wir so viel Ärger machen können, was Fid?«

»Das kann nicht an uns liegen, Krake. Nicht nur an uns, meine ich. Ist es dir nicht aufgefallen? In der Menge gibt es keine Tiste Edur. Nun, entweder haben sie sich hinter die Mauern ihrer Anwesen zurückgezogen oder in die Palastfeste oder wo auch immer der Imperator lebt, oder sie sind als Erste weggelaufen.«

»So wie die da hinten also. Zurück in ihre Heimat im Norden.«

»Vielleicht.«

»Also, wenn dieses verdammte Imperium schon erledigt ist, warum schlagen wir uns dann noch mit der Hauptstadt rum?«

Fiedler zuckte die Schultern. »Könnte sein, dass Buddl eine von seinen Ratten in den Haaren der Mandata versteckt hat – warum fragst du ihn nicht?«

»Die Mandata hat dafür nicht genug Haare«, murmelte Krake, obwohl er einen Blick nach hinten, auf den Truppmagier warf. Buddl ließ sich nicht dazu herab, ihm eine Antwort zu geben. »Siehst du irgendjemanden auf den Wällen da vorne, Fid? Bei schlechtem Licht sind meine Augen ziemlich schlecht.«

»Wenn da welche sind, dann haben sie keine Fackeln in der Hand«, antwortete Fiedler.

Es war so wenig Zeit zum Nachdenken gewesen. Über irgendetwas – außer, darüber, irgendwie am Leben zu bleiben. Die ganze Zeit, seit sie von der verdammten Küste aufgebrochen waren. Aber jetzt, da er auf dieser Straße marschierte, stellte Fiedler fest, dass seine Gedanken staubige Pfade beschritten. Sie hatten diese Invasion im Namen der Rache begonnen. Und vielleicht auch, um einen tyrannischen Imperator zu beseitigen, der jeden, der nicht sein Untertan war, als Fleisch für das Hackmesser des Metzgers betrachtete. *So weit alles schön und gut. Im Übrigen macht das diesen Imperator keineswegs zu etwas Besonderem.*

*Also – warum ist dies unser Kampf? Und wo, im Namen des Vermummten, gehen wir von hier aus hin?* Er wollte so sehr glauben, dass die Mandata wusste, was sie tat. Und dass – was auch immer kam und wie auch immer es enden würde – das, was sie taten, irgendeine Bedeutung hatte.

*»Wir müssen unsere eigenen Zeugen sein.« Wobei, verdammt?*

»Soldaten auf den Wällen«, rief Koryk. »Nicht viele, aber sie sehen uns klar und deutlich.«

Fiedler seufzte. *Wir sind die Ersten, die ankommen, und vielleicht kommen wir kein Stückchen weiter. Eine Armee von achthundert Mann, die vor einem Tor lagert. Sie müssen sich vor Angst in die Stiefel pissen.* Er holte noch einmal tief Luft und riss sich zusammen. »Na gut. Jetzt haben wir endlich ein empfängliches Publikum.«

Lächeln gefiel es nicht, wie diese Flüchtlinge aussahen. Die armseligen Gesichter, der schlurfende Gang, das erinnerte sie viel zu sehr an … *zu Hause*. Oh, da hatte es nichts gegeben, was auch nur annähernd einer hoffnungslosen Flucht geglichen hätte, insofern war es nicht genau das Gleiche. Nur der dumpfe, tierische Ausdruck in ihren Augen. Die verständnislosen Kinder, die mit einer Hand mitgezerrt wurden oder sich an die schäbige Tunika ihrer Mutter klammerten.

Die Knochenjäger marschierten auf Letheras zu – warum schrien und jammerten diese Narren nicht vor Entsetzen? *Sie sind wie Sklaven, die in die Freiheit gestoßen wurden, wie Schafe in die Wildnis, und alles, was sie erwarten, ist noch mehr Sklaverei. Das, oder im Unterholz leerer Wälder zu sterben. Sie sind unterdrückt worden, ihr ganzes Leben lang.*

*Das ist es, was so vertraut ist, oder?*

Sie wandte den Kopf und spuckte auf die Straße. *Der Vermummte soll alle Imperien holen. Der Vermummte soll das ganze Zerren und Stoßen holen. Wenn ich bei dir ankomme, teurer Imperator von Lether – wenn ich als Erste bei dir ankomme, werde ich dich in Scheiben schneiden. Langsam, damit es weh tut, damit du richtig Schmerzen hast. Für jeden einzelnen von diesen jämmerlichen Bürgern auf dieser stinkenden Straße.*

*Also, je schneller all diese Narren uns den Weg freimachen, desto eher kann ich ihren Imperator quälen.*

»Wir nehmen uns den Palast zum Ziel«, sagte Koryk zu Starr, »und lassen nicht zu, dass uns irgendwas in die Quere kommt.«

»Du träumst, Koryk«, antwortete der Korporal. »Um das zu tun, müssten wir uns durch ein paar tausend dickköpfige Letherii kämpfen. Und vielleicht noch mehr Edur. Und wenn das noch nicht reicht – was ist mit der Mauer da vorne? Hast du vor, einfach raufzuspringen? Wir haben nicht genug Moranth-Munition, um ...«

»Blödsinn ...«

»Ich meine, Keneb wird den Sappeuren niemals erlauben, all ihr Zeugs zu verbrauchen – nicht, wenn wir eigentlich nur eins tun müssen, nämlich auf die Mandata warten. Und dann gibt's eine anständige Belagerung.«

Koryk schnaubte. »So anständig wie Y'Ghatan? Oh, ich kann's kaum erwarten.«

»In Letheras gibt es keinen Leoman von den Dreschflegeln«, sagte Starr, während er an seinem Kinnriemen herumfummelte. »Nur irgendeinen Edur auf dem Thron. Der vermutlich betrunken ist. Verrückt. Und sabbert und Schlaflieder singt. Deshalb – warum sollen wir uns mit dem Palast aufhalten? Da gibt es eh nichts Interessantes. Ich sage, wir plündern ein paar Anwesen, Koryk.«

»Malazanische Soldaten plündern nicht.«

»Aber das sind wir nicht mehr, oder? Ich meine, wir sind keine Soldaten des malazanischen Imperiums mehr.«

Koryk grinste seinen Korporal höhnisch an. »Das heißt dann also, dass du dich zu einem geifernden Barbaren zurückentwickelst, Starr? Warum überrascht mich das jetzt nicht? Ich habe nie an dieses zivilisierte Getue geglaubt, das du immer an den Tag gelegt hast.«

»Was für ein Getue?«

»Nun, ja gut, vielleicht ist's ja einfach nur, wie wir alle dich sehen. Aber jetzt sehe ich dich anders. Du bist ein verdammter Schläger, Starr, der nur darauf wartet, dass er uns fertigmachen kann.«

»Ich hab einfach nur laut gedacht«, sagte Starr. »Es ist ja nicht so, dass Fid uns tun lassen würde, was wir wollen, oder?«

»*Ich* werde nicht zulassen, dass du tust, was du willst, Starr.«

»Hab mich einfach nur ein bisschen unterhalten wollen, Koryk. Das war alles.«

Koryk grunzte.

»Bist du gerade unverschämt zu deinem Korporal, Koryk?«

»Ich denke darüber nach, dir deine ganze Rüstung – und deinen Schild – in dein Spundloch zu stopfen, Korporal. Ist das unverschämt?«

»Wenn ich erstmal weiß, wie man den Unterschied rauskriegt, werde ich es dich wissen lassen.«

»Hör zu, Corabb«, sagte Buddl, »du kannst jetzt damit aufhören, auf mich aufzupassen, ja?«

Der Krieger mit den runden Schultern, der an seiner Seite dahinschritt, schüttelte den Kopf. »Sergeant Fiedler sagt …«

»Und wenn schon. Wir sind in einer Marschkolonne. Mit Hunderten von Seesoldaten auf allen Seiten, stimmt's? Und ich bin beinahe ausgeruht und bereit, richtig Ärger zu machen, falls wir in einen Hinterhalt geraten oder so was. Ich bin hier sicher, Corabb. Außerdem knallt deine Schwertscheide immer gegen meine Beine – ich hab schon jede Menge blaue Flecken.«

»Lieber blaue Flecken als ein abgeschlagener Kopf«, sagte Corabb.

»Nun, das stimmt.«

Corabb nickte, als wäre die Angelegenheit damit erledigt.

Buddl rieb sich das Gesicht. Die Erinnerung an Schnabels aufopfernde Tat suchte ihn heim. Er hatte den Magier nicht sonderlich gut gekannt. Nichts weiter als ein Gesicht mit einem glotzenden Ausdruck oder einem breiten Lächeln, ein freundlicher Mann, der nicht älter war als Buddl selbst. Für manche – für die allerwenigsten – waren die Pfade zur Macht glatt und ordentlich, und doch war die Gefahr immer da. *Es ist zu leicht, sich zu viel zu holen, es einfach durch sich hindurchströmen zu lassen.*

*Bis du nur noch Asche bist.*

Doch Schnabel hatte ihnen das Leben gerettet. Das Problem war, dass Buddl sich fragte, ob es das wert gewesen war. Dass das Leben von achthundert Seesoldaten vielleicht nicht das Leben eines natürlichen Hohemagiers wert war. Was auch immer kommen mochte, am endgültigen Ende dieser Reise würde es Ärger geben. Die Mandata hatte Sünd, und das war's. Noch ein natürliches Talent – *aber ich glaube, sie ist verrückt.*

*Mandata, Eure Hohemagierin ist verrückt. Könnte das zum Problem werden?*

Er schnaubte.

Corabb betrachtete das Geräusch als Einladung, etwas zu sagen. »Siehst du die Angst in diesen Leuten, Buddl? Die Knochenjäger verwandeln ihre Herzen in Eis. Wenn wir das Tor erreichen, wird es weit für uns aufschwingen. Die letheriischen Soldaten werden ihre Waffen wegwerfen. Das Volk wird uns den Kopf des Imperators auf einer kupfernen Platte überreichen, und unser Weg wird mit Rosen bestreut werden ...«

»Um des Vermummten willen, Corabb, das reicht. Du glaubst immer noch, dass Krieg zu Ruhm führt. Aber da gibt es keinen Ruhm. Und Helden – nun, die sind am Ende tot, wie Schnabel dahinten. Und was hat er sich verdient? Einen Hügel aus Abfall.«

Aber Corabb schüttelte den Kopf. »Wenn ich sterbe ...«

»Wird das nicht in einer Schlacht sein«, beendete Buddl den Satz.

»Du verletzt mich mit deinen Worten.«

»In deinem Schatten hockt die Lady, Corabb. Du wirst auch weiterhin alles überstehen und nur ein paar Schrammen abbekommen. Du wirst Waffen abbrechen, oder sie werden dir aus der Hand fallen. Dein Pferd wird sich überschlagen und auf der Seite landen, und du wirst immer noch im Sattel sitzen. Tatsächlich würde ich all meinen ausstehenden Sold darauf wetten, dass du ganz am Ende der Letzte von uns sein wirst, der noch steht.«

»Glaubst du, dass es in dieser Stadt einen Kampf geben wird?«

»Natürlich wird es das, du Idiot. Ich wäre ehrlich gesagt überrascht, wenn wir es auch nur bis hinter die Mauern schaffen, ehe die Mandata ankommt. Aber dann, ja, dann steht uns ein ekliger Straßenkampf bevor, und da ist nur eines sicher: dass viele von uns draufgehen.«

Corabb spuckte sich in die Hände, rieb sie aneinander.

Buddl starrte ihn an. Der Narr lächelte doch tatsächlich.

»Du hast nichts zu befürchten«, versicherte ihm Corabb, »denn ich werde dich beschützen.«

»Wunderbar.«

Hellian schaute sich finster um. Verdammt viel los auf dieser Straße – war das immer so? Musste ja eine geschäftige Stadt sein, und alle machten mit ihrem Kram weiter, als wenn da keine Marschkolonne aus fremden Eindringlingen wäre, die sich zwischen ihnen hindurchdrängte. Ihr war immer noch ganz heiß, weil sie sich schämte – war sie doch da hinten auf dem Todesstreifen glatt eingeschlafen. Da hätte sie eigentlich bereit sein sollen zu kämpfen, und wenn nicht zu kämpfen, dann in einem Feuersturm von nach Pisse stinkender Magie auf schreckliche Weise zu sterben, und was machte sie?

Schlief ein. Und träumte von weißem Licht, und Feuern, die nicht brennen, und weil alle gewusst hatten, dass sie träumte, hatten sie alle beschlossen, ihre versteckten Aebwurzelpaste-Vorräte auszupacken und sich die Haare zu bleichen, und dann auch noch die ganze Ausrüstung zu polieren. Sehr witzig. Ha ha ha. Das war verdammt nah dran am ausgeklügeltsten Witz, der jemals auf ihre Kosten gemacht worden war. Aber sie würde sich nichts anmerken lassen. Tu weiter so, ja, klar, als ob nicht irgendwie alles anders aussehen würde, und als ihre Soldaten da hingegangen waren, wo der einzelne Seesoldat gestorben war – das einzige Todesopfer in der ganzen Schlacht, und es musste irgendeine Art von Schlacht gegeben haben, da die üble letheriische Armee abgehauen war –, nun ja, da hatte sie das Gleiche getan. Hatte auf dem Hügel eine leere Flasche zurückgelassen, und wenn das nicht bedeutet hatte, den Idioten zu ehren, was dann?

Aber es wurde dunkel – und auch irgendwie unheimlich, mit all den Mondgesichtern, die sie von den Rändern der Straße her anstarrten. Sie hatte einen Säugling gesehen, in den dürren Armen einer alten Frau, der ihr die Zunge ausgestreckt hatte, und sie hatte ihre ganze Selbstbeherrschung aufwenden müssen, sich davon abzuhalten, das Schwert zu ziehen und dem Lümmel den kleinen runden Kopf abzuschlagen, oder vielleicht ihm auch nur die Ohren langzuziehen oder ihn zu Tode zu kitzeln, und so war es eine gute Sache, dass niemand sonst ihre Gedanken belauschen konnte, denn dann würden sie wissen, dass der Witz sie schwer erschüttert hatte und dass sie eingeschlafen war, als sie ein Sergeant hätte sein sollen.

*Mein poliertes Schwert, was das angeht. Das ich benutzen kann, um mir all meine weißen Haare abzuschneiden, wenn ich das will. Oh ja, sie haben es auch mit mir und meinen Sachen gemacht.*

Irgendjemand trat ihr in die Hacken, und sie drehte sich halb um. »Bleib zurück, Korpor …« Aber es war nicht Heikatem. Es war dieser sinnliche Bursche mit den dunklen Augen, derjenige, von dem sie bereits phantasiert hatte, und vielleicht waren es überhaupt keine Phantasien, wenn man danach ging, wie er sich die Lippen leckte, als ihre Blicke sich kreuzten. *Kaputtschädel. Nein, Schädeltod.* »Bist du jetzt in meinem Trupp?«, fragte sie.

Ein breites, köstliches Lächeln antwortete ihr.

»Der Idiot ist ganz vernarrt in dich«, sagte ihr Korporal, der sich hinter Schädeltod befand. »Kannst ihn auch gleich adoptieren, Sergeant«, fügte er mit einer anderen Stimme hinzu. »Oder ihn heiraten. Oder beides.«

»Du wirst mich nicht verwirren, Korporal, auch wenn du so hin und her redest. Nur, damit du's weißt.«

Schlagartig wurde die Menschenmenge auf der Straße lichter, und da, direkt voraus, war die Straße leer, führte hinauf zu den riesigen Doppeltoren der Stadt. Die Tore waren verriegelt. »Oh«, sagte Hellian, »das ist einfach schrecklich. Jetzt sollen wir auch noch Wegezoll bezahlen.«

Der Befehlshaber der letheriischen Streitkräfte starb mit einem Armbrustbolzen im Herzen; er war einer der Letzten, die am endgültigen Sammelpunkt vierhundert Schritt vom Fluss entfernt fielen. Erschüttert und entsetzt warfen die noch lebenden Soldaten ihre Waffen weg und flohen. Der Feind hatte wenig berittene Truppen, daher zog sich die Verfolgung lange hin, wurde im schwindenden Licht des Tages zu einem chaotischen und wahnsinnigen Gemetzel, bei dem die fremden Soldaten weit ins Landesinnere vorstießen und ihre erschöpften, von Panik ergriffenen Gegner zur Strecke brachten.

Zweimal hatte Sirryn Kanar es nur ganz knapp geschafft, den unbarmherzigen Trupps der Feinde zu entgehen, und als er die unvertrauten, klagenden Hornsignale durch die Düsternis der Abenddämmerung schallen hörte, wusste er, dass sie zurückgerufen worden waren. Mühsam krabbelte er, nachdem er sich seiner Rüstung vollständig entledigt hatte, durchs Gebüsch und stellte fest, dass er sich inmitten der eingeebneten

Ruinen eines der Elendsviertel außerhalb der Stadtmauern befand. All diese Vorbereitungen für eine Belagerung, und jetzt kam sie tatsächlich. Er musste wieder in die Stadt kommen, er musste in den Palast gelangen.

Unglaube und Entsetzen rasten bei jedem Schlag seines wild pochenden Herzens durch ihn hindurch. Er war völlig verschwitzt und mit dem Blut gefallener Kameraden besudelt und erschauerte immer wieder in unregelmäßigen Abständen, als würde er unter Fieberschüben leiden. Nie zuvor hatte er ein solches Entsetzen empfunden. Allein die Vorstellung, sein Leben könnte enden, irgendein feiger Dreckskerl könnte ihm eine Klinge in seinen kostbaren Körper rammen. Die Vorstellung, alle seine Träume und Absichten könnten in einem roten Schwall weggespült werden, der in der Erde versickerte. Solche Gedanken hatten ihn von der Frontlinie fortgetrieben, hatten ihn so schnell davonlaufen lassen, wie seine Beine ihn nur tragen konnten. Es lag keine Ehre darin, neben den Kameraden zu sterben – er hatte sowieso keinen einzigen von ihnen gekannt. Sie waren Fremde, und Fremde konnten in Scharen sterben, wenn's nach ihm ging. Nein, es gab nur ein einziges Leben, das wichtig war: sein eigenes.

Und – der Abtrünnige sei gepriesen – Sirryn hatte überlebt. War jenem dunklen Gemetzel entkommen.

Der Kanzler würde eine Antwort auf all dies haben. Der Imperator – seine Tiste Edur – Hannan Mosag –, sie alle würden diesen fremden Hundesöhnen eine angemessene Antwort zukommen lassen. Und in einem Jahr, vielleicht auch schon eher, würde die Welt wieder in Ordnung sein. Sirryn würde einen hohen Posten im Stab des Kanzlers bekleiden, und einen noch höheren bei den Patriotisten. Er würde reicher sein als je zuvor. Würde knapp zwei Dutzend sanftäugige Huren in Reichweite haben. Er würde fett werden, wenn er das wollte.

Als er die Stadtmauer erreichte, begann er, an ihr entlangzugehen. Es gab versenkte Geheimpforten, Tunnel, die dazu einluden, durch sie in die Stadt vorzustoßen, die aber durch das Umlegen eines einzigen Hebels geflutet werden konnten. Er wusste, dass die dicken hölzernen Türen auf der Innenseite bewacht sein würden. Und so schritt Sirryn weiter am Fuß der Mauer dahin und setzte seine Suche fort.

Schließlich fand er eine versenkte Tür, angeschrägt wie eine Kohlenklappe, auf allen Seiten von wild wucherndem Gras umgeben. Murmelnd dem Abtrünnigen seine Dankbarkeit bekundend ließ sich Sirryn in die Vertiefung sinken und lehnte sich einen langen Moment mit geschlossenen Augen gegen das Holz, während sein Atem wieder ruhiger wurde.

Dann zog er seinen Dolch – die einzige Waffe, die ihm noch verblieben war – und begann, mit dem Knauf an die Tür zu klopfen.

Und dachte, er hätte ein Geräusch auf der anderen Seite gehört.

Sirryn presste seine Wange gegen die Tür. *»Klopft, wenn ihr mich hören könnt!«* Seine krächzende Stimme klang in seinen Ohren erschreckend laut.

Nach einem halben Dutzend Herzschlägen hörte er ein schwaches Klopfen.

*»Ich bin Finadd Sirryn Kanar, ein Beauftragter des Kanzlers. Ich bin allein. Lasst mich rein, im Namen des Imperiums!«*

Wieder musste er lange warten. Schließlich hörte er, wie ein Riegel zurückgeschoben wurde, und dann drückte ein Gewicht gegen ihn, und er krabbelte ein Stück zurück, damit die Tür aufgehen konnte.

Das junge Gesicht eines Soldaten spähte zu ihm hoch. »Finadd?«

Sehr jung. Sirryn schob sich hinunter in den Eingang, zwang den Soldaten zurückzuweichen. *So jung, dass ich ihn küssen und gleich an Ort und Stelle nehmen könnte, beim Abtrünnigen!* »Mach die Tür zu! Schnell!«

»Was ist passiert?«, fragte der Soldat, während er sich beeilte, die Tür zu schließen und dann in der plötzlichen Dunkelheit mit dem schweren Riegel kämpfte. »Wo ist die Armee, Finadd?«

Als der Riegel einrastete, erlaubte Sirryn sich endlich, sich wieder sicher zu fühlen. Und das bedeutete, dass er zu seinen alten Verhaltensweisen zurückkehrte. Er streckte den Arm aus, packte den Soldaten an seiner Tunika und zog ihn dicht an sich heran. »Du verdammter Narr! Da sagt irgendjemand, dass er ein Finadd ist, und du machst die verdammte Tür auf? Ich sollte dir bei lebendigem Leib die Haut abziehen lassen, Soldat! Ja, ich glaube, dass ich das auch tatsächlich tun werde!«

»B-bitte, Finadd, ich habe nur …«

»Sei still! Ich glaube, du wirst mich auf andere Weise überzeugen müssen.«

»Finadd?«

Es war immer noch Zeit. Die fremde Armee war einen Tagesmarsch entfernt, vielleicht auch mehr. Außerdem fühlte er sich in diesem Moment unglaublich lebendig. Er hob die Hand und strich dem Burschen über die Wange. Und hörte, wie der scharf die Luft einsog. Oh, also ein Bursche, der schnell begriff. Es würde leicht sein, ihn zu …

Plötzlich spürte er knapp unter seinem rechten Auge eine Messerspitze, und die junge Stimme des Soldaten klang auf einmal deutlich härter. »Finadd, wenn Ihr am Leben bleiben und am anderen Ende aus diesem Tunnel klettern wollt, verschwindet Ihr jetzt von hier.«

»Ich werde herausfinden, wie du heißt …«

»Macht, was Ihr wollt, Finadd, und möge der Abtrünnige Eure ewige Suche segnen – denn ich stand nicht als Wächter hinter dieser Tür. Ich habe meine Flucht vorbereitet.«

»Deine was?«

»Auf den Straßen regiert der Mob, Finadd. Alles, was wir im Moment noch halten, sind die Wälle und die Torhäuser. Oh, und das Ewige Domizil, wo unser wahnsinniger Imperator weiterhin Meisterkämpfer tötet, als wäre heute ein Festtag. Niemand ist sonderlich daran interessiert, den Palast zu belagern. Im Übrigen haben die Edur gestern Letheras den Rücken gekehrt. Alle. Sind einfach weggegangen. Also, Finadd, wenn Ihr zu Eurem Liebhaber, dem Kanzler, wollt – nun gut, dann viel Glück bei dem Versuch.«

Das Messer drückte etwas stärker, durchbohrte die Haut und brachte eine Träne aus Blut hervor. »Nein, Finadd. Ihr könnt versuchen, an den Dolch in Eurem Gürtel zu kommen, und sterben. Oder Ihr könnt mein Hemd loslassen.«

Unverschämtheit und Feigheit waren nun wirklich alles andere als anziehende Eigenschaften. »Stets zu Diensten, Soldat«, sagte Sirryn und ließ den Mann los. »Aber wenn du nach draußen gehst, sollte ich wohl besser hierbleiben und die Tür wieder hinter dir verriegeln, ja?«

»Sobald ich weg bin, könnt Ihr tun, was Euch beliebt, Finadd. Also weicht zurück. Nein, noch weiter. So ist's gut.«

Sirryn wartete, bis der Soldat geflohen war. Er konnte immer noch die Messerspitze spüren, und die Wunde brannte, als Schweiß in sie hineinsickerte. Es war keine Feigheit, die ihn hatte zurückweichen lassen, sagte er sich, weg von diesem hitzköpfigen Dreckskerl, der eifrig damit beschäftigt war, seine Uniform zu entehren. Sondern schlicht und einfach Zweckdienlichkeit. Er musste zum Kanzler, oder? Das war wichtiger.

Und nun würde er sich absurderweise allein, ohne Eskorte, voller Angst um sein Leben auf den Weg durch die Stadt machen müssen, in der er geboren worden war. Die Welt hatte sich auf den Kopf gestellt. *Ich könnte einfach hier warten, ja, hier, in diesem Tunnel, im Dunkeln – nein, die Fremden kommen. Ich muss zum Ewigen Domizil – wo Triban Gnol die Verhandlungen führen, die Übergabe des Imperators beaufsichtigen kann, falls eine Kapitulation erforderlich werden sollte. Und der Kanzler wird seine loyalen Wachen an seiner Seite haben wollen. Er wird Finadd Sirryn Kanar bei sich haben wollen, den letzten Überlebenden der Schlacht am Fluss – Sirryn Kanar, der die Reihen der Feinde durchbrochen hat, um zu seinem Kanzler zurückzueilen, und der grimmige Nachrichten, oh ja, mitbringt. Aber er hat es geschafft, oder?*

Der Soldat ließ die Tür von der anderen Seite her heruntersinken. Sirryn trat an sie heran, fand den Riegel und schob ihn an Ort und Stelle. Er konnte das Ewige Domizil erreichen, selbst wenn das bedeutete, dass er durch die verdammten Kanäle schwimmen musste.

*Ich lebe noch. Ich kann das alles überstehen.*

*Diese Fremden sind nicht zahlreich genug, um das Imperium zu regieren. Sie werden Hilfe brauchen, ja.*

Er trat in den Tunnel.

Der junge Soldat war zwanzig Schritt von der verborgenen Tür entfernt, als sich ringsum an allen Seiten dunkle Gestalten erhoben, und er sah, dass sie diese furchterregenden Armbrüste auf ihn richteten. Er erstarrte und hob langsam die Hände.

Eine der Gestalten sagte etwas in einer Sprache, die der Soldat nicht verstand, und er zuckte zusammen, als jemand von hinten um ihn herumtrat – eine Frau; sie grinste und hielt Dolche in ihren behandschuhten Händen. Sie blickte ihm in die Augen und zwinkerte, mimte dann einen Kuss.

»Wir noch nicht beschlossen dich leben lassen«, sagte der Erste in holprigem Letherii. »Du Spion?«

»Nein«, antwortete der Soldat. »Deserteur.«

»Ehrlicher Mann, gut. Du antwort alle Fragen? Diese Türen, Tunnel, warum tun Arbeit von Sappeure für uns? Erkläre.«

»Ja, ich werde alles erklären. Ich will nicht sterben.«

Korporal Starr seufzte, wandte sich dann von dem Gefangenen ab und blickte Koryk an. »Ist besser, wenn du Fid und Hauptmann Sort holst, Koryk. Sieht so aus, als ob wir vielleicht doch keine Mauern zum Einsturz bringen müssten.«

Lächeln schnaubte, schob ihre Messer wieder in die Scheiden. »Kein eleganter Stich von hinten. Und keine Folter. So macht das keinen Spaß.« Sie verstummte kurz und fügte dann hinzu: »War aber wirklich 'ne gute Sache, dass wir den Ersten nicht erledigt haben, was? Hat uns direkt zu dem hier geführt.«

Ihre Pferde waren nicht einmal annähernd ausreichend ausgebildet worden, und jetzt schnaubten sie und schlugen mit den Köpfen, als Sergeant Balsam seinen kleinen Trupp ins Landesinnere führte. Es war mittlerweile zu dunkel, um Letherii zu jagen, und außerdem war der Spaß schrecklich schnell bitter geworden. Gewiss, Gemetzel waren sinnvoll, wenn man sich auf dem Grund und Boden des Feindes befand, weil jeder Soldat, der davonkam, wahrscheinlich wieder kämpfen würde, und daher waren sie den unglücklichen Kerlen nachgejagt. Aber es war eine ermüdende Arbeit.

Wenn man in einer Schlacht nicht auf Magie zurückgreifen konnte, nahm Moranth-Munition ihren Platz ein, und das passte dann auch wunderbar. *Zumindest, was uns angeht. Bei den Göttern, allein schon die Körper – und die Körperteile – durch die Luft fliegen zu sehen, hat mich am Anfang vollkommen verwirrt. Überall Fetzen von Letherii, und dann noch das verdammte Klingeln in meinen Ohren.*

Immerhin war er wieder richtig bei sich gewesen, als er Strangs idiotischen Sappeur, diesen Krumm gesehen hatte, der den Hang hinaufgerannt war, direkt auf die Reihen der Feinde zu, in jeder Hand einen verdammten Knaller, beim Vermummten. Wenn nicht die ganzen in die Luft gejagten Letherii gewesen wären, die so viel von der Doppelexplosion abgefangen hatten, stünde Krumm noch immer dort. Zumindest seine Füße. Der Rest von ihm wäre allerdings ein roter Nebel, der in den Sonnenuntergang trieb. Doch stattdessen war Krumm von einer Lawine aus Körperteilen flachgelegt worden, unter der er dann irgendwann wieder rausgekrabbelt war, wie einer von den Wiedergängern des Vermummten. Obwohl Balsam sich ziemlich sicher war, dass Wiedergänger nicht grinsten.

Zumindest nicht hirnlos grinsten.

Wo der Feind nicht kompanieweise durch Knaller ausgelöscht worden war, hatte der Hauptangriff – Keile aus vorrückenden Schweren und Mittelschwerer Infanterie, mit einem dünnen Saum aus Plänklern und Sappeuren – in einem Hagel von Fetzern geendet, der die vorderen letheriischen Reihen förmlich zerbröselt hatte. Danach fehlte nur noch der Todesstoß, und den lieferten jene Keile aus Menschen, die die Formation des Feindes aufbrachen und die letheriischen Soldaten zurücktrieben, bis sie so dicht gedrängt standen, dass ihnen nichts anderes mehr übrigblieb, als zu sterben.

Die Vierzehnte Armee der Mandata, die Knochenjäger hatten zu guter Letzt doch noch gezeigt, dass sie zu kämpfen verstanden. Sie hatten ihre direkte, ausgedehnte Schlacht Schild gegen Schild bekommen, und war das nicht einfach großartig gewesen?

Ganz vorne, an der Spitze, war Masan Gilani geritten. Es war sinnvoll, sie so einzusetzen. Erstens konnte sie von ihnen allen mit Abstand am besten reiten, und zweitens gab es nicht einen Soldaten – egal, ob Mann oder Frau –, der die Augen von ihrem appetitlichen runden Hintern in jenem Sattel lassen konnte, was es leicht machte, ihr hinterherzureiten. Selbst im zunehmenden Dunkel, ja. *Nicht, dass er tatsächlich glüht. Glaube ich nicht. Aber … es ist schon erstaunlich, wie wir ihn alle so gut sehen können. Nun ja, es könnte auch eine Nacht ohne irgendeinen Mond sein, ohne Sterne und mit nichts als dem Abgrund auf allen Seiten, und wir würden diesem prächtigen, wackelnden …*

Balsam zerrte an den Zügeln, lenkte sein Pferd gerade noch zur Seite und stieß dadurch nicht gegen das von Masan Gilani – das still dastand, während Masan plötzlich nirgends mehr zu sehen war.

Fluchend brachte er sein müdes Pferd zum Stehen und hob eine Hand, um denen hinter ihm mitzuteilen, dass sie ihre Pferde zügeln sollten.

»Masan?«

»Hier drüben«, ertönte die sinnliche, himmlische Stimme, und einen Augenblick später tauchte sie aus der Düsternis voraus auf. »Wir sind auf dem Todesstreifen.«

»Unmöglich«, sagte Gurgelschlitzer, der sich gleich hinter Balsam befand. »Hier gibt's keine Leichen, Masan – hier gibt's überhaupt nichts.«

Totstink ritt ein paar Schritt weiter, zügelte dann sein Pferd und stieg ab. Er schaute sich in der Düsternis um. »Nein, sie hat Recht«, sagte er. »Hier haben Kenebs Seesoldaten die Reihen geschlossen.«

Sie alle hatten den merkwürdigen Schimmer im Norden gesehen – hatten ihn von den Schiffen aus gesehen, genauer gesagt, während die Transportschiffe ihre ordentliche Wende gemacht hatten und aufs Ufer zugesegelt waren. Und davor, nun, da hatten sie die letheriische Zauberei gesehen, jene furchterregende Woge, die hoch in den Himmel geklettert war, und in jenem Augenblick hatten alle gewusst, dass die Seesoldaten erledigt waren. Kein Schneller Ben, um so etwas abzuwehren, selbst wenn er das gekonnt hätte, und Balsam war sich mit fast allen anderen einig, dass er zwar gut war, aber nicht *so* gut. Kein Schneller Ben und keine Sünd – ja, die war an Bord der *Geiferwolf* gewesen, hatte mit Wühler an ihrer Seite am Bug gehockt und zu der grässlichen Beschwörung hinübergestarrt.

Als das Ding vorwärtsgerollt war und sich dann nach unten gestürzt hatte – nun ja, da waren Flüche in die Luft gestiegen, Flüche oder Gebete oder manchmal auch beides, und das da, hatten die Soldaten gesagt, das da war sogar schlimmer als Y'Gathan, und die armen verdammten Seesoldaten, denen immer die Zähne eingetreten wurden, nur dass dieses Mal niemand davonkommen würde. Das Einzige, was sich in ein paar Tagen aus dem Boden schieben würde, würden ein paar Splitter verbrannter Knochen sein.

Daher waren die Knochenjäger auf den Transportschiffen zu dem Zeitpunkt, als sie sich das Wasser aus den Stiefel geschüttet und ihre Waffen in die Hand genommen hatten, ein ziemlich übel gelaunter Haufen gewesen. Übel, oh ja, das konnte diese letheriische Armee bestätigen, und wie.

Nachdem die letheriische Magie verblasst war, in der Ferne wie zu nichts zerborsten war, hatte Sünd plötzlich aufgeschrien, und Balsam hatte mit eigenen Augen Wühler auf dem Vorderdeck rumtanzen gesehen. Und dann hatten alle anderen die blauweiße Kuppel aus wogendem Licht gesehen, die sich dort erhoben hatte, wo die Magie der Letherii heruntergekommen war.

Was bedeutete das?

Strang und Scherbe waren zu Sünd gegangen, aber sie hatte nichts gesagt, was für sie alle ein Schock gewesen war. Und über das, was Wühler gesagt hatte, war sich hinterher niemand mehr einig, und da Balsam es nicht selbst gehört hatte, vermutete er, dass Wühler wahrscheinlich überhaupt nichts gesagt hatte, außer vielleicht *»Ich muss pinkeln«,* was die ganze Herumtanzerei erklärt hätte.

»Kann es sein, dass diese letheriische Magie sie alle in Staub verwandelt hat?«, fragte sich Gurgelschlitzer jetzt laut, während er über das taufeuchte Feld schritt.

»Und nur Gras übrig gelassen hat, das wie wild wächst?«, entgegnete Masan Gilani.

»Da drüben ist was«, sagte Totstink, der etwa zehn Schritte entfernt war.

Balsam und Gurgelschlitzer traten jetzt gemeinsam zu Masan Gilani, stellten sich zu beiden Seiten schräg hinter sie. Und dann gingen sie alle drei hinter Totstink her, der rasch in der Düsternis verschwand.

»Mach mal langsam, Korporal!« *Es ist ja schließlich nicht so, dass der Allgemeingültige Leitstern da vorne mit dir auf und ab hüpft, oder?*

Sie sahen, dass Totstink schließlich haltgemacht hatte und jetzt vor einem grauen Haufen aus irgendwelchem Zeugs stand.

»Was hast du gefunden?«, fragte Balsam.

»Sieht aus wie ein Muschelhaufen«, murmelte Gurgelschlitzer.

»Ha, ich hab schon immer gewusst, dass du die Brut eines Fischers bist.«

»Brut, ha ha, das ist ja so lustig, Sergeant.«

»Ach ja? Und warum lachst du dann nicht? Obwohl … wenn ich's mir genau überlege, tu's nicht – sie könnten es in der Stadt hören und Angst bekommen. Nun ja, noch mehr Angst als sie sowieso schon haben.«

Sie traten zu Totstink.

»Das ist ein verdammter Grabhügel«, sagte Gurgelschlitzer. »Und seht nur, da liegt allerhand malazanisches Zeugs drauf. Bei den Göttern, Sergeant, du glaubst doch nicht, dass alles, was von den Seesoldaten noch übrig ist, unter diesem Hügel hier liegt?«

Balsam zuckte die Schultern. »Wir wissen nicht mal, wie viele es überhaupt bis hierher geschafft haben. Könnten auch nur sechs gewesen sein. Eigentlich ist es ein verdammtes Wunder, dass es überhaupt einer von ihnen so weit geschafft hat.«

»Nein, nein«, sagte Totstink. »Da drunter liegt nur einer, aber das ist auch schon alles, was ich sagen kann, Sergeant. Hier ist nicht mal mehr ein Hauch von Magie übrig, und vermutlich wird's hier auch nie wieder einen geben. Es ist alles wie ausgesaugt.«

»Von den Letherii?«

Der Korporal zuckte die Schultern. »Könnte sein. Dieses Ritual war schon eine verdammt borstige Sau von einem Zauberspruch. Alte Magie, rauer als die, die von den Gewirren kommt.«

Masan Gilani kauerte sich hin und berührte ein von üblen Kerben gezeichnetes malazanisches Kurzschwert. »Sieht aus, als hätte jemand mit dem Ding kräftig rumgehackt, und wenn sie es auf diese Weise so weit geschafft haben, nun ja, mitgenommen oder nicht, aber ein Soldat wirft so was nicht einfach so weg.«

»Es sei denn, der Tote unter dem Grabhügel hätte diese Ehre verdient«, sagte Totstink nickend.

»Also«, schloss Masan, »ein Malazaner. Aber nur einer.«

»Ja, nur der eine.«

Sie richtete sich wieder auf. »Aber wo ist dann der Rest?«

»Such nach einer Spur oder so was«, sagte Balsam zu Masan Gilani.

Sie schauten ihr nach, wie sie in die Düsternis stapfte.

Und grinsten sich an.

Lostara Yil trat zur Mandata. »Die meisten Trupps sind zurück«, meldete sie. »Jetzt werden die Vorposten eingerichtet.«

»Ist Sergeant Balsam schon zurückgekehrt?«

»Noch nicht, Mandata.« Sie zögerte kurz, ehe sie hinzufügte: »Faust Keneb hätte einen Boten geschickt.«

Tavore drehte sich zur Seite, um sie anzusehen. »Hätte er das?«

Lostara Yil blinzelte. »Natürlich. Selbst in voller Sollstärke – die seine Einheiten, wie wir wissen, unmöglich haben können – hätte er nicht genügend Soldaten, um Letheras einzunehmen. Da wir nichts von ihm gehört haben, müssen wir mit dem Schlimmsten rechnen, Mandata.«

Während der Schlacht war Lostara Yil dicht bei ihrer Befehlshaberin geblieben, obwohl die Mandata niemals durch die Letherii in Gefahr gewesen war. Die Landung war schnell erfolgt, wie es sich für gut ausgebildete Soldaten gehörte. Und was die Schlacht anging, so war es eine klassische malazanische Sache gewesen, auch ohne das übliche Kontingent Seesoldaten, das normalerweise den Vormarsch vom Ufer unterstützt hätte. *Fehlerfrei und gnadenlos.*

Die Letherii waren in schlechter Verfassung gewesen, wie sie sofort gesehen hatte. Nicht aufgrund irgendeines Kampfes, sondern weil sie einen Eilmarsch von irgendwoher weiter im Landesinnern hinter sich gehabt hatten – möglicherweise von dort, wo die magische Woge ausgebrochen war. Sie waren erschöpft und daher ungeordnet gewesen, und außerdem noch auf andere, unerklärliche Weise durcheinander.

Zumindest hatte die Mandata das so eingeschätzt, nachdem sie gesehen hatte, wie die feindlichen Truppen sich formierten.

Und sie hatte Recht behalten. Die Letherii waren zerschmettert worden wie eine dünne Eisschicht auf einer Pfütze. Und was war mit ihren Magiern passiert? Die waren nirgends zu sehen gewesen, was Lostara zu der Überzeugung brachte, dass die Magier sich mit der schrecklichen Woge, die sie zuvor entfesselt hatten, selbst verzehrt hatten.

Moranth-Munition brach die Letherii. Der letheriische Befehlshaber hatte Bogenschützen den Hang heruntergeschickt, und die Knochenjäger hatten bei ihrem Vormarsch einen Hagelschauer aus Pfeilen abwehren müssen. Es waren vielleicht dreihundert von ihnen getötet oder verwundet worden, aber eigentlich hätten es viel mehr sein müssen. Wie sich herausstellte, waren die malazanischen Rüstungen besser als die der Einheimischen; und sobald die Plänkler weit genug vorgerückt waren, um ihre Armbrüste und Fetzer einsetzen zu können, hatten die feindlichen Bogenschützen schwere Verluste erlitten, ehe sie wieder den Hang hinauf geflohen waren.

Die Malazaner waren ihnen einfach gefolgt.

Fetzer, ein paar Knaller, die über die Köpfe der vordersten Reihen der Letherii segelten. Brenner auf dem Hang an der linken Flanke, um einen bescheidenen Kavallerie-Angriff abzuwehren. Rauchbomben ins Gewühl, um Verwirrung zu stiften. Und dann hatten die Keile zugeschlagen.

Selbst zu diesem Zeitpunkt hätten die Letherii den Malazanern noch blutige Nasen verpassen können, wenn sie ihre Verteidigungsstellung entlang des Grats unnachgiebig gehalten hätten. Stattdessen waren sie zurückgewichen, ihre Reihen waren zusammengebrochen, und sie hatten sich gewunden wie verletzte Schlangen, und plötzlich hatte der ungeordnete Rückzug begonnen. Und mit ihm ein gnadenloses Gemetzel.

Die Mandata hatte ihre Soldaten gewähren lassen, und Lostara Yil verstand die Entscheidung. So viel war so lange unterdrückt worden – *und außerdem war ihnen allen immer klarer geworden, dass Faust Keneb und alle seine Seesoldaten tot sein mussten. Durch Zauberei ermordet. Auf solche Sachen kann man nur direkt mit Schwerthieben antworten, bis der Arm bleischwer wird und die Atemzüge rau und abgehackt und verzweifelt.*

Und jetzt kehrten die letzten Soldaten von ihrem Blutbad an den Letherii ins Lager zurück. Die Gesichter abgespannt, die Mienen erstarrt – als wäre jeder Soldat gerade aus einem Alptraum aufgewacht, einen, in dem er – oder sie – überraschenderweise das Monster gewesen war.

*Sie härtet sie, denn das ist es, was sie braucht.*

»Wühler benimmt sich nicht wie ein Kind, das seinen Vater verloren hat«, sagte die Mandata plötzlich.

Lostara Yil schnaubte. »Der Junge ist verwirrt, Mandata. Ihr habt gesehen, wie er rumgetanzt ist. Ihr habt gehört, wie er von Kerzen gesungen hat.«

»Verwirrt. Ja, vielleicht.«

»Jedenfalls hat Wühler im Gegensatz zu Sünd keine Begabungen«, beharrte Lostara, »und somit auch keine Möglichkeit, Kenebs Schicksal zu kennen. Und was Sünd angeht, nun, wie Ihr wisst, habe ich wenig Vertrauen in sie. Nicht, weil ich glaube, dass sie keine Macht hätte. Die hat sie, bei Dryjhna.« Sie zuckte die Schultern. »Mandata, sie waren auf sich allein gestellt – vollkommen auf sich allein gestellt –, so lange … Und außerdem viel zu wenige, um im großen Stil eine Invasion durchzuführen.« Sie verstummte, weil ihr schlagartig bewusst wurde, wie kritisch das alles klang. *Und ist es denn nicht genau das? Eine Kritik an dem Einsatz – und an dir Mandata. Haben wir sie nicht im Stich gelassen?*

»Ich weiß, wie die Soldaten die Sache sehen«, sagte Tavore tonlos.

»Mandata«, sagte Lostara, »wir können keine sonderlich beeindruckende Belagerung durchführen, es sei denn, wir setzen alle Sappeure ein, die wir haben, und dazu noch den größten Teil der schweren Munition – ich habe das Gefühl, Ihr habt es eilig und somit kein Interesse daran, Euch hier niederzulassen. Wann werden die restlichen Verender und die Khundryl zu uns stoßen?«

»Sie werden nicht zu uns stoßen«, antwortete Tavore. »Wir werden zu ihnen stoßen. Im Osten.«

*Die andere Hälfte dieses Feldzugs. Dann also noch eine Invasion. Verdammt, Mandata, ich wünschte, du würdest deine Strategien mit jemandem teilen. Mit mir. Beim Vermummten, meinetwegen auch mit irgendjemand anderem!* »Ich habe mich über die verwirrte Reaktion der Tiste Edur und der Letherii gewundert«, sagte sie.

Die Mandata seufzte, so leise, so gedehnt, dass Lostara Yil es kaum mitbekam. »Dieses Imperium ist in keiner guten Verfassung«, sagte sie dann. »Unsere ursprüngliche Einschätzung, dass die Tiste Edur unbeliebte Aufseher sind, war sehr wohl zutreffend. Geirrt haben wir uns – im Hinblick auf Kenebs Landung –, allerdings insofern, dass wir nicht ausreichend verstanden haben, wie vielschichtig das Verhältnis der beiden Völker zueinander tatsächlich ist. Die Spaltung hat stattgefunden, Hauptmann. Sie hat nur länger gedauert.«

*Um den Preis von mehr als tausend Seesoldaten.*

»Faust Keneb würde keinen Boten schicken«, sagte Tavore. »Stattdessen würde er seine Seesoldaten direkt nach Letheras führen. ›Als Erste rein, als Letzte raus‹, wie Sergeant Fiedler sagen würde.«

»Als Letzte rein, um sich mal umzuschauen«, sagte Lostara, ohne nachzudenken – und zuckte zusammen. »Tut mir leid, Mandata …«

»Das Motto der Knochenjäger, Hauptmann?«

Sie wich dem Blick ihrer Befehlshaberin aus. »Nicht im Ernst, Mandata. Stammt wohl von irgendeinem Soldat aus der Schweren Infanterie, wie man mir erzählt hat …«

»Von wem?«

Sie dachte verzweifelt nach. »Nefarias Bredd, glaube ich.«

Und sah aus dem Augenwinkel, wie ein schwaches Lächeln um Tavores schmale Lippen spielte. Das sogleich wieder verschwand – und möglicherweise auch nie dagewesen war.

»Es könnte sich herausstellen«, sagte die Mandata, »dass Faust Keneb dafür sorgt, dass wir dieses ironische Motto verdienen – das heißt diejenigen von uns, die hier, in diesem Lager sind.«

*Eine Handvoll Seesoldaten soll die Hauptstadt eines Imperiums erobern?* »Mandata …«

»Genug. Heute Nacht habt Ihr hier als meine Stellvertreterin den Befehl. Wir marschieren bei Tagesanbruch los.« Sie drehte sich um. »Ich muss zurück auf die *Geiferwolf.*«

»Mandata?«

Tavore verzog das Gesicht. »Wieder einmal eine Auseinandersetzung mit einem gewissen Waffenschmied und seiner streitlustigen Frau.« Nach einer kurzen Pause fügte sie hinzu: »Oh, wenn oder falls Sergeant Balsam zurückkehrt, möchte ich gerne seinen Bericht hören.«

»Natürlich«, erwiderte Lostara Yil. *Falls?*

Sie schaute der Mandata nach, als die zum Ufer hinunterging.

An Bord der *Geiferwolf* lehnte Shurq Elalle mit verschränkten Armen am Hauptmast und beobachtete die drei schwarzen, haarlosen, geflügelten, affenähnlichen Dämonen, die um ein Kurzschwert kämpften. Die Rauferei – ein einziges Durcheinander aus Beißen, Kratzen und zahllosen unbeabsichtigten Schnitten durch die Waffe selbst – hatte am hinteren Ende des Hauptdecks begonnen und bewegte sich jetzt hinauf aufs Vorderdeck.

Hier und da standen Seeleute – immer auf Abstand bedacht – und wetteten darum, welcher Dämon am Ende gewinnen würde – eine Angelegenheit, die von unzähligen Wortwechseln begleitet war, denn es war schwierig, die drei Biester auseinanderzuhalten.

»… der mit dem Schnitt quer über der Nase – nein, warte, bei Maels salzigem Schlick! Jetzt hat ein anderer genau den gleichen Schnitt! Na gut, also dann der ohne …«

»… welcher hat gerade das Ohr da verloren? Also dann, Schnitt auf der Nase und fehlendes Ohr!«

Dicht neben Shurq Elalle sagte eine Stimme: »Nichts davon ist wirklich, versteht Ihr?«

Sie drehte sich um. »Ich dachte, sie hätte Euch unter Deck angekettet.«

»Wer, die Mandata? Warum …«

»Nein. Eure Frau, Withal.«

Der Mann runzelte die Stirn. »So sieht es aus, was?«

»Erst in letzter Zeit«, antwortete Shurq. »Sie hat Angst um Euch, nehme ich an.«

Er gab keine Antwort.

»Eine Barkasse kehrt zurück«, bemerkte Shurq und straffte sich. »Ich hoffe, es ist die Mandata – ich bin nämlich gewillt, Eure gesegnete Gesellschaft zu verlassen. Nichts für ungut, Withal, aber ich bin ein bisschen nervös, was meinen Ersten Maat angeht – und das, was er womöglich mit der *Unvergänglichen Dankbarkeit* anstellt.«

Der Waffenschmied aus dem Volk der Meckros drehte sich um und spähte hinaus in die Dunkelheit des Hauptkanals. »Als ich ihn das letzte Mal gesehen habe, hatte er noch keinen Anker geworfen, sondern ist immer hin und her gesegelt.«

»Ja«, sagte Shurq. »Manche Leute wandern in ihrer Kajüte auf und ab. Skorgen geht mit dem ganzen verdammten Schiff auf und ab.«

»Warum so ungeduldig?«

»Ich vermute, dass er ein gutes Stück vor der Ankunft der Armee in Letheras anlegen will. Und dass er vorhat, panische Adlige mit all ihren weltlichen Gütern an Bord zu nehmen. Und dann hauen wir wieder ab, bevor der malazanische Sturm kommt, schmeißen die Adligen über Bord und teilen die Beute.«

»Wie es jeder anständige Pirat tun würde.«

»Genau.«

»Gefällt Euch Euer Beruf, Kapitän? Wird das alles nicht etwas schal mit der Zeit?«

»Nein, ich bin diejenige, die mit der Zeit etwas schal wird. Und was den Beruf angeht, nun, ja, mir gefällt er, Withal.«

»Selbst Adlige über Bord zu werfen?«

»Bei all ihrem Geld hätten sie sich Schwimmunterricht leisten können.«

»Ein verspäteter finanzieller Rat.«

»Bringt mich nicht zum Lachen.«

Ein plötzlicher Aufschrei von den Seeleuten. Auf dem Vorderdeck hatten die Dämonen es irgendwie geschafft, sich auf dem Schwert aufzuspießen, und nun heftete die Waffe sie alle drei ans Deck. Sie wanden sich. Blut floss aus ihren Mündern, während der unterste begann, den in der Mitte von hinten zu erwürgen, der das Gleiche mit dem obersten versuchte. Der Dämon in der Mitte begann dem untersten seinen Hinterkopf ins Gesicht zu schlagen, zerschmetterte ihm die bereits zerschnittene Nase.

Shurq Elalle wandte sich ab. »Hol mich der Abtrünnige«, murmelte sie. »Ich hätte es da beinahe verloren.«

»Was verloren?«

»Das würdet ihr nicht wissen wollen.«

Die Barkasse war da, stieß gegen den Rumpf; Augenblicke später kam die Mandata an Bord geklettert. Sie warf den aufgespießten Dämonen einen kurzen Blick zu und nickte Shurq Ellale grüßend zu, während sie an Withal herantrat.

»Ist es so weit?«, fragte er.

»Beinahe«, antwortete sie. »Kommt.«

Shurq sah, wie die beiden nach unten gingen.

*Withal, du armer Mann. Jetzt habe ich auch Angst um dich.*

*Verdammt, ich habe vergessen, sie zu fragen, ob ich gehen darf.* Sie dachte kurz daran, den beiden zu folgen, entschloss sich jedoch, es nicht zu tun. *Tut mir leid, Skorgen, aber mach dir keine Sorgen. Wir können einer marschierenden Armee immer noch davonsegeln. Und die Adligen gehen schließlich nirgendwo hin, oder?*

Kurze Zeit später, während die Seeleute sich noch darum stritten, wer was gewonnen hatte, bewegten sich die drei Naechts – die reglos dagelegen hatten, als wären sie tot – und zogen sich geschickt das Kurzschwert heraus. Einer von ihnen trat die Waffe in den Fluss und hielt sich beim leisen Platschen die Ohren zu.

Dann umarmten und betätschelten sich die drei.

Banaschar, der letzte Halbdrek des Wurms des Herbstes, der mit dem Rücken an die Reling gelehnt ein Stück entfernt auf dem Vorderdeck saß, verfolgte das Treiben erheitert und neugierig. Und war dennoch vollkommen überrascht, als die drei Naechts über die Reling sprangen und einen Augenblick später drei Platscher zu hören waren.

Er stand auf und ging zur entsprechenden Reling, schaute nach unten. Drei undeutlich erkennbare Köpfe tanzten auf ihrem Weg zum Ufer im Wasser auf und ab.

»Bald ist es so weit«, flüsterte er.

Rautos Hivanar starrte auf die Tischplatte und versuchte einmal mehr, aus der dicht gedrängten Anordnung von Objekten schlau zu werden, die darauf lagen. Er hatte sie Dutzende von Malen neu angeordnet, weil er spürte, dass da tatsächlich ein Muster war – irgendwo –, und wenn er die Gegenstände an ihre richtige Position bringen könnte, würde er endlich verstehen.

Die Artefakte waren gereinigt worden, die Bronze war poliert worden und glänzte. Er hatte eine Liste mit Eigenschaften zusammengestellt, hatte nach einer Typologie gesucht, nach Gruppierungen anhand spezieller Einzelheiten – Krümmungswinkel, Gewicht, nähere Umgebung des Fundorts, sogar die unterschiedliche Tiefe, in der sie vergraben worden waren.

Denn sie waren in der Tat vergraben worden. Nicht weggeschmissen, nicht in eine Grube geworfen. Nein, jedes einzelne Stück war in ein Loch gelegt worden, das in den Lehmschichten geformt worden war – er hatte es geschafft, Gussformen dieser Mulden herzustellen, was ihm geholfen hatte, die Neigung und Ausrichtung eines jeden einzelnen Gegenstandes herzuleiten.

Die Anordnung, vor der er nun saß, beruhte auf der Basis der räumlichen Verortung der Gegenstände, jeder war ins richtige Verhältnis zu den anderen gesetzt – zumindest glaubte er das, gestützt auf seine Karte. Die einzige Ausnahme waren das zweite und das dritte Artefakt. Damals – als die ersten drei gefunden worden waren – war die Ausgrabung noch nicht methodisch erfolgt, und daher hatte die Entfernung der Gegenstände jede Chance vernichtet, genau zu bestimmen, wo und wie sie platziert gewesen waren. Und deswegen verschob er nun zwei von diesen dreien wieder und wieder. Was den dritten anbelangte – den allerersten Gegenstand, der gefunden worden war –, so wusste er sehr gut, wo er hingehörte.

In der Zwischenzeit versank die Stadt Letheras jenseits der hohen, gut bewachten Mauern seines Anwesens in Anarchie.

Leise vor sich hin murmelnd nahm Rautos Hivanar das erste Artefakt in die Hand. Musterte den nun schon längst vertrauten, rechtwinkligen Knick, spürte sein Gewicht in der Hand und wunderte sich von neuem über die Wärme des Metalls. War es in den letzten Tagen heißer geworden? Er war sich nicht sicher, und er hatte auch nichts, womit er es hätte messen können.

Ein leichter Rauchgeruch hing in der Luft. Kein Holzrauch, wie er von hunderttausend Kochfeuern hätte kommen können, sondern der schärfere Gestank nach brennenden Stoffen und lackierten Möbeln, gemischt mit dem – ach so dezenten – süßlichen Geruch von verbranntem menschlichem Fleisch.

Er hatte seine Diener zu Bett geschickt, verärgert über ihre ständigen Berichte und die Furcht in ihren duldsamen Augen. Er war weder hungrig noch durstig, und es schien ihm, als hätte sich eine neue Klarheit seines Blicks, seines Geistes bemächtigt. Das Faszinierendste an allem war, dass er nun zwölf maßstabsgetreue Gegenstücke überall in der Stadt gefunden hatte; und jedes davon stimmte vollkommen mit der Anordnung vor ihm überein – mit Ausnahme der beiden, natürlich. Also war das, was er auf diesem Tisch vor sich liegen hatte, eine Miniatur-Landkarte, und das – das war ihm klar – war von einiger Bedeutung.

Vielleicht das Bedeutsamste überhaupt.

Wenn er nur wüsste, warum.

Ja, der Gegenstand wurde wärmer. War das bei seinem viel größeren Pendant ebenso – dem im Hinterhof seiner neuen Schenke?

Er stand auf. Wie spät es auch sein mochte, er musste es herausfinden. Vorsichtig legte er das Artefakt wieder zurück auf die Tischplatte, so dass es der Lage der Schenke entsprach, und ging dann zu seinem Schrank.

Die Geräusche der Unruhen in der Stadt draußen hatten sich entfernt, zurück in die ärmeren Viertel im Norden. Nachdem er einen schweren Umhang angelegt und seinen Spazierstock genommen hatte – den er unter normalen Umständen selten benutzte, aber jetzt musste er sich möglicherweise verteidigen –, verließ Rautos Hivanar das Zimmer. Schritt durch das stille Haus. Und dann nach draußen, wo er sich nach links, der Außenmauer zuwandte.

Die Wachen, die vor der Seitenpforte standen, salutierten.

»Irgendwelcher Ärger in der Nähe?«, fragte Rautos.

»Nicht in letzter Zeit, Herr.«

»Ich will ausgehen.«

Der Wächter zögerte, sagte dann: »Ich werde eine Eskorte zusammenstellen …«

»Nein, nein. Ich werde vorsichtig sein.«

»Herr …«

»Mach das Tor auf.«

Der Wächter gab nach.

Nachdem Rautos Hivanar hindurchgetreten war, blieb er in der schmalen Gasse stehen und hörte zu, wie der Wächter das Tor wieder hinter ihm verschloss. Der Rauchgeruch war hier stärker, ein Dunst, der dafür sorgte, dass sich Lichthöfe um die wenigen Lampen bildeten, die noch auf ihren eisernen Pfosten leuchteten. Müll säumte die Rinnsteine, eine höchst unangenehme Einzelheit, die verdeutlichte, wie tief sie gesunken waren, wie sehr jegliche Ordnung und jegliches zivilisierte Benehmen aufgegeben worden waren. Das Versagen darin, die Straßen sauberzuhalten, war symbolisch für eine dem Untergang geweihte Kultur, eine Kultur, die trotz aller lauten und öffentlichen Bekundungen des Gegenteils ihren Sinn für Stolz verloren hatte und ihren Glauben an sich selbst.

Wann war dies geschehen? Bei der Eroberung durch die Tiste Edur? Nein, jene Niederlage war nicht mehr als ein Symptom gewesen. Dass es zu Anarchie, zum Zusammenbruch kommen könnte, davon war schon lange vorher geflüstert worden. Aber dieses Flüstern war so leise gewesen, dass niemand es gehört hatte. *Oh, aber das ist eine Lüge. Wir wollten nur einfach nicht hinhören.*

Er blickte sich noch einmal um, spürte, wie eine schwere Mattigkeit sich auf seine Schultern senkte.

*So wie es Letheras ergeht, ergeht es auch dem Imperium.*

Rautos Hivanar machte sich auf den Weg durch eine sterbende Stadt.

Fünf Männer, die nichts Gutes im Schilde führten, lagerten draußen auf dem alten Tarthenal-Friedhof. Stirnrunzelnd trat Ublala Pung aus der Dunkelheit mitten zwischen sie. Seine Fäuste flogen. Ein paar Augenblicke später lagen fünf reglose Körper um ihn herum. Er hob den Ersten auf und trug ihn zu einem Loch, das ein großer Baum zurückgelassen hatte, als er umgestürzt war, und warf den Mann in die feuchte Höhlung. Dann ging er zurück, um die anderen zu holen.

Kurze Zeit später trampelte er das kleine Feuer aus und machte sich daran, die Stelle zu säubern, zog Gras heraus, warf Steine beiseite. Er kniete sich hin, um kleine Unkräuter auszureißen, und kroch langsam in einer größer werdenden Spirale über die Erde.

Über ihm war der verschleierte Mond noch immer im Aufsteigen begriffen, und irgendwo im Norden brannten Gebäude. Er musste bei Tagesanbruch fertig sein. Der Boden musste gesäubert sein, eine große, kreisförmige Fläche mit nichts als nackter Erde. Er konnte ruhig klumpig sein. Das war in Ordnung, und es war gut, dass es in Ordnung war, denn Friedhöfe waren klumpige Orte.

Als er ein Stöhnen aus dem Loch hörte, wo der Baum gewesen war, stand Ublala Pung auf, wischte sich den Dreck von Knien und Händen und ging hinüber. Er schob sich an das Loch heran und starrte die grauen Umrisse an, bis er erkannte, welcher von den Männern wieder zu sich kam. Daraufhin kauerte er sich hin und schlug dem Mann mehrmals die Faust gegen den Kopf, bis das Stöhnen aufhörte. Zufrieden kehrte er zu seiner Säuberungsaktion zurück.

Bis Tagesanbruch, ja.

Denn in der Morgendämmerung würde der Imperator sein verfluchtes Schwert heben, wie Ublala Pung wusste, und Karsa Orlong würde ihm auf dem Sand der Arena gegenüberstehen.

In einem verborgenen Zimmer – das einst eine Art Grab gewesen war – saß Meisterrattenfänger Ormly einer ungeheuer fetten Frau gegenüber. Er machte ein finsteres Gesicht. »Du brauchst das hier unten nicht, Rucket.«

»Das stimmt«, antwortete sie, »aber ich habe mich daran gewöhnt. Du kannst dir nicht vorstellen, wie viel Macht es einem verleiht, riesig zu sein. Die Einschüchterung. Weißt du, wenn die Dinge am Ende wieder besser laufen und es wieder jede Menge zu essen gibt, denke ich darüber nach, das wirklich zu tun.«

»Aber genau darauf wollte ich hinaus«, antwortete Ormly und beugte sich vor. »Das ist alles nur Polsterung, und Polsterung wiegt nicht annähernd so viel wie echtes Fleisch. Du wirst schon dadurch müde werden, einfach nur durchs Zimmer zu gehen. Deine Knie werden weh tun. Dein Atem wird kürzer werden, weil die Lungenflügel sich nicht mehr richtig ausdehnen können. Du wirst Dehnungsstreifen kriegen, obwohl du niemals schwanger warst ...«

»Das heißt, wenn ich auch noch schwanger werden würde, wäre alles in Ordnung?«

»Abgesehen von dem ganzen anderen Kram, nun ja, ich nehme an, das wäre es. Nicht, dass das irgendjemand sagen könnte.«

»Ormly, du bist ein Vollidiot.«

»Aber gut in dem, was ich tue.«

Was Rucket mit einem Nicken bestätigte. »Und? Wie ist es gelaufen?«

Ormly schaute sie blinzelnd an, kratzte sich dann das stoppelige Kinn. »Es ist ein Problem.«

»Ein ernstes?«

»Ein ernstes.«

»Wie ernst?«

»So ernst, wie es nur sein kann.«

»Hm. Noch immer keine Nachricht von Selush?«

»Noch nicht. Und du hast Recht, wir werden darauf warten müssen.«

»Aber unsere Leute sind an Ort und Stelle, ja? Keine Probleme mit den ganzen Unruhen und so?«

»Was das betrifft, sind wir ziemlich gut, Rucket. Außerdem sind es ja wohl kaum beliebte Orte, oder?«

»Hat es irgendwelche Änderungen gegeben, was die Zeit der Hinrichtung angeht?«

Ormly zuckte die Schultern. »Das werden wir sehen, wenn die Dämmerung anbricht, vorausgesetzt, es arbeiten noch ein paar Ausrufer. Ich hoffe es allerdings nicht, Rucket. Selbst so, wie es jetzt steht, können wir scheitern. Das weißt du, oder?«

Sie seufzte. »Das wäre tragisch. Nein, herzzerreißend.«

»Du liebst ihn tatsächlich?«

»Oh, das weiß ich nicht. Aber es ist wirklich schwierig, es nicht zu tun. Ich hätte allerdings Konkurrenz.«

»Diese Gelehrte? Nun, ich glaube nicht, dass du dir Sorgen machen musst, so lange sie nicht in der gleichen Zelle sind.«

»Wie ich schon sagte, du bist ein Idiot. Natürlich mache ich mir Sorgen, aber nicht wegen irgendeiner Konkurrenz. Ich mache mir Sorgen um ihn. Ich mache mir Sorgen um sie. Ich mache mir Sorgen, dass das alles schiefgehen und Karos Invictad siegen wird. Uns läuft die Zeit davon.«

Ormly nickte.

»Also, hast du auch irgendwelche guten Neuigkeiten?«, fragte sie.

»Ich weiß nicht, ob es gute Neuigkeiten sind – aber interessant sind sie allemal.«

»Und?«

»Ublala Pung ist verrückt geworden.«

Rucket schüttelte den kopf. »Unmöglich. Er hat nicht genug Hirn, um verrückt zu werden.«

»Nun, er hat fünf Schreiber zusammengeschlagen, die sich vor den Unruhen auf dem Tarthenal-Friedhof versteckt haben, und jetzt krabbelt er auf Händen und Knien da rum und rupft Unkraut aus.«

»Und wozu das alles?«

»Keine Ahnung, Rucket.«

»Er ist verrückt geworden.«

»Unmöglich.«

»Ich weiß«, antwortete sie.

Sie saßen einige Zeit lang schweigend da. Schließlich sagte Rucket: »Vielleicht behalte ich auch einfach nur die Polsterung bei. Auf diese Weise kann ich es haben, ohne den Preis zu zahlen.«

»Ist es wirklich Polsterung?«

»Illusionen und ein bisschen echtes Zeug, so eine Art Flickenteppich.«

»Und du glaubst, dass er sich in dich verlieben wird, wenn du so aussiehst? Ich meine, verglichen mit Janath, die vermutlich im Moment immer dünner wird, was, wie du weißt, manche Männer mögen, weil es ihre Frauen wie Kinder aussehen lässt … oder es steckt sonst eine grässliche Wahrheit dahinter, die nie jemand laut zugeben würde …«

»Er ist keiner von denen.«

»Bist du dir sicher?«

»Ja.«

»Nun, ich nehme an, du würdest es wissen.«

»Das würde ich«, antwortete sie. »Wie auch immer, das, worüber du geredet hast, macht mich irgendwie krank.«

»Männliche Wahrheiten sind so«, sagte Ormly.

Sie saßen da. Und warteten.

Ursto Specksteiß und seine Frau und gelegentliche Bettgefährtin Pinosel kletterten auf das schlammige Ufer. In Urstos knorrigen Händen war ein großer Tonkrug. Sie machten halt, um den gefrorenen Teich anzusehen, der einst der Trübsee gewesen war; das Eis glitzerte im diffusen Mondlicht.

»Es schmilzt, Kirschkuchen«, sagte er.

»Nun, du wirst von Tag zu Tag schlauer, Liebling. Wir ham gewusst, dass es schmilzt. Wir ham das schon lange gewusst. Wir ham's gewusst, als wir nüchtern waren, und wir ham's gewusst, als wir betrunken waren.« Sie hob ihren Essenskorb. »Und jetzt – ham wir es mit 'nem späten Abendessen oder 'nem frühen Frühstück zu tun?«

»Lass es uns ausdehnen und beides machen.«

»Wir könn' nicht beides machen. Das eine oder das andere, und wenn wir's ausdehnen, wird's keins von beiden sein, also entscheide dich.«

»Warum so empfindlich, meine Liebe?«

»Es schmilzt, verdammt, und das bedeutet Ameisen beim Picknick.«

»Wir wussten, dass das passieren würde …«

»Ja und? Ameisen sind immer noch Ameisen.«

Sie ließen sich am Ufer nieder, wedelten mit den Händen, um die Mücken zu verscheuchen. Ursto entstöpselte den Krug, während Pinosel den Essenskorb auspackte. Er griff nach einem Leckerbissen, und sie schlug ihm die Hand weg. Er hielt ihr den Krug hin, und sie machte ein finsteres Gesicht, nahm ihn dann aber doch. Da sie nun die Hände voll hatte, schnappte er sich den Leckerbissen und lehnte sich zurück, schob sich den Happen zufrieden in den Mund.

Und würgte. »Beim Ohr des Abtrünnigen, was ist das denn?«

»Das war eine Lehmkugel, Liebling. Für das Anritzen. Und jetzt, jetzt müssen wir uns wieder neue ausgraben. Oder du musst es tun, denn du warst ja auch derjenige, der die eine gegessen hat, die wir hatten.«

»Nun, sie war nicht nur schlecht, wirklich. Komm, gib mir den Krug, damit ich sie runterspülen kann.«

Ein angenehmer Abend, dachte Ursto, an dem man einfach dasitzen und einem Teich beim Schmelzen zuschauen konnte.

Zumindest, bis der riesige Dämon, der im Eis gefangen war, ausbrach. Bei diesem beunruhigenden Gedanken warf er seiner Frau und gelegentlichen Bettgefährtin einen kurzen Blick zu, denn er erinnerte sich an den lang zurückliegenden Tag, als sie ebenfalls hier gesessen hatten, ganz friedlich und so, und dann war sie auf ihn losgegangen und hatte ihm zugesetzt, dass sie geheiratet werden wollte, und er hatte gesagt – tja, er hatte ja gesagt, und jetzt waren sie hier, und vielleicht war das der Stups des Abtrünnigen gewesen, aber er glaubte es eigentlich nicht.

Unabhängig davon, was der Abtrünnige dachte.

»Ich hab' den sehnsüchtigen Blick in deinen Augen gesehen, mein Männchen. Was sagst du – wollen wir ein Kind haben?«

Ursto rang ein zweites Mal nach Luft, aber diesmal nicht wegen etwas so phantasielosem wie einer Lehmkugel.

Der zentrale Gebäudekomplex der Patriotisten, der knorrige, aus Furcht und Einschüchterung bestehende Kern des letheriischen Imperiums, wurde belagert. Regelmäßig wogte der Mob gegen die Mauern, und Steine und ölgefüllte Krüge mit Dochten aus brennenden Lumpen kamen herübergeflogen und landeten im Innenhof. Vor drei Nächten waren die Stallungen und vier weitere Nebengebäude ein Raub der Flammen geworden, und das schreckliche Geräusch schreiender Pferde hatte die rauchgeschwängerte Luft erfüllt. Und die in der Falle sitzenden Patriotisten hatten nichts weiter tun können, als das Hauptgebäude daran zu hindern, ebenfalls Feuer zu fangen.

Zweimal war das Haupttor durchbrochen worden, und ein Dutzend Agenten waren bei dem Versuch gestorben, die rasenden Bürger zurückzudrängen. Jetzt blockierte eine gewaltige Barrikade aus Abfall, angekohlten Stämmen und Möbeln den Durchgang. Gestalten stapften durch die stinkenden, schmutzigen Pfützen auf dem Innenhof: Sie waren gerüstet wie Soldaten und bewegten sich unbeholfen mit der schweren Ausrüstung. Nur wenige sprachen, nur wenige blickten den anderen in die Augen – voller Sorge, in ihnen das gleiche ungläubige Entsetzen zu sehen wie das, das in ihren eigenen Seelen herrschte.

So war die Welt nicht. Das Volk konnte immer eingeschüchtert werden, die Rädelsführer konnten ausgesondert und mit einer Börse voller Geld bestochen oder, falls das nicht klappte, heimlich aus dem Weg geräumt werden. Doch die Agenten konnten nicht mehr hinaus auf die Straßen, um ihren dunklen Geschäften nachzugehen. Es gab Beobachter, und Schlägertrupps ganz in der Nähe, die Spaß daran hatten, unglückliche Agenten zu Tode zu prügeln und dann ihre Köpfe über die Mauer zu werfen. Und wer von ihren Leuten in der Stadt noch immer auf freiem Fuß war, hatte alle Versuche eingestellt, Kontakt mit dem Hauptquartier aufzunehmen – sie waren entweder untergetaucht oder tot.

Das gewaltige Netz war zerrissen worden.

Wäre es eine einfache Sache gewesen und nur darum gegangen, über die Freilassung von Gefangenen zu verhandeln, um den Forderungen des Mobs nachzukommen, dann hätte die Ordnung wiederhergestellt werden können, das wusste Tanal. Aber die Leute da draußen, jenseits der Mauern des Anwesens, waren keine Freunde oder Verwandten der Gelehrten, Intellektuellen und Künstler, die noch immer zu Dutzenden unten in den Zellen eingesperrt waren. Sie scherten sich einen Dreck um die Gefangenen und wären auch glücklich, sie alle mit dem Hauptgebäude verbrennen zu sehen. Also lag der ganzen Angelegenheit kein ehrbares Anliegen zu Grunde. Es war nichts weiter als Mordlust, wie er inzwischen begriffen hatte.

*Ist es ein Wunder, dass wir gebraucht wurden? Um sie zu kontrollieren. Um ihre niederen Instinkte zu kontrollieren. Und jetzt schaut euch an, was passiert ist.*

Er stand unweit der Vordertür, beobachtete die Piken tragenden

Agenten, die auf dem schmutzigen Innenhof patrouillierten. Ein paar Mal hatten sie tatsächlich Rufe nach Tehol Beddict gehört. Der Mob wollte ihn selbst. Sie wollten ihn in Stücke reißen. Das Große Tauchfest, das morgen bei Tagesanbruch beginnen sollte, genügte nicht, um ihren grausamen Rachedurst zu stillen.

Aber Tehol Beddict würde ihnen nicht ausgeliefert werden. Nicht, solange Karos Invictad hier noch das Sagen hatte.

*Aber wenn wir ihn ausliefern, könnte es sein, dass sich alle beruhigen und wieder nach Hause gehen. Und wir könnten neu anfangen. Ja. Wenn ich hier den Befehl hätte, würde ich ihnen Tehol Beddict geben – mit meinem Segen.*

*Aber nicht Janath. Oh nein, die ist mein. Für immer.* Er war entsetzt gewesen, als er hatte feststellen müssen, dass sie kaum noch über Erinnerungen an ihre vorherige Gefangenschaft verfügte, aber er hatte großen Gefallen daran gefunden, ihr alles von neuem beizubringen. *Ha – der Lehrerin etwas beibringen. Das gefällt mir.* Zumindest in dieser Hinsicht war Karos Invictad großzügig gewesen, denn er hatte sie ihm gegeben. Und jetzt lebte sie allein in einer abgesonderten Zelle, an ein Bett gefesselt, und er benutzte sie Tag und Nacht. Selbst wenn der Mob gegen die Mauern tobte und Agenten dabei starben, die tobende Meute am Eindringen zu hindern, pflegte er sich auf sie zu legen und sich zu holen, was er wollte. Und sie hatte schnell gelernt, die richtigen Dinge zu sagen – hatte gelernt, um mehr zu betteln und von ihrer unsterblichen Begierde zu flüstern (nein, er würde sie nicht dazu zwingen, von Liebe zu sprechen, denn das Wort war jetzt zwischen ihnen tot. Für immer tot) –, bis die Worte der Begierde für sie selbst Wirklichkeit wurden.

Die Aufmerksamkeit. Das Ende der Einsamkeit. Beim letzten Mal hatte sie sogar aufgeschrien, hatte seinen Namen gerufen, als sie ihren Rücken gekrümmt und an ihren Ketten gezerrt hatte.

Sie hatte nach ihm gerufen: Nach Tanal Yathvanar, der schon als Kind gewusst hatte, dass er zu Großem bestimmt war – denn war das nicht genau das, was sie ihm alle erzählt hatten, wieder und wieder? Ja, er hatte schließlich seine vollkommene Welt gefunden. Und was war geschehen? Die ganze verdammte Stadt war zusammengebrochen, und nun war alles bedroht, was er besaß.

Alles nur wegen Karos Invictad. Weil der sich weigerte, Tehol Beddict auszuliefern und seine ganze wache Zeit damit verbrachte, ein zweiköpfiges Insekt in einer kleinen hölzernen Schachtel anzustarren, das ihn mit seiner trüben, dickköpfigen Dummheit überlistet hatte. *Und darin liegt eine Wahrheit verborgen, oder? Da bin ich mir sicher. Karos und sein zweiköpfiges Insekt, das im Kreis herumgeht und herum und herum, bis es stirbt. Und wenn es das tut, wird der große Beaufsichtiger wahnsinnig werden.*

Aber er vermutete mittlerweile, dass er nicht so lange warten können würde. Der Mob war zu hungrig.

Im Augenblick war es jenseits der Mauern still, aber etwas Großes und Tausendköpfiges brodelte auf der anderen Seite des Kriecherkanals und würde sich schon bald von den Außenbezirken ins Nordstufenviertel verlagern. Er konnte sein heftiges Gemurmel hören, eine Flut in der Dunkelheit, die durch die Straßen strömte, in Gassen hinein- und wieder herausschwappte, sich blutig und schwarz in Prachtstraßen und Sträßchen ausbreitete. Er konnte seinen Hunger und den bitteren Rauch riechen.

*Und es kommt, um uns zu holen, und es wird nicht warten. Nicht einmal auf Karos Invictad, den Beaufsichtiger der Patriotisten, den reichsten Mann des Imperiums.*

Er gestattete sich ein leises Lachen, dann drehte er sich um und betrat das Hauptgebäude. Ging den staubigen Korridor entlang, schritt dabei unachtsam über die verkrusteten Streifen hinweg, die die Verwundeten und Sterbenden zurückgelassen hatten, als sie hereingezogen worden waren. Es roch nach muffigem Schweiß, nach Urin und Fäkalien – so schlimm wie unten in den Zellen –, *und ja, sind wir jetzt nicht auch Gefangene? Mit knappen Essensresten und Quellwasser, das von Asche und Blut verunreinigt ist. Wir sind hier gefangen, mit einem Todesurteil, das uns mit dem Gewicht von zehntausend Stummeln um den Hals hängt – und ringsum nichts als tiefes Wasser.*

Ein weiterer Gedanke, der ihn erheiterte; ein weiterer Gedanke, den er in seinen persönlichen Büchern festhalten sollte.

Jetzt die Treppe hinauf; seine Stiefel hallten auf den Kalksteinfliesen, und weiter, hinein in den Korridor, der zum Arbeitszimmer des Beaufsichtigers führte, zu Karos Invictads Allerheiligstem. *Seiner eigenen, per-*

*sönlichen Zelle.* Keine Wachen im Durchgang – Karos traute ihnen nicht mehr. Genau genommen traute er niemandem mehr. *Außer mir. Und das wird sich als sein größter Irrtum erweisen.*

Als er die Tür erreichte, stieß er sie auf, ohne anzuklopfen, trat in den Raum und blieb dann stehen.

Der Raum stank, und die Quelle dieses Gestanks hing auf einem Stuhl, der gegenüber dem Beaufsichtiger und seinem Schreibtisch stand.

Tehol Beddict. Verdreckt und am ganzen Körper von Wunden und blauen Flecken gezeichnet – die Zeiten, in denen Karos Invictad eine solche Behandlung verboten hatte, waren vorüber, wie es schien.

»Ich habe einen Gast«, blaffte der Beaufsichtiger ihn an. »Du warst nicht eingeladen, Tanal Yathvanar. Außerdem habe ich dich nicht klopfen gehört, ein weiteres Zeichen deiner zunehmenden Unverschämtheit.«

»Der Mob wird wieder angreifen«, sagte Tanal, während sein Blick kurz zu Tehol huschte. »Vor der Morgendämmerung. Ich dachte, es wäre am besten, Euch über unsere geschwächte Verteidigung in Kenntnis zu setzen. Wir haben nur noch vierzehn Agenten, die in der Lage sind, uns zu verteidigen. Ich fürchte, dieses Mal werden sie durchbrechen.«

»Ruhm ist mörderisch«, sagte Tehol Beddict mit aufgeplatzten Lippen. »Ich zögere, ihn zu empfehlen.«

Karos Invictad starrte Tanal noch einen Moment länger mit finsterem Gesichtsausdruck an und sagte dann: »Im verborgenen Raum – ja, du weißt von ihm, das ist mir klar, also brauche ich nicht auf weitere Einzelheiten einzugehen –, also, im verborgenen Raum wirst du eine große Truhe voller Münzen finde, Tanal. Daneben sind ein paar hundert kleine Stoffbeutel aufgestapelt. Nimm die Verwundeten, und lass sie die Säckchen mit Münzen füllen. Dann übergib sie den Agenten auf den Mauern. Sie werden heute Nacht ihre Waffe sein.«

»Das könnte sich gegen Euch wenden«, bemerkte Tehol und kam Tanal Yathvanar damit zuvor, »wenn sie zu dem Schluss kommen, dass hier drin noch mehr zu holen ist.«

»Sie werden zu sehr damit beschäftigt sein, gegeneinander zu kämpfen, um noch irgendwelche Schlüsse zu ziehen«, sagte Karos herablassend. »Also, Tanal, wenn es sonst nichts mehr gibt, geh zurück zu deiner süßen Gefangenen, die fraglos verzweifelt um deine schmutzige Aufmerksamkeit bettelt.«

Tanal leckte sich die Lippen. War es so weit? War er bereit?

Und dann sah er in den Augen des Beaufsichtigers ein absolutes Gewahrsein, das Tanal bis ins Mark traf. *Er hat meine Gedanken gelesen. Er kennt meine Pläne.*

Tanal salutierte rasch und eilte aus dem Zimmer. *Wie kann ich einen solchen Mann besiegen? Er ist mir immer um zehn Schritte voraus. Vielleicht sollte ich warten, bis die Probleme vorüber sind, und zuschlagen, wenn er sich entspannt und sich wieder sicher fühlt.*

Er war in Invictads Arbeitszimmer gegangen, um sich zu vergewissern, dass der Mann mit seinem Rätsel allein war. Woraufhin er geplant hatte, hinunter zu den Zellen zu gehen und Tehol Beddict zu holen. Ihn zu fesseln, zu knebeln und ihm eine Kapuze über den Kopf zu ziehen, und ihn dann rauf und raus auf den Hof zu schaffen. Um den Mob zu beschwichtigen, um dafür zu sorgen, dass sie verschwanden, und um sein eigenes Leben zu retten. Stattdessen hatte der Beaufsichtiger Tehol in sein Arbeitszimmer geholt.

*Wozu? Für eine Unterhaltung? Um sich ihm gegenüber zu brüsten? Ach, jedes Mal, wenn ich glaube, ich würde den Mann kennen …*

Er stieß auf einen Agenten und übermittelte rasch Invictads Anweisungen, genauso wie entsprechende Hinweise, wo der einst verborgene Raum zu finden war. Dann ging er weiter, sich nur schwach der Ironie bewusst, dass er die Befehle des Beaufsichtigers buchstabengetreu befolgte.

Hinunter auf eine niedrigere Ebene, einen weiteren Korridor entlang – in dem der Staub dicker lag als in den meisten anderen, abgesehen von den Stellen, an denen seine eigenen Stiefel Spuren hinterlassen hatten, die von seinem Eifer kündeten. Zu der Tür, vor der er einen Schlüssel hervorzog, mit dem er sie aufschloss, und dann den Riegel aufschob. Er trat ein.

»Ich wusste, dass du einsam sein würdest«, sagte er.

Der Docht der Laterne war beinahe heruntergebrannt, und er ging hinüber zu dem Tisch, auf dem sie stand. »Durst? Ich bin mir sicher, dass du welchen hast.« Er warf einen Blick über die Schulter und sah, dass sie ihn beobachtete, sah das Verlangen in ihren Augen. »Es gibt noch mehr Ärger in der Stadt, Janath. Aber ich werde dich beschützen. Ich werde dich immer beschützen. Du bist sicher. Du verstehst das, ja? Für immer sicher.«

Sie nickte, und er sah, dass sie die Beine auf dem Bett weiter spreizte und ihn dann mit einem Stoß ihres Beckens aufforderte, zu ihr zu kommen.

Und Tanal Yathvanar lächelte. Er hatte seine vollkommene Frau.

Karos Invictad betrachtete Tehol Beddict über die aneinandergelegten Fingerspitzen hinweg. »Sehr dicht dran«, sagte er nach einiger Zeit.

Tehol, der benommen die Schachtel mit dem Rätsel auf dem Tisch angestarrt hatte, zuckte leicht zusammen und schaute dann mit seinen nicht zueinander passenden Augen auf.

»Sehr dicht dran«, wiederholte Karos. »Das Ausmaß deiner Intelligenz, verglichen mit meiner. Ich glaube, von allen Menschen, die ich kenne, bist du derjenige, der mir am ehesten gleichkommt.«

»Tatsächlich? Danke schön.«

»Normalerweise verleihe ich meiner Bewunderung für die Intelligenz anderer Menschen nicht mit Worten Ausdruck. Hauptsächlich deswegen nicht, weil ich von Idioten und Narren umgeben bin …«

»Selbst Idioten und Narren brauchen höchste Anführer«, unterbrach ihn Tehol. Er lächelte – und zuckte zusammen, als sich alte Wunden auf seinen Lippen von neuem öffneten. Und dann lächelte er noch breiter als zuvor.

»Der Versuch, humorvoll zu sein«, sagte Karos mit einem Seufzen, »vermag die Mängel der eigenen Intelligenz leider nur dürftig zu verschleiern. Vielleicht ist es das allein, was uns beide voneinander unterscheidet.«

Tehols Lächeln verblasste, und schlagartig sah er bestürzt aus. »Ihr versucht nie, humorvoll zu sein, Beaufsichtiger?«

»Der Geist ist in der Lage, zahllose Spiele zu spielen, Tehol Beddict. Manche sind nützlich. Andere sind wertlos, reine Zeitverschwendung. Humor ist ein erstklassiges Beispiel für Letzteres.«

»Lustig.«

»Wie bitte?«

»Oh, tut mir leid, ich habe gerade so vor mich hin gedacht. Lustig.«

»Was genau?«

»Das würdet Ihr leider nicht verstehen.«

»Du glaubst tatsächlich, du bist schlauer als ich?«

»Was das betrifft, habe ich keine Ahnung. Aber da Ihr allen Aspekten des Humors entsagt, könnt Ihr natürlich nichts von dem verstehen, worüber ich vielleicht nachdenke und es mit dem Wort ›lustig‹ versehe.« Tehol beugte sich ein wenig vor. »Aber wartet – genau das ist es!«

»Was für einen Unsinn willst …«

»Das ist der Grund, warum ich am Ende doch viel schlauer bin als Ihr.«

Karos Invictad lächelte. »In der Tat. Bitte, erkläre dich.«

»Nun ja, ohne jeglichen Sinn für Humor seid Ihr blind für so vieles auf dieser Welt. Die menschliche Natur. Die Absurdität von so vielem, was wir sagen und tun. Bedenkt doch nur dieses eine höchst ergreifende Beispiel: Ein Mob erscheint und will meinen Kopf, weil ich ihnen all ihr Geld gestohlen habe, und was macht Ihr, um sie zu beschwichtigen? Tja, Ihr werft ihnen all das Geld zu, das *Ihr* ihnen gestohlen habt. Und doch, es ist klar, dass Euch überhaupt nicht bewusst war, wie vollkommen lächerlich das in Wirklichkeit ist – Ihr habt Eure Entscheidung getroffen, ohne … mal sehen … achtzig Prozent ihrer delikaten Nuancen in Betracht zu ziehen. Neunzig Prozent! Dreiundneunzig Prozent! Und ein halbes, oder nicht ganz ein halbes, aber mehr als ein Drittel, aber weniger als … oh, ziemlich dicht dran an einem halben Prozent auf alle Fälle.«

Karos Invictad wedelte mit dem Finger. »Ich fürchte, das ist falsch. Es ist nicht so, dass ich irgendetwas nicht in Betracht gezogen hätte. Es ist so, dass mir diese … Nuancen, wie du sie nennst, gleichgültig waren. Denn sie sind tatsächlich vollkommen bedeutungslos.«

»Nun, es könnte sein, dass Ihr da nicht ganz Unrecht habt, denn Ihr scheint in der Lage zu sein, Euren eigenen Scharfsinn trotz Eurer Unwissenheit würdigen zu können. Aber mal sehen, vielleicht fällt mir ein anderes Beispiel ein.«

»Du verschwendest deine Zeit, Tehol Beddict. Und meine.«

»Ach ja? Es hatte nicht den Anschein, als wärt Ihr sehr beschäftigt gewesen. Was beansprucht Euch so, Beaufsichtiger? Mal abgesehen von der Anarchie auf den Straßen, dem wirtschaftlichen Zusammenbruch, einmarschierenden Armeen, toten Agenten und brennenden Pferden, meine ich.«

Karos Invictads Antwort erfolgte unfreiwillig, da sein Blick kurz nach unten, zu der Schachtel mit dem Rätsel huschte. Er berichtigte sich selbst – aber zu spät, denn er sah eine Erkenntnis in Tehols zerschlagenem Gesicht heraufdämmern, und der Mann beugte sich jetzt auf seinem Stuhl noch weiter nach vorn.

»Also, was ist es? Irgendein magischer Behälter? In dem alle Lösungen für diese notleidende Welt zu finden sind? So muss es wohl sein, wenn es Euer beeindruckendes Genie zur Gänze fordert. Wartet ... bewegt sich etwas da drin?«

»Das Rätsel bedeutet nichts«, sagte Karos Invictad und wedelte mit einer von Diamantringen geschmückten Hand. »Wir haben von deinen Mängeln gesprochen.«

Tehol lehnte sich wieder zurück und verzog das Gesicht. »Oh, von *meinen* Mängeln. War das das Thema dieser prickelnden Unterhaltung? Ich fürchte, ich bin ein bisschen durcheinandergekommen.«

»Für manche Rätsel gibt es keine Lösung«, sagte Karos, und er konnte hören, dass seine Stimme plötzlich schriller geworden war. Er zwang sich, tief durchzuatmen, und sagte in gemäßigterem Tonfall: »Jemand hat versucht, mich zu verwirren. Hat getan, als gäbe es eine Lösung. Aber ich erkenne jetzt, dass es niemals eine Lösung gegeben hat. Der Narr hat nicht ehrlich gespielt, und solche Kreaturen kann ich überhaupt nicht leiden, und wenn ich ihn – oder vielleicht auch sie – finden würde, würde ich ihn sofort verhaften lassen, und dieses ganze Gebäude würde von den Schreien und dem Wimmern dieses Narren widerhallen.«

Karos unterbrach sich, als er sah, dass Tehol ihn stirnrunzelnd anstarrte. »Was ist?«

»Nichts. Es ist nur lustig.«

Der Beaufsichtiger griff nach seinem Zepter, das auf der Tischplatte lag, wie immer erfreut über das solide Gewicht des Symbols und darüber, wie es sich in seiner Hand anfühlte.

»Na schön, nicht lustig. Tut mir leid, dass ich überhaupt was gesagt habe. Schlagt mich bitte nicht wieder mit dem Ding da. Bitte. Obwohl«, fuhr er nach kurzem Zögern fort, »es schon irgendwie … na ja, wenn man bedenkt, dass es das Symbol Eures Amtes ist, dann ist es zwar ein bisschen … plump, mich damit zu schlagen, aber nichtsdestotrotz auch irgendwie … lustig.«

»Ich denke darüber nach, dich den Bürgern von Letheras auszuliefern«, sagte Karos Invictad. Er schaute auf, weil er abschätzen wollte, wie der Mann auf diese Aussage reagieren würde. Und war überrascht, den Narren erneut lächeln zu sehen. »Glaubst du, ich mache einen Witz?«

»Das würdet Ihr niemals tun. Offenkundig.«

»Dann würde es dir also gefallen, vom Mob in Stücke gerissen zu werden?«

»Das bezweifle ich. Aber das würde ich ja auch nicht, nicht wahr? In Stücke gerissen werden, meine ich.«

»Oh, und warum nicht?«

»Nun ja, ich habe nicht nur mehr Geld als Ihr, Beaufsichtiger, sondern mir ist es darüberhinaus – im Gegensatz zu Euch – völlig gleichgültig, wer es am Ende besitzt. Liefert mich ruhig aus, mein Herr, ja doch, unbedingt. Und seht zu, wie ich mich freikaufe.«

Karos Invictad starrte den Mann an.

Tehol wedelte mit einem gebrochenen Finger. »Leute, die keinen Sinn oder Verständnis für Humor haben, nehmen Geld immer zu ernst, Beaufsichtiger. Es zu besitzen, zumindest. Und deshalb verbringen sie auch all ihre Zeit damit, Münzen aufzustapeln, dies und das zu zählen, liebevoll ihre Schätze anzusehen und all so was. Sie gleichen die jämmerliche Armut in allen anderen Bereichen ihres Lebens aus. Schöne Ringe, nebenbei bemerkt.«

Karos zwang sich dazu, angesichts solch unverhohlener Beleidigungen dennoch ruhig zu bleiben. »Ich habe gesagt, dass ich darüber nachdenke, dich auszuliefern. Leider hast du mir gerade einen Grund dafür gegeben, es nicht zu tun. Und so stellst du sicher, dass du morgen früh dein eigenes Tauchfest bekommst. Zufrieden?«

»Nun, wenn meine Zufriedenheit hierbei von Bedeutung ist, würde ich vorschlagen …«

»Das reicht, Tehol Beddict. Du interessierst mich nicht mehr.«

»Gut. Darf ich dann gehen?«

»Ja.« Karos erhob sich, klopfte sich mit dem Zepter gegen die Schulter. »Und ich muss dich leider begleiten.«

»Gute Hilfskräfte sind heutzutage schwer am Leben zu halten.«

»Steh auf, Tehol Beddict.«

Der Mann hatte einige Probleme, dieser Anweisung Folge zu leisten, aber der Beaufsichtiger wartete. Er hatte es gelernt, in solchen Dingen geduldig zu sein.

Sobald Tehol stand, erhellte allerdings ein erstaunter Ausdruck seine Gesichtszüge. »Oh – es ist ein zweiköpfiges Insekt! Das immer im Kreis herumläuft!«

»Und jetzt zur Tür«, sagte Karos.

»Wie lautet die Aufgabe?«

»Sie ist sinnlos …«

»Kommt schon, Beaufsichtiger. Ihr behauptet, schlauer zu sein als ich, und ich werde demnächst sterben … ich mag Rätsel. Ich erfinde welche, ehrlich gesagt. Sehr schwierige Rätsel.«

»Du lügst. Ich kenne alle Rätselerfinder, und du gehörst nicht zu ihnen.«

»Nun ja, in Ordnung. Ich habe nur eins erfunden.«

»Dann ist es ja zu schade, dass du nicht in der Lage sein wirst, es mir – zu meinem kurzweiligen Vergnügen – anzubieten, da du jetzt in deine Zelle zurückkehren wirst.«

»Das stimmt«, antwortete Tehol. »Eigentlich war es sowieso eher ein Witz als ein Rätsel.«

Karos Invictad verzog das Gesicht, winkte Tehol dann mit dem Zepter in Richtung Tür.

Während er langsam durch den Raum schlurfte, sagte Tehol: »Ich habe die Aufgabe auch so begriffen. Es geht darum, das Insekt dazu zu bringen, dass es aufhört, im Kreis herumzulaufen.«

Der Beaufsichtiger hielt ihn mit dem Zepter auf. »Ich habe dir gesagt, dass es keine Lösung gibt.«

»Ich glaube, es gibt eine. Ich glaube sogar, dass ich sie kenne, ja, tatsächlich. Ich sag Euch was, mein Herr. Ich löse das Rätsel da auf Eurem Schreibtisch, und Ihr verschiebt mein Großes Tauchfest. Um … sagen wir … vierzig Jahre oder so.«

»Einverstanden. Weil du es nicht kannst.« Er beobachtete Tehol, der langsam, wie ein alter Mann, zum Schreibtisch schlurfte. Sich dann vorbeugte. »Du darfst das Insekt nicht berühren!«

»Natürlich nicht«, erwiderte Tehol. Und dann beugte er sich noch weiter vor, ging mit seinem Gesicht dichter an die Schachtel.

Karos Invictad eilte hinzu und stellte sich neben ihn. »Fass es nicht an!«

»Das tue ich nicht.«

»Die Fliesen können anders angeordnet werden, aber ich versichere dir …«

»Es ist nicht nötig, die Fliesen neu anzuordnen.«

Karos Invictad spürte, wie ihm das Herz bis zum Hals schlug. »Du verschwendest noch mehr von meiner Zeit.«

»Nein, ich mache ein Ende damit, dass Ihr Eure Zeit verschwendet, mein Herr.« Er unterbrach sich, legte den Kopf leicht schief. »Das ist vermutlich ein Fehler. Nun ja …«

Er beugte sich noch weiter vor, bis sein Gesicht genau über der Schachtel war, und hauchte einmal kräftig gegen eine der Fliesen. So dass sie für einen kurzen Moment beschlug. Und das Insekt, dessen einer Kopf sich einer plötzlich undurchsichtigen, plötzlich nicht mehr spiegelnden Oberfläche gegenübersah, blieb einfach stehen. Hob ein Bein und kratzte sich am Hinterleib. Als die Fliese wieder klar wurde, kratzte es sich noch einmal und nahm dann seine ewige Wanderung wieder auf.

Tehol richtete sich auf. »Ich bin frei! Frei!«

Karos Invictad brachte kein Wort heraus, zehn, fünfzehn Herzschläge lang. Seine Brust fühlte sich plötzlich eng an, und an seinem Kinn hingen Schweißperlen. »Sei kein Narr«, stieß er schließlich krächzend hervor.

»Ihr habt gelogen? Oh, ich kann nicht glauben, wie Ihr mich angelogen habt! Nun denn, auf Euch sei gepisst – auf Euch und auch auf Euer schäbiges, dummes Rätsel!«

Das Zepter des Beaufsichtigers schwang in weitem Bogen herum, prallte gegen die Schachtel auf dem Schreibtisch, zerschmetterte sie, so dass die Einzelteile quer durch den Raum flogen. Das Insekt wurde gegen eine Wand geschleudert, blieb dort hängen und begann dann langsam, in Richtung Decke zu kriechen.

*»Lauf!«*, flüsterte Tehol Beddict. *»Lauf!«*

Das Zepter prallte gegen seine Brust und zerschmetterte Rippen.

»Zieh die Kette um meine Knöchel straffer«, sagte Janath. »Zwing meine Beine weiter auseinander.«

»Es gefällt dir, hilflos zu sein, nicht wahr?«

»Ja. Ja!«

Lächelnd kniete Tanal Yathvanar sich an die Seite des Betts. Die Kette darunter lief an den Ecken durch Löcher im Bettgestell. Bolzen sorgten dafür, dass sie so lang war, wie er es wollte. Um die Ketten zu straffen, die ihre Knöchel gefangen hielten, brauchte er nichts weiter zu tun, als die Bolzen auf jeder Seite am Fußende des Betts zu entfernen, dann die Kette so weit herunterzuziehen, wie er konnte, und – während er auf ihr Stöhnen lauschte – die Bolzen wieder einzusetzen.

Danach erhob er sich und setzte sich auf den Rand des Betts. Starrte auf sie hinunter. Sie war nackt, und die meisten blauen Flecken verblassten allmählich, da es ihm keinen Spaß mehr machte, ihr weh zu tun. Ein schöner Körper, in der Tat, der immer dünner wurde, wie er es bei seinen Frauen bevorzugte. Er streckte eine Hand aus und zog sie dann wieder zurück. Er mochte keine Berührungen, so lange er noch nicht bereit war. Sie stöhnte ein zweites Mal, wölbte ihren Rücken.

Tanal Yathvanar zog sich aus. Dann kroch er auf das Bett, kauerte über ihr, die Knie zwischen ihren Beinen, während er sich mit den Händen beiderseits ihrer Brust auf der Matratze abstützte.

Er sah, wie die Handschellen ihre Handgelenke aufgerissen hatten. Er würde sich darum kümmern müssen – die Wunden sahen schlimm aus.

Langsam ließ Tanal sich auf ihren Körper sinken, spürte, wie sie unter ihm erschauerte, als er problemlos in sie hineinglitt. So leicht, so einladend. Sie stöhnte, und er beobachtete ihr Gesicht. »Willst du, dass ich dich jetzt küsse?«, fragte er.

*»Ja!«*

Und er senkte den Kopf, während er das erste Mal zustieß.

Janath, früher einmal eine angesehene Gelehrte, hatte in ihrem Innern ein Tier gefunden, wachgestupst, als hätte es jahrhundertelang, vielleicht jahrtausendelang geschlafen. Ein Tier, das Gefangenschaft verstand, das verstand, dass es manchmal notwendig war, entsetzliche Schmerzen auf sich zu nehmen, um tun zu können, was notwendig war.

Unter den Fesseln um ihre Handgelenke waren die Knochen abgeschabt und größtenteils unter Schorf, Blut und Hautfetzen verborgen. Durch andauerndes, wildes Gezerre. In einem animalischen Rhythmus, der blind war für alles andere, taub gegen jeden Schrei ihrer Nerven. Immer nur zerren und zerren.

Bis die Bolzen unter dem Bettgestell sich zu verbiegen begannen. Sich ganz, ganz langsam zu biegen begannen, die Holzlöcher ausleierten, die Bolzen sich bogen, sich durch die Löcher gruben.

Und jetzt, mit der zusätzlichen Kettenlänge, die daher rührte, dass Tanal die Bolzen am Fußende des Bettgestells neu gesetzt hatte, hatte sie genug Spiel.

Um ihre linke Hand auszustrecken und ein Büschel seiner Haare zu packen. Seinen Kopf nach rechts zu drücken, wo sie, in einer rasselnden, nur verschwommen wahrnehmbaren Bewegung den größten Teil der Kette durch das Loch gezogen hatte, genug, um sie ihm um den Hals zu wickeln und dann ihre Hand nach unten und nach oben zu führen; und mit unerwarteter, entsetzlicher Entschlossenheit zog sie ihren linken Arm im nächsten Augenblick nach oben, reckte ihn höher und höher – während die Handschelle und ihr rechtes Handgelenk fest ans Bettgestell gepresst wurden, so weit nach unten gezogen wie möglich.

Er zappelte, versuchte, seine Finger unter die Kette zu schieben, und sie streckte ihren linken Arm noch mehr, ihr Gesicht streifte seines, sie sah den bäulichen Farbton, den seine Haut plötzlich annahm, sah seine hervorquellenden Augen und die Zunge, die ihm aus dem Mund hing.

Er hätte auf sie einschlagen können. Er hätte ihr mit den Daumen die Augen ausdrücken können. Er hätte sie vermutlich schnell genug töten können, um das hier zu überleben. Aber sie hatte gewartet, bis er ausgeatmet hatte, was er immer dann tat, wenn er das erste Mal zustieß. Dieses Ausatmen, das sie nun schon hundert Mal gehört hatte, dicht an ihrem Ohr, während er ihren Körper benutzte, dieses Ausatmen war es, das ihn tötete.

Er brauchte Luft. Er hatte keine. Nichts anderes spielte eine Rolle. Er kratzte an seiner eigenen Kehle herum, versuchte, seine Finger unter die Kette zu bekommen. Sie drückte ihren linken Arm durch, spannte den Ellbogen an und stieß selbst einen Schrei aus, als die Handschelle um ihr Handgelenk sich verschob und ein Bolzen hinunter ins Loch rutschte.

Das blaue, anschwellende Gesicht, der überflutende Ausbruch aus seinem Penis, gefolgt von einem Schwall heißen Urins.

Starrende Augäpfel, deren Adern sich röteten, dann purpurn wurden, bis keinerlei Weiß mehr zu sehen war.

Sie blickte direkt hinein. Blickte hinein und suchte nach seiner Seele, versuchte, ihren Blick mit jener armseligen, ekelhaften, sterbenden Seele zu verschränken.

*Ich töte dich. Ich töte dich. Ich töte dich.*

Die stummen Worte des Tiers.

Die frohlockende, wilde Aussage des Tiers. Ihre Augen schrien es ihm zu, schrien es in seine Seele.

*Tanal Yathvanar. Ich töte dich.*

Taralack Veed spuckte sich in die Hände, rieb sie aneinander, um den Schleim zu verteilen, hob sie dann und strich sich die Haare zurück. »Ich rieche mehr Rauch«, sagte er.

Der Rangälteste Beurteiler, der ihm gegenüber an dem kleinen Tisch saß, zog die dünnen Brauen hoch. »Es überrascht mich, dass du überhaupt irgendetwas riechen kannst, Taralack Veed.«

»Ich habe in der Wildnis gelebt, Cabalhii. Ich kann den Sporen einer Antilope folgen, die einen Tag alt sind. Diese Stadt bricht zusammen. Die Tiste Edur sind fort. Und auf einmal überlegt der Imperator es sich anders und schlachtet alle Herausforderer ab, bis nur noch zwei übrig sind. Und kümmert das überhaupt noch irgendjemanden?« Er stand plötzlich auf und ging zu dem Bett, auf dem seine Waffen lagen. Zog seinen Krummsäbel aus der Scheide und spähte einmal mehr an der Schneide entlang.

»Du könntest dir mit dem Schwert inzwischen die Wimpern stutzen.«

»Warum sollte ich das tun?«, fragte Taralack verwirrt.

»War nur ein Vorschlag, Gral.«

»Ich war ein Diener der Namenlosen.«

»Ich weiß«, antwortete der Rangälteste Beurteiler.

Taralack drehte sich um, musterte den sanften kleinen Mann mit dem bemalten Gesicht. »Tust du das tatsächlich?«

»Die Namenlosen sind in meinem Heimatland bekannt. Weißt du, warum sie so genannt werden? Ich werde es dir sagen, da ich sehe, dass du es nicht weißt. Die Eingeweihten müssen ihren Namen aufgeben, weil sie überzeugt davon sind, dass die Kenntnis des eigenen Namens diesem zu viel Macht verleiht. Der Name wird zur Identität, zum Gesicht, zum Selbst. Nimm den Namen weg, und die Macht kehrt zurück.«

»So etwas haben sie von mir nicht verlangt.«

»Weil du kaum mehr als ein Werkzeug bist, nicht anders als das Schwert in deiner Hand. Unnötig zu erwähnen, dass die Namenlosen ihren Werkzeugen keine Namen geben. Und in sehr kurzer Zeit wirst du deine Nützlichkeit überdauert haben …«

»Und ich werde wieder frei sein. Um nach Hause zurückzukehren.«

»Nach Hause«, sinnierte der Rangälteste Beurteiler. »Zu deinem Stamm, um dort all die Schandtaten wiedergutzumachen, um all die Wunden zu heilen, die du in deiner eifrigen Jugend geschlagen hast. Du wirst mit schrumpeligen Augen zu ihnen kommen, mit einem langsamer schlagenden Herzen und einer sanften Hand. Und eines Nachts, wenn du schlafend unter deinen Fellen in der Hütte liegst, in der du geboren wurdest, wird sich jemand hereinschleichen und dir eine Klinge über die Kehle ziehen. Denn die Welt in deinem Geist ist nicht die Welt da draußen. Du wirst Taralack Veed genannt, und sie haben sich Macht von deinem Namen genommen. Von deinem Namen, deinem Gesicht. Deinem Namen, deinem Gesicht und damit auch deiner ganzen Geschichte, und so wirst du durch deine eigene Macht – die du vor langer, langer Zeit freiwillig weggeben hast – getötet werden.«

Taralack Veed starrte ihn an. Der Krummsäbel in seinen Händen zitterte. »Dies ist also der Grund, warum du nur als Rangältester Beurteiler bekannt bist.«

Der Cabalhii zuckte die Schultern. »Die Namenlosen sind im Grunde genommen Narren. Der entsprechende Beweis lässt sich schon an der Tatsache erkennen, dass ihr hier seid – du und dein Gefährte, der Jhag. Dennoch teilen wir ein Verständnis für bestimmte Dinge, was nicht sonderlich überraschend ist, da wir beide der gleichen Kultur entstammen. Dem Ersten Imperium von Dessimbelackis.«

»Im Reich der Sieben Städte gibt es einen weit verbreiteten Witz«, sagte der Gral höhnisch grinsend. »Eines Tages wird die Sonne sterben, und eines Tages wird es auf den Cabal-Inseln keinen Bürgerkrieg mehr geben.«

»Der Friede hat zu guter Letzt gewonnen«, antwortete der Rangälteste Beurteiler und faltete die Hände im Schoß.

»Und warum will ich dich dann in letzter Zeit jedes Mal, wenn ich mit dir spreche, am liebsten erdrosseln?«

Der Cabalhii seufzte. »Vielleicht bin ich schon zu lange von zu Hause weg.«

Taralack Veed verzog das Gesicht und rammte den Krummsäbel zurück in seine Scheide.

Im Korridor draußen öffnete sich mit einem dumpfen Knall eine Tür, und die beiden Männer im Zimmer erstarrten. Sie wechselten einen Blick.

Leise Schritte, die an ihrer Tür vorbeigingen.

Fluchend begann Taralack Veed, seine Waffen anzulegen. Der Rangälteste Beurteiler erhob sich, rückte sein Gewand zurecht, ehe er zur Tür ging und sie gerade weit genug öffnete, um nach draußen spähen zu können. Dann zog er sich geduckt wieder zurück. »Er ist unterwegs«, flüsterte er.

Nickend trat Taralack zu dem Mönch, der die Tür ein zweites Mal öffnete. Im gleichen Moment, da sie hinaus auf den Korridor traten, hörten sie die Geräusche eines kurzen Handgemenges, dann ein Ächzen, nach dem etwas auf den Steinfußboden fiel.

Sie tappten rasch den Korridor entlang, Taralack Veed vorneweg.

Auf der Schwelle der Tür zum Übungshof lag ein zerknautschter Haufen – die Wache. Vom Hof dahinter drang ein überraschter Ruf, wieder Kampfgeräusche, und dann hörten sie, wie sich das äußere Tor öffnete.

Taralack Veed eilte in die Dunkelheit hinaus. Sein Mund war trocken. Sein Herz pochte heftig. Der Rangälteste Beurteiler hatte gesagt, dass Icarium nicht warten würde. Dass Icarium ein Gott war und niemand einen Gott zurückhalten konnte, wenn er sich aufmachte zu tun, was er tun wollte. *Sie werden feststellen, dass er weg ist. Werden sie die Stadt absuchen? Nein, sie trauen sich ja nicht einmal, das Palasttor zu entriegeln.*

*Icarium? Lebensstehler, was hast du vor?*

*Wirst du zurückkehren, um dem Imperator und seinem verfluchten Schwert entgegenzutreten?*

Der Mönch hatte Taralack gesagt, dass er bereit sein und heute Nacht nicht schlafen sollte. *Und das ist der Grund.*

Sie erreichten das Tor, traten über die Körper von zwei Wachen hinweg und schoben sich nach draußen.

Und sahen ihn vierzig Schritt weiter reglos mitten auf der Straße stehen. Vier Gestalten näherten sich ihm, Keulen in den Händen schwingend. Als sie noch zehn Schritte von ihm entfernt waren, blieben sie stehen und begannen, wieder zurückzuweichen. Und dann wirbelten sie herum und rannten davon. Einer der Knüppel fiel polternd auf die Pflastersteine.

Icarium starrte in den Nachthimmel hinauf.

Irgendwo im Norden brannten drei Gebäude, und auf den Bäuchen der brodelnden Rauchwolken über ihnen spiegelte sich ein grellroter Schimmer. In der Ferne ertönten Schreie. Keuchend zog Taralack Veed seinen Säbel. Schläger und Mörder mochten vor Icarium davonlaufen, aber das war keine Gewähr dafür, dass sie es auch bei ihm und dem Mönch tun würden.

Icarium senkte den Blick, schaute sich kurz um, als würde er erst jetzt bemerken, wo er sich befand. Er blieb noch einen Moment stehen und setzte sich dann in Bewegung.

Der Gral und der Cabalhii folgten ihm lautlos.

Samar Dev leckte sich die trockenen Lippen. Er lag auf seinem Bett, schlief anscheinend. Wenn die Dämmerung anbrach, würde er sein Feuersteinschwert nehmen, seine Rüstung anlegen und umgeben von letheriischen Soldaten zur Imperialen Arena marschieren. Und er würde allein hinaus auf den Sand schreiten, während die paar hundert Zuschauer auf den Marmorbänken ein halbherziges Gejohle und Pfeifkonzert anstimmen würden. Es würde niemanden geben, der Wetten annahm, keine hektisch und laut herausgebrüllten Quoten. Weil dieses Spiel immer auf die gleiche Weise endete. Und jetzt – interessierte es überhaupt noch jemanden?

Vor ihrem geistigen Auge sah sie ihn in die Mitte der Arena schreiten. Würde er den Imperator anblicken? Rhulad Sengar genau beobachten, wenn er aus dem fernen Tor auftauchte? Die Leichtigkeit seiner Schritte, die instinktiven Bewegungen, die das Schwert in seinen Händen machte, Muster, die flüsternd von all dem erzählten, was Knochen und Muskeln gelernt hatten und zu tun gewöhnt waren?

*Nein, er wird genauso sein wie immer. Er wird Karsa Orlong sein. Er wird dem Imperator nicht einmal einen Blick zuwerfen, bis Rhulad näher kommt, bis die beiden anfangen.*

Nicht übertrieben selbstbewusst. Nicht gleichgültig. Nicht einmal herablassend. Was diesen Toblakai-Krieger anging, so gab es keine einfachen Erklärungen. Er würde bei sich selbst sein, voll und ganz bei sich selbst, bis es Zeit war … *zu bezeugen.*

Aber nichts davon würde diese Geschichte hier zu einem guten Ende bringen können, wie Samar Dev wusste. Weder Karsa Orlongs Fähigkeiten, noch die alles überschwemmende, kaskadierende Flut seines Willens; nicht einmal die Heerschar der Geister, die in dem Messer gefangen waren, das sie nun in der Hand hielt, oder jene anderen, die dem Toblakai in seinem Schatten folgten – die Seelen der Erschlagenen, unbedeutende Wüstengottheiten und alte Dämonen des Sandes und der Felsen – Geister, die sehr wohl hervorbrechen und sich mit all ihrer Macht um ihren Meisterkämpfer-Gott winden mochten (und war er das tatsächlich? Ein Gott? Sie wusste es nicht). Nichts davon würde am Ende eine Rolle spielen.

Töte Rhulad Sengar. Töte ihn drei Mal. Töte ihn ein Dutzend Mal. *Am Ende wird er derjenige sein, der steht, mit blutigem Schwert, und dann wird Icarium kommen – der Allerletzte.*

*Und alles wird von neuem beginnen.*

Karsa Orlong würde einfach nur noch ein Name auf der Liste der Erschlagenen sein. Nichts weiter. *So wenig. Für diesen außergewöhnlichen Krieger. Und das, Gefallener, ist dein heiliges Glaubensbekenntnis, das du flüsternd von dir gibst. Größe und Potential und Verheißung – am Ende zerbricht alles.*

*Selbst dein großer Meisterkämpfer, dieser entsetzliche, gequälte Tiste Edur – du siehst, wie er wieder und wieder gebrochen wird. Du schleuderst ihn jedes Mal zurück – und immer ist er weniger als das, was er zuvor war, aber mit noch mehr Macht in seinen Händen. Er ist da, ja, für uns alle. Die Macht und der gebrochene Mann, der sie ausübt und von genau dieser eigenen Macht gebrochen wurde.*

Karsa Orlong setzte sich auf. »Jemand ist gegangen«, sagte er.

Samar Dev blinzelte. »Was?«

Er bleckte die Zähne. »Icarium. Er ist fort.«

»Wie meinst du das, fort? *Er ist gegangen?* Wohin?«

»Das spielt keine Rolle«, antwortete der Toblakai, drehte sich um und schwang die Beine vom Bett. Er starrte sie an. »Er weiß es.«

»Weiß was, Karsa Orlong?«

Der Krieger stand jetzt auf; sein Lächeln wurde breiter, verzerrte die verrückten Tätowierungen in seinem Gesicht. »Dass er nicht gebraucht wird.«

»Karsa ...«

»Du wirst wissen, wann es so weit ist, Frau. Du wirst es wissen.«

*Was wissen, du verdammter Kerl?* »Sie hätten ihn nicht einfach so gehen lassen«, sagte sie. »Also muss er alle Wachen erledigt haben. Karsa, dies ist unsere letzte Chance. Um in die Stadt abzuhauen. Und all dies hinter uns zu lassen ...«

»Du verstehst es nicht. Der Imperator ist unwichtig. Der Imperator, Samar Dev, *ist nicht derjenige, den er will.«*

*Wer? Icarium? Nein ...* »Karsa Orlong, welches Geheimnis trägst du mit dir herum? Was weißt du über den Verkrüppelten Gott?«

Der Toblakai straffte sich. »Die Dämmerung ist nicht mehr fern«, sagte er. »Es ist fast Zeit.«

»Karsa, bitte ...«

»Wirst du Zeugin sein?«

»Muss ich?«

Er musterte sie ein, zwei Herzschläge lang, und seine nächsten Worte erschütterten sie bis ins tiefste Innere ihrer Seele. »Ich brauche dich, Frau.«

*»Warum?«*, wollte sie wissen, war plötzlich den Tränen nahe.

»Um Zeugin zu sein. Um zu tun, was getan werden muss, wenn die Zeit kommt.« Er holte einmal tief und zufrieden Luft und wandte den Blick ab. Seine Brust dehnte sich aus, bis sie dachte, seine Rippen würden ächzen. »Für Tage wie diesen lebe ich«, sagte er.

Und jetzt weinte sie tatsächlich.

*Größe, Potential, Verheißung. Gefallener, musst du deinen Schmerz so austeilen?*

»Frauen werden einmal im Monat schwach, nicht wahr?«

»Geh zum Vermummten, du elender Bastard.«

»Und werden dann auch schnell wütend.«

Sie war auf den Beinen. Schlug ihm mit der Faust gegen die feste Brust.

Fünfmal, sechsmal – er packte sie am Handgelenk, nicht so fest, dass es sie verletzt hätte, aber dennoch fest genug, um ihre Hand zu halten, als sei eine Handschelle zugeschnappt.

Sie starrte finster zu ihm hoch.

Und – zu *seinem* Glück – lächelte er nicht.

Ihre Faust öffnete sich, und sie fühlte sich beinahe körperlich hinaufgezogen, hin zu seinen Augen – die sie, wie es ihr schien, in diesem Moment zum ersten Mal wirklich sah. Ihre unergründliche Tiefe, ihre leuchtende Wildheit und Freude.

Karsa Orlong nickte. »So ist es besser, Samar Dev.«

»Du gönnerhaftes Stück Scheiße.«

Er ließ ihren Arm los. »Jeden Tag lerne ich mehr über die Frauen. Deinetwegen.«

»Du hast immer noch eine ganze Menge zu lernen, Karsa Orlong«, sagte sie, wandte sich ab und wischte sich die Wangen ab.

»Ja, und das ist eine Reise, die mir Spaß bereiten wird.«

»Ich sollte dich wirklich hassen«, sagte sie. »Ich bin mir sicher, dass die meisten Leute, die dir begegnen, dich letztendlich hassen.«

Der Toblakai schnaubte. »Der Imperator bestimmt.«

»Und jetzt muss ich also mit dir gehen. Jetzt muss ich dich sterben sehen.«

Von draußen drangen Rufe zu ihnen.

»Sie haben die Flucht bemerkt«, sagte Karsa Orlong, während er nach seinem Schwert griff. »Es wird nicht mehr lange dauern, und sie werden kommen und uns holen. Bist du bereit, Samar Dev?«

»Nein.«

Das Wasser hatte ihre Füße verfaulen lassen, sah er. Sie waren weiß wie die Haut eines Leichnams, und Hautfetzen hingen lose herab, enthüllten klaffende rote Wunden, als sie sie auf den Altar hochzog und unterschlug. Und schlagartig begriff der Abtrünnige etwas. Über die Menschheit, über die brodelnde Horde, die wie eine grausamen Lawine durch die Geschichte raste.

Der Geschmack von Asche erfüllte seinen Mund. Er schaute weg, musterte die Rinnsale, die an den steinernen Wänden des Zimmers herabliefen. »Es steigt«, sagte er und schaute sie wieder an.

»Er war nie so verloren, wie er glaubte«, sagte Federhexe, während sie gedankenverloren ein paar verfilzte Strähnen ihrer einst blonden Haare zwischen den Fingern zwirbelte. »Bist du nicht ungeduldig, mein teurer Gott? Dieses Imperium steht kurz davor, sich dir zu Füßen zu werfen. Und«, sie lächelte plötzlich, »auch zu meinen.«

*Ja, zu deinen Füßen, Federhexe. Diesen faulenden, halbtoten Anhängseln, die du zum Laufen hättest benutzen können. Vor langer Zeit einmal. Das Imperium kniet, und Lippen spitzen sich bebend. Ein erblühender Kuss. So kalt, so klebrig, und dann der Geruch, oh der Geruch …*

»Ist es nicht an der Zeit?«, fragte sie mit einem merkwürdig verschämten Blick.

»Wofür?«

»Du warst ein Galan. Du kennst die Liebe. Lehre mich – jetzt.«

»Dich lehren?«

»Ich bin unversehrt. Ich habe niemals bei einem Mann oder einer Frau gelegen.«

»Das ist eine Lüge«, erwiderte der Abtrünnige. »Gribna, der lahme Sklave im Dorf der Hiroth. Du warst noch so jung. Er hat dich benutzt. Oft und auf üble Weise. Es hat dich zu dem gemacht, was du jetzt bist, Federhexe.«

Und er sah ihre Augen zurückscheuen, sah ihr Stirnrunzeln, und er begriff die entsetzliche Wahrheit: dass sie es vergessen hatte. *Zu jung, zu naiv. Und dann hat sie jeden dieser Augenblicke in einem tiefen Loch am Grunde ihrer Seele vergraben. Beim Abgrund, sie hat sich nicht mehr daran erinnert.* »Federhexe …«

»Geh weg«, sagte sie. »Ich brauche jetzt nichts von dir. Ich habe Udinaas.«

»Du hast Udinaas verloren. Du hast ihn nie gehabt. Hör zu, bitte …«

»Er lebt! Ja, er lebt! Alle diejenigen, die ihn gewollt haben, sind tot – die Schwestern, alle tot! Hättest du das gedacht«

»Du Närrin. Silchas Ruin kommt hierher. Um diese Stadt in Trümmer zu legen. Um sie vollständig zu zerstören …«

»Er kann Rhulad Sengar nicht besiegen«, gab sie zurück. »Noch nicht einmal Silchas Ruin kann das!«

Der Abtrünnige sagte nichts zu dieser kühnen Behauptung. Stattdessen wandte er sich ab. »Ich habe Wundbrand an deinen Füßen gesehen, Federhexe. Mein Tempel, wie du diesen Raum hier zu nennen pflegst, stinkt nach faulendem Fleisch.«

»Dann heile mich.«

»Das Wasser steigt«, sagte er, und dieses Mal schien die Feststellung in ihm aufzublühen, um sein ganzes Selbst zu erfüllen. *Das Wasser steigt. Warum?* »Hannan Mosag trachtet nach dem Dämonengott – nach demjenigen, der im Eis gefangen ist. Und besagtes Eis schmilzt, Federhexe. Überall ist … Wasser. *Wasser …*

Bei den Festen, war es möglich? Sogar das? *Aber nein, ich habe den Dreckskerl festgesetzt. Ich habe ihn festgesetzt!*

»Er hat den Finger genommen«, sagte Federhexe hinter ihm. »Er hat ihn genommen und geglaubt, es würde reichen, ihn einfach nur mitzunehmen. Aber wie hätte ich dort hingehen können, wohin er gegangen ist? Ich hätte es nicht gekonnt. Und deshalb habe ich ihn gebraucht, ja. Ich habe ihn gebraucht, und er war nie so verloren, wie er geglaubt hat.«

»Und was ist mit dem anderen?«, fragte der Abtrünnige, der ihr noch immer den Rücken zukehrte.

»Ich habe nie heraus …«

Der Ältere Gott wirbelte herum. *»Wo ist der andere Finger?«*

Er sah, wie ihre Augen sich weiteten.

*Kann das sein? Kann das …*

Er merkte, dass er im Korridor war; das Wasser reichte ihm bis zu den Hüften, doch er bewegte sich ohne Anstrengung vorwärts. *Der Augenblick ist gekommen – Icarium geht – wohin? Eine fremde Armee und ein schreckenerregender Magier nähern sich. Silchas Ruin kommt von Norden herangeflogen; in seinen Augen lodert ein Feuer. Hannan Mosag – dieser Narr – kriecht zum Trübsee, im gleichen Moment, da der Dämonengott sich rührt – und sie sagt, er war nie so verloren, wie er geglaubt hat.*

Es war fast Dämmerung, irgendwo jenseits dieser absackenden, weinenden Mauern.

Ein Imperium auf den Knien.

Der erblühende Kuss, nur noch wenige Augenblicke entfernt.

Varat Taun, der frisch in die Palastgarde berufene Finadd, hatte die Nachricht erhalten, dass Icarium zusammen mit Taralack Veed und dem Rangältesten Beurteiler geflohen war. Als er es gehört hatte, waren seine Knie weich geworden, und ihn hatte eine wahre Woge durchlaufen, aber es war eine trübe, verworrene Woge gewesen. Erleichterung, ja, über das, was abgewendet worden war – zumindest für den Augenblick, denn könnte Icarium nicht zurückkehren? –, eine Erleichterung, die schon bald von seiner wachsenden Furcht vor dieser Invasionsarmee verschlungen wurde, die kaum sechs Meilen entfernt lagerte.

Es würde eine Belagerung geben, und da praktisch niemand mehr da war, um die Stadtmauern zu halten, würde sie nur kurz andauern. Und dann würde das Ewige Domizil selbst angegriffen werden, und wenn alles vorüber war, würde Imperator Rhulad Sengar wahrscheinlich alleine dastehen, vom Feind umzingelt.

Ein Imperator ohne Imperium.

Fünf letheriische Armeen waren anscheinend im Grenzland von Bolkando – weit im Osten – verschwunden. Nicht ein Wort von irgendeinem Magier jener Streitkräfte. Sie waren unter einer fähigen, wenn auch nicht herausragenden Befehlshaberin aufgebrochen, um die Bolkando und ihre Verbündeten zu zermalmen. Das hätte durchaus im Rahmen der Fähigkeiten der Frau liegen müssen. Die letzte Nachricht war einen halben Tag vor dem Zusammenprall der Armeen eingetroffen.

Was sonst sollte man aus alledem schließen? *Diese fünf Armeen sind zerschlagen worden. Der Feind ist auf dem Vormarsch, unterwegs ins Herz des Imperiums. Und was ist östlich von Drene geschehen? Noch mehr Schweigen, und Atri-Preda Bivatt war von den meisten schon als die neue Preda der Imperialen Armeen gesehen worden.*

Rebellion in Blaurose, Aufstände in allen Städten. Ganze Einheiten und Garnisonen desertierten. Die Tiste Edur verschwanden wie Geister, flohen zweifellos zurück in ihr Heimatland. *Beim Abtrünnigen, warum bin ich nicht mit Yan Tovis geritten? Zu meiner Frau zurückgekehrt – ich bin ein Narr, der hier, in diesem verdammten Palast, sterben wird. Für nichts.*

Er stand neben dem Eingang zum Thronsaal und beobachtete unter seinem Helmrand hervor den Imperator der tausend Tode, der vor seinem Thron auf und ab schritt, verdreckt vom Blut und den Körperflüssigkeiten eines Dutzends getöteter Herausforderer. Eines Dutzends, das er in wütender, stürmischer Raserei in Stücke gehauen hatte – er hatte die ganze Zeit geschrien, während er sein Schwert hatte wirbeln und hacken und Gliedmaßen abtrennen lassen und es die Schmerzen und das Blut seiner Opfer zu trinken schien.

Und nun dämmerte der neue Tag herauf, und der schlaflose Imperator ging auf und ab. Geschwärzte Münzen bewegten sich in seinem übel zugerichteten Gesicht, auf dem sich seine Gefühle in endlosen Zyklen aus Zweifel, Qual und Angst abzeichneten.

Vor Rhulad Sengar stand der Kanzler. Reglos.

Dreimal blieb der Imperator stehen, um Triban Gnol finster anzublicken. Dreimal schien er zum Sprechen anzusetzen, nur um dann doch wieder seine Wanderung aufzunehmen. Die Schwertspitze schrammte über die Fliesen.

Sein eigenes Volk hatte ihn im Stich gelassen. Er hatte seine eigene Mutter und seinen Vater aus Versehen ertränkt. Alle seine Brüder getötet. Die Frau, die er geraubt hatte, in den Selbstmord getrieben. War von Nisall betrogen worden, der ersten und einzigen Konkubine, die er je besessen hatte.

Die Wirtschaft des Imperiums lag in Trümmern, während jegliche Ordnung zusammenbrach und Armeen einmarschierten.

Und seine einzige Antwort auf all das bestand darin, unglückselige Fremde in den Sand der Arena zu zwingen und sie abzuschlachten.

Pathos oder große Komödie?

*Es wird nicht reichen, Imperator. All das Blut und die Eingeweide, die dich bedecken, werden nicht reichen. Wenn du nichts weiter bist als die Hände, die das Schwert halten, herrscht das Schwert, und das Schwert kennt nichts anderes als das, wofür es gemacht wurde. Es kann keine Beschlüsse fassen, kann sich keiner feinsinnigen Diplomatie bedienen, kann keines der Probleme lösen, die zehntausenden, hunderttausenden von Menschen zusetzen.*

*Überlasse es einem Schwert, ein Imperium zu beherrschen, und das Imperium wird zerbrechen. Durch Krieg, durch Anarchie, durch eine Sturzflut aus Blut und ein Meer aus Elend.*

In Münzen gekleidet durchmaß der Träger des Schwertes die wahre Ausdehnung seiner Reiches, hier in diesem Thronraum.

Er blieb stehen, blickte wieder den Kanzler an. »Was ist geschehen?«

Die Frage eines Kindes. Die Stimme eines Kindes. Varat Taun spürte, wie sein Herz ein bisschen nachgab. *Ein Kind.*

Die Antwort des Kanzlers war wohlüberlegt und so beruhigend, dass Varat Taun angesichts der Absurdität dieses Tonfalls beinahe in Gelächter ausgebrochen wäre. »Wir werden niemals wirklich erobert, Imperator. Ihr werdet standhalten, weil niemand Euch auslöschen kann. Die Eindringlinge werden das erkennen, es begreifen. Sie werden feststellen, dass sie genug Vergeltung geübt haben. Werden sie unser Land besetzen? Das können wir nicht wissen. Aber wenn sie es nicht tun, wird es der Bund der östlichen Königreiche sein – aber solche Zusammenschlüsse brechen unausweichlich wieder auseinander, verzehren sich selbst. Und auch sie werden nicht in der Lage sein, Euch etwas zu tun, Imperator.«

Rhulad Sengar starrte Triban Gnol an. Seine Lippen bewegten sich, aber es war kein Ton zu hören.

»Ich habe damit begonnen«, fuhr der Kanzler fort, »unsere bedingte Kapitulation vorzubereiten. Vor den Malazanern. Zumindest werden sie dafür sorgen, dass wieder Frieden in der Stadt herrscht – sie werden die Unruhen beenden. Vermutlich in Zusammenarbeit mit den Patriotisten. Sobald die Ordnung wiederhergestellt ist, können wir uns der Aufgabe zuwenden, die Wirtschaft neu zu beleben, können Münzen …«

»Wo ist mein Volk?«, fragte Rhulad.

»Eure Leute werden zurückkehren, Imperator. Dessen bin ich mir sicher.«

Rhulad drehte sich um und blickte den Thron an. Und wurde plötzlich vollkommen still. *»Er ist leer«*, flüsterte er. »Sieh doch!« Er wirbelte herum, deutete mit dem Schwert auf den Thron. »Siehst du es? Er ist *leer*!«

»Majestät ...«

»Wie der Stuhl meines Vaters in unserem Haus! In unserem Haus im Dorf! Leer!«

»Das Dorf gibt es nicht mehr, Imperator ...«

»Aber der Stuhl bleibt! Ich sehe ihn! Mit meinen eigenen Augen – der Stuhl meines Vaters! Die Farbe verblasst in der Sonne. Die hölzernen Verbindungen lösen sich im Regen. Krähen hocken auf den verwitterten Lehnen! *Ich sehe ihn*!«

Der Schrei verhallte in der Stille. Keine einzige Wache rührte sich. Der Kanzler hatte den Kopf gesenkt, und wer wusste schon, welche Gedanken hinter den Augen der Schlange aufflackerten?

*Kapitulation. Bedingte Kapitulation. Rhulad Sengar bleibt. Rhulad Sengar und ... oh ja, Kanzler Triban Gnol. Und die Patriotisten. »Wir können nicht erobert werden. Wir sind von Dauer. Betretet unsere Welt, und sie wird euch verschlingen.«*

Rhulads breite Schultern sackten plötzlich nach unten. Dann ging er zum Thron, drehte sich um und setzte sich hin. Schaute sich mit freudlosen Augen um. Mit krächzender Stimme fragte er: »Wer ist noch da?«

Der Kanzler verbeugte sich. »Nur einer, Imperator.«

»Einer? Es sollten noch zwei sein.«

»Der Herausforderer, der als Icarium bekannt ist, ist geflohen, Imperator. In die Stadt. Wir machen Jagd auf ihn.«

*Lügner.*

Aber Rhulad Sengar wirkte gleichgültig. Er wandte den Kopf zu Seite, senkte den Blick, bis er auf das fleckige Schwert fiel. »Der Toblakai.«

»Ja, Imperator.«

»Der Binadas ermordet hat. Meinen Bruder.«

»So ist es, Majestät.«

Der Kopf hob sich langsam. »Ist die Dämmerung schon angebrochen?«

»Ja.«

Rhulads Befehl war sanft wie ein Hauch. *»Holt ihn her.«*

Nachdem der arme Narr ihnen die versenkte Tür gezeigt hatte, die unter die Stadtmauer führte, ließen sie ihn gehen. Die Tür war natürlich verschlossen, und während die restlichen Trupps in der langsam verblassenden Dunkelheit warteten – und sich jede Deckung suchten, die sie finden konnten, mochte sie auch kümmerlich sein –, kletterten Fiedler und Krake in die Höhlung hinunter, um die Tür zu untersuchen.

»Die ist so gemacht worden, dass sie aufgebrochen werden muss«, murmelte Krake, »also ist's tatsächlich so, wie der Bursche gesagt hat – wir gehen rein, und dann öffnen sich die Fluttore und wir ertrinken. Fid, ich sehe keine Möglichkeit, da was zu machen – nicht so leise, dass niemand es hört und merkt, dass wir durch die Falltür kommen.«

Fiedler kratzte sich an seinem weißen Bart. »Vielleicht können wir die ganze Tür ausbauen, mitsamt dem Rahmen und allem Drum und Dran.«

»So viel Zeit haben wir nicht.«

»Nein. Wir ziehen uns zurück und verkriechen uns tagsüber und machen es dann morgen Nacht.«

»Bis dahin müsste die Mandata hier auftauchen. Keneb will, dass wir als Erste reingehen, und er hat Recht, das haben wir uns verdient.«

In diesem Augenblick hörten sie ein dumpfes Geräusch von der anderen Seite der Tür, dann ein leises Scharren, als der Riegel angehoben wurde.

Die beiden Malazaner wichen seitwärts zurück und spannten rasch ihre Armbrüste.

Ein knirschendes Geräusch, und dann wurde die Tür aufgestoßen.

Die Gestalt, die in ihr Blickfeld geklettert kam, war kein letheriischer Soldat. Sie trug eine schlichte Lederrüstung, die keinen Zweifel daran ließ, dass sie eine Frau war, und auf dem Gesicht eine emaillierte Maske mit einer bescheidenen Anordnung aufgemalter Zeichen. Auf den Rücken hatte sie sich zwei Schwerter geschnallt. Sie machte einen Schritt, dann noch einen. Ein kurzer Blick auf Fiedler zu ihrer Rechten, dann auf Krake zu ihrer Linken. Sie blieb kurz stehen, klopfte sich den Staub von der Rüstung und setzte sich in Bewegung. Hinaus auf den Todesstreifen – und weg war sie.

Schweißgebadet ließ Fiedler sich in eine sitzende Position zurücksinken. Die Armbrust in seinen Händen zitterte.

Krake machte eine abwehrende Geste und setzte sich dann ebenfalls hin. »Ich habe den Atem des Vermummten in meinem Nacken gespürt, Fid. Genau hier, gerade eben. Ich weiß, sie hat nicht einmal nach den Waffen gegriffen, nicht einmal gezuckt …«

»Ja«, antwortete Fiedler. Er flüsterte das Wort, als wäre es Segen. *Eine verdammte Seguleh, beim Vermummten. Noch dazu 'ne hochrangige. Wir hätten unsere Bolzen niemals abschießen können – keine Chance. Unsere Köpfe wären gerollt wie zwei übergroße Schneebälle.*

»Ich habe weggesehen, Fid. Ich habe nach unten, auf den Boden gesehen, als sie sich mir zugewandt hat.«

»Ich auch.«

»Und darum sind wir noch am Leben.«

»Ja.«

Krake drehte sich um und spähte in den dunklen Tunnel. »Immerhin müssen wir jetzt nicht mehr bis morgen Nacht warten.«

»Geh zurück zu den anderen, Krake. Keneb soll dafür sorgen, dass sie sich aufstellen. Ich geh schon mal rein und schaue mir das andere Ende an. Wenn es unbewacht und ruhig ist, schön und gut. Wenn nicht …«

»In Ordnung, Fid.«

Der Sergeant ließ sich in den Tunnel hinunter.

Er bewegte sich so schnell durch das Dunkel, wie er konnte, ohne allzu viel Lärm zu machen. Die Mauer über ihm war verdammt dick, und er hatte schon dreißig Schritte zurückgelegt, als er den grauen Schimmer des Ausgangs am Ende einer scharfen Steigung sah. Die Armbrust in den Händen, schob Fiedler sich vorwärts.

Er hätte sich keine Sorgen machen müssen.

Der Tunnel öffnete sich in ein enges Blockhaus ohne Dach. Vor der Wand zu seiner Rechten stand eine Bank. Auf dem staubigen Steinfußboden lagen lang ausgestreckt drei Tote, die an schlimmen Verletzungen verblutet waren. *Ihr hättet den Blick abwenden sollen, Soldaten.* Vorausgesetzt, sie hatte ihnen überhaupt die Zeit gelassen, sich irgendwie zu entscheiden – immerhin hatte sie raus gewollt.

Die Tür gegenüber von ihm stand eine Handbreit offen, und Fiedler kroch zu ihr und spähte durch den Spalt nach draußen. Eine breite Straße, mit Abfall übersät.

Sie hatten die halbe Nacht auf die Unruhen gelauscht, und es war eindeutig, dass der Mob hier durchgezogen war, wenn nicht in dieser, dann in einer anderen Nacht. Die Garnisonsgebäude gegenüber waren geplündert, die Fenster voller Rußflecken. *Immer besser.*

Er drehte sich um und hastete durch den Tunnel zurück.

Am anderen Ende stieß er auf Krake, Faradan Sort und Faust Keneb, die alle ein paar Schritte von der Tür entfernt standen.

Fiedler erklärte ihnen, was er herausgefunden hatte. »Ich glaube, wir sollten jetzt gleich zügig durchgehen«, sagte er schließlich. »Immerhin sind wir achthundert Mann, und das Ganze wird ein Weilchen dauern.«

Keneb nickte. »Hauptmann Sort.«

»Faust.«

»Geht mit vier Trupps durch und flankiert den Ausgang. Schickt einen Trupp rüber zu den nächsten Truppenunterkünften, um nachzusehen, ob die tatsächlich aufgegeben worden sind. Wenn dem so ist, wird das unser Bereitstellungsraum werden. Von dort aus werde ich die Hauptstreitmacht zum Tor führen, es besetzen und sichern. Hauptmann, Ihr werdet mit vier Trupps so weit Ihr könnt in die Stadt vorstoßen und unterwegs für jede Menge Ärger sorgen – nehmt dafür zusätzliche Moranth-Munition mit.«

»Was ist unser Ziel?«

»Der Palast.«

»In Ordnung, Faust. Fiedler, hol Gesler und Hellian und Urb – ihr seid die ersten vier –, und dann führt ihr eure Trupps durch. Und zwar im verdammten Laufschritt, wenn ich bitten darf.«

Im grauen Licht der ersten Morgendämmerung tauchten zwanzig Schritt vom toten Azath-Turm hinter dem Alten Palast entfernt vier Gestalten aus einem Schmierfleck aus nebelhaftem Licht auf. Während das Portal sich in einem Wirbel wieder hinter ihnen schloss, schauten sie sich um.

Igel stieß den Schnellen Ben in die Seite – das Ganze lag irgendwo zwischen kameradschaftlicher Zuneigung und Verärgerung. »Hab dir doch gesagt, dass Wiedersehenszeit ist, Magier.«

»Wo sind wir, im Namen des Vermummten?«, wollte der Schnelle Ben wissen.

»Wir sind in Letheras«, sagte Seren Pedac. »Hinter dem Alten Palast – aber irgendetwas stimmt nicht.«

Trull Sengar schlang sich die Arme um den Oberkörper; sein Gesicht war noch von den Schmerzen kürzlich geheilter Wunden gezeichnet, doch in seinen Augen stand eine größere Not.

Ein Teil von Igels Vorahnung verdüsterte sich wie eine ersterbende Öllampe, als er den Tiste Edur musterte. *Der arme Kerl. Ein Bruder vor seinen Augen ermordet. Dann der unschöne Abschied von Onrack – jede Menge Freude und Trauer dabei, als er seinen alten Freund und die Frau an seiner Seite gesehen hat –, eine Frau, die Onrack so lange geliebt hat. So lange? Verdammt nah dran an unfassbar lange, also wirklich lange.*

Aber jetzt … »Trull Sengar.«

Der Tiste Edur wandte ihm langsam den Kopf zu.

Igel bedachte den Schnellen Ben mit einem kurzen Seitenblick, ehe er sagte: »Wir haben vor, dich und Seren zu begleiten. Zu ihrem Haus.«

»Diese Stadt wird angegriffen«, sagte Trull Sengar. »Mein jüngster Bruder – der Imperator …«

»Das kann alles warten«, unterbrach ihn Igel. Er machte eine Pause, versuchte sich darüber klar zu werden, wie er sagen sollte, was er sagen wollte, und fuhr dann fort: »Dein Freund Onrack hat einer Frau das Herz gestohlen, und es war alles da. In ihren Augen, meine ich. Die Antwort, heißt das. Und wenn du sehen würdest, Trull Sengar, wenn du Seren Pedac einfach nur in die Augen sehen würdest, nun ja …«

»Um des Vermummten willen«, sagte der Schnelle Ben. Er seufzte. »Er meint, dass du und Seren, dass ihr beide erst mal für euch allein sein solltet, bevor irgendetwas anderes passiert, und dass wir dafür sorgen werden. In Ordnung?«

Die Überraschung, die sich auf Seren Pedacs Gesicht abzeichnete, hatte beinahe etwas Komisches.

Aber Trull Sengar nickte.

Igel blickte den Schnellen Ben noch einmal an. »Hast du dich ausreichend erholt – nur für den Fall, dass wir unterwegs in irgendwelchen Ärger geraten?«

»In etwas, das du nicht mit deinen Fetzern aus dem Weg räumen kannst? Ja, wahrscheinlich. Vielleicht. Nimm einfach 'nen Fetzer in jede Hand, Igel.«

»Das reicht … weil du ein verdammter Idiot bist«, antwortete Igel. »Seren Pedac, Ihr solltet wissen, dass ich ganz schön neidisch auf diesen Tiste Edur hier bin, aber egal. Ist es weit bis zu Eurem Haus?«

»Nein, das ist es nicht, Igel von den Brückenverbrennern.«

»Dann lasst uns von diesem gruseligen Ort hier verschwinden.«

Schlamm wallte um seine Füße auf, wogte höher, umschloss seine Schienbeine und wirbelte dann wie Rauch in der Strömung davon. Merkwürdige leuchtende Inseln trieben vorüber, verformten sich, als wären sie in dieser dunklen, unerbittlichen Welt irgendeinem unsichtbaren Druck ausgeliefert.

Bruthen Trana, der ausgeschickt worden war, einen Retter zu finden, schritt über eine endlose Ebene, und der Schlamm zu seinen Füßen war zäh und körnig. Er stolperte über halbvergrabene Trümmer, trat auf unterseeische Wurzeln. Er überquerte Hänge aus gehärtetem Lehm, über die Strömungen hinwegfegten und aus denen die abgeschliffenen Knochen seit langem toter Meeresungeheuer ragten. Er kam an den Wracks gesunkener Schiffe vorbei, die Spanten der Rümpfe auseinandergespreizt, die Ladung überall verstreut. Und während er so dahinschritt, dachte er über sein Leben nach, über die unzähligen Entscheidungen, die er getroffen hatte – und über andere, die zu treffen er sich geweigert hatte.

Es gab keine Frau, kein einziges Gesicht, das vor seinem geistigen Auge auftauchen konnte. Er war – wie es ihm nun schien – sein Leben lang Krieger gewesen. Hatte an der Seite von Blutsverwandten und an der von Kameraden gekämpft, die ihm näher gewesen waren als alle Blutsverwandten. Er hatte sie sterben oder davontreiben gesehen. Er hatte, das wurde ihm nun klar, gesehen, wie sein ganzes Volk auseinandergerissen wurde. Durch die Eroberung, durch den kaltblütigen, namenlosen Alptraum, der Lether war. Was die Letherii selbst anging, nein, er hasste sie nicht. Er bedauerte sie eher, empfand, ja, doch, hatte eher Mitgefühl mit ihnen, denn sie waren ebenso in dem Alptraum gefangen wie alle anderen. Die habgierige Verzweiflung, die nagende Drohung abzustürzen, in dem immer stärker anschwellenden, immer schneller dahinrasenden Sturzbach zu ertrinken, der eine Kultur war, die nie zurückblicken konnte, die nicht einmal ihren Sprung kopfüber in eine glänzende Zukunft verlangsamen konnte – eine Zukunft, die, wenn sie denn überhaupt jemals kommen sollte, nur für einige wenige Bevorrechtigte existieren würde.

Der ewige Meeresgrund bot seinen eigenen Kommentar und drohte, ihn in den Schlamm hinunterzuziehen, ihm jede Hoffnung zu rauben, noch weiterzumachen, ja sich überhaupt noch zu bewegen. Kalt und zermalmend, war dieser Ort wie die Last der Geschichte – nicht der Geschichte eines Volkes oder einer Zivilisation, sondern der ganzen Welt.

Warum ging er immer noch weiter? Welcher Retter könnte ihn vor all dem hier retten? Er hätte in Letheras bleiben sollen. Hätte Karos Invictad und seine Patriotisten angreifen können, hätte den Mann und seine Schläger auslöschen können. Dann hätte er sich um den Kanzler kümmern können. Sich vorzustellen, wie er die Hände um Triban Gnols Kehle legte, war überaus befriedigend – zumindest so lange, wie das Bild Bestand hatte, was niemals lange genug war. Ein Schlammschleier stieg ihm in die Augen, und sein Fuß blieb wieder einmal an einem verborgenen Gegenstand hängen.

Und jetzt zeichneten sich hier vor ihm steinerne Säulen ab. Wie er sehen konnte, tummelten sich auf ihrer Oberfläche Reliefs und unkenntliche Siegel, die so kompliziert waren, dass sie sich vor seinen Augen ständig zu drehen und zu verändern schienen.

Als er näher kam, wogte eine wahre Schlammfontäne auf, und Bruthen Trana sah eine Gestalt in sein Blickfeld klettern. Eine von Grünspan verfärbte, mit pelzigem Schleim überzogene Rüstung. Ein geschlossener Helm, der das Gesicht bedeckte. In einer behandschuhten Hand ein letheriisches Schwert.

Und im Kopf des Tiste Edur erklang eine Stimme: *»Du bist weit genug gelaufen, Geist.«*

Bruthen Trana blieb stehen. »Ich bin eigentlich kein Geist …«

*»Doch, das bist du, Fremder. Deine Seele ist von deinem Körper getrennt worden, der nun kaltes, verwesendes Fleisch ist. Du bist nicht mehr als das, was hier vor mir steht. Ein Geist.«*

Irgendwie überraschte ihn diese Aussage nicht. Hannan Mosag und sein Hang zum Verrat hatten jedes Bündnis fragwürdig gemacht. Und er selbst hatte sich, wie ihm nun klar wurde … getrennt gefühlt. Schon seit langer Zeit, ja. Wahrscheinlich hatte der Hexenkönig keine Zeit verloren und Bruthen Tranas hilflosem Körper unverzüglich die Kehle durchgeschnitten.

»Aber was bleibt mir dann noch?«

*»Eines, Geist. Du bist hier, um ihn zu beschwören. Um ihn zurückzuschicken.«*

»Aber wurde seine Seele denn nicht auch abgetrennt?«

*»Sein Fleisch und seine Knochen sind hier, Geist. Und hier, an diesem Ort, ist Macht. Denn hier wirst du die vergessenen Götter finden, die letzte Zuflucht ihrer Namen. Wisse dies, Geist: sollten wir dir die Stirn bieten wollen, sollten wir deine Beschwörung ablehnen wollen, wir könnten es. Selbst angesichts dessen, was du bei dir trägst.«*

»Werdet ihr mich denn abweisen?«, fragte Bruthen Trana. Er würde lachen, wenn die Antwort *ja* lautete. So weit gekommen zu sein. Sein Leben geopfert zu haben …

*»Nein. Wir begreifen die Notwendigkeit. Vielleicht besser als du.«* Der gerüstete Krieger hob seine freie Hand. Klappte alle Finger außer dem Zeigefinger ein. *»Gehe dort hin«*, sagte er und deutete auf eine Säule. *»Auf die Seite mit nur einem Namen. Hole heraus, was du von seinem Fleisch und Knochen besitzt. Sprich den Namen aus, der in den Stein eingemeißelt ist.«*

Bruthen Trana ging langsam zu dem Stehenden Stein und dann einmal um ihn herum bis zu der Seite mit dem einzelnen Relief. Und las den Namen, der dort stand: »›Brys Beddict, Retter der Leeren Feste.‹ Ich beschwöre dich.«

Die Oberfläche des Steins, die hier gesäubert war, beinahe frisch wirkte, begann sich plötzlich zu kräuseln, dann an einigen Stellen auszubeulen, die zufälligen Formen und Bewegungen verbanden sich und erschufen eine menschliche Gestalt, die sich aus dem Stein schob. Ein Arm kam frei, dann eine Schulter, dann der Kopf, das Gesicht – die Augen geschlossen, die Gesichtszüge wie unter Schmerzen verzerrt –, der Oberkörper. Ein Bein. Der zweite Arm – Bruthen sah, dass jener Hand zwei Finger fehlten.

Er runzelte die Stirn. *Zwei?*

Als die Strömungen wogten, wurde Brys Beddict aus der Säule gezogen. Er fiel nach vorn auf Hände und Knie, wurde von den aufwallenden Schlammwogen beinahe verschluckt.

Der gerüstete Krieger trat zu ihnen. Er trug ein in einer Scheide steckendes Schwert, das er neben dem Letherii in den Meeresgrund stieß.

*»Nimm es, Retter. Spüre die Strömungen – sie sind ungeduldig. Geh, du hast nicht viel Zeit.«*

Immer noch auf Händen und Knien und mit hängendem Kopf griff Brys nach der Waffe. Kaum schloss sich seine Hand um die Scheide, hob eine mächtige Strömung den Mann vom Meeresgrund. Er wirbelte in einer Woge aus Schlammfahnen davon – und war fort.

Bruthen Trana stand einfach nur da, reglos. Die Strömung war genau durch ihn hindurchgegangen, vollkommen ungehindert. *Wie sie durch einen Geist hindurchgehen würde.*

Schlagartig fühlte er sich beraubt. Er hatte keine Chance gehabt, ein Wort zu Brys Beddict zu sagen, ihm zu erzählen, was getan werden musste. Ein Imperator, der noch einmal niedergehauen werden musste. Ein Imperium, das wiederauferstehen musste.

*»Deine Aufgabe hier ist erledigt, Geist.«*

Bruthen Trana nickte.

*»Wo wirst du hingehen?«*

»Da war ein Haus. Ich habe es verloren. Ich würde es gerne wiederfinden.«

*»Dann wirst du das tun.«*

»Oh, Padderunt, sieh nur! Er zuckt!«

Der alte Mann schaute blinzelnd durch eine dichte Rauchwolke zu Selush hinüber. Sie machte das in letzter Zeit ziemlich oft. Scheffelweise Rostlaub, seit Tehol Beddict verhaftet worden war. »Du hast genügend Tote hergerichtet, um zu wissen, wie die Lunge von Leuten aussieht, die das zu oft machen, Herrin.«

»Ja. Nicht anders als alle anderen.«

»Es sei denn, sie haben die Fäulnis gekriegt, den Krebs.«

»Lungen mit Fäulnis sehen alle gleich aus, und das ist mit ziemlicher Sicherheit wahr. Nun, hast du gehört, was ich gesagt habe?«

»Er hat gezuckt«, antwortete Padderunt und verdrehte sich auf seinem Stuhl, um zu dem blasigen Glaskrug auf dem Regal hochschauen zu können, der einen stummeligen, kleinen abgetrennten Finger – in pinkfarbenem klebrigem Zeug eingelegt – enthielt.

»Außerdem ist es so weit. Geh zu Rucket«, sagte Selush zwischen zwei tiefen Zügen an dem Mundstück, wobei ihre beträchtliche Brust anschwoll, als wollte sie bersten. »Und erzähl es ihr.«

»Dass er gezuckt hat.«

»Ja!«

»In Ordnung.« Er stellte seinen Becher ab. »Rostlaub-Tee, Herrin.«

»Ich würde ertrinken.«

»Nicht inhaliert. Getrunken, auf zivilisierte Weise.«

»Du bist immer noch hier, mein lieber Diener, und das gefällt mir ganz und gar nicht.«

Er stand auf. »Bin schon unterwegs, oh in Nebel Gehüllte.«

Sie hatte es geschafft, den Leichnam von Tanal Yathvanar zur Seite zu schieben, und nun lag er neben ihr, wie im Schlaf zusammengekauert, das aufgedunsene, fleckige Gesicht dicht an ihrem.

Es würde niemand kommen, um nach ihr zu sehen. Der Zutritt zu diesem Raum war allen außer Tanal Yathvanar verboten, und wenn in den nächsten ein, zwei Tagen nicht irgendeine Katastrophe über diesen Gebäudekomplex hereinbrach, die dazu führen würde, dass Karos Invictad Tanals Anwesenheit für erforderlich hielt und nach ihm zu suchen begann, würde es für sie zu spät sein. Das wusste Janath.

Ans Bett gekettet, mit gepreizten Beinen, während Flüssigkeiten aus ihr herausrannen. Sie starrte zur Decke hinauf, auf merkwürdige Weise getröstet durch den Leichnam, der neben ihr lag. Durch seine Reglosigkeit, die Kühle seiner Haut, das schlaffe, nachgiebige Fleisch. Sie konnte das verschrumpelte Ding, das sein Penis war, an ihrem rechten Oberschenkel spüren. Und das Tier in ihr war erfreut.

Sie brauchte Wasser. Sie brauchte es dringender als alles andere. Ein Mundvoll würde schon ausreichen, würde ihr die Kraft geben, wieder an den Ketten zu ziehen, die Kettenglieder gegen das Holz zu zerren, davon zu träumen, wie das ganze Bettgestell unter ihr zersplitterte – aber sie wusste, dass es einen starken Mann erfordern würde, um das zu tun, einen starken, gesunden Mann. Ihr Traum war nichts weiter als genau das – ein Traum –, und doch klammerte sie sich an ihn; er war ihr einziges Vergnügen, das ihr, wie sie hoffte, bis in den Tod folgen würde. Ja, bis hin zum letzten Augenblick.

Es würde reichen.

Tanal Yathvanar, ihr Peiniger, war tot. Doch so leicht würde er sich ihr nicht entziehen können. Sie hatte vor, ihre Verfolgung wieder aufzunehmen, war doch ihre Seele – von diesem Fleisch erlöst – voller dämonische Hungern, voller Grausamkeit, die sie dem wie auch immer beschaffenen, wimmernden, sich duckenden Ding zufügen wollte, das noch von Tanal Yathvanar übrig war.

Ein Mundvoll Wasser. Es wäre so schön.

Um es in das glotzende Gesicht neben ihr zu spucken.

Die Münzen, die der streitlustigen Menge hingeworfen wurden, zogen eine noch größere, noch streitlustigere Menge an. Und schließlich erwachte in Karos Invictad, dem Beaufsichtiger der Patriotisten, so etwas wie Beklemmung. Er schickte Diener hinunter in die verborgensten Grüfte, damit sie Truhe um Truhe heraufschafften. Seine Agenten draußen auf dem Hof waren erschöpft; sie warfen die Münzen jetzt einfach nur noch händeweise über die Mauer, da die kleinen Säckchen längst aufgebraucht waren. Und gegen die Mauern baute sich ein Druck auf, der, wie es nun schien, auch mit noch so großen Mengen Silber und Gold nicht zu schwächen war.

Er saß in seinem Arbeitszimmer und versuchte die offenkundige Wahrheit zu begreifen. Natürlich, sagte er zu sich selbst, war der Mob schlicht und einfach zu groß. Nicht genug Münzen, das war das Problem. Immerhin hatten sie wie die Schakale um die Säckchen gekämpft, oder?

Er hatte getan – und tat es immer noch –, was der Imperator hätte tun sollen. Die Schatzkammer leeren und das Volk unter Reichtümern begraben. Das hätte den Frieden erkauft, ja. Ein Ende der Aufstände bedeutet. Alle wären wieder in ihre Häuser zurückgekehrt, man hätte die Geschäfte wieder aufgenommen, es hätte Stände mit Essen gegeben, und Huren, die aus Fenstern winkten, und jede Menge Bier und Wein, die die Kehle hinunterfließen sollten – all die Freuden, die zu Gleichgültigkeit und Gehorsam führten. Ja, mit Feiern und Spielen und Tauchtagen hätte sich alles erledigen lassen. Zusammen mit ein paar unauffälligen Verhaftungen und Attentaten.

Aber ihm ging das Geld aus. Sein Geld. Mühsam errungen, ein Schatz, der einzig und allein durch sein Genie angehäuft worden war. Und sie nahmen ihm alles.

Nun, er würde einfach wieder von vorne anfangen. Würde es den jämmerlichen Dreckstücken einfach wieder stehlen. Nichts leichter als das für jemanden wie Karos Invictad.

Tanal Yathvanar war verschwunden, versteckte sich wahrscheinlich mit seiner Gefangenen, und wenn es nach dem Beaufsichtiger ging, konnte er ruhig in ihren Armen verrotten. Oh, der Bursche arbeitete daran, ihn zu stürzen, das wusste Karos. Aber seine Pläne waren armselig und viel zu schlicht. Sie würden zu nichts führen, denn beim nächsten Mal, wenn Karos Tanal sehen würde, würde er ihn töten. Ein Messer ins Auge. Schnell, akkurat, zutiefst befriedigend.

Er konnte die Rufe nach Tehol Beddict hören, die mittlerweile irgendwie weniger wild klangen, und das war – so merkwürdig es ihm auch schien – irgendwie beunruhigend. Wollten sie ihn jetzt nicht mehr in Stücke reißen? Hörte er tatsächlich Rufe, die die Freilassung des Mannes forderten?

Ein verzweifeltes Klopfen an der Tür seines Arbeitszimmers.

»Herein.«

Ein Agent tauchte auf. Er war bleich. »Beaufsichtiger, das Hauptgebäude …«

»Sind sie durchgebrochen?«

»Nein …«

»Dann verschwinde – nein, warte, schau nach Tehol Beddict. Sorge dafür, dass er das Bewusstsein wiedererlangt. Ich will, dass er gehen kann, wenn wir zum Tauchfest aufbrechen.«

Der Mann starrte ihn mehrere Herzschläge lang an. »Ja, Herr.«

»Ist das alles?«

»Nein, das Hauptgebäude …« Er deutete auf den Korridor.

»Was ist damit, du verdammter Narr?«

»Es füllt sich mit Ratten, Herr!«

*Ratten?*

»Sie kommen über die Mauern. Wir werfen Münzen hinüber – und zurück kommen Ratten. Tausende!«

*»Diese Gilde gibt es nicht mehr!«*

Der Schrei hallte schrill wie der einer Frau von den Wänden wider.

Der Agent blinzelte, und auf einmal veränderte sich sein Tonfall, wurde fester. »Der Mob, Herr, sie fordern Tehol Beddicts Freilassung – könnt Ihr es hören? Sie nennen ihn einen Helden, einen Revolutionär –«

Karos Invictad ließ sein Zepter auf die Schreibtischplatte krachen und erhob sich. *»Habe ich dafür etwa mein Gold hergegeben?«*

Federhexe spürte Brys Beddicts Wiedergeburt. Sie hörte auf, an den Hautfetzen herumzuzupfen, die von ihren Zehen hingen, und holte tief Luft, als sie wahrnahm, wie er rasch näher und näher kam. So schnell!

Leise vor sich hin summend schloss sie die Augen und beschwor in ihrem Geist ein Bild des abgetrennten Fingers. Der Abtrünnige, dieser Narr, hatte noch allerhand zu lernen. Über seine respekteinflößende Hohepriesterin. Der Finger gehörte immer noch ihr, enthielt immer noch Tropfen von ihrem Blut von den vielen Malen, als sie ihn in sich hineingesteckt hatte. Monat um Monat hatte er sie aufgesogen, wie sich ein Stück Holz in einem Bach mit Wasser vollsaugt.

Brys Beddict gehörte ihr, und sie wusste, wie sie ihn einsetzen würde.

Er würde Rhulad, dem wahnsinnigen Imperator, den Tod bescheren, der ein Nicht-Tod war. Würde Hannan Mosag töten. Den Kanzler. Und alle anderen, die sie nicht leiden konnte. Und dann … würde der gutaussehende junge Mann vor ihr knien, während sie auf ihrem erhöhten Tempel-Thron saß – in dem neuen Tempel, der zu Ehren des Abtrünnigen gebaut werden würde – er würde knien, ja, und sie würde die Beine spreizen und ihn zu sich einladen. Ihn die Stelle küssen lassen, wo sein Finger gewesen war. Seine Zunge tief eindringen lassen.

Die Zukunft war so strahlend, so unglaublich …

Federhexe riss die Augen auf. Ungläubig.

Denn sie spürte, wie Brys Beddict fortgezogen wurde, ihrem Griff entzogen. Von einer anderen Kraft geraubt.

*Fortgezogen!*

Sie kreischte auf, warf sich auf dem Podest nach vorn, tauchte die Hände ins Flutwasser – als ob sie in die Strömung greifen und ihn erneut packen wollte –, doch das Wasser war tiefer, als sie in Erinnerung gehabt hatte. Aus dem Gleichgewicht geraten, fiel sie mit dem Gesicht voran hinein. Sog unfreiwillig einen Mundvoll der kalten, beißenden Flüssigkeit in die Lunge.

Ihre Augen starrten in die Dunkelheit, während sie um sich schlug und ihre Lunge sich wieder und wieder zusammenzog, eine neue Ladung Wasser einsog, und noch eine, und noch eine.

Tief nach unten – wo war oben?

Eins ihrer Knie streifte den steinernen Fußboden, und sie versuchte, die Beine unter sich zu bringen, aber sie waren gefühllos und schwer wie Holzklötze – sie wollten einfach nicht mitarbeiten. Dann also eine Hand auf den Fußboden, und sich nach oben abstoßen – aber sie kam nicht hoch genug, um die Wasseroberfläche zu durchbrechen. Die andere Hand versuchte, ihre Knie zusammenzuhalten – aber das eine Knie trieb davon, sobald sie es losließ, um nach dem anderen zu tasten.

Die Dunkelheit vor ihren Augen flutete herein. In ihren Geist.

Und voller gesegneter Erleichterung hörte sie auf zu kämpfen.

Sie würde jetzt träumen. Sie konnte die süße Verlockung spüren, die jener Traum bot – fast in ihrer Reichweite –, und jeglicher Schmerz in ihrer Brust war fort. Sie konnte das hier atmen, sie konnte es. Herein und hinaus, herein und hinaus, und dann musste sie nicht einmal mehr das tun. Sie konnte ganz ruhig werden und sich nach unten, auf den schlammigen Fußboden sinken lassen.

Dunkelheit, die herein- und hinausflutete, der Traum trieb näher heran, war fast in Reichweite.

Fast …

Der Abtrünnige stand im hüfttiefen Wasser und hatte seine Hand auf ihrem Rücken. Er wartete noch, als sie längst aufgehört hatte, sich zu winden und zu strampeln.

Ja, es stimmte schon – manchmal reichte ein Stups eben nicht.

Das missgebildete, verzerrte Ding, das Hannan Mosag war, kroch die letzte Straße vor der schmalen, krummen Gasse entlang, die zum Trübsee führte. Umherstreifende Banden waren in der Dunkelheit vor Anbruch der Morgendämmerung auf den jämmerlichen Tiste Edur gestoßen und hatten einen großen Bogen um ihn gemacht, waren von seinem Lachen in die Flucht geschlagen worden.

Schon bald würde alles wieder zu ihm zurückkehren. Seine ganze Macht, reinstes Kurald Emurlahn, und er würde seinen zerschundenen Körper heilen, würde die Narben in seinem Geist heilen. Wenn der Dämonengott erst einmal aus dem Eis befreit und erneut an seinen Willen gebunden war – wer konnte ihn, Hannan Mosag, dann noch herausfordern?

Rhulad Sengar konnte Imperator bleiben – es spielte eigentlich keine Rolle, oder? Der Hexenkönig würde sich nicht vor ihm fürchten, nicht mehr. Und um ihn noch mehr zu zerbrechen, verfügte er über ein Schriftstück, ein Geständnis – oh, was für ein Wahnsinn dann ausbrechen würde!

Dann diese verdammten Invasoren – nun gut, sie würden schon bald feststellen müssen, dass sie keine Flotte mehr hatten.

*Und der Fluss wird anschwellen, alles überfluten – ein reißender Strom, um diese verfluchte Stadt zu säubern. Von den Fremden. Von den Letherii selbst. Ich werde sie alle ertrinken lassen.*

Als er die Mündung der Gasse erreichte, zog er sich in ihre Düsternis – erfreut darüber, das graue Licht der Morgendämmerung verlassen zu können –, und der Gestank des Tümpels wehte zu ihm heran. Fäulnis, Auflösung, sterbendes Eis. Zu guter Letzt standen alle seine ehrgeizigen Pläne kurz davor, Wirklichkeit zu werden.

Er kroch über die glitschigen, von schmierigem Schimmel überzogenen Pflastersteine. Irgendwo in der Nähe konnte er Tausende von Leuten auf den Straßen hören. Ein Name wurde gerufen, wie ein Singsang. Ekel stieg in Hannan Mosag auf. Er hatte nie etwas mit diesen Letherii zu tun haben wollen. Nein, er hätte eine undurchdringliche Mauer zwischen ihnen und seinem Volk errichtet. Er hätte über die Stämme geherrscht und wäre im Norden geblieben, wo der Regen wie Nebel fiel und die Dörfer geborgen in den Wäldern aus heiligen Bäumen lagen.

Es hätte Frieden geherrscht, für alle Tiste Edur.

Nun, er hatte sie alle zurück nach Norden geschickt, oder? Er hatte seine Vorbereitungen getroffen. Und schon bald würde er sich zu ihnen gesellen, als Hexenkönig. Und er würde seinen Traum Wirklichkeit werden lassen.

*Und Rhulad Sengar? Nun, dem überlasse ich ein ertrunkenes Imperium, ein Ödland aus Schlamm und toten Bäumen und verwesenden Leichnamen. Herrsche wohl, Imperator.*

Er stellte fest, dass er gegen ein allmählich größer werdendes Rinnsal aus eisigem Wasser ankriechen musste, das die Gasse herunterströmte und dessen Kälte seine Hände, Knie und Füße taub werden ließ. Er geriet ins Rutschen. Leise vor sich hin fluchend, hielt Hannan Mosag an und starrte hinunter auf das Wasser, das um ihn herumfloss.

Von weiter vorne kam ein lautes *Knacks!*, und der Hexenkönig lächelte. *Mein Kind bewegt sich.*

Er griff auf die Macht der Schatten in dieser Gasse zu und nahm seine beschwerliche Reise wieder auf.

»Oh, die grausamen Wächter«, sagte Ormly, während er auf das schlammige Ufer des Trübsees zuschritt. Der Meisterrattenfänger war von Norden her gekommen, vom Kriecherviertel, wo er eifrig damit beschäftigt gewesen war, irgendwelche Leute anzuheuern, die den Namen des größten Revolutionärs in der Geschichte des Imperiums rufen sollten, den Namen desjenigen, der der Held aller Helden war, der dieses und jenes und alles andere war. *Tehol Beddict! Er hat das ganze Geld zurückgeholt – von all den reichen Schwachköpfen in ihren tollen Anwesen! Und dieses ganze Geld verteilt er an euch – tilgt alle eure Schulden! Hört ihr auch zu? Ich kann euch mit noch mehr Unsinn vollstopfen – wartet, kommt zurück!* Schon klar, das letzte bisschen hatte er gerade dazugemogelt.

Was für eine geschäftige Nacht. Und dann war ein Bote von Selush gekommen und hatte ihm das verdammte Würstchen gebracht, das einst ein Mann dazu benutzt hatte, um in der Nase zu popeln oder sonst was zu machen.

Na schön, das war jetzt ein bisschen respektlos gewesen, und es war eines Brys Beddict – dem Bruder des *Helden* – nicht würdig, und eigentlich auch nicht seiner selbst, Ormly von den Ratten. Gut, dann also Schluss damit.

»Oh, sieh nur, Honigkuchen, er ist's.«

»Wer, mein Taubenkeks?«

»Nun ja, ich hab vergessen, wie er heißt. Der da wer.«

Ormly betrachtete mit finsterem Gesicht das Pärchen, das sich wie ein Paar nach Luft schnappender Fische auf dem Ufer räkelte. »Habe ich euch jemals als Wächter bezeichnet? Ihr seid beide betrunken!«

»Das wärst du auch«, sagte Ursto Specksteiß, »wenn du ständig dieser albernen Hexe zuhören müsstest.« Er wackelte mit dem Kopf, um seine Frau nachzuäffen, während er sagte: »Oh, ich will ein Kind! Ein großes Kind mit nur einer einzigen Oberlippe, aber auch mit einer Unterlippe, die man, du weißt schon, irgendwo einklemmen kann und die so dann noch größer wird! Ohhh, Sirupküsschen, oh *bitte? Krieg ich eins? Krieg ich eins?*«

»Du armer Mann«, bemitleidete Ormly ihn, während er weiter auf die beiden zuging. Er blieb kurz stehen, als er die hochgehobenen und geborstenen Eisstücke in der Mitte des Sees sah. »Er drückt, was?«

»Has' dir auch ganz schön Zeit gelassen«, murmelte Pinosel und warf ihrem Mann den dritten düsteren Blick zu, seit Ormly gekommen war. Sie schwenkte herum, was auch immer in dem Krug in ihrer linken Hand war, und trank einen kräftigen Schluck. Anschließend wischte sie sich den Mund ab, beugte sich vor und funkelte Ormly unter zusammengezogenen Brauen wütend an. »Außerdem wird's nich' nur eine Oberlippe haben. Es wird gesund sein ...«

»Also wirklich, Pinosel«, sagte Ormly, »das ist nicht sehr wahrschein...«

»Du has' ja keine Ahnung von nichts!«

»Na schön, mag sein. Zumindest nicht von Leuten wie euch beiden. Aber ich sag dir, was ich weiß. Im Alten Palast gibt es ein Bild in den Bädern, das wurde vor sechshundert Jahren gemalt. Es ist ein Bild vom

Trübsee oder von etwas, das ihm sehr ähnlich sieht, mit Gebäuden im Hintergrund. Und wer sitzt da am Ufer im Gras und teilt sich einen Krug? Tja, eine hässliche Frau und ein noch hässlicherer Mann – die euch beiden ziemlich ähnlich sehen!«

»Was heißt hier hässlich«, sagte Pinosel. Sie hob mit einiger Anstrengung den Kopf, holte tief Luft, um ihre Gesichtszüge zu beruhigen, und betatschte das Krähennest, das ihre Haare waren. »Na klar«, sagte sie, »ich hab schon bess're Tage gesehen.«

»Wenn das mal nicht die Wahrheit ist«, murmelte Ursto.

»Un' ich hab's gehört! Un' wer is' schuld, Schweinsnase?«

»Nur die Leute, die nich' mehr hier sind und uns anbeten und all so was.«

»Genau.«

Ormly betrachtete stirnrunzelnd den Teich und sein Eis. In diesem Augenblick barst mit einem lauten *Krack!* ein großes Stück, und er machte unwillkürlich einen Schritt zurück. Und noch einen. »Kommt er hoch?«, wollte er wissen.

»Nein«, sagte Ursto und spähte mit einem Auge zu dem ächzenden Haufen aus Eis hinüber. »Das wird wohl der sein, der seinen Finger wiederhaben will.«

Das Schmelzwasser, das den See umgab, blubberte und wirbelte jetzt, brachte Schlammwolken mit herauf, als eine Strömung durch die feste Masse in der Mitte fegte. Es wirbelte schneller im Kreis, wie ein Strudel, nur aufwärts.

Und plötzlich gab es einen Ausbruch, einen Sprühregen aus Wasser, und in seiner Mitte erschien eine Gestalt – die sich keuchend ans Ufer mühte, während schlammiges Wasser an ihr herabrann, und die in einer unvollständigen Hand eine Schwertscheide mit einem Schwert darin hielt.

Pinosel, deren Augen hell wie Diamanten leuchteten, hob winkend den Krug. »Heil dem Retter! Heil dem halb ertrunkenen, Schlamm spuckenden Hund!« Und dann stieß sie einen frohlockenden Schrei aus, der zu einem Kichern wurde, ehe sie sich noch einmal einen ordentlichen Schluck gönnte.

Ormly nahm den abgetrennten Finger aus seiner Börse und ging zu

Brys Beddict, der noch immer im Gras kniete. »Sucht Ihr das hier?«, fragte er.

Es hatte eine Zeit des Schlafes gegeben, und dann eine Zeit der Schmerzen. Keine schien besonders lange gedauert zu haben, und jetzt befand sich Brys Beddict, der im Thronsaal des Ewigen Domizils an Gift gestorben war, auf Händen und Knien neben einem See mit eisigem Wasser. Noch immer durchliefen ihn Schauer, noch immer hustete er Wasser und Schleim aus.

Und neben ihm kauerte ein Mann und versuchte ihm einen abgetrennten, geschwollenen und rosa gefärbten Finger zu geben.

Er spürte, dass seine linke Hand eine Schwertscheide umklammerte, und wusste, dass es seine eigene war. Er blinzelte, um die Augen frei zu bekommen, und vergewisserte sich mit einem raschen Seitenblick, dass in der Scheide auch tatsächlich ein Schwert steckte. Ja. Dann – nachdem er das Geschenk des Mannes weggestoßen hatte – hockte er sich langsam hin und schaute sich um.

Eine vertraute Umgebung, ja.

Der Mann neben ihm legte ihm nun eine warme Hand auf die Schulter, als wollte er Brys' Erschauern ein Ende bereiten. »Brys Beddict«, sagte er leise. »Tehols Tod steht kurz bevor. Brys, *Euer Bruder braucht Euch jetzt.«*

Und während Brys zuließ, dass der Mann ihm beim Aufstehen half, zog er sein Schwert; er erwartete halbwegs, dass es rostig und unbrauchbar sein würde – aber nein, die Waffe glänzte frisch geölt.

»Wartet!«, rief eine andere Stimme.

Der Mann, der Brys stützte, drehte sich halb um. »Was ist, Ursto?«

»Der Dämonengott ist fast frei! Frag ihn!«

»Was soll ich ihn fragen?«

»Wie er heißt! Frag ihn, wie der Dämonengott heißt, verdammt! Ohne seinen Namen können wir ihn nicht zurückschicken!«

Brys spuckte sandigen Schlamm aus. Versuchte nachzudenken. Der Dämonengott im Eis, dem Eis, das taute. Kurz davor freizukommen, kurz davor …

»Ay'edenan von der Quelle«, sagte er. »Ay'edenan tek' Velut! enan.«

Der Mann neben ihm schnaubte. »Versuch das fünfmal schnell hintereinander zu sagen! Beim Abtrünnigen, versuch's wenigstens einmal zu sagen!«

Aber irgendjemand kicherte.

»Brys ...«

Er nickte. *Ja. Tehol. Mein Bruder* ... »Bringt mich zu ihm«, sagte er.

»Das werde ich«, versprach der Mann. »Und unterwegs werde ich Euch ein bisschen was erklären. In Ordnung?«

Brys Beddict, der Retter des Leeren Throns, nickte.

»Stell dir vor«, sagte Pinosel mit einem schweren Seufzer, »ein Name in der alten Sprache. Oh je, da hat der aber 'nen ziemlich weiten Weg hinter sich.«

»Hast du deiner Trunkenheit ein Ende gemacht, mein Keksmampferchen?«

Sie bewegte sich, stand auf, beugte sich nach unten und zupfte an ihrem Mann. »Komm schon.«

»Aber wir müssen hier warten – wir müssen den Namen benutzen und ihn wegschicken!«

»Wir haben Zeit. Komm, lass uns rüber zur Wurmgesichtgasse gehen und uns da oben hinhocken. Dann können wir uns noch 'nen Krug teilen un' dem alten Edur dabei zusehen, wie er rangekrochen kommt wie die Schildkröte aus dem Abgrund.«

Ursto schnaubte. »Komisch, dass dieser Mythos sich nicht gehalten hat.«

Ein dunklerer, kälterer Schatten glitt über Hannan Mosag hinweg, und er hielt in seinen Anstrengungen inne. Er war fast da, ja – und dort, in der Mündung der Gasse, sah er zwei Gestalten aneinandergelehnt dasitzen. Ein Krug wanderte zwischen ihnen hin und her.

Dreckige Betrunkene, aber vielleicht doch auch höchst angemessene Zeugen – des Untergangs dieses widerlichen Imperiums. Und außerdem waren sie die Ersten, die sterben würden. Auch das passte bestens.

Er wollte sich noch näher heranschieben, doch da packte eine große Hand seinen Umhang, knapp unter dem Kragen, und er wurde hochgehoben.

Zischend suchte er nach seiner Macht …

Hannan Mosag wurde langsam umgedreht und starrte schließlich in ein unmenschliches Gesicht. Graugrüne, wie Leder wirkende Haut. Glänzende Hauer, die aus den Mundwinkeln ragten. Augen mit senkrechten Pupillen, die ihn ausdruckslos anblickten.

Die beiden Betrunkenen hinter ihm lachten.

Der Hexenkönig, der vor der riesigen Dämonin in der Luft baumelte, griff nach der Zauberei von Kurald Emurlahn, um diese Kreatur ins Vergessen zu schleudern. Und spürte, wie die Macht in seinem Innern aufwallte …

Doch jetzt packte ihn die andere Hand an der Kehle.

Und drückte zu.

Knorpelgewebe zerbröselte wie Eierschalen. Wirbel knirschten, verbogen sich, zerbrachen aneinander. Schmerz explodierte, erfüllte Hannan Mosags Schädel mit weißem Feuer.

Während plötzlich die Sonne sein Gesicht in ihr helles, unerbittliches Licht tauchte.

*Schwester Dämmer – du heißt mich willkommen …*

Aber er starrte in die Augen der Dämonin und sah immer noch nichts. Die Augen einer Echse, die Augen einer Schlange.

Würde sie ihm überhaupt nichts gewähren?

Das Feuer in seinem Schädel loderte nach außen, blendete ihn, dann zog es sich mit einem sanften, rasch abebbenden Brausen wieder zusammen, und ihm folgte Dunkelheit.

Aber von alledem sahen Hannan Mosags Augen nichts.

Die Sonne schien voll auf sein totes Gesicht, hob jede Verformung, jeden beschädigten Knochen hervor, und die nichts sehenden Augen, die in dieses Licht starrten, waren leer.

So leer wie die Augen der Jaghut.

Ursto und Pinosel sahen, wie die Jaghut den erbärmlichen, geschundenen Körper beiseitewarf.

Dann blickte sie sie an. »Mein Ritual ist gebrochen.«

Pinosel lachte durch die Nase, was einen ziemlich ekligen Ausbruch zur Folge hatte. Und so war sie die nächsten Augenblicke erst einmal damit beschäftigt, sich zu säubern.

Ursto warf ihr einen angeekelten Blick zu und nickte dann der Jaghut-Zauberin zu. »Oh, sie haben alle daran gearbeitet, das hinzukriegen. Mosag, Menandore, Sukul Ankhadu, Blabla …« Er wedelte mit einer Hand. »Aber wir sind ja hier, mein Herzblatt. Wir haben seinen Namen, verstehst du.«

Die Jaghut legte den Kopf leicht schräg. »Dann werde ich also nicht gebraucht.«

»Nun, das ist wohl wahr. Es sei denn, du willst was trinken?« Er nahm Pinosel den Krug aus der Hand und hob ihn in die Höhe.

Die Jaghut starrte ihn einen, vielleicht auch zwei Herzschläge lang an. »Ein erfreuliches Angebot. Danke schön«, sagte sie.

Die verdammte Sonne war aufgegangen, aber auf dieser Seite lag die Stadtmauer noch im Schatten. Abgesehen von dem weit offenstehenden Tor, wie Balsam sah.

Voraus tat Masan Gilani schon wieder das Undenkbare – stellte sich in den Steigbügeln auf, beugte sich vor und trieb ihr Pferd in den Galopp.

Direkt hinter Balsam stöhnte Gurgelschlitzer wie ein Welpe unter einem Ziegelstein. Balsam schüttelte den Kopf. Noch ein kranker Gedanke, der plötzlich in seinen Kopf hineinplatzte wie eine zerquetschte Zecke. Wo kamen die bloß alle her? Und warum war das Tor da vorne offen, und warum ritten sie alle so schnell direkt darauf zu?

Und waren das Leichen, die er da drinnen sah? Gestalten, die sich inmitten von Rauchwolken bewegten? Waffen?

Was war das für ein Geräusch auf der anderen Seite des Tores?

»Fetzer!«, rief Totstink hinter ihm. »Keneb ist drin! Er hält das Tor!«

Keneb? Wer, im Namen des Vermummten, war Keneb?

»Reitet!«, schrie Balsam. »Sie sind hinter uns! Reitet nach Aren!«

Masan Gilanis sich hebender und senkender Hintern sauste in den Schatten des Tores.

Gurgelschlitzer schrie auf, und ja, das war das gleiche Geräusch, wie wenn die Katze unter das Wagenrad gerät und alles rausspritzt, und es war nicht seine Schuld, denn er hatte ihr gar keinen richtigen Tritt verpasst. »Sie ist einfach da rausgesprungen, Mama! Oh, ich hasse Städte! Lasst uns nach Hause gehen – reitet! Durch das Loch da vorne! Wie wird es genannt? Das große unechte Kragloch!«

Sie tauchten in die Düsternis ein, und die Hufe des Pferdes rutschten plötzlich weg, das ganze Tier schwenkte unter ihm herum. *Aufprall.* Hüfte gegen Rumpf, und Balsam wurde abgeworfen, streckte die Arme aus, schlang sie fest um sanftes, nachgiebiges, vollkommenes Fleisch – und Masan Gilani, die von ihm auf seinem Sturzflug mitgerissen und aus dem Sattel gezogen wurde, schrie auf. Sie landeten hart auf den Pflastersteinen, und Balsams Kopf prallte so heftig auf, dass sein Helm – den er dabei verlor – eine Delle bekam. Ihr Gewicht presste ihn köstlicherweise für einen kurzen, wunderbaren Moment flach auf den Boden, ehe sie sich von ihm herunterrollte.

Pferde stolperten, Hufe klapperten viel zu nah auf Pflastersteine. Soldaten kamen angerannt, zogen sie zur Seite.

Balsam starrte nach oben, in ein vertrautes Gesicht. »Thom Tissy, du bist nicht tot?«

Das hässliche Gesicht spaltete sich zu einem Krötengrinsen – *unten 'ne Kröte, obendrauf ein Ziegelstein, oh, dann lächeln sie breit, und wie* –, und dann versetzte ihm eine schwielige Hand einen kräftigen Klaps. »Du bist auch dabei, Balsam? Schön, dass du gekommen bist – wir kriegen hier ein bisschen Druck –, sieht aus, als wäre die ganze verdammte Stadtgarnison hier und versucht, das Tor zurückzuerobern.«

»Die Garnison? Was denkt Blistig sich eigentlich? Wir sind doch auf seiner Seite! Zeig mir die berühmten Tanzmädchen von Aren, Tissy, schließlich bin ich extra hergekommen, um sie zu sehen, und vielleicht nicht nur zu sehen, was?«

Thom Tissy zog Balsam auf die Beine, setzte ihm seinen verbeulten Helm wieder auf und packte ihn dann an den Schultern, um ihn herumzudrehen.

Und da war Keneb, und da, gleich dahinter, waren Barrikaden aus irgendwelchen Trümmern, und dort hockten Soldaten und luden Armbrüste nach, während andere auf letheriische Soldaten einhackten, die durchzubrechen versuchten. Irgendwo weiter rechts explodierte ein Fetzer in der Mündung einer Gasse, wo sich der Feind für den nächsten Ansturm versammelt hatte. Menschen schrien.

Faust Keneb trat an Balsam heran. »Wo ist der Rest, Sergeant?«

»Faust?«

»Die Mandata und die Armee!«

»In den Transportschiffen, Faust, wo sonst? War der schlimmste Sturm, den ich jemals gesehen habe, und jetzt treiben die Schiffe alle kieloben …«

Hinter Balsam sagte Totstink: »Faust, sie müssten unterwegs sein.«

»Masan Gilani soll sich wieder auf ihr Pferd schwingen«, sagte Keneb, und Balsam wollte den Mann küssen, »und es ist mir egal, ob sie das Tier zuschanden reitet, aber ich will, dass sie die Mandata erreicht – sie müssen sich beeilen. Sie müssen ihre Reiterei vorausschicken.«

»Ja, Faust.«

»Uns gehen allmählich die Moranth-Munition und die Armbrustbolzen aus, und mit jedem verdammten Atemzug sammeln sich mehr Letherii, und wenn sie einen vernünftigen Anführer finden, werden wir das Tor nicht halten können.«

Sprach die Faust mit ihm? Balsam war sich nicht sicher. Aber er wollte sich umdrehen und zusehen, wie Masan Gilani mit gespreizten Beinen auf den Pferderücken sprang, oh ja, das wollte er, aber die Hände auf seinen Schultern ließen ihn nicht, und irgendjemand quengelte ihm ins Ohr …

»Hör mit diesem Geräusch auf, Sergeant«, sagte Keneb.

Irgendjemand ritt durch das Tor zurück nach draußen, und was dachten die wohl, wo sie hingehen? Hier gab es einen Kampf! *»Freunde der Tanzmädchen«,* flüsterte er und griff nach seinem Schwert.

»Korporal«, sagte Keneb. »Führe deinen Sergeanten zu der Barrikade da links. Du auch, Gurgelschlitzer.«

»Es wird ihm gleich wieder besser gehen, Faust«, sagte Totstink.

»Ja, geht einfach.«

»Jawohl, Faust.«

Freunde. Balsam wollte sie alle umbringen.

»Diese Stadt sieht aus, als wäre ein Wirbelsturm durch sie durchgezogen«, murmelte Krake.

Er hatte ja so was von Recht. Die Plünderungen und all das hatten allerdings schon vor ein paar Tagen stattgefunden, und jetzt, da der Trupp sich in der Nähe einer Gassenmündung in die Schatten drückte und die

Gestalten beobachtete, die gelegentlich über die Straße vor ihnen huschten, schien es, als würde ein neuer Sturm durch die Stadt ziehen – die Nachricht, dass die Malazaner durchgebrochen waren –, doch der stieß nur auf Erschöpfung.

Sie hatten eine Einheit überfallen, die gerade dabei war, sich zu formieren, um zum Westtor zu marschieren. Armbrustbolzen und Fetzer und ein Brenner unter den Wagen mit den Waffen – der dort hinten, wo die Säule aus schwarzem Rauch in den immer heller werdenden Himmel wuchs, immer noch brannte. Sie hatten sie alle erledigt, fünfundzwanzig Mann, tot oder verwundet, und noch ehe er und Gesler sich wieder zurückgezogen hatten, waren bereits die Einheimischen herangehuscht, um die Leichen zu plündern.

Hauptmann Sort hatte Urb und seinen Trupp abkommandiert, sich auf die Suche nach Hellian und ihren Soldaten zu machen – die verdammte Säuferin war irgendwo falsch abgebogen –, so dass jetzt nur noch die Trupps von Fiedler und Gesler übrig waren, um zum Palast vorzustoßen.

Vierzig Schritt weiter die Straße entlang zu ihrer Rechten befand sich eine hohe Mauer mit einer befestigten Ausfallpforte. Ein Gebäudekomlex der Stadtgarnison mitsamt Innenhof, und jetzt hatte das Tor sich geöffnet, und Soldaten strömten heraus und formierten sich auf der Straße.

»Da vorne werden wir den Befehlshaber finden«, sagte Krake. »Denjenigen, der die ganze Sache organisiert.«

Fiedler schaute hinüber auf die gegenüberliegende Straßenseite und sah Gesler und seine Soldaten in einer passenden Position in der Mündung einer anderen Gasse. *Es wäre toll, auf den Dächern zu sein.* Aber niemand war wild darauf, in eines dieser offiziell aussehenden Gebäude einzudringen und womöglich in ein Scharmützel mit wahnsinnigen Schreibern und Soldaten der Nachtwache verwickelt zu werden. Sollte Kampflärm aus einem der Gebäude dringen, würden bestimmt sofort richtige Soldaten reinmarschiert kommen.

*Vielleicht, wenn wir ein bisschen näher beim Palast sind. Da vorne sind Mietskasernen, und die stehen auch viel näher zusammen. Das würde uns 'ne Menge von diesem beschissenen Rumgeducke und Rumgekrieche ersparen.*

*Und Hinterhalte, die richtig übel werden können.*

»Beim Atem des Vermummten, Fid, da stehen schon hundert Mann rum, und es kommen immer noch mehr raus.« Krake verstummte, deutete dann mit dem Finger. »Da, das ist der Mann, der den Befehl hat.«

»Wer ist unser bester Armbrustschütze?«, fragte Fiedler.

»Du.«

*Scheiße.*

»Aber Koryk ist auch in Ordnung. Obwohl … wenn ich einen aussuchen müsste, würd' ich Corabb nehmen.«

Fiedler begann zu lächeln. »Krake, manchmal bist du ein Genie. Nicht, dass es dir jemals den Rang eines Korporals oder sonst was in der Art einbringen würde.«

»Dann kann ich heute Nacht ja beruhigt schlafen.« Krake machte eine kurze Pause, ehe er nachdenklich sagte: »Vierzig Schritt und freie Schussbahn. Aber wir versauen uns jede Möglichkeit, einen Hinterhalt zu legen.«

Fiedler schüttelte den Kopf. »Nein, das hier ist sogar noch besser. Er schießt seinen Bolzen ab, der Mann fällt um. Wir rennen raus, werfen fünf oder sechs Fetzer, dann machen wir kehrt und rennen zurück in die Gasse – und zwar so schnell wir können. Die Überlebenden jagen hinter uns her, drängeln sich in der Mündung der Gasse, und Gesler schlägt von hinten mit nochmal fünf oder sechs Fetzern zu.«

»Wunderbar, Fid. Aber woher soll Gesler wissen …«

»Er wird's rausfinden.« Fiedler drehte sich um und winkte Corabb nach vorn.

Ein frisch beförderter Finadd der Hauptgarnison, der fünf Schritte von Atri-Preda Beshur entfernt stand, drehte sich um, nachdem er seine Trupps gemustert hatte, und sah den Kopf eines Adjudanten zucken – Funken flogen von seinem Helm … und dann schrie Finadd Gart, der direkt neben dem Atri-Preda stand, auf. Er hielt eine Hand hoch, anscheinend genau vor Beshurs Gesicht, und aus dieser Hand ragte das Ende eines Armbrustbolzens. Blut lief Beshur über das Gesicht – und als der Atri-Preda rückwärtsstolperte, zog die Bewegung Garts Hand mit. Denn der Bolzen hatte sich in Beshurs Stirn gebohrt.

Der neue Finadd, neunzehn Jahre alt und jetzt der ranghöchste Offizier dieser vollzähligen Einheit, starrte ungläubig auf das Bild, das sich seinen Augen bot.

Schreie ertönten, und er sah ein Stück weiter die Straße hinunter Gestalten aus der Mündung einer Gasse auftauchen. Fünf, sechs insgesamt, und sie stürmten heran, mit Steinen in den Händen …

Der Finadd deutete in ihre Richtung und gab lautstark den Befehl zum Gegenangriff, rannte sodann an der Spitze seiner Soldaten los, schwang sein Schwert.

Noch dreißig Schritt.

Zwanzig.

Die Steine kamen in hohem Bogen auf sie zugeflogen. Er duckte sich, als einer knapp an seiner rechten Schulter vorbeisegelte, und dann lag er plötzlich auf den Pflastersteinen, und er hörte nichts mehr und hatte Dreck in den Augen und überall war Blut. Irgendjemand stolperte in sein Blickfeld … einer seiner Soldaten – eine Frau. Ihr rechter Arm hing nur noch an einem einzigen Fleischfetzen, und das Anhängsel schwang wild herum, als sie eine merkwürdige Pirouette drehte und umgehend auf dem Hintern landete.

Sie sah zu ihm herüber und schrie.

Der Finadd versuchte aufzustehen, aber irgendetwas stimmte nicht. Seine Beine ließen sich nicht bewegen, und jetzt war da plötzlich ein Feuer in seinem Rücken – irgendjemand hatte da hinten ein verdammtes Feuer angezündet – warum sollten sie so was tun? Er spürte sengende Hitze durch eine merkwürdige Taubheit hindurch, und hinten an seinem Kopf war es nass.

Seine ganze Willenskraft zusammennehmend, schaffte er es, eine Hand zu heben und nach hinten zu fassen, wollte dann die Handfläche auf die Rückseite seines Kopfes legen.

Und stellte fest, dass sein Hinterkopf weg war.

Tastende, zitternde Finger stießen in irgendeine matschige Masse, und schlagartig hörte der brennende Schmerz in seinem Rücken auf.

Er erkannte, dass er die Dinge wieder in Ordnung bringen konnte, und schob seine Finger ein bisschen tiefer hinein … und noch ein bisschen tiefer.

Was auch immer er dann berührte, tötete ihn.

Als Fiedler seinen Trupp einen scheinbar ungeordneten Rückzug antreten ließ und fünfzig oder sechzig letheriische Soldaten hinter ihnen herjagten, hob Gesler eine Hand, in der er einen Brenner hielt. Ja, schon klar, das würde 'ne schöne Sauerei geben, aber da waren ja auch eine Menge Feinde, oder?

Fiedler und seine Seesoldaten schafften es in die Gasse und verschwanden darin.

Eine Gruppe Letherii erreichte die Mündung, und andere drängten von hinten nach.

Moranth-Munition flog durch die Luft, und plötzlich war die Straße ein einziges Flammenmeer.

Ohne zu warten und während ein Schwall glühender Hitze über sie hinwegschwappte, drehte Gesler sich um und stieß Stürmisch vor sich her, der den Rückzug anführen sollte.

Sie rannten, rannten so schnell sie konnten.

Sie würden die nächste Möglichkeit nutzen, um nach rechts abzubiegen, und würden dann irgendwo auf der anderen Seite des durch hohe Mauern eingefassten Garnisonsgebäudes herauskommen. Und erwarteten, Fiedler und seine Soldaten wieder auf der gegenüberliegenden Straßenseite zu sehen. Weitere Mündungen kleiner Gässchen, und nur ein kleines bisschen näher am Palast.

»Wir haben Gold bekommen, verdammt!«

»Das hat jeder bekommen«, erwiderte der Schenkenwirt, so lakonisch wie immer.

Hellian starrte ihn an. »Was is'n das für'n Akzent?«

»Die richtige Form der Handelssprache, was bedeutet, dass wenigstens einer von uns hier gebildet klingt, und das ist ja auch schon mal was.«

»Oh, ich zeig dir was!« Sie zog das Schwert ihres Korporals, indem sie ihm einen kräftigen Stoß gegen die Brust versetzte, um die Waffe freizukriegen, und hämmerte dann mit dem Knauf auf die Theke. Die Waffe prallte ihr aus der Hand, und die Schneide verpasste ihr einen tiefen Schnitt unter dem rechten Ohr. Sie fluchte, befühlte die Stelle – und stellte fest, dass ihre Hand blutig war. »Jetzt sieh nur, wozu du mich gebracht hast.«

»Ich vermute, ich habe dich auch dazu gebracht, in unser Imperium einzumarschieren, und in diese Stadt und …«

»Sei kein Idiot, so wichtig bist du nun auch wieder nicht. Die geflügelten Affen, die waren das.«

Das schmale, überlange Gesicht des Wirtes verzog sich leicht, als er eine einzelne Braue hochzog.

Hellian drehte sich zu ihrem Korporal um. »Was für ein Schwert benutzt du denn, du Idiot? Eins, das nicht richtig tut, so eins, würd' ich sagen.«

»Ja, Sergeant.«

»Tut mir leid, Sergeant.«

»Mit ›ja‹ und ›tut mir leid‹ kommst du bei mir nicht weit, Korporal. Und jetzt schaff mir das Schwert aus den Augen.«

»Hast du es kommen gehört?«, fragte ein anderer von ihren Soldaten.

»Was? Was soll das denn heißen, Bootsprust?«

»Oh, äh, ich heiße …«

»Ich hab dir gerade gesagt, wie du heißt!«

»Nichts, Sergeant. Ich habe nichts gemeint.«

Der Wirt räusperte sich. »Nun, wenn ihr mit eurem Gebrabbel fertig seid, könntet ihr vielleicht freundlicherweise gehen. Wie ich vorhin schon gesagt habe, ist diese Schenke trocken …«

»Niemand legt Schenken trocken«, sagte Hellian.

»Ich bin mir sicher, dass du das nicht sagen wolltest …«

»Korporal, hast du das alles gehört?«

»Ja.«

»Ja klar.«

»Gut. Häng den Narren auf. An seinen Nasenlöchern. Und zwar an dem Balken da drüben.«

»An seinen Nasenlöchern, Sergeant?«

»Bist das schon wieder du, Prustgesicht?«

Hellian lächelte, als der Korporal vier Arme benutzte, um den Schenkenwirt zu packen und über die Theke zu zerren. Der Mann war auf einmal ganz und gar nicht mehr so lakonisch wie noch kurz zuvor. Stammelnd und auf die Hände einschlagend, die ihn festhielten, rief er: »Wartet! *Wartet*!«

Alle warteten.

»Im Keller«, keuchte der Mann.

»Sag meinem Korporal, wo er hin soll, aber genau«, sagte Hellian, die jetzt rundum zufrieden war, mal abgesehen von ihrem tropfenden Ohr, aber oh, sollte einer ihrer Soldaten aus der Reihe tanzen, könnte sie einfach den Schorf abknibbeln und ihn vollbluten, und würden sie sich dann nicht deshalb ganz furchtbar fühlen und genau das tun, was sie von ihnen wollte, »nämlich die Tür bewachen.«

»Sergeant?«

»Du hast mich gehört. Bewach die Tür, damit wir nicht gestört werden.«

»Nach wem sollen wir Ausschau halten?«, fragte Schniefnase. »Ist niemand …«

»Nach Hauptmann Sort, nach wem sonst? Sie ist wahrscheinlich immer noch hinter uns her, verdammt soll sie sein.«

Erinnerungen waren, wie Icarium nun begriff, keine isolierten Angelegenheiten. Sie existierten nicht in von hohen Mauern begrenzten Fächern in einem Verstand. Stattdessen waren sie wie die Zweige eines Baums, oder vielleicht auch ein durchgehendes Mosaik auf einem Fußboden, über den man das Licht spielen lassen und so einzelne Stellen hier und dort erhellen konnte. Doch dieser Lichtfleck – und auch das wusste er – war bei anderen groß und hell, umfasste den größten Teil ihres Lebens, und mochten im Lauf der Zeit auch die Einzelheiten verschwimmen, so dass einzelne Szenen undeutlich und unsicher wurden, war es nichtsdestotrotz eine wirkliche Gesamtheit. Und aus dieser speiste sich der Sinn für das Selbst.

Den er nicht besaß und vielleicht nie besessen hatte. Und in den Fängen einer solchen Unwissenheit war er formbar wie ein Kind. Konnte benutzt werden. Konnte missbraucht werden. Und das hatten viele getan, denn in Icarium war Macht, viel zu viel Macht.

Diese Art von Ausnutzung hatte jetzt ein Ende. Sämtliche Mahnungen von Taralack Veed waren wie ferner Wind, ohne dass er davon beeinflusst wurde. Der Gral würde Icariums letzter Begleiter sein.

Er stand auf der Straße, und alle seine Sinne vermittelten ihm die Erkenntnis, dass er diesen Ort kannte, diesen bescheidenen Fleck des Mosaiks, der verheißungsvoll zu grauen begann. Und wahre Erhellung stand endlich kurz bevor. Das Einteilen der Zeit, von diesem Augenblick an und immer weiter. Ein Leben, das neu begonnen wurde, ohne Gefahr zu laufen, seinen Sinn für das Selbst zu verlieren.

*Meine Hände haben hier gearbeitet. In dieser Stadt, unter dieser Stadt.*

*Und das Jetzt wartet auf mich, um aufgeweckt zu werden.*

*Und wenn ich das getan habe, werde ich von neuem beginnen. Ein Leben, eine Menge von Mosaiksteinchen, die eins nach dem anderen ausgelegt werden können.*

Er machte sich zu der Tür auf.

Der Tür in seinen Apparat.

Er schritt dahin, achtete nicht auf jene, die hinter ihm umherhuschten, auf die Gestalten und Soldaten, die ihm aus dem Wege gingen. Er hörte Kampfgeräusche, aber er empfand keine Neugier – weder für sie, noch für die Gewalt, die links und rechts in den Straßen ausbrach, das Krachen wie von Blitzen, obwohl dieser Tag klar und ruhig anbrach. Er ging zwischen unbestimmten Schatten hindurch, die von Rauchwolken stammten und von brennenden Gebäuden, Wagen und Barrikaden aufstiegen. Er hörte Rufe und Schreie, aber er versuchte nicht herauszufinden, woher sie kamen, auch nicht, um jemandem zu Hilfe zu eilen, wie er es normalerweise getan hätte. Er trat über die Leichen auf den Straßen hinweg.

Einige Zeit ging er an einem schmierigen, aschebedeckten Kanal entlang, erreichte dann eine Brücke und überquerte sie, kam in einen ganz offensichtlich älteren Teil der Stadt. Eine weitere Straße entlang bis zu einer Kreuzung, an der er sich nach links wandte, bevor er weiterging.

In diesem Stadtviertel waren mehr Menschen – nun, wo der Tag kecker wurde und die Kampfgeräusche ein fernes Getöse irgendwo im Westen waren –, doch auch hier wirkten die Leute benommen. Es gab keine der üblichen Gespräche, keine Straßenhändler, die lautstark ihre Waren anpriesen, keine Tiere, die beladene Karren zogen. Der treibende Rauch sank wie ein Omen herab, und die Bürger wanderten in ihm herum, als hätten sie sich verirrt.

Er näherte sich der Tür. Natürlich war es in Wirklichkeit alles andere als eine Tür. Eher eine Wunde, eine Bresche. Er konnte spüren, wie ihre Macht allmählich zum Leben erwachte, denn ebenso, wie er sie spürte, spürte sie ihn.

Und dann wurde Icarium langsamer, blieb stehen. Eine Wunde, ja. Sein Apparat war verwundet. Seine Einzelteile waren verbogen worden, aus ihrer Position gebracht. Es waren ganze Zeitalter vergangen, seit er ihn gebaut hatte, also sollte er auf alles gefasst sein. Würde er immer noch funktionieren? Er war sich nicht mehr so sicher.

*Er gehört mir. Ich muss ihn wieder in Ordnung bringen, koste es, was es wolle.*

*Ich werde dieses Geschenk bekommen. Ich werde es bekommen.*

Er setzte sich wieder in Bewegung.

Das Haus, das einst diese Verknüpfung zu seinem Apparat getarnt hatte, war eingestürzt, und niemand hatte sich die Mühe gemacht, die Trümmer zu beseitigen. Vor ihnen stand ein Mann.

Nach einem langen Moment wurde Icarium klar, dass er den Mann kannte. Er war an Bord der Schiffe gewesen, und der Name, unter dem er bekannt gewesen war, lautete der Taxilier.

Als Icarium zu ihm trat, verbeugte sich der Taxilier, dessen Augen merkwürdig leuchteten, und machte einen Schritt zurück. »Dies«, sagte er, »ist Euer Tag, Icarium.«

*Mein Tag? Ja, mein erster Tag.*

Der Lebensstehler wandte sich den Trümmern zu.

Von irgendwo in ihnen erhob sich nun ein Glühen, Schäfte traten schräg zwischen geborstenen Balken aus, ragten wie Speere unter Steinen und Mörtel hervor. Das Glühen breitete sich aus, und die Welt unter ihm schien zu zittern. Aber nein, das war keine Täuschung – Gebäude ächzten, bebten. Geräusche, wie wenn etwas zersplitterte. Läden klapperten wie von einer Windböe.

Icarium trat einen Schritt näher und zog einen Dolch.

Donner ertönte unter ihm, ließ die Pflastersteine umgeben von Staubwolken hüpfen. Irgendwo in der Stadt begannen Bauwerke zu zerbrechen, als Teile und Stücke von ihnen zum Leben erwachten, zu unaufhaltsamer Bewegung. Als sie versuchten, sich wieder zu einem sehr alten Muster zusammenzufügen.

Noch mehr Donner, als Gebäude barsten.

Staubfahnen schossen wirbelnd in die Luft.

Und immer noch breitete sich das weiße Glühen weiter aus, auf eine Weise, die irgendwo zwischen Flüssigkeit und Feuer lag und doch keines von beidem war, es strömte, es hüpfte, und die Schäfte und Speere wanden sich in der Luft. Das Glühen umschloss die Ruinen, ergoss sich hinaus auf die Straße, schwappte um Icarium herum, der die scharfe Schneide der Klinge diagonal und tief über einen Unterarm zog; dann tat er das Gleiche mit dem anderen – hielt die Waffe dabei fest in einer blutigen Hand.

Und hob die Hände.

Um die Zeit einzuteilen, muss man anfangen. Um in die Zukunft zu wachsen, muss man *sich verwurzeln. Tief in der Erde, mit Blut.*

*Ich habe diesen Apparat gebaut. Diesen Ort, der meinen Anfang schmieden wird. Nicht mehr länger außerhalb der Welt. Nicht mehr länger außerhalb der Zeit. Gib mir dies, ob du verwundet bist oder nicht, gib mir dies. Wenn du es K'rul gegeben hast, warum dann nicht auch mir?*

All das, was von seinen Handgelenken strömte, flammte weißglühend auf. Und Icarium schritt ins Weiße.

Als das flüssige Feuer nach außen barst, wurde der Taxilier zurückgeschleudert. Ein Augenblick der Überraschung – und dann wurde er eingeäschert. Der Ausbruch erfasste die Nachbargebäude, löschte sie aus. Die Straße vor dem Trümmerhaufen, der einst das Schuppenhaus gewesen war, wurde zu einem Mahlstrom aus zerschmetterten Pflastersteinen, und Steinsplitter flogen durch die Luft, sprenkelten Mauern und schossen durch Fensterläden. Das Gebäude gegenüber neigte sich nach hinten, sämtliche Stützen brachen, und es stürzte in sich zusammen.

Taralack Veed und der Rangälteste Beurteiler rannten davon, flohen vor dem plötzlichen Sturm – sie schafften ein halbes Dutzend Schritte, bevor sie beide von den Beinen gefegt wurden.

Der Mönch vom Cabal-Archipel, der auf dem Rücken lag, hatte eine flüchtige Vision von einer Masse aus Mauerwerk, die auf ihn zustürzte, und in diesem Moment brach er in Gelächter aus – das schlagartig verstummte, als Tonnen von Geröll ihn zermalmten.

Taralack Veed war weitergerollt und von der einstürzenden Mauer knapp verfehlt worden. Taub, halb blind, benutzte er seine Hände, um sich weiterzuziehen, riss sich die Nägel ab und zerfetzte seine Finger und Handflächen an den scharfkantigen, zerbrochenen Steinen.

Und dort, durch den Staub, in dem wogenden weißen Feuer, sah er sein Dorf, die Hütten, die Pferde in ihrem mit Seilen eingefassten Kral, und dort, auf dem Hügel dahinter, drängten sich die Ziegen unter dem Baum auf der Suche nach Schutz vor der schrecklichen Sonne. Hunde lagen im Schatten, Kinder knieten und spielten mit den winzigen Tonfiguren, von denen ein reisender malazanischer Gelehrter einst glaubte, sie seien von großer und heiliger Bedeutung, doch in Wirklichkeit waren sie nicht mehr als Spielzeug, denn alle Kinder liebten Spielzeug.

Nun ja, er hatte seine eigene Sammlung gehabt, und das war gewesen, lange bevor er seine Frau und ihren Liebhaber getötet hatte, bevor er den Bruder des Mannes getötet hatte, der die Fehde verkündet und sein Messer gezogen hatte.

Aber jetzt, auf einmal, schrien die Ziegen auf, schrien vor grässlicher Angst und Entsetzen – starben! Der große Baum stand in Flammen, seine Äste krachten herab.

Die Hütten brannten, und Leichen lagen im Staub, und ihre Gesichter waren rot und verwüstet. Und dies war dann also der Tod – der Tod, der im Zerbrechen dessen lag, was immer gewesen war, was fest und vorhersagbar gewesen war, rein und verlässlich. Das Zerbrechen – Verwüstung, um alles auszulöschen.

Taralack Veed schrie, streckte die blutigen Hände nach den Spielzeugen aus – jenen wunderschönen, so sehr heiligen Spielzeugen …

Der gewaltige Steinbrocken, der von schräg oben herabstürzte, traf Taralack Veed oben am Kopf, zermalmte Knochen und Hirn, und als er davonsprang, ließ er einen schmierigen Fleck aus rot und grau gestreiften Haaren zurück.

Überall in der Stadt zerbarsten Gebäude zu Staubwolken. Steine, Fliesen, Ziegel und Holz flogen nach draußen, und weißes Feuer strömte heraus, Schäfte aus silbrigem Licht bogen sich durch Mauern nach draußen, als gäbe es nichts, was sie aufhalten könnte. Ein schimmerndes, verrücktes

Netz aus Licht, das alle Teile des Apparats miteinander verband. Und die Macht floss, raste in grellem Pulsieren dahin und strömte nach innen, an einen Ort, zu einem einzigen Herz.

Icarium.

Die Nord- und die Westmauer der Stadt zerbarsten, als Teile ihrer Fundamente sich verlagerten, sich vier, fünf Schritt bewegten und drehten – gerade so, als würden die gewaltigen Teile eines riesigen Puzzles an den richtigen Platz geschoben. Von Rissen durchzogen und vom Rest getrennt, fielen Teile der Mauern um, und das Dröhnen, mit dem sie auf der Erde aufkamen, rumpelte unter jeder Straße.

Im Hof einer Schenke, die durch schändliche Intrigen in den Besitz von Rautos Hivanar übergegangen war, richtete sich ein großes, mit einem rechtwinkligen Knick versehenes Metallstück senkrecht auf, bis es doppelt so groß war wie der Mann, der vor ihm stand. Und enthüllte, an seiner Basis, ein Scharnier aus weißem Feuer.

Und dann kippte das Gebilde um, fiel vornüber wie der Hammer eines Schmieds.

Rautos Hivanar versuchte mit einem Satz zu entkommen, aber er war nicht schnell genug, und das wuchtige Objekt fiel ihm von hinten auf die Beine.

Festgeklemmt und während weißes Feuer auf ihn zuleckte, konnte Rautos spüren, wie das Blut aus seinen zerschmetterten Beinen strömte und den Staub des Innenhofs in Schlamm verwandelte.

*Ja*, dachte er. *Es hat mit Schlamm begonnen, und so endet es nun auch.*

Das weiße Feuer hüllte ihn ein.

Und saugte aus seinem Geist alle Erinnerungen, über die er verfügte.

Das Ding, das kurze Zeit später dort in dem Innenhof starb, war nicht mehr Rautos Hivanar.

Das Pulsieren des gewaltigen Netzes dauerte nur ein halbes Dutzend Herzschläge. Die Verschiebung der Teile des Apparats, mit all der Zerstörung, die sie mit sich brachte, war sogar noch von kürzerer Dauer. Doch in jener Zeitspanne leerten alle, die von dem weißen Feuer verschlungen wurden, ihr Leben in es hinein. Sämtliche Erinnerungen, vom Schmerz der Geburt bis hin zum letzten Augenblick des Todes.

Der Apparat selbst war leider in der Tat kaputt.

Als die Echos von knirschendem Stein und Metall allmählich verblassten, flackerte das Netz – und verschwand. Und in der Luft über Letheras kämpfte Staub gegen Rauch.

Ein paar verbliebene Abschnitte aus Steinen und Ziegeln stürzten um, aber das waren nur bescheidene Anpassungen in den Nachwehen all dessen, was zuvor geschehen war.

Und in dieser Zeit, in der sich alles setzte, stiegen schwach die ersten Schmerzensschreie, die ersten Hilferufe aus den Geröllhaufen und Trümmern auf.

Die Ruinen des Schuppenhauses waren nur noch weißer Staub, und dort rührte sich nichts mehr.

Während des Erdbebens hatte auch ein Kanalbett einen Riss bekommen, der sich zu einem Spalt weitete, in den das Wasser stürzte, um zwischen verdichteten Ziegeln und Füllmaterial weiter in Adern dahinzurasen. Und in den erderschütternden Nachwirkungen einstürzender Gebäude verlagerten sich begrabene Fundamente, knirschten und sackten ab.

Kaum bemerkt inmitten all der anderen Geschehnisse – da die Explosion, die in einem Nebel aus Schlamm und Wasser jenen Kanal aufriss, vergleichsweise klein war –, erwies sie sich doch in einer Hinsicht als einzigartig, denn als der schlammige Regen des Kanalwassers sich über die immer noch bebenden Straßen ergoss, kletterte eine Gestalt aus dem Kanal, griff mit den Händen nach den Sprossen bei einer Anlegestelle und zog sich aus der schäumenden Brühe.

Ein alter Mann.

Der einfach nur dastand, in einer abgerissenen Tunika, aus der braunes Wasser strömte, und sich nicht bewegte, während Chaos und Speere aus blendendem Licht durch Letheras fetzten. Der in der Tat auch noch reglos stehenblieb, nachdem jene schrecklichen Geschehnisse verschwanden und verblassten.

Ein alter Mann.

Hin und her gerissen zwischen weißglühender Wut und grässlicher Angst.

Weil er der war, der er war, siegte die Angst. Natürlich nicht um sich selbst, sondern um einen Sterblichen, der – wie der alte Mann wusste – kurz davor war zu sterben.

Und er würde ihn nicht rechtzeitig erreichen.

Nun, dann würde es schließlich doch die Wut sein. Die Rache am Abtrünnigen würde warten müssen, bis sie an der Reihe war. Zuerst galt es Rache an dem Mann namens Karos Invictad zu nehmen.

Mael, der Ältere Gott der Meere, hatte etwas zu erledigen.

Lostara Yil und die Mandata ritten nebeneinander an der Spitze der Kolonne aus Reiterei. Ein Stück voraus konnten sie die Westmauer der Stadt sehen. Trotz der Staubschleier waren gewaltige Risse zu erkennen, und das Tor vor ihnen blieb offen.

Die Pferde waren erschöpft, ihre Atemzüge kamen schwer aus schaumfleckigen Nüstern. *Beinahe da.*

»Mandata, ist das das Werk von Morant-Munition?«

Tavore schaute hinüber und schüttelte dann den Kopf.

»Niemals«, sagte Masan Gilani hinter ihnen. »Wir hatten nur eine Handvoll Kracher dabei. Das da – das war irgendwas anderes.«

Lostara drehte sich im Sattel um.

Neben Masan Gilani ritt Sünd. Allerdings nicht sonderlich gut. Gilani blieb dicht bei ihr, stets bereit, sie aufzufangen. Das Kind wirkte benommen, fast trunken. Lostara richtete den Blick wieder nach vorn. »Was stimmt nicht mit ihr?«, fragte sie die Mandata.

»Ich weiß es nicht.«

Als die Straße zum Tor hin anstieg, konnten sie zu ihrer Linken den Fluss sehen. Er wimmelte von Segeln. Die malazanische Flotte und die beiden Kriegsthrone waren angekommen. Die Hauptarmee befand sich nur zwei oder drei Glockenschläge hinter der Marschkolonne der Mandata, und Faust Blistig trieb sie hart an.

Sie näherten sich ihrem Ziel.

»Dieses Tor wird sich nie wieder schließen«, bemerkte Lostara. »Ehrlich gesagt bin ich erstaunt, dass es überhaupt noch steht.« Mehrere behauene Blöcke waren vom Torbogen ein Stück abgerutscht, bis die mächtigen Holztore sie aufgehalten hatten, und jetzt klemmten sie fest, so dass die Torflügel sich nicht mehr bewegen ließen.

Als sie heranritten, tauchten zwei Seesoldaten aus den Schatten auf. Sie sahen aus wie Schwere, und beide waren verwundet. Der Dal Honese winkte.

Die Mandata zügelte das Pferd vor den Soldaten und saß als Erste ab, legte eine Hand an den Schwertgriff, als sie zu ihnen trat.

»Wir halten es immer noch«, sagte der Seesoldat aus Dal Hon. Dann hob er einen blutigen Arm. »Irgend so ein Dreckskerl hat mir die Sehne durchtrennt – sie hat sich unter der Haut aufgerollt – seht Ihr? Tut schlimmer weh als ein Loch im Arsch ... Mandata.«

Die Mandata ging an den beiden Seesoldaten vorbei und trat in den Schatten des Tores. Lostara winkte der Kolonne abzusitzen und folgte dann Tavore. Als sie an den beiden Seesoldaten vorbeikam, fragte sie: »Aus welcher Kompanie seid ihr?«

»Aus der Dritten, Hauptmann. Fünfter Trupp. Sergeant Badan Gruks Trupp. Ich bin Reliko, und der Ochse hier ist Voll Leer. Wir hatten einen Kampf.«

Sie ging weiter, durch die staubige Düsternis, dann hinaus ins staubige, von Rauchschwaden durchzogene Sonnenlicht. Wo sie stehenblieb, als sie all die Leichen sah, all das Blut.

Die Mandata stand zehn Schritt entfernt, und Keneb humpelte auf sie zu. Auf seinem Gesicht spiegelte sich verzweifelte Erleichterung.

*Kann man wohl sagen – sie hatten einen Kampf.*

Der Bucklige Alte Arbat stapfte über die freigeräumte Fläche und blieb neben der schlafenden Gestalt in ihrer Mitte stehen. Er versetzte ihr einen Tritt.

Ein schwaches Stöhnen.

Er trat sie noch einmal.

Ublala Pung öffnete flackernd die Augen, starrte Arbat einen langen Moment verständnislos an, dann setzte der Tarthenal sich auf. »Ist es so weit?«

»Die halbe verdammte Stadt ist eingestürzt, und das ist schlimmer, als der Alte Buckel vorhergesagt hat, oder? Oh ja, das ist es, schlimmer und sogar noch schlimmer als schlimmer. Verdammte Götter. Aber das muss uns nicht kümmern, sagt der Alte Buckel.« Er musterte die Bemühungen des Burschen mit einem kritischen Blick und nickte schließlich widerwillig. »Es wird reichen müssen. Was hab ich doch für ein Glück – in Letheras gibt es nur noch einen einzigen Tarthenal, und ausgerechnet der trägt einen Sack mit sonnengebackenen Hennen.«

Stirnrunzelnd streckte Ublala einen Fuß aus und stupste den Sack an. Ein Gackern antwortete ihm, und er lächelte. »Sie haben mir beim Putzen geholfen«, sagte er.

Der Bucklige Alte Arbat starrte ihn einen Moment lang an, hob dann den Blick und ließ ihn über den Friedhof schweifen. »Riechst du sie? Der Alte Buckel tut's. Geh aus dem Kreis, Ublala Pung, wenn du nicht mitmachen willst.«

Ublala kratzte sich am Kinn. »Man hat mir gesagt, ich soll nicht bei Dingen mitmachen, von denen ich nichts verstehe.«

»Oho? Und wer hat dir das gesagt?«

»Eine fette Frau. Sie heißt Rucket, und gesagt hat sie es, als ich der Rattenfängergilde die Treue schwören musste.«

»Der Rattenfängergilde?«

Ublala Pung zuckte die Schultern. »Ich nehme an, sie fangen Ratten, aber ich bin mir nicht sicher.«

»Raus aus dem Kreis, Junge.«

Als das Erdbeben ausbrach, hatte der Herausforderer gerade erst drei Schritte hinaus auf den Sand der Arena gemacht. Marmorbänke brachen auseinander, Menschen schrien auf, viele fielen hin, stolperten, und der Sand selbst schimmerte und schien sich dann zu verwandeln, als zusammengebackene, körnige Klumpen aus getrocknetem Blut in ihm sichtbar wurden, wie Granate in der Zinnpfanne eines Goldsuchers.

Samar Dev, die trotz der schräg einfallenden Sonnenstrahlen zitterte, hielt sich an einer Ecke einer wackelnden Bank fest, den Blick auf Karsa gerichtet, der sich breitbeinig hingestellt hatte, um das Gleichgewicht zu halten, aber ansonsten unbeeindruckt wirkte – und da hinten, am anderen Ende der Arena, tauchte eine schwankende, ungeschlachte Gestalt aus einer Tunnelmündung auf. Ihr Schwert zog eine Furche durch den Sand.

Weißes Feuer erhellte plötzlich den Himmel und schoss im Bogen über den blaugrauen Himmel des Sonnenaufgangs. Es blitzte, pulsierte und verschwand dann wieder, während Erschütterungen von der Stadt her heranrollten und wieder erstarben. Ganz in der Nähe stiegen wirbelnde Staubfahnen in den Himmel – irgendwo in Richtung des Alten Palastes.

Auf der Imperialen Tribüne schickte der Kanzler, dessen bleiches Gesicht und geweitete Augen seine Besorgnis verrieten, Boten aus, die sofort davonhasteten.

Samar Dev sah, dass unweit von Triban Gnol Finadd Varat Taun stand. Ihre Blicke kreuzten sich – und sie verstand. *Icarium.*

*Oh, Taxilier, hast du richtig vermutet? Hast du gesehen, was du so gerne sehen wolltest?*

»*Was geschieht da?*«

Der Schrei ließ sie herumfahren und dorthin blicken, wo der Imperator stand. Rhulad Sengar starrte zum Kanzler hoch. »Was ist passiert? Sag es mir!«

Triban Gnol schüttelte den Kopf, hob dann die Hände. »Ein Erdbeben, Imperator. Betet zum Abtrünnigen, dass es vorüber ist.«

»Haben wir die Invasoren von unseren Straßen vertrieben?«

»Wir sind gerade dabei«, antwortete der Kanzler.

»Ich werde ihren Befehlshaber töten. Mit meinen eigenen Händen werde ich ihren Befehlshaber töten.«

Karsa Orlong zog sein Feuersteinschwert.

Die Bewegung erregte die Aufmerksamkeit des Imperators, und Samar Dev sah, dass Rhulad Sengar in einem hässlichen Lächeln die Zähne bleckte. »Noch ein Riese«, sagte er. »Wie viele Male wirst du mich töten? Du, an dessen Händen bereits das Blut meiner Verwandten klebt. Zweimal? Dreimal? Es wird keine Rolle spielen. *Es wird keine Rolle spielen*!«

Die Antwort von Karsa Orlong, der sonst so dreist in seinen Behauptungen, so unverschämt in seiner Arroganz war, bestand nur aus fünf Worten: »Ich werde dich … einmal töten.« Und dann drehte er sich zur Seite, um Samar Dev anzusehen – ein kurzer Blick, und der war alles, was Rhulad ihm gewährte.

Mit einem Schrei stürmte der Imperator der Tausend Tode vorwärts, sein Schwert ein nur verschwommen wahrnehmbarer Wirbel über seinem Kopf.

Sie waren zehn Schritte voneinander entfernt.

Fünf.

Drei.

Die verfluchte Waffe holte in weitem Bogen aus – ein Hieb, der seinen Gegner enthaupten sollte – und prallte mit einem ohrenbetäubenden Klirren auf Karsas Steinschwert. Der Imperator sprang zurück, hackte nach unten, und wieder wurde sein Hieb pariert.

Rhulad Sengar machte schwankend einen Schritt zurück. Er lächelte noch immer sein schreckliches Lächeln. »Dann töte mich«, sagte er abgehackt und krächzend.

Karsa Orlong rührte sich nicht.

Mit einem Schrei griff der Imperator erneut an, versuchte, den Toblakai zurückzutreiben.

Das Klirren und Dröhnen schien von den beiden Waffen abzuprallen, als jeder wilde Angriff pariert oder zur Seite abgelenkt wurde. Rhulad schwenkte herum, neigte sich zu einer Seite, schlug nach Karsas rechtem Oberschenkel. Pariert. Ein Rückhandschwung nach oben, auf die Schulter des Toblakai zu. Weggeschlagen. Durch die Parade aus dem Gleichgewicht gebracht und stolpernd, war der Imperator plötzlich verwundbar – ein verdammter Narr hätte Rhulad in diesem Augenblick fällen können.

Aber Karsa tat nichts. Und er hatte sich auch noch nicht von seinem Platz wegbewegt, sondern sich nur auf der Stelle gedreht, um den Imperator stets vor sich zu haben.

Rhulad stolperte ein paar Schritte weg, wirbelte dann herum und richtete sein Schwert neu aus. Seine Brust hob und senkte sich unter dem Flickenmuster aus halb versunkenen Münzen, und seine Augen waren so wild wie die eines Ebers. *»Dann töte mich also!«*

Karsa blieb, wo er war. Nicht höhnisch, nicht einmal lächelnd.

Samar Dev stand wie gelähmt da und starrte auf die Szene hinunter. *Ich kenne ihn nicht. Ich habe ihn nie gekannt.*

*Bei den Göttern, wir hätten Sex haben sollen – dann würde ich ihn kennen!*

Noch eine wirbelnde Attacke, und wieder der grelle Nachhall von Stahl und Feuerstein. Ein Funkenschauer regnete zu Boden. Und Rhulad stolperte erneut rückwärts.

Der Imperator war jetzt schweißüberströmt.

Karsa Orlong schien nicht einmal außer Atem zu sein.

Rhulad Sengar ließ sich auf ein Knie sinken, versuchte wieder zu Atem zu kommen – und lud gleichzeitig zu einem tödlichen Angriff ein.

*Einladung abgelehnt.*

Nach einiger Zeit, in der die knapp zwei Dutzend oder weniger Zuschauer stumm und verwirrt in die Arena hinunterstarrten, in der Kanzler Triban Knol mit gefalteten Händen dastand wie eine an einen Ast genagelte Krähe, richtete sich der Imperator wieder auf, hob erneut sein Schwert und begann wieder mit seinen fruchtlosen Angriffen – oh, es gab Fähigkeiten zu sehen, außerordentliche Fähigkeiten, doch Karsa Orlong hielt stand, und Rhulads Klinge berührte ihn kein einziges Mal.

Am Himmel über ihnen stieg die Sonne immer höher.

Karos Invictad, dessen schimmernde rote Seidengewänder fleckig und verdreckt waren, zerrte Tehol Beddicts Körper über die Schwelle. Zurück in sein Arbeitszimmer. Irgendwo draußen auf dem Korridor rief jemand etwas über eine Armee in der Stadt, über Schiffe, die sich im Hafen drängten, aber nichts davon war in diesem Augenblick wichtig.

Nichts davon war wichtig – nur der bewusstlose Mann zu seinen Füßen. Der so lange geschlagen worden war, bis er sich kaum noch ans Leben klammern konnte. Mit dem Zepter des Beaufsichtigers, seinem Symbol der Macht, und war das nicht recht? Oh, aber das war es sicherlich.

War der Mob immer noch da? Kamen sie jetzt herein? Schließlich war eine ganze Mauer des Gebäudekomplexes eingestürzt, und es war nichts und niemand mehr da, um sie aufzuhalten. Er erhaschte eine Bewegung aus dem Augenwinkel, und sein Kopf fuhr herum – noch eine Ratte, die den Korridor entlangschlich. *Die Gilde.* Was für ein Spiel spielten diese Narren? Er hatte Dutzende von den verdammten Dingern getötet, die sich so leicht unter einer Ferse oder durch einen kräftigen Hieb mit dem Zepter zermalmen ließen.

Ratten. Sie waren nichts. Und unterschieden sich damit nicht von dem Mob da draußen, von all diesen geschätzten Bürgern, die nicht das Geringste von irgendetwas verstanden, die Führer wie Karos Invictad brauchten, die sie durch die Welt leiteten. Er packte sein Zepter fester, von dem Flocken von geronnenem Blut abfielen; seine Hand schien förmlich an dem verzierten Schaft zu kleben, aber der Leim war noch nicht trocken, und er würde es wohl so schnell auch nicht werden, was? Nicht, solange er nicht wirklich fertig war.

Wo war der verdammte Mob? Er wollte, dass sie ihn sahen – diesen letzten, schädelzerschmetternden Hieb –, ihren großen Helden, ihren Revolutionär.

Mit Märtyrern ließ sich umgehen. Eine Kampagne aus falschen Behauptungen, Gerüchten über sittenwidrige Handlungen, korruptes Verhalten, oh, das war einfach.

*Ich habe das allein durchgestanden, oder etwa nicht? Habe mich allein dem Wahnsinn dieses Tages gestellt. Sie werden sich daran erinnern. Mehr als an alles andere. Sie werden sich daran erinnern – und an alles andere, was ich ihnen geben werde.*

*Ich werde den größten Verräter des Imperiums erschlagen – eigenhändig, ja.*

Er starrte auf Tehol Beddict hinunter. Betrachtete das zerschlagene, aufgerissene Gesicht, die schwachen, zittrigen Atemzüge, die von den gebrochenen Rippen beeinträchtigt wurden. Er könnte dem Mann einen Fuß auf die Brust setzen, sein Gewicht ein bisschen verlagern, bis die gebrochenen Rippen sich in die Lunge bohrten und sie zerfleischten, und dann würde roter Schaum aus Tehols zermatschter Nase quellen, über seine zerfetzten Lippen strömen. Letztendlich würde er doch noch ertrinken.

Schon wieder eine Ratte im Korridor? Er drehte sich um.

Die Schwertspitze schlitzte ihm den Bauch auf. Flüssigkeit spritzte heraus, gefolgt von Organen. Brüllend fiel Karos Invictad auf die Knie, starrte zu dem Mann hoch, der vor ihm stand, starrte auf das Schwert mit der blutroten Klinge, das der Mann in der Hand hielt.

»Nein«, sagte er undeutlich. »Du bist doch tot.«

Der Blick aus Brys Beddicts ruhigen braunen Augen wanderte weg vom Gesicht des Beaufsichtigers und hin zu dem Zepter, das Karos noch immer in der Rechten hielt. Sein Schwert schien sich zu winden.

Brennender Schmerz im Handgelenk des Beaufsichtigers, und er blickte nach unten. Das Zepter war fort. Die Hand war fort. Blut strömte aus dem Stumpf.

Ein Tritt gegen die Brust ließ Karos Invictad nach hinten umfallen, und die Eingeweide, die ihm aus dem Bauch hingen, legten sich wie ein obszöner, missgestalteter Penis zwischen seine Beine.

Er streckte seine eine Hand nach unten aus, um alles wieder hineinzustopfen, aber er hatte keine Kraft mehr.

*Habe ich Tehol getötet? Ja, ich muss ihn getötet haben. Der Beaufsichtiger ist ein wahrer Diener des Imperiums, und wird es immer sein, und in den Höfen und auf den Plätzen der Stadt werden Statuen aufgestellt werden. Von Karos Invictad, dem Helden, der die Rebellion vernichtet hat.*

Dann starb Karos Invictad mit einem Lächeln im Gesicht.

Brys Beddict schob sein Schwert in die Scheide, kniete sich neben seinen Bruder und bettete Tehols Kopf in seinen Schoß.

Hinter ihm sagte Ormly: »Ein Heiler ist unterwegs.«

»Das ist nicht nötig«, sagte Brys. Er schaute auf. »Ein Älterer Gott kommt.«

Ormly leckte sich die Lippen. »Retter …«

Tehol hustete.

Brys schaute nach unten und sah, dass sein Bruder die Augen aufschlug. Eines war braun, das andere blau. Die merkwürdigen Augen starrten einen langen Moment zu ihm hoch, dann flüsterte Tehol etwas.

Brys senkte den Kopf. »Was?«

»Ich habe gesagt, bedeutet das, dass ich tot bin?«

»Nein, Tehol. Ich bin es auch nicht, nicht mehr, wie es scheint.«

»Oh. Na dann …«

»Dann was?«

»Der Tod – wie ist er so, Brys?«

Brys Beddict lächelte. »Nass.«

»Ich habe schon immer gesagt, dass Städte gefährlich sind«, sagte der Schnelle Ben und klopfte sich den Gipsstaub von den Kleidern. Das einstürzende Gebäude hätte sie beinahe alle beide erschlagen, und der Magier zitterte immer noch – nicht, weil es so knapp gewesen war, sondern wegen der entsetzlichen Zauberei, die den Morgenhimmel erleuchtet hatte – eine alles verschlingende, überaus hungrige Zauberei. Er war sich alles andere als sicher, dass er dieser Energie hätte widerstehen können, wenn sie nach ihm gegriffen hätte.

»Was war das überhaupt, im Namen des Vermummten?«, wollte Igel wissen.

»Alles was ich weiß, ist, dass es *alt* war. Und bösartig.«

»Was glaubst du, kriegen wir davon noch mehr zu sehen?«

Der Schnelle Ben zuckte die Schultern. »Ich hoffe nicht.«

Sie gingen weiter, durch von Trümmern übersäte Straßen, und ringsum hörten sie die Schreie der Verwundeten, sahen Gestalten erschüttert und verständnislos herumstolpern, während Rauch und Staub im Sonnenlicht schwebten.

Plötzlich hob Igel eine Hand. »Hör mal.«

Der Schnelle Ben tat wie ihm geheißen.

Und von irgendwo weiter vorn – in der Nähe des Ewigen Domizils – hörten sie die Echos von … »Das sind Fetzer!«

»Oh ja, Ben, oh ja. Komm schon, sehen wir zu, dass wir sie finden!«

»Warte – Augenblick mal, Sappeur – was …«

»Das ist die Vierzehnte, du dickschädeliger Schwachkopf!«

Sie fingen an zu laufen.

»Wenn ich Cotillion das nächste Mal sehe«, zischte der Schnelle Ben, »erdrossele ich ihn mit seinem eigenen Seil.«

Knapp zwanzig Meilen weiter nördlich glitt ein knochenweißer Drache mit grellroten Augen am Morgenhimmel dahin. Seine Schwingen ächzten, seine Muskeln schwollen an und ab, und der Wind streifte zischend an Schuppen entlang, umwehte entblößte Fänge, die die Länge von Kurzschwertern hatten.

Und so kehrte er nach Letheras zurück, nach all dieser Zeit.

Hannan Mosag war gewarnt worden. Der Verkrüppelte Gott war gewarnt worden. Und doch hatte keiner der beiden auf Silchas Ruin gehört. Nein, stattdessen hatten sie sich mit Sukul Ankhadu und Sheltatha Lore verschworen, und möglicherweise auch noch mit Menandore. Hatten sich verschworen, um sich ihm in den Weg zu stellen, sich ihm zu widersetzen und ihn daran zu hindern zu tun, was er tun musste.

Darüber hinaus hatte das letheriische Imperium sie über einen übertriebenen Zeitraum hinweg gejagt, und nur aus Langmut hatte Silchas Ruin diese Beleidigung unbeachtet gelassen. Um der Freisprecherin und der anderen willen.

Aber jetzt, jetzt hatte er nicht mehr vor, irgendetwas unbeachtet zu lassen.

Weder ein Imperium noch eine Stadt oder einen Ceda aus dem Volk der Tiste Edur oder einen verrückten Imperator.

Er war der Bruder von Anomander und Andarist, und er war immer für den kältesten der drei gehalten worden, für den grausamsten, und so flog Silchas Ruin nun dahin, ein weißes Ungeheuer, das vorhatte zu töten.

Weiß wie Knochen, die Augen rot wie der Tod.

Das Schwert hinter sich herziehend taumelte Rhulad Sengar. Sein Schweiß floss in Strömen, troff ihm aus den verfilzten Haaren. Er hatte wieder und wieder zugeschlagen und nicht ein einziges Mal das Netz der Verteidigung durchbrochen, das der Herausforderer mit seinem Steinschwert wob. Nun standen sie sechs Schritte voneinander entfernt, und der aufgewühlte Sand zwischen ihnen war mit Klümpchen übersät, die von dem glitzernden, zu Boden tropfenden Öl stammten, das die Münzen zum Glänzen brachte.

Genauso stumm wie alle anderen Zeugen schaute Samar Dev zu und fragte sich, wie das alles enden würde, wie das alles enden *konnte*. So lange Karsa sich weigerte, selbst anzugreifen …

Und dann hob der Toblakai sein Schwert und schritt voran.

Genau auf den Imperator zu.

*So einfach also.*

Rhulad richtete sich mit einem plötzlichen Lächeln auf und hob seine Waffe, um sich zu verteidigen.

Das Feuersteinschwert schwang herum – ein ungeschickter Hieb, doch mit solcher Kraft geführt, dass Rhulad, als er die Klinge parierte, von der Wucht des Aufpralls gezwungen wurde, eine seiner Hände um den Griff zu lockern, so dass die stählerne Klinge zur Seite zuckte. Und plötzlich schien das verfluchte Schwert einen eigenen Willen zu entwickeln, denn es sprang mit der Spitze voran förmlich auf Karsa zu und riss den aufschreienden Imperator mit sich.

Und die Klinge grub sich in Karsas linken Oberschenkel, glitt durch Haut und Muskeln, verfehlte nur knapp den Knochen und trat an der Rückseite wieder aus. Der Toblakai wirbelte herum, während er gleichzeitig mit beängstigender Geschmeidigkeit sein Schwert nach unten schwang – in einem Hieb, der glatt durch Rhulads Schulter oberhalb seines Schwertarms ging.

Als der Arm, dessen Hand noch immer den Griff der Waffe umklammerte, die in Karsas Oberschenkel feststeckte, von Rhulads Körper abfiel, schmetterte der Toblakai die flache Seite seiner Klinge mit einem Rückhandschlag in Rhulads Gesicht und schickte ihn der Länge nach auf den Sand.

Und Samar Dev stellte fest, dass sie ihr Messer in der Hand hielt, die Klinge blank, und als Karsa sich zu ihr umdrehte und sie ansah, zog sie sie bereits kräftig über ihre Handfläche, zischte die Worte der Freigabe – und ließ die gefangenen Geister los, die Wüstengottheiten und alle anderen, die an das alte Messer gebunden waren …

Die Geister der Erschlagenen quollen heraus, befreit durch die Macht in ihrem Blut, und sie strömten über die Bankreihen nach unten, hinunter auf den Sand der Arena.

Begleitet von den schrecklichen Schreien Rhulad Sengars rasten die Geister direkt auf Karsa zu, wirbelten um ihn herum, hüllten ihn ein – wirbelndes Chaos – ein blendend heller Augenblick, als ob Feuer entflammt wäre …

… und Karsa Orlong, das Schwert des Imperators und der Arm, der es immer noch hielt, verschwanden.

Rhulad Sengar lag allein in der Arena, und aus dem Stumpf an seiner Schulter floss das Blut.

Und niemand rührte sich.

Innerhalb einer stählernen Klinge zu hausen, hatte sich für den Geist von Ceda Kuru Qan als höchst interessante Erfahrung erwiesen. Nach einer unermesslichen Zeit des Erkundens, in der er all die anderen Wesen gespürt hatte, die mit ihm hier gefangen waren, hatte er ein Mittel ersonnen, das ihm zur Flucht verholfen hätte, wann immer er wollte. Doch die Neugier hatte ihn an Ort und Stelle verharren lassen, der zunehmende Verdacht, dass sie alle aus einem verborgenen Grund an diesem dunklen Ort waren. *Und so warteten sie.*

Erwartung, ja, sogar Eifer. Und in der Tat viel mehr Mordlust als Kuru Qan ertragen konnte.

Er hatte überlegt, sich die anderen Geister zu unterwerfen, sie alle zu besiegen und an seinen Willen zu binden. Aber ein Anführer, das wusste er wohl, durfte nicht unwissend sein, und es war eine heikle Sache, die Enthüllung des Geheimnisses zu erzwingen.

Und so hatte er stattdessen abgewartet, so geduldig, wie er es schon immer gewesen war, im Leben wie im Tod.

Der Schreck kam unerwartet, als er plötzlich Blut in seinem Mund spürte – und den fiebrigen Rausch, den dieser Geschmack in ihm entfesselte. Eine solche, tierische Schwäche in seinem Innern zu entdecken, war eine bittere und überaus demütigende Erkenntnis, und als die Beschwörung in der Sprache des Ersten Imperiums kam, stellte Kuru Qan fest, dass er sich erhob wie ein Dämon, der seinen Herrschaftsanspruch über alle anderen herausbrüllte und dann aus der stählernen Klinge sprang, wieder hinaus in die Welt, einen grässlichen Heerhaufen anführend …

Hin zu dem einen, der noch stand. Thelomen Tartheno Toblakai.

Und zu dem Schwert, das sein Bein aufgespießt hatte.

Kuru Qan verstand, was zu tun war. Verstand den Pfad, der geschlagen werden musste, und verstand auch das Opfer, das – leider – gebracht werden musste.

Sie drängten sich dicht um den Toblakai-Krieger. Sie griffen nach dem verfluchten Schwert, packten seine Klinge. Sie zogen – weil grausame Notwendigkeit es erforderte – Macht aus dem Blut, das am Bein des Toblakai herabfloss, brachten ihn zum Taumeln, und mit Kuru Qan an der Spitze rissen die Geister ein Tor auf.

Ein Portal.

Chaos schoss von allen Seiten röhrend heran, versuchte sie auszulöschen, und die Geister begannen ihr geisterhaftes Leben abzutreten, opferten sich dem räuberischen Hunger, der sie bestürmte. Doch während sie dies taten, stießen sie den Toblakai vorwärts, schufen den Pfad und erzwangen die Reise.

Andere Geister erwachten um den Krieger herum – diejenigen, die der Toblakai erschlagen hatte, und es waren unzählige.

Der Tod toste. Der Druck des Chaos nahm zu, stieß zu, riss Geister in Fetzen – und trotz ihrer Vielzahl, trotz der Macht ihres Willens, wurden sie langsamer, kamen nicht durch – Kuru Qan schrie auf – noch mehr Macht aus dem Toblakai zu ziehen, würde ihn umbringen. Sie hatten versagt.

*Versagt …*

Auf einer gesäuberten, kreisrunden Fläche auf einem alten Friedhof der Tarthenal erwachte ein heruntergekommener Schamane, der im Schneidersitz in der Mitte dieser Fläche saß, und öffnete blinzelnd die Augen. Er schaute auf und sah Ublala Pung gleich außerhalb des Kreises stehen.

»Jetzt, Junge«, sagte er.

Weinend stürmte der junge Tarthenal vorwärts, ein Messer in den Händen – es war eines von denen, die Arbat selbst gehörten; das Eisen vom Alter geschwärzt, die Glyphen auf der Klinge so abgewetzt, dass sie beinahe unsichtbar waren.

Arbat nickte, als Ublala ihn erreichte und die Waffe dem Schamanen tief in die Brust trieb. Nicht auf der Herzseite – der Alte Buckel musste sich mit dem Sterben Zeit lassen, musste seine Macht mit seinem Blut verströmen, um die zahllosen Geister zu nähren, die sich nun vom Friedhof erhoben.

»Verschwinde von hier!«, rief Arbat, während er auf die Seite fiel und blutiger Schaum über seine Lippen trat. *»Hau ab!«*

Ublala Pung stieß ein kindliches Schluchzen aus und rannte los.

Die Geister sammelten sich, Reinblütige und Mischlinge aus zahllosen Jahrhunderten, nach so langer Zeit wieder erwacht.

Und der Bucklige Alte Arbat zeigte ihnen ihren neuen Gott. Und dann zeigte er ihnen, mit der Macht seines Blutes, den Weg zu ihm.

Kuru Qan spürte, wie er von einer Flutwelle angehoben und wie von einer gewaltigen Woge getragen wurde, und dann auf einmal waren da Geister, eine ganze Armee von Geistern.

*Thelomen Tartheno Toblakai.*

*Tarthenal …*

Sie wogten voran, und das Chaos wurde zurückgestoßen, schreckte zurück – und griff wieder an.

Hunderte verschwanden.

Tausende stießen heulende Schmerzensschreie aus.

Kuru Qan fand sich selbst dicht vor dem Toblakai-Krieger, direkt vor der strampelnden, fuchtelnden Gestalt, und er griff nach hinten, als wollte er den Toblakai an der Kehle packen. Er schloss die Hand und *zog.*

Wasser, eine donnernde Brandung, Korallensand, der unter den Füßen wegrutschte. Blendende Hitze einer wütenden Sonne.

Er stolperte ans Ufer – und ja, das war so weit, wie Kuru Qan gehen konnte.

*Ans Gestade.*

Er ließ den Krieger los, sah ihn den Strand der Insel hinaufstolpern, wobei er das von einem Schwert durchbohrte Bein nachzog …

Hinter dem alten Ceda streckte sich das Meer und schnappte sich Kuru Qan mit einem einzigen rollenden, wirbelnden Einatmen.

Wasser überall, es wirbelte um ihn herum und zog ihn immer tiefer, dorthin, wo es immer dunkler wurde.

Sie waren erledigt.

*Wir sind erledigt.*

*Und die See träumt nicht von euch, meine Freunde.*

Imperator Rhulad Sengar lag auf dem Boden der Arena. Er war tot. Verblutet, sein Fleisch dort, wo es zu sehen war, blass wie Flusslehm und ebenso kalt. Sandschleier legten sich auf seine schweißnassen Münzen, und all das Blut, das aus ihm herausgeströmt war, wurde schwarz.

Und die Zuschauer warteten. Warteten darauf, dass der Imperator der Tausend Tode sich von neuem erheben würde.

Die Sonne stieg höher, die Kampfgeräusche in der Stadt kamen immer näher.

Und wenn irgendjemand hingeschaut hätte, hätte er – oder sie – hoch oben im Norden, am Horizont, einen Fleck gesehen. Der immer größer wurde.

Eine Straße vom Ewigen Domizil entfernt führte Fiedler seinen Trupp auf das Dach irgendeines ausgeplünderten öffentlichen Gebäudes. Ascheflocken wirbelten durch die heiße Luft des Morgens, und alles, was sie von der Stadt sehen konnten, war hinter einem Schleier aus Rauch und Staub verborgen.

Seit dem Hinterhalt für die Stadtgarnison hatten sie keinen Kontakt mehr mit Gesler und seinem Trupp gehabt, aber Fiedler machte sich keine allzu großen Sorgen. Schließlich herrschte auf der Gegenseite ein heilloses Durcheinander. Er rannte geduckt zu dem Dachrand, der dem Ewigen Domizil gegenüberlag, schaute hinüber und dann nach unten, auf die Straße unter ihnen.

Da war ein Tor, und es war verschlossen, aber es waren keine Wachen zu sehen. *Verdammt merkwürdig. Wo sind die denn alle?*

Er kehrte zu seinen Soldaten zurück, die mitten auf dem Flachdach hockten und versuchten, wieder zu Atem zu kommen. »In Ordnung«, sagte er, legte die Armbrust ab und machte seinen Ranzen auf, »da drüben ist ein Tor, das ich von hier aus mit einem Knaller abräumen kann. Und dann gehen wir runter und stracks rüber und stracks rein, schnell und gemein. Töten jeden, den wir sehen, verstanden?« Er nahm seinen Knallerbolzen und lud vorsichtig die Armbrust. Dann wiederholte er seine Anweisungen. »Starr übernimmt die Nachhut, wenn wir die Straße überqueren. Buddl, was auch immer du hast – halte es bereit …«

»Sergeant …«

»Jetzt nicht, Corabb. Hört zu! Wir suchen den Thronsaal. Ich will, dass Krake die Spitze übernimmt …«

»Sergeant …«

»… mit Fetzern in den Händen. Koryk, du bist der Nächste …«

»Sergeant …«

*»Im Namen des Vermummten, Corabb – was ist denn?«*

Der Wüstenkrieger deutete. Nach Norden.

Fiedler und die anderen drehten sich um.

Und sahen einen gewaltigen weißen Drachen, der mit hoher Geschwindigkeit auf sie zuraste.

Die Spur hatte aus toten letheriischen Soldaten und kleinen Feuern bestanden – Letztere ein Beweis für den Einsatz von Moranth-Munition –, und der Schnelle Ben und Igel hatten ihr problemlos folgen können. Jetzt kauerten sie am Fuß einer Tür, die in ein ausgebranntes Gebäude führte.

»Hör zu«, sagte Igel beharrlich, »das Dach von dem Ding hier liegt dem Tor genau gegenüber. Ich kenne Fid, und ich sage dir, er ist auf dem verdammten Dach, beim Vermummten!«

»Na schön Sappeur, dann geh vor.« Der Schnelle Ben schüttelte den Kopf. *Etwas … ich weiß nicht, was …*

Sie stürzten sich ins Haus. Beißender Brandgeruch empfing sie. Überall lagen angekohlte Trümmer herum, der Müll eines zerstörten Imperiums.

»Da«, sagte Igel und stapfte in einen Korridor, und dann weiter, auf eine Treppe zu, die nach oben führte.

*Etwas … oh, bei den Göttern!*

*»Beweg dich!«*, knurrte der Schnelle Ben und schob den Sappeur vorwärts.

»Was?«

»Beeil dich …«

Der riesige Drache senkte sich herab, kam direkt auf sie zu.

Fiedler starrte ihn noch einen Augenblick länger an, und als er sah, dass die Bestie ihr Maul öffnete – und weil er wusste, was jetzt kommen würde –, hob er seine Armbrust und schoss.

Der Bolzen raste nach oben.

Ein Hinterbein des Drachen zuckte vor, um das Geschoss beiseitezuschlagen.

Und der Knaller explodierte.

Die Explosion legte die Seesoldaten flach, schleuderte Fiedler sich überschlagend über das Dach.

Das unter ihnen mit mahlenden, knirschenden Geräuschen wegsackte.

Fiedler erhaschte einen Blick auf den Drachen, der blutend, mit aufgerissener Brust, zur Seite glitt, die Straße unter ihnen ansteuerte, während seine zerfetzten Schwingen wie Segel im Sturm flatterten.

Ein zweiter Bolzen flog durch die Luft, um ihn abzufangen.

Noch eine Explosion, die den Drachen nach hinten schleuderte, nach unten, in ein Gebäude, das plötzlich auf dieser Seite nach innen knickte und mit ohrenbetäubendem Getöse einstürzte.

Fiedler rollte sich herum …

… und sah Igel.

… und den Schnellen Ben, der mit erhobenen Armen auf den Rand des Dachs zurannte; magische Energien bauten sich um ihn herum auf, als wäre er der Bug eines Schiffs, der durchs Wasser pflügte.

Fiedler sprang auf und folgte dem Magier.

Der Drache arbeitete sich aus den Trümmern des Gebäudes neben dem Ewigen Domizil heraus. Er war förmlich zerfleischt; Knochen ragten aus seinem Körper, und er blutete aus schrecklichen Wunden. Und dann stieg er – obwohl das völlig unmöglich schien – wieder auf, gen Himmel, seine zerfetzten Flügel schlugen noch – aber Fiedler wusste, dass es Zauberei war, die die Kreatur in die Luft steigen ließ.

Als der Drache das eingestürzte Gebäude ganz hinter sich gelassen hatte, entfesselte der Schnelle Ben seine Magie. Eine Woge aus knisterndem Feuer krachte in den Drachen und wirbelte ihn davon.

Noch eine.

Und noch eine. Der Drache war jetzt zwei Straßen entfernt, er wand sich unter den Angriffen.

Und dann wirbelte er mit einem durchdringenden Schrei herum, stieg höher und floh – floh, so schnell er konnte.

Der Schnelle Ben ließ die Arme sinken und fiel auf die Knie.

Fiedler, der hinter dem rasch kleiner werdenden Drachen herstarrte, lehnte sich die Armbrust gegen die Schulter.

»Das hier ist nicht dein Kampf«, sagte er zu der nun schon fernen Kreatur. *»Scheißdrache.«*

Dann drehte er sich um und starrte Igel an.

Der seinerseits ihn grinsend anstarrte.

»Du bist kein Geist?«

»Ich bin kein Geist. Tja, Fid, *ich bin wieder da.*«

Fiedler machte ein finsteres Gesicht und schüttelte schließlich den Kopf. »Möge der Vermummte uns allen helfen.« Dann drehte er sich zum Schnellen Ben um. »Und wo, beim Abgrund, bist *du* die ganze Zeit gewesen?«

Buddl, der sich vom unebenen Dach aufgerappelt hatte, sah zu den drei Soldaten hinüber. Er wusste nichts über sie, außer, dass der eine ein Sappeur war. Und der andere ein Brückenverbrenner.

Neben ihm stöhnte Koryk, spuckte aus. »Schau sie dir nur an«, sagte er.

Buddl nickte.

Und – merkwürdig genug – damit war für die Soldaten des Trupps alles gesagt.

Buddl schaute dem immer kleiner werdenden Drachen hinterher. *Gestatte, dass wir uns vorstellen …*

Trull Sengar löste sich sanft aus Serens Umarmung und trat einen Schritt zurück. Sie wäre beinahe vornübergesackt, wollte nicht, dass dieser Augenblick zu Ende ging, und in ihrem Magen bildete sich eine kalte Faust. Zusammenzuckend wandte sie sich ab.

»Seren …«

Sie wedelte mit der Hand und blickte ihm dann wieder in die Augen.

»Mein Bruder. Meine Eltern.«

»Ja«, sagte sie.

»Ich kann nicht so tun, als wären sie nicht da. Als würden sie mir nichts bedeuten.«

Sie nickte, traute sich selbst nicht genug, um etwas zu sagen.

Er durchquerte das staubige Zimmer, trat über Abfall hinweg – das Haus war buchstäblich leergeräumt worden, alles war gestohlen worden, wie wertlos es auch gewesen sein mochte. Sie hatten auf ihren Umhängen beieinandergelegen, beobachtet von den Spinnen in den Zimmerecken unter der Decke und einer Reihe Fledermäuse, die unter einem Fenstersims hingen. Er nahm den Imass-Speer, den er an die Wand gelehnt hatte, und drehte sich noch einmal zu ihr um, schenkte ihr ein schwaches Lächeln. »Ich kann mich verteidigen. Und wenn ich allein bin, kann ich mich rasch bewegen …«

»Dann geh«, sagte sie und empfand die plötzliche Härte in ihrer Stimme selbst als qualvoll.

Er behielt sein schwaches Lächeln noch einen Augenblick lang, dann nickte er und trat hinaus in den Korridor, der zur Vordertür führte.

Ein, zwei Herzschläge später folgte ihm Seren. »Trull …«

Er blieb im Türrahmen stehen. »Ich weiß, Seren. Es ist in Ordnung.«

*Nein, es ich nicht in Ordnung!* »Bitte«, sagte sie, »komm wieder.«

»Das tue ich. Ich kann gar nicht anders. Alles, was ich bin – alles, was noch da ist, ist jetzt bei dir.«

»Dann habe ich alles, was ich brauche«, antwortete sie.

Er streckte eine Hand aus, strich ihr über die Wange.

Und war fort.

Trull Sengar ließ den Pfad hinter sich, der durch den Vorgarten führte. Das Ende des Speerschafts klirrte hell auf den Pflastersteinen, als er auf die Straße hinaustrat und zum Ewigen Domizil aufbrach.

Auf der gegenüberliegenden Straßenseite stand der Abtrünnige in den Schatten eines Gässchens und beobachtete ihn.

»Ich fühle mich schon viel besser.«

Brys Beddict lächelte seinen Bruder an. »So siehst du auch aus. Dein Diener ist also ein Älterer Gott, Tehol.«

»Ich nehme jeden, den ich kriegen kann.«

»Warum haben deine beiden Augen jetzt unterschiedliche Farben?«

»Ich bin mir nicht sicher, aber ich glaube, Bagg ist farbenblind. Blau und grün, grün und blau, und was braun angeht – vergiss es.«

Besagter Diener, der zufällig ein Älterer Gott war, kam ins Zimmer. »Ich habe sie gefunden.«

Tehol sprang auf. »Wo ist sie? Lebt sie?«

»Ja. Aber wir müssen … wieder etwas tun.«

»Wir müssen diesen Mann finden, diesen Tanal …«

»Das ist nicht nötig«, antwortete Bagg und richtete den Blick auf den Leichnam von Karos Invictad.

Brys tat es ihm nach. Ein zweiköpfiges Insekt kroch langsam auf die heraushängenden Eingeweide zu. »Was ist das denn, im Namen des Abtrünnigen?«

Bagg zischte durch die Zähne. »Ja«, sagte er, »er ist der Nächste.«

Draußen, auf dem Innenhof und auf der Straße davor, sammelte sich eine Menschenmenge. Der Lärm, den sie machte, war wie eine anschwellende Flutwelle. Es hatte ein paar donnernde Explosionen gegeben, und das unverwechselbare Tosen von Zauberei – beides aus Richtung des Ewigen Domizils –, aber das war jeweils wieder schnell vorbei gewesen.

Tehol sah Bagg an. »Hör dir nur den Mob an. Kommen wir hier irgendwie lebend wieder raus? Ich bin ehrlich gesagt nicht in der Stimmung für ein Tauchfest. Und schon gar nicht für mein eigenes.«

Brys brummte vor sich hin. »Du hörst nicht richtig zu, Bruder. Du bist ein Held. Sie wollen dich sehen.«

»Bin ich das? Tja, das hätte ich denen nun wirklich nicht zugetraut.«

»Sie sind auch nicht von ganz allein draufgekommen«, antwortete Bagg. Er machte ein säuerliches Gesicht. »Ormly und Rucket haben ein Vermögen für Aufwiegler ausgegeben.«

Brys lächelte. »Und – fühlst du dich jetzt gedemütigt, Tehol?«

»Ganz und gar nicht. Bagg, bring mich zu Janath. Bitte.«

Bei diesen Worten zog Brys die Brauen hoch. *Oh, so ist das also.*

*Schön.*

*Gut.*

Gleich hinter dem Westtor hatte ein überlebender Offizier der Stadtgarnison der Mandata die förmliche Kapitulation überbracht, und jetzt führte Tavore ihre Besatzungsarmee nach Letheras hinein.

Sie übergab Faust Blistig den Befehl über die Hauptstreitmacht, zog die etwa fünfhundert überlebenden Seesoldaten – darunter auch Faust Keneb – sowie ihre Reiterei zusammen und machte sich zum Imperialen Palast auf. Der fälschlicherweise »Ewiges Domizil« genannt wurde.

Sünd, die jetzt hinter Lostara Yil ritt, hatte aufgeschrien, als der Drache über der Stadt erschienen war; und dann, als mindestens zwei Knaller und etliche Wogen grimmiger Zauberei die Kreatur in die Flucht geschlagen hatten, hatte sie gelacht und in die Hände geklatscht.

Hauptmann Faradan Sorts Voraustrupps waren immer noch beschäftigt – so viel war überdeutlich klar geworden. Und sie waren beim Palast, oder zumindest ganz in seiner Nähe. *Und sie haben schlechte Laune.*

Die meisten Befehlshaber hätten bei so etwas einen Wutanfall bekommen – unbeaufsichtigte Soldaten, die irgendwo voraus ein Gemetzel veranstalteten, eine Handvoll schmuddeliger Seesoldaten, die viel zu lange in der Wildnis gelebt hatten und jetzt auf die Palasttore einhämmerten, rasend vor Mordlust und wild darauf, sich zu rächen. Wollte sie auf diese Weise deutlich machen, dass eine Eroberung stattgefunden hatte? Würden die verdammten Narren überhaupt noch jemandem im Palast am Leben lassen?

Und was war mit diesem Imperator, der nicht getötet werden konnte? Lostara Yil glaubte nicht, dass es so etwas gab. *Ein Knaller in den Schritt von dem Dreckskerl, da oben auf seinem Thron, und er würde tagelang auf sein Volk herunterregnen.* Fiedler würde sie so was glatt zutrauen. Einen Schritt rein in den Thronraum, das *Swock* seiner übergroßen Armbrust, und dann würde der Sergeant nach hinten wegspringen und versuchen davonzukommen, während der ganze Saal in die Luft flog. Für einen solchen Spaß würde er sich vermutlich sogar bereitwillig umbringen.

Obwohl die Mandata zweifellos ähnliche Visionen haben musste, sagte Tavore nichts. Und sie wies ihre Truppen auch nicht an, sich zu beeilen – nicht, dass sie überhaupt in der Verfassung gewesen wären, vor allem die Seesoldaten. Stattdessen rückten sie in gemäßigtem Tempo vor, und Bürger tauchten aus den Seitenstraßen und Gassen auf, um sie vorbeimarschieren zu sehen. Ein paar hießen sie sogar willkommen, mit vor Erleichterung brechenden Stimmen.

Die Stadt war ein Trümmerhaufen. Aufstände und Erdbeben und Moranth-Munition. Lostara Yil wurde plötzlich klar, dass die Ankunft der Knochenjäger – wenn sie denn überhaupt etwas verhieß – dann am ehesten die Rückkehr zu geordneten Verhältnissen, einen Neuanfang von zivilisiertem Verhalten, eine Wiederherstellung von Gesetz und Ordnung – und ironischerweise auch Frieden bedeutete.

*Aber das wird sich ändern, wenn wir hier zu lange hängenbleiben, Mandata. Das tut es immer. Niemandem gefällt es, unter der Knute von Besatzern zu leben. Es ist einfach menschlich, die eigene Verzweiflung zu nehmen und ihr das Gesicht eines Fremden zu geben – und dann die Bluthunde loszulassen.*

*Siehst du diese Bürger? Diese strahlenden, erfreuten Gesichter? Jedes von ihnen könnte sich in kürzester Zeit verändern. Die gewalttätigsten Schnitter können sich hinter dem gelassensten Blick, dem freundlichsten Lächeln verbergen.*

Die Marschkolonne wurde langsamer, da sich nun mehr und mehr Menschen vor ihr befanden. Hier und da wurden Lieder gesungen. Letheriische Worte, und ihr Tonfall lag irgendwo zwischen Hoffnung und Beharrlichkeit.

»Mandata, was ist das – was sagen die alle?«

»Es ist ein Name«, lautete die Antwort. »Nun, ich glaube, es sind zwei Namen. Den einen nennen sie den Retter. Den anderen …«

»Wie, Mandata? Wie nennen sie den anderen?«

Tavore warf Lostara einen raschen Blick zu; ihre Lippen spannten sich leicht an, bevor sie sagte: *»Imperator.«*

Imperator? »Aber ich dachte …«

»Ein *neuer* Imperator, Hauptmann. Der wohl ausgerufen wurde, wie es aussieht.«

*Oh – und wir haben in dieser Angelegenheit nichts zu sagen?*

Direkt voraus war jetzt eine wahre Mauer aus Bürgern, die jede Hoffnung auf ein Weiterkommen unmöglich machte. Eine kleine Gruppe schob sich durch die Menge hindurch, drängte sich nach vorn.

Die Mandata hob ihre Hand, und die Marschkolonne machte halt.

Die Gruppe trat aus der Menge heraus, angeführt von einer unglaublich fetten Frau. Ihr folgte ein knorriger kleiner Mann, der Ratten in den Taschen seines Umhangs mit sich herumzutragen schien, und anschließend noch zwei, die wie Brüder aussahen. Beide waren schlank, der eine von ihnen trug die Uniform eines Offiziers, der andere eine zerfetzte, mit Blutflecken übersäte Decke.

Tavore saß ab und gab Lostara ein Zeichen, das Gleiche zu tun.

Die beiden Frauen gingen auf die Gruppe zu. Als sie näher heran waren, machte die fette Frau einen Schritt zur Seite und sagte, begleitet von einer überraschend eleganten Geste ihrer Hand: »Kommandantin, ich möchte Euch Brys Beddict, den ehemaligen Meisterkämpfer von König

Ezgara Diskanar – vor der Eroberung durch die Edur – vorstellen, der jetzt zum Retter ausgerufen wurde. Und seinen Bruder Tehol Beddict, das Finanzgenie, Befreier der Unterdrückten und gar nicht so übel im Bett, der in eben diesem Augenblick von seinen ihn liebenden Untertanen zum neuen Imperator von Lether ausgerufen wurde.«

Die Mandata schien nicht zu wissen, was sie sagen sollte.

Lostara starrte diesen Tehol Beddict an – obwohl sie ehrlich gesagt ihren Blick lieber über Brys Beddict schweifen ließ – und runzelte angesichts der geschmacklosen Decke, in die er gehüllt war, die Stirn. *Ein Finanzgenie?*

Jetzt trat Brys Beddict vor. Genau wie die riesige Frau bediente er sich der Handelssprache, als er sagte: »Wir möchten Euch zum Ewigen Domizil geleiten, Kommandantin, wo wir, wie ich glaube, einen Imperator ohne Imperium vorfinden werden, der vertrieben werden muss.« Er zögerte kurz, ehe er hinzufügte: »Ich nehme an, Ihr kommt als Befreier, Kommandantin. Und verspürt demgemäß auch nicht den Wunsch, unsere Gastfreundschaft über die Maßen zu beanspruchen.«

»Damit scheint Ihr andeuten zu wollen«, sagte die Mandata, »dass meine Streitkräfte nicht groß genug sind, um als brauchbare Besatzungsmacht zu dienen. Wusstet Ihr, dass Eure Grenzlande im Osten überrannt worden sind, Brys Beddict? Und dass eine Armee unserer Verbündeten gerade in Euer Imperium einmarschiert?«

»Dann kommt Ihr also als Eroberer?«, fragte Brys Beddict.

Die Mandata seufzte, löste den Kinnriemen und nahm ihren Helm ab. Sie zog einen Handschuh aus und fuhr sich mit einer Hand durch die kurzen, schweißnassen Haare. »Beim Vermummten, nein«, murmelte sie. »Macht uns einen Weg durch die Menge frei, Brys Beddict.« Sie verstummte kurz, warf Tehol einen Blick zu und runzelte langsam die Stirn. »Für einen Imperator seid Ihr ziemlich schüchtern«, bemerkte sie.

Tehol widerlegte ihre Worte mit einem strahlenden Lächeln, und dieses Lächeln verwandelte ihn, so dass Lostara seinen kriegerisch aussehenden Bruder vollkommen vergaß.

*Bei allen Sandgeistern, diese Augen …*

»Ich möchte mich entschuldigen, Kommandantin. Ich muss zugeben, dass ich ein bisschen sprachlos war.«

Die Mandata nickte langsam. »Durch diese vom Volk ausgehende Proklamation, ja, ich kann mir vorstellen …«

»Nein, das war es nicht. Sondern ihre Worte, denen zufolge ich gar nicht so übel im Bett sei. Ich fühle mich durch das, was darin mitschwingt, ziemlich getroffen … dieses ›aber auch nicht richtig gut‹ …«

»Ach, Tehol«, sagte die fette Frau, »ich war nur um Euretwillen so sittsam.«

»Ihr wart sittsam, Rucket? Ihr wisst ja nicht einmal, was das Wort bedeutet! Ich meine, ich schaue Euch einfach nur an, und es ist schwierig, nicht zu … wenn Ihr wisst, was ich meine.«

»Nein.«

»Wie auch immer!« Tehol klatschte in die Hände. »Wir hatten das Feuerwerk, dann sollten wir jetzt mit der Parade anfangen.«

Sirryn Kanar rannte den Korridor entlang, weg von den Kämpfen. Die verdammten Fremden waren im Ewigen Domizil und richteten ein Gemetzel an – keine Rufe zu kapitulieren, keine Aufforderung, die Waffen wegzuwerfen. Nur tödliche Armbrustbolzen, hackende Kurzschwerter und die verheerenden Granaten. Seine Kameraden von der Palastwache starben zu Dutzenden, ihr Blut bespritzte die einst makellosen Wände.

Und Sirryn schwor sich, dass er nicht das gleiche Schicksal erleiden würde.

Den Kanzler würden sie nicht töten. Sie brauchten ihn, und außerdem war er ein alter Mann. Offensichtlich unbewaffnet, ein friedfertiger Mensch. Zivilisiert. Und der Wächter, der an seiner Seite stehen würde, nun, selbst der trug nichts weiter als ein Messer in seinem Gürtel. Kein Schwert, keinen Schild, keinen Helm und keine Rüstung.

*Ich kann am Leben bleiben – an der Seite des Kanzlers kann ich am Leben bleiben.*

*Aber wo ist er?*

Der Thronsaal war leer gewesen.

*Der Imperator ist in der Arena. Der verrückte Narr kämpft immer noch seine sinnlosen, erbärmlichen Kämpfe.* Und der Kanzler würde auch dort sein, als ironischer Zuschauer der sabbernden Dummheit des letzten Tiste Edur. *Des letzten Tiste Edur in der Stadt, ja.*

Er eilte weiter, ließ die Kampfgeräusche weit hinter sich.

Ein Tag des Wahnsinns – würde er denn niemals enden?

Kanzler Triban Gnol trat einen Schritt zurück. Die Erkenntnis war ihm schlagartig gekommen, mit der Macht eines Hammerschlags. *Rhulad Sengar wird nicht zurückkehren. Der Imperator der Tausend Tode … ist seinen letzten Tod gestorben.*

*Toblakai. Karsa Orlong. Ich weiß nicht, was du getan hast, ich weiß nicht, wie du es getan hast – aber du hast den Weg freigemacht.*

*Du hast ihn freigemacht, und dafür preise ich dich.*

Er schaute sich um und sah, dass das dürftige Publikum geflohen war – ja, die Verteidigung des Ewigen Domizils war durchbrochen worden, der Feind war im Inneren. Er drehte sich zu dem Finadd um, der unweit von ihm stand. »Varat Taun.«

»Kanzler?«

»Wir sind hier fertig. Sammle deine Soldaten, und eskortiere mich zum Thronsaal, wo ich die Eroberer erwarten werde.«

»Jawohl, Kanzler.«

»Außerdem nehmen wir die Hexe da drüben mit – ich würde gerne wissen, was hier geschehen ist. Ich würde gerne wissen, warum sie sich mit dem Messer in die Hand geschnitten hat. Ich würde gerne *alles* wissen.«

»Ja, Kanzler.«

Der Finadd war überraschend sanft, als er die blasse Frau in Gewahrsam nahm, und tatsächlich schien er ihr etwas zuzuflüstern, was sie müde nicken ließ. Triban Gnols Augen verengten sich. Nein, er traute diesem neuen Finadd nicht. Er wünschte, Sirryn Kanar wäre hier.

Als sie die Arena verließen, blieb der Kanzler kurz stehen, um noch einen Blick zurückzuwerfen, einen allerletzten Blick auf die armselige Gestalt, die im blutigen Sand lag. *Tot. Er ist wirklich tot.*

*Ich glaube, ich habe immer gewusst, dass es Karsa Orlong sein würde. Ja, ich glaube, das habe ich.*

Er war beinahe versucht zurückzugehen, hinunter in die Arena, und quer über den Kampfplatz zu laufen, sich vor den toten Körper von Rhulad Sengar zu stellen. Und dem Imperator ins Gesicht zu spucken.

*Keine Zeit. Dieses Vergnügen muss noch ein bisschen warten. Aber ich schwöre, dass ich es noch tun werde.*

Krake winkte sie vor zur Gangkreuzung. Fiedler führte den Rest seines Trupps zu dem Sappeur.

»Das ist der Hauptzugang«, sagte Krake. »Er muss es sein.«

Fiedler nickte. Der überaus reich verzierte Korridor war beeindruckend breit und hatte eine gewölbte, mit Blattgold ausgelegte Decke. Es war niemand zu sehen. »Also, wo sind die Wachen, und in welcher Richtung liegt der Thronsaal?«

»Keine Ahnung«, sagte Krake. »Aber ich denke, wir gehen nach links.«

»Warum?«

»Nur so, abgesehen davon, dass alle, die vor uns geflohen sind, mehr oder weniger in diese Richtung gerannt sind.«

»Da ist was dran, es sei denn, sie wollten alle durch die Hintertür abhauen.« Fiedler wischte sich den Schweiß aus den Augen. Oh, dies war ein ekliges Blutvergießen gewesen, aber er hatte seine Soldaten gewähren lassen, trotz der missbilligenden Blicke des Schnellen Ben. Verdammter Hohemagier, was musste er seine Nase immer so hoch tragen – und woher kam eigentlich diese ganze verdammte Magie, im Namen des Vermummten? Früher hatte Ben nie so was draufgehabt. Nicht mal annähernd.

Er warf einen Blick auf Igel.

Der gleiche alte Igel. Nicht älter als das letzte Mal, da Fiedler ihn gesehen hatte. *Bei den Göttern, es fühlt sich nicht an, als wenn es Wirklichkeit wäre. Er ist zurück. Er lebt, er atmet, er furzt …* Er streckte eine Hand aus und knuffte Igel seitlich am Kopf.

»He – wofür war das denn?«

»Nur so. Aber ich bin mir sicher, ich hatte das noch mindestens einmal gut.«

»Wer hat dir in der Wüste die Haut gerettet? Und unter der Stadt?«

»Irgendein Geist, der nichts Gutes im Schilde geführt hat«, antwortete Fiedler.

»Beim Vermummten, dieser weiße Bart macht dich alt, Fid, weißt du das?«

*Oh, sei still.*

»Haben alle die Armbrüste geladen? Gut. Geh voraus, Krake, aber langsam und vorsichtig, ja?«

Sie hatten gerade mal fünf Schritt in dem prächtigen Korridor zurückgelegt, als es in einem Seitengang ein Stück voraus zu ihrer Rechten plötzlich von Menschen wimmelte. Und einmal mehr begann das Chaos.

Starr sah den alten Mann als Erster – den, der vorneweg ging –, aber selbst wenn er ihn nicht als Erster gesehen hatte, schoss er vor allen anderen. Und der Bolzen traf den Mann seitlich am Kopf, mitten in die linke Schläfe. Und auf der anderen Seite spritzte alles Mögliche raus.

Noch mehr Bolzen trafen ihn, mindestens zwei, rissen seinen dürren, aber in eine vornehme Robe gehüllten Körper herum, ehe er hinfiel.

Die Handvoll Wachen, die den alten Mann begleitet hatten, wichen zurück, aber zwei oder noch mehr blieben stecken, und Starr stürmte bereits vorwärts, zog sein Kurzschwert und brachte seinen Schild nach vorn. Er stieß hart gegen Corabb, der das Gleiche tat, und fluchte, als der Wüstenkrieger sich vor ihn drängte.

Starr hob sein Schwert, verspürte plötzlich den überwältigenden Drang, dem blöden Kerl die Klinge auf den Kopf zu schlagen – aber nein, spar dir das für die Feinde auf …

Die ihre Waffen wegwarfen, während sie noch weiter zurückwichen.

»Um des Vermummten willen!«, rief der Schnelle Ben, zerrte an Starr, um an ihm vorbeizukommen, und schob dann Corabb zur Seite. »Sie ergeben sich, verdammt! Hört endlich auf, alle abzuschlachten!«

Und aus der Gruppe der Letherii rief eine Frau auf Malazanisch: »Wir ergeben uns! Tötet uns nicht!«

Diese Stimme reichte, um alle anhalten zu lassen.

Starr drehte sich genau wie alle anderen herum und sah Fiedler an.

Nach einem kurzen Augenblick nickte der Sergeant. »Dann nehmt sie gefangen. Sie können uns zu dem verdammten Thronsaal führen.«

Lächeln rannte zu dem Leichnam des alten Mannes und fing an, ihm die protzigen Ringe abzunehmen.

Ein letheriischer Offizier trat mit erhobenen Händen vor. »Im Thronsaal ist niemand«, sagte er. »Der Imperator ist tot – seine Leiche liegt in der Arena …«

»Dann bring uns dahin«, sagte der Schnelle Ben mit einem schnellen Seitenblick auf Fiedler. »Das will ich mit eigenen Augen sehen.«

Der Offizier nickte. »Wir kommen zwar gerade von dort, aber gut.«

Fiedler winkte seinen Trupp vorwärts und blickte dann finster zu Lächeln hin. »Mach das später, Soldat …«

Sie bleckte die Zähne wie ein Hund, der über einem Opfer stand, zog ein großes Messer und trennte dem alten Mann mit zwei kräftigen Hieben die schönen Hände ab.

Trull Sengar trat auf den Sand der Arena, den Blick fest auf den Leichnam gerichtet, der unweit des hinteren Endes lag. Münzen schimmerten. Der Kopf war weit nach hinten gesunken. Er schritt langsam weiter.

In den Korridoren und Räumen des Ewigen Domizils herrschte das Chaos. Später könnte er nach seinen Eltern suchen, aber er vermutete, dass er sie nicht finden würde. Sie waren mit den anderen Tiste Edur fortgegangen. Zurück in den Norden. Zurück in ihre Heimat. Und so hatten am Ende auch sie Rhulad, ihren jüngsten Sohn, im Stich gelassen.

*Warum liegt er so unbeweglich da? Warum ist er noch nicht zurückgekehrt?*

Er kam an Rhulads Seite und sank auf die Knie. Legte den Speer weg. Ein Arm fehlte. Das Schwert fehlte.

Trull streckte eine Hand aus und hob den Kopf seines Bruders an. Er war schwer, und das Gesicht so mit Narben übersät, so schmerzverzerrt, dass es kaum zu erkennen war. Er ließ den Kopf in seinen Schoß sinken.

*Zweimal musste ich das jetzt tun. Mit einem Bruder, dessen Gesicht da unter mir so unbewegt bleibt. So leblos. Sie sehen so … so falsch aus.*

Er hätte ein letztes Mal versucht, seinen jüngeren Bruder zur Vernunft zu bringen, ihn an all das zu erinnern, was er einst gewesen war. Bevor er zu dem hier geworden war. Bevor er in närrischem, aber verständlichem Eifer auf einem Eisfeld die Hände um das Heft eines Schwertes gelegt hatte.

In einem anderen Moment der Schwäche hatte Rhulad dann Trull zum *Geschorenen* erklärt. Zu einem, der in den Augen aller Tiste Edur tot war. Und hatte ihn an eine Mauer ketten lassen, so dass ein langsamer, quälender Tod ihn erwartet hatte. Oder das ansteigende Wasser.

Trull war gekommen, um ihm … ja, um ihm zu vergeben. Es war der Schrei in seinem Herzen, der Schrei, mit dem er so lange gelebt hatte, dass es ihm wie eine Ewigkeit erschien. *Du warst verwundet, Bruder. So verwundet. Er hat dich niedergehauen. Hat dich zu Boden gebracht, aber nicht getötet. Er hat getan, was er tun musste, um deinen Alptraum zu beenden. Aber du hast es nicht so gesehen. Du konntest es nicht.*

*Stattdessen hast du gesehen, wie deine Brüder dich im Stich gelassen haben.*

*Und daher nun meine Frage, mein Bruder: wirst du mir so vergeben, wie ich dir vergebe?*

Natürlich würde er keine Antwort bekommen. Nicht von diesem für immer stillen, für immer leeren Gesicht. Trull war zu spät gekommen. Zu spät, um zu vergeben, und zu spät, um Vergebung zu erlangen.

Er fragte sich, ob Seren gewusst hatte, ob sie vielleicht geahnt hatte, was er hier finden würde.

Bei dem Gedanken an sie stockte ihm der Atem. Oh, er hatte nicht gewusst, dass es eine solche Liebe geben könnte. Und jetzt entfaltete sich selbst in der Asche, die ihn hier umgab, die Zukunft vor ihm wie eine Blüte, deren Duft unglaublich süß war.

*Das ist es, was Liebe bedeutet. Ich sehe endlich …*

Die Messerklinge traf ihn unterhalb des linken Schulterblatts und bohrte sich bis in sein Herz.

Seine Augen weiteten sich in plötzlichem Schmerz, plötzlichem Erstaunen. Trull spürte, wie Rhulads Kopf ihm seitlich vom Schoß rutschte, aus Händen glitt, die jede Kraft verloren hatten.

*Oh Seren, mein Herz.*

*Oh, vergib mir.*

Mit gefletschten Zähnen trat Sirryn Kanar zurück, zog sein Messer aus dem Leichnam. Ein letzter Tiste Edur. Der jetzt tot war, durch seine Hand. Es gab doch noch wahre Gerechtigkeit auf dieser Welt. Mit diesem Messer hatte er das letheriische Imperium gesäubert, und sieh nur, wie das zähflüssige Blut heruntertropft, wie es um den Griff herum aufwallt.

Ein Stich ins Herz – ein passender Abschluss, nachdem er sich lautlos auf dem Sand angeschlichen und auf den letzten drei Schritten sogar noch den Atem angehalten hatte. Sein gesegneter Schatten war direkt unter seinen Füßen gewesen – keine Gefahr, dass er ihm vorauseilte und den Dreckskerl warnte. Es hatte diesen einen Moment gegeben, wo ein Schatten über den Sand gehuscht war – eine verdammte Eule, ausgerechnet – doch der Narr hatte es nicht bemerkt.

Nein, in der Tat; die Sonne stand im Zenith.

Und jeder Schatten kauerte sich zitternd unter dem grausamen Herrscher am Himmel zusammen.

Plötzlich schmeckte er Eisen im Mund, ein so bitteres Geschenk, dass er es – kalt und beißend, wie es war – jubelnd begrüßte. Er trat zurück, während der Körper zur Seite fiel, genau über den Speer des erbärmlichen Wilden.

*Der Barbar stirbt. Wie er es muss, denn ich bin die Hand der Zivilisation.*

Er hörte eine Bewegung am fernen Ende und wirbelte herum.

Der Bolzen traf ihn in die linke Schulter, schleuderte ihn zurück, wo er über die beiden Leichname stolperte, sich im Fallen verdrehte, so dass er auf seiner verletzten Seite landete.

Schmerz flammte auf, betäubte ihn.

*»Oh nein«,* stöhnte Igel und schob sich an Koryk vorbei, der sich mit einem verärgerten Gesichtsausdruck umdrehte.

»Verdammt, Koryk«, fing Fiedler an.

»Nein«, sagte der Schnelle Ben. »Du verstehst das nicht, Fid.«

Koryk zuckte die Schultern. »Tut mir leid, Sergeant. Reine Gewohnheit.«

Fiedler sah, wie der Magier Igel dorthin folgte, wo die drei Körper im Sand lagen. Doch der Sappeur kümmerte sich nicht um den getroffenen Letherii, sondern ließ sich stattdessen neben einem der Tiste Edur schwer auf die Knie fallen.

»Siehst du die Münzen auf dem da?«, fragte Krake. »Die sind richtig eingebrannt …«

»Das war der Imperator«, sagte der Finadd, der sie hierhergebracht hatte. »Rhulad Sengar. Den anderen Edur … kenne ich nicht. Im Gegensatz«, fügte er dann hinzu, »zu Euren Freunden.«

Ja, das konnte Fiedler sehen, und es schien plötzlich, als gäbe es an diesem Ort nichts als Schmerz. In letzten Atemzügen gefangen, verlieh ihm Igel mit für ihn untypischen, fast schon animalischen Schreien voller Trauer eine Stimme. Erschüttert drehte Fiedler sich zu seinen Soldaten um. »Nehmt Verteidigungspositionen ein – alle. Hauptmann, Ihr und die anderen Gefangenen geht da rüber, an die Mauer, und rührt Euch nicht, wenn Ihr am Leben bleiben wollt. Koryk, immer ruhig mit der verdammten Armbrust, ja?«

Und dann ging Fiedler zu seinen Freunden.

Und wäre beinahe wieder zurückgewichen, als er Igels Gesicht sah – diese nackte Qual, durch die es so … ungeschützt wirkte.

Der Schnelle Ben drehte sich um und blickte Fiedler an, und in seinem Blick lag irgendeine Warnung, und dann ging der Magier zu dem gefallenen Letherii.

Zitternd und verwirrt folgte Fiedler dem Schnellen Ben. Stellte sich neben ihn, sah auf den Mann hinunter.

»Er wird überleben«, sagte er.

Hinter ihm krächzte Igel: *»Nein, das wird er nicht.«*

Die Stimme klang kaum mehr menschlich. Fiedler drehte sich beunruhigt um und sah, dass Igel den Schnellen Ben anstarrte, als würde ein stummes Gespräch zwischen den beiden stattfinden.

»Kannst du es tun, Ben?«, fragte Igel schließlich. »Irgendein Ort, wo … wo es ewige Qual gibt. Kannst du das tun, Magier? *Ich habe dich gefragt, ob du das tun kannst!«*

Der Schnelle Ben blickte Fiedler an; in seinen Augen stand eine Frage.

*Oh, nein, Ben, in dieser Angelegenheit kann ich nicht mitreden …*

»Fiedler, hilf mir, mich zu entscheiden. Bitte.«

*Bei den Göttern, sogar der Schnelle Ben trauert. Wer war dieser Krieger?*

»Du bist der Hohemagier, Schneller Ben. Tu, was getan werden muss.«

Der Magier wandte sich wieder Igel zu. »Der Vermummte ist mir was schuldig, Igel.«

»Was für eine Antwort ist das denn?«

Doch der Schnelle Ben drehte sich um, gestikulierte, und ein dunkler, verwaschener Schimmer erhob sich um den Letherii, schloss sich vollständig um den Körper des Mannes, dann schrumpfte er, als würde er sich in den Sand graben, bis nichts mehr übrig war. Ein schwacher Schrei war zu hören, als hätte, was auch immer den Letherii erwartete, die Arme ausgestreckt, um ihn zu packen.

Plötzlich packte der Magier Fiedler am Wams, zog ihn dicht zu sich heran. Sein Gesicht war bleich vor Wut. *»Bedauere ihn bloß nicht, Fid. Hast du mich verstanden? Bedauere ihn bloß nicht!«*

Fiedler schüttelte den Kopf. »Das – das tue ich doch gar nicht, Ben. Nicht einen Augenblick. Soll er doch schreien, bis in alle Ewigkeit. Soll er ruhig schreien.«

Ein grimmiges Nicken, und der Magier stieß ihn wieder weg.

Igel weinte über dem Tiste Edur, weinte wie ein Mann, für den alles Licht der Welt erloschen war und nie wieder zurückkehren würde.

Und Fiedler wusste nicht, was er tun sollte.

Nachdem er von einem unsichtbaren Ort aus zugesehen hatte, trat der Abtrünnige einen Schritt zurück und riss sich los, als wollte er sich von einer Klippe stürzen.

Er war, was er war.

Jemand, der etwas aus dem Gleichgewicht brachte.

Und heute, an diesem Tag – möge der Abgrund ihn zur Gänze verschlingen – ein Witwenmacher.

Nachdem er den sanft ansteigenden Strand hinaufgegangen war, blieb Karsa Orlong stehen. Er griff nach dem Schwert, das in seinem Oberschenkel steckte, und packte die Klinge direkt unterhalb der Parierstange. Ohne darauf zu achten, dass er sich an der von Kerben übersäten Schneide schnitt, zog er die Waffe heraus.

Blut strömte aus den Wunden, aber nicht lange. Und obwohl das Bein allmählich taub wurde, wusste er, dass er es noch einige Zeit würde benutzen können.

Noch immer das verfluchte Schwert an der Klinge haltend, schob er sich vorwärts, humpelte auf die Grasnarbe. Und sah nicht allzu weit entfernt zu seiner Rechten eine kleine Hütte, aus der Rauchwolken quollen.

Der Toblakai-Krieger ging darauf zu.

Als er vor der Hütte stand, ließ er das stählerne Schwert fallen, trat noch einen Schritt näher, bückte sich und schob eine Hand unter eine Kante. Mit einem kräftigen, aufwärtsgerichteten Ruck brachte er das ganze Gebilde dazu, nach hinten zu kippen, so dass es wie eine Schildkröte auf dem Rücken zu liegen kam.

Rauchwolken stiegen auf, wurden vom Wind erfasst und weggeweht.

Vor ihm hockte mit übergeschlagenen Beinen eine alte, gebeugte und gebrochene Kreatur.

Ein Mann. Ein Gott.

Der aus zusammengekniffenen, schmerzerfüllten Augen zu ihm aufblickte. Dann änderte er die Blickrichtung, schaute an Karsa vorbei, und der Krieger drehte sich um.

Und sah, dass der Geist des Imperators angekommen war. Er war jung – jünger als Karsa sich Rhulad Sengar vorgestellt hatte – und mit seinem glatten, nicht von Narben gezeichneten Gesicht ein durchaus gut aussehender Mann. Der auf dem Boden lag, als würde er schlafen.

Dann riss er die Augen auf und schrie auf.

Ein kurzer Schrei.

Rhulad drehte sich zur Seite, erhob sich auf Hände und Knie – und sah, dass sein Schwert nicht weit von ihm entfernt lag.

»Nimm es!«, rief der Verkrüppelte Gott. »Mein teurer junger Meisterkämpfer, Rhulad Sengar von den Tiste Edur. Nimm dein Schwert!«

»Tu es nicht«, sagte Karsa. »Dein Geist ist hier – er ist alles, was du hast, alles, was du bist. Wenn ich ihn töte, wirst du dem Vergessen anheimfallen.«

»Schau dir sein Bein an! Er ist fast schon so verkrüppelt wie ich! Nimm das Schwert, Rhulad, und schlage ihn nieder!«

Doch Rhulad zögerte; er blieb auf Händen und Knien, und sein Atem ging rasch und abgehackt.

Der Verkrüppelte Gott schnaufte, hustete und sagte dann mit leiser, lockender Stimme: »Du kannst zurückkehren, Rhulad. In deine Welt. Du kannst alles wieder in Ordnung bringen. Dieses Mal kannst du alles in Ordnung bringen. Hör mir zu, Rhulad. Trull lebt! Dein Bruder lebt, und er ist unterwegs zum Ewigen Domizil! Er geht dorthin, weil er zu dir will! Töte diesen Toblakai, und du kannst zu ihm zurückkehren, du kannst ihm alles sagen, was gesagt werden muss!

*Rhulad Sengar, du kannst ihn um Vergebung bitten.«*

Bei diesen Worten hob der Tiste Edur den Kopf. Seine Augen leuchteten plötzlich, und das machte ihn … *schrecklich jung.*

Tief in seinem Innern spürte Karsa Orlong ganz kurz einen Stich des Bedauerns.

Rhulad Sengar griff nach dem Schwert.

Und das Feuersteinschwert sauste herunter und enthauptete ihn.

Der Kopf rollte ein kleines Stück und blieb schließlich auf dem Schwert liegen. Der Körper kippte zur Seite, die Beine zuckten ein paar Mal krampfhaft und wurden dann still, während Blut aus dem Hals strömte. Binnen weniger Augenblicke wurde der Blutstrom schwächer.

Hinter Karsa stieß der Verkrüppelte Gott ein abgehacktes Gelächter aus. »Ich habe so lange auf dich gewartet, Karsa Orlong«, sagte er. »Ich habe mir so viel Mühe gegeben … um dich zu diesem Schwert zu bringen. Denn es gehört dir, Toblakai. Kein anderer kann es so schwingen wie du. Kein anderer kann seinem Fluch widerstehen, kann geistig gesund bleiben, kann der Herr der Waffe bleiben. Diese Waffe ist für dich, mein Erwählter.«

Karsa Orlong drehte sich zum Verkrüppelten Gott um. »Niemand erwählt mich. Dieses Recht räume ich niemandem ein. Ich bin Karsa Orlong von den Teblor. Ich treffe alle meine Entscheidungen selbst.«

»Dann entscheide dich, mein Freund. Wirf das armselige Steinding weg, das du da mit dir herumschleppst. Entscheide dich für die Waffe, die vor allen anderen für dich geschmiedet wurde.«

Karsa bleckte die Zähne.

Die Augen des Verkrüppelten Gottes weiteten sich kurz, und er beugte sich über die Kohlenpfanne mit der Glut. »Mit diesem Schwert wirst du unsterblich sein, Karsa Orlong.« Er wedelte mit einer knorrigen Hand, und ein paar Schritte entfernt bildete sich ein Tor. »Da. Geh zurück in dein Heimatland, Karsa. Rufe dich zum Imperator der Teblor aus. Führe dein Volk in alle Ewigkeit. Oh, die Teblor werden übel geplagt. Nur du kannst sie retten, Karsa Orlong. Und wenn du das Schwert nimmst, kann niemand gegen dich bestehen. Du wirst sie retten, du wirst sie zur Vorherrschaft führen – ein Feldzug, bei dem so viele ›Kinder‹ niedergemacht werden, wie die Welt es noch nie erlebt hat. Tu etwas … wehre dich, Toblakai! Wehre dich gegen all das Unrecht, unter dem du und dein Volk – unter dem ihr gelitten habt! *Lass die Kinder Zeugen werden!«*

Karsa Orlong starrte auf den Verkrüppelten Gott hinab.

Und sein spöttisches Grinsen wurde breiter – ehe er sich abwandte.

*»Lass es nicht hier liegen! Es ist für dich! Karsa Orlong, es ist für dich!«*

Jemand näherte sich vom Sandstrand her. Ein breitschultriger, muskulöser Mann und drei schwarzhäutige Bhokorala.

Karsa humpelte ihnen entgegen.

Withal spürte, wie sein Herz in der Brust pochte. Er hatte nicht erwartet … nun ja, er hatte nicht gewusst, was er erwarten sollte, er hatte nur gewusst, was *von ihm* erwartet wurde.

»Du bist hier nicht willkommen«, sagte der Riese mit dem tätowierten Gesicht und dem verletzten Bein.

»Das überrascht mich nicht. Aber hier bin ich nun einmal.« Withals Blick huschte zu dem Schwert, das im Gras lag. Der Kopf des Tiste Edur ruhte auf ihm wie ein Geschenk. Der Waffenschmied runzelte die Stirn. »Der arme Kerl, er hat nie begriffen …«

»Ich schon«, knurrte der Riese.

Withal schaute zu dem Krieger auf. Dann blickte er kurz hinüber zum Verkrüppelten Gott, der dort kauerte, ehe er wieder den Riesen ansah. »Du hast nein gesagt?«

»So in etwa.«

»Gut.«

»Wirst du es jetzt nehmen?«

»Das werde ich – um es auf dem Amboss zu zerbrechen, auf dem es geschmiedet wurde.« Er deutete auf die baufällige Schmiede in einiger Entfernung.

»Du hast gesagt, es sei unzerbrechlich, Withal«, zischte der Verkrüppelte Gott.

Der Waffenschmied zuckte die Schultern. »So etwas sagt man halt. Um leichter an Aufträge zu kommen.«

Der Verkrüppelte Gott stieß einen entsetzlichen Schrei aus, der in einem halb ersticken, keuchenden Hustenanfall endete.

Der Riese musterte nun seinerseits Withal. »Du hast diese verfluchte Waffe gemacht?«, fragte er.

»Ja.«

Der Rückhandschlag erwischte Withal vollkommen unerwartet, und er flog rückwärts. Landete hart auf dem Rücken, starrte hinauf zum sich drehenden blauen Himmel – aus dem plötzlich der Krieger auftauchte, der auf ihn herunterschaute.

»Mach so was nie wieder.«

Nach diesen Worten drehte er sich um und schritt davon.

Im grellen Sonnenlicht blinzelnd schaffte Withal es, sich auf die Seite zu drehen, und sah den Riesen in ein Portal aus Feuer schreiten – und dann war er fort, während der Verkrüppelte Gott erneut aufschrie. Das Portal verschwand mit einem Fauchen.

Einer der Naechts brachte sein grässliches kleines Gesicht dicht an Withals heran, wie eine Katze, die ihm den Atem stehlen wollte. Er schnurrte.

»Ja, ja«, sagte Withal und schob das Biest weg. »Hol das Schwert, ja. Zerbrich das verdammte Ding.«

Die Welt um ihn herum drehte sich, und er hatte das Gefühl, als würde ihm übel werden. »Sandalath, meine Liebe, hast du den Eimer ausgeleert? Ja, klar, es war Pisse, aber sie hat vor allem nach Bier gerochen, oder? Ich hätte sie einfach nochmal trinken können, verstehst du?«

Er rappelte sich auf, schwankte kurz heftig vor und zurück, bückte sich und schaffte es schließlich nach mehreren Versuchen, das Schwert aufzuheben.

Rüber zur Schmiede. Es gab nicht viele Möglichkeiten, ein verfluchtes Schwert zu zerbrechen. Mit einer Waffe, die noch übler war, würde es gehen, aber in diesem Fall gab es keine. Dann also zurück zu den Geheimnissen des alten Schmieds. *Wenn du eine verzauberte Waffe zerbrechen willst, bring sie nach Hause, in die Schmiede, in der sie geboren wurde.*

Nun, genau das würde er tun – und zwar jetzt gleich.

Als er sah, dass die drei Naechts ihn anglotzten, machte er ein finsteres Gesicht. »Na los, geht schon und schöpft das verdammte Boot aus – ich bin nicht in der Stimmung, fünfzig Ruderzüge von der Küste entfernt unterzugehen.«

Die Kreaturen machten sich so hastig zurück zum Strand auf, dass sie übereinander stolperten und hinfielen.

Withal ging zu der alten Schmiede, um zu tun, was notwendig war.

Hinter ihm heulte der Verkrüppelte Gott den Himmel an.

Ein schreckliches, wirklich schreckliches Geräusch, der Schrei eines Gottes. Einer, den er nie wieder hören wollte.

In der Schmiede fand Withal einen alten Hammer, und er bereitete sich darauf vor, alles rückgängig zu machen, was er getan hatte. Obwohl das, wie ihm klar wurde, als er das Schwert auf den rostigen Amboss legte und die blutverschmierte Klinge musterte, in Wirklichkeit unmöglich war.

Einen Atemzug später hob der Waffenschmied den Hammer.

Und schlug zu.

# Epilog

Sie ging durch die Schleier der Nacht
Und wartete für eine Mahlzeit
An den Toren des Wahnsinns.

Wo die Lebenden mit dem Tod spielten,
Und sich triumphierend brüsteten
An den Toren des Wahnsinns.

Wo die Toten die Lebenden verspotteten
Und Geschichten von Vergeblichkeit erzählten
An den Toren des Wahnsinns.

Sie setzte ihr neues Kind
Dort auf den befleckten Altar
An den Toren des Wahnsinns.

»Dies«, sagte sie, »ist es, was wir tun müssen,
Voller Hoffnung und Demut,
An den Toren des Wahnsinns.«

Und das Kind schrie in die Nacht,
Um kühn seine Ankunft zu verkünden
An den Toren des Wahnsinns.

Haben wir genug davon geträumt?
Unsere Aussicht auf Leiden
An den Toren des Wahnsinns.

Wirst du hinuntersehen in sein neues Gesicht
Und Lieder der Qual flüstern
An den Toren des Wahnsinns?

Den gezackten Schlüssel in die Hand nehmen
Und eine zerbrochene Zukunft loslassen
An den Toren des Wahnsinns?

Dann erzähle dem Kind deine Geschichte von der
Vergeblichkeit,
All deine Spiele mit dem Tod
An den Toren des Wahnsinns.

Wir, die hier stehen, haben sie schon zuvor gehört
Auf dieser anderen Seite
Der Tore des Wahnsinns.

*Gebet eines Kindes*
Die Maskierten Mönche von Cabal

Das Geräusch einer wirbelnden Kette weckte Nimander Golit, zerrte seine Seele aus ihrem Winkel der Erschöpfung und des Entsetzens. Er starrte zur fleckigen Decke des kleinen Zimmers hinauf, und sein Herz hämmerte wild in seiner Brust, während sein Körper unter feuchten Decken schweißnass war.

Das Geräusch – es war ihm so wirklich vorgekommen …

Und jetzt hörte er es erneut – mit weit aufgerissenen Augen.

Ein Wirbeln, dann ein merkwürdiges *Knack!* Und dann wieder ein Wirbeln.

Er setzte sich auf. Die verkommene Stadt draußen schlief, ertrank in Finsternis, die kein Mondlicht milderte. Und doch … das Geräusch kam von der Straße direkt vor seinem Fenster.

Nimander stand auf, ging zur Tür, weiter in den kalten Gang. Spürte Dreck und Staub unter seinen bloßen Füßen, als er die wackeligen Stufen hinunterstieg.

Er verließ das Gebäude, eilte hinaus auf die Straße.

Ja, es war tiefste Nacht, und dies war kein Traum – konnte keiner sein.

Die surrende Kette und das leise Knacken – ganz nah bei ihm – ließen ihn herumwirbeln. Und er sah einen anderen Tiste Andii aus der Düsternis auftauchen. Einen Fremden. Nimander rang nach Luft.

Der Fremde ließ eine Kette um seine erhobene Hand wirbeln, eine Kette, an deren Enden sich Ringe befanden.

»Hallo, Nimander Golit.«

»Wer – wer bist du? Woher kennst du meinen Namen?«

»Ich bin von weither gekommen, zu dieser Insel der Triller – sie sind unsere Verwandten, wusstest du das? Ich nehme an, du hast es gewusst – aber sie können warten, denn sie sind noch nicht bereit und werden vielleicht niemals bereit sein. Schließlich stammt das Blut, das in ihnen kreist, nicht nur von den Andii. Sondern auch von den Edur. Vielleicht sogar von den Liosan, von den Menschen ganz zu schweigen. Es spielt keine Rolle. Lass Zwielicht ihre Insel ...« Er lachte leise. »Ihr Insel-Imperium.«

»Was willst du?«

»Dich, Nimander Golit. Dich – und deine Sippe. Geh, hol sie her. Es ist Zeit für uns zu gehen.«

»Was? Wohin?«

»Bist du wirklich noch ein Kind?«, fauchte der Fremde gereizt. Die Ringe klickten, die Kette wickelte sich eng um seinen Zeigefinger. »Ich bin hier, um euch nach Hause zu geleiten, Nimander. Euch Abkömmlinge des Schwarzen Geflügelten Lords.«

»Aber wo ist das – zu Hause?«

»Hör mir zu! *Ich bringe euch zu ihm!*«

Nimander starrte ihn an, machte dann einen Schritt zurück. »Er will uns nicht ...«

»Es spielt keine Rolle, was er will. Es spielt auch keine Rolle, was ich will! Verstehst du es immer noch nicht? *Ich bin ihr Herold!*«

Ihr Herold?

Plötzlich schrie Nimander auf, fiel hart auf die Knie, auf die Pflastersteine, schlug die Hände vors Gesicht. »Dies – dies ist kein Traum?«

Der Fremde grinste spöttisch. »Du kannst deine Alpträume behalten, Nimander. Du kannst bis in alle Ewigkeit auf das Blut an deinen Händen starren, wenn es nach mir geht. Sie war, wie du sagst, wahnsinnig.

Und gefährlich. Ich sage dir etwas: wenn sie noch am Leben gewesen wäre, hätte ich ihren Leichnam heute Nacht hier auf dieser Straße liegen gelassen. Also, genug davon.

Geh, hol deine Sippe her. Schnell, Nimander, so lange diese Insel noch im Griff der Dunkelheit ist.«

Und Nimander stand auf, humpelte in das heruntergekommene Gebäude.

*Ihr Herold. Oh, Mutter Dunkel, wirst du unseren Vater herbeirufen, so wie du jetzt uns herbeirufst?*

*Aber warum?*

*Oh, es muss so sein. Ja. Unsere Verbannung – beim Abgrund hienieden –, unsere Verbannung ist zu Ende!*

Während Clip auf der Straße wartete, ließ er seine Kette wirbeln. Ein erbärmlicher Haufen, falls dieser Nimander der Beste von ihnen war. Nun, sie würden genügen müssen, denn er hatte nicht gelogen, als er gesagt hatte, dass die Triller noch nicht bereit wären.

Genau genommen war es das einzige Mal gewesen, dass er in dieser dunkelsten aller Nächte die Wahrheit gesagt hatte.

*Und – wie ist es dir in Letheras ergangen, Silchas Ruin? Nicht gut, würde ich wetten.*

*Du bist nicht wie dein Bruder. Du warst es nie.*

*Oh, Anomander Rake, wir werden dich finden. Und du wirst uns Rechenschaft ablegen. Nein, nicht einmal ein Gott kann sich so einfach davonmachen, den Folgen entfliehen. Den Folgen des Verrats.*

*Ja, wir werden dich finden. Und wir werden es dir zeigen. Wir werden dir zeigen, wie es sich anfühlt.*

Rud Elalle fand seinen Vater auf einem verwitterten Felsblock am Rand des kleinen Tals unweit des Dorfs sitzen. Er kletterte zu Udinaas hoch, ließ sich neben ihm auf dem von der Sonne erwärmten Stein nieder.

Ein Ranag-Kalb war irgendwie von seiner Mutter getrennt worden – und somit auch von der ganzen Herde – und wanderte jetzt jämmerlich brüllend über den Talgrund.

»Wir könnten einen Braten aus ihm machen«, sagte Rud.

»Das könnten wir«, antwortete Udinaas. »Wenn du kein Herz hast.«

»Wir müssen leben, und um leben zu können, müssen wir essen …«

»Und um leben und essen zu können, müssen wir töten. Ja, ja, Rud, das weiß ich alles.«

»Wie lange wirst du bleiben?«, fragte Rud, und dann blieb ihm die Luft weg. Die Frage war ihm einfach so herausgeplatzt – die Frage, die zu stellen er sich so lange gefürchtet hatte.

Udinaas sah ihn überrascht von der Seite an, ehe er seine Aufmerksamkeit wieder dem verirrten Kalb zuwandte. »Sie trauert«, sagte er. »Sie trauert so tief in ihrem Herzen, dass ich es spüren kann – als wäre die Entfernung nichts. *Nichts.* Das kommt davon«, fügte er ohne einen Hauch Bitterkeit hinzu, »wenn man vergewaltigt wird.«

Rud fand es zu schwer, in diesem Augenblick in das Gesicht seines Vaters zu sehen, und daher richtete er den Blick auf das Kalb unten im Tal.

»Ich habe es Onrack erzählt«, fuhr Udinaas fort. »Ich musste es tun. Um es … aus mir herauszubekommen, bevor es mich verschlingen konnte. Jetzt bedaure ich allerdings, dass ich es getan habe.«

»Das brauchst du nicht. Onrack hatte keinen besseren Freund. Es war notwendig, dass er die Wahrheit erfährt …«

»Nein, Rud, das ist niemals *notwendig*. Manchmal ist es angebracht. Manchmal ist es auch nützlich. Aber ansonsten *verletzt* es nur.«

»Vater, was wirst du tun?«

»Tun? Nun, nichts. Weder für Seren, noch für Onrack. Ich bin nichts weiter als ein ehemaliger Sklave.« Ein flüchtiges ironisches Lächeln. »Der bei den Wilden lebt.«

»Du bist mehr als das«, sagte Rud.

»Ach ja?«

»Ja. Du bist mein Vater. Und deshalb frage ich dich noch einmal: Wie lange wirst du bleiben?«

»Nun – ich nehme an, bis du mich rauswirfst.«

Rud war so dicht davor, in Tränen auszubrechen, wie noch nie zuvor in seinem Leben. Seine Kehle schnürte sich so sehr zu, dass er mehrere Herzschläge lang nichts sagen konnte, während die Gefühle in seinem Innern aufwallten und nur langsam wieder abebbten. Sein Blick war verschwommen, als er das Kalb beobachtete, wie es tiefer ins Tal wanderte.

Udinaas sprach weiter, als hätte er die Reaktion, die seine Worte hervorgerufen hatten, nicht bemerkt. »Nicht, dass ich dir allzu viel beibringen könnte, Rud. Außer Netze zu flicken, vielleicht.«

»Nein, Vater, du kannst mir das Wichtigste überhaupt beibringen.«

Udinaas beäugte ihn von der Seite, zweifelnd und argwöhnisch.

Drei erwachsene Ranag tauchten auf einer Hügelkuppe auf, trotteten den Hang hinunter auf das Kalb zu. Als es sie erblickte, brüllte das Jungtier erneut, dieses Mal noch lauter, und galoppierte ihnen entgegen.

Rud seufzte. »Vater, du kannst mir das beibringen, was du am besten kannst – wie man *überlebt*.«

Einige Zeit lang sagte keiner der beiden etwas, und Rud beobachtete weiter die Ranag, als sie sich auf der gegenüberliegenden Seite des Tals hangaufwärts zogen. Es schien, als hätte Udinaas irgendein Problem mit den Augen, denn seine Hände wanderten wieder und wieder zu seinem Gesicht. Rud drehte sich nicht zu ihm um, sah seinen Vater nicht an.

Das Tal lag leer vor ihnen, als Udinaas sich schließlich erhob. »Sieht aus, als müssten wir hungrig bleiben.«

»Nie für lange Zeit«, antwortete Rud, bevor er ebenfalls aufstand.

»Das stimmt.«

Sie machten sich auf den Rückweg ins Dorf.

Onrack zog mit seinen von Farbflecken gesprenkelten Händen die Rohlederstreifen um sein Bündel fest, schlang es sich über die Schulter und blickte seine Frau an. »Ich muss gehen.«

»Das hast du gesagt«, antwortete Kilava.

»Es wird meinen Geist erleichtern, wenn ich dorthin reise, wo der Leichnam meines Freundes liegt.«

»Zweifellos.«

»Und ich muss mit Seren Pedac sprechen. Ich muss ihr von ihrem Mann erzählen – davon, was er erlebt hat, seit er ihr sein Schwert gegeben hat.«

»Ja.«

»Und jetzt«, sagte Onrack, »muss ich gehen und unseren Sohn umarmen.«

»Ich werde dich begleiten.«

Onrack lächelte. »Das wird ihm unangenehm sein.«

»Nein, du verdammter Narr. Ich habe gesagt, ich werde dich begleiten. Wenn du glaubst, dass du noch irgendwo ohne mich hingehst, bist du verrückt.«

»Kilava …«

»Ich habe mich entschieden. Ich werde dafür sorgen, dass diese Reise dein Herz erleichtert, Mann. Ich werde nicht schwatzen, bis dir die Ohren bluten und du anfängst, wie ein Bhederin nach der nächsten Klippe Ausschau zu halten.«

Er starrte sie an und spürte, wie seine Augen vor Liebe feucht wurden. »Schwatzen? Ich habe dich noch nie schwatzen gehört.«

»Und das wirst du auch niemals.«

Er nickte. »Das ist sehr gut, Frau. Dann begleite mich also. Hilf mir durch deine Anwesenheit, mich zu heilen …«

»Sei jetzt sehr vorsichtig, Onrack.«

Klugerweise sagte er nichts mehr.

Sie machten sich auf, ihrem Sohn Lebewohl zu sagen.

»Das ist anstrengend!«, sagte Imperator Tehol Beddict und ließ sich auf seinen Thron fallen.

Bagg machte ein säuerliches Gesicht. »Wieso? Ihr habt doch noch gar nichts getan.«

»Nun, es sind ja erst drei Wochen. Ich sage dir, meine Liste mit Reformen ist so lang, ich werde nie dazu kommen, auch nur eine einzige davon umzusetzen.«

»Ich applaudiere Euch dafür, dass Ihr Euch die Unfähigkeit zu eigen macht«, sagte Bagg. »Ihr werdet einen wundervollen Imperator abgeben.«

»Nun«, mischte Brys sich vorsichtig ein, der rechts vom Podest an der Wand lehnte, »es herrscht Frieden im Land.«

Bagg verzog das Gesicht. »Ja, und das bringt einen zu der Frage, wie lange ein ganzes Imperium wohl den Atem anhalten kann.«

»Nun, wenn irgendjemand eine Antwort auf diese Frage kennt, dann wärest du es, teurer Diener.«

»Oh, jetzt bin ich erheitert.«

Tehol lächelte. »Das können wir sehen. Und nein, das war nicht das königliche ›wir‹. An welches wir uns, wie wir zugeben müssen, in unserer frischgebackenen Unschuld nicht gewöhnen können.«

»Die Mandata ist unterwegs hierher«, sagte Brys, »und dann ist da noch Shurq Elalle, die mit dir über irgendetwas reden will. Gibt es nichts, das wir besprechen sollten?« Er wartete auf eine Antwort, irgendeine Antwort, erntete aber stattdessen von seinem Bruder und Bagg nur verständnislose Blicke.

In einem Wirbel aus protzigen Gewändern betrat der neue Kanzler – oder, genauer: die neue Kanzlerin – den Thronsaal durch einen Seiteneingang. Brys versuchte, sich sein Zusammenzucken nicht anmerken zu lassen. Wer hätte gedacht, dass sie, so begeistert wie eine Made sich in einen Apfel stürzt, einen dermaßen schlechten Geschmack entwickeln würde?

»Oh«, sagte Tehol, »sieht meine Kanzlerin heute Morgen nicht hinreißend aus?«

Janaths Gesichtsausdruck blieb zurückhaltend. »Kanzlerinnen sind nicht dazu da, hinreißend auszusehen. Fähig und elegant würde genügen.«

»Kein Wunder, dass Ihr hier so herausragt«, murmelte Bagg.

»Außerdem«, fuhr Janath fort, »passen solche Beschreibungen besser zur Rolle der Ersten Konkubine, was mir deutlich verrät, mit welchem Teil deines Hirns du denkst, geliebter Gemahl. Wieder einmal.«

Tehol hob die Arme, als wollte er sich ergeben, und sagte in seinem ernsthaftesten Tonfall – einen, den Brys mit leichter Bestürzung wiedererkannte: »Ich sehe immer noch keinen Grund, warum du nicht auch Erste Konkubine sein kannst.«

»Ich habe es Euch schon mehrfach erklärt«, sagte Bagg. »Wenn sie die Gemahlin des Imperators ist, bedeutet das, dass sie Imperatrix ist.« Er wandte sich an Janath. »Womit Ihr dann drei offizielle Titel hättet.«

»Vergiss nicht, dass sie auch noch Gelehrte ist«, bemerkte Tehol, »ein Titel, der nach Ansicht der meisten Menschen alle anderen aufwiegen würde. Sogar den der Gemahlin.«

»Nun ja«, sagte Bagg. »Jetzt werdet Ihr mit Euren Lektionen nie an ein Ende kommen.«

Es folgte ein weiterer Augenblick des Schweigens, als alle über seine Worte nachdachten.

Dann rührte sich Tehol auf seinem Thron. »Da ist immer noch Rucket! Sie würde eine wunderbare Erste Konkubine abgeben! Gute Güte, wie der Segen überfließt.«

»Sei vorsichtig, dass du nicht ertrinkst, Tehol«, sagte Janath.

»Das würde Bagg niemals zulassen, mein Herzblatt. Oh, da wir gerade wichtige Angelegenheiten besprechen, ehe die Mandata kommt, um Lebewohl zu sagen … ich denke, dass Preda Varat Taun einen fähigen Finadd braucht, der ihm bei seinen Bemühungen um den Wiederaufbau helfen kann.«

Brys richtete sich auf. Endlich sprachen sie über wirklich Wichtiges. »An wen hast du gedacht?«

»Nun ja, an wen anders als Ublala Pung?«

»Ich gehe spazieren«, sagte Bagg.

Seren Pedac kämpfte mit den schweren Pflastersteinen vor dem Eingang zu ihrem Haus, benutzte eine Eisenstange als Hebel. Auf ihren nackten Armen glänzte Schweiß, und ihre Haare waren aus dem Band gerutscht – sie würde sie schon bald kurz schneiden lassen. Wie es nun zu ihrem Leben passte.

Doch an diesem Morgen hatte sie das hier zu erledigen, und sie machte sich mit unerbittlichem Eifer daran, setzte ihren Körper unbarmherzig und rücksichtslos ein. Sie hebelte die schweren Steine los, zerrte und schob sie mit blutenden Händen zur Seite.

Wenn sie damit fertig sein würde, würde sie mit einer Schaufel ein Loch graben, so tief sie konnte.

Im Augenblick allerdings widersetzte sich der Hauptstein allen ihren Anstrengungen, und sie fürchtete schon, dass ihre Kraft nicht ausreichen würde, um ihn zu bewegen.

»Entschuldigt, wenn ich mich einmische«, sagte die Stimme eines Mannes, »aber es sieht aus, als könntet Ihr Hilfe gebrauchen.«

Auf ihre Eisenstange gestützt, schaute sie auf. Blinzelte zweifelnd. »Ich bin mir nicht sicher, ob Ihr das wagen wollt, mein Herr«, sagte sie zu dem alten Mann und verstummte dann. Er hatte die Handgelenke eines Steinmetzes und große Hände, denen man ansah, dass sie zupacken konnten. Sie wischte sich den Schweiß von der Stirn und starrte den widerspenstigen Pflasterstein stirnrunzelnd an. »Ich weiß, dass das … ungewöhnlich aussehen muss. Während überall sonst in der Stadt die Menschen Dinge wieder in Ordnung bringen, bin ich hier und …«

Der alte Mann trat näher. »Nicht im Geringsten, Freisprecherin – Ihr wart doch eine Freisprecherin, oder?«

»Oh, äh … ja. Das war ich. Aber ich bin es nicht mehr. Ich heiße Seren Pedac.«

»Nein, dann also nicht im Geringsten, Seren Pedac.«

Sie deutete auf den Mittelstein. »Ich fürchte, der da bezwingt mich.«

»Nun, ich vermute, nicht sehr lange, ganz egal, was es ist. Ihr wirkt sehr entschlossen.«

Sie lächelte und war überrascht, wie merkwürdig es sich anfühlte. Wann hatte sie das letzte Mal gelächelt – nein, sie würde nicht daran zurückdenken.

»Aber Ihr solltet vorsichtig sein«, fuhr der alte Mann fort. »Hier, lasst mich es einmal versuchen.«

»Ich danke Euch«, sagte sie und trat ein paar Schritte zurück, um ihm Platz zu machen.

Der alte Mann verbog die Eisenstange gleich beim ersten Versuch.

Sie starrte ihn an.

Fluchend legte er sie beiseite, kauerte sich dann hin, um seine Finger in eine Seite des großen Steins zu graben.

Und hob ihn an einer Seite leicht an, packte ihn an beiden Seiten und hievte ihn mit einem Grunzen ganz hoch. Er drehte sich auf der Stelle um, machte zwei stolpernde Schritte und legte ihn auf die anderen. Danach richtete er sich wieder auf, klopfte sich die Hände ab. »Heuert ein paar junge Männer an, um ihn wieder an seinen Platz zurückzulegen, wenn Ihr fertig seid.«

»Wie …? Nein, nun gut. Aber … woher wollt Ihr wissen, dass ich vorhabe, ihn wieder da hinzulegen?«

Er blickte sie an. »Trauert nicht zu lange, Seren Pedac. Ihr werdet gebraucht. Euer Leben wird gebraucht.«

Er verbeugte sich vor ihr und ging davon.

Sie starrte ihm nach.

Sie musste jetzt ins Haus gehen, um den Steinspeer und sein Schwert zu holen – und um die Waffen unter der Schwelle ihres Heims zu vergraben, ihres schrecklich leeren Heims.

Aber sie zögerte.

Und plötzlich kam der alte Mann zurück. »Ich habe den Abtrünnigen gefunden«, sagte er. »Wir hatten viel zu ... besprechen. So habe ich von Euch erfahren, und von dem, was geschehen ist.«

*Was? Ist er verwirrt? Einer von den neuen Eiferern des Abtrünnigen?* Sie wollte sich umdrehen ...

»Nein, wartet! Seren Pedac ... alles, was er war, alles, was von ihm noch da ist, ist jetzt bei Euch. Bewahrt es, bitte. Bewahrt es, Seren Pedac. Und auch Euch selbst. Bitte.«

Und als er davonging, war es, als hätten seine Worte sie auf unerklärliche Weise gesegnet.

*»Alles, was ich bin – alles, was noch da ist, ist jetzt bei dir ...«*

Unbewusst hob sie ihre Hand und legte sie auf ihren Bauch.

Was sie in nicht allzu langer Zeit ziemlich oft tun würde.

# Dramatis Personae

## Die Letherii

**Tehol Beddict** – ein mittelloser Bürger von Letheras
**Bagg** – Tehols Diener
**Shurq Elalle** – eine umherziehende Piratin
**Skorgen Kaban** – Shurqs Erster Maat
**Ublala Pung** – ein arbeitsloser Tarthenal-Mischling
**Ormly** – ein Mitglied der Rattenfängergilde
**Rucket** – Oberste Untersuchungsbeamtin der Rattenfängergilde
**Karos Invictad** – Beaufsichtiger (Anführer) der Patriotisten
**Tanal Yathvanar** – Karos' persönlicher Assistent
**Rautos Hivanar** – Vorsitzender des Freiheitskonsortiums
**Venitt Sathad** – Rautos' wichtigster Bevollmächtigter
**Triban Gnol** – Kanzler des Neuen Imperiums
**Nisall** – Erste Konkubine des alten Imperators
**Janall** – entthronte Imperatrix
**Turudal Brizad** – der ehemalige Erste Galan
**Janath Anar** – eine politischer Gefangene
**Sirryn Kanar** – eine Palastwache
**Brullyg (Triller)** – Herrscher des Forts der Zweiten Jungfrau
**Yedan Derryg (Die Wacht)**
**Orbyn »Wahrheitsfinder«** – Anführer der Patriotisten von Drene
**Letur Anict** – Repräsentant von Drene
**Bivatt** – Atri-Preda der Ostarmee
**Federhexe** – letheriische Sklavin von Uruth

**Die Tiste Edur**

**Rhulad** – Herrscher des Neuen Imperiums
**Hannan Mosag** – Imperialer Ceda
**Uruth** – Mutter des Imperators und Frau von Tomad Sengar
**Die K'risnan** – die Hexer des Imperators
**Bruthen Trana** – ein Edur im Palast
**Brohl Handar** – Aufseher des Ostens in Drene

**Mit der Edur-Flotte angekommen**

**Yan Tovis (Zwielicht)** – Atri-Preda der letheriischen Armee
**Varat Taun** – ihr Leutnant
**Taralack Veed** – ein Krieger vom Stamm der Gral und Beauftragter der Namenlosen
**Icarium** – Taralacks Waffe
**Hanradi Khalag** – ein Hexer der Tiste Edur
**Tomad Sengar** – Vater des Imperators
**Samar Dev** – eine Hexe und Gelehrte aus dem Reich der Sieben Städte
**Karsa Orlong** – ein Toblakai-Krieger
**Der Taxilier** – ein Dolmetscher

**Die Ahl'dan**

**Rotmaske** – ein Verbannter, der zurückgekehrt ist
**Masarch** – ein Krieger aus dem Renfayar-Clan
**Hadralt** – Kriegsführer des Ganetok-Clans
**Sag'Churok** – Leibwächter von Rotmaske
**Gunth Mach** – Leibwächter von Rotmaske
**Schwall** – ein Kupfergesicht
**Natarkas** – ein Kupfergesicht

**Die Gejagten**

**Seren Pedac** – eine letheriische Freisprecherin
**Forcht Sengar** – ein Tiste Edur
**Kessel** – eine Waise aus Letheras
**Udinaas** – ein entlaufener letheriischer Sklave
**Verblichener** – ein Schattengespenst
**Silchas Ruin** – ein Aufgestiegener aus dem Volk der Tiste Andii

**Die Zuflucht**

**Ulshun Pral** – ein Imass
**Rud Elalle** – ein adoptiertes Findelkind
**Hostille Rator** – ein T'lan Imass
**Til'Aras Benok** – ein T'lan Imass
**Gr'istanas Ish'Ilm** – ein T'lan Imass

**Die Malazaner**

*Die Knochenjäger*
**Tavore Paran** – Befehlshaberin der Knochenjäger
**Lostara Yil** – Tavores Stellvertreterin
**Keneb** – Faust in der Armee der Knochenjäger
**Blistig** – Faust in der Armee der Knochenjäger
**Faradan Sort** – Hauptmann
**Madan'tul Rada** – Faradan Sorts Leutnant
**Wühler** – Kenebs Adoptivsohn
**Schnabel** – zu Hauptmann Faradan Sort abkommandierter Magier
Achte Legion, Neunte Kompanie

*Vierter Trupp*
**Fiedler** – Sergeant
**Starr** – Korporal
**Koryk** – Seti-Halbblut, Seesoldat
**Lächeln** – Kanesin, Seesoldatin

**Krake** – Sappeur
**Buddl** – Truppmagier
**Corabb Bhilan Thenu'alas** – Soldat

*Fünfter Trupp*
**Gesler** – Sergeant
**Stürmisch** – Korporal
**Sand** – Seesoldat
**Kurznase** – Schwere Infanterie
**Blitzgescheit** – Schwere Infanterie
**Uru Hela** – Schwere Infanterie
**Maifliege** – Schwere Infanterie

*Siebter Trupp*
**Strang** – Sergeant
**Scherbe** – Korporal
**Humpel** – Seesoldat
**Ebron** – Truppmagier
**Krumm** – Sappeur
**Sünd** – Magierin

*Achter Trupp*
**Hellian** – Sergeant
**Heikel** – Korporal #1
**Atemlos** – Korporal #2
**Balgrid** – Truppmagier
**Tavos Pond** – Seesoldat
**Vielleicht** – Sappeur
**Lauten** – Truppheiler

*Neunter Trupp*
**Balsam** – Sergeant
**Totstink** – Korporal
**Gurgelschlitzer** – Seesoldat
**Galt** – Seesoldat

**Läppchen** – Seesoldat
**Widersinn** – Truppmagier

*Zwölfter Trupp*
**Thom Tissy** – Sergeant
**Tulpe** – Korporal
**Rampe** – Schwere Infanterie
**Jibb** – Mittelschwere Infanterie
**Möwenfleck** – Mittelschwere Infanterie
**Schandmaul** – Mittelschwere Infanterie

*Dreizehnter Trupp*
**Urb** – Sergeant
**Reem** – Korporal
**Masan Gilani** – Seesoldatin
**Pfeifenkopf** – Schwere Infanterie
**Hanno** – Schwere Infanterie
**Salzleck** – Schwere Infanterie
**Knapp** – Schwere Infanterie

**Achte Legion, Dritte Kompanie**

*Vierter Trupp*
**Pravalak Rim** – Korporal
**Herzchen** – Sappeur
**Streifen Mull** – Sappeur
**Seicht** – Schwere Infanterie
**Umblick** – Schwere Infanterie

*Fünfter Trupp*
**Badan Gruk** – Sergeant
**Zausel** – Seesoldatin
**Ditsch** – Seesoldatin
**Nep Nut** – Magier
**Reliko** – Schwere Infanterie

**Voll Leer** – Schwere Infanterie

*Zehnter Trupp*
**Zimperlich** – Sergeant
**Hatz** – Korporal
**Mulvan Grauler** – Magier
**Neller** – Sappeurin
**Schädeltod** – Seesoldat
**Ziehtzuerst** – Schwere Infanterie

**Andere**

**Banaschar** – der Letzte D'rek-Priester
**Withal** – ein Schmied aus dem Volk der Meckros
**Sandalath Drukorlat** – eine Tiste Andii, Withal's Frau
**Nimander Golit** – ein Tiste Andii, Nachkomme von Anomander Rake
**Phaed** – eine Tiste Andii, Nachkomme von Anomander Rake
**Rinnsel** – ein besessenes Reptilienskelett
**Telorast** – ein besessenes Reptilienskelett
**Onrack** – ein ungebundener T'lan Imass
**Trull Sengar** – ein abtrünniger Tiste Edur
**Ben Adaephon Delat** – ein Magier
**Menandore** – eine Wechselgängerin (Schwester Dämmer)
**Sheltatha Lore** – eine Wechselgängerin (Schwester Duster)
**Sukul Ankhadu** – eine Wechselgängerin (Schwester Dippel)
**Kilmandaros** – eine Ältere Göttin
**Clip** – ein Tiste Andii
**Cotillion** – das Seil, Schutzpatron der Assassinen
**Emroth** – eine gebrochene T'lan Imass
**Igel** – ein Geist
**Der Bucklige Alte Arbat** – ein Tarthenal
**Kernig** – ein Exhäftling
**Kurz** – ein Exhäftling
**Schluckse** – eine Triller-Hexe
**Quitsch** – eine Triller-Hexe

# Glossar

**Ahl:** eine Stadt in Lether, ein in der Ahl'dan beheimatetes Nomadenvolk
**Ahl'dan:** die Grasländer östlich von Drene
**Andara (Die):** der Tempel des Kults des Schwarzen Geflügelten Lords
**Arapay:** östlichster Stamm der Tiste Edur
**Atri-Preda:** Militärkommandant in der letheriischen Armee, der eine Stadt oder ein Gebiet verwaltet

**Barghast:** kriegerisches Nomadenvolk
**Bast Fulmar:** Schauplatz einer Schlacht
**Beneda:** ein Stamm der Tiste Edur
**Blaurose:** von den Letherii unterworfener Staat
**Blaurose-Bataillon:** Einheit der letheriischen Armee

**Cabal:** ein Inselstaat südlich von Verende
**Cadaran-Peitsche:** eine Waffe der Ahl
**Ceda:** ein Hohemagier des letheriischen Imperiums
**Cedarium (Das):** ein Zimmer mit Fliesen, die die Festen repräsentieren

**Dageling (Der):** Titel der Triller
**Den-Ratha:** ein Stamm der Tiste Edur
**Drene:** eine letheriische Stadt östlich von Blaurose

**Emlava:** ein katzenartiges Raubtier mit Säbelzähnen
**Ewiges Domizil:** Sitz des Imperators von Lether

**Fent:** ein von den Letherii unterworfenes Volk
**Finadd:** Offiziersrang in der letheriischen Armee, entspricht einem Hauptmann
**Fort der Zweiten Jungfrau:** eine Sträflingsinsel, mittlerweile unabhängig

**Freiheitskonsortium:** ein lockerer Zusammenschluss reicher letheriischer Geschäftsleute

**Freisprecher/in:** eine mit Gesetzeskraft versehene Position im letheriischen Imperium als Führer/in bzw. Repräsentant/in im Umgang mit anderen Völkern

**Geiferwolf:** Mandata Tavores Flaggschiff

**Gerechten Kriege (Die):** mythischer Konflikt zwischen den Tiste Liosan und den Forkrul Assail

**Gestade (Das):** Religion der Triller

**Gilani:** Stamm im Reich der Sieben Städte

**Harridict-Brigade:** Einheit der letheriischen Armee

**Hiroth:** ein Stamm der Tiste Edur

**Jheck:** ein Stamm aus dem Norden

**Kaufmanns-Bataillon:** Einheit der letheriischen Armee

**Kenryll'ah:** Dämonenadel

**Kriegsthrone:** Kriegsschiffe der Verender

**K'risnan:** Zauberer der Tiste Edur

**Kunsthandwerker-Bataillon:** Einheit der letheriischen Armee

**Meckros:** ein seefahrendes Volk

**Merude:** ein Stamm der Tiste Edur

**Nerek:** ein von den Letherii unterworfenes Volk

**Obsidian-Thron:** der traditionelle Thron von Blaurose

**Onyx-Magier:** Magier der Tiste Andii, die in der Andara herrschen

**Patriotisten:** die Geheimpolizei des letheriischen Imperiums

**Preda:** Rang in der letheriischen Armee, entspricht einem General oder Kommandanten

**Quillas-Kanal:** einer der Hauptkanäle von Letheras

**Rattenfängergilde:** eine mittlerweile für gesetzlos erklärte Gilde in Letheras
**Rhinazan:** geflügelte Eidechse
**Rotwut-Brigade:** Einheit der letheriischen Armee
**Rygtha:** Axt der Ahl mit sichelförmigen Klingen

**Schuppenhaus:** Zentrum der Rattenfängergilde in Letheras
**Sollanta:** ein Stamm der Tiste Edur
**Stummel:** Münzeinheit in Lether

**Tranfunz Tapfer:** Figur aus einer lustigen Geschichte
**Triller:** ein von den Letherii unterworfenes Volk
**Trübsee:** ein heruntergekommener See im Zentrum von Letheras

**Unterer Markt:** ein Stadtviertel in Letheras

**Verdith'anath:** die Brücke des Todes bei den Jaghut

**Wacht (Die):** Titel der Triller

**Zoral Kicher:** Figur aus einer lustigen Geschichte
**Zuflucht (Die):** magische Sphäre, die von Omtose Phellack umgeben ist
**Zwielicht:** Titel der Triller

# Danksagungen

Ein Dankeschön an meine Testleser: Rick, Chris, Mark, Bill, Hazel und Bowen. Ein weiteres Dankeschön gilt den Leuten vom Black Stilt Café, vom Ambiente Café und vom Café Teatro für den Tisch, den Kaffee und die Steckdose. Und für die sonstige vielfältige Unterstützung, die mir Auftrieb gibt, danke ich Clare, Simon bei Transworld, Howard und Patrick, der furchterregenden Bande von Malazanempire.com, David und Anne, Peter und Nicky Crowther.

blanvalet

## Drizzt Do'Urden ist zurück!

Roman. 512 Seiten. Übersetzt von Regina Winter

ISBN 978-3-442-26580-0

Lesen Sie mehr unter: **www.blanvalet.de**

blanvalet

# Ein atemberaubendes Epos über Verrat und Ehre, Rache und Liebe!

Roman. 1024 Seiten. Übersetzt von Caspar Holz
ISBN 978-3-442-36967-6

Roman. 1328 Seiten.
Übersetzt von Caspar Holz
ISBN 978-3-442-36968-3

Roman. 864 Seiten.
Übersetzt von Caspar Holz
ISBN 978-3-442-36969-0

Lesen Sie mehr unter: **www.blanvalet.de**